新編 日本幻想文学集成

8

夏目漱石
富士川義之 編

内田百閒
別役実 編

豊島与志雄
堀切直人 編

島尾敏雄
種村季弘 編

国書刊行会

新編・日本幻想文学集成　8

目次

夏目漱石

内田百閒　別役実 編　205

豊島与志雄　堀切直人 編　387

新編・日本幻想文学集成 8

夏目漱石

富士川義之 編

憂　愁

夢十夜

第一夜

こんな夢を見た。

腕組をして枕元に坐《すわ》つて居《い》ると、仰向《あおむき》に寝た女が、静かな声でもう死にますと云ふ。女は長い髪を枕に敷いて、輪廓《りんかく》の柔らかな瓜実顔《うりざねがお》を其《そ》の中に横たへてゐる。真白な頬《ほお》の底に温かい血の色が程よく差して、唇の色は無論赤い。到底死にさうには見えない。然《しか》し女は静かな声で、もう死にますと判然《はっきり》云つた。自分も確《たしか》に是《こ》れは死ぬなと思つた。そこで、さうかね、もう死ぬのかね、と上から覗《のぞ》き込む様にして聞いて見た。死にますとも、と云ひながら、女はぱつちりと眼《め》を開けた。大きな潤《うるおい》のある眼で、長い睫《まつげ》に包まれた中は、只《ただ》一面に真黒であつた。其《そ》の真黒な眸《ひとみ》の奥に、自分の姿が鮮《あざやか》に浮かんでゐる。

自分は透《とお》き徹る程深く見える此《こ》の黒眼《くろめ》の色沢《つや》を眺めて、是《これ》でも死ぬのかと思つた。それで、ねんごろに枕の傍へ口を付けて、死ぬんぢやなからうね、大丈夫だらうね、と又聞き返した。すると女は黒い眼を眠さうに睁《みはっ》た儘《まま》、矢張《やっぱ》り静かな声で、でも、死ぬんですもの、仕方がないわと云つた。

ぢや、私の顔が見えるかいと一心に聞くと、見えるかいつて、そら、そこに、写つてるぢやありませんかと、にこりと笑つて見せた。自分は黙つて、顔を枕から離した。腕組をしながら、どうしても死ぬのかなと思つた。

しばらくして、女が又かう云つた。

「死んだら、埋《う》めて下さい。大きな真珠貝で穴を掘つて。さうして天から落ちて来る星の破片《かけ》を墓標《はかじるし》に置いて下さい。さうして墓の傍に待つてゐて下さい。又逢《あ》ひに来ますから」

自分は、何時《いつ》逢ひに来るかねと聞いた。

「日が出るでせう。それから日が沈むでせう。それから又出るでせう、さうして又沈むでせう。——赤い日が東から西へ、東から西へと落ちて行《ゆ》くうちに、——あなた、待つてゐられますか」

自分は黙つて首肯《うなずい》た。女は静かな調子を一段張り上げて、

「百年待つてゐて下さい」と思ひ切《きつ》た声で云つた。

「百年、私《わたくし》の墓の傍に坐《すわ》つて待つてゐて下さい。屹度《きつと》逢ひに来ますから」

自分は只《ただ》待つてゐると答へた。すると、黒い眸《ひとみ》のなかに鮮《あざやか》に見えた自分の姿が、ぼうつと崩れて来た。静かな水が動いて写る影を乱した様に、流れ出したと思つたら、女の眼《め》がぱちりと閉ぢた。長い睫《まつげ》の間《あいだ》から涙が頬《ほお》へ垂れた。——もう死んで居た。

自分は夫《そ》れから庭へ下りて、真珠貝で穴を掘つた。真珠貝は大きな滑《なめら》かな縁《ふち》の鋭どい貝であつた。土をすくふ度に、貝の裏に月の光が差してきら〱した。湿つた土の匂《におい》もした。穴はしばらくして掘れた。女を其《そ》の中に入れた。さうして柔らかい土を、上からそつと掛けた。掛ける毎《たび》に真珠貝の裏に月の光が差した。

それから星の破片《かけ》の落ちたのを拾つて来て、かろく土の上へ乗せた。星の破片《かけ》は丸かつた。長い間大空を落ちてゐる間《ま》に、角《かど》が取れて滑かになつたんだらうと思つた。抱き上げて土の上へ置くうちに、自分の胸と手が少し暖くなつた。

自分は苔《こけ》の上に坐《すわ》つた。是《これ》から百年の間《あいだ》かうして待つてゐるんだなと考へながら、腕組をして、丸い墓石を眺めてゐた。そのうちに、女の云つた通り日が東から出た。大きな赤い日であつた。それが又女の云つた通り、やがて西へ落ちた。赤いまんまでのつと落ちて行つた。一つと自分は勘定した。

しばらくすると又唐紅《からくれない》の天道《てんとう》がのそりと上《のぼ》つて来た。さうして黙つて沈んで仕舞《しま》つた。二つと又勘定した。

自分はかう云ふ風に一つ二つと勘定して行《ゆ》くうちに、赤い日をいくつ見たか分らない。勘定しても、勘定しても、しつくせない程赤い日が頭の上を通り越して行つた。それでも百年がまだ来ない。仕舞《しまい》には、苔《こけ》の生えた丸い石を眺めて、自分は女に欺《だま》されたのではなからうかと思ひ出した。

すると石の下から斜《はす》に自分の方へ向いて青い茎が伸びて来た。見る間《ま》に長くなつて丁度《ちようど》自分の胸のあたり迄《まで》来て留《と》まつた。と思ふと、すらりと揺《ゆら》ぐ茎の頂《いただき》に、心持首を傾《かたぶ》けてゐた細長い一輪の蕾《つぼみ》が、ふつくらと瓣《はなびら》を開《ひら》いた。真白な百合《ゆり》が鼻の先で骨に徹《こた》へる程匂《にお》つた。そこへ遥《はるか》の上から、ぽたりと露《つゆ》が落ちたので、花は自分の重みでふら〳〵と動いた。自分は首を前へ出して冷たい露の滴《したた》る、白い花瓣《はなびら》に接吻《せつぷん》した。自分が百合から顔を離す拍子《ひようし》に思はず、遠い空を見たら、暁《あかつき》の星がたつた一つ瞬《またた》いてゐた。

「百年はもう来てゐたんだな」と此《こ》の時始めて気が付いた。

第二夜

こんな夢を見た。

和尚《おしよう》の室を退《さ》がつて、廊下伝ひに自分の部屋へ帰ると行燈《あんどう》がぼんやり点《とも》つてゐる。片膝《かたひざ》を座蒲団《ざぶとん》の上に突いて、燈心を掻《か》き立てたとき、花の様な丁子《ちようじ》がぱたりと朱塗《しゆぬり》の台に落ちた。同時に部屋がぱつと明かるくなつた。

襖《ふすま》の画《え》は蕪村《ぶそん》の筆である。黒い柳を濃く薄く、遠近《おちこち》とかいて、寒むさうな漁夫が笠《かさ》を傾《かたぶ》けて土手《どて》の上を通る。床《とこ》には海中文珠《かいちゆうもんじゆ》の軸《じく》が懸《かか》つてゐる。焚《た》き残した線香が暗い方でいまだに臭《にお》つてゐる。広い寺だから森閑《しんかん》として、人気《ひとけ》がない。黒い天井に差す丸行燈《まるあんどう》の丸い影が、仰向《あおむ》く途端に生きてる様に見えた。

立膝《たてひざ》をした儘《まま》、左の手で座蒲団《ざぶとん》を捲《めく》つて、右を差し込んで見ると、思つた所に、ちやんとあつた。あれば安心だから、蒲団をもとの如《ごと》く直して、其上《そのうえ》にどつかり坐《すわ》つた。

お前は侍である。侍なら悟れぬ筈《はず》はなからうと和尚が云つた。さう何日迄《いつまで》も悟れぬ所を以て見ると、御前《おまえ》は侍ではあるまいと言つた。人間の屑《くず》ぢやと言つた。はゝあ怒《おこ》つたなと云つて笑つた。口惜《くや》しければ悟つた証拠を持つて来いと云つてぷいと向《むこう》をむいた。怪《け》しからん。

隣の広間の床《とこ》に据《す》ゑてある置時計が次の刻《とき》を打つ迄には、屹度《きつと》悟つて見せる。悟つた上で、今夜又入室する。さうして和尚の首と悟りと引替《ひきかえ》にしてやる。悟らなければ、和尚の命が取れない。どうしても悟らなければならない。自分は侍である。もし悟れなければ自刃《じじん》する。侍が辱《はずか》しめられて、生きて居《い》る訳には行《ゆ》かない。奇麗に死んで仕舞《しま》ふ。かう考へた時、自分の手は又思はず布団《ふとん》の下へ這入《はい》つた。さうして朱鞘《しゆざや》の短刀を引き摺《ず》り出した。ぐつと束《つか》を握つて、赤い鞘《さや》を向《むこう》へ払つたら、冷たい刃《は》が一度に暗い部屋で光つた。凄《すご》いものが手元から、すう〳〵と逃げて行《ゆ》く様に思はれる。さうして、悉《ことごと》く切先《きつさき》へ集まつて、殺気を一点に籠《こ》めてゐる。自分は此《こ》の鋭い刃が、無念にも針の頭の様に縮められて、九寸五分《くすんごぶ》の先へ来て已《やむ》を得ず尖《とが》つてるのを見て、忽《たちま》ちぐさりと遣《や》り度《たく》なつた。身体《からだ》の血が右の手首の方へ流れて来て、握つてゐる束がにちや〳〵する。唇が顫《ふる》へた。

短刀を鞘へ収めて右脇へ引きつけて置いて、それから全伽《ぜんが》を組んだ。——趙州《じようしゆう》曰《いわ》く無《む》と。無とは何だ。糞坊《くそぼう》主《ず》めと歯噛《はがみ》をした。

奥歯を強く咬《か》み締《し》めたので、鼻から熱い息が荒く出る。米噛《こめかみ》が釣つて痛い。眼《め》は普通の倍も大きく開《あ》けてやつた。

懸物《かけもの》が見える。行燈《あんどう》が見える。畳が見える。和尚の薬罐頭《やかんあたま》がありありと見える。鰐口《わにぐち》を開《あ》いて嘲笑《あざわら》つた声まで聞える。怪《け》しからん坊主だ。どうしてもあの薬罐を首にしなくてはならん。悟つてやる。無だ、無だと舌の根で念じた。無だと云ふのに矢《や》つ張《ぱ》り線香の香《におい》がした。何だ線香の癖に。

自分はいきなり拳骨《げんこつ》を固めて自分の頭をいやと云ふ程擲《なぐ》つた。さうして奥歯をぎり〳〵と噛《か》んだ。両腋《わき》から汗が出る。脊中《せなか》が棒の様になつた。膝《ひざ》の接目《つぎめ》が急に痛くなつた。膝が折れたつてどうあるものかと思つた。けれども痛い。苦しい。無は中々出て来ない。出て来ると思ふとすぐ痛くなる。腹が立つ。無念になる。非常に口惜《くや》しくなる。涙がほろ〳〵出る。一《ひ》と思《おもい》に身を巨巌《おおいわ》の上に打《ぶつ》けて、骨も肉も滅茶《めちや》々々に砕いて仕舞《しま》ひたくなる。

それでも我慢して凝《じつ》と坐《すわ》つてゐた。堪へがたい程切ないものを胸に盛《い》れて忍んでゐた。其《その》切ないものが身体中《からだじゆう》の筋肉を下から持上げて、毛穴から外へ吹き出やう〳〵と焦るけれども、何処《どこ》も一面に塞《ふさ》がつて、丸で出口がない様な残刻《ざんこく》極まる状態であつた。

其《そ》の内に頭が変になつた。行燈《あんどう》も蕪村の画《え》も、畳も、違棚《ちがいだな》も有つて無い様な、無くつて有る様に見えた。と云つて無はちつとも現前しない。たゞ好加減《いいかげん》に坐つてゐた様である。所へ忽然《こつぜん》隣座敷の時計がチーンと鳴り始めた。

はつと思つた。右の手をすぐ短刀に掛けた。時計が二つ目をチーンと打つた。

第三夜

こんな夢を見た。

六つになる子供を負《おぶ》つてる。慥《たしか》に自分の子である。只《ただ》不思議な事には何時《いつ》の間《ま》にか眼《め》が潰《つぶ》れて、青坊主《あおぼうず》になつてゐる。自分が御前《おまえ》の眼は何時《いつ》潰《つぶ》れたのかいと聞くと、なに昔からさと答へた。声は子供の声に相違ないが、言葉つきは丸で大人である。しかも対等だ。

左右は青田である。路《みち》は細い。鷺《さぎ》の影が時々闇に差す。

「田圃《たんぼ》へ掛《かか》つたね」と脊中《せなか》で云つた。

「どうして解る」と顔を後ろへ振り向ける様にして聞いたら、

「だつて鷺が鳴くぢやないか」と答へた。

すると鷺が果して二声程鳴いた。

自分は我子ながら少し怖くなつた。こんなものを脊負《しょ》つてゐては、此《こ》の先どうなるか分らない。どこか打遣《うっち》やる所はなからうかと向ふを見ると闇の中に大きな森が見えた。あすこならばと考へ出す途端に、脊中で、

「ふゝん」と云ふ声がした。

「何を笑ふんだ」

子供は返事をしなかつた。只《ただ》

「御父《おとつ》さん、重いかい」と聞いた。

「重かあない」と答へると
「今に重くなるよ」と云つた。

自分は黙つて森を目標《めじるし》にあるいて行つた。田の中の路《みち》が不規則にうねつて中々思ふ様に出られない。しばらくすると二股《ふたまた》になつた。自分は股の根に立つて、一寸《ちよつと》休んだ。

「石が立つてる筈《はず》だがな」と小僧が云つた。

成程《なるほど》八寸角《すんかく》の石が腰程の高さに立つてゐる。表には左り日《ひ》ケ窪《くぼ》、右堀田《ほつた》原《はら》とある。闇だのに赤い字が明かに見えた。赤い字は井守《いもり》の腹の様な色であつた。

「左が好《い》いだらう」と小僧が命令した。左を見ると最先《さつき》の森が闇の影を、高い空から自分等《ら》の頭の上へ抛《な》げかけてゐた。自分は一寸躊躇《ちよつとちゆうちよ》した。

「遠慮しないでもいゝ」と小僧が又云つた。自分は仕方なしに森の方へ歩き出した。腹の中では、よく盲目《めくら》の癖に何でも知つてるなと考へながら一筋道《ひとすじみち》を森へ近づいてくると、脊中《せなか》で、「どうも盲目《めくら》は不自由で不可《いけな》いね」と云つた。

「だから負《おぶ》つてやるから可《い》いぢやないか」

「負《お》ぶつて貰《もら》つて済まないが、どうも人に馬鹿《ばか》にされて不可《いけな》い。親に迄《まで》馬鹿にされるから不可《いけな》い」

何だか厭《いや》になつた。早く森へ行つて捨てゝ仕舞《しま》はふと思つて急いだ。

「もう少し行《ゆ》くと解る。――丁度《ちようど》こんな晩だつたな」と脊中で独言《ひとりごと》の様に云つてゐる。

「何が」と際《きわ》どい声を出して聞いた。

「何がつて、知つてるぢやないか」と子供は嘲《あざ》ける様に答へた。すると何《なん》だか知つてる様な気がし出した。けれども判然《はつきり》とは分らない。只《ただ》こんな晩であつた様に思へる。さうしてもう少し行《ゆ》けば分る様に思へる。分つては大変だから、分らないうちに早く捨てゝ仕舞つて、安心しなくつてはならない様に思へる。自分は益《ますます》足を早めた。

雨は最先《さつき》から降つてゐる。路《みち》はだん〳〵暗くなる。殆《ほと》んど夢中である。只脊《ただせ》中《なか》に小さい小僧が食付《くつつ》いてゐて、其《そ》の小僧が自分の過去、現在、未来を悉《ことごと》く照《てら》して、寸分《すんぶん》の事実も洩《も》らさない鏡の様に光つてゐる。しかもそれが自分の子である。さうして盲目《めくら》である。自分は堪《たま》らなくなつた。

「此処《ここ》だ、此処だ。丁度其《ちょうどそ》の杉の根の処《ところ》だ」

雨の中で小僧の声は判然《はつきり》聞えた。自分は覚えず留《とま》つた。何時《いつ》しか森の中へ這入《はい》つてゐた。一間《けん》ばかり先にある黒いものは慥《たしか》に小僧の云ふ通り杉の木と見えた。

「御父《おとつ》さん、其《そ》の杉の根の処だつたね」

「うん、さうだ」と思はず答へて仕舞《しま》つた。

「文化五年辰年《たつどし》だらう」

成程《なるほど》文化五年辰年らしく思はれた。

「御前《おまえ》がおれを殺したのは今から丁度《ちょうど》百年前だね」

自分は此《こ》の言葉を聞くや否《いな》や、今から百年前文化五年の辰年のこんな闇の晩に、此《こ》の杉の根で、一人の盲目《めくら》を殺したと云ふ自覚が、忽然《こつぜん》として頭の中に起つた。おれは人殺《ひとごろし》であつたんだなと始めて気が附いた途端に、脊中の子が急に石地蔵の様に重くなつた。

第四夜

広い土間《どま》の真中に涼《すず》み台の様なものを据《す》ゑて、其周囲《そのまわり》に小さい床几《しょうぎ》が並べてある。台は黒光りに光つてゐる。片隅には四角な膳《ぜん》を前に置いて爺《じい》さんが一人で酒を飲んでゐる。肴《さかな》は煮《に》しめらしい。

爺さんは酒の加減で中々赤くなつてゐる。其《そ》の上顔中沢々《つやつや》して皺《しわ》と云ふ程のものはどこにも見当らない。只《ただ》白い髯《ひげ》をありたけ生やしてゐるから年寄と云ふ事丈《だけ》は別《わか》る。自分は子供ながら、此《こ》の爺さんの年は幾何《いくつ》なんだらうと思つた。所へ裏の筧《かけひ》から手桶《ておけ》に水を汲《く》んで来た神さんが、前垂《まえだれ》で手を拭《ふ》きながら、

「御爺《おじい》さんは幾年《いくつ》かね」と聞いた。爺《じい》さんは頬張《ほおば》つた煮〆《にしめ》を呑み込んで、

「幾年《いくつ》か忘れたよ」と澄ましてゐた。神さんは拭いた手を、細い帯の間《あいだ》に挟んで横から爺さんの顔を見て立つてゐた。爺さんは茶碗《ちやわん》の様な大きなもので酒をぐいと飲んで、さうして、ふうと長い息を白い髯《ひげ》の間《あいだ》から吹き出した。すると神さんが、

「御爺さんの家《うち》は何処《どこ》かね」と聞いた。爺さんは長い息を途中で切つて、

「臍《へそ》の奥だよ」と云つた。神さんは手を細い帯の間《あいだ》に突込んだ儘《まま》、

「どこへ行《ゆ》くかね」と又聞いた。すると爺さんが、又茶碗《ちやわん》の様な大きなもので熱い酒をぐいと飲んで前の様な息をふうと吹いて、

「あつちへ行《い》くよ」と云つた。

「真直《まつすぐ》かい」と神さんが聞いた時、ふうと吹いた息が、障子《しようじ》を通り越して柳の下を抜けて、河原の方へ真直に行つた。

　爺さんが表へ出た。自分も後《あと》から出た。爺さんの腰に小さい瓢箪《ひようたん》がぶら下がつてゐる。肩から四角な箱を腋《わき》の下へ釣るしてゐる。浅黄《あさぎ》の股引《ももひき》を穿《は》いて、浅黄の袖無《そでな》しを着てゐる。足袋丈《たびだけ》が黄色い。何だか皮で作つた足袋の様に見えた。

　爺さんが真直に柳の下迄《まで》来た。柳の下に子供が三四人居た。爺さんは笑ひながら腰から浅黄の手拭《てぬぐい》を出した。それを肝心綯《かんじんより》の様に細長く綯《よ》つた。さうして地面《じびた》の真中に置いた。それから手拭の周囲《まわり》に、大きな丸い輪を描《か》いた。しまひに肩にかけた箱の中から真鍮《しんちゆう》で製《こし》らへた飴屋《あめや》の笛を出した。

「今に其《そ》の手拭が蛇《へび》になるから、見て居《お》らう。見て居らう」と繰返して云つた。

　子供は一生懸命に手拭を見て居た。自分も見て居た。

「見て居《お》らう、見て居らう、好《よ》いか」と云ひながら爺さんが笛を吹いて、輪の上をぐる〳〵廻《まわ》り出した。自分は手拭許《ばか》り見て居た。けれども手拭は一向動かなかつた。

　爺さんは笛をぴい〳〵吹いた。さうして輪の上を何遍も廻つた。草鞋《わらじ》を爪立《つまだ》てる様に、抜足《ぬきあし》をする様に、手

拭に遠慮をする様に、廻つた。怖さうにも見えた。面白さうにもあつた。
やがて爺《じい》さんは笛をぴたりと已《や》めた。さうして、肩に掛けた箱の口を開けて、手拭《てぬぐい》の首を、ちよいと撮《つま》んで、ぽつと放り込んだ。
「かうして置くと、箱の中で蛇《へび》になる。今に見せてやる。今に見せてやる」と云ひながら、爺さんが真直《まつすぐ》に歩き出した。柳の下を抜けて、細い路《みち》を真直に下《おり》て行つた。自分は蛇が見たいから、細い道を何処迄《どこまで》も追《つ》いて行つた。爺さんは時々「今になる」と云つたり、「蛇になる」と云つたりして歩いて行《ゆ》く。仕舞《しまい》には、
「今になる、蛇になる、
　屹度《きつと》なる、笛が鳴る、」
と唄《うた》ひながら、とう〱河の岸へ出た。橋も舟もないから、此処《ここ》で休んで箱の中の蛇を見せるだらうと思つてゐると、爺さんはざぶ〱河の中へ這入《はい》り出した。始めは膝《ひざ》位の深さであつたが、段々腰から、胸の方迄《まで》水に浸《つか》つて見えなくなる。それでも爺さんは
「深くなる、夜《よる》になる、
　真直《まつすぐ》になる」
と唄《うた》ひながら、どこ迄も真直に歩いて行つた。さうして髯《ひげ》も顔も頭も頭巾《ずきん》も丸で見えなくなつて仕舞《しま》つた。
自分は爺さんが向岸《むこうぎし》へ上がつた時に、蛇を見せるだらうと思つて、蘆《あし》の鳴る所に立つて、たつた一人何時《いつ》迄も待つてゐた。けれども爺さんは、とう〱上がつて来なかつた。

第五夜

こんな夢を見た。

何でも余程古い事で、神代《かみよ》に近い昔と思はれるが、自分が軍《いくさ》をして運悪く敗北《まけ》た為に、生擒《いけどり》になつて、敵の大将の前に引き据《す》ゑられた。

其《そ》の頃の人はみんな脊《せ》が高かつた。さうして、みんな長い髯《ひげ》を生やしてゐた。革の帯を締めて、それへ棒の様な剣《つるぎ》を釣るしてゐた。弓は藤蔓《ふじづる》の太いのを其《そ》の儘《まま》用ひた様に見えた。漆《うるし》も塗つてなければ磨きも掛けてない。極めて素樸《そぼく》なものであつた。

敵の大将は、弓の真中を右の手で握つて、其《その》弓を草の上へ突いて、酒甕《さかがめ》を伏せた様なものゝ上に腰を掛けてゐた。其《その》顔を見ると、鼻の上で、左右の眉《まゆ》が太く接続《つなが》つてゐる。其頃髪剃《そのころかみそり》と云ふものは無論なかつた。

自分は虜《とりこ》だから、腰を掛ける訳に行《ゆ》かない。草の上に胡坐《あぐら》をかいてゐた。足には大きな藁沓《わらぐつ》を穿《は》いてゐた。此《こ》の時代の藁沓は深いものであつた。立つと膝頭迄《ひざがしらまで》来た。其《そ》の端《はし》の所は藁を少し編残《あみのこ》して、房《ふさ》の様に下げて、歩くとばら〳〵動く様にして、飾りとしてゐた。

大将は篝火《かがりび》で自分の顔を見て、死ぬか生きるかと聞いた。是《こ》れは其《そ》の頃の習慣で、捕虜《とりこ》にはだれでも一応はかう聞いたものである。生きると答へると降参した意味で、死ぬと云ふと屈服しないと云ふ事になる。自分は一言《ひとこと》死ぬと答へた。大将は草の上に突いてゐた弓を向ふへ抛《な》げて、腰に釣るした棒の様な剣《けん》をするりと抜き掛けた。それへ風に靡《なび》いた篝火が横から吹きつけた。自分は右の手を楓《かえで》の様に開《ひら》いて、掌《たなごころ》を大将の方へ向けて、眼《め》の上へ差し上げた。待てと云ふ相図《あいず》である。大将は太い剣をかちやりと鞘《さや》に収めた。

其《そ》の頃でも恋はあつた。自分は死ぬ前に一目思ふ女に逢《あ》ひたいと云つた。大将は夜《よ》が明けて鶏《とり》が鳴く迄なら待つと云つた。鶏が鳴く迄に女を此処《ここ》へ呼ばなければならない。鶏が鳴いても女が来なければ、自分は逢はずに殺されて仕舞《しま》ふ。

大将は腰を掛けた儘《まま》、篝火を眺めてゐる。自分は大きな藁沓《わらぐつ》を組み合はした儘、草の上で女を待つてゐる。夜《よ》は段々更ける。

時々篝火が崩れる音がする。崩れる度に狼狽《うろたえ》た様に焔《ほのお》が大将になだれかゝる。真黒な眉《まゆ》の下で、大将の眼《め》がぴか〳〵と光つてゐる。すると誰《たれ》やら来て、新しい枝を沢山《たくさん》火の中へ抛《な》げ込んで行《ゆ》く。しばらくすると、火がぱち〳〵と鳴る。暗闇を弾《はじ》き返す様な勇ましい音であつた。

此時《このとき》女は、裏の楢《なら》の木に繋《つな》いである、白い馬を引き出した。鬣《たてがみ》を三度撫《な》でゝ高い脊《せ》にひらりと飛び乗つた。

鞍《くら》もない鐙《あぶみ》もない裸馬《はだかうま》であつた。長く白い足で、太腹《ふとばら》を蹴《け》ると、馬は一散に駆け出した。誰《たれ》かゞ篝《かが》りを継ぎ足したので、遠くの空が薄明るく見える。馬は此《こ》の明るいものを目懸《めが》けて闇の中を飛んで来る。鼻から火の柱の様な息を二本出して飛んで来る。それでも女は細い足でしきりなしに馬の腹を蹴《け》てゐる。馬は蹄《ひづめ》の音が宙で鳴る程早く飛んで来る。女の髪は吹流しの様に闇の中に尾を曳《ひ》いた。それでもまだ篝《かがり》のある所迄《まで》来られない。

するといきなり真闇《まつくら》な道の傍《はた》で、忽《たちま》ちこけこつこうと云ふ鶏《とり》の声がした。女は身を空様《そらざま》に、両手に握つた手綱《たづな》をうんと控へた。馬は前足の蹄を堅い岩の上に発矢《はつし》と刻み込んだ。

こけこつこうと鶏《にわとり》がまた一声鳴いた。

女はあつと云つて、緊めた手綱を一度に緩めた。馬は諸膝《もろひざ》を折る。乗つた人と共に真向《まとも》へ前へのめつた。岩の下は深い淵《ふち》であつた。

蹄の跡《あと》はいまだに岩の上に残つて居る。鶏《とり》の鳴く真似《まね》をしたものは天探女《あまのじやく》である。此《こ》の蹄の痕《あと》の岩に刻みつけられてゐる間《あいだ》、天探女は自分の敵《かたき》である。

第六夜

運慶《うんけい》が護国寺《ごこくじ》の山門《さんもん》で仁王《におう》を刻んでゐると云ふ評判だから、散歩ながら行つて見ると、自分より先にもう大勢集まつて、しきりに下馬評をやつてゐた。

山門の前五六間《けん》の所には、大きな赤松があつて、其幹《そのみき》が斜めに山門の甍《いらか》を隠して、遠い青空迄《まで》伸びて居《い》る。松の緑と朱塗《しゆぬり》の門が互ひに照り合つて美事に見える。其《そ》の上松の位地が好《い》い。門の左の端《はし》を眼障《めざわり》にならない様に、斜《はす》に切つて行つて、上になる程幅を広く屋根迄突出《つきだ》してゐるのが何となく古風である。鎌倉時代とも思はれる。

所が見て居るものは、みんな自分と同じく、明治の人間である。其《そ》の中《うち》でも車夫が一番多い。辻待《つじまち》をして退屈だから立つてゐるに相違ない。

「大きなもんだなあ」と云つてゐる。

「人間を拵《こしら》へるよりも余《よ》つ程《ぽど》骨が折れるだらう」とも云つてゐる。

さうかと思ふと、「へえ仁王《におう》だね。今でも仁王を彫るのかね。へえさうかね。私《わつし》や又仁王はみんな古いのばかりかと思つてた」と云つた男がある。

「どうも強さうですね。なんだつてえますぜ。昔から誰が強いつて、仁王程強い人あ無いつて云ひますぜ。何でも日本武尊《やまとだけのみこと》よりも強いんだつてえからね」と話しかけた男もある。此《こ》の男は尻《しり》を端折《はしよ》つて、帽子を被《かぶ》らずにゐた。余程無教育な男と見える。

　運慶は見物人の評判には委細頓着《とんちやく》なく鑿《のみ》と槌《つち》を動かしてゐる。一向振り向きもしない。高い所に乗つて、仁王の顔の辺《あたり》をしきりに彫り抜いて行《ゆ》く。

　運慶は頭に小さい烏帽子《えぼし》の様なものを乗せて、素袍《すおう》だか何《なん》だか別らない大きな袖《そで》を脊中《せなか》で括《くく》つてゐる。其《そ》の様子が如何《いか》にも古くさい。わい〳〵云つてる見物人とは丸で釣り合が取れない様である。自分はどうして今時分迄《まで》運慶が生きてゐるのかなと思つた。どうも不思議な事があるものだと考へながら、矢張《やは》り立つて見てゐた。

　然《しか》し運慶の方では不思議とも奇体とも頓《とん》と感じ得ない様子で一生懸命に彫《ほつ》てゐる。仰向《あおむ》いて此《こ》の態度を眺めて居た一人の若い男が、自分の方を振り向いて、

「流石《さすが》は運慶だな。眼中に我々なしだ。天下の英雄はたゞ仁王と我れとあるのみと云ふ態度だ。天晴《あつぱ》れだ」と云つて賞《ほ》め出した。

　自分は此《こ》の言葉を面白いと思つた。それで一寸《ちよつと》若い男の方を見ると、若い男は、すかさず、

「あの鑿と槌の使ひ方を見給《みたま》へ。大自在《だいじざい》の妙境に達してゐる」と云つた。

　運慶は今太い眉《まゆ》を一寸《すん》の高さに横へ彫り抜いて、鑿の歯を竪《たて》に返すや否《いな》や斜《は》すに、上から槌を打ち下《おろ》した。堅い木を一《ひ》と刻みに削つて、厚い木屑が槌の声に応じて飛んだと思つたら、小鼻のおつ開《ぴら》いた怒《いか》り鼻《ばな》の側面が忽《たちま》ち浮き上がつて来た。其《そ》の刀《とう》の入れ方が如何《いか》にも無遠慮であつた。さうして少しも疑念を挟《さしはさ》んで居《お》らん様に見えた。

「能《よ》くあゝ無造作に鑿《のみ》を使つて、思ふ様な眉《まみえ》や鼻が出来るものだな」と自分はあんまり感心したから独言《ひとりごと》の様に言つた。するとさつきの若い男が、

「なに、あれは眉《まみえ》や鼻を鑿で作るんぢやない。あの通りの眉《まみえ》や鼻が木の中に埋《うま》つてゐるのを、鑿と槌《つち》の力で掘り出す迄《まで》だ。丸で土の中から石を掘り出す様なものだから決して間違ふ筈《はず》はない」と云つた。

自分は此《こ》の時始めて彫刻とはそんなものかと思ひ出した。果してさうなら誰にでも出来る事だと思ひ出した。それで急に自分も仁王《におう》が彫つて見たくなつたから見物をやめて早速家《うち》へ帰つた。

道具箱から鑿と金槌《かなづち》を持ち出して、裏へ出て見ると、先達《せんだつ》ての暴風《あらし》で倒れた樫《かし》を、薪《まき》にする積りで、木挽《こびき》に挽《ひ》かせた手頃な奴《やつ》が、沢山《たくさん》積んであつた。

自分は一番大きいのを選んで、勢ひよく彫り始めて見たが、不幸にして、仁王は見当らなかつた。其《そ》の次のにも運悪く掘り当《あて》る事が出来なかつた。三番目のにも仁王は居なかつた。自分は積んである薪《まき》を片つ端《ぱし》から彫つて見たが、どれもこれも仁王を蔵《かく》してゐるのはなかつた。遂《つい》に明治の木には到底仁王は埋《うま》つてゐないものだと悟つた。それで運慶が今日《きょう》迄《まで》生きてゐる理由も略《ほぼ》解つた。

第七夜

何でも大きな船に乗つてゐる。

此《こ》の船が毎日毎夜すこしの絶間なく黒い煙《けぶり》を吐いて浪《なみ》を切つて進んで行《ゆ》く。凄《すさま》じい音である。けれども何処《どこ》へ行《ゆ》くんだか分らない。只《ただ》波の底から焼火箸《やけひばし》の様な太陽が出る。それが高い帆柱の真上迄来てしばらく挂《かか》つてゐるかと思ふと、何時《いつ》の間にか大きな船を追ひ越して、先へ行つて仕舞《しま》ふ。さうして、仕舞《しまい》には焼火箸の様にぢゆつといつて又波の底に沈んで行《ゆ》く。其《そ》の度《たんび》に蒼《あお》い波が遠くの向ふで、蘇枋《すおう》の色に沸き返る。すると船は凄じい音を立てゝ其《そ》の跡《あと》を追掛《おつか》けて行《ゆ》く。けれども決して追附《おつつ》かない。

ある時自分は、船の男を捕《つら》まへて聞いて見た。

「此《こ》の船は西へ行《ゆ》くんですか」

船の男は怪訝《けげん》な顔をして、しばらく自分を見て居たが、やがて、

「何故《なぜ》」と問ひ返した。

「落ちて行《ゆ》く日を追懸《おつかけ》る様だから」

船の男は呵々《からから》と笑つた。さうして向ふの方へ行つて仕舞《しま》つた。

「西へ行《ゆ》く日の、果《はて》は東か。それは本真《ほんま》か。東出る日の、御里《おさと》は西か。それも本真《ほんま》か。身は波の上。檝枕《かじまくら》。流せ〳〵」と囃《はや》してゐる。舳《へさき》へ行つて見たら、水夫が大勢寄つて、太い帆綱《ほづな》を手繰《たぐ》つてゐた。

自分は大変心細くなつた。何時《いつ》陸《おか》へ上がれる事か分らない。さうして何処《どこ》へ行《ゆ》くのだか知れない。只《ただ》黒い煙《けぶり》を吐いて波を切つて行《ゆ》く事丈《だけ》は慥《たし》かである。其《そ》の波は頗《すこぶ》る広いものであつた。際限もなく蒼《あお》く見える。時には紫にもなつた。只船の動く周囲《まわり》丈は何時《いつ》でも真白に泡を吹いてゐた。自分は大変心細かつた。こんな船にゐるより一層《いつそ》身を投《なげ》て死んで仕舞はうかと思つた。

乗合は沢山《たくさん》居た。大抵は異人の様であつた。然《しか》し色々な顔をしてゐた。空が曇つて船が揺れた時、一人の女が欄《てすり》に倚《よ》りかゝつて、しきりに泣いて居た。眼《め》を拭《ふ》く半巾《ハンケチ》の色が白く見えた。然し身体《からだ》には更紗《さらさ》の様な洋服を着てゐた。此《この》女を見た時に、悲しいのは自分ばかりではないのだと気が附いた。

ある晩甲板《かんぱん》の上に出て、一人で星を眺めてゐたら、一人の異人が来て、天文学を知つてるかと尋ねた。自分は詰らないから死なうとさへ思つてゐる。天文学抔《など》知る必要がない。黙つてゐた。すると其《そ》の異人が金牛宮《きんぎゆうきゆう》の頂《いただき》にある七星《しちせい》の話をして聞かせた。さうして星も海もみんな神の作つたものだと云つた。最後に自分に神を信仰するかと尋ねた。自分は空を見て黙つて居た。

或時《あるとき》サローンに這入《はい》つたら派出《はで》な衣裳《いしよう》を着た若い女が向ふむきになつて、洋琴《ピアノ》を弾いてゐた。其《そ》の傍に脊《せい》の高い立派な男が立つて、唱歌を唄《うた》つてゐる。其《その》口が大変大きく見えた。けれども二人は二人以外の事には丸で頓着《とんちやく》してゐない様子であつた。船に乗つてゐる事さへ忘れてゐる様であつた。

自分は益《ますます》詰らなくなつた。とう〳〵死ぬ事に決心した。それである晩、あたりに人の居ない時分、思ひ切

つて海の中へ飛び込んだ。所が——自分の足が甲板《かんぱん》を離れて、船と縁が切れた其《そ》の刹那《せつな》に、急に命が惜《おし》くなつた。心の底からよせばよかつたと思つた。けれども、もう遅い。自分は厭《いや》でも応でも海の中へ這入《はい》らなければならない。只《ただ》大変高く出来てゐた船と見えて、身体《からだ》は船を離れたけれども、足は容易に水に着かない。然《しか》し捕《つか》まへるものがないから、次第々々に水に近附いて来る。いくら足を縮めても近附いて来る。水の色は黒かつた。

そのうち船は例の通り黒い煙《けぶり》を吐いて、通り過ぎて仕舞《しま》つた。自分は何処《どこ》へ行《ゆ》くんだか判《わか》らない船でも、矢《や》つ張《ぱ》り乗つて居《い》る方がよかつたと始めて悟りながら、しかも其《そ》の悟りを利用する事が出来ずに、無限の後悔と恐怖とを抱《いだ》いて黒い波の方へ静かに落ちて行つた。

第八夜

床屋の敷居を跨《また》いだら、白い着物を着てかたまつて居た三四人が、一度に入《い》らつしやいと云つた。

真中に立つて見廻《みまわ》すと、四角な部屋である。窓が二方に開《あ》いて、残る二方に鏡が懸《かか》つてゐる。鏡の数を勘定したら六つあつた。

自分は其《その》一つの前へ来て腰を卸《おろ》した。すると御尻《おしり》がぶくりと云つた。余程坐《すわ》り心地が好く出来た椅子《いす》である。鏡には自分の顔が立派に映つた。顔の後《うしろ》には窓が見えた。それから帳場格子《ちようばごうし》が斜《はす》に見えた。格子の中には人がゐなかつた。窓の外を通る往来《おうらい》の人の腰から上がよく見えた。

庄太郎が女を連れて通る。庄太郎は何時《いつ》の間にかパナマの帽子を買て被《かぶ》つてゐる。女も何時《いつ》の間に拵《こし》らへたものやら。一寸《ちよつと》解らない。双方共得意の様であつた。よく女の顔を見やうと思ふうちに通り過ぎて仕舞《しま》つた。

豆腐屋が喇叭《らつぱ》を吹いて通つた。喇叭を口へ宛がつてゐるんで、頰ぺたが蜂《はち》に螫《さ》された様に膨《ふく》れてゐた。膨れたまんまで通り越したものだから、気掛《きがか》りで堪《たま》らない。生涯蜂に螫されてゐる様に思ふ。

芸者が出た。まだ御化粧《おつくり》をしてゐない。島田の根が緩んで、何だか頭に締りがない。顔も寝ぼけてゐる。色《いろ》沢《つや》が気の毒な程悪い。それで御辞儀をして、どうも何とかですと云つたが、相手はどうしても鏡の中へ出て来ない。

　すると白い着物を着た大きな男が、自分の後ろへ来て、鋏《はさみ》と櫛《くし》を持つて自分の頭を眺め出した。自分は薄い髭《ひげ》を捩《ひね》つて、どうだらう物になるだらうかと尋ねた。白い男は、何《な》にも云はずに、手に持つた琥珀《こはく》色の櫛で軽く自分の頭を叩《たた》いた。

「さあ、頭もだが、どうだらう、物になるだらうか」と自分は白い男に聞いた。白い男は矢張《やは》り何も答へずに、ちやき〱と鋏を鳴らし始めた。

　鏡に映る影を一つ残らず見る積りで眼《め》を睜《みは》つてゐたが、鋏の鳴るたんびに黒い毛が飛んで来るので、恐ろしくなつて、やがて眼を閉ぢた。すると白い男が、かう云つた。

「旦那《だんな》は表の金魚売を御覧なすつたか」

　自分は見ないと云つた。白い男はそれぎりで、頻《しき》りと鋏を鳴らしてゐた。すると突然大きな声で危険《あぶねえ》と云つたものがある。はつと眼を開けると、白い男の袖《そで》の下に自転車の輪が見えた。人力の梶棒《かじぼう》が見えた。と思ふと、白い男が両手で自分の頭を押へてうんと横へ向けた。自転車と人力車は丸で見えなくなつた。鋏の音がちやきちやきする。

　やがて、白い男は自分の横へ廻《まわ》つて、耳の所を刈《か》り始めた。毛が前の方へ飛ばなくなつたから、安心して眼を開けた。粟餅《あわもち》や、餅やあ、餅や、と云ふ声がすぐ、そこでする。小さい杵《きね》をわざと臼《うす》へ中《あ》てゝ、拍子《ひょうし》を取つて餅を搗《つ》いてゐる。粟餅屋は子供の時に見たばかりだから、一寸《ちょっと》様子が見たい。けれども粟餅屋は決して鏡の中に出て来ない。只《ただ》餅を搗く音丈《だけ》する。

　自分はあるたけの視力で鏡の角《かど》を覗《のぞ》き込む様にして見た。すると帳場格子《ちょうばごうし》のうちに、いつの間にか一人の女が坐《すわ》つてゐる。色の浅黒い眉毛《まみえ》の濃《こ》い大柄な女で、髪を銀杏返《いちょうがえ》しに結つて、黒繻子《くろじゅす》の半襟《はんえり》の掛《かか》つた素袷《すあわせ》で、立《たて》膝《ひざ》の儘《まま》、札《さつ》の勘定をしてゐる。札は十円札らしい。女は長い睫《まつげ》を伏せて薄い唇を結んで一生懸命に、札の数を読んでゐるが、其《そ》の読み方がいかにも早い。しかも札の数はどこ迄《まで》行つても尽きる様子がない。膝の上に乗つてゐるのは高々百枚位だが、其《その》百枚がいつ迄勘定しても百枚である。

自分は茫然《ぼうぜん》として此女《この》の顔と十円札を見詰めて居た。すると耳の元で白い男が大きな声で「洗ひませう」と云つた。丁度《ちょうど》うまい折だから、椅子《いす》から立ち上がるや否《いな》や、帳場格子の方を振り返つて見た。けれども格子のうちには女も札《さつ》も何《なん》にも見えなかつた。

代を払つて表へ出ると、門口《かどぐち》の左側に、小判《こばん》なりの桶《おけ》が五つ許《ばか》り並べてあつて、其《そ》の中に赤い金魚や、斑入《ふいり》の金魚や、痩《や》せた金魚や、肥《ふと》つた金魚が沢山《たくさん》入れてあつた。さうして金魚売が其《そ》の後《うしろ》にゐた。金魚売は自分の前に並べた金魚を見詰《みつ》めた儘《まま》、頬杖《ほおづえ》を突いて、じつとして居《い》る。騒がしい往来《おうらい》の活動には殆《ほとん》ど心を留《と》めてゐない。自分はしばらく立つて此《こ》の金魚売を眺めて居た。けれども自分が眺めてゐる間《あいだ》、金魚売はちつとも動かなかつた。

第九夜

世の中が何となくざわつき始めた。今にも戦争《いくさ》が起りさうに見える。焼け出された裸馬《はだかうま》が、夜昼となく、屋敷の周囲《まわり》を暴《あ》れ廻《まわ》ると、それを夜昼となく足軽《あしがる》共が犇《ひしめ》きながら追掛《おつか》けてゐる様な心持がする。それでゐて家のうちは森《しん》として静かである。

家には若い母と三つになる子供がゐる。父は何処《どこ》かへ行つた。父が何処かへ行つたのは、月の出てゐない夜中であつた。床《とこ》の上で草鞋《わらじ》を穿《は》いて、黒い頭巾《ずきん》を被《かぶ》つて、勝手口から出て行つた。其《そ》の時母の持つてゐた雪洞《ぼんぼり》の灯《ひ》が暗い闇に細長く射して、生垣《いけがき》の手前にある古い檜《ひのき》を照《てら》した。

父はそれ限《きり》帰つて来なかつた。母は毎日三つになる子供に「御父《おとう》様は」と聞いてゐる。子供は何とも云はなかつた。しばらくしてから「あつち」と答へる様になつた。母が「何日《いつ》御帰り」と聞いても矢張《やは》り「あつち」と答へて笑つてゐた。其時《そのとき》は母も笑つた。さうして「今に御帰り」と云ふ言葉を何遍となく繰返して教へた。けれども子供は「今に」丈《だけ》を覚えたのみである。時々は「御父様は何処」と聞かれて「今に」と答へる事もあつた。

夜になつて、四隣《あたり》が静まると、母は帯を締め直して、鮫鞘《さめざや》の短刀を帯の間《あいだ》へ差して、子供を細帯で脊中《せなか》へ脊《し》負《よ》つて、そつと潜《くぐ》りから出て行《ゆ》く。母はいつでも草履《ぞうり》を穿《は》いてゐた。子供は此《こ》の草履の音を聞きながら母の脊中で寝て仕舞《しま》ふ事もあつた。

土塀《つちべい》の続いてゐる屋敷町を西へ下《くだ》つて、だら〱坂を降り尽すと、大きな銀杏《いちよう》がある。此《こ》の銀杏を目標《めじるし》に右に切れると、一丁許《ちようばか》り奥に石の鳥居がある。片側は田圃《たんぼ》で、片側は熊笹《くまざさ》ばかりの中を鳥居迄《まで》来て、それを潜り抜けると、暗い杉の木立になる。それから二十間《けん》許り敷石伝ひに突き当ると、古い拝殿の階段の下に出る。鼠色《ねずみいろ》に洗ひ出された賽銭箱《さいせんばこ》の上に、大きな鈴の紐《ひも》がぶら下つて昼間見ると、其《そ》の鈴の傍に八幡宮《はちまんぐう》と云ふ額が懸《かか》つてゐる。八の字が、鳩《はと》が二羽向ひあつた様な書体に出来てゐるのが面白い。其《そ》の外《ほか》にも色々の額がある。大抵は家中《かちゆう》のものゝ射抜《いぬ》いた金的《きんてき》を、射抜いたものゝ名前に添へたのが多い。偶《たま》には太刀《たち》を納めたのもある。

鳥居を潜ると杉の梢《こずえ》で何時《いつ》でも梟《ふくろう》が鳴いてゐる。さうして、冷飯草履《ひやめしぞうり》の音がぴちや〱する。それが拝殿の前で已《や》むと、母は先《ま》づ鈴を鳴らして置いて、直《すぐ》にしやがんで柏手《かしわで》を打つ。大抵は此時《このとき》梟が急に鳴かなくなる。それから母は一心不乱に夫の無事を祈る。母の考へでは、夫が侍であるから、弓矢の神の八幡へ、かうやつて是非《ぜひ》ない願《がん》を掛けたら、よもや聴かれぬ道理はなからうと一図《いちず》に思ひ詰めて居《い》る。

子供は能《よ》く此《こ》の鈴の音で眼《め》を覚まして、四辺《あたり》を見ると真暗《まつくら》だものだから、急に脊中《せなか》で泣き出す事がある。其《そ》の時母は口の内で何か祈りながら、脊を振つてあやさうとする。すると旨《うま》く泣き已《や》む事もある。又益《ますます》烈《はげ》しく泣き立てる事もある。いづれにしても母は容易に立たない。

一通り夫の身の上を祈つて仕舞ふと、今度は細帯を解《と》いて、脊中の子を摺《ず》り卸《お》ろすやうに、脊中から前へ廻《まわ》して、両手に抱きながら拝殿を上《のぼ》つて行つて、「好《い》い子だから、少しの間《ま》、待つて御出《おいで》よ」と屹度《きつと》自分の頬《ほお》を子供の頬へ擦《す》り附ける。さうして細帯を長くして、子供を縛つて置いて、其《そ》の片端を拝殿の欄干《らんかん》に括《くく》り附ける。それから段々を下りて来て二十間《けん》の敷石を往《い》つたり来たり御百度《おひやくど》を踏む。

拝殿に括りつけられた子は、暗闇の中で、細帯の丈《たけ》のゆるす限り、広縁《ひろえん》の上を這《は》ひ廻つてゐる。さう云ふ時は母に取つて、甚《はなは》だ楽な夜《よる》である。けれども縛つた子にひい〱泣かれると、母は気が気でない。御百度の足が非常に早くなる。大変息が切れる。仕方のない時は、中途で拝殿へ上《あが》つて来て、色々すかして置いて、又御《お》百度《ひやくど》を踏み直す事もある。

から云ふ風に、幾晩となく母が気を揉《も》んで、夜《よ》の目も寝ずに心配してゐた父は、とくの昔に浪士の為に殺されてゐたのである。

こんな悲《かな》しい話を、夢の中で母から聞《きい》た。

第十夜

庄太郎が女に攫《さら》はれてから七日目《なのかめ》の晩にふらりと帰つて来て、急に熱が出てどつと、床《とこ》に就《つ》いてゐると云つて健さんが知らせに来た。

庄太郎は町内一の好男子で、至極《しごく》善良な正直者である。たゞ一つの道楽がある。パナマの帽子を被《かぶ》つて、夕方になると水菓子屋の店先へ腰をかけて、往来《おうらい》の女の顔を眺めてゐる。さうして頻《しきり》に感心してゐる。其《そ》の外《ほか》には是《これ》と云ふ程の特色もない。

あまり女が通らない時は、往来を見ないで水菓子を見てゐる。水菓子には色々ある。水蜜桃《すいみつとう》や、林檎《りんご》や、枇《び》杷《わ》や、バナヽを奇麗に籠《かご》に盛つて、すぐ見舞物《みやげもの》に持つて行《ゆ》ける様に二列に並べてある。庄太郎は此《こ》の籠を見ては奇麗だと云つてゐる。商売をするなら水菓子屋に限ると云つてゐる。其《そ》の癖自分はパナマの帽子を被つてぶら〳〵遊んでゐる。

此《こ》の色がいゝと云つて、夏蜜柑《なつみかん》抔《など》を品評する事もある。けれども、曽《かつ》て銭《ぜに》を出して水菓子を買つた事がない。只《ただ》では無論食《く》はない。色許《ばか》り賞《ほ》めて居《い》る。

ある夕方一人の女が、不意に店先に立つた。身分のある人と見えて立派な服装をしてゐる。其《そ》の着物の色がひどく庄太郎の気に入つた。其《そ》の上庄太郎は大変女の顔に感心して仕舞《しま》つた。そこで大事なパナマの帽子を脱《と》つて丁寧に挨拶《あいさつ》をしたら、女は籠詰《かごづめ》の一番大きいのを指して、是《これ》を下さいと云ふんで、庄太郎はすぐ其《そ》の籠を取つて渡した。すると女はそれを一寸《ちよつと》提げて見て、大変重い事と云つた。

庄太郎は元来《がんらい》閑人《ひまじん》の上に、頗《すこぶ》る気作《きさく》な男だから、ではお宅迄《まで》持つて参りませうと云つて、女と一所に水菓子屋を出た。それぎり帰つて来なかつた。

如何《いか》な庄太郎でも、余《あん》まり呑気《のんき》過ぎる。只事《ただごと》ぢや無からうと云つて、親類や友達が騒ぎ出して居《い》ると、七日《なのか》目《め》の晩になつて、ふらりと帰つて来た。そこで大勢寄つてたかつて、庄さん何処《どこ》へ行つてゐたんだいと聞くと、庄太郎は電車へ乗つて山へ行つたんだと答へた。

何でも余程長い電車に違ひない。庄太郎の云ふ所によると、電車を下りるとすぐと原へ出たさうである。非常に広い原で、何処を見廻《みまわ》しても青い草ばかり生えてゐた。女と一所に草の上を歩いて行《ゆ》くと、急に絶壁《きりぎし》の天《てっ》辺《ぺん》へ出た、其《そ》の時女が庄太郎に、此処《ここ》から飛び込んで御覧なさいと云つた。底を覗《のぞ》いて見ると、切岸《きりぎし》は見えるが底は見えない。庄太郎は又パナマの帽子を脱いで再三辞退した。すると女が、もし思ひ切つて飛び込まなければ、豚《ぶた》に舐《な》められますが好《よ》う御座んすかと聞いた。庄太郎は豚と雲右衛門《くもえもん》が大嫌《だいきらい》だつた。けれども命には易《か》へられないと思つて、矢《や》つ張《ぱ》り飛び込むのを見合せてゐた。所へ豚が一匹鼻を鳴らして来た。庄太郎は仕方なしに、持つて居た細い檳榔樹《びんろうじゅ》の洋杖《ステツキ》で、豚の鼻頭《はなづら》を打《ぶ》つた。豚はぐうと云ひながら、ころりと引つ繰り返つて、絶壁《きりぎし》の下へ落ちて行つた。庄太郎はほつと一と息接《つ》いでゐると又一匹の豚が大きな鼻を庄太郎に擦《す》り附けに来た。庄太郎は已《やむ》を得ず又洋杖《ステツキ》を振り上げた。豚はぐうと鳴いて又真逆様《まつさかさま》に穴の底へ転げ込んだ。すると又一匹あらはれた。此《こ》の時庄太郎は不図《ふと》気が附いて、向ふを見《み》ると、遥《はるか》の青草原《あおくさばら》の尽きる辺《あたり》から幾万匹か数へ切れぬ豚が、群をなして一直線に、此絶壁《このきりぎし》の上に立つてゐる庄太郎を見懸《めが》けて鼻を鳴らしてくる。庄太郎は心《しん》から恐縮した。けれども仕方がないから、近寄つてくる豚の鼻頭《はなづら》を、一つ一つ丁寧に檳榔樹《びんろうじゅ》の洋杖《ステツキ》で打《ぶ》つてゐた。不思議な事に洋杖《ステツキ》が鼻へ触りさへすれば豚はころりと谷の底へ落ちて行《ゆ》く。覗《のぞ》いて見ると底の見えない絶壁《きりぎし》を、逆さになつた豚が行列して落ちて行《ゆ》く。自分が此《こ》の位多くの豚を谷へ落したかと思ふと、庄太郎は我ながら怖くなつた。けれども豚は続々くる。黒雲《くろくも》に足が生えて、青草を踏み分ける様な勢ひで無尽蔵に鼻を鳴らしてくる。

庄太郎は必死の勇を振《ふる》つて、豚《ぶた》の鼻頭《はなづら》を七日《なのか》六晩《むばん》叩《たた》いた。けれども、とう〳〵精根が尽きて、手が蒟蒻《こんにやく》の様に弱つて、仕舞《しまい》に豚に舐《な》められてしまつた。さうして絶壁《きりぎし》の上へ倒れた。

健さんは、庄太郎の話を此処《ここ》迄《まで》して、だから余《あんま》り女を見るのは善《よ》くないよと云つた。自分も尤《もつと》もだと思つた。けれども健さんは庄太郎のパナマの帽子が貰《もら》ひたいと云つてゐた。

庄太郎は助かるまい。パナマは健さんのものだらう。

（明治四一年七月—八月「朝日新聞」）

永日小品より

蛇

木戸を開けて表へ出ると、大きな馬の足迹《あしあと》の中に雨が一杯湛《たま》つてゐた。土を踏むと泥の音が蹠裏《あしのうら》へ飛び附いて来る。踵《かかと》を上げるのが痛い位に思はれた。手桶《ておけ》を右の手に提《さ》げてゐるので、足の抜き差《さし》に都合が悪い。際《きわ》どく踏み応へる時には、腰から上で調子を取る為に、手に持つたものを放り出したくなる。やがて手桶の尻《しり》をどつさと泥の底に据《す》ゑて仕舞《しま》つた。危《あやう》く倒れる所を手桶の柄《え》に乗し懸《かか》つて向ふを見ると、叔父《おじ》さんは一間許《けんばか》り前にゐた。蓑《みの》を着た肩の後《うしろ》から、三角に張つた網の底がぶら下がつてゐる。此《こ》の時被《かぶ》つた笠《かさ》が少し動いた。笠のなかゝら非常《ひど》い路《みち》だと云つた様に聞えた。蓑の影はやがて雨に吹かれた。

石橋の上に立つて下を見ると、黒い水が草の間《あいだ》から推《お》されて来る。不断は黒節《くろぶし》の上を三寸《ずん》とは超えない底に、長い藻《も》が、うつら〳〵と揺《うご》いて、見ても奇麗な流れであるのに、今日は底から濁つた。下から泥を吹き上げる、上から雨が叩《たた》く、真中を渦が重なり合つて通る。しばらく此《こ》の渦を見守つて居た叔父《おじ》さんは、口の内で、

「獲れる」と云つた。

二人は橋を渡つて、すぐ左へ切れた。渦は青い田の中を蜿蜒《うねうね》と延びて行《ゆ》く。どこ迄《まで》押して行《ゆ》くか分らない流れの迹《あと》を跟《つ》けて一町程来た。さうして広い田の中にたつた二人淋《さび》しく立つた。雨許《ばか》り見える。叔父さんは笠の中から空を仰いだ。空は茶壷《ちやつぼ》の蓋《ふた》の様に暗く封じられてゐる。その何処《どこ》からか、隙間《すきま》なく雨が落ちる。立つてゐると、ざあつと云ふ音がする。是《これ》は身に着けた笠と蓑に中《あた》る音である。夫《そ》れから四方の田に中る音である。向ふに見える貴王《きおう》の森に中る音も遠くから交《まじ》つて来るらしい。

森の上には、黒い雲が杉の梢《こずえ》に呼び寄せられて奥深く重なり合つてゐる。夫《そ》れが自然《じねん》の重みでだらりと上の方から下《さが》つて来る。雲の足は今杉の頭に絡《から》み附いた。もう少しすると、森の中へ落ちさうだ。

気が附いて足元を見ると、渦は限《かぎり》なく水上《みなかみ》から流れて来る。貴王《きおう》様の裏の池の水が、あの雲に襲はれたものだらう。渦の形が急に勢ひづいた様に見える。叔父《おじ》さんは又捲《ま》く渦を見守つて、

「獲れる」と左《さ》も何物をか取つた様に云つた。やがて蓑《みの》を着た儘《まま》水の中に下りた。勢ひの凄《すさま》じい割には、左程《さほど》深くもない。立つて腰迄浸《までつか》る位である。叔父さんは河の真中に腰を据《す》ゑて、貴王の森を正面に、川上に向つて、肩に担《かつ》いだ網を卸《おろ》した。

二人は雨の音の中に凝《じつ》として、まともに押して来る渦の恰好《かつこう》を眺めてゐた。魚《さかな》が此《こ》の渦の下を、貴王の池から流されて通るに違ひない。うまく懸《かか》れば大きなのが獲れると、一心に凄《すご》い水の色を見詰めてゐた。水は固《もと》より濁つてゐる。上皮《うわかわ》の動く具合丈《だけ》で、どんなものが、水の底を流れるか全く分りかねる。夫《それ》でも瞬《まばたき》もせずに、水際《みずぎわ》迄浸つた叔父さんの手首の動くのを待つてゐた。けれどもそれが中々に動かない。

雨脚《あまあし》は次第に黒くなる。河の色は段々重くなる。渦の紋は劇《はげ》しく水上《みなかみ》から回《めぐ》つて来る。此《こ》の時どす黒い波が鋭く眼《め》の前を通り過さうとする中に、ちらりと色の変つた模様が見えた。瞬《まばたき》を容《ゆる》さぬ咄嗟《とつさ》の光を受けた其《そ》の模様には長さの感じがあつた。是《これ》は大きな鰻《うなぎ》だなと思つた。

途端に流れに逆らつて、網の柄《え》を握つてゐた叔父さんの右の手首が、蓑の下から肩の上まで弾《は》ね返る様に動いた。続いて長いものが叔父さんの手を離れた。それが暗い雨のふりしきる中に、重たい縄の様な曲線を描いて、向ふの土手《どて》の上に落ちた。と思ふと、草の中からむくりと鎌首《かまくび》を一尺許《しやくばか》り持上げた。さうして持上げた儘《まま》屹《きつ》と二人を見た。

「覚えてゐろ」

声は慥《たし》かに叔父さんの声であつた。同時に鎌首は草の中に消えた。叔父さんは蒼《あお》い顔をして、蛇《へび》を投げた所を見てゐる。

「叔父さん、今、覚えてゐろと云つたのは貴方《あなた》ですか」

叔父《おじ》さんは漸《ようや》く此方《こつち》を向いた。さうして低い声で、誰だか能《よ》く分らないと答へた。今でも叔父に此《こ》の話をする度に、誰だか能く分らないと答へては妙な顔をする。

暖かい夢

風が高い建物に当つて、思ふ如《ごと》く真直《まつすぐ》に抜けられないので、急に稲妻《いなずま》に折れて、頭の上から、斜《はす》に舗石迄《しきいしまで》吹き卸《おろ》して来る。自分は歩きながら被《かぶ》つてゐた山高帽を右の手で抑へた。前に客待《きやくまち》の御者《ぎよしや》が一人ゐる。御車台から、此《この》有様を眺めて居たと見えて、自分が帽子から手を離して、姿勢を正すや否《いな》や、人指指《ひとさしゆび》を竪《たて》に立てた。乗らないかと云ふ符徴《ふちよう》である。自分は乗らなかつた。すると御者は右の手に拳骨《げんこつ》を固めて、烈《はげ》しく胸の辺《あたり》を打ち出した。二三間《げん》離れて聞いてゐても、とん〳〵音がする。倫敦《ロンドン》の御者《ぎよしや》はかうして、己《おの》れとわが手を暖めるのである。自分は振り返つて一寸此《ちよつとこ》の御者を見た。剝《は》げ懸《かか》つた堅い帽子の下から、霜《しも》に侵《おか》された厚い髪の毛が食《は》み出してゐる。毛布《ケツト》を継ぎ合せた様な粗《あら》い茶の外套《がいとう》の脊中《せなか》の右に其《そ》の肱《ひじ》を張つて、肩と平行になる迄怒《いか》らしつゝ、とん〳〵胸を敲《たた》いてゐる。まるで一種の器械の活動する様である。自分は再び歩き出した。

道を行《ゆ》くものは皆追ひ越して行《ゆ》く。女でさへ後れてはゐない。腰の後部《うしろ》でスカートを軽く撮《つま》んで、踵《かかと》の高い靴が曲るかと思ふ位烈《はげ》しく舗石《しきいし》を鳴らして急いで行《ゆ》く。よく見ると、何《ど》の顔も何《ど》の顔も切歯《せつぱ》詰《つま》つてゐる。男は正面を見たなり、女は傍目《わきめ》も触《ふ》らず、ひたすらにわが志《こころざ》す方《かた》へと一直線に走る丈《だけ》である。其《そ》の時の口は堅く結んでゐる。眉《まゆ》は深く鎖《とざ》してゐる。鼻は険《けわ》しく聳《そび》えてゐて、顔は奥行許《おくゆきばか》り延びてゐる。さうして、足は一文字《いちもんじ》に用のある方へ運んで行《ゆ》く。恰《あたか》も往来《おうらい》は歩くに堪へん、戸外は居《い》るに忍びん、一刻も早く屋根の下へ身を隠さなければ、生涯の耻辱《ちじよく》である、かの如《ごと》き態度である。

自分はのそ〳〵歩きながら、何となく此《こ》の都に居づらい感じがした。上を見ると、大きな空は、何時《いつ》の世からか、仕切られて、切岸《きりぎし》の如く聳える左右の棟《むね》に余された細い帯丈が東から西へかけて長く渡つてゐる。其《そ》の帯の色は朝から鼠色《ねずみいろ》であるが、次第々々に鳶色《とびいろ》に変じて来た。建物は固《もと》より灰色である。それが暖かい日の光に倦《う》み果てた様に、遠慮なく両側を塞《ふさ》いでゐる。広い土地を狭苦しい谷底《たにそこ》の日影にして、高い太陽が届く事の出来ない様に、二階の上に三階を重ねて、三階の上に四階を積んで仕舞《しま》つた。小さい人は其《そ》の底の一部分を、黒くなつて、寒さうに往来《おうらい》する。自分は其《そ》の黒く動くものゝうちで、尤《もつと》も緩漫なる一分子である。谷へ挟まつて、出端《では》を失つた風が、此《こ》の底を掬《すく》ふ様にして通り抜ける。黒いものは網の目を洩《も》れた雑魚《ざこ》の如《ごと》く四方にぱつと散つて行《ゆ》く。鈍《のろ》い自分も遂《つい》に此《こ》の風に吹き散らされて、家のなかへ逃げ込んだ。

長い廻廊《かいろう》をぐる〳〵廻《まわ》つて、二つ三つ階子《はしご》段を上《のぼ》ると、弾力仕掛《ばねじかけ》の大きな戸がある。身躯《からだ》の重みをちよつと寄せ掛けるや否《いな》や、音もなく、自然《じねん》と身は大きなガレリーの中に滑《すべ》り込んだ。眼《め》の下は眩《まばゆ》い程明かである。後《うしろ》を振り返ると、戸は何時《いつ》の間《ま》にか締つて、居《い》る所は春の様に暖かい。自分はしばらくの間《あいだ》、瞳《ひとみ》を慣らす為に、眼《め》をぱち〳〵させた。さうして、左右を見た。左右には人が沢山《たくさん》ゐる。けれども、みんな静かに落ち附いてゐる。さうして顔の筋肉が残らず緩んで見える。沢山の人がかう肩を並べてゐるのに、いくら沢山ゐても、一向苦にならない。悉《ことごと》く互ひと互ひを和《やわら》げてゐる。自分は上を見た。上は大穹窿《おおまるがた》の天井で極彩色《ごくさいしき》の濃く眼に応へる中に、鮮かな金箔《きんぱく》が、胸を躍《おど》らす程に、燦《さん》として輝いた。自分は前を見た。前は手欄《てすり》で尽きてゐる。手欄の外《そと》には何にもない。大きな穴である。自分は手欄の傍迄《まで》近寄つて、短い首を伸して穴の中を覗《のぞ》いた。すると遥《はるか》の下は、絵にかいた様な小さな人で埋《うま》つてゐた。其《そ》の数の多い割に鮮《あざやか》に見えた事。人の海とはこの事である。白、黒、黄、青、紫、赤、あらゆる明かな色が、大海原《おおうなばら》に起る波紋の如《ごと》く、簇然《そうぜん》として、遠くの底に、五色《ごしき》の鱗《うろこ》を并《なら》べた程、小さく且《かつ》奇麗に、蠢《うごめ》いてゐた。

其《そ》の時此《こ》の蠢くものが、ぱつと消えて、大きな天井から、遥かの谷底迄一度に暗くなつた。今迄何千となく居《い》ならんでゐたものは闇の中に葬《ほうむ》られたぎり、誰《たれ》あつて声を立てるものがない。恰《あたか》も此《こ》の大きな闇に、一人残らず其《そ》の存在を打ち消されて、影も形もなくなつたかの如くに寂《しん》としてゐる。と、思ふと、遥かの底の、正面の一部分が四角に切り抜かれて、闇の中から浮き出した様に、ぼうつと何時《いつ》の間にやら薄明るくなつて来た。始めは、たゞ闇の段取《だんどり》が違ふ丈《だけ》の事と思つてゐると、それが次第々々に暗がりを離れてくる。慥《たし》かに柔かな光を受けて居《お》るなと意識出来る位になつた時、自分は霧の様な光線の奥に、不透明な色を見出《みいだ》す事が出来た。其《そ》の色は黄と紫と藍《あゐ》であつた。やがて、そのうちの黄と紫が動き出した。自分は両眼の視神経を疲れる迄《まで》緊張して、此《こ》の動くものを瞬《また》きもせず凝視《みつめ》て居た。靄《もや》は眼《め》の底から忽《たちま》ち晴れ渡つた。遠くの向ふに、明かな日光の暖かに照り輝く海を控へて、黄な上衣《うわぎ》を着た美しい男と、紫の袖《そで》を長く牽《ひ》いた美しい女が、青草の上に、判然《はっきり》あらはれて来た。女が橄欖《かんらん》の樹《き》の下に据《す》ゑてある大理石の長椅子《ながいす》に腰を掛けた時に、男は椅子の横手に立つて、上から女を見下《みおろ》した。其時《そのとき》南から吹く温かい風に誘はれて、閑和《のどか》な楽《がく》の音《ね》が、細く長く、遠くの波の上を渡つて来た。

穴の上も、穴の下も、一度にざわつき出した。彼等は闇の中に消えたのではなかつた。闇の中で暖かな希臘《ギリシヤ》を夢みてゐたのである。

モナリサ

井深《いぶか》は日曜になると、襟巻《えりまき》に懐手《ふところで》で、其所等《そこいら》の古道具屋を覗《のぞ》き込んで歩るく。そのうちで尤《もつと》も汚ならしい、前代の廃物許《ばか》り並んでゐさうな見世《みせ》を選《よ》つては、あれの、これのと捻《ひね》くり廻《まわ》す。固《もと》より茶人《ちやじん》でないから、好《い》いの悪いのが解る次第ではないが、安くて面白さうなものを、ちよい〳〵買つて帰るうちには、一年に一度位掘り出し物に、あたるだらうとひそかに考へてゐる。

井深は一箇月程前に十五銭《せん》で鉄瓶《てつびん》の蓋丈《ふただけ》を買つて文鎮《ぶんちん》にした。此《こ》の間《あいだ》の日曜には二十五銭で鉄の鍔《つば》を買つて、是亦《これまた》文鎮にした。今日はもう少し大きい物を目懸《めが》けてゐる。懸物《かけもの》でも額でもすぐ人の眼《め》に附く様な、書斎の装飾が一つ欲しいと思つて、見廻してゐると、色摺《いろずり》の西洋の女の画《え》が、埃《ほこり》だらけになつて、横に立て懸けてあつた。溝《みぞ》の磨《す》れた井戸車の上に、何とも知れぬ花瓶が載つてゐて、其《そ》の中から黄色い尺八《しやくはち》の歌口《うたぐち》が此《こ》の画の邪魔をしてゐる。

西洋の画は此《こ》の古道具屋に似合はない。たゞ其《そ》の色具合が、とくに現代を超越して、上昔《そのかみ》の空気の中に黒く埋《うま》つてゐる。如何《いか》にも此《こ》の古道具屋にあつて然《しか》るべき調子である。井深は屹度《きつと》安いものだと鑑定した。聞いて見ると一円と云ふのに、少し首を捻《ひね》つたが、硝子《ガラス》も割れてゐないし、額縁も慥《たしか》だから、爺《じい》さんに談判して、八十銭迄《まで》に負けさせた。

井深が此《こ》の半身の画像を抱《いだ》いて、家《うち》へ帰つたのは、寒い日の暮方であつた。薄暗い部屋へ入つて、早速額を裸にして、壁へ立て懸けて、じつと其《そ》の前へ坐《すわ》り込んでゐると、洋燈《ランプ》を持つて細君《さいくん》が遣《や》つて来た。井深は細君に灯《ひ》を画《え》の傍へ翳《かざ》さして、もう一遍とつくりと八十銭の額を眺めた。総体に渋く黒ずんでゐる中に、顔だけが黄ばんで見える。是《こ》れも時代の所為《せい》だらう。井深は坐つた儘《まま》細君を顧みて、どうだと聞いた。細君は洋燈《ランプ》を翳した片手を少し上に上げて、しばらく物も言はずに黄ばんだ女の顔を眺めてゐたが、やがて、気味の悪い顔です事ねえと云つた。井深は只《ただ》笑つて、八十銭だよと答へた限《ぎ》りである。

飯《めし》を食つてから、踏台をして欄間《らんま》に釘《くぎ》を打つて、買つて来た額を頭の上へ掛けた。其《そ》の時細君は、此《こ》の女は何をするか分らない人相だ。見てゐると変な心持になるから、掛けるのは廃《よ》すが好《い》いと云つて頻《しき》りに止めたけれども、井深はなあに御前《おまえ》の神経だと云つて聞かなかつた。

細君は茶の間へ下《さが》る。井深は机に向つて調べものを始めた。十分許《ばかり》すると、不図《ふと》首を上げて、額の中が見たくなつた。筆を休めて、眼《め》を転ずると、黄色い女が、額の中で薄笑ひをしてゐる。井深はじつと其《そ》の口元を見詰めた。全く画工《えかき》の光線の附け方である。薄い唇が両方の端《はじ》で少し反り返つて、其《そ》の反り返つた所に一寸凹《ちよつとくぼみ》を見せてゐる。結んだ口を是《これ》から開けやうとする様にも取れる。又は開《あ》いた口をわざと、閉ぢた様にも取れる。但《ただ》し何故《なぜ》だか分らない。井深は変な心持がしたが、又机に向つた。

調べものとは云ひ条《じよう》、半分は写しものである。大して注意を払ふ必要もないので、少し経《た》つたら、又首を挙げて画《え》の方を見た。矢張《やは》り口元に何か曰《いわ》くがある。けれども非常に落ち附いてゐる。切れ長の一重瞼《ひとえまぶち》の中から静かな眸《ひとみ》が座敷の下に落ちた。井深は又机の方に向き直つた。

其《そ》の晩井深は何遍となく此《こ》の画を見た。さうして、何処《どこ》となく細君《さいくん》の評が当つてゐる様な気がし出した。けれども明る日になつたら、左《そ》うでもない様な顔をして役所へ出勤した。四時頃家《うち》へ帰つて見ると、昨夕《ゆうべ》の額は仰向《あおむ》けに机の上に乗せてある。午《ひる》少し過《すぎ》に、欄間《らんま》の上から突然落ちたのだといふ。道理で硝子《ガラス》が滅茶《めちや》々々に破《こわ》れてゐる。井深は額の裏を返して見た。昨夕《ゆうべ》紐《ひも》を通した環《かん》が、どうした具合か抜けてゐる。井深は其《そ》の序《ついで》に額の裏を開けて見た。すると画《え》と脊中《せなか》合せに、四つ折の西洋紙が出た。開けて見ると、印気《いんき》で妙な事が書いてある。

「モナリサの唇には女性《によしよう》の謎《なぞ》がある。原始以降此《この》謎を描き得たものはダギンチ丈《だけ》である。此《こ》の謎を解き得たものは一人もない。」

翌日《あくるひ》井深は役所へ行つて、モナリサとは何だと云つて、皆《みんな》に聞いた。然《しか》し誰《たれ》も分らなかつた。ぢやダギンチとは何だと尋ねたが、矢《や》つ張《ぱ》り誰《たれ》も分らなかつた。井深は細君の勧《すすめ》に任せて此《こ》の縁喜《えんぎ》の悪い画を、五銭で屑屋《くずや》に売り払つた。

火事

息が切れたから、立ち留まつて仰向《あおむ》くと、火の粉《こ》がもう頭の上を通る。霜《しも》を置く空の澄み切つて深い中に、数を尽して飛んで来ては卒然と消えて仕舞《しま》ふ。かと思ふと、すぐあとから鮮《あざや》かなやつが、一面に吹かれながら、追掛《おつか》けながら、ちら〱しながら、熾《さかん》にあらはれる。さうして不意に消えて行《ゆ》く。其《そ》の飛んでくる方角を見ると、大きな噴水を集めた様に、根が一本になつて、隙間《すきま》なく寒い空を染めてゐる。二三間《げん》先に大きな寺がある。長い石段の途中に太い樅《もみ》が静かな枝を夜《よ》に張つて、土手《どて》から高く聳《そび》えてゐる。火は其《そ》の後《うしろ》から起《おこ》る。黒い幹と動かぬ枝を殊更《ことさら》に残して、余る所は真赤である。火元《ひもと》は此《こ》の高い土手の上に違《ちがい》ない。もう一町程行つて左へ坂を上《あが》れば、現場へ出られる。

又急ぎ足に歩き出した。後《うしろ》から来るものは皆追越して行《ゆ》く。中には擦《す》れ違《ちがい》に大きな声を掛けるものがある。暗い路《みち》は自《おの》づと神経的に活きて来た。坂の下迄《まで》歩いて、愈《いよいよ》上《のぼ》らうとすると、胸を突く程急である。其《そ》の急な傾斜を、人の頭が一杯に埋《うず》めて、上から下迄犇《までひしめ》いてゐる。焔《ほのお》は坂の真上から容赦なく舞ひ上《あが》る。此《こ》の人の渦に捲《ま》かれて、坂の上迄押し上げられたら、踵《くびす》を回《めぐ》らすうちに焦げて仕舞《しまい》さうである。

もう半町程行《ゆ》くと、同じく左へ折れる大きな坂がある。上《のぼ》るなら此方《こちら》が楽で安全であると思ひ直して、出合頭《であいがしら》の人を煩《わづら》はしく避けて、漸《やう》やく曲り角迄《かどまで》出ると、向ふから劇《はげ》しく号鈴《ベル》を鳴らして蒸汽喞筒《じようきポンプ》が来た。退《の》かぬものは悉《ことごと》く敷き殺すぞと云はぬ許《ばかり》に人込の中を全速力で駆り立てながら、高い蹄《ひづめ》の音と共に、馬の鼻面《はなづら》を坂の方へ一捻《ひとひねり》に向直《むけなお》した。馬は泡を吹いた口を咽喉《のど》に摺《す》り附けて、尖《とが》つた耳を前に立てたが、いきなり前足を揃《そろ》へてもろに飛び出した。其《そ》の時栗毛《くりげ》の胴が、袢天《はんてん》を着た男の提燈《ちようちん》を掠《かす》めて、天鵞絨《びろうど》の如《ごと》く光つた。紅色《べにいろ》に塗つた太い車の輪が自分の足に触れたかと思ふ程際《きわ》どく回つた。と思ふと、喞筒《ポンプ》は一直線に坂を馳《か》け上がつた。

坂の中途へ来たら、前は正面にあつた燄《ほのお》が今度は筋違《すじかい》に後《うしろ》の方に見え出した。坂の上から又左へ取つて返さなければならない。横丁を見附けてゐると、細い路次《ろじ》の様なのが一つあつた。人に押されて入り込むと真暗《まつくら》である。たゞ一寸《すん》のセキもない程詰《つ》んでゐる。さうして互《たがい》に懸命な声を揚げる。火は明かに向ふに燃えてゐる。

十分の後漸《のちようや》く路次を抜けて通りへ出た。其《そ》の通りも亦《また》組屋敷位な幅で、既に人で一杯になつてゐる。路次を出るや否《いな》や、先《さつ》き地《じ》を蹴《け》つて、馳《か》け上がつた蒸汽喞筒《じようきポンプ》が眼《め》の前にじつとしてゐた。喞筒《ポンプ》は漸《やうや》く此処《ここ》迄馬を動かしたが、二三間《げんさ》先きの曲り角に妨《さまた》げられて、何《ど》うする事も出来ずに、焔《ほのお》を見物してゐる。焔は鼻の先から燃え上がる。

傍に押し詰められてゐるものは口々に何処《どこ》だ、何処だと号《さけ》ぶ。聞かれるものは、其処《そこ》だ其処だと云ふ。けれども両方共に焔の起《おこ》る所迄は行《ゆ》かれない。焔は勢ひを得て、静かな空を煽《あお》る様に、凄《すさま》じく上《のぼ》る。……

翌日午過《ひるすぎ》散歩の序《ついで》に、火元《ひもと》を見届様《みとどけよう》と思ふ好奇心から、例の坂を上《のぼ》つて、昨夕《ゆうべ》の路次を抜けて、蒸汽喞筒《ポンプ》の留まつてゐた組屋敷へ出て、二三間《げん》先の曲角《まがりかど》をまがつて、ぶら〳〵歩いて見たが、冬籠《ふゆごも》りと見える家が軒《のき》を並べてひそりと静まつてゐる許《ばか》りである。焼け跡《あと》は何処にも見当らない。火の揚がつたのは此《この》辺だと思はれる所は、奇麗な杉垣ばかり続いて、其《そ》のうちの一軒からは微《かす》かに琴の音《ね》が洩《も》れた。

霧

昨宵《ゆうべ》は夜中《よじゆう》枕の上で、ばち〳〵云ふ響《ひびき》を聞いた。是《これ》は近所にクラパム・ジヤンクシヨンと云ふ大停車場《おおステーション》のある御蔭である。此《こ》のジヤンクシヨンには一日のうちに、汽車が千いくつか集まつてくる。それを細かに割附けて見ると、一分に一《ひ》と列車位宛《ずつ》出入をする訳になる。その各列車が霧の深い時には、何《なに》かの仕掛で、停車場間《ステーションま》際《ぎわ》へ来ると、爆竹の様な音を立てゝ相図《あいず》をする。信号の燈光は青でも赤でも全く役に立たない程暗くなるからである。

寝台《ねだい》を這《は》ひ下りて、北窓の日蔽《ブラインド》を捲《ま》き上げて外面《そと》を見卸《みおろ》すと、外面《そと》は一面に茫《ぼう》としてゐる。下は芝生《しばふ》の底から、三方煉瓦《れんが》の塀に囲はれた一間余《けんよ》の高さに至る迄《まで》、何も見えない。たゞ空しいものが一杯詰つてゐる。さうして、それが寂《しん》として凍《こお》つてゐる。隣の庭も其《その》通りである。此《この》庭には奇麗なローンがあつて、春先の暖かい時分になると、白い髯《ひげ》を生《はや》した御爺《おじい》さんが日向《ひなた》ぼつこをしに出て来る。其時此《そのときこの》御爺さんは、何時《いつ》でも右の手に鸚鵡《おうむ》を留《と》まらしてゐる。さうして自分の目を鸚鵡の嘴《くちばし》で突つかれさうに近く、鳥の傍へ持つて行《ゆ》く。鸚鵡は羽《は》搏《ばた》きをして、しきりに鳴き立てる。御爺さんの出ないときは、娘が長い裾《すそ》を引いて、断え間なく芝刈《しばかり》器械をローンの上に転がしてゐる。此《こ》の記憶に富んだ庭も、今は全く霧に埋《うま》つて、荒果てた自分の下宿のそれと、何の境もなくのべつに続いてゐる。

裏通りを隔てゝ向ふ側に高いゴシツク式の教会の塔がある。其《そ》の塔の灰色に空を刺す天辺《てつぺん》で何時《いつ》でも鐘が鳴る。日曜は殊《こと》に甚《はなは》だしい。今日は鋭く尖《とが》つた頂きは無論の事、切石《きりいし》を不揃《ふそろい》に畳み上げた胴中《どうなか》さへ所在《ありか》が丸で分らない。それかと思ふ所が、心持黒いやうでもあるが、鐘の音《ね》は丸で響かない。鐘の形の見えない濃い影の奥に深く鎖《とざ》された。

表へ出ると二間許《けんばか》り先は見える。其《そ》の二間を行《ゆ》き尽すと又二間許り先が見えて来る。世の中が二間四方に縮まつたかと思ふと、歩けば歩るく程新しい二間四方が露《あら》はれる。其《そ》の代り今通つて来た過去の世界は通るに任せて消えて行《ゆ》く。

四つ角でバスを待ち合せてゐると、鼠色《ねずみいろ》の空気が切り抜かれて急に眼《め》の前へ馬の首が出た。それだのにバスの屋根に居《い》る人は、まだ霧を出切らずにゐる。此方《こつち》から霧を冒《おか》して、飛乗つて下を見ると、馬の首はもう薄ぼんやりしてゐる。バスが行《ゆ》き逢《あ》ふときは、行き逢つた時丈《だけ》奇麗だなと思ふ。思ふ間もなく色のあるものは、濁つた空《くう》の中に消えて仕舞《しま》ふ。漠々《ばくばく》として無色の裡《うち》に包まれて行つた。ヱストミンスター橋を通るとき、白いものが一二度眼を掠《かす》めて翻《ひる》がへつた。眸《ひとみ》を凝らして、其《そ》の行方《ゆくえ》を見詰めてゐると、封じ込められた大気の裡《うち》に、鷗《かもめ》が夢の様に微《かす》かに飛んでゐた。其《そ》の時頭の上でビッグベンが厳《おごそか》に十時を打ち出した。仰ぐと空の中でたゞ音《おん》丈がする。

ヸクトリヤで用を足して、テート画館の傍《はた》を河沿《かわぞい》にバタシー迄《まで》来ると、今迄鼠色《ねずみいろ》に見えた世界が、突然と四方からばつたり暮れた。泥炭《ピート》を溶いて濃く、身の周囲《まわり》に流した様に、黒い色に染られた重たい霧が、目と口と鼻とに逼《せま》つて来た。外套《がいとう》は抑へられたかと思ふ程湿つてゐる。軽い葛湯《くずゆ》を呼吸する許《ばか》りに気息《いき》が詰る。足元は無論穴蔵の底を踏むと同然である。

自分は此《こ》の重苦しい茶褐色の中に、しばらく茫然《ぼうぜん》と佇立《たたず》んだ。自分の傍を人が大勢通る様な心持がする。けれども肩が触れ合はない限りは果して、人が通つてゐるのか何《ど》うだか疑はしい。其《そ》の時此《こ》の濛々《もうもう》たる大海《たいかい》の一点が、豆位の大きさにどんよりと黄色く流れた。自分は夫《それ》を目標《めあて》に、四歩許りを動かした。するとある店先の窓硝子《ガラス》の前へ顔が出た。店の中では瓦斯《ガス》を点《つ》けてゐる。中は比較的明かである。人は常の如《ごと》く振舞つて居《い》る。自分はやつと安心した。

バタシーを通り越して、手探りをしない許りに向ふの岡へ足を向けたが、岡の上は仕舞屋《しもたや》許りである。同じ様な横町が幾筋《いくすじ》も並行して、青天の下《もと》でも紛れ易《やす》い。自分は向つて左の二つ目を曲つた様な気がした。夫《それ》から二町程真直《まつすぐ》に歩いた様な心持がした。夫《それ》から先は丸で分らなくなつた。暗い中にたつた一人立つて首を傾けてゐた。右の方から靴の音が近寄つて来た。と思ふと、それが四五間《けん》手前迄来て留《と》まつた。夫《それ》から段々遠退《とおの》いて行《ゆ》く。仕舞《しまい》には、全く聞えなくなつた。あとは寂《しん》としてゐる。自分は又暗い中にたつた一人立つて考へた。どうしたら下宿へ帰れるかしらん。

心

二階の手摺《てすり》に湯上りの手拭《てぬぐい》を懸けて、日の目の多い春の町を見下《みおろ》すと、頭巾《ずきん》を被《かむ》つて、白い髭《ひげ》を疎《まば》らに生やした下駄《げた》の歯《は》入《いれ》が垣《かき》の外を通る。古い鼓《つづみ》を天秤棒《てんびんぼう》に括《くく》り附けて、竹のへらでかん〳〵と敲《たた》くのだが、其《そ》の音は頭の中で不図《ふと》思ひ出した記憶の様に、鋭いくせに、何所《どこ》か気が抜けてゐる。爺《じい》さんが筋向《すじむこう》の医者の門の傍《わき》へ来て、例の冴《さ》え損なつた春の鼓をかんと打つと、頭の上に真白に咲いた梅の中から、一羽の小鳥が飛び出した。歯入は気が附かずに、青い竹垣をなぞへに向《むこう》の方へ廻《まわ》り込んで見えなくなつた。鳥は一搏《ひとはばたき》に手摺《てすり》の下迄《まで》飛んで来た。しばらくは柘榴《ざくろ》の細枝《ほそえだ》に留《とま》つてゐたが、落ち附かぬと見えて、二三度身振《みぶり》を易《か》へる拍子《ひょうし》に、不図《ふと》欄干《らんかん》に倚《よ》り掛《かか》つてゐる自分の方を見上げるや否《いな》や、ぱつと立つた。枝の上が煙る如《ごと》くに動いたと思つたら、小鳥はもう奇麗な足で手摺の桟《さん》を踏まへてゐる。

まだ見た事のない鳥だから、名前を知らう筈《はず》はないが、其《その》色合が著《いちじ》るしく自分の心を動かした。鶯《うぐいす》に似て少し渋味の勝つた翼に、胸は燻《くす》んだ、煉瓦《れんが》の色に似て、吹けば飛びさうに、ふわついてゐる。其《そ》の辺《あたり》には柔かな波を時々打たして、凝《じつ》と大人しくしてゐる。怖《おど》すのは罪だと思つて、自分もしばらく、手摺に倚《よ》つた儘《まま》、指一本も動かさずに辛抱してゐたが、存外鳥の方は平気なやうなので、やがて思ひ切つて、そつと身を後《うしろ》へ引いた。同時に鳥はひらりと手摺の上に飛び上がつて、すぐと眼《め》の前に来た。自分と鳥の間《あいだ》は僅《わず》か一尺《しやく》程に過ぎない。自分は半ば無意識に右手《めて》を美しい鳥の方に出した。鳥は柔かな翼と、華奢《きやしや》な足と、漣《さざなみ》の打つ胸の凡《すべ》てを挙げて、其《そ》の運命を自分に託するものゝ如《ごと》く、向ふからわが手の中《うち》に、安らかに飛び移つた。自分は其《そ》の時丸味のある頭を上から眺めて、此《こ》の鳥は……と思つた。然《しか》し此《こ》の鳥は……の後《あと》はどうしても思ひ出せなかつた。たゞ心の底の方に其《そ》の後《あと》が潜《ひそ》んでゐて、総体を薄く暈《ぼか》す様に見えた。此《こ》の心の底一面に煑《にじ》染んだものを、ある不可思議の力で、一所《ひとところ》に集めて判然《はつきり》と熟視したら、其《そ》の形は、——矢《や》つ張《ぱ》り此《こ》の時、此《こ》の場に、自分の手のうちにある鳥と同じ色の同じ物であつたらうと思ふ。自分は直《ただち》に籠《かご》の中に鳥を入れて、春の日影の傾《かたむ》く迄《まで》眺めてゐた。さうして此《こ》の鳥はどんな心持で自分を見てゐるだらうかと考へた。

やがて散歩に出た。欣々然《きんきんぜん》として、あてもないのに、町の数をいくつも通り越して、賑《にぎや》かな往来《おうらい》を行《ゆ》ける所迄行つたら、往来は右へ折れたり左へ曲つたりして、知らない人の後《あと》から、知らない人がいくらでも出て来る。いくら歩いても賑かで、陽気で、楽々してゐるから、自分は何処《どこ》の点で世界と接触して、其《その》接触するところに一種の窮屈を感ずるのか、殆《ほと》んど想像も及ばない。知らない人に幾《いく》千人となく出逢《であ》ふのは嬉《うれ》しいが、たゞ嬉しい丈《だけ》で、その嬉しい人の眼附《めつき》も鼻附も頓《とん》と頭に映らなかつた。すると何処《どこ》かで、宝鈴《ほうれい》が落ちて廂瓦《ひさしがわら》に当る様な音がしたので、はつと思つて向ふを見ると、五六間《けん》先の小路《こうじ》の入口に一人の女が立つてゐた。何を着てゐたか、どんな髷《まげ》に結つてゐたか、殆《ほと》んど分らなかつた。たゞ眼に映つたのは其《そ》の顔である。其《そ》の顔は、眼と云ひ、口と云ひ、鼻と云つて、離れ離れに叙述する事の六《む》づかしい——否《いな》、眼《め》と口と鼻と眉《まゆ》と額《ひたい》と一所《いっしょ》になつて、たつた一つ自分の為に作り上げられた顔である。百年の昔から此処《ここ》に立つて、眼も鼻も口もひとしく自分を待つてゐた顔である。百年の後《のち》迄自分を従へて何処《どこ》迄も行《ゆ》く顔である。黙つて物を云ふ顔である。女は黙つて後《うしろ》を向いた。追附《おいつ》いて見ると、小路《こうじ》と思つたのは露次《ろじ》で、不断の自分なら躊躇《ちゅうちょ》する位に細くて薄暗い。けれども女は黙つて其《そ》の中へ這入《はい》つて行《ゆ》く。黙つてゐる。けれども自分に後《あと》を跟《つ》けて来いと云ふ。自分は身を窄《すぼ》める様にして、露次の中に這入つた。

黒い暖簾《のれん》がふわ〱して居《い》る。白い字が染抜いてある。其《そ》の次には頭を掠《かす》める位に軒燈《けんとう》が出てゐた。真中に三階松《さんがいまつ》が書いて下に本《もと》とあつた。其《そ》の次には硝子《ガラス》の箱に軽焼《かるやき》の霰《あられ》が詰つてゐた。其《そ》の次には軒《のき》の下に、更紗《さらさ》の小片《こぎれ》を五つ六《む》つ四角な枠の中に並べたのが懸けてあつた。それから香水の瓶《びん》が見えた。すると露次は真黒な土蔵の壁で行《ゆ》き留《どま》つた。女は二尺程前に居た。と思ふと、急に自分の方を振り返つた。さうして急に右へ曲つた。其《そ》の時自分の頭は突然先刻《さつき》の鳥の心持に変化した。さうして女に尾《つ》いて、すぐ右へ曲つた。右へ曲ると、前よりも長い露次が、細く薄暗く、ずつと続いてゐる。自分は女の黙つて思惟《しい》する儘《まま》に、此《こ》の細く薄暗く、しかもずつと続いてゐる露次の中を鳥の様にどこ迄も跟いて行つた。

（明治四二年一月—二月「朝日新聞」）

琴のそら音

「珍らしいね、久しく来なかつたぢやないか」と津田君が出過ぎた洋燈《ランプ》の穂を細めながら尋ねた。

津田君がかう云つた時、余《よ》ははち切れて膝頭《ひざがしら》の出さうなヅボンの上で、相馬焼《そうまやき》の茶碗《ちやわん》の糸底《いとぞこ》を三本指でぐるぐる廻《まわ》しながら考へた。成程《なるほど》珍らしいに相違ない、此《この》正月に顔を合せたぎり、花盛りの今日迄《きょうまで》津田君の下宿を訪問した事はない。

「来《き》やう〱と思ひながら、つい忙がしいものだから――」

「そりあ、忙がしいだらう、何と云つても学校に居たうちとは違ふからね、此頃《このごろ》でも矢張《やは》り午後六時迄かい」

「まあ大概その位さ、家《うち》へ帰つて飯《めし》を食《く》ふとそれなり寝て仕舞《しま》ふ。勉強所《どころ》か湯にも碌々《ろくろく》這入《はい》らない位だ」と余は茶碗を畳の上へ置いて、卒業が恨《うら》めしいと云ふ顔をして見せる。

津田君は此一言《このいちごん》に少々同情の念を起したと見えて「成程《なるほど》少し瘠《や》せた様だぜ、余程苦しいのだらう」と云ふ。気のせいか当人は学士になつてから少々肥《ふと》つた様に見えるのが癪《しやく》に障《さわ》る。机の上に何だか面白さうな本を広げて右の頁《ページ》の上に鉛筆で註《ちゆう》が入れてある。こんな閑《ひま》があるかと思ふと羨《うらやま》しくもあり、忌々《いまいま》しくもあり、同時に吾《わが》身《み》が恨《うら》めしくなる。

「君は不相変《あいかわらず》勉強で結構だ、其《その》読みかけてある本は何かね。ノート抔《など》を入れて大分叮嚀《ていねい》に調べて居《い》るぢやないか」

「是《これ》か、なに是は幽霊の本さ」と津田君は頗《すこぶ》る平気な顔をして居《い》る。此《この》忙しい世の中に、流行《はや》りもせぬ幽霊の書物を澄まして愛読する抔といふのは、呑気《のんき》を通り越して贅沢《ぜいたく》の沙汰《さた》だと思ふ。

「僕も気楽に幽霊でも研究して見たいが、――どうも毎日芝から小石川《こいしかわ》の奥迄《まで》帰るのだから研究は愚か、自分が幽霊になりさうな位さ、考へると心細くなつて仕舞《しま》ふ」

「さうだつたね、つい忘れて居た。どうだい新世帯《しんじよたい》の味は。一戸《いつこ》を構へると自《おのず》から主人らしい心持がするかね」と津田君は幽霊を研究する丈《だけ》あつて心理作用に立ち入つた質問をする。

「あんまり主人らしい心持もしないさ。矢《や》ツ張《ぱ》り下宿の方が気楽でいゝ様だ。あれでも万事《ばんじ》整頓《せいとん》して居たら旦《だん》那《な》の心持と云ふ特別な心持になれるかも知れんが、何しろ真鍮《しんちゆう》の薬罐《やかん》で湯を沸かしたり、ブリッキの金盥《かなだらい》で顔を洗つてる内は主人らしくないからな」と実際の所を白状する。

「夫《それ》でも主人さ。是《これ》が俺《おれ》のうちだと思へば何となく愉快だらう。所有と云ふ事と愛惜《あいせき》といふ事は大抵の場合に於て伴なうのが原則だから」と津田君は心理学的に人の心を説明して呉《く》れる。学者と云ふものは頼みもせぬ事を一々説明してくれる者である。

「俺の家《うち》だと思へばどうか知らんが、てんで俺の家《うち》だと思ひ度《たく》ないんだからね。そりや名前丈《だけ》は主人に違ひないさ。だから門口《かどぐち》にも僕の名刺丈は張り付けて置いたがね。七円五十銭《せん》の家賃の主人なんざあ、主人にした所が見事な主人ぢやない。主人中の属官なるものだあね。主人になるなら勅任《ちよくにん》主人か少なくとも奏任《そうにん》主人にならなくつちや愉快はないさ。只《ただ》下宿の時分より面倒が殖《ふ》える許《ばか》りだ」と深くも考へずに浮気の不平丈を発表して相手の気色《けしき》を窺《うかが》ふ。向ふが少しでも同意したら、すぐ不平の後陣《ごじん》を繰り出す積りである。

「成程《なるほど》真理は其辺《そのへん》にあるかも知れん。下宿を続けて居《い》る僕と、新たに一戸《いつこ》を構へた君とは自《おのず》から立脚地が違ふからな」と言語は頗《すこぶ》る六《む》づかしいが兎《と》に角《かく》余の説に賛成丈はしてくれる。此《この》模様ならもう少し不平を陳列しても差し支《つかえ》はない。

「先《ま》づうちへ帰ると婆《ばあ》さんが横綴《よこと》ぢの帳面を持つて僕の前へ出てくる。今日《こんにち》は御味噌《おみそ》を三銭、大根を二本、鶉豆《うずらまめ》を一銭五厘《りん》買ひましたと精密なる報告をするんだね。厄介極《きわ》まるのさ」

「厄介極まるなら廃《よ》せばいゝぢやないか」と津田君は下宿人丈あつて無雑作な事を言ふ。

「僕は廃《よ》してもいゝが婆さんが承知しないから困る。そんな事は一々聞かないでもいゝから好加減《いいかげん》にして呉《く》れと云ふと、どう致しまして、奥様の入《い》らつしやらない御家《おうち》で、御台所を預かつて居《お》ります以上は一銭一厘《りん》でも間違ひがあつてはなりません、てつて頑《がん》として主人の云ふ事を聞かないんだからね」

「夫《それ》ぢやあ、只《ただ》うん〱云つて聞いてる振《ふり》をして居《い》りや宜《よ》からう」津田君は外部の刺激の如何《いかん》に関せず心は自由に働き得《う》ると考へて居《い》るらしい。心理学者にも似合しからぬ事だ。

「然《しか》し夫丈《それだけ》ぢやないのだからな。精細なる会計報告が済むと、今度は翌日《あす》の御菜《おかず》に就《つい》て綿密なる指揮を仰ぐのだから弱る」

「見計らつて調理《こしら》へろと云へば好《い》いぢやないか」

「所が当人見計らふ丈に、御菜に関して明瞭《めいりよう》なる観念がないのだから仕方がない」

「それぢや君が云ひ付けるさ。御菜のプログラム位訳ないぢやないか」

「夫《それ》が容易《たやす》く出来る位なら苦にやならないさ。僕だつて御菜上の智識は頗《すこぶ》る乏《とぼ》しいやね。明日《あした》の御《お》みおつけの実は何《なん》に致しませうとくると、最初から即答は出来ない男なんだから……」

「何だい御みおつけと云ふのは」

「味噌汁《みそしる》の事さ。東京の婆《ばあ》さんだから、東京流に御みおつけと云ふのだ。先《ま》づ其《その》汁の実を何《なん》に致しませうと聞かれると、実になり得《う》べき者を秩序正しく並べた上で選択をしなければならんだらう。一々考へ出すのが第一の困難で、考へ出した品物に就《つい》て取捨をするのが第二の困難だ」

「そんな困難をして飯《めし》を食《く》つてるのは情《なさけ》ない訳だ、君が特別に数奇《すき》なものが無いから困難なんだよ。二個以上の物体を同等の程度で好悪《こうお》するときは決断力の上に遅鈍なる影響を与へるのが原則だ」と又分り切つた事を態々《わざわざ》六づかしくして仕舞《しま》ふ。

「味噌汁の実迄《まで》相談するかと思ふと、妙な所へ干渉するよ」

「へえ、矢張《やは》り食物《しよくもつ》上にかね」

「うん、毎朝梅干に白砂糖を懸けて来て是非《ぜひ》一つ食へツて云ふんだがね。之《これ》を食はないと婆さん頗る御機嫌が悪いのさ」

「食へばどうかするのかい」

「何でも厄病除《よけ》のまじなひださうだ。さうして婆《ばあ》さんの理由が面白い。日本中どこの宿屋へ泊つても朝、梅干を出さない所はない。まじなひが利かなければ、こんなに一般の習慣となる訳がないと云つて得意に梅干を食はせるんだからな」

「成程夫《なるほどそれ》は一理あるよ、凡《すべ》ての習慣は皆相応の功力《こうりよく》があるので維持せらるゝのだから、梅干だつて一概に馬鹿《ばか》には出来ないさ」

「なんて君迄《まで》婆さんの肩を持つた日にや、僕は愈《いよいよ》主人らしからざる心持に成つて仕舞《しま》はあ」と飲みさしの巻《まき》烟草《たばこ》を火鉢の灰の中へ擲《たた》き込む。燃え残りのマッチの散る中に、白いものがさと動いて斜めに一の字が出来る。

「兎《と》に角《かく》旧弊な婆さんだな」

「旧弊はとくに卒業して迷信婆々《ばばあ》さ。何でも月に二三返《べん》は伝通院《でんづういん》辺の何とか云ふ坊主の所へ相談に行く様子だ」

「親類に坊主でもあるのかい」

「なに坊主が小遣《こづかい》取りに占ひをやるんだがね。其《その》坊主が又余計な事許《ばか》り言ふもんだから始末に行《い》かないのさ。現に僕が家《うち》を持つ時抔《など》も鬼門だとか八方塞《ふさが》りだとか云つて大《おおい》に弱らしたもんだ」

「だつて家《うち》を持つてから其《その》婆さんを雇つたんだらう」

「雇つたのは引き越す時だが約束は前からして置いたのだからね。実はあの婆々《ばばあ》も四谷《よつや》の宇野の世話で、是《これ》なら大丈夫だ独りで留守《るす》をさせても心配はないと母が云ふから極《き》めた訳さ」

「夫《それ》なら君の未来の妻君《さいくん》の御母《おつか》さんの御眼鏡《おめがね》で人撰《にんせん》に預《あず》つた婆さんだから慥《たし》かなもんだらう」

「人間は慥かに相違ないが迷信には驚いた。何でも引き越すと云ふ三日前に例の坊主の所へ行つて見て貰《もら》つたんださうだ。すると坊主が今本郷から小石川の方へ向いて動くのは甚《はなは》だよくない、屹度《きつと》家内に不幸があると云つたんだがね。——余計な事ぢやないか、何も坊主の癖にそんな知つた風な妄言《もうごん》を吐かんでもの事だあね」

「然《しか》しそれが商売だから仕様《しよう》がない」

「商売なら勘弁してやるから、金丈貰《だけもら》つて当り障《さわ》りのない事を喋舌《しやべ》るがいゝや」

「さう怒《おこ》つても僕の咎《とが》ぢやないんだから埒《らち》はあかんよ」

「其上《そのうえ》若い女に祟《たた》ると御負《おま》けを附加《つけた》したんだ。さあ婆《ばあ》さん驚くまい事か、僕のうちに若い女があるとすれば近い内貰ふ筈《はず》の宇野の娘に相違ないと自分で見解を下《くだ》して独りで心配して居《い》るのさ」

「だつて、まだ君の所へは来んのだらう」

「来んうちから心配をするから取越《とりこし》苦労さ」

「何だか洒落《しやれ》か真面目《まじめ》か分らなくなつて来たぜ」

「丸《まる》で御話にも何もなりやしない。所で近頃僕の家《うち》の近辺で野良犬《のらいぬ》が遠吠《とおぼえ》をやり出したんだ。……」

「犬の遠吠と婆さんとは何か関係があるのかい。僕には聯想《れんそう》さへ浮ばんが」と津田君は如何《いか》に得意の心理学でも是《これ》は説明が出来悪《にく》いと一寸眉《ちよつとまゆ》を寄せる。余はわざと落ち付き払つて御茶を一杯と云ふ。相馬焼《そうまやき》の茶碗《ちやわん》は安くて俗な者である。もとは貧乏士族が内職に焼いたとさへ伝聞《でんぶん》して居《い》る。津田君が三十匁《め》の出殻《でがら》を浪々此《なみなみこの》安茶碗についでくれた時余は何となく厭《いや》な心持がして飲む気がしなくなつた。茶碗の底を見ると狩野法眼元信《かのうほうげんもとのぶ》流の馬が勢《いきおい》よく跳ねて居《い》る。安いに似合はず活潑《かつぱつ》な馬だと感心はしたが、馬に感心したからと云つて飲みたくない茶を飲む義理もあるまいと思つて茶碗は手に取らなかつた。

「さあ飲み給《たま》へ」と津田君が促《うなが》す。

「此《この》馬は中々勢《いきおい》がいゝ。あの尻尾《しつぽ》を振つて鬣《たてがみ》を乱して居《い》る所は野馬《のんま》だね」と茶を飲まない代りに馬を賞《ほ》めてやつた。

「冗談ぢやない、婆さんが急に犬になるかと、思ふと、犬が急に馬になるのは烈《はげ》しい。夫《それ》からどうしたんだ」と頻《しき》りに後を聞きたがる。茶は飲まんでも差し支へない事となる。

「婆さんが云ふには、あの鳴き声は唯《ただ》の鳴き声ではない、何でも此辺《このへん》に変があるに相違ないから用心しなくてはいかんと云ふのさ。然《しか》し用心をしろと云つたつて別段用心の仕様《しよう》もないから打ち遣《や》つて置くから構はないが、うるさいには閉口だ」

「そんなに鳴き立てるのかい」

「なに犬はうるさくも何ともないさ。第一僕はぐう〳〵寐《ね》て仕舞《しま》ふから、いつどんなに吠《ほ》ゑるのか全く知らん位さ。然《しか》し婆《ばあ》さんの訴へは僕の起きて居《い》る時を択《えら》んで来るから面倒だね」

「成程《なるほど》如何《いか》に婆さんでも君の寐て居《い》る時をよつて御気を御付け遊《あそば》せとも云ふまい」

「所へもつて来て僕の未来の細君《さいくん》が風邪《かぜ》を引いたんだね。丁度《ちょうど》婆さんの御誂通《おあつらえどおり》に事件が輻輳《ふくそう》したからたまらない」

「それでも宇野の御嬢さんはまだ四谷に居《い》るんだから心配せんでも宜《よ》さゝうなものだ」

「それを心配するから迷信婆々《ばばあ》さ、あなたが御移りにならんと御嬢様の御《ご》病気がはやく御全快になりませんから是非《ぜひ》此《この》月中に方角のいゝ所へ御《ご》転宅《てんたく》遊ばせと云ふ訳さ。飛んだ預言者《よげんじゃ》に捕《つら》まつて、大迷惑《おおめいわく》だ」

「移るのもいゝかも知れんよ」

「馬鹿《ばか》あ言つてら、此間《このあいだ》越した許《ばか》りだね。そんなに度々引越《ひきこ》しをしたら身代限《しんだいかぎり》をする許りだ」

「然し病人は大丈夫かい」

「君迄《まで》妙な事を言ふぜ。少々伝通院の坊主にかぶれて来たんぢやないか。そんなに人を威嚇《おど》かすもんぢやない」

「威嚇《おど》かすんぢやない、大丈夫かと聞くんだ。是《これ》でも君の妻君《さいくん》の身の上を心配した積《つもり》なんだよ」

「大丈夫に極《きま》つてるさ。咳嗽《せき》は少し出るがインフルエンザなんだもの」

「インフルエンザ?」と津田君は突然余を驚かす程な大きな声を出す。今度は本当に威嚇《おど》かされて、無言の儘《まま》津田君の顔を見詰める。

「よく注意し給《たま》へ」と二句目は低い声で云つた。初めの大きな声に反して此《この》低い声が耳の底をつき抜けて頭の中へしんと浸《し》み込んだ様な気持がする。何故《なぜ》だか分らない。細い針は根迄《まで》這《は》入《い》る、低くても透《とお》る声は骨に答へるのであらう。碧瑠璃《へきるり》の大空に瞳《ひとみ》程な黒き点をはたと打たれた様な心持ちである。消えて失《う》せるか、溶けて流れるか、武庫《むこ》山卸《やまおろ》しにならぬとも限らぬ。此《この》瞳程な点の運命は是《これ》から津田君の説明で決せられるのである。余は覚えず相馬焼《そうまやき》の茶碗《ちやわん》を取り上げて冷たき茶を一時《いちじ》にぐつと飲み干した。

「注意せんといかんよ」と津田君は再び同じ事を同じ調子で繰り返す。瞳程な点が一段の黒味を増す。然《しか》し流れるとも広がるとも片付かぬ。

「縁喜《えんぎ》でもない、いやに人を驚かせるぜ。ワハヽヽヽ」と無理に大きな声で笑つて見せたが、腑《ふ》の抜けた勢《いきおい》のない声が無意味に響くので、我ながら気が付いて中途でぴたりと已《や》めた。やめると同時に此笑《このわらい》が愈《いよいよ》不自然に聞かれたので矢張《やは》り仕舞迄《しまいまで》笑ひ切れば善《よ》かつたと思ふ。津田君は此笑《このわらい》を何と聞《き》いたか知らん。再び口を開《ひら》いた時は依然として以前の調子である。

「いや実は斯《こ》う云ふ話がある。つい此間《このあいだ》の事だが、僕の親戚の者が矢張りインフルエンザに罹《かか》つてね。別段の事はないと思つて好加減《いいかげん》にして置いたら、一週間目から肺炎に変じて、とう／＼一箇月立たない内に死んで仕《し》舞《ま》つた。其時《そのとき》医者の話さ。此頃《このごろ》のインフルエンザは性《たち》が悪い、ぢきに肺炎になるから用心をせんといかんと云つたが――実に夢の様さ。可哀《かわい》さうでね」と言ひ掛けて厭《いや》な寒い顔をする。

「へえ、それは飛んだ事だつた。どうして又肺炎抔《など》に変じたのだ」と心配だから参考の為め聞いて置く気になる。

「どうしてつて、別段の事情もないのだが――夫《それ》だから君のも注意せんといかんと云ふのさ」

「本当だね」と余は満腹の真面目《まじめ》を此四《このよ》文字に籠《こ》めて、津田君の眼《め》の中を熱心に覗《のぞ》き込んだ。津田君はまだ寒い顔をして居《い》る。

「いやだ／＼、考へてもいやだ。二十二や三で死んでは実に詰らんからね。しかも所天《おつと》は戦争に行つてるんだから――」

「ふん、女か？　そりや気の毒だなあ。軍人だね」

「うん所天《おつと》は陸軍中尉さ。結婚してまだ一年にならんのさ。僕は通夜にも行《ゆ》き葬式の供にも立つたが――其《その》夫人の御母《おつか》さんが泣いてね――」

「泣くだらう、誰だつて泣かあ」

「丁度《ちようど》葬式の当日は雪がちら〳〵降つて寒い日だつたが、御経が済んで愈《いよいよ》棺《かん》を埋《う》める段になると、御母《おつか》さんが穴の傍へしやがんだぎり動かない。雪が飛んで頭の上が斑《まだら》になるから、僕が蝙蝠《こうもり》傘をさし懸けてやつた」

「それは感心だ、君にも似合はない優しい事をしたものだ」

「だつて気の毒で見て居《い》られないもの」

「さうだらう」と余は又法眼元信《ほうげんもとのぶ》の馬を見る。自分ながら此時《このとき》は相手の寒い顔が伝染して居《い》るに相違ないと思つた。咄嗟《とつさ》の間《あいだ》に死んだ女の所天《おつと》の事が聞いて見たくなる。

「それで其所天《そのおつと》の方は無事なのかね」

「所天《おつと》は黒木《くろき》軍《ぐん》に附いて居《い》るんだが、此方《このほう》はまあ幸《さいわい》に怪我《けが》もしない様だ」

「細君が死んだと云ふ報知を受取つたら嘸《さぞ》驚いたらう」

「いや、それに付いて不思議な話があるんだがね、日本から手紙の届かない先に細君がちやんと亭主の所へ行つて居《い》るんだ」

「行つてるとは？」

「逢《あ》ひに行つてるんだ」

「どうして？」

「どうしてつて、逢ひに行つたのさ」

「逢ひに行《ゆ》くにも何《なん》にも当人死んでるんぢやないか」

「死んで逢ひに行つたのさ」

「馬鹿《ばか》あ云つてら、いくら亭主が恋しいつたつて、そんな芸が誰に出来るもんか。丸で林屋正三《はやしやしようぞう》の怪談だ」

「いや実際行つたんだから、仕様《しよう》がない」と津田君は教育ある人にも似合《にあわ》ず、頑固に愚《ぐ》な事を主張する。

「仕様がないつて——何だか見て来た様な事を云ふぜ。可笑《おか》しいな、君本当にそんな事を話してるのかい」

「無論本当さ」

「是《こ》りや驚いた。丸で僕のうちの婆《ばあ》さんの様だ」

「婆《ばあ》さんでも爺《じい》さんでも事実だから仕方がない」と津田君は愈《いよいよ》躍起になる。どうも余にからかつて居《い》る様にも見えない。はてな真面目《まじめ》で云つて居《い》るとすれば何《なに》か曰《いわ》くのある事だらう。津田君と余は大学へ入つてから科は違ふたが、高等学校では同じ組に居た事もある。其時《そのとき》余は大概四十何人の席末《せきまつ》を汚《けが》すのが例であつたのに、先生は巋然《きぜん》として常に二三番を下らなかつた所を以て見ると、頭脳は余よりも三十五六枚方明晰《めいせき》に相違ない。其《その》津田君が躍起になる迄《まで》弁護するのだから満更《まんざら》の出鱈目《でたらめ》ではあるまい。余は法学士である、刻下《こつか》の事件を有《あり》の儘《まま》に見て常識で捌《さば》いて行くより外《ほか》に思慮を廻《めぐ》らすのは能《あた》はざるよりも寧《むし》ろ好まざる所である。幽霊だ、祟《たたり》だ、因縁《いんえん》だ抔《など》と雲を攫《つか》む様な事を考へるのは一番嫌《きらい》である。が津田君の頭脳には少々恐れ入《い》つて居る。其《その》恐れ入つてる先生が真面目《まじめ》に幽霊談をするとなると、余も此《この》問題に対する態度を義理にも改めたくなる。実を云ふと幽霊と雲助《くもすけ》は維新以来永久廃業した者とのみ信じて居たのである。然《しか》るに先刻《さつき》から津田君の容子《ようす》を見ると、何だか此《この》幽霊なる者が余の知らぬ間《ま》に再興された様にもある。先刻《さつき》机の上にある書物は何かと尋ねた時にも幽霊の書物だとか答へたと記憶する。兎《と》に角《かく》損はない事だ。忙がしい余に取つてはこんな機会は又とあるまい。後学の為め話丈《だけ》でも拝聴して帰らうと漸《ようや》く肚《はら》の中で決心した。見ると津田君も話の続きが話したいと云ふ風である。話したい、聞きたいと事が極《きま》れば訳はない。漢水《かんすい》は依然として西南に流れるのが千古の法則だ。

「段々聞き糺《ただ》して見ると、其《その》妻と云ふのが夫の出征前《ぜん》に誓つたのださうだ」

「何を？」

「もし万一御留守《おるす》中に病気で死ぬ様な事がありましても只《ただ》は死にませんて」

「へえ」

「必ず魂魄《こんぱく》丈は御傍へ行つて、もう一遍御目に懸《かか》りますと云つた時に、亭主は軍人で磊落《らいらく》な気性だから笑ひながら、よろしい、何時《いつ》でも来なさい、戦さの見物をさしてやるからと云つたぎり満洲へ渡つたんだがね。其後《そのご》そんな事は丸で忘れて仕舞《しま》つて一向気にも掛けなかつたさうだ」

「さうだらう、僕なんざ軍《いく》さに出なくつても忘れて仕舞はあ」

「それで其《その》男が出立《しゅったつ》をする時細君が色々手伝つて手荷物抔《など》を買つてやつた中に、懐中持《かいちゅうもち》の小さい鏡があつたさうだ」

「ふん。君は大変詳しく調べて居《い》るな」

「なにあとで戦地から手紙が来たので其顛末《そのてんまつ》が明瞭《めいりよう》になつた訳だが。——其《その》鏡を先生常に懐中して居てね」

「うん」

「ある朝例の如《ごと》くそれを取り出して何心《なにごころ》なく見たんださうだ。すると其《その》鏡の奥に写つたのが——いつもの通り髭《ひげ》だらけな垢染《あかじみ》た顔だらうと思ふと——不思議だねえ——実に妙な事があるぢやないか」

「どうしたい」

「青白い細君の病気に窶《やつ》れた姿がスーとあらはれたと云ふんだがね——いえ夫《それ》は一寸《ちよつと》信じられんのさ、誰に聞かしても嘘だらうと云ふさ。現に僕抔《など》も其《そ》の手紙を見る迄《まで》は信じない一人であつたのさ。然《しか》し向ふで手紙を出したのは無論こちらから死去の通知の行つた三週間も前なんだぜ。嘘をつくつたつて嘘にする材料のない時ださ。夫《それ》にそんな嘘をつく必要がないだらうぢやないか。死ぬか生きるかと云ふ戦争中にこんな小説染《じみ》た呑気《のんき》な法螺《ほら》を書いて国元へ送るものは一人もない訳ださ」

「そりや無い」と云つたが実はまだ半信半疑である。半信半疑ではあるが何だか物凄《ものすご》い、気味の悪い、一言《いちごん》にして云ふと法学士に似合はしからざる感じが起こつた。

「尤《もつと》も話しはしなかつたさうだ。黙つて鏡の裏《うち》から夫《おつと》の顔をしけ〴〵見詰めたぎりださうだが、其時《そのとき》夫の胸の中《うち》に訣別《けつべつ》の時、細君の言つた言葉が渦の様に忽然《こつぜん》と湧《わ》いて出たと云ふんだが、こりやさうだらう。焼小《やきご》手《て》で脳《のう》味噌《みそ》をじゆつと焚《や》かれた様な心持だと手紙に書いてあるよ」

「妙な事があるものだな」手紙の文句迄引用されると是非共《ぜひとも》信じなければならぬ様になる。何となく物騒《ぶつそう》な気合《けはい》である。此時《このとき》津田君がもしワツとでも叫んだら余は屹度《きつと》飛び上つたに相違ない。

「それで時間を調べて見ると細君が息を引き取つたのと夫が鏡を眺めたのが同日同刻になつて居《い》る」

「愈《いよいよ》不思議だな」是時《このとき》に至つては真面目《まじめ》に不思議と思ひ出した。「然しそんな事が有り得《う》る事かな」と念の為め津田君に聞いて見る。

「こゝにもそんな事を書いた本があるがね」と津田君は先刻《さつき》の書物を机の上から取り卸《おろ》しながら「近頃ぢや、有り得《う》ると云ふ事丈《だけ》は証明されさうだよ」と落ち付き払つて答へる。法学士の知らぬ間《ま》に心理学者の方では幽霊を再興して居《い》るなと思ふと幽霊も愈《いよいよ》馬鹿《ばか》に出来なくなる。知らぬ事には口が出せぬ、知らぬは無能力である。幽霊に関しては法学士は文学士に盲従しなければならぬと思ふ。

「遠い距離に於て、ある人の脳の細胞《さいほう》と、他《た》の人の細胞が感じて一種の化学的変化を起すと……」

「僕は法学士だから、そんな事を聞いても分らん。要するにさう云ふ事は理論上あり得《う》るんだね」余の如《ごと》き頭脳不透明なるものは理窟《りくつ》を承《うけたまわ》るより結論丈呑《の》み込んで置く方が簡便である。

「あゝ、つまりそこへ帰着するのさ。それに此《この》本にも例が沢山《たくさん》あるがね、其内《そのうち》でロード、ブローアムの見た幽霊抔《など》は今の話しと丸で同じ場合に属するものだ。中々面白い。君ブローアムは知つて居《い》るだらう」

「ブローアム？　ブローアムたなんだい」

「英国の文学者さ」

「道理で知らんと思つた。僕は自慢ぢやないが文学者の名なんかシエクスピヤとミルトンと其外《そのほか》に二三人しか知らんのだ」

津田君はこんな人間と学問上の議論をするのは無駄《むだ》だと思つたか「夫《それ》だから宇野の御嬢さんもよく注意し玉《たま》ひと云ふ事さ」と話を元へ戻す。

「うん注意はさせるよ。然《しか》し万一の事がありましたら屹度《きつと》御目に懸《かか》りに上りますなんて誓《ちかい》は立てないのだから其方《そのほう》は大丈夫だらう」と洒落《しやれ》て見たが心の中《うち》は何となく不愉快であつた。時計を出して見ると十一時に近い。是《これ》は大変。うちでは嘸婆《さぞばあ》さんが犬の遠吠《とおぼえ》を苦にして居《い》るだらうと思ふと、一刻も早く帰りたくなる。「いづれ其内《そのうち》婆さんに近付《ちかづき》になりに行くよ」と云ふ津田君に「御馳走をするから是非《ぜひ》来《き》給《たま》へ」と云ひながら白山《はくさん》御殿町《ごてんまち》の下宿を出る。

我からと惜気《おしげ》もなく咲いた彼岸桜《ひがんざくら》に、愈《いよいよ》春が来たなと浮かれ出したのも僅《わず》か二三日の間《あいだ》である。今では桜自身さへ早待《はやま》つたと後悔して居《い》るだらう。生温《なまぬる》く帽を吹く風に、額際《ひたいぎわ》から煮染《にじ》み出す膏《あぶら》と、粘《ねば》り着く砂埃《すなほこ》りとを一所《いつしよ》に拭《ぬぐ》ひ去つた一昨日《おとゝい》の事を思ふと、丸で去年の様な心持ちがする。それ程きのふから寒くなつた。今夜は一層である。冴返《さえかえ》る抔《など》と云ふ時節でもないに馬鹿々々敷《ばかばかしい》と外套《がいとう》の襟《えり》を立てゝ盲唖《もうあ》学校の前から植物園の横をだらくと下りた時、どこで撞《つ》く鐘だか夜の中に波を描いて、静かな空をうねりながら来る。十一時だなと思ふ。——時の鐘は誰が発明したものか知らん。今迄《いままで》は気が付かなかつたが注意して聴いて見ると妙な響《ひびき》である。一つ音が粘《ねば》り強い餅《もち》を引き千切《ちぎ》つた様に幾《いく》つにも割れてくる。割れたから縁《えん》が絶えたかと思ふと細くなつて、次の音に繋《つな》がる。繋がつて太くなつたかと思ふと、又筆の穂の様に自然と細くなる。——あの音はいやに伸びたり縮んだりするなと考へながら歩行《ある》くと、自分の心臓の鼓動も鐘の波のうねりと共に伸びたり縮んだりする様に感ぜられる。仕舞《しまい》には鐘の音にわが呼吸を合せ度《たく》なる。今夜はどうしても法学士らしくないと、足早《あしばや》に交番の角《かど》を曲るとき、冷たい風に誘はれてポツリと大粒の雨が顔にあたる。

極楽水はいやに陰気な所である。近頃は両側へ長家《ながや》が建つたので昔程淋《さみ》しくはないが、その長家が左右共闃《げき》然《ぜん》として空家の様に見えるのは余り気持のいゝものではない。貧民に活動はつき物である。働いて居《お》らぬ貧民は、貧民たる本性を遺失して生きたものとは認められぬ。余が通り抜ける極楽水《ごくらくみず》の貧民は打てども蘇《よ》み返《がえ》る景色なき迄《まで》に静かである。——実際死んで居《い》るのだらう。ポツリポツリと雨は漸《よう》やく濃《こま》かになる。傘《かさ》を持つて来なかつた、殊《こと》によると帰る迄にはずぶ濡《ぬれ》になる哩《わい》と舌打《したうち》をしながら空を仰ぐ。雨は闇の底から蕭々《しようしよう》と降る、容易に晴れさうにもない。

五六間《けん》先に忽《たちま》ち白い者が見える。往来《おうらい》の真中に立ち留《どま》つて、首を延《のば》して此《この》白い者をすかして居《い》るうちに、白い者は容赦《ようしや》もなく余の方へ進んでくる。半分と立たぬ間《ま》に余の右側を掠《かす》める如《ごと》く過ぎ去つたのを見ると——蜜《み》柑箱《かんばこ》の様なものに白い巾《きれ》をかけて、黒い着物をきた男が二人、棒を通して前後から担《かつ》いで行《ゆ》くのである。大方葬式か焼場であらう。箱の中のは乳飲子《ちのみご》に違ひない。黒い男は互《たがい》に言葉も交《まじ》へずに黙つて此棺桶《このかんおけ》を担いで行《ゆ》く。天下に夜中《やちゆう》棺桶を担《にな》ふ程、当然の出来事はあるまいと、思ひ切つた調子でコツくと担いで行《ゆ》く。闇に消える棺桶を暫《しばら》くは物珍らし気《げ》に見送つて振り返つた時、又行手から人声が聞え出した。高い声でもない、低い声でもない、夜《よ》が更けて居《い》るので存外反響が烈《はげ》しい。

「昨日《きのう》生れて今日死ぬ奴《やつ》もあるし」と一人が云ふと「寿命だよ、全く寿命だから仕方がない」と一人が答へる。二人の黒い影が又余の傍を掠《かす》めて見る間《ま》に闇の中へもぐり込む。棺《かん》の後《あと》を追つて足早《あしばや》に刻む下駄《げた》の音のみが雨に響く。

「昨日生れて今日死ぬ奴もあるし」と余は胸の中《うち》で繰り返して見た。昨日生れて今日死ぬ者さへあるなら、昨日病気に罹《かか》つて今日死ぬ者は固《もと》よりあるべき筈《はず》である。二十六年も娑婆《しやば》の気《き》を吸つたものは病気に罹らんでも充分死ぬ資格を具《そな》へて居《い》る。かうやつて極楽水《ごくらくみず》を四月三日の夜の十一時に上《のぼ》りつゝあるのは、ことによると死にゝ上《のぼ》つてるのかも知れない。――何だか上《のぼ》りたくない。暫《しば》らく坂の中途で立つて見る。然《しか》し立つて居《い》るのは、殊《こと》によると死にゝ立つて居《い》るのかも知れない。――又歩《ある》行き出す。死ぬと云ふ事が是程《これほど》人の心を動かすとは今《いま》迄《まで》つい気が付かなんだ。気が付いて見ると立つても歩《ある》行いても心配になる、此《この》様子では家《うち》へ帰つて蒲団《ふとん》の中へ這入《はい》つても矢張《やは》り心配になるかも知れぬ。何故《なぜ》今迄は平気で暮して居たのであらう。考へて見ると学校に居た時分は試験とベースボールで死ぬと云ふ事を考へる暇がなかつた。卒業してからはペンとインキと夫《それ》から月給の足らないのと婆《ばあ》さんの苦情で矢張り死ぬと云ふ事を考へる暇がなかつた。人間は死ぬ者だとは如何《いか》に呑気《のんき》な余でも承知して居《お》つたに相違ないが、実際余も死ぬものだと感じたのは今夜が生れて以来始めてゞある。夜《よる》と云ふ無暗《むやみ》に大きな黒い者が、歩《ある》行いても立つても上下四方から閉ぢ込めて居て、其中《そのなか》に余と云ふ形体を溶かし込まぬと承知せぬぞと逼《せま》る様に感ぜらるゝ。余は元来呑気《のんき》な丈《だけ》に正直な所、功名心《こうみようしん》には冷淡な男である。死ぬとしても別に思ひ置く事はない。別に思ひ置く事はないが死ぬのは非常に厭《いや》だ、どうしても死に度《たく》ない。死ぬのは是程《これほど》いやな者かなと始めて覚《さと》つた様に思ふ。雨は段々密になるので外套《がいとう》が水を含んで触《さわ》ると、濡《ぬ》れた海綿を圧《お》す様にじく〳〵する。

竹早町《たけはやちよう》を横《よこぎ》つて切支丹坂《きりしたんざか》へかゝる。何故《なぜ》切支丹坂と云ふのか分らないが、此《この》坂も名前に劣らぬ怪しい坂である。坂の上へ来た時、ふと先達《せんだつ》てこゝを通つて「日本一《につぽんいち》急な坂、命の欲しい者は用心ぢや〳〵」と書いた張札《はりふだ》が土手《どて》の横からはすに往来《おうらい》へ差し出て居《い》るのを滑稽《こつけい》だと笑つた事を思ひ出す。今夜は笑ふ所《どころ》ではない。命の欲しい者は用心ぢやと云ふ文句が聖書にでもある格言の様に胸に浮ぶ。坂道は暗い。滅多《めつた》に下りると滑つて尻餅《しりもち》を搨《つ》く。険呑《けんのん》だと八合目あたりから下を見て覘《ねらい》をつける。暗くて何もよく見えぬ。左の土手から古榎《ふるえのき》が無遠慮に枝を突き出して日の目の通はぬ程に坂を蔽《おお》ふて居《い》るから、昼でも此《この》坂を下りる時は谷の底へ落ちると同様あまり善《い》い心持ではない。榎は見えるかなと顔を上げて見ると、有ると思へばあり、無いと思へば無い程な黒い者に雨の注《そそ》ぐ音が頻《しき》りにする。此暗闇《このまっくら》な坂を下りて、細い谷道《たにみち》を伝《つた》つて、茗荷谷《みょうがだに》を向《むこう》へ上《あが》つて七八丁行《ゆ》けば小《こ》日向台町《びなただいまち》の余が家へ帰られるのだが、向《むこう》へ上がる迄《まで》がちと気味がわるい。

茗荷谷の坂の中途に当る位な所に赤い鮮かな火が見える。前から見えて居たのか顔をあげる途端に見えだしたのか判然しないが、兎《と》に角《かく》雨を透《すか》してよく見える。或《あるい》は屋敷の門口《もんぐち》に立てゝある瓦斯燈《ガスとう》ではないかと思つて見て居《い》ると、其《その》火がゆらり〳〵と盆燈籠《ぼんどうろう》の秋風に揺られる具合に動いた。――瓦斯燈ではない。何だらうと見て居《い》ると今度は其《その》火が雨と闇の中を波の様に縫つて上から下へ動いて来る。――是《これ》は提灯《ちょうちん》の火に相違ないと漸《ようや》く判断した時それが不意と消えて仕舞《しま》ふ。

此《この》火を見た時、余ははつと露子《つゆこ》の事を思ひ出した。露子は余が未来の細君の名である。未来の細君と此《この》火とどんな関係があるかは心理学者の津田君にも説明は出来んかも知れぬ。然《しか》し心理学者の説明し得《う》るものでなくては思ひ出してならぬとも限るまい。此《この》赤い、鮮かな、尾の消える縄に似た火は余をして慥《たし》かに余が未来の細君を咄嗟《とっさ》の際に思ひ出さしめたのである。――同時に火の消えた瞬間が露子の死を未練もなく拈出《ねんしゅつ》した。額《ひたい》を撫《な》でると膏汗《あぶらあせ》と雨でずる〳〵する。余は夢中である〳〵。

坂を下《お》り切ると細い谷道《たにみち》で、其《その》谷道が尽きたと思ふあたりから又向き直つて西へ西へと爪上《つまあが》りに新しい谷道がつゞく。此辺《このへん》は所謂《いわゆる》山の手の赤土《あかつち》で、少しでも雨が降ると下駄《げた》の歯を吸ひ落す程に濘《ぬか》る。暗さは暗し、靴は踵《かかと》を深く土に据《す》ゑ付けて容易《たやす》くは動かぬ。曲りくねつて無暗矢鱈《むやみやたら》に行《ゆ》くと枸杞垣《くこがき》とも覚《おぼ》しきものゝ鋭どく折れ曲る角《かど》でぱたりと又赤い火に出喰《でく》はした。見ると巡査である。巡査は其《その》赤い火を焼く迄に余の頰《ほお》に押し当てゝ「悪《わ》るいから御気を付けなさい」と言ひ棄《す》てゝ擦《す》れ違つた。よく注意し給《たま》へと云つた津田君の言葉と、悪いから御気をつけなさいと教へた巡査の言葉とは似て居《い》るなと思ふと忽《たちま》ち胸が鉛《なまり》の様に重くなる。あの火だ、あの火だと余は息を切らして馳《か》け上《あが》る。

どこをどう歩《ある》行いたとも知らず流星の如《ごと》く吾家《わがや》へ飛び込んだのは十二時近くであらう。三分心《さんぶしん》の薄暗いランプを片手に奥から駆け出して来た婆《ばあ》さんが頓狂《とんきよう》な声を張り上げて「旦那様《だんなさま》！　どうなさいました」と云ふ。見ると婆さんは蒼《あお》い顔をして居《い》る。

「婆さん！　どうかしたか」と余も大きな声を出す。婆さんも余から何か聞くのが怖しく、余は婆さんから何か聞くのが怖しいので御互《おたがい》にどうかしたかと問ひ掛けながら、其《その》返答は両方とも云はずに双方とも暫時《ざんじ》睨《にら》み合つて居《い》る。

「水が――水が垂れます」是《これ》は婆さんの注意である。成程《なるほど》充分に雨を含んだ外套《がいとう》の裾《すそ》と、中折帽《なかおれぼう》の庇《ひさし》から用捨《ようしや》なく冷たい点滴が畳の上に垂れる。折目《おれめ》をつまんで抛《ほう》り出すと、婆さんの膝《ひざ》の傍に白繻子《しろじゆす》の裏を天井へ向けて帽が転がる。灰色のチエスターフヒールドを脱いで、一振り振つて投げた時はいつもより余程重く感じた。日本服に着換《きか》へて、身顫《みぶる》ひをして漸《ようや》くわれに帰つた頃を見計《みはから》つて婆さんは又「どうなさいました」と尋ねる。今度は先方《せんぽう》も少しは落付いて居《い》る。

「どうするつて、別段どうもせんさ。只《ただ》雨に濡《ぬ》れた丈《だけ》の事さ」と可成《なるべく》弱身を見せまいとする。

「いえあの御顔色は只の御色では御座いません」と伝通院《でんづういん》の坊主を信仰する丈あつて、うまく人相を見る。

「御前《おまえ》の方がどうかしたんだらう。先《さ》ツきは少し歯の根が合はない様だつたぜ」

「私《わたくし》は何と旦那様《だんなさま》から冷かされても構ひません。――然《しか》し旦那様雑談事《じようだんごと》ぢや御座いませんよ」

「え？」と思はず心臓が縮みあがる。「どうした。留守《るす》中何《なに》かあつたのか。四谷から病人の事でも何《なん》か云つて来たのか」

「それ御覧遊ばせ、そんなに御嬢様の事を心配して居《い》らつしやる癖に」

「何と云つて来た。手紙が来たのか、使《つかい》が来たのか」

「手紙も使も参りは致しません」

「それぢや電報か」

「電報なんて参りは致しません」

「それぢや、どうした——早く聞かせろ」

「今夜は鳴き方が違ひますよ」

「何が?」

「何がつて、あなた、どうも宵から心配で堪《たま》りませんでした。どうしても只事《ただごと》ぢや御座いません」

「何がさ。夫《それ》だから早く聞かせろと云つてるぢやないか」

「先達中《せんだつてじゆう》から申し上げた犬で御座います」

「犬?」

「えゝ、遠吠《とおぼえ》で御座います。私《わたくし》が申し上げた通りに遊ばせば、こんな事には成らないで済んだんで御座いますのに、あなたが婆《ばあ》さんの迷信だなんて、余《あん》まり人を馬鹿《ばか》に遊ばすものですから……」

「こんな事にもあんな事にも、まだ何《なん》にも起らないぢやないか」

「いえ、さうでは御座いません、旦那《だんな》様も御帰り遊ばす途中御嬢様の御病気の事を考へて居《い》らしつたに相違御座いません」と婆さんずばと図星《ずぼし》を刺す。寒い刃《は》が闇に閃《ひら》めいてひやりと胸打《むねうち》を喰《く》はせられた様な心持がする。

「それは心配して来たに相違ないさ」

「それ御覧遊ばせ、矢《や》つ張《ぱ》り虫が知らせるので御座います」

「婆さん虫が知らせるなんて事が本当にあるものかな、御前《おまえ》そんな経験をした事があるのかい」

「有る段ぢや御座いません。昔《むか》しから人が烏鳴《からすな》きが悪いとか何《なん》とか善《よ》く申すぢや御座いませんか」

「成程《なるほど》烏鳴きは聞いた様だが、犬の遠吠は御前一人の様だが——」

「いゝえ、あなた」と婆さんは大軽蔑《だいけいべつ》の口調で余の疑《うたがい》を否定する。「同じ事で御座いますよ。婆や抔《など》は犬の遠吠でよく分ります。論より証拠是《これ》は何《なに》かあるなと思ふと外《はず》れた事が御座いませんもの」

「さうかい」

「年寄の云ふ事は馬鹿《ばか》に出来ません」

「そりや無論馬鹿には出来んさ。馬鹿に出来んのは僕もよく知つて居《い》るさ。だから何も御前を——然《しか》し遠吠がそんなに、よく当るものかな」

「まだ婆《ばあ》やの申す事を疑《うたぐ》つて入《い》らつしやる。何《なん》でも宜《よろ》しう御座いますから明朝《みようあさ》四谷へ行つて御覧遊ばせ、屹度《きつと》何《なに》か御座いますよ、婆やが受合ひますから」

「屹度何《なに》か有つちや厭《いや》だな。どうか工夫はあるまいか」

「夫《それ》だから早く御越し遊ばせと申し上げるのに、あなたが余り剛情《ごうじよう》を御張り遊ばすものだから――」

「是《これ》から剛情はやめるよ。――兎《と》も角《かく》あした早く四谷へ行つて見る事に仕様《しよう》。今夜是《これ》から行つても好《い》いが……」

「今夜入《い》らしつちや、婆やは御留守居《おるすい》は出来ません」

「なぜ?」

「なぜつて、気味《きび》が悪くつて居ても起《た》つても居《い》られませんもの」

「それでも御前《おまえ》が四谷の事を心配して居《い》るんぢやないか」

「心配は致して居《お》りますが、私《わたくし》だつて怖《おそろ》しう御座いますから」

折から軒《のき》を遶《めぐ》る雨の響《ひびき》に和して、いづくよりともなく何物か地を這《は》うて唸《うな》り廻《まわ》る様な声が聞える。

「あゝ、あれで御座います」と婆さんが瞳《ひとみ》を据《す》え小声で云ふ。成程《なるほど》陰気な声である。今夜はこゝへ寝る事にきめる。


　余は例の如《ごと》く蒲団《ふとん》の中へもぐり込んだが此《この》唸り声が気になつて瞼《まぶた》さへ合はせる事が出来ない。

普通犬の鳴き声といふものは、後も先も鉈刀《なたぶ》で打ち切つた薪雑木《まきざつぼう》を長く継《つ》いだ直線的の声である。今聞く唸り声はそんなに簡単な無造作の者ではない。声の幅に絶えざる変化があつて、曲りが見えて、丸みを帯びて居《い》る。蠟燭《ろうそく》の灯《ひ》の細きより始まつて次第に福やかに広がつて又油の尽きた燈心《とうしん》の花と漸次《ぜんじ》に消えて行《ゆ》く。どこで吠《ほ》ゑるか分らぬ。百里の遠き外《ほか》から、吹く風に乗せられて微《かす》かに響くと思ふ間《ま》に、近づけば軒端《のきば》を洩《も》れて、枕に塞《ふさ》ぐ耳にも薄《せま》る。ウヽヽと云ふ音が丸い段落をいくつも連ねて家の周囲を二三度繞《めぐ》ると、いつしか其《その》音がワヽヽに変化する拍子、疾《と》き風に吹き除《の》けられて遥《はる》か向ふに尻尾《しつぽ》はソンソンと化して闇の世界に入《い》る。陽気な声を無理に圧迫して陰欝《いんうつ》にしたのが此遠吠《このとおぼえ》である。躁狂《そうきょう》な響《ひびき》を権柄《けんぺい》づくで沈痛ならしめて居《い》るのが此《この》遠吠である。自由でない。圧制されて已《やむ》を得ずに出す声である処《ところ》が本来の陰欝、天然の沈痛よりも一層厭《いや》である、聞き苦しい。余は夜着《よぎ》の中に耳の根迄《まで》隠した。夜着の中でも聞える、而《しか》も耳を出して居《い》るより一層聞き苦しい。又顔を出す。

　暫《しば》らくすると遠吠がはたと已《や》む。此夜半《このやはん》の世界から犬の遠吠を引き去ると動いて居《い》るものは一つもない。吾《わが》家《や》が海の底へ沈んだと思ふ位静かになる。静まらぬは吾心のみである。吾心のみは此《この》静かな中から何事かを予期しつゝある。去れども其《その》何事なるかは寸分の観念だにない。性《しょう》の知れぬ者が此《この》闇の世から一寸《ちょっと》顔を出しはせまいかといふ掛念《けねん》が猛烈に神経を鼓舞《こぶ》するのみである。今出るか、今出るかと考へて居《い》る。髪の毛の間《あいだ》へ五本の指を差し込んで無茶苦茶《むちゃくちゃ》に掻《か》いて見る。一週間程湯に入つて頭を洗はんので指の股《また》が油でニチヤ〳〵する。此《この》静かな世界が変化したら――どうも変化しさうだ。今夜のうち、夜《よ》の明けぬうち何《なに》かあるに相違ない。此《この》一秒も待つて過ごす。此《この》一秒も亦《また》待ちつゝ暮らす。何を待つて居《い》るかと云はれては困る。何を待つて居《い》るか自分に分らんから一層の苦痛である。頭から抜き取つた手を顔の前に出して無意味に眺める。爪《つめ》の裏が垢《あか》で薄黒く三日月形《みかづきがた》に見える。同時に胃嚢《いぶくろ》が運動を停止して、雨に逢《あ》つた鹿皮《しかがわ》を天日《てんぴ》で乾し堅めた様に腹の中が窮屈《きゅうくつ》になる。犬が吠《ほ》ゑれば善《よ》いと思ふ。吠ゑて居《い》るうちは厭《いや》でも、厭な度合が分る。かう静かになつては、どんな厭な事が背後に起りつゝあるのか、知らぬ間《ま》に醸《かも》されつゝあるか見当がつかぬ。遠吠なら我慢する。どうか吠えて呉《く》れゝばいゝと寝返りを打つて仰向《あおむ》けになる。天井に丸くランプの影が幽《かす》かに写る。見ると其《そ》の丸い影が動いて居《い》る様だ。愈《いよいよ》不思議になつて来たと思ふと、蒲団《ふとん》の上で脊髄《せきずい》が急にぐにやりとする。只眼《ただめ》丈《だ》けを見張つて、慥《たし》かに動いて居《お》るか、居《お》らぬかを確める。――確かに動いて居《い》る。平常《ふだん》から動いて居《い》るのだが気が付かずに今日迄《きょうまで》過したのか、又は今夜に限つて動くのかしらん。――もし今夜丈《だけ》動くのなら、只事《ただごと》ではない。然《しか》し或《あるい》は腹工合《はらぐあい》のせゐかも知れまい。今日会社の帰りに池《いけ》の端《はた》の西洋料理屋で海老《えび》のフライを食《く》つたが、ことによるとあれが祟《たた》つて居《い》るかもしれん。詰らん物を食つて、銭《ぜに》をとられて馬鹿《ばか》々々しい廃《よ》せばよかつた。何しろこんな時は気を落ち付けて寐《ね》るのが肝心《かんじん》だと堅く眼を閉ぢて見る。すると虹霓《にじ》を粉《こ》にして振り蒔《ま》く様に、眼の前が五色《しき》の斑点《はんてん》でちら〱する。是《これ》は駄目《だめ》だと眼《め》を開《あ》くと又ランプの影が気になる。仕方がないから又横向になつて大病人《たいびようにん》の如《ごと》く、凝《じつ》として夜《よ》の明けるのを待たうと決心した。

横を向いて不図《ふと》目に入《い》つたのは、襖《ふすま》の陰に婆《ばあ》さんが叮嚀《ていねい》に畳んで置いた秩父銘仙《ちちぶめいせん》の不断着である。此前《このまえ》四谷に行つて露子の枕元で例の通り他愛もない話をして居《お》つた時、病人が袖口《そでぐち》の綻《ほころ》びから綿《わた》が出懸《でかか》つて居《い》るのを気にして、よせと云ふのを無理に蒲団《ふとん》の上へ起き直つて縫つてくれた事をすぐ聯想《れんさう》する。あの時は顔色が少し悪い許《ばか》りで笑ひ声さへ常とは変らなかつたのに――当人ももう大分好くなつたから明日《あした》あたりから床《とこ》を上げませうとさへ言つたのに――今、眼の前に露子の姿を浮べて見ると――浮べて見るのではない、自然に浮んで来るのだが――頭へ氷嚢《ひようのう》を戴《の》せて、長い髪を半分濡《ぬ》らして、うん〱呻《うめ》きながら、枕の上へのり出してくる。――愈《いよいよ》肺炎かしらと思ふ。然《しか》し肺炎にでもなつたら何とか知らせが来る筈《はず》だ。使《つかい》も手紙も来ない所を以て見ると矢《や》つ張《ぱ》り病気は全快したに相違ない、大丈夫だ、と断定して眠らうとする。合はす瞳《ひとみ》の底に露子の青白い肉の落ちた頬《ほお》と、窪《くぼ》んで硝子張《ガラスばり》の様に凄《すご》い眼がありあり〱と写る。どうも病気は癒《なお》つて居《お》らぬらしい。しらせは未《ま》だ来ぬが、来ぬと云ふ事が安心にはならん。今に来るかも知れん、どうせ来るなら早く来れば好《よ》い、来ないか知らんと寝返りを打つ。寒いとは云へ四月と云ふ時節に、厚夜着《あつよぎ》を二枚も重ねて掛けて居《い》るから、只《ただ》でさへ寝苦しい程暑い訳であるが、手足と胸の中《うち》は全く血の通はぬ様に重く冷たい。手で身のうちを撫《な》でゝ見ると膏《あぶら》と汗で湿つて居《い》る。皮膚の上に冷たい指が触《さわ》るのが、青大将にでも這《は》はれる様に厭《いや》な気持である。ことによると今夜のうちに使でも来るかも知れん。

突然何者か表の雨戸を破《わ》れる程叩《たた》く。そら来たと心臓が飛び上つて肋《あばら》の四枚目《よ》を蹴《け》る。何《なに》か云ふ様だが叩く音と共に耳を襲ふので、よく聞き取れぬ。「婆《ばあ》さん、何《なに》か来たぜ」と云ふ声の下から「旦那《だんな》様、何《なに》か参りました」と答へる。余と婆さんは同時に表口《おもてぐち》へ出て雨戸を開ける。――巡査が赤い火を持つて立つて居《い》る。

「今しがた何《なに》かありはしませんか」と巡査は不審な顔をして、挨拶《あいさつ》もせぬ先から突然尋ねる。余と婆さんは云ひ合した様に顔を見合せる。両方共何とも答をしない。

「実は今こゝを巡行するとね、何《なん》だか黒い影が御門《ごもん》から出て行きましたから……」

婆《ばあ》さんの顔は土の様である。何《なに》か云はうとするが息がはずんで云へない。巡査は余の方を見て返答を促《うな》がす。余は化石の如《ごと》く茫然《ぼうぜん》と立つて居《い》る。

「いや是《これ》は夜中甚《やちゆうはなは》だ失礼で……実は近頃此界隈《このかいわい》が非常に物騒なので、警察でも非常に厳重に警戒をしますので——丁度《ちようど》御門が開《あ》いて居《お》つて、何《なに》か出て行つた様な按排《あんばい》でしたから、もしやと思つて一寸《ちよつと》御注意をしたのですが……」

余は漸《よう》やくほつと息をつく。咽喉《のど》に痞《つか》へて居《い》る鉛《なまり》の丸《たま》が下りた様な気持ちがする。

「是《これ》は御親切に、どうも、——いえ別に何も盗難に罹《かか》つた覚《おぼえ》はない様です」

「それなら宜《よろ》しう御座います。毎晩犬が吠《ほ》えて御八《おや》釜敷《かましい》でせう。どう云ふものか賊が此辺《このへん》ばかり徘徊《はいかい》しますんで」

「どうも御苦労様」と景気よく答へたのは遠吠《とおぼえ》が泥棒の為めであるとも解釈が出来るからである。巡査は帰る。余は夜《よ》が明け次第四谷に行く積りで、六時が鳴る迄《まで》まんじりともせず待ち明した。

雨は漸く上つたが道は非常に悪い。足駄《あしだ》をと云ふと歯《は》入屋《いれや》へ持つて行つたぎり、つい取つてくるのを忘れたと云ふ。靴は昨夜《ゆうべ》の雨で到底穿《は》けさうにない。構ふものかと薩摩《さつま》下駄《げた》を引掛《ひつか》けて全速力で四谷《よつや》坂町《さかまち》迄馳《か》けつける。門は開《あ》いて居《い》るが玄関はまだ戸閉りがしてある。書生はまだ起きんのかしらと勝手口へ廻《まわ》る。清《きよ》と云ふ下総《しもうさ》生れの頬《ほつ》ペタの赤い下女《げじよ》が俎《まないた》の上で糠味噌《ぬかみそ》から出し立ての細根《ほそね》大根《だいこん》を切つて居《い》る。「御早《おは》やう、何《なに》はどうだ」と聞くと驚いた顔をして、襷《たすき》を半分外《はず》しながら「へえ」と云ふ。へえでは埒《らち》があかん。構はず飛び上つて、茶の間へつか〱這入《はい》り込む。見ると御母《おつか》さんが、今起き立《たて》の顔をして叮嚀《ていねい》に如鱗木《じよりんもく》の長火鉢《ながひばち》を拭《ふ》いて居《い》る。

「あら靖雄《やすお》さん！」と布巾《ふきん》を持つた儘《まま》あつけに取られたと云ふ風をする。あら靖雄さんでも埒があかん。

「どうです、余程悪いですか」と口早《くちばや》に聞く。

犬の遠吠が泥棒のせゐと極《き》まる位なら、ことによると病気も癒《なお》つて居《い》るかも知れない。癒つて居てくれゝば宜《よ》いがと御母《おつか》さんの顔を見て息を呑《の》み込む。

「えゝ悪いでせう、昨日《きのう》は大変降りましたからね。嘸《さぞ》御困りでしたらう」是《これ》では少々見当が違ふ。御母《おつか》さんの様子を見ると何だか驚いて居《い》る様だが、別に心配さうにも見えない。余は何となく落ち付いて来る。

「中々悪い道です」とハンケチを出して汗を拭いたが、矢張《やは》り気掛《きがか》りだから「あの露子さんは――」と聞いて見た。

「今顔を洗つて居ます、昨夕《ゆうべ》中央会堂の慈善音楽会とかに行つて遅く帰つたものですから、つい寝坊をしましてね」

「インフルエンザは？」

「えゝ難有《ありがと》う、もう薩張《さつぱ》り……」

「何ともないんですか」

「えゝ風邪《かぜ》はとつくに癒《なお》りました」

寒からぬ春風に、濛々《もうもう》たる小雨《こさめ》の吹き払はれて蒼空《あおぞら》の底迄《まで》見える心地である。日本一《につぽんいち》の御機嫌にて候《そろ》と云ふ文句がどこかに書いてあつた様だが、こんな気分を云ふのではないかと、昨夕《ゆうべ》の気味の悪かつたのに引き換へて今の胸の中《うち》が一層朗《ほがら》かになる。なぜあんな事を苦にしたらう、自分ながら愚《ぐ》の至りだと悟《さと》つて見ると、何だか馬鹿《ばか》々々しい。馬鹿々々しいと思ふにつけて、たとひ親しい間柄とは云へ、用もないのに早朝から人の家《うち》へ飛び込んだのが手持無沙汰《てもちぶさた》に感ぜらるゝ。

「どうして、こんなに早く、――何か用事でも出来たんですか」と御母《おつか》さんが真面目《まじめ》に聞く。どう答へて宜《よ》いか分らん。嘘をつくと云つたつて、さう咄嗟《とつさ》の際に嘘がうまく出るものではない。余は仕方がないから

「えゝ」と云つた。

「えゝ」と云つた後で、廃《よ》せば善《よ》かつた、――一思ひに正直な所を白状して仕舞《しま》へば善かつたと、すぐ気が付いたが、「えゝ」の出たあとはもう仕方がない。「えゝ」を引き込める訳に行《い》かなければ「えゝ」を活《い》かさなければならん。「えゝ」とは単簡な二文字《もんじ》であるが滅多《めつた》に使ふものでない、之《これ》を活かすには余程骨が折れる。

「何《なに》か急な御用なんですか」と御母《おつか》さんは詰め寄せる。別段の名案も浮ばないから又「えゝ」と答へて置いて、

「露子さん〱」と風呂場の方を向いて大きな声で怒鳴《どな》つて見た。

「あら、どなたかと思つたら、御早いのねえ――どうなすつたの、――何《なに》か御用なの?」露子は人の気も知らずに又同じ質問で苦しめる。

「あゝ何《なに》か急に御用が御出来なすつたんだつて」と御母《おつか》さんは露子に代理の返事をする。

「さう、何の御用なの」と露子は無邪気に聞く。

「えゝ、少し其《その》、用があつて近所迄《まで》来たのですから」と漸《よう》やく一方に活路を開《ひら》く。随分苦しい開き方だと一人で肚《はら》の中で考へる。

「それでは、私に御用ぢやないの」と御母《おつか》さんは少々不審な顔付である。

「えゝ」

「もう用を済まして入《い》らしつたの、随分早いのね」と露子は大《おお》いに感嘆する。

「いえ、まだ是《これ》から行《い》くんです」とあまり感嘆されても困るから、一寸謙遜《ちよつとけんそん》して見たが、どつちにしても別に変りはないと思ふと、自分で自分の言つて居《い》る事が如何《いか》にも馬鹿《ばか》らしく聞える。こんな時は可成《なるべく》早く帰る方が得策だ、長座《ながざ》をすればする程失敗する許《ばか》りだと、そろ〳〵、尻《しり》を立てかけると

「あなた、顔の色が大変悪い様ですがどうかなさりやしませんか」と御母《おつか》さんが逆捻《さかねじ》を喰《く》はせる。

「髪を御刈《おか》りになると好《い》いのね、あんまり髭《ひげ》が生えて居《い》るから病人らしいのよ。あら頭にはねが上《あが》つてゝよ。大変乱暴に御歩行《おある》きなすつたのね」

「日和下駄《ひよりげた》ですもの、余程上《あが》つたでせう」と脊中《せなか》を向いて見せる。御母《おつか》さんと露子は同時に「おやまあ!」と申し合せた様な驚き方をする。

羽織を干《ほ》して貰《もら》つて、足駄《あしだ》を借りて奥に寝て居《い》る御父《おと》つさんには挨拶《あいさつ》もしないで門を出る。うらゝかな上天気で、しかも日曜である。少々ばつは悪かつた様なものゝ昨夜《ゆうべ》の心配は紅炉上《こうろじよう》の雪と消えて、余が前途には柳、桜の春が簇《むら》がるばかり嬉《うれ》しい。神楽坂迄《かぐらざかまで》来て床屋へ這入《はい》る。未来の細君《さいくん》の歓心を得んが為だと云はれても構はない。実際余は何事によらず露子の好《す》く様にしたいと思つて居《い》る。

「旦那《だんな》髯《ひげ》は残しませうか」と白服を着た職人が聞く。髯を剃《そ》るといゝと露子が云つたのだが全体の髯の事か顋《あご》

髯丈《ひげだけ》かわからない。まあ鼻の下丈は残す事にしやうと一人で極《き》める。職人が残しませうかと念を押す位だから、残したつて余り目立つ程のものでもないには極《きま》つて居《い》る。

「源《げん》さん、世の中にや随分馬鹿《ばか》な奴《やつ》が居《い》るもんだねえ」と余の顋《あご》をつまんで髪剃《かみそり》を逆《ぎやく》に持ちながら一寸《ちよつと》火鉢の方を見る。

源さんは火鉢の傍に陣取つて将棊盤《しようぎばん》の上で金銀二枚をしきりにパチつかせて居たが「本当にさ、幽霊だの亡《もう》者《じや》だのつて、そりや御前《おまえ》、昔《むか》しの事だあな。電気燈のつく今日《こんにち》そんな箆棒《べらぼう》な話しがある訳がねえからな」と王様の肩へ飛車《ひしや》を載せて見る。「おい由公御前《よしこうおめえ》からやつて駒を十枚積んで見ねえか、積めたら安宅鮓《あたかずし》を十銭奢《せんおご》つてやるぜ」

一本歯の高足駄《たかあしだ》を穿《は》いた下剃《したぞり》の小僧が「鮓ぢやいやだ、幽霊を見せてくれたら、積んで見せらあ」と洗濯したてのタウエルを畳みながら笑つて居《い》る。

「幽霊も由公に迄《まで》馬鹿にされる位だから幅は利かない訳さね」と余の揉《も》み上げを米噛《こめか》みのあたりからぞきりと切り落す。

「あんまり短かゝあないか」

「近頃はみんな此位《このくらい》です。揉み上げの長いのはにやけてゝ可笑《おか》しいもんです。――なあに、みんな神経さ。自分の心に恐いと思ふから自然幽霊だつて増長して出度《でたく》ならあね」と刃《は》についた毛を人さし指と拇指《おやゆび》で拭《ぬぐ》ひながら又源さんに話しかける。

「全く神経だ」と源さんが山桜の烟《けむり》を口から吹き出しながら賛成する。

「神経つて者は源さんどこにあるんだらう」と由公はランプのホヤを拭《ふ》きながら真面目《まじめ》に質問する。

「神経か、神経は御《お》めえ方々《ほうぼう》にあらあな」と源さんの答弁は少々漠然として居《い》る。

白暖簾《しろのれん》の懸《かか》つた座敷の入口に腰を掛けて、先《さ》つきから手垢《てあか》のついた薄つぺらな本を見て居た松さんが急に大きな声を出して面白い事がかいてあらあ、よつぽど面白いと一人で笑ひ出す。

「何だい小説か、食道楽《くいどうらく》ぢやねえか」と源さんが聞くと松さんはさうよさうかも知れねえと上表紙《うわびようし》を見る。標題には浮世心理講義録有耶無耶道人著《うきよしんりこうぎろくうやむやどうじんちよ》とかいてある。

「何だか長い名だ、とにかく食道楽ぢやねえ。鎌さん一体是《これ》や何《なん》の本だい」と余の耳に髪剃《かみそり》を入れてぐる〳〵廻転させて居《い》る職人に聞く。

「何だか、訳の分らない様な、とぼけた事が書いてある本だがね」

「一人で笑つて居ねえで少し読んで聞かせねえ」と源さんは松さんに請求する。松さんは大きな声で一節を読み上る。

「狸《たぬき》が人を婆化《ばか》すと云ひやすけれど、何で狸が婆化しやせう。ありやみんな催眠術でげす……」

「成程《なるほど》妙な本だね」と源さんは烟《けむ》に捲《ま》かれて居《い》る。

「拙《せつ》が一返古榎《いつぺんふるえのき》になつた事がありやす、所へ源兵衛村の作蔵と云ふ若い衆《しゆ》が首を縊《くく》りに来やした……」

「何だい狸が何《なに》か云つてるのか」

「どうもさうらしいね」

「それぢや狸のこせへた本ぢやねえか――人を馬鹿《ばか》にしやがる――夫《それ》から?」

「拙が腕をニューと出して居《い》る所へ古褌《ふるふんどし》を懸けやした――随分臭《くそ》うげしたよ――……」

「狸の癖にいやに贅沢《ぜいたく》を云ふぜ」

「肥桶《こいたご》を台にしてぶらりと下がる途端拙はわざと腕をぐにやりと卸《お》ろしてやりやしたので作蔵君は首を縊り損《そくな》つてまご〳〵して居《お》りやす。こゝだと思ひやしたから急に榎の姿を隠してアハヽヽヽと源兵衛村中へ響く程な大きな声で笑つてやりやした。すると作蔵君は余程仰天したと見えやして助けて呉《く》れ、助けて呉れと褌を置去りにして一生懸命に逃げ出しやした……」

「こいつあ旨《うめ》え、然《しか》し狸が作蔵の褌をとつて何《なん》にするだらう」

「大方睾丸《きんたま》でもつゝむ気だらう」

アハヽヽヽと皆《みんな》一度に笑ふ。余も吹き出しさうになつたので職人は一寸髪剃《ちよつとかみそり》を顔からはづす。

「面白え、あとを読みねえ」と源さん大《おおい》に乗気《のりき》になる。

「俗人は拙《せつ》が作蔵を婆化《ばか》した様に云ふ奴《やつ》でげすが、そりやちと無理でげせう。作蔵君は婆化され様、婆化され様として源兵衛村をのそ〳〵して居《い》るのでげす。その婆化され様と云ふ作蔵君の御注文に応じて拙が一寸《ちよつと》婆化して上げた迄《まで》の事でげす。すべて狸《たぬき》一派のやり口は今日《こんにち》開業医の用ゐて居《お》りやす催眠術でげして、昔から此手《このて》で大分大方《たいほう》の諸君子を胡魔化《ごまか》したものでげす。西洋の狸から直伝《じきでん》に輸入致した術を催眠法とか唱《とな》へ、之《これ》を応用する連中《れんじゆう》を先生抔《など》と崇《あが》めるのは全く西洋心酔の結果で拙抔はひそかに慨嘆の至《いたり》に堪《た》へん位のものでげす。何《なに》も日本固有の奇術が現に伝《つたわ》つて居《い》るのに、一も西洋二も西洋と騒がんでもの事でげせう。今の日本《にほん》人はちと狸を軽蔑《けいべつ》し過ぎる様に思はれやすから一寸《ちよつと》全国の狸共に代つて拙から諸君に反省を希望して置きやせう」

「いやに理窟《りくつ》を云ふ狸だぜ」と源さんが云ふと、松さんは本を伏せて「全く狸の言ふ通《とおり》だよ、昔だつて今だつて、こつちがしつかりして居《い》りや婆化されるなんて事はねえんだからな」と頻《しき》りに狸の議論を弁護して居《い》る。して見ると昨夜《ゆうべ》は全く狸に致された訳かなと、一人で愛想をつかし乍《なが》ら床屋を出る。

台町《だいまち》の吾家《わがや》に着いたのは十時頃であつたらう。門前に黒塗《くろぬり》の車が待つて居て、狭い格子《こうし》の隙《すき》から女の笑ひ声が洩《も》れる。ベルを鳴らして沓脱《くつぬぎ》に這入《はい》る途端「屹度《きつと》帰つて入《い》らつしやつたんだよ」と云ふ声がして障子《しようじ》がすうと明くと、露子が温かい春の様な顔をして余を迎へる。

「あなた来て居たのですか」

「え〻、御帰りになつてから、考へたら何だか様子が変だつたから、すぐ車で来て見たの、さうして、昨夕《ゆうべ》の事を、みんな婆《ばあ》やから聞いてよ」と婆さんを見て笑ひ崩れる。婆さんも嬉《うれ》しさうに笑ふ。露子の銀の様な笑ひ声と、婆さんの真鍮《しんちゆう》の様な笑ひ声と、余《よ》の銅の様な笑ひ声が調和して天下の春を七円五十銭の借家に集めた程陽気である。如何《いか》に源兵衛村の狸《たぬき》でも此位《このくらい》大きな声は出せまいと思ふ位である。

気のせゐか其後《そのご》露子は以前よりも一層余を愛する様な素振《そぶり》に見えた。津田君に逢《あ》つた時、当夜の景況《けいきよう》を残りなく話したら夫《それ》はいゝ材料だ僕の著書中に入れさせて呉《く》れろと云つた。文学士津田真方《まかた》著幽霊論の七二頁《ページ》にK君の例として載つて居《い》るのは余の事である。

（明治三八年五月「七人」）

一夜

「美しく多くの人の、美しき多くの夢を……」と髯《ひげ》ある人が二《ふた》たび三たび微吟《びぎん》して、あとは思案の体《てい》である。灯《ひ》に写る床柱《とこばしら》にもたれたる直《なお》き脊《せ》の、此時《このとき》少しく前にかゞんで、両手に抱《いだ》く膝頭《ひざがしら》に険《けわ》しき山が出来る。佳句を得て佳句を続《つ》ぎ能《あた》はざるを恨《うら》みてか、黒くゆるやかに引ける眉《まゆ》の下より安からぬ眼《め》の色が光る。

「描けども成らず、描けども成らず」と椽《えん》に端居《はしい》して天下晴れて胡坐《あぐら》かけるが繰り返す。兼ねて覚えたる禅語にて即興なれば間に合はす積りか。剛《こわ》き髪を五分《ぶ》に刈《か》りて髯貯へぬ丸顔を傾けて「描けども、描けども、夢なれば、描けども、成りがたし」と高らかに誦《じゅ》し了《おわ》つて、から〳〵と笑ひながら、室《へや》の中なる女を顧みる。

竹籠《たけかご》に熱き光りを避けて、微《かす》かにともすランプを隔てゝ、右手に違ひ棚、前は緑《みど》り深き庭に向へるが女である。

「画家ならば絵にもしましよ。女ならば絹を枠に張つて、縫ひにとりましよ」と云ひながら、白地の浴衣《ゆかた》に片足をそと崩せば、小豆皮《あずきがわ》の座布団を白き甲が滑り落ちて、なまめかしからぬ程は艶《えん》なる居《い》ずまひとなる。

「美しき多くの人の、美しき多くの夢を……」と膝抱《ひざいだ》く男が再び吟《ぎん》じ出すあとにつけて「縫ひにやとらん。縫ひとらば誰《たれ》に贈らん。贈らん誰《たれ》に」と女は態《わざ》とらしからぬ様《さま》ながら一寸《ちょと》笑ふ。やがて朱塗《しゅぬり》の団扇《うちわ》の柄《え》にて、乱れかゝる頬《ほお》の黒髪をうるさしと許《ばか》り払へば、柄の先につけたる紫のふさが波を打つて、緑り濃き香油の薫《かお》りの中に躍《おど》り入《い》る。

「我に贈れ」と髯なき人が、すぐ言ひ添へて又から〳〵と笑ふ。女の頬には乳色の底から捕へ難《がた》き笑《わらい》の渦が浮き上《あが》つて、瞼《まぶた》にはさつと薄き紅《くれない》を溶く。

「縫へば如何《どん》な色で」と髯《ひげ》あるは真面目《まじめ》にきく。

「絹買へば白き絹、糸買へば銀の糸、金の糸、消えなんとする虹《にじ》の糸、夜と昼との界《さかい》なる夕暮の糸、恋の色、恨《うら》みの色は無論ありましよ」と女は眼《め》をあげて床柱《とこばしら》の方を見る。愁《うれい》を溶いて錬《ね》り上げし珠《たま》の、烈《はげ》しき火には堪《た》へぬ程に涼《すず》しい。愁の色は昔《むか》しから黒である。

隣へ通ふ路次《ろじ》を境に植え付けたる四五本の檜《ひのき》に雲を呼んで、今やんだ五月雨《さみだれ》が又ふり出す。丸顔の人はいつか布団を捨てゝ椽《えん》より両足をぶら下げて居《い》る。「あの木立《こだち》は枝を卸《おろ》した事がないと見える。梅雨《つゆ》も大分続いた。よう飽きもせずに降るの」と独り言の様に言ひながら、ふと思ひ出した体《てい》にて、吾《わ》が膝頭《ひざがしら》を丁々《ちょうちょう》と平手《ひらて》をたてに切つて敲《たた》く。「脚気《かっけ》かな、脚気かな」

残る二人は夢の詩か、詩の夢か、ちよと解し難《がた》き話しの緒《いとぐち》をたぐる。

「女の夢は男の夢よりも美くしかろ」と男が云へば「せめて夢にでも美くしき国へ行《ゆ》かねば」と此世《このよ》は汚《けが》れたりと云へる顔付である。「世の中が古くなつて、よごれたか」と聞けば「よごれました」と紈扇《がんせん》に軽《かろ》く玉肌《ぎょくき》を吹く。「古き壺《つぼ》には古き酒がある筈《はず》、味《あじわ》ひ給《たま》へ」と男も鵞鳥《がちょう》の翼《はね》を畳んで紫檀《したん》の柄《え》をつけたる羽団扇《はねうちわ》で膝のあたりを払ふ。「古き世に酔へるものなら嬉《うれ》しかろ」と女はどこ迄《まで》もすねた体《てい》である。

此時《このとき》「脚気かな、脚気かな」と頻《しき》りにわが足を玩《もてあそ》べる人、急に膝頭をうつ手を挙げて、叱《しっ》と二人を制する。三人の声が一度に途切れる間《あいだ》をクヽーと鋭き鳥が、檜《ひのき》の上枝《うわえだ》を掠《かす》めて裏の禅寺の方へ抜ける。クヽー。

「あの声がほとゝぎすか」と羽団扇を棄《す》てゝ是《これ》も椽側《えんがわ》へ這《は》ひ出す。見上げる軒端《のきば》を斜めに黒い雨が顔にあたる。脚気を気にする男は、指を立てゝ坤《ひつじさる》の方《かた》をさして「あちらだ」と云ふ。鉄牛寺《てつぎゅうじ》の本堂の上あたりでクヽー、クヽー。

「一声《ひとこえ》でほとゝぎすだと覚《さと》る。二声《ふたこえ》で好《い》い声だと思ふた」と再び床柱《とこばしら》に倚《よ》りながら嬉《うれ》しさうに云ふ。此《この》髯男は杜鵑《ほととぎす》を生れて初めて聞いたと見える。「ひと目見てすぐ惚《ほ》れるのも、そんな事でしよか」と女が問をかける。別に耻《は》づかしと云ふ気色《けしき》も見えぬ。五分刈《ぶがり》は向き直つて「あの声は胸がすくよだが、惚れたら胸は痞《つか》へるだろ。惚れぬ事。惚れぬ事……。どうも脚気《かっけ》らしい」と拇指《おやゆび》で向脛《むこうずね》へ力穴《ちからあな》をあけて見る。「九仞《きゅうじん》の上に一簣《いっき》を加へる。

加へぬと足らぬ、加へると危《あや》うい。思ふ人には逢《あ》はぬがましだろ」と羽団扇《はねうちわ》が又動く。「然《しか》し鉄片が磁石に逢ふたら?・」「はじめて逢ふても会釈《えしやく》はなかろ」と拇指《おやゆび》の穴を逆《さか》に撫《な》でゝ澄まして居《い》る。「見た事も聞いた事もないに、是《これ》だなと認識するのが不思議だ」と仔細《しさい》らしく髯《ひげ》を撚《ひね》る。「わしは歌麻呂《うたまろ》のかいた美人を認識したが、なんと画《え》を活かす工夫はなかろか」と又女の方を向く。「私には――認識した御本人でなくては」と団扇のふさを繊《ほそ》い指に巻きつける。「夢にすれば、すぐに活きる」と例の髯が無造作に答へる。「どうして?・」「わしのは斯《こ》うぢや」と語り出さうとする時、蚊遣火《かやりび》が消えて、暗きに潜《ひそ》めるがつと出《い》でゝ頸筋《くびすじ》のあたりをちくと刺す。

「灰が湿つて居《い》るのか知らん」と女が蚊遣筒《かやりづつ》を引き寄せて蓋《ふた》をとると、赤い絹糸で括《くく》りつけた蚊遣灰《かやりばい》が燻《いぶ》りながらふらふら〳〵と揺れる。東隣で琴と尺八を合せる音が紫陽花《あじさい》の茂みを洩《も》れて手にとる様に聞え出す。すかして見ると明け放ちたる座敷の灯《ひ》さへちら〳〵見える。「どうかな」と一人が云ふと「人並ぢや」と一人が答へる。女許《ばか》りは黙つて居《い》る。

「わしのは斯《こ》うぢや」と話しが又元へ返る。火をつけ直した蚊遣の烟《けむり》が、筒に穿《うが》てる三つの穴を洩《も》れて三つの烟となる。「今度はつきました」と女が云ふ。三つの烟《けむ》りが蓋《ふた》の上に塊《かた》まつて茶色の球《たま》が出来ると思ふと、雨を帯びた風が颯《さつ》と来て吹き散らす。塊まらぬ間《うち》に吹かるゝときには三つの烟りが三つの輪を描いて、黒塗《くろぬり》に蒔《まき》絵《え》を散らした筒の周囲《まわり》を遶《めぐ》る。あるものは緩く、あるものは疾《と》く遶る。またある時は輪さへ描く隙《ひま》なきに乱れて仕舞《しま》ふ。「荼毘《だび》だ、荼毘だ」と丸顔の男は急に焼場の光景を思ひ出す。「蚊《か》の世界も楽ぢやなかろ」と女は人間を蚊に比較する。元へ戻りかけた話しも蚊遣火と共に吹き散らされて仕舞ふた。話しかけた男は別に語りつゞけ様ともせぬ。世の中は凡《すべ》て是《これ》だと疾《と》うから知つて居《い》る。

「御夢の物語りは」とやゝありて女が聞く。男は傍《かたわ》らにある羊皮《ようひ》の表紙に朱で書名を入れた詩集をとりあげて膝《ひざ》の上に置く。読みさした所に象牙《ぞうげ》を薄く削つた紙小刀《かみナイフ》が挾んである。巻《かん》に余つて長く外へ食《は》み出した所丈《だけ》は細かい汗をかいて居《い》る。指の尖《さき》で触《さわ》ると、ぬらりとあやしい字が出来る。「かう湿気《しけ》てはたまらん」と眉《まゆ》をひそめる。女も「じめ〳〵する事」と片手に袂《たもと》の先を握つて見て、「香でも焚《た》きましよか」と立つ。夢の話しは又延びる。

宣徳《せんとく》の香炉《こうろ》に紫檀《したん》の蓋があつて、紫檀の蓋の真中には猿《さる》を彫《きざ》んだ青玉《せいぎよく》のつまみ手がついて居《い》る。女の手が此《この》蓋《ふた》にかゝつたとき「あら蜘蛛《くも》が」と云ふて長い袖《そで》が横に靡《なび》く、二人の男は共に床《とこ》の方を見る。香炉《こうろ》に隣《とな》る白磁《はくじ》の瓶《へい》には蓮《はす》の花がさしてある。昨日《きのう》の雨を蓑《みの》着《き》て剪りし人の情けを床《とこ》に眺むる莟《つぼみ》は一輪《りん》、巻葉《まきは》は二つ。其《その》葉を去る三寸許《ずんばか》りの上に、天井から白金《しろがね》の糸を長く引いて一匹の蜘蛛が――頗《すこぶ》る雅《が》だ。

「蓮の葉に蜘蛛下《くだ》りけり香を焚《た》く」と吟《ぎん》じながら女一度に数瓣《すうべん》を攫《つか》んで香炉の裏《うち》になげ込む。「蠨蛸懸不揺《しようしようかかつてうごかず》、篆烟遶竹梁《てんえんちくりようをめぐる》」と誦《じゆ》して髯《ひげ》ある男も、見て居《い》る儘《まま》で払はんともせぬ。蜘蛛も動かぬ。只《ただ》風吹く毎《ごと》に少しくゆれるのみである。

「夢の話しを蜘蛛もきゝに来たのだろ」と丸い男が笑ふと、「さうぢや夢に画《え》を活かす話しぢや。きゝたくば蜘蛛も聞け」と膝《ひざ》の上なる詩集を読む気もなしに開《ひら》く。眼《め》は文字の上に落《お》つれども瞳裏《とうり》に映ずるは詩の国の事か。夢の国の事か。

「百二十間《けん》の廻廊があつて、百二十個の燈籠《とうろう》をつける。百二十間の廻廊に春の潮《うしお》が寄せて、百二十個の燈籠が春風《しゆんぷう》にまたゝく、朧《おぼろ》の中、海の中には大きな華表《とりい》が浮かばれぬ巨人の化物の如《ごと》くに立つ。……」

折から烈《はげ》しき戸鈴《ベル》の響《ひびき》がして何者か門口《かどぐち》をあける。話し手ははたと話をやめる。残るはちよと居ずまひを直す。誰《たれ》も這入《はい》つて来た気色《けしき》はない。「隣だ」と髯なしが云ふ。やがて渋蛇《しぶじや》の目を開《ひら》く音がして「又明晩」と若い女の声がする。「必ず」と答へたのは男らしい。三人は無言の儘《まま》顔を見合せて微《かす》かに笑ふ。「あれは画《え》ぢやない、活きて居《い》る」「あれを平面につゞめれば矢張《やは》り画だ」「然《しか》しあの声は?」「女は藤紫《ふじむらさき》」「男は?」「さうさ」と判じかねて髯が女の方を向く。女は「緋《ひ》」と賤《いや》しむ如《ごと》く答へる。

「百二十間《けん》の廻廊に二百三十五枚の額が懸《かか》つて、其《その》二百三十二枚目の額に画《か》いてある美人の……」

「声は黄色ですか茶色ですか」と女がきく。

「そんな単調な声ぢやない。色には直せぬ声ぢや。強《し》ひて云へば、ま、あなたの様な声かな」

「難有《ありがと》う」と云ふ女の眼《め》の中には憂《うれい》をこめて笑《わらい》の光が漲《みな》ぎる。

此時《このとき》いづくよりか二疋《ひき》の蟻《あり》が這《は》ひ出して一疋は女の膝《ひざ》の上に攀《よ》ぢ上《のぼ》る。恐らくは戸迷《とまど》ひをしたものであらう。上がり詰めた上には獲物もなくて下《くだ》り路《みち》をすら失ふた。女は驚ろいた様《さま》もなく、うろうろする黒きものを、そと白き指で軽《かろ》く払ひ落す。落されたる拍子に、はたと他《た》の一疋と高麗縁《こうらいべり》の上で出逢《であ》ふ。しばらくは首と首を合せて何《なに》かさゝやき合へる様であつたが、此度《このたび》は女の方へは向はず、古伊万里《こいまり》の菓子皿の端迄《はじまで》同行して、こゝで右と左へ分れる。三人の眼は期せずして二疋の蟻の上に落つる。髯《ひげ》なき男がやがて云ふ。

「八畳の座敷があつて、三人の客が坐《す》はる。一人の女の膝へ一疋の蟻が上《のぼ》る。一疋の蟻が上《のぼ》つた美人の手は……」

「白い、蟻《あり》は黒い」と髯がつける。三人が斉《ひと》しく笑ふ。一疋《ぴき》の蟻は灰吹《はいふき》を上《のぼ》りつめて絶頂で何《なに》か思案して居《い》る。残るは運よく菓子器の中で葛餅《くずもち》に邂逅《かいこう》して嬉《うれ》しさの余りか、まご〳〵して居《い》る気合《けはい》だ。

「其画《そのえ》にかいた美人が？」と女が又話を戻す。

「波さへ音もなき朧月夜《おぼろづきよ》に、ふと影がさしたと思へばいつの間《ま》にか動き出す。長く連なる廻廊を飛ぶにもあらず、踏むにもあらず、只《ただ》影の儘《まま》にて動く」

「顔は」と髯なしが尋ねる時、再び東隣りの合奏が聞え出す。一曲は疾《と》くにやんで新たなる一曲を始めたと見える。余り旨《うま》くはない。

「蜜《みつ》を含んで針を吹く」と一人が評すると

「ビステキの化石を食《く》はせるぞ」と一人が云ふ。

「造り花なら蘭麝《らんじや》でも焚《た》き込めねばなるまい」是《これ》は女の申し分だ。三人が三様の解釈をしたが、三様共頗《ともすこぶ》る解《かい》しにくい。

「珊瑚《さんご》の枝は海の底、薬を飲んで毒を吐く軽薄の児《じ》」と言ひかけて吾《われ》に帰りたる髯が「それ〳〵。合奏より夢の続きが肝心《かんじん》ぢや。――画から抜けだした女の顔は……」と許《ばか》りで口ごもる。

「描けども成らず、描けども成らず」と丸き男は調子をとりて軽《かろ》く銀椀《ぎんわん》を叩《たた》く。葛餅を獲たる蟻は此《この》響きに度を失して菓子椀《わん》の中を右左りへ馳《か》け廻《まわ》る。

「蟻《あり》の夢が醒《さ》めました」と女は夢を語る人に向つて云ふ。

「蟻の夢は葛餅《くずもち》か」と相手は高からぬ程に笑ふ。

「抜け出ぬか、抜け出ぬか」と頻《しき》りに菓子器を叩《たた》くは丸い男である。

「画《え》から女が抜け出るより、あなたが画になる方が、やさしう御座んしよ」と女は又髯《ひげ》にきく。

「それは気がつかなんだ、今度からは、こちが画になりましよ」と男は平気で答へる。

「蟻も葛餅にさへなれば、こんなに狼狽《うろた》へんでも済む事を」と丸い男は椀をうつ事をやめて、いつの間にやら葉巻を鷹揚《おうよう》にふかして居《い》る。

　五月雨《さみだれ》に四尺伸びたる女竹《めだけ》の、手水鉢《ちょうずばち》の上に蔽《おお》ひ重なりて、余れる一二本は高く軒《のき》に逼《せま》れば、風誘ふたびに戸袋をすつて椽《えん》の上にもはら〳〵と所択《えら》ばず緑《みど》りを滴《したた》らす。「あすこに画がある」と葉巻の烟《けむり》をぷつとそなたへ吹きやる。

　床柱《とこばしら》に懸けたる払子《ほっす》の先には焚《た》き残る香の烟《けむ》りが染《し》み込んで、軸は若冲《じゃくちゅう》の蘆雁《ろがん》と見える。雁《かり》の数は七十三羽《ば》、蘆《あし》は固《もと》より数へ難《がた》い。籠《かご》ランプの灯《ひ》を浅く受けて、深さ三尺の床《とこ》なれば、古き画のそれと見分けの付かぬ所に、あからさまならぬ趣《おもむき》がある。「こゝにも画が出来る」と柱に靠《よ》れる人が振り向きながら眺める。

　女は洗へる儘《まま》の黒髪を肩に流して、丸張りの絹団扇《きぬうちわ》を軽《かろ》く揺《ゆる》がせば、折々は鬢《びん》のあたりに、そよと乱るゝ雲の影、収まれば淡き眉《まゆ》の常よりも猶《なお》晴れやかに見える。桜の花を砕いて織り込める頬《ほお》の色に、春の夜《よ》の星を宿せる眼《め》を涼《すず》しく見張りて「私も画になりましよか」と云ふ。はきと分らねど白地に葛《くず》の葉を一面に崩して染め抜きたる浴衣《ゆかた》の襟《えり》をこゝぞと正せば、暖かき大理石にて刻める如《ごと》き頸筋《くびすじ》が際立《きわだ》ちて男の心を惹《ひ》く。

「其儘《そのまま》、其儘《そのまま》、其儘《そのまま》が名画ぢや」と一人が云ふと
「動くと画が崩れます」と一人が注意する。

「画になるのも矢張《やは》り骨が折れます」と女は二人の眼を嬉《うれ》しがらせうともせず、膝《ひざ》に乗せた右手をいきなり後ろへ廻《ま》はして体をどうと斜めに反《そ》らす。丈《たけ》長き黒髪がきらりと灯《ひ》を受けて、さら〳〵と青畳に障《さわ》る音さへ聞える。

「南無三《なむさん》、好事魔《こうずま》多し」と髯《ひげ》ある人が軽《かろ》く膝頭《ひざがしら》を打つ。「刹那《せつな》に千金を惜《おし》まず」と髯なき人が葉巻の飲み殻《がら》を庭先へ抛《たた》きつける。隣りの合奏はいつしかやんで、樋《ひ》を伝ふ雨点《うてん》の音のみが高く響く。蚊遣火《かやりび》はいつの間にやら消えた。

「夜《よ》も大分更《ふ》けた」

「ほとゝぎすも鳴かぬ」

「寝ましよか」

夢の話しはつい中途で流れた。三人は思ひ〳〵に臥床《ふしど》に入《い》る。

三十分の後《のち》彼等は美くしき多くの人の……と云ふ句も忘れた。クヽーと云ふ声も忘れた。蜜《みつ》を含んで針を吹く隣りの合奏も忘れた、蟻《あり》の灰吹《はいふき》を攀《よ》ぢ上《のぼ》つた事も、蓮《はす》の葉に下りた蜘蛛《くも》の事も忘れた。彼等は漸《ようや》く太平に入《い》る。

凡《すべ》てを忘れ尽《つく》したる後《のち》女はわがうつくしき眼《め》と、うつくしき髪の主《ぬし》である事を忘れた。一人の男は髯のある事を忘れた。他《た》の一人は髯のない事を忘れた。彼等は益々《ますます》太平である。

昔《むか》し阿修羅《あしゆら》が帝釈天《たいしやくてん》と戦つて敗れたときは、八万四千の眷属《けんぞく》を領して藕糸《ぐうし》孔中《こうちゆう》に入《い》つて蔵《かく》れたとある。維摩《ゆいま》が方丈《ほうじよう》の室《しつ》に法を聴ける大衆は千か万か其数《そのかず》を忘れた。胡桃《くるみ》の裏《うち》に潜《ひそ》んで、われを尽大千世界《じんだいせんせかい》の王とも思はんとはハムレツトの述懐と記憶する。粟粒芥顆《ぞくりゆうかいか》のうちに蒼天《そうてん》もある、大地もある。一生師《いつせいし》に問ふて云ふ、分子は箸《はし》でつまめるものですかと。分子は暫《しばら》く措《お》く。天下は箸の端《さき》にかゝるのみならず、一たび掛け得《う》れば、いつでも胃の中に収まるべきものである。

又思ふ百年は一年の如《ごと》く、一年は一刻《こく》の如し。一刻を知れば正《まさ》に人生を知る。日は東より出《い》でゝ必ず西に入《い》る。月は盈《み》つればかくる。徒《いたず》らに指を屈して白頭《はくとう》に到るものは、徒らに茫々《ぼうぼう》たる時に身神《しんしん》を限るゝを恨《うら》むに過ぎぬ。日月《じつげつ》は欺《あざむ》くとも己れを欺くは智者とは云はれまい。一刻に一刻を加ふれば二刻と殖《ふ》えるのみぢや。蜀《しよく》川《せん》十様《よう》の錦《にしき》、花を添へて、いくばくの色をか変ぜん。

八畳の座敷に髯のある人と、髯のない人と、涼《すず》しき眼の女が会して、斯《かく》の如く一夜を過した。彼等の一夜を描いたのは彼等の生涯を描いたのである。

何故《なぜ》三人が落ち合つた？　それは知らぬ。三人は如何《いか》なる身分と素性と性格を有する？　それも分らぬ。三人の言語動作を通じて一貫した事件が発展せぬ？　人生を書いたので小説をかいたのでないから仕方がない。なぜ三人とも一時《いちじ》に寝た？　三人とも一時に眠くなつたからである。（三十八年七月二十六日）

（明治三八年九月「中央公論」）

趣味の遺伝

一

　陽気の所為《せい》で神も気違になる。「人を屠《ほふ》りて餓《う》えたる犬を救へ」と雲の裡《うち》より叫ぶ声が、逆しまに日本海を撼《うご》かして満洲の果迄《はてまで》響き渡つた時、日人《にちじん》と露人《ろじん》はつと応へて百里に余る一大屠場《いちだいとじょう》を朔北《さくほく》の野《や》に開《ひら》いた。すると渺々《びょうびょう》たる平原の尽くる下より、眼《め》にあまる獒狗《ごうく》の群が、腥《なまぐさ》き風を横に截《き》り縦に裂いて、四つ足の銃丸を一度に打ち出した様に飛んで来た。狂へる神が小躍《こおど》りして「血を啜《すす》れ」と云ふを合図に、ぺら〳〵と吐く燄《ほのお》の舌は暗き大地を照らして咽喉《のど》を越す血潮の湧《わ》き返る音が聞えた。今度は黒雲《くろくも》の端《はじ》を踏み鳴らして「肉を食《くら》へ」と神が号《さけ》ぶと「肉を食《くら》へ！　肉を食《くら》へ！」と犬共も一度に咆《ほ》え立てる。やがてめり〳〵と腕を食《く》ひ切る、深い口をあけて耳の根迄胴にかぶり付く。一つの脛《すね》を啣《くわ》へて左右から引き合ふ。漸《ようや》くの事肉は大半平《たいら》げたと思ふと、又羃々《べきべき》たる雲を貫ぬいて恐しい神の声がした。「肉の後《あと》には骨をしやぶれ」と云ふ。すはこそ骨だ。犬の歯は肉よりも骨を嚙《か》むに適して居《い》る。狂ふ神の作つた犬には狂つた道具が具《そな》はつて居《い》る。今日《きょう》の振舞を予期して工夫して呉《く》れた歯ぢや。鳴らせ鳴らせと牙《きば》を鳴らして骨にかゝる。ある者は摧《くじ》いて髄《ずい》を吸ひ、ある者は砕いて地に塗る。歯の立たぬ者は横にこいて牙を磨《と》ぐ。

　怖い事だと例の通り空想に耽《ふけ》りながらいつしか新橋へ来た。見ると停車場《ていしゃば》前の広場は一杯の人で凱旋門《がいせんもん》を通して二間許《けんばか》りの路《みち》を開《ひら》いた儘《まま》、左右には割り込む事も出来ない程行列して居《い》る。何《なん》だらう？

　行列の中には怪し気な絹帽《シルクハット》を阿弥陀《あみだ》に被《かぶ》つて、耳の御蔭で目隠しの難を喰《く》ひ止めて居《い》るのもある。仙台平《せんだいひら》を窮屈さうに穿《は》いて七子《ななこ》の紋付《もんつき》を人の着物の様にじろ〳〵眺めて居《い》るのもある。フロツク、コートは承知したがズックの白い運動靴をはいて同じく白の手袋を一寸見《ちよつとみ》給《たま》へと云はぬ許りに振り廻《まわ》して居《い》るのは奇観だ。さうして二十人に一本宛《ずつ》位の割合で手頃な旗を押し立て〻居《い》る。大抵は紫に字を白く染め抜いたものだが、中には白地に黒々と達筆を振《ふる》つたのも見える。此《この》旗さへ見たら此《この》群集の意味も大概分るだらうと思つて一番近いのを注意して読むと木村六之《ろくの》助《すけ》君の凱旋《がいせん》を祝す連雀町《れんじやくちよう》有志者とあつた。は〻あ歓迎だと始めて気が付いて見ると、先刻《さつき》の異装紳士も何となく立派に見える様な気がする。のみならず戦争を狂神の所為《せい》の様に考へたり、軍人を犬に食《く》はれに戦地へ行《ゆ》く様に想像したのが急に気の毒になつて来た。実は待ち合す人があつて停車場《ていしやば》迄行《までゆ》くのであるが、停車場へ達するには是非《ぜひ》共此《ともこの》群集を左右に見て誰も通らない真中を只《ただ》一人歩かなくつてはならん。よもやこの人々が余の詩想を洞見しはしまいが、只さへ人の注視をわれ一人に集めて往来《おうらい》を練つて行《ゆ》くのは極《きま》りが悪るいのに、犬に喰《く》ひ残された者の家族と聞いたら定めし怒《おこ》る事であらうと思ふと、一層調子が狂ふ所を何でもない顔をして、急ぎ足に停車場の石段の上迄漕《こ》ぎ付けたのは少し苦しかつた。

場内へ這入《はい》つて見るとこ〻も歓迎の諸君で容易に思ふ所へ行《ゆ》けぬ。漸《ようや》くの事一等の待合へ来て見ると約束をした人は未《ま》だ来て居《お》らぬらしい。暖炉の横に赤い帽子を被《かぶ》つた士官が何《なに》か頻《しき》りに話しながら折々佩剣《はいけん》をがちやつかせて居《い》る。其《その》傍に絹帽《シルクハツト》が二つ並んで、其《その》一つには葉巻の烟《けむ》りが輪になつてたなびいて居《い》る。向ふの隅に白《しろ》襟《えり》の細君《さいくん》が品のよい五十恰好《かつこう》の婦人と、傍《わ》きの人には聞えぬ程な低い声で何事か耳語《ささや》いて居《い》る。所へ唐桟《とうざん》の羽織を着て鳥打帽《とりうちぼう》を斜めに戴《いただ》いた男が来て、入場券は貰《もら》へません改札場《かいさつば》の中はもう一杯ですと注進する。大方出入の者であらう。室《しつ》の中央に備へ付けたテーブルの周囲には待ち草臥《くたび》れの連中《れんじゆう》が寄つてたかつて新聞や雑誌をひねくつて居《い》る。真面目《まじめ》に読んでるものは極《きわ》めて少ないのだから、ひねくつて居《い》ると云ふのが適当だらう。

約束をした人は中々来ん。少々退屈になつたから、少し外へ出て見様《みよう》かと室の戸口をまたぐ途端に、脊広《せびろ》を着た髯《ひげ》のある男が擦《す》れ違ひながら「もう直《じき》です二時四十五分ですから」と云つた。時計を見ると二時三十分だ、もう十五分すれば凱旋《がいせん》の将士が見られる。こんな機会は容易にない、序《ついで》だからと云つては失礼かも知れんが実際余の様に図書館以外の空気をあまり吸つた事のない人間は態々《わざわざ》歓迎の為めに新橋迄くる折もあるまい、丁度《ちようど》幸《さいわい》だ見て行《ゆ》かうと了見を定めた。

室《しつ》を出て見ると場内も亦往来《またおうらい》の様に行列を作つて、中には態々《わざわざ》見物に来た西洋人も交《まじ》つて居《い》る。西洋人ですらくる位なら帝国臣民《しんみん》たる吾輩《わがはい》は無論歓迎しなくてはならん、万歳の一つ位は義務にも申して行《ゆ》かうと漸《よう》やくの事で行列の中へ割り込んだ。

「あなたも御親戚を御迎ひに御出《おいで》になつたので……」

「えゝ。どうも気が急《せ》くものですから、つい昼飯を食《く》はずに来て、……もう二時間半許《ばか》り待ちます」と腹は減つても中々元気である。所へ三十前後の婦人が来て

「凱旋《がいせん》の兵士はみんな、こゝを通りませうか」と心配さうに聞く。大切の人を見はぐつては一大事ですと云はぬ許りの決心を示して居《い》る。腹の減つた男はすぐ引き受けて

「えゝ、みんな通るんです、一人残らず通るんだから、二時間でも三時間でもこゝにさへ立つて居《い》れば間違ひつこありません」と答へたのは中々自信家と見える。然《しか》し昼飯も食はずに待つて居ろと迄は云はなかつた。

汽車の笛の音を形容して喘息《ぜんそく》病みの鯨《くじら》の様だと云つた仏蘭西《フランス》の小説家があるが、成程旨《なるほどうま》い言葉だと思ふ間《ま》もなく、長蛇《ちょうだ》の如《ごと》く蜿蜒《のた》くつて来た列車は、五百人余の健児を一度にプラツトフオームの上に吐き出した。

「ついた様ですぜ」と一人が領《くび》を延《のば》すと

「なあに、こゝに立つてさへ居《い》れば大丈夫」と腹の減つた男は泰然として動ずる景色もない。此《この》男から云ふと着いても着かなくても大丈夫なのだらう。夫《それ》にしても腹の減つた割には落ち付いたものである。

やがて一二丁《ちょう》向ふのプラツトフオームの上で万歳！と云ふ声が聞える。其《その》声が波動の様に順送りに近付いてくる。例の男が「なあに、まだ大丈……」と云ひ懸けた尻尾《しっぽ》を埋《うず》めて余の左右に並んだ同勢《どうぜい》は一度に万─歳！と叫んだ。其《その》声の切れるか切れぬうちに一人の将軍が挙手の礼を施しながら余の前を通り過ぎた。色の焦《や》けた、胡麻塩髯《ごましおひげ》の小作りな人である。左右の人は将軍の後《あと》を見送りながら又万歳を唱《とな》へる。余も──妙な話しだが実は万歳を唱へた事は生れてから今日《こんにち》に至る迄《まで》一度もないのである。万歳を唱へてはならんと誰からも申し付けられた覚《おぼえ》は毛頭ない。又万歳を唱へては悪るいと云ふ主義でも無論ない。然《しか》し其場《そのば》に臨《のぞ》んでいざ大声《たいせい》を発し様とすると、いけない。小石で気管を塞《ふさ》がれた様でどうしても万歳が咽喉笛《のどぶえ》へこびり付いたぎり動

かない。どんなに奮発しても出て呉《く》れない。――然《しか》し今日《きよう》は出してやらうと先刻《さつき》から決心をして居た。実は早く其機《そのき》がくればよいがと待ち構へた位である。隣りの先生ぢやないが、なあに大丈夫と安心して居たのである。喘息病《ぜんそくや》みの鯨《くじら》が吼《ほ》えた当時からそら来たなと迄《まで》覚悟をして居た位だから周囲のものがワーと云ふや否《いな》や尻馬《しりうま》についてすぐやらうと実は舌の根迄出しかけたのである。出しかけた途端に将軍が通つた。将軍の日に焦《や》けた色が見えた。将軍の髯《ひげ》の胡麻塩《ごましお》なのが見えた。其《その》瞬間に出しかけた万歳がぴたりと中止して仕舞《しま》つた。何故《なぜ》？ 何故《なぜ》か分るものか。何故《なにゆえ》とか此故《このゆえ》とか云ふのは事件が過ぎてから冷静な頭脳に復したとき当時を回想して始めて分解し得た智識に過ぎん。何故《なにゆえ》が分る位なら始めから用心をして万歳の逆戻りを防いだ筈《はず》である。予期出来ん咄嗟《とつさ》の働きに分別が出るものなら人間の歴史は無事なものである。余の万歳は余の支配権以外に超然として止まつたと云はねばならぬ。万歳がとまると共に胸の中《うち》に名状しがたい波動が込み上げて来て、両眼《りようがん》から二《ふた》雫《しずく》ばかり涙が落ちた。

将軍は生れ落ちてから色の黒い男かも知れぬ。然し遼東《りようとう》の風に吹かれ、奉天《ほうてん》の雨に打たれ、沙河《しやか》の日に射《い》り付けられゝば大抵なものは黒くなる。地体《じたい》黒いものは猶《なお》黒くなる。髯も其《その》通りである。出征してから白銀《しろがね》の筋は幾本も殖《ふ》えたであらう。今日《きよう》始めて見る我等の眼《め》には、昔の将軍と今の将軍を比較する材料がない。然し指を折つて日夜に待佗《まちわ》びた夫人令嬢が見たならば定めし驚くだらう。戦《いくさ》は人を殺すか左《さ》なくば人を老いしむるものである。将軍は頗《すこぶ》る瘠《や》せて居た。是《これ》も苦労の為めかも知れん。して見ると将軍の身体中で出征前《ぜん》と変らぬのは身の丈《たけ》位なものであらう。余の如《ごと》きは黄巻青帙《こうかんせいちつ》の間《あいだ》に起臥《きが》して書斎以外に如何《いか》なる出来事が起るか知らんでも済む天下の逸民である。平生《へいぜい》戦争の事は新聞で読まんでもない、又其《その》状況は詩的に想像せんでもない。然し想像はどこ迄も想像で新聞は横から見ても縦から見ても紙片に過ぎぬ。だからいくら戦争が続いても戦争らしい感じがしない。其《その》気楽な人間が不図《ふと》停車場《ていしやば》に紛れ込んで第一に眼に映じたのが日に焦けた顔と霜《しも》に染つた髯である。戦争はまのあたりに見えぬけれど戦争の結果――慥《たし》かに結果の一片、然も活動する結果の一片が眸底《ぼうてい》を掠《かす》めて去つた時は、此《この》一片に誘はれて満洲の大野《たいや》を蔽《おお》ふ大戦争の光景があり〱と脳裏《のうり》に描出《びようしゆつ》せられた。

然も此《この》戦争の影とも見るべき一片の周囲を繞《めぐ》る者は万歳と云ふ歓呼の声である。此《この》声が即《すなわ》ち満洲の野《や》に起つた咄喊《とつかん》の反響である。万歳の意義は字の如《ごと》く読んで万歳に過ぎんが咄喊となると大分趣《おもむき》が違ふ。咄喊はワーと云ふ丈《だけ》で万歳の様に意味も何もない。然《しか》し其《その》意味のない所に大変な深い情《じょう》が籠《こも》つて居《い》る。人間の音声には黄色いのも濁つたのも澄んだのも太いのも色々あつて、其《その》言語調子も亦《また》分類の出来ん位区々《まちまち》であるが一日二十四時間のうち二十三時間五十分迄《まで》は皆意味のある言葉を使つて居《い》る。着衣の件、喫飯《きつぱん》の件、談判の件、懸引《かけひき》の件、挨拶《あいさつ》の件、雑話の件、凡《すべ》て件と名のつくものは皆口から出る。仕舞《しまい》には件がなければ口から出るものは無いと迄思ふ。そこへもつて来て、件のないのに意味の分らぬ音声を出すのは尋常ではない。出しても用の足りぬ声を使ふのは経済主義から云ふても功利主義から云つても割に合はぬに極《きま》つて居《い》る。其《その》割に合はぬ声を不作法に他人様の御聞《おきき》に入れて何等《なんら》の理由もないのに罪もない鼓膜に迷惑を懸けるのはよくせきの事でなければならぬ。咄喊は此《この》よくせきを煎《せん》じ詰めて、煮詰《につ》めて、罐詰《かんづ》めにした声である。死ぬか生きるか娑婆《しゃば》か地獄かと云ふ際《きわ》どい針線《はりがね》の上に立つて身震ひをするとき自然と横膈膜《おうかくまく》の底から湧《わ》き上がる至誠《しせい》の声である。助けて呉れと云ふうちに誠はあらう、殺すぞと叫ぶうちにも誠はない事もあるまい。然し意味の通ずる丈其《だけそれ》丈誠の度は少ない。意味の通ずる言葉を使ふ丈の余裕分別のあるうちは一心不乱の至境に達したとは申されぬ。咄喊にはこんな人間的な分子は交《まじ》つて居《お》らん。ワーと云ふのである。此《この》ワーには厭味《いやみ》もなければ思慮もない。理もなければ非もない。詐《いつわ》りもなければ懸引《かけひき》もない。徹頭徹尾ワーである。結晶した精神が一度に破裂して上下四囲の空気を震盪《しんとう》さしてワーと鳴る。万歳の助けて呉れの殺すぞのとそんなけちな意味を有しては居《お》らぬ。ワー其物《そのもの》が直《ただ》ちに精神である。霊である。人間である。誠である。而《しか》して人界《じんかい》崇高の感は耳を傾けて此《この》誠を聴き得たる時に始めて享受し得《う》ると思ふ。耳を傾けて数十人、数百人、数千数万人の誠を一度に聴き得たる時に此《こ》の崇高の感は始めて無上絶大の玄境に入《い》る。――余が将軍を見て流した涼《すず》しい涙は此《この》玄境の反応だらう。

　将軍のあとに続いてオリーヴ色の新式の軍服を着けた士官が二三人通る。此《これ》は出迎《でむかえ》と見えて其《その》表情が将軍とは大分違ふ。居《きょ》は気《き》を移すと云ふ孟子《もうし》の語は小供の時分から聞いて居たが戦争から帰つた者と内地に暮らした人とは斯程《かほど》に顔付が変つて見えるかと思ふと一層感慨が深い。どうかもう一遍将軍の顔が見たいものだと延び上つたが駄目《だめ》だ。只《ただ》場外に群がる数万の市民が有らん限りの鬨《とき》を作つて停車場《ていしゃば》の硝子窓《ガラスまど》が破《わ》れる程に響くのみである。余の左右前後の人々は漸《ようや》くに列を乱して入口の方へなだれかゝる。見たいのは余と同感と見える。余も黒い波に押されて一二間《けん》石段の方へ流れたが、それぎり先へは進めぬ。こんな時には余の性分としていつでも損をする。寄席《よせ》がはねて木戸を出る時、待ち合せて電車に乗る時、人込みに切符を買ふ時、何でも多人数《たにんず》競争の折には大抵最後に取り残される、此《この》場合にも先例に洩《も》れず首尾よく人後《じんご》に落ちた。而《しか》も普通の落ち方ではない。遥かこなたの人後だから心細い。葬式の赤飯に手を出し損《そくな》つた時なら何《なん》とも思はないが、帝国の運命を決する活動力の断片を見損《みそこな》ふのは残念である。どうにかして見てやりたい。広場を包む万歳の声は此時《このとき》四方から大濤《おおなみ》の岸に崩れる様な勢《いきおい》で余の鼓膜《こまく》に響き渡つた。もうたまらない。どうしても見なければならん。

不図《ふと》思ひついた事がある。去年の春麻布《あざぶ》のさる町を通行したら高い練塀《ねりべい》のある広い屋敷の内で何《なに》か多人数《たにんず》打ち寄つて遊んでゞも居《い》るのか面白さうに笑ふ声が聞えた。余は此時《このとき》どう云ふ腹工合《はらぐあい》か一寸此《ちょつとこの》邸内を覗《のぞ》いて見たくなつた。全く腹工合の所為《せい》に相違ない。腹工合でなければ、そんな馬鹿気《ばかげ》た了見の起《おこ》る訳がない。源因はとにかく、見たいものは見たいので源因の如何《いかん》に因《よ》つて変化出没する訳には行《ゆ》かぬ。然《しか》し今云ふ通り高い土塀《どべい》の向ふ側で笑つて居《い》るのだから壁に穴のあいて居《お》らぬ限りは到底思ひ通り志望を満足する事は何人《なんぴと》の手際《てぎわ》でも出来かねる。到底見る事が叶《かな》はないと四囲の状況から宣告を下《くだ》されると猶《なお》見てやり度《たく》なる。愚《ぐ》な話だが余は一目でも邸内を見なければ誓つて此《この》町を去らずと決心した。然し案内も乞《こ》はずに人の屋敷内《うち》に這入《はい》り込むのは盗賊の仕業だ。と云つて案内を乞ふて這入るのは猶いやだ。此《この》邸内の者共の御世話にならず、しかもわが人格を傷《きずつ》けず正々堂々と見なくては心持ちがわるい。さうするには高い山から見下《みおろ》すか、風船の上から眺めるより外《ほか》に名案もない。然し双方共当座の間に合ふ様な手軽なものとは云へぬ。よし、その儀なら此方《こつち》にも覚悟がある。高等学校時代で練習した高飛《たかとび》の術を応用して、飛び上がつた時に一寸《ちょつと》見てやらう。是《これ》は妙策だ、幸い人通りもなし、あつた所が自分で自分が飛び上るに文句をつけられる因縁《いんえん》はない。やるべしと云ふので、突然双脚に精一杯の力を込めて飛び上がつた。すると熟練の結果は恐ろしい者で、かの土塀《どべい》の上へ首が——首所《どころ》ではない肩迄《まで》が思ふ様に出た。此《この》機をはづすと到底目的は達せられぬと、ちらつく両眼《りようがん》を無理に据《す》ゑて、こゝぞと思ふあたりを瞥見《べつけん》すると女が四人でテニスをして居た。余が飛び上がるのを相図《あいず》に四人が申し合せた様にホヽヽと癇《かん》の高い声で笑つた。おやと思ふうちにどたりと元の如《ごと》く地面の上に立つた。

これは誰が聞いても滑稽《こつけい》である。冒険の主人公たる当人ですらあまり馬鹿気《ばかげ》て居《い》るので今日迄何人《こんにちまでなんぴと》にも話さなかつた位自《みずか》ら滑稽と心得て居《い》る。然《しか》し滑稽とか真面目《まじめ》とか云ふのは相手と場合によつて変化する事で、高飛び其物《そのもの》が滑稽とは理由のない言草である。女がテニスをして居《い》る所へ此方《こつち》が飛び上がつたから滑稽にもなるが、ロメオがジユリエツトを見る為に飛び上つたつて滑稽にはならない。ロメオ位な所では未《ま》だ滑稽を脱せぬと云ふなら余は猶《なお》一歩を進める。此凱旋《このがいせん》の将軍、英名赫々《かくかく》たる偉人を拝見する為めに飛び上がるのは滑稽ではあるまい。それでも滑稽か知らん？　滑稽だつて構ふものか。見たいものは、誰が何と云つても見たいのだ。飛び上がらう、夫《それ》がいゝ、飛び上がるに若《し》くなしだと、とう〳〵又先例によつて一蹴《いつしゆう》を試むる事に決着した。先《ま》づ帽子をとつて小脇に抱《か》い込む。此《この》前は経験が足りなかつたので足が引力作用で地面へ引き着けられた勢《いきおい》に、買ひたての中折帽《なかおれぼう》が挨拶《あいさつ》もなく宙返りをして、一間許《けんばか》り向《むこう》へ転がつた。夫《それ》をから車《ぐるま》を引いて通り掛《かか》つた車夫《しやふ》が拾つて笑ひながらえへゝと差し出した事を記憶して居《い》る。此度《こんど》は其手《そのて》は喰《く》はぬ。是《これ》なら大丈夫と帽子を確《しか》と抑へながら爪先《つまさき》で敷石を弾《はじ》く心持で暗《あん》に姿勢を整へる。人後《じんご》に落ちた仕合せには邪魔になる程近くに人も居《お》らぬ。しばし衰へた、歓声は盛り返す潮《うしお》の岩に砕けた様にあたり一面に湧《わ》き上がる。こゝだと思ひ切つて、両足が胴のなかに飛び込みはしまいかと疑ふ程脚力をふるつて跳《は》ね上つた。

幌《ほろ》を開《ひら》いたランドウが横向に凱旋門《がいせんもん》を通り抜け様とする中に——居た——居た。例の黒い顔が湧《わ》き返る声に囲まれて過去の紀念《きねん》の如《ごと》く華やかなる群衆の中に点じ出されて居た。将軍を迎へた儀仗兵《ぎじようへい》の馬が万歳の声に驚ろいて前足を高くあげて人込《ひとごみ》の中に外《そ》れ様とするのが見えた。将軍の馬車の上に紫の旗が一流れ颯《さつ》となびくのが見えた。新橋《しんばし》へ曲る角《かど》の三階《がい》の宿屋の窓から藤鼠《ふじねずみ》の着物をきた女が白いハンケチを振るのが見えた。

見えたと思ふより早く余が足は又停車場《ていしやば》の床の上に着いた。凡《すべ》てが一瞬間の作用である。ぱつと射《い》る稲妻《いなずま》の飽く迄明るく物を照らした後《あと》が常よりは暗く見える様に余は茫然《ぼうぜん》として地に下りた。

将軍の去つたあとは群衆も自《おのず》から乱れて今迄の様に静粛《せいしゆく》ではない。列を作つた同勢《どうぜい》の一角が崩れると、堅い黒山が一度に動き出して濃い所が漸々《だんだん》薄くなる。気早《きばや》な連中《れんじゆう》はもう引き揚げると見える。所へ将軍と共に汽車を下りた兵士が三々五々隊を組んで場内から出てくる。服地の色は褪《さ》めて、ゲートルの代りには黄な羅紗《らしゃ》を畳んでぐる〳〵と脛《すね》へ巻き付けて居《い》る。いづれもあらん限りの髯《ひげ》を生やして、出来る丈《だけ》色を黒くして居《い》る。是等《これら》も戦争の片破《かたわ》れである。大和魂《やまとだましい》を鋳《い》固《かた》めた製作品である。実業家も入《い》らぬ、新聞屋も入らぬ、芸妓《げいしゃ》も入らぬ、余の如《ごと》く書物と睨《にら》めくらをして居《い》るものは無論入らぬ。只此《ただこの》髯茫々《ぼうぼう》として、むさくるしき事乞食《こつじき》を去る遠からざる紀念物《きねんぶつ》のみはなくて叶《かな》はぬ。彼等は日本の精神を代表するのみならず、広く人類一般の精神を代表して居《い》る。人類の精神は算盤《そろばん》で弾《はじ》けず、三味線《しゃみせん》に乗らず、三頁《ページ》にも書けず、百科全書中にも見当らぬ。只此《この》兵士等《ら》の色の黒い、みすぼらしい所に髣髴《ほうふつ》として揺曳《ようえい》して居《い》る。出山《しゅつせん》の釈迦《しゃか》はコスメチックを塗つては居《お》らん。金の指輪も穿《は》めて居《お》らん。芥溜《ごみだめ》から拾ひ上げた雑巾をつぎ合せた様なもの一枚を羽織つて居《い》る許《ばか》りぢや。夫《それ》すら全身を掩《おお》ふには足らん。胸のあたりは北風の吹き抜けで、肋骨《ろっこつ》の枚数は自由に読める位だ。此《この》釈迦が尊《たっと》ければ此《この》兵士も尊《たつ》といと云はねばならぬ。昔《むか》し元寇《げんこう》の役《えき》に時宗《ときむね》が仏光国師《ぶっこうこくし》に謁《えつ》した時、国師は何《なん》と云ふた。威を振《ふる》つて驀《ばく》地《ち》に進めと吼《ほ》えたのみである。このむさくろしき兵士等は仏光国師の熱喝《ねっかつ》を喫した訳でもなからうが驀地に進むと云ふ禅機《ぜんき》に於て時宗と古今其揆《ここんそのき》を一《いつ》にして居《い》る。彼等は驀地に進み了《りょう》して曠如《こうじょ》と吾家《わがや》に帰り来《きた》りたる英霊《えいれい》漢《かん》である。天上を行《ゆ》き天下《てんげ》を行《ゆ》き、行《ゆ》き尽してやまざる底《てい》の気魄《きはく》が吾人《ごじん》の尊敬に価せざる以上は八荒《はっこう》の中《うち》に尊敬すべきものは微塵《みじん》程もない。黒い顔！　中《なか》には日本《にっぽん》に籍があるのかと怪《あや》しまれる位黒いのが居《い》る。――刈《か》り込まざる髯！　棕櫚箒《しゅろぼうき》を砧《きぬた》で打つた様な髯――此《この》気魄は這裏《しゃり》に磅礴《ほうはく》として蟠《わだか》まり沆瀁《こうよう》として漲《みなぎ》つて居《い》る。

兵士の一隊が出てくる度に公衆は万歳を唱《とな》へてやる。彼等のあるものは例の黒い顔に笑《えみ》を湛《たた》へて嬉《うれ》し気《げ》に通り過ぎる。あるものは傍目《わきめ》もふらずのそ〳〵と行《ゆ》く。歓迎とは如何《いか》なる者ぞと不審気に見える顔もたまには見える。又ある者は自己の歓迎旗の下に立つて揚々《ようよう》と後れて出る同輩を眺めて居《い》る。あるひは石段を下《くだ》るや否《いな》や迎《むかい》のものに擁《よう》せられて、余りの不意撃《ふいうち》に挨拶《あいさつ》さへも忘れて誰彼《たれかれ》の容赦なく握手の礼を施こして居《い》る。出征中に満洲《まんしゅう》で覚えたのであらう。

其中《そのなか》に――是《これ》がはからずも此《この》話をかく動機になつたのであるが――年の頃二十八九の軍曹が一人居た。顔は他《た》の先生方と異なる所なく黒い、髯も延びる丈《だけ》延ばして恐らくは去年から持ち越したものと思はれるが目鼻立ちは外《ほか》の連中《れんじゆう》とは比較にならぬ程立派である。のみならず亡友浩《こう》さんと兄弟と見違へる迄《まで》よく似て居《い》る。実は此《この》男が只《ただ》一人石段を下りて出た時ははつと思つて馳《か》け寄らうとした位であつた。然《しか》し浩さんは下士官ではない。志願兵から出身した歩兵中尉である。しかも故歩兵中尉で今では白山《はくさん》の御寺《おてら》に一年余も厄介になつて居《い》る。だからいくら浩さんだと思ひたくつても思へる筈《はず》がない。但《ただ》人情は妙なもので此《この》軍曹が浩さんの代りに旅順で戦死して、浩さんが此《この》軍曹の代りに無事で還《かえ》つて来たら嘸《さぞ》結構であらう。御母《おつか》さんも定めし喜ばれるであらうと、露見する気支《きづかい》がないものだから勝手な事を考へながら眺めて居た。軍曹も何か物足らぬと見えて頻《しき》りにあたりを見廻《みまわ》して居《い》る。外《ほか》のものゝ様に足早《あしばや》に新橋の方へ立ち去る景色もない。何を探がして居《い》るのだらう、もしや東京のものでなくて様子が分らんのなら教へて遣《や》りたいと思つて猶《なお》目を放さずに打ち守つて居《い》ると、どこをどう潜《くぐ》り抜けたものやら、六十許《ばか》りの婆《ばあ》さんが飛んで出て、いきなり軍曹の袖《そで》にぶら下がつた。軍曹は中肉ではあるが脊《せい》は普通より慥《たし》かに二寸《すん》は高い。之《これ》に反して婆さんは人並外れて丈《たけ》が低い上に年のせいで腰が少々曲つて居《い》るから、抱き着いたとも寄り添ふたとも形容は出来ぬ。もし余が脳中にある和漢の字句を傾けて、其中《そのうち》から此《この》有様を叙するに最も適当なる詞《ことば》を探したなら必ずぶら下がるが当選するにきまつて居《い》る。此時《このとき》軍曹は紛失物《もの》が見当つたと云ふ風で上から婆さんを見下《みおろ》す。婆さんはやつと迷児《まいご》を見付けたと云ふ体《てい》で下から軍曹を見上げる。やがて軍曹はあるき出す。婆さんもあるき出す。矢張《やは》りぶらさがつた儘《まま》である。近辺に立つ見物人は万歳々々と両人《ふたり》を囃《はや》したてる。婆さんは万歳抔《など》には毫《ごう》も耳を借す景色はない。ぶら下がつたぎり軍曹の顔を下から見上げた儘吾《わ》が子に引き摺《ず》られて行《ゆ》く。冷飯草履《ひやめしぞうり》と鋲《びよう》を打つた兵隊靴が入り乱れ、もつれ合つて、うねくねつて新橋の方へ遠《とおざ》かつて行《ゆ》く。余は浩さんの事を思ひ出して悵然《ちようぜん》と草履と靴の影を見送つた。

二

浩さん！　浩さんは去年の十一月旅順で戦死した。二十六日は風の強く吹く日であつたさうだ。遼東《りようとう》の大野《たいや》を吹きめぐつて、黒い日を海に吹き落さうとする野分《のわき》の中に、松樹山《しようじゆざん》の突撃は予定の如《ごと》く行はれた。時は午後一時である。掩護《えんご》の為めに味方の打ち出した大砲が敵塁《てきるい》の左突角《ひだりとつかく》に中《あた》つて五丈《じよう》程の砂烟《すなけむ》りを捲《ま》き上げたのを相《あい》図《ず》に、散兵壕《さんぺいごう》から飛び出した兵士の数は幾《いく》百か知らぬ。蟻《あり》の穴を蹴返《けかえ》した如《ごと》くに散り〴〵に乱れて前面の傾斜を攀《よ》ぢ登る。見渡す山腹は敵の敷いた鉄条網で足を容《い》るゝ余地もない。所を梯子《はしご》を担《にな》ひ土嚢《どのう》を脊負《しよ》つて区々《まちまち》に通り抜ける。工兵の切り開いた二間《けん》に足らぬ路《みち》は、先を争ふ者の為めに奪はれて、後《あと》より詰めかくる人の勢《いきおい》に波を打つ。こちらから眺めると只一筋《ただひとすじ》の黒い河が山を裂いて流れる様に見える。其《その》黒い中に敵の弾丸は容赦なく落ちかゝつて、凡《すべ》てが消え失《う》せたと思ふ位濃い烟《けむり》が立ち揚《あが》る。怒《いか》る野分《のわき》は横さまに烟《けむ》りを千切《ちぎ》つて遥かの空に攫《さら》つて行《ゆ》く。あとには依然として黒い者が簇然《そうぜん》と蠢《うご》めいて居《い》る。此《この》蠢めいて居《い》るものゝうちに浩さんが居《い》る。

　火桶《ひおけ》を中に浩さんと話をするときには浩さんは大きな男である。色の浅黒い髭《ひげ》の濃い立派な男である。浩さんが口を開《ひら》いて興に乗つた話をするときは、相手の頭の中には浩さんの外《ほか》何もない。今日の事も忘れ明日《あす》の事も忘れ聴き惚《ほ》れて居《い》る自分の事も忘れて浩さん丈《だけ》になつて仕舞《しま》ふ。浩さんは斯様《かよう》に偉大な男である。どこへ出しても浩さんなら大丈夫、人の目に着くに極《きま》つて居《い》ると思つて居た。だから蠢めいて居《い》る抔《など》と云ふ下等な動詞は浩さんに対して用ひたくない。ないが仕方がない。現に蠢めいて居《い》る。鍬《くわ》の先に掘り崩された蟻群《ぎぐん》の一匹の如く蠢めいて居《い》る。杓《ひしやく》の水を喰《くら》つた蜘蛛《くも》の子の如く蠢めいて居《い》る。如何《いか》なる人間もかうなると駄目《だめ》だ。大いなる山、大いなる空、千里を馳《か》け抜ける野分、八方を包む烟《けむ》り、鋳鉄《しゆてつ》の咽喉《のんど》から吼《ほ》えて飛ぶ丸《たま》――是等《これら》の前には如何なる偉人も偉人としては認められぬ。俵《たわら》に詰めた大豆《だいず》の一粒の如く無意味に見える。嗚呼《ああ》浩さん！　一体どこで何をして居《い》るのだ！　早く平生《へいぜい》の浩さんになつて一番露助《ろすけ》を驚かしたらよからう。

　黒くむらがる者は丸《たま》を浴びる度にぱつと消える。消えたかと思ふと吹き散る烟《けむり》の中に動いて居《い》る。消えたり動いたりして居《い》るうちに、蛇《へび》の塀をわたる様に頭から尾迄《まで》波を打つて然《しか》も全体が全体として漸々《だんだん》上へ上へと登つて行《ゆ》く、もう敵塁《てきるい》だ。浩さん真先《まつさき》に乗り込まなければいけない。烟の絶間《たえま》から見ると黒い頭の上に旗らしいものが靡《なび》いて居《い》る。風の強い為めか、押し返される所為《せい》か、真直《まつす》ぐに立つたと思ふと寝る。落ちたのかと驚ろくと又高くあがる。すると又斜めに仆《たお》れかゝる。浩さんだ、浩さんだ。浩さんに相違ない。多人数《たにんず》集まつて揉《も》みに揉《も》んで騒いで居《い》る中にもし一人でも人の目につくものがあれば浩さんに違《ちがい》ない。自分の妻は天下の美人である。此《この》天下の美人が晴れの席へ出て隣りの奥様と撰《えら》ぶ所なく一向目立たぬのは不平な者だ。己《おの》れの子が己れの家庭にのさばつて居《い》る間《あいだ》は天にも地にも懸替《かけがえ》のない若旦那《わかだんな》である。此《この》若旦那が制服を着けて学校へ出ると、向ふの小間物屋のせがれと席を列《なら》べて、しかも其間《そのあいだ》に少しも懸隔のない様に見えるのは一寸《ちょつと》物足らぬ感じがするだらう。余の浩さんに於《おけ》るも其《その》通り。浩さんはどこへ出しても平生の浩さんらしくなければ気が済まん。擂《すり》鉢《ばち》の中に攪《か》き廻《まわ》される里芋《さといも》の如《ごと》く紛然雑然とゴロ〳〵して居てはどうしても浩さんらしくない。だから、何《なん》でも構はん、旗を振らうが、剣を翳《かざ》さうが、とにかく此《この》混乱のうちに少しなりとも人の注意を惹《ひ》くに足る働《はたらき》をするものを浩さんにしたい。したい段ではない。必ず浩さんに極《きま》つて居《い》る。どう間違つたつて浩さんが碌々《ろくろく》として頭角をあらはさない抔《など》と云ふ不見識な事は予期出来んのである。――夫《それ》だからあの旗持《はたもち》は浩さんだ。

黒い塊《かたま》りが敵塁《てきるい》の下迄《まで》来たから、もう塁壁を攀《よ》ぢ上《のぼ》るだらうと思ふうち、忽《たちま》ち長い蛇《へび》の頭はぽつりと二三寸《ずん》切れてなくなつた。是《これ》は不思議だ。丸《たま》を喰《くら》つて斃《たお》れたとも見えない。狙撃《そげき》を避ける為め地に寝たとも見えない。どうしたのだらう。すると頭の切れた蛇が又二三寸ぷつりと消えてなくなつた。是《これ》は妙だと眺めて居《い》ると、順繰《じゅんぐり》に下から押し上《あが》る同勢《どうぜい》が同じ所へ来るや否《いな》や忽《たちま》ちなくなる。しかも砦《とりで》の壁には誰一人としてとり付いたものがない。塹壕《ざんごう》だ。敵塁と我兵の間《あいだ》には此《この》邪魔物があつて、此《この》邪魔物を越さぬ間は一人も敵に近《ちかづ》く事は出来んのである。彼等はえい〳〵と鉄条網を切り開いた急坂《きゅうはん》を登りつめた揚句《あげく》、此壕《このほり》の端《はた》迄来て一も二もなく此《この》深い溝《みぞ》の中に飛び込んだのである。担《にな》つて居《い》る梯子《はしご》は壁に懸ける為め、脊負《しょ》つて居《い》る土嚢《どのう》は壕《ほり》を埋《うず》める為めと見えた。壕はどの位埋《うま》つたか分らないが、先の方から順々に飛び込んではなくなり、飛び込んではなくなつてとうとう浩さんの番に来た。愈《いよいよ》浩さんだ。確《しつ》かりしなくてはいけない。

高く差し上げた旗が横に靡《なび》いて寸断々々《ずたずた》に散るかと思ふ程強く風を受けた後《のち》、旗竿《はたざお》が急に傾いて折れたなと疑ふ途端に浩さんの影は忽ち見えなくなつた。愈《いよいよ》飛び込んだ！　折から二竜山《にりゅうざん》の方面より打ち出した大砲が五六発、大空に鳴る烈風を劈《つんざ》いて一度に山腹《さんぷく》に中《あた》つて山の根を吹き切る許《ばか》り轟《とどろ》き渡る。迸《ほとば》しる砂烟《すなけむり》は淋《さび》しき初《はつ》冬《ふゆ》の日蔭を籠《こ》めつくして、見渡す限りに有りとある物を封じ了《おわ》る。浩さんはどうなつたか分らない。気が気でない。あの烟《けむり》の吹いて居《い》る底だと見当をつけて一心に見守る。夕立を遠くから望む様に密に蔽《おお》ひ重なる濃き者は、烈《はげ》しき風の捲返《まきかえ》してすくひ去らうと焦《あせ》る中に依然として凝り固つて動かぬ。約二分間は眼《め》をいくら擦《こす》つても盲目《めくら》同然どうする事も出来ない。然《しか》し此烟《このけむ》りが晴れたら――若《も》し此《この》烟りが散り尽したら、屹度《きつと》見えるに違《ちがい》ない。浩さんの旗が壕《ほり》の向側《むこうがわ》に日を射返《いかえ》して耀《かがや》き渡つて見えるに違ない。否《いな》向側を登りつくしてあの高く見える堞《ひめがき》の上に翩々《へんぺん》と翻《ひるがえ》つて居《い》るに違ない。外《ほか》の人なら兎《と》に角《かく》浩さんだから、その位の事は必ずあるに極《きま》つて居《い》る。早く烟が晴れゝばいゝ。何故《なぜ》晴れんだらう。

占めた。敵塁《てきるい》の右の端《はじ》の突角《とつかく》の所が朧気《おぼろげ》に見え出した。中央の厚く築き上げた石壁《せきへき》も見え出した。然《しか》し人影はない。はてな、もうあすこ等《ら》に旗が動いて居《い》る筈《はず》だが、どうしたのだらう。それでは壁の下の土手《どて》の中頃に居《い》るに相違ない。烟は拭《ぬぐ》ふが如《ごと》く一掃《ひとはき》に上から下迄漸次《までぜんじ》に晴れ渡る。浩さんはどこにも見えない。是《これ》はいけない。田螺《たにし》の様に蠢《うご》めいて居たほかの連中《れんじゆう》もどこにも出現せぬ様子だ。愈《いよいよ》いけない。もう出るか知らん、五秒過ぎた。まだか知らん、十秒立つた。五秒は十秒と変じ、十秒は二十、三十と重なつても誰一人《たれいちにん》の塹壕《ざんごう》から向ふへ這《は》ひ上《あが》る者はない。ない筈である。塹壕に飛び込んだ者は向《むこう》へ渡す為めに飛び込んだのではない。死ぬ為めに飛び込んだのである。彼等の足が壕底《ごうてい》に着くや否《いな》や穹窖《きゆうこう》より覘《ねらい》を定めて打ち出す機関砲は、杖《つえ》を引いて竹垣の側面を走らす時の音がして瞬《また》く間《ま》に彼等を射殺《いころ》した。殺されたものが這《は》ひ上がれる筈がない。石を置いた沢《たく》庵《あん》の如く積み重なつて、人の眼《め》に触れぬ坑内《こうない》に横《よこた》はる者に、向へ上がれと望むのは、望むものゝ無理である。横《よこた》はる者だつて上がりたいだらう、上りたければこそ飛び込んだのである。いくら上がり度《たく》ても、手足が利かなくては上がれぬ。眼が暗《くら》んでは上がれぬ。胴に穴が開《あ》いては上がれぬ。血が通はなくなつても、脳味噌《のうみそ》が潰《つぶ》れても、肩が飛《とん》でも身体《からだ》が棒の様に鯱張《しやちこば》つても上がる事は出来ん。二竜山から打出した砲烟《ほうえん》が散じ尽した時に上がれぬ許《ばか》りではない。寒い日が旅順の海に落ちて、寒い霜《しも》が旅順の山に降つても上がる事は出来ん。ステッセルが開城して二十の砲砦《ほうさい》が悉《ことごと》く日本の手に帰しても上る事は出来ん。日露《にちろ》の講和が成就《じようじゆ》して乃木《のぎ》将軍が目出《めで》度凱旋《たくがいせん》しても上がる事は出来ん。百年三万六千日乾坤《けんこん》を提《ひつさ》げて迎《むかい》に来ても上がる事は遂《つい》に出来ぬ。是《これ》が此《この》塹壕に飛び込んだものゝ運命である。而《しか》して亦《また》浩さんの運命である。蠢々《しゆんしゆん》として御玉杓子《おたまじやくし》の如く動いて居たものは突然《とつぜん》と此《この》底のない坑《あな》のうちに落ちて、浮世《うきよ》の表面から闇の裡《うち》に消えて仕舞《しま》つた。旗を振らうが振るまいが、人の目につかうがつくまいが斯《こ》うなつて見ると変りはない。浩さんがしきりに旗を振つた所はよかつたが、壕《ほり》の底では、ほかの兵士と同じ様に冷たくなつて死んで居たさうだ。

ステツセルは降《くだ》つた。講和は成立した。将軍は凱旋《がいせん》した。兵隊も歓迎された。然《しか》し浩さんはまだ坑《あな》から上《あが》つて来ない。図《はか》らず新橋へ行つて色の黒い将軍を見、色の黒い軍曹を見、脊《せ》の低い軍曹の御母《おっか》さんを見て涙迄《まで》流して愉快に感じた。同時に浩さんは何故《なぜ》壕《ほり》から上がつて来んのだらうと思つた。浩さんにも御母《おっか》さんがある。此《この》軍曹のそれの様に脊は低くない、又冷飯草履《ひやめしぞうり》を穿《は》いた事はあるまいが、もし浩さんが無事に戦地から帰つてきて御母《おっか》さんが新橋へ出迎へに来られたとすれば、矢張《やは》りあの婆《ばあ》さんの様にぶら下がるかも知れない。浩さんもプラツトフオームの上で物足らぬ顔をして御母《おっか》さんの群集の中から出てくるのを待つだらう。それを思ふと可哀《かわい》さうなのは坑《あな》を出て来ない浩さんよりも、浮世《うきよ》の風にあたつて居《い》る御母《おっか》さんだ。塹壕《ざんごう》に飛び込む迄は兎《と》に角《かく》、飛び込んで仕舞《しま》へば夫《それ》迄である。娑婆《しゃば》の天気は晴であらうとも曇であらうとも頓着《とんちゃく》はなからう。然《しか》し取り残された御母《おっか》さんはさうは行《ゆ》かぬ。そら雨が降る、垂れ籠《こ》めて浩さんの事を思ひ出す。そら晴れた、表へ出て浩さんの友達に逢《あ》ふ。歓迎で国旗を出す、あれが生きて居たらと愚痴《ぐち》つぽくなる。洗湯《せんとう》で年頃の娘が湯を汲《く》んで呉《く》れる、あんな嫁が居たらと昔を偲《しの》ぶ。是《これ》では生きて居《い》るのが苦痛である。それも子福者《こぶくしゃ》であるなら一人なくなつても、あとに慰めてくれるものもある。然し親一人子一人の家族が半分欠けたら、瓢簞《ひょうたん》の中から折れたと同じ様なものでしめ括《くく》りがつかぬ。軍曹の婆さんではないが年寄りのぶら下がるものがない。御母《おっか》さんは今に浩一が帰つて来たらばと、皺《しわ》だらけの指を日夜に折り尽してぶら下がる日を待ち焦がれたのである。其《その》ぶら下がる当人は旗を持つて思ひ切りよく塹壕《ざんごう》の中へ飛び込んで、今に至る迄上がつて来ない。白髪《しらが》は増したかも知れぬが将軍は歓呼の裡《うち》に帰来《きらい》した。色は黒くなつても軍曹は得意にプラツトフオームの上に飛び下りた。白髪にならうと日に焼け様と帰りさへすればぶら下がるに差し支へはない。右の腕を繃帯《ほうたい》で釣るして左の足が義足と変化しても帰りさへすれば構はん。構はんと云ふのに浩さんは依然として坑《あな》から上がつて来ない。是《これ》でも上がつて来ないなら御母《おっか》さんの方からあとを追ひかけて坑の中へ飛び込むより仕方がない。

幸ひ今日は閑《ひま》だから浩さんのうちへ行つて、久し振りに御母《おっか》さんを慰めてやらう？　慰めに行《ゆ》くのはいゝがあすこへ行《ゆ》くと、行《ゆ》く度に泣かれるので困る。先達《せんだつ》て抔《など》は一時間半許《ばか》り泣き続けに泣かれて、仕舞《しまい》には大抵な挨拶《あいさつ》はし尽して、大《おおい》に応対に窮《きゅう》した位だ。其時御母《そのときおっか》さんはせめて気立ての優しい嫁でも居《お》りましたら、こんな時には力になりますのにと頻《しき》りに嫁々と繰り返して大に余を困らせた。それも一段落告げたからもう善《よ》からうと御免蒙《ごめんこうむ》りかけると、あなたに是非《ぜひ》見て頂くものがあると云ふから、何《なん》ですと聴いたら浩一の日記ですと云ふ。成程《なるほど》亡友の日記は面白からう。元来日記と云ふものは其日《そのひ》〳〵の出来事を書き記《し》るすのみならず、又時々《じじ》刻々の心ゆきを遠慮なく吐き出すものだから、如何《いか》に親友の手帳でも断りなしに目を通す訳には行《ゆ》かぬが、御母《おっか》さんが承諾する――否《いな》先方から依頼する以上は無論興味のある仕事に相違ない。だから御母《おっか》さんに読んでくれと云はれたときは大《おおい》に乗気になつて夫《それ》は是非《ぜひ》見せて頂戴《ちょうだい》と迄《まで》云はうと思つたが、此上《このうえ》又日記で泣かれる様な事があつては大変だ。到底余の手際《てぎわ》では切り抜ける訳には行《ゆ》かぬ。ことに時刻を限つてある人と面会の約束をした刻限も逼《せま》つて居《い》るから、是《これ》は追つて改めて上がつて緩々《ゆるゆる》拝見を致す事に願ひませうと逃げ出した位である。以上の理由で訪問はちと辟易《へきえき》の体《てい》である。尤《もつと》も日記は読みたくない事もない。泣かれるのも少しなら厭《いや》とは云はない。元々木や石で出来上つたと云ふ訳ではないから人の不幸に対して一滴の同情位は優《ゆう》に表し得《う》る男であるが如何《いかん》せん性来《しょうらい》余り口の製造に念が入《い》つて居《お》らんので応対に窮《きゅう》する。御母《おっか》さんがまああなた聞いて下さいましと啜《すす》り上げてくると、何と受けていゝか分らない。夫《それ》を無理矢理に体裁を繕《つく》ろつて半間《はんま》に調子を合せ様とすると折角《せっかく》の慰藉的《いしゃてき》好意が水泡と変化するのみならず、時には思ひも寄らぬ結果を呈出して熱湯と迄沸騰する事がある。是《これ》では慰めに行つたのか怒《おこ》らせに行つたのか先方でも了解に苦しむだらう。行《ゆ》きさへしなければ薬も盛らん代りに毒も進めぬ訳だから危険はない。訪問は何《いず》れ其内《そのうち》として、まづ今日《きょう》は見合せ様。

　訪問は見合せる事にしたが、昨日《きのう》の新橋事件を思ひ出すと、どうも浩さんの事が気に掛《かか》つてならない。何等《なんら》かの手段で親友を弔《とむら》つてやらねばならん。悼亡《とうぼう》の句抔《など》は出来る柄でない。文才があれば平生《へいぜい》の交際を其儘《そのまま》記述して雑誌にでも投書するが此《この》筆では夫《それ》も駄目《だめ》と。何《なに》かないかな？　うむあるある寺参りだ。浩さんは松樹山の塹壕《ざんごう》からまだ上《あが》つて来ないが其紀念《そのきねん》の遺髪は遥かの海を渡つて駒込《こまごめ》の寂光院《じゃくこういん》に埋葬された。こゝへ行つて御参りをしてきやうと西片町《にしかたまち》の吾家《わがや》を出る。

冬の取つ付きである。小春と云へば名前を聞いてさへ熟柿《じゆくし》の様ないゝ心持になる。ことに今年はいつになく暖かなので袷羽織《あわせばおり》に綿入《わたいれ》一枚の出《い》で立ちさへ軽々《かろがろ》とした快い感じを添へる。先の斜めに減つた杖《つえ》を振り廻《まわ》しながら寂光院と大師流《だいしりゆう》に古い紺青《こんじよう》で彫りつけた額を眺めて門を這入《はい》ると、精舎《しようじや》は格別なもので門内は蕭条《しようじよう》として一塵《いちじん》の痕《あと》も留《と》めぬ程掃除が行《ゆ》き届いて居《い》る。是《これ》はうれしい。肌の細かな赤土《あかつち》が泥濘《ぬか》りもせず干乾《ひから》びもせず、ねつとりとして日の色を含んだ景色程難有《ありがた》いものはない。西片町は学者町か知らないが雅《が》な家は無論の事、落ちついた土の色さへ見られない位近頃は住宅が多くなつた。学者がそれ丈殖《だけふ》えたのか、或《あるい》は学者がそれ丈不風流《ぶふうりゆう》なのか、まだ研究して見ないから分らないが、かうやつて広々とした境内《けいだい》へ来ると、平生《へいぜい》は学者町で満足を表《ひよう》して居た眼《め》にも何となく坊主の生活が羨《うらや》しくなる。門の左右には周囲二尺《しやく》程な赤松が泰然《たいぜん》として控へて居《い》る。大方百年位前から斯《かく》の如《ごと》く控へて居《い》るのだらう。鷹揚《おうよう》な所が頼母《たのも》しい。神無月《かんなづき》の松の落葉とか昔は称《とな》へたものださうだが葉を振《ふる》つた景色は少しも見えない。只蟠《ただわだかま》つた根が奇麗な土の中から瘤《こぶ》だらけの骨を一二寸露《あら》はして居《い》る許《ばか》りだ。老僧か、小坊主か納所《なつしよ》かあるひは門番が凝性《こりしよう》で大方日に三度位掃くのだらう。松を左右に見て半町《はんちよう》程行《ゆ》くとつき当りが本堂で、其《その》右が庫裏《くり》である。本堂の正面にも金泥《きんでい》の額が懸《かか》つて、鳥の糞《ふん》か、紙を嚙《か》んで叩《たた》きつけたのか点々と筆者の神聖を汚《け》がして居《い》る。八寸角《はつすんかく》の欅柱《けやきばしら》には、のたくつた草書の聯《れん》が読めるなら読んで見ろと澄《すま》してかゝつて居《い》る。成程《なるほど》読めない。読めない所を以て見ると余程名家《めいか》の書いたものに違ひない。ことによると王羲之《おうぎし》かも知れない。えらさうで読めない字を見ると余は必ず王羲之にしたくなる。王羲之にしないと古い妙な感じが起らない。本堂を右手に左へ廻《まわ》ると墓場である。墓場の入口には化銀杏《ばけいちよう》がある。但《ただ》し化《ばけ》の字は余のつけたのではない。聞く所によると此界隈《このかいわい》で寂光院のばけ銀杏と云へば誰も知らぬ者はないさうだ。然《しか》し何が化けたつて、こんなに高くはなりさうもない。三抱《みかかえ》もあらうと云ふ大木《たいぼく》だ。例年なら今頃はとくに葉を振《ふる》つて、から坊主になつて、野分《のわき》のなかに唸《うな》つて居《い》るのだが、今年は全く破格な時候なので、高い枝が悉《ことごと》く美しい葉をつけて居《い》る。下から仰ぐと目に余る黄金《こがね》の雲が、穏かな日光を浴びて、所々鼈甲《べつこう》の様に輝くからまぼしい位見事である。其《その》雲の塊《かたま》りが風もないのにはら〳〵と落ちてくる。無論薄い葉の事だから落ちても音はしない、落ちる間《あいだ》も亦頗《またすこぶ》る長い。枝を離れて地に着く迄《まで》の間《あいだ》に或《あるい》は日に向ひ或は日に背いて色々な光を放つ。

色々に変りはするものゝ急ぐ景色もなく、至つて豊かに、至つてしとやかに降つて来る。だから見て居《い》ると落つるのではない、空中を揺曳《ようえい》して遊んで居《い》る様に思はれる。閑静である。――凡《すべ》てのものゝ動かぬのが一番閑静だと思ふのは間違つて居《い》る。動かない大面積の中に一点が動くから一点以外の静《しずか》さが理解出来る。しかも其《その》一点が動くと云ふ感じを過重ならしめぬ位、否其《いなその》一点の動く事其《そ》れ自《みずか》らが定寂《じようじやく》の姿を帯びて、しかも他《た》の部分の静粛《せいしゆく》な有様を反思《はんし》せしむるに足る程に靡《なび》いたなら――其時《そのとき》が一番閑寂《かんじやく》の感を与へる者だ。銀杏《いちよう》の葉の一陣の風なきに散る風情《ふぜい》は正《まさ》に是《これ》である。限りもない葉が朝《あした》、夕《ゆうべ》を厭《いと》はず降つてくるのだから、木の下は、黒い地の見えぬ程扇形《おうぎがた》の小さい葉で敷きつめられて居《い》る。さすがの寺僧《じそう》もこゝ迄《まで》は手が届かぬと見えて、当座は掃除の煩《はん》を避けたものか、又は堆《うずた》かき落葉を興ある者と眺めて、打ち棄《す》てゝ置くのか。兎《と》に角《かく》美しい。

しばらく化銀杏《ばけいちよう》の下に立つて、上を見たり下を見たり佇《たたず》んで居たが、漸《ようや》くの事幹のもとを離れて愈《いよいよ》墓地の中へ這入《はい》り込んだ。此《この》寺は由緒のある寺ださうで所々に大きな蓮台《れんだい》の上に据《す》ゑつけられた石塔が見える。右手の方《かた》に柵を控へたのには梅花院殿瘠鶴大居士《ばいかいんでんせきかくだいこじ》とあるから大方大名か旗本の墓だらう。中には至極《しごく》簡略で尺《しやく》たらずのもある。慈雲童子《じうんどうじ》と楷書《かいしよ》で彫つてある。小供だから小さい訳だ。此外《このほか》石塔も沢山《たくさん》ある、戒名《かいみよう》も飽きる程彫り付けてあるが、申し合はせた様に古いの許《ばか》りである。近頃になつて人間が死なゝくなつた訳でもあるまい、然《しか》し彼等が矢張《やは》り従前の如《ごと》く相応の亡者《もうじや》は、年々《ねんねん》御客様となつて、あの剝《は》げかゝつた額の下を潜《くぐ》るに違《ちがい》ない。一度《ひとた》び化銀杏の下を通り越すや否《いな》や急に古《ふ》る仏《ぼとけ》となつて仕舞《しま》ふ。何も銀杏の所為《せい》と云ふ訳でもなからうが、大方の檀家《だんか》は寺僧の懇請で、余り広くない墓地の空所を狭《せば》めずに、先祖代々の墓の中に新仏《しんぼとけ》を祭り込むからであらう。浩さんも祭り込まれた一人である。

浩さんの墓は古いと云ふ点に於《おい》て此《こ》の古い卵塔婆《らんとうば》内《ない》で大分幅の利く方である。墓はいつ頃出来たものか確《しか》とは知らぬが、何でも浩さんの御父《おとつ》さんが這入《はい》り、御爺《おじい》さんも這入り、其《その》又御爺さんも這入つたとあるから決して新らしい墓とは申されない。古い代りには形勝《けいしよう》の地を占めて居《い》る。隣り寺を境に一段高くなつた土手《どて》の上に三坪《みつぼ》程な平地があつて石段を二つ踏んで行《い》き当りの真中にあるのが、御爺さんも御父《おとつ》さんも浩さんも同居して眠つて居《い》る河上家《かわかみけ》代々之《の》墓である。極めて分り易《やす》い。化銀杏《ばけいちよう》を通り越して一筋道を北へ二十間《けん》歩けばよい。余は馴《な》れた所だから例の如《ごと》く例の路《みち》をたどつて半分程来て、ふと何《なん》の気なしに眼《め》をあげて自分の詣《まい》るべき墓の方を見た。

見ると！　もう来て居《い》る。誰だか分らないが後ろ向《むき》になつて頻《しき》りに合掌して居《い》る様子だ。はてな。誰だらう。誰だか分り様はないが、遠くから見ても男でない丈《だけ》は分る。恰好《かつこう》から云つても慥《たし》かに女だ。女なら御母《おつか》さんか知らん。余は無頓着《むとんぢやく》の性質で女の服装抔《など》は一向不案内だが、御母《おつか》さんは大抵黒繻子《くろじゆす》の帯をしめて居《い》る。所が此《この》女の帯は――後《うしろ》から見ると最も人の注意を惹《ひ》く、女の背中一杯に広がつて居《い》る帯は決して黒つぽいものでもない。光彩陸離たる矢鱈《やたら》に奇麗なものだ。若い女だ！　と余は覚えず口の中で叫んだ。かうなると余は少々ばつがわるい。進むべきものか退《しりぞ》くべきものか一寸留《ちよつととま》つて考へて見た。女は夫《それ》とも知らないから、しやがんだ儘《まま》熱心に河上家代々の墓を礼拝《らいはい》して居《い》る。どうも近寄りにくい。去ればと云つて逃げる程悪事を働いた覚《おぼえ》はない。どうしやうと迷つて居《い》ると女はすつくら立ち上がつた。後ろは隣りの寺の孟宗藪《もうそうやぶ》で寒い程緑りの色が茂つて居《い》る。其《そ》の滴《した》たる許《ばか》り深い竹の前にすつくりと立つた。背景が北側の日影で、黒い中に女の顔が浮き出した様に白く映る。眼の大きな頰《ほお》の緊《しま》つた領《えり》の長い女である。右の手をぶらりと垂れて、指の先でハンケチの端《はじ》をつかんで居《い》る。其《その》ハンケチの雪の様に白いのが、暗い竹の中に鮮《あざや》かに見える。顔とハンケチの清く染め抜かれた外《ほか》は、あつと思つた瞬間に余の眼には何物も映らなかつた。

余が此《この》年になる迄《まで》に見た女の数は夥《おびただ》しいものである。徃来《おうらい》の中、電車の上、公園の内、音楽会、劇場、縁日、随分見たと云つて宜《よろ》しい。然《しか》し此時《このとき》程驚ろいた事はない。此時《このとき》程美しいと思つた事はない。余は浩さんの事も忘れ、墓詣《まい》りに来た事も忘れ、極《きま》りが悪るいと云ふ事さへ忘れて白い顔と白いハンケチ許り眺めて居た。今迄は人が後ろに居《い》やうとは夢にも知らなかつた女も、帰らうとして歩き出す途端に、茫然《ぼうぜん》として佇《たた》ずんで居《い》る余の姿が眼に入《い》つたものと見えて、石段の上に一寸《ちよつと》立ち留《ど》まつた。下から眺めた余の眼と上から見下《みおろ》す女の視線が五間《けん》を隔てゝ互《たがい》に行《ゆ》き当つた時、女はすぐ下を向いた。すると飽く迄白い頰に裏から朱を溶いて流した様な濃い色がむら〳〵と煑染《にじ》み出した。見るうちに夫《それ》が顔一面に広がつて耳の付根《つけね》迄真赤《まつか》に見えた。是《これ》は気の毒な事をした。化銀杏《ばけいちよう》の方へ逆戻りを仕様《しよう》。いやさうすれば却《かえ》つて忍び足に後《あと》でもつけて来た様に思はれる。と云つて茫然《ぼうぜん》と見とれて居ては猶《なお》失礼だ。死地《しち》に活を求むと云ふ兵法《へいほう》もあると云ふ話しだから是《これ》は勢《いきお》よく前進するに若《し》くはない。墓場へ墓詣《まい》りをしに来たのだから別に不思議はあるまい。只躊躇《ただちゆうちよ》するから怪しまれるのだ。と決心して例のステツキを取り直して、つか〱と女の方にあるき出した。すると女も俯向《うつむ》いた儘《まま》歩を移して石段の下で逃げる様に余の袖《そで》の傍を擦《す》りぬける。ヘリオトロープらしい香りがぷんとする。香《かおり》が高いので、小春《こはる》日《び》に照りつけられた袷羽織《あわせばおり》の脊中《せなか》からしみ込んだ様な気がした。女が通り過ぎたあとは、やつと安心して何だか我に帰つた風に落ち付いたので、元来《がんらい》何者だらうと又振り向いて見る。すると運悪く又眼《め》と眼が行《ゆ》き合つた。此度《こんど》は余は石段の上に立つてステツキを突いて居《い》る。女は化銀杏《ばけいちよう》の下で、行《ゆ》きかけた体《たい》を斜めに捩《ねじ》つて此方《こつち》を見上げて居《い》る。銀杏は風なきに猶《なお》ひら〱と女の髪の上、袖の上、帯の上へ舞ひさがる。時刻は一時か一時半頃である。丁度《ちようど》去年の冬浩さんが大風の中を旗を持つて散兵壕《さんぺいごう》から飛び出した時である。空は研《と》ぎ上げた剣《つるぎ》を懸けつらねた如《ごと》く澄んで居《い》る。秋の空の冬に変る間際《まぎわ》程高く見える事はない。羅《うすもの》に似た雲の、微《かす》かに飛ぶ影も眸《ひとみ》の裡《うち》には落ちぬ。羽根《はね》があつて飛び登ればどこ迄《まで》も飛び登れるに相違ない。然《しか》しどこ迄昇つても昇り尽せはしまいと思はれるのが此《この》空である。無限と云ふ感じはこんな空を望んだ時に最もよく起る。此《こ》の無限に遠く、無限に遐《はる》かに、無限に静かな空を会釈《えしやく》もなく裂いて、化銀杏が黄金《こがね》の雲を凝《こ》らして居《い》る。其《その》隣には寂光院の屋《や》根《ね》瓦《がわら》が同じく此蒼穹《このそうきゆう》の一部を横に劃《かく》して、何十万枚重なつたものか黒々と鱗《うろこ》の如く、暖かき日影を射返《いかえ》して居《い》る。——古き空、古き銀杏、古き伽藍《がらん》と古き墳墓《ふんぼ》が寂寞《じやくまく》として存在する間《あいだ》に、美くしい若い女が立つて居《い》る。非常な対照である。竹藪《たけやぶ》を後ろに脊負《しよ》つて立つた時は只《ただ》顔の白いのとハンケチの白いの許《ばか》り目に着いたが、今度はすらりと着こなした衣《きぬ》の色と、其《その》衣を真中から輪に截《き》つた帯の色がいちゞるしく目立つ。縞柄《しまがら》だの品物抔《など》は余の様な無風流漢《ぶふうりゆうかん》には残念ながら記述出来んが、色合丈《だけ》は慥《たし》かに華やかな者だ。こんな物寂《ものさ》びた境内《けいだい》に一分《いちぶん》たりとも居《い》るべき性質のものでない。居《い》るとすればどこからか戸迷《とまどい》をして紛れ込んで来たに相違ない。三越陳《みつこしちん》列場《れつじよう》の断片を切り抜いて落柿舎《らくししや》の物干竿《ものほしざお》へかけた様なものだ。対照の極とは是《これ》であらう。——女は化銀杏の下から斜めに振り返つて余が詣《まい》る墓のありかを確かめて行《ゆ》きたいと云ふ風に見えたが、生憎《あいにく》余の方でも女に不審があるので石段の上から眺め返したから、思ひ切つて本堂の方へ曲つた。銀杏はひら〱と降つて、黒い地を隠す。

余は女の後姿を見送つて不思議な対照だと考へた。昔《むか》し住吉《すみよし》の祠《やしろ》で芸者を見た事がある。其時《そのとき》は時雨《しぐれ》の中に立ち尽す島田姿が常よりは妍《あで》やかに余が瞳《ひとみ》を照《てら》した。箱根の大地獄《おおじごく》で二八《にはち》余りの西洋人に遇《あ》つた事がある。其《その》折《おり》は十丈《じょう》も煑《に》え騰《あが》る湯煙りの凄《すさま》じき光景が、しばらくは和らいで安慰の念を余が頭に与へた。凡《すべ》ての対照は大抵此《この》二つの結果より外《ほか》には何も生ぜぬ者である。在来の鋭どき感じを削つて鈍《にぶ》くするか、又は新たに視界に現はるゝ物象《ぶつしょう》を平時よりは明瞭《めいりょう》に脳裏《のうり》に印《いん》し去るか、是《これ》が普通吾人《ごじん》の予期する対照である。所が今睹《み》た対象は毫《ごう》もそんな感じを引き起さなかつた。相除の対照でもなければ相乗の対照でもない。古い、淋《さび》しい、消極的な心の状態が減じた景色は更にない、と云つて此《この》美くしい綺羅《きら》を飾つた女の容姿が、音楽会や、園遊会で逢《あ》ふよりは一《ひ》と際《きわ》目立つて見えたと云ふ訳でもない。余が寂光院の門を潜《くぐ》つて得た情緒《じょうしょ》は、浮世《うきよ》を歩む年齢が逆行して父母《ふも》未生《みしょう》以前に溯《さかのぼ》つたと思ふ位、古い、物寂《ものさ》びた、憐《あわ》れの多い、捕《とら》へる程確《しか》とした痕迹《こんせき》もなき迄《まで》、淡く消極的な情緒である。此《この》情緒は藪《やぶ》を後ろにすつくりと立つた女の上に、余の眼《め》が注《そそ》がれた時に毫《ごう》も矛盾《むじゅん》の感を与へなかつたのみならず、落葉の中に振り返る姿を眺めた瞬間に於《おい》て、却《かえ》つて一層の深きを加へた。古伽藍《ふるがらん》と剝《は》げた額、化銀杏《ばけいちょう》と動かぬ松、錯落《さくらく》と列《なら》ぶ石塔——死したる人の名を彫《きざ》む死したる石塔と、花の様な佳人《かじん》とが融和して一団の気と流れて円熟無礙《むげ》の一種の感動を余の神経に伝へたのである。

斯《こ》んな無理を聞かせられる読者は定めて承知すまい。これは文士の嘘言だと笑ふ者さへあらう。然《しか》し事実はうそでも事実である。文士だらうが不文士だらうが書いた事は書いた通り懸価《かけね》のない所をかいたのである。もし文士がわるければ断つて置く。余は文士ではない、西片町に住む学者だ。若《も》し疑ふなら此《この》問題をとつて学者的に説明してやらう。読者は沙翁《さおう》の悲劇マクベスを知つて居《い》るだらう。マクベス夫婦が共謀して主君のダンカンを寝室の中で殺す。殺して仕舞《しま》ふや否《いな》や門の戸を続け様《ざま》に敲《たた》くものがある。すると門番が敲くは〱と云ひながら出て来て酔漢の管《くだ》を捲《ま》く様なたわいもない事を呂律《ろれつ》の廻《まわ》らぬ調子で述べ立てる。是《これ》が対照だ。対照も対照も一通りの対照ではない。人殺しの傍《わき》で都々逸《どどいつ》を歌ふ位の対照だ。所が妙な事は此滑稽《このこっけい》を挿《はさ》んだ為めに今迄の凄愴《せいそう》たる光景が多少和らげられて、此《ここ》に至つて一段とくつろぎが付いた感じもなければ、又滑稽が事件の排列の具合から平生《へいぜい》より一倍の可笑味《おかしみ》を与へると云ふ訳でもない。それでは何等《なんら》の功果もないかと云ふと大変ある。劇全体を通じての物凄《ものすご》さ、怖しさは此《この》一段の諧謔《かいぎやく》の為めに白熱度に引き上げらるゝのである。猶《なお》拡大して云へば此《この》場合に於《おい》ては諧謔其物《そのもの》が畏怖《いふ》である、恐懼《きようく》である、悚然《しようぜん》として粟《あわ》を肌《はだえ》に吹く要素になる。其《その》訳を云へば先《ま》づからうだ。

吾人《ごじん》が事物に対する観察点が従来の経験で支配せらるゝのは言《げん》を待たずして明瞭《めいりよう》な事実である。経験の勢力は度数と、単独な場合に受けた感動の量に因《よ》つて高下《こうげ》増減するのも争はれぬ事実であらう。絹布団に生れ落ちて御意《ぎよい》だ仰せだと持ち上げられる経験が度重なると人間は余に頭を下げる為めに生れたのぢやなと御意遊ばす様になる。金で酒を買ひ、金で妾《めかけ》を買ひ、金で邸宅、朋友《ほうゆう》、従五位《じゆごい》迄《まで》買つた連中《れんじゆう》は金さへあれば何でも出来ると金庫を横目に睨《にら》んで高を括《くく》つた鼻先を虚空《こくう》遥かに反り返へす。一度の経験でも御多分には洩《も》れん。箔屋町《はくやちよう》の大火事に身代《しんだい》を潰《つぶ》した旦那《だんな》は板橋の一《ひと》つ半《ばん》でも蒼《あお》くなるかも知れない。濃尾《のうび》の震災に瓦《かわら》の中から掘り出された生き仏はドンが鳴つても念仏を唱《とな》へるだらう。正直な者が生涯に一返万引を働いても疑《うたがい》を掛ける知人もないし、冗談を商売にする男が十年に半日真面目《まじめ》な事件を担《かつ》ぎ込んでも誰も相手にするものはない。つまる所吾々《われわれ》の観察点と云ふものは従来の惰性で解決せられるのである。吾々の生活は千差万別であるから、吾々の惰性も商売により職業により、年齢により、気質により、両性によりて各《おのおの》異なるであらう。が其《その》通り。劇を見るときにも小説を読むときにも全篇を通じた調子があつて、此《この》調子が読者、観客《かんかく》の心に反応すると矢張《やは》り一種の惰性になる。もし此《この》惰性を構成する分子が猛烈であればある程、惰性其物《そのもの》も牢《ろう》として動かすべからず抜くべからざる傾向を生ずるに極《きま》つて居《い》る。マクベスは妖婆《ようば》、毒婦、兇漢《きようかん》の行為動作を刻意《こくい》に描写した悲劇である。読んで冒頭より門番の滑稽《こつけい》に至つて冥々《めいめい》の際読者の心に生ずる唯一《ゆいいつ》の惰性は怖と云ふ一字に帰着して仕舞《しま》ふ。過去が既に怖《ふ》である、未来も亦《また》怖なるべしとの予期は、自然と己《おの》れを放射して次に出現すべき如何《いか》なる出来事をも此《この》怖に関連して解釈しやうと試みるのは当然の事と云はねばならぬ。船に酔つたものが陸《おか》に上《あが》つた後迄《あとまで》も大地を動くものと思ひ、臆病《おくびよう》に生れ付いた雀《すずめ》が案山子《かがし》を例の爺《じい》さんかと疑ふ如《ごと》く、マクベスを読む者も亦怖の一字をどこ迄も引張つて、怖を冠すべからざる辺に迄持つて行《ゆ》かうと力《つと》むるは怪しむに足らぬ。何事をも怖化せんとあせる矢先に現はるゝ門番の狂言は、普通の狂言諧謔《かいぎやく》とは受け取れまい。

世間には諷語《ふうご》と云ふがある。諷語は皆表裏二面の意義を有して居《い》る。先生を馬鹿《ばか》の別号に用ゐ、大将を匹夫《ひつぷ》の渾名《あだな》に使ふのは誰も心得て居やう。此《この》筆法で行《ゆ》くと人に謙遜するのは益《ますます》人を愚《ぐ》にした待遇法で、他《た》を称揚《しようよう》するのは熾《さかん》に他を罵倒《ばとう》した事になる。表面の意味が強ければ強い程、裏側の含蓄も漸《ようや》く深くなる。御辞儀一つで人を愚弄するよりは、履物《はきもの》を揃《そろ》へて人を揶揄《やゆ》する方が深刻ではないか。此《この》心理を一歩開拓して考へて見る。吾々《われわれ》が使用する大抵の命題は反対の意味に解釈が出来る事とならう。さあどつちの意味にしたものだらうと云ふときに例の惰性が出て苦もなく判断して呉《く》れる。滑稽《こつけい》の解釈に於《おい》ても其《その》通りと思ふ。滑稽の裏には真面目《まじめ》がくつ付いて居《い》る。大笑《たいしよう》の奥には熱涙《ねつるい》が潜《ひそ》んで居《い》る。雑談《じようだん》の底には啾々《しゆうしゆう》たる鬼哭《きこく》が聞える。とすれば怖と云ふ惰性を養成した眼《め》を以て門番の諧謔《かいぎやく》を読む者は、其《その》諧謔を正面から解釈したものであらうか、裏側から観察したものであらうか。裏面から観察するとすれば酔漢の妄語のうちに身の毛もよだつ程の畏懼《いく》の念はある筈《はず》だ。元来諷語《がんらいふうご》は正語《せいご》よりも皮肉なる丈《だけ》正語よりも深刻で猛烈なものである。虫さへ厭《いと》ふ美人の根性を透見《とうけん》して、毒《どく》蛇《じや》の化《け》身即ち此天女《しんすなわちこれてんによ》なりと判断し得たる刹那《せつな》に、其《その》罪悪は同程度の他《た》の罪悪よりも一層怖るべき感じを引き起す。全く人間の諷語であるからだ。白昼の化物《ばけもの》の方が定石《じようせき》の幽霊よりも或る場合には恐ろしい。諷語であるからだ。廃寺に一夜をあかした時、庭前の一本杉の下でカツポレを躍《おど》るものがあつたら此《この》カツポレは非常に物凄《ものすご》からう。是《これ》も一種の諷語であるからだ。マクベスの門番は山寺のカツポレと全然同格である。マクベスの門番が解けたら寂光院の美人も解ける筈だ。

百花《ひやつか》の王を以て許す牡丹《ぼたん》さへ崩れるときは、富貴《ふうき》の色も只好事家《ただこうずか》の憐《あわ》れを買ふに足らぬ程脆《もろ》いものだ。美人薄命と云ふ諺《ことわざ》もある位だから此《この》女の寿命も容易に保険はつけられない。然《しか》し妙齢の娘は概して活気に充《み》ちて居《い》る。前途の希望に照《てら》されて、見るからに陽気な心持のするものだ。のみならず友染《ゆうぜん》とか、繻珍《しゆちん》とか、ぱつとした色気のものに包まつて居《い》るから、横から見ても縦から見ても派出《はで》である立派である、春景色である。其《その》一人が――最も美くしき其《その》一人が寂光院の墓場の中に立つた。浮かない、古臭い、沈静な四顧《しこ》の景物《けいぶつ》の中に立つた。すると其《その》愛らしき眼《め》、其はなやかな袖《そで》が忽然《こつぜん》と本来の面目《めんもく》を変じて蕭条《しようじよう》たる周囲に流れ込んで、境内寂寞《けいだいじやくまく》の感を一層深からしめた。天下に墓程落付いたものはない。然《しか》し此《この》女が墓の前に延び上がつた時は墓よりも落ちついて居た。銀杏《いちょう》の黄葉《こうよう》は淋《さみ》しい。況《ま》して化けるとあるから猶《なお》淋しい。然し此《この》女が化銀杏《ばけいちょう》の下に横顔を向けて佇《たたず》んだときは、銀杏の精が幹から抜け出したと思はれる位淋しかつた。上野の音楽会でなければ釣り合はぬ服装をして、帝国ホテルの夜会にでも招待《しょうだい》されさうな此《この》女が、なぜかくの如《ごと》く四辺の光景と映帯《えいたい》して索寞《さくばく》の観を添へるのか。是《これ》も諷語《ふうご》だからだ。マクベスの門番が怖しければ寂光院の此《この》女も淋しくなくてはならん。

御墓を見ると花筒《はなづつ》に菊がさしてある。垣根に咲く豆菊《まめぎく》の色は白いもの許《ばか》りである。是《これ》も今の女の所為《しょい》に相違ない。家《うち》から折つて来たものか、途中で買つて来たものか分らん。若《も》しや名刺でも括《くく》りつけてはないかと葉裏迄覗《までのぞ》いて見たが何もない。全体何物だらう。余は高等学校時代から浩さんとは親しい付き合ひの一人であつた。うちへはよく泊りに行つて浩さんの親類は大抵知つて居《い》る。然し指を折つてあれこれと順々に勘定して見ても、こんな女は思ひ出せない。すると他人か知らん。浩さんは人好きのする性質で、交際も大分広かつたが、女に朋友《ほうゆう》がある事はついに聞いた事がない。尤《もっと》も交際をしたからと云つて、必らず余に告げるとは限つて居《お》らん。が浩さんはそんな事を隠す様な性質ではないし、よし外《ほか》の人に隠したからと云つて余に隠す事はない筈《はず》だ。かう云ふと可笑《おか》しいが余は河上家の内情は相続人たる浩さんに劣らん位精《くわ》しく知つて居《い》る。さうして夫《それ》は皆浩さんが余に話したのである。だから女との交際だつて、もし実際あつたとすればとくに余に告げるに相違ない。告げぬ所を以て見ると知らぬ女だ。然し知らぬ女が花迄提《さ》げて浩さんの墓参りにくる訳がない。是《これ》は怪しい。少し変だが追懸《おっか》けて名前丈《だけ》でも聞いて見様《みよう》か、夫《それ》も妙だ。いつその事黙つて後《あと》を付けて行《ゆ》く先を見届け様か、それでは丸で探偵《たんてい》だ。そんな下等な事はしたくない。どうしたら善《よ》からうと墓の前で考へた。浩さんは去年の十一月塹壕《ざんごう》に飛び込んだぎり、今日迄上がつて来ない。河上家代々の墓を杖《つえ》で敲《たた》いても、手で揺《ゆ》り動かしても浩さんは矢張《やはり》塹壕の底に寐《ね》て居《い》るだらう。こんな美人が、こんな美しい花を提げて御詣《おまい》りに来るのも知らずに寐て居《い》るだらう。だから浩さんはあの女の素性も名前も聞く必要もあるまい。浩さんが聞く必要もないものを余が探究する必要は猶更《なおさら》ない。いや是《これ》はいかぬ。かう云ふ論理ではあの女の身元を調べてはならんと云ふ事になる。然《しか》し其《それ》は間違つて居《い》る。何故《なぜ》？　何故は追つて考へてから説明するとして、只今《ただいま》の場合是非共《ぜひとも》聞き糺《ただ》さなくてはならん。何でも蚊《か》でも聞かないと気が済まん。いきなり石段を一股《ひとまた》に飛び下りて化銀杏《ばけいちよう》の落葉を蹴散《けち》らして寂光院の門を出て先《ま》づ左の方を見た。居ない。右を向いた。右にも見えない。足早に四つ角迄《まで》来て目の届く限り東西南北を見渡した。矢張《やは》り見えない。とう〳〵取り逃《に》がした。仕方がない、御母《おつか》さんに逢《あ》つて話をして見様《みよう》、ことによつたら容子《ようす》が分るかも知れない。

三

六畳の座敷は南向《みなみむき》で、拭《ふ》き込んだ椽側《えんがわ》の端《はじ》に神代杉《じんだいすぎ》の手拭懸《てぬぐいかけ》が置いてある。軒下《のきした》から丸い手水桶《ちようずおけ》を鉄の鎖で釣るしたのは洒《しや》落れて居《い》るが、其下《その》に一叢《ひとむら》の木賊《とくさ》をあしらつた所が一段の趣《おもむき》を添へる。四つ目垣の向ふは二三十坪の茶畠《ちやばたけ》で其間《そのあいだ》に梅の木が三四本見える。垣に結ふた竹の先に洗濯した白足袋《しろたび》が裏返しに乾してあつて其《その》隣りには如露《じよろ》が逆さまに被《かぶ》せてある。其《その》根元に豆菊《まめぎく》が塊《かた》まつて咲いて累々《るいるい》と白玉《はくぎよく》を綴《つづ》つてゐるのを見て「奇麗ですな」と御母《おつか》さんに話しかけた。

「今年は暖たかだもんですからよく持ちます。あれもあなた、浩一の大好きな菊で……」

「へえ、白いのが好きでしたかな」

「白い、小さい豆の様なのが一番面白いと申して自分で根を貰《もら》つて来て、わざ〳〵植えたので御座います」

「成程《なるほど》そんな事がありましたな」と云つたが、内心は少々気味が悪かつた。寂光院の花筒《はなづつ》に挿《はさ》んであるのは正《まさ》に此種《このしゆ》の此《この》色の菊である。

「御叔母《おば》さん近頃は御寺参りをなさいますか」

「いえ、先達《せんだつ》て中《じゆう》から風邪《かぜ》の気味で五六日伏せつて居《お》りましたものですから、つい〳〵仏へ無沙汰《ぶさた》を致しまして。――うちに居《お》つても忘れる間《ま》はないのですけれども――年をとりますと、御湯《ゆ》に行くのも退儀《たいぎ》になりましてね」

「時々は少し表をあるく方が薬ですよ。近頃はいゝ時候ですから……」

「御親切に難有《ありがと》う存じます。親戚のもの抔《など》も心配して色々云つて呉《く》れますが、どうもあなた何分《なにぶん》元気がないものですから、それにこんな婆《ばあ》さんを態々《わざわざ》連れてあるいて呉れるものもありませず」

かうなると余はいつでも言句《ごんく》に窮《きゆう》する。どう云つて切り抜けてい丶か見当がつかない。仕方がないから「はあ丶」と長く引つ張つたが、御母《おつか》さんは少々不平の気味である。さあしまつたと思つたが別に片附け様もないから、梅の木をあちらこちら飛び歩るいて居《い》る四十雀《しじゆうから》を眺めて居た。御母《おつか》さんも話の腰を折られて無言である。

「御親類に若い御嬢さんでもあると、こんな時には御相手にい丶ですがね」と云ひながら不調法なる余にしては天晴《あつぱれ》な出来だと自分で感心して見せた。

「生憎《あいにく》そんな娘も居《お》りませず。それに人の子には矢張《やは》り遠慮勝ちで……せがれに嫁でも貰《もら》つて置いたら、こんな時には嘸《さぞ》心丈夫だらうと思ひます。ほんに残念な事をしました」

そら娶《よめ》が出た。くる度によめが出ない事はない。年頃の息子に嫁を持たせたいと云ふのは親の情として左《さ》もあるべき事だが、死んだ子に娶を迎へて置かなかつたのをも残念がるのは少々平仄《ひようそく》が合はない。人情はこんなものか知らん。まだ年寄になつて見ないから分らないがどうも一般の常識から云ふと少し間違つて居《い》る様だ。それは一人で佗《わび》しく暮らすより気に入つた嫁の世話になる方が誰だつて頼りが多からう。然《しか》し嫁の身になつても見るがい丶。結婚して半年も立たないうちに夫は出征する。漸《ようや》く戦争が済んだと思ふと、いつの間にか戦死して居《い》る。二十《はたち》を越すか越さないのに、姑《しゆうと》と二人暮しで一生を終る。こんな残酷な事があるものか。御母《おつか》さんの云ふ所は老人の立場から云へば無理もない訴《うつたえ》だが、然し随分我儘《わがまま》な願《ねがい》だ。年寄は是《これ》だからいかぬと、内心は頗《すこぶ》る不平であつたが、滅多《めつた》な抗議を申し込むと又気色《きしよく》を悪るくさせる危険がある。折角《せつかく》慰めに来ていつも失策をやるのは余り器量のない話だ。まあ〱だまつて居《い》るに若《し》くはなしと覚悟を極《き》めて、反《かえ》つて反対の方角へと楫《かじ》をとつた。余は正直に生れた男である。然し社会に存在して怨《うら》まれずに世の中を渡らうとすると、どうも嘘がつきたくなる。正直と社会生活が両立するに至れば嘘は直《ただ》ちにやめる積りで居《い》る。

「実際残念な事をしましたね。全体浩さんは何故《なぜ》嫁をもらはなかつたんですか」

「いえ、あなた色々探して居《お》りますうちに、旅順へ参る様になつたもので御座んすから」

「それぢや当人も貰《もら》ふ積りで居たんでせう」

「それは……」と云つたが、其《それ》ぎり黙つて居《い》る。少々様子が変だ。或《あるい》は寂光院事件の手懸《てがか》りが潜伏して居さうだ。白状して云ふと、余は此時《このとき》浩さんの事も、御母《おつか》さんの事も考へて居なかつた。只《ただ》あの不思議な女の素性と浩さんとの関係が知りたいので頭の中は一杯になつて居《い》る。此《この》日に於ける余は平生《へいぜい》の様な同情的動物ではない。全く冷静な好奇獣とも称すべき代物に化して居た。人間も其日《そのひ》其日《そのひ》で色々になる。悪人になつた翌日は善男《ぜんなん》に変じ、小人《しようじん》の昼の後《のち》に君子《くんし》の夜《よる》がくる。あの男の性格は抔《など》と手にとつた様に吹聴《ふいちよう》する先生があるがあれは利口の馬鹿《ばか》と云ふもので其日《そのひ》〳〵の自己を研究する能力さへないから、こんな傍若無人《ぼうじやくぶじん》の囈語《げいご》を吐いて独りで恐悦がるのである。探偵《たんてい》程劣等な家業は又とあるまいと自分にも思ひ、人にも宣言して憚《はば》からなかつた自分が、純然たる探偵的態度を以て事物に対するに至つたのは、頗《すこぶ》るあきれ返つた現象である。一寸《ちよつと》言ひ淀《よど》んだ御母《おつか》さんは、思ひ切つた口調で
「其事《そのこと》に就《つい》て浩一は何《なに》かあなたに御話をした事は御座いませんか」

「嫁の事ですか」

「えゝ、誰か自分の好いたものがある様な事を」

「いゝえ」と答へたが、実は此問《この》こそ、こつちから御母《おつか》さんに向つて聞いて見なければならん問題であつた。

「御叔母《おば》さんには何《なに》か話しましたらう」

「いゝえ」

望《のぞみ》の綱は是限《これぎ》り切れた。仕方がないから又眼《め》を庭の方へ転ずると、四十雀《しじゆうから》は既にどこかへ飛び去つて、例の白菊《しらぎく》の色が、水気を含んだ黒土《くろつち》に映じて見事に見える。其時《そのとき》不図《ふと》思ひ出したのは先日の日記の事である。御母《おつか》さんも知らず、余も知らぬ、あの女の事があるひは書いてあるかも知れぬ。よしあからさまに記《しる》してなくても一応目を通したら何か手懸《てがか》りがあらう。御母《おつか》さんは女の事だから理解出来んかも知れんが、余が見ればかうだらう位の見当はつくわけだ。是《これ》は催促して日記を見るに若《し》くはない。

「あの先日御話しの日記ですね。あの中に何かかいてはありませんか」

「えゝ、あれを見ないうちは何とも思はなかつたのですが、つい見たものですから……」と御母《おつか》さんは急に涙声になる。又泣かした。是《これ》だから困る。困りはしたものゝ、何《なに》か書いてある事は慥《たし》かだ。かうなつては泣かうが泣くまいがそんな事は構つて居《お》られん。

「日記に何《なに》か書いてありますか？　それは是非《ぜひ》拝見しませう」と勢《いきおい》よく云つたのは今から考へて赤面の次第である。御母《おつか》さんは起《た》つて奥へ這入《はい》る。

　やがて襖《ふすま》をあけてポツケツト入れの手帳を持つて出てくる。表紙は茶の革で一寸《ちよつと》見ると紙入の様な体裁である。朝夕内がくしに入れたものと見えて茶色の所が黒ずんで、手垢《てあか》でぴか〱光つて居《い》る。無言の儘《まま》日記を受取つて中を見様《みよう》とすると表の戸がから〱と開《あ》いて、頼みますと云ふ声がする。生憎《あいにく》来客だ。御母《おつか》さんは手真《てま》似《ね》で早く隠せと云ふから、余は手帳を内懐《うちぶところ》に入れて「宅へ帰つて見てもいゝですか」と聞いた。御母《おつか》さんは玄関の方を見ながら「どうぞ」と答へる。やがて下女が何とか様が入《い》らつしやいましたと注進にくる。何とか様に用はない。日記さへあれば大丈夫早く帰つて読まなくつてはならない。其《それ》ではと挨拶《あいさつ》をして久堅町《ひさかたまち》の往来《おうらい》へ出る。

　伝通院《でんづういん》の裏を抜けて表町《おもてちよう》の坂を下《お》りながら路々《みちみち》考へた。どうしても小説だ。たゞ小説に近い丈《だけ》何だか不自然である。然《しか》し是《これ》から事件の真相を究《きわ》めて、全体の成行《なりゆき》が明瞭《めいりよう》になりさへすれば此《この》不自然も自《おの》づと消滅する訳だ。兎《と》に角《かく》面白い。是非探索——探索と云ふと何だか不愉快だ——探究として置かう。是非探究して見なければならん。其《それ》にしても昨日《きのう》あの女のあとを付けなかつたのは残念だ。もし向後《こうご》あの女に逢《あ》ふ事が出来ないとすると此《この》事件は判然と分りさうにもない。入《い》らぬ遠慮をして流星光底《りゆうせいこうてい》ぢやないが逃《に》がしたのは惜《おし》い事だ。元来《がんらい》品位を重んじ過ぎたり、あまり高尚にすると、得《え》てこんな事になるものだ。人間はどこかに泥棒的分子がないと成功はしない。紳士も結構には相違ないが、紳士の体面を傷《きず》つけざる範囲内に於《おい》て泥棒根性を発揮せんと折角《せつかく》の紳士が紳士として通用しなくなる。泥棒気《き》のない純粋の紳士は大抵行《ゆ》き倒れになるさうだ。よし是《これ》からはもう少し下品になつてやらう。とくだらぬ事を考へながら柳町《やなぎちよう》の橋の上迄《まで》来ると、水道橋の方から一輛《りよう》の人力車が勇ましく白山《はくさん》の方へ馳《か》け抜ける。車が自分の前を通り過ぎる時間は何秒と云ふ僅《わず》かの間であるから、余が冥想《めいそう》の眼《め》をふとあげて車の上を見た時は、乗つて居《い》る客は既に眼界から消えかゝつて居た。が其《その》人の顔は？　あゝ寂光院だと気が着いた頃はもう五六間《けん》先へ行つて居《い》る。こゝだ下品になるのはこゝだ。何でも構はんから追ひ懸けろと、下駄《げた》の歯をそちらに向けたが、徒歩《とほ》で車のあとを追ひ懸けるのは余り下品すぎる。気狂《きちがい》でなくつてはそんな馬鹿《ばか》な事をするものはない。車、車、車は居《お》らんかなと四方を見廻《みまわ》したが生憎《あいにく》一輌も居《お》らん。其《その》うちに寂光院は姿も見えない位遥かあなたに馳《か》け抜ける。もう駄目《だめ》だ。気狂と思はれる迄《まで》下品にならなければ世の中は成功せんものかなと惘然《ぼうぜん》として西片町へ帰つて来た。

取り敢《あえ》ず、書斎に立て籠《こも》つて懐中から例の手帳を出したが、何分夕景ではつきりせん。実は途上でもあちこちと拾ひ読みに読んで来たのだが、鉛筆でなぐりがきに書いたものだから明るい所でも容易に分らない。ランプを点《つ》ける。下女が御飯はと云つて来たから、めしは後《あと》で食《く》ふと追ひ返す。偖《さて》一頁《ページ》から順々に見て行《ゆ》くと皆陣中の出来事のみである。しかも倥偬《こうそう》の際に分陰《ふんいん》を偸《ぬす》んで記《しる》しつけたものと見えて大概の事は一句二句で弁じて居《い》る。「風、坑道内にて食事。握り飯二個。泥まぶれ」と云ふのがある。「夜来風邪《やらいふうじや》の気味、発熱。診察を受けず、例の如《ごと》く勤務」と云ふのがある。「テント外《がい》の歩哨《ほしよう》散弾に中《あた》る。テントに仆《たお》れかゝる。血痕《けつこん》を印《いん》す」「五時大突撃。中隊全滅、不成功に終る。残念!!!」残念の下に！が三本引いてある。無論記憶を助ける為めの手控《てびかえ》であるから、毫《ごう》も文章らしい所はない。字句を修飾したり、彫琢《ちようたく》したりした痕跡《こんせき》は薬にしたくも見当らぬ。然《しか》しそれが非常に面白い。只有《ただあり》の儘《まま》を有の儘に写して居《い》る所が大《おおい》に気に入《い》つた。ことに俗人の使用する壮士的口吻《こうふん》がないのが嬉《うれ》しい。怒気《どき》天を衝《つ》くだの、暴慢なる露人《ろじん》だの、醜虜《しゆうりよ》の胆《たん》を寒からしむだの、凡《すべ》てえらさうで安つぽい辞句はどこにも使つてない。文体は甚《はなは》だ気に入つた、流石《さすが》に浩さんだと感心したが、肝心《かんじん》の寂光院事件はまだ出て来ない。段々読んで行《ゆ》くうちに四行ばかり書いて上から棒を引いて消した所が出て来た。こんな所が怪しいものだ。之《これ》を読みこなさなければ気が済まん。手帳をランプのホヤに押し付けて透《す》かして見る。二行目の棒の下からある字が三分の二ばかり食《は》み出して居《い》る。郵の字らしい。それから骨を折つてやう〳〵郵便局の三字丈《だ》け片づけた。郵便局の上の字は本郷丈《だけ》見えて居《い》る。是《これ》は何だらうと三分程ランプと相談をしてやつと分つた。本郷郵便局である。こゝ迄《まで》は漸《よう》く漕《こ》ぎつけたが其外《そのほか》は裏から見ても逆さまに見てもどうしても読めない。

とう〱断念する。夫《それ》から二三頁進むと突然一大発見に遭遇した。「二三日一睡もせんので勤務中坑内仮寝《かしん》。郵便局で逢《あ》つた女の夢を見る」

余は覚えずどきりとした。「只《ただ》二三分の間《あいだ》、顔を見た許《ばか》りの女を、程経《ほどへ》て夢に見るのは不思議である」此《この》句から急に言文一致になつて居《い》る。「余程衰弱して居《い》る証拠であらう、然《しか》し衰弱せんでもあの女の夢なら見るかも知れん。旅順へ来てから是《これ》で三度見た」

余は日記をぴしやりと敲《たた》いて是《これ》だ！　と叫んだ。御母《おつか》さんが嫁々と口癖の様に云ふのは無理はない。是《これ》を読んで居《い》るからだ。夫《それ》を知らずに我儘《わがまま》だの残酷だのと心中で評したのは、こつちが悪るいのだ。成程《なるほど》こんな女が居《い》るなら、親の身として一日でも添はしてやりたいだらう。御母《おつか》さんが嫁が居たら〱と云ふのを今迄誤解して全く自分の淋《さび》しいのをまぎらす為と許り解釈して居たのは余の眼識の足らなかつた所だ。あれは自分の我儘《わがまま》で云ふ言葉ではない。可愛《かあい》い息子を戦死する前に、半月でも思ひ通りにさせてやりたかつたと云ふ謎《なぞ》なのだ。成程男は呑気《のんき》なものだ。然《しか》し知らん事なら仕方がない。それは先《ま》づよしとして元来《がんらい》寂光院が此《この》女なのか、或《あるい》はあれは全く別物で、浩さんの郵便局で逢つたと云ふのは外《ほか》の女なのか、是《これ》が疑問である。此《この》疑問はまだ断定は出来ない。是丈《これだけ》の材料でさう早く結論に高飛びはやりかねる。やりかねるが少しは想像を容《い》れる余地もなくては、凡《すべ》ての判断はやれるものではない。浩さんが郵便局であの女に逢《あ》つたとする。郵便局へ遊《ゆ》びに行く訳はないから、切手を買ふか、為替《かわせ》を出すか取るかしたに相違ない。浩さんが切手を手紙へ貼《は》る時に傍に居たあの女が、どう云ふ拍子《ひようし》かで差出人の宿所《しゆくしよ》姓名を見ないとは限らない。あの女が浩さんの宿所姓名を其時《そのとき》に覚え込んだとして、之《これ》に小説的分子を五分許《ぶばか》り加味すれば寂光院事件は全く起らんとも云へぬ。女の方は夫《それ》で解《かい》せたとして浩さんの方が不思議だ。どうして一寸《ちよつと》逢つたものをさう何度も夢に見るかしらん。どうも今少し慥《たし》かな土台が欲しいがと猶《なお》読んで行《ゆ》くと、こんな事が書いてある。「近世の軍略に於《おい》て、攻城は至難なるもの丶一として数へらる。我が攻囲軍の死傷多きは怪しむに足らず。此《この》二三ケ月間に余が知れる将校の城下に斃《たお》れたる者は枚挙に遑《いとま》あらず。死は早晩余を襲ひ来《きた》らん。余は日夜に両軍の砲声を聞きて、今か〱と順番の至るを待つ」成程《なるほど》死を決して居たものと見える。十一月二十五日の条にはかうある。「余の運命も愈《いよいよ》明日《みようにち》に逼《せま》つた」今度は言文一致である。「軍人が軍《いく》さで死ぬのは当然の事である。死ぬのは名誉である。ある点から云へば生きて本国に帰るのは死ぬべき所を死に損《そく》なつた様なものだ」戦死の当日の所を見ると「今日限りの命だ。二竜山を崩す大砲の声がしきりに響く。死んだらあの音も聞えぬだらう。耳は聞えなくなつても、誰か来て墓参りをして呉《く》れるだらう。さうして白い小さい菊でもあげてくれるだらう。寂光院は閑静《かんせい》な所だ」とある。其次《そのつぎ》に「強い風だ。愈是《これ》から死にゝ行《ゆ》く。丸《たま》に中《あた》つて仆《たお》れる迄《まで》旗を振つて進む積りだ。御母《おつか》さんは、寒いだらう」日記はこゝで、ぶつりと切れて居《い》る。切れて居《い》る筈《はず》だ。

余はぞつとして日記を閉ぢたが、愈《いよいよ》あの女の事が気に懸《かか》つて堪《たま》らない。あの車は白山の方へ向いて馳《か》けて行つたから、何でも白山方面のものに相違ない。白山方面とすれば本郷の郵便局へ来んとも限らん。然《しか》し白山だつて広い。名前も分らんものを探ねて歩いたつて、さう急に知れる訳がない。兎《と》に角《かく》今夜の間《ま》に合ふ様な簡略な問題ではない。仕方がないから晩食《ばんめし》を済まして其《その》晩はそれぎり寝る事にした。実は書物を読んでも何が書いてあるか茫々《ぼうぼう》として海に対する様な感があるから、已《やむ》を得ず床《とこ》へ這入《はい》つたのだが、偖《さて》夜具の中でも思ふ通りにはならんもので、終夜安眠が出来なかつた。

翌日学校へ出て平常の通り講義はしたが、例の事件が気になつていつもの様に授業に身が入《い》らない。控所《ひかえじょ》へ来ても他《た》の職員と話しをする気にならん。学校の退《ひ》けるのを待ちかねて、其《その》足で寂光院へ来て見たが、女の姿は見えない。昨日《きのう》の菊が鮮やかに竹藪《たけやぶ》の緑に映じて雪の団子の様に見える許《ばか》りだ。夫《それ》から白山から原町《はらまち》、林町《はやしちょう》の辺をぐる〳〵廻《まわ》つて歩いたが矢張《やは》り何等《なんら》の手懸《てがか》りもない。其《その》晩は疲労の為め寐《ね》る事丈《だけ》はよく寐た。然し朝になつて授業が面白く出来ないのは昨日と変る事はなかつた。三日目に教員の一人を捕《つら》まへて君白山方面に美人が居《い》るかなと尋ねて見たら、うむ沢山居《たくさんい》る、あつちへ引越し玉《たま》へと云つた。帰りがけに学生の一人に追ひ付いて君は白山の方に居《い》るかと聞いたら、いゝえ森川町《もりかわちょう》ですと答へた。こんな馬鹿《ばか》な騒ぎ方をして居たつて始まる訳のものではない。矢張《やは》り平生《へいぜい》の如《ごと》く落ち付いて、緩《ゆ》るりと探究するに若《し》くなしと決心を定めた。それで其《その》晩は煩悶《はんもん》焦慮もせず、例の通り静かに書斎に入《い》つて、先達中《せんだつてじゅう》からの取調物を引き続いてやる事にした。

近頃余の調べて居《い》る事項は遺伝と云ふ大問題である。元来《がんらい》余は医者でもない、生物学者でもない。だから遺伝と云ふ問題に関して専門上の智識は無論有して居《お》らぬ。有して居らぬ所が余の好奇心を挑撥《ちょうはつ》する訳で、近頃ふとした事から此《この》問題に関して其《その》起原発達の歴史やら最近の学説やらを一通り承知したいと云ふ希望を起して、それから此《この》研究を始めたのである。遺伝と一口に云ふと頗《すこぶ》る単純な様であるが段々調べて見ると複雑な問題で、是丈《これだけ》研究して居ても充分生涯の仕事はある。メンデリズムだの、ワイスマンの理論だの、ヘツケルの議論だの、其弟子のヘルトウイツヒの研究だの、スペンサーの進化心理説だのと色々の人が色々の事を云ふて居《い》る。そこで今夜は例の如《ごと》く書斎の裡《うち》で近頃出版になつた英吉利《イギリス》のリードと云ふ人の著述を読む積りで、二三枚丈は何気なくはぐつて仕舞《しま》つた。するとどう云ふ拍子《ひょうし》か、かの日記の中の事柄が、書物を読ませまいと頭の中へ割り込んでくる。さうはさせぬと又一枚程開けると、今度は寂光院が襲つて来る。漸《よう》くそれを追払《おいはら》つて五六枚無難に通過したかと思ふと、御母《おつか》さんの切り下げの被布《ひふ》姿《すがた》がページの上にあらはれる。読む積りで決心して懸《かか》つた仕事だから読めん事はない。読めん事はないがページとページの間《あいだ》に狂言が這入《はい》る。夫《それ》でも構はずどし〳〵進んで行《ゆ》くと、此《この》狂言と本文《ほんもん》の間《あいだ》が次第々々に接近して来る。仕舞《しまい》にはどこからが狂言でどこ迄《まで》が本文か分らない様にぼうつとして来た。此《この》夢の様な有様で五六分続けたと思ふうち、忽《たちま》ち頭の中に電流を通じた感じがしてはつと我に帰つた。「さうだ、此《この》問題は遺伝で解ける問題だ。遺伝で解けば屹度《きっと》解ける」とは同時に吾《わが》口を突いて飛び出した言語である。今迄は只《ただ》不思議である小説的である。何となく落ちつかない、何《なに》か疑惑を晴らす工《く》夫《ふう》はあるまいか、夫《それ》には当人を捕《とら》へて聞き糺《ただ》すより外《ほか》に方法はあるまいとのみ速断して、其《その》結果は朋友《ほうゆう》に冷かされたり、屑屋流に駒込《こまごめ》近傍を徘徊《はいかい》したのである。然《しか》しこんな問題は当人の支配権以外に立つ問題だから、よし当人を尋ねあてゝ事実を明らかにした所で不思議は解けるものでない。当人から聞き得《う》る事実其物《そのもの》が不思議である以上は余の疑惑は落ち付き様がない。昔はこんな現象を因果と称《とな》へて居た。因果は諦《あき》らめる者、泣く子と地頭《じとう》には勝たれぬ者と相場が極《きま》つて居た。成程《なるほど》因果と言ひ放てば因果で済むかも知れない。然し二十世紀の文明は此《この》因を極《きわ》めなければ承知しない。しかもこんな芝居的夢幻的現象の因を極めるのは遺伝によるより外《ほか》に仕様《しよう》はなからうと思ふ。本来ならあの女を捕《つら》まへて日記中の女と同人《どうにん》か別物かを明《あきらか》にした上で遺伝の研究を初めるのが順当であるが、本人の居所さへ慥《たし》かならぬ只今《ただいま》では、此《この》順序を逆にして、彼等の血統から吟味して、下から上へ遡《さかのぼ》る代りに、昔から今に繰りさげて来るより外《ほか》に道はあるまい。何《いず》れにしても同じ結果に帰着する訳だから構はない。

そんならどうして両人の血統を調べたものだらう。女の方は何者だか分らないから、先《ま》づ男の方から調べてかゝる。浩さんは東京で生れたから東京つ子である。聞く所によれば浩さんの御父《おとつ》さんも江戸で生れて江戸で死んださうだ。すると是《これ》も江戸つ子である。御爺《おじい》さんも御爺さんの御父《おとつ》さんも江戸つ子である。すると浩さんの一家は代々東京で暮らした様であるが其実《そのじつ》町人でもなければ幕臣でもない。聞く所によると浩さんの家は紀州の藩士であつたが江戸詰《づめ》で代々こちらで暮らしたのださうだ。紀州の家来と云ふ事丈《だけ》分れば夫《それ》で充分手懸《てがか》りはある。紀州の藩士は何百人あるか知らないが現今《げんこん》東京に出て居《い》る者はそんなに沢山《たくさん》ある筈《はず》がない。ことにあの女の様に立派な服装をして居《い》る身分なら藩主の家へ出入りをするに極《きま》つて居《い》る。藩主の家に出入するとすれば其《その》姓名はすぐに分る。是《これ》が余の仮定である。もしあの女が浩さんと同藩でないとすると此《この》事件は当分埒《らち》があかない。抛《ほう》つて置いて自然天然寂光院に往来《おうらい》で邂逅《かいこう》するのを待つより外《ほか》に仕方がない。然《しか》し余の仮定が中《あた》るとすると、あとは大抵余の考へ通りに発展して来るに相違ない。余の考《かんがえ》によると何でも浩さんの先祖と、あの女の先祖の間《あいだ》に何事かあつて、其《その》因果でこんな現象を生じたに違ひない。是《これ》が第二の仮定である。かうこしらへてくると段々面白くなつてくる。単に自分の好奇心を満足させる許《ばかり》ではない。目下研究の学問に対して尤《もつと》も興味ある材料を給与する貢献的事業になる。こう態度が変化すると、精神が急に爽快《そうかい》になる。今迄《いままで》は犬だか、探《たん》偵《てい》だか余程下等なものに零落《れいらく》した様な感じで、夫《それ》が為め脳中不愉快の度を大分高めて居たが、此《この》仮定から出立《しゆつたつ》すれば正々堂々たる者だ。学問上の研究の領分に属すべき事柄である。少しも疚《や》ましい事はないと思ひ返した。どんな事でも思ひ返すと相当のジヤスチフィケーシヨンはある者だ。悪るかつたと気が付いたら黙坐して思ひ返すに限る。

あくる日学校で和歌山県出の同僚某《ぼう》に向つて、君の国に老人で藩の歴史に詳しい人は居ないかと尋ねたら、此同僚首をひねつてあるさと云ふ。因《よ》つて其《その》人物を承《うけたま》はると、もとは家老だつたが今では家令《かれい》と改名して依然として生きて居《い》ると何だか妙な事を答へる。家令なら猶《なお》都合がいゝ、平常《ふだん》藩邸に出入《しゆつにゆう》する人物の姓名職業は無論承知して居《い》るに違《ちがい》ない。

「其《その》老人は色々昔の事を記憶して居《い》るだらうな」

「うん何でも知つて居《い》る。維新の時なぞは大分働いたさうだ。槍《やり》の名人でね」

槍抔《など》は下手でも構はん。昔《むか》し藩中に起つた異聞奇譚《きたん》を、老耄《ろうもう》せずに覚えて居てくれゝばいゝのである。だまつて聞いて居《い》ると話が横道へそれさうだ。

「まだ家令を務めて居《い》る位なら記憶は慥《たし》かだらうな」

「たしか過ぎて困るね。屋敷のものがみんな弱つて居《い》る。もう八十近《ぢか》いのだが、人間も随分丈夫に製造する事が出来るもんだね。当人に聞くと全く槍術《そうじゅつ》の御蔭だと云つてる。夫《それ》で毎朝起きるが早いか槍をしごくんだ……」

「槍はいゝが、其《その》老人に紹介して貰《もら》へまいか」

「いつでもして上げる」と云ふと傍に聞いて居た同僚が、君は白山の美人を探がしたり、記憶のいゝ爺《じい》さんを探したり、随分多忙だねと笑つた。こつちはそれ所ではない。此《この》老人に逢《あ》ひさへすれば、自分の鑑定が中《あた》るか外れるか大抵の見当がつく。一刻も早く面会しなければならん。同僚から手紙で先方の都合を聞き合せてもらふ事にする。

二三日《にさんち》は何の音沙汰《おとさた》もなく過ぎたが、御面会をするから明日《みようにち》三時頃来て貰《もら》ひたいと云ふ返事が漸《よう》やくの事来たよと同僚が告げてくれた時は大《おお》いに嬉《うれ》しかつた。其晩《そのばん》は勝手次第に色々と事件の発展を予想して見て、先《ま》づ七分《ぶ》迄《まで》は思ひ通りの事実が暗中から白日の下《もと》に引き出されるだらうと考へた。さう考へるにつけて、余の此《この》事件に対する行動が――行動と云はんより寧《むし》ろ思ひ付きが、中々巧《たく》みである、無学なものなら到底こんな点に考への及ぶ気遣《きづかい》はない、学問のあるものでも才気のない人には此様《このよう》な働きのある応用が出来る訳がないと、寝ながら大得意《だいとくい》であつた。ダーヰンが進化論を公けにした時も、ハミルトンがクオーターニオンを発明した時も大方こんなものだらうと独りでいゝ加減に極《き》めて見る。自宅《うち》の渋柿は八百屋から買つた林檎《りんご》より旨《うま》いものだ。

翌日《あくるひ》は学校が午《ひる》ぎりだから例刻《れいこく》を待ちかねて麻布迄車代二十五銭を奮発して老人に逢つて見る。老人の名前はわざと云はない。見るからに頑丈《がんじょう》な爺さんだ。白い髯《ひげ》を細長く垂れて、黒紋付《くろもんつき》に八王子平《はちおうじひら》で控へて居《い》る。

「やあ、あなたが、何《なん》の御友達で」と同僚の名を云ふ。丸で小供扱《あつかい》だ。是《これ》から大発明をして学界に貢献しやうと云ふ余に対してはやゝ横柄《おうへい》である。今から考へて見ると先方が横柄なのではない、こっちの気位が高過ぎたから普通の応接ぶりが横柄に見えたのかも知れない。

夫《それ》から二三件世間なみの応答を済まして、愈《いよいよ》本題に入《い》つた。

「妙な事を伺ひますが、もと御藩《ごはん》に河上と云ふのが御座いましたらう」余は学問はするが応対の辞にはなれて居《お》らん。藩といふのが普通だが先方の事だから尊敬して御藩と云つて見た。こんな場合に何《なん》と云ふものか未《いま》だに分らない。老人は一寸《ちよつと》笑つたやうだ。

「河上——河上と云ふのはあります。河上才三と云ふて留守居《るすい》を務めて居《お》つた。其《その》子が貢五郎《こうごろう》と云ふて矢張《やは》り江戸詰《づめ》で——先達《せんだつ》て旅順で戦死した浩一の親ぢやて。——あなた浩一の御つき合ひか。夫《それ》は〱。いや気の毒な事で——母はまだある筈《はず》ぢやが……」と一人で弁ずる。

河上一家《いつけ》の事を聞く積りなら、態々《わざわざ》麻布下《くんだ》り迄《まで》出張する必要はない。河上を持ち出したのは河上対某《ぼう》との関係が知りたいからである。然《しか》し此《この》某なるものゝ姓名が分らんから話しの切り出し様がない。

「其《その》河上に就いて何か面白い御話はないでせうか」

老人は妙な顔をして余を見詰めて居たが、やがて重苦しく口を切つた。

「河上？　河上にも今御話しする通り何人もある。どの河上の事を御尋ねか」

「どの河上でも構はんです」

「面白い事と云ふて、どんな事を？」

「どんな事でも構ひません。ちと材料が欲しいので」

「材料？　何《なん》になさる」厄介な爺《じい》さんだ。

「ちと取調べたい事がありまして」

「なある。貢五郎と云ふのは大分慷慨家《こうがいか》で、維新の時抔《など》は大分暴《あ》ばれたものだ——或る時あなた長い刀を提《さ》げてわしの所へ議論に来て、……」

「いえ、さう云ふ方面でなく。もう少し家庭内に起つた事柄で、面白いと今でも人が記憶して居《い》る様な事件はないでせうか」老人は黙然《もくねん》と考へて居《い》る。

「貢五郎といふ人の親はどんな性質でしたらう」

「才三かな。是《これ》は又至つて優しい、――あなたの知つて居《お》らるゝ浩一に生き写しぢや、よく似て居《い》る」

「似て居ますか?」と余は思はず大きな声を出した。

「あゝ、実によく似て居《い》る。それで其頃《そのころ》は維新には間《ま》もある事で、世の中も穏かであつたのみならず、役が御《お》留守居《るすい》だから、大分金を使つて風流をやつたさうだ」

「其《その》人の事に就いて何《なに》か艶聞《えんぶん》が――艶聞と云ふと妙ですが――ないでせうか」

「いや才三に就《つい》ては憐《あわ》れな話がある。其頃家中《そのころかちゆう》に小野田帯刀《おのだたてわき》と云ふて、二百石《こく》とりの侍が居て、丁度《ちようど》河上と向ひ合つて屋敷を持つて居《お》つた。此《この》帯刀に一人の娘があつて、それが又藩中第一の美人であつたがな、あなた」

「成程《なるほど》」うまい段々手懸《てがか》りが出来る。

「夫《それ》で両家は向ふ同志だから、朝夕往来《おうらい》をする。往来をするうちに其《その》娘が才三に懸想《けそう》をする。何でも才三方《かた》へ嫁に行《い》かねば死んでしまふと騒いだのだて――いや女と云ふものは始末に行《い》かぬもので――是非《ぜひ》行かして下されと泣くぢや」

「ふん、それで思ふ通り行《い》きましたか」成蹟《せいせき》は良好だ。

「で帯刀から人を以て才三の親に懸合《かけあ》ふと、才三も実は大変貰《もら》ひたかつたのだから其旨《そのむね》を返事する。結婚の日取り迄極《まできわ》める位に事が捗《はか》どつたて」

「結構な事で」と申したが是《これ》で結婚をしてくれては少々困ると内心ではひや〳〵して聞いて居《い》る。

「そこ迄は結構だつたが、――飛んだ故障が出来たぢや」

「へえゝ」さう来なくつてはと思ふ。

「其《その》頃国家老に矢張《やはり》才三位な年恰好《としかつこう》なせがれが有つて、此《この》せがれが又帯刀の娘に恋慕して、是非貰《ぜひもら》ひたいと聞き合せて見るともう才三方《かた》へ約束が出来たあとだ。いかに家老の勢《いきおい》でも是許《こればか》りはどうもならん。所が此《この》せがれが幼少の頃から殿様の御相手をして成長したもので、非常に御上《おかみ》の御気に入りでの、あなた。——どこをどう運動したものか殿様の御意《ぎょい》で其方《そのほう》の娘をあれに遣《つか》はせと云ふ御意が帯刀に下りたのだて」

「気の毒ですな」と云つたが自分の見込が着々中《あた》るので実に愉快で堪《たま》らん。是《これ》で見ると朋友《ほうゆう》の死ぬ様な凶事でも、自分の予言が的中するのは嬉《うれ》しいかも知れない。着物を重ねないと風邪《かぜ》を引くぞと忠告をした時に、忠告をされた当人が吾が言《げん》を用ゐないでしかもぴん〳〵して居《い》ると心持ちが悪るい。どうか風邪が引かしてやりたくなる。人間は斯様《かよう》に我儘《わがまま》なものだから、余一人を責めてはいかん。

「実に気の毒な事だて、御上の仰せだから内約があるの何《なん》のと申し上げても仕方がない。それで帯刀が娘に因果を含めて、とう〳〵河上方《かた》を破談にしたな。両家が従来の通り向ふ合せでは、何かにつけて妙でないと云ふので、帯刀は国詰《くにづめ》になる、河上は江戸に残ると云ふ取り計《はからい》をわしのおやぢがやつたのぢや。河上が江戸で金を使つたのも全くそんなこんなで残念を晴らす為だらう。それで此事《このこと》がな、今だから御話しする様なものゝ、当時はぱつとすると両家の面目《めんぼく》に関はると云ふので、内々《ないない》にして置いたから、割合に人が知らずに居《い》る」

「その美人の顔は覚えて御出《おい》でゞすか」と余に取つては頗《すこぶ》る重大な質問をかけて見た。

「覚えて居《い》るとも、わしも其《その》頃は若かつたからな。若い者には美人が一番よく眼《め》につく様だて」と皺《しわ》だらけの顔を皺許りにしてから〳〵と笑つた。

「どんな顔ですか」

「どんなと云ふて別に形容しやうもない。然《しか》し血統と云ふは争はれんもので、今の小野田の妹がよく似て居《い》る。——御存知はないかな、矢張《やは》り大学出だが——工学博士《はかせ》の小野田を」

「白山の方に居《い》るでせう」ともう大丈夫と思つたから言ひ放つて、老人の気色《けしき》を伺ふと
「矢張り御承知か、原町に居《い》る。あの娘もまだ嫁に行《い》かん様だが。——御屋敷の御姫様《おひいさま》の御相手に時々来ます」

占めた〳〵これ丈《だけ》聞けば充分だ。一から十迄《まで》余が鑑定の通りだ。こんな愉快な事はない。寂光院は此《この》小野田

の令嬢に違《ちがい》ない。自分ながらかく迄機敏な才子とは今迄思はなかつた。余が平生《へいぜい》主張する趣味の遺伝と云ふ理論を証拠立てるに完全な例が出て来た。ロメオがジユリエツトを一目見る、さうして此女《この》に相違ないと先祖の経験を数十年の後《のち》に認識する。エレーンがランスロツトに始めて逢《あ》ふ、此男《この》だぞと思ひ詰める、矢張り父母未生《ふもみしよう》以前に受けた記憶と情緒《じようしよ》が、長い時間を隔てゝ脳中に再現する。二十世紀の人間は散文的である。一寸《ちよつと》見てすぐ惚《ほ》れる様な男女を捕《とら》へて軽薄と云ふ、小説だと云ふ、そんな馬鹿《ばか》があるものかと云ふ。馬鹿でも何でも事実は曲げる訳には行《ゆ》かぬ、逆《さ》かさにする訳にもならん。不思議な現象に逢《あ》はぬ前なら兎《と》に角《かく》、逢ふた後《のち》にも、そんな事があるものかと冷淡に看過《かんか》するのは、看過するものゝ方が馬鹿だ。斯様《かよう》に学問的に研究的に調べて見れば、ある程度迄は二十世紀を満足せしむるに足る位の説明はつくのである。とこゝ迄は調子づいて考へて来たが、不図《ふと》思ひ付いて見ると少し困る事がある。此《この》老人の話しによると、此《この》男は小野田の令嬢も知つて居《い》る、浩さんの戦死した事も覚えて居《い》る。すると此《この》両人は同藩の縁故で此《この》屋敷へ平生出入《へいぜいしゆつにゆう》して互《たがい》に顔位は見合つて居《い》るかも知れん。ことによると話をした事があるかも分らん。さうすると余の標榜《ひようぼう》する趣味の遺伝と云ふ新説も其《その》論拠が少々薄弱になる。これは両人が只《ただ》一度本郷の郵便局で出合つた事にして置かんと不都合だ。浩さんは徳川家へ出入《しゆつにゆう》する話をついにした事がないから大丈夫だらう、ことに日記にあゝ書いてあるから間違《まちがい》はない筈《はず》だ。然《しか》し念の為め不用心だから尋ねて置かうと心を定めた。

「さつき浩一の名前を仰《おつし》やつた様ですが、浩一は存生中《ぞんじようちゆう》御屋敷へよく上がりましたか」

「いゝえ、只《ただ》名前丈《だけ》聞いて居《い》る許《ばか》りで、――おやぢは先刻御話をした通り、わしと終夜激論をした位な間柄ぢやが、せがれは五六歳のときに見たぎりで――実は貢五郎が早く死んだものだから、屋敷へ出入《でいり》する機会もそれぎり絶えて仕舞《しま》ふて、――其後《そのご》は頓《とん》と逢《お》ふた事がありません」

さうだらう、さう来なくつては辻褄《つじつま》が合はん。第一余の理論の証明に関係してくる。先《ま》づ是《これ》なら安心。御蔭様でと挨拶《あいさつ》をして帰りかけると、老人はこんな妙な客は生れて始めてだとでも思つたものか、余を送り出して玄関に立つたまゝ、余が門を出て振り返る迄見送つて居た。

是《これ》からの話は端折《はしよ》つて簡略に述べる。余は前にも断はつた通り文士ではない。文士なら是《これ》からが大《おお》に腕前を見せる所だが、余は学問読書を専一《せんいつ》にする身分だから、こんな小説めいた事を長々しくかいて居《い》るひまがない。新橋で軍隊の歓迎を見て、其《その》感慨から浩さんの事を追想して、夫《それ》から寂光院の不可思議な現象に逢《あ》つて其《その》現象が学問上から考へて相当の説明がつくと云ふ道行きが読者の心に合点《がてん》出来れば此《この》一篇の主意は済んだのである。実は書き出す時は、あまりの嬉《うれ》しさに勢ひ込んで出来る丈《だけ》精密に叙述して来たが、慣れぬ事とて余計な叙述をしたり、不用な感想を挿入したり、読み返して見ると自分でも可笑《おか》しいと思ふ位精《くわ》しい。其《その》代りこゝ迄《まで》書いて来たらもういやになつた。今迄の筆法でこれから先を描写すると又五六十枚もかゝねばならん。追々《おいおい》学期試験も近づくし、夫《それ》に例の遺伝説を研究しなくてはならんから、そんな筆を舞はす時日《じじつ》は無論ない。のみならず、元来《がんらい》が寂光院事件の説明が此《この》篇の骨子《こつし》だから、漸《ようや》くの事こゝ迄筆が運んで来て、もういゝと安心したら、急にがつかりして書き続ける元気がなくなつた。

老人と面会をした後《のち》には事件の順序として小野田と云ふ工学博士《はかせ》に逢はなければならん。是《これ》は困難な事でもない。例の同僚からの紹介を持つて行つたら快よく談話をしてくれた。二三度訪問するうちに、何かの機会で博士の妹に逢はせてもらつた。妹は余の推量に違《たが》はず例の寂光院であつた。妹に逢つた時顔でも赤らめるかと思つたら存外淡泊で毫《ごう》も平生《へいぜい》と異なる様子のなかつたのは聊《いささ》か妙な感じがした。こゝ迄はすら〳〵事が運んで来たが、只《ただ》一つ困難なのは、どうして浩さんの事を言ひ出したものか、其《その》方法である。無論デリケートな問題であるから滅多《めつた》に聞けるものではない。と云つて聞かなければ何だか物足らない。余一人《いちにん》から云へば既に学問上の好奇心を満足せしめたる今日《こんにち》、これ以上立ち入つてくだらぬ詮議をする必要を認めて居《お》らん。けれども御《おっ》母《か》さんは女丈に底の底迄知りたいのである。日本《にほん》は西洋と違つて男女の交際が発達して居《お》らんから、独身の余と未婚の此《この》妹と対座して話す機会はとてもない。よし有つたとした所で、無暗《むやみ》に切り出せば徒《いたず》らに処女を赤面させるか、或《あるい》は知りませぬと跳ね付けられる迄の事である。と云つて兄の居《い》る前では猶更《なおさら》言ひにくい。言ひにくいと申すより言ふを敢《あえ》てすべからざる事かも知れない。墓参り事件を博士が知つて居《い》るならばだけれど、若《も》し知らんとすれば、余は好んで人の秘事を暴露する不作法を働いた事になる。かうなるといくら遺伝学を振り廻《まわ》しても埒《らち》はあかん。自《みず》から才子だと飛び廻《まわ》つて得意がつた余も茲《ここ》に至つて大《おおい》に進退に窮《きゅう》した。とゞのつまり事情を逐一《ちくいち》打ち明けて御母《おつか》さんに相談した。所が女は中々智慧《ちえ》がある。

御母《おつか》さんの仰せには「近頃一人の息子を旅順で亡くして朝、夕淋《さみ》しがつて暮らして居《い》る女が居《い》る。慰めてやらうと思つても男ではうまく行《い》かんから、おひまな時に御嬢さんを時々遊びにやつて上げて下さいとあなたから博士に頼んで見て頂きたい」とある。早速博士方《かた》へまかり出て鸚鵡《おうむ》的口吻《てきこうふん》を弄《ろう》して旨《むね》を伝へると博士は一も二もなく承諾してくれた。これが元で御母《おつか》さんと御嬢さんとは時々会見をする。会見をする度に仲がよくなる。一所に散歩をする、御饌《ごぜん》をたべる、丸で御嫁さんの様になつた。とう〳〵御母《おつか》さんが浩さんの日記を出して見せた。其時《そのとき》に御嬢さんが何《なん》と云つたかと思つたら、それだから私《わたくし》は御寺参《おてらまいり》をして居《お》りましたと答へたそうだ。なぜ白菊《しらぎく》を御墓へ手向《たむ》けたのかと問ひ返したら、白菊が一番好きだからと云ふ挨拶《あいさつ》であつた。

余は色の黒い将軍を見た。婆《ばあ》さんがぶら下がる軍曹を見た。ワーと云ふ歓迎の声を聞いた。さうして涙を流した。浩さんは塹壕《ざんごう》へ飛び込んだきり上《あが》つて来ない。誰も浩さんを迎《むかい》に出たものはない。天下に浩さんの事を思つて居《い》るものは此御母《このおつか》さんと此《この》御嬢さん許《ばか》りであらう。余は此《この》両人の睦《むつ》まじき様を目撃する度に、将軍を見た時よりも、軍曹を見た時よりも、清き涼《すず》しき涙を流す。博士は何も知らぬらしい。

（明治三九年一月「帝国文学」）

変な音

上

うと〳〵したと思ふうちに眼《め》が覚《さめ》た。すると、隣の室《へや》で妙な音がする。始めは何の音とも又何処《どこ》から来るとも判然《はつきり》した見当が付かなかつたが、聞いてゐるうちに、段々耳の中へ纏《まと》まつた観念が出来てきた。何でも山葵《わさび》卸《おろ》しで大根《だいこ》かなにかをごそごそ擦《す》つてゐるに違《ちがい》ない。自分は確《たしか》に左様《そう》だと思つた。夫《それ》にしても今頃何の必要があつて、隣りの室《へや》で大根卸《おろし》を拵《こしら》えてゐるのだか想像が付かない。

いひ忘れたが此処《ここ》は病院である。賄《まかない》は遥か半町《はんちよう》も離れた二階下の台所に行《い》かなければ一人もゐない。病室では炊事割烹《かつぽう》は無論菓子さへ禁じられてゐる。況《ま》して時ならぬ今時分何しに大根卸を拵《こしら》えやう。是《これ》は屹度《きつと》別の音が大根卸の様に自分に聞えるのに極《きま》つてゐると、すぐ心の裡《うち》で覚《さと》つたやうなものゝ、偖《さて》それなら果して何処から何《ど》うして出るのだらうと考へると矢《や》ツ張《ぱり》分らない。

　自分は分らないなりにして、もう少し意味のある事に自分の頭を使はうと試みた。けれども一度耳に付いた此《この》不可思議な音は、それが続いて自分の鼓膜に訴へる限り、妙に神経に祟《たた》つて、何《ど》うしても忘れる訳に行《い》かなかつた。あたりは森《しん》として静かである。此棟《このむね》に不自由な身を託した患者は申し合せた様に黙つてゐる。寐《ね》てゐるのか、考へてゐるのか話をするものは一人もない。廊下を歩く看護婦の上草履《うわぞうり》の音さへ聞えない。その中に此《この》ごし〳〵と物を擦《す》り減らす様な異《い》な響丈《ひびきだけ》が気になつた。

　自分の室《へや》はもと特等として二間《ふたま》つゞきに作られたのを病院の都合で一つ宛《ずつ》に分けたものだから、火鉢などの置いてある副室の方は、普通の壁が隣の境になつてゐるが、寝床の敷いてある六畳の方になると、東側に六尺《しやく》の袋戸棚があつて、其傍《そのわき》が芭蕉布《ばしようふ》の襖《ふすま》ですぐ隣へ往来《ゆきかよい》が出来るやうになつてゐる。此《この》一枚の仕切をがらりと開《あ》けさへすれば、隣室で何を為《し》てゐるかは容易《たやす》く分るけれども、他人に対して夫程《それほど》の無礼を敢《あえ》てする程大事な音でないのは無論である。折から暑さに向ふ時節であつたから縁側《えんがわ》は常に明け放した儘《まま》であつた。縁側は固《もと》より棟一杯細長く続いてゐる。けれども患者が縁端《えんばた》へ出て互《たがい》を見透《みとお》す不都合を避けるため、わざと二《ふた》部屋毎《ごと》に開《ひら》き戸《ど》を設けて御互《おたがい》の関《せき》とした。夫《それ》は板の上へ細い桟を十文字に渡した洒落《しやれ》たもので、小使が毎朝拭掃除《ふきそうじ》をするときには、下から鍵《かぎ》を持つて来て、一々此《この》戸を開《あ》けて行《ゆ》くのが例になつてゐた。自分は立つて敷居の上に立つた。かの音は此妻戸《このつまど》の後《うしろ》から出る様である。戸の下は二寸《すん》程空《す》いてゐたが其処《そこ》には何も見えなかつた。

此音は其後《そのご》もよく繰返された。ある時は五六分続いて自分の聴神経を刺激する事もあつたし、又ある時は其《その》半《なかば》にも至らないでぱたりと已《や》んで仕舞《しま》ふ折もあつた。けれども其何《そのなん》であるかは、つひに知る機会なく過ぎた。病人は静かな男であつたが、折々夜半《よなか》に看護婦を小さい声で起してゐた。看護婦が又殊勝な女で小さい声で一度か二度呼ばれると快よい優しい「はい」と云ふ受け答へをして、すぐ起きた。さうして患者の為に何《なに》かしてゐる様子であつた。

ある日回診の番が隣へ廻《まわつ》てきたとき、何時《いつ》もよりは大分手間が掛《かか》ると思つてゐると、やがて低い話し声が聞え出した。それが二三人で持ち合つて中々捗取《はかどら》ないやうな湿り気を帯びてゐた。やがて医者の声で、どうせ、さう急には御《お》癒《なお》りにはなりますまいからと云つた言葉丈《だけ》が判然《はつきり》聞えた。夫《それ》から二三日して、かの患者の室《へや》にこそ〳〵出《で》入《はい》りする人の気色《けしき》がしたが、孰《いず》れも己《おの》れの活動する立居《たちい》を病人に遠慮する様に、ひそやかに振舞つてゐたと思つたら、病人自身も影の如《ごと》く何時《いつ》の間《ま》にか何処《どこ》かへ行つて仕舞つた。さうして其後《そのあと》へはすぐ翌《あく》る日から新しい患者が入つて、入口の柱に白く名前を書いた黒塗の札《ふだ》が懸易《かけか》へられた。例のごし〳〵云ふ妙な音はとう〳〵見《み》極《き》はめる事が出来ないうちに病人は退院して仕舞つたのである。其《その》うち自分も退院した。さうして、彼《か》の音に対する好奇の念は夫《それ》ぎり消えて仕舞つた。

下

　三ケ月許《ばかり》して自分は又同じ病院に入つた。室《へや》は前のと番号が一つ違ふ丈《だけ》で、つまり其《その》西隣であつた。壁一重《ひとえ》隔てた昔の住居《すまい》には誰が居《い》るのだらうと思つて注意して見ると、終日かたりと云ふ音もしない。空《あ》いてゐたのである。もう一つ先が即《すなわ》ち例の異様の音の出た所であるが、此処《ここ》には今誰がゐるのだか分らなかつた。自分は其後《そののち》受けた身体《からだ》の変化のあまり劇《はげ》しいのと、其《その》劇しさが頭に映つて、此間《このあいだ》からの過去の影に与へられた動揺が、絶えず現在に向つて波紋を伝へるのとで、山葵卸《わさびおろし》の事などは頓《とん》と思ひ出す暇もなかつた。夫《それ》よりは寧《むし》ろ自分に近い運命を持つた在院の患者の経過の方が気に掛《かか》つた。看護婦に一等の病人は何人ゐるのかと聞くと、三人丈《だけ》だと答へた。重いのかと聞くと重さうですと云ふ。夫《それ》から一日二日して自分は其《その》三人の病症を看護婦から確めた。一人は食道癌であつた。一人は胃癌であつた、残る一人は胃潰瘍《いかいよう》であつた。みんな長くは持たない人許《ばかり》ださうですと看護婦は彼等の運命を一纏《ひとまと》めに予言した。

　自分は縁側《えんがわ》に置いたベゴニアの小さな花を見暮らした。実は菊を買ふ筈《はず》の所を、植木屋が十六貫《かん》だと云ふので、五貫に負けろと値切つても相談にならなかつたので、帰りに、ぢや六貫やるから負けろと云つても矢《や》つ張《ぱ》り負けなかつた、今年は水で菊が高いのだと説明した、ベゴニアを持つて来た人の話を思ひ出して、賑《にぎ》やかな通りの縁日《えんにち》の夜景を頭の中に描きなどして見た。

　やがて食道癌の男が退院した。胃癌の人は死ぬのは諦《あきら》めさへすれば何でもないと云つて美しく死んだ。潰瘍の人は段々悪くなつた。夜半《よなか》に眼《め》を覚すと、時々東のはづれで、附添《つきそい》のものが氷を摧《くだ》く音がした。其《そ》の音が已《や》むと同時に病人は死んだ。自分は日記に書き込んだ。――「三人のうち二人死んで自分丈《だ》け残つたから、死んだ人に対して残つてゐるのが気の毒の様な気がする。あの病人は嘔気《はきけ》があつて、向ふの端《はし》から此方《こつち》の果迄《はてまで》響くやうな声を出して始終げえ〳〵吐いてゐたが、此《この》二三日夫《それ》がぴたりと聞えなくなつたので、大分落ち付いてまあ結構だと思つたら、実は疲労の極《きよく》声を出す元気を失つたのだと知れた。」

其後《そののち》患者は入れ代り立ち代り出たり入つたりした。自分の病気は日を積むに従つて次第に快方に向つた。仕《し》舞《まい》には上草履《うわぞうり》を穿《は》いて広い廊下をあちこち散歩し始めた。其時不図《そのときふと》した事から、偶然ある附添の看護婦と口を利く様になつた。暖かい日の午過《ひるすぎ》食後の運動がてら水仙の水を易《か》へてやらうと思つて洗面所へ出て、水道の栓を捩《ねじ》つてゐると、其《その》看護婦が受持の室《へや》の茶器を洗ひに来て、例の通り挨拶《あいさつ》をしながら、しばらく自分の手にした朱泥《しゆでい》の鉢と、其《その》中に盛り上げられた様に膨れて見える珠根《たまね》を眺めてゐたが、やがて其《その》眼を自分の横顔に移して、此前《このまえ》御入院の時よりもうずつと御顔色が好くなりましたね、と三ケ月前の自分と今の自分を比較した様な批評をした。

「此前《このまえ》つて、あの時分君も矢張《やつぱ》り附添《つきそい》で此処《ここ》に来てゐたのかい」

「えゝつい御隣でした。しばらく○○さんの所に居《お》りましたが御存じはなかつたかも知れません」

○○さんと云ふと例の変な音をさせた方の東隣である。自分は看護婦を見て、これがあの時夜半《よなか》に呼ばれると、「はい」といふ優しい返事をして起き上つた女かと思ふと、少し驚かずにはゐられなかつた。其頃《そのころ》自分の神経をあの位刺激した音の原因に就《つい》ては別に聞く気も起らなかつた。で、あゝ左様《そう》かと云つたなり朱泥の鉢を拭《ふ》いてゐた。すると女が突然少し改まつた調子で斯《こ》んな事を云つた。

「あの頃貴方《あなた》の御室《おへや》で時々変な音が致しましたが……」

自分は不意に逆襲を受けた人の様に、看護婦を見た。看護婦は続けて云つた。

「毎朝六時頃になると屹度《きつと》する様に思ひましたが」

「うん、彼《あ》れか」と自分は思ひ出した様につい大きな声を出した。「あれはね、自働革砥《オートストロツプ》の音だ。毎朝髭《ひげ》を剃るんでね、安全髪剃《かみそり》を革砥《かわど》へ掛けて磨ぐのだよ。今でも遣《や》つてる。嘘だと思ふなら来て御覧」

看護婦はたゞへえゝと云つた。段々聞いて見ると、○○さんと云ふ患者は、ひどく其《その》革砥の音を気にして、あれは何《なん》の音だ何の音だと看護婦に質問したのださうである。看護婦が何《ど》うも分らないと答へると、隣の人は大分《だいぶん》快《い》いので朝起きるすぐと、運動をする、其《その》器械の音なんぢやないか羨《うらや》ましいなと何遍も繰り返したと云ふ話である。

「夫《そり》や好《い》いが御前《おまえ》の方の音は何だい」

「御前の方の音つて？・」

「そら能《よ》く大根《だいこ》を卸《おろ》す様な妙な音がしたぢやないか」

「えゝ彼《あ》れですか。あれは胡瓜《きゆうり》を擦《すつ》たんです。患者さんが足が熱《ほて》つて仕方がない、胡瓜の汁《つゆ》で冷してくれと仰《おつ》しやるもんですから私が始終擦つて上げました」

「ぢや矢張大根《やつぱりだいこ》卸《おろし》の音なんだね」

「えゝ」

「さうか夫《それ》で漸《ようや》く分つた。――一体○○さんの病気は何だい」

「直腸癌です」

「ぢや到底《とても》六《む》づかしいんだね」

「えゝもう疾《と》うに。此処《ここ》を退院なさると直《じき》でした、御亡くなりになつたのは」


自分は黙然《もくねん》としてわが室《へや》に帰つた。さうして胡瓜の音で他《ひと》を焦《じ》らして死んだ男と、革砥《かわど》の音を羨ましがらせて快《よ》くなつた人との相違を心の中で思ひ比べた。

（明治四四年七月「朝日新聞」）

カーライル博物館

公園の片隅に通り掛《がかり》の人を相手に演説をして居《い》る者がある。向ふから来た釜形《かまがた》の尖《とが》つた帽子を被《か》づいて古ぼけた外套《がいとう》を猫脊《ねこぜ》に着た爺《じい》さんがそこへ歩みを佇《とど》めて演説者を見る。演説者はぴたりと演説をやめてつか〳〵と此村夫子《このそんぷうし》のたゝずめる前に出て来る。二人の視線がひたと行《ゆ》き当る。演説者は濁りたる田舎調子《いなかちょうし》にて御前《おまえ》はカーライルぢやないかと問ふ。如何《いか》にもわしはカーライルぢやと村夫子が答へる。チエルシーの哲人《セージ》と人が言《い》い囃《はや》すのは御前の事かと問ふ。成程《なるほど》世間ではわしの事をチエルシーの哲人《セージ》と云ふ様ぢや。セージと云ふは鳥の名だに、人間のセージとは珍らしいなと演説者はから〳〵と笑ふ。村夫子は成程猫も杓子《しゃくし》も同じ人間ぢやのに殊《こと》更《さら》に哲人《セージ》抔《など》と異名をつけるのは、あれは鳥ぢやと渾名《あだな》すると同じ様なものだのう。人間は矢張《やは》り当り前の人間で善《よ》かりさうなものだのに。と答へて是《これ》もから〳〵と笑ふ。

余《よ》は晩餐《ばんさん》前に公園を散歩する度《たび》に川縁《かわべり》の椅子《いす》に腰を卸《おろ》して向側《むこうがわ》を眺める。倫敦《ロンドン》に固有なる濃霧は殊《こと》に岸辺に多い。余が桜の杖《つえ》に頤《あご》を支へて真正面《ましょうめん》を見て居《い》ると、遥かに対岸の往来《おうらい》を這《は》ひ廻《まわ》る霧の影は次第に濃くなつて五階立《だて》の町続きの下から漸々《ぜんぜん》此《この》揺曳《たなび》くものゝ裏《うち》に薄れ去つて来る。仕舞《しまい》には遠き未来の世を眼前《がんぜん》に引き出《いだ》したる様に窈然《ようぜん》たる空の中《うち》に取り留《とめ》のつかぬ鳶色《とびいろ》の影が残る。其時此《そのときこの》鳶色の奥にぽたり〳〵と鈍《にぶ》き光りが滴《したた》る様に見え初める。三層四層五層共に瓦斯《ガス》を点じたのである。余は桜の杖をついて下宿の方へ帰る。帰る時必ずカーライルと演説使ひの話しを思ひだす。彼《か》の溟濛《めいもう》たる瓦斯の霧に混ずる所が往時此《この》村夫子の住んで居《お》つたチエルシーなのである。

カーライルは居《お》らぬ。演説者も死んだであらう。然《しか》しチエルシーは以前の如《ごと》く存在して居《い》る。否《いな》彼の多年住み古した家屋敷さへ今猶《いまなお》儼然《げんぜん》と保存せられてある。千七百八年チエイン、ロウが出来てより以来幾多《いくた》の主人を迎へ幾多の主人を送つたかは知らぬが兎《と》に角今日迄《かくこんにちまで》昔の儘《まま》で残つて居《い》る。カーライルの歿後《ぼつご》は有志家の発起で彼の生前使用したる器物調度図書典籍を蒐《あつ》めて之《これ》を各室《かくしつ》に按排《あんばい》し好事《こうず》のものには何時《いつ》でも縦覧《じゆうらん》せしむる便宜さへ謀《はか》られた。

文学者でチエルシーに縁故のあるものを挙げると昔《むか》しはトマス、モア、下《くだ》つてスモレツト、猶下つてカーライルと同時代にはリ、ハント抔《など》が尤《もつと》も著名である。ハントの家はカーライルの直《じき》近傍で、現にカーライルが此《この》家に引き移つた晩尋ねて来たといふ事がカーライルの記録に書いてある。又ハントがカーライルの細君《さいくん》にシエレーの塑《そ》像《ぞう》を贈つたといふ事も知れて居《い》る。此外《このほか》にエリオツトの居《お》つた家とロセツチの住んだ邸《やしき》がすぐ傍の川端に向いた通りにある。然《しか》し是等《これら》は皆既に代がかはつて現に人が這入《はい》つて居《い》るから見物は出来ぬ。只《ただ》カーライルの旧廬《きゆうろ》のみは六ペンスを払へば何人《なんびと》でも又何時《なんどき》でも随意に観覧が出来る。

チエイン、ローは河岸端《かしつぱた》の往来《おうらい》を南に折れる小路《こうじ》でカーライルの家は其《その》右側の中頃に在《あ》る。番地は二十四番地だ。

毎日の様に川を隔てゝ霧の中にチエルシーを眺めた余はある朝遂《つい》に橋を渡つて其《その》有名なる庵《いお》りを叩《たた》いた。庵りといふと物寂びた感じがある。少なくとも瀟洒《しようしや》とか風流とかいふ念と伴ふ。然しカーライルの庵《いおり》はそんな脂《やに》つこい華奢《きやしや》なものではない。往来から直ちに戸が敲《たた》ける程の道傍《みちばた》に建てられた四階造《づくり》の真四《まつし》角《かく》な家である。出張《でば》つた所も引き込んだ所もないのべつに真直《まつすぐ》に立つて居《い》る。丸で大製造場《ば》の烟突《えんとつ》の根本を切つてきて之《これ》に天井を張つて窓をつけた様に見える。

是《これ》が彼が北の田舎《いなか》から始めて倫敦《ロンドン》へ出て来て探しに探し抜いて漸々《ようよう》の事で探し宛《あ》てた家である。彼は西を探し南を探しハンプステツドの北迄探して終《つい》に恰好《かつこう》の家を探し出す事が出来ず、最後にチエイン、ローへ来て此《この》家を見てもまだすぐに取極《とりき》める程の勇気はなかつたのである。四千万の愚物《ぐぶつ》と天下を罵《のの》しつた彼も住家《すみか》には閉口したと見えて、其《その》愚物の中に当然勘定せらるべき妻君《さいくん》へ向けて委細を報知して其《その》意向を確めた。細君《さいくん》の答に「御申越《おんもうしこし》の借家は二軒共不都合もなき様被存候《ようぞんぜられそうら》へば私《わたくし》 倫敦《ロンドン》へ上《のぼ》り候迄《そろまで》双方共御明《おあ》け置願度《おきねがいたく》若《も》し又それ迄に取極め候《そろ》必要相生《あいしよう》じ候節《そろせつ》は御《ご》一存《いちぞん》にて如何《いかが》とも御《お》取計《とりはか》らひ被下度候《くだされたくそろ》」とあつた。カーライルは書物の上でこそ自分独《ひと》りわかつた様な事をいふが、家を極《き》めるには細君《さいくん》の助けに依《よ》らなくては駄目《だめ》と覚悟をしたものと見えて、夫人の上京する迄《まで》手を束《つか》ねて待つて居《い》た。四五日《しごんち》すると夫人が来る。そこで今度は二人して又東西南北を馳《か》け廻《まわ》つた揚句《あげく》の果矢《はてや》張《はり》チエイン、ローが善《い》いといふ事になつた。両人《ふたり》がこゝに引き越したのは千八百三十四年の六月十日で、引越《ひきこし》の途中に下女《げじよ》の持つて居《い》たカナリヤが籠《かご》の中で囀《さえず》つたといふ事迄知れて居《い》る。夫人が此《この》家を撰《えら》んだのは大《おおい》に気に入《い》つたものか外《ほか》に相当なのがなくて已《やむ》を得なんだのか、いづれにもせよ此烟突《このえんとつ》の如《ごと》く四角な家は年に三百五十円の家賃を以て此新世帯《このしんじよたい》の夫婦を迎へたのである。カーライルは此《この》クロムヱルの如きフレデリツク大王《たいおう》の如き又製造場《ば》の烟突の如き家の中でクロムヱルを著《あら》はしフレデリツク大王を著はしヂスレリーの周旋にかゝる年給を擯《しりぞ》けて四角四面に暮したのである。

余は今此《この》四角な家の石階《せきかい》の上に立つて鬼の面のノツカーをコツ〳〵と敲《たた》く。暫《しばら》くすると内から五十恰好《かつこう》の肥《ふと》つた婆《ばあ》さんが出て来て御這入《おはい》りと云ふ。最初から見物人と思つて居《い》るらしい。婆さんはやがて名簿の様なものを出して御名前をといふ。余は倫敦《ロンドン》滞留中四たび此《この》家に入《い》り四たび此《この》名簿に余が名を記録した覚《おぼ》えがある。此《この》時《とき》は実に余の名の記入初《はじめ》であつた。可成《なるべく》丁寧に書く積りであつたが例に因《よ》つて甚《はなは》だ見苦しい字が出来上つた。前の方を繰りひろげて見ると日本人の姓名は一人もない。して見ると日本人でこゝへ来たのは余が始めてだなと下らぬ事が嬉《うれ》しく感ぜられる。婆さんがこちらへと云ふから左手の戸をあけて町に向いた部屋に這入《はい》る。是《これ》は昔《むか》し客間であつたさうだ。色々なものが並べてある。壁に画《え》やら写真やらがある。大概はカーライル夫婦の肖像の様だ。後ろの部屋にカーライルの意匠に成つたといふ書棚がある。夫《それ》に書物が沢山《たくさん》詰つて居《い》る。六《む》づかしい本がある。下らぬ本がある。古びた本がある。読めさうもない本がある。其外《そのほか》にカーライルの八十の誕生日の記念の為めに鋳《い》たといふ銀牌《ぎんぱい》と銅牌《どうはい》がある。金牌《きんぱい》は一つもなかつた様だ。凡《すべ》ての牌と名のつくものが無《む》暗《やみ》にかち〳〵して何時《いつ》迄も平気に残つて居《い》るのを、もらうた者の烟《けむり》の如《ごと》き寿命と対照して考へると妙な感じがする。夫《それ》から二階へ上《あが》る。こゝに又大きな本棚が有《あ》つて本が例の如く一杯詰つて居《い》る。矢張《やは》り読めさうもない本、聞いた事のなささうな本、入《い》りさうもない本が多い。勘定をしたら百三十五部あつた。此《この》部屋も一時《いちじ》は客間になつて居《お》つたさうだ。ビスマークがカーライルに送つた手紙と普露西《プロシア》の勲章がある。フレデリック大王《たいおう》伝の御蔭と見える。細君《さいくん》の用ゐた寝台《ねだい》がある。頗《すこぶ》る不器用な飾り気のないものである。

案内者はいづれの国でも同じものと見える。先《さ》つきから婆《ばあ》さんは室内の絵画器具に就《つい》て一々説明を与へる。五十年間案内者を専門に修業したものでもあるまいが非常に熟練したものである。何年何月何日にどうしたかうしたと恰《あたか》も口から出任《でまか》せに喋舌《しやべ》つて居《い》る様である。然《しか》も其《その》 流暢《りゆうちよう》な弁舌に抑揚があり節奏がある。調子が面白いから其方《そのほう》ばかり聴いて居《い》ると何を言つて居《い》るのか分らなくなる。始めのうちは聞き返したり問い返したりして見たが仕舞《しまい》には面倒になつたから御前《おまえ》は御前で口上を述べなさい、わしはわしで自由に見物するからといふ態度をとつた。婆さんは人が聞かうが聞くまいが口上丈《だけ》は必ず述べますという風で別段厭《あ》きた景色もなく怠《おこた》る様子もなく何年何月何日をやつて居《い》る。

余は東側の窓から首を出して一寸《ちよつと》近所を見渡した。眼《め》の下に十《と》坪《つぼ》程の庭がある。右も左も又向ふも石の高塀《たかべい》で仕切られて其《その》形は矢張《やは》り四角である。四角はどこ迄《まで》も此《この》家の附属物かと思ふ。カーライルの顔は決して四角ではなかつた。彼は寧《むし》ろ懸崖《けんがい》の中途が陥落して草原《くさはら》の上に伏しかゝつた様な容貌《ようぼう》であつた。細君は上出来の辣《らつ》韮《きよう》の様に見受けらるゝ。今余の案内をして居《い》る婆さんはあんぱんの如《ごと》く丸《ま》るい。余が婆さんの顔を見て成程《なるほど》丸いなと思ふとき婆さんは又何年何月何日を誦《じゆ》し出した。余は再び窓から首を出した。

カーライル云ふ。裏の窓より見渡せば見ゆるものは茂る葉の木株《きかぶ》、碧《みど》りなる野原、及びその間《あいだ》に点綴《てんてつ》する勾《こう》配《ばい》の急なる赤き屋根のみ。西風の吹く此頃《このごろ》の眺めはいと晴れやかに心地よし。

余は茂る葉を見様《みよう》と思ひ、青き野を眺め様と思ふて実は裏の窓から首を出したのである。首は既に二返許《へんばか》り出したが青いものも何《なん》にも見えぬ。右に家が見える。左りに家が見える。向《むこう》にも家が見える。其上《そのうえ》には鉛色《なまりいろ》の空が一面に胃病やみの様に不精無精《ふしようぶしよう》に垂れかゝつて居《い》るのみである。余は首を縮めて窓より中へ引き込めた。案内者はまだ何年何月何日の続きを朗《ほが》らかに読誦《どくじゆ》して居《い》る。

カーライル又云ふ倫敦《ロンドン》の方《かた》を見れば眼《め》に入《い》るものはヱストミンスター、アベーとセント、ポールズの高塔の頂きのみ。其他《そのた》幻の如《ごと》き殿宇《でんう》は煤《すす》を含む雲の影の去るに任せて隠見す。

「倫敦《ロンドン》の方《かた》」とは既に時代後れの話である。今日《こんにち》チエルシーに来て倫敦の方を見るのは家の中《うち》に坐《すわ》つて家の方《かた》を見ると同じ理窟《りくつ》で、自分の眼《め》で自分の見当を眺めると云ふのと大した差違はない。然《しか》しカーライルは自《みずか》ら倫敦に住んで居《い》るとは思はなかつたのである。彼は田舎《いなか》に閑居して都の中央にある大伽藍《だいがらん》を遥かに眺めた積りであつた。余は三度《みた》び首を出した。そして彼の所謂《いわゆる》「倫敦の方」へと視線を延ばした。然しヱストミンスターも見えぬ、セント、ポールズも見えぬ。数万の家、数十万の人、数百万の物音は余と堂宇《どうう》との間《あいだ》に立ちつゝある、漾《ただよ》ひつゝある、動きつゝある。千八百三十四年のチエルシーと今日《こんにち》のチエルシーとは丸で別物である。余は又首を引き込めた。婆《ばあ》さんは黙然《もくねん》として余の背後に佇立《ちょりつ》して居《い》る。

三階に上《あが》る。部屋の隅を見ると冷やかにカーライルの寝台《ねだい》が横《よこた》はつて居《い》る。青き戸帳《とばり》が物静かに垂れて空《むな》しき臥床《ふしど》の裡《うち》は寂然《せきぜん》として薄暗い。木は何の木か知らぬが細工は只《ただ》無器用で素朴であるといふ外《ほか》に何等《なんら》の特色もない。其上《そのうえ》に身を横《よこた》へた人の身の上も思ひ合はさるゝ。傍《かたわ》らには彼が平生《へいぜい》使用した風呂桶《ふろおけ》が九鼎《きゅうてい》の如《ごと》く尊げに置かれてある。

風呂桶とはいふものゝバケツの大きいものに過ぎぬ。彼が此大鍋《このおおなべ》の中で倫敦の煤《すす》を洗ひ落したかと思ふと益《ますます》其《その》人となりが偲《しの》ばるゝ。不図《ふと》首を上げると壁の上に彼が往生《おうじょう》した時に取つたといふ漆喰《しっくい》製の面型《マスク》がある。此《この》顔だなと思ふ。此炬燵《このこたつ》櫓位《やぐらぐらい》の高さの風呂《ふろ》に入つて此《この》質素な寝台の上に寝て四十年間八釜《やかま》しい小言《こごと》を吐き続けに吐いた顔は是《これ》だなと思ふ。婆さんの淀《よど》みなき口上《こうじょう》が電話口で横浜の人の挨拶《あいさつ》を聞く様に聞える。

宜《よろ》しければ上《あが》りませうと婆さんがいふ。余は既に倫敦の塵《ちり》と音を遥かの下界に残して五重の塔の天辺《てっぺん》に独坐《どくざ》する様な気分がして居《い》るのに耳の元で「上《あが》りませう」といふ催促を受けたから、まだ上があるのかなと不思議に思つた。さあ上らうと同意する。上れば上る程怪しい心持が起りさうであるから。

四階へ来た時は縹緲《ひょうびょう》として何事とも知らず嬉《うれ》しかつた。嬉しいといふよりはどことなく妙であつた。こゝは屋根裏である。天井を見ると左右は低く中央が高く馬の鬣《たてがみ》の如《ごと》き形《かた》ちをして其《その》一番高い脊筋《せすじ》を通して硝子《ガラス》張《ば》りの明り取りが着いて居《い》る。此《この》アチツクに洩《も》れて来る光線は皆頭の上から真直《まっすぐ》に這入《はい》る。さうして其《その》頭の上は硝子一枚を隔てゝ全世界に通ずる大空である。眼に遮《さえぎ》るものは微塵《みじん》もない。カーライルは自分の経営で此室《このしつ》を作つた。作つて此《これ》を書斎とした。書斎としてこゝに立籠《たてこも》つた。立籠つて見て始めてわが計画の非なる事を悟つた。夏は暑くて居《お》りにくゝ、冬は寒くて居《お》りにくい。案内者は朗読的にこゝ迄《まで》述べて余を顧りみた。真丸《まんまる》な顔の底に笑《わらい》の影が見える。余は無言の儘《まま》うなづく。

　カーライルは何の為に此《この》天に近き一室の経営に苦心したか。彼は彼の文章の示す如《ごと》く電光的の人であつた。彼の癇癖《かんぺき》は彼の身辺を囲繞《いにょう》して無遠慮に起る音響を無心に聞き流して著作に耽《ふけ》るの余裕を与へなかつたと見える。洋琴《ピアノ》の声、犬の声、鶏《にわとり》の声、鸚鵡《おうむ》の声、一切の声は悉《ことごと》く彼の鋭敏なる神経を刺激して懊悩《おうのう》已《や》む能《あた》はざらしめたる極遂《きょくつい》に彼をして天に最も近く人に尤《もっと》も遠ざかれる住居を此《この》四階の天井裏に求めしめたのである。

　彼のエイトキン夫人に与へたる書翰《しょかん》にいふ「此《この》夏中は開け放ちたる窓より聞ゆる物音に悩まされ候事一方《そろことひとかた》ならず色々修繕も試み候《そうら》へども寸毫《すんごう》も利目《ききめ》無之夫《これなくそれ》より篤《とく》と熟考の末《すえ》家の真上に二十尺《しゃく》四方の部屋を建築致す事に取極《とりき》め申候是《もうしそろこれ》は壁を二重に致し光線は天井より取り風通しは一種の工夫をもつて差支《さしつかえ》なき様致《よういた》す仕掛に候《そうら》へば出来上り候上《そろうえ》は仮令《たとい》天下の鶏共一時《にわとりどもいちじ》に鬨《とき》の声を揚げ候《そろ》とも閉口仕《つかまつ》らざる積《つもり》に御座候《ござそろ》」

　斯《かく》の如く予期せられたる書斎は二千円の費用にて先《ま》づ〳〵思ひ通りに落成を告げて予期通りの功果《こうか》を奏したが之《これ》と同時に思ひ掛けなき障害が又も主人公の耳辺《じへん》に起つた。成程洋琴《なるほどピアノ》の音《ね》もやみ、犬の声もやみ、鶏の声、鸚鵡《おうむ》の声も案の如く聞えなくなつたが下層に居《い》るときは考《かんがえ》だに及ばなかつた寺の鐘、汽車の笛偖《さて》は何《なん》とも知れず遠きより来《きた》る下界の声が呪《のろい》の如く彼を追ひかけて旧の如くに彼の神経を苦しめた。

声。英国に於てカーライルを苦しめたる声は独逸《ドイツ》に於てショペンハウアを苦しめたる声である。ショペンハウア云ふ。「カントは活力論を著《あらわ》せり、余は反《かえ》つて活力を弔《とむら》ふ文を草せんとす。物を打つ音、物を敲《たた》く音、物の転がる音は皆活力の濫用にして余は之が為めに日々《にちにち》苦痛を受くればなり。音響を聞きて何等《なんら》の感をも起さゞる多数の人我《わが》説をきかば笑ふべし。去れど世に理窟《りくつ》をも感ぜず思想をも感ぜず詩歌《しいか》をも感ぜず美術をも感ぜざるものあらば、そは正《まさ》に此輩《このはい》なる事を忘るゝ勿《なか》れ。彼等の頭脳の組織は麁獷《そこう》にして覚《さと》り鈍《にぶ》き事其《その》源因たるは疑ふべからず」カーライルとショペンハウアとは実に十九世紀の好一対《こういっつい》である。余が此《かく》の如く回想しつゝあつた時に例の婆《ばあ》さんがどうです下《お》りませうかと促がす。

一層を下《くだ》る毎《ごと》に下界に近づく様な心持ちがする。冥想の皮が剝《は》げる如《ごと》く感ぜらるゝ。階段を降り切つて最下の欄干《らんかん》に倚《よ》つて通りを眺めた時には遂《つい》に依然《いぜん》たる一個の俗人となり了《おわ》つて仕舞《しま》つた。案内者は平気な顔をして厨《くりや》を御覧なさいといふ。厨は往来《おうらい》よりも下にある。今余が立ちつゝある所より又五六段の階を下《くだ》らねばならぬ。是《これ》は今案内をして居《い》る婆《ばあ》さんの住居《すまい》になつて居《い》る。隅に大きな竈《かまど》がある。婆さんは例の朗読調を以て「千八百四十四年十月十二日有名なる詩人テニソンが初めてカーライルを訪問した時彼等両人は此《この》竈の前に対座して互《たがい》に烟草《たばこ》を燻《くゆ》らすのみにて二時間の間一言《あいだひとこと》も交《まじ》えなかつたのであります」といふ。天上に在《あ》つて音響を厭《いと》ひたる彼は地下に入《い》つても沈黙を愛したるものか。

最後に勝手口から庭に案内される。例の四角な平地を見廻《みまわ》して見ると木らしい木、草らしい草は少しも見えぬ。婆さんの話しによると昔は桜もあつた、葡萄《ぶどう》もあつた。胡桃《くるみ》もあつたさうだ。カーライルの細君《さいくん》はある年二十五銭許《せんばか》りの胡桃を得たさうだ。婆さん云ふ「庭の東南の隅を去る五尺余の地下にはカーライルの愛犬ニロが葬むられて居《お》ります。ニロは千八百六十年二月一日《じつ》に死にました。墓標も当時は存《そん》して居《お》りましたが惜《おし》いかな其後《そのご》取払はれました」と中々精《くわ》しい。

カーライルが麦藁帽《むぎわらぼう》を阿弥陀《あみだ》に被《かぶ》つて寝巻姿の儘《まま》啣《くわ》へ烟管《ぎせる》で逍遥《しょうよう》したのは此《この》庭園である。夏の最中《もなか》には蔭深き敷石の上にさゝやかなる天幕《テント》を張り其《その》下に机をさへ出して余念もなく述作に従事したのは此《この》庭園である。星明《あきら》かなる夜《よ》最後の一ぷくをのみ終りたる後《のち》、彼が空を仰いで「嗚々《ああ》余が最後に汝《なんじ》を見るの時は瞬刻の後《のち》ならん。全能の神が造れる無辺大の劇場、眼《め》に入《い》る無限、手に触るゝ無限、是《これ》も亦《また》我が眉目《びもく》を掠《かす》めて去らん。而《しか》して余は遂《つい》にそを見るを得ざらん。わが力を致せるや虚《きょ》ならず、知らんと欲するや切なり。而《しか》もわが知識は只此《ただかく》の如《ごと》く微《び》なり」と叫んだのも此《この》庭園である。

余は婆さんの労に酬《むく》ゆる為めに婆さんの掌《てのひら》の上に一片の銀貨を載せた。難有《ありがと》うと云ふ声さへも朗読的であつた。一時間の後倫敦《のちロンドン》の塵《ちり》と煤《すす》と車馬《しゃば》の音とテームス河とはカーライルの家を別世界の如く遠き方《かた》へと隔てた。

（明治三八年一月「学鐙」）

倫敦塔

二年の留学中只《ただ》一度倫敦《ロンドン》塔を見物した事がある。其後《そのご》再び行《ゆ》かうと思つた日もあるが止《や》めにした。人から誘はれた事もあるが断つた。一度で得た記憶を二返目に打壊《ぶちこ》はすのは惜《お》しい、三たび目に拭《ぬぐ》ひ去るのは尤《もつと》も残念だ。「塔」の見物は一度に限ると思ふ。

行つたのは着後間もないうちの事である。其頃《そのころ》は方角もよく分らんし、地理抔《など》は固《もと》より知らん。丸で御殿場《ごてんば》の兎《うさぎ》が急に日本橋の真中《まんなか》へ抛《ほう》り出された様な心持ちであつた。表へ出れば人の波にさらはれるかと思ひ、家《うち》に帰れば汽車が自分の部屋に衝突しはせぬかと疑ひ、朝夕安き心はなかつた。此《この》響き、此《この》群集の中に二年住んで居たら吾《わ》が神経の繊維も遂《つい》には鍋《なべ》の中の麩海苔《ふのり》の如《ごと》くべと〱になるだらうとマクス、ノルダウの退化論を今《いま》更《さら》の如く大真理と思ふ折さへあつた。

しかも余は他《た》の日本人の如く紹介状を持つて世話になりに行《ゆ》く宛もなく、又在留の旧知とては無論ない身の上であるから、恐々《こわごわ》ながら一枚の地図を案内として毎日見物の為め若《も》しくは用達の為め出あるかねばならなかつた。無論汽車へは乗らない、馬車へも乗れない、滅多《めった》な交通機関を利用仕様《しよう》とすると、どこへ連れて行《ゆ》かれるか分らない。此《この》広い倫敦を蜘蛛手《くもで》十字《じゅうじ》に往来《おうらい》する汽車も馬車も電気鉄道も鋼条《こうじょう》鉄道も余には何等《なんら》の便宜をも与へる事が出来なかつた。余は已《やむ》を得ないから四ツ角へ出る度に地図を披《ひら》いて通行人に押し返されながら足の向く方角を定める。地図で知れぬ時は人に聞く、人に聞いて知れぬ時は巡査を探す、巡査でゆかぬ時は又外《ほか》の人に尋ねる、何人《なんにん》でも合点《がてん》の行《ゆ》く人に出逢《であ》ふ迄《まで》は捕へては聞き呼び掛《かけ》ては聞く。かくして漸《ようや》くわが指定の地に至るのである。

「塔」を見物したのは恰《あたか》も此《この》方法に依《よ》らねば外出の出来ぬ時代の事と思ふ。来《きた》るに来所《らいしよ》なく去るに去所《きよしよ》を知らずと云ふと禅語《ぜんご》めくが、余はどの路《みち》を通つて「塔」に着したか又如何《いか》なる町を横ぎつて吾家《わがや》に帰つたか未《いま》だに判然しない。どう考へても思ひ出せぬ。只《ただ》「塔」を見物した丈《だけ》は慥《たし》かである。「塔」其物《そのもの》の光景は今でもありくと眼《め》に浮べる事が出来る。前はと問はれると困る、後はと尋ねられても返答し得ぬ。只前を忘れ後を失したる中間が会釈《えしやく》もなく明るい。恰も闇を裂く稲妻《いなずま》の眉《まゆ》に落《おつ》ると見えて消えたる心地がする。倫敦塔《ロンドン》は宿世《すくせ》の夢の焼点の様《よう》だ。

倫敦塔の歴史は英国の歴史を煎《せん》じ詰めたものである。過去と云ふ怪しき物を蔽《おお》へる戸帳《とばり》が自《おの》づと裂けて龕《がん》中《ちゅう》の幽光を二十世紀の上に反射するものは倫敦塔である。凡《すべ》てを葬《ほうむ》る時の流れが逆《さか》しまに戻つて古代の一片《いつぺん》が現代に漂ひ来《きた》れりとも見るべきは倫敦塔である。人の血、人の肉、人の罪が結晶して馬、車、汽車の中に取り残されたるは倫敦塔である。

此《この》倫敦塔を塔橋《とうきよう》の上からテームス河を隔てゝ眼《め》の前に望んだとき、余は今の人か将《は》た古《いにし》への人かと思ふ迄《まで》我を忘れて余念もなく眺め入《い》つた。冬の初めとはいひながら物静かな日である。空は灰汁《あく》桶《おけ》を掻《か》き交《ま》ぜた様な色をして低く塔の上に垂れ懸《かか》つて居《い》る。壁土を溶《と》か）し込んだ様に見ゆるテームスの流れは波も立てず音もせず無理矢理に動いて居《い》るかと思はるゝ。帆懸舟《ほかけぶね》が一隻《せき》塔の下を行《ゆ》く。風なき河に帆をあやつるのだから不規則な三角形の白き翼がいつ迄も同じ所に停つて居《い》る様である。伝馬《てんま》の大きいのが二艘上《そうのぼ》つて来る。只《ただ》一人の船頭が艫《とも》に立つて艪《ろ》を漕《こ》ぐ、是《これ》も殆《ほと》んど動かない。塔橋の欄干《らんかん》のあたりには白き影がちらくする、大方鷗《かもめ》であらう。見渡した処凡《ところすべ》ての物が静かである、物憂《ものう》げに見える、眠つて居《い》る、皆過去の感じである。さうして其中《そのなか》に冷然と二十世紀を軽蔑《けいべつ》する様に立つて居《い》るのが倫敦塔である。汽車も走れ、電車も走れ、苟《いやしく》も歴史の有《あら》ん限りは我のみは斯《か》くてあるべしと云はぬ許《ばか》りに立つて居《い》る。其《その》偉大なるには今更《いまさら》の様に驚かれた。此《この》建築を俗に塔と称《とな》へて居《い》るが塔と云ふは単に名前のみで実は幾多《いくた》の櫓《やぐら》から成り立つ大きな地《じ》城《しろ》である。並び聳《そび》ゆる櫓には丸きもの角張《かくば》りたるもの色々の形状はあるが、何《いず》れも陰気な灰色をして前世紀の紀《き》念《ねん》を永劫《えいごう》に伝へんと誓へる如《ごと》く見える。九段の遊就館《ゆうしゆうかん》を石で造つて二三十並べてそうして其《それ》を虫眼《むしめ》鏡《がね》で覗《のぞ》いたら或《あるい》は此《この》「塔」に似たものは出来上りはしまいかと考へた。余はまだ眺めて居《い》る。セピヤ色の水分を以て飽和したる空気の中にぼんやり立つて眺めて居《い》る。二十世紀の倫敦《ロンドン》がわが心の裏《うち》から次第に消え去ると同時に眼前《がんぜん》の塔影が幻の如《ごと》き過去の歴史を吾《わ》が脳裏に描き出して来る。朝起きて啜《すす》る渋茶に立つ烟《けむ》りの寐《ね》足《た》らぬ夢の尾を曳《ひ》く様に感ぜらるゝ。暫《しばら》くすると向ふ岸から長い手を出して余を引張《ひっぱ》るかと怪しまれて来た。今迄《まで》佇立《ちょりつ》して身動きもしなかつた余は急に川を渡つて塔に行き度《たく》なつた。長い手は猶々《なおなお》強く余を引く。余は忽《たちま》ち歩《ほ》を移して塔橋を渡り懸けた。長い手はぐい〳〵牽《ひ》く。塔橋を渡つてからは一目散《いちもくさん》に塔門迄馳《は》せ着けた。見る間《ま》に三万坪に余る過去の一大磁石は現世に浮游《ふゆう》する此《この》鉄屑を吸収し了《おわ》つた。門に入つて振り返つたとき、

　憂《うれい》の国に行かんとするものは此門を潜《くぐ》れ。
永劫《えいごう》の呵責《かしやく》に遭《あ》はんとするものは此門をくゞれ。
迷惑の人と伍《ご》せんとするものは此門をくゞれ。
正義は高き主《しゅ》を動かし、神威は、最上智は、最初愛は、われを作る。
我が前に物なし只《ただ》無窮あり我は無窮に忍ぶものなり。
此門を過ぎんとするものは一切の望《のぞみ》を捨てよ。

といふ句がどこぞに刻んではないかと思つた。余は此時《このとき》既に常態を失つて居《い》る。

空濠《からほり》にかけてある石橋を渡つて行《ゆ》くと向ふに一つの塔がある。是《これ》は丸形《まるがた》の石造で石油タンクの状をなして恰《あたか》も巨人の門柱《もんちゅう》の如く左右に屹立《きつりつ》して居《い》る。其《その》中間を連ねて居《い》る建物の下を潜《くぐ》つて向《むこう》へ抜ける。中塔とは此事《このこと》である。少し行《ゆ》くと左手に鐘塔《しゅとう》が峙《そばだ》つ。真鉄《まがね》の盾《たて》、黒鉄《くろがね》の甲《かぶと》が野を蔽《おお》ふ秋の陽炎《かげろう》の如く見えて敵遠くより寄すると知れば塔上《とうじょう》の鐘を鳴らす。星黒き夜《よ》、壁上《へきじょう》を歩む哨兵《しょうへい》の隙《すき》を見て、逃れ出《い》づる囚人の、逆《さか》しまに落す松明《たいまつ》の影より闇に消ゆるときも塔上の鐘を鳴らす。心傲《おご》れる市民の、君の政《まつりごと》非なりとて蟻《あり》の如く塔下《とうか》に押し寄せて犇《ひし》めき騒ぐときも亦《また》塔上の鐘を鳴らす。塔上の鐘は事あれば必ず鳴らす。ある時は無《む》二《に》に鳴らし、ある時は無《む》三《さん》に鳴らす。祖《そ》来《きた》る時は祖を殺しても鳴らし、仏《ぶつ》来る時は仏を殺しても鳴らした。霜《しも》の朝《あした》、雪の夕《ゆうべ》、雨の日、風の夜《よ》を何遍となく鳴らした鐘は今いづこへ行つたものやら、余が頭《こうべ》をあげて蔦《つた》に古《ふ》りたる櫓《やぐら》を見上げたとき

は寂然《せきぜん》として既に百年の響《ひびき》を収めて居《い》る。

又少し行《ゆ》くと右手に逆賊門《ぎやくぞくもん》がある。門の上には聖《セント》タマス塔が聳《そび》えて居《い》る。逆賊門とは名前からが既に恐ろしい。古来から塔中に生きながら葬《ほうむ》られたる幾《いく》千の罪人は皆舟から此門《このもん》迄《まで》護送されたのである。彼等が舟を捨てゝ一度《ひとた》び此門を通過するや否《いな》や娑婆《しやば》の太陽は再び彼等を照《てら》さなかつた。テームスは彼等にとつての三途《さんず》の川で此門《この》は冥府《よみ》に通ずる入口であつた。彼等は涙の浪《なみ》に揺られて此洞窟《このどうくつ》の如《ごと》く薄暗きアーチの下迄漕《までこ》ぎ付けられる。口を開けて鰯《いわし》を吸ふ鯨《くじら》の待ち構へて居《い》る所迄来るや否《いな》やキーと軋《きし》る音と共に厚樫《あつがし》の扉は彼等と浮世の光りとを長《とこし》へに隔てる。彼等はかくして遂《つい》に宿命の鬼の餌食《えじき》となる。明日《あす》食《く》はれるか明後日《あさつて》食はれるか或《あるい》は又十年の後《のち》に食はれるか鬼より外《ほか》に知るものはない。此門《この》に横付《よこづけ》につく舟の中に坐《ざ》して居《い》る罪人の途中の心はどんなであつたろう。櫂《かい》がしわる時、雫《しずく》が舟縁《ふなべり》に滴たる時、漕《こ》ぐ人の手の動く時毎《ごと》に吾《わ》が命を刻まるゝ様に思つたであらう。白き髯《ひげ》を胸迄垂れて寛《ゆる》やかに黒の法衣《ほうえ》を纏《まと》へる人がよろめきながら舟から上《あが》る。是《これ》は大僧正《だいそうじょう》クランマーである。青き頭巾《ずきん》を眉深《まぶか》に被《かぶ》り空色の絹の下に鎖《くさ》り帷子《かたびら》をつけた立派な男はワイアットであらう。是《これ》は会《え》釈《しやく》もなく舷《ふなべり》から飛び上《あが》る。はなやかな鳥の毛を帽に挿《さ》して黄金《こがね》作《づく》りの太刀《たち》の柄《え》に左の手を懸け、銀の留《と》め金《がね》にて飾れる靴の爪先《つまさき》を、軽《かろ》げに石段の上に移すのはローリーか。余は暗きアーチの下を覗《のぞ》いて、向ふ側には石段を洗ふ波の光の見えはせぬかと首を延ばした。水はない。逆賊門とテームス河とは堤防工事の竣功《しゆんこう》以来全く縁がなくなつた。幾多《いくた》の罪人を呑《の》み、幾多の護送船を吐き出した逆賊門は昔《むか》しの名残《なご》りに其裾《そのすそ》を洗ふ笹波《ささなみ》の音を聞く便りを失つた。只《ただ》向ふ側に存《そん》する血塔《けつとう》の壁上《へきじよう》に大《おおい》なる鉄環《てつかん》が下がつて居《い》るのみだ。昔しは舟の纜《ともづな》を此環《このかん》に繋《つな》いだといふ。

左りへ折れて血塔の門に入《い》る。今は昔し薔薇《しようび》の乱に目に余る多くの人を幽閉したのは此塔《この》である。草の如《ごと》く人を薙《な》ぎ、鶏《にわとり》の如く人を潰《つぶ》し、乾鮭《からさけ》の如く屍《しかばね》を積んだのは此塔《この》である。血塔と名をつけたのも無理はない。アーチの下に交番の様な箱があつて、其側《そのかたわ》らに甲形《かぶとがた》の帽子をつけた兵隊が銃を突いて立つて居《い》る。頗《すこぶ》る真面目《まじめ》な顔をして居《い》るが、早く当番を済まして、例の酒鋪《しゆほ》で一杯傾けて、一件にからかつて遊び度《たい》といふ人相である。高塔の壁は不規則な石を畳み上げて厚く造つてあるから表面は決して滑《なめらか》ではない。所々に蔦《つた》がからんで居《い》る。

い所に窓が見える、建物の大きい所為《せい》か下から見ると甚《はなは》だ小《ちいさ》い。鉄の格子《こうし》がはまつて居《い》る様だ。番兵《ばんぺい》が石像の如《ごと》く突立《つった》ちながら腹の中で情婦と巫山戯《ふざけ》て居《い》る傍《かたわ》らに、余は眉《まゆ》を攅《あつ》め手をかざして此高窓《このたかまど》を見上げて佇《たた》ずむ。格子を洩《も》れて古代の色硝子《いろガラス》に微《かす》かなる日影がさし込んできら〳〵と反射する。やがて烟《けむり》の如き幕が開《あ》いて空想の舞台があり〳〵と見える。窓の内側は厚き戸帳《とばり》が垂れて昼もほの暗い。窓に対する壁は漆喰《しっくい》も塗らぬ丸裸《まるはだか》の石で隣りの室《しつ》とは世界滅却の日に至るまで動かぬ仕切りが設けられて居《い》る。只其《ただその》真中の六畳許《ばか》りの場所は冴《さ》えぬ色のタペストリで蔽《おお》はれて居《い》る。地は納戸《なんど》色《いろ》、模様は薄き黄で、裸体の女神《めがみ》の像と、像の周囲に一面に染め抜いた唐草《からくさ》である。石壁の横には、大きな寝台《ねだい》が横《よこた》はる。厚樫《あつがし》の心《しん》も透《とお》れと深く刻みつけたる葡萄《ぶどう》と、葡萄の蔓《つる》と葡萄の葉が手足の触るゝ場所丈《だけ》光りを射返す。此《この》寝台の端《はじ》に二人の小児《しょうに》が見えて来た。一人は十三四、一人は十《と》歳《お》位と思はれる。幼なき方は床《とこ》に腰をかけて、寝台の柱に半ば身を倚《も》たせ、力なき両足をぶらりと下げて居《い》る。右の肱《ひじ》を、傾けたる顔と共に前に出して年嵩《としかさ》なる人の肩に懸ける。年上なるは幼なき人の膝《ひざ》の上に金《きん》にて飾れる大きな書物を開《ひろ》げて、其《その》あけてある頁《ページ》の上に右の手を置く。象牙《ぞうげ》を揉《も》んで柔かにしたる如く美しい手である。二人とも烏《からす》の翼を欺《あざむ》く程の黒き上衣《うわぎ》を着て居《い》るが色が極《きわ》めて白いので一段と目立つ。髪の色、眼《め》の色、偖《さて》は眉根《まゆね》鼻付《はなつき》から衣装の末《すえ》に至る迄両人《までふたり》共殆《ほと》んど同じ様に見えるのは兄弟だからであらう。

兄が優しく清らかな声で膝の上なる書物を読む。

「我が眼の前に、わが死ぬべき折の様《さま》を想ひ見る人こそ幸《さち》あれ。日《ひ》毎夜毎《ごとよごと》に死なんと願へ。やがては神の前に行《ゆ》くなる吾《われ》の何を恐るゝ……」

弟は世に憐《あわ》れなる声にて「アーメン」と云ふ。折から遠くより吹く木枯《こがら》しの高き塔を撼《ゆる》がして一度《ひとた》びは壁も落つる許りにゴーと鳴る。弟はひたと身を寄せて兄の肩に顔をすり付ける。雪の如く白い蒲団《ふとん》の一部がほかと膨れ返る。兄は又読み初める。

「朝ならば夜《よる》の前に死ぬと思へ。夜ならば翌日《あす》ありと頼むな。覚悟をこそ尊べ。見苦しき死に様《ざま》ぞ恥《はじ》の極《きわ》みなる……」

弟又「アーメン」と云ふ。其《その》声は顫《ふる》へて居《い》る。兄は静かに書をふせて、かの小さき窓の方《かた》へ歩みよりて外《と》の面《も》を見様《みよう》とする。窓が高くて脊《せ》が足りぬ。床几《しようぎ》を持つて来て其《その》上につまだつ。百里をつゝむ黒霧《こくむ》の奥にぼんやりと冬の日が写る。屠《ほふ》れる犬の生血《いきち》にて染め抜いた様である。兄は「今日《きよう》も亦《また》斯《こ》うして暮れるのか」と弟を顧みる。弟は只《ただ》「寒い」と答へる。「命さへ助けて呉《く》るゝなら伯父《おじ》様に王の位を進ぜるものを」と兄が独り言の様につぶやく。弟は「母様《ははさま》に逢《あ》ひたい」とのみ云ふ。此時《このとき》向ふに掛《かか》つて居《い》るタペストリに織り出してある女神《めがみ》の裸体像が風もないのに二三度ふわり〳〵と動く。

忽然《こつぜん》舞台が廻《まわ》る。見ると塔門の前に一人の女が黒い喪服を着て悄然《しようぜん》として立つて居《い》る。面影は青白く窶《やつ》れては居《い》るが、どことなく品格のよい気高《けだか》い婦人である。やがて錠のきしる音がしてぎいと扉が開《あ》くと内から一人の男が出て来て恭《うやうや》しく婦人の前に礼をする。

「逢《あ》ふ事を許されてか」と女が問ふ。

「否《いな》」と気の毒さうに男が答へる。「逢はせまつらんと思へど、公けの掟《おきて》なれば是非《ぜひ》なしと諦《あきら》め給《たま》へ。私《わたくし》の情《なさけ》売るは安き間《ま》の事にてあれど」と急に口を緘《つぐ》みてあたりを見渡す。濠《ほり》の内からかいつぶりがひよいと浮き上《あが》る。

女は頸《うなじ》に懸けたる金《きん》の鎖を解いて男に与へて「只束《ただつか》の間《ま》を垣間《かいま》見んとの願《ねがい》なり。女人《によにん》の頼み引き受けぬ君はつれなし」と云ふ。

男は鎖《くさ》りを指の先に巻きつけて思案の体《てい》である。かいつぶりはふいと沈む。やゝありていふ「牢守《ろうも》りは牢の掟を破りがたし。御子《みこ》等は変る事なく、すこやかに月日を過させ給ふ。心安く覚《おぼ》して帰り給へ」と金の鎖りを押戻す。女は身動きもせぬ。鎖ばかりは敷石の上に落ちて鏘然《そうぜん》と鳴る。

「如何《いか》にしても逢ふ事は叶《かな》はずや」と女が尋ねる。

「御気《おき》の毒なれど」と牢守《ろうもり》が云ひ放つ。

「黒き塔の影、堅き塔の壁、寒き塔の人」と云ひながら女はさめ〴〵と泣く。

舞台が又変る。

丈《たけ》の高い黒装束の影が一つ中庭の隅にあらはれる。苔《こけ》寒き石壁の中《うち》からスーと抜け出た様に思はれた。夜《よる》と霧との境に立つて朦朧《もうろう》とあたりを見廻《みまわ》す。暫《しばら》くすると同じ黒装束の影が又一つ陰の底から湧《わ》いて出る。櫓《やぐら》の角《かど》に高くかゝる星影を仰いで「日は暮れた」と脊《せ》の高いのが云ふ。「昼の世界に顔は出せぬ」と一人が答へる。「人殺しも多くしたが今日程寐覚《ねざめ》の悪い事はまたとあるまい」と高き影が低い方を向く。「タペストリの裏で二人の話しを立ち聞きした時は、いつその事止《や》めて帰らうかと思ふた」と低いのが正直に云ふ。「絞《し》める時、花の様な唇がぴり〳〵と顫《ふる》ふた」「透き通る様な額《ひたい》に紫色の筋が出た」「あの唸《うな》つた声がまだ耳に付いて居《い》る」。黒い影が再び黒い夜《よる》の中に吸ひ込まれる時櫓《やぐら》の上で時計の音ががあんと鳴る。

空想は時計の音と共に破れる。石像の如《ごと》く立つて居た番兵《ばんぺい》は銃を肩にしてコトリ〳〵と敷石の上を歩いて居《い》る。あるき乍《なが》ら一件と手を組んで散歩する時を夢みて居《い》る。

血塔《けつとう》の下を抜けて向《むこう》へ出ると奇麗な広場がある。其《その》真中が少し高い。其《その》高い所に白塔がある。白塔は塔中の尤《もつと》も古きもので昔《むか》しの天主である。竪《たて》二十間《けん》、横十八間、高さ十五間、壁の厚さ一丈《じよう》五尺《しやく》、四方に角楼《すみやぐら》が聳《そび》えて所々にはノーマン時代の銃眼さへ見える。千三百九十九年国民が三十三ケ条の非を挙げてリチャード二世に譲位をせまつたのは此《この》塔中である。僧侶、貴族、武士、法士の前に立つて彼が天下に向つて譲位を宣告したのは此《この》塔中である。爾時《そのとき》譲りを受けたるヘンリーは起《た》つて十字を額《ひたい》と胸に画《かく》して云ふ「父と子と聖霊の名によつて、我れヘンリーは此《この》大英国の王冠と御代《みよ》とを、わが正しき血、恵みある神、親愛なる友の援《たすけ》を藉《か》りて襲《つ》ぎ受く」と。偖《さて》先王の運命は何人《なんぴと》も知る者がなかつた。其死骸《そのしがい》がポント、フラクト城より移されて聖《セント》ポール寺《じ》に着した時、二万の群集は彼の屍《しかばね》を繞《めぐ》つて其骨立《そのこつりつ》せる面影に驚かされた。或《あるい》は云ふ、八人の刺客《せきかく》がリチャードを取り巻いた時彼は一人の手より斧《おの》を奪ひて一人を斬《き》り二人を倒した。去れどもエクストンが背後より下せる一撃の為めに遂《つい》に恨《うらみ》を呑《の》んで死なれたと。或る者は天を仰いで云ふ「あらず〳〵。リチャードは断食《だんじき》をして自《みずか》らと、命の根をたゝれたのぢや」と。何《いず》れにしても難有《ありがた》くない。帝王の歴史は悲惨の歴史である。

階下の一室は昔《むか》しヲルタ―、ロリーが幽囚の際万国史《ばんこくし》の草《そう》を記《しる》した所だと云ひ伝へられて居《い》る。彼がエリザ式の半ヅボンに絹の靴下を膝頭《ひざがしら》で結んだ右足を左りの上へ乗せて鵞《が》ペンの先を紙の上へ突いたまゝ首を少し傾けて考へて居《い》る所を想像して見た。然《しか》し其《その》部屋は見る事が出来なかつた。

南側から入つて螺旋状《らせんじょう》の階段を上《のぼ》ると茲《ここ》に有名な武器陳列場がある。時々手を入れるものと見えて皆ぴかぴか光つて居《い》る。日本に居《お》つたとき歴史や小説で御目にかゝる丈《だけ》で一向要領を得なかつたものが一々明瞭《めいりょう》になるのは甚《はなは》だ嬉《うれ》しい。然《しか》し嬉しいのは一時《いちじ》の事で今では丸で忘れて仕舞《しま》つたから矢張《やは》り同じ事だ。只猶《ただなお》記憶に残つて居《い》るのが甲冑《かっちゅう》である。其中《そのうち》でも実に立派だと思つたのは慥《たし》かヘンリー六世の着用したものと覚えて居《い》る。全体が鋼鉄製で所々に象嵌《ぞうがん》がある。尤《もっと》も驚くのは其《その》偉大な事である。かゝる甲冑を着けたものは少なくとも身の丈《たけ》七尺位の大男でなくてはならぬ。余が感服して此《この》甲冑を眺めて居《い》るとコトリ〳〵と足音がして余の傍へ歩いて来るものがある。振り向いて見るとビーフ、イーターである。ビーフ、イーターと云ふと始終牛《ぎゅう》でも食《く》つて居る人の様に思はれるがそんなものではない。彼は倫敦《ロンドン》塔の番人である。絹帽《シルクハット》を潰《つぶ》した様な帽子を被《かぶ》つて美術学校の生徒の様な服を纏《まと》ふて居《い》る。太い袖《そで》の先を括《くく》つて腰の所を帯でしめて居《い》る。服にも模様がある。模様は蝦夷人《えぞじん》の着る半纏《はんてん》について居《い》る様な頗《すこぶ》る単純の直線を並べて角形《かくがた》に組み合はしたものに過ぎぬ。彼は時として槍《やり》をさへ携《たずさ》へる事がある。穂の短かい柄《え》の先に毛の下がつた三国志《さんごくし》にでも出さうな槍をもつ。其《その》ビーフ、イーターの一人が余の後ろに止まつた。彼はあまり脊《せ》の高くない、肥《ふと》り肉《じし》の白髯《しらひげ》の多いビーフ、イーターであつた。「あなたは日本人では有りませんか」と微笑しながら尋ねる。余は現今《げんこん》の英国人と話をして居《い》る気がしない。彼が三四百年の昔から一寸《ちょっと》顔を出したか又は余が急に三四百年の古《いにし》へを覗《のぞ》いた様な感じがする。余は黙して軽《かろ》くうなづく。こちらへ来《き》給《たま》へと云ふから尾《つ》いて行《ゆ》く。彼は指を以て日本製の古き具足《ぐそく》を指して、見たかと云はぬ許《ばか》りの眼付《めつき》をする。余は又だまつてうなづく。是《これ》は蒙古《もうこ》よりチヤーレス二世に献上になつたものだとビーフ、イーターが説明をして呉《く》れる。余は三たびうなづく。

白塔を出てボーシヤン塔に行《ゆ》く。途中に分捕《ぶんどり》の大砲が並べてある。其《その》前の所が少しばかり鉄柵で囲ひ込んで、鎖の一部に札《ふだ》が下がつて居《い》る。見ると仕置場の跡《あと》とある。二年も三年も長いのは十年も日の通はぬ地下の暗室に押し込められたものが、或る日突然地上に引き出さるゝかと思ふと地下よりも猶《なお》恐しき此《この》場所へ只据《す》えらるゝ為めであつた。久しぶりに青天を見て、やれ嬉《うれ》しやと思ふ間《ま》もなく、目がくらんで物の色さへ定かには眸《ぼう》中《ちゅう》に写らぬ先に、白き斧《おの》の刃《は》がひらりと三尺《じゃく》の空《くう》を切る。流れる血は生きて居《い》るうちから既に冷《つ》めたかつたであらう。烏《からす》が一疋《ぴき》下りて居《い》る。翼をすくめて黒い嘴《くちばし》をとがらせて人を見る。百年碧血《へきけつ》の恨《うらみ》が凝《こ》つて化鳥《けちよう》の姿となつて長く此《この》不吉な地を守る様な心地がする。吹く風に楡《にれ》の木がざわ〱と動く。見ると枝の上にも烏が居《い》る。暫《しばら》くすると又一羽飛んでくる。何処《どこ》から来たか分らぬ。傍に七つ許《ばか》りの男の子を連れた若い女が立つて烏を眺めて居《い》る。希臘《ギリシヤ》風の鼻と、珠《たま》を溶《と》いた様にうるはしい目と、真白な頸筋《くびすじ》を形づくる曲線のうねりとが少からず余の心を動かした。小供は女を見上げて「鴉が、鴉が」と珍らしさうに云ふ。それから「鴉が寒むさうだから、麺麭《パン》をやりたい」とねだる。女は静かに「あの鴉は何《なん》にもたべたがつて居やしません」と云ふ。小供は「なぜ」と聞く。女は長い睫《まつげ》の奥に漾《ただよ》ふて居《い》る様な眼《め》で鴉を見詰めながら「あの鴉は五羽居ます」といつたぎり小供の問には答へない。何か独りで考へて居《い》るかと思はるゝ位澄《すま》して居《い》る。余は此《この》女と此《この》鴉の間《あいだ》に何か不思議な因縁《いんえん》でもありはせぬかと疑つた。彼は鴉の気分をわが事の如《ごと》くに云ひ、三羽《ば》しか見えぬ鴉を五羽居《い》ると断言する。あやしき女を見捨てゝ余は独りボーシヤン塔に入《い》る。

倫敦《ロンドン》塔の歴史はボーシヤン塔の歴史であつて、ボーシヤン塔の歴史は悲酸《ひさん》の歴史である。十四世紀の後半にエドワード三世の建立《こんりゆう》にかゝる此《この》三層塔の一階室に入《い》るものは其《その》入るの瞬間に於《おい》て、百代の遺恨《いこん》を結晶したる無数の紀念《きねん》を周囲の壁上《へきじよう》に認むるであらう。凡《すべ》ての怨《うらみ》、凡ての憤《いきどおり》、凡ての憂《うれい》と悲《かなし》みとは此《この》怨、此《この》憤、此《この》憂と悲《かなしみ》の極端より生ずる慰藉《いしや》と共に九十一種の題辞となつて今に猶観《なおみ》る者の心を寒からしめて居《い》る。冷やかなる鉄筆《てつぴつ》に無情の壁を彫つてわが不運と定業《じようごう》とを天地の間《あいだ》に刻み付けたる人は、過去といふ底なし穴に葬《ほうむ》られて、空《むな》しき文字《もんじ》のみいつ迄《まで》も娑婆《しやば》の光りを見る。彼等は強《し》ひて自《みずか》らを愚弄《ぐろう》するにあらずやと怪しまれる。世に反語といふがある。白といふて黒を意味し、小と唱《とな》へて大を思はしむ。凡ての反語のうち自ら知らずして後世に残す反語程猛烈なるはまたと有《ある》まい。墓碣《ぼけつ》と云ひ、紀念碑といひ、賞牌《しようはい》と云ひ、綬章と云ひ此等《これら》が存在する限りは、空しき物質に、ありし世を偲《しの》ばしむるの具となるに過ぎない。われは去る、われを伝ふるものは残ると思ふは、去るわれを傷ましむる媒介物の残る意にて、われ其者《そのもの》の残る意にあらざるを忘れたる人の言葉と思ふ。未来の世迄反語を伝へて泡沫《ほうまつ》の身を嘲《あざけ》る人のなす事と思ふ。余は死ぬ時に辞世も作るまい。死んだ後《あと》は墓碑も建てゝもらふまい。肉は焼き骨は粉《こ》にして西風の強く吹く日大空に向つて撒《ま》き散らしてもらはう抔《など》と入《い》らざる取越苦労《とりこし》をする。

題辞の書体は固《もと》より一様《いちよう》でない。あるものは閑《ひま》に任せて叮嚀《ていねい》な楷書《かいしよ》を用ゐ、あるものは心急ぎてか口惜《くや》し紛れかがり〳〵と壁を搔《か》いて擲《なぐ》り書きに彫り付けてある。又あるものは自家の紋章を刻み込んで其《その》中に古雅な文《もん》字《じ》をとゞめ、或《あるい》は盾《たて》の形を描いて其内部に読み難《がた》き句を残して居《い》る。書体の異なる様に言語も亦《また》決して一様でない。英語は勿論《もちろん》の事、以太利《イタリー》語も羅甸《ラテン》語もある。左り側に「我が望《のぞみ》は基督《キリスト》にあり」と刻《こく》されたのはパスリユといふ坊様の句だ。此《この》パスリユは千五百三十七年に首を斬《き》られた。其傍《かたわら》にJOHAN DECKERと云ふ署名がある。デツカーとは何者だか分らない。階段を上《のぼ》つて行くと戸の入口にT. C.といふのがある。是《これ》も頭文字《かしらもじ》丈《だけ》で誰やら見当がつかぬ。其《それ》から少し離れて大変綿密なのがある。先《ま》づ右の端《はじ》に十字架を描いて心臓を飾り付け、其《その》脇に骸骨《がいこつ》と紋章を彫り込んである。少し行《ゆ》くと盾《たて》の中に下《しも》の様な句をかき入れたのが目につく。「運命は空《むな》しく我をして心なき風に訴へしむ。時も摧《くだ》けよ。わが星は悲《かなし》かれ、われにつれなかれ」。次には「凡《すべ》ての人を尊べ。衆生《しゆじよう》をいつくしめ。神を恐れよ。王を敬《うやま》へ」とある。

斯《こ》んなものを書く人の心の中《うち》はどの様であつたらうと想像して見る。凡《およ》そ世の中に何が苦しいと云つて所在のない程の苦しみはない。意識の内容に変化のない程の苦しみはない。使へる身体《からだ》は目に見えぬ縄で縛られて動きのとれぬ程の苦しみはない。生きるといふは活動して居《い》るといふ事であるに、生きながら此《この》活動を抑へらるゝのは生《せい》といふ意味を奪はれたると同じ事で、その奪はれたを自覚する丈《だけ》が死よりも一層の苦痛である。此《この》壁の周囲をかく迄《まで》に塗抹《とまつ》した人々は皆此《この》死よりも辛《つら》い苦痛を甞《な》めたのである。忍ばるゝ限り堪《た》へらるゝ限りは此《この》苦痛と戦つた末、居ても起《た》つてもたまらなく為《な》つた時、始めて釘《くぎ》の折《おれ》や鋭どき爪《つめ》を利用して無事の内に仕事を求め、太平の裏《うち》に不平を洩《もら》し、平地《へいち》の上に波瀾《はらん》を画《えが》いたものであらう。彼等が題せる一字一画《かく》は、号泣《ごうきゆう》、涕《てい》涙《るい》、其他《そのた》凡《すべ》て自然の許す限りの排悶的《はいもんてき》手段を尽したる後猶《のちなお》飽く事を知らざる本能の要求に余儀なくせられたる結果であらう。

又想像して見る。生れて来た以上は、生きねばならぬ。敢《あえ》て死を怖るゝとは云はず、只《ただ》生きねばならぬ。生きねばならぬと云ふは耶蘇《ヤソ》孔子以前の道で、又耶蘇孔子以後の道である。何の理窟《りくつ》も入《い》らぬ、只生きたいから生きねばならぬのである。凡《すべ》ての人は生きねばならぬ。此《この》獄に繋《つな》がれたる人も亦此大道《またこのだいどう》に従つて生きねばならなかつた。同時に彼等は死ぬべき運命を眼前に控へて居《お》つた。如何《いか》にせば生き延びらるゝだらうかとは時々《じじ》刻々彼等の胸裏《きようり》に起る疑問であつた。一度《ひとた》び此室《このへや》に入《い》るものは必ず死ぬ。生きて天日《てんじつ》を再び見たものは千人に一人しかない。彼等は遅かれ早かれ死なねばならぬ。去れど古今《ここん》に亙《わた》る大真理は彼等に誨《おし》へて生きよと云ふ、飽く迄《まで》も生きよと云ふ。彼等は已《やむ》を得ず彼等の爪《つめ》を磨《と》いだ。尖《と》がれる爪の先を以て堅き壁の上に一と書いた。一をかける後《のち》も真理は古《いにし》への如《ごと》く生きよと囁《ささや》く、飽く迄も生きよと囁く。彼等は剝《は》がれたる爪の癒《い》ゆるを待つて再び二とかいた。斧《おの》の刃《は》に肉飛び骨摧《くだ》ける明日《あす》を予期した彼等は冷やかなる壁の上に只《ただ》一となり二となり線となり字となつて生きんと願つた。壁の上に残る横縦《よこたて》の疵《きず》は生《せい》を欲する執着《しゆうぢやく》の魂魄《こんぱく》である。余が想像の糸を茲《ここ》迄たぐつて来た時、室内の冷気が一度に脊《せ》の毛穴から身の内に吹き込む様な感じがして覚えずぞつとした。さう思つて見ると何だか壁が湿つぽい。指先で撫《な》でゝ見るとぬらりと露《つゆ》にすべる。指先を見ると真赤だ。壁の隅からぽたり〱と露の珠《たま》が垂れる。床《ゆか》の上を見ると其《その》滴りの痕《あと》が鮮やかな紅《くれな》ゐの紋を不規則に連ねる。十六世紀の血がにじみ出したと思ふ。壁の奥の方から唸《うな》り声さへ聞える。唸り声が段々と近くなると其《それ》が夜《よる》を洩《も》るゝ凄《すご》い歌と変化する。こゝは地面の下に通ずる穴倉で其《その》内には人が二人居《い》る。鬼の国から吹き上げる風が石の壁の破《わ》れ目を通つて小《ささ》やかなカンテラを煽《あお》るから只さへ暗い室《へや》の天井も四隅も煤色《すすいろ》の油煙《ゆえん》で渦巻いて動いて居《い》る様に見える。幽《かす》かに聞えた歌の音は窖中《こうちゆう》に居《い》る一人の声に相違ない。歌の主《ぬし》は腕を高くまくつて、大きな斧を轆轤《ろくろ》の砥石《といし》にかけて一生懸命に磨《と》いで居《い》る。其《その》傍には一挺《ちよう》の斧が抛《な》げ出してあるが、風の具合で其《その》白い刃《は》がぴかり〱と光る事がある。他《た》の一人は腕組をした儘《まま》立つて砥《と》の転《まわ》るのを見て居《い》る。髯《ひげ》の中から顔が出て居て其《その》半面をカンテラが照《てら》す。照された部分が泥だらけの人参《にんじん》の様な色に見える。「かう毎日の様に舟から送つて来ては、首斬《くびき》り役も繁昌《はんじよう》だなう」と髯がいふ。「左様《そう》さ、斧を磨ぐ丈《だけ》でも骨が折れるは」と歌の主《ぬし》が答える。是《これ》は脊《せ》の低い眼《め》の凹《くぼ》んだ煤色《すすいろ》の男である。「昨日《きのう》は美しいのをやつたなあ」と髯が惜《お》しさうにいふ。「いや顔は美しいが頸《くび》の骨は馬鹿《ばか》に堅い女だつた。御蔭で此《この》通り刃が一分《ぶ》許《ばか》りかけた」とやけに轆轤《ろくろ》を転《ころ》ばす、シュ〱シュと鳴る間《あいだ》から火花がピチ〱と出る。磨ぎ手は声を張り揚げて歌ひ出す。

切れぬ筈《はず》だよ女の頸は恋の恨《うら》みで刃が折れる。

シュ〱〱と鳴る音の外《ほか》には聴えるものもない。カンテラの光りが風に煽《あお》られて磨《と》ぎ手の右の頬《ほお》を射《い》る。煤《すす》の上に朱《しゅ》を流した様だ。「あすは誰の番かな」と稍《やや》ありて髯《ひげ》が質問する。「あすは例の婆様《ばあさま》の番さ」と平気に答へる。

生へる白髪《しらが》を浮気が染める、首を斬られりや血が染める。

と高調子《たかぢようし》に歌ふ。シュ〱〱と轆轤《ろくろ》が回《ま》はる、ピチ〱と火花が出る。「アハヽヽもう善《よ》からう」と斧《おの》を振り翳《かざ》して灯影《ほかげ》に刃を見る。「婆様ぎりか、外《ほか》に誰も居ないか」と髯が又問をかける。「それから例のがやられる」「気の毒な、もうやるか、可哀相《かわいそう》になう」といへば、「気の毒ぢやが仕方がないは」と真黒な天井を見て嘯《うそぶ》く。

忽《たちま》ち窖《あな》も首斬《き》りもカンテラも一度に消えて余はボーシヤン塔の真中に茫然《ぼうぜん》と佇《たたず》んで居《い》る。ふと気が付いて見ると傍に先刻《さつき》鴉《からす》に麵麭《パン》をやりたいと云つた男の子が立つて居《い》る。例の怪しい女ももとの如《ごと》くついて居《い》る。男の子が壁を見て「あすこに犬がかいてある」と驚いた様に云ふ。女は例の如く過去の権化《ごんげ》と云ふべき程の屹《きつ》とした口調で「犬ではありません。左りが熊《くま》、右が獅子《しし》で是《これ》はダツドレー家の紋章です」と答へる。実の所余にも犬か豚《ぶた》だと思つて居たのであるから、今此《この》女の説明を聞いて益《ますます》不思議な女だと思ふ。さう云へば今ダツドレーと云つたとき其《その》言葉の内に何となく力が籠《こも》つて、恰《あたか》も己《おの》れの家名でも名乗つた如《ごと》くに感ぜらるゝ。余は息を凝《こ》らして両人《ふたり》を注視する。女は猶《なお》説明をつゞける。「此《この》紋章を刻んだ人はジヨン、ダツドレーです」恰もジヨンは自分の兄弟の如き語調である。「ジヨンには四人の兄弟があつて、其《その》兄弟が、熊と獅子の周囲《まわり》に刻み付けられてある草花でちやんと分ります」見ると成程《なるほど》四通りの花だか葉だかが油絵の枠の様に熊と獅子を取り巻いて彫つてある。「こゝにあるのは Acorns で是《これ》は Ambrose の事です。こちらにあるのが Rose で Robert を代表するのです。下の方に忍冬《にんどう》が描《か》いてありませう。忍冬は Honeysuckle だから Henry に当るのです。左りの上に塊《かたま》つて居《い》るのが Geranium で是は G……」と云つたぎり黙つて居《い》る。見ると珊瑚《さんご》の様な唇が電気でも懸《かけ》たかと思はれる迄《まで》にぶる〱と顫《ふる》へて居《い》る。蝮《まむし》が鼠《ねずみ》に向つたときの舌の先の如《ごと》くだ。しばらくすると女は此《この》紋章の下に書き付けてある題辞を朗《ほが》らかに誦《じゆ》した。

Yow that the beasts do wel behold and se,
May deme with ease wherefore here made they be
Withe borders wherein ……………………
4 brothers' names who list to serche the grovnd.

女は此《この》句を生れてから今日迄《きようまで》毎日日課として諳誦《あんしよう》した様に一種の口調を以て誦《じゆ》し了《おわ》つた。実を云ふと壁にある字は甚《はなは》だ見悪《みにく》い。余の如《ごと》きものは首を捻《ひね》つても一字も読《よめ》さうにない。余は益《ますます》此《この》女を怪しく思ふ。

気味が悪くなつたから通り過ぎて先へ抜ける。銃眼のある角《かど》を出ると滅茶苦茶《めちやくちや》に書き綴《つづ》られた、模様だか文《もん》字《じ》だか分らない中に、正しき画《かく》で、小《ちさ》く「ジエーン」と書いてある。余は覚えず其《その》前に立留《たちど》まつた。英国の歴史を読んだものでジエーン、グレーの名を知らぬ者はあるまい。又其《その》薄命と無残の最後に同情の涙を濺《そそ》がぬ者はあるまい。ジエーンは義父と所天《おつと》の野心の為めに十八年の春秋《しゆんじゆう》を罪なくして惜気《おしげ》もなく刑場に売つた。蹂《ふ》み躙《にじ》られたる薔薇《ばら》の蕊《しべ》より消え難《がた》き香《か》の遠く立ちて、今に至る迄史を繙《ひもと》く者をゆかしがらせる。希臘《ギリシヤ》語を解しプレートーを読んで一代の碩学《せきがく》アスカムをして舌を捲《ま》かしめたる逸事《いつじ》は、此《この》詩趣ある人物を想見するの好材料として何人《なんぴと》の脳裏《のうり》にも保存せらるゝであらう。余はジエーンの名の前に立留《たちどま》つたぎり動かない。動かないと云ふより寧《むし》ろ動けない。空想の幕は既にあいて居《い》る。

始《はじめ》は両方の眼《め》が霞《かす》んで物が見えなくなる。やがて暗い中の一点にパツと火が点ぜられる。其《その》火が次第〳〵に大きくなつて内に人が動いて居《い》る様な心持ちがする。次にそれが漸々《だんだん》明るくなつて丁度《ちようど》双眼鏡の度を合せる様に判然と眼に映じて来る。次に其《その》景色が段々大きくなつて遠方から近づいて来る。気がついて見ると真中に若い女が坐《すわ》つて居《い》る、右の端《はじ》には男が立つて居《い》る様だ。両方共どこかで見た様だなと考へるうち、瞬《また》たく間《ま》にズツと近づいて余から五六間《けん》先で果《はた》と停る。男は前に穴倉《あなぐら》の裏《うち》で歌をうたつて居た、眼の凹《くぼ》んだ煤色《すすいろ》をした、脊《せ》の低い奴《やつ》だ。磨《と》ぎすました斧《おの》を左手《ゆんで》に突いて腰に八寸《すん》程の短刀をぶら下げて見構へて立つて居《い》る。余は覚えずギヨツとする。女は白き手巾《ハンケチ》で目隠しをして両の手で首を載せる台を探す様な風情《ふぜい》に見える。首を載せる台は日本の薪割台《まきわりだい》位の大きさで前に鉄の環《かん》が着いて居《い》る。台の前部に藁《わら》が散らしてあるのは流れる血を防ぐ要慎《ようじん》と見えた。背後の壁にもたれて二三人の女が泣き崩れて居《い》る、侍女でゞもあらうか。白い毛裏《けうら》を折り返した法衣《ほうえ》を裾《すそ》長く引く坊さんが、うつ向いて女の手を台の方角へ導いてやる。女は雪の如《ごと》く白い服を着けて、肩にあまる金色《こんじき》の髪を時々雲の様に揺らす。ふと其《その》顔を見ると驚いた。眼《め》こそ見えね、眉《まゆ》の形、細き面《おもて》、なよやかなる頸《くび》の辺りに至迄《いたるまで》、先刻《さつき》見た女其儘《そのまま》である。思はず馳《か》け寄らうとしたが足が縮んで一歩も前へ出る事が出来ぬ。女は漸《ようや》く首斬《き》り台を探り当てゝ両の手をかける。唇がむづ〳〵と動く。最前男の子にダツドレーの紋章を説明した時と寸分違《すんぶんたが》はぬ。やがて首を少し傾けて「わが夫ギルドフォード、ダツドレーは既に神の国に行つてか」と聞く。肩を揺り越した一握りの髪が軽《かろ》くうねりを打つ。坊さんは「知り申さぬ」と答へて「まだ真《まこ》との道に入《い》り玉《たま》ふ心はなきか」と問ふ。女屹《きつ》として「まことゝは吾《われ》と吾夫《わが》の信ずる道をこそ言へ。御身達《おんみたち》の道は迷ひの道、誤りの道よ」と返す。坊さんは何《なん》にも言はずに居《い》る。女は稍《やや》落ち付いた調子で「吾夫《わが》が先なら追付《おいつこ》う、後《あと》ならば誘ふて行《ゆ》かう。正しき神の国に、正しき道を踏んで行《ゆ》かう」と云ひ終つて落つるが如《ごと》く首を台の上に投げかける。眼の凹《くぼ》んだ、煤色《すすいろ》の、脊《せ》の低い首斬り役が重た気《げ》に斧《おの》をエイと取り直す。余の洋袴《ずぼん》の膝《ひざ》に二三点の血が迸《ほとば》しると思つたら、凡《すべ》ての光景が忽然《こつぜん》と消え失《う》せた。

あたりを見廻《みま》はすと男の子を連れた女はどこへ行つたか影さへ見えない。狐《きつね》に化かされた様な顔をして茫然《ぼうぜん》と塔を出る。帰り道に又鐘塔《しゆとう》の下を通つたら高い窓からガイフォークスが稲妻《いなずま》の様な顔を一寸《ちよつと》出した。「今一時間早かつたら……。此《この》三本のマッチが役に立たなかつたのは実に残念である」と云ふ声さへ聞えた。自分ながら少々気が変だと思つてそこ〳〵に塔を出る。塔橋《とうきよう》を渡つて後ろを顧みたら、北の国の例か此《この》日もいつの間にやら雨となつて居た。糠粒《ぬかつぶ》を針の目からこぼす様な細かいのが満都の紅塵《こうじん》と煤煙《ばいえん》を溶かして濛々《もうもう》と天地を鎖《とざ》す裏《うち》に地獄の影の様にぬつと見上げられたのは倫敦《ロンドン》塔であつた。

無我夢中に宿に着いて、主人に今日は塔を見物して来たと話したら、主人が鴉《からす》が五羽居たでせうと云ふ。おや此《この》主人もあの女の親類かなと内心大《おおい》に驚ろくと主人は笑ひながら「あれは奉納の鴉です。昔《むか》しからあすこに飼つて居《い》るので、一羽でも数が不足すると、すぐあとをこしらへます、夫《それ》だからあの鴉はいつでも五羽に限つて居ます」と手もなく説明するので、余の空想の一半《いつぱん》は倫敦塔を見た其《その》日のうちに打《ぶ》ち壊はされて仕舞《しま》つた。余は又主人に壁の題辞の事を話すと、主人は無造作に「えゝあの落書《らくがき》ですか、詰らない事をしたもんで、折角《せつかく》奇麗な所を台なしにして仕舞ひましたねえ、なに罪人の落書だなんて当《あて》になつたもんぢやありません、贋《にせ》も大分ありますさあね」と澄ましたものである。余は最後に美しい婦人に逢《あ》つた事と其《その》婦人が我々の知らない事や到底読めない字句をすらすら読んだ事抔《など》を不思議さうに話し出すと、主人は大《おおい》に軽蔑《けいべつ》した口調で「そりや当り前でさあ、皆《み》んなあすこへ行《ゆ》く時にや案内記を読んで出《で》掛《かけ》るんでさあ、其位の事を知つてたつて何も驚くにやあたらないでせう、何頗《なにすこぶ》る別嬪《べつぴん》だつて？——倫敦《ロンドン》にや大分別嬪が居ますよ、少し気を付けないと険呑《けんのん》ですぜ」と飛んだ所へ火の手が揚《あが》る。是《これ》で余の空想の後半が又打《ぶ》ち壊はされた。主人は二十世紀の倫敦人である。

夫《それ》からは人と倫敦塔の話しをしない事に極《き》めた。又再び見物に行《ゆ》かない事に極めた。

此《この》篇は事実らしく書き流してあるが、実の所過半想像的の文字《もんじ》であるから、見る人は其《その》心で読まれん事を希望する、塔の歴史に関して時々戯曲的に面白さうな事柄を撰《えら》んで綴《つづ》り込んで見たが、甘《うま》く行《ゆ》かんので所々不自然の痕跡《こんせき》が見えるのは已《やむ》を得ない。其中《そのうち》エリザベス（エドワード四世の妃《ひ》）が幽閉中の二王子に逢《あ》ひに来る場と、二王子を殺した刺客《せきかく》の述懐の場は沙《さ》翁《おう》の歴史劇リチヤード三世のうちにもある。沙翁はクラレンス公爵の塔中《とうちゆう》で殺さるゝ場を写すには正筆《せいひつ》を用い、王子を絞殺《こうさつ》する模様をあらはすには仄筆《そくひつ》を使つて、刺客の語を藉《か》り裏面から其《その》様子を描出して居《い》る。嘗《かつ》て此《この》劇を読んだとき、其所《そこ》を大《おおい》に面白く感じた事があるから、今其趣向を其儘《そのまま》用いて見た。然《しか》し対話の内容周囲の光景等は無論余の空想から捏出《ねつしゆつ》したもので沙翁とは何等の関係もない。夫《それ》から断頭吏の歌をうたつて斧《おの》を磨《と》ぐ所に就《つ》いて一言《いちげん》して置くが、此《この》趣向は全くエーンズウオースの「倫敦塔」と云ふ小説から来たもので、余は之《これ》に対して些少《さしよう》の創意をも要求する権利はない。エーンズウオースには斧の刃《は》のこぼれたのをソルスベリ伯爵夫人を斬《き》る時の出来事の様に叙してある。余が此《この》書を読んだとき断頭場《だんとうじよう》に用うる斧の刃のこぼれたのを首斬り役が磨いで居《い》る景色抔《など》は僅《わずか》に一二頁《ページ》に足らぬ所ではあるが非常に面白いと感じた。加之《のみならず》磨ぎながら乱暴な歌を平気でうたつて居《い》ると云ふ事が、同じく十五六分の所作《しよさ》ではあるが、全篇を活動せしむるに足る程の戯曲的出来事だと深く興味を覚えたので、今其《その》趣向其儘を蹈襲《とうしゆう》したのである。但《ただ》し歌の意味も文句も、二吏の対話も、暗窖《あんこう》の光景も一切趣向以外の事は余の空想から成つたものである。序《つい》でだからエーンズウオースが獄門役に歌はせた歌を紹介して置く。

The axe was sharp, and heavy as lead,

As it touched the neck, off went the head!
Whir—whir—whir—whir!
Queen Anne laid her white throat upon the block,
Quietly waiting the fatal shock;
The axe it severed it right in twain,
And so quick—so true—that she felt no pain.
Whir—whir—whir—whir!
Salisbury's countess, she would not die
As a proud dame should—decorously.
Lifting my axe, I split her skull,
And the edge since then has been notched and dull.
Whir—whir—whir—whir!
Queen Catherine Howard gave me a fee,—
A chain of gold—to die easily:
And her costly present she did not rue,
For I touched her head, and away it flew!
Whir—whir—whir—whir!

此《この》全章を訳さうと思つたが到底《とうてい》思ふ様に行《ゆ》かないし、且《かつ》余り長過ぎる恐れがあるから已《や》めにした。

二王子幽閉の場と、ジエーン所刑の場に就《つい》ては有名なるドラロツシの絵画が尠《すくな》からず余の想像を助けて居《い》る事を一言《いちげん》して聊《いささ》か感謝の意を表する。

舟より上《あが》る囚人のうちワイアツトとあるは有名なる詩人の子にてジエーンの為め兵を挙げたる人、父子同名《どうみよう》なる故《ゆえ》紛れ易《やす》いから記《しる》して置く。

塔中《とうちゆう》四辺の風致景物を今少し精細に写す方が読者に塔其物《そのもの》を紹介して其《その》地を踏ましむる思ひを自然に引き起させる上に於《おい》て必要な条件とは気が付いて居《い》るが、何分《なにぶん》かゝる文《ぶん》を草する目的で遊覧した訳ではないし、且《かつ》年月が経過して居《い》るから判然たる景色がどうしても眼の前にあらはれ悪《にく》い。従つて動《やや》ともすると主観的の句が重複《ちようふく》して、ある時は読者に不愉快な感じを

与へはせぬかと思ふ所もあるが右の次第だから仕方がない。（三十七年十二月二十日）

（明治三八年一月「帝国文学」）

幻影の盾

一心不乱と云ふ事を、目に見えぬ怪力をかり、縹緲《ひょうびょう》たる背景の前に写し出さうと考へて、此《この》趣向を得た。是《これ》を日本の物語に書き下《おろ》さなかつたのは此趣向とわが国の風俗が調和すまいと思ふたからである。浅学にて古代騎士の状況に通ぜず、従つて叙事妥当を欠き、描景真相を失する所が多からう、読者の誨《おしえ》を待つ。

遠き世の物語である。バロンと名乗るものゝ城を構へ濠《ほり》を環《めぐ》らして、人を屠《ほふ》り天に驕《おご》れる昔に帰れ。今代《きんだい》の話しではない。

何時《いつ》の頃とも知らぬ。只《ただ》アーサー大王《たいおう》の御代《みよ》とのみ言ひ伝へたる世に、ブレトンの一士人《しじん》がブレトンの一女子に懸想《けそう》した事がある。其頃《そのころ》の恋はあだには出来ぬ。思ふ人の唇に燃ゆる情けの息を吹く為には、吾肱《わがひじ》をも折らねばならぬ、吾頸《くび》をも挫《くじ》かねばならぬ、時としては吾血潮《ちしお》さへ容赦もなく流さねばならなかつた。懸想されたるブレトンの女は懸想せるブレトンの男に向つて云ふ、君が恋、叶《かな》へんとならば、残りなく円卓の勇士を倒して、われを世に類ひなき美しき女と名乗り給《たま》へ、アーサーの養へる名高き鷹《たか》を獲て吾許《わがもと》に送り届け給へと。男心得たりと腰に帯びたる長き剣《つるぎ》に盟《ちか》へば、天上天下に吾志《こころざし》を妨《さまた》ぐるものなく、遂《つい》に仙姫《せんき》の援《たすけ》を得て悉《ことごと》く女の言ふ所を果《はた》す。鷹の足を纏《まと》へる細き金《きん》の鎖の端《はし》に結びつけたる羊皮紙を読めば、三十一ケ条の愛に関する法章であつた。所謂《いわゆる》「愛の庁」の憲法とは是《これ》である。……盾《たて》の話しは此《この》憲法の盛《さかん》に行はれた時代に起つた事と思へ。

行《ゆ》く路《みち》を扼《やく》すとは、其上《そのかみ》騎士の間《あいだ》に行はれた習慣である。幅広からぬ往還《おうかん》に立ちて、通り掛《がか》りの武士に戦《たたかい》を挑《いど》む。二人の槍《やり》の穂先が撓《しわ》つて馬と馬の鼻頭《はなづら》が合ふとき、鞍壷《くらつぼ》にたまらず落ちたが最後無難に此《この》関を踰《こ》ゆる事は出来ぬ。鎧《よろい》、甲《かぶと》、馬諸共《もろとも》に召し上げらるゝ。路を扼する侍は武士の名を藉《か》る山賊の様なものである。期限は三十日、傍《かたえ》の木立に吾旗を翻《ひるが》へし、喇叭《らつぱ》を吹いて人や来《きた》ると待つ。今日も待ち明日《あす》も待ち明後日《あさつて》も待つ。五六三十日の期が満つる迄《まで》は必ず待つ。時には我意中の美人と共に待つ事もある。通り掛りの上臈《じようろう》は吾《われ》を護《まも》る侍の鎧《よろい》の袖《そで》に隠れて関を抜ける。守護の侍は必ず路を扼《やく》する武士と槍を交《まじ》へる。交へねば自身は無論の事、二世《にせ》かけて誓へる女性《によしよう》をすら通す事は出来ぬ。千四百四十九年にバーガンデの私生子と称する豪のものがラ、ベル、ジヤルダンと云へる路を首尾よく三十日間守り終《おお》せたるは今に人の口碑《こうひ》に存《そん》する逸話である。三十日の間《あいだ》私生子と起居を共にせる美人は只《ただ》「清き巡礼の子」といふ名に其《その》本名を知る事が出来ぬのは遺憾である。……盾の話しは此《この》時代の事と思へ。

　此《この》盾は何時《いつ》の世のものとも知れぬ。パギースと云ふて三角を倒《さかし》まにして全身を蔽《おお》ふ位な大きさに作られたものとも違ふ。ギージといふ革紐《かわひも》にて肩から釣るす種類でもない。上部に鉄の格子《こうし》を穿《あ》けて中央の孔《あな》から鉄砲を打つと云ふ仕懸《しかけ》の後世のものでは無論ない。いづれの時、何者が錬《きた》へた盾かは盾の主人なるヰリアムさへ知らぬ。ヰリアムは此《この》盾を自己の室《へや》の壁に懸けて朝夕《ちようせき》眺めて居《い》る。人が聞くと不可思議な盾だと云ふ。霊の盾だと云ふ。此《この》盾を持つて戦《たたかい》に臨むとき、過去、現在、未来に渉《わた》つて吾願《わがねがい》を叶《かな》へる事のある盾だと云ふ。名あるかと聞けば只幻影《ただまぼろし》の盾と答へる。ヰリアムは其他《そのた》を言はぬ。

　盾の形は望《もち》の夜《よ》の月の如《ごと》く丸い。鋼《はがね》で饅頭形《まんじゆうがた》の表を一面に張りつめてあるから、輝やける色さへも月に似て居《い》る。縁《ふち》を繞《めぐ》りて小指の先程の鋲《びよう》が奇麗に五分《ぶ》程の間《あいだ》を置いて植ゑられてある。鋲の色も亦《また》銀色である。鋲の輪の内側は四寸許《すんばか》りの円を画《かく》して匠人《しようじん》の巧《たくみ》を尽したる唐草《からくさ》が彫り付けてある。模様があまり細か過ぎるので一《ちよ》寸《つと》見ると只《ただ》不規則の漣漪《れんい》が、肌に答へぬ程の微風に、数へ難《がた》き皺《しわ》を寄する如くである。花か蔦《つた》か或《ある》は葉か、所々が劇《はげ》しく光線を反射して余所《よそ》よりも際立《きわだ》ちて視線を襲ふのは昔し象嵌《ぞうがん》のあつた名残《なごり》でもあらう。猶《なお》内側へ這入《はい》ると延板《のべいた》の平らな地《じ》になる。そこは今も猶《なお》鏡の如く輝やいて面《おもて》にあたるものは必ず写す。ヰリアムの顔も写る。ヰリアムの甲《かぶと》の挿毛《さしげ》のふわ〳〵と風に靡《なび》く様《さま》も写る。日に向けたら日に燃えて日の影をも写さう。鳥を追へば、こだまさへ交《まじ》へずに十里を飛ぶ俊鶻《しゆんこつ》の影も写さう。時には壁から卸《おろ》して磨くかとヰリアムに問へば否《いな》と云ふ。霊の盾は磨かねども光るとヰリアムは独《ひと》り語《ごと》の様に云ふ。

盾の真中《まんなか》が五寸許《ばか》りの円を描いて浮き上る。是《これ》には怖ろしき夜叉《やしや》の顔が隙間《すきま》もなく鋳出《いいだ》されて居《い》る。其《その》顔は長《とこ》しへに天と地と中間にある人とを呪《のろ》ふ。右から盾を見るときは右に向つて呪ひ、左から盾を覗《のぞ》くときは左に向つて呪ひ、正面から盾に対《むか》ふ敵には固《もと》より正面を見て呪《のろ》ふ。ある時は盾の裏にかくるゝ持主をさへ呪ひはせぬかと思はるゝ程怖しい。頭《かしら》の毛は春夏秋冬の風に一度に吹かれた様に残りなく逆立《さかだ》つて居《い》る。しかも其《その》一本一本の末《すえ》は丸く平たい蛇《へび》の頭《あたま》となつて其《その》裂け目から消えんとしては燃ゆる如《ごと》き舌を出して居《い》る。毛と云ふ毛は悉《ことごと》く蛇で、其《その》蛇は悉く首を擡《もた》げて舌を吐いて縺《もつ》るゝのも、捻《ね》ぢ合ふのも、攀《よ》ぢあがるのも、にじり出るのも見らるゝ。五寸の円の内部に獰悪《どうあく》なる夜叉の顔を辛うじて残して、額際《ひたいぎわ》から顔の左右を残《のこり》なく塡《うず》めて自然《じねん》に円の輪廓《りんかく》を形ちづくつて居《い》るのは此《この》毛髪の蛇、蛇の毛髪である。遠き昔《むか》しのゴーゴンとは是《これ》であらうかと思はるゝ位だ。ゴーゴンを見る者は石に化すとは当時の諺《ことわざ》であるが、此《この》盾を熟視する者は何人《なんぴと》も其《その》諺のあながちならぬを覚《さと》るであらう。

盾には創《きず》がある。右の肩から左へ斜《はす》に切りつけた刀の痕《あと》が見える。玉を並べた様な鋲《びよう》の一つを半ば潰《つぶ》して、ゴーゴン、メヂューサに似た夜叉《やしや》の耳のあたりを纏《まと》ふ蛇《へび》の頭を叩《たた》いて、横に延板《のべいた》の平《たいら》な地《じ》へ微《かす》かな細長い凹《くぼ》みが出来て居《い》る。ヰリアムに此創《このきず》の因縁《いんえん》を聞くと何《なん》にも云はぬ。知らぬかと云へば知ると云ふ。知るかと云へば言ひ難《がた》しと答へる。

人に云へぬ盾の由来の裏には、人に云へぬ恋の恨《うら》みが潜《ひそ》んで居《い》る。人に云はぬ盾の歴史の中《うち》には世も入《い》らぬ神も入らぬと迄《まで》思ひつめたる望《のぞみ》の綱が繋《つな》がれて居《い》る。ヰリアムが日毎《ごと》夜毎に繰り返す心の物語りは此《この》盾と浅からぬ因果の羈絆《きずな》で結び付けられて居《い》る。いざといふ時此《この》盾を執《と》つて……望は是《これ》である。心の奥に何者かほのめいて消え難《がた》き前世《ぜんせ》の名残《なごり》の如きを、白日の下《もと》に引き出《いだ》して明ら様に見《み》極《きわ》むるは此《この》盾の力である。いづくより吹くとも知らぬ業障《ごうしよう》の風の、隙《すき》多き胸に洩《も》れて目に見えぬ波の、立ちては崩れ、崩れては立つを浪《なみ》なき昔、風吹かぬ昔に返すは此《この》盾の力である。此《この》盾だにあらばとヰリアムは盾の懸かれる壁を仰ぐ。天地《てんち》人《じん》を呪ふべき夜叉の姿も、彼が眼《め》には画《えが》ける天女《てんにょ》の微かに笑《えみ》を帯べるが如く思はるゝ。時にはわが思ふ人の肖像ではなきかと疑ふ折さへある。只《ただ》抜け出して語らぬが残念である。

思ふ人！ヰリアムが思ふ人はこゝには居《お》らぬ。小山を三つ越えて大河を一つ渉《わた》りて二十哩《マイル》先の夜鴉《よがらす》の城に居《い》る。夜鴉の城とは名からして不吉であると、ヰリアムは時々考へる事がある。然《しか》し其《その》夜鴉の城へ、彼は小児《しょうに》の時度々遊びに行つた事がある。小児の時のみではない成人してからも始終訪問《おとず》れた。クラヽの居《い》る所なら海の底でも行《ゆ》かずには居《い》られぬ。彼はつい近頃迄夜鴉《までよがらす》の城へ行つては終日クラヽと語り暮したのである。恋と名がつけば千里も行《ゆ》く。二十哩《マイル》は云ふに足らぬ。夜《よる》を守る星の影が自《おの》づと消えて、東の空に紅殻《べにがら》を揉《も》み込んだ様な時刻に、白城《はくじょう》の刎橋《はねばし》の上に騎馬の侍が一人あらはれる。……宵の明星が本丸《ほんまる》の櫓《やぐら》の北角《きたかど》にピカと見え初《そ》むる時、遠き方《かた》より又蹄《ひづめ》の音が昼と夜《よる》の境を破つて白城の方《かた》へ近づいて来る。馬は総身《そうしん》に汗をかいて、白い泡を吹いて居《い》るに、乗手《のりて》は鞭《むち》を鳴らして口笛をふく。戦国《せんごく》のならひ、ヰリアムは馬の背で人と成つたのである。

去年の春の頃から白城の刎橋の上に、暁方《あけがた》の武者《むしゃ》の影が見えなくなつた。夕暮の蹄の音も野に逼《せま》る黒きものゝ裏《うち》に吸ひ取られてか、聞えなくなつた。其頃《そのころ》からヰリアムは、己《おの》れを己れの中《うち》へ引き入るゝ様に、内へ内へと深く食ひ入る気色《けしき》であつた。花も春も余所《よそ》に見て、只《ただ》心の中《うち》に貯《たくわ》へたる何者かを使ひ尽す迄はどうあつても外界に気を転ぜぬ様に見受けられた。武士の命は女と酒と軍《いく》さである。吾《わが》思ふ人の為めにと箸《はし》の上げ下しに云ふ誰彼《たれかれ》に倣《なら》つて、わがクラヽの為めにと云はぬ事はないが、其《その》声の咽喉《のど》を出る時は、塞《ふさ》がる声帯を無理に押し分ける様であつた。血の如《ごと》き葡萄《ぶどう》の酒を髑髏形《どくろがた》の盃《さかずき》にうけて、縁越《ふちこ》すことをゆるさじと、髭《ひげ》の尾迄濡《ぬ》らして呑《の》み干《ほ》す人の中に、彼は只額《ひたい》を抑へて、斜めに泡を吹くことが多かつた。山と盛る鹿《しか》の肉に好味《こうみ》の刀《とう》を揮《ふる》ふ左も顧みず右も眺めず、只わが前に置かれたる皿のみを見詰めて済《すま》す折もあつた。皿の上に堆《うずた》かき肉塊《にっかい》の残らぬ事は少ない。武士の命を三分《ぶん》して女と酒と軍《いく》さが其《その》三ケ一を占《し》むるならば、ヰリアムの命の三分《ぶ》二は既に死んだ様なものである。残る三分一は？　軍《いくさ》はまだない。

ヰリアムは身の丈《たけ》六尺一寸、痩《や》せては居《い》るが満身の筋肉を骨格の上へたゝき付けて出来上つた様な男である。四年前の戦《たたかい》に甲《かぶと》も棄《す》て、鎧《よろい》も脱いで丸裸になつて城壁の裏《うち》に仕掛けたる、カタパルトを彎《ひ》いた事がある。戦《たたかい》が済んでから其《その》有様を見て居た者がヰリアムの腕には鉄の瘤《こぶ》が出るといつた。彼の眼《め》と髪は石炭の様に黒い。其《その》髪は渦を巻いて、彼が頭《かしら》を掉《ふ》る度にきら〳〵する。彼の眼《まなこ》の奥には又一双《いつそう》の眼《まなこ》があつて重なり合つて居《い》る様な光りと深さとが見える。酒の味に命を失ひ、未了の恋に命を失ひつゝつある彼は来《きた》るべき戦場にも亦《また》命を失ふだらうか。彼は馬に乗つて終日終夜野を行《ゆ》くに疲れた事のない男である。彼は一片《ぺん》の麺麭《パン》も食はず一滴の水さへ飲まず、未明より薄暮迄《まで》働き得《う》る男である。年は二十六歳。夫《それ》で戦《いくさ》が出来ぬであらうか。夫で戦が出来ぬ位なら武士の家に生れて来ぬがよい。ヰリアム自身もさう思つて居《い》る。ヰリアムは幻影《まぼろし》の盾を翳《かざ》して戦ふ機会があれば……と思つて居《い》る。

　白城《はくじよう》の城主狼のルーファスと夜鴉《よがらす》の城主とは二十年来の好《よし》みで家の子郎党《ろうどう》の末《すえ》に至る迄互《たがい》に往《ゆ》き来せぬは稀《まれ》な位打ち解けた間柄であつた。確執《かくしつ》の起つたのは去年《こぞ》の春の初《はじめ》からである。源因は私《わたくし》ならぬ政治上の紛議の果《はて》とも云ひ、あるは鷹狩《たかがり》の帰りに獲物争ひの口論からと唱《とな》へ、又は夜鴉の城主の愛女クラヽの身の上に係る衝突に本《もと》づくとも言触《いいふ》らす。過ぐる日の饗筵《きようえん》に、卓上の酒尽きて、居並ぶ人の舌の根のしどろに緩む時、首席を占《し》むる隣り合せの二人が、何事か声高《こわだか》に罵《ののし》る声を聞かぬ者はなかつた。「月に吠《ほ》ゆる狼《おおかみ》の……ほざくは」と手にしたる盃《さかずき》を地に抛《なげう》つて、夜鴉の城主は立ち上る。盃の底に残れる赤き酒の、斑《まだ》らに床《ゆか》を染めて飽きたらず、摧《くだ》けたる觥片《こうへん》と共にルーファスの胸のあたり迄跳ね上る。「夜迷ひ烏《がらす》の黒き翼を、切つて落せば、地獄の闇ぞ」とルーファスは革に釣る重き剣《つるぎ》に手を懸けてする〳〵と四五寸許《ばか》り抜く。一座の視線は悉《ことごと》く二人の上に集まる。高き窓洩《も》る夕日を脊《せ》に負ふ、二人の黒き姿の、此世《このよ》の様《さま》とも思はれぬ中に、抜きかけた剣《つるぎ》のみが寒き光を放つ。此時《このとき》ルーファスの次に座を占めたるヰリアムが「渾名《あだな》こそ狼なれ、君が剣《つるぎ》に刻める文字に耻《は》ぢづや」と右手《めて》を延ばしてルーファスの腰のあたりを指《ゆびさ》す。幅広き刃《やいば》の鍔《つば》の真下に pro gloria et patria と云ふ銘が刻んである。水を打つた様な静かな中に、只《ただ》ルーファスが抜きかけた剣《つるぎ》を元の鞘《さや》に収むる声のみが高く響いた。是《これ》より両家の間《あいだ》は長く中絶《なかた》えて、ヰリアムの乗り馴《な》れた栗毛の駒は少しく肥えた様に見えた。

　近頃は戦さの噂《うわさ》さへ頻《しき》りである。睚眦《がいさい》の恨《うらみ》は人を欺《あざむ》く笑《えみ》の衣《ころも》に包めども、解け難《がた》き胸の乱れは空吹く風の音にもざわつく。夜《よ》となく日となく磨きに磨く刃《やいば》の冴《さえ》は、人を屠《ほふ》る遺恨《いこん》の刃を磨くのである。君の為め国の為めなる美しき名を藉《か》りて、毫釐《ごうり》の争《あらそい》に千里の恨《うらみ》を報ぜんとする心からである。正義と云ひ人道と云ふは朝嵐《あらし》に翻《ひる》がへす旗にのみ染め出《いだ》すべき文字《もんじ》で、繰り出す槍《やり》の穂先には瞋恚《しんい》の燄《ほむら》が焼け付いて居《い》る。狼《おおかみ》は如何《いか》にして鴉《からす》と戦ふべき口実を得たか知らぬ。鴉は何を叫んで狼を誣《し》ゆる積りか分らぬ。只《ただ》時ならぬ血潮《ちしお》と迄《まで》見えて迸《ほと》ばしりたる酒の雫《しずく》の、胸を染めたる恨《うらみ》を晴《はら》さでやとルーファスがセント、ジョージに誓へるは事実である。尊き銘は剣《つるぎ》にこそ彫れ、抜き放ちたる光の裏《うち》に遠吠《とおぼ》ゆる狼を屠《ほふ》らしめ玉《たま》へとありとあらゆるセイントに夜鴉《よがらす》の城主が祈念を凝《こら》したるも事実である。両家の間《あいだ》の戦《たたかい》は到底免かれない。いつといふ丈《だけ》が問題である。

　末《すえ》の世の尽きて、其《その》末の世の残る迄と誓ひたる、クラヽの一門に弓をひくはヰリアムの好まぬ所である。手《て》創《きず》負ひて斃《たお》れんとする父とたよりなき吾《われ》とを、敵の中より救ひたるルーファスの一家《いっけ》に事ありと云ふ日に、膝《ひざ》を組んで動かぬのはヰリアムの猶《なお》好まぬ所である。封建の代《よ》のならひ、主《しゅ》と呼び従と名乗る身の危《あやう》きに赴《おもむ》かで、人に卑怯《ひきょう》と嘲《あざ》けらるゝは彼の尤《もっと》も好まぬ所である。甲《かぶと》も着《き》様《よう》、鎧《よろい》も繕《つくろ》はう、槍も磨かう、すはといふ時は真先に行《ゆ》かう……然《しか》しクラヽはどうなるだらう。負ければ打死《うちじに》をする。クラヽには逢《あ》へぬ。勝てばクラヽが死ぬかも知れぬ。ヰリアムは覚えず空に向つて十字を切る。今の内姿を窶《やっ》して、クラヽと落ち延びて北の方《かた》へでも行《ゆ》かうか。落ちた後《あと》で朋輩《ほうばい》が何といふだらう。ルーファスが人でなしと云ふだらう。内懐《うちぶところ》からクラヽの呉《く》れた一《ひと》束《たば》ねの髪の毛を出して見る。長い薄色の毛が、麻を砧《きぬた》で打つて柔かにした様にゆるくうねつてヰリアムの手から下がる。ヰリアムは髪を見詰めて居た視線を茫然《ぼうぜん》とわきへそらす。それが器械的に壁の上へ落ちる。壁の上にかけてある盾の真中《まんなか》で優しいクラヽの顔が笑つて居《い》る。去年分れた時の顔と寸分違《たが》はぬ。顔の周囲を巻いて居《い》る髪の毛が……ヰリアムは呪《のろ》はれたる人の如《ごと》くに、千里の遠きを眺めて居《い》る様な眼付《めつき》で石の如く盾を見て居《い》る。日の加減か色が真青《まつさお》だ。……顔の周囲を巻いて居《い》る髪の毛が、先つきから流れる水に漬けた様にざわ〳〵と動いて居《い》る。髪の毛ではない無数の蛇《へび》の舌が断間《たえま》なく震動して五寸の円の輪を揺《ゆ》り廻《まわ》るので、銀地《ぎんじ》に絹糸の様に細い炎が、見えたり隠れたり、隠れたり見えたり、渦を巻いたり、波を立てたりする。全部が一度に動いて顔の周囲を廻転《かいてん》するかと思ふと、局部が纔《わず》かに動きやんで、すぐ其《その》隣りが動く。見る間《ま》に次へ次へと波動が伝はる様にもある。動く度に舌の摩《す》れ合ふ音でもあらう微《かす》かな声が出る。微かではあるが只《ただ》一つの声ではない、漸《ようや》く鼓膜に響く位の静かな音のうちに――無数の音が交《まじ》つて居《い》る。耳に落つる一《ひとつ》の音が聴けば聴く程多くの音がかたまつて出来上つた様に明かに聞き取られる。盾の上に動く物の数多き丈《だけ》、音の数も多く、又其《その》動くものゝ定かに見えぬ如く、出る音も微かであらゝかには鳴らぬのである。……ヰリアムは手に下げたるクラヽの金毛《きんもう》を三たび盾に向つて振りながら「盾！最後の望《のぞみ》は幻影《まぼろし》の盾にある」と叫んだ。

戦《たたかい》は潮《うしお》の河に上《のぼ》る如く次第に近付いて来る。鉄を打つ音、鋼《はがね》を鍛へる響《ひびき》、槌《つち》の音、やすりの響は絶えず中庭の一隅《いちぐう》に聞える。ヰリアムも人に劣らじと出陣の用意はするが、時には殺伐《さつばつ》な物音に耳を塞《ふさ》いで、高き角櫓《すみやぐら》に上《のぼ》つて遥かに夜鴉《よがらす》の城の方《かた》を眺める事がある。霧深い国の事だから眼《め》に遮《さえ》ぎる程の物はなくても、天気の好《よ》い日に二十哩《マイル》先は見えぬ。一面に茶渋《ちゃしぶ》を流した様な曠野《こうや》が逼《せま》らぬ波を描いて続く間《あいだ》に、白金《しろがね》の筋《すじ》が鮮かに割り込んで居《い》るのは、日毎《ごと》の様に浅瀬を馬で渡した河であらう。白い流れの際立《きわだ》ちて目を牽《ひ》くに付けて、夜鴉の城はあの見当だなと見送る。城らしきものは霞《かすみ》の奥に閉ぢられて眸底《ぼうてい》には写らぬが、流るゝ銀《しろがね》の、烟《けむり》と化しはせぬかと疑はる迄末広《までずえひろ》に薄れて、空と雲との境に入《い》る程は、翳《かざ》したる小手《こて》の下より遥かに双の眼《まなこ》に聚《あつ》まつてくる。あの空とあの雲の間《あいだ》が海で、浪《なみ》の嚙《か》む切立《きった》ち岩の上に巨巌《きょがん》を刻んで地から生へた様なのが夜鴉の城であると、ヰリアムは見えぬ所を想像で描き出す。若《も》し其《その》薄黒く潮風《しおかぜ》に吹き曝《さら》された角窓《かくまど》の裏《うち》に一人物を画《え》き足したなら死竜《しりょう》は忽《たちま》ち活きて天に騰《のぼ》るのである。点睛《てんせい》に比すべきものは何人《なんびと》であらう、ヰリアムは聞かんでも能《よ》く知つて居《い》る。

目の廻《まわ》る程急がしい用意の為めに、昼の間《ま》は夫《それ》となく気が散つて浮き立つ事もあるが、初夜過ぎに吾《わ》が室《へや》に帰つて、冷たい臥床《ふしど》の上に六尺一寸の長軀《ちょうく》を投げる時は考へ出す。初めてクラヽに逢《あ》つたときは十二三の小供で知らぬ人には口もきかぬ程内気であつた。只《ただ》髪の毛は今の様に金色《きんいろ》であつた……ヰリアムは又内懐《うちぶところ》からクラヽの髪の毛を出して眺める。クラヽはヰリアムを黒い眼《め》の子、黒い眼《め》の子と云つてからかつた。クラヽの説によると黒い眼の子は意地が悪い、人がよくない、猶太人《ユダヤじん》かジプシイでなければ黒い眼色《めいろ》のものはない。ヰリアムは怒《おこ》つて夜鴉の城へはもう来ぬと云つたらクラヽは泣き出して堪忍してくれと謝した事がある。……二人して城の庭へ出て花を摘んだ事もある。赤い花、黄な花、紫の花――花の名は覚えて居《お》らん――色々の花でクラヽの頭と胸と袖《そで》を飾つてクキーンだクキーンだと其《その》前に跪《ひざま》づいたら、槍《やり》を持たない者はナイトでないとクラヽが笑つた。……今は槍もある、ナイトでもある、然《しか》しクラヽの前に跪《ひざまず》く機会はもうあるまい。ある時は野へ出て蒲公英《たんぽぽ》の蕊《しべ》を吹きくらをした。花が散つてあとに残る、むく毛を束《つか》ねた様に透明な球《たま》をとつてふつと吹く。残つた種《たね》の数でうらなひをする。思ふ事が成るかならぬかと云ひながらクラヽが一吹きふくと種の数が一つ足りないので思ふ事が成らぬと云ふ辻うらであつた。するとクラヽは急に元気がなくなつて俯向《うつむ》いて仕舞《しま》つた。何を思つて吹いたのかと尋ねたら何でもいゝと何時《いつ》になく邪慳《じやけん》な返事をした。其日《そのひ》は碌々《ろくろく》口もきかないで塞《ふさ》ぎ込んで居た。……春の野にありとあらゆる蒲公英《たんぽぽ》をむしつて息の続《つ》づかぬ迄《まで》吹き飛ばしても思ふ様な辻占《つじうら》は出ぬ筈《はず》だとヰリアムは怒《いか》る如《ごと》くに云ふ。然《しか》しまだ盾と云ふ頼みがあるからと打消す様に添へる。……是《これ》は互《たがい》に成人してからの事である。夏を彩《いろ》どる薔薇《ばら》の茂みに二人座をしめて瑠璃《るり》に似た青空の、鼠色《ねずみいろ》に変る迄語り暮した事があつた。騎士の恋には四期があると云ふ事をクラヽに教へたのは其時《そのとき》だとヰリアムは当時の光景を一度に目の前に浮べる。「第一を躊躇《ちゆうちよ》の時期と名づける、是《これ》は女の方で此《この》恋を斥《しりぞ》けやうか、受けやうかと思ひ煩《わずら》ふ間《あいだ》の名である」といひながらクラヽの方を見た時に、クラヽは俯向《うつむ》いて、頬《ほお》のあたりに微《かす》かなる笑《えみ》を漏《もら》した。

「此《この》時期の間《あいだ》には男の方では一言《ひとこと》も恋をほのめかすことを許されぬ。只眼《ただめ》にあまる情けと、息に漏《も》るゝ嘆きとにより、昼は女の傍《かた》へを、夜は女の住居《すまい》の辺りを去らぬ誠によりて、我《わが》意中を悟れかしと物言はぬうちに示す。」クラヽは此時《このとき》池の向ふに据《す》ゑてある大理石の像を余念なく見て居た。「第二を祈念の時期と云ふ。男、女の前に伏して懇《ねんご》ろに我が恋叶《かな》へ玉《たま》へと願ふ。」クラヽは顔を背けて紅《くれない》の薔薇《ばら》の花を唇につけて吹く。一瓣《ひとひら》は飛んで波なき池の汀《みぎわ》に浮ぶ。一瓣は梅鉢《うめばち》の形ちに組んで池を囲へる石の欄干《らんかん》に中《あた》りて敷石の上に落ちた。「次に来るは応諾《おうだく》の時期である。誠ありと見抜く男の心を猶《なお》も確めん為め女、男に草々《くさぐさ》の課役をかける。剣《つるぎ》の力、槍《やり》の力で遂《と》ぐべき程の事柄であるは言ふ迄もない。」クラヽは吾《われ》を透《とお》す大いなる眼を翻《ひるがえ》して第四はと問ふ。「第四の時期をDruerieと呼ぶ。武夫《もののふ》が君の前に額付《ぬかづ》いて渝《かわ》らじと誓ふ如く男、女の膝下《しつか》に跪《ひざま》づき手を合せて女の手の間《あいだ》に置く。女かたの如く愛の式を返して男に接吻《せつぷん》する。」クラヽ遠き代《よ》の人に語る如き声にて君が恋は何《いず》れの期《き》ぞと問ふ。思ふ人の接吻さへ得なばとクラヽの方に顔を寄せる。クラヽ頬に紅《くれない》して手に持てる薔薇の花を吾《わ》が耳のあたりに抛《なげう》つ。花びらは雪と乱れて、ゆかしき香りの一群れが二人の足の下に散る。……Druerie の時期はもう望めないはとヰリアムは六尺一寸の身を挙げてどさと寝返りを打つ。間《けん》にあまる壁を切りて、高く穿《うが》てる細き窓から薄暗き曙光《しよこう》が漏《も》れて、物の色の定かに見えぬ中に幻影《まぼろし》の盾のみが闇に懸《かか》る大蜘蛛《おおぐも》の眼《まなこ》の如く光る。「盾がある、まだ盾がある」とヰリアムは烏《からす》の羽の様な滑《なめら》かな髪の毛を握つてがばと跳ね起《おき》る。中庭の隅では鉄を打つ音、鋼《はがね》を鍛へる響《ひびき》、槌《つち》の音やすりの響が聞え出す。戦《たたかい》は日一日と逼《せま》つてくる。

其日《そのひ》の夕暮に一城の大衆が、無下《むげ》に天井の高い食堂に会して晩餐《ばんさん》の卓に就《つ》いた時、戦の時期は愈《いよいよ》狼《おおかみ》将軍の口から発布された。彼は先《ま》づ夜鴉《よがらす》の城主の武士道に背ける罪を数へて一門の面目《めんもく》を保つ為めに七日《なぬか》の夜《よ》を期して、一挙に其《その》城を屠《ほふ》れと叫んだ。其《その》声は堂の四壁《しへき》を一周して、丸く組み合せたる高い天井に突き当ると思はるゝ位大きい。戦は固《もと》より近づきつゝあつた。ヰリアムは戦の近づきつゝあるを覚悟の前で此日《このひ》此夜《このよ》を過ごして居た。去れど今ルーファスの口から愈七日《なぬか》の後《のち》と聞いた時はさすがの覚悟も蟹《かに》の泡の、蘆《あし》の根を繞《めぐ》らぬ淡き命の如《ごと》くにいづくへか消え失《う》せて仕舞《しま》つた。夢ならぬを夢と思ひて、思ひ終《おお》せぬ時は、無理ながら事実とあきらめる事もある。去れど其事実を事実と証する程の出来事が驀地《ばくち》に現前せぬうちは、夢と思ふて其日《そのひ》を過すが人の世の習ひである。夢と思ふは嬉《うれ》しく、思はぬがつらいからである。戦は事実であると思案の臍《ほぞ》を堅めたのは昨日《きのう》や今日の事ではない。只《ただ》事実に相違ないと思ひ定めた戦ひが、起らんとして起らぬ為め、であれかしと願ふ夢の思ひは却《かえ》つて「事実になる」の念を抑ゆる事もあつたのであらう。一年は三百六十五日、過ぐるは束《つか》の間《ま》である。七日《なぬか》とは一年の五十分《ぶ》一にも足らぬ。右の手を挙げて左の指を二本加へればすぐに七である。名もなき鬼に襲はれて、名なき故に鬼にあらずと、強《し》いて思ひたるに突然正体を見付けて今更眼力《いまさらがんりき》の違《たが》はぬを口《くち》惜《お》しく思ふ時の感じと異なる事もあるまい。ヰリアムは真青《まつさお》になつた。隣りに坐《ざ》したシワルドが病気かと問ふ。否《いな》と答へて盃《さかずき》を唇につける。充《み》たざる酒の何《なん》に揺れてか縁《ふち》を越して卓の上を流れる。其時《そのとき》ルーファスは再び起《た》つて夜鴉の城を、城の根に張る巌《いわお》もろともに海に落せと盃を眉《まゆ》のあたりに上げて隼《はやぶさ》の如《ごと》く床《ゆか》の上に投げ下《くだ》す。一座の大衆はフラーと叫んで血の如き酒を啜《すす》る。ヰリアムもフラーと叫んで血の如き酒を啜る。シワルドもフラーと叫んで血の如き酒を啜りながら尻目《しりめ》にヰリアムを見る。ヰリアムは独り立つて吾室《わがへや》に帰りて、人の入らぬ様に内側から締りをした。

盾だ愈《いよいよ》盾だとヰリアムは叫びながら室《へや》の中をあちらこちらと歩む。盾は依然として壁に懸《かか》つて居《い》る。ゴーゴン、メヂューサとも較ぶべき顔は例に由《よ》つて天地人《てんちじん》を合せて呪《のろ》ひ、過去現世未来に渉《わた》つて呪ひ、近寄るもの、触るゝものは無論、目に入《い》らぬ草も木も呪ひ悉《つく》さでは已《や》まぬ気色《けしき》である。愈此《この》盾を使はねばならぬかとヰリアムは盾の下にとまつて壁間《へきかん》を仰ぐ。室《へや》の戸を叩《たた》く音のする様な気合《けはい》がする。耳を峙《そばだ》てゝ聞くと何の音でもない。ヰリアムは又内懐《うちぶところ》からクラヽの髪毛《かみげ》を出す。掌《たなごころ》に乗せて眺めるかと思ふと今度はそれを叮嚀《ていねい》に、室《へや》の隅に片寄せてある三本脚の丸いテーブルの上に置いた。ヰリアムは又内懐へ手を入れて胸の隠しの裏《うち》から何か書付《かきつけ》の様なものを攫《つか》み出す。室《へや》の戸口迄《まで》行つて横にさした鉄の棒の抜けはせぬかと振り動かして見る。締《しまり》は大丈夫である。ヰリアムは丸机に倚《よ》つて取り出した書付を徐《おもむ》ろに開《ひら》く。紙か羊皮《ようひ》か慥《たし》かには見えぬが色合の古び具合から推《お》すと昨今の物ではない。風なきに紙の表てが動くのは紙が己《おの》れと動くのか、持つ手の動くのか。書付の始めには「幻影《まぼろし》の盾の由来」とかいてある。すれたものか文字のあとが微《かす》かに残つて居《い》る許《ばか》りである。「汝《なんじ》が祖ヰリアムは此《この》盾を北の国の巨人に得たり。……」茲《ここ》にヰリアムとあるはわが四世の祖だとヰリアムが独り言ふ。「黒雲《くろくも》の地を渡る日なり。北の国の巨人は雲の内より振り落されたる鬼の如《ごと》くに寄せ来《きた》る。拳《こぶし》の如き瘤《こぶ》のつきたる鉄棒を片手に振り翳《かざ》して骨も摧《くだ》けよと打てば馬も倒れ人も倒れて、地を行《ゆ》く雲に血潮《ちしお》を含んで、鳴る風に火花をも見る。人を斬《き》るの戦《たたかい》にあらず、脳を砕き胴を潰《つぶ》して、人といふ形を滅せざれば已《や》まざる烈《はげ》しき戦なり。……」ヰリアムは猛《たけ》き者共よと眉《まゆ》をひそめて、舌を打つ。「わが渡り合ひしは巨人の中の巨人なり。銅板に砂を塗れる如き顔の中に眼懸《まなこかか》りて稲妻《いなずま》を射《い》る。我を見て南方の犬《いぬ》尾を捲《ま》いて死ねと、かの鉄棒を脳天より下《くだ》す。眼《め》を遮《さえぎ》らぬ空《くう》の二つに裂くる響《ひびき》して、鉄の瘤はわが右の肩先を滑べる。繫《つな》ぎ合せて肩を蔽《おお》へる鋼鉄《はがね》の延板《のべいた》の、尤《もつと》も外に向へるが二つに折れて肉に入《い》る。吾《わ》がうちし太刀《たち》先《さき》は巨人の盾を斜《ななめ》に斫《き》つて戞《かつ》と鳴るのみ。……」ヰリアムは急に眼を転じて盾の方を見る。彼の四世の祖が打ち込んだ刀痕《とうこん》は歴然と残つて居《い》る。ヰリアムは又読み続ける。「われ巨人を切る事三度《みたび》、三度目にわが太刀《たち》は鍔元《つばもと》より三つに折れて巨人の戴《いただ》く甲《かぶと》の鉢金《はちがね》の、内側に歪《ゆが》むを見たり。巨人の椎《つい》を下《くだ》すや四たび、四たび目に巨人の足は、血を含む泥を蹴《け》て、木枯《こがらし》の天狗《てんぐ》の杉を倒すが如《ごと》く、薊《あざみ》の花のゆらぐ中に、落雷も耻《は》ぢよと許《ばか》り鞺《どう》と横たはる。横たはりて起きぬ間《ま》を、疾《と》くも縫へるわが短刀の光を見よ。吾《われ》ながら又なき手柄なり。……」ブラーとヰリアムは小声に云ふ。「巨人は云ふ、老牛の夕陽《せきよう》に吼《ほ》ゆるが如き声にて云ふ。幻影《まぼろし》の盾を南方の竪子《じゆし》に付与す、珍重に護持《ごじ》せよと。われ盾を翳《かざ》して其所以《そのゆえん》を問ふに黙して答へず。強《し》いて聞くとき、彼両手を揚げて北の空を指《ゆびさ》して曰《いわ》く。ワルハラの国オヂンの座に近く、火に溶けぬ黒鉄《くろがね》を、氷の如き白炎に鋳たるが幻影《まぼろし》の盾なり。……」此時《このとき》戸口に近く、石よりも堅き廊下の床を踏みならす音がする。ヰリアムは又起《た》つて扉に耳を付けて聴く。足音は部屋の前を通り越して、次第に遠ざかる下から、壁の射返《いかえ》す響《ひびき》のみが朗《ほが》らかに聞える。何者か暗窖《あんこう》の中へ降りていったのであらう。「此《この》盾何《なん》の奇特《きどく》かあると巨人に問へば曰《いわ》く。盾に願へ、願ふて聴かれざるなし只其《ただその》身を亡ぼす事あり。人に語るな語るとき盾の霊去る。……汝《なんじ》盾を執《と》つて戦《たたかい》に臨めば四囲の鬼神《きじん》汝を呪《のろ》ふことあり。呪はれて後蓋天蓋地《のちがいてんがいち》の大歓喜に逢《あ》ふべし。只盾を伝へ受くるものに此《この》秘密を許すと。南国の人此不詳《このふしよう》の具を愛せずと盾を棄《す》てゝ去らんとすれば、巨人手を振つて云ふ。われ今浄土ワルハラに帰る、幻影《まぼろし》の盾を要せず。百年の後《のち》南方に赤衣《せきい》の美人あるべし。其《その》歌の此《この》盾の面《おもて》に触るゝとき、汝《なんじ》の児孫《じそん》盾を抱《いだ》いて抃舞《べんぶ》するものあらんと。……」汝の児孫とはわが事ではないかとヰリアムは疑ふ。表に足音がして室《へや》の戸の前に留《とま》つた様である。「巨人は薊《あざみ》の中に斃《たお》れて、薊の中に残れるは此《この》盾なり」と読み終つてヰリアムが又壁の上の盾を見ると蛇《へび》の毛は又揺《うご》き始める。隙間《すきま》なく纏《もつ》れた中を下へ下へと潜《もぐ》りて盾の裏側迄《まで》抜けはせぬかと疑はるゝ事もあり、又上へ上へともがき出て五寸の円の輪廓丈《りんかくだけ》が盾を離れて浮き出はせぬかと思はるゝ事もある。下に動くときも上に揺《ゆ》り出す時も同じ様に清水が滑《なめ》らかな石の間《あいだ》を縈《めぐ》る時の様な音が出る。只其《その》音が一本々々の毛が鳴つて一束《ひとたば》の音にかたまつて耳朶《じだ》に達するのは以前と異なる事はない。動くものは必ず鳴ると見えるに、蛇の毛は悉《ことごと》く動いて居《い》るから其《その》音も蛇の毛の数丈はある筈《はず》であるが——如何《いか》にも低い。前の世の耳語《ささや》きを奈落の底から夢の間《ま》に伝へる様に聞かれる。ヰリアムは茫然《ぼうぜん》として此《この》微音を聞いて居《い》る。戦《いくさ》も忘れ、盾も忘れ、我身をも忘れ、戸口に人足《ひとあし》の留《とま》つたも忘れて聞いて居《い》る。こと〳〵と戸を敲《たた》くものがある。ヰリアムは魔がついた様な顔をして動かうともしない。こと〳〵と再び敲く。ヰリアムは両手に紙片を捧《ささ》げたまゝ椅子《いす》を離れて立ち上る。夢中に行《ゆ》く人の如《ごと》く、身を向けて戸口の方《かた》に三歩許《ばか》り近寄る。眼《め》は戸の真中《まんなか》を見て居《い》るが瞳孔《どうこう》に写つて脳裏に印する影は戸ではあるまい。外の方《かた》では気が急《せ》くか、厚い樫《かし》の扉を拳《こぶし》にて会釈《えしやく》なく夜陰《やいん》に響けと叩《たた》く。三度目に敲いた音が、物静かな夜《よる》を四方に破つたとき、偶像の如きヰリアムは氷盤を空裏《くうり》に撃砕《げきさい》する如く一時《いちじ》に吾《われ》に返つた。紙片を急に懐《ふところ》へかくす。敲《たた》く音は益《ますます》逼《せま》つて絶間なく響く。開けぬかと云ふ声さへ聞える。

「戸を敲くは誰《た》ぞ」と鉄の栓張《しんばり》をからりと外す。切り岸の様な額《ひたい》の上に、赤黒き髪の斜めにかゝる下から、鋭どく光る二つの眼《まなこ》が遠慮なく部屋の中へ進んで来る。

「わしぢや」とシワルドが、進めぬ先から腰懸《こしかけ》の上にどさと尻《しり》を卸《おろ》す。「今日の晩食に顔色が悪う見えたから見舞に来た」と片足を宙にあげて、残れる膝《ひざ》の上に置く。

「左《さ》した事もない」とヰリアムは瞬《また》きして顔をそむける。

「夜鴉《よがらす》の羽搏《はばた》きを聞かぬうちに、花多き国に行《ゆ》く気はないか」とシワルドは意味有気《ありげ》に問ふ。

「花多き国とは？」

「南の事ぢや、トルバダウの歌の聞ける国ぢや」

「主《ぬし》がいに度《たい》と云ふのか」

「わしは行《ゆ》かぬ、知れた事よ。もう六つ、日の出を見れば、夜鴉の栖《す》を根から海へ蹴《け》落《おと》す役目があるは。日の永い国へ渡つたら主の顔色が善《よ》くならうと思ふての親切からぢや。ワハゝゝゝ」とシワルドは傍若無人《ぼうじやくぶじん》に笑ふ。

「鳴かぬ烏《からす》の闇に滅《め》り込む迄《まで》は……」と六尺一寸の身をのして胸板《むないた》を拊《う》つ。

「霧深い国を去らぬと云ふのか。其金色《そのきんいろ》の髪の主《ぬし》となら満更嫌《まんざら》でもあるまい」と丸テーブルの上を指《ゆび》さす。テーブルの上にはクラヽの髪が元の如《ごと》く乗つて居《い》る。内懐《うちぶところ》へ収めるのをつひ忘れた。ヰリアムは身を伸《の》した儘口籠《ままくちごも》る。

「鴉《からす》に交《まじ》る白い鳩《はと》を救ふ気はないか」と再び叢中《そうちゆう》に蛇《へび》を打つ。

「今から七日《なぬか》過ぎた後《あと》なら……」と叢中の蛇は不意を打《うた》れて已《やむ》を得ず首を擡《もた》げかゝる。

「鴉を殺して鳩丈《だけ》生かさうと云ふ注文か……夫《それ》は少し無理ぢや。然《しか》し出来ぬ事もあるまい。南から来て南へ帰る船がある。待てよ」と指を折る。「さうぢや六日目《むいかめ》の晩には間に合ふだらう。城の東の船付場《ふなつきば》へ廻《まわ》して、あの金色《きんいろ》の髪の主《ぬし》を乗せやう。不断は帆柱の先に白い小旗を揚げるが、女が乗つたら赤に易《か》へさせやう。軍《いく》さは七日目《なぬかめ》の午過《ひるすぎ》からぢや、城を囲めば港が見える。柱の上に赤が見えたら天下太平……」

「白が見えたら……」とヰリアムは幻影《まぼろし》の盾を睨《にら》む。夜叉《やしや》の髪の毛は動きもせぬ、鳴りもせぬ。クラヽかと思ふ顔が一寸《ちよつと》見えて又もとの夜叉に返る。

「まあ、よいは、何《ど》うにかなる心配するな。夫《それ》よりは南の国の面白い話でもせう」とシワルドは渋色の髭《ひげ》を無雑作に掻《か》いて、若き人を慰める為か話頭《わとう》を転ずる。

「海一つ向《むこう》へ渡ると日の目が多い、暖かぢや。夫《それ》に酒が甘《うま》くて金《かね》が落ちて居《い》る。土《つち》一升《しよう》に金《かね》一升……うそぢや無い、本間《ほんま》の話ぢや。手を振るのは聞きとも無いと云ふのか。もう落付いて一所に話す折もあるまい。シワルドの名残《なごり》の談義だと思ふて聞いて呉《く》れ。さう滅入《めい》らんでもの事よ」宵に浴びた酒の気がまだ醒《さ》めぬのかゲーと臭いのをヰリアムの顔に吹きかける。「いや是《これ》は御無礼……何を話す積りであつた。おゝ夫《それ》だ、其《その》酒の湧《わ》く、金の土に交《まじ》る海の向《むこう》での」とシワルドはヰリアムを覗《のぞ》き込む。

「主《ぬし》が女に可愛《かあい》がられたと云ふのか」

「ワハヽヽ女にも数多《あまた》近付《ちかづき》はあるが、それぢやない。ボーシイルの会を見たと云ふ事よ」

「ボーシイルの会?」

「知らぬか。薄黒い島国に住んで居ては、知らぬも道理ぢや。プロヴンサルの伯とツールースの伯の和睦《わぼく》の会はあちらで誰れも知らぬものはないぞよ」

「ふむ夫《それ》が?」とヰリアムは浮かぬ顔である。

「馬は銀の沓《くつ》をはく、狗《いぬ》は珠《たま》の首輪をつける……」

「金《きん》の林檎《りんご》を食《く》ふ、月の露《つゆ》を湯に浴びる……」と平《たい》らかならぬ人のならひ、ヰリアムは嘲《あざけ》る様に話の糸を切る。

「まあ水を指さずに聴け。うそでも興があらう」と相手は切れた糸を接《つな》ぐ。

「試合の催しがあると、シミニアンの太守が二十四頭の白牛《はくぎゆう》を駆つて埒《らち》の内を奇麗に地ならしする。ならした後《あと》へ三万枚の黄金《おうごん》を蒔《ま》く。するとアグーの太守がわしは勝ち手にとらせる褒美《ほうび》を受持たうと十万枚の黄金を加へる。マルテロはわしは御馳走役《ごちそうやく》ぢやと云ふて蠟燭《ろうそく》の火で煮焼《にたき》した珍味を振舞ふて、銀の皿小鉢を引出物に添へる」

「もう沢山《たくさん》ぢや」とヰリアムが笑ひながら云ふ。

「ま一つぢや。仕舞《しまい》にレイモンが今迄《まで》誰も見た事のない遊びをやると云ふて先《ま》づ試合の柵の中へ三十本の杭《くい》を植ゑる。夫《そ》れに三十頭の名馬を繫《つな》ぐ。裸馬《はだかうま》ではない鞍《くら》も置き鐙《あぶみ》もつけ轡《くつわ》手綱《たづな》の華奢《きやしや》さへ尽してぢや。よいか。そして其真中《そのまんなか》へ鎧《よろい》、刀《かたな》是《これ》も三十人分、甲《かぶと》は無論小手《こて》脛当《すねあて》迄添へて並べ立てた。金高《かねだか》にしたらマルテロの御馳走よりも、嵩《かさ》が張らう。夫《それ》から囲《まわ》りへ薪《たきぎ》を山の様に積んで、火を掛けての、馬も具足も皆焼いて仕舞《しま》ふた。何とあちらのものは豪興《ごうきよう》をやるではないか」と話し終つてカラ〳〵と心地よげに笑ふ。

「さう云ふ国へ行つて見よと云ふに主《ぬし》も余程意地張《いじば》りだなあ」と又ヰリアムの胸の底へ探りの石を投げ込む。

「そんな国に黒い眼《め》、黒い髪の男は無用ぢや」とヰリアムは自《みずか》ら嘲《あざけ》る如《ごと》くに云ふ。

「矢張《やは》り其金色《きんいろ》の髪の主《ぬし》の居《い》る所が恋しいと見えるな」

「言ふ迄もない」とヰリアムは屹《きつ》となつて幻影《まぼろし》の盾を見る。中庭の隅で鉄を打つ音、鋼《はがね》を鍛へる響《ひびき》、槌《つち》の音、ヤスリの響が聞え出す。夜《よ》はいつの間にかほの〴〵と明け渡る。

七日《なぬか》に逼《せま》る戦《たたかい》は一日の命を縮めて愈《いよいよ》六日となつた。ヰリアムはシーワルドの勧むる儘《まま》にクラヽへの手紙を認《したた》める。心が急《せ》くのと、わきが騒がしいので思ふ事の万分《まんぶ》一も書けぬ。「御身《おんみ》の髪は猶《なお》わが懐《ふところ》にあり、只此《ただこの》使《つかい》と逃げ落ちよ、疑へば魔多し」とばかりで筆を擱《お》く。此《この》手紙を受取つてクラヽに渡す者はいづこの何者か分らぬ。其《その》頃流行《はや》る楽人《がくじん》の姿となつて夜鴉《よがらす》の城に忍び込んで、戦《いくさ》あるべき前の晩にクラヽを奪ひ出して舟に乗せる。万一手順が狂へば隙《すき》を見て城へ火をかけても志《こころざし》を遂げる。是丈《これだけ》の事はシーワルドから聞いた、其《その》あとは……幻影《まぼろし》の盾のみ知る。

逢《あ》ふはうれし、逢はぬは憂《う》し。憂し嬉《うれ》しの源から珠《たま》を欺《あざむ》く涙が湧《わ》いて出る。此《この》清き者に何故《なぜ》流れるぞと問へば知らぬと云ふ。知らぬとは自然と云ふ意か。マリアの像の前に、跪《ひざまず》いて祈願を凝《こら》せるヰリアムが立ち上つたとき、長い睫《まつげ》がいつもより重た気《げ》に見えたが、なぜ重いのか彼にも分らなかつた。誠は誠を自覚すれども其他《そのた》を知らぬ。其夜《そのよ》の夢に彼れは五彩の雲に乗るマリアを見た。マリアと見えたるはクラヽを祭れる姿で、クラヽとは地に住むマリアであらう。祈らるゝ神、祈らるゝ人は異なれど、祈る人の胸には神も人も同じ願《ねがい》の影法師に過ぎぬ。祭る聖母は恋ふ人の為め、人恋ふは聖母に跪《ひざまず》く為め。マリアとも云へ、クラヽとも云へ。ヰリアムの心の中《うち》に二つのものは宿らぬ。宿る余地あらば此《この》恋は嘘の恋ぢや。夢の続《つづき》か中庭の隅で鉄を打つ音、鋼《はがね》を鍛へる響、槌の音、ヤスリの響《ひびき》が聞えて、例の如《ごと》く夜《よ》が明ける。戦《たたかい》は愈《いよいよ》せまる。

五日目から四日目に移るは俯《ふ》せたる手を翻《ひる》がへす間《ま》と思はれ、四日目から三日目に進むは翻がへす手を故《もと》に還《かえ》す間《ま》と見えて、三日、二日より愈《いよいよ》戦の日を迎へたるときは、手さへ動かすひまなきに襲ひ来る如く感ぜられた。「飛ばせ」とシーワルドはヰリアムを顧みて云ふ。並ぶ轡《くつわ》の間《あいだ》から鼻嵐《はなあらし》が立つて、二つの甲《かぶと》が、月下に躍《おど》る細鱗《さいりん》の如く秋の日を射返《いかえ》す。「飛ばせ」とシーワルドが踵《かかと》を半ば馬の太腹《ふとばら》に蹴込《けこ》む。二人の頭《かしら》の上に長く挿《さ》したる真白な毛が烈しく風を受けて、振り落さるゝ迄《まで》に靡《なび》く。夜鴉《よがらす》の城壁を斜めに見て、小高き丘に飛ばせたるシーワルドが右手《めて》を翳《かざ》して港の方《かた》を望む。「帆柱に掲《かか》げた旗は赤か白か」と後れたるヰリアムは叫ぶ。「白か赤か、赤か白か」と続け様《ざま》に叫ぶ。鞍壷《くらつぼ》に延び上つたるシーワルドは体《たい》をおろすと等しく馬を向け直して一散に城門の方《かた》へ飛ばす。「続け、続け」とヰリアムを呼ぶ。「赤か、白か」とヰリアムは叫ぶ。「阿呆《あほう》、丘へ飛ばすより濠《ほり》の中へ飛ばせ」とシーワルドは只管《ひたすら》に城門の方《かた》へ飛ばす。港の入口には、埠頭《ふとう》を洗ふ浪《なみ》を食《く》つて、胴の高い船が心細く揺れて居《い》る。魔に襲はれて夢安からぬ有様である。左右に低き帆柱を控へて、中に高き一本の真上には――「白だツ」とヰリアムは口の内で言ひながら前歯で唇を噛《か》む。折柄《おりから》戦の声は夜鴉の城を撼《ゆる》がして、淋《さび》しき海の上に響く。

城壁の高さは四丈《よじよう》、丸櫓《まるやぐら》の高さは之《これ》を倍して、所々に壁を突き抜いて立つ。天の柱が落ちて其真中《そのまんなか》に刺された如く見ゆるは本丸《ほんまる》であらう。高さ十九丈壁の厚《あつさ》は三丈四尺、之を四階に分《わか》つて、最上の一層にのみ窓を穿《うが》つ。真上より真下に降《くだ》る井戸の如き道ありて、所謂《いわゆる》ダンジヨンは尤《もつと》も低く尤も暗き所に地獄と壁一重《かべひとえ》を隔てゝ設けらるゝ。本丸の左右に懸け離れたる二つの櫓は本丸の二階から屋根付の橋を渡して出入《しゆつにゆう》の便りを計る。櫓を環《めぐ》る三々五々の建物には厩《うまや》もある。兵士の住居《すまい》もある。乱を避くる領内の細民が隠るゝ場所もある。後ろは切岸《きりぎし》より、に海の鳴る音を聞き、砕くる浪《なみ》の花の上に舞ひ下《さが》りては舞ひ上《あが》る鷗《かもめ》を見る。前は牛を呑《の》むアーチの暗き上より、石に響く扉を下《おろ》して、刎橋《はねばし》を鉄鎖《てつさ》に引けば人の踰《こ》えぬ濠《ほり》である。

濠を渡せば門も破らう、門を破れば天主も抜かう、志《こころざし》ある方《かた》に道あり、道ある方に向へとルーファスは打ち壊したる扉の隙《すき》より、黒金《くろがね》につゝめる狼《おおかみ》の顔を会釈《えしやく》もなく突き出す。あとに続けと一人が従へば、尻《しり》を追へと又一人が進む。一人二人の後《あと》は只我先《ただわれさき》にと乱れ入《い》る。むく〳〵と湧《わ》く清水に、こまかき砂の浮き上《あが》りて一度に漾《ただよ》ふ如《ごと》く見ゆる。壁の上よりは、ありとある弓を伏せて蝟《い》の如く寄手《よせて》の鼻頭《はなさき》に、鉤《かぎ》と曲る鏃《やじり》を集める。空を行《ゆ》く長き箭《や》の、一矢毎《ひとやごと》に鳴りを起せば数千の鳴りは一《ひ》と塊《かたま》りとなつて、地上に蠢《うごめ》く黒影《こくえい》の響《ひびき》に和して、時ならぬ物音に、沖の鷗を驚かす。狂へるは鳥のみならず。秋の夕日を受けつ潜《くぐ》りつ、甲《かぶと》の浪鎧《よろい》の浪が寄せては崩れ、崩れては退《ひ》く。退くときは壁の上櫓《やぐら》の上より、傾く日を海の底へ震ひ落す程の鬨《とき》を作る。寄するときは甲の浪、鎧の浪の中より、吹き捲《ま》くる大風《おおかぜ》の息の根を一時《いちじ》にとめるべき声を起す。退く浪《なみ》と寄する浪の間《あいだ》にヰリアムとシーワルドがはたと行き逢《あ》ふ。「生きて居《お》るか」とシーワルドが剣《つるぎ》で招けば、「死ぬ所ぢや」とヰリアムが高く盾を翳《かざ》す。右に峙《そばだ》つ丸櫓《まるやぐら》の上より飛び来る矢が戛《かつ》と夜叉《やしや》の額《ひたい》を掠《かす》めてヰリアムの足の下へ落つる。此時《このとき》崩れかゝる人浪《ひとなみ》は忽《たちま》ち二人の間《あいだ》を遮《さえぎ》つて、鉢金《はちがね》を蔽《おお》ふ白毛《はくもう》の靡《なび》きさへ、暫《しば》くの間《ま》に、旋《めぐ》る渦《うずまき》の中に捲《ま》き込まれて見えなくなる。戦《たたかい》は午《ご》を過ぐる二た時余りに起つて、五時と六時の間《あいだ》にも未《ま》だ方付《かたづ》かぬ。一度《ひとた》びは猛《たけ》き心に天主をも屠《ほふ》る勢《いきおい》であつた寄手《よせて》の、何《なん》にひるんでか蒼然《そうぜん》たる夜《よる》の色と共に城門の外へなだれながら吐き出される。搏《う》つ音の絶えたるは一時《いちじ》の間《ま》か。暫《しば》らくは鳴りも静まる。

日は暮れ果てゝ黒き夜《よ》の一寸《すん》の隙間《すきま》なく人馬《じんば》を蔽ふ中に、砕くる波の音が忽ち高く聞える。忽ち聞えるは始めて海の鳴るにあらず、吾《わ》が鳴りの暫らく已《や》んで空《むな》しき心の迎へたるに過ぎぬ。此《この》浪の音は何里の沖に萌《きざ》して此《この》磯の遠きに崩るゝか、思へば古き響きである。時の幾代《いくよ》を揺《ゆる》がして知られぬ未来に響く。日を捨てず夜《よ》を捨てず、二六時中繰り返す真理は永劫《えいごう》無極の響きを伝へて剣《つるぎ》打つ音を嘲《あざけ》り、弓引く音を笑ふ。百と云ひ千と云ふ人の叫びの、果敢《はか》なくて憐《あわれ》むべきを罵《ののし》るときかれる。去れど城を守るものも、城を攻むるものも、おのが叫びの纔《わず》かにやんで、此《この》深き響きを不用意に聞き得たるとき耻《は》づかしと思へるはなし。キリアムは盾に凝《こ》る血の痕《あと》を見て「汝《なんじ》われをも呪《のろ》ふか」と剣《つるぎ》を以て三たび夜叉《やしゃ》の面《おもて》を叩《たた》く。ルーファスは「烏《からす》なれば闇にも隠れん月照らぬ間《ま》に斬《き》つて棄《す》てよ」と息捲《いきま》く。シワルドばかりは額《ひたい》の奥に嵌《は》め込まれたる如《ごと》き双の眼《まなこ》を放つて高く天主を見詰めたるまゝ一言《ひとこと》もいはぬ。

海より吹く風、海へ吹く風と変りて、砕くる浪《なみ》と浪の間《あいだ》にも新たに天地の響《ひびき》を添へる。塔を繞《めぐ》る音、壁にあたる音の次第に募ると思ふうち、城の内にて俄《にわ》かに人の騒ぐ気合《けはい》がする。それが漸々烈敷《だんだんはげしく》なる。千里の深きより来《きた》る地震の秒を刻み分を刻んで押し寄せるなと心付《こころづ》けば其《それ》が夜鴉《よがらす》の城の真下で破裂したかと思ふ響がする。——シワルドの眉《まゆ》は毛虫を撲《う》ちたるが如く反り返る。——櫓《やぐら》の窓から黒烟《くろけむ》りが吹き出す。夜《よる》の中に夜よりも黒き烟りがむく〳〵と吹き出す。狭き出口を争ふが為めか、烟《けむり》の量は見る間《ま》に増して前なるは押され、後《あと》なるは押し、並ぶは互《たがい》に譲るまじとて同時に溢《あふ》れ出《い》づる様《さま》に見える。吹き募る野分《のわき》は真《ま》ともに烟を砕いて、丸く渦《うず》を巻いて迸る鼻《ほとばし》を、元の如く窓へ圧《お》し返さうとする。風に喰《く》ひ留《と》められた渦は一度になだれて空に流れ込む。暫《しばら》くすると吹き出す烟りの中に火の粉《こ》が交《まじ》り出す。夫《それ》が見る間《ま》に殖《ふ》える。殖えた火の粉は烟諸共《もろとも》風に捲《ま》かれて大空に舞ひ上《あが》る。城を蔽《おお》ふ天の一部が櫓を中心として大《だい》なる赤き円を描いて、其《その》円は不規則に海の方《かた》へと動いて行《ゆ》く。火の粉を梨地《なしじ》に点じた薪絵《まきえ》の、瞬時の断間《たえま》もなく或《あるい》は消え或《あるい》は輝きて、動いて行《ゆ》く円の内部は一点として活きて動かぬ箇所はない。——「占めた」とシワルドは手を拍《う》つて雀躍《こおどり》する。

黒烟りを吐き出して、吐き尽したる後《あと》は、太き火燄《かえん》が棒となつて、熱を追ふて突き上《あが》る風諸共《もろとも》、夜の世界に流矢《ながれや》の疾《と》きを射《い》る。飴《あめ》を煮《に》て四斗樽大《しとだるだい》の喞筒《ポンプ》の口から大空に注《そそ》ぐとも形容される。沸《た》ぎる火の闇に詮なく消ゆるあとより又沸ぎる火が立ち騰《のぼ》る。深き夜《よ》を焦《こが》せとばかり煮え返る燄《ほのお》の声は、地にわめく人の叫びを小癪《こしやく》なりとて空一面に鳴り渡る。鳴る中に燄は砕けて砕けたる粉《こ》が舞ひ上《あが》り舞ひ下《さが》りつゝ海の方《かた》へと広がる。濁る波の憤《いきどお》る色は、怒《いか》る響《ひびき》と共に薄黒く認めらるゝ位なれば櫓の周囲は、煤《すす》を透《とお》す日に照《てら》さるゝよりも明かである。一枚の火の、丸形《まるがた》に櫓を裹《つつ》んで飽き足らず、横に這《は》ふて堞《ひめがき》の胸先《むなさき》にかゝる。炎は尺を計つて左へ左へと延びる。たまく〳〵一陣の風吹いて、逆に舌先を払へば、左へ行《ゆ》くべき鋒《ほこさき》を転じて上に向ふ。旋《めぐ》る風なれば後ろより不意を襲ふ事もある。順に撫《な》でゝ燄を馳《か》け抜ける時は上に向へるが又向き直りて行《ゆ》き過ぎし風を追ふ。左へ左へと溶けたる舌は見る間《ま》に長くなり、又広くなる。果《はて》は此所《ここ》にも一枚の火が出来る、かしこにも一枚の火が出来る。火に包まれたる堞の上を黒き影が行《ゆ》きつ戻りつする。たまには暗き上から明るき中へ消えて入つたぎり再び出て来ぬのもある。

焦《や》け爛《ただ》れたる高櫓《たかやぐら》の、機熟してか、吹く風に逆《さから》ひてしばらくは燄《ほのお》と共に傾くと見えしが、奈落迄《まで》も落ち入らでやはと、三分《ぶ》二を岩に残して、倒《さか》しまに崩れかゝる。取巻く燄の一度にパツと天地を燬《や》く時、堞《ひめがき》の上に火の如《ごと》き髪を振り乱して佇《たたず》む女がある。「クラヽ！」とヰリアムが叫ぶ途端に女の影は消える。焼け出された二頭の馬が鞍付《くらつき》のまゝ宙を飛んで来る。

疾《と》く走る尻尾《しりお》を攫《つか》みて根元よりスパと抜ける体《てい》なり、先なる馬がヰリアムの前にて礑《はた》ととまる。とまる前足に力余りて堅き爪《つめ》の半ばは、斜めに土に喰《く》ひ入る。盾に当る鼻づらの、二寸を隔てゝ夜叉《やしゃ》の面《おもて》に火の息を吹く。「四つ足も呪《のろ》はれたか」とヰリアムは我とはなしに鬣《たてがみ》を握りてひらりと高き脊に跨《また》がる。足乗せぬ鐙《あぶみ》は手持無沙汰《さた》に太腹《ふとばら》を打つて宙に躍《おど》る。此時《このとき》何物か「南の国へ行《ゆ》け」と鉄被る剛《かた》き手を挙げて馬の尻《しり》をしたゝかに打つ。「呪はれた」とヰリアムは馬と共に空《くう》を行《ゆ》く。

ヰリアムの馬を追ふにあらず、馬のヰリアムに追はるゝにあらず、呪ひの走るなり。風を切り、夜《よる》を裂き、大地に疳走《かんばし》る音を刻んで、呪ひの尽くる所迄走るなり。野を走り尽せば丘に走り、丘を走り下れば谷に走り入《い》る。夜《よ》は明けたのか日は高いのか、暮れかゝるのか、雨か、霰《あられ》か、野分《のわき》か、木枯《こがらし》か――知らぬ。呪ひは真一文《まいちもん》字《じ》に走る事を知るのみぢや。前に当るものは親でも許さぬ、石蹴《け》る蹄《ひづめ》には火花が鳴る。行手《ゆくて》を遮《さえぎ》るものは主《しゅ》でも斃《たお》せ、闇吹き散らす鼻嵐を見よ。物凄《ものすご》き音の、物凄き人と馬の影を包んで、あつと見る睫《まつげ》の合はぬ間《ま》に過ぎ去る許《ばか》りぢや。人か馬か形か影かと惑《まど》ふな、只《ただ》呪ひ其物《そのもの》の吼《たけ》り狂ふて行《ゆ》かんと欲する所に行《ゆ》く姿と思へ。

ヰリアムは何里飛ばしたか知らぬ。乗り斃《たお》した馬の鞍《くら》に腰を卸《おろ》して、右手《めて》に額《ひたい》を抑へて何事をか考へ出《いだ》さんと力《つと》めて居《い》る。死したる人の蘇《よみがえ》る時に、昔《むかし》の我と今の我との、あるは別人の如《ごと》く、あるは同人《どうにん》の如く、繋《つな》ぐ鎖《くさ》りは情けなく切れて、然《しか》も何等《なんら》かの関係あるべしと思ひ惑《まど》ふ様《さま》である。半時《はんとき》なりとも死せる人の頭脳には、喜怒哀楽の影は宿るまい。空《むな》しき心のふと吾《われ》に帰りて在《あ》りし昔を想ひ起せば、油然《ゆうぜん》として雲の湧《わ》くが如くに其《その》折々は簇《むら》がり来《きた》るであらう。簇がり来《きた》るものを入《い》るゝ余地あればある程、簇がる物は迅速《じんそく》に脳裏を馳《か》け廻《めぐ》るであらう。ヰリアムが吾に醒《さ》めた時の心が水の如く涼《すず》しかつた丈《だけ》、今思ひ起す彼此《かれこれ》も送迎に遑《いとま》なき迄《まで》、糸と乱れて其《その》頭を悩まして居《い》る。出陣、帆柱の旗、戦《たたかい》……と順を立てゝ排列して見る。皆事実としか思はれぬ。「其次《そのつぎ》に」と頭の奥を探るとぺら〳〵と黄色な焰《ほのお》が見える。「火事だ！」とヰリアムは思はず叫ぶ。火事は構はぬが今心の眼《め》に思ひ浮べた焰の中にはクラヽの髪の毛が漾《ただよ》つて居《い》る。何故《なぜ》あの火の中へ飛び込んで同じ所で死なゝかつたのかとヰリアムは舌打ちをする。「盾の仕業だ」と口の内でつぶやく。見ると盾は馬の頭を三尺許《ばか》り右へ隔てゝ表を空にむけて横《よこた》はつて居《い》る。

「是《これ》が恋の果《はて》か、呪《のろ》ひが醒《さ》めても恋は醒めぬ」とヰリアムは又額《ひたい》を抑へて、己《おの》れを煩悶《はんもん》の海に沈める。海の底に足がついて、世に疎《うと》き迄思ひ入《い》るとき、何処《いずく》よりか、微《かす》かなる糸を馬の尾で摩《こす》る様な響《ひびき》が聞える。睡《ねむ》るヰリアムは眼を開《ひら》いてあたりを見廻《みまわ》す。こゝは何処《いずく》とも分らぬが、目の届く限りは一面の林である。林とは云へ、枝を交《まじ》へて高き日を遮《さえ》ぎる一抱へ二抱への大木《たいぼく》はない。木は一坪に一本位の割で其大《そのおお》きさも径六七寸位のものゝみであらう。不思議にもそれが皆同じ樹《き》である。枝が幹の根を去る六尺位の所から上を向いて、しなやかな線を描いて生えて居《い》る。其《その》枝が聚《あつ》まつて、中が膨れ、上が尖《と》がつて欄干《らんかん》の擬宝珠《ぎぼうしゅ》か、筆の穂の水を含んだ形状《けいじょう》をする。枝の悉《ことごと》くは丸い黄な葉を以て隙間《すきま》なき迄に綴《つづ》られて居《い》るから、枝の重なる筆の穂は色の変る、面長《おもなが》な葡《ぶ》萄《どう》の珠《たま》で、穂の重なる林の態《さま》は葡萄の房の累々《るいるい》と連なる趣きがある。下より仰げば少し宛《ずつ》は空も青く見らるゝ。只《ただ》眼を放つ遥か向《むこう》の果《はて》に、樹《き》の幹が互《たがい》に近づきつ、遠《とお》かりつ黒く並ぶ間《あいだ》に、澄み渡る秋の空が鏡の如《ごと》く光るは心行《ゆ》く眺めである。時々鏡の面《おもて》を羅《うすもの》が過ぎ行様《ゆくさま》迄横から見える。地面は一面の苔《こけ》で秋に入《い》つて稍《やや》黄食《ば》んだと思はれる所もあり、又は薄茶に枯れかゝつた辺もあるが、人の踏んだ痕《あと》がないから、黄は黄なり、薄茶は薄茶の儘《まま》、苔と云ふ昔《むか》しの姿を存《そん》して居《い》る。こゝかしこに歯朶《しだ》の茂りが平《たいら》かな面を破つて幽情《ゆうじょう》を添へる許《ばか》りだ。鳥も鳴かぬ風も渡らぬ。寂然《せきぜん》として太古の昔を至る所に描き出して居《い》るが、樹の高からぬのと秋の日の射透《いとお》すので、左《さ》程《ほど》静かな割合に怖しい感じが少ない。其《その》秋の日は極めて明かな日である。真上から林を照らす光線が、かの丸い黄な無数の葉を一度に洗つて、林の中は存外明るい。葉の向きは固《もと》より一様でないから、日を射返《いかえ》す具合も悉《ことごと》く違ふ。同じ黄ではあるが透明、半透明、濃き、薄き、様々の趣向を夫々《それぞれ》に凝《こら》して居《い》る。其《そ》れが乱れ、雑《まじ》り、重なつて苔の上を照らすから、林の中に居《い》るものは琥珀《こはく》の屏《びょう》を繞《めぐ》らして間接に太陽の光りを浴びる心地である。ヰリアムは醒《さ》めて苦しく、夢に落付くといふ容子《ようす》に見える。糸の音《ね》が再び落ちつきかけた耳朶《じだ》に響く。今度は怪しき音の方へ眼《め》をむける。幹をすかして空の見える反対の方角を見ると——西か東か無論わからぬ——爰許《ここばか》りは木が重なり合《おう》て一畝《ひとせ》程は際立《きわだ》つ薄暗さを地に印《いん》する中に池がある。池は大きくはない、出来損ひの瓜《うり》の様に狭き幅を木陰に横たへて居《い》る。是《これ》も太古の池で中に湛《たた》えるのは同じく太古の水であらう、寒気がする程青い。いつ散つたものか黄な小さき葉が水の上に浮いて居《い》る。こゝにも天《あめ》が下の風は吹く事があると見えて、浮ぶ葉は吹き寄せられて、所々にかたまつて居《い》る。群を離れて散つて居《い》るのはもとより数へ切れぬ。糸の音《ね》は三たび響く。滑《なめら》かなる坂を、護謨《ゴム》の輪が緩々《ゆるゆる》練り上《あが》る如《ごと》く、低くきより自然に高き調子に移りてはたとやむ。

ヰリアムの腰は鞍《くら》を離れた。池の方に眼を向けた儘《まま》音ある方《かた》へ徐《おもむ》ろに歩を移す。ぼろ〳〵と崩るゝ苔《こけ》の皮の、厚く柔らかなれば、あるく時も、坐《すわ》れる時の如く林の中は森《しん》として静かである。足音に我《わ》が動くを知るものゝ、音なければ動く事を忘るゝか、ヰリアムは歩むとは思はず只《ただ》ふら〳〵と池の汀迄《みぎわまで》進み寄る。池幅《いけはば》の少しく逼《せま》りたるに、臥《ふ》す牛を欺《あざむ》く程の岩が向側《むこうがわ》から半ば岸に沿ふて蹲踞《うづくま》れば、ヰリアムと岩との間《あいだ》は僅《わず》か一丈余ならんと思はれる。其《その》岩の上に一人の女が、眩《まば》ゆしと見ゆる迄紅《くれない》なる衣《ころも》を着て、知らぬ世の楽器を弾くともなしに弾いて居《い》る。碧《みど》り積む水が肌に沁《し》む寒き色の中に、此《この》女の影を倒《さか》しまに蘸《ひた》す。投げ出《いだ》したる足の、長き裳《もすそ》に隠《か》くるゝ末《すえ》迄明かに写る。水は元より動かぬ、女も動かねば影も動かぬ。只《ただ》弓を擦《す》る右の手が糸に沿ふてゆるく揺《うご》く。頭《かしら》を纏《まと》ふ、糸に貫《つらぬ》いた真珠の飾りが、湛然《たんぜん》たる水の底に明星程の光を放つ。黒き眼《め》の黒き髪の女である。クラヽとは似ても似つかぬ。女はやがて歌ひ出す。

「岩の上なる我《われ》がまことか、水の下なる影がまことか」

清く淋《さび》しい声である。風の度《わた》らぬ梢《こずえ》から黄な葉がはら〳〵と赤き衣《ころも》にかゝりて、池の面《おもて》に落ちる。静かな影がちよと動いて、又元に還《かえ》る。ヰリアムは茫然《ぼうぜん》として佇《たた》ずむ。

「まことゝは思ひ詰めたる心の影を。心の影を偽りと云ふが偽り」女静かに歌ひやんで、ヰリアムの方《かた》を顧みる。ヰリアムは瞬《またた》きもせず女の顔を打ち守る。


「恋に口惜《くや》しき命の占《うら》を、盾に問へかし、まぼろしの盾」

ヰリアムは崖《がけ》を飛ぶ牡鹿《おじか》の如《ごと》く、踵《くびす》をめぐらして、盾をとつて来る。女「只《ただ》懸命に盾の面《おもて》を見給《みたま》へ」と云ふ。ヰリアムは無言の儘《まま》盾を抱《いだ》いて、池の縁《ふち》に坐《すわ》る。寥廓《りょうかく》なる天の下、蕭瑟《しょうしつ》なる林の裏《うち》、幽冷《ゆうれい》なる池の上に音と云ふ程の音は何《なん》にも聞えぬ。只ヰリアムの見詰めたる盾の内輪《ないりん》が、例の如く環《めぐ》り出すと共に、昔《むか》しながらの微《かす》かな声が彼の耳を襲ふのみである。「盾の中《うち》に何をか見る」と女は水の向《むこう》より問ふ。「ありとある蛇《へび》の毛の動くは」とヰリアムが眼《め》を放たずに答へる。「物音は?」「鵞筆《がひつ》の紙を走る如くなり」

「迷ひては、迷ひてはしきりに動く心なり、音なき方《かた》に音をな聞きそ、音をな聞きそ」と女半ば歌ふが如く、半ば語るが如く、岸を隔てゝヰリアムに向けて手を波の如くふる。動く毛の次第にやみて、鳴る音も自《おのず》から絶《た》ゆ。見入る盾の模様は霞《かす》むかと疑はれて程なく盾の面《おもて》に黒き幕かゝる。見れども見えず、聞けども聞えず、常《とこ》闇《やみ》の世に住む我を怪しみて「暗し、暗し」と云ふ。わが呼ぶ声のわれにすら聞かれぬ位幽《かす》かなり。

「闇に烏《からす》を見ずと嘆かば、鳴かぬ声さへ聞かんと恋《こ》はめ、――身をも命も、闇に捨てなば、身をも命も、闇に拾はば、嬉《うれ》しからうよ」と女の歌ふ声が百尺《せき》の壁を洩《も》れて、蜘蛛《くも》の囲《い》の細き通《かよ》ひ路《じ》より来《きた》る。歌はしばし絶えて弓擦《す》る音の風誘ふ遠きより高く低く、ヰリアムの耳に限りなき清涼《せいりょう》の気を吹く。其時《そのとき》暗き中に一点白玉《はくぎょく》の光が点ぜらるゝ。見るうちに大きくなる。闇のひくか、光りの進むか、ヰリアムの眼の及ぶ限りは、四面空蕩《しめんくうとう》万里《ばんり》の層氷《そうひょう》を建て連らねたる如く豁《ほがら》かになる。頭《かしら》を蔽《おお》ふ天もなく、足を乗する地もなく、玲瓏《れいろう》虚無の真中《まなか》に一人立つ。

「君は今いづくに居《お》はすぞ」と遥かに問ふは彼《か》の女の声である。

「無の中《うち》か、有《う》の中《うち》か、玻璃瓶《ハリびん》の中《うち》か」とヰリアムが蘇《よみ》がへれる人の様に答へる。彼の眼はまだ盾を離れぬ。

女は歌ひ出す。「以太利亜《イタリア》の、以太利亜の海紫に夜明けたり」

「広い海がほの〴〵とあけて、……橙色《だいだいいろ》の日が浪《なみ》から出る」とヰリアムが云ふ。彼の眼は猶《なお》盾を見詰めて居《い》る。彼の心には身も世も何もない。只《ただ》盾がある。髪毛《かみげ》の末《すえ》から、足の爪先《つまさき》に至るまで、五臓六腑《ごぞうろっぷ》を挙げ、耳目《じもく》口鼻《こうび》を挙げて悉《ことごと》く幻影《まぼろし》の盾である。彼の総身《そうしん》は盾になり切つて居《い》る。盾はヰリアムでヰリアムは盾である。二つのものが純一無雑《じゆんいつむざつ》の清浄界《しようじようかい》にぴたりと合《お》ふたとき——以太利亜《イタリア》の空は自《おのず》から明けて、以太利亜の日は自から出る。

女は又歌ふ。「帆を張れば、舟も行《ゆ》くめり、帆柱に、何を掲《かか》げて……」

「赤だつ」とヰリアムは盾の中に向つて叫ぶ。「白い帆が山影を横《よこぎ》つて、岸に近づいて来る。三本の帆柱の左右は知らぬ、中なる上に春風《しゆんぷう》を受けて棚曳《たなび》くは、赤だ、赤だクラヽの舟だ」……舟は油の如《ごと》く平《たいら》なる海を滑つて難なく岸に近づいて来る。舳《へさき》に金色《きんいろ》の髪を日に乱して伸び上るは言ふ迄《まで》もない、クラヽである。

こゝは南の国で、空には濃き藍《あい》を流し、海にも濃き藍を流して其中《そのなか》に横《よこた》はる遠山《とおやま》も亦《また》濃き藍を含んで居《い》る。只《ただ》春の波のちよろ〳〵と磯を洗ふ端丈《はしだけ》が際限《さいげん》なく長い一条の白布《はくふ》と見える。丘には橄欖《かんらん》が深緑りの葉を暖かき日に洗はれて、其葉裏《そのはうら》には百千鳥《ももちどり》をかくす。庭には黄な花、赤い花、紫の花、紅《くれない》の花——凡《すべ》ての春の花が、凡ての色を尽くして、咲きては乱れ、乱れては散り、散りては咲いて、冬知らぬ空を誰《たれ》に向つて誇る。

暖かき草の上に二人が坐《すわ》つて、二人共に青絹を敷いた様な海の面《おもて》を遥かの下に眺めて居《い》る。二人共に斑入《ふい》りの大理石の欄干《らんかん》に身を靠《もた》せて、二人共に足を前に投げ出して居《い》る。二人の頭の上から欄干を斜めに林檎《りんご》の枝が花の蓋《かさ》をさしかける。花が散ると、あるときはクラヽの髪の毛にとまり、ある時はヰリアムの髪の毛にかゝる。又ある時は二人の頭と二人の袖《そで》にはら〳〵と一度にかゝる。枝から釣るす籠《かご》の内で鸚鵡《おうむ》が時々けたゝましい音《ね》を出す。

「南方の日の露《つゆ》に沈まぬうちに」とヰリアムは熱き唇をクラヽの唇につける。二人の唇の間《あいだ》に林檎の花の一片《ひとひら》がはさまつて濡《ぬ》れたまゝついて居《い》る。

「此国《このくに》の春は長《とこし》へぞ」とクラヽ窘《たしな》める如くに云ふ。ヰリアムは嬉《うれ》しき声にDruerie! と呼ぶ。クラヽも同じ様に Druerie! と云ふ。籠の中なる鸚鵡が Druerie! と鋭どき声を立てる。遥か下なる春の海もドルエリと答へる。海の向ふの遠山《とおやま》もドルエリと答へる。丘を蔽《おお》ふ凡《すべ》ての橄欖《かんらん》と、庭に咲く黄な花、赤い花、紫の花、紅《くれない》の花——凡ての春の花と、凡ての春の物が皆一斉にドルエリと答へる。——是《これ》は盾の中の世界である。而《しか》してヰリアムは盾である。

　百年の齢《よわ》ひは目出度《めでたく》も難有《ありがた》い。然《しか》しちと退屈ぢや。楽《たのしみ》も多からうが憂《うれい》も長からう。水臭い麦酒《ビール》を日毎《ひごと》に浴びるより、舌を焼く酒精《アルコール》を半滴味はう方が手間がかゝらぬ。百年を十で割り、十年を百で割つて、剰《あま》す所の半時に百年の苦楽を乗じたら矢張《やは》り百年の生を享《う》けたと同じ事ぢや。泰山《たいざん》もカメラの裏《うち》に収まり、水素も冷ゆれば液となる。終生の情けを、分《ふん》と縮め、懸命の甘きを点と凝《こ》らし得《う》るなら——然《しか》しそれが普通の人に出来る事だらうか?——此《この》猛烈な経験を嘗《な》め得たものは古往《こおう》今来ヰリアム一人《いちにん》である。（二月十八日）

（明治三八年四月「ホトトギス」）

薤露行

世に伝ふるマロリーのアーサー物語は簡浄素樸《かんじようそぼく》と云ふ点に於《おい》て珍重すべき書物ではあるが古代のものだから一部の小説として見ると散漫の譏《そしり》は免がれぬ。況《ま》して材を其《その》一局部に取つて纏《まとま》つたものを書かうとすると到底《とうてい》万事原著による訳には行《ゆ》かぬ。従つて此《この》篇の如《ごと》きも作者の随意に事実を前後したり、場合を創造したり、性格を書き直したりして可成《かなり》小説に近いものに改めて仕舞《しま》ふた。主意はこんな事が面白いから書いて見様《みよう》といふので、マロリーが面白いからマロリーを紹介しやうと云ふのではない。其《そ》の積りで読まれん事を希望する。

実を云ふとマロリーの写したランスロットは或る点に於て車夫の如く、ギニギアは車夫の情婦の様な感じがある。此《この》一点丈《だけ》でも書き直す必要は充分あると思ふ。テニソンのアイヂルスは優麗都雅《とが》の点に於て古今の雄篇たるのみならず性格の描写に於ても十九世紀の人間を古代の舞台に躍《おど》らせる様なかきぶりであるから、かゝる短篇を草するには大《おおい》に参考すべき長詩であるは云ふ迄《まで》もない。元来《がんらい》なら記憶を新たにする為め一応読み返す筈《はず》であるが、読むと冥々《めいめい》のうちに真似《まね》がしたくなるからやめた。

一、夢

百、二百、簇《むら》がる騎士は数をつくして北の方《かた》なる試合へと急げば、石に古《ふ》りたるカメロットの館《やかた》には、只王《ただおう》妃《ひ》ギニギアの長く牽《ひ》く衣《ころも》の裾《すそ》の響《ひびき》のみ残る。

薄紅《うすくれない》の一枚をむざと許《ばか》りに肩より投げ懸けて、白き二《に》の腕さへ明らさまなるに、裳《もすそ》のみは軽《かろ》く捌《さば》く珠《たま》の履《くつ》をつゝみて、猶《なお》余りあるを後ろざまに石階《せっかい》の二級に垂れて登る。登り詰めたる階《きざはし》の正面には大いなる花を鈍色《にびいろ》の奥に織り込める戸帳《とばり》が、人なきをかこち顔なる様《さま》にてそよとも動かぬ。ギニギアは幕の前に耳押し付けて一重《ひとえ》向ふに何事をか聴く。聴き了《おわ》りたる横顔を又真向《まむこう》に反《か》へして石段の下を鋭どき眼《め》にて窺《うかが》ふ。濃《こま》やかに斑《ふ》を流したる大理石の上は、こゝかしこに白き薔薇《ばら》が暗きを洩《も》れて和《やわら》かき香りを放つ。君見よと宵に贈れる花輪のいつ摧《くだ》けたる名残《なごり》か。しばらくは吾《わ》が足に纏《まつ》はる絹の音にさへ心置ける人の、何《なん》の思案か、屹《き》と立ち直りて、繊《ほそ》き手の動くと見れば、深き幕の波を描いて、眩《まば》ゆき光り矢の如《ごと》く向ひ側なる室の中よりギニギアの頭《かしら》に戴《いただ》ける冠《かんむり》を照らす。輝けるは眉間《みけん》に中《あた》る金剛石ぞ。

「ランスロット」と幕押し分けたる儘《まま》にて云ふ。天を憚《はば》かり、地を憚かる中に、身も世も入《い》らぬ迄《まで》力の籠《こも》りたる声である。恋に敵なければ、わが戴ける冠を畏《おそ》れず。

「ギニギア！」と応へたるは室の中なる人の声とも思はれぬ程優しい。広き額《ひたい》を半ば埋《うず》めて又捲《ま》き返る髪の、黒きを誇る許《ばか》り乱れたるに、頰《ほお》の色は釣り合はず蒼白《あおじろ》い。

女は幕をひく手をつと放して内に入《い》る。裂目を洩《も》れて斜めに大理石の階段を横切りたる日の光は、一度に消えて、薄暗がりの中に戸帳《とばり》の模様のみ際立《きわだ》ちて見える。左右に開《ひら》く廻廊《かいろう》には円柱《まるばしら》の影の重なりて落ちかゝれども、影なれば音もせず。生きたるは室の中なる二人のみと思はる。

「北の方《かた》なる試合にも参り合せず。乱れたるは額《ひたい》にかゝる髪のみならじ」と女は心ありげに問ふ。晴れかゝりたる眉《まゆ》に晴れがたき雲の蟠《わだか》まりて、弱き笑《わらい》の強《し》ひて憂《うれい》の裏《うち》より洩れ来《き》る。

「贈りまつれる薔薇《ばら》の香《か》に酔ひて」とのみにて男は高き窓より表の方《かた》を見やる。折からの五月である。館《やかた》を繞《めぐ》りて緩《ゆる》く逝《ゆ》く江に千本の柳が明かに影を蘸《ひた》して、空に崩るゝ雲の峯《みね》さへ水の底に流れ込む。動くとも見えぬ白《しら》帆《ほ》に、人あらば節《ふし》面白き舟歌も興《きょう》がらう。河を隔てゝ木《こ》の間《ま》隠れに白く拖《ひ》く筋《すじ》の、一縷《いちる》の糸となつて烟《けむり》に入《い》るは、立ち上《のぼ》る朝日影に蹄《ひづめ》の塵《ちり》を揚げて、けさアーサーが円卓の騎士と共に北の方《かた》へと飛ばせたる本道である。

「うれしきものに罪を思へば、罪長かれと祈る憂《う》き身ぞ。君一人館に残る今日を忍びて、今日のみの縁《えにし》とならばうからまし」と女は安からぬ心の程を口元に見せて、珊瑚《さんご》の唇をぴり〳〵と動かす。

「今日のみの縁とは？　墓に堰《せ》かるゝあの世迄も渝《かわ》らじ」と男は黒き瞳《ひとみ》を返して女の顔を眤《じっ》と見る。

「左《さ》ればこそ」と女は右の手を高く挙げて広げたる掌《てのひら》を竪《たて》にランスロットに向ける。手《て》頸《くび》を纏《まと》ふ黄金《こがね》の腕輪がきらりと輝くときランスロットの瞳は吾《われ》知らず動いた。「左ればこそ！」と女は繰り返す。「薔薇《ばら》の香《か》に酔へる病を、病と許せるは我等二人のみ。このカメロットに集まる騎士は、五本の指を五十度繰り返へすとも数へ難《がた》きに、一人として北に行《ゆ》かぬランスロットの病を疑はぬはなし。束《つか》の間《ま》に危うきを貪《むさぼ》りて、長き逢《お》ふ瀬《せ》の淵《ふち》と変らば……」と云ひながら挙げたる手をはたと落す。かの腕輪は再びきらめいて、玉と玉と撃てる音か、戛然《かつぜん》と瞬時の響《ひびき》を起す。

「命は長き賜物《たまもの》ぞ、恋は命よりも長き賜物ぞ。心安かれ」と男は流石《さすが》に大胆である。

　女は両手を延ばして、戴《いただ》ける冠《かんむり》を左右より抑へて「此《この》冠よ、此《この》冠よ。わが額《ひたい》の焼ける事は」と云ふ。願ふ事の叶《かな》はば此黄金《このこがね》、此珠玉《このたま》の飾りを脱いで窓より下に投げ付けて見ばやといへる様《さま》である。白き腕《かいな》のすらりと絹をすべりて、抑へたる冠の光りの下には、渦を巻く髪の毛の、珠《たま》の輪には抑へ難《がた》くて、頬《ほお》のあたりに靡《なび》きつゝ洩《も》れかゝる。肩にあつまる薄紅《うすくれない》の衣《ころも》の袖《そで》は、胸を過ぎてより豊かなる襞《ひだ》を描《え》がいて、裾《すそ》は強けれども剛《かた》からざる線を三筋《みすじ》程床《ゆか》の上迄《まで》引く。ランスロットは只窈窕《ただようちょう》として眺めて居《い》る。前後を截断《せつだん》して、過去未来を失念したる間《あいだ》に只ギニギアの形のみがありくと見える。

　機微の邃《ふか》きを照らす鏡は、女の有《も》てる凡《すべ》てのうちにて、尤《もっと》も明かなるものと云ふ。苦しきに堪へかねて、われとわが頭《かしら》を抑へたるギニギアを打ち守る人の心は、飛ぶ鳥の影の疾《と》きが如《ごと》くに女の胸にひらめき渡る。苦しみは払ひ落す蜘蛛《くも》の巣と消えて剰《あま》すは嬉《うれ》しき人の情《なさけ》ばかりである。「かくてあらば」と女は危うき間《ひま》に際《きわ》どく擦《す》り込む石火の楽みを、長《とこし》へに続《つ》づけかしと念じて両頬《ほお》に笑《えみ》を滴《したた》らす。

「かくてあらん」と男は始めより思ひ極《きわ》めた態《てい》である。

「されど」と少時《しばし》して女は又口を開《ひら》く。「かくてあらん為め——北の方《かた》なる試合に行《ゆ》き給《たま》へ。けさ立てる人々の蹄《ひづめ》の痕《あと》を追ひ懸けて病癒えぬと申し給へ。此頃《このごろ》の蔭口、二人をつゝむ疑《うたがい》の雲を晴し給へ」

「左《さ》程《ほど》に人が怖くて恋がなろか」と男は乱るゝ髪を広き額《ひたい》に払つて、わざと乍《なが》らからくと笑ふ。高き室の静かなる中に、常ならず快からぬ響《ひびき》が伝はる。笑へるははたと已《や》めて「此帳《このとばり》の風なきに動くさうな」と室の入口迄《まで》歩を移してことさらに厚き幕を揺《ゆ》り動かして見る。あやしき響《ひびき》は収まって寂寞《じゃくまく》の故《もと》に帰る。

「宵見《よべ》し夢の——夢の中なる響の名残《なごり》か」と女の顔には忽《たちま》ち紅《こう》落ちて、冠《かんむり》の星はきら〳〵と震ふ。男も何事か心躁《さわ》ぐ様《さま》にて、ゆふべ見しと云ふ夢を、女の物語らする。

「薔薇《ばら》咲く日なり。白き薔薇と、赤き薔薇と、黄なる薔薇の間《あいだ》に臥《ふ》したるは君とわれのみ。楽しき日は落ちて、楽しき夕暮の薄明りの、尽くる限りはあらじと思ふ。その時に戴《いただ》けるは此冠《このかんむり》なり」と指を挙げて眉間《みけん》をさす。冠の底を二重にめぐる一疋《ぴき》の蛇《へび》は黄金《こがね》の鱗《うろこ》を細かに身に刻んで、擡《もた》げたる頭《かしら》には青玉《せいぎょく》の眼《がん》を嵌《は》めてある。

「わが冠の肉に喰《く》ひ入る許《ばか》り焼けて、頭《かしら》の上に衣擦《きぬず》る如《ごと》き音を聞くとき、此黄金《このこがね》の蛇はわが髪を繞《めぐ》りて動き出す。頭《かしら》は君の方《かた》へ、尾はわが胸のあたりに。波の如くに延びるよと見る間《ま》に、君とわれは腥《なまぐ》さき縄にて、断つべくもあらぬ迄《まで》に纏《まつ》はるゝ。中四尺《しゃく》を隔てゝ近寄るに力なく、離るゝに術《すべ》なし。たとひ忌《いま》はしき絆《きずな》なりとも、此《この》縄の切れて二人離れ〴〵に居《お》らんよりはとは、其時《そのとき》苦しきわが胸の奥なる心遣《こころや》りなりき。嚙《か》まるゝとも螫《さ》さるゝとも、口縄《くちなわ》の朽《く》ち果つる迄斯《か》くてあらんと思ひ定めたるに、あら悲し。薔薇の花の紅《くれない》なるが、めら〳〵と燃え出《いだ》して、繋《つな》げる蛇を焼かんとす。しばらくして君とわれの間《あいだ》にあまれる一尋《ひとひろ》余りは、真中《まなか》より青き烟《けむり》を吐いて金の鱗《うろこ》の色変り行《ゆ》くと思へば、あやしき臭いを立てゝふすと切れたり。身も魂もこれ限り消えて失《う》せよと念ずる耳元に、何者かから〳〵と笑ふ声して夢は醒《さ》めたり。醒めたるあとにも猶《なお》耳を襲ふ声はありて、今聞ける君が笑《わらい》も、宵《よべ》の名残《なごり》かと骨を撼《ゆる》がす」と落ち付かぬ眼《め》を長き睫《まつげ》の裏に隠してランスロットの気色《けしき》を窺《うかが》ふ。七十五度の闘技に、馬の脊《せ》を滑るは無論、鐙《あぶみ》さへはづせる事なき勇士も、此《この》夢を奇《く》しとのみは思はず。快からぬ眉根《まゆね》は自《おのずか》ら逼《せま》りて、結べる口の奥には歯さへ喰《く》ひ締《し》ばるならん。

「さらば行《ゆ》かう。後れ馳《ば》せに北の方《かた》へ行《ゆ》かう」と拱《こまぬ》いたる手を振りほどいて、六尺二寸《すん》の軀《からだ》をゆらりと起す。

「行《ゆ》くか?」とはギニヴアの半ば疑へる言葉である。疑へる中には、今更《いまさら》ながら別れの惜《お》しまるゝ心地さへほのめいて居《い》る。

「行《ゆ》く」と云ひ放つて、つか〳〵と戸口にかゝる幕を半ば掲げたが、やがてするりと踵《くびす》を回《めぐ》らして、女の前に、白き手を執《と》りて、発熱かと怪しまるゝ程のあつき唇を、冷やかに柔らかき甲の上につけた。暁《あかつき》の露《つゆ》しげき百合《ゆり》の花瓣《はなびら》をひたふるに吸へる心地である。ランスロットは後《あと》をも見ずして石階《せっかい》を馳《か》け降りる。

やがて三《み》たび馬の嘶《いなな》く音《ね》がして中庭の石の上に堅き蹄《ひづめ》が鳴るとき、ギニギアは高殿《たかどの》を下《くだ》りて、騎士の出《い》づべき門の真上なる窓に倚《よ》りて、かの人の出《い》づるを遅しと待つ。黒き馬の鼻面が下に見ゆるとき、身を半ば投げだして、行《ゆ》く人の為めに白き絹の尺ばかりなるを振る。頭《かしら》に戴《いただ》ける金冠の、美しき髪を滑りてか、からりと馬の鼻を掠《かす》めて砕くる許《ばか》りに石の上に落つる。

槍《やり》の穂先に冠《かんむり》をかけて、窓近く差し出したる時、ランスロットとギニギアの視線がはたと行《ゆ》き合ふ。「忌《い》まはしき冠よ」と女は受けとり乍《なが》ら云ふ。「さらば」と男は馬の太腹《ふとばら》をける。白き兜《かぶと》の挿毛《さしげ》のさと靡《なび》くあとに、残るは漠々《ばくばく》たる塵《ちり》のみ。

二、鏡

有《あり》の儘《まま》なる浮世《うきよ》を見ず、鏡に写る浮世のみを見るシヤロツトの女は高き台《うてな》の中に只《ただ》一人住む。活ける世を鏡の裡《うち》にのみ知る者に、面《おもて》を合はす友のあるべき由《よし》なし。

春恋し、春恋しと囀《さえ》づる鳥の数々に、耳側《そばだ》てゝ木《こ》の葉《は》隠れの翼の色を見んと思へば、窓に向はずして壁に切り込む鏡に向ふ。鮮やかに写る羽の色に日の色さへも其儘《そのまま》である。

シヤロツトの野に麦刈《か》る男、麦打つ女の歌にやあらん、谷を渡り水を渡りて、幽《かす》かなる音の高き台《うてな》に他界の声の如《ごと》く糸と細りて響く時、シヤロツトの女は傾けたる耳を掩《おお》ふて又鏡に向ふ。河のあなたに烟《けぶ》る柳の、果ては空とも野とも覚束《おぼつか》なき間《あいだ》より洩《も》れ出《い》づる悲しき調《しらべ》と思へばなるべし。

シヤロツトの路行《みちゆ》く人も亦悉《またことごと》くシヤロツトの女の鏡に写る。あるときは赤き帽の首打ち振りて馬追ふさまも見ゆる。あるときは白き髯《ひげ》の寛《ゆる》き衣《ころも》を纏《まと》ひて、長き杖《つえ》の先に小さき瓢《ひさご》を括《くく》しつけながら行《ゆ》く巡礼姿も見える。又あるときは頭《かしら》より只《ただ》一枚と思はるゝ真白《ましろ》の上衣《うわぎ》被《かぶ》りて、眼口《めくち》も手足も確《しか》と分ちかねたるが、けたゝましげに鉦《かね》打ち鳴らして過ぎるも見ゆる。是《これ》は癩をやむ人の前世の業《ごう》を自《みずか》ら世に告ぐる、むごき仕打ちなりとシヤロツトの女は知るすべもあらぬ。

旅商人《たびあきうど》の脊《せ》に負へる包の中には赤きリボンのあるか、白き下着のあるか、珊瑚《さんご》、瑪瑙《めのう》、水晶、真珠のあるか、包める中を照らさねば、中にあるものは鏡には写らず。写らねばシャロットの女の眸《ひとみ》には映ぜぬ。

古き幾世《いくよ》を照らして、今の世のシャロットにありとある物を照らす。悉《ことごと》く照らして択《えら》ぶ所なければシャロットの女の眼《め》に映るものも亦《また》限りなく多い。只《ただ》影なれば写りては消え、消えては写る。鏡のうちに永く停《とど》まる事は天に懸《かか》る日と雖《いえど》も難《かた》い。活ける世の影なれば斯《か》く果敢《はか》なきか、あるひは活ける世が影なるかとシャロットの女は折々疑ふ事がある。明らさまに見ぬ世なれば影とも まこととも断じ難《がた》い。影なれば果敢なき姿を鏡にのみ見て不足はなからう。影ならずは?――時にはむらむらと起《おこ》る一念に窓際《まどぎわ》に馳《か》けよりて思ふさま鏡の外《ほか》なる世を見んと思ひ立つ事もある。シャロットの女の窓より眼を放つときはシャロットの女に呪《のろ》ひのかゝる時である。シャロットの女は鏡の限る天地のうちに跼蹐《きょくせき》せねばならぬ。一重《ひとえ》隔て、二重《ふたえ》隔てゝ、広き世界を四角に切るとも、自滅の期を寸時《すんじ》も早めてはならぬ。

去れど有《あり》の儘《まま》なる世は罪に濁ると聞く。住み倦《う》めば山に遯《のが》るゝ心安さもあるべし。鏡の裏《うち》なる狭き宇宙の小さければとて、憂《う》き事の降りかゝる十字の街《ちまた》に立ちて、行《ゆ》き交《か》ふ人に気を配る辛《つ》らさはあらず。何者か因果の波を一《ひと》たび起してより、万頃《ばんけい》の乱れは永劫《えいごう》を極めて尽きざるを、渦捲《ま》く中に頭《かしら》をも、手をも、足をも攫《さら》はれて、行《ゆ》く吾《われ》の果《はて》は知らず。かゝる人を賢しと云はゞ、高き台《うてな》に一人を住み古《ふ》りて、しろかねの白き光りの、表とも裏とも分ち難《がた》きあたりに、幻の世を尺に縮めて、あらん命を土さへ踏まで過すは阿呆《あほう》の極みであらう。わが見るは動く世ならず、動く世を動かぬ物の助《たすけ》にて、余所《よそ》ながら窺《うかが》ふ世なり。活殺生死《しょうじ》の乾坤《けんこん》を定裏《じょうり》に拈出《ねんしゅつ》して、五彩の色相《しきそう》を静中に描く世なり。かく観ずればこの女の運命もあながちに嘆くべきにあらぬを、シャロットの女は何《なに》に心を躁《さわ》がして窓の外なる下界を見んとする。

鏡の長さは五尺に足らぬ。黒鉄《くろがね》の黒きを磨いて本来の白きに帰すマーリンの術になるとか。魔法に名を得し彼の云ふ。――鏡の表に霧こめて、秋の日の上《のぼ》れども晴れぬ心地なるは不吉の兆《ちょう》なり。曇る鑑《かがみ》の露《つゆ》を含みて、芙蓉《ふよう》に滴《した》たる音を聴くとき、対《むか》へる人の身の上に危うき事あり。砉然《けきぜん》と故《ゆえ》なきに響《ひびき》を起して、白き筋《すじ》の横縦に鏡に浮くとき、其人末期《そのひとまつご》の覚悟せよ。——シヤロットの女が幾年月《いくとしつき》の久しき間此《あいだこの》鏡に向へるかは知らぬ。朝《あした》に向ひ夕《ゆうべ》に向ひ、日に向ひ月に向ひて、厭《あ》くてふ事のあるをさへ忘れたるシヤロットの女の眼《め》には、霧立つ事も、露置く事もあらざれば、況《ま》して裂けんとする虞《おそれ》ありとは夢にだも知らず。湛然《たんぜん》として音なき秋の水に臨むが如《ごと》く、瑩朗《えいろう》たる面《おもて》を過ぐる森羅《しんら》の影の、繽紛《ひんぷん》として去るあとは、太古の色なき境をまのあたりに現はす。無限上に徹する大空《たいくう》を鋳《い》固《かた》めて、打てば音ある五尺の裏《うち》に圧《お》し集めたるを——シヤロットの女は夜毎日毎《ごと》に見る。

夜毎日毎に鏡に向へる女は、夜毎日毎に鏡の傍に坐《すわ》りて、夜毎日毎の緯《はた》を織る。ある時は明るき緯を織り、ある時は暗き緯を織る。

シヤロットの女の投ぐる梭《ひ》の音を聴く者は、淋《さび》しき皐《おか》の上に立つ、高き台《うてな》の窓を恐る〱見上げぬ事はない。親も逝《ゆ》き子も逝《ゆ》きて、新しき代《よ》に只《ただ》一人取り残されて、命長き吾《われ》を恨《うら》み顔《がお》なる年寄の如《ごと》く見ゆるが、岡の上なるシヤロットの女の住居《すまい》である。蔦鎖《つたとざ》す古き窓より洩《も》るゝ梭《ひ》の音の、絶間《たえま》なき振子《しんし》の如く、日を刻み月を刻むに急なる様《さま》なれど、其《その》音はあの世の音なり。静《しずか》なるシヤロットには、空気さへ重たげにて、常ならば動くべしとも思はれぬを、只此《この》梭の音のみにそゝのかされて、幽《かす》かにも震《ふる》ふか。淋《さび》しさは音なき時の淋しさにも勝る。恐る〱高き台《うてな》を見上げたる行人《こうじん》は耳を掩《おお》ふて走る。

シヤロットの女の織るは不断の緯《はた》である。草むらの萌草《もえぐさ》の厚く茂れる底に、釣鐘《つりがね》の花の沈める様《さま》を織るときは、花の影のいつ浮くべしとも見えぬ程の濃き色である。うな原《ばら》のうねりの中に、雪と散る浪《なみ》の花を浮かすときは、底知れぬ深さを一枚の薄きに畳む。あるときは黒き地《じ》に、燃ゆる焔《ほのお》の色にて十字架を描く。濁世《じょくせ》にはびこる罪障の風は、すきまなく天下を吹いて、十字を織れる経緯《たてよこ》の目にも入《い》ると覚しく、焔のみは緯を離れて飛ばんとす。——薄暗き女の部屋は焚《や》け落つるかと怪しまれて明るい。

恋の糸と誠の糸を横縦に梭くゞらせば、手を肩に組み合せて天を仰げるマリヤの姿となる。狂ひを経《たて》に怒りを緯《よこ》に、霰《あられ》ふる木枯《こがらし》の夜《よ》を織り明せば、荒野《あれの》の中に白き髯《ひげ》飛ぶリアの面影が出る。恥《は》づかしき紅《くれない》と恨《うら》めしき鉄色をより合せては、逢《お》ふて絶えたる人の心を読むべく、温和《おとな》しき黄と思ひ上がれる紫を交る〲に畳めば、魔に誘はれし乙女《おとめ》の、我は顔《がお》に高ぶれる態《さま》を写す。長き袂《たもと》に雲の如くにまつはるは人に言へぬ願《ねがい》の糸の乱れなるべし。
シャロットの女は眼《まなこ》深く額《ひたい》広く、唇さへも女には似で薄からず。夏の日の上《のぼ》りてより、刻《こく》を盛る砂時計の九《ここの》たび落ち尽したれば、今ははや午《ひる》過ぎなるべし。窓を射《い》る日の眩《まば》ゆき迄《まで》明かなるに、室のうちは夏知らぬ洞窟《どうくつ》の如《ごと》くに暗い。輝けるは五尺に余る鉄の鏡と、肩に漂ふ長き髪のみ。右手《めて》より投げたる梭《ひ》を左手《ゆんで》に受けて、女は不図《ふと》鏡の裡《うち》を見る。研ぎ澄《すま》したる剣《つるぎ》よりも寒き光の、例《いつも》ながらうぶ毛の末《すえ》をも照《てら》すよと思ふうちに——底事《なにごと》ぞ！　音なくて颯《さ》と曇るは霧か、鏡の面《おもて》は巨人の息をまともに浴びたる如く光を失ふ。今迄《まで》見えたシャロットの岸に連なる柳も隠れる。柳の中を流るゝシャロットの河も消える。河に沿ふて往《ゆ》きつ来《きた》りつする人影は無論さゝぬ。——梭の音ははたと已《や》んで、女の瞼《まぶた》は黒き睫《まつげ》と共に微《かす》かに顫《ふる》へた。「凶事か」と叫んで鏡の前に寄るとき、曇は一刷《いっさつ》に晴れて、河も柳も人影も元の如くに見《あら》はれる。梭は再び動き出す。
女はやがて世にあるまじき悲しき声にて歌ふ。

うつせみの世を、
うつゝに住めば、
住みうからまし、
むかしも今も。」
うつくしき恋、
うつす鏡に、
色やうつろふ、
朝な夕なに。」

鏡の中なる遠柳《とおやなぎ》の枝が風に靡《なび》いて動く間《あいだ》に、忽《たちま》ち銀《しろがね》の光がさして、熱き埃《ほこ》りを薄く揚げ出す。銀《しろがね》の光りは南より北に向つて真《ま》一文字《いちもんじ》にシャロットに近付いてくる。女は小羊を覘《ねら》ふ鷲《わし》の如くに、影とは知りながら瞬《また》きもせず鏡の裏《うち》を見詰《みつむ》る。十丁《ちょう》にして尽きた柳の木立を風の如くに駈《か》け抜けたものを見ると、鍛へ上げた鋼《はがね》の鎧《よろい》に満身の日光を浴びて、同じ兜《かぶと》の鉢金《はちがね》よりは尺に余る白き毛を、飛び散れとのみ毿々《さんさん》と靡《なび》かして居《い》る。栗毛の駒の逞《たくま》しきを、頭《かしら》も胸も革に裹《つつ》みて飾れる鋲《びょう》の数は篩《ふる》ひ落せし秋の夜《よ》の星宿《せいしゅく》を一度に集めたるが如き心地である。女は息を凝《こ》らして眼《め》を据《す》える。

　曲がれる堤《どて》に沿ふて、馬の首を少し左へ向け直すと、今迄《まで》は横にのみ見えた姿が、真正面に鏡にむかつて進んでくる。太き槍《やり》をレストに収めて、左の肩に盾《たて》を懸けたり。女は領《えり》を延ばして盾に描ける模様を確《しか》と見分け様とする体《てい》であつたが、かの騎士は何の会釈《えしやく》もなく此鉄鏡《このてつきよう》を突き破つて通り抜ける勢《いきおい》で、愈《いよいよ》目の前に近づいた時、女は思はず梭《ひ》を抛《な》げて、鏡に向つて高くランスロツトと叫んだ。ランスロツトは兜《かぶと》の廂《ひさし》の下より耀《かがや》く眼《め》を放つて、シヤロツトの高き台《うてな》を見上げる。爛々《らんらん》たる騎士の眼と、針を束《つか》ねたる如《ごと》き女の鋭どき眼とは鏡の裡《うち》にてはたと出合つた。此時シヤロツトの女は再び「サー、ランスロツト」と叫んで、忽《たちま》ち窓の傍に馳《か》け寄つて蒼《あお》き顔を半ば世の中に突き出《いだ》す。人と馬とは、高き台《うてな》の下を、遠きに去る地震の如くに馳《か》け抜ける。

　ぴちりと音がして皓々《こうこう》たる鏡は忽ち真二《まふた》つに割れる。割れたる面《おもて》は再びぴち〳〵と氷を砕くが如く粉微塵《こなみじん》になつて室の中に飛ぶ。七巻八巻《ななまきやまき》織りかけたる布帛《きぬ》はふつ〳〵と切れて風なきに鉄片と共に舞ひ上《あが》る。紅《くれない》の糸、緑の糸、黄の糸、紫の糸はほつれ、千切《ちぎ》れ、解け、もつれて土蜘蛛《つちぐも》の張る網の如くにシヤロツトの女の顔に、手に、袖《そで》に、長き髪毛《かみげ》にまつはる。「シヤロツトの女を殺すものはランスロツト。ランスロツトを殺すものはシヤロツトの女。わが末期《まつご》の呪《のろい》を負ふて北の方《かた》へ走れ」と女は両手を高く天に挙げて、朽《く》ちたる木の野分《のわき》を受けたる如く、五色《ごしき》の糸と氷を欺《あざむ》く砕片《さいへん》の乱るゝ中に鞺《どう》と仆《たお》れる。

三、袖

　可憐《かれん》なるエレーンは人知らぬ菫《すみれ》の如くアストラットの古城を照らして、ひそかに墜ちし春の夜《よ》の星の、紫深き露《つゆ》に染まりて月日を経たり。訪《と》ふ人は固《もと》よりあらず。共に住むは二人の兄と眉《まゆ》さへ白き父親のみ。

「騎士はいづれに去る人ぞ」と老人は穏かなる声にて問ふ。

「北の方《かた》なる仕合に参らんと、是迄《これまで》は鞭《むちう》つて追懸《おいか》けたれ。夏の日の永きにも似ず、いつしか暮れて、暗がりに路《みち》さへ岐《わか》れたるを。——乗り捨てし馬も恩に嘶《いなな》かん。一夜の宿の情け深きに酬《むく》ひまつるものなきを耻《は》づ」と答へたるは、具足を脱いで、黄なる袍《ほう》に姿を改めたる騎士なり。シヤロットを馳《は》せる時何事とは知らず、岩の凹《くぼ》みの秋の水を浴びたる心地して、かりの宿りを求め得たる今に至る迄、頰《ほお》の蒼《あお》きが特更《ことさら》の如《ごと》く目に立つ。

　エレーンは父の後ろに小さき身を隠して、此《この》アストラツトに、如何《いか》なる風の誘ひてか、かく凜々《りり》しき壮夫《ますらお》を吹き寄せたると、折々は鶴《つる》と瘠《や》せたる老人の肩をすかして、耻《はず》かしの睫《まつげ》の下よりランスロツトを見る。菜の花、豆の花ならば戯《たわむ》るゝ術《すべ》もあらう。偃蹇《えんけん》として澗底《かんてい》に嘯《うそぶ》く松が枝《え》には舞ひ寄る路のとてもなければ、白き胡蝶《こちよう》は薄き翼を収めて身動きもせぬ。

「無心ながら宿貸す人に申す」と稍《やや》ありてランスロツトが云ふ。「明日《あす》と定まる仕合の催しに、後れて乗り込む我の、何《なん》の誰《たれ》よと人に知らるゝは興《きよう》なし。新しきを嫌はず、古きを辞せず、人の見知らぬ盾《たて》あらば貸し玉《たま》へ」

　老人ははたと手を拍《う》つ。「望める盾を貸し申さう。——長男チアーは去《さん》ぬる騎士の闘技に足を痛めて今猶蓐《いまなおじよく》を離れず。其時《そのとき》彼が持ちたるは白地に赤く十字架を染めたる盾なり。只《ただ》の一度の仕合に傷《きず》つきて、其創口《そのきずぐち》はまだ癒えざれば、赤き血架は空《むな》しく壁に古《ふ》りたり。是《これ》を翳《かざ》して思ふ如く人々を驚かし給《たま》へ」

ランスロツトは腕を扼《やく》して「夫《それ》こそは」と云ふ。老人は猶言葉を継ぐ。

「次男ラヹンは健気《けなげ》に見ゆる若者にてあるを、アーサー王の催《もよおし》にかゝる晴の仕合に参り合はせずば、騎士の身の口惜《くちお》しかるべし。只《ただ》君が栗毛の蹄《ひづめ》のあとに倶《ぐ》し連れよ。翌日《あす》を急げと彼に申し聞かせん程に」

ランスロツトは何の思案もなく「心得たり」と心安げに云ふ。老人の頰《ほお》に畳める皺《しわ》のうちには、嬉《うれ》しき波がしばらく動く。女ならずばわれも行《ゆ》かんと思へるはエレーンである。

　木に倚《よ》るは蔦《つた》、まつはりて幾世《いくよ》を離れず、宵に逢《あ》ひて朝《あした》に分るゝ君と我の、われにはまつはるべき月日もあらず。繊《ほそ》き身の寄り添はゞ、幹吹く嵐に、根なしかづらと倒れもやせん。寄り添はずば、人知らずひそかに括《くく》る恋の糸、振り切つて君は去るべし。愛溶けて瞼《まぶた》に余る、露《つゆ》の底なる光りを見ずや。わが住める館《やかた》こそ古るけれ、春を知る事は生れて十八度に過ぎず。物の憐《あわ》れの胸に漲《みなぎ》るは、鎖《とざ》せる雲の自《おのずか》ら晴れて、麗《うらら》かなる日影の大地を渡るに異ならず。野をうづめ谷を埋《うず》めて千里の外《ほか》に暖かき光りをひく。明かなる君が眉目《びもく》にはたと行《ゆ》き逢へる今の思《おもい》は、坑《あな》を出《い》でゝ天下の春風《はるかぜ》に吹かれたるが如《ごと》きを――言葉さへ交はさず、あすの別れとはつれなし。

燭尽きて更《こう》を惜《おし》めども、更尽きて客は寝《い》ねたり。寝ねたるあとにエレーンは、合はぬ瞼《まぶた》の間《あいだ》より男の姿の無理に瞳《ひとみ》の奥に押し入らんとするを、幾《いく》たびか払ひ落さんと力《つと》めたれど詮なし。強《し》ひて合はぬ目を合せて、此《この》影を追はんとすれば、いつの間《ま》にか其《その》人の姿は既に瞼の裏《うち》に潜《ひそ》む。苦しき夢に襲はれて、世を恐ろしと思ひし夜《よる》もある。魂消《たまぎ》える物の怪《け》の話におのゝきて、眠らぬ耳に鶏《にわとり》の声をうれしと起き出《い》でた事もある。去れど恐ろしきも苦しきも、皆われ安かれと願ふ心の反響に過ぎず。われと云ふ可愛《かわゆ》き者の前に夢の魔を置き、物の怪《け》の祟《たた》りを据《す》ゑての恐《おそれ》と苦しみである。今宵の悩みは其等《それら》にはあらず。我と云ふ個霊《これい》の消え失《う》せて、求むれども遂《つい》に得難《えがた》きを、驚きて迷ひて、果ては情《なさけ》なくて斯《か》くは乱るゝなり。我を司《つかさ》どるものゝ我にはあらで、先に見し人の姿なるを奇《く》しく、怪しく、悲しく念じ煩《わずら》ふなり。いつの間《ま》に我はランスロットと変りて常の心はいづこへか喪《うしな》へる。エレーンと吾《わが》名を呼ぶに、応ふるはエレーンならず、中庭に馬乗り捨てゝ、廂《ひさし》深き兜《かぶと》の奥より、高き櫓《やぐら》を見上げたるランスロットである。再びエレーンと呼ぶにエレーンはランスロットぢやと答へる。エレーンは亡《う》せてかと問へば在《あ》りと云ふ。いづこにと聞けば知らぬと云ふ。エレーンは微《かす》かなる毛孔《けあな》の末《すえ》に潜《ひそ》みて、いつか昔《むか》しの様《さま》に帰らん。エレーンに八万四千の毛孔《けあな》ありて、エレーンが八万四千壺《こ》の香油を注《そそ》いで、日に其膚《そのはだえ》を滑《なめら》かにするとも、潜めるエレーンは遂に出現し来《きた》る期《ご》はなからう。

やがてわが部屋の戸帳《とばり》を開《ひら》きて、エレーンは壁に釣る長き衣《きぬ》を取り出《いだ》す。燭にすかせば燃ゆる真紅《しんく》の色なり。室にはびこる夜《よる》を呑《の》んで、一枚の衣に真昼の日影を集めたる如く鮮かである。エレーンは衣の領《えり》を右手《めて》につるして、暫《しば》らくは眩《まば》ゆきものと眺めたるが、やがて左に握る短刀を鞘《さや》ながら二三度振る。から〳〵と床《ゆか》に音さして、すはと云ふ間《ま》に閃《ひらめ》きは目を掠《かす》めて紅《くれない》深きうちに隠れる。見れば美しき衣の片袖《かたそで》は惜気《おしげ》もなく断たれて、残るは鞘の上にふわりと落ちる。途端に裸ながらの手燭《てしょく》は、風に打たれて颯《さ》と消えた。外は片破月《かたわれづき》の空に更けたり。

右手《めて》に捧《ささ》ぐる袖の光をしるべに、暗きをすりぬけてエレーンはわが部屋を出る。右に折れると兄の住居《すまい》、左を突き当れば今宵の客の寝所《しんじょ》である。夢の如くなよやかなる女の姿は、地を踏まざるに歩めるか、影よりも静かにランスロットの室の前にとまる。——ランスロットの夢は成らず。

聞くならくアーサー大王《たいおう》のギニギアを娶《めと》らんとして、心惑《まど》へる折、居ながらに世の成行を知るマーリンは、首を掉《ふ》りて慶事を肯《がえ》んぜず。此女《この》後《のち》に思はぬ人を慕ふ事あり、娶る君に悔《くい》あらん。と只管《ひたすら》に諫《いさ》めしとぞ。聞きたる時の我に罪なければ思はぬ人の誰《たれ》なるかは知るべくもなく打ち過ぎぬ。思はぬ人の誰《たれ》なるかを知りたる時、天《あめ》が下に数多く生れたるものゝうちにて、この悲しき命《さだめ》に廻《めぐ》り合せたる我を恨《うら》み、このうれしき幸を享《う》けたる己《おの》れを悦《よろこ》びて、楽《たのし》みと苦《くるし》みの綯《ないまじ》りたる縄を断たんともせず、此年月《このとしつき》を経たり。心疚《や》ましきは願はず。疚ましき中に蜜《みつ》あるはうれし。疚ましければこそ蜜をも醸《かも》せと思ふ折さへあれば、卓を共にする騎士の我を疑ふ此日《このひ》に至る迄王妃《までおうひ》を棄《す》てず。只疑《ただうたがい》の積もりて証拠《あかし》と凝《こ》らん時——ギニギアの捕はれて杭《くい》に焼かるゝ時——此時《このとき》を思へばランスロットの夢は未《いま》だ成らず。

眠られぬ戸に何物かちよと障《さわ》つた気合《けはい》である。枕を離るゝ頭《かしら》の、音する方《かた》に、しばらくは振り向けるが、又元の如《ごと》く落ち付いて、あとは古城の亡骸《なきがら》に脈《みやく》も通はず。静《しずか》である。

再び障つた音は、殆《ほと》んど敲《たた》いたと云ふべくも高い。慥《たし》かに人ありと思ひ極《きわ》めたるランスロットは、やをら身を臥床《ふしど》に起して、「たぞ」と云ひつゝ戸を半ば引く。乙女《おとめ》の方《かた》にまたゝく。乙女の顔は翳《かざ》せる赤き袖《そで》の影に隠れて居《い》る。差しつくる蠟燭《ろうそく》の火のふき込められしが、取り直して今度は戸口に立てる乙女の方にまたゝく。乙女の顔は翳せる赤き袖の影に隠れて居る。面映《おもはゆ》きは灯火《ともしび》のみならず。

「此《この》深き夜《よ》を……迷へるか」と男は驚きの舌を途切《とぎ》れ々々に動かす。

「知らぬ路《みち》にこそ迷へ。年古るく住みなせる家のうちを——鼠《ねずみ》だに迷はじ」と女は微《かす》かなる声ながら、思ひ切つて答へる。

男は只《ただ》怪しとのみ女の顔を打ち守る。女は尺に足らぬ紅絹《もみ》の衝立《ついたて》に、花よりも美くしき顔をかくす。常に勝る豊頰《ほうきよう》の色は、湧《わ》く血潮《ちしお》の疾《と》く流るゝか、あざやかなる絹のたすけか。たゞ隠しかねたる鬢《びん》の毛の肩に乱れて、頭《かしら》には白き薔薇《ばら》を輪に貫《つら》ぬきて三輪挿《さ》したり。

白き香りの鼻を撲《う》つて、絹の影なる花の数さへ見分けたる時、ランスロットの胸には忽《たちま》ちギニギアの夢の話が湧《わ》き返る。何故《なにゆえ》とは知らず、悉《ことごと》く身は痿《な》へて、手に持つ燭を取り落せるかと驚ろきて我に帰る。乙女《おとめ》はわが前に立てる人の心を読む由《よし》もあらず。

「紅《くれない》に人のまことはあれ。耻《は》づかしの片袖《かたそで》を、乞《こ》はれぬに参らする。兜《かぶと》に捲《ま》いて勝負せよとの願《ねがい》なり」とかの袖を押し遣《や》る如く前に出《いだ》す。男は容易に答へぬ。

「女の贈り物受けぬ君は騎士か」とエレーンは訴ふる如くに下よりランスロットの顔を覗《のぞ》く。覗かれたる人は薄き唇を一文字《いちもんじ》に結んで、燃ゆる片袖《かたそで》を、右の手に半ば受けたる儘《まま》、当惑の眉《まゆ》を思案に刻む。やゝありて云ふ。

「戦《たたかい》に臨む事は大小六十余度、闘技の場に登つて槍《やり》を交《まじ》へたる事は其《その》数を知らず。未《いま》だ佳人の贈り物を、身に帯びたる試しなし。情《なさけ》あるあるじの子の、情深き賜物《たまもの》を辞《いな》むは礼なけれど……」

「礼とも云へ、礼なしとも云ひてやみね。礼の為めに、夜《よ》を冒《おか》して参りたるにはあらず。思《おもい》の籠《こも》る此《この》片袖を天《あめ》が下の勇士に贈らん為に参りたり。切《せつ》に受けさせ給《たま》へ」とこゝ迄《まで》踏み込みたる上は、かよわき乙女の、却《かえ》つて一徹に動かすべくもあらず。ランスロットは惑ふ。

カメロットに集まる騎士は、弱きと強きを通じてわが盾《たて》の上に描かれたる紋章を知らざるはあらず。又わが腕に、わが兜《かぶと》に、美しき人の贈り物を見たる事なし。あすの試合に後るゝは、始めより出《い》づる筈《はず》ならぬを、半《はん》途《と》より思ひ返しての仕業故《ゆえ》である。闘技の埒《らち》に馬乗り入れてランスロットよ、後れたるランスロットよ、と謳《うた》はるゝ丈《だけ》ならば其迄《それまで》の浮名《うきな》である。去れど後れたるは病のため、後れながらも参りたるはまことの病にあらざる証拠《あかし》よと云はゞ何《なん》と答へん。今幸《さいはい》に知らざる人の盾を借りて、知らざる人の袖を纏《まと》ひ、二十三十の騎士を斃《たお》す迄深くわが面《おもて》を包まば、ランスロットと名乗りをあげて人驚かす夕暮に、――誰彼《たれかれ》共にわざと後れたる我を肯《うけが》はん。病と臥《ふ》せる我の作略《さりやく》を面白しと感ずる者さへあらう。――ランスロットは漸《ようや》くに心を定める。

部屋のあなたに輝くは物の具である。鎧《よろい》の胴に立て懸けたるわが盾を軽々《かろがろ》と片手に提《さ》げて、女の前に置きたるランスロットは云ふ。

「嬉《うれ》しき人の真心を兜にまくは騎士の誉《ほま》れ。難有《ありがた》し」とかの袖を女より受取る。

「うけてか」と片頬《かたほ》に笑《え》める様《さま》は、谷間の姫百合《ひめゆり》に朝日影さして、しげき露《つゆ》の痕《あと》なく晞《かわ》けるが如《ごと》し。

「あすの勝負に用なき盾を、逢《あ》ふ迄の形身《かたみ》と残す。試合果てゝ再びこゝを過《よ》ぎる迄守り給《たま》へ」

「守らでやは」と女は跪《ひざまず》いて両手に盾を抱《いだ》く。ランスロットは長き袖を眉《まゆ》のあたりに掲げて、「赤し、赤し」と云ふ。

此時《このとき》櫓《やぐら》の上を烏《からす》鳴き過ぎて、夜《よ》はほの〴〵と明け渡る。

四、罪

アーサーを嫌ふにあらず、ランスロットを愛するなりとはギニギアの己《おの》れにのみ語る胸のうちである。

北の方《かた》なる試合果てゝ、行《ゆ》けるものは皆館《やかた》に帰れるを、ランスロットのみは影さへ見えず。帰れかしと念ずる人の便りは絶えて、思はぬものゝ鑣《くつわ》を連ねてカメロットに入《い》るは、見るも益なし。一日には二日を数へ、二日には三日を数へ、遂《つい》に両手の指を悉《ことごと》く折り尽して十日に至る今日迄猶《こんにちまでなお》帰るべしとの願《ねがい》を掛けたり。

「遅き人のいづこに繋《つな》がれたる」とアーサーは左迄《さまで》に心を悩ませる気色《けしき》もなく云ふ。

高き室の正面に、石にて築く段は二級、半ばは厚き毛氈《もうせん》にて蔽《おお》ふ。段の上なる、大《おおい》なる椅子《いす》に豊かに倚《よ》るがアーサーである。

「繋《つな》ぐ日も、繋ぐ月もなきに」とギニギアは答ふるが如《ごと》く答へざるが如くもてなす。王を二尺左に離れて、床几《しょうぎ》の上に、繊《ほそ》き指を組み合せて、膝《ひざ》より下は長き裳《もすそ》にかくれて履《くつ》の在《あ》りかさへ定かならず。

よそ〳〵しくは答へたれ、心は其人《その》の名を聞きてさへ躍《おど》るを。話しの種の思ふ坪に生えたるを、寒き息にて吹き枯《か》らすは口惜《くちお》し。ギニギアは又口を開《ひら》く。

「後れて行くものは後れて帰る掟《おきて》か」と云ひ添へて片頬《かたほ》に笑ふ。女の笑ふときは危うい。

「後れたるは掟ならぬ恋の掟なるべし」とアーサーも穏かに笑ふ。アーサーの笑《わらい》にも特別の意味がある。

恋といふ字の耳に響くとき、ギニギアの胸は、錐《きり》に刺されし痛《いたみ》を受けて、すはやと躍《おど》り上る。耳の裏には颯《さ》と音して熱き血を注《さ》す。アーサーは知らぬ顔である。

「あの袖《そで》の主《ぬし》こそ美しからん。……」

「あの袖とは？　袖の主とは？　美しからんとは？」とギニギアの呼吸ははづんで居《い》る。

「白き挿毛《さしげ》に、赤き鉢巻《はちまき》ぞ。去る人の贈り物とは見たれ。繫《つな》がるゝも道理ぢや」とアーサーは又からからと笑ふ。

「主の名は？」

「名は知らぬ。只《ただ》美しき故に美しき少女と云ふと聞く。過ぐる十日を繫がれて、残る幾日《いくひ》を繫がるゝ身は果報なり。カメロットに足は向くまじ」

「美しき少女！美しき少女！」と続け様《ざま》に叫んでギニギアは薄き履《くつ》に三《み》たび石の床《ゆか》を踏みならす。肩に負ふ髪の時ならぬ波を描いて、二尺余りを一筋毎《ひとすじごと》に末迄《すえまで》渡る。

　夫に二心《ふたごころ》なきを神の道との教《おしえ》は古るし。神の道に従ふの心易きも知らずと云はじ。心易きを自《みずか》ら捨てゝ、捨てたる後《のち》の苦しみを嬉《うれ》しと見しも君が為なり。春風《しゅんぷう》に心なく、花自《おのずか》ら開《ひら》く。花に罪ありとは下《くだ》れる世の言葉に過ぎず。恋を写す鏡の明《あきらか》なるは鏡の徳なり。かく観ずる裡《うち》に、人にも世にも振り棄《す》てられたる時の慰藉《いしゃ》はあるべし。かく観ぜんと思ひ詰めたる今頃を、わが乗れる足台は覆《くつが》へされて、踵《くびす》を支《ささ》ふるに一塵《いちじん》だになし。引き付けられたる鉄と磁石の、自然に引き付けられたれば咎《とが》も恐れず、世を憚《はばか》りの関一重《ひとえ》あなたへ越せば、生涯の落ち付《つき》はあるべしと念じたるに、引き寄せたる磁石は火打石と化して、吸はれし鉄は無限の空裏を冥府《よみ》へ隕《お》つる。わが坐《す》はる床几《しょうぎ》の底抜けて、わが乗る壇の床《ゆか》崩れて、わが踏む大地の殻《こく》裂けて、己《おの》れを支ふる者は悉《ことごと》く消えたるに等し。ギニギアは組める手を胸の前に合せたる儘《まま》、右左より骨も摧《くだ》けよと圧《お》す。片手に余る力を、片手に抜いて、苦しき胸の悶《もだえ》を人知れぬ方《かた》へ洩《も》らさんとするなり。

「なに事ぞ」とアーサーは聞く。

「なに事とも知らず」と答へたるは、アーサーを欺《あざむ》けるにもあらず、又己《おのれ》を誣《し》ひたるにもあらず。知らざるを知らずと云へるのみ。まことはわが口にせる言葉すら知らぬ間《ま》に咽《のど》を転《まろ》び出《い》でたり。

　ひく浪《なみ》の返す時は、引く折の気色《けしき》を忘れて、逆《さか》しまに岸を嚙《か》む勢《いきおい》の、前よりは凄《すさま》じきを、浪自《みずか》らさへ驚くかと疑ふ。はからざる便りの胸を打ちて、度を失へるギニギアの、己れを忘るゝ迄《まで》われに遠ざかれる後《のち》には、油《ゆう》然《ぜん》として常よりも切《せつ》なき吾《われ》に復《かえ》る。何事も解せぬ風情《ふぜい》に、驚ろきの眉《まゆ》をわが額《ひたい》の上にあつめたるアーサーを、わが夫と悟れる時のギニギアの眼《め》には、アーサーは少《しば》らく前のアーサーにあらず。

　人を傷《きず》けたるわが罪を悔ゆるとき、傷負へる人の傷ありと心付かぬ時程悔《くい》の甚《はなは》しきはあらず。聖徒《せいと》に向つて鞭《むち》を加へたる非の恐しきは、鞭《むち》てるものゝ身に跳ね返る罸《ばつ》なきに、自《みずか》らと其《その》非を悔いたればなり。吾《われ》を疑ふアーサーの前に耻《は》づる心は、疑はぬアーサーの前に、わが罪を心のうちに鳴らすが如《ごと》く痛からず。ギニギアは悚然《しょうぜん》として骨に徹する寒さを知る。

「人の身の上はわが上とこそ思へ。人恋はぬ昔は知らず、嫁ぎてより幾夜《いくよ》か経たる。赤き袖《そで》の主《ぬし》のランスロットを思ふ事は、御身《おんみ》のわれを思ふ如くなるべし。贈り物あらば、吾も十日を、二十日《はつか》を、帰るを、忘るべきに、罵《のの》しるは卑し」とアーサーは王妃の方《かた》を見て不審の顔付《かおつき》である。

「美しき少女！」とギニギアは三たびエレーンの名を繰り返す。このたびは鋭どき声にあらず。去りとては憐《あわれ》を寄せたりとも見えず。

　アーサーは椅子《いす》に倚《よ》る身を半ば回《めぐ》らして云ふ。「御身とわれと始めて逢《あ》へる昔を知るか。丈《じょう》に余る石の十字を深く地に埋《うず》めたるに、蔦這《つたは》ひかゝる春の頃なり。路《みち》に迷ひて御堂《みどう》にしばし憩《いこ》はんと入《い》れば、銀に鏤《ちり》ばむ祭壇の前に、空色の衣《きぬ》を肩より流して、黄金《こがね》の髪に雲を起せるは誰《た》ぞ」

　女はふるへる声にて「あゝ」とのみ云ふ。床《ゆか》しからぬにもあらぬ昔の、今は忘るゝをのみ心易《やす》しと念じたる矢先に、忽然《こつぜん》と容赦もなく描き出されたるを堪へ難《がた》く思ふ。

「安からぬ胸に、捨てゝ行《ゆ》ける人の帰るを待つと、凋《しお》れたる声にてわれに語る御身の声をきく迄《まで》は、天《あま》つ下《くだ》れるマリヤの此《この》寺の神壇に立てりとのみ思へり」

　逝《ゆ》ける日は追へども帰らざるに逝ける事は長《とこ》しへに暗きに葬むる能《あた》はず。思ふまじと誓へる心に発矢《はっし》と中《あた》る古き火花もあり。

「伴ひて館《やかた》に帰し参らせんと云へば、黄金《こがね》の髪を動かして何処《いずこ》へとも、とうなづく……」と途中に句を切つたアーサーは、身を起して、両手にギニギアの頰《ほお》を抑へながら上より妃《ひ》の顔を覗《のぞ》き込む。新たなる記憶につれて、新たなる愛の波が、一しきり打ち返したのであらう。——王妃の頰は屍《しかばね》を抱《いだ》くが如《ごと》く冷たい。アーサーは覚えず抑へたる手を放す。折から廻廊《かいろう》を遠く人の踏む音がして、罵《ののし》る如き幾多《いくた》の声は次第にアーサーの室に逼《せま》る。

入口に掛けたる厚き幕は総《ふさ》に絞らず。長く垂れて床《ゆか》をかくす。かの足音の戸に近くしばらくとまる時、垂れたる幕を二つに裂いて、髪多く丈《たけ》高き一人の男があらはれた。モードレッドである。

モードレッドは会釈《えしやく》もなく室の正面迄《まで》つか〳〵と進んで、王の立てる壇の下にとゞまる。続いて入《い》るはアグラヴェン、逞《たく》ましき腕の、寛《ゆる》き袖《そで》を洩《も》れて、赭《あか》き頸《くび》の、かたく衣《ころも》の襟《えり》に括《くく》られて、色さへ変る程肉づける男である。二人の後《あと》には物色《ぶつしよく》する遑《いとま》なきに、どや〳〵と、我勝《が》ちに乱れ入《い》りて、モードレッドを一人前《ひとりまえ》に、ずらりと並ぶ、数は凡《すべ》てにて十二人。何事かなくては叶《かな》はぬ。

モードレッドは、王に向つて会釈《えしやく》せる頭《かしら》を擡《もた》げて、そこ力のある声にて云ふ。「罪あるを罰《ばつ》するは王者《おうしや》の事か」

「問はずもあれ」と答へたアーサーは今更《いまさら》と云ふ面持《おももち》である。

「罪あるは高きをも辞せざるか」とモードレッドは再び王に向つて問ふ。

アーサーは我とわが胸を敲《たた》いて「黄金《おうごん》の冠《かんむり》は邪《よこしま》の頭《かしら》に戴《いただ》かず。天子の衣《ころも》は悪を隠さず」と壇上に延び上る。肩に括《くく》る緋の衣《ころも》の、裾《すそ》は開《ひら》けて、白き裏が雪の如《ごと》く光る。

「罪あるを許さずと誓はば、君が傍《かたえ》に坐《ざ》せる女をも許さじ」とモードレッドは臆《おく》する気色《けしき》もなく、一指《いつし》を挙げてギニギアの眉間《みけん》を指す。ギニギアは屹《き》と立ち上る。

茫然《ぼうぜん》たるアーサーは雷火に打たれたる唖《おし》の如く、わが前に立てる人——地を抽《ぬ》き出《い》でし巌《いわお》とばかり立てる人——を見守る。口を開《ひら》けるはギニギアである。

「罪ありと我を誣《し》ひるか。何をあかしに、何《なん》の罪を数へんとはする。詐《いつわ》りは天も照覧あれ」と繊《ほそ》き手を抜け出《い》でよと空高く挙げる。

「罪は一つ。ランスロットに聞け。あかしはあれぞ」と鷹《たか》の眼《め》を後ろに投ぐれば、並びたる十二人は悉《ことごと》く右の手を高く差し上げつゝ、「神も知る、罪は逃れず」と口々に云ふ。ギニギアは倒れんとする身を、危《あやう》く壁掛に扶《たす》けて「ランスロット！」と幽《かすか》に叫ぶ。王は迷ふ。肩に纏《まつ》はる緋の衣《ころも》の裏を半ば返して、右手《めて》の掌《たなごころ》を十三人の騎士に向けたる儘《まま》にて迷ふ。

此時館《このときやかた》の中に「黒し、黒し」と叫ぶ声が石堞《せきちょう》に響《ひびき》を反《かえ》して、窈然《ようぜん》と遠く鳴る木枯《こがらし》の如《ごと》く伝はる。やがて河に臨む水門を、天にひゞけと、錆《さ》びたる鉄鎖《てつさ》に軋《きし》らせて開《ひら》く音がする。室の中なる人々は顔と顔を見合はす。只《ただ》事《ごと》ではない。

五、舟

「鍪《かぶと》に巻ける絹の色に、槍《やり》突き合はす敵の目も覚《さ》むべし。ランスロットは其日《そのひ》の試合に、二十余人の騎士を仆《たお》して、引《ひ》き挙ぐる間際《まぎわ》に始めて吾名《わがな》をなのる。驚く人の醒《さ》めぬ間《ま》を、ラヴンと共に埒《らち》を出《い》でたり。行《ゆ》く末《すえ》は勿《もち》論《ろん》アストラットぢや」と三日過ぎてアストラットに帰れるラヴンは父と妹に物語る。

「ランスロット？」と父は驚きの眉《まゆ》を張る。女は「あな」とのみ髪に挿《さ》す花の色を顫《ふる》はす。

「二十余人の敵と渡り合へるうち、何者の槍を受け損じてか、鎧《よろい》の胴を二寸下《さが》りて、左の股《また》に創《きず》を負ふ……」

「深き創《きず》か」と女は片唾《かたず》を呑《の》んで、懸念の眼《め》を睜《みは》る。

「鞍《くら》に堪へぬ程にはあらず。夏の日の暮れ難《がた》きに暮れて、蒼《あお》き夕《ゆうべ》を草深き原のみ行《ゆ》けば、馬の蹄《ひづめ》は露《つゆ》に濡《ぬ》れたり。――二人は一言《ひとこと》も交はさぬ。ランスロットの何《なん》の思案に沈めるかは知らず、われは昼の試合のまたあるまじき派手《はで》やかさを偲《しの》ぶ。風渡る梢《こずえ》もなければ馬の沓《くつ》の地を鳴らす音のみ高し。――路《みち》は分れて二筋《ふたすじ》となる」

「左へ切ればこゝ迄《まで》十哩《マイル》ぢや」と老人が物知り顔に云ふ。

「ランスロットは馬の頭《かしら》を右へ立て直す」

「右？　右はシヤロットへの本街道、十五哩は確かにあらう」是《これ》も老人の説明である。

「其《その》シヤロットの方《かた》へ――後《あと》より呼ぶ吾《われ》を顧みもせで轡《くつわ》を鳴らして去る。已《や》むなくて吾も従ふ。不思議なるはわが馬を振り向けんとしたる時、前足を躍《おど》らしてあやしくも嘶《いなな》ける事なり。嘶く声の果《はて》知らぬ夏野《なつの》に、末広《すえひろ》に消えて、馬の足掻《あがき》の常の如《ごと》く、わが手綱《たづな》の思ふ儘《まま》に運びし時は、ランスロットの影は、夜《よ》と共に微《かす》かなる奥に消えたり。——われは鞍《くら》を敲《たた》いて追ふ」

「追ひ付いてか」と父と妹は声を揃《そろ》へて問ふ。

「追ひ付ける時は既に遅くあつた。乗る馬の息の、闇押し分けて白く立ち上《あが》るを、いやがうへに鞭《むちう》つて長き路を一散に馳《か》け通す。黒きものゝ夫《それ》かとも見ゆる影が、二丁許《ばか》り先に現はれたる時、われは肺を逆しまにしてランスロットと呼ぶ。黒きものは聞かざる真似《まね》して行《ゆ》く。幽《かす》かに聞えたるは轡《くつわ》の音か。怪しきは差して急げる様《さま》もなきに容易《たやす》くは追ひ付かれず。漸《ようや》くの事間《あいだ》一丁程に逼《せま》りたる時、黒きものは夜《よる》の中に織り込まれたる如《ごと》く、ふつと消える。合《が》点《てん》行《ゆ》かぬわれは益《ますます》追ふ。シヤロットの入口に渡したる石橋に、蹄《ひづめ》も砕けよと乗り懸けしと思へば、馬は何物にか躓《つまず》きて前足を折る。騎《の》るわれは鬣《たてがみ》をさかに扱《こ》いて前にのめる。戛《かつ》と打つは石の上と心得しに、われより先に斃《たお》れたる人の鎧《よろい》の袖《そで》なり」

「あぶない！」と老人は眼《め》の前の事の如くに叫ぶ。

「あぶなきはわが上ならず。われより先に倒れたるランスロットの事なり……」

「倒れたるはランスロットか」と妹は魂消《たまぎ》ゆる程の声に、椅子《いす》の端《はじ》を握る。椅子の足は折れたるにあらず。

「橋の袂《たもと》の柳の裏《うち》に、人住むとしも見えぬ庵室《あんしつ》あるを、試みに敲《たた》けば、世を逃れたる隠士の居《きよ》なり。幸ひと冷たき人を担《かつ》ぎ入《い》るゝ。兜《かぶと》を脱げば眼さへ氷りて……」

「薬を掘り、草を煮《に》るは隠士の常なり。ランスロットを蘇《よみがえ》してか」と父は話し半ばに我句を投げ入るゝ。

「よみ返しはしたれ。よみに在《あ》る人と択《えら》ぶ所はあらず。吾《われ》に帰りたるランスロットはまことの吾に帰りたるにあらず。魔に襲はれて夢に物云ふ人の如く、あらぬ事のみ口走る。あるときは罪〳〵と叫び、あるときは王妃《おうひ》——ギニヸア——シヤロットと云ふ。隠士が心を込むる草の香りも、煮《に》えたる頭《かしら》には一点の涼気《りようき》を吹かず。

……」

「枕辺にわれあらば」と少女《おとめ》は思ふ。

「一夜の後《のち》たぎりたる脳の漸《ようや》く平らぎて、静かなる昔の影のちら〳〵と心に映る頃、ランスロットはわれに去れと云ふ。心許さぬ隠士は去るなと云ふ。兎角《とかく》して二日を経たり。三日目の朝、われと隠士の眠《ねむり》覚めて、病む人の顔色の、今朝如何《いかが》あらんと臥床《ふしど》を窺《うかが》へば——在《あ》らず。剣《つるぎ》の先にて古壁に刻み残せる句には罪は吾を追ひ、吾は罪を追ふとある」

「逃れしか」と父は聞き、「いづこへ」と妹はきく。

「いづこと知らば尋ぬる便りもあらん。茫々《ぼうぼう》と吹く夏野《なつの》の風の限りは知らず。西東《にしひがし》日の通ふ境は極めがたければ、独り帰り来《き》ぬ。——隠士は云ふ、病怠《おこた》らで去る。かの人の身は危うし。狂ひて走る方《かた》はカメロットなるべしと。うつゝのうちに口走れる言葉にてそれと察せしと見ゆれど、われは確《しか》と、さは思はず」と語り終つて盃《さかずき》に盛る苦き酒を一息に飲み干《ほ》して虹《にじ》の如《ごと》き気を吹く。妹は立つてわが室に入《い》る。

花に戯《たわ》むるゝ蝶《ちょう》のひるがへるを見れば、春に憂《うれい》ありとは天下を挙げて知らぬ。去れど冷やかに日落ちて、月さへ闇に隠るゝ宵を思へ。——ふる露《つゆ》のしげきを思へ。——薄き翼のいかばかり薄きかを思へ。——広き野の草の陰に、琴の爪《つめ》程小《ちい》さきものゝ潜《ひそ》むを思へ。——畳む羽に置く露の重きに過ぎて、夢さへ苦しかるべし。果《はて》知らぬ原の底に、あるに甲斐《かい》なき身を縮めて、誘ふ風にも砕くる危うきを恐るゝは淋《さび》しからう。エレーンは長くは持たぬ。

エレーンは盾《たて》を眺めて居《い》る。ランスロットの預けた盾を眺め暮して居《い》る。其《その》盾には丈《たけ》高き女の前に、一人の騎士が跪《ひざま》づいて、愛と信とを誓へる模様が描かれて居《い》る。騎士の鎧《よろい》は銀、女の衣《ころも》は炎の色に燃えて、地《じ》は黒に近き紺《こん》を敷く。赤き女のギニギアなりとは憐《あわ》れなるエレーンの夢にだも知る由《よし》がない。

エレーンは盾の女を己《おの》れと見立てゝ、跪《ひざ》まづけるをランスロットと思ふ折さへある。斯くあれと念ずる思ひの、いつか心の裏《うち》を抜け出《い》でゝ、斯くの通りと盾の表にあらはれるのであらう。斯くありて後と、あらぬ礎《いしずえ》を一度《ひとた》び築ける上には、そら事を重ねて、其《その》そら事の未来さへも想像せねば已《や》まぬ。

重ね上げたる空想は、又崩れる。児戯に積む小石の塔を蹴返《けかえ》す時の如くに崩れる。崩れたるあとの吾《われ》に帰りて見れば、ランスロットは在《あ》らぬ。気を狂ひてカメロットの遠きに走れる人の、吾《わ》が傍にある所謂《いわれ》はなし。

離るゝとも、誓《ちかい》さへ渝《かわ》らずば、千里を繋《つな》ぐ牽《ひ》き綱もあらう。ランスロットとわれは何を誓へる？　エレーンの眼《め》には涙が溢《あふ》れる。

涙の中に又思ひ返す。ランスロットこそ誓はざれ。一人誓へる吾《われ》の渝《かわ》るべくもあらず。二人の中に成り立つをのみ誓《ちかい》とは云はじ。われとわが心にちぎるも誓には洩《も》れず。此《この》誓だに破らずばと思ひ詰める。エレーンの頬《ほお》の色は褪《あ》せる。

死ぬ事の恐しきにあらず、死したる後《のち》にランスロットに逢《あ》ひ難《がた》きを恐るゝ。去れど此世《このよ》にての逢ひ難きに比《くら》ぶれば、未来に逢ふの却《かえ》つて易《やす》きかとも思ふ。罌粟《けし》散るを憂《う》しとのみ眺むべからず、散ればこそ又咲く夏もあり。エレーンは食を断《た》つた。

衰へは春野《はるの》焼く火と小さき胸を侵《お》かして、愁《うれい》は衣《ころも》に堪へぬ玉骨《ぎょっこつ》を寸々《すんずん》に削る。今迄《まで》は長き命とのみ思へり。よしやいつ迄もと貪《むさぼ》る願《ねがい》はなくとも、死ぬと云ふ事は夢にさへ見しためしあらず、束《つか》の間《ま》の春と思ひあたれる今日となりて、つら〳〵世を観ずれば、日に開《ひら》く蕾《つぼみ》の中にも恨《うらみ》はあり。円《まる》く照る明月のあすをと問はゞ淋《さび》しからん。エレーンは死ぬより外《ほか》の浮世《うきよ》に用なき人である。

今は是《これ》迄の命と思ひ詰めたるとき、エレーンは父と兄とを枕辺に招きて「わが為めにランスロットへの文《ふみ》かきて玉《たま》はれ」と云ふ。父は筆と紙を取り出《い》でゝ、死なんとする人の言の葉を一々に書き付ける。

「天《あめ》が下に慕へる人は君ひとりなり。君一人の為めに死ぬるわれを憐《あわ》れと思へ。陽炎《かげろう》燃ゆる黒髪の、長き乱れの土となるとも、胸に彫るランスロットの名は、星変る後《のち》の世迄も消えじ。愛の炎に染めたる文字の、土水《どすい》の因果を受くる理《ことわり》なしと思へば。睫《まつげ》に宿る露《つゆ》の珠《たま》に、写ると見れば砕けたる、君の面影《おもかげ》の脆《もろ》くもあるかな。わが命もしかく脆きを、涙あらば濺《そそ》げ。基督《キリスト》も知る、死ぬる迄清き乙女《おとめ》なり」

書き終りたる文字は怪しげに乱れて定かならず。年寄の手の顫《ふる》へたるは、老《おい》の為とも悲《かなしみ》の為とも知れず。

女又云《い》ふ。「息絶えて、身の暖かなるうち、右の手に此文《このふみ》を握らせ給《たま》へ。手も足も冷え尽したる後《のち》、ありとある美しき衣《きぬ》にわれを着飾り給へ。隙間《すきま》なく黒き布しき詰めたる小船の中にわれを載せ給へ。山に野に白き薔《ば》薇《ら》、白き百合《ゆり》を採り尽して舟に投げ入れ給へ。——舟は流し給へ」

かくしてエレーンは眼《め》を眠る。眠りたる眼は開《ひら》く期《ご》なし。父と兄とは唯々《いい》として遺言の如《ごと》く、憐《あわ》れなる少女《おとめ》の亡骸《なきがら》を舟に運ぶ。

古き江に漣《さざなみ》さへ死して、風吹く事を知らぬ顔に平《たいら》かである。舟は今緑り罩《こ》むる陰を離れて中流に漕《こ》ぎ出《い》づる。櫂《かい》操るは只《ただ》一人、白き髪の白き髯《ひげ》の翁《おきな》と見ゆ。ゆるく掻《か》く水は、物憂《ものう》げに動いて、一櫂《ひとかい》ごとに鉛《なまり》の如き光りを放つ。舟は波に浮ぶ睡蓮《すいれん》の睡《ねむ》れる中に、音もせず乗り入《い》りては乗り越して行《ゆ》く。蕚《うてな》傾けて舟を通したるあとには、軽《かろ》く曳《ひ》く波足と共にしばらく揺れて花の姿は常の静《しずけ》さに帰る。押し分けられた葉の再び浮き上る表には、時ならぬ露《つゆ》が珠《たま》を走らす。

舟は杳然《ようぜん》として何処《いずく》ともなく去る。美しき亡骸《なきがら》と、美しき衣《きぬ》と、美しき花と、人とも見えぬ一個の翁《おきな》とを載せて去る。翁は物をも云はぬ。只《ただ》静かなる波の中に長き櫂をくゞらせては、くゞらす。木に彫る人を鞭《むちう》つて起《た》たしめたるか、櫂を動かす腕の外《ほか》には活きたる所なきが如くに見ゆる。

と見れば雪よりも白き白鳥が、収めたる翼に、波を裂いて王者《おうしゃ》の如く悠然と水を練り行《ゆ》く。長き頸《くび》の高く伸《の》したるに、気高《けだか》き姿はあたりを払つて、恐るゝものゝありとしも見えず。うねる流《ながれ》を傍目《わきめ》もふらず、舳《へさき》に立つて舟を導く。舟はいづく迄《まで》もと、鳥の羽《は》に裂けたる波の合はぬ間《ま》を随《したが》ふ。両岸の柳は青い。

シヤロツトを過ぐる時、いづくともなく悲しき声が、左の岸より古き水の寂寞《じゃくまく》を破つて、動かぬ波の上に響く。「うつせみの世を、……うつゝ……に住めば……」絶えたる音はあとを引いて、引きたるは又しばらくに絶えんとす。聞くものは死せるエレーンと、艫《とも》に坐《すわ》る翁のみ。翁は耳さへ借さぬ。只《ただ》長き櫂をくゞらせてはくゞらする。思ふに聾《つんぼ》なるべし。

空は打ち返したる綿を厚く敷けるが如く重い。流《ながれ》を挟む左右の柳は、一本毎《ごと》に緑りをこめて濛々《もうもう》と烟《けぶ》る。娑《しゃ》婆《ば》と冥府《めいふ》の界《さかい》に立ちて迷へる人のあらば、其《その》人の霊を並べたるが此気色《このけしき》である。画《え》に似たる少女《おとめ》の、舟に乗りて他界へ行《ゆ》くを、立ちならんで送るのでもあらう。

舟はカメロツトの水門に横付けに流れて、はたと留《と》まる。白鳥の影は波に沈んで、岸高く峙《そばだ》てる楼閣の黒く水に映るのが物凄《ものすご》い。水門は左右に開《ひら》けて、石階《せっかい》の上にはアーサーとギニギアを前に、城中の男女《なんにょ》が悉《ことごと》く集まる。

　エレーンの屍《しかばね》は凡《すべ》ての屍のうちにて最も美しい。涼《すず》しき顔を、雲と乱るゝ黄金《こがね》の髪に埋《うず》めて、笑へる如《ごと》く横《よこた》はる。肉に付着するあらゆる肉の不浄を拭《ぬぐ》ひ去つて、霊其物《そのもの》の面影を口鼻《こうび》の間《あいだ》に示せるは朗《ほがら》かにも又極めて清い。苦しみも、憂《うれ》ひも、恨《うら》みも、憤《いきどお》りも――世に忌《いま》はしきものゝ痕《あと》なければ土に帰る人とは見えず。

　王は厳《おごそ》かなる声にて「何者ぞ」と問ふ。櫂《かい》の手を休めたる老人は唖《おうし》の如《ごと》く口を開《ひら》かぬ。ギニギアはつと石階を下《くだ》りて、乱るゝ百合《ゆり》の花の中より、エレーンの右の手に握る文《ふみ》を取り上げて何事と封を切る。

　悲しき声は又水を渡りて、「……うつくしき……恋、色や……うつらう」と細き糸ふつて波うたせたる時の如くに人々の耳を貫《つらぬ》く。

　読み終りたるギニギアは、腰をのして舟の中なるエレーンの額《ひたい》――透き徹《とお》るエレーンの額に、顫《ふる》へたる唇をつけつゝ「美くしき少女！」と云ふ。同時に一滴の熱き涙はエレーンの冷たき頬《ほお》の上に落つる。

　十三人の騎士は目と目を見合せた。


（明治三八年一一月「中央公論」）

解説

幻想作家漱石

富士川義之

夏目漱石はふつう幻想作家というふうには呼ばれない。そんな呼び方だけでは到底おさまりきらぬ豊かな文学的実質と多様性をこの大作家が明示したことはあらためて指摘するまでもなかろう。にもかかわらず、漱石が幻想に対して親和性を鋭く感受せずにはいられなかった作家であることは、「倫敦塔」「幻影の盾」など七つの短篇を収める『漾虚《ようきょ》集』や『夢十夜』などの初期作品を読めば一目瞭然である。そして生とかかわる漱石の本質がすこぶる夢想的なものであり、少からず非日常的な幻想に依存していることに気づかずにはいられない。幻想作家漱石という呼称が少くとも『漾虚集』や『夢十夜』について当てはまることは疑うべくもないのである。

漱石は『吾輩は猫である』の執筆を続けながら、のちに『漾虚集』として纏められる一連の短篇を矢継ぎ早に書いていた。明治三十八年（一九〇五）のことである。火山の噴火を連想させぬでもない旺盛きわまる創作欲の奔出に驚嘆せざるを得ないが、興味深いのは、漱石が写実性の強い諷刺小説『吾輩は猫である』を書きとばすかたわら、『漾虚集』の各短篇のような幻想性を濃厚に帯びた作品を次々に完成させていたことである。軽快に筆の運んだ『吾輩は猫である』にひきかえ、『漾虚集』の各短篇の執筆にはかなり難渋をきたしたというが、日常世界に向って開かれた『吾輩は猫である』に比べると、閉ざされた非日常的な幻想世界を描こうとした『漾虚集』が、その分だけ困難な作業にならざるを得なかったことは想像に難くない。しかし、その文学的出発に当っては「倫敦塔」から「幻影《まぼろし》の盾」「薤露《かいろ》行《こう》」にいたる幻想的な短篇の系列をむしろ重視していたのではないかとも思えるし、事実、その形跡は当時の書簡によってもある程度確かめることができるのである。ともかく形式的に言えば、『吾輩は猫である』は「写実派」、『漾虚集』は「浪漫派」に属することになろうが、しかしそんな形式的な区分など問題にせず、どんどん書いていった漱石の知的な逞しさに今更ながら強い印象を受けずにはいない。

ところで『漾虚集』の表題は宋の禅僧重顕《じゅうけん》の詩句「春山は乱青を畳み／春水は虚碧《きょくへき》に漾《ただよ》う」に由来するという。英国留学以前の熊本時代の漱石が自分の書斎を「漾虚碧堂」と称していたことからも知られるように、「虚に漾う」という詩句を漱石は大層気に入っていて早くから座右銘にしていた。「虚に漾う」とは要するに虚の世界を幻影のように揺れ動くということである。その詩句に人生を虚の世界、無常の世界と見る自分の東洋的人生観の心髄を認めていたのかもしれない。明治二十九年（一八九六）、熊本第五高等学校発行の『龍南会雑誌』に寄せた短文「人生」の冒頭で、

「空を劃して居る之を物といひ、時に沿うて起る之を事といふ、事物を離れて心なく、心を離れて事物なし、故に事物の変遷推移を名づけて人生といふ」

と定義しているとおり、若き漱石にとって、事物の変遷推移してやまぬ人生は、実よりも虚として受取らざるを得ない何ものかとしてあった。変遷推移するがゆえに、人生は確固とした実体を何も与えぬからである。ここに、漢文的な修辞法を超える、生についての漱石の基本認識、あるいは人生観の核心があると言ってよい。さらには若年の漱石が無常感を説いた鴨長明『方丈記』の英訳者であった事実を想起してもよいだろう。

ともかく「虚に漾う」というのは、『漾虚集』から窺い知れる漱石における人生感覚の根幹にあるものと見ることができる。彼の幻想はそういう人生感覚と直接結びついて生まれてくるのである。その最初の顕著な例が短篇「倫敦塔」にほかならない。

漱石は明治三十三年（一九〇〇）十月二十八日にパリ経由でロンドンに到着、二年間におよぶ留学生活を開始するが、年譜によると、三日後の三十一日には早くもロンドン塔見物に出かけている。この短篇の冒頭に記されているように、その折の印象に基づいて作られた作品であることは明白だが、これはむろん単なる随筆仕立ての印象記でも紀行文でもない。なにぶん着いたばかりのことで、方角も地理もさっぱり分らない。「丸で御殿場の兎が急に日本橋の真中へ抛り出された様な心持ちであつた。」それゆえ、塔までの往復の道のりがどのようなものであったのか、どう考えても思い出せない。しかし、いまでもありありと眼前に浮ぶのは、「馬、車、汽車」などの二十世紀文明から取り残されたまるで「宿世《すくせ》の夢の焼点の様」な倫敦塔のことばかり。

こうした方向感覚の喪失のすえに非日常的な別世界へと導かれてゆくというのは、漱石作品に少からず見出せる重要な型となっているが、その本質は夢の記述に近い。たとえば散歩に出た語り手が露次の入口に立つ一人の女（「百年の昔から此処に立つて、目も鼻も口もひとしく自分を待つてゐた顔である。百年の後迄自分を従へて何処迄も行く顔である」）に導かれて、細く薄暗い、どこまでも続く迷路のような露次を、女のあとについて行くという奇妙な話「心」（『永日小品』所収）。この「心」など『夢十夜』中の一篇とも見えるくらいの無気味なリアリティを備えている。そう言えば『夢十夜』の「第十

夜」も籠詰めを届けるために女客と一緒に店を出た庄太郎という男が、電車に乗って山へ行き、絶壁の上まで女に連れ出されて何万頭というおびただしい豚の群れに激しく脅かされる悪夢の話だった。その他、方向感覚の喪失が一種実存的な不安感といったものを呼び起こすさまならば、やはりロンドン滞在中の経験に基づく『永日小品』所収の「暖かい夢」「印象」「霧」などを挙げることができる。

「倫敦塔」では、塔橋を渡る頃に非日常的時間へと移行していく。そして「憂の国に行かんとするもの此《この》門を潜れ」で始まるダンテ『神曲』地獄篇第三歌の一節が、どこかに刻まれていないかと思いながら塔門を潜るあたりから、「余は既に常態を失つて居る」と語られる。とはつまり、「二十世紀の倫敦がわが心の裏《うち》から次第に消え去ると同時に眼前の塔影が幻の如き過去の歴史を吾が脳裡に描き出して来る」ということ、つまり幻影の氾濫にほかならない。語り手にとって、塔の内部は、歴史の断片が幻影として甦ってくる閉ざされた空間なのだ。その際塔の中の世界が劇場の舞台に似せて描かれているのは興味深い。「余」がいったん塔門を潜ると同時に、倫敦塔にまつわる奇怪で悲惨な歴史の幻影がさながら走馬燈のように次々に断片的に映し出される劇場に入ったような趣を呈しているからだ。漱石がこの作品で舞台を明瞭に意識しながら書いていることは次の例を挙げるだけで十分だろう。「忽然《こつぜん》舞台が廻る。見ると塔門の前に一人の女が黒い喪服を着て悄然として立って居る」とか、「舞台が又かわる」とか、「空想の舞台」とか、「空想の幕は既にあいて居る」とか。

「忽然舞台が廻る」や「舞台が又かわる」などといった指示表現からも明白なとおり、塔の中の世界はいわば回り舞台となっていて、目まぐるしく変化してやまぬ舞台上を、時空を超えて大僧正クランマーやワイアット、エドワード四世の二王子やジェーン・グレイや首斬り役人たちが幻影のように通り過ぎてゆく。このような描き方はいわゆる「ファンタズマゴリア」劇場を連想させないではいない。

「魔術幻燈」とも訳される「ファンタズマゴリア」とは、要するに幻燈機を使って歴史上の人物や幽霊やピクチュアレスクな風景などを半透明のスクリーン上に映し出す、ヴィクトリア朝初期から中葉にかけて大流行した見世物のことである。その超自然的で無気味な視覚的効果が当時爆発的な人気を集めたのだった。リチャード・D・オールティックの大著『ロンドンの見世物』から説明文を引いておく。

ファンタズマゴリアの仕掛けはすこぶる簡単だった。

光源は半透明のスクリーンの背後に距離を置いて置かれた幻燈であり、スクリーンはパリで使用された煙よりもずっと信頼でき扱いやすかった。可動性の台部と調節可能なレンズが、効果（無気味に前進したり退いたりする人物像の幻影）に応じて、さまざまの映像を増大させたり縮小させることを可能にした。亡霊のような人物像はガラス製の「スライド」の上に描かれており、場内は光を集中させるために消灯され、観客の恐ろしいほどの注意力は明るい映像にそそがれた。

オールティックによれば、幻燈を改良した「ファンタズマゴリア」なる機械がロンドンのライシーアム劇場で最初に実演展示されたのは一八〇二年のこと。その後この機械は改良に改良を重ね、ついには映画の発明への道を切りひらくことになるが、オールティックが強調するように、これがヴィクトリア朝の視覚文化において果した役割は極めて大きなものがあった。「倫敦のアミューズメント」と題する講演をしているほどだから、留学当時はかなり人気も下火になっていたとはいえ、見世物に無関心ではなかった漱石が「ファンタズマゴリア」劇場を知っていた可能性は少なくないであろう。あるいは漱石が蔵書目録まで作成しているトマス・カーライルの『過去と現在』に、中世の修道院社会を「ファンタズマゴリア」劇場の一幕として提示する有名な部分があることを当然知っていただろう。カーライルは「過去」（中世時代）を「現代」に生き返らせ、それを大衆により受け入れやすいかたちで伝えるべく、「ファンタズマゴリア」劇場という設定を利用したのである。カーライルは従来の歴史書におけるような、歴史上の事件が整然と年代順に並べられるという書法に違和感を感じていた。そうした立場から、現代という舞台上で演じられるのは、歴史という全体から一部だけを切り取った断片にすぎないという歴史記述についての考え方を明らかにしてみせる。断片の寄せ集めというかたちで、また「ファンタズマゴリア」劇場という設定を用いて、歴史を表現しようとするこのカーライルの方法を、いまは示唆のみにとどめたいが、「倫敦塔」の漱石は自家薬籠中のものとしていたのではあるまいか。とくに回り舞台の上で次々にその生涯の断面を演じては消えてゆく幻影としての歴史を描き込んでいる点で。

ところで塔の中を見物して宿に無我夢中で戻ったあと、「余」の空想は「二十世紀の倫敦人」である主人によって見事に打ち壊わされてしまう。「夫《それ》からは人と倫敦塔の話しをしない事に極めた。又再び見物に行かない事に極めた」という結末の一節は、日常の現実のなかで幻影を追うことの困難さに気づかずにはいられぬ作者の苦々しい認識の表明であるに違いない。そういう認識を、もっと軽い、随筆風の作品であらためて確認しているのが、カーライルの旧宅訪問記である「カーライル博物館」である。何しろ、カーライルの旧宅ときたら、周囲を堅固な城壁で囲まれた倫敦塔とは大違いで、「往来から直ちに戸が敲《たた》けるほどの道傍《みちばた》に建てられた四階造の真四角な家」なのだから、色んな騒音やら何やらが遠慮会釈なく飛び込んで来てどうも落着かない。苛々してしまう。カーライルが書斎にしていたという四階の屋根裏部屋に上がった「余」は、そこに街の騒音から隔離された静謐な空間を求めようとするものの、そこもまた別世界ではあり得ない。「下界の声が呪の如く彼を追ひかけて旧の如くに彼の神経を苦しめた」場所であるのだから。「下界の声」に「呪の如く」苦しめられるカーライルを微苦笑を浮べながら、淡い筆致で描き出したような趣をもつ散文だが、騒音に対して異様なほど神経を尖らせているのは、ほかならぬ漱石自身でもある。彼は物音に極めて鋭敏な反応を見せる作家であった。その一例として小品「変な音」を収録してみたのである。

「カーライル博物館」は、日常的な時間の中で幻影を追うことの難しさを語りかけるが、それにもかかわらずと言うか、あるいはそれゆえにこそ漱石は、「幻影の盾」や「薤露行」において、幻影としての別世界という主題にいっそう深くのめり込んでいく。そこには日常の現実とは異なる非日常的な空間を夢見る文学的想像力を、ほとんどむきになって擁護するロマンティックな夢想家漱石の姿をはっきりと認めることができよう。「幻影の盾」と「薤露行」の漱石は、「倫敦塔」以上に、別世界を夢見てやまぬ夢想家であるからだ。

まず「幻影の盾」から。これはアーサー大王の時代にブレトンの騎士が若き美女に懸想する話。宮廷恋愛を主題とする中世ロマンスに倣って作られたことは歴然としているが、「薤露行」における典拠アーサー王伝説とは違って、直接の典拠は必ずしも分明ではないと言われている。

ヰリアムは盾を自分の室の壁に懸けて朝夕これを眺めるばかり。この盾はその名を「幻影《まぼろし》の盾」といい、「過去、現在、未来に渉《わた》つて」願いを叶える不可思議な「霊の盾」である。ヰリアムはこの盾を覗き込みながら自分の過去の「心の物語り」、つまり盾のなかに映し出される恋人クララとの物語を繰り返し反芻する。

ヰリアムは白夜の城主狼のルーファスの家臣である。白夜の城主と夜鴉の城主とは二十年来親密な間柄であったが、去年から激しい敵対関係に陥ってしまい、明日にも戦闘が始まるような雲行きだ。夜鴉の城主の娘クララを熱愛するヰリアムは何とか彼女を救出したいと願う。

その願いを叶えてくれるのが幻影の盾で、盾のなかに彫り刻まれた夜叉の毛髪（つまり無数の蛇の舌）の予言によって、戦いの始まる七日目の午《ひる》過ぎの直前に船でクララが脱出することを知らされる。帆柱に掲げられた旗が白ならばクララとの再会は絶望、赤ならば彼女が乗船している証拠になる。

予言どおりクララは帆柱に赤い旗を掲げて南の国で待つヰリアムのもとへとやって来る。空も海も遠くの山もすべて濃き藍色に染まり、庭には「黄な花、赤い花、紫の花、紅の花」が咲き乱れ、「暖かき草の上」に坐った二人の恋人の頭上からは林檎の花がはらはらと舞い落ちる。典型的な愛の至福の世界である。そして恋人たちが熱き接吻を交わしたあと、こもごも“Druerie!”と歓喜の声を上げると、海も山も丘も木も花も「ドルエリと答える。」けれどもこれはすべて「盾の中の世界」のことなのだ。盾はヰリアムであり、ヰリアムは盾であった。ヰリアムは幻影の中でのみクララへの愛を成就し得たのである。盾の中に映し出される世界にのみ愛が漾い、それもまた幻影にすぎぬという。

幻影の盾が文学的想像力の換喩になっていることは明白だろう。盾の中の世界であるかぎり、どんなに荒唐無稽な物語であろうとも、許されるべきだとする文学的信念を漱石はもっていたと思われる。幻想作家漱石の誕生は夢想や想像力を他のいかなるものにもまして擁護しようとする根本的姿勢に由来すると言ってよい。ここでは当然のことながら日常的な時間の流れは停止し、すべてがさながら夢の中の出来事のように描かれているという印象を受ける。「日記及断片」に漱石は「コンデンスド、エキスピリエンス」「十年の命を縮めて一年とし……一分の間に」「楯から抜け出す。純一無雑。夢のセオリー」という短いメモを書き記しているが、経験の圧縮された表象から成る夢の特性を活用しようとする意識が初期の漱石にはつねにあり、これは『漾虚集』の諸作品、『夢十夜』や『永日小品』の一部などに共通して見出せる傾向と言ってよい。

このような傾向はどこから生じたのだろうか。夢にひどく感じやすいという生来の資質が多分に作用していたであろうことは言うまでもなかろう。精神分析の真似などするつもりはないから資質の問題は一応度外視すると、幻想作家漱石について考えるとき、この作家におけるE・A・ポーの文学の少からぬ重要性ということに気づかざるを得ない。明治四十二年（一九〇九）に発表された短文「ポーの想像」で、漱石はポーが「非常な想像家」であることを強調し、「而かも其の想像たるや人情或は性格に関する想像でない、云はゞ事件構造の想像、即ちConstructive imaginationである」と述べている。

さらに続けて、

「而かも其の事件は、日常聞睹の区域を脱した supernatural もしくは superhuman な愕くべき別世界の消息である。此の愕くべき別世界と云ふのは、彼の詩の"The Raven"に歌つてあるやうな内面的の幽玄深秘で無い、極く外面的な主として読者の好奇心を釣つて行くと云つた風の、悪く云へば荒唐不稽な嘘話を作るに在る。併し嘘の想像譚と云つても、一種の scientific process を踏んだ想像でそれを精密に明晰に描写してゐる」

と記すとき、これはポーのみならず、『漾虚集』や『夢十夜』における漱石自身の創作法、あるいは想像力の働きについても同時に語っているのではないかという印象は拭えない。『漾虚集』や『夢十夜』は言ってみれば「荒唐不稽な嘘話」であり「嘘の想像譚」にほかならないからである。しかもポーの数多くの短篇小説が欧米の先行作品を下敷きにし、それらをまことに巧妙に換骨奪胎したものであるのと同様に、漱石の場合も、パロディへの意志がとりわけ「倫敦塔」「幻影の盾」「薤露行」においで顕著に見られることはすでに諸家の指摘するとおりである。

「薤露行」がサー・トマス・マロリーの『アーサー王の死』のほか、テニソンの長詩「ランスロットとエレーン」と短詩「シャーロットの女」を典拠とする作品であることは知られていよう。「薤露」とは薤《にら》の葉の上についた朝露のようにかわきやすく、はかない人の命ほどの意味、「行」は漢詩の自由形式を指すという。したがって「薤露行」とは貴人を葬送する自由形式による挽歌ということ。

全体は「夢」「鏡」「袖」「罪」「舟」の五章に分かれているが、ここでは「薤露行論」を展開するつもりはないので、作品の導入部にあたる最初の二章についてのみ簡単に触れておく。エピグラフにあるとおり、漱石はアーサー王伝説に依拠しながら、「主意はこんな事が面白いから書いて見様といふので、マロリーが面白いからマロリーを紹介しやうと云ふのではない」と執筆の意図を明らかにしている。すなわち"Constructive imagination"を駆使して「嘘の想像譚」を可能なかぎり「精密に明晰に」描いてみようとするパロディの試みである、というふうに言い換えることもできよう。

アーサー王の宮廷の騎士ランスロツトと王妃ギニギアの不倫の恋がまず発端にある。アーサー王が北の方でトーナメントを催すというのに、仮病をつかってカメロツトに居残ってぐずぐずしているランスロツト。そんなランスロツトが王妃の忠告に渋々従って出かけるところから物語は始まる。出発前にギニギアは昨夜見た「夢」

の話をする。ギニギアの冠の飾りの黄金の蛇が不意に動き出して、たちまちランスロットの方に「波の如くに延びると見る間《ま》に」巻きついて二人は離れられなくなったという夢の話である。蛇が肉欲の象徴であることは明白で、二人を結びつける愛の絆の強さを意味するエロティックな夢だが、しかし夢の後半ではその場に咲いている赤い薔薇が燃え出して、二人に絡みついている蛇を焼き切ってしまうとある。そのあと「何者かからからと笑ふ声して夢は醒《さ》めたり」という。このようにランスロットの北方行の不吉な予兆を告げる夢として第一章は終る。

出発したランスロットはまずシヤロットを通りかかる。川のほとりの高い塔の中で一人で機を織って暮しているのがシヤロットの女である。部屋には大きな鏡があって女は鏡に映る外界だけしか見ることを許されない。そこへ通りかかったランスロットが鏡に映り、シヤロットの女は思わず「鏡に向つて高くランスロット」と叫ぶ。すると鏡が真二つに割れ、シヤロットの女は呪いの言葉を発しながら死んでしまう。これが第二章「鏡」の要約である。

ここで漱石が典拠にしたテニソンの「シヤロットの女」とは細部において幾つか異同が見られることを簡単に指摘しておくべきだろう。たとえば、鏡は割れるのではなく横にひび割れるのであるということ。それを見た女はすぐに死ぬのではなく、「呪いが来た」と叫んで、塔の外へ出て、ランスロットのいるカメロットの城の方へと小舟で下って行くのだということ。そして歌を歌いながら死ぬという結末になっているということ。

テニソンのこの詩の解釈として従来かなり有力だったのは、シヤロットを社会から孤立した芸術家の象徴とする見方であろう。つまり芸術的想像力の塔の中に閉じこもって芸術という織物を織り上げる孤独な芸術家の姿を、シヤロットの女のイメージから読み取ろうとするのである。そんなシヤロットに呪いが振りかかるのは、外界と直接接触しようとするからだ、とされる。芸術家、とくに詩人はあくまでも外界から隔絶して想像力の塔の中にこもっていなければならない。そういったロマン主義的な芸術観を反映した詩として、テニソンのこの詩はもっぱら受取られてきたと言ってよい。

しかし、これは最近ではいささか紋切り型の解釈として退けられることが少くない。代って有力なのは、機を織るという女性の義務（「家庭の天使」として男性から女性に期待された役割）を放棄した瞬間に、女性は男性から「堕落した女」として見られる、あるいはまた、男を真に愛した女は死ななければならない、恋の成就のためには死の犠牲を伴うといった、ヴィクトリア朝社会における男性中心主義をあぶり出す、フェミニスト的な解釈である。

　それはそれとして、問題は漱石がシャロットの女にどのような役割をになわせようとしているのかということにつきよう。漱石のシャロットの女に孤独な芸術家のイメージを当てはめようとする解釈が一部に見られるようだが、それはやはり強引すぎると言わなければならない。シャロットの女の挿話は「薤露行」の一部にしかすぎないし、「幻影の盾」と同じく、この作品も部分が全体との有機的な連関性を保つように精緻に構想されているからだ。この作品で漱石は彼のいわゆる「事件構造の想像」（“Constructive imagination”）に基づいて書いていると言い直してもよい。漱石は紛れもなくマロリーの物語の構造的連関の緊密性に惹かれてこの作品を書いているのである。その点でいちばん注目すべきなのは、シャロットの女が「シャロットの女を殺すものはランスロット。ランスロットを殺すものはシャロットの女。わが末期《まつご》の呪《のろひ》を負ふて北の方《かた》へ走れ」と叫んで死ぬ第二章末尾である。これはテニソンの原詩にはない、全くの漱石の創作だが、この女の呪いが、第三章以下の挿話や場面におよんでいくように描かれていることを見逃してはなるまい。たとえばギニギアの不吉な夢の予兆と結びつきながら、実はシャロットと同じ女であるアストラットの城主の娘エレーンの「赤い袖」をつけてトーナメントに出たランスロットが二十数人の騎士を倒して優勝しながら深い傷を負うとか、赤い袖をつけたためにギニギアへの恋の裏切りの嫌疑を受けるとか、などなど。すなわち第二章のみを取り出して単独にではなく、作品全体の「事件構造」の中で見るならば、孤独な芸術家像など浮んでくる筈もないのである。漱石のシャロットは、どちらかと言うと、呪いの女、あるいはホルマン・ハントがそう描いたような、魔女としての性格を帯びているのではなかろうか……

　こんなぐあいに解説していたらきりがないからやめるが、「倫敦塔」や「幻影の盾」の場合と同じく、「薤露行」の漱石もまたすこぶるリヴレスク（あるいはブッキッシュ）な文学者である。テクストからテクストへという創作法を至極巧妙に、洗練された手つきで操ることのできた強じんな知性と想像力の持主である。とともにこれらの短篇に、英国世紀末の視覚芸術を受容した漱石の芸術的感性の働きが著しく認められることは、すでに江藤淳『漱石とアーサー王伝説』や佐渡谷重信『漱石と世紀末芸術』（いずれも講談社学術文庫）などの卓抜な研究が明らかにしているとおりであろう。関心のある向きはそれらの研究書を参照されたい。

　ところで『漾虚集』収録の残りの三篇「琴のそら音」

「趣味の遺伝」「一夜」は、明治時代を背景とする作品である。自分の頭は「西洋が半分、日本が半分」でできていると語った漱石に似つかわしい構成と言えよう。とくに前二者は現代に素材を求めた一種の怪談話で、「幽霊」とか「霊の感応」とか「心霊現象」に興味をもつこの作家の一面を窺わせてくれる。

「琴のそら音」は、インフルエンザが肺炎になって死んだ若い細君が、遠い戦地にいる夫の手鏡の中に姿を現わすという話を皮切りに展開する。死んだ細君の霊魂が夫に逢いに行ったというわけである。そんな話を幽霊の本が好きな心理学者の津田君から聞かされた「余」が、夜道を家へ帰る途中、小石川の極楽水《ごくらくすい》のほとりで出遭った二人の男の「黒い影」を無気味に思ったり、切支丹坂で「赤い鮮かな火」が「雨と闇の中を波の様に縫つて上から下へ動いて来る」のを見たりする。あるいは、帰宅した「余」をまんじりともさせぬ陰気な「犬の遠吠」。

日常のなかにすーっと幽霊のように忍び入って来る非日常の冷たい感触を鮮かにとらえた作品と言えよう。怪談話であるゆえんである。しかし、この作品にはさらに趣向が凝らされており、怪談特有の「青大将にでも這はれる様に厭な気持」で結ばれない。昨晩の出来事はみな不吉な前兆だったのではないかと怯える「余」が、翌朝四谷の婚約者の家に駆けつけてみると、インフルエンザで臥っていた筈の「未来の細君」露子は全く元気でけろりとして、前の晩には慈善音楽会へ出かけていたため、朝寝坊をしたことがわかるという明るい結末になっているからだ。ここでは日常と非日常の対比が心理的側面からなされていて、純然たる怪談話のように、非日常が日常を覆いつくしてしまうというのではなく、逆に、非日常が日常の中にくるみ込まれているというかたちで示されている所に、この作品の特性があると言ってよかろう。日常的会話の場面で始まって日常的会話の場面で終るという構成が、そのことを何よりも明示していると思われる。

「趣味の遺伝」は日露戦争から凱旋した兵隊の行列を、「余」が新橋駅で見物する日常的場面で始まり、次いで「余」の親友の「浩さん」が「旅順の包囲戦」で戦死する場面を想像するあたりから、趣味の遺伝という神秘的な主題がすーっと近づいて来るような趣をもつ作品である。戦死した浩さんは駒込寂光院に葬られているのだが、墓詣りに訪れた「余」は、浩さんの墓前にしゃがんでいる一人の盛装した美しい女を見かける。やがて「深い竹の前にすつくりと立つた」この女こそ、浩さんが生前「郵便局で逢つた女」であり、その女の夢を見たことを手帳に記している女にほかならない。

「遺伝」に多大な興味をもつ「余」は、浩さんとその女の結びつきを考えているうちに、浩さんの先祖と女の先祖はかつて相思相愛の仲であったに違いないと思う。

> 余が平生主張する趣味の遺伝と云ふ理論を証拠立てるに完全な例が出て来た。ロメオがジユリエツトを一目見る、さうして此女に相違ないと先祖の経験を数十年の後に認識する。エレーンがランスロツトに始めて逢ふ、此男だぞと思ひ詰める、矢張り父母《ふも》未生《みしよう》以前に受けた記憶と情緒が、長い時間を隔てゝ脳中に再現する。

浩さんと女の関係が「琴のそら音」における夫と若い細君とのそれと対称形をなしていることは明らかだが、この短篇では、怪談話としての魅力はいたって乏しく、かえって冒頭部の凱旋風景とか、浩さんが戦死する場面の想像とか、墓詣りの場面での「すつくりと立つ」女のイメージなどのほうが深く印象に刻み込まれるのである。後年のリアリズム作家としての漱石の源泉はこの作品あたりにあると言ってよいかもしれない。

「一夜」は髯のある男、髯のない男、涼しい眼の女が偶然に逢い、夢の話を禅問答のように語り合いながら一夜を過ごすという不思議な作品。三人がなぜ落ち合ったのか、三人の身分も素性も性格もいっこうに分らぬ、と語り手は末尾に書きとめる。一貫した筋らしいものがないのも「人生を書いたので小説をかいたのでないから仕方がない」と言う。そこはかとないユーモアの漂う、しかしとらえどころのない異色の短篇である。

夢の話と言えば、むろん『夢十夜』。これは『漾虚集』で追求された幻影としての別世界という主題が、ついに非日常的な別世界そのものである夢の記述に行き着いた作品と言えようか。行き着くところまで行き着いた過激な実験作だが、気負いもけれんみもなく、ただ即物的に淡々と記述しているだけに、かえって夢の現存性や無気味さをリアルにとらえ得ているのではないかと思われる。

しかし、言うまでもなく夢を見たままに記述することなど誰にもできはしない。夢を見ている間その人は夢の中にほうり込まれ、夢の中で生きているのだから、夢の記述というのは、したがって、夢についての記憶イメージをもとにして夢を再構成したものにすぎないからである。夢を見ることと夢の記述との間にずれが生じるのはそのためで、われわれはフィクションとして、「嘘の想像譚」として記述することしかできないのである。漱石はそうしたずれに早くから極めて鋭敏であったように思われる。たとえば先に触れた「人生」に次のような注目すべき一節が見出せる。

われは人間に自知の明なき事を断言せんとす、之を「ポー」に聞く、曰く、功名眼前にあり、人々何ぞ直ちに自己の胸臆を叙して思ひのまゝを言はざる、去れど人ありて思の儘を書かんとして筆を執れば、筆忽ち禿し、紙を展ぶれば紙忽ち縮む、芳声嘉誉の手に唾して得らるべきを知りながら、何人も躕躇して果たさざるは是が為なりと、人豈自ら知らざらんや、「ポー」の言を反覆熟読せば、思半ばに過ぎん、蓋し人は夢を見るものなり、思ひも寄らぬ夢を見るものなり、覚めて後冷汗背に洽く、茫然自失する事あるものなり、夢ならばと一笑に附し去るものは、一を知つて二を知らぬものなり、夢は必ずしも夜中臥床の上にのみ見舞に来るものにあらず、青天にも白日にも来り、大道の真中にても来り、衣冠束帯の折だに容赦なく闥を排し来る、機微の際忽然として吾人を愧死せしめて、其来る所固より知り得べからず、其去る所尋ね難し、而も人生の真相は半ば此夢中にあつて隠約たるものなり、此自己の真相を発揮するは即ち名誉を得るの捷径にして、此捷径に従ふは人類にとりて無上の難関なり、願はくば人豈自ら知らざらんや抔いふものをして、誠実に其心の歴史を書かしめん、彼必ず自ら知らざるに驚かん。

小説は世態人情の描写や心理的解剖のみに集中すべきではない、もっと自分の心の中の「一種不可思議のもの」、つまりは「狂気」を見つめるべきだとする見解を述べたあとにつづく一節である。漱石は、ジョージ・エリオットやサッカレーやブロンテの小説、あるいはホレス・ウォルポールからコウルリッジやホーソーンなどにいたるゴシック文学系統の小説や詩に惹かれつつも、結局のところ不満を感ぜずにはいられない。その点で彼の心を満たしてくれるのは「ポー」一人にすぎない、という文脈中で引用文は語られる。

漱石の不満が人間の深層意識に関する彼の根本的洞察に由来していることは疑うべくもない。言い換えれば、自分の心の中に「一種不可思議のもの」、つまりは「狂気」を知覚せずにはいられぬとき、それをどうやって克服すべきか、という問題に漱石はここで直面しているのである。漱石がポーから学んだ最大のことは、「自己の胸臆」にあるものを描くには、思いのままを直接述べようとしても駄目で、フィクションに託して、あるいはフィクションのかたちを借りて描かねばならない、ということであったと思われる。そこには紛れもなく自分の狂気をはっきりと自覚し、それを知的に操作して相対化できるような装置を作り出したいと願いながら、作り出せないでいる若き漱石がいる。そういった印象を受けることは免れ難いだろう。『夢十夜』で漱石が試みたのは、そうした装置を作り上げることであった。

さまざまな夢が語られる。恋する女を待つ話(「第一夜」、「第五夜」)、置時計が次の時を告げるまでに悟りを得ようと必死に焦る武士の話(第二夜)、前世で犯した子殺しの罪を背中に負《おぶ》ったわが子に暴かれる怖い話(「第三夜」)、年齢も定かでない白い髯の老人が、手拭を出し、「今になる、蛇になる、きつとなる、笛がなる」などと唄《うた》いながら、川に入ってゆくが、いつまで待っても川から上がって来ないという話(「第四夜」)、どういうわけか運慶が明治時代に姿を現わして見事な仕事をするのを眺めた「自分」が、運慶のしたとおりに「木の中に埋つている」仁王を掘り出そうとするが、明治の木には仁王は埋っていないと悟る話(「第六夜」)、西へ行く大きな船に乗った「自分」はひどく心細くなり、外国人だらけのため孤独でますます詰らなくなって、死ぬことに心を決め、海中に飛び込むが、その瞬間、命が惜しくなるという話(「第七夜」)、床屋の鏡に「いつ迄勘定しても百枚」だと十円札をいつまでも勘定している女が映るが、振り返って見ると女も札も見えず、床屋に入るときには見えなかった金魚売の姿が映っていて、金魚売は時間が停止したようにちっとも動かないという話(「第八夜」)、戦争に行った夫の無事を祈って妻は八幡宮の拝殿にお百度を踏むが、しかしその父は「とくの昔に浪士の為に殺されてゐた」という悲しい話を、夢の中で母から聞くという趣向の話(「第九夜」)、水菓子を買いに来た女に連れ出された庄太郎という男が、絶壁の上で、絶壁から飛び降りるか、何万頭もの豚に舐められるかと脅されて、七日六晩、ステッキで豚を叩きつづけるという話(「第十夜」)。

これらの夢の話を書くことを通じて、漱石は無時間的な別世界、すなわち人物や風景や事物などが日常とはずれた関係を結んでいる奇妙に圧縮されたいびつな世界への親和性をあらわにして見せていると言ってよい。だが、そうした親和性の中にのめり込んでいるのではない。夢を素材としながら、「嘘の想像譚」を精密に明晰に作り上げるという知的な姿勢が『夢十夜』には一貫しており、漱石にとって、夢とは窮極のところそのための装置にほかならないのではないかということを感じさせずにはいないだろう。夢とフィクションの関係について『夢十夜』ほど興味深く考えさせる作品は稀れなのである。

内田百閒

別役実 編

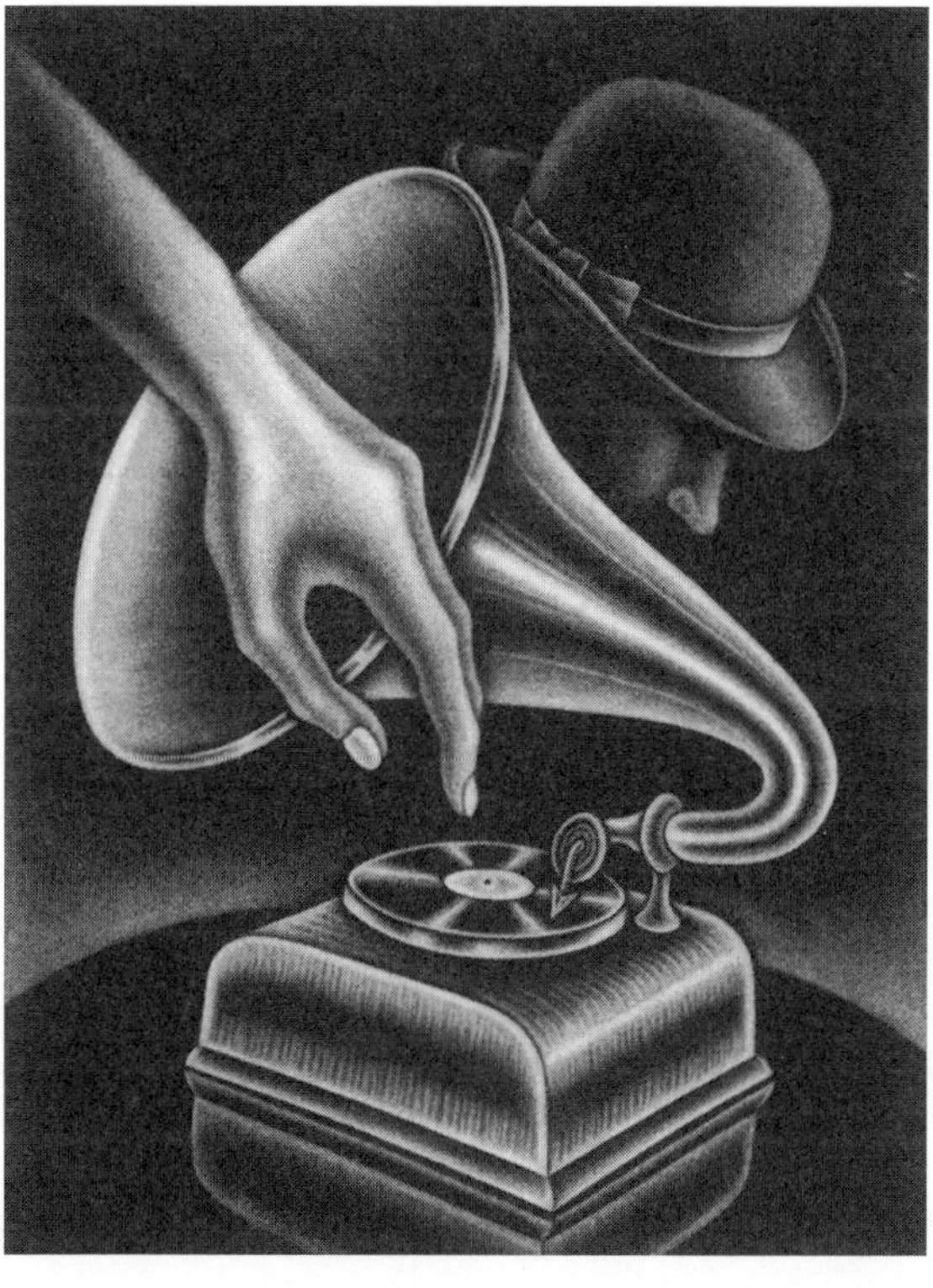

遺 響

盡頭子

　女を世話してくれる人があつたので、私は誰にも知れない様に内を出た。その女が、だれかの妾《めかけ》だと云ふ事は、うすうす解つてゐた。人の一人も通つてゐない変な道を、随分長い間歩いて行つたら、その家の前に来た。二階建の四軒長屋の左から二軒目の家である。左が北だと云ふこと丈《だけ》は、どう云ふわけだか、ちやんと知れてゐた。内に這入《はい》つたら、すぐに座敷へ通された。馬鹿《ばか》に広い座敷で、矢張り何となく白けてゐる。その座敷の真中に、たつた一人だけで坐つてゐるのは、あんまり気持がよくない。無暗《むやみ》に顔が引釣《ひきつ》るらしい。顔を洗つてよく拭《ふ》かずに、そのまま乾かしてゐる様な気持がする。大分たつてから、そこで御飯を食ふ事になつた。大方晩飯だらうと思ふ。女がお給仕をしてくれた。広い座敷の真中に坐つてゐるのが、どうも気に掛かつて、何だか落ちつかないのだが、仕方なしに女の顔を見ながら、飯を食つてゐた。女は滅多《めつた》に話しもしない、私も別に云ふ事はないから、黙つてゐた。顔の輪郭などは、はつきりしないけれども、いい女だと思つた。ただ時時白い手を動かした。少しふくらんだやうな手の恰好が、はつきりと見えて、私の心を牽《ひ》いた。ところが、始めの内はよく解らなかつたけれども、女はその白い手の甲で自分の鼻の頭を、人の目を掠《かす》めるやうにすばしこく、頻《しき》りにこすつては知らぬ顔をしてゐる。いやなことだから、よして貰《もら》ひたいと思つたけれども、云つては悪からうと思つて、黙つてゐた。狐《きつね》と一緒にゐる様な気がし出した。

　暫《しば》らくさうして坐つてゐた。御飯も、ただいい加減に食つてゐた。段段外が暗くなつて、夜になりさうに思はれた。変な手附きをするのが気にかかるけれども、女が可愛くなつて来た。すると、いきなり表の格子戸《こうしど》が開いて、旦那が帰つて来た。私は呼吸が止まる程に吃驚《びつくり》して、うろたへた。逃げることも出来ないし、隠れようたつて、家の様子がわからない。捕まつたら大変だと思つて泣きさうになつた。女は矢張り坐つたまま、白い手を二三度鼻の尖《さき》に持つて行つた後で、かう云つた。

「皿鉢小鉢てんりしんり、慌ててはいけません。私がいいやうにして上げますから落ちついてゐるといいわ」

さう云つたのだらうと思ふけれども、始めの方に云つたのは、何のことだか解らない。その内に、旦那が一人の男を従へて、上がつて来た。私の方を、ぢろりぢろりと見てゐるらしい。私は圧《お》しつぶされる様な不安を感じながら、お膳《ぜん》の前に坐つたまま、お辞儀をしようか、逃げようかと考へてゐた。すると、女が旦那に向かつて、

「この人がまた今日お弟子入りに来ました。それで、今御飯を上げたところです」と云つた。

「有りがたう御座いました」と私は云つて、お辞儀をした。旦那はそれを聞くと、そのますうと、二階へ上がつてしまつた。長い顔で恐ろしく色が青い。目の縁《ふち》に輪が立つて、甚《はなは》だ不機嫌な様子をしてゐる。その後から又、旦那の後についてゐた男が、陰気な顔をして、私をぢろりと見た。その男は旦那の弟に違ひない。同じ様に長い顔をして、目の縁に輪を起《た》ててゐる。さうして矢張り旦那の通りに不機嫌な様子をして、二階に上がつてしまつた。それから、その男の後を追ふやうにして、女もまた二階に上がつてしまつた。私はほつとして溜息《ためいき》を吐《つ》いた。それから起《た》ち上がつて、ふらふらと縁側の方に出て行つた。泉水の中に団子の様な金魚が泳ぎ廻つてゐる。大分暗くなつてゐて、遠くの方はもう見えない。淋《さび》しく物悲しくなつてしまつた。飛んでもない所へ来て、困つた事になつたと思つた。何の弟子になるんだか、ちつとも見当がつかない。女に確めて置きたいけれども、一緒に二階へ行つてしまつたから、どうする事も出来ない。外《ほか》の者のゐるところで、そんな事を聞いたら、すぐに事がばれてしまふだらう。すつかり解つてゐるやうな顔をしてゐなければならないのは困ると思つた。一そのこと、逃げてしまはうかとも考へたけれど、そんな事をしたら後で女が困るにちがひない、それも可哀想だから止《よ》さうと思つた。全体旦那の商売が解らないけれども、あんな顔をしてゐる位だから、どうせ碌《ろく》なものではないに極《き》まつてゐると思つた。

縁端《えんばな》で困つてゐると、二階から弟と女とが降りて来た。二人とも私の前に竝《なら》んで坐つた。弟が懐《ふところ》から赤い紙

を出して、

「それでは」と云つた。「から云ふ号をつけて上げるから、そのお積りで」

「いい号がつきました事、お礼を仰《おつ》しやい」と女が傍から云つた。

「有り難う御座います」と云つて、私はその赤い紙に書いてある字を読んだ。「盡頭子」と書いてある。何の事だか解らない。もとの通りにその赤い紙を畳んで、大事に懐に入れて置いた。さうして女の方を見た。気がついて見ると、もうさつきの様な手附きはしてゐない。事によるとあれは始めて会つて極《きま》りがわるいから、胡《ご》魔《ま》化《か》してゐたのかも知れない。今はただ、ぼうとした様子で坐つてゐる。何か云つてくれればいいと思ふけれども、なんにも云つてくれない。弟もただそこに坐つてゐる計《ばか》りである。号をつけてくれた限《き》りで、知らん顔をしてゐる。どうしていいんだか丸つきり解らない。この上、弟の方から何か云ひ出されたら、迚《とて》も辻褄《つじつま》を合はしてゐられなくなつて仕舞ふに違ひないから、早く今の内に座を外さうかと思ふ。けれども矢張りどうかして、もう少し様子を探つて、凡《およ》その見当丈《だけ》はつけて置く方がいいだらうかとも考へた。腹の中で、うろうろ迷つてゐる内に、女はすうと起《た》ち上がつて、又二階へ行つてしまつた。弟と二人限《き》りになつては、いよいよ気づまりだから、私は何かちつとも係り合ひのない世間話でもして、この場を胡魔化したいと思つた。何を云ひ出さうかと考へてゐると、その男はふらふらと起《た》ち上がつて、何処《どこ》からか大きな箱を持つて来た。石油箱の様な恰好で、またその位な大きさで、手習《てならい》の反古《ほご》の様な紙がべたべたに貼《は》り詰めてある。その蓋《ふた》をあけて、中から汚いむくむくした古綿の様なものを攫《つか》み出して、

「少し揉《も》んで置かう、君も手伝へ、盡頭子」と先生の弟が云つた。

云ふ事が馬鹿《ばか》に横柄になつたのに驚きながら、

「はい」と答へたけれども、何をするんだかわからない。箱の中に手を突込んで、一摑み摑み出して見ると、綿ではなくて艾《もぐさ》であつた。それを、私の前に坐つてゐる先生の弟は、片手の指尖《ゆびさき》で千切《ちぎ》つては揉んで、梅干位な大きさの団子を幾つも幾つも拵《こしら》へてゐる。

「盡頭子」と彼が云つた。「そんな恰好では、すぐに落ちて仕舞ふではないか、気をつけなさい」

それでもう先生の弟は怒つてゐる。どんな顔と云ふことは出来ないけれども、何となく怒つた様な顔になつてしまつた。私は当惑して、どうしたらこの場を胡魔化せるだらうと、はらはらしてゐると、二階で人の動く物音がし出した。私の女は二階で何をしてゐるのだらうかと思ひ出したら、又それが気になつて堪《たま》らない。好《い》い加減に艾《もぐさ》を揉《も》んでゐると、先生の弟は不意に起《た》つて、何だか怒つたらしい様子で、向うへ行つてしまつた。もう大方日が暮れて仕舞ひさうである。泉水の中の金魚は、いやに赤い色を帯びて来て、薄暗い水の中に浮いたり沈んだりしてゐる。家の中の様子が変に陰気で、薄気味がわるい。こんなにしてゐて、無暗《むやみ》に艾を揉んでゐて、つまりは大変な事になりさうで心配で堪らないから、もう一切思ひ切つて、逃げて帰らうかと思つてゐると、女が来た。

「私はもう帰りたい」と私が云つた。

「いけませんよ。今夜は泊つてくのかと思つたのに」と云つて、白い手を、にゆつと私の方に出した。私がもぢもぢしてゐると、女はその手をそのまま私の膝《ひざ》の上に置いた。手の触れてゐるところが、温かいのだか、冷たいのだかよくわからない。

「今夜はねえ、先生はまた出かけますから、途中から抜けて帰つていらつしやい。貴方《あなた》は私を忘れてはゐないでせうね」と云つた。さう云はれて見ると、昔、何かこの女にかかり合ひのあつた様な気もするけれど、何だか解らない。「ぢやさうしよう。けれども――」と云ひかけたら、女は私の膝の上に置いた手を急に引込めて、

「心配しないでもいいのよ」と云つた。

「けれども、先生がまた帰るだらう」

「いいえ、今夜は大方夜明迄据《す》ゑても、まだ済まない位だから大丈夫よ」

「据ゑるつて、どうするんだ。先生は何をする人だい」とやつと尋ねた。

「先生は馬のお灸《きゆう》を据ゑる先生だわ」と女が平気で云つた。

「馬のお灸――」と云つたなり、私は声が出なくなつて仕舞つた。馬にお灸なんか据ゑたら、馬がどんな顔をするだらうと思つた。あの、人間の眼の通りな形をした大きな目玉が、どんなに人を睨《にら》むかも知れないと思つ

た。さう思つて見た丈《だけ》で、もう恐ろしくて堪《たま》らなくなつた。

　すると二階から、先生が下りて来た。後から先生の弟が、鞄《かばん》を提《さ》げてついて下りた。女は起《た》つて、向うの方に行つてゐる。

「お前は提燈《ちようちん》を持つて来い、盡頭子」と先生が云つた。

「ちつとも揉《も》めてゐない。何をしてゐたか」と先生の弟が同じ様な声で云つた。私は、もう女の事が知れたのではないかと思つて、ぎよつとした。先生の弟は、さう云つたきりで、黙つてしまつて、自分で艾《もぐさ》を鞄に詰めて、それからみんなで出かけた。女が提燈に灯を点《とも》して、私に渡した。外はもう真暗だつた。幅の広い淋《さび》しい道を、私は二人の先に起《た》つて歩いて行つた。

　道には石炭殻が敷いてあつた。道の片側には何処《どこ》まで行つても盡きない黒板塀《くろいたべい》が同じ様に続いてゐた。塀が高くて、提燈の明りは上の方まで届かなかつた。道にちらかつた石炭殻のかけらの角に灯が射して、黒い道がきらきらと光る事があつた。先生も先生の弟も、途途《みちみち》一言も口を利かなかつた。

　その道をどの位歩いたか解らない。やつと黒板塀が切れたと思つたら、道が曲がつた。さうして恐ろしく大きな家の前に出た。雨天体操場の様な恰好で、トタン屋根らしかつた。中は真暗がりで何も見えない。

「盡頭子提燈を持つて先に這入《はい》れ」と先生が云つた。私が提燈を持つて、その家の中に這入りかけると、不意に大きな風が吹いて、屋根の上を渡つた。その途端に、屋根の下の暗闇の中で、何百とも知れない小さな光り物が、黒い炎を散らした様に、一時にぎらぎらと光つた。それを見て、私は提燈を取り落とす程吃驚《びつくり》した。馬の目が光つたのだなと気がついた時には、家の中はもとの通りの暗闇で、馬が何処《どこ》にゐるんだか見当もつかなかつた。風も止《や》んでゐた。

「何をして居るか盡頭子」と先生が云つた。

　私はうろたへて、提燈を持ち直した。もう恐ろしくて、歯の根が合はない。呼吸の詰まる様な思ひをして、暗い家の中に這入つて行つた。提燈の薄暗い明りで透かして見ると、奥の方の暗闇に、大きな馬が数の知れない程押し合つてゐるらしい。先生の弟が一人で、つかつかと奥の方へ歩いて行つた。どうするのだらうと思つて、後を見送つてゐる時、また一陣の風が起《た》つて、屋根の棟《むね》を吹き渡つた。すると暗闇の中にゐる馬の大きな目が、さつきの通りに光りを帯びて、爛爛《らんらん》と輝き渡ると同時に、その時馬の間に起《た》つてゐた先生の弟の姿が、燃えたつてゐる馬の目の光りで、暗闇の中にありありと浮かび出た。その顔を一目見たら、私は夢中になつて悲鳴をあげた。いきなり提燈を投げすてたまま、知らない道を何処までも逃げ走つた。もう女どころではなかつた。先生の弟は馬の顔だつた。

（大正一〇年四月「新小説」）

件

黄色い大きな月が向うに懸かつてゐる。色計《ばか》りで光がない。夜かと思ふとさうでもないらしい。後《うしろ》の空には蒼白《あおじろ》い光が流れてゐる。日がくれたのか、夜が明けるのか解らない。黄色い月の面を蜻蛉《とんぼ》が一匹浮く様に飛んだ。黒い影が月の面から消えたら、蜻蛉はどこへ行つたのか見えなくなつてしまつた。私は見果てもない広い原の真中に起《た》つてゐる。軀《からだ》がびつしよりぬれて、尻尾《しつぽ》の先からぽたぽたと雫《しづく》が垂れてゐる。件《くだん》の話は子供の折に聞いた事はあるけれども、自分がその件にならうとは思ひもよらなかつた。からだが牛で顔丈《だけ》人間の浅間《あさま》しい化物に生まれて、こんな所にぼんやり立つてゐる。何の影もない広野の中で、どうしていいか解らない。何《な》故《ぜ》こんなところに置かれたのだか、私を生んだ牛はどこへ行つたのだか、そんな事は丸でわからない。

そのうちに月が青くなつて来た。後の空の光りが消えて、地平線にただ一筋の、帯程の光りが残つた。その細い光りの筋も、次第次第に幅が狭《せば》まつて行つて、到頭消えてなくならうとする時、何だか黒い小さな点が、いくつもいくつもその光りの中に現はれた。見る見る内に、その数がふえて、明りの流れた地平線一帯にその点が竝《なら》んだ時、光りの幅がなくなつて、空が暗くなつた。さうして月が光り出した。その時始めて私はこれから夜になるのだなと思つた。今光りの消えた空が西だと云ふ事もわかつた。からだが次第に乾いて来て、背中を風が渡る度に、短かい毛の戦《そよ》ぐのがわかる様になつた。月が小さくなるにつれて、青い光りは遠くまで流れた。水の底の様な原の真中で、私は人間でゐた折の事を色色と思ひ出して後悔した。けれども、その仕舞の方はぼんやりしてゐて、どこで私の人間の一生が切れるのだかわからない。考へて見ようとしても、丸で摑《つか》まへ所のない様な気がした。私は前足を折つて寝て見た。すると、毛の生えてゐない顎《あご》に原の砂がついて、気持がわるいから又起きた。さうして、ただそこいらを無暗《むやみ》に歩き廻つたり、ぼんやり起《た》つたりしてゐる内に夜が更けた。月が西の空に傾いて、夜明けが近くなると、西の方から大浪の様な風が吹いて来た。私は風の運んで来る砂のにほひを嗅《か》ぎながら、これから件に生まれて初めての日が来るのだなと思つた。すると、今迄うつかりして思ひ出さなかつた恐ろしい事を、ふと考へついた。件は生まれて三日にして死し、その間に人間の言葉で、未来の凶福を予言するものだと云ふ話を聞いてゐる。こんなものに生まれて、何時《いつ》迄生きてゐても仕方がないから、三日で死ぬのは構はないけれども、予言するのは困ると思つた。第一何を予言するんだか見当もつかない。けれども、幸ひこんな野原の真中にゐて、辺りに誰も人間がゐないから、まあ黙つてゐて、この儘《まま》死んで仕舞はうと思ふ途端に西風が吹いて、遠くの方に何だか騒騒しい人声が聞こえた。驚いてその方を見ようとすると、又風が吹いて、今度は「彼所《あすこ》だ、彼所だ」と云ふ人の声が聞こえた。しかもその声が聞き覚えのある何《だ》人《れ》かの声に似てゐる。

それで昨日の日暮れに地平線に現はれた黒いものは人間で、私の予言を聞きに夜通しこの広野を渡つて来たのだと云ふ事がわかつた。これは大変だと思つた。今のうち捕まらない間に逃げるに限ると思つて、私は東の方へ一生懸命に走り出した。すると間もなく東の空に蒼白《あおじろ》い光が流れて、その光が見る見る内に白けて来た。さうして恐ろしい人の群が、黒雲の影の動く様に、此方《こちら》へ近づいてゐるのがありありと見えた。その時、風が東に変つて、騒騒しい人声が風を伝つて聞こえて来た。「彼所だ、彼所だ」と云ふのが手に取る様に聞こえて、それが矢つ張り誰かの声に似てゐる。私は驚いて、今度は北の方へ逃げようとすると、又北風が吹いて、大勢の人の群が「彼所だ、彼所だ」と叫びながら、風に乗つて私の方へ近づいて来た。南の方へ逃げようとすると南風に変つて、矢つ張り見果てもない程の人の群が私の方に迫つてゐた。もう逃げられない。あの大勢の人の群は、皆私の口から一言の予言を聞く為に、ああして私に近づいて来るのだ。もし私が件でありながら、何も予言しないと知つたら、彼等はどんなに怒り出すだらう。三日目に死ぬのは構はないけれども、その前にいぢめられるのは困る。逃げ度《た》い、逃げ度いと思つて地団太《ぢだんだ》をふんだ。西の空に黄色い月がぼんやり懸かつて、ふくれてゐる。昨夜の通りの景色だ。私はその月を眺めて、途方に暮れてゐた。

夜が明け離れた。

人人は広い野原の真中に、私を遠巻きに取り巻いた。恐ろしい人の群れで、何千人だか何万人だかわからない。其中《そのなか》の何十人かが、私の前に出て、忙しさうに働き出した。材木を担《かつ》ぎ出して来て、私のまはりに広い柵をめぐらした。それから、その後に足代《あししろ》を組んで、桟敷《さじき》をこしらへた。段段時間が経《た》つて、午頃《ひるごろ》になつたらしい。私はどうする事も出来ないから、ただ人人のそんな事をするのを眺めてゐた。あんな仕構へをして、これから三日の間、ぢつと私の予言を待つのだらうと思つた。なんにも云ふ事がないのに、みんなからこんなに取り巻かれて、途方に暮れた。どうかして今の内に逃げ出したいと思ふけれども、そんな隙《すき》もない。人人は出来上がつた桟敷の段段に上つて行つて、桟敷の上が、見る見るうちに黒くなつた。上り切れない人人は、桟敷の下に立つたり、柵の傍に蹲踞《かが》んだりしてゐる。暫《しば》らくすると、西の方の桟敷の下から、白い衣物《きもの》を著《き》た一人の男が、半挿《はんぞう》の様なものを両手で捧げて、私の前に静静と近づいて来た。辺りは森閑《しんかん》と静まり返つてゐる。その男は勿体《もつたい》らしく進んで来て、私の直ぐ傍に立ち止まり、その半挿を地面に置いて、さうして帰つて行つた。中には綺麗な水が一杯はいつてゐる。飲めと云ふ事だらうと思ふから、私はその方に近づいて行つて、その水を飲んだ。

すると辺りが俄《にわか》に騒がしくなつた。「そら、飲んだ飲んだ」と云ふ声が聞こえた。

「愈《いよいよ》飲んだ。これからだ」と云ふ声も聞こえた。

私はびつくりして、辺りを見廻した。水を飲んでから予言するものと、人人が思つたらしいけれども、私は何も云ふ事がないのだから、後を向いて、そこいらをただ歩き廻つた。もう日暮れが近くなつてゐるらしい。早く夜になつて仕舞へばいいと思ふ。

「おや、そつぽを向いた」とだれかが驚いた様に云つた。

「事によると、今日ではないのかも知れない」

「この様子だと余程重大な予言をするんだ」

そんな事を云つてる声のどれにも、私はみんな何所《どこ》となく聞き覚えのある様な気がした。さう思つてぐるりを見てゐると、柵の下に蹲踞《かが》んで一生懸命に私の方を見てゐる男の顔に見覚えがあつた。始めは、はつきりしなかつたけれども、見てゐるうちに、段段解つて来る様な気がした。それから、そこいらを見廻すと、私の友達や、親類や、昔学校で教はつた先生や、又学校で教へた生徒などの顔が、ずらりと柵のまはりに竝《なら》んでゐる。それ等《ら》が、みんな他を押しのける様にして、一生懸命に私の方を見詰めてゐるのを見て、私は厭《いや》な気持になつた。

「おや」と云つたものがある。「この件は、どうも似てるぢやないか」

「さう、どうもはつきり判らんね」と答へた者がある。

「そら、どうも似てゐる様だが、思ひ出せない」

私はその話を聞いて、うろたへた。若《も》し私のこんな毛物になつてゐる事が、友達に知れたら、恥づかしくてかうしてはゐられない。あんまり顔を見られない方がいいと思つて、そんな声のする方に顔を向けない様にした。

いつの間にか日暮れになつた。黄色い月がぼんやり懸かつてゐる。それが段段青くなるに連れて、まはりの桟敷《さじき》や柵などが、薄暗くぼんやりして来て、夜になつた。

夜になると、人人は柵のまはりで篝火《かがりび》をたいた。その焔《ほのお》が夜通し月明りの空に流れた。人人は寝もしないで、私の一言を待ち受けてゐる。月の面を赤黒い色に流れてゐた篝火の煙の色が次第に黒くなつて来て、月の光は褪《あ》せ、夜明の風が吹いて来た。さうして、また夜が明け離れた。夜のうちに又何千人と云ふ人が、原を渡つて来たらしい。柵のまはりが、昨日よりも騒騒しくなつた。頻《しき》りに人が列の中を行つたり来たりしてゐる。昨日よりは穏やかならぬ気配なので、私は漸《ようや》く不安になつた。

間もなく、また白い衣物《きもの》を著た男が、半挿《はんぞう》を捧げて、私に近づいて来た。半挿の中には、矢張り水がはいつてゐる。白い衣物の男は、うやうやしく私に水をすすめて帰つて行つた。私は欲しくもないし、又飲むと何か云ふかと思はれるから、見向きもしなかつた。

「飲まない」と云ふ声がした。

「黙つてゐろ。から云ふ時に口を利いてはわるい」と云つたものがある。

「大した予言をするに違ひない。こんなに暇取るのは余程の事だ」と云つたのもある。

さうして後がまた騒騒しくなつて、人が頻《しき》りに行つたり来たりした。それから白衣の男が、幾度も幾度も水を持つて来た。水を持つて来る間丈《だけ》は、辺りが森閑《しんかん》と静かになるけれども、その半挿《はんぞう》の水を私が飲まないのを見ると、周囲の騒ぎは段段にひどくなつて来た。そして益《ますます》頻繁に水を運んで来た。その水を段段私の鼻先につきつける様に近づけてきた。私はうるさくて、腹が立つて来た。その時又一人の男が半挿を持つて近づいて来た。私の傍まで来ると暫《しば》らく起《た》ち止まつて私の顔を見詰めてゐたが、それから又つかつかと歩いて来て、その半挿を無理矢理に私の顔に押しつけた。私はその男の顔にも見覚えがあつた。だれだか解らないけれども、その顔を見てゐると、何となく腹が立つて来た。

その男は、私が半挿の水を飲みさうにもないのを見て、忌《い》ま忌ましさうに舌打ちをした。

「飲まないか」とその男が云つた。

「いらない」と私は怒つて云つた。

すると辺りに大変な騒ぎが起こつた。驚いて見廻すと、桟敷にゐたものは桟敷を飛び下り、柵の廻りにゐた者は柵を乗り越えて、恐ろしい声をたてて罵《ののし》り合ひながら、私の方に走り寄つて来た。

「口を利いた」

「到頭口を利いた」

「何と云つたんだらう」

「いやこれからだ」と云ふ声が入り交じつて聞こえた。

気がついて見ると、又黄色い月が空にかかつて、辺りが薄暗くなりかけてゐる。いよいよ二日目の日が暮れるんだ。けれども私は何も予言することが出来ない。だが又格別死にさうな気もしない。事によると、予言するから死ぬので、予言をしなければ、三日で死ぬとも限らないのかも知れない、それではまあ死なない方がいい、と俄《にわか》に命が惜しくなつた。その時、馳《か》け出して来た群衆の中の一番早いのは、私の傍迄近づいて来た。すると、その後から来たのが、前にゐるのを押しのけた。その後から来たのが、又前にゐる者を押しのけた。さうして騒ぎながらお互に「静かに、静かに」と制し合つてゐた。私はここで捕まつたら、群衆の失望と立腹とで、どんな目に合ふか知れないから、どうかして逃げ度《た》いと思つたけれども、人垣に取り巻かれてどこにも逃げ出す隙《すき》がない。騒ぎは次第にひどくなつて、彼方此方《あちこち》に悲鳴が聞こえた。さうして、段段に人垣が狭くなつて、私に迫つて来た。私は恐ろしさで起《た》つてもゐてもゐられない。夢中でそこにある半挿《はんぞう》の水をのんだ。その途端に、辺りの騒ぎが一時に静まつて、森閑《しんかん》として来た。私は、気がついてはつと思つたけれども、もう取り返しがつかない、耳を澄ましてゐるらしい人人の顔を見て、猶《なお》恐ろしくなつた。全身に冷汗がにじみ出した。さうして何時《いつ》迄も私が黙つてゐるから、又少しづつ辺りが騒がしくなり始めた。

「どうしたんだらう、変だね」

「いやこれからだ、驚くべき予言をするに違ひない」

そんな声が聞こえた。しかし辺りの騒ぎはそれ丈《だけ》で余り激しくもならない。気がついて見ると、群衆の間に何となく不安な気配がある。私の心が少し落ちついて、前に人垣を作つてゐる人人の顔を見たら、一番前に食《は》み出してゐるのは、どれも是《これ》も皆私の知つた顔計《ばか》りであつた。さうしてそれ等《ら》の顔に皆不思議な不安と恐怖の影がさしてゐる。それを見てゐるうちに、段段と自分の恐ろしさが薄らいで心が落ちついて来た。急に咽喉《のど》が乾いて来たので、私は又前にある半挿の水を一口のんだ。すると又辺りが急に水を打つた様になつた。今度は何も云ふ者がない。人人の間の不安の影が益《ますます》濃くなつて、皆が呼吸をつまらしてゐるらしい。暫《しば》らくさうしてゐるうちに、どこかで不意に、

「ああ、恐ろしい」と云つた者がある。低い声だけれども、辺りに響き渡つた。

気がついて見ると、何時《いつ》の間にか、人垣が少し広くなつてゐる。群衆が少しづつ後しさりをしてゐるらしい。

「己《おれ》はもう予言を聞くのが恐ろしくなつた。この様子では、件はどんな予言をするか知れない」と云つた者がある。

「いいにつけ、悪いにつけ、予言は聴かない方がいい。何も云はないうちに、早くあの件を殺してしまへ」

その声を聞いて私は吃驚《びつくり》した。殺されては堪《たま》らないと思ふと同時に、その声はたしかに私の生み遺《のこ》した倅《せがれ》の声に違ひない。今迄聞いた声は、聞き覚えのある様な気がしても、何人《だれ》の声だとはつきりは判らなかつたが、これ計《ばか》りは思ひ出した。群衆の中にゐる息子を一目見ようと思つて、私は思はず伸び上がつた。

「そら、件が前足を上げた」

「今予言するんだ」と云ふあわてた声が聞こえた。その途端に、今迄隙間《すきま》もなく取巻いてゐた人垣が俄《にわか》に崩れて、群衆は無言のまま、恐ろしい勢ひで、四方八方に逃げ散つて行つた。柵を越え桟敷《さじき》をくぐつて、東西南北に一生懸命に逃げ走つた。人の散つてしまつた後に又夕暮れが近づき、月が黄色にぼんやり照らし始めた。私はほつとして、前足を伸ばした。さうして三つ四つ続け様に大きな欠伸《あくび》をした。何だか死にさうもない様な気がして来た。

（大正一〇年一月「新小説」）

道連

私は暗い峠《とうげ》を越して来た。冷たい風が吹き降りて、頭の上で枯葉が鳴つた。何処《どこ》かで水の底樋《そこひ》に落ち込む音がしてゐるけれども、その場所も方角もわからない。も一つ向うの乢の山裾《やますそ》らしい辺りに、灯《あか》りが二つ三つ風にふるへてちらちらと光つてゐる。さうかと思ふとまた、そんなに遠くない所にも、あひだを置いた小さな灯が、雫《しずく》の様にちらりちらりと光つてゐる。けれどもそこらに見える灯は、少しも私の便りにならない。みんな私によそよそしく光つてゐた。折折私は背中がぼうと温くなり又冷たくなつたりした。

私は少しも休まずに歩いて行つた。私の傍には一人の道連が歩いてゐる。私はこの男と何時《いつ》から道連になつたかよく解らない。道連はどこ迄もついて来て、時時「栄さん」と私の名を呼んで、それつきり黙つてしまふ。聞き返しても返事をしない。冷たさうな足音をたてて、私と一しよに竝《なら》んで歩いた。私は道連の事を考へたり考へなかつたりして、一人の時と同じ様に歩いた。峠を越す時一人であつた事だけわかつてゐる。

私は道連とならんで、土手の様な長い道を歩いて行つた。土手だらうと思ふけれど、辺りに川らしいものもない、暗い中に目を泳がせて見ても、道の両側の低いところには、穭田《ひつじだ》か枯野の黒いおもてが風を吸うてゐる計《ばか》りであつた。それだのに私はさつきから、何処《どこ》かで水の音を聞いてゐる。淵によどんでゐる水を、無理に掻《か》きまはす様な音に聞こえる。道連の足音が時時その音を消した。すると、私はほうと溜息《ためいき》をつく様な心持がする。けれども暫《しば》らくするとどぢきにまた、その水音が何時《いつ》とはなしに私の耳に返つてゐた。

空には星が散らかつてゐた。大きな星や小さな星が不揃《ふぞろ》ひに空を混雑させてゐる。星の光つてゐない辺りも、どことなく薄白い光りがにじんでゐる。一体に明るい空が大地の上に流れて居る。それのに大地は真暗で、一足先の道も見えない。こんな夜のある筈はない。私は次第にうそ寒くなつて来た。

暫《しば》らく歩いて行くうちに、何処《どこ》へ行くのか解らない道を、無気味な男と道連れになつて、歩いて行くのがたまらない程恐ろしくなつて来た。すると道連が変に低い声で、また「栄さん」と云つた。私はひやりとして、髪の毛の立つ様な気がした。

「栄さん、己《おれ》が送つて上げるからいいぢやないか」と道連が云つた。

私は合点《がてん》の行かぬ気持がした。何とか云ふのも気味がわるいから、又黙つて歩き続けた。私の足は頻《しき》りに道の枯草を踏んでゐる。私は道の外れを歩いては居ない。それのに枯れて固くなつた草の葉や茎が、足の裏に折れる音を私は聞き続けに歩いてゐる。この道は人の通らぬ道なのかも知れない。それから又暫らく歩いた。

「栄さん」と道連が云つた。

「何だ」と私が聞き返したら、それきり黙つてしまつた。「向うの方に灯りが見えるぢやないか」と私の方から続けて云つた。

「うん」と道連が同じ様な低い声で答へた。

「あれは人の家の灯だらう」

「あれは他人の家の灯さ、栄さん、己はお前さんの兄だよ」と道連が云つた。

「私は一人息子だ。兄などあるものか」と私は驚いて云つた。恐ろしい気がした。

「栄さん、己は生まれないですんでしまつたけれども、お前さんの兄だよ。お前さんは一人息子の様に思つてゐても、己はいつでもお前さんの事を思つてゐるんだ」

道連はさう云つて、矢張りもとの通りに、すたすたと歩いて行つた。私は、生まれなかつた兄の事など一度も考へた事がないから、どう思つていいのだか、丸つきり見当もつかなかつた。ただ、何とも云へない気味わるさに襲はれて、声も出ない様に思はれた。黙つて、道連の行く方へただ歩いてゐるうち、馬追ひ虫の鋭い声が何時《いつ》の間にか私の耳に馴《な》れてゐた。気がついた時には、何時からそれを聞いてゐたんだか、たどつて見る事も出来なかつた。それにしても、草の枯れてしまつた後に、馬追ひの生き残るのは腑《ふ》に落ちないと私は思つた。

その内に、私の足もとが滑らかになり、景色が暗いうちに何処《どこ》となく伸び伸びして来た様に思はれた。空には煙の様に薄白い雲が、形もなく流れて、星を舐《ねぶ》つてゐる。さつき向うの山裾《やますそ》らしい辺りに見えてゐた灯は、消えたんだか隠れたんだか、みんな無くなつてしまつた。私は次第に恐ろしくて堪《たま》らなくなつた。道連の足音を何時《いつ》とはなしに頼りにして、道の延びてゐる方へ、ただ当てもなく歩いて行つた。

すると底樋《そこひ》に落ちる様な水音が、また私の耳に戻つて来た。私は同じ所をぐるぐる歩き廻つてゐるのではないかと気にかかり出した。

「栄さん、己《おれ》はお前さんの兄だよ。己はお前さんに頼みたい事があつてついて来たんだ」と道連が云つた。

私は息のつまる様な気がした。道連はさう云つたきり、後を云はないで、矢張りすたすたと冷たい音を立てて歩いた。頭の上が暗くなつて来た。道が山裾に這入《はい》つて、何だか硬さうな枯葉が騒騒しく降つて来た。歩いてゐる内に、またたらだら坂の途《みち》にかかつた。風が少し荒くなつて、時時山土のにほひがする様に思はれた。

暫《しば》らく行くと、道連がまた「栄さん」と云つた。声の調子が変つて、泣いてゐる様に聞こえた。

「栄さん、己の頼みをきいておくれよ、己はその一ことをきいて貰《もら》ひたいが為、かうしてお前さんについて来たのだよ」

私は恐ろしくて、口も利けない。

「栄さん、怖くはないよ、己の願ひは何でもない事だ、ただ一口己を兄さんと呼んでおくれ」

私はびつくりすると同時に腹が立つた。掠《かす》れた様な声で「気味のわるい事を云ふのは止《よ》してくれ」と云つた。

「栄さん、そんな情ない事を云ふもんぢやないよ。お前さんはお父さんやお母さんや、おまけにお祖母《ばあ》さんまであつて羨《うらや》ましい。己は一人ぼつちで、お父さんやお母さんは一度だつて己の事を思つてもくれないんだ。己は淋《さび》しいから、かうしてお前さんについて来たんだよ。兄さんと云つておくれ」

私は益《ますます》気味がわるくなつて来ると同時に、何となく悲しい様な気持がして来た。黙つて歩きながら考へた。けれども、兄さんと呼ぶ様な気にはなれなかつた。道連もまたそれきり黙つてしまつて、ただすたすたと、ついて来た。屾を大分登つたのだらう。道の片側が真暗な崖《がけ》になつて、その底の方に、青い灯が水に映つた様に、きらきらと光つてゐる。私はその灯《あか》りを見てゐたら、何時《いつ》の間にか目に涙が一ぱい溜《たま》つてゐた。

「栄さん、己《おれ》はお父さんの声がききたい。お父さんの声はお前さんの様な声かい」

「そんな事が自分でわかるものか」と云つてしまつて、私は自分の声が道連の声と同じ声なのにびつくりした。頭から水を浴びた様な気がした。

「ああ、矢つ張りそんな声なんだ、ああさうだ、さうだ」と道連が云つた。泣いてゐるらしい。

私は恐ろしくもあり、悲しくもなつた。

「栄さん、どうか云つておくれ」

「ああ」と私が云つた。悲しい気持で、生まれなかつた私の兄を、兄さんと呼ばうかと思つた。

「云つてくれるのか、己はどんなにうれしいか知れない。早く云つておくれ」と道連が云つた。私は道連の声を聞いてゐるうちに、段段自分の声との境目がわからない様な気がして来た。すると涙が一どきに溢《あふ》れ出た。

「兄さん」と私は云はうと思つた。その途端に自分の声が咽喉《のど》につまつて、私は口が利けなくなつた。

「早く、早く」と道連がうろたへた様に云つた。

私は益《ますます》悲しくなつて来た。生まれて一度も人を呼んだことのない言葉だと云ふ事を忘れてゐた。何処《どこ》だか方角のたたぬ辺りで、夜鳥が頻《しき》りに戸のきしむ様な声をして鳴いてゐる。私はその声を聞きながら歩いた。道連は矢張り、すたすたと冷たい足音をたてて行つてゐた。暫《しば》らくして、「ああ」と道連が悲しい声をして云つた。

「それぢやもうお前さんともお別れだ。栄さん、己は長い間お前さんの事を思つてゐて、やつと会つたと思つても、お前さんはたうとう己の頼みをきいてくれないんだ」

道連の云ふ事を聞いてゐるうちに、私は、何だか自分も何処かでこんな事を云つたことがある様に思はれた。さつきから聞いてゐた水音にも、何となく聞き覚えのある様な気がしてきた。

「もうこれで別れたら又いつ会ふことだかわからない」と道連が泣き泣き云つた。

「ああ」と私は思はず声を出しかけて、咽喉がつまつてゐるので苦しみ悶《もだ》えた。忘れられない昔の言葉を、私の声で道連が云ふのを聞いたら、苦しかつたその頃が懐しくて、私は思はず兄さんと云ひながら道連に取り縋《すが》らうとした。すると、今まで私と竝んで歩いてゐた道連が、急にゐなくなつてしまつた。それと同時に、私は自分のからだが俄《にわか》に重くなつて、最早一足も動かれなかつた。

（大正一〇年一月「新小説」）

豹

坂の途中に小鳥屋が一軒あつた。鼻の曲つた汚い爺《じい》さんが、何時《いつ》も店頭に胡座《あぐら》をかいて、頻《しき》りに竹を削つて居た。その前を通ると、もとは目白や野鵐《のじこ》や金糸鳥《カナリヤ》などが、かはいらしく鳴き交はして居たのに、何時の間にかそんなものはみんな居なくなつてしまつて、小屋根の上の大きな檻《おり》の中に、鷹《たか》が番《つが》ひ、雛《ひな》を育てて居た。その次にその前を通つた時、鷹の雛がもう大きくなつたらうと思つて、屋根の上を見たら、鷹ではなくて、鷲《わし》であつた。親が雌も雄もどちらも一間《いっけん》ぐらゐに、雛は鶏ぐらゐ大きかつた。さうして親も雛も、頭や頸《くび》や背の羽根が、摑《つか》んで毟《むし》つたやうに荒く抜けてゐる。その隣りの檻に豹《ひょう》がゐて、ぢつと雛をねらつて居た。大変だと思つてぐるりを見ると、牧師と法華《ほっけ》の太鼓たたきと、それから得体の知れない人間が十五六人矢張り起《た》つてゐて見てゐた。豹が恐ろしい声をして、鷲の巣に手を突込んだ。鷲の雌が鋸《のこぎり》の様な羽根を立てて豹を防いでゐた。雛は嘴《くちばし》で毛虫をつんでゐた。雄は向うをむいて知らぬ顔をしてゐた。すると豹が細長いからだを一ぱいに伸ばして、背中に一うねり波を打たせた。その様子が非常におそろしい。その時またすごい声をして哮《ほ》えたので、私は心配になつて来た。

「この豹は見覚えがあるね」と云つた者がある。今そんな事を云つてはいけないと私は思つた。すると果して豹がこちらを向いた。

「ああいけない、檻の格子《こうし》が一本抜けてゐる。何か嵌《は》めて置かなくちやあぶない」と云つた者がある。わるい事を云つた、豹が知つたかも知れないと私は思つた。その時に又、

「豹が鷲をねらつてゐるのは策略なんだね」と云つた者がある。黙つて居ないと大変なことになるのにと私は

思つた。すると果して豹が屋根を下りて、私等《ら》を喰ひに来た。私は一生懸命に逃げた。そこいらに居た者もみんな同じ方へ逃げた。両側に森のある馬鹿《ばか》に広いきれいな道を、みんなが団《かた》まつて逃げた。風が後から追掛ける様に吹いて来た。豹が風の中を馳《か》け抜けるやうに走つて私等に近づいた。一番に牧師が喰はれた。道の真中を逃げて居たから喰はれたのだ。私達は道の片端をすれすれに逃げた。今度は法華《ほつけ》の太鼓たたきが喰はれた。私は一寸《ちよつと》振り返つて見た。広い白い道の真中で、豹が法華の太鼓たたきを抑へてゐた。太鼓が道の真中に投げ出されてゐた。その間に私丈《だけ》はそこから横町へ曲がつて、細い長い道を逃げた。何だか町ぢゆうが寂《さ》びれ返つてゐる。私は片側町に逃げて来た。みんな骨董屋《こつとうや》計《ばか》りで、店に人は一人も居ない。大きな羅漢《らかん》の木像があつた。庭に水の一ぱい溜まつてゐる家があつた。私はそこへ逃げ込んで、二階へ上がつた。二階から往来を見ると、豹が向うから、地に腹のつく様に脊《せ》を低くして、走つて来た。豹は私をねらつてゐるらしい。畳や梯子《はしご》段《だん》にぬれた足跡がついてゐやしないかと思ふ。私はここも駄目《だめ》だと思つた。けれども、もう表へは出られないから、裏口から田圃《たんぼ》の中へ飛び出して、又逃げた。しかし豹が何故《なぜ》私丈《だけ》をねらひ出したのか解らない。あれは豹の皮を被《かぶ》つてゐるけれども、ほんとは豹ではないのかも知れない。さう思ひ出したら猶《なお》の事怖くなつた。何しろ早くかくれてしまはなければ大変な事になると思つた。私は田圃の中を夢中でどのくらゐ逃げたかわからない。

仕舞ひに野中の一軒屋に逃げ込んだ。庭口に大きな柘榴《ざくろ》の樹があつて、腹の赤い豆廻《まめまわ》しが頻《しき》りにけくけく、けくけくと鳴いて居た。後を向いたら、丁度《ちようど》その時、向うの禿山《はげやま》の頂を豹の越したのが鮮やかに見えた。私は大急ぎで戸を締めてしまつた。雨戸がみんな磨硝子《すりガラス》で出来てゐた。硝子では不安心だと私が思つた。家の中に半識りの人が五六人ゐた。みんな色つやのわるい貧相な男ばかりであつた。私は家の内ぢゆう戸締りをしてしまつた。一ケ所、扉の上に豹が飛び込める程の隙《すき》があるけれど、何もそこを塞《ふさ》ぐものがなかつた。その内に私は考へた。木の雨戸よりは却《かえつ》て磨硝子の方がいいかも知れない、豹がいくら爪《つめ》をたてても、爪が滑つてしまふから。すると豹の爪と磨硝子との、がりがり擦《す》れ合ふ音が、予《あらかじ》め私の耳に聞こえた。私はからだぢゆうにさむさむがたつた。

外が余り静かだから、私は磨硝子の戸を細目にあけて、のぞいて見た。内から、

「あぶないあぶない」と云ふ者があつた。

「豹があなたの顔を見るとわるいからおよしなさい」と云つた者もあつた。その時、豹は向うの黒い土手の上で、痩せた女を喰つてゐた。その女は私に多少拘《かか》り合ひのある女の様な気がして来た。私は戸の細目から首をのぞけた。豹がその女を見る見る内に喰つてしまつて、著物《きもの》だけを脚で搔《か》きのけた。さうして私の方を見た。私は豹に見られたと思つて、驚いて隠れようとした。その時豹が急に後脚で起《た》ち上がる様にこちらを向いて、妙な顔をした。笑つたのではないかと思ふ。私はひやりとして、あわてて戸をしめた。

「この扉の上だけだから、ここ丈どうかならんかな。これだけ居るんだから、みんなで豹を殺せない事もなからうぢやないか」と私がみんなに云つた。

みんなは割り合ひに落ちついた顔をしてゐた。矢つ張り私だけなのかも知れない。私は心細くて堪《たま》らなくなつた。さうして又怖くてぢつとしてゐられない。

「どうかしてくれ、豹に喰はれたくない」と私が云つて泣き出した。

すると辺りにゐた五六人のものが、一度にこちらを向いた。

「あなたは知つてるんだらう」と一人が私に云つた。さうして変な顔をして少し笑つてゐる。

「洒落《しやれ》なんだよ」と外《ほか》の一人が駄目を押す様に云つた。

「何故」ときいた者がある。

「過去が洒落てるのさ、この人は承知してゐるんだよ」

「ははん」と云つて、その尋ねた男が笑ひ出した。するとみんなが一緒になつて、堪らない様に笑ひ出した。

私はあわてて、なんにも知らないんだからと云はうと思つたけれど、みんなが笑つて計《ばか》りゐるから、兎《と》に角《かく》涙を拭《ふ》いて待つてゐたら、そのうちに私も何だか少し可笑《おか》しくなつて来た。気がついて見たら、豹が何時《いつ》の間にか家の中に這入《はい》つて来て、みんなの間にしやがんで一緒に笑つてゐた。

（大正一〇年一月「新小説」）

冥途

高い、大きな、暗い土手が、何処《どこ》から何処へ行くのか解らない、静かに、冷たく、夜の中を走つてゐる。その土手の下に、小屋掛けの一ぜんめし屋が一軒あつた。カンテラの光りが土手の黒い腹にうるんだ様な暈《かさ》を浮かしてゐる。私は、一ぜんめし屋の白ら白らした腰掛に、腰を掛けてゐた。何も食つてはゐなかつた。ただ何となく、人のなつかしさが身に沁《し》むやうな心持でゐた。卓子の上にはなんにも乗つてゐない。淋《さび》しい板の光りが私の顔を冷たくする。

私の隣りの腰掛に、四五人一連れの客が、何か食つてゐた。沈んだやうな声で、面白さうに話しあつて、時時静かに笑つた。その中の一人がこんな事を云つた。

「提燈《ちようちん》をともして、お迎へをたてると云ふ程でもなし、なし」

私はそれを空耳で聞いた。何の事だか解らないのだけれども、何故《なぜ》だか気にかかつて、聞き流してしまへないから考へてゐた。するとその内に、私はふと腹がたつて来た。私のことを云つたのらしい。振り向いてその男の方を見ようとしたけれども、どれが云つたのだかぼんやりしてゐて解らない。その時に、外《ほか》の声がまたかう云つた。大きな、響きのない声であつた。

「まあ仕方がない。あんなになるのも、こちらの所為《せい》だ」

その声を聞いてから、また暫《しば》らくぼんやりしてゐた。すると私は、俄《にわか》にほろりとして来て、涙が流れた。何といふ事もなく、ただ、今の自分が悲しくて堪《たま》らない。けれども私はつい思ひ出せさうな気がしながら、その悲しみの源を忘れてゐる。

それから暫《しば》らくして、私は酢《す》のかかつた人参葉《にんじんば》を食ひ、どろどろした自然生《じねんじよう》の汁を飲んだ。隣の一連れもまた外《ほか》の事を何だかいろいろ話し合つてゐる。さうして時時静かに笑ふ。さつき大きな声をした人は五十余りの年寄りである。その人丈《だけ》が私の目に、影絵の様に映つてゐて、頻《しき》りに手真似《てまね》などをして、連れの人に話しかけてゐるのが見える。けれども、そこに見えてゐながら、その様子が私には、はつきりしない。話してゐる事もよく解らない。さつき何か云つた時の様には聞こえない。

時時土手の上を通るものがある。時をさした様に来て、ぢきに行つてしまふ。その時は、非常に淋《さび》しい影を射して身動きも出来ない。みんな黙つてしまつて、隣りの連れは抱き合ふ様に、身を寄せてゐる。私は、一人だから、手を組み合はせ、足を竦《すく》めて、ぢつとしてゐる。

通つてしまふと、隣りにまた、ぽつりぽつりと話し出す。けれども、矢張り、私には、様子も言葉もはつきりしない。しかし、しつとりした、しめやかな団欒《だんらん》を私は羨《うらや》ましく思ふ。

私の前に、障子《しようじ》が裏を向けて、閉《た》ててある。その障子の紙を、羽根の撚《よ》れた様になつて飛べないらしい蜂《はち》が、一匹、かさかさ、かさかさと上つて行く。その蜂だけが、私には、外《ほか》の物よりも非常にはつきりと見えた。

隣りの一連れも、蜂を見たらしい。さつきの人が、蜂がゐると云つた。その声も、私には、はつきり聞こえた。それから、こんな事を云つた。

「それは、それは、大きな蜂だつた。熊ん蜂といふのだらう。この親指ぐらゐもあつた」

さう云つて、その人が親指をたてた。その親指が、また、はつきりと私に見えた。何だか見覚えのある様ななつかしさが、心の底から湧《わ》き出して、ぢつと見てゐる内に涙がにじんだ。

「ビードロの筒に入れて紙で目ばりをすると、蜂が筒の中を、上つたり下りたりして唸《うな》る度に、目張りの紙が、オルガンの様に鳴つた」

その声が次第に、はつきりして来るにつれて、私は何とも知れずなつかしさに堪へなくなつた。私は何物かにもたれ掛かる様な心で、その声を聞いてゐた。すると、その人が、またかう云つた。

「それから己《おれ》の机にのせて眺めながら考へてゐると、子供が来て、くれくれとせがんだ。強情な子でね、云ひ出したら聞かない。己《おれ》はつい腹を立てた。ビードロの筒を持つて縁側へ出たら庭石に日が照つてゐた」

私は、日のあたつてゐる舟の形をした庭石を、まざまざと見る様な気がした。

「石で微塵《みじん》に毀《こわ》れて、蜂《はち》が、その中から、浮き上がるやうに出て来た。ああ、その蜂は逃げてしまつたよ。大きな蜂だつた。ほんとに大きな蜂だつた」

「お父様」と私は泣きながら呼んだ。

けれども私の声は向うへ通じなかつたらしい。みんなが静かに起《た》ち上がつて、外へ出て行つた。

「さうだ、矢つ張りさうだ」と思つて、私はその後を追はうとした。けれどもその一連れは、もうそのあたりに居なかつた。

そこいらを、うろうろ探してゐる内に、その連れの立つ時、「そろそろまた行かうか」と云つた父らしい人の声が、私の耳に浮いて出た。私は、その声を、もうさつきに聞いてゐたのである。

月も星も見えない。空明りさへない暗闇の中に、土手の上だけ、ぼうと薄白い明りが流れてゐる。さつきの一連れが、何時《いつ》の間にか土手に上つて、その白んだ中を、ぼんやりした尾を引く様に行くのが見えた。私は、その中の父を、今一目見ようとしたけれども、もう四五人の姿がうるんだ様に溶け合つてゐて、どれが父だか、解らなかつた。

私は涙のこぼれ落ちる目を伏せた。黒い土手の腹に、私の姿がカンテラの光りの影になつて大きく映つてゐる。私はその影を眺めながら、長い間泣いてゐた。それから土手を後にして、暗い畑の道へ帰つて来た。

（大正一〇年一月「新小説」）

昇天

私の暫《しば》らく同棲してゐた女が、肺病になつて入院してゐると云ふ話を聞いたから、私は見舞に行つた。

郊外の電車を降りて、長い間歩いて行くと、段段に家がなくなつて、辺りが白らけたやうに明かるくなつて来た。すると、向うに長い塀が見えて、吃驚《びつくり》するやうな大きな松の樹が、その上から真黒に覆ひかぶさつてゐた。

門の中には砂利《じやり》が敷いてあつて、人つ子一人ゐなかつた。

だだつ広い玄関の受附にも、人がゐなかつた。

何処《どこ》かで風の吹く音がした。その音が尻上がりに強くなつて、廊下の遥か奥の方で、轟轟《ごうごう》と鳴る響が聞こえた。

不意に式台の横にある衝立《ついたて》の陰から、小さな看護婦が出て来て、私にお辞儀をした。私がその後について行くと、看護婦は、いくらか坂になつてゐる長い廊下を、何処までも何処までも歩いて行つた。しまひに廊下の四辻になつてゐる所まで来ると、この左の廊下の取つ附きの病室にいらつしやいます。患者さんは御存知なのでせうと云つて、向うへ行つてしまつた。

その病室の、一番入口に近いベツドに女は眠つてゐた。大きな病室で、ベツドが十脚位づつ、両側の窓に添つて、二列に並《なら》んでゐた。寝てゐる病人は、みんな女で、おんなじ様な顔をして、入口に起《た》つた私の方を見てゐる。

「おれいさん」と私が云つたら、女が眼を開いて私の顔を見た。

「どうも有りがと」と落ちついた声で云つて、少し笑つた。「お変りもなくて」

「いつから悪かつたんだい」

「さあ、いつからだか解りませんの。私何ともなかつたもんですから」

「自分で苦しくなかつたのかい」

「ええ、ただね傍《はた》の人がいろんな事を云つて、息づかひが荒いとか、真赤な眼をしてるとか。御存知なんでせう、私がまた出てたのは」

「知つてる」

「それで、その家《うち》のおかあさんが心配して、お医者に見せたんですの、さうしたら、もう随分悪かつたんですつて」

「そんな無理をしてはいけないねえ」

「だつて私知らないんですもの、その時お熱が九度とか九分とかあるつて、お医者様びつくりしていらしたわ」

　おれいはそんな事を話しながら、口で云つてる事を、自分で聞いてゐないやうな、ぼんやりした目附きをして、私の顔を眺めてゐる。

「今でも熱があるんぢやない」

「さあ、矢つ張りその位はあるんでせう。ここに来てからまだ、もう幾日になるのか知ら。私、貴方《あなた》がいらして下さる事、わかつてゐましたわ」

「どうして」

「どうしてでも」

　庭の上の空を、大きな雲が通るらしく、辺りが夕方のやうに暗くなりかけた。

「僕はまた来るからね」

「ええ、でもこんな所気味がわるくはありません」

「そんな事はないよ。何故《なぜ》だい」

「本当はね、ここは耶蘇《ヤソ》の病院なの」

「知つてるよ」

「私どうしようかと思ひましたわ。初めは何でも市の病院に這入《はい》れるやうな話だつたのですけれど、病人が一ぱいで、空《あ》かないんですつて。それから、おかあさんがお医者様と相談して、耶蘇の病院に入れると云ふんでせう。私、子供の時から、耶蘇は好かないんですもの。竹町の横町に救世軍があつて、太鼓をたたいてゐるから、うつかり聞きに行くと、中に這入つたら最後、戸を閉めて帰さないんです」

「そんな事があるものか」

「いいえ、だから私、それに私が耶蘇の病院に這入つたりしたら、死んだ母さんや父さんにすまない様な気がして、ここに来る前は二晩も三晩も眠れなかつたわ。すると毎晩毎晩、真白い猫が来て、寝床の足許《あしもと》の閾《しきい》で夜通し爪《つめ》を磨《と》ぐんでせう。おおいやだ。思ひ出してもぞつとするわ」

「そんな事は夢だよ」

「いいえ、夢なもんですか。ここへ来る時はおあいちやんと、おかあさんもついて来てくれて、三人で自動車に乗つてから、何処《どこ》だか知らないけれど、両側に樹があつて、道が暗くなつたところを馳《か》けぬけたと思ふと、その道が少し坂になつてたんですけれど、坂を下りかけた拍子に、片方の崖《がけ》から白い猫が自動車の窓に飛びついて来ましたの」

おれいは段段早口になつて、声も上ずつて来るらしかつた。

「それつきり私なんにも解らなくなつて、気がついて見たら、ここに寝てたんですの。ふつと目を開いて見たら、ここの院長さんなんですの、青い顔をして、そら、よく耶蘇の絵にあるでせう、磔《はりつけ》の柱の上で殺されてゐる、あの怖い顔そつくりなんでせう。私どうしようかと思ひましたわ」

私は、五十銭銀貨を五つ紙に包んだのを、おれいの枕許において、その病室を出た。

中庭の芝生の枯れかけた葉が黒ずんで、空は雲をかぶつたまま、暮れかけて来たらしい。さつきの廊下に曲がる角で、出合ひ頭《がしら》に変な男に会つた。病院の白い著物《きもの》を著てゐるんだけれど背中が曲がつて、頸《くび》も片方の肩にくつつく様に曲がつて、さうして白眼勝ちの恐ろしい目で、私の顔をぎろりと見た。

私はぎよつとして、一寸《ちよつと》立ち竦《すく》みさうになつた。すると、その男は、急に顔を和らげて、丁寧にお辞儀をして、行き過ぎた。何か恐ろしい前科のある人が、救はれてこの病院に奉仕してゐると云ふ様なことを、私は考へずにゐられなかつた。

その男が行つてしまつた後は、また長い廊下に人影もなかつた。滅多《めつた》に見舞に来る者もないらしい。それとも、私の来た時刻がいけなかつたのか知ら。私は、何だか後からついて来るものを逃れるやうな気持になつて、廊下から玄関に出た。

途中で日が暮れて、急に明かるい灯の列《なら》んでゐる街《まち》に帰つたら、不意に身ぶるひがした。

夕方に吹き止《や》んだ風が、夜中にまた吹き出す。私は、その前にきつと目をさましてゐる。しんとした窓の外の、どこか遠くの方で、何だかわからない物音がする。ことりと云ふただ一つの物音が、狙《ねら》ひをつけた鉄砲の弾《たま》のやうに、真直ぐに私の耳に飛んで来る。それが風の先駆《さきがけ》なのである。さあと云ふ高い音の聞こえた時には、風は私の寝てゐる頭の上の空に来てゐる。さうして、窓をどんと押すのである。私は息も出来ないやうな気持になつて、しかし、耳は益《ますます》冴えて来る。隣りの露地《ろじ》の戸に取り附けてある鈴が、澄み渡つた音を立てて、ちりんちりんと鳴り響く。その響の尾を千切《ちぎ》るやうに、直ぐまた次の風が吹いて来て、前よりも一層鋭い音をたてる。おれいは私の別れた女である。寧《むし》ろ私をすてた女である。しかし、さうなる後先の行きさつを、今から思ひ返して見れば、女としては仕方のない道だつたかも知れない。又、私をすてたと云つても、彼女はすぐに再び芸妓《げいぎ》に出たのである。さうして、今は施療の病院に夭死《ようし》を待つてゐる。あの大きな病室の中に、枕をならべた大勢の病人の中で、ただ一人だけ、際立《きわだ》つて美しかつたおれいの顔を、私は今思ひ出すのである。その俤《おもかげ》は私に懐しく、しかしどうかした機《はず》みに、また云ひやうもなく恐ろしかつた。

病院の玄関に立つたけれど、矢つ張り何人《だれ》もゐなかつた。勝手に上草履《うわぞうり》に穿《は》きかへて、長い廊下を伝つて行つた。薄曇りの空が重苦しく垂れて、廊下の両側の中庭は、汚れたやうに暗いのに、廊下の床板には不思議な光りがあつた。その照り返しで廊下は明かるい筒のやうに、向うの果てまで白ら白らと光つた。そこを歩いて行くものは、私の外《ほか》にだれもゐなかつた。私は水を浴びるやうな気持がして、ひとりでに足が早くなつた。

おれいの病床の傍に、五十位の口の尖《と》がつた大男が立つてゐた。私の這入《はい》るのと入れ違ひに出て行くのを見たら、片方の足がひどい跛だつた。

「どうもすみません」とおれいが静かな調子で云つた。「少し落ちついて来ましたの」

「さう、それはよかつたね。熱が下がつたのかい」

「さうらしいんですの。でもね、まだ御飯は運んで頂いてるんですけれど」

「ほかの人は自分で食べに行くのか」

「いいえ、自分で御膳《ごぜん》を貰《もら》つて来るんですわ。この部屋の人、大概みんなさうですよ」

「だつて熱のある病人なんだらう」

「でも、それは仕方がありませんわ。どこか遠くの方で、ぢやらん、ぢやらんと云ふ鉦《かね》が鳴り出しますと、ここに寝てゐる人がみんな、むくむく起き出して行くんですよ」

「おれいさんには、だれが持つて来てくれるんだい」

「看護婦さんの事もありますけれど、大概は男の人で、それや迚《とて》も怖い人なんですの、猪頸《いくび》で、背虫で」

暫《しば》らくして、おれいは変な事を訊《き》き出した。

「ほうと云ふ字があるでせう」

「どんな字だ」

「そら、お稲荷《いなり》さんなんかによくあるあの、そら、たてまつると云ふ字だわ。その下に、やすと云ふ字は何の事なの」

「奉安かい」

「それは、どう云ふ事ですの」

「安んじ奉る。それだけぢや解らない。どこでそんな字を見たんだい」

「昨夜ね、御不浄《ごふじよう》に行つた帰りに、廊下を一つ間違へたらしいの、さうしたら、そんな事を書いて、その下に室と云ふ字を書いた看板の出てゐる部屋がありましたの。中に灯《あか》りがついて、綺麗に飾つてあるから、何かしらと思つたんですわ」

私は黙つてゐた。屍体《したい》収容室の事を云つて居るに違ひなかつた。

「さつきの人はだれだい」と私は話を変へた。

「あの人ね、高利貸なのよ」

「お客なのか」

「ええ、さうですの、でもあんな商売の人つて、案外親切なものね」

「さうかも知れないね」

「お金を十円置いて行つてくれたわ。要《い》る事もないんですけれど」

おれいは、一寸暫《ちよつとしば》らくの間、この病気に特有の咳《せき》をした。それが静まつたと思ふと、ぢつと眼を閉ぢて、黙つてゐる。乾いた瞼《まぶた》の裏に、目の玉のぐりぐり動いてゐるのが、はつきりと見えた。

おれいは、目を開いて、

「どうも私、この頃不思議な事がありますのよ」と云つた。「耶蘇《ヤソ》を信心する所為《せい》かも知れないけれど」

「耶蘇教を信仰し出したのかい」と私は驚いて尋ねた。

「ええ、まだよく解らないんですけれど、何だか有りがたい御宗旨のやうですわね」

「何だか、おれいさんは馬鹿《ばか》に怖がつてゐたんぢやないか」

「それはね、怖いには怖いんですけれど、ここの院長さんは、矢つ張り耶蘇なんですよ。院長さんて、そりや迚《とて》も怖い方なんです。口で仰有《おつしや》る事は、やさしい事を云ふんですけれど、その声が怖いんですわ。何だか私、聞いてると身がすくむやうよ。こなひだもね、私のところにいらして、さあさあ、もう心配する事はない。われわれが真心をもつて、看病して上げる。信じなければいかん。早くよくなる。ぢき楽になる、と云つて、いつまでもぢつと傍に立つてるんですもの。院長さんも肺病なんですつて。だから青い顔して、咳ばかりして。時時この廊下の外にテーブルを持つて来て、演説なさるわ」

おれいは段段せき込んで話し出す。

「そのお話を聞いて、後でお祈りなさるのよ。ですから、この病室の人は大概みんな信者ですわ。そのお話し、私にはよく解らないんですけれど、それでも、伺つてるうちに、段段有りがたくなつて来るらしいわ。この部屋の人が、あとでみんな声をそろへて、お祈りの事を云ふんでせう。アーメンと云ふのは私だつて云へるけれど、でも、その後で咳き入る人が随分ありますのよ」

「そんなに、話しつづけると後でつかれやしないか」と私が心配して云つた。

「ええ、でも何だか不思議なんですもの、それ以来、私、から目をつぶつてゐても、いろいろの物が見えるらしいのよ。指を幾本か出して、目蓋《まぶた》の上に持つて行くと、ちやんと、その数だけ、指の形が見えるんです。奇《き》蹟《せき》と云ふのでせうか」

私は、憑《つ》きもののする話を思ひ出して、ぞつとした。

「そんな馬鹿《ばか》な事はないよ。変な事を考へてはいけない」

「さうでせうか、私はなんにも解らないんですけれど」と云つて、おれいは、また目をつぶつた。

さうして、いつまでも黙つてゐる。

目蓋の裏から、私の顔を見てゐるつもりかも知れない。この女の事だから、本当に見えるのかも知れないと思つたら、私はそこに立つてゐるのが恐ろしくなつた。

私は、おれいの病気の程度を知つて置きたいと思つたから、帰りに玄関脇の事務室に這入《はい》つて行つて、係りの御医者に会ひたいと頼んだ。

広い事務室の中には、片隅の机に、若い美しい女が一人ゐるきりだつた。その女が起《た》ち上がつて、壁の時計を見ながら、今、回診が始まつたばかりだから、相当時間がかかると思ふけれど、かまはなければ、向うの部屋で待つて居れと云つて、私を応接室に案内してくれた。

私は応接室で長い間待つてゐた。壁と窓ばかりの、がらんとした部屋の中に、晩秋の冷気が隅隅に沁《し》み込んでゐるらしかつた。辺りに何の物音も聞こえなかつた。この病院の患者達は、いつ迄もただ黙つて寝てゐるきりで、癒ると云ふ事もなく、また死ぬ事もないのではないかと云ふ様な、取り止めもない事を考へかけて、ふと私は、さつきおれいの云つた奉安室の話を思ひ出した。さうして、おれいが、綺麗な部屋だと云つたのは、どんな風に飾つてあるのだらうと想像して見た。しかし、私の考へは、何のまとまりも附かなかつた。それから、いつ迄も物音のしない部屋に一人ゐて、いろいろの事を思ひ出しさうで、特におれいとの以前の事など思ひ出しさうで、ただいつまでも何となく落ちつかない気持がするばかりであつた。窓の傍に起《た》つて、外を眺めても、どんよりと曇つた空には、雲の動く影もなかつた。

いきなり扉があいて、びつくりする程、脊《せ》の高い男が這入《はい》つて来た。恐ろしく大きな顔で、額《ひたい》が青白くて、目玉が光つてゐる。私の顔を見ると、急に目の色を和らげて、一寸《ちよつと》会釈したまま、黙つて出て行つた。頰《ほお》にも口の廻りにも、同じやうな鬚《ひげ》が生えてゐた。

すると、入れ違ひに、扉を敲《たた》く音がして、女のお医者らしい人が這入つて来た。

「お待たせ致しました。私が副院長で御座います」と云つた。

小柄で、顔が引締まつてゐて、白い著物がよく似合つた。私の話をきいて、

「本当にお気の毒で御座います。おとなしい、内気の方のやうで御座いますから、なんにも仰《おつ》しやいませんけれど、まだお若いのにお可哀想で御座います。もうあの程度までに進んでしまひますと、後はただ時日の問題だけになりますので、こんな事を申上げては如何《いかが》か存じませんが、せいぜい後一月もどうかと思ふので御座います」

「先程見舞つてやりましたら、今日は大分いい様な事を云つて居りましたが、さうでもないのですか」

「いいえ、ちつともおよろしいどころでは御座いません。どうも、こちらに入らつしやる方は、みんな余つ程

悪くなつてからでないと、養生のお出来にならない様な事情の方が多いのでして、それに、男子の方には、一時は軽くなつて、一先《ひとま》づ御退院なさると云ふ様な方も御座いますけれど、女の方でさう云ふ場合は、まあ殆《ほとん》ど御座いませんですね」

「食べ物は食べられるのでせうか」

「お熱がおありになりますから、おいしくは召上がれないと思ひますけれど、何でも欲しいと仰しやる物でしたら、差上げて頂きたいと思ひます」

私は、慌《あわただ》しい気持がした。その部屋を辞して、一旦《いつたん》玄関に出てから、また病室の方に引返して行つた。

「あら」とおれいは云つて、不思議さうに私の顔を見た。

「一寸《ちよつと》思ひ出して帰つて来たんだけれど」と私は困惑しながら云つた。途中から引返したにしては、余り時間が経《た》ち過ぎてゐる。しかし、そんな事を問ひ返す女ではなかつた。

「この次ぎ来る時、何かおれいさんの欲しいものを持つて来て上げようと思つたのだ」

「まあ、そんな事、すみませんわ、別に欲しい物つてないんですもの」

「でも何か云ひなさい」

おれいは暫《しば》らく黙つてゐた。ぢつと目をつぶつてゐる。

「蜜柑《みかん》と、それからカツレツが食べたいと思ふ事がありますけれど、蜜柑は、この病院の男の人が、みんなの使に行つて、買つて来てくれますの」

遠くの方で、ぢやらん、ぢやらんと云ふ締りのない鉦《かね》の音がした。

「あら、もう御飯ですわねえ」とおれいが淋《さび》しさうに云つた。

気がついて見ると、外が薄暗くなりかけてゐる。

部屋の中に、光りの弱い電燈が、一時にともつた。その灯《あか》りの下で、今まで、ぢつと寝てゐた病人達が、むくむくと起き上がつて、みんな申し合はした様に、一先づベッドの上に腰を掛けて、それから、そろそろと辷《すべ》る様にベッドを下りて来た。さうして足音もなく入口の方に歩いて来る。入口に一番近い所におれいのベッドがあつて、そこに私は立つてゐるのである。私は、急いでおれいに、また来るからと云ひ残して外に出た。廊下の両側が、何となく、ざわめいてゐた。病人の群の歩く足音かも知れない。私は、門を出てからも、暫《しば》らくの間は、おれいの病室のベツドとベツドの間を列《なら》んで動き出した病人の姿と、その中にぢつと寝たままでゐるおれいと、もう一人おれいの列の奥の方のベツドにゐた病人の姿とが、目の前をちらついて、消えなかつた。

郊外電車の駅のある町の入口で、暗い道の端を伝ふやうに歩いて来る男と行き合つた。その男は大きな包みを抱へて、片手に棒切れのやうなものを持つてゐるらしかつた。私は擦《す》れ違ふ拍子に、その男の頸《くび》の曲がつてゐる事を認め、すぐに病院の例の男だと思つた。無気味な白眼が、暗い所でも、はつきりとわかる様な気がした。

私は二三歩行き過ぎてから、すぐに気がついて、その男を呼び止めた。

「一寸《ちよつと》、もしもし」

その男は、いきなり立ち止まつたきり、一寸の間身動きしなかつた。それから、急に振り向いたかと思ふと、

「へい、お呼びで」と云ひながら、迫る様にこちらへ近づいて来た。何だか、その身体の動かし方が、獣の様で無気味だつた。

「病院の方《かた》ではないのですか」

「左様《さやう》で御座います」

勘高い張りのある声で、切り口上の口を利いた。

「何か御用で」

「これから病院に帰るのですか」

「左様で御座います」

私は、おれいに蜜柑《みかん》をことづけたいから、持つて行つてくれないかと頼んだ。男はすぐに承知して、私と一緒に店屋のある方まで引返して来た。

「旦那はあの方の御親戚でいらつしやいますか」

「親類と云ふのではないけれども、まあ身寄りのものです」

「左様で、どうも誠にお気の毒な方で御座います。この二三日またお悪いやうで、昨晩など随分心配いたしました」

「昨夜どうかしたのですか」

「へい、御存知御座いませんですか。夜遅く急に廊下をお歩きになりまして、手前がお見かけしたものですから、病室にお連れしようと致しますと、基督《キリスト》様を拝むのだからと仰《お》しやつて、手前を押し退《の》ける様になさるのですが、どうも大変な力で、どこからあんな力が出ますか」

私は、蜜柑《みかん》を託して、その男と別れてから、帰る途途《みちみち》、昨夜の話を思ひ出す度に、身ぶるひがした。私には、あの病院が無気味になつて来た。さうして、その中に寝て、不思議な勘違ひをしてゐるおれいの事を思ふと、なほ一層、恐ろしい気持がした。


この頃毎日夕方に風が吹いて、ぢきに止《や》んでしまふ。風の止んだ後が、急に恐ろしくなつて、部屋の中に身をすくめた儘《まま》、私は手を動かす事も出来ない。しんとした窓の外を人が通る時は、閉め切つた障子《しようじ》を透かして、その姿がありありと見える。静まり返つた往来に、動くもののない時は、道を隔てた向うの土塀《どべい》が、見る見る内に、私の窓に迫つて来る。

私は、はつと気がついて、己に返る。すると自分の中年の激情が、涸《か》れつくす迄も愛した事のあるおれいの、今の青ざめた顔が目に浮かぶ。私はすぐにもおれいに会ひたくなる。

電車から降りたところの肉屋で、カツレツの柔らかいのを一片《ひときれ》揚げさして、すぐ食べられるやうに、細かく庖丁《ほうちよう》を入れて貰《もら》ひ、経木《きようぎ》で包んだ上を、新聞にくるんで、その包を懐《ふところ》の肌にぢかにあてて、温《ぬく》りがさめない様にして私は病院に急いだ。

午飯《ひるめし》に間に合ふやうにと思つたのだけれど、或は少し早過ぎたかも知れない。晴れ渡つた空に、遅い渡り鳥の群が低く飛んでゐる。

私は廊下を伝つて、その四辻を、いつもの通り、左に曲がらうとした。すると、そちらの廊下に、大勢の病人が、椅子《いす》に腰をかけたり、しやがんだり、中にはその上に寝たままの寝台を入口から半分ばかり引張り出したりしてゐる。さうして、その廊下の突き当りには、いつぞや応接室で顔を見た脊《せ》の高い男が、テーブルを前に置いて、立つてゐる。何か話してゐるらしい。院長さんに違ひない。院長さんが、説教してゐるところだらうと思つたから、私は遠慮して中に這入《はい》らなかつた。

間もなく院長さんは、テーブルの前に腰を掛けた。さうして、その上にある痰壺《たんつぼ》のやうなものを手に取つた。院長さんは咳《せき》をしてゐる。その間、廊下にゐる病人達は、黙つて身動きもしないでゐる。廊下の外の中庭には、秋の陽《ひ》が、さんさんと照つてゐる。

それから、また院長さんが起《た》ち上がつた。力のない声の響が、その廊下の角になつた所に立つてゐる私にも聞こえて来た。

「それで皆さんはどう思ふ。お金はないのだ。有つただけは、みんなお米に代へて、みなし児に食はしてしまつた。もうお米もない。一粒もない。明日は、明日となれば、もう、いよいよだ。十人の孤児が食はせる物がないのだ。餓ゑ死だ。石井さんは十人の孤児を連れて、操山と云ふ山に登つて行つた。山は天に近いのである。自分達のお祈りの声が、少しでも神様に近く聞こえるやうに、と石井さんは思つたのである。操山の頂で、孤児達と共に、声を合はせて、一心不乱にお祈りをする。最早神様におすがりするより外《ほか》に道はないのである。しかしまだ奇蹟《きせき》は現はれない」

私の後《うしろ》で、人の気配がするから振り返つたら、頸《くび》の曲がつた男が、私にお辞儀をしてゐた。副院長さんが、後でいいから、私に用があると云ふ言伝《ことづて》なのである。それから、この間の蜜柑《みかん》を持つて帰つたら、おれいが非常に喜んだと云ふ事を附け加へて、さもさも古くからの知り合ひである様な態度で私に話しかけた。

私は、今かうして待つてゐる内に、その用事を聞いて置かうと思つて、すぐに副院長のところへ行つた。

「先程入らしたところを、お見受け致しましたので、一寸《ちよつと》お耳に入れて置きたいと存じまして」と副院長は云つた。おれいの容態は益《ますます》よくない。今日明日のうちにも、重症患者の部屋に移さなければなるまいと思つてゐる。就《つい》ては万一の急変のあつた場合、病院の保証人になつてゐる抱へ主と姉の許《もと》には勿論《もちろん》知らせるけれど、外《ほか》に身寄りもない様だから、差支《さしつかえ》なければ私の所にも知らせようか。病院としては、電話の連絡が出来れば、さう云ふ場合、出来るだけ早く来られる人に来て貰《もら》ひたいのだ、と云ふ話であつた。

私が、取次の電話の番号を紙片に書いてゐる時、遠くの方から、低い合唱の声が聞こえて来た。それは直ぐに止《や》んで、それからお祈りの声が、廊下を溢《あふ》れる様に流れて来た。

私は、自分の体温と同じ位になつたカツレツの包を抱いたまま、おれいの病室に行つた。もう院長さんのお話は終つて、廊下の病人もみんな自分達の部屋に這入《はい》つてゐた。

おれいの目は光つてゐた。

「今お祈りがありましたの」と云つて、何か口ずさむやうな様子をした。

「私、初めは、もう一度だけでいいから、よくなつて、この病院を出たいと思つてゐましたけれど、今は、もうこの儘《まま》死んでもいいと思ひますわ」

「そんな事を云つてはいけない。早くよくなるつもりで元気を出さなければ駄目《だめ》だ」

「いいえ、私もうちつとも怖くないんですの、天国と云ふところが解つて来ましたの」

「僕は今日カツレツを持つて来たんだよ。さめるといけないから、懐《ふところ》の中にしまつてあるんだ」

「まあ」と云つて、おれいは素直に笑つた。

「本当にすみません。でも少ししか頂けないから、つまんないわ」

「あんまり食べすぎて、お腹をこはしても困るから、少しの方がいいだらう」

「でも折角《せつかく》頂いたのに」

私は懐からカツレツを出して、温かい包のまま、おれいの手に握らせた。

「今度は、さめない様におれいさんの蒲団《ふとん》の中に入れておきなさい。熱があるから、きつと僕より温まるよ」

「本当ね」と云つて、おれいは美しく笑つた。さうして、その包を布団の中に入れてしまつた。

いつぞやの小さな看護婦が来て、私に、

「恐れ入りますが、一寸《ちよつと》」と云つた。

一緒について出ると、廊下の角の所で看護婦は立ち止まつて、

「あの、先程副院長先生が申し忘れましたけれど、今日は患者さんとのお話しを、なるべく短くして頂くやうにと、さう申上げて来いと云はれましたので」

「ああさうですか、解りました。大分わるい様なお話しを、さつき伺つたのです」

「本当にお気の毒で御座います」

さう云つて、看護婦は向うへ行つてしまつた。

私は一旦《いつたん》病室に引返して、「何だか帰りに受附に寄つてくれと云ふんだから、もう行くよ」と云つて、その儘《まま》、廊下に出てしまつた。

「さう、どうも」と云ふ微《かす》かな声が、後《うしろ》に聞こえた。

長い廊下を歩いてゐるうちに、私は涙が眶《まぶち》をこぼれさうになつた。まだ、玄関まで行かない時、食事の鉦《かね》が、ぢやらん、ぢやらんと聞こえて来た。


寒い雨の降り出した午後、私は自動車で病院に行つた。

その日のお午《ひる》前から、曇つた窓の外に、おれいの気配がするらしく思はれて、ぢつとしてゐられなかつた。

自動車は、田舎《いなか》道の凹《くぼ》みに溜まつた雨水を、濡《ぬ》れた枯草の上に散らしながら馳《はし》つた。

所所にある森が、辺りの雨を吸ひ取つて、大きな濡れた塊りになつたまま、ゆらゆらと揺れてゐた。

病院の長い塀にさしかかつた時、私は不思議な気持がし出した。自動車が急に曲がつて、雨に洗はれた砂利《じやり》の上を、門の中に辷《すべ》り込んだ拍子に、向うのぱつとした、明かるい光の中に飛び込んだやうな気がした。

病院の中は暗かつた。玄関の衝立《ついたて》の陰には、昼の電燈がともつてゐた。

式台を上がつた所で、頸《くび》の曲がつた男と顔を合はせた。

「降りますのに、大変で御座いますね」と云つて、白い眼で私の方を見上げた。「病室をお移りになりましたが、お解りでせうか」

「いやまだ知らないのです」

その男は、どう云ふつもりか、わざとらしく、玄関前の植ゑ込みに降り灑《そそ》いでゐる雨の脚を眺めた後、こちらに向き直つて、

「それでは、手前が御案内いたしませう」と云つた。

さうして、私と竝《なら》んで、背中を曲げて歩き出した。

「御心配で御座いませう。全くお可哀想で、あの寝台から落ちられた話は、御承知で御座いませうか」

私は、はつとして、顔の色の変つたのが、自分でわかる様な気がした。

「それは、いつの事ですか」

「はい一昨晩の、まだ宵の口で御座います。いきなり御自分のベツドの上に起き直つて、それから、そろそろとお立ちになつたさうですが、同室の人が見て居りますと、妙な手つきで、胸に十字を切つて、さうして、ふらふらとベツドの上を歩き出されたと思つたら、もう床板の上に落ちて、気を失つて居られたさうで御座います。何しろ重患の人ばかりなもんですから、それを見てゐても、すぐに馳《か》けつけて先生方にお知らせする事も出来ませず、一時は大変な騒ぎだつたさうで御座います。知らせがありましてからは、すぐに手前も馳けつけまして、ベツドの上には手前がお寝かせしたので御座いますが、どうも何か、エス様のお話しを聞き違へていらつしやるらしいとか、先生方の御話しで御座いました。昇天でもなさるおつもりではなかつたか知らと云ふ様な事を、皆様で御話しになつていらつしやいました。それにお熱も御座いますし、全くお気の毒に存じます」

以前の病室に曲がる四辻を通り越して、ずつと奥まつた片側に、重症患者の病室はあつた。

「こちらの端のお部屋で御座います」

「どうも有り難う。又病人がいろいろ御手数をかけて、本当に申しわけありません」

「どう仕《つかまつ》りまして。それでは、これで御免蒙《こうむ》ります」

私は、この変な男に抱き上げられてゐるおれいの姿を思はず心に描いて、慌てて塗り消した。

今度の部屋は、小さくて、ベッドは四つしかなかつた。窓際にあるおれいのベッドの傍には、年を取つた附添の女がついてゐた。

私は他の病人に会釈して、這入《はい》つた。重症と云つても、みんな顔附は左程でもなかつた。おれいも今の話の様な事があつたにしては、あんまり変つてゐなかつた。

「どうも、有りがと。今度はこつちにまゐりましたので」と云つて、おれいは一寸《ちよつと》笑つた。

「今度は上等だね」と私も笑つた。「こなひだは危かつたさうぢやないか」

「ええ、皆さんに御心配かけちまつて、私、いろいろ考へてゐるんですけれど、なんにも知らないものですから、死ぬまでに考へきれるか、どうだかわかりませんわ」

「考へるつて、何を考へるんだい」

「それが、何つてはつきりわからないんですけれど。でも私、今まで間違つてゐたと思ひますわ。院長先生は、エス様の仮りのお姿なのよ、きつと。私がエス様の事を思つてると、いつでも、きつとなのよ、院長先生が、窓からお覗《のぞ》きになるんですもの」

「さうかも知れないけれど、おれいさんは昔からよく信心してたんだから、エス様も外《ほか》の神様もおんなじ事なんだから、あんまり考へ過ぎて、迷つてしまつてはいけないんだよ」

「さうですわねえ。それで私、院長先生にお話しする事があるんですの、毎晩毎晩猫が鳴くんですもの。きつとあの白い猫が鳴くんですわ。何だつて私、目をつぶつてもはつきり見えるんですのに、あの猫だけは、どこに隠れて鳴いてるのか知ら」

「それで一寸《ちよつと》しばらくお話しをよしませうね。後でつかれて苦しくなるといけませんからね」と附添の女の人が云つた。

「ええ」と云つて、おれいは、おとなしく目を閉ぢた。しかし、すぐにまた開けて、私の顔を見ながら、「カツレツおいしかつたわ。でもほんのちよつぴり」と云つて、また目をふさいだ。

そのうちに、おれいは、眠りかけたらしい。聞いてゐる方の自分が息苦しくなる様な、速いおれいの息遣ひを聞きのこして、私は病室を去つた。

十二月二十五日、小春のやうなクリスマスのお午《ひる》におれいは死んだ。附添の看護婦に蜜柑《みかん》の皮をむいて貰《もら》つて、半分食べた儘《まま》、死んださうである。

急変の知らせを受けて、馳《か》けつけた時は、間に合はなかつた。おれいは奉安室に移されてゐた。

（昭和八年二月「中央公論」）

山高帽子

　私は厠《かはや》から出て来て、書斎の机の前に坐つた。何も変つた事はないのに、何だか落ちつかなかつた。開け放つた窓の外に、夕方の近い曇つた空がかぶさつてゐた。大きな棗《なつめ》の枝に薄赤い実がなつてゐる。私はその実の数を数へながら、何となく頻《しき》りにそはそはした。今出て来た厠の中に、何人《だれ》かゐる様な気がした。何人かが私を待つてゐるらしく思はれた。

　家の中には私の外《ほか》に、誰もゐなかつた。みんな買物や使ひに出たきり、まだ帰つて来なかつた。近所の家から、何の物音も聞こえなかつた。日暮れが近いのに辺りは静まり返つてゐて、ただ遠くの方で、不揃《ふぞろ》ひに敲《たた》く法華《ほつけ》の太鼓の音が聞こえるばかりであつた。私は淋《さび》しい様な、どこかが食ひ違つた様な気持で、頻りに厠の中を気にした。

　その時、窓の外の、庇《ひさし》を支へた柱を、家《うち》の猫が逆に爪《つめ》を入れながら、がりがりと音をたてて下りて来た。さうして私の向かつてゐる窓の敷居に飛び下りて、こちらを見た。私がぢつとその顔を見てゐると、猫は暫《しば》らくそこに起《た》つたまま、私を見返して、それから、何か解らないけれども、意味のあるらしい表情をして、さうしてふと目を外《そ》らすと、そのまま開け放してある入口の方に行つた。私はその後姿を見て、いやな気持になつた。猫は短い尻尾《しつぽ》を上げたり下ろしたりしながら、廊下を向うの方へ、のそのそと歩いて行つた。私は段段不安になつて、早くどうかしなければいけない様な気がし出した。猫はその廊下を突き当つて、左に曲がるらしい。曲がつた所に厠がある。

「一寸《ちよつと》待て」と云ふ声が、私の咽喉《のど》から出さうになつて、私は吃驚《びつくり》した。さうして、水を浴びた様な気がした。

すると、猫が立ち止まつて後《うしろ》を向いた。私の方を見ながら、二三歩返つて来た。

「何だ」と云つた様に思はれた。

「この野郎」と思ふと同時に、私は夢中で机の上の文鎮《ぶんちん》を取り上げた。すると猫はその途端に廊下の向うで一尺許《しやくばか》り飛び上がつた。さうして、その儘《まま》一方の庭に下りて、何処《どこ》かへ行つてしまつた。

私は文鎮を握つたまま起《た》ち上がつた。猫の歩いた廊下を歩くのがいやだつた。

廊下の突当りまで行つて見ると、さつき出る時、閉めておいた筈の厠《かわや》の外側の戸が少し開いてゐる。

「おや」と思つた拍子に、ふと後を振り返つたら、塀を隔てた隣りの庇《ひさし》の上に猫がゐて、此方《こちら》を見てゐた。私は急いで厠の中に這入《はい》つて見た。内側の戸はちやんと閉まつてゐた。さうしてその中の、閉め切つた窓の磨《すり》硝子《ガラス》の面に、恐ろしく脚の長い蚊蜻蛉《かとんぼ》が一匹、脚を曲げたり、羽根をぶつつけたりしながら、頻《しき》りに外に出たがつてゐた。私が片手で窓の硝子を開けると、蚊蜻蛉は、あわてた様にその格子《こうし》の間から飛んで行つた。

私は厠を出て、自分の部屋に帰つて来た。もう隣りの庇《ひさし》に猫はゐなかつた。間もなく家の者が前後して帰つて来た。さうして、気がついて見ると、近所の家からも色色の物音や人声が聞こえてゐた。

夕食の膳《ぜん》についた時、猫はどこからか帰つて来て、穏やかな顔をして片隅に坐つてゐた。外には雨がざあざあと降つてゐた。


私は毎朝学校に出かけて行くのが、段段億劫《おつくう》になつた。教授室に集まつて来る同僚の顔を見るのも面倒臭く、教室で見る学生の顔は一層うるさかつた。なるべく教室に出る時刻を遅らし、さうして時限の前にどんどん帰つてしまふ様になつた。

道で擦《す》れ違ふ人の顔も、電車の中で向う側の腰掛に竝《なら》んだ人の顔も、どれを見てもみんな醜くて、薄つぺらだつた。

人ごみを逆に通り抜けると腹が立つた。だから道を通る時は、なるべく左側を守つて、人の後姿ばかり見て歩くやうにした。その癖さうして行くうちに、どうかしてその人を追ひ越す時は、きつと後を振り返つて、その顔を見なければ気がすまなかつた。すると何人《だれ》でも申し合はせたやうに、急に鋭い目を輝かして、私を見返した。

さうして家に帰ると、ぢつと自分の机の前に坐りつくして、夜になるとぢき寝てしまふ。大儀になれば、昼のうちからでも寝込んでしまふ。

もと支那《しな》人の合宿所だつたとか云ふ借家なので、間取りの工合《ぐあい》が変だつた。二階は一間きりで、それが十二畳半だつた。縁側の敷居の真中にある柱は、板の覆ひで包んであり、畳は高低がそろはなくて波が打つてゐた。その座敷の北窓に近く寝床を敷いて、私は昼でも、夜でも暇さへあれば、ぐうぐう寝てゐた。さうして又寝床に這入《はい》りさへすれば、いくらでも寝られた。家の者から、この頃は恐ろしく大きな鼾《いびき》をかくと云はれて、それを聞くたびにいやな気持がするのだけれど、しかしその声は、いつ迄たつても、私の耳に聞こえるわけはなかつた。

どんなに早く寝ても、朝は起こされなければ目が覚めなかつた。さうして、いつも寝不足の気持で学校に出かけた。

同僚の顔が、段段きたなくなる様に思はれた。偶然向かひ合せに坐つてゐる相手の顔をつくづく見てゐると、どう云ふわけでこんな顔なのだらうと思ひ、急に吹き出したくなる事が屡《しばしば》あつた。

「何です」と、ある時相手の男がいやな顔をして云つた。

「さう聞かれると困るんだけれど」

私はそれだけ云つて、こみ上げて来る笑ひを制する事が出来なかつた。「君が小汚い顔をしてこつちを向いてるもんだから」

その、年の若い教師は、少し顔を赤くして云つた。

「青地さんはこの頃少しどうかしてゐるんですよ。大丈夫ですか」

そこへ別の同僚が仲間入りをした。

「面白さうですね、何です」

「青地さんが僕の顔を見て、いきなり笑ひ出しちやつたんです」

「成程ねえ、可笑《おか》しな顔だ」

「どこが可笑しいんです」

「何処《どこ》つて云ふ事もないが」私が説明した。「目でも鼻でもちやんと当り前の方に向いて納まつてるからさ」

若い教師は頭を抱へて、他の席に逃げてしまつた。その後へ今の、も一人の同僚が坐つて、私と向き合つた。

「貴方《あなた》の顔は長い」と私が云つた。

「貴方の顔は広い」相手は負けてゐなかつた。

「一月ぐらゐ前から見ると、倍ですよ」

私は自分の事を云はれたので、漸《よう》く笑ひが止まつた。同時にあぶくが潰《つぶ》れて、苦い汁が出た様な気がした。

「寝てばかりゐるから太るんですよ」と真面目《まじめ》になつて説明した。

「いやいや、それは太つたと云ふ顔ではありません。ふくれ上がつてゐるのです。はれてるんです。むくんでるんです」

私は思はず自分の顔を撫《な》でた。

「さう。もう一息で、のつぺらぼうになる顔です」

相手はさう云つて、椅子《いす》の背に反《そ》り返つた。

その晩、私は顔の長い同僚に宛てて手紙を書いた。その文案を練る為に、学校から帰つて丸半日を潰したのだつた。

「長長御無沙汰《ごぶさた》致しましたと申し度《た》いところ長ら、今日ひるお目にかかつた計《ばか》りでは、いくら光陰が矢の如く長れてもへんですね。長長しい前置きは止めて、用件に移りたいのですけれど、生憎《あいにく》なんにも用事𢈘《がな》いのです。止《や》むなく窓の外を長めてゐると、まつくら長《なが》ラス戸の外に、へん長らの著物《きもの》を著た若いをん長たつてゐるらしいのです。びつくりして起《た》ち上がらうとすると、女は私の方に長し目をして、それきり消えました。私はふしぎ長つかりした気持がしました。同時に二階の庇《ひさし》でいや長りがりと云ふ音が聞こえました。をん長のぞいたのは、家の猫のいたづらだつたのでせう。秋の夜長のつれづれに、何のつ長りもない事を申し上げました。末筆長ら奥様によろしく」

私はこの手紙を書き終ると、自分で近所のポストまで出しに行つた。さうして、そこいらをぶらぶら歩き廻つて来た。出してしまつた後までも、その文章は、繰り返し繰り返し頭の中に甦《よみがえ》つて来て、歩きながらその妙味を味はふのが愉快だつた。

翌《あ》くる日は、私の学校に出ない日だつた。その次の日に、教授室で手紙をやつた同僚にあつたら、

「あのお手紙には一本まゐりましたね。しかしそんなに長いですかねえ。自分では立派に均斉が取れてるつもりなんだけれど」

「立派な芸術ですよ。だから」

「解りました、解りました。だからars longaだと云ふのでせう」

そんな事を云つて、面白さうに笑つた。

後になつて聞いたら、その同僚は、私の懇意なある先輩に向かつて、「青地さんは用心しないといけませんよ。どうもあの偏執するところが当り前ぢやありませんね」と云つたさうだ。

私は、さう云ふ事に、素人《しろうと》の知つたかぶりを振り廻されるのは随分迷惑だつた。さうして、何とも云はれない、いやな気持がした。

十二月の初《はじめ》に細君《さいくん》の妹が死にかけた時、その病院の前の蕎麦《そば》屋の二階で、私と細君とが話しをした。ひとりでに声が小さくなつて、ひそひそ話になつた。

「どうして、昨夜はあんな事を云つたのでせう」

「どんな事を云つた」

「聞いていらしたのではないんですか。お台所の戸棚に鱈《たら》の子があるから、兄さんに上げて下さいつて」

「兄さんて己《おれ》の事かい」

「さうらしいんですの。さう云つたきり又寝てしまつたから、よく解らないんですけれど、中野の兄の事ではないと思ひますわ。だけど、うちに鱈《たら》の子なんかあつたか知ら」

「有るぢやないか」

私がさう云つたら、細君が私の顔を見た。それよりも、私自身が、云つた後で吃驚《びつくり》した。鱈の子があるかないか知りもしないで、うつかりそんな事を云つてしまつた。

「どうしたんだらう」と云つて、私は苦笑ひをした。

「この二三日ろくろくお休みにならないから、きつと神経衰弱ですわ」

「ぼんやりしてるんだね。しかし本当にもういけないのだらうか」

「今日はお午《ひる》過ぎから目に光沢《つや》がなくなつてゐます」

「見える事は見えるんだらうね」

「どうですか。私達を見てるやうにも思ふんですけれど、何だかよくわかりませんのね」

その時、急にチヤブ台の上の電気がついた。

しかし外にはまだ夕方の変に明かるい光が残つて、屋根瓦《がわら》の重ね目の陰を、一つ一つ墨で描いた様に濃くしてゐた。

「それに、小鼻の形が変つて来たやうに思ふんですけれど」

細君は、片手でそろそろ丼《どんぶり》を重ねてゐた。

「十九で死んでは可哀想だな」

「でも事によると、もう一度は持ち直すかも知れないと云ふ気もしますわ」

「何故《なぜ》」

「何故つて」

「駄目《だめ》だよ」

私は真蒼《まつさお》になつて細君の顔を見た。それと同時に、細君の「あれ」と云ふ声が、引く息で聞こえた。さうして丼《どんぶり》が二つに破れてゐた。

「駄目だよ」と云つたのは、私ではなかつたのだ。

「それは君が云つたのさ。しかしそれにしても危《あぶな》いね。自分の考へてゐない事をいきなり云つたり、自分の云つた事が他人の声に聞こえたりするのは、もうそろそろ本物だよ、君」

野口はさう云つて、恐ろしく指の長い両手を、くねくねと変なふうに揉《も》んだ。彼のまはりには、帯封をしたままの雑誌や、綴《と》ぢ目の切れた画帖などが乱雑に積まれて、その間にゴールデン・バットの函《はこ》が五つも六つも散らかつてゐる。野口はその函から、手当り次第に巻莨《まきたばこ》を抜き出しては、又もとと違つたところへ投げ出して置くらしい。

「怖いねえ、用心したまへよ」と野口が又云つた。本当に怖さうな顔をしてゐる。

「大丈夫だよ。どうも君にはこんな話は出来ない」

「だつて君、今の話なんぞは、既に怪異や神秘の領域を超えてゐるからね。君の奥さんだつてびつくりするだらうよ。その時の君の顔を想像した丈《だけ》でも僕はいやだね」

「しかしフラウもその声を聞いたと云ふんだぜ」

「その声と云ふのは君の声なんだ」

「さうぢやないよ。第一、僕の声を聞いて吃驚《びつくり》する筈がない」

「奥さんが驚いたのは君の顔附きさ。しかしだね、万一本当に君が云つたのでなかつたとしたら、一層怖くなるよ」

「だから恐れてゐるのさ」

「いやいや君の云ふ意味とは違ふのだ。もし本当に君の声でなかつたとすれば、君には既に幻聴が現はれてゐるんだ。いよいよ本物だね、おどかしちやいけないよ」

野口はさう云ふと急に寒さうな顔をして、どう云ふ了見だか、机の向うにころがつてゐた麻姑《まご》の手を、一生懸命に手を伸ばして取り上げた。さうして無暗《むやみ》に振り廻してゐる。

五六年前に死んだ祖母が、夜明けに餅《もち》を焼いてくれる夢を見たら、朝起きてから胃が痛かつた。

それはつまり、寝てゐるうちに胃が痛んだので、そんな夢を見たのだらうと考へて見たけれど、さうでもないらしい。現にその前の晩寝るまでは何事もなく、又後で胃の痛み出すやうな原因を思ひ出す事も出来なかつた。だから目がさめた後私はいつ迄もその夢にこだはり、なつかしい祖母がついそこに、襖《ふすま》の向うにでもゐる様な気がした。祖母はしきりに餅を裏返しながら、もつとお食べ、もつとお食べと云つて焼いてくれた。餅の焦げる香ばしい匂ひが、まだ鼻の奥に残つてゐる様に思はれた。丁度《ちようど》年末の休み中だつたので、私は午《ひる》過ぎまで愚図愚図した揚句《あげく》、久し振りに祖母のお墓に行つて見ようと思ひ出した。寒いので洋服を著て、洋服には必ず山高帽子をかぶる事にしてゐたから、山高帽子を被《かぶ》り、洋杖《ステツキ》をついて町外れの墓地へ行くうちに、今まで薄日の射《さ》してゐた空にすつかり重たさうな雲が覆ひかぶさつて、その雲の層の厚みが不揃《ふぞろい》なため、ところどころ赤味を帯びた陰が出来た。それが辺りの暗い雲に映えて、云ひやうもなく無気味だつた。しかし、暫《しば》らく歩いてゐる内に、その赤雲も忽《たちま》ち消えて、場末の往来は急に暗くなつて来た。さうして思ひ出した様に吹く風に散らされたまばらな雨が、ぱらぱらと降り出した。私は墓地の入口まで行かないうちに、今日のお墓詣《まゐ》りは止《や》めたくなつた。それは雨の為ではなかつた。しかし、鬱陶《うつとう》しい天気に致された所為《せい》か、段段に祖母の思ひ出が新らしくなつて、いつの間にか瞼《まぶた》の裏に涙がたまつてゐた。私は急に気をかへて、墓地の外郭を斜にそれる道をどんどん降りて行つた。さうしてその丘を背に負つた銀杏《いちよう》の森の中にある大きな料理屋の前に出てしまつた。

私は何の躊躇《ちゆうちよ》もなく、その中へ這入《はい》つて行つた。

前に友人と何度か来た時の顔なじみの女中が座敷に案内した。家の中には、もう燈が点《つ》いてゐた。

「入らつしやいまし、今日はお一人ですか」

私はその座敷に通ると、急に変な、はしやいだ気持になつた。墓参を止めて、かう云ふ所に来た事が、その気持をあふるらしい。

「いや、二人だ」

「お後《あと》から入らつしやるのですか」

「そこにゐるぢやないか」

「まあ気味のわるい。いけませんよ、そんな御冗談仰《おつ》しやつては」

私は口から出まかせの出鱈目《でたらめ》が止められなかつた。

「ええと僕はこちらへ坐らう。その手套《てぶくろ》のやうなものを取りたまへ」

「まあいやだ、こちらは。どうかしていらつしやるんですか」

私は急に女中の方に顔を向けて云つた。

「心配するな、今日は少し鬱《うつ》してゐるんだから、御馳走《ごちそう》してくれたまへ」

女中は無気味な顔をして、下りて行つた。

間もなく、今度はお神が火鉢とお茶を持つて来た。女中が何か云つたらしい。

「入らつしやいまし」

「今日《こんにち》は」

「何だか降り出しました様ですのね」

「さうらしいですね」

「お濡《ぬ》れになりませんでしたの」

「いや僕の方には風が吹かなかつたから」

お神が「はてな」と云ふ顔をした。私にはさう思はれて、益《ますます》面白さうだつた。

「お竹さんが気味わるがつてるのですよ。何かおからかひになつたのでせう」

「ううん、冗談云つたのですよ。あの人は馬鹿《ばか》だな、いい年をして。それでお神さんがいらしたのですか」

「いいえそんな馬鹿な、いつも入らして頂いてるのに、ぢやいつもの人達をお呼び致しませうね、どうぞ御ゆつくり」

さう云つて、お神は何でもない顔をして降りて行つた。

いつもの人達は、今まで私達の席に二三度侍《はべ》つた芸妓《げいぎ》二人と半玉《はんぎよく》一人だつた。

それから、女中がわざとにこにこした様な顔で、お酒を持つて来た。

「小ゆかさんも小ゑんちやんもゐないのですよ。〆寿《しめじゆ》さんは今ぢき明きますから、間もなく伺ひますつて。こちらは、それでよろしいのでせう」

「こちらはそれでよろしいけれど」

「お連れの方《かた》の思惑《おもわく》ですか」

「黙つてろよ、今折角」

「何ですの」

「又出て来たら、うるさくつて仕様がないぢやないか。いやだなあ。いいよ。よせよ」

「まあ気味のわるい。本当に今日はどうかしていらつしやるのね」

それから一時間許《ばか》りも酒を飲んで、いろんな物を食ひ散らした頃、漸《よう》や《や》く芸妓が来た。出てゐると云つた年下の方も一緒で、矢つ張りいつもの二人だつた。

「さて」と私が云つた。もう大分酔つてゐた。

「なに」と二人がきいた。

暫《しば》らくして、「変なのね、後を何も仰《おつ》しやらないの」と年上の〆寿が云つた。

「いや今、あんまり静かだから」

「それはこちらが何も仰しやらないからよ」

「さうぢやない、この家の外が静かなのさ」

「本当ね、しんとしてゐるわね」

「しんと云ふ音が聞こえるだらう」

「あら、そんな音は聞こえやしないわ。何も聞こえないから、しんとしてるのぢやないの」

「僕には聞こえるんだがなあ」

私はたて続けに二三杯酒を飲んだ。小ゆかと云ふ年下の方のが酌をしながら、私の顔をぢろぢろ見てゐる。

「何だかこちらは少しお肥《ふと》りになつた様ね」

「ううんさうぢやない。顔が大きくなるのだ」

「どうしてですの」

「どうしてだか知らない」

「何だか今日は少し変なのね」と年上が口を出した。「下でお竹さんがさう云つてたわ」

「気違ひなのか知ら」と小ゆかが面白さうに云つた。

「気違ひと云へば、あたし気違ひさんに呼ばれた事があるわ。お二人連でいらしたのよ。一人の方がさうらしいの。あたし知らないもんだから、その方《かた》の方《ほう》へ御《ご》挨拶《あいさつ》したのよ。そつぽ向いて、知らん顔してるぢやないの。それからいかがですつてお酌しようとしたら、ひよいと頸《くび》を縮めて、左手でチヤブ台の上に何だか英語の様な字を書き出したの、それが高高指《たかたかゆび》ぢやないの。その恰好つてないのよ。あたし始めて、はてなと思つたわ」

「それからどうして」と小ゆかが乗り出した。

「お連れの方はただにやにやしていらつしやるのよ。後でその方がお下《しも》にいらした時、あの男は少し頭が労《つか》れてるんだから、へんな事を云つても気にしないでくれつて云ふんでせう。でも気にするわねえ。一緒に端唄《はうた》なんか歌つてくれつて、気違ひさん中中うまいのよ、一生懸命歌つてるかと思ふと、不意に止《や》めて、鴉《からす》がゐますねつて話しかけるんですもの」

「鴉がどうかしたの」

「ええほんとに鴉が飛んだの、お昼のお座敷なのよ、だからお庭にでもゐたらしいのね。その影がさしたら、もうそれで歌はお止めなの。あたし何だか気をつかつて、つくづく労れてしまつたわ」

「愉快だなあ」

私は小ゆかのお酌を受けながら、面白くなつて来たので、大きな声を出した。

「あら又こちらは変によろこんぢやつたのね」小ゆかが云つた。「おつむりが少し労れていらつしやるらしいわ」

「おつむりは今朝からじんじく痛んでる」

「順序よくつて」

「順序よくぢやあない、じんじく痛いのさ。だから少しお酒でも飲んで見ようと思つて来たら、早速気違ひの話だらう。しかし気違ひさんのおなじみは乙《おつ》だ。面白いね」

「ええ全くよ」〆寿は、私のやつた盃を受けながら、云つた。「それから後《あと》、まだ二三度も呼ばれましたわ、いつでもお二人なの、あぶないからでせうね。そのうちに段段馴《な》れて来て、いろんな事を云ふんですの」

「どんな事を云ふのだい」

「どんな事つて、いろんな事を云ふんですけれど、そんな時はちつとも変つたところなんかありませんわ。あなたのおうちは、どちらの方角だなんて聞きますの。それから、どこかの大学の先生だつたらしいんですけれど、語学の先生つて何を教へるんでせう」

「語学つて外国の言葉を教へるのさ」

「ああさうさう、そんな事云つてゐましたつけ、言葉は便利なもので、今私がお茶つて云つたら、あなたはそこで先《ま》づ右手を動かして、急須《きゆうす》の蓋《ふた》を取り、左手でどうとかして、又右手でお茶椀《ちやわん》を取つて、それにお茶をついで、さうしてその右手で以てそのお茶椀を私の前に出した。お茶つと云つた丈《だけ》で、これだけの事が出来るとか何とか、そんな事を六《む》づかしい言葉で云ふのでせう。そんな事云はれると、あたし一寸《ちよつと》手を動かすのも気ぶつせいで困つちまふわ」

「面白いねえ」

「それはいいんですけれどね、困つた事には何かと云ふと人をつねるのよ。今の歌は気に入つたとか、あなたの様な人を妻にしたいとか、そんな事を云ひますの。その度に、ぎゆつぎゆつと手でも膝《ひざ》でも、手あたり次第につねられるので、ひやひやしちやふわ。その方《かた》に限らず、気違ひと云ふ程でなくつても、何となく変なお客様つてちよいちよいあるものよ。そんな方《かた》はきつと人をつねりますのね」

「己《おれ》も少少つねらうかな」

「全くよ、こちらも少しはつねりかねない方《ほう》らしいわね。それからもう一つ、その方《かた》はいついらしても、山高シヤツポなのよ。変なものねえ、お帰りの時の、その様子つたら、矢つ張りどこか変な方は、あんなものを被《かぶ》りたがるらしいわね」

私は、急に顔がつめたくなるのを感じた。しかし、それは決して相手の云つた事を恐れたのではなかつた。ただ、私の根もない冗談の引込みがつかなくなつたに過ぎないのだ、私には、そんな事を気にする理由は、勿《もち》論《ろん》何もなかつた。

「己だつて山高帽子だぜ」

私は帰る時にわざわざ披露した。

「だつてこちらはお立派よ」と年下の方が取りなす様に云つた。

私は昔から山高帽子が好きで、何処《どこ》へ行くにも被り廻つた。

私の卒業後、最初に奉職した学校が陸軍の学校だつたので、服装の点が特に八釜《やかま》しく、その当時から山高帽子をかぶり始めたのだつた。

就任匆匆《そうそう》、主任が私に申し渡した。

「本校教官の制服はフロツク・コートが原則でありますが、平常はモーニング・コート、或は地味な色であるならば背広服を著られても大目に見ます。しかし帽子、ネクタイ等万事そのお心掛けを以て、不体裁にわたりませぬやう」

さうして、現に毎日フロツク・コートを著て来る老教官が二三人はあつた。モーニング・コートの若い教官もゐた。窮屈な学校だなと思つたけれど、それから何年かゐるうちに、私にも漸《ようや》くフロツク・コートやモーニング・コートの味が解つて来た。背広だとずぼんのお尻が抜けたら最後、それつきり著られなくなるけれど、フロツク・コートやモーニング・コートなら、どんなに大きな穴があいてゐても、中からワイシヤツの裾《すそ》が食《は》み出す程になつてゐても、その不体裁を曝《さら》す事なく、なほ厳然たる威容を調へることが出来るのだつた。

同様に、古くなつても平気でかぶれるのは山高帽子であつた。それに、その学校では、講堂まで帽子をかぶつて行く規則なので、埃《ほこり》だらけの教壇の机の上に乗つけて惜し気もなく、又そこに据《す》ゑて眺めた形も、俗な中《なか》折《おれ》型より山高帽子の方が、遥かに雅味があつた。

その当時から私は常に、背広を著た時でも山高帽子をかぶるのが癖になつた。被《かぶ》り馴《な》れて見ると、非常に気持のいい帽子だつた。

それから又山高帽子なら山高帽子ときめて置かないと工合《ぐあい》の悪い事もあつた。校門の出入に門衛の小使が一一起立して敬礼する。それに答へる時、幾日か山高帽子をかぶつた後《あと》、急に中折帽で行くと、うつかり鍔《つば》に手をかけて帽子を脱がうとする。手ごたへがなく、ぐにやぐにやとなるので、あわてて天辺《てつぺん》の折り目を探さなければならない。さうかと思ふと、又中折帽に馴れて、その折り目を摘まむのが癖になると、今度は山高帽子をかぶつた時、丸い山に指が辷《すべ》つて、うろたへてしまふ。

それで私は一切山高帽子にきめて、後《のち》には学校に限らず、どこに行くにも、凡《およ》そ洋服を著る限り、必ず山高帽子をかぶるやうになつた。

「それが抑《そも》も可笑《おか》しいのだよ」と野口が誰かに云つたと云ふ話を聞いた。「山高帽子と云ふ奴《やつ》はあぶないよ。二重橋からどんどん這入《はい》つて行つて、お廻りさんの御厄介になる連中を見たまへ、みんなきまつて山高帽子を被つてるから」

その事を私に伝へた人が、笑ひながらこんな事を云つた。

「野口君は又無暗《むやみ》にそんな事を気にする性質《たち》だからね、僕もまさかとは思つたけれど、しかし君にしても、さう云はれて見れば、あんまり安心の出来る人でもないんだから、実は少少心配してたのさ。まあそんな風でもなくて安心しましたよ」

「冗談ぢやない」と云つて、私は無理に笑つた。笑ふより外《ほか》に、私は挨拶《あいさつ》の仕方がなかつた。

その陸軍の学校に広い中庭《ちゆうてい》があつた。四辺《あたり》を同じやうな二階建の寮舎と講堂とで取り巻かれた長方形の空地で、その狭い方の差し渡しでも、こちらの廊下から庭を隔てた向うの廊下を通る人の顔などはわからない位だつた。長い方の距離はその三倍くらゐもあつた。

数年前の一月のある朝、薄い雪が降り出して、人の踏まない道端や、風を受けた側の屋根だけが、見る見るうちに白くなつた。私は何かの都合で、その日は学校の裏門から這入《はい》つて行つた。裏門の方から私達の控室に行くには、その中庭を斜に渡るのが一番近道だつた。中庭には今降つたばかりの雪が美しく積もつて、まだ人の足跡もなかつた。ところどころに残つてゐる枯草の株も隠れて見えなかつた。

私はその浅い雪をさくさくと踏んで、中庭を五六間も歩いたと思ふ時、不意に何とも知れない恐怖を感じて立ち止まつた。いきなり足が竦《すく》んで動けなくなつた。広い海の真中に一人浮かんだ様な気持だつた。顎《あご》に迫つて来る波が、目の高さにきらきらと光つてゐる様に思はれた。

私は最早一歩も先に進む事が出来なかつた。進むどころではなく、ぢつとしてゐても倒れてしまひさうだつた。

私はあわてて後に引き返した。さうして、三角形の二辺にあたる廊下を廻り道して、自分の控室まで来た。胸の動悸《どうき》はいつ迄も静まらなかつた。

煖炉の傍で、その話をしてゐたら、仏蘭西《フランス》語の教官の小林が云つた。

「私なんぞはいつだつてさうですよ。一人であの中庭を歩いた事はありませんね。それに今日は又特別ですよ。雪が積もつて目印がなくなつてるから、平生の広さの何倍にも感じるのですよ。しかし、それにしても、今のお話では、君にも矢つ張り広い所を恐れる傾向はあるらしいですね」

「僕はしかし今日のやうな気持は始めてですよ」

「尤《もつと》もそれも程度問題で、誰だつて広い所は怖いに違ひないけれど」

「そんな馬鹿《ばか》な」と傍の同僚が口を出した。「僕なんざどんな広い所を歩いたつて平気だ。広いところが怖いなんて、聞いた事がない」

「それはまだ君がその経験をしないからだ」と小林が云つた。「私なんざ練兵場を入口から見ただけでも、いやな気持がする」

「どうも可笑《おか》しいな、高い所なら誰だつて怖いけれどね」

「何それだつて、人によつて違ふだらう。要するに程度問題だよ」

春になつてから、その仲間の懇親会のあつた時、小林はべろべろに酔つ払つた。今までにも、同僚同志で酒を飲んだ機会は何度もあつたけれど、その時のやうに小林の酔つたのを見た事はなかつた。

すると又鴨志田《かもしだ》と云ふ老教官が、どうした機《はず》みか非常に酔つ払つて、さうして頻《しき》りに小林を呼びたてた。

「ここにお出でよ、お出でつたら」と云ふ声に、平生聞き馴《な》れない、いやな響きがあつた。私もいい加減酔つてゐたので、はつきりしたいきさつはよく解らないけれど、それから小林と鴨志田の二人がぐにやぐにやになつて、縺《もつ》れ合つたり、抱き合つたりしたらしい。しまひには、二人が顔や頸《くび》をげたげたと舐《な》め合つてゐたのを見たやうな気がした。

後でその時の有様を思ひ出して見ても、何だかはつきりしないところがあつた。しかし、さう云ふ事実を見ただけは間違ひないらしかつた。それが何年たつても忘れられない悪夢のやうに私の記憶にこびりついて、同時に私の彼と共通するらしい広所恐怖の不快な聯想《れんそう》を促しつつ、いつまでも私をおどかして止《や》まなかつた。

私は一人息子の所為《せい》だと思ふのだけれど、どうも姪《めい》だとか従兄弟《いとこ》だとか、或はだれそれさんの片づいた先の縁続きだとか、凡《およ》そそんな話になると急にはその関係が解らない。

慶さんは、私の父が養子なので、その実家の兄の子だから、即《すなわ》ち私の従兄である。その慶さんが若い時、何でも二十歳にならない頃の話だと云ふのだが、急に色色の事を気にして、考へ込むやうになつた。

「手がどうして動くのだらう。不思議だなあ」

一時は、慶さんの気が触れたと云ふ噂《うわさ》もあつたらしい。

しかし、それでどうなつたと云ふのでもない。間もなく直つてしまつて、今も達者である。

私は後になつてその話をきいて、どこが変なのだか解らないと思つた。手が何故《なぜ》動くかと云ふ事も、考へ様では不思議な話だ。又さう思つて見れば、人間の手ぐらゐ目まぐるしいものはない。朝から晩まで、動き通しにちらくら動いてゐる。おまけに尖《さき》が各五本の指に裂けて、その又一本づつが、めいめい勝手な風に曲がつたり、からまつたり、不思議な運動を続けてゐる。しかも大概の場合、本人はそんな事に気づかないから、手や指は本人の意識と無関係に、ぴくぴくはねたり、うねくね曲がつたりしてゐるのだ。不思議でもあり又無気味でもある。

「君のやうな手を見ると、なほの事さう思ふ」と私はある時、野口に云つた。野口はそれまで、中指と人指し指との間に巻莨《まきたばこ》をはさんでゐた右の手と、緩《ゆる》い拳《こぶし》を造つて、その上に顎《あご》をのせてゐた左手とを一寸《ちよつと》見た。

「さうだよ、手は変だよ。僕はあんまり好きぢやない」と彼が云つた。

「いやなものだね」

「手は変だよ。しかしさうすると、君にはその従兄の系統があるのか知ら」

「だつて君、従兄はその後何ともありやしないよ。今はもう五十近いと思ふんだけれど。つまり若い時の神経衰弱だつたのさ」

「でも怖いねえ、本当に何ともないのかい」

「従兄は何ともないさ。しかし、だからその系統なんかに関係はない話なんだけれど、その従兄の二度目の細君は、立派な気違ひになつて死んでしまつた」

野口は急に寒さうな顔をした。その癖彼は無暗《むやみ》にそんな話を聞きたがつた。

従兄の細君は、それ迄全然そんな徴候も見えなかつたのだが、或時近所の人から仕立物を頼まれて、それが約束の日を過ぎてもまだ出来なかつたので、内気なおとなしい人だつたから、そんな事を気にしてゐたらしい。ある日その仕事を頼んだ人が訪ねて来たら、顔を一目見るなり悲鳴をあげて気絶してしまつた。それからすつかり調子が狂つて、もとに直らないうちに死んでしまつた。

「その近所のをばさんの顔が、大きな狐《きつね》の顔に見えたらしいのだ」

「いやだなあ、僕の顔が何かに見えやしないか。君の顔も、見てゐる内に、段段何かに変りさうだぜ」

野口は気味わるさうな目を転じて、自分の手を見てゐた。私の事を色色無気味に解釈したり、今にも私の頭が狂ひ出すやうな忠告をしたりする癖に、野口自身は非常にさう云ふ事を恐れてゐた。さうして、どう云ふ根拠だか知らないけれど、いつかは自分自身がさう云ふ事になるものときめてゐるらしかつた。或は、さう云ふ事を恐れながら待つてゐる様にも見えた。同時に自分のその不安に比例して私をおどかしてゐる様にも思はれた。


私が二三年前金銭上の事で非常な窮地に陥り、無断で学校の講義を休んだ儘《まま》、二月ばかり中国地方をうろついてゐた当時、野口は私が再び帰つては来ないものと思つて、今に何処《どこ》からか自殺の知らせを受けるだらうと、ひやひやしてゐたらしい。その実、私は割合に平気で、方方知らない所を歩き廻つてゐた。自分の本心を欺いてゐると云ふかすかな自識はあつたにしろ、兎《と》に角《かく》自殺する程に思ひつめた事もなく、又自分の気持にどこか食ひ違つたらしいところもあつて、当時の一切の事が、何となく他人事《ひとごと》のやうにばかり感じられてゐた。

しかし、その間にただ一度、ある夜伯耆《ほうき》の米子《よなご》の町外れを歩いてゐたら、真暗な道の傍に不意に思ひもかけない浪の音を聞いた事があつた。丸で不案内の土地だつたので、現にその繁吹《しぶき》を浴びるまでは、漠然ながら反対の方角にあるものと考へてゐた海の音を、いきなり脚下に聞いた時の事を思ひ出す。事によれば、或は私自身の知らない定めがあつて、野口の心配してくれた事も、全くの杞憂《きゆう》ではなかつたかも知れない。しかし、兎に角私は無事に帰つて来た。

私の帰つた事をきいて、野口は非常によろこんでくれた。まだ会はない前にその言伝てを聞いて、私は彼の親切を今更の如《ごと》くうれしく思つた。しかし、それと同時に、彼の私に対する警告は益《ますます》物騒になつて来た。

「気をつけたまへよ、君の顔は丸で変つてゐる。行方不明になつた前とは別人の様だぜ。第一その太り方つてないよ」

私が、その間に痩《や》せもしないで、反対に妙に太つて帰つて来たのは事実だつた。

それから後も、次第に肥えて来るのを私は息苦しさで感じた。特にこの秋以来、夜昼《よるひる》眠りつづける様になつてからは、顔が無暗《むやみ》に大きくなるらしかつた。私は鏡に向かつて、長く自分の顔を見るに堪へなかつた。

私はこの頃少し疲れたらしい。

今まで覚えのないやうな大きな欠伸《あくび》が出る。ひとりでに咽喉《のど》の奥がかあかあと鳴つて、見苦しいと思つても止《や》めるわけには行かない。そんな欠伸が出だしたら、三十から多い時は五十も、或はもつと出るらしい。ある時燐寸《マッチ》の軸で数へてゐたら、しまひに数が足りなくなつてしまつた。そんな時は何をする事も考へる事も出来ない。ただ手をつかねて、欠伸の止むのを待つてゐる。

それから、鼾《いびき》の音が益《ますます》大きくなるらしい。この頃は寝てゐる自分の耳に聞こえ出した。鼾が聞こえると云ふ筈はないと思ふのだけれど、しかし私は殆《ほとん》ど毎夜自分の鼾を聞いて眠つてゐる。咽喉にひつかかるかすかな節も、にぶい調子の高低も、おぼろげながら耳の中に記憶がある。私は醒《さ》めてゐる時、自分の鼾の節と調子を真似《まね》ることが出来る。

さうして相変らずよく眠る。いくら寝ても寝足りない。夜昼《よるひる》暇さへあれば寝床の中にもぐり込む。さうして中途で目がさめると、枕許《まくらもと》の水を飲んで又眠る。飲み下した冷たい水が、腹の中で暖かくなると同時に寝入つてしまふ。水に催眠の力があるのではないかとさへ思ふ。

だから私の寝床には、いつでも家《うち》の者が気をつけて、お盆に水を載せて置いてくれる。その水が時時、私の飲まないうちになくなる事がある。夜中に目がさめて、いつもの通り水を飲まうとすると、寝る前には一ぱいあつたコツプの中が、半分足らずになつてゐる事がある。始めの内は寝惚《ねぼ》けて自分の飲んだのを忘れるのだらうと思つたけれど、段段さうではないらしくなつて来た。これから寝ようと思つて寝床に行つて見ると、枕許のコツプに水がないから、家《うち》の者を呼んでさう云つたら、さつき一ぱいに注《つ》いで置いたと云つた。さう云へば、コツプの底がぬれてゐた。どう云ふわけなのだか解らなかつた。ある晩は、宵のうちから眠つてゐると、いきなり顔に水をかけられた様な気がして目がさめた。まだ下では家のものの話し声が聞こえてゐた。私は夢ではないかと思つて、額《ひたい》を撫《な》でて見たら、その手がぬれたので、驚いて半身起こして辺りを見廻したけれど、何の事もなかつた。

それから時時遠くの方で、宵とも夜半とも時刻を定めずに、何だかわからない声が一声づつ聞こえた。多くは北の方から来るらしいのだけれど、それは余りはつきりしなかつた。その声は、何の声に似てゐるとも云はれなかつた。又余り無気味でもなかつた。ただ同じ声を何度も聞くのが気がかりだつた。

さうして眠つてゐる間は、何の面白味もない同じやうな夢を、繰り返し繰り返し見続けた。変によそよそしい顔をした見知らない男が二三人づつ出て来て、いつも私の顔をしけじけと見てゐる計《ばか》りだつた。目がさめてから、夢のあとを追つて見ても、何の聯想《れんそう》も判断も浮かばなかつた。その男たちは時時顔が代はるのか、いつも同じ仲間なのか、それもはつきりしなかつた。


学校も段段休み勝ちになつた。しかし私は努めて出るやうにはした。

同僚はみんな何だか知らないけれども、云ひたい事を隠してゐる様な顔をしてゐた。或は何かを申し合はせてゐるやうな風でもあつた。尤《もつと》も、彼等がそんな顔をしてゐると云ふだけで、特に私にさう思はれたと云ふわけではない。だから私は誰にでも構はずに話しかけた。相手はいつも浮かぬ顔をしてゐた。

二月末になつて、二度目にぶり返して来た西班牙風《スペインかぜ》の為に斃《たお》れる人が沢山《たくさん》あつた。しかし私の学校の職員は、だれも死ななかつた。

「ここの人はみんな割合に達者ですね」とある教師が云つた。

「死ぬ程生きてる人がゐないからさ」と私が云つた。

その相手が聞き返した。

「それはどう云ふ意味ですか」

すると、その近くにゐた他の教師がそこへやつて来て、

「どうも朝の省線の混むのには閉口《へいこう》ですよ」

そんな事を云ひ出して、さつきの相手との話のつぎ穂をなくしてしまつた。それをどう云ふわけだと考へるのが私には退儀だつた。

ある時食堂がこんでゐたので、私の隣りにゐる男に、「君の腕を食ひさうだ」と云つたら、その男は返事をしなかつた。

私は不用意に出る冗談を控へようなどとは思はなかつた。しかし、学校に行つて同僚達にあふのは段段億劫《おつくう》になつた。

野口を訪ねて行つたら、女中が二階の書斎に案内して、今下で来客にあつてゐるから、暫《しば》らく待つてくれとの挨拶《あいさつ》だつた。

床の間の前に竝《なら》んだ大きな本箱と本箱との間の壁際に、椅子《いす》が一脚置いてあつたので、私は洋服の膝《ひざ》をらくにする為に、それに腰をかけてぼんやりしてゐた。

三月に入つたばかりなのに、急に世間が暖かつた。硝子《ガラス》戸の向うに低く見える西の空に霞《かすみ》の様なものがかかつてゐた。

その内に、後から二人連れの訪客が通された。それから間もなく、若い婦人の客も一緒になつた。私はそれ等《ら》の人人に椅子の上から会釈して、もとの通りぼんやりしてゐた。

いつ迄たつても野口は顔を見せなかつた。暈《かさ》のかかつた大きな太陽が、硝子戸の向うに傾いて行くのが見えた。誰も口を利かなかつた。不思議な事には、二人連れで来た男も、お互同志の間に何の話もしなかつた。私は余り長い間椅子に掛けてゐたので、却《かえつ》て窮屈になり、今度は座布団の上に下りて、胡座《あぐら》になりたいと思つたけれど、無言の人人の中に、からだを動かすことも出来なかつた。

それから暫らくして、漸《よう》やく野口が現はれた時、私はその顔を見てびつくりした。もともと痩《や》せた顔が一層細くなり骨立つて、額《ひたい》にかぶつた髪の毛には色も光沢もなかつた。しかしそれよりも不思議な事には、どことなく顔の輪郭が二重になつてゐるやうな感じがした。

野口はいきなり入口の方にゐたお客に挨拶をした。さうして、「そら、大学の西島さんを知つてるでせう。あすこのお嬢さんが家出してね、今それでお母さんが見えて、僕はどうも弱つちまつた」と云つた。

「そりやもう大分前の話しぢやないですか。いつか新聞にありましたね」と一人の男が云つた。

「いや、それとは又別で、今度は姉さんの方なのだ。あすこは、みんな少し変なのだね」

「さうですか」

「こんな事を云つちや悪いか知れないけれど、今度のだつて、なんにも原因がわからないんだからね。ラヴか何かではないらしい」

「あなたの所によく来たのですか」

「姉さんの方は二三度来た事もあるんだけれど、それよりも、しよつちゆう僕の小説を読んでゐたと云ふのでね、何だか責任がありさうで困る」

「そりや責任がありますよ」ともう一人の男が少し大袈裟《おおげさ》に云つた。「あなたのものを読んでをれば、誰だつて少しは変な気持になりますからね」

「そんな馬鹿《ばか》な事があるものか。僕の書くものは実に健全だよ」

「ねえ君」と私が声をかけた。

「あつ、びつくりした。おどかしちやいけないよ」と野口が云つた。本当にびつくりしたらしかつた。「失敬、失敬、君の事は忘れてゐた。しかしそんなところに君、真黒い洋服でしやがんでゐられては、誰だつてびつくりするよ」

「しやがんでやしないよ。しかし君はどうかしたのぢやないの、随分痩《や》せたね」

「僕の事より、君は又実に大きな顔をしてるぢやないか、まあこつちへ出て来たまへ。御紹介しよう」

私が椅子《いす》を下りて、座布団に坐らうとしてゐる内に、彼は云つた。

「この方は黎明《れいめい》社の原田君と森君だ。それから女流作家の香川さん、知つてるだらう君」

私が返事をしないうちに、彼は立て続けに云つた。

「この人は僕の友人で先輩で『瑪瑙《めのう》』の著者の青地豊二郎君と云ふ気違ひです」

「馬鹿《ばか》云ふなよ」

「本当だよ君」彼は指の長い手を、私の方ににゆつと出して云つた。「本当だよ、その、顔に光沢《つや》の出て来たところが証拠だよ」

「これは顔の脂《あぶら》だ」

「違ふよ」野口は二人の客の方に向かつて云つた。「もし君等《ら》の云ふ如《ごと》く僕の書いたものに多少でも変な傾向があるとしたら、それはこの人の間接の影響なのだ。御当人は案外平気らしいのだけれど、お蔭で僕の方が怪しくなりさうだ」

「それは面白いですね、ああ云ふ傾向は伝遷《でんせん》しますからね」

「面白かないよ君」

「先生にもその素質がおありなんでせう」と女の人が云つた。

「馬鹿云つちや困りますよ。僕は実に健全なのだけれど、この人が時時おどかすからいけないのだ」

野口は、重病人が病床から抜け出して来た様な顔をしてゐながら、案外元気で、寧《むし》ろはしやいでゐるらしくもあつた。

女の客は、何か自分の作物の事について簡単な依頼をして帰つて行つた。

二人の客は別に用事もなかつたらしく、取り止めのない話ばかりして、いつ迄も座を起《た》たなかつた。尤《もつと》も私にも格別の用事はなかつた。

「相変らず山高帽子をかぶつてるのだらう。あれは止《や》めた方がいいね」

「止めるのはいやだ。君のやうな事を云ふ人があると、なほ更止められない」

「それそれ、それが変なのだよ。第一君があの帽子をかぶると怖いよ。ああ云ふものを見ると毒だね」

「君の顔だつて気晴らしにはならない」

「少くとも君があれをかぶる事は、李下《りか》の冠《かんむりか》瓜田《でん》の履《くつ》だ」

「それを承知の上で、わざわざ瓜田《かでん》に履《くつ》を納《い》れる事もあるさ」

「すると目の前にごろごろ瓜《うり》がころがつてるから、矢つ張り盗みたくなるから危《あぶな》いよ。君の場合は正にそれだね」

野口はいつ迄たつても、そんな話ばかりした。私はしまひに受け答へに窮してしまつた。さうして同席の未知の人が、何と思ふだらうと云ふ懸念が、次第に私を不安にした。

「その後、幻聴は聞こえないかい」

野口はまだ止めなかつた。

「大丈夫だよ、幻聴なんか聞くものか」

「でもあの蕎麦《そば》屋の話は怖かつたよ。僕は一晩ぢゆうおどかされた。何だか聞こえさうな気がして仕様がなかつた。ねえ君、この人はね」野口は二人の方に向かつて、気味のわるい指で私を指さしながら云つた。「この人にはもう幻聴があるんだよ。怖いねえ。怖いだらう」

私は仕方がないから黙つてゐた。

暗くなつてから、近所の古柳庵と云ふ料理屋に出かけて、四人で食事をした。野口は酒盃を措《お》かなかつた。私は心配だから一二度注意して見たけれども、彼は一向平気だつた。さうして無暗《むやみ》にべらべらと喋《しやべ》つた。いくら飲んでも、彼の血の気のない顔は、もとの通り冷たさうだつた。


私は、野口の云つた幻聴の事が妙に気になり出した。

幻聴の恐ろしい事は、私も知つてゐた。しかし、野口がこの前そんな事を云ひ出した時は、又彼の例の癖が始まつたと思つたきりで、それ程気にも止めなかつたのだけれど、今日また更《あらた》めて彼からそれを云はれて見ると、その後の、寝床に聞こえる不思議な声の事も思ひ出して、余りいい気持はしなかつた。さうして同時に、野口の何かかぶつた様な二重の輪郭の顔が、私の目先を離れなくなつた。

その晩家《うち》に帰つてから、自分の部屋に坐り込んで、閉め切つた窓の戸をがたがたと動かして行く風の音を聞いてゐたら、私は明日と云ふ日が得体の知れない化物の様に思はれ出した。

　人が私の事を何と云ふのも構はないし、又自分としても、万一さう云ふ懸念があれば、単に病覚のあるなしで、恐ろしい事をきめるわけにも行かなければ、又打ち消す事も出来ないのは知つてゐる。その用心も、同時に安心もしてはゐるつもりだけれど、それにしては人はうるさかつた。と云ふよりも人の云ふ事が気になつた。又それを気にする理由もあつた。寧《むし》ろ人が私をさう云ふ疑念で見る事が恐ろしかつた。これから後、私について色色な事を云ふ人が次第に殖《ふ》えるとする。明日は又何人《だれ》にあふか解らない。さうして明後日はどこかで、人が私の事を変なふうに話し合つてゐるだらう。さうして結局、私に拘《かか》はりのある人人がみんなそれを信ずるやうになれば、私は今日のこの儘《まま》の状態でゐながら、人人から合点《がてん》の行かない扱ひを受けなければならなくなるだらう。自分の事は人にかまつて貰《もら》はなくてもいい。しかし人は私に対してその口を慎むべきである。ある人が瘋癲《ふうてん》病院を訪問する話を思ひ出した。その客が一人の患者に向かつて、「君はどうしてこんな所に這入《はい》つてゐるのです」ときいて見た。

「何、単なる意見の相違だよ」

「そんな事はないでせう」

「いやそれに違ひないのだ。己《おれ》は世間の奴等《やつら》がみんな気違ひだと云ふのだ、世間の奴等はみんなで己をさうだと云ふのさ。しかし多勢には勝てんからね、万事多数決だよ」

　まあ人は何とでも思ふがいい、と私は気をかへた。あんまりみんなでうるさく云ふやうだつたら、わざとそんな真似《まね》をして、びくびくしてゐる連中をおどかしてやつてもいい。先《ま》づ差し当たり、多数派の頭目は野口だから、彼を一つおどかしてやらう。自分でしよつちゆうそんな事ばかり気にしてゐるのだから、いよいよ私が変な様子で彼の前に現はれたら、野口はあの長い手をくねくね動かして、どんなに気味をわるがるか知れないと思つたら、急に可笑《おか》しくて堪《たま》らなくなつた。

　私が家《うち》の風呂に這入つた後で、細君は三つになる男の子を奥の座敷に寝かしつけておいて、近所の買物に出かけた。上の子供達は女中と一緒にどこかへ遊びに行つた儘、まだ帰つてゐなかつた。家《うち》ぢゆうに私と三つの男の子しかゐなかつた。さうして部屋部屋には電燈が明かるくついてゐた。

私は湯殿《ゆどの》の中で、石鹸《せつけん》の置き場所がわからなくてまごついてゐた。不意にどこかで猫のうなる様な声が聞こえた。さうして段段に近づいて来る様に思はれた。

私は湯槽《ゆぶね》の中に這入《はい》つて、首だけ出してその声を聞いてゐた。猫の声ではないらしかつた。子供が泣いてるのかも知れなかつた。

しかし子供の声にしては、不思議な響きがあつた。矢つ張り獣の唸《うな》る声の様にも思はれた。私は湯槽の中で、一生懸命にその声を聴き澄ました。

次第に私は無気味になつて来た。矢つ張り子供の声に違ひないらしかつた。しかし泣いてゐるのではなくて魘《うな》されてゐるのだつた。

あんな小さな子供が魘されるか知らと私は考へた。

その声はいつ迄も止《や》まなかつた。

私は俄《にわか》に不安になつて、急いで湯から上がらうとした。

その時、玄関の戸ががらがらと開いて、細君の帰つて来た足音が聞こえた。

すると、さつきから続いてゐた声が、はたと止《や》んでしまつた。

私はほつとした。しかし同時に、もう聞こえなくなつたさつきの声が、一層恐ろしかつた様に思はれ出した。

湯から上がつた私の顔を見て、細君は云つた。

「まあ怖い顔、どうかなすつたんですか」

私は黙つてゐた。からだのどこかが、かすかに慄《ふる》へてゐた。

「この子はこんなにずり出してしまつて、畳の上ですやすや寝てるんですよ」

子供を起こさないやうに、上からそつと布団をかけてゐた手を止めて、細君はもう一度私の顔を見た。

「まあ本当にあなた此頃《このごろ》はどうかしていらつしやるのね。誰かに診《み》ていただかなくて大丈夫か知ら」

私は急に思ひついて、和服の著流《きなが》しに山高帽子をかぶつて、野口の玄関に起《た》つた。辺りはもう暗くなりかけてゐた。中中取次が出て来なかつた。

私は帽子をぬいて彼の書斎に通る前に、なるべくこの儘《まま》の姿を野口に見せたかつた。取次が出たら、一応彼を玄関まで呼び出して貰《もら》ふつもりで待ち構へてゐた。

すると、いきなり正面の襖《ふすま》があいて、野口自身が現はれた。向うの部屋にともつてゐる電燈のあかりを後《うしろ》に受けて、影法師のやうにつつ起《た》つた。

さうしてそれつきり前にも来ないで、ぢつとしてゐると思ふと、急に引き返して奥に消えてしまつた。「一《ちよ》寸《つと》」と云つたらしかつた。しかしそれもよくは解らなかつた。

それから長い間私は玄関に起《た》つてゐた。誰も出て来なかつた。もう一度案内を乞《こ》ふのも変だつた。何か野口に都合があつたに違ひない。或は私のこんな恰好を見て、びつくりしたのかも知れなかつた。しかし、それにしても一寸顔を見せたきりで、何をしてゐるのだか見当がつかなかつた。

不意に私の後で声がした。見知らない男が丁寧に御辞儀をしてゐる。

「私に御用なのですか」と私が尋ねた。

「はい、こちらの旦那様があなた様を御案内して来るやうにとの事で、手前は古柳庵の者で御座います」

「野口君は君のところに行つてるのですか」

「はい先程お見えになりまして、お待ち兼ねで御座います」

私は合点《がてん》が行かなかつたけれど、兎《と》に角《かく》その男の後について古柳庵へ行つた。

野口は待つてた様に私を迎へた。傍に、ついこの近所に家のある石井君がゐた。石井君は野口の友人で、私も二三度彼のところで会つた事がある。

「やあ失敬」と野口が穏やかな笑顔をして云つた。しかし彼の顔は、この前会つた時よりもまた痩《や》せてゐた。口の辺りの様子がどことなく違つて、人間が変つてゐるやうに思はれた。

「さつきはどうしたんだい」と私は尋ねた。

「うん今日はね、石井君に会ひたいと思つてゐたんだ。君にも御馳走《ごちそう》しようと思つたから、先廻りして待ち受けてたのさ」

「だつて、あれつきり居なくなつてしまつて、僕はどうしたんだか解らなくなつた。一体どこから出て来たんだい」

「それや君一軒の家に出口は二つも三つもあるさ。一寸《ちょつと》この菓子を食つて見たまへ。うまいよ」

彼は何となく要領のない事を云つた。さうして干菓子《ひがし》を一枚つまんでくれた。

それから三人で少し許《ばか》り酒を飲んだ。

しかし未だいつもの半分も飲まない内に、野口は自分から切り上げて、すぐ御飯にしてしまつた。

その後で、いろいろ取り止めもない話をした。

夜中に夫が目をさまして、水が飲みたいと云ふのを、傍に寝てゐた細君がねむいので、うるさがり、いい加減にあしらつて、そのまま寝かしてしまつた。暫《しば》らくたつてから、細君がふと目をさまして見ると、自分の横に寝てゐた夫が死んでゐた。びつくりして飛び起きようとしたら、丁度《ちょうど》その時、窓の隙間《すきま》から小さな鼠《ねずみ》が一匹這入《はい》つて来て、自分達の寝てゐるベツドに上がり、夫の顔を這つてその口の中に飛び込んでしまつた。すると死んでゐると思つた夫のからだに温《ぬく》りがさして、かすかに手足を動かした。さうして、その儘《まま》すやすやと眠りつづけた。

「水を飲みたいと云ふ魂が鼠になつて、台所まで出て行つたのだ」と私が話した。

「面白い話だねえ。君が考へたのかい」と野口がきいた。

「さうぢやない、フリードリヒ・ランケの話なんだ。しかし僕達にもそんな事はありさうな気持がする。鼠になつてるかどうだか、それは自分には解らないけれど、四五年前僕は毎晩眠ると魂が外に出て、枕の横にぶらさがつたまま、中中もとに返つてくれないので、苦しいから目をさましたいと思つても、もとになる迄は起きることも出来ないのだ」

「何んだかそんな気持のする事はありますね。神経衰弱なんですね」と石井君が云つた。「それなり目をさましてしまつたら、どうなるのだらうと思ふと、恐ろしくなるんです。或は何か急な刺激で起こされでもしたら、きつと頭の調子が狂つて来るに違ひないと思ふのです」

「神経衰弱だよ」と野口が云つた。「それより君、今度の文楽の人形を観《み》たかい。面白いよ」

「いいや見ない。しかし、どこかで見た記憶はあるんだけれど。大阪か知ら。何だか、はつきりしないが、あの人形の顔は、どれを見ても、僕は余りいい気持がしない」

「さうだね、君にはさうかも知れないね。さう思つて見ると無気味なところがあるよ」

何だか平生《へいぜい》の調子とは違つてゐた。

石井君はいつもの無口で、ただにやにや笑つて計《ばか》りゐる。しかしその石井君の寡黙にも、何か知ら腑《ふ》に落ちないものがあつた。

第一野口が私の事を、いつもの様につけつけと云はないのが不思議だつた。さう云ふ事を急に遠慮して、差し控へるらしい彼の気持が、私にはよく解らなかつた。

或は私の冗談がまともに利いて、彼は本当に心配してゐるのかも知れなかつた。又私も始めのうちは朧気《おぼろげ》ながらさう云ふ風に感じて、何となく申しわけない様な、当惑した気持にもなつた。その図に乗つて、益《ますます》彼をおどかすと云ふ様な、そんな気持は丸でなくなつてゐた。

しかし又必ずしもさうでもないらしい節節《ふしぶし》もあり、且《かつ》彼の平生から考へて、さう云ふ風な野口でもなかつた。寧《むし》ろ、私の不思議に思ふ原因は、何か知ら彼自身の内にありさうに思はれた。

しかし又考へて見ると、石井君の同席も不思議な気持がしないでもない。或は事によると、野口は私の姿を一目見るなり、裏口から逃げ出して、急いで石井君を呼び出して、二人で私に会ふやうにしたのかも知れない。けれども、それも矢つ張り私の思ひ過ぎで、実際はただ野口の云つた通りなのかも知れなかつた。何《いず》れにしても、彼の調子がいつもと違つてゐる丈《だけ》は確かだつた。さうして、それが何の為だかは私には解らなかつた。

みんな別別の途《みち》に分かれて帰る途中、私は狭い露地《ろじ》を抜けた。すると何だか、片側の塀の上にのぞいた樹の枝から、千切《ちぎ》れるやうに落ちたものがあると思つたら、暗い足許《あしもと》を一匹の猫が走り抜けた。

私はほろ酔の顔に、水をかぶつた様な気がした。


私が重い頭をかかへて、考へ込んでゐる時、野口が訪ねて来た。本屋の包み紙にくるんだ彼の新刊の著書をひろげて、私に硯《すずり》と筆とを求めた。

扉に署名しながら、「君に差し上げる分がなくなつたから、自分の本を本屋で買つて来たのだ。惜しかつたよ」と野口が云つた。

私は彼の親切を感謝した。彼は何だかそはそはして落ちつかなかつた。

「ゆつくりすればいいぢやないの」と私が云つた。

「いやこれから斎藤の奥さんを見舞ふのだ。斎藤の事は知つてるだらう君」

「いや知らない」

「知らないのか。斎藤は気の毒だよ。すつかり変なのだ。昨日病院に入れて来たんだけれどね、僕等《ら》だつて、いつああなるか知れない。全く他人事《ひとごと》ぢやないと思つた」

「それは気の毒だね、前からそんなところがあつたのか」

「さうでもなかつたんだけれど」野口は急に話頭を転じた。

「君は僕が結婚する日に丁度《ちようど》やつて来た事があるね」

「さうさう、随分面喰《めんくら》つてしまつた。君はだまつてるんだもの」

「一寸《ちよつと》失敬つて、下から紋附《もんつき》を著て来たら、君は実に不思議な顔をしたよ。もう十年以上も昔だなあ」

私はこの頃碌碌《ろくろく》学校にも出ない。それは何となく労《つか》れて億劫《おつくう》な為ばかりでなく、二三年前の家の問題が依然解決出来ないので、これから先どうなるか知れない不安と焦燥の為でもあつた。

「今もその事を考へ込んでゐたのだ」と私がその話をしたら、

「君はもうあの時自殺して来るものと思つた。僕は全くさう思つたから、一人で心配してゐたんだ。君のその性格では、これから先、何年たつても君の煩《わずら》ひは解けやしない。君は一生涯苦しむんだよ」

　野口はさう云つて、それから私の顔を見て続けた。

「君には自殺する勇気もないし」

「勇気もなささうだが、どうせ死ぬにきまつてるんだから、はふつて置けばいい」

「僕は君を一ばんよく知つてるよ。君のお母さんや奥さんよりも、僕の方がよく知つてるよ。君の本当の気持がわかるのは僕だけだよ。ああすればいいとか、あれだから駄目《だめ》だとか、いろいろ君の事を傍《はた》から云つたつて、君にはさうは行かないのだ。しかし、もう行かう。ここいらに自動車屋はないか知ら」

　私はふと瞼《まぶた》の裏に涙がにじむやうな気がした。

「まだ外は寒いね」と私が云つた。

「ぢや左様《さよう》なら」と云つて、野口は辷《すべ》りのわるい門の戸を、がりがりと開けた。


　野口は私の為にある本屋に交渉して、千円の金を用意してくれた。さうして一緒に行つて、自分の名前で受取つてくれた。

　その後で彼を訪ねたら、パイプを啣《くわ》へたまま、椅子《いす》に靠《もた》れて妙な顔をしてゐた。丸で眠つてゐる様だつた。頸《くび》も手もぐにやぐにやで、頼りがなささうだつた。

「どうしたんだい」と私は驚いて尋ねた。

　彼は重たさうに瞼《まぶた》をあげて、私の顔を見た。しかし直ぐに又目をつぶつて、ふらふらしてゐる。

「眠り薬を飲み過ぎてね、まだよく覚めないんだよ」

　暫《しば》らくして彼はさう云つた。言葉もべろべろだつた。「まだよく覚めない内に、起きたからだよ」

　私は、この間古柳庵で私の話した事を思ひ出した。

「そんなのに起きて大丈夫か知ら」

「おなかが痛くて起きたんだよ」又暫らくしてから云つた。「しかし、こんな事はしよつちゆうだから平気だ」

「そんな薬を飲んで、昼まで酔つ払つてゐては毒だよ」

「毒だつて君、昼からお酒に酔つ払つてる人だつてあらあ」

私は暫《しば》らくの間彼の前にゐた。私が何か云へば、退儀さうに瞼《まぶた》をあげ、又思ひ出した様な応答はするけれど、黙つてゐればそのまま、ぐつたりして、首を垂れてしまふ。

私は彼を眠らしてはいけないやうな、又起こしても悪いやうな気がした。さうして、ぢつとその顔を見てゐる内に、私自身も段段瞼が重くなり、次第に首を垂れて眠り込む様な気持になつて来た。

帰る時に、途中で公衆電話をかける用事があつた。その料金の白《はく》銅貨を私は持つてゐなかつた。すると野口は急に起《た》ち上がつて、変な足どりで梯子段《はしごだん》を下り出した。私は、はらはらしながら、しかし手をかす事も出来ないので見てゐると、間もなく彼は片手に一ぱい銀貨や白銅を握つて帰つて来た。蟇口《がまぐち》から摘まみ出す事が出来ないで、中身をそつくり手の平にうつして来たらしい。さうして起《た》つたなりでその手を私の前に差出すのだけれど、その間も彼はぢつと起《た》つてゐる事が出来なかつた。ふらりふらりと前後左右に揺れて、その度に足を踏み直した。彼の手の平には、十銭や五十銭の銀貨と混じつて、五銭の白銅貨が一つあつた。それを彼は摘まみ出さうとしてゐる。しかし彼の指先は、彼方此方《あちこち》に游《およ》いで、中中それに触れなかつた。


私は野口の様子が普通でないと思つた。

さうして非常に心配になつた。

しかし、彼がその二日後に自殺するとは思はなかつた。

麻睡薬を少しづつ過量に飲んで、その最後の日の準備をしてゐたのだとは思はなかつた。

その知らせを受けた時、私はいきなり自分の部屋に這入《はい》つて、後の襖《ふすま》を締め切つた。

「野口は自殺した」と私ははつきり考へようとした。

しかしそれは私には出来なかつた。

どうして自殺したのだらうとも思はなかつた。

ただ私の長い悪夢に、一層恐ろしい陰の加はつた事を他人事《ひとごと》のやうに感じただけだつた。

何日か過ぎたある夜明けに、突然私は自分の声にびつくりして目がさめた。何を云つたのだか解らなかつたけれど、恐ろしく大きな声だつた。咽喉《のど》一ぱいに叫んだらしかつた。しかし別に悲鳴をあげるやうな夢を見てゐたのでもなかつた。寧《むし》ろ、ぼんやり頭のどこかに残つてゐる後の気持から云へば、何かに腹をたてて怒つたのかも知れなかつた。もう夜明けが近いらしかつたけれど、窓の色は真暗だつた。さうして風の音もないしんしんとした闇の中に、季節外れの稲妻がぴかぴか光つてゐた。

私はずり出た肩に布団を引張つて眠らうとした。余り布団を引きすぎたので、襟《えり》が下の唇《くちびる》を撫《な》でて、丁度《ちょうど》水に溺《おぼ》れかかつてゐるやうな気持がした。

（昭和四年六月「中央公論」）

影

私は忌ま忌ましいけれど、矢つ張り甲野にどこかの口を頼み込むより外《ほか》に、方法がなかつた。

或は、甲野の方では、君のお世話は、もう御免だと云ふかも知れなかつた。

しかし、私としては、そんな事は云はせないつもりだつた。今度の解職は、一つに甲野の所為《せい》だと、私は思つてゐる。

夕方から烈《はげ》しくなつた風が、暗い横町を吹き抜けて、時時むせ返るやうな砂の匂ひがした。私は甲野の玄関に立つて、案内を乞《こ》うた。

点《とも》しつ放しらしい十燭《しょく》ばかりの電球が、土間の天井に輝いて、突き当りにたて切つた障子《しょうじ》の面を無気味に広く思はせた。

雨戸や塀の風に鳴る騒騒しい物音に交じつて、どこかに亜鉛《トタン》の戸樋《とい》が庇《ひさし》か何かを敲《たた》くらしい音も聞こえた。

さうして私の声は中中奥に通じなかつた。

私は額《ひたい》から頸筋《くびすじ》にかけて、気持のわるい汗をかいて居た。

その内に、どこかで襖《ふすま》の開く音がして、それと同時に、子供のばたばたと走る可愛《かわい》らしい足音が聞こえた。

玄関の障子《しょうじ》をがたがたさせながら、やつと細目に開けたところから覗《のぞ》いたのは、三つばかりの髪の毛を長くのばした男の子だつた。

すると、不意にその子の悲鳴が聞こえた。小さな獣のないた様な声だつた。

私が驚く間もなく、その子はもう奥に馳《か》け込んで、見えなくなつてゐた。細目に開いた障子の隙《すき》から見える奥は真暗だつた。子供がそんな暗い中に走り込んだのが、不思議で堪《たま》らなかつた。

暫《しば》らくしてから、漸《よう》く女中が顔を出した。さうして主人は不在だと云つた。

「お留守なんですか」

「はい、お留守なんで御座います」

「まだお帰りにならないのですか」

「はい」

私はそんな筈はない様な気がした。居留守《いるす》をつかつてゐるのではないかと疑つた。

「さうですか」と暫らくたつてから、私が云つた。さうしてその儘《まま》玄関の外に出た。門の潜《くぐ》り戸を閉めた時、自分でびつくりするやうな音がした。


甲野の家は、その竝《なら》びに門構への家ばかり四五軒ならんで直ぐ角になり、その角について曲がつた側にも、また門構への家が四五軒竝んで又角になり、その側には一続きの長い塀があつて、その尽きる処に大きな石の門が角に向いて建つてゐた。さうしてその門について曲がつた側は半ば頃まで塀続きで、そこから先は空地になつてゐた。その空地の角に大きな銀杏《いちよう》の樹があつて、そこを曲がれば又甲野の家の前に出るのであつた。

何と云ふあてもなく、又どう云ふ気持と云ふ程のはつきりした意識もなく、私はその四角い地所について、薄暗い小路《こうじ》を一廻りした。さうして、もう一度甲野の家の前に出た時、私は急に得体《えたい》の知れない身ぶるひを感じた。後から追掛けて来た風が、不意に烈《はげ》しい勢《いきおい》になつて、小さな砂の粒を私の頸《くび》にたたきつけた。


私は甲野の男の子を抱へて、土手の上を走つてゐたら、段段にその土手の幅が拡がつて、止まりがつかなくなつて来た。何だか大きな虫の腹の様だつた。さうして、向うの方は拡がりながら、少しづつ右左に動くらしかつた。それを見てゐるのが息苦しかつた。

私は甲野の子を抱いたなり、もがき廻つてゐるうちに、ふと夢が切れた。夢の中の息づかひが、目のさめた後もまだ聞こえる様に思はれた。

もう夜明けが近いらしかつた。部屋の向うの隅に子供を抱いて寝てゐる妻の顔が、不思議な程、長く見えた。

間を一日おいて、その次の日は朝から夕方の様な明かりが射《さ》してゐた。低い空は一日ぢゆう屋根の上を動かなかつた。私は午後から思ひたつて、乙川さんの許《もと》を訪ねた。空と町とを包み込んだ黒雲のやうなものの中を行くのが、何故《なぜ》と云ふこともなく私の心を躍《おど》らすらしかつた。

私は、この間一度、乙川さんを訪ねて、金の事を頼んでおいた。外《ほか》に考へ浮かぶあてもなく、しかしその儘《まま》にはすまされない必要に迫られてゐたので、もう五六年も会つたことのない乙川さんの許に足を運んで見た。その時、乙川さんは、直ぐにと云つては困るけれど、その内何とかなる様だつたら都合しよう。余りあてにしてくれては困ると云つた。しかし、私としては、あてにしないで待つわけには行かなかつた。もし駄目《だめ》なやうだつたら、たとへ半分だけでもいいから、早く借りたかつた。近所の御用聞などにも不義理が重なり、今、差し当り幾らかの金を手に入れなければ、毎日を過ごすにも色色差しつかへるのであつた。

「度度御足労をかけてすまないけれど、どうも、うまく行きさうもありませんよ」

と乙川さんが云つた。

「何とかなりませんでせうか。本当に困り切つてるのですから」

「御事情は御気の毒だと思ひますが、しかしどこのうちでも、困るのは同じですよ」

「いや、そんな事とは丸で程度が違ふのです」私は、いらいらして云つた。「単に困ると云ふのとは違ふのです」

乙川さんは、黙つて私の顔を見た。何だか云ひかけた事を止《や》めたらしかつた。

硝子《ガラス》戸の向うに見える塀の上にかぶさつた雲の色に、恐ろしい斑《まだら》が出来てゐた。

「時に」と暫《しば》らくして乙川さんが云つた。

「甲野君のところでは、お気の毒なことをしましたね」

「どうしたのです」

「昨日、坊ちやんが亡くなつたさうですよ。君のところには、知らせませんでしたか」

私は、あわてた目で乙川さんを見たらしかつた。さうして、驚いてその目をそらした。

昨夜の夢、一昨日の泣き声が、ちらりと心に浮かびかけた。それもあわてて塗り消した。さうして私は、何故《なぜ》そんな事にあわててるのだか、自分でわからなかつた。

乙川さんは私の顔を見ながら云つた。

「さうですか、君のところには知らせなかつたのですか。何でもその前の晩に君がいらした時、坊ちやんが、いきなり走り出して行つたとか云ふんぢやありませんか」

乙川さんは、そんな事まで知つてゐた。

「それから急に熱が出て、何でも疫痢《えきり》のやうな症状だつたさうです。奥さんは、いろんな事を気にしてゐるらしいですよ」

「どんな事です」

「甲野君が君の恨みを買つたものだから、と云ふ様な話なのさ。坊ちやんには、君の顔が何か怖いものに見えたらしいのですね」

「どうもこれは大変な事になるものですね。うつかり人の家を訪ねる事も出来ませんね」

さう云つて私は笑つた。さうして、笑ひながら、相手の目の色を窺《うかが》はずにはゐられなかつた。


丙田の出てゐる雑誌社の校正を手伝はして貰《もら》はうと思ひついて、私はその推薦を頼みに、もう三度も彼の家を訪ねたけれど、いつも留守だつた。細君《さいくん》には、是非《ぜひ》至急に会ひたいのだからと云ふ意味の伝言《ことづけ》を頼んでおいたのに、その後何の挨拶《あいさつ》もなかつた。

最後に、矢張りその意味の葉書を書いて、速達郵便で出したら、それから二三日して、やつと返事の葉書が著《つ》いた。それと同時に乙川さんからの手紙も来た。

丙田の葉書は鉛筆で書いてあつた。私はその文面を見て、持つて行きどころのない腹立たしさを感じた。

「何時《いつ》も出違へて失敬。近来殊《こと》の外《ほか》多用の為不悪《あしからず》。明後日金曜日の夕方なら一寸《ちよつと》繰合はせますから、五時より五時半迄の間に、終点の西側にある巽《たつみ》喫茶店でお会ひしませう。五時半迄にお見えがなかつたら、僕は他に用事があるから出かけます」

乙川さんのは代筆と謝《ことわ》つて、先日来急性肺炎の為近所の病院に入院してゐる。熱はやつと下がつたけれど、まだ何方《どなた》にもお目に掛かれない。先日のお話の一件は、さう云ふ事情だから一先《ひとま》づお断りする云云《うんぬん》と云ふのだつた。

私はその手紙を見て、人に云はれない恐ろしい気持がした。同時に又、捉《とら》へどころのない、いやな、嘔気《はきけ》に似たものが、その恐ろしさに交じつてゐるのを、漠然と感じた。


終点で電車を降りる時、電車の踏段の下にある地面が、急に遠のいた様に思はれて、私は足許《あしもと》が、がくがくした。夕方の曇つた空は、死んだ鰻《うなぎ》の腹のやうだつた。その下を、大きな鳥が二羽ならんで、はたはたと翔《と》んで行つた。

向うの角で、犬が吠《ほ》えてゐた。さう思へば、もうさつきから、吠え続けてゐたやうでもあつた。しかし、今気がついて見ても、その犬はどちらを向いて吠えてゐるのだか、よく解らなかつた。ただ、大きな口を開いたまま、顔を振り振り無気味な声で叫びたててゐる様にしか思へなかつた。

私は暫《しば》らくその犬の方を見てゐた。犬は段段尻尾《しつぽ》を下げて行つた。同時にその顔が、何となく凄《すご》くなつて行くらしかつた。

私は急に不安になつた。ぎよつとした様な気持で、あわてて犬から目を外《そ》らした。

犬は俄《にわ》かに私の方に迫るやうな気配を見せた。

私は、自分が扉を開けて這入《はい》つた拍子に、今までがやがや騒いでゐたお客様の声が、一度に静まり返つたのではないかと疑つた。

内田の姿はどの卓子《テーブル》にも見えなかつた。

奥の方の空《あ》いた卓子に案内せられて行く間、人人は申し合はせた様に私の後を見つめてゐるらしかつた。向う向きに腰をかけてゐた女給が後を振り返つた。その白い顔は普通の大きさの倍もある様に思はれた。

「今日は何だか、むしむししますのね」と私の前に立つた女が、卓子に両手をついて云つた。顔も手も、ふはふはした、輪郭のない女だつた。

「お花見は、どちらかいらつしやいまして」

「いや行かない」

「あら、つまりませんのね。御酒ですか」

「いや一寸《ちよつと》待つてくれたまへ。今友達が来るのだ」

私はさう云つて、云ひわけらしく壁の時計を見上げた。自分で酒を飲む程の金は、私の懐《ふところ》にはなかつた。

辺りがまた段段に騒騒しくなるらしかつた。外から射《さ》し込む夕方の光と、天井の電燈とが、人人の顔と床の上とに曖昧《あいまい》な影を散らしてゐた。

内田は這入つて来るといきなり、

「やあ失敬失敬、随分待つたかい」と云ひながら、女給に酒を註文した。

「君も飲むだらう」

「飲んでもいいけど、君はまだ忙しいのぢやないか」

「忙しいには忙しいさ。しかし先《ま》づお神酒《みき》で厄払《やくばら》ひしておかないと、怖いからね」

「何故《なぜ》」

「何故つて、甲野の子供は死ぬし、乙川さんは危篤だし」

私は、はつとした。「一昨日手紙を貰《もら》つたけれど、もういいのぢやないのか」

「一時はよかつたのさ。二三日前に見舞つた時なんざ平生通りの元気だつたのだが、何でも昨晩辺りから、又急に悪くなつたらしいんだよ」

「君は乙川さんに会つたのか。面会謝絶ではなかつたのか」

「ううん、そんな事はないだらう。君には面会謝絶つて云つたかい」

私は、変な気遅れがして、丙田の目を見返す事が出来なかつた。丙田はいつ迄も私の顔を見てゐるらしかつた。さうして、思ひ出した様に酒を飲んだ。

暫《しば》らくして、私は要件を切り出した。

「さあ、どうかな。話しては見るけれど、しかしいやだぜ、又僕に取り憑《つ》いては」

「何だい、それは」

「どうも近来君に見込まれた奴《やつ》は、みんな変な事があると云ふ話だからな。矢つ張りよさうかな。尤《もつと》もそんな事を云ふと、なほの事怨《うら》まれるかね」

「冗談ぢやない」

私は、酒を口に持つて行きながら、やつとそれ丈《だけ》の事を何気なく云つて、急いで酒を飲み下した。

「いや、本当だよ。何でも甲野の子供は死ぬまで、怖いよ怖いよつて、おびえてたさうだぜ」

「そんな事があるものか」

私は、自分の顔の白けて来るのが解つた。

「兎《と》に角《かく》話しては見るよ。しかし、いや止《よ》さうかな。君、今謝《ことわ》つたら憤《おこ》るかい」

「君冗談ぢやないよ。本当に僕は困つてるのだから、僕のうちの者の死活にかかはる事だから頼むんだよ」

「それそれ、それなんだ」と丙田が調子づいて云つた。「君のうちの困つてるのが、みんな傍の者の所為《せい》の様になるんだつて、誰だつたか云つてたけれど、これで又僕もその仲間に入れられるんでは、全く御免だぜ」

「君はまあ少し酒を止《や》めて、僕のことを本気に聞いてくれたまへよ。僕には笑ひ事ぢやないんだからね」

私は不快な気持を制することが出来なかつた。

「それは本当に同情するよ。君は今非運なんだよ。しかし、何だね、近頃は全く僕達の知つてる範囲に、不幸があり過ぎるぢやないか」

「本当だね」と私は止むなく云つた。

「君もさう思ふかい」

私は黙つてゐた。暫《しば》らくして、

「もう、よさう」と私が云つた。不思議に冴《さ》え冴《ざ》えした気持だつた。「君もまだ忙しいのだらう」

丙田は、丁度《ちょうど》酒の代りを持つて来た女給が、二人の間に腰を掛けようとするのを断りながら云つた。

「しかし、まあもう少し飲みたまへ」

さうして私の盃に酒を注《つ》ぎながら、急に顔色をかへた様だつた。

「おい、君、さつきのは冗談だよ」と云つた。

「うん、そんな事どうでもいいんだよ」と私が云つた。

「おい君」と丙田の鋭い声が、もう一度私の耳に響いた。

傍の腰板に私の影が映つてゐる。ぼんやりしたなりに、何ものとも解らない、いやな形だつた。

私は、あわてて顔を振つた。

影が崩れると同時に、私ははつとして、丙田の顔を窺《うかが》つた。

「どうしたんだい」と丙田が不安らしく訊《き》いた。

丙田は、目にたつ程蒼《あお》い顔をしてゐた。


（未詳）

狭莚

柿屋は町内でも指折りの金持で、軒が深く、入口の土間《どま》は、無気味な程、広かつた。

私は子供の時、柿屋の修さんから英語を教はる為に、毎日そこの二階に上がつて行つた。夏の真つ昼間、日盛りの往来から柿屋の土間に這入《はい》ると、急に辺りが暗くなつて、足許《あしもと》もよくわからなかつた。土間の片隅から上り口になつた所を通り、梯子段《はしごだん》にかかる間の右手に、明け放つた三間下《まさが》りの座敷が見えた。冷たさうな色の畳を敷きつめた遥か向うに、明かるい庭の樹の葉が、一枚一枚きらきらと光つてゐた。

その広広とした座敷の真中に、丸坊主のお祖父《じい》さんがたつた一人、大きな裸でころがつて、昼寝をしてゐた。畳の面《おもて》が白く光るために、お祖父さんの身体《からだ》が、水に浮いてゐるやうに思はれた。

二階の修さんの部屋で英語を教はつてゐると、下からお祖父さんの鼾《いびき》が聞こえ出した。始めのうちは、あたり前の鼾のやうだつたけれど、段段に変な声になり、無暗《むやみ》に大きくなつて、静まり返つてゐる広い家の中に響き渡つた。

修さんの机の上に、細長い四角な壜《びん》に這入つた舶来のインキがあつた。レツテルにライオンの起《た》ち上がつた絵が描いてあつて、蓋《ふた》をとると、不思議ないい匂ひがした。英語をやめて、私がしきりにその匂ひを嗅《か》いでゐると、急にお祖父さんの鼾が止まつたと思つたら、何だかわからない寝言の声が、手に取るやうに聞こえて来た。その声が段段恐ろしい調子になり、いつまでも、わけの解らぬ事を立て続けにわめき立てて、仕舞には、眠つたまま、起《た》ち上がつてゐるのではないかと思はれ出した。すると修さんが、黙つて起《た》ち上がつて、梯子段《はしごだん》を下りて行つたから、多分お祖父さんを起こしに行つたのだらうと思つて、一人で待つてゐたけれど、お祖父さんの寝言は益《ますます》大きくなるばかりで、止《や》みさうな気配もなかつた。森閑《しんかん》とした家の中を、無気味な上ずつた声があばれ廻り、二階に待つてゐる私の所に響いて来て、何か解らぬ事を話しかけられてゐる様にも思はれ出した。私は気味がわるくて、独りでゐられないから、そつとその部屋を出て、梯子段《はしごだん》を下りて見たら、修さんは何処《どこ》へ行つたのか、そこいらには居なくて、お祖父《じい》さんがたつた一人、仰向《あおむ》けになつた儘《まま》、白光りのする畳の上に薄目を開けて眠つてゐた。

「われは何を勝手な、云ひたい放題云ひくさつて、下の段のお松が編笠《あみがさ》を編んどるところで、云うて見い。ラムプ掃除の竹の棒で敲《たた》き割つたぢやないか」

お祖父さんは、身動きもしないで、喚《わめ》きたてた。私が上り口から、黙つて帰りかける後を追つかける様に、お祖父さんの寝言は、急に勘走つた調子になつて、薄暗い土間の土に響き渡つた。

柿屋の奥の倉で、何人《だれ》も見た事のない不思議なけだものが、泥棒猫を捕《と》る為に仕掛けておいた猫櫓《ねころ》にかかつたと云ふ噂《うわさ》が広まつた。別に不思議な獣ではない、鼬《いたち》の大きいのだと云ふ者もあつた。鼬ではない。貂《てん》に似てゐる、事によると雷獣《らいじゅう》かも知れないと云ふ者もあつた。

町内に稲荷《いなり》松と云ふ古道具屋があつて、そこの親爺《おやじ》が騒ぎ廻つてゐると思つたら、何処からか香具師《やし》を連れて来て、柿屋の獣を買ひ受けたらしい。私が柿屋に行つて、修さんに見せて貰《もら》はうと思つた時は、その獣はもう柿屋にはゐなかつた。

それから間もなく、お祭があつて、お宮の石段の下に、柿屋の怪獣が見世物に出てゐると云ふ話を聞いたから、行つて見たら、物物しい小屋掛けに幕を張り廻《めぐ》らし、入口に掲げた大きな額の看板には、稲光りを浴びた狼《おおかみ》が、黒雲の塊《かたま》りにかぶりついてゐる絵が描いてあつた。木戸口に稲荷松がゐて、木札を打ち合はせながら怒鳴《どな》つた。

「やあやあ熊山にて生捕《いけど》つたる不思議の狼、猟師を三人までも食ひ殺したる稀代《きだい》の怪獣はこれです、狼に似て狼にあらず、木戸銭はたつた三銭さあさあ」

稲荷《いなり》松は真赤な顔をして、額《ひたい》から汗を流してゐた。幕の裏で、何か唸《うな》る声が聞こえるやうだつた。

私が木戸口に近づくと、稲荷松は変な顔をして、私のからだをかくす様にしながら、無料《ただ》で入れてくれた。

私の耳もとに顔をくつつけて、小さな声で、

「これは例の、本当は雷獣と云ふもんださうですよ」と云つた。

小屋の中には鉄格子《ごうし》の嵌《は》まつた檻《おり》が、たつた一つ、台の上に載せてあつて、その前の丸太棒の手すりに、見物人が五六人起《た》つてゐた。獣は首から胴にかけても二尺《しやく》に足りない位の大きさで、脊《せ》が低くて、尻尾《しつぽ》が太くて、どうも鼬《いたち》のやうだつた。無暗《むやみ》に檻の中をあばれ廻り、身体を躍《おど》らす度に小便をした。

「しかし鼬にしては大け過ぎる。それにどうも顔が違ふぢやないか」と見物の一人が隣りの男に云つた。

「大きな声ぢや云へんけれど、本当のところは柿屋の倉にゐたのださうだ。此奴《こいつ》が永年柿屋に業《わざ》をしとつたのかも知れんぜ」

さう云つた男が、足許《あしもと》に落ちてゐた棒切れを拾つて、格子の間から、檻の中に突込んだら、中の獣が、鳥の鳴くやうな声で、ぴいぴいと云つた。さつき表で、何だか唸《うな》る声を聞いたと思つたのに、あんまり調子が違ふので、却《かえつ》て無気味に思はれた。

後から後からと見物人が這入《はい》つて来た。

稲荷松と香具師《やし》は、この見世物で百円も儲けたと云ふ話だつた。

源さんと云ふ川舟の船頭が、私の家に出這入りしてゐて、その源さんの家《うち》に、柿屋の獣がゐると云ふ話を聞いたから、見に行つた。興行に使つた後、始末に困つて稲荷松が預けたものだらうと思ふ。

源さんの家は、川に沿つた片側町《かたがわまち》の石垣の上にあつた。家《うち》の人にことわつて、裏庭に廻つて見ると、物置の横の、雨ざらしになつた地べたに檻が据《す》ゑてあつて、三方の格子を板で囲つた薄暗い中から、例の獣の丸い目が、きらきらと光つた。私がその前にしやがむと、獣は私の顔を見ないやうにして、檻の中をあばれ廻つた。暫《しば》らく見てゐる内に、決して私の方を向かないやうにする様子が、何となく憎らしくなつたので、私は物置か

ら竹の棒を拾つて来て、その横腹を突つついてやらうと思ふと、獣は鉄格子の内側を非常な速さで飛び廻り、私の目の前を黒い条《すじ》が幾本も横なぐりに走つては、消える様に思はれた。私が棒を差し込む度に、ぴいぴいと泣き、暫らくあばれた後で、檻《おり》の隅に尻餅《しりもち》をついた様に静まると、嗄《しやが》れたやうな、干乾《ひから》びた変な声で、はあはあと云つた。それを何度も繰返してゐる内に、その苦しさうな、はあはあと云ふ声を出す時には、獣がちらちらと私の顔を見てゐるのに気がついた。始めは私の方を向かないのが癪《しやく》にさはつて、いぢめたのだけれど、獣が私の顔を見だすと、私は少し怖くなり、そんな所に一人ゐるのが厭《いや》になつたから、源さんの家の人にだまつて、帰つて来た。

その翌《あ》くる日もまた、私は源さんの家に出かけて行つて、竹の棒切れで檻の中の獣をいぢめた。獣の飛び廻る速さが段段鈍くなり、その代りに、小さな細かい歯の竝《なら》んだ口を開けて、私の差し出す棒切れの端に噛《か》みついて来だした。どうかすると、棒の尖《さき》をくはへた儘《まま》、前肢《まえあし》で檻の格子《こうし》につかまる様にして、起《た》ち上がつた。その様子が非常に憎らしく、特に胸から腹にかけて、赤味を帯びた黄色い毛竝《けなみ》のぼかした様に走つてゐるのが、まともに見えて無気味だつたので、私は獣の口をこじる様にして、棒切れを引戻し、その後から無暗矢鱈《むやみやたら》に檻の中を突つつき廻した。獣は檻の隅にへたばつて、はあはあと云ひ出した。さうして、ぢいつと私の方を見てゐる。寸のつまつた顔を次第に私の方に向けて、段段格子の間に近づけて来る様に思はれた。私は急に驚いたやうな気持になつて、棒を投げすてて、逃げて帰つた。

その次の日も、また出かけて行つた。獣が段段動かなくなるにつれて、益《ますます》その様子が憎らしくなつた。私が棒の尖で檻の中を引つ掻《か》き廻しても、あんまり逃げ廻らなかつた。さうして、始めから、はあはあと云つて、歯を剥《む》いた。棒を腹の下に突込んで、無理に持ち上げる様にすると、変な重みが棒を伝はつて来た。それでも獣はあばれなかつた。さうしていつ迄も、ぢつと私の顔を見つめた儘、だらだらと小便をし出した。その小便がいつ迄も続いて、檻の床を流れ、地面を伝つて私の足許《あしもと》に溜まつた。

その晩、私は寝床に這入《はい》つてから、夜通し鼬《いたち》の歯をたたく音を聞いた様な気がした。それは本当に泉水の縁に鼬が出て、金魚をねらつて歯を鳴らしたのだか、それとも夢を見てゐたのだか、はつきりしなかつた。

次の日に源さんが来て、家《うち》の者に、預かり物の獣が死んだ事を告げ、私がいぢめ殺したのだと云ふ点を遠慮しいしい話して行つたさうである。私の家から、いくらかの賠償をしたのだらうと思ふ。

東京から梅次さんが来たと云ふので、私の家では大騒ぎをしてゐた。

私の郷里は東京から百五十里も離れてゐるので、東京のお客が訪ねて来ると云ふ様な事は殆《ほとん》どなかつた。大阪には二三軒親類のある事は知つてゐたけれど、梅次と云ふ女の話は今まで聞いた事もなく、どう云ふ知り合ひなのだか、私には解らなかつた。

しかし母などは、丸で親類の人が来たやうにして、二階の十二畳の客間に通し、自分はしきりに上がつたり下りたりした。

その内に、私にも行つて挨拶《あいさつ》して来いと云はれたから、行つて見ると、母と同年輩ぐらゐの色の白い、顔のふくれた女の人が、何だか縞《しま》はあつても、白つぽく見えるやうな著物《きもの》を著《き》て坐つてゐた。私はそんな人に見覚えはなかつた。

いろいろ御馳走《ごちそう》して、みんなで持てなしてゐる。二三日は家に逗留《とうりゆう》するらしい。

梅次さんは狐使《きつね》ひだと母が下で話した。その方《はう》を盛大にやつて、東京でも立派に暮らしてゐる。今度備中《びつちゆう》のお稲荷《いなり》様に一寸《ちよつと》用事が出来て、出かけて来たついでに、家《うち》に寄つてくれたのである。これから御祈禱《きとう》が始まるから、みんな二階においでと云ふので、私も行つて、家の者の間に坐つた。

梅次さんが柏手《かしわで》を打つて、あたりまへの声で、床の間の方を向いてをがんでゐた。暫《しば》らくすると、急に肩のあたりを、ぴくぴくと慄《ふる》はし、何だか変な声をすると思つたら、突然坐つたままで二三寸飛び上がる様な風をして、その拍子にみんなの坐つてゐる方に向き直つた。目をつぶつて、口のまはりを、吃りの様《ども》にひくひく動かしてゐる。

何を云ひ出すかと思つてゐると、二三年前に死んだ私の従姉《いとこ》の事を述べ立てて、私の家が最後までよく面倒を見てやつたお礼を云ひ出した。声の調子が普通でなく、聴いてゐる内に、柿屋のお祖父《ぢい》さんの寝言を思ひ出して、いやな気持がした。

何だかまだ云ひ続けてゐたけれども、仕舞の方はよく解らなかつた。段段に息が迫つて来て苦しさうだつた。声が切れ切れになつて、はつはつと咽喉《のど》を鳴らし出した。私はうつかり聞いてゐて、不意に水を浴びたやうな気持がした。檻《おり》の中から私の顔を見てゐた獣の声と、ちつとも違はない。すると梅次が中腰になつて、ぶるぶると身体をふるはし、両手で袂《たもと》をばたばたと敲《たた》いて、「もう、いなう」と云つた。

梅次が目を開いて、みんなの顔を見てゐる。ぐつたりした様子で、額《ひたい》の汗を拭いた。その前に竝《なら》んだ家の者も、ほつとしたらしく、みんな黙つて、大きな息をしてゐる。

死んだ従姉さんの事を云つたのは、その前に、母からでも聞いたのだらう。亡者のことを云ひ出して、生きてゐる時に、親切にしてくれたお礼を云はせたりするのは可笑《おか》しいと私は思つた。以前に、私は神原祈禱と云ふものを聞いたことがある。夜、太鼓を敲いて、死んだ人の魂を呼び出すのだけれど、警察が禁止してゐるので、太鼓の皮を布で包んでその上から敲くために、音がこもつて、却《かえつ》て物凄《ものすご》かつた。私共は、その御祈禱をしてゐる家の外に起《た》つて、真暗な陰から中の様子を窺《うかが》つてゐると、死んだ女房の魂が、をがんでゐる人に乗り移り、その前に頭を垂れてゐる亭主に向かつて、いろいろな怨《うら》みを云ひたてた。聞いてゐる者が困るやうな事を云ふのでなければ、本当の気がしない。梅次の御祈禱はあてにならないと思つた。しかし、何か云ふ時の身振りや、声の調子は何となく無気味だつた。

梅次が備中のお稲荷《いなり》様に詣《もうで》る時には、母と倉男と私とが一緒に行つた。その時も梅次がまた変な事をしたので私は段段恐ろしくなつた。

翌《あ》くる日の朝早く汽車に乗つて出かけて、お宮の前の茶屋で昼飯を食べた。その時から、梅次は変で、お膳《ぜん》の上の皿や茶椀《ちやわん》を無暗《むやみ》にぶつけて、かちかちと鳴らした。

広前に出てからは、梅次は口を利かなかつた。大きな賽銭櫃《さいせんびつ》の前に来て、四人がそこに竝んだ時、梅次が急に身体をふるはせたと思つたら、いきなり前の階段を馳《か》け昇つて、昇りつめた所で、くるりと後向きになり、何だか解らない事を口走つた。私共の起《た》つてゐる左手に、二抱へもある大きな唐金《からかね》の線香立があつて、その中から香煙が筒の様になつて立ち騰《のぼ》つてゐた。梅次が両袖《そで》をぱたぱたと敲《たた》いたので、驚いてそちらを見た途端に、梅次は身体を浮かす様にして、線香立の煙の上をひらひらと飛んで、庭の地面に降りた。

夕方、家に帰つてから、私はなるべく梅次のゐるところを避けた。無気味なだけでなく、何だか顔を見てゐると、気持がわるかつた。

晩の御飯は、お膳《ぜん》を二階の十二畳に運んで、御馳走《ごちそう》をしてゐるらしかつた。母は梅次が大きなお線香立の上を飛び越した話をみんなに聞かせて、しきりに梅次の神通力に感心してゐた。

梅次はお酒を飲むと見えて、女中が何度もお銚子《ちようし》を運んで行つた。私が下の離れで寝床に這入《はい》つてから後も、まだ二階はざわざわしてゐた。

その内に三味線《しやみせん》の音が聞こえ出した。うつら、うつらした気持で聞いてゐると、どうかした機《はず》みに、母の少し調子外れの声が、手に取る様に聞こえたりした。「あらしの末の鐘のこゑむすばぬ夢のさめやらでただしのばるる」

急に勝手のちがつた気持がして、その拍子に、はつきり目がさめたら、聞いた事もない変な調子の三味線の音がしてゐる。梅次が弾《ひ》いてゐるらしかつた。時時、歌の声が聞こえて来た。言葉の意味はわからないけれども、何だか男のやうな声だつた。

今度目がさめた時は、急にひどい風が吹き出したらしく、庭の樹の葉がさあさあと鳴り渡つた。その物音の向うで、まだ三味線の音が聞こえるらしかつた。梅次はあの変な獣が化けて来たのではないかと思ひかけて、私はびつくりして布団をかぶつた。

朝まだ寝てゐるうちに、台所の方でみんなの騒ぐ声がして、目がさめた。

梅次が顔を洗ひに下りて、台所の八畳で一ぷく吸つてゐるところへ、何年も前からゐる一と云ふ大きな犬が馳《か》け上がつて、梅次の横腹に噛《か》みついたのださうだ。梅次が驚いて、倒れさうになつた所を、一は横くはへにくはへた儘《まま》、いつ迄も離さなかつた。倉男の兼が飛んで来て、漸《よう》や《や》く一を追払つたけれども、梅次は真青になつてしまつて、今、焼酎《しようちゆう》でやつと正気に帰つたと云ふのである。

私が顔を洗つたり、御飯をたべたりしてゐる間ぢゆう、家がざわめいて、みんなが方方の隅でひそひそ話をした。

お午前《ひるまえ》に、梅次は手荷物の鞄《かばん》を持つて、俥《くるま》に乗つて帰つてしまつた。

以上の話を、私は自分の記憶を辿《たど》つて書き綴《つづ》つたつもりだけれど、全部本当にあつた事だか、或は私の物怖《ものおそ》れをする心が作り出した、ありもしない妄想が、あやふやな記憶の中にまぎれ込んでゐるか、ゐないか、その見境は今となつては、私自身に解らないのである。

（昭和八年一一月「経済往来」）

青炎抄

一　夕月

蝶ネクタイを締めた五十恰好の男が上がつて来て、痩《や》せた膝《ひざ》の上で両手を擦《こす》り擦り、いつまでたつても帰らない。

雨がぽたぽたと降り続けて、窓は暗く、間境《まざかい》の障子《しょうじ》が少しづつ前うしろに揺れた。その男は頻《しき》りに上目遣《うわめづか》ひをして、何か云つてはお辞儀をした。

見覚えがある様でもありそれは人違ひの様にも思はれて、はつきりしない。

「御伺ひ出来た義理では御座いませんが、あれが是非にと申しますので」

それが私には解らないと、さう云つてゐるのだけれど、相手はきかない。

五十男が荒い縞柄《しまがら》の背広を著《き》てゐる。声がなめつこくて、女と話してゐる様な気がした。

「実はあれにも色色苦労をかけまして、それがいい目も見せずにかう云ふ事になりましては、第一こちら様にも合はす顔がないと」

「待つて下さい。そのお話しはいくら伺つても私には腑《ふ》に落ちないのです。お人違ひに違ひない」

「御尤《ごもつと》もです。それはつまり」話の途中で顔を撫《な》でた。手の甲が白くふくらんでゐて、年寄りじみた顔とは似てもつかない。変な風に眼をまたたいて、「入らして戴《いただ》けば、あれの様子を一目御覧になればお解りになります。慾目にももう長い事はないと思はれますので、せめてその前にと思つて、かうして伺ひました。御手間は取りませんから、是非お繰り合せを願ひたいもので」

話してゐる内に段段声の調子が静まつて来て、仕舞の方は聞き取れない様な細い声になつた。

急に表が森閑《しんかん》として来たと思つたら、今まで耳に馴《な》れてゐた雨の音がふつと止《や》んで、途端に黄色い様な、少し青味を帯びた夕日の影がぎらぎらと窓の障子に照りつけた。

夜中に寝苦しくなつて、寝床から起き出した。窓際の机の前に坐つて一服吸つてゐると、身のまはりがしんしんとして来た。

後《うしろ》で気配がした様に思つたので振り向いたら、台附きの蓄音器の上に脱ぎ掛けた昼間の著物《きもの》が、丁度《ちようど》人の坐つてゐる位の高さに見えたので、私が後《うしろ》にゐる様な気がした。

自分が後《うしろ》にゐる様な気がする、ともう一度思つたら、身動きが出来なくなつた。

さうして本当にその著物が動き出した。

そろそろと坐り直し、前を搔《か》き合はせてゐるのが私にはよく解る。

それは解る筈であつて、そこにゐるのは私ではないかと考へかけたら、不意に昼間の著物が起《た》ち上がつて、咳払《せきばら》ひをした。

帯を締め直して出かけて行くのが、後姿を見ないでも、はつきり感じられる。

雨上りのぎらぎらした天気で、どこかの家からカナリヤの癇走《かんばし》つた囀《さえず》りが聞こえる。ところどころ道端の家の切れ目に草が生えてゐて、細長い葉が鋭く風に揺れた。

場末の停留場から市場の横に出て行くと、急に道が狭くなつて、方方に曲り角があつた。いろんな物を手に持つた人が擦れ違つてゐる中に、蝶ネクタイの五十男がゐて、私の方に合図をするので、迎へに来てくれたのかと思ふと、も一つ向うの角からも、その次の横町からも、さう気がついて辺りを見廻したら、あつちにもこつちにも、同じ様な男がゐて、狭い往来の人混みにまぎれ込まうとしてゐる。

「まだお解りになりませんか」と乾物屋《かんぶつや》のおかみさんが店先に起《た》つて云つた。それから前を通りかかつた男に

向かつて、私の方を指さしながら、

「この方はね、さつきから家《うち》を探してゐなさるんだけれどね、もうこの前を何度も通りなさるんだよ。その家が探してゐなさる人の名前ぢやないんだから、それぢや中中解らないやね」

何か音がしたと思つたら、市場の裏からひどい風が吹いて来て、そこいらにある乾いた物や濡《ぬ》れた物を一緒に吹き飛ばした。

玄関の土間の土がかさかさに乾いて、内側の暗い障子《しようじ》の表が白らけてゐる。奥の方で声がしたらしく、上がれと云つたのであらうと思ふ。

「でもまあ」と女が溜息《ためいき》と一緒に云つた。「きつと入らして下さると思ひましたわ」

座敷の隅隅に幾つも得体《えたい》の知れない包みが重ねてあり、棚からは何だかぶら下がつてゐる。

「随分お変はりになりましたわね」

さうして懐かしさうに、まじまじと私を眺めてゐる。

「今起きますわ、ぢき支度いたしますから」

病人が起き出したりしていいのか知らと思つてゐる内に、寝床の上に坐り直した。何だか柔らかさうな寝巻を著てゐて、布団をまくつた中の温《ぬく》りが目に見える様な気がした。

どこかぎしぎしと鳴つて、人が梯子《はしご》段《だん》を降りて来る気配がする。

女は鋭い目つきになつて、音のする方をぢつと見つめた。段段音が小さくなり、中途で消えてしまつた。

「冗談ぢやないよ、今頃どうしたと云ふんだらう」

それからこつちに向き直り、綺麗な二の腕をむき出して、頭の髪を直してゐる。

「構はないんですよ、馬鹿《ばか》にしてるわ。もう暗くなりましたのね」

それで気がついて見ると、障子《しようじ》の外がかぶさつてゐる。もう帰らなければならぬと思ひかけたら、

「あら、いいでせう、そのつもりよ」と女が云つた様に思はれた。

もやもやした気持の中で、そんな筈はないと思はれるのに筋道が立つて来る様であつた。

部屋のまはりが取り止めもなく、わくわくして来たらしい。

又どこかで、ぎしぎしと云ふ音がしたと思ふと、いきなり境の襖《ふすま》が開いて、縞柄《しまがら》の背広を著た男がのぞいた。

「いいのかい」

「水、水」と女が云つた様に思はれたけれど、後先がはつきりしない内に、男はあわててその場に膝《ひざ》を突き、女が寝床の上に起《た》ちはだかつて、何だか口の中でばりばり嚙《か》み砕いてゐる。

隅隅の風呂敷包みの結び目がほどけ、棚の物が動いて辺りが混雑し、容易ならぬ気配が私に迫つて来るのを感じた。


夕月が丁度《ちようど》道の真向うに沈みかけてゐる。まだ半輪にもなつてゐない癖に皎皎《こうこう》と照り渡つて、地面に散らばつた小石の角が青く光つてゐる。

町裏の通に同じ様な形の家が建ち列《なら》んで、目の届く限りの屋根に烈《はげ》しい夕月の光が照り返つた。その所為《せい》で、辺りの家はどれもこれも、皆ぺしやんこに潰《つぶ》れた様に見え、遠い所のは、屋根がすぐに地べたにかぶさつてゐる様に思はれた。

どうして人の出這入《ではい》りが出来るかと疑はれる様な低い屋根の下から、方方で何か声がした。唸《うな》つてゐるのか、鼾《いびき》の声かよく解らないけれど、気がついて見ると、すぐ横手の家からも、これからその前を通る筋向ひの家からも、まだその先にも、私の通る道の両側の方方から声がした。

後から人が追つ掛けて来たらしい。男だか女だか解らないが、頻《しき》りに私の名を呼んでゐる様に思はれた。


表の戸を破れる様に敲《たた》いてゐる音を聞きながら、どうしても目を覚ます事が出来ない。

早く起きなければならぬと、はつきりさう思つてゐるのに、ほんのもう少しのところでどうしても目がさめない。油汗をかき、手足を石の様にこは張らして、早く早くとあせつてゐる内に、もう表の戸をこはして這入つて来た。

さうだらうと思つてゐた通り、矢つ張り蝶ネクタイを締めて、そこに坐り込んだ。

「早くして貰《もら》はなければ間に合はぬ。君のところに写真がある筈だ」

何の写真だらうと考へる暇もなく、

「あれの写真ですよ、病気になる前に写したのがありましたね」と云つて、青くなつてふるへてゐる。

そんな物を私は惜しいとは思はないが、しかし何処《どこ》にしまつてあるか思ひ出せないから、一生懸命に考へてゐると、

「それはさうです、僕の所に来てから病気になつたには違ひないが、何ツ」と云ひかけて、起《た》ち上がりさうにした。

「うん、そりや解つてゐる。そんな事を云ひに来たんぢやない。しかしもう駄目《だめ》なんです。可哀想な事をしました。だから、今写真がいるんだ。解らんかね」

急に起《た》ち上がつたと思つたら、そこいらの物を引つ繰り返し出した。

待つてくれと云はうと思つても、声が咽喉《のど》につかへて言葉にならない。相手の起《た》ち居《い》は見えてゐるけれど、それを見る目も硬張《こわば》つて、自由にあつちこつち眺め廻す事は出来ないので、今自分の眼は白眼になつて睨《にら》みつけてゐると云ふ事まで考へられた。

段段に男があばれ出した。

上ずつた声をして、怒鳴《どな》る様な調子で、

「今から写したつて、さうぢやないんだと云ふに、病気になる前と云ふのは、どう云ふ事か解らんか。かうしてゐる内に、ああじれつたい、あれが待つて居ります。可哀想です。あなたと云ふ人は、全く正体の解らん人だ」

さうして私の足を踏み、枕を蹴飛《けと》ばす様にして、そこいらをあばれ廻つた。

家の中の物がみんな、自分の気持通りに重ねたり列《なら》べたりしてあつた順序を引つ繰り返されて、もう今更目が覚めても、以前の通りに物事を考へる事は出来ないだらうと云ふ事が気になつた。

さう云ふ事をはつきり考へてゐるつもりなのに、一方ではさつきから起きられさうで、どうしても目の覚めなかつた瞼《まぶた》の裏に、どこからともなく潮が満ちて来て、辺り一面をひたひたと浸して行くのがいい気持であつた。

朝起きて昨夜脱ぎすてた著物に著換へてゐると、表の戸を引つ張る音がするので開けて見たら、見覚えのある顔の男が這入《はい》つて来た。

「朝早くから誠に失礼で御座いますが、実は夜の明けるのを待つて居りました次第で」

それから上り口に腰を掛けて、話し出した。

「あれの口から、以前こちら様にお世話になつてゐたと云ふ事を存じて居りましたが、何分私共の始まりの行きさつからして人様にお話し出来る様な事では御座いませんので、しかし折折お噂《うわさ》は致して居りましたが、あれも長い煩《わずら》ひで到頭」

さう云つたのかと思つて、急に気持がはつきりしかけたが、

「はい、お医者も左様《さよう》申されますので、昨晩中どうなる事かと思ひましたけれど、どうやら持ちこたへましたが、今日一日は到底六《む》づかしからうかと」

両耳の後から腰の辺りへ掛けて、上つ面の皮が引つ釣る様ないやな気持がした。

「一目でもお目にかかつて、お別れがしたいと、あれが申しますので、つい私も」

段段声がやさしくなつて、その調子にも聞き覚えがある様に思はれ出した。

「終点から市場について曲がつて戴《いただ》きますればすぐにお解りになりますが」

私は真青になつてゐるのが、自分で解る様な気がした。

二　桑屋敷

何分昔の事なので、辺りの景色も判然とは思ひ浮かばない。又その恐ろしい女先生に就《つ》いては、自分でその

当時に知つた事や、人から聞いた事や、後から想像した事などが一緒に縺《もつ》れて、永年の間に、自分の追憶の中の無気味な固まりとなつた儘《まま》に、段段ぼやけて曖昧《あいまい》になりかかつてゐるが、ただその女先生の面長な俤《おもかげ》ばかりは、何十年後の今でも夢の中に出て来る事がある。

淋《さび》しい士族町の片側に長い土塀《どべい》が続いて、荒壁の落ちた後から、壁骨《かべしたじ》の木舞竹《こまいだけ》がのぞいてゐる。塀の内側は一面の桑畑で、その片隅に一棟の住ひがあつた。女先生はその家に気違ひの兄さんと二人で暮らしてゐた。髪を長く伸ばし、頤鬚《あごひげ》を生やし、前をはだけて素足に草履《ぞうり》を突つかけ、いつも同じ棒切れを抜き身をさげた様な恰好に握り締めて、毎日町のなかの同じ道筋を、凄《すご》い形相ですたすた歩いて、もとの家に帰つて行つた。その兄さんは、どこでどう云ふ死に方をしたのか知らないが、いつの間にかゐなくなつて、その後は広い荒れ果てた塀の中に、女先生がたつた一人で暮らした。

町を遠巻きに取り巻いた山山が、日暮れの近くなつた空に食ひ込んで光り出す。日が暮れてから後も、暫《しば》らくの間は、暗い空に山の姿がはつきり浮き出して、その為にまはりの空が一層暗く思はれる事もある。

さう云ふ晩の後には、大水が出た。いつの間にか降り出した雨が、まだそれ程降り込んだとも思はれないのに、急に大川の水嵩《みずかさ》が増して、枕ぐらゐもある大きな黄色い泡が、一番流れの激しいところに筋になつて、重なり合ふ様に流れて来る。見る見る内に岸の石垣が浸されて、今晩あたり、どこかの堤防が切れやしないかなどと人人が話し合ひ、川縁《かわべり》を走り廻る人影があわただしくなつて来る。

学校は川縁にあるので、二階建の教室の下には濁つた川波が狂ひながら、恐ろしい勢《いきおい》でぶつかつて来る。雨が降つてゐながら、少し明かるくなつた西空の光を受けて、ぎらぎらする教場の窓が一つ、不意に開いたと思つたら、女先生の青白い顔が、膨れ上がつた水の反射を浴びて、こちらの岸から見ても、細くて嶮《けわ》しい眉の形まで、はつきり解る様であつた。

その水が急に引いて、翌日は空の底まで拭《ふ》き取つた様に晴れ渡り、河原の短かい雑草に泥をかぶせたなりで乾きかかつた干潟は、烈《はげ》しい日ざしに蒸されて、泥の表が漆塗《うるしぬ》りの様に光つた。

遊歩の時間に、教場の裏の桐の樹の下で泣いてゐる男の子供を見つけて、女先生が頭を撫《な》でてなだめたら、急にその子供が先生の手の甲に噛《か》みついた。

その後で女先生は、だれもゐない教場に一人で這入《はい》つて行つて、子供の机の間の中途半端な所に突つ起《た》つた儘《まま》、長い間しくしく泣いてゐた。学校の下の干潟に照りつける日ざしが、教室の天井に映つて、白光りがした。

夏休みになつた後の、からつぽの学校に、女先生はしよつちゆうやつて来た。何をしに来るのか知らないが、人つ子一人ゐない埃《ほこり》だらけの廊下を、男の年寄りがする様に両手を後に廻して、腰の辺りで組み合はして、歩いてゐる。宿直の小使の爺《じい》は女先生の顔を見ても、腰をかがめてお辞儀をするだけで擦れ違つて、小使部屋に帰つて、黙つてゐた。

学校から廊下続きの幼稚園《ようちえん》の遊戯室は、椅子《いす》や腰掛をみんな壁際に積み重ねて片づけた後の板敷が、水溜《みずたま》りの様な鈍い色で光つてゐる。片隅のオルガンには真黒い油単《ゆたん》がかぶせてあるので、変な形の物がしやがんでゐる様に見える。

その陰から浴衣《ゆかた》の著流しの背の低い男が出て来て、遊戯室を横切らうとするところで、廊下伝ひに幼稚園の方へ歩いて来た女先生と出会つた。

その男が目を外《そ》らして、行過ぎようとするのを、女先生は鋭い声で呼び止めた。

「もし」と一言云つて、その前に起《た》ちはだかつた。

男は黙つて会釈をして、その前を歩いて行つた。

「何か御用なのですか、もし」と女先生は重ねて云つて男の袂《たもと》を押さへようとした。

「午睡《ひるね》に来たんだよ」

さう云つたかと思ふと、いきり立つて青ざめてゐる女先生の頬《ほ》つぺたを指の先でちよいと突いた。

さうして、かすれた様な口笛を吹きながら、肩を振つて帰つて行つた。

昔の家老の家に生まれたどら息子で、一人前の歳になつても、一日ぢゆうぶらぶらと町中をほつつき廻つて、女の尻ばかり追つ掛けてゐるその男の顔を、女先生は薄薄知つてゐたかも知れない。

女先生は人のゐない遊戯室の中を一まはり歩いて、それから又いつもの様にお尻のところで両手を組んで、用あり気に学校の廊下の方へ帰つて来た。

少し赤味を帯びた昼の稲妻《いなずま》が、頻《しき》りに薄暗い家の中を走る大夕立の中で、女先生は漆《うるし》が剝《は》げかかつてゐる黒塗りの箪笥《たんす》の前に中腰になり、一つづつ抽斗《ひきだし》を開けて、その中を掻《か》き廻した。

雷の尾が、どしんどしんと云ふ様な響きになつて、古い家の根太《ねだ》に伝はり、戸障子《しようじ》をびりびりと慄《ふる》はせたが、女先生は丸で聞こえぬ風で、抽斗の中に突つ込んだ自分の手許《もと》ばかりに気を配つた。古ぼけた鞘《さや》の長い刀を取り出し、一たん手に取つたけれど、その儘《まま》また抽斗の奥の著物の下に押し込んだ。

ひどい雨になつて、家の中の方方に雨漏《あまも》りがしたが、まだ降り続くと思つた中途で、急に止まつた様な上がり方で、夕方の空が少し明かるくなつた。風が落ちて、広い荒れ庭に動いてゐる物は何もない。女先生は縁側に近く坐り込んだ儘、何処《どこ》と云ふ事もなく一心に見つめてゐる。

晩の支度もせず、燈《あか》りも点《とも》さずに、ぢつとさうしてゐる内に段段暗くなつて、桑の樹の葉末に、かすかな薄明りが残つてゐるばかりとなつた頃、不意に縁側に腰を掛けた男があつた。

女先生は家老の息子かと思つたが、さうではなくて、丸で知らない大きな男であつた。女先生の起《た》ち上がりさうな気配を見ると、その男は縁側を離れて、桑畑の中へ行きかけたが、何かに躓《つまず》いて、暗い地面にのめつた。

女先生には、暗い中でその男の足許までもはつきり見えた。躓いたのは大きな石ころであつて、その転がつた後に深い穴があいた。穴の底から、白い犬ころが五つも六つも飛び出して来て、そこにのめつてゐる男の顔や身体にまぶれついてゐる。

女先生は可笑《おか》しくなつて、一人で暗い縁側で笑ひ続けた。

長い暑中休暇の間に、女先生はすつかり痩《や》せて、両側の頬骨《ほおぼね》がありありと見える様な顔になつた。ぱさぱさに乾き切つた屋敷の庭をいつまでも飽かず眺め入つて、

「秋来ぬと目にはさやかに見えねども」と云ふ歌を一日に何度も口の中でくちずさんだ。微《かす》かな風の渡る音を聞いても、凹《くぼ》んだ眼をきらきらと輝やかして、その風の行く方を追ふ様な顔をした。

秋の学校が始まると、受持の一年の子供にかう云つて聞かせた。

「皆さん、幽霊は居りませんよ。幽霊と云ふものはゐないのですよ。先生が雨の降る晩遅く外から帰つて来ますと、よそのお屋敷の曲り角で、上から傘を押さへたものがあります。はつと思つて立ち止まると、傘の上で少し動きました。どうですか。皆さんだつたら、びつくりしやしませんか。ところがそれは雨に叩《たた》かれて、垂れ下がつてゐた芭蕉《ばしよう》の葉だつたのですよ」

ところが生徒の方では、そのお話よりも、お話をしてくれる先生の方が恐ろしかつたので、混合組の女の子の中で泣き出した子があつた。女先生は教壇から降りて行つて、その子をなだめたが、泣き止まないので、その儘《まま》にして教壇に帰つて、次の話を始めた。

「それでは、今度はおもしろい、をかしいお話をして上げませうね。『もる』のお話をいたしませう。雨の降る晩に虎《とら》と狼《おおかみ》が出て来て、貧乏人のお家をねらつて居りました。貧乏人のお家の中では、あつちでも、こつちでも雨が漏《も》るので困つて居りました。おばあさんが溜息《ためいき》をついて『ほんとに、もる程こはい物はない、虎狼《とらおおかみ》より、もるがこはい』と申しますと、丁度《ちようど》その時、表と裏口とから這入《はい》らうとしてゐた虎と狼も、びつくりしましたよ。もると云ふけだものはそんなに強いのか。それではこんな所にぐづぐづしてゐては危いと考へて、虎も狼も一目散に逃げてしまひました。皆さん解りましたか。虎狼より『もる』がこはい。ほほほ。『もる』つて、どんなけだものでせうねえ。ほほほ、ほほほ」

さつきの子供はまだ泣き続けてゐるのに、女先生は教壇の上で、一人で止まりがつかない様に笑ひこけてゐる。

女先生は毎晩屋敷の土塀《どべい》の内側を這《は》ひ廻る光り物を見てゐた。初めの内はそれ程大きくなかつたが、夜毎《ごと》に光りを増して大きくなる様に思はれた。ふはふはと流れるのでなく、何か固い物をころがす様にそこいらを動き廻つて、辺りをきらきらと照らした。

東北の方角から国道の筋を伝ふ様に町に這入《はい》つて来て、夜更けの町家の戸を一軒一軒敲《たた》く様な響きを立てて、大きな光り物が西の空へ抜けた。起きてゐた家では、雨戸の隙間《すきま》から水が迸《ほとばし》る様に流れ入つた光りを見たさうである。舟形に固まつた町の屋根の上を斜に走つて、大川の上を越す時には、夜競《よぜ》りの魚浜に起《た》つてゐた魚屋や漁師は、川底の魚の姿までありありと見たと云つた。

さう云ふ噂《うわさ》を聞いて、女先生は自分の屋敷の光り物が気の迷ひでなかつた事を確かめた。

学校の遠足で全学年が出かけた時、女先生は所労でついて行かなかつたが、ひる前になると、いつもの通り袴《はかま》をつけて、だれもゐない学校へやつて来た。

ひつそりとした廊下を歩いてゐると、幼稚園《ようちえん》の方から歌の声が聞こえて来た。女先生はいつもの様に、後《うしろ》に手を組んではゐない。紫色の風呂敷に包んだ細長い物を、大事さうに片脇にかかへてゐる。

廊下伝ひに幼稚園にやつて来て、輪の時間をしてゐる遊戯室の入口に立つた。幼稚園の先生が会釈すると、静かにそれに応へて、ぢつとそこに立つた儘《まま》、子供達の遊戯を見てゐた。

その内にふと後を向いて、そこから直ぐに上草履《うわぞうり》のまま、家へ帰つて来た。

その翌日も学校は草臥《くたび》れ休みで、がらんどうであつたが、先生は矢つ張りおひる頃から袴をつけてやつて来た。

今日は廊下を歩かずに、教員室の裏の垣根にもたれて、長い間下の大川を眺めてゐたが、何となく身体がだるさうであつた。大川はすつかり涸《か》れて、遠くの方に細く流れてゐる一筋の水が、濃い紫色にきらきらと光つてゐるばかりであつた。水の引いた後の磧《かわら》に、脊《せ》の低い秋草がまだらに生えてゐる。その間を縫ふ様に、背中の紫色の鳥が磧《かわら》を走り廻つた。瞬《まばた》きをする度に、鳥の数が殖える様であつた。仕舞に磧一面紫色の鳥でうようよする様に思はれて、女先生は目がくらんで、垣根の傍に生えてゐる大きな桐《きり》の幹にしがみ附いた。

学校が始まつても女先生が来ないので、小使が迎へに行つて見ると、女先生はお化粧をして、両膝《ひざ》を紐《ひも》でくくつて、死んでゐた。傍らに長い刀が抜き放つてあつたので、咽喉《のど》でも突くつもりであつたらしいと思はれたが、刀に血はついてゐなかつた。

それで女先生の家系は死に絶えてしまつた。長い土塀《どべい》で桑畑をかこつた屋敷が、あんなに荒れ果てるまでには、私共の知る様になつてから後の、兄さんの狂死以前に、お父さんやお母さんや、まだその先祖に何か恐ろしい事が続いたに違ひないと思はれるけれど、古い事なので私共には解らない。

三　二本榎

私が目を開いてゐるのを見て、

「起きてゐたのか、さうか、知つてゐるのか、まあいい。ぢつとさうしてゐたまへ。起き出してはいけない」

と云つた。さうして私の枕許《まくらもと》で煙草《たばこ》を吹かし出した。

「たうとうやつて来た。全部やつて来た。これでいい。もういい」

溜め息をつく様な声がした。

「君には済まなかつたが、仕方がないんだ。前前から今夜ときめてゐたし、色色の都合があつてそれを変へる事は出来なかつたのだ。君が途中から、汽車の中で打つた電報を受取つた時、これは困つた事になつたと思つたけれど、僕の方から返事をするわけにも行かない、愚図《ぐず》愚図してゐる内に、君はもう新橋に著く時刻になつたから、仕方がなかつたのだ。是非《ぜひ》君をことわるには僕が新橋駅まで出かけて行つて、君の汽車が著くのを待つてどこか外《ほか》へ君を送り届けると云ふ事も考へたが、昨夜は、僕は出たり這入《はい》つたりしたくなかつたのだ。しかしその時機を外したら、もう君を来させないわけに行かない。初めて東京へ出て来た君をこの家の玄関でことわつて、どこか外へ行つてくれとも云はれないし、もし僕がさう云つたとして、君が、さうか、それではさうしようと云つて引き下がるわけもないだらう。そんな事を云はないで、今晩だけでも泊めてくれとか何とか云ふ事になつて、その内にこの家の奴《やつ》が出て来たりすると、そんなにしてまで君を泊まらせない様にする僕がをかしいと云ふ事にならないとも限らない。一たん君を僕の部屋に上がらした上で、更《あらた》めて君を外に移らせるとなると、ますます僕は気が咎《とが》めるのだ。それは僕の考へ過ぎかも知れないけれど、その内に上京するから宜《よろ》敷《しく》たのむと云ふ君の依頼状は葉書だつたから、或は家の奴《やつ》がだれか見てゐないとも限らないだらう。その当人の君が来たらすぐその日のうちに僕が追ひ出したとなると、それはどう云ふわけだと云ふ事になるだらう。だから一その事、僕の方では何もしないで君の来るに任せておくと云ふのが一番いい。遥遥《はるばる》やつて来た君には済まなかつたけれど、仕方のないめぐり合せなのだ。又さうする事が僕には却《かへ》つて好都合だとも考へた。かう云ふ事をするには事前に余程の注意を払ふ必要がある。実は前に一度、向うでは知らないのだが、やりそこねた事がある。それで今度こそはしくじるまいと色色機会を選んでゐたところへ君が来たのだ。君を家に上げて、僕の部屋に泊まらして、一緒に寝た後で、僕が起き出して行つてから云ふ事をするとは、家の奴等《ら》は思ひも寄らなかつたらうと思ふのだ。さう云ふ意味では君は邪魔にならなかつたのみならず、却つて今夜の僕を助けてくれた事にもなる。君、大丈夫だよ、そんな顔をするな。君になんにもしやしないよ。する筈がないぢやないか。ああ咽喉《のど》が乾いてしまつた。水が飲みたいな。ぐつと冷たい奴を飲んだら、いい気持だらうな。しかし、今下に降りて行くのは、一寸《ちよつと》いやだ。どうしても、そこを通らなければ台所へ行かれないから、まあ諦《あきら》めよう。君に汲《く》んで来て貰《もら》ふと云ふわけにも行かないし」

　起《た》ち上がつて、坐り直すのかと思つたら、窓を明けて外を見てゐる。

「まだ外を通つてゐる奴があるね。もう何時なのだらう。まだ三時前か。さつき僕が降りて行つたのは」と云ひかけて、自分で言葉を切つた。

　座に返つて、枕元に坐り込んで、私の顔を覗《のぞ》き込む様にした。

「君はいつ目を覚ましたんだい。何か聞こえたのか。僕が降りて行く時はよく眠つてゐると思つたのだが、それに君は疲れてゐるだらう。何しろ一日一晩汽車に揺られて来たのだから、一たん寝ついたら、中中目をさます様な事はなからうと思つたのだが、矢つ張りから云ふ事は眠つてゐる人人にも何か気配が伝はるんだね。君が目を覚ますかも知れないとしたら、僕も何か考へたかも知れないのだが、兎《と》に角《かく》、今夜を延ばすと云ふ事は出来なかつたのだ。さうすれば、少くともその間だけは君が決して目を覚まさないと云ふ様な方法も考へて見なければならない。さう云ふ事がどんな結果になるかと云ふ事よりも、今夜の決行が僕には第一だつたのだ。しかしそんな事にならなくて、まあよかつた。僕は勿論《もちろん》、今後の僕と云ふものはないけれど、それは覚悟の上としても、それだからと云つて、何も知らない君を巻き添ひにして、いい気持がするわけもない。君が起きてゐるのを見て、本当は僕は驚いたのだが、すつかりすんだ後だつたので、よかつた。それに君が目は開いてゐても、ぢつと寝床の中にゐてくれたので、僕は落ちつく事が出来た。起き出して来て騒がれたりすると、僕もつい表へ飛び出す様な事になつたかも知れない。僕には前前から考へておいた順序があるので、そんな事はしたくなかつたのだ。僕は下ですつかり片づけた後で、流しに出て手を洗つて、顔も洗つて来た。茶の間に下の娘が洗つといてくれた僕の浴衣《ゆかた》が、皺《しわ》のしをして畳んであつたから、著て降りた寝巻もそれと著換へて来た。これだよ。ここの所がこんなにぴんぴんしてゐる。それで何も彼《か》もさつぱりした。手足や著物だけではない。本当にさつぱりしたのだ。後は夜が明けてからの事だ」

右引きで寝てゐる片身が痛くなつたので、腹這《はらば》ひにならうと思つて、布団の中で身体を動かしかけると、急にあわてた声で云つた。

「駄目《だめ》だ、駄目だ、まだだよ、今起きてはいけない。それまでさうして寝てゐたまへ。僕も夜明けまでここにかうして落ちついてゐるから。僕は結局もう君に会ふ機会はないだらう。僕の記念と云ふと、君は変な気がするかも知れないが、君に上げようと思つてゐる物がある。君に取つては僕の記念と云ふよりも、今夜と云ふ夜の記念になるかも知れないが、それはどつちでもいい。僕の実家の兄が、さうだ君は知らないだらう、多少の噂《うわさ》もあつたらしいが兎《と》に角《かく》病死と云ふ事になつて、それで世間体はすんでゐる。しかし実は自殺したのだ。それも変な死に方をしたので、実家ではひた隠しに隠したらしい。兄貴の煩悶《はんもん》は僕に何の関係もないけれど、僕は僕で又別の問題があつた。それを押しつめて行くと、結局僕も矢つ張り兄貴と同じ様な方法を取る外《ほか》ない様な気がしたのだが、長い間考へつめた挙げ句に、到頭僕は人を殺す事にした。人を殺して自分が生きようなどと考へたのではないよ。僕に取つては自殺と同じ意味なのだ。自殺と云つたところで、僕の様な場合では、僕が生きてゐるのがいやになる様に、もつと押しつめて云へば僕が生きてゐられない様に仕向けられたのだから、若《も》し僕が黙つて死んでしまへば、僕はだまつて殺されたのと同じ事になる。だから思ひ切つてやつてしまつた。随分考へたのだが、結局悪い事をしたなどとは考へてゐない。いいも悪いも有つたものぢやないのだ。三人が三人とも丸つきり知らないのだ。自分で気がつかない内に、もう二度と目を覚ます事はなくなつてゐる。手足をばたばたやつたのは、手や足があばれたので、当人は知りやしないだらう。それで目的を達して、手際はよかつたと云ふ事になるかも知れないが、少し物足りないところもある。それでは一体何の為にやつたかと云ふ事も考へられる。僕だと云ふ事は三人のうちのだれにも解つてはゐないだらう。僕は後になつて、僕だよ、僕だよと云ふ事を云つて聞かしたくて仕様がなくなつた。年寄り二人が脆《もろ》かつたのは当り前かも知れない。もう一人の娘は君が昨夜来た時、丁度《ちょうど》上り口にゐたから僕を見たらう。しかし悪いのは爺《じい》と婆《ばあ》なのだ。現在養子である僕を、この家で又養子にしようとして、勿論《もちろん》そんな事が向うだけの考へで出来るわけはないから、僕にも責任がないとは云はないが、そんな事がもとで抜き差しの出来ない羽目になつた。その行きさつを今から君に話しても、何にもならないし、云ひたくもないが、僕が一たん決心してから後、その機会をねらつてゐる間の何日かは、自分でも呼吸が詰《つぶ》まりさうだつた。急に婆さんが親切になつて、いろいろ僕の身のまはりに気を配つてくれ出した。座布団が潰れてゐるから、綿を変へて上げなさいと娘に云ひつけたり、あんたはもう何日風呂へ行かないぢやないかと云つて、手拭《てぬぐい》と石鹼函《せっけんばこ》を無理に持たせる様にして僕を送り出したりした。僕がすき焼が好きだと云ふので、雨の降る晩にみんなで鍋《なべ》を食つた。僕とこの家の娘との事は随分前からの話で、それが近来変な風になつてゐたところへ、丁度その日の午後、まあ一口に云へば娘は全く僕を思ひ切る事を出来ないなりに、別の話で僕から遠ざからうとしてゐたのだと云ふ事が、娘の言葉や顔色からではなく、もつと深いところで解つたと云ふ様な事があつたのだ。それが却《かえ》つて僕をいらだたせて、僕はもう我慢出来ないと云ふ気持になつてゐるところへ、娘の方ではさう云ふ事のあつた後、急に又僕をしたふ素振りを見せるので、僕は胸の中に熱いものと冷たいものとが、ちつとも溶け合はない儘《まま》で方方にぶつかつてゐる様な苦しい気持になつた。そのすぐ後のすき焼鍋で、僕は娘と向かひ合ひ、婆《ばあ》さんが横からいろいろと世話を焼いた。娘が婆さんに向かつて、葱《ねぎ》の切り方が長すぎるとか、白滝《しらたき》をよく洗はないから、藁屑《わらくず》がついてゐるではないかとか、自分の母親を口汚く責めてゐるのも、取つてつけた様に僕の意を迎へてゐるのだと思はれた。爺《じい》さんは余り牛肉が好きではないので、おつき合ひに仲間に這入《はい》つてゐるが、餉台《ちやぶだい》の端に乾物《かんぶつ》の焼いたのを置いて、手酌《てじやく》でちびりちびり飲んでゐた。僕は酒は飲まないから、鍋の中の物ばかり食つてゐる。ぐつぐつと煮立つて来るにつれて、何故《なぜ》と云ふわけもなく気持が曖昧《あいまい》になり、取り止めもない話に興じ合つた。又新しい肉の切れを一列《なら》び鍋に入れて、それが煮立つのを待つ間、僕は箸《はし》を持つた儘ぼんやりしてゐると、一本の箸が指から辷《すべ》つて膝《ひざ》の上に落ちた。すぐに拾つて持ち変へたが、自分でどう云ふわけとも解らず、胸がどきどきし出した。娘が私の顔を見て、どうかしたかと尋ねた。婆さんや爺さんも私の方を見て、不思議さうな顔をしてゐる。そんな事で顔色が変はると云ふ事も考へられないが、どうかした顔になつてゐたに違ひない。その翌《あ》くる日の午過《ひる》ぎ、矢つ張り雨が降り続いてゐたが、下の者がみんなどこかへ用達しに出かけた後、僕が一人で二階のこの部屋にゐると、だれもゐない筈の下の座敷で、何だか物音がする様だから降りて見たら、見馴《みな》れない大きな猫が縁側の明り先の障子《しようじ》の桟《しき》を頻りに引つ掻《か》いてゐる。外へ出ようとしてゐたのであらうと思つたけれど、家で猫を飼つてはゐないし、だれもゐない座敷によその野良《のら》猫を閉め切つて下の人が出かけたと云ふ筈もない。さう云へば今僕が降りて来た時、こちら側の襖《ふすま》を自分で開けたか、もとから開いてゐたか、それすらはつきり解らない様な曖昧な気持がした。若《も》し開いてゐたなら、猫はこつちから出て行つたに違ひない。しかしそんな事を考へてゐる間に、僕はいつの間にか後を閉め切つて、猫を外に逃さない気組になつていた。何だか胸騒ぎがして、血相の変はる様な気持がした。急に思ひついて、ぢつと猫を睨《にら》み据《す》ゑた儘、後手で襖を細目に開けて、そこから外に出た。柄の長い箒《ほうき》を持ち出して、しつかり握りしめ、もとの座敷に這入らうとすると、襖を開けた途端に、向うの床の間の前に来てゐた猫が、目にも止まらぬ速さで飛んで来て、僕の足許《あしもと》から外へ出ようとした。その時、僕はもう座敷の中に這入《はい》つて後の襖《ふすま》をぴつたりと閉めてゐた。猫は自分の飛んで来た勢ひで襖にぶつかり、その儘《まま》がりがりと鴨居《かもい》の辺りまで攀《よ》ぢ登つて、僕の頭の上を飛び越した。ひらりと座敷の真中に降りたと思ふと、すぐにこちらを振り向いて、歯を剝《む》く様ないやな顔をした。それで僕はかつとして、箒を振り廻して猫を追つ掛けたが、猫は非常な速さで座敷ぢゆうをぐるぐる馳《か》け廻るので、まだ一度も箒《ほうき》の先は猫の身体に触れない。段段夢中になつて、追ひ廻してゐると、猫の身体がふはふはと宙に浮く様に思はれ出した。いつの間にか鴨居の上を伝つてゐる。座敷の隅隅は角まで行かずに宙を飛んで向うの鴨居へ飛びつき、つつうと走つて又向うの鴨居へ飛び移るから、天井裏に大きな輪を描いて、僕の頭の上をびゆうびゆう飛び廻つた。僕は猫をどうするつもりと云ふ様な事は何も考へないで、一生懸命に目先をちらちらする猫の影を叩《たた》き落とさうとあせつた。どの位の間そんな事をしてゐたか解らないが、その内に僕は呼吸がはずんで苦しくなつて来た。猫は鴨居から鴨居へ渡る拍子に、ぴつぴつと細い小便をしてゐる。もう今度こそと思つて振りかぶつた箒の先が、猫の身体に触れたか触れないかに、急に箒が重くなつたと思つたら、猫が箒の先にかぶりついてゐた。それが非常な重さで、持ち上げる事も出来ない様に思はれた。箒の先はばたりと畳の上に落ちて、まだ柄を握つてゐる僕の手もとの方へ、猫がその先からぢりぢりと伝つて来る様な気勢を示した。いつもの僕だつたら、驚いて箒を投げ出すのだが、僕はぢつと柄を握り締めたまま、猫の近づいて来るのを待つてゐた。自分ではさう思つたのだが、猫はいつまで経《た》つても上がつて来やしない。箒の先の穂の中に頭を突つ込んで動かないのだ。それで僕の気がゆるみ掛けたのであらう。はつと気がついた時には猫はもとの恐ろしい勢ひに返つて、さつきがりがり引つ搔《か》いてゐた障子《しようじ》の方へすつ飛んだと思つたら、その儘紙に穴を開けて廊下の外に出てしまつた。ぢつとしてゐる間に障子の小さい破れ目でも見つけたのであらう。猫の出た後の座敷に僕はその儘坐つてゐて、すつかり腹がきまつてしまつた。どうせやる事にはきめてゐても、何がきつかけになるか解らないものだと、つくづくさう思つたよ。年寄り二人は何とも思はなかつたが、あの娘の頸《くび》を巻く時は一寸躊躇《ちよつとちゆうちよ》した。猫の経験がなかつたら、或はしくじつたかも知れないと思ふ。牛乳屋の車の音がしてゐるらしいね。もう夜が明けるのか知ら」

又起き上がつて、窓の障子を開けた。水の様な風が外から吹き下りて、枕の辺りがひやひやした。すぐ座に返らないで、机の抽斗《ひきだし》を探してゐると思つたら、赤い石で彫つた拇指《おやゆび》ぐらゐの金魚を持つて来た。枕許《まくらもと》のもとの場所に坐つて、それを私の手に握らせた。

「どうせ後で君は一通りの掛かり合ひはあるだらう。しかし僕の為に何も弁護してくれなくてもいい。君の迷惑は本当にすまないが、許してくれたまへ。その時この金魚を取られてしまつてはいけないよ。もうぢき夜が明けるらしいね。二本榎《えのき》のてつぺんが明かるくなつて来た」

それから又落ちついて煙草《たばこ》を吹かしてゐると思つたら、半分許《ばか》りになつた吸ひさしを灰皿の上に置いて、「一寸」と云ひながら、私の寝床に近づき、足から先に這入《はい》つて来た。

驚いて起きようとする私の身体を押さへつける様にして、自分の顔を私に押しつけ、片手で私の胴を抱き締めた。さうして、押さへつけた口の中で、

「それぢや、左様《さよう》なら。本当に、左様なら」と云つたと思ふと、急に手の力を抜いて、その儘《まま》の姿勢で布団の外に這《は》ひ出し、そこで起《た》ち直つてすたすたと梯子段《はしごだん》を降りて行つた。

足音は梯子段の下で消えたなり、後は解らなかつた。遠くの方で電車の走り出した響きが聞こえる様に思はれた。私は手のぬくもりで温かくなつた瑪瑙《めのう》の金魚を見つめて、身動きも出来なかつた。

四　花柘榴

夕方に玄関の開く音がしたから、出て見ると、荒い絣《かすり》の著物を著た若い男が、土間に起《た》つてゐた。四五日前に来た下女の名前を云つて、一寸《ちよつと》会ひたいと云つた。

「君はどう云ふ方ですか」

「僕はあれの同郷の者でありまして、国からの言伝《ことづて》をしたいのですが、一寸会はしてくれませんか」

「今ゐませんよ」

「さうですか、それぢや表で待つてゐます。若《も》し会へなかつたら、後でさう云つておいて下さい」

さうして格子《こうし》を閉めて出て行つたが、自分で云つた通り、門の所にちやんと起《た》つてゐる。著物の絣《かすり》が馬鹿《ばか》に荒いので、尤《もつと》もらしい顔とちつとも似合はない。暗くなりかけた門の外に、絣の白いところが、変な工合《ぐあい》にちらちらした。

二階に上がつて燈《あか》りをつけた。まだ壁の乾かない新築を借りたので、電気がともると、畳も天井も障子《しようじ》もびつくりする程明かるくなる。木のにほひや壁土のにほひが部屋の中に籠《こ》もつてゐる。一服吸ひかけると、また下で物音がしたので、降りて見たら、さつきの男が玄関に這入《はい》つてゐた。

「まだ戻りませんか」

「用事にやつたのだから、まだ帰らない」

「どこへ行つたのです」

「どこだつていいぢやないか」

その男はそれきり黙つてしまつた。さうしてその儘《まま》ぢつと突つ起《た》つてゐる。

玄関の電燈をつけたら、急に身のまはりが明かるくなつたので、変な目をして、もぢもぢしてゐる。

「まだ帰らないんだよ」と私がもう一度云ふと、落ちつかない物腰でお辞儀をしたが、しかし顔を上げて人の目を見返してゐる。

「本当ですか」

「本当だよ」

「をかしいな」

「そんな事を云ふなら、帰るまでそこに待つてゐたまへ」

「ええ、さうさして戴《いただ》きます」

私は又二階に上がつたが、どうも落ちつかない。不用心の様な気持もする。家内が子供を連れて田舎《いなか》へ行つた留守中の事なので、下女が帰つて来なければ、晩飯を食ふ事も出来ない。早く帰つてくれればいいと思ふ一方に、しかし下に待つてゐる変な男に会はしたくない様な気持もする。曇つたなりに暗くなりかけた梅雨空《つゆぞら》が庇《ひさし》の上にかぶさつて、窓越しに見える隣り屋敷の庭樹《にわき》の茂みが、暗くなると同時にふくれ上がつて来る様に思はれた。

　勝手口の方で物音がしたので、急いで降りて見たけれど、下女が帰つたのではなかつた。玄関に廻つて見ると、さつきの男もゐなかつた。後が開つ放しになつてゐるから、一寸《ちよつと》外に出てゐるのかも知れないが、黙つて帰つて行つた様にも思はれる。或は往来で待ち合はせて会つてゐるかも知れない。いらいらして来たので、家の中に燈《あか》りをつけて、そこいらを歩き廻つた。

　家が新らしい為に、時時方方の柱が鳴つた。みしみしと云ふ音が、どうかした機《はず》みで少し長く引つ張る様に聞こえる事がある。丁度《ちようど》梯子《はしご》段《だん》の下にゐた時、不意に頭の上でそんな音がしたので、はつと思つた拍子に後《うしろ》の襖《ふすま》が開いて、下女が顔をのぞけた。

　青白い、油を拭き取つた後の様な肌の顔が無気味に美しく思はれて、目を外《そ》らす事も出来なかつた。

「只今」と云つて、そこに膝《ひざ》を突いた儘《まま》、こちらを見上げる様な恰好をした。

「買物は調つたかい」

「はい。遅くなりまして」

　変な男が来たと云ふ事を伝へてやるのが云ひにくい様な気がして、その儘二階へ上がつてしまつた。

　下でことことと云ふ物音がするのを、ぢつと聞き澄ましてゐると、何とも云はれない楽しい気持がする。つい何日か前、桂庵《けいあん》からよこした女中だけれど、口数も少く、おとなしくて、起《た》ち居《い》にどことなく柔かみがある様に思はれた。さつき絣《かすり》の著物を著た男が来た為に、一層さう云ふ事がはつきり思はれ出した様な気がした。

　御飯の用意が出来たと知らせて来たから、茶の間へ下りて行つたが、食膳《しよくぜん》の上の色取りも美しかつた。酒を飲んで、下女の顔を見てゐる内に、いい気持になつて、

「さつき絣の著物を著た男が二度も三度もお前を訪ねて来たよ」と云ふ様な事を、ぺらぺらと話し出した。

「あの男を知つてるのかい」

「ええ、きつとあれで御座いますわ」

「いやな奴《やつ》だね」

「何か失礼な事を申しましたでせうか」

「さうでもないが、一体あれは何だい」

「国の者で御座います」

「どうしてお前を訪ねて来たりするんだらう」

「何か言伝《ことづて》でも聞いてまゐつたので御座いませう」

「ははあ、同じ様な事を云つてる。お前今外で会つたのか」

「いいえ」

「それぢや又後でやつて来るかも知れない。来たらどうする」

「一寸《ちよつと》お勝手口ででも話しまして、すぐ帰します」

「まあ遠慮するな」

下女は人の顔をまともからぢつと見た儘《まま》、にこりともしない。その様子が特に風情《ふぜい》がある様に思はれて、ますます浮はついた気持がして来た。

「どうだ一杯飲まないか」

「まあ」

大粒の雨がぱらぱらと軒を敲《たた》く音がし出したと思ふと、忽《たちま》ちひどい土砂降りになつた。

夜中に寝苦しくて目を覚ましたが、真暗な部屋の中で、どちらを向いて呼吸をしていいか解らない様な気持がした。寝床から這《は》ひ出して、二階の縁側の雨戸を開けた。いつの間にか雨はやんでゐるけれど、夜更けの雨空が軒に近く白らけ渡つて、曖昧《あいまい》な薄明りが庭樹《にわき》の陰にも流れてゐる。

不意に白い著物を著た人影が動いたので、ぎよつとした。息を詰めてその方を見据《みす》ゑると、下女が寝巻のままで庭を歩いてゐるらしい。

何をしてゐるのか解らないけれど、今急に出て来たものの様には思はれなかつた。落ちついた足どりで、雨上りの濡《ぬ》れた庭土の上を歩き廻つてゐる。さつき私が雨戸を繰つた物音も聞こえた筈なのに、丸で二階の方の気配には気づかぬらしい様子で、時時庭樹の小枝の端を引つ張つたりしてゐるのが見えた。葉の間にたまつた雨の雫《しずく》を浴びるだらうと思つたら、青白い滑らかな肌を背筋に伝ふ冷たい雫を自分で感じる様な気持がした。

そんな事で寝坊をして、朝は遅く目をさまし、顔を洗ひに下へ降りようとすると、何だか人の話し声が聞こえる様であつた。忽《たちま》ち想像が走つて暫《しば》らくその模様を立ち聞きする気になつたが、いくら耳を澄ましても、ひそひそ話の内容は解らなかつたので、構はずに降りて行つた。

玄関の三畳の間の襖《ふすま》を開けひろげて、下女が昨日の男と対座してゐる。男は矢つ張り荒い絣《かすり》を著てゐたが、私の足音を聞いて坐りなほしたものと見えて、窮屈さうな膝《ひざ》の上に両手を置き、変に畏《かしこ》まつた恰好をしてゐた。

「一寸こちらをお借りして居ります」と下女が云つた。

いつ頃から話し込んでゐるのか知らなかつたが、何だか話しが縺《もつ》れてゐる様子であつた。

私が勝手の方へ出て行く気配を知つて下女は座を起《た》つて来た。

「お顔で御座いますか」と云つて、金盥《かなだらい》を出したり何かしようとするのを、私は遮《さえぎ》つて、

「いいよ、いいよ」と云つてあちらに行かせた。

ぼんやりした気持で顔を洗つて、その儘《まま》勝手の上り口に腰をかけてゐた。朝つぱらから頭がもやもやして、取り止めもない事に気がせく様で落ちつかない。一たん止《や》んでゐた雨は夜明けから又降り出したと見えて、騒騒しい雨垂れの音が家のまはりを取り巻いて、裏の近いすぐ隣りの物音も聞こえなかつた。

不意に下女がいつもより、もつと青白い顔をしてそこに突つ起《た》つたので、驚いて起ち上がつたが、何だか胸がどきどきする様であつた。

「お顔はもうおすみになつたので御座いますか」

「うん」

「それではすぐに御飯のお支度を致しませう」

「今来てゐた人はどうした」

「仕様がないんですよ」

「まだゐるのか」

「お玄関で考へてゐますわ」

それで嫣然《えんぜん》と云ふ様な風に笑つて見せた顔が譬《たと》へ様もなく美しく思はれた。

「ほつといて、いいのか」と私が云ふと、

「一人で帰りますでせう」と云つて、又人の顔を見ながら笑つた。

二階へ上がらうと思つて、もう一度玄関の脇を通ると、さつきの男はもとの通りの向きに坐つたまま、ぢつと膝《ひざ》に手を置いてうなだれてゐたが、私の足音で急に顔を上げた。

「大変お邪魔を致しました」と切り口上の挨拶《あいさつ》をしたと思つたら、ふいと起《た》ち上がつて、土間に下り、そこでもう一度丁寧なお辞儀をして、すたすたと雨の中へ出て行つた。

一日ぢゆう、外へ出てゐても、そんな事が気にかかつて、落ちつかなかつた。留守に又絣《かすり》の著物を著た男が来てゐる様な気がしたり、そんな事はどうだつて構はないと思ふ後から、下女の青白い顔が笑つてゐる様に思はれたりした。

暗くなつてから、外で晩飯をすまして帰つて来た。一日雨が降り続いて、夕方から一層ひどくなつてゐる。一足家の中へ這入《はい》つた後から、重ぼつたい雨の気が、一緒について這入つた様な気持がした。畳も濡《ぬ》れてゐる様だし、塗り立ての新らしい壁は、指で圧《お》さへると凹《へこ》む様に思はれた。

洋服を脱ぎながら辺りを見廻してゐると、どうも留守にだれか来た様な気がしてならない。下女の顔も濡れてゐる。雨気の為ばかりではないらしい。著物に著換へて、そこいらに坐り込んでゐると、急に外の雨音が拭き取つた様に、ばたりと止んだ。家の中がしんしんと静まつて行く様に思はれる。時時、どつちから吹いて来たか解らない重たい風が、家の中を通つて、襖《ふすま》や障子《しょうじ》にあたる度に、鈍い物音を立てた。何か片づかない気持で、口を利くのも億劫《おつくう》だから黙つてゐると、下女がお茶を汲《く》んで来て、私の前に膝《ひざ》を突いた。

「旦那様」と云つて、人の顔をまじまじと見た。

「何だ」

「あの何で御座いますけれど、私はこれから先、ずつと置いて戴《いただ》けますでせうか」

「ゐてくれてもいいが、どうかしたのか」

「国から一先《ひとま》づ帰つて来いと申すので御座いますけれど、私帰るのはいやなので御座います」

「例の男がさう云つて来たのか」

「さうでは御座いませんわ」


今日はその男の事を話すのがいやな様な気がしたので、それつきり話を打ち切つたが、二階の自分の部屋に帰つてからでも、何だか気がかりで、又下へ降りて見たくなるのを何度も我慢した。

昨夜よりも早くから寝入つたが、夢の切れ目には、いつでも雨がざあざあと音を立てて降つてゐた。又夜中に寝苦しくなつて、寝床から這《は》ひ出した。外は昨夜の通りの空で、薄白く軒に垂れ下がつた下に、庭《にわ》樹《き》の茂みが煙の固まりの様に黒くひろがつてゐる。葉の蔭にところどころ小さく光る物があると思つたら、筒形をした柘榴《ざくろ》の花が覗《のぞ》いてゐるらしいので、恐ろしくなつた。さう思つてその方に目を据《す》ゑると段段光りが鋭くなつて、仕舞には目を射る様にぴかぴか光つては、又息をする様に消えた。

薄暗い空から吸ひ込む息が、腹の底に沁《し》みる様に冷たかつた。寝醒《ねざ》めのもやもやした気持の中を、一筋刃物の峯《みね》の様に走るはつきりしたところがあつて、自分の気持がその筋に引釣るのが解る様であつた。矢つ張り向うに動いてゐる影は下女であつて、昨夜の通りに茂みの間を歩き廻り、時時小枝を引つ張つて、雨上りの雫《しずく》をふるひ落としてゐる。寝巻浴衣《ゆかた》の白地が薄闇にぼやけて、普通よりは大分大きい人影の様に思はれた。

その後は寝床に帰つてからも寝つきが悪くて、うつらうつらしかけると、不意に何処《どこ》か踏み外した様な気がしたりして、到頭外の薄明りを見るまで起きてゐたが、それから急に深く眠り込んだものと思はれる。目が覚めた時は窓の外は明け離れてゐたけれど、朝だか夕方だか解らない薄明りが、濁つた水の様に辺りによどんでゐた。

下に降りようと思つて、廊下に出た時、庭樹の茂みの間に、絣《かすり》の著物がちらちらと見えた。あわてて下に降りて、縁側を開けたら、まともに見える大きな柘榴の下枝に、例の若い男がぶら下がつてゐた。下女を探したけれど、自分の部屋もお勝手もきちんと片附いてゐて、家の中には影も形もなかつた。

五　橙色の燈火

息子が病死した時の、その前に病気をした時、手が足りなくて傭《やと》つた派出婦が来て、お招きしたいから伺つたと云ふので、ついて行つた。

すぐそこだからと云ふので、歩いて行つたが、平生あまり通らない屋敷町の角を幾つも曲がる内に、段段道が広くなつて、両側の家が遠ざかり、歩いて行く道に取り止めがなくなる様であつた。

派出婦は余り口を利かなかつたけれど、竝《なら》んで歩いてゐてひとりでに解る相手の息遣《いきづか》ひの調子などから、こちらも次第に気持がゆるんで来た。その内に途中で日が暮れて、初めは暗い空の下に私共の通つて行く道だけが白く向うの方まで伸びてゐたが、暫《しば》らくすると道の表も暗くなつて、遠い両側にまばらにともつてゐる燈《あか》りが低い所でぴかぴかと鋭く光り出した。

まだですかと聞いて見ようかと思つたけれど、それはお愛想であつて、本当はそんな事を聞かなくてもいいと云ふ気持が自分に解つてゐたので、黙つてゐると、派出婦の方にもそれが通じたと見えて、前よりも一層落ちついた息をした様であつた。

歩いて行く程道端の燈りは低くなり、その廻りだけを狭く照らしてゐる小さな光りが、ぎらぎらする角角《つのつの》を生やした様に思はれた。

道の突き当りの真正面に恐ろしく大きな門があつて、そこを這入《はい》つて行くと、玄関は昼の様に明かるかつた。衝立《ついたて》の陰から顔の長い書生が出て来て、そこの板敷の上に裾《すそ》を捌《さば》いてぴつたり坐つた。

派出婦が私の後から横をすり抜ける様にして前に出た。さうして式台に上がると同時に身体を斜に捩《よ》ぢつて、その儘《まま》の姿勢で私の先に起《た》つて案内した。

私が通り過ぎた後で書生の起《た》ち上がつた気配がした。私のすぐ後からついて来るらしい。長い廊下を通つて行くと、片側の庭には薄明りが射してゐたが、広広とした地面に樹が一本もなくて、人が中腰になつた位の高さの丸つこい庭石がいくつも突つ起《た》つてゐた。

私が応接間の椅子《いす》に腰をかけるのを見て、派出婦と書生が入口で列《なら》んでお辞儀をして、扉を閉めて、どこかへ行つてしまつた。

天井の高い西洋間の壁に、床まで届く位もある非常に長い聯《れん》が掛けてあるが、しみの様な墨のうすい字で、何と書いてあるか読めなかつた。

辺《あたり》が森閑《しんかん》としてゐる癖に、何か頻《しき》りに物の動く気配がする様に思はれた。

脊《せ》の高い女中がお茶を持つて来て、丁寧なお辞儀をした後で、きつとなつて私の様子を頭の先から足の先まで見て行つた。

それから派出婦が来て、主人が御《ご》挨拶《あいさつ》にまゐりますと云つた。

それつきり派出婦もゐなくなつて、部屋の内にも外にも物音一つしなかつた。

それでゐて何となく私はそはそはする様で、大きな椅子に掛けてゐる尻が、落ちつかない様な気持がした。

どちらとも方角は解らないが、何処《どこ》か遠くの方から、づしん、づしんと大地を敲《たた》いてゐる様な音が聞こえて、その響きが足の裏から、頭の髪の毛まで伝はつた。

ぢきにその音が止んだと思ふと、またもとの通り森閑としてゐる外の廊下に、ざあざあと云ふ水の流れる様な音がした。

さうして不意に扉が開いて、袴《はかま》を穿《は》いた大坊主の目くらが、一人でつかつかと部屋の中に這入《はい》つて来た。

だだつ広い顔一面でにこにこ笑ひながら、手にさはつた椅子に腰を掛けて、そつぽを向いた儘でこちらの気配をさぐつてゐるらしい。

ぐるつと部屋の廻りを勘で調べた上で、更《あらた》めて落ちついた顔になつて、

「ようこそ」と云つた様であつた。

言葉はよく解らないけれど、声の調子に聞き覚えがあるので、私の方がびつくりした。

「やあ、何、私どもの所は年ぢゆう同じ事ばかりで」

主人なのであらうと思つたけれど、何と挨拶《あいさつ》していいか解らないので、もぢもぢしてゐると、相手はそれきり黙つてしまつたが、落ちつき払つた態度で、一方に顔を向けた儘《まま》、いつまでも独りでにこにこしてゐた。

不意に扉が開いて、派出婦が綺麗にお化粧をし、艶《なまめ》かしい著物を著て這入《はい》つて来た。

「お待たせ致しました」と云つて、目くらの手を取り、私に目で合図をした。

目くらの主人は派出婦の手を払ふ様にして一人ですつくと起《た》ち上がり、顔のどこかに微笑を残した儘で歩き出した。

派出婦がその横に寄り添ふ様にして部屋を出る時、もう一度私の方に合図をした。

どう云ふ事なのかよく解らないけれど、その後からついて行くと、薄明りの射した廊下がどこまでも続いて、少しづつ先が低くなつてゐるので、足もとががくりがくりする様であつた。内廊下になつてゐて、両側は壁であつた。目くらの主人は下り坂になつた廊下を馳《か》け出す様な勢ひで先に立つて行き、派出婦はその後から追つかけてゐる。私は段段遅れて、一人だけ残されさうになつたが、二人の後姿を見失はない様にと思つて急いで行くと、廊下の傾斜がますます急になつて、家の中なのに何処《どこ》からか風が吹き込んで来た。

急に向うが明かるくなつたと思つたら、障子《しようじ》の内側から黄色い燈影《ほかげ》が輝やく様に照らしてゐる座敷が見えて、先に行つた二人が今その前に影法師の様に起《た》ち止まつてゐる。

私が追ひつくのを待つて派出婦が膝《ひざ》を突き、しとやかに障子を開けると、中から橙《だいだい》色の明りが眩《まぶ》しく流れ出した。座敷の中に何かあるのかと思つたが、畳の目が美しく燈火の色を反射して、床の間に懸かつた白つぽい軸の中途半端なところに描かれた一羽の頸《くび》の長い鳥がちらちらと動いてゐるばかりであつた。

中に這入つて座に著くと、お膳《ぜん》が出て酒が出て、若い女が入り変はり起《た》ち変はり酌をしたり御馳走《ごちそう》を運んだりした。派出婦は主人の傍に坐つて、お膳の上の世話をしてゐる。目の前は明かるく華やかだが、話しは途切れ勝ちで、食つてゐる物の味もよく解らなかつた。

身の廻りに起こつてゐる事に後先のつながりがなく、辺りの様子も取り止めがなくて、つかまり所のない様な気持の中に、しんしんと夜が更けてゐると云ふ一事だけが、はつきり解つた。

何処《どこ》かを風の渡る音がする度に、橙《だいだい》色の燈《あか》りが呼吸をした。歩いて行く程広がつて来る白つぽい道が、時時心に浮かんで来て、道端の燈火の色も、さつき通りがかりに見た時よりは、思ひ出してゐる方が、ありありと眺められる様な気がした。

主人はいつまでたつても同じ様子でお膳の前に坐つてゐる。私の前のお膳にも色色の御馳走が色取りを変へ、美しい女が起《た》つたり坐つたりして、もてなしてくれるけれど、段段に掴《つか》まりどころがなくなる様で、お膳の前にのめりさうになつたから、座を起《た》つて、廊下に出ようとすると、主人が穏やかな笑顔になつて、新らしく自分の盃を取り上げてゐる。その様子が無言で私を引き止めてゐる様に思はれて、その場を動く事も出来なかつた。

何処かから微《かす》かな人声が聞こえた様に思つたら、その途端に私は飛び上がる程驚いた。もう一度聞き直さうとする内に、大勢の人声が入り乱れて、初めの声はわからなくなつたが、何か面白さうに興じ合つて、時時は手を拍《う》つたりしてゐるらしい。

その騒ぎに気を取られてゐると、次第に自分の身の廻りも浮き立つ様に思はれ出した。大勢の人声は遠くなつたり、近くなつたりして聞こえるが、さう思つて見ると、その騒ぎは今初めて聞こえ出したのではない様にも思はれる。急に派出婦が廻つて来て、片側の障子《しょうじ》を開けひろげると、暗い庭を隔てた向うに、こちらの座敷よりも、もつと明かるい燈影《ほかげ》のさしてゐる障子が見えて、その明かりを受けた庭の何も生えてゐない荒土が、ところどころ水の様に光つた。

障子の向うには元気のいい連中が集まつてゐるらしかつたが、時時障子の紙にうつつては消える影法師は、中の気配に似合はず形がぼやけて、取りとめがなかつた。

又どこかで大勢の声がする様に思はれたので、庭に乗り出す様にして覗《のぞ》いて見ると、こちらの座敷から鉤《かぎ》の手になつた遥か向うにも橙色の明かるい障子があり、その又先にも明かるい座敷が見える。まだまだこちらから見えない所にも、さう云ふ明かるい部屋が方方にありさうに思はれた。

盲目の主人が顔を伏せてゐる。眠つてゐるのか、考へてゐるのか解らない。派出婦はゐなくなつた。向うの座敷で声がした様に思はれたけれど、その後が聞こえなかつた。

時時屋根の棟《むね》を渡る風の音を聞きながら、いつまでも私は暗い庭の向うの明かるい障子を眺めてゐた。段段気持が落ちついて来る様でもあり、それと同時にますます事の後先のつながりがなくなる様にも思はれたが、その間にただ一つ今ぢきにはつきりするらしい事が、ついこの手前でぼやけてゐる様に思はれて、それがじれつたくて堪《たま》らなかつた。

（昭和一二年一〇月「中央公論」）

東京日記

その一

私の乗つた電車が三宅坂を降りて来て、日比谷の交叉点《こうさてん》に停まると車掌が故障だからみんな降りてくれと云つた。

外には大粒の雨が降つてゐて、辺りは薄暗かつたけれど、風がちつともないので、ぼやぼやと温かつた。

まだそれ程の時刻でもないと思ふのに、段段空が暗くなつて、方方の建物の窓から洩《も》れる燈《あか》りが、きらきらし出した。

雨がひどく降つてゐるのだけれど、何となく落ちて来る滴《しずく》に締まりがない様で、雨傘を敲《たた》く手応へもせず、裾《すそ》に散りかかる滴はすぐに霧になつて、そこいらを煙らせてゐる様に思はれた。

辺りが次第にかぶさつて来るのに、お濠《ほり》の水は少しも暗くならず、向う岸の石垣の根もとまで一ぱいに白光りを湛《たた》へて、水面に降つて来る雨の滴《しずく》を受けてゐたが、大きな雨の粒が落ち込んでも、ささくれ立ちもせず、油が油を吸ひ取る様に静まり返つてゐると思ふ内に、何だか足許《あしもと》がふらふらする様な気持になつた。

安全地帯に起《た》つてゐる人人が、ざわざわして、みんなお濠の方を向いてゐる。白光りのする水が大きな一つの塊りになつて、少しづつ、あつちこつちに揺れ出した。ゆつくりと、空が傾いたり直つたりするのかと思はれる位にゆさりゆさり動いてゐるので、揺れてゐる水面を見つめてゐると、こつちの身体が前にのめりさうであつた。

急に辺りが暗くなつて、向う岸の石垣の松の枝が見分けられなくなつた。水の揺れ方が段段ひどくなつて、沖の方から差して来た水嵩《みずかさ》は、電車通の道端へ上がりさうになつたが、それでも格別浪立《なみだ》ちもせず、引く時は又音もなく向うの方へ辷《すべ》る様に傾いて行つた。

水の塊りがあつちへ行つたり、こつちへ寄せたりしてゐる内に、段段揺れ方がひどくなると思つてゐると、到頭水先が電車道に溢《あふ》れ出した。往来に乗つた水が、まだもとのお濠《ほり》へ帰らぬ内に、丁度交叉《ちようどこうさ》点《てん》寄りの水門のある近くの石垣の隅になつたところから、牛の胴体よりもつと大きな鰻《うなぎ》が上がつて来て、ぬるぬると電車線路を数寄屋橋《すきやばし》の方へ伝ひ出した。頭は交叉点を通り過ぎてゐるのに、尻尾《しつぽ》はまだお濠の水から出切らない。

辺りは真暗になつて、水面の白光りも消え去り、信号燈の青と赤が、大きな鰻の濡《ぬ》れた胴体をぎらぎらと照らした。

ずるずると向うへ這《は》つて行つて、数寄屋橋の川へ這入《はい》るつもりか、銀座へ出ようとしてゐるのか解らないが、私はあわてて駐車場の自動車に乗り込み、急いで家の方へ走らせようとしたけれど、どの自動車にも運転手がゐなかつた。

それでまたその辺りをうろうろして、有楽町のガードの下に出たが、大きな鰻はもうゐなかつたけれど、さつき迄静まり返つてゐた街の人人が、頻《しき》りに右往左往してゐる。方方の建物や劇場の雨に濡れてゐる混凝土《コンクリート》や煉瓦《れんが》の縁を、二寸か三寸ばかりの小さな鰻があつちからもこつちからも這ひ上がつて、あんまり沢山《たくさん》重なり合つたところは、黒い綱を揉《も》み上げる様に撚《よ》れてゐたが、何階も上の窓縁まで届くと、矢つ張りそれがばらばらになつて、何処《どこ》かの隙間《すきま》から、部屋の中に這ひ込んで行くらしい。

その内に空の雨雲が街の燈《あか》りで薄赤くなつて、方方の燈りに締まりがなくなつて来た。

その二

夏の防空演習の晩、よそから裏道を通つて帰つて来たが、燈りがない上に空が曇つてゐたので、自分の歩いてゐる足許《あしもと》も見えなかつた。

大体の見当で歩いて来たけれど、何処《どこ》かで曲がり角を間違へやしないかと云ふ様な心配をした。何だか解らないが、色色のにほひが微《かす》かに流れて来る様に思はれた。その正体を気にするわけではないけれど、真暗な所を歩いてゐる内に、段段にほひが異つて来るので、いらいらする様な気持がした。

家の近くの道角を曲がり、広い通に出たら、いくらか道の表が薄白く見える様に思はれた。しかしさう思つて、少し遠くを見極めようとすると、矢つ張り黒い霧が降りてゐる様に曖昧《あいまい》で何も見えなかつた。

不意に私の横を馳《か》け抜けた者があつたが、姿は見えないけれど、防護団のだれかであらうと思つた。真暗がりの中に靴底の鳴る音ばかりが、ばたばたと聞こえて、それがいつまでたつても同じ所を踏んでゐるのではないかと思はれた。

さう思つてゐたが、その内に、その足音は一人の靴音でなく、大勢の草履《ぞうり》か草鞋《わらじ》の音が揃《そろ》つてゐるのではないかと思はれ出した。

家のすぐ近くの大きなお屋敷の前まで来ると、暗がりの中に大門が開けひろげてあるらしく、そこから列をつくつたものが粛粛《しゆくしゆく》と門の中に這入《はい》つて行く様に思はれた。風態《ふうてい》も人別《にんべつ》も解らないけれど、余程大勢ゐる様で、お屋敷の長い塀にそつてぞろぞろと出て来て、二列か三列の縦隊になつて、門の中へ吸ひ込まれてゐる様子であつた。

何の事だか解らないので、暫《しば》らく起《た》ち止まつて見たが、向うからむんむんと人いきれがにほつて来るのに、物音は何も聞こえなかつた。さう思つて耳を澄ますと、足音が揃つてゐる様にも思はれたけれど、それもそのつもりで聞き定めようとすると、矢つ張り曖昧であつた。

不意に向うの森の見当に警報解除のサイレンが鳴つたと思ふと同時に、お屋敷の筋向ひの格子《こうし》の中から、ぼんやりした燈《あか》りが往来に流れた。弱い光だけれども、それで辺り一帯の闇は消えて、お屋敷の塀にも薄明りが射《さ》した。

お屋敷の門は一ぱいに開いてゐるけれども、その辺りに人つ子一人ゐなかつた。塀際を列になつて待つてゐる様に思はれた人の影もない。前燈を覆つた自動車がのろのろと通り過ぎたり、防護団が二三人かたまつて道端を歩いて行つたりして、そこいらの様子に少しも変はつたところはない様に思はれた。

その三

永年三井の運転手をしてゐた男が、今はやめて食堂のおやぢになつてゐる。私がしよつちゆうその店へ行くので、色色昔の自動車の話をしてくれたが、その男の免許番号は十位の数字の十何番とか云ふのださうで、えらいものだと私は感心した。

そのおやぢがちやんと二重釦《ボタン》の洋服を著《き》て、老運転手の威厳を示しながら、私を迎へに来てくれたので、出て見ると表に古風な自動車が待つてゐた。

中は普通の座席でなく、肱《ひじ》掛けのついた廻転椅子《いす》が一脚置いてあるきりなので、車室の中が広広としてゐたが、腰を掛けて見ると、目の高さが違ふので、窓から眺める外の景色が少し勝手が違ふ様に思はれた。

いつの間にか動き出して、街の混雑の中を何の滞りもなく、水の流れる様に走つて行つた。

四谷見附《よつやみつけ》の信号で停まつた時、私の自動車の片側に、幌《ほろ》を取り去つた緑色のオープンの自動車が停まつてゐたが、だれも人が乗つてゐなかつたと思ふのに、信号が青になると同時に、私の車と竝《なら》んで走り出した。

交叉点《こうさてん》を越す時分には私の車より少し先に出てゐたが、矢つ張りだれも人は乗つてゐなかつた。しかし前を行く自転車を避けたり、向うの先を横切つてゐる荷車の為に速力をゆるめたりする加減は申し分なくうまく行つてゐる様であつた。

それで麴町《こうじまち》四丁目まで来ると、又赤信号になつたので、私の車が水の中を沈んで行く様な気持で静かに停まると、左側には人の乗つてゐない自動車が竝んで停まつてゐた。一寸《ちよつと》見たところでは、ずつと前から道端に乗り捨ててある様な静かな姿をしてゐたが、向うの信号に青が出ると同時に又私の車よりも一足先に走り出した。

それから半蔵門を左に曲がり、靖国《やすくに》神社の横から九段坂を下りて、神田の大通に出たが、道を歩いてゐる人人も、信号所の交通巡査も、人の乗つてゐない自動車が走つて行くのを見て、別に不思議に思つてゐる様子もなかつた。私の自動車がその空つぽの自動車を追つかけてゐるのか、向うが私の自動車から離れない様にしてゐるのか、さうして道連れになつた儘《まま》、どこまでも走つて行つて両国橋を渡つたが、その時分から少しづつ、私の車が遅れ出した様であつた。

私の運転手は初めに乗り込んだ時の儘の同じ姿勢で向うを向いてゐる。広い肩幅を一ぱいに張つて、顔を横にも振らない。

錦糸堀《きんしぼり》の近くまで来た時、急に私の車が横町に急旋回したので、私は肱掛《ひじかけ》椅子から腰が浮いて、危く前にのめる所だつた。その時私の車から少し離れた前方を走つてゐる緑色の車の後姿が見えたが、何だか車輪と地面との間に、向うの屋根の低い工場の様な物が見えたらしいので、人の乗つてゐない自動車は少し浮き上がつてゐるのではないかと思はれた。

その四

東海道線の上りの最終列車は横浜止りなので、横浜駅から省線電車に乗り換へたが、それも上りの最終で、相客は広い車室に二三人しかゐなかつたから、東京駅に著くまでには私一人になつてしまつた。夜中の風の吹いてゐる構内を抜けて、外に出たところが、星のまばらな夜空が黒黒と一ぱいに広がつて、変なところに半弦の月が浮いてゐるので、不思議な気持がした。

駅前の交番の横に起《た》つて眺めて見ると、月の懸かつてゐるのは、丸ビルの空なのだが、その丸ビルはなくなつてゐる。いつも見なれた大きな白い塊りがなくなつたので、その後に夜の空が降りて来てゐるらしい。

自動車に乗らうと思つたのだけれど止《や》めて、丸ビルのあつた辺りへ歩いて行つて見たが、一面の原つぱで、所所に小さな水溜《みずたま》りがあつて、まはりの黒い地面の間に鈍い光を湛《たた》へてゐる。あつちこつちに少しづつ草も生えてゐるらしい。丸ビルには地下室もあつたから、地面が平らになる筈はないと考へたけれど、よく解らなかつた。

それきり家へ帰つて寝て、朝目が覚めたら、丸ビルの中にある法律事務所に用事があるのを思ひ出したので、出かけて行つた。自動車を拾つて、丸ビル迄と云つたら、運転手は心得て、いつも通る道を通つて、東京駅の前へ出た。

　自動車を降りて見ると、矢つ張り丸ビルはなかつたが、運転手は澄まして、向うへ行つてしまつた。ぐるりに柵を打つて、針金を引つ張つてあるが、針金も銹《さ》びてゐるし、柵の木も古くて昨日今日に打ち込んだ様ではない。中の地面はでこぼこで、所所に草が生えてゐる。水溜りのあるのも昨夜見た通りである。水溜りの水は綺麗で、水面がちらちらしてゐるのは、あめんばうが飛んでゐるらしい。丸ビルはどうしたのだらうと不思議に堪へないのだが、辺りの人人が平気で、知らん顔をして通り過ぎるのもあり、乗合自動車も平生《へいぜい》の通り走つて来て、「丸ビル前」と云つてゐる女車掌の声も聞こえるし、又その度に人も降りてゐる。柵に靠《もた》れて空地を眺めてゐる人の傍へ行つて、聞いて見た。

「丸ビルはどうしたのでせう」

「丸ビルと云ひますと」その男は一寸《ちよつと》言葉を切つて、人の顔を見てから、「さつきもそんな事を云つた人がありましたが、一寸私には解りませんね」と云つて向うを向いてしまつた。

　法律事務所にゐた人人が何処《どこ》へ行つてしまつたのか気にかかるし、私の用事にも差支へるが、その外《ほか》にも丸ビルには大勢の人がゐた筈であり、その関係で外から出這入《ではい》りする人も沢山《たくさん》あるのに、この空地のまはりは左程混雑してゐない。丸ビルの中に引き込んだ電話線や瓦斯《ガス》管の断《き》れ口なんかもそこいらに覗《のぞ》いてゐさうなものだと思つたが、そんな物は見当たらないだけでなく、一帯の空地の様子がそんな風ではなかつた。

　帰りに有楽町の新聞社へ寄つて、友人の記者に、丸ビルに用事があつて出掛けて来たけれど、丸ビルはなくなつてゐたと話したところが、そんな事があるものかと云つて、相手にしなかつたが、いいお天気だから出て見ようと云つて誘ひ出した。

　傍に行かない前から、町竝《な》みの様子が変に明かるくなつてゐるし、空もその辺りが広広してゐる事が解つたので、友人は驚愕《きようがく》の余り足許《あしもと》をがくがくさせてゐる様子であつたが、いよいよ中央郵便局の前に起《た》つて、丸ビル跡の空地を眺めてゐる間に、友人は平静になつたらしい。帰る時は当り前に左様《さよう》ならと挨拶《あいさつ》して別かれたが、友人はそれから社に帰つても、きつとその事は何人《だれ》にも話さなかつたらうと私は推測した。

その翌《あ》くる日に、矢つ張り昨日の用事があるので、又自動車を拾つて丸ビルまで行つたが、今日はもとのまに丸ビルが建つてゐて、ふだんと少しも変はりはなかつた。さうなれば別に不思議な事もないので、私はエレヱーターで登つて、法律事務所へ行つて用を弁じた。用事がすんだ後で、そこの主任の弁護士に、昨日はこちらへ入らつしやいましたかと聞いて見たが、昨日は都合で休んだと云ふ話であつた。

それで衝立《ついたて》の向うにゐる書生や給仕にも尋ねて見たい様な気がしたけれど、昨日の新聞記者の顔を思ひ出したので止《や》めた。

帰りに一旦《いつたん》外に出て、もう一度振り返つて丸ビルの建物を眺めたが、全く何の変はつたところもない。しかし今まで自分が知らなかつたので、これだけの大きな建物になれば、時時はさう云ふ不思議な事もあるのだらうと考へた。その後で、昨日まで生えてゐた草は圧《お》し潰《つぶ》されたに違ひないが、水溜《みずたま》りの上を走つてゐたあめんばうは何処《どこ》へ飛んで行つたらうと云ふ事が気になつた。

その五

亡友の甘木の細君《さいくん》が場末の二業地で女中をしてゐるので訪ねて行くと、工科大学教授の那仁さんも来合はせて、三人で話しをした。

那仁さんは子供の時の悪戯《いたずら》で左の腕の関節を痛めてゐるから、壺《つぼ》を押さへる事が出来ないと云つて、三味線《しやみせん》を逆に抱いて、ちやらちやら鳴らした。右手で棹《さお》を握つてゐる恰好が変なので、止《や》めてくれればいいと思つたけれど、音が途切れると、非常に淋《さび》しくなつて、その場に居堪《いたたま》れない様な気がするので、矢つ張りあやつて、三味線を弾《ひ》いてゐた方がいいとも思つた。

いつの間にか甘木の細君の話に身が入つて、那仁さんも身体を固くしてゐるらしい。あんまり甘木の事を話すので、何処《どこ》かにそれが感じやしないかと云ふ事が気になつて心配であつた。

幽霊などと云ふ事を恐れるのではないけれど、ついこなひだも告別式に行つたところが、時間を遅れたので、お棺を焼き場へ持つて行つた後であつたから、みんなの帰つて来るまで待つてゐようと思つたが、あんまり暗いので蠟燭《ろうそく》をともさうとすると、さう考へただけで不意に変な気持がした。

何だか解らない気持が、坐つてゐる身のまはりに、外から無理に迫つて来る様に思はれた。それを払ひのける為にも、早く蠟燭に火をつけようと思つたけれど、いくら燐寸《マッチ》を擦つても、燄《ほのお》が蠟燭の心《しん》に触ると同時に消えてしまつて、どうしてもともらなかつた。さうしてしくじる度に、火の消えた後がその前よりも一層暗くなつて来る様で、しまひには息が苦しくなつた。何も幽霊などと云ふ事を怖がつてゐるのではないと考へ直した途端に、ふと入り口の方を振り返ると、玄関先の暗闇の右寄りの一隅に、つい一週間ばかり前になくなつた別の知人の顔が、額縁に這入《はい》つた肖像画の様にはつきり浮き出してゐるのを見た事がある。

甘木の細君《さいくん》の話を聞いてゐる内に、そんな事を思ひ出したので、もう死んだ甘木の話は止《や》めてくれればいいと思つてゐると、細君の方では急に真剣な調子になつた様であつた。

その話と云ふのは、甘木が生前に大事にしてゐた大きな絵皿が一枚残つてゐる。お金に困るから、それを売りたいと思ふけれど、手離しては故人にすまない様な気がするので、その皿の模造をつくらして、それを売らうと思ふと云ふのであつた。

その話を聞いてゐる間も、段段身のまはりが引き締まる様で、息苦しくなつた。

しかしその皿の事は私ももとから知つてゐるが、甘木が大事にはしてゐたけれど、あなたの云ふ程窮屈に考へる必要はなからうと私は云はうと思つた。

那仁さんも甘木の友達だつたのだから、何か云つてくれればいいと思ふのに、石の様に硬くなつてしまつてゐる。

それで私は言葉を切り切り話した。しかし売つてしまへばいいではないかと云ふところまで中中云はれないので、段段に話しが途切れ途切れになり、その黙つてゐる間の息苦しさに堪へられなくなつた。すると細君が

急に後を向いて、

「あれ、あれを見て下さい」と云つたので、振り向くと、隣りの間境《まざかい》の襖《ふすま》が開いてゐて、その向うの部屋に、甘木が何年か前に死んだ時の儘《まま》の姿で寝てゐた。胸の辺りから裾《すそ》の方だけ見えてゐるのだが、もう冷たくなつてゐる事は、こちらから見ただけで解つた。

その六

私がまだ行つた事がないと云つたので、友人が私をトンカツ屋へ案内してくれた。銀座裏の狭い横町で、表には人が通つてゐなかつた。

「随分静かな通だね」と私は愛想を云つて、友達の後からトンカツ屋の店に這入《はい》つた。

店の中にも相客がゐなかつたので、私と友達とは一番隅の卓子に向かひ合つて席を占めたが、私が奥の方に腰を掛けたから、自然の向きで、入り口の暖簾《のれん》の下から表の往来の地面が見えた。

トンカツを揚げる鍋《なべ》がしやあしやあ云つてゐる間に雨が降り出したと見えて、表の道に水が流れ出した。しかし鍋の音が八釜《やかま》しいので雨の音は聞こえなかつたが、その内に濡《ぬ》れた地面を鋭い稲妻《いなずま》が走り出した。

「いつでもお客が一ぱいなのに、今夜は変だな」と友達が云つて、辺りを見廻した。

麦酒《ビール》を飲んで、トンカツを食ひかけたが、うまいので、暫《しば》らくの間夢中になつてゐると、その間にお客が這入つて来たらしい。辺りが何となくざわついて、私共の食卓の上にも人の気が迫つて来る様に思はれた。方方で皿の音がしたり、コツプが鳴つたりしたが、その間に得態《えたい》の知れない物音が混じつて聞こえた。何処《どこ》かで水を汲《く》んでゐる様に思はれたけれど、それが一つの音でなく、微《かす》かな音がいくつも集まつてゐるらしい。だからどつちの方から聞こえて来ると云ふのでなく、辺り一体がさう云ふ音でざわついた。

表の稲妻は次第に強くなつて、暫《しば》らくの間は、青い光で往来を照らしつ放しに明かるくする事もあつたが、雷の音は聞こえなかつた。鳴つてゐるのかも知れないけれど、自分の気持に締まりがなくなつた為に、聞き取れないのだと云ふ風にも思はれた。往来の雨水が皺《しわ》になつて流れてゐる。その上を蹈《ふ》んで、まだ後から後からとお客が店に這入《はい》つて来るらしい。

一緒に来た友達が人の顔ばかり見てゐるので、どうしたのかと思つたが、さつきから口も利かない。まはりがざわざわして、隣りの席からも向うの席からも、相客がこちらに押して来る様で息が苦しくなつた。だれかが咳払《せきばら》ひをしたか、或は食べ物が咽喉《のど》に閊《つか》へて噎《む》せたのか、変な声をしたと思つたが、くんくんと云つた調子は、犬の様であつた。

不意にひどい稲光りがして、家の中まで青い光が射《さ》し込み、店の土間にゐる人人を照らした。その途端に屋根の裂ける様な雷が鳴つたので、驚いて起《た》ち上がつたら、土間に一ぱい詰まつてゐるお客の顔が、一どきにこちらを向いた様であつたが、その顔は犬だか狐《きつね》だか解らないけれど、みんな獣が洋服を著て、中には長い舌で口のまはりを舐《な》め廻してゐるのもあつた。

その七

市ケ谷の暗闇坂《くらやみざか》を上つた横町から、四谷塩町の通へ出ようと思つて歩いて行くと、道端の家に釣るしてあつた夏祭の提燈《ちょうちん》が一つ道に落ちて、往来を転がつた。

暑い日盛りで、地面からいきれが昇つて来たが、通り路《みち》の家はみんな表の戸を締め切つてゐた。軒毎《ごと》に釣るした提燈は、濡《ぬ》れた様になつて、ぢつと下がつてゐるのに、今落ちた提燈はそこいらをころころと転がつて、いつまでも止まらない。その方に気を取られて五足六足うつかり歩いた時、急に向うで物凄《ものすご》い気配がした様に思はれたので、目を上げて見ると、今歩いてゐる横町が四谷の大通に出る真正面を、赤や青や黒や黄色やいろんな色がごたごたに重なつて、それが非常に速い筋になつて、新宿の方角から四谷見附の方へ矢の様に流れて行つた。

何の物音とも解らないけれど、辺りがさあさあ鳴つてゐるから、その色色の筋から出る響きであらうと思はれた。筋の高さは人の脊丈《せたけ》よりも高く、厚味があつて向う側の家竝みを遮《さえぎ》つてゐた。

あんまり速いので、見てゐるだけでこちらの息が止まりさうであつたが、その時に、しゆつと云ふ様な音がして、一番仕舞ひの端が通り過ぎた。

又提燈《ちようちん》の垂れてゐる間を通つて、大通に出て見たけれど、電車はのろのろと走つて居り、自動車は信号の所に溜まつて、昨夜からさうしてゐる様に静まり返つてゐた。

床屋に這入《はい》つて頭を刈らしながら、聞いて見ると、職人はそんな物は見なかつたと云つた。

「しかし、たつた今だよ」

「気がつきませんでした」

「ひどい勢ひでこの角を通り過ぎたぢやないか」

「何でせうね」

さう云つて受け答へはしてゐるけれど、大して気に止めてゐる風はなかつた。

あんまりいつまでも一つ所ばかり刈つてゐるものだから、睡《ねむ》くなつて、うつらうつらしてゐると、それからどの位たつたか知らないが、不意に胸先《むなさき》がざわつく様な気がして目を覚ましたら、私の向かつてゐる鏡の中を、さつきの様な色色の筋が、非常な速さで斜に走つて行くのが見えた。

はつとして腰を浮かせたが、職人が落ちついた声で、手を止めずにこんな事を云つた。

「今年は本祭なので、大変な騒ぎですよ」

「今通つたのは何だらう」

「暑いのに御苦労な話でさあ」

さあさあと云ふ風の吹く様な音が表で聞こえる様に思はれた。

鏡の中を流れてゐた筋は、さつき横町で見た時の通りに、一番仕舞の尻尾《しつぽ》が飛ぶ様に行つてしまふと、それで後は何もなくなつた。

夏祭のお神輿《みこし》を舁《かつ》いだ行列が、そんな風に見えたのだと云ふ事は解りかけたが、何故《なぜ》あんなに速く走るのか合点《がてん》が行かない。

その八

仙台坂を下りてゐると、後から見た事のない若い女がついて来て、道連れになつた。夕方で辺りが薄暗くなりかかつてゐるが、人の顔はまだ解る。女は色が白くて、頸《くび》が綺麗で、急に可愛《かわい》くなつたから、肩に手を掛けてやつた。

何処《どこ》へ行くのだと尋ねたら、あなたはと問ひ返したから、麻布《あざぶ》十番だと云ふと、いやだわと云つて、拗《す》ねた様な顔をした。

「天現寺へ行きませうよ、ねえねえ」と云つて、私を横から押す様にした。

電車通の明かるい道を歩いてゐると、身体が段段沈んで行く様に思はれた。

古川橋の所から石垣を伝つて、川縁《かわべり》に降りたが、水とひたひたの所に、丁度《ちょうど》二人竝《なら》んで歩ける位の乾いた道があつて、どこまで行つても川の景色は変はらなかつた。街の燈《あか》りが水に沁《し》みてゐると見えて、薄暗くなりかかつてゐる水面の底から明かりが射《さ》して来る所であつた。

その女の家へ行つて見ると、広い座敷の前も後も水浸しになつてゐたが、底は浅いらしく、人が大勢足頸まで水に漬けて、平気で歩き廻つてゐた。荷車も通るし、自動車も走つてゐるので、普通の往来の景色と少しも違はなかつたけれど、ただ物音がなんにも聞こえなかつたので、却《かへ》つて落ちつかない。

暫《しば》らく女と向かひ合つてゐたが、女の顔は鼻の辺りがふくれ上がつてゐる。頸が綺麗なので、抱いてやりたいけれど、何だか手が出しにくくて、もぢもぢしてゐると、女中だか何だか、同じやうな女が二三人出て来て、目の荒い籠《かご》を幾つも座敷の隅に積み重ねた。

それは何だと聞くと、この川でいくらも捕れますのよとその中の一人が云つた。さう云へば籠がぬれてゐて、雫《しずく》が垂れてゐる。

籠《かご》を一つ持つて来て、中の物を摑《つか》み出さうとすると、生温かい毛の生えたものが縺《もつ》れ合つてゐて、どれだけが一つなのか解らなかつたが、その内に向うで勝手に這《は》ひ出して、そこいらを走り出した。鼠《ねずみ》を二つつないだ位の獣で、足なんか丸でない様に思はれたが、それでゐてちよろちよろと人の廻りを馳《か》け歩いた。その中の一匹が私の手頸《てくび》に嚙《か》みついたが、歯がないと見えて、痛くはないけれど、口の中が温かいのだか冷たいのだか、はつきりしない様な気持で、無暗《むやみ》に人の手をちゆうちゆう吸つてゐる。

さつき一緒に来た女が私の傍へ寄つて来て、

「天現寺橋の方へ行つて見ませうか」と云つた。

しかしあの辺りは下水の勢ひが強くて、滝になつた所があつた様な気がしたので、あぶないだらうと思つてゐると、

「違ひますわ、それはどこか別の所でせう。帰りにあすこでお蕎麦《そば》を食べませう」と云つた。

兎《と》に角《かく》女が食つ著いてゐるので、私も身体で押してゐると、さつきの籠の中の物が手頸だけでなく、脇の下から背中へ廻つたり、足の方から這ひ込んで、方方に嚙みついて、ちゆうちゆう吸ふので、何とも云はれない気持がした。

その九

月が天心に懸かつて、雑司《ぞうし》ケ谷《や》の森を照らしてゐる。盲学校の前を通りかかると、もう真夜中を過ぎてゐると思はれるのに、後から足音がしたと思つたら、色色の恰好をした若い男が大勢、真白な道の上を歩いて来た。元気な声で話し合つたり、歩きながら手を拍《う》つたりして、酒に酔払つてゐるのであらう。二三人宛《ずつ》が一かたまりになつて、手をつなぎ合つたり、肩を抱いたりしてゐる。その内に先頭が学校の門に近づくと、二三人で余り聞き馴《な》れない軍歌の様な歌を合唱しながら、銘銘閉まつてゐる門の扉を攀《よ》ぢ登り出した。

後から来た連中もみんな扉の同じ所に手をかけて、次から次へと内側へ跳《おど》り込んだが、地面に足がつくと、

又二三人で待ち合はせて、それだけが一かたまりになり、どんどん奥の方へ歩いて行つた。足取りも変であるし、お互につかまり合つてゐる様子から、みんな目くらであらうと思はれたが、この学校の生徒ではなく、どこか外《ほか》から集まつて来たらしい。格子《こうし》になつた門扉の内側は広広とした校庭で、向うの方は月光に霞《かす》んでゐる。中に這入《はい》つた連中は、そこを奥の方へ進んで行つたが、向うへ行く程段段声が大きくなつて、みんなで合唱してゐるのは、古い軍歌の様でもあり、どこかの寮歌の様にも聞こえたが、何となくこちらでその節について行く様な気持で聞いてゐると、急に変な風に調子を外《そ》らす様なところがあつて、その度に何とも云はれない不思議な気持がした。

門扉の格子から覗《のぞ》いて見てゐると、向うへ行つた連中はそこいらで一かたまりに集まつて、何かやつてゐると思ふ間に、次第にひろがつて来て、幼稚園の子供がする様に手をつないで輪を造つた。

それから段段ひろがつて行つて、一ぱいになつたところで踊り出した。時時そろつて手を拍《たた》く時は、その響きが片側の校舎の板壁にこだまして、平たい板を敲《たた》く様な音になつて帰つて来た。

踊りの輪はあつちに流れたり、こつちに移つたりして、そこいらを面白さうに動き廻つてゐたが、その内に門の扉の近くに押して来て、私の目の前をゆつくりゆつくり廻り出した。矢つ張りみんな目くらで、年は若さうなのに、爺《じじい》の様な顔をしたのもあり、色が白くて女の様な顔をしたのもゐたが、その中に顔が長くて、額《ひたい》に髪を垂らし、顎鬚《あごひげ》を生やした者が所所に混じつて、両隣りの目くらと手を取り合つてゐる。それは山羊《やぎ》に違ひないので、私は驚いて声を立てようとしたけれども、咽喉《のど》が塞《ふさ》がつて何も云ふ事は出来なかつた。山羊はしよぼしよぼした眼をしてゐるけれど、目くらではないに違ひない。月はますます冴《さ》えて、さつきから、ぎらぎら光り出した様に思はれた。その光りを浴びて踊つてゐる輪のまはりから、ゆらゆらする夜の陽炎《かげろう》が立ち騰《のぼ》り、時時山羊の眼がぴかぴかと光つた。

その十

私は二三日前からそんな事になるのではないかと思つてゐたが、到頭富士山が噴火して、風の向きでは、微《かす》かではあるけれども、大地を下から持ち上げる様な、轟轟《ごうごう》と云ふ地響きが聞こえ出した。

丁度《ちょうど》西日が富士山の向うに隠れて、街の燈《あか》りはついてゐるけれども、空にはまだ光沢のある明かりが残つてゐる時、九段の富士見町通を市ケ谷の方へ歩いて行つたら、道の真正面に、士官学校から合羽坂《かっぱざか》の丘を少し左に振れてゐる大きな富士山の影法師が、山の裏側から射《さ》す明かりの中に、不思議な程はつきり浮かび出したので、暫《しば》らく起《た》ち止まつて見惚《みほ》れてゐると、研《みが》いた様に晴れ渡つた空に一塊りの雲が涌《わ》いて、それが富士山の頂にまつはりつく様に思はれた。

その内に山のまはりが曖昧《あいまい》になつて、影法師と後の空との境目がなくなりかけた時、急に頂の辺りが赤くなつて、さつきの浮雲の腹が燃える様な色になつた。

道を歩いてゐる人人には、もう珍らしくもないと見えて、何人《だれ》も立ち停まつたり、振り返つたりしてゐる者はなかつた。綺麗に髪を結ひ上げた芸妓《げいぎ》が二人連れで歩道を歩いて来たが、頂上が真赤になつてゐる富士山の方を二人揃《そろ》つて流し目で見て、何か今までの続きのお饒舌《しゃべ》りを止《や》めずに、横町へ曲がつてしまつた。

西の空が暗くなつて、富士山の姿が全く見別けられなくなつてからは、暗い空の一ケ所に火が燃えてゐる所があつて、そのまはりの雲を段段に焦がして行く様に見えた。私は一つ所に立ち草臥《くたび》れて、市ケ谷見附の方へ歩き出してゐたが、ますます空は赤くなつて、合羽坂の向うの方だけでなく、士官学校の森の上に、いつの間にか低く垂れてゐる霧の塊りまでが燃えてゐる綿の様に見え出した。空の色を映してお濠《ほり》の暗い水も真赤に波立ち、水面に近く浮いてゐる藻《も》は、焰《ほのお》の中に撚《よ》れてゐる煙の筋の様にありありと見えた。

私は大変な事になつたと思つて、濠端の土手に攀《よ》ぢ登つて、もう一度西の方を見ようとすると、微《かす》かな風が吹いて来て、松の葉をさらさらと鳴らしたが、風には香木を焚《た》く様なにほひが乗つて居り、松の葉が風にゆれると、その針葉と針葉の間に遠くから火の影が射《さ》した。富士山のあつた辺りの空に食ひ込んで輝いてゐた火の色が、次第に強くなり、それがさつきとは逆に、段段下の方へひろがつて行く様に思はれ出した。いつも見馴《みな》れてゐる頂の扇の要《かなめ》を伏せた形に見える所が、その儘《まま》の姿で上の端から赤く輝き始め、次第に下の暗い所を薄赤く染めてひろがると同時に、もとの頂上は赤い光が強くなつて、少しづつ半透明に輝き出した様であつた。

赤い火の色が麓《ふもと》の方へ降りて行つて、山の姿の半分位までが、明かるく光り出した時分には、要の頂上は、瑪瑙《めのう》を磨き立てた様な色になつてゐた。ああやつて、富士山が夜の内に根もとまで真赤になつてしまふのではないかと思はれて、私はいつまでも香りのいい風に吹かれながら、西の空を眺めて夜明けが近づくのを知らなかつた。

その十一の上

汽車の出るのに少し間があつたので、東京駅の食堂で麦酒《ビール》を飲んでゐると、私の卓子の向う側の空いた席に、だれか人が起《た》つて、そこに坐らうか、どうしようかと私の方をうかがつてゐる様な気配がした。それで目を上げて見ると、顔色のきたない、脊《せ》の高い学生がそこに起《た》つてゐたが、一寸《ちよつと》目を合はせた拍子に私は何だか見た事のある顔の様な気がしたので、何の気もなく軽く会釈を与へたところが、その学生は帽子をかぶつた儘、丁寧にお辞儀をして、それから私の真向うに席を取つた。

絣《かすり》のある襟巻《えりまき》をして、外套《がいとう》の胸のかくしから藍《あい》色のハンケチを覗《のぞ》かせたりしてゐるが、顔も様子も無骨で、柔道部か拳闘部かの学生の様な気がしたのは、昔私が私立大学の教師をしてゐた時、そんな顔を見た様な気がしたのだけれど、その頃からもう二十年近くも過ぎてゐるので、当時の学生が今でも学生でゐる筈がない。何を勘違ひしたのだらうと考へかけると、今向うに坐つた学生が急に卓上の花の陰から、麦酒罎《びん》を差し出して、私のコツプに注《つ》がうとした。

「どうぞ」と硬い声で云つて、卓子の向うから中腰になつた。

丁度麦酒《ちようどビール》がいやになつたので、お燗《かん》で飲み直さうと思つてゐたところだから、余計な事をすると思つたけれど、兎《と》に角《かく》受けて、コップをそこに置くと、向うの学生は給仕女を手招きして、今度は煙草《たばこ》を註文したらしい。何だかもぢもぢしてゐる様でもあり、頻《しき》りに私の方を見てゐる様にも思はれて、こちらの気持が落ちつかなかつた。

給仕女がチエリーを持つて来ると、その学生は恐ろしく立派なシガレットケースを出して、その中に一本づつ綺麗に列《なら》べた上で、又花瓶の横から、そのケースの腹を私の方へ差し出して、

「どうぞ、どうぞ」と云つたが、私は両切《りようぎり》は吸ひたくないし、それに酒を飲んでゐる途中で、まだ煙草を吸ふ様な口になつてゐなかつたから、ことわつたけれど、相手はどうしても聞かない。

「まあ、まあ」と押しつけて、段段こちらにのし掛かる様に腰を上げて、手を伸ばして来たから、止《や》むなく一本抜き取つて、火をつけずに、そこへ置いたまま苦《にが》り切つてゐると、今度はまた麦酒を持つて、私に酌《しやく》をしようとする。

麦酒はさつきの儘《まま》まだコップに一杯残つてゐるので、それを見せて、沢山《たくさん》だと云つたが聞かない。私が仕方がないので、縁の所を一寸舐《ちよつとな》める様にして、上をすかしたところへ、いきなり、がぶがぶと注ぎ足し、そこいら一面に麦酒をこぼして、「失礼しました」と云つてゐる。

「あなた今どこですか」と云つて、私の顔を見てゐるので、何を云ふのだらうと思つてゐると、

「僕は満洲国の者です。友達が奉天へ帰るので、僕は今日見送りに来ました。それでまだ時間があるから、ここで待ちます。あなたは今どちらですか」と云つて、ぢつと私の顔を見入つた。

何だか片づかない相手だと思つてゐたが、それでこちらの気持も落ちついた様な気がした。それでは少し相手になつてやらうかと考へてゐると、

「僕はまだ日本語がよく解りませんから、失礼な事を云つたら許して下さい。どうですか。さあ」と云つて、又麦酒を取り上げた。

麦酒をことわると、煙草のケースを人の鼻先に突きつけ、まだこの通りさつきのが吸はずにあると云ふと、

今度は私の手許《てもと》にあるお燗の罎《びん》を取つて、お酌をすると云ひ出した。

その十一の下

後《うしろ》に人影が射《さ》した様に思ふと、又少し顔の様子の違つた学生が現はれて、丸い卓子の私とさつきからゐる学生との間に割り込んで腰を掛けた。今度のも外套《がいとう》の胸のかくしから色のついたハンケチをのぞかせ、襟巻《えりまき》をしてゐるけれど、さう云ふ好みがちつとも似合はない陰気な顔をしてゐて、目の縁から鼻の脇にかけて、薄い痣《あざ》があつた。

席に著くといきなり、学生同志で饒舌《しやべ》り出したが、初めの二言三言は解らなかつたけれど、聞いてゐる内に日本語になつた。

「うん、何」

「あんたに有り難うと云つてゐたよ。お見送りに来てくれて、あんたに有り難うと云つたよ」

「いえいえ」

その次はすぐに解らない言葉になつて、段段二人の声が高くなつた。

向うが二人になつてから、まだ麦酒《ビール》を一本もあけないのに、もう二人とも酔つ払つてゐる様であつた。後から来た痣《あざ》のある方が声が高くて、鋭くて、時時私の方を敵意のある目で見てゐたが、しまひには二人で話しながら、まともから私の顔に指ざしして何か云ひ出した。

後から来た方が余計に腹を立ててゐる様で、どうかすると、ぢいつと身体を私の方へ捻《ね》ぢ向けて、飛び掛かつて来るのではないかと思はれる様な恰好をした。

急に何か短かい言葉を発したと思つたら後から来た方の学生が、手に摘まんでゐた燐寸《マッチ》で自分の前の卓子の板をぱちんと敲《たた》いたが、丁度《ちようど》そこにさつき零《こぼ》れた麦酒が溜まつてゐたので飛沫が辺りに跳ねて、私の顔もぬれた。

はっとした途端に不意に恐ろしくなつて、私が椅子《いす》から腰を浮かしかけると、又何か解らない事を云つて、私の目の先を指ざしするので、その儘《まま》私は椅子に腰を落としたが、相手はますます私に迫つて来る気配で、今までおとなしかつたもとからゐる学生の方も一緒に気負ひ立つて、いつの間にか起《た》ち上がつてゐる。さうして私をそこに据《す》ゑておいた儘、二人で又何か喧嘩《けんか》をしてゐる様に思はれた。

私の飲みさした麦酒がまだ罎《びん》の中に半分位も残つてゐたのを、痣《あざ》のある学生が自分のコツプに注いで、立て続けに飲み干してしまつた。

何だか後《うしろ》の方で、方方が騒がしくなつたと思つたら、広い食堂に一ぱいに詰まつてゐたお客が、今までは静かに銘銘で箸《はし》を執《と》つてゐたものが、あつちでもこつちでも疳高《かんだか》い声で罵《ののし》り始めた。何を云つてゐるのか解らないけれど、みんなその食卓の仲間同志で喧嘩を始めたのだらうと思つてゐると、いつの間にか、人人の目が私の方に向いて居り、私の顔を指ざししてゐるいやな手の恰好が頻《しき》りに人ごみの中で動いた。

さう云ふ気配を待つてゐた様に、痣のある学生が奇声を発して起《た》ち上がり、平手でぬれてゐる卓子の板をぴしやりと敲いて、私の返事を待つ様な顔をした。

その十二

家の者がみんな出かけた後で、私は自分の部屋に箏《こと》を出して、「五段砧《ごだんぎぬた》」を弾《ひ》いてゐたが、外はもう暗くなつてゐるのに、合羽坂《かつぱざか》の方から上がつて来る人の足音が絶えないので、気が落ちつかなかつた。部屋が往来に近い為に外の物音が箏の面に伝はつて、いくら弾いても箏の音が纏《まと》まらぬ様な気がした。

暫《しば》らくやつてゐたけれど、どうしてもいつもの様に鳴らないので、その箏は柱《じ》を立てて調子を取つたまま横へ押しやつて、もう一つの長磯の箏を取り出して、その方を弾《ひ》いて見た。

次第に音が纏《まと》まつて来る様に思はれたが、今度はうまく手が廻らないので、じれつたくなつた。いくらあせつても、いつもの様な調子に行かないので、少し弾いては、又後戻りをした。

一寸箏《ちよつとこと》の音が切れると、表の足音が耳に立つて、気がかりで堪《たま》らなかつた。

それから又気を変へて弾《ひ》いてゐる内に、段段うまく行く様であつた。いつもどうしても引つかかる所もすらと通つて、そこから先は急に箏が鳴り出した。夢中になつて弾いてゐて気がついて見ると、私の弾いてゐる本手《ほんて》の間に、ちやんと替手《かえで》が這入《はい》つて鳴つてゐる。

変だと思つて傍を見たら、さつき私の弾き捨てた箏に知らない人が坐つて、一心に弾いてゐる。私がそつちに気を取られて、手の方がお留守になりかけると、そつちの箏の音も曖昧《あいまい》になる様に思はれた。

その人が箏の手を止めないで、静かな声で云つた。

「さあ、止めないで先へ行きませう」

「どうも有り難う。あなたはだれですか」

「私は今坂の下から上がつて来たのですが、それよりも、あの調子の変はる所の前が、うまく合ひませんね」

「あすこは私一人でやつても間《ま》が取れないのです」

「もう一度あそこからやつて見ませうか」

「お願ひします」

「あつと、もうそれでは駄目《だめ》だ」

「あれ、その箏はこちらと同じ調子になつてゐませんでしたか知ら」

「ええ、ええ、それはもうさつき直しました。さあそれでは、もう一度あそこから」

それで弾き直して、すつかりうまく行つたので、その後何度も何度もやつて貰《もら》つた。身内が熱くなる様ない気持で、酒に酔つ払つた時とちつとも違はない。あんまり弾き過ぎて、疲れて眠くなつたから、箏の前に横になつた。

うつらうつらして聞くと、表の足音が次第に一緒になつて、地面を低く風が吹いてゐるらしい。

急に家の者の仰山《ぎようさん》な声で目を覚ましたが、何だか私の部屋を出たり這入つたりして、あわててゐる。

「まあどうしたんでせう。ちよいとここを御覧なさい。ほらそのお箏のまはりは泥だらけぢやありませんか」

と云つた。

その十三

寝苦しいので、布団を撥《は》ねのけて、溜め息をしてゐると、犬が庭の一所《ひとところ》で吠《ほ》え続けて、いつまでたつても止《や》めないから起き出して行つて見た。隣りとの境にある公孫樹《いちょう》の根もとから上を見上げ、前脚で幹を引つ掻《か》く様な事をしてゐる。こちらから呼んでも見向きもしないで、ますますせはしなく吠えたてた。どうも何かゐさうな気配なので、こちらまで不安になつたが、樹の上は見えないから、そのまま寝床に帰つて寝ようとすると、犬はなほ八釜《やかま》しく吠えたてて、仕舞には遠吠えをしたり、それに節をつけて人間の言葉の様な泣き方をしたりした。

その声を聞きながら、うとうとしかけると、又寝苦しくなつて目がさめた。犬は矢つ張り吠え続けてゐるが、何だか頻《しき》りに私を呼び立ててゐる様で、その声の調子に誘はれると、ぢつとしてゐられなかつた。

又起き出して、今度は庭に下り、樹の根もとに起《た》つて、梢《こずえ》を見上げたが、梅雨《つゆ》空の雲が低く垂れて、樹の頂は雲の中に食ひ込んでゐる様に思はれた。空と樹の姿との境目が解らない辺りから木兎《みみずく》の鳴く声が聞こえた。一つかと思つてゐると暗い葉蔭のどこか別の所からも、それに答へる様に鳴く声が聞こえた。さうして次第にその声が動いて行くので、初めは木兎が暗闇の中で枝を移つてゐるのかと思つたが、気がついて見ると方方の枝に小さくきらきらと光る物が、散らかつてゐて、それはみんな木兎の眼であると思はれた。その間にも頭の上に、羽音はしないけれど何か非常な速さで去来するものの気配がして、何処《どこ》かから無数の木兎が私の庭に集まつて来るらしい。

犬は私が出て来てから後は、時時低い唸《うな》り声を出して樹の幹に自分の身体をぶつけてゐるが、その様子を見ると、まだ何か私の気づかない事があると云ふ風にも思はれた。

その内にも頭の上を掠《かす》めて飛ぶ木兎の数は段段ふえて来る様であつたが、ただ物の影が千切《ちぎ》れて飛んでゐる様な気配で、丸つきり何の音もしないから、その度に無気味な風の塊《かたまり》で顔を敲《たた》かれてゐる様な気持がした。

ふと振り返つて見ると、今開けひろげた儘《まま》庭に降りて来た後の雨戸の間から外に洩《も》れてゐる座敷の燈《あか》りが、明かるくなつたり暗くなつたりして、息をしてゐるやうに思はれた。それで急いで中に這入《はい》つて見ようとして、縁側に足をかけたら、その途端に座敷の中から、いくつも音のしない黒い影が飛んで来て、私の耳をこする様に庭の暗闇の中へ飛び出した。

驚いて家の中に這入ると、床の間にも箪笥《たんす》の上にも鴨居《かもい》にも、小さな木兎《みみずく》が沢山《たくさん》とまつてゐた。小さいと思つたけれど、その中で不意に飛び立つのがあつて、その羽根をひろげた姿を見ると、恐ろしく大きな鳥に思はれた。天井に近い辺りを、非常な速さで音もなく飛び廻つて、どこにもぶつからずにさつと外に出て行くのもあつたが、いつの間にか又別の木兎が這入つて来るらしく、そこいらの数が段段ふえて行く様であつた。

その十四

植物園裏の小石川原町の通を、夜十一時過ぎになると裸馬が走つて、植物園の生垣《いけがき》の破れ目から、中の茂みに隠れ込むと云ふ話が、遠くの人にはただの噂《うわさ》として聞こえたかも知れないけれど、私共の様にすぐその傍にゐる者に取つては、馬鹿《ばか》馬鹿しいと云つてはすまされない。しかもそれは毎晩の事であつて、お湯から遅く帰つて来た近所のお神さんが丁度《ちょうど》その横町へ曲がつた拍子に、生垣の向うへ飛び込んだ馬の尻尾《しっぽ》を見たとか、すぐ傍の聾唖《ろうあ》学校の上級生が夜歩きをして帰つて来る時、その馬とまともにぶつかつて、もう少しで蹴飛《けと》ばされるところであつたとか、毎日そんな新らしい話が伝はるので、仕舞には少し夜が更けると、だれも外へ出る者がなかつた。

その内に昼間でも人通りが途絶《とだ》えた時には馬が出てゐると云ふ噂が伝はつた。まさかと思つて、うつかり歩いてゐる鼻先を馬に馳《か》け抜けられたと云ふ様な話もあつて、段段近辺が物騒になつて来た。

丁度そんな話のあつた最中に私は氷川下《ひかわした》へ出る用事があつて、風の吹く日の午後、生垣の道を歩いて行くと、何町も先まで真直《まつすぐ》い道に人の影もなかつたが、ずつと先の道の真中に、新聞紙を丸めた位の大きな紙屑《かみくず》が落ちてゐて、それがあつちへ転がつたりこつちへ転がつたりするのが、遠くからありありと見えた。

強い風が吹いて来て、地面から砂埃《すなぼこり》を巻き上げた。その形が丸木舟の舳先《へさき》の様になつて、次第に大きくなり、仕舞に龍頭鷁首《りゆうとうげきしゆ》の頭の様なものが、きりきり舞ひながら、生垣に沿つて走つて行つた。

電燈会社の集金人が生垣の前で殺されてゐると云ふ騒ぎのあつたのは、それから間もない日の午後であつて、棍棒《こんぼう》の様な物で頭を擲《なぐ》られたのであらうと云ふ話であつた。八百何十円とか這入《はい》つてゐる鞄《かばん》を首から懸けてゐたが、それを持つて行かれたらしい。集金人の倒れかかつた所の生垣が生生しく荒れてゐるので、その前を通るのは余りいい気持ではなかつた。

私の家の竝《なら》びに、老婦人と大学へ行つてゐる息子だけの無人な家があつて、いつも門が締め切つてあつたが、二三日後の宵の口に、その家の中から悲鳴が聞こえたので、近所の人人が出かけて行つたけれど、門は閉まつてゐるし、だれもそれを無理に開けて中へ這入らうとする者はなかつた。私も遅れ馳《ば》せに馳けつけて、暫《しば》らく門前に起《た》つてゐたが、間もなく悲鳴が止《や》んで、内側の門を開ける音がした。

老婦人がそこに起《た》つてゐる人人に向かつて、あの馬が飛び込んで来て、家の中を馳け抜けて行つたが、たつた今この塀を跳び越して行かなかつたかと聞いてゐた。

その十五

永年勤めてゐた官立学校を止めたので、一時恩給を貰《もら》つたから、酒を飲んでゐる内に馴染《なじ》みの待合《まちあい》が出来た。あまり飲み過ぎたので、眠くなつて、うとうとしたと思つたが、目がさめると、いきなり枕に膝《ひざ》を貸してゐた芸妓《げいぎ》が私の口髭《くちひげ》を引つ張つて起こした。

「痛い」

「痛くないわよ、この位の事、まあ真つ赤な眼をしてるわ」

「どれ、どれ」と云つて、餉台《ちやぶだい》の向う側にゐた芸妓《げいぎ》がにじり寄つて来て、私の膝《ひざ》の上に乗り、頸《くび》に両手をかけて、舌で私の眼玉を舐《な》め廻した。

「いやだ」

「なぜ」

「気持が悪い」

「気持がわるくないわよ。ぢつとしてゐるものよ」

「ざらざらして痛い」

「こちらの目玉おいしいわね」

「ほんと、姐《ねえ》さん」と向うにゐた若い芸妓が聞いた。「おいしいなら、あたしにも舐めさしてよ」

「駄目《だめ》だよ」と云つて私が立ち退《の》かうとすると、膝にゐた芸妓が身軽に辷《すべ》り降りて、頸にかけてゐた手を外したが、私がその場を動かうとする後から、ひよいと片手を私の肩にかけた拍子に、私は後へひつくり返つてしまつた。何だか自分の身体の勝手が違つた様な気持がした。

今度はその芸妓が膝を貸してくれたが、さうした所から辺りを見廻すと、芸妓の起《た》ち居《い》が非常に目まぐるしくて、幾人ゐるのか数もはつきりしない様に思はれ出した。そこいらにいろんな物が散らかつて居り、餉台の上から雫《しずく》が伝つて、ぼたぼたと畳の上にこぼれてゐる。

私が気がつくと同時に、又向うにゐた別の芸妓が坐つた儘《まま》で身軽に寄つて来てその濡《ぬ》れた所をどうかしたら、忽《たちま》ち乾いてしまつた。

芸妓の舐めた後の眶《まぶち》がいつまでも涼しい様で、その癖そのもつと奥のとこから又眠たくなりかかつて来た。

「ちよいと、こちらの耳の恰好随分簡単なのね」

「どれどれ」

「ほら、ここの所に皺《しわ》が一つあつて、これを押して、かうして裏返すと、そつくりだわ」

「よせよ、気持が悪いから」

「いいわよ、ちよいと、みんな来て御覧なさい。ここの所をから摘まむでせう」

「じれつたいわね」と云つて、その中のだれかが、私の耳に噛《か》みついた。

うるさいから起き直らうと思ふと、今度は又だれかが口髭《ひげ》を下の方へ引つ張つて、膝《ひざ》から頭が上げられない様にした。どうもみんなのする事が荒らつぽくて、さつき一眠りする前とは勝手が違ふ様なのだけれど、よく解らない。

何だか餉台《ちやぶだい》の向うで、ぐちやぐちや食べ物を噛んでゐる音がする。芸妓《げいぎ》の顔は、寝る前と同じ様でもあり、みんな少しづつ違つてゐる様にも思はれる。

はつとしたから、急に私は跳ね起きて、私に纏《まと》はりついてゐる芸妓を突き飛ばした。

「こらつ、貴様等《ら》は何だ」と私が怒鳴《どな》つた。

一番年嵩《としかさ》の芸妓がしなしなとした様子をつくつて、

「まあ、驚いちまふわ、乱暴な先生さんだわ、きつと筋が釣つてゐるんだわ」と解らぬ事を云つて、中腰になつた。「さあ、みんなで揉《も》んで上げませう」

「それがいいわ」「あたしもよ」と云つて又私のまはりに集まつて来た。

芸妓には違ひないのだけれど、しかしどこか違ふ所もある。お神を呼んで一言聞いて見たいと思つたが、その時芸妓達は急にはきはきし出して、二人が三味線《しやみせん》を弾《ひ》いて歌を歌ひ、私に更《あらた》めてお酌《しやく》をするのもあり、何の事もなくなつた様であつたが、その歌の節も三味線の調子も、何だか矢つ張りをかしな所があつた。

その十六

日比谷の公会堂へ馳《か》けつけたが、切符が階上の自由席である上に、時間を遅れて来たので、人の顔が柘榴《ざくろ》の実の様に詰まつてゐて、どこにも空席がないから、段段上の方へ探して上がつたら、到頭一番後の壁際《かべぎわ》の、天井に近い所にやつと一つだけ椅子《いす》が空いてゐた。

そこに腰を掛けて、下を見下ろすと、あんまり高いので、目が眩《くら》んで前にのめりさうであつた。丁度《ちようど》幕の降りてゐるところであつたが、すぐにベルが鳴つて、幕がするすると上がり、目のちかちかする様な明かるい舞台の床板が真白く目の下に見えた。

まだ私のところから何も見えない内から、大変な拍手の響きが階下の方から湧《わ》き上がつて、それから舞台に演奏家が一人で現はれた。バハの無伴奏のシヤコンヌの番組なので、一人で出て来るだらうとは思つてゐたけれど、その西洋人が余り小さいので吃驚《びつくり》した。ここの席が高過ぎるので、舞台が遠いから、小さく見えると云ふ程度の話ではなく、脊丈《せたけ》が二尺ぐらゐしかなくて、禿《は》げ頭は夏蜜柑《なつみかん》より小さかつた。それがヴイオリンを抱へてちよこちよこしてゐるのが、遠くても輪廓だけははつきりしてゐるので、却《かえ》つて変な気持がした。

それからヴイオリンを弾き始めると、いい音色が下の方から伝はつて来て、うつとりする様な気持になつたが、時時気がついて、舞台の方に目を凝《こ》らすと、曲の緩急によつて、演奏家が大きくなつたり、縮まつたりしてゐる様に思はれ出した。

どうかした機《はず》みでは、ずつと脊が伸びて、普通の人と余り違はない位になるかと思ふと、曲が細かく刻んで来ると、段段小さくなつて、さつき初めに見た時よりもまだ縮まり、一尺あるか、ないか位の姿が舞台の白い板の上をちらちらと歩き廻つた。

それにつれて、顎《あご》の下に挾んでゐるヴイオリンが矢つ張り伸びたり縮んだりする様に思はれた。それがただ大きくなり小さくなりするだけでなく、右手の弓でこすり、左の指で揉《も》んでゐる内に、楽器が長くなつたり、音の工合《ぐあい》によつては幅広《はばびろ》になつたり、厚くなつたりして、仕舞にはやはらかい餅《もち》を見てゐる様な気がした。

やつと曲が終はつて、大変な喝采《かつさい》が起こつたが、演奏家は仕舞の方の調子がまだ身体に残つてゐると見えて、一番小さく縮まつたなりで楽屋の方へ行かうとしたけれど、ヴイオリンが風流な瓢箪《ひようたん》の様に曲がつてゐて、引きずればますます伸びるらしいので困つてゐる様であつた。そこへ聴衆が激しい拍手を送るので、演奏家は一生懸命にヴイオリンをもちなほさうとしてゐる。小さいなりにその手の指が一本一本はつきり見え、指から手の甲へかけて、真黒な毛がふさふさと生えてゐるのが遠くからありありと見えた。

その十七

神田の須田町は区劃《くかく》整理の後、道幅が広くなりすぎて、夜遅くなど歩道を向う側へ渡らうとすると曠野《こうや》を歩いてゐる様な気がする。

それだから、成る可《べ》く終電車にならぬ内に帰らうとしたのだが、矢つ張り遅くなつて、宵の口から急に冷たくなつた空《から》つ風《かぜ》に吹かれながら、九段方面へ行く市電の安全地帯に起《た》つて待つてゐたけれど、中中電車は来なかつた。もう時間を過ぎてゐるので、流しの自動車も通らず、道を歩いてゐる人は一人もなかつた。

風が強くなつて、鋪道《ほどう》の隅隅にたまつてゐる砂塵《さじん》を吹き上げ、薄暗い町角を生き物の様に走つて行つた。その内に風の工合《ぐあい》で、裏道の方から砂埃《すなぼこり》を持ち出して来る様で、そこいらの広《ひろ》つ場《ぱ》一面が濛濛《もうもう》と煙り立ち、向う側の街燈の光が赤茶けた色に変はつて来た。

寒いので身ぶるひしながら、安全地帯の上に足踏みをして、ぐるりと一廻りした時、町裏になつた広瀬中佐の銅像のある辺りから、一群の狼《おおかみ》が出て来て、向う側の歩道と車道の境目を伝ひながら、静かに九段の方へ走つて行つた。

狼である事は一目で解つたが、別に恐ろしい気持もしなかつたので、ただ気づかれない様にと思つて身動きもせずに眺めてゐると、薄暗い町角を吹き過ぎる砂風の中から、次ぎ次ぎに後の狼が現はれて来て、先頭はもう淡路町《あわじちょう》の停留場の方へ行つてゐるらしい。

さうして足音もなく、多少疲れた様な足取りで、とつとと全体が揺れながら、何処《どこ》へ行くのであらう。私は終電車の事は忘れて、狼に気を取られながら、一心に眺めてゐると、辺りが明かるくなつて、車掌が昇降口から顔を出した。

「乗るんぢやないんですか、お早くお早く」と云つた。

その十八

飛行機の査証の事で、急ぐ用事が出来たので、夜になつてから麻布《あざぶ》の大使館に出かけたところが、大使の家へ廻れとの事で、そちらの玄関に自動車を著けさした。

何日も降り続いてゐる秋雨が、その晩は特にひどくて、窓を閉め切つた自動車の中にゐても、身体がどことなく濡《ぬ》れてゐる様な気持がした。

日本風の雨戸の様になつてゐる玄関の大きな戸が内側から開くと、思ひがけもない広間が目の前にあつて、薄暗い明かりが隅隅まで届いてゐなかつた。艶《なま》めかしい図柄の大きな衝立《ついたて》が少しづつ食ひ違つた様に三つも列《なら》べてある。その陰から紫色の荒い縞《しま》の著物を著流して、紋附《もんつき》の羽織を著た変な男が出て来て、私に会釈した。日本人に違ひないのだが、あんまり色が白いので、白粉《おしろい》をつけてゐるのではないかと思はれた。

「入らつしやいまし、只今《ただいま》大使閣下がお見えになります、どうぞ」と女の様にやさしい声で云つた。

こちらへと云つて指ざしした時の手が、また吃驚《びつくり》する程白くて、手頸《てくび》から先にお化粧してゐるらしかつた。

応接間に通ると、向うの長椅子《いす》の上に大きなアンゴーラ猫が寝てゐる。猫は私の顔を見て起《た》ち上がり、その場でぶるぶるつと身体をふるつた。

さつきの男は、猫のゐる長椅子に身体をすりつける様にしながら、起《た》つたままで、

「先生があちらへお出かけになるのですか」と馴《な》れ馴れしい口を利いた。

「僕は行かないのです」

「私こんな所にゐますので、日本の方にお目にかかるとなつかしい気が致しますよ」

いつの間にか私の椅子の後に廻つて、椅子の靠《もた》れに手を掛けてゐる。

雨の音が壁や窓硝子《ガラス》を通して、滝の様に聞こえて来た。大使はいつまでたつても出て来ないので、帰り途《みち》の事が気になり出した。

ノックも聞こえなかつたのに、いきなり入口の扉が開いて、もう一人別の日本人が這入《はい》つて来たが、やつぱり荒い柄の著物を著て、紋附を羽織つてゐる。顔も手も白くて、女の様な感じがするのは前からゐる男と少しも変はりがなかつたが、さう云ふ目で見ると、今度の方がずつと綺麗で年も若い様であつた。

二人は私を前において、何か丸で解らない言葉で話し合ひを始めた。しかしその調子は相談をしてゐるのではなく、云ひ争つてゐるに違ひなかつた。

後から来た若い方が私に近づき、につこり笑ひかけてから云つた。

「御ゆつくりなすつてもよろしいんでせう、ね先生」

「いや僕は急ぐのです」

「でも、よろしいでせう、お茶を入れてまゐりませう」

「大使はまだお手すきになりませんか」

「さあどうですか」

一寸《ちよつと》話し声が途絶えたと思つたら、その間にアンゴーラ猫の鼾《いびき》が聞こえ出した。

その十九

西の空の果てまで晴れ渡つてゐるので、夕日が赤赤と辺りを照らしてゐるのに、何となく物の影が曖昧《あいまい》で、道端の竝樹《なみき》も暗い様であつた。

山王下《さんおうした》の料亭に行くと、森の影が覆《おお》ひかぶさつてゐるので、もうすつかり夜であつたが、それで却《かえ》つて家の中は明かるく、障子《しようじ》の紙も真白に輝いてゐたから、気持がはつきりした。

何十年も前に田舎《いなか》の同じ学校を出た連中の同窓会なのだが、それが今晩初めての会合なので、みんながどんな顔をしてゐるかと云ふ事を予め《あらかじ》想像して見ようとしても、捕まへどころがなかつた。

私より先に来てゐた者も二三人はあつたけれど、いきなり部屋へ這入《はい》つて挨拶《あいさつ》はしても、お互にだれがだれだか、即座には解らなかつた。

大体集まつたところで、酒を飲み始めたが、少し酔が廻つて来ると、却《かえ》つてみんなの顔もはつきりする様な気持がした。

私の隣りに坐つてゐる男は、昔の学校でも矢張り私の隣りの席に列《なら》んでゐたのだが、それから後、一度も会つた事もないし、手紙のやり取りもしなかつた。

私は盃を指しながら聞いた。

「君の御商売は何だね」

「僕は君、実は泥坊をやつてゐるよ」

「泥坊はいいね、どう云ふ泥坊が専門なのかね」

「どう云ふつて、極《ご》く普通の泥坊さ。泥坊は普通のやつが正道だよ」

「さうすると、頬被《ほおかぶ》りをして、尻を端折《はしょ》つて、夜中に忍び込むのかい」

「さうさう、あれだよ、しかし服装は時代に従つて昔とは多少違ふけれどね」

「夜中に人の家の中へ這入《はい》つて行つたら、面白い事があるだらうね」

「それはある、大有りだが、人前で話せない様な事ばつかりだよ」

その友達と頻《しき》りに盃のやり取りをして、愉快に話し合つたが、その友達から二三人先にゐる男の事がどうもはつきりしない。顔も思ひ出したし、さつき私が後から来た時も、その男と久濶《きゆうかつ》を叙《の》べ合つたのだが、その男は東京に出て来て、農科大学に通つてゐる内に、玉川上水におつこちて、死んだ筈である。しかし、さつきからみんなと静かに話し合つてゐて、別に変はつた様子もない。

私は隣りの男に聞いて見た。

「おい泥坊よ」

「よせやい、そんな事を云つては困る」

「だつて今さう云つたぢやないか」

「だからさ、本当なのだから、そんな事を云つては困る」

「それなら、何か外《ほか》の看板を出しておいたらいいではないか」

「それはちやんと、やつてゐるよ」

「そつちの方の商売は何だね」

「下谷で葬儀屋をやつてゐる」

「本当かい」

「みんな本当だよ」

「それぢや丸で縁故のない事もなささうだが、そら、あの」と云つて、その男から二三人先の男の事を話さうとすると、ひよいと向うからその男が顔を前に出した。

別に変はつたところもないけれど、何だかこちらの気持がぴつたりしない。その男は顔をのぞけた儘《まま》の姿勢で私共の方へにこにこと笑つて見せて、顔を引込めたが、その後がどうも片附かない。

隣の男が陽気な声で私に云つた。

「葬儀屋の縁故つて何だい」

「だからさ、今のそらあの男は死んだのぢやなかつたかね」

「さうだよ、玉川上水の土左衛門《どざえもん》ぢやないか」

「矢つ張りさうだらう。それがどうしてやつて来られるんだらう」

「あんな事を云つてるよ」

「何故《なぜ》」

「そんな事を云へば外《ほか》の連中だつて、おんなじぢやないか。僕等《ら》のクラスは不思議によく死んだからね」

「しかし、それは別だよ」

「別なもんか、まあいいや、酒を飲まう」

それから随分時間がたつたが、賑《にぎ》やかに話してゐるのは、私のところだけで、外《ほか》の席はお酒が廻る程、段段沈んで行く様であつた。

その二十

湯島の切通しに隧道《すいどう》が出来て、春日町《かすがちよう》の交叉点《こうさてん》へ抜けられると云ふ話なので、その穴へ這入《はい》つて見たが、全くいい思ひつきだと思ふのは、以前まだ人力車が盛んであつた当時、私はよく本郷から小石川へ帰るのに俥《くるま》に乗つたが、本郷真砂町《まさごちよう》から春日町の谷底へ下りるのに、俥屋があぶなかしい足取りで、俥の辷《すべ》るのを防ぎながらやつと長い坂を下りて、それから又今度はその谷底から、伝通院《でんづういん》の側《そば》の富坂《とみさか》の急な坂道を、息を切らして、はあはあ云ひながら上つて行く。大変な苦労で俥に乗つてゐても気が気でないが、仮りに上り下りの苦しさは別にして考へても、距離から云つて所謂《いわゆる》三角形の二辺と云ふ事になり、もし真砂町から富坂上へかけて空中線を引く事にすれば、その線が一番近い一線である。空中線を陸橋で結べばいいので、さうなれば俥屋もらくになるし、俥屋よりもつと重い荷車を挽《ひ》いてゐる人夫はなほの事、助かるだらう、何故《なぜ》さう云ふ陸橋を架けないのかと考へてゐたが、この頃になつて、四谷塩町と市ケ谷合羽坂《かつぱざか》との間にさう云ふ橋が出来るさうである。しかしそれより高台の底に横穴を掘つて、向うの低地へ結びつけると云ふのは一層いい考へである。まだ日がかんかん照つてゐる日なかに、私は湯島天神の下からその穴に這入つて行つたが、入口は狭くて窮屈であつたけれど、暫《しば》らく行くと、暗がりが広がつて来た。愛宕山《あたごやま》の隧道などと違つて、穴の向うの出口が見えると云ふ様な小さい穴でないから、一たん這入つたら、一応穴の中の気持にならなければならない。

湯島の穴には電燈がつけてないので、外から見れば暗いけれど、中に這入ると外とは違つた明かりがある。入口に近いところは外から射《さ》し込む日光で、足許《あしもと》に不自由する事もないが、暫らく行くと、その光りは消えて辺りに別の明かりが射してゐる。一体に穴の中は真暗なのだが、そこいらにある物が何でも自分で光つてゐるので、それで明かりが十分に取れる。道端の水溜《みずたま》りに大きな金魚がいくつも泳いでゐたが、金魚の姿から色合ひ、鱗《うろこ》の筋までもはつきりと見えるのは、水の外からの明かりに照らされてゐるのでなく、金魚が一匹づつ光つてゐるのであつた。さう云へば水にも明かりがあつて、水は水らしく薄い光りをそこいらに流してゐる。奥の方へ這入《はい》つて行くと次第に辺りが広くなつて、茶店を出してゐる所へ来たから、そこで休んだが、お茶を汲《く》んで来た娘は美しく愛嬌《あいきよう》があつて、それに顔や手が自分で明かりを持つてゐるのだから、なほの事あでやかに思はれた。茶椀《ちやわん》も光つてゐるし、菓子皿にも明かりがある。しかし、さう云ふ物がぴかぴかと鋭く輝いてゐるのではなくて、ただその物のあると云ふ事が解るだけの明かりを持つてゐるのだから、見てゐる目が労《つか》れると云ふ事はない。

茶店の先に広場があつて、植ゑ込みになつてゐて、外《ほか》で云へば町中の小公園と云ふ様なところらしいから、行つて見たが、樹の枝にも葉つぱにも、それぞれの明かりがあつて、地上の景色よりは美しく思はれた。小鳥も光りのかけらの様に飛び廻つてゐるし、噴水の水は花火の様であつた。

方方を歩き廻つたが、春日町へ出るのはどちらへ行けばいいのか解らないので、少し心配になつて来た。だれかに聞きたいと思つたけれど、生憎《あいにく》辺りに人もゐなかつたし、空と云ふものがないので、私の様な馴《な》れない者には方角がわからない。その内に段段辺りが広がつて、穴の中の取り止めがつかなくなり出した。気がついて見ると、私の手や足もうつすらした明かりを湛《たた》へて光り出した。

その二十一

ホテルの食堂へ晩飯を食ひに這入つたところが、私の食卓の直ぐ前に後向きに腰を掛けてゐる西洋人の年寄りがゐて、その向き合つた席には、日本人の若い洋装の女が、頬紅《ほおべに》や黛《まゆずみ》を一ぱいつけた顔で不自然な笑顔をつくりながら、絶えず何か話しかけてゐる。

西洋人の頸《くび》は七面鳥の様で、その上に真白な長い白髪がかぶさつてゐる。何か相手の女に受け答へしながら、時時頸を縮める身振りをしてゐるが、さうする度に、頸の肌にきたない皺《しわ》が出来て、その廻りの白髪がおつ立ち、見てゐて気持が悪くなつた。私が自分のお皿を突つつきながら、うつかりその方に気を取られてゐると、何故《なぜ》だか足に突つ掛けてゐる革のスリツパが脱げるので、もうそんな事が二三度もあつたから、気にしてゐたが、その内に二人の話は段段熱を帯びて来るらしく、今では西洋人の方が余計に口を利いて、時時食卓のこつち側から、女の顔の前に手を出して見せたりしてゐる。

私はそれを見てゐて自分が不安になると同時に、西洋人の後姿を間に置いて、私と向き合つてゐる洋装の女の様子が、何となく私の心を惹《ひ》く様に思はれ出した。

何度でも辷《すべ》り落ちるスリツパを足の先で探りながら、いらいらして、食つてゐる物の味も解らなくなりかけた。女がとろける様な笑ひを目もとに湛《たた》へて、西洋人をぢつと見つめた挙げ句に、その目をそらして、ちらりと私の方を見た。その途端に西洋人の頸《くび》の色がさつと変はつて、今まで皺《しわ》の間まで赤味を帯びてゐたのが、一どきに紫色になつた様であつた。

ボイがその食卓の傍に来て、何か云つてゐる様であつたが、その話しの途中で急に西洋人が起《た》ち上がつて、自分の席を離れ、女の片腕を取つて、釣るし上げる様に起《た》たせたかと思つたら、女の身体を軽く小脇に挾んで、さつさと入口の方へ歩き出した。その後から支配人やボイが大勢腕組みをして眺めてゐるが、みんな平気でゐるらしい。何か私が見違へるか、勘違ひするかしたのかも知れないと気がついたので、心を落ちつけようと思つて、今来たお皿の中をぢつと見つめながら、肉叉《フオーク》を動かしてゐると、そこにある骨のついた鳥の肉や、小さな帽子をかぶつたトマトなどの取り合はせが非常に興味がある様に思はれて、さつきの騒ぎもこのお皿の中の御馳走《ごちそう》のにほひであつた様な気がし出した。

その二十二

日比谷の交叉点《こうさてん》に二つ列《なら》んでゐる公衆電話の手前の方のに這入《はい》つて相手を呼んでゐると、隣りにも人が這入つたらしいが、透かして見る硝子《ガラス》がこちらのも向うのも埃《ほこり》でよごれてゐるし、おまけにそれが二重になるから初めはよく解らなかつたけれど、その内に目が馴《な》れて来ると、髷《まげ》に結つた非常に美しい女の姿がすぐ手近に現はれて来た。

　私の用件は、これから人と会ふ打合せであつて、簡単にすむ事なのだが、相手が中中出て来ないので、呼び出しに手間がかかつた。又その方が都合がいいのであつて、今私はすぐにここを出て行き度《た》くない、もう少し隣りの箱を透かして見たいと思つた。

　向うの女は受話器を耳に押しあてた儘《まま》、身体をこちらに捻《ね》ぢ向けて、私の方を見ながら何か一心に口を利いてゐる。その脣《くちびる》の色も見えるし、又ぢつと眺めてゐる内に、手がらの色も目に沁《し》みて来た。箱に入れた美しい物を外から見てゐる様で、何の遠慮もいらないから、私は自分の電話をお留守にして飽かず眺めてゐたが、向うの話してゐる様子は次第に生き生きして来る様で、それが電話に向かつて話してゐるのでなく、よごれた硝子《ガラス》を隔てて私に何か云つてゐるのではないかと思はれ出した。

　私の方の電話は、どこか変な風に混線してゐると見えて、いまだに向うとつながらないのだが、別にじれつたいとも思はず、ぢりぢり云つたり、びんびん鳴つたりする音をぼんやり聞いてゐる内に、何だかさう云ふ雑音の奥から、綺麗な響きのする女の声が聞こえて来る様な気がした。

「さうは行かないわ、でも仕方がないわ、ええ構はないわ」と云ふ様な切れ切れの言葉が段段にはつきり聞き取れる様になつた。

「それでどうなの、あなたは今すぐでもいいんですか」と云つた様であつた。それで私は隣りの箱の中を見ながら、びんびん鳴つてゐる雑音の中へ、

「こちらは構はないよ」と云つて見た。

　女も硝子の向うから、こちらを見てゐる美しい脣が動いたと思つたら、

「それぢや、もう電話を切るわね、すぐ出て下さる」と云つた。

「いいよ、それぢや僕も切るよ」と云つて、私が受話器を掛けた途端に、隣りの箱でも受話器を掛けた。さうして私の方を見て、につこり笑つたらしい。

　ばたんと云ふ音が響いて、隣りの女が箱を出て行つたから、私も外へ出ようとすると、こちらの扉は、うま

く開かない。それで押したり突いたりしてゐると、前に人影がさしたので、目を上げて見たら、今の女がそこに起《た》つてゐて、私の箱に這入《はい》らうとしてゐる。美しいと思つたのはその通りであつたが、しかし吃驚《びつくり》する様な大きな顔で、赤い脣の間に舌のひくひく動いてゐるのが見えた。

その二十三

私は仕事の都合で歳末の半月ばかり、東京駅の鉄道ホテルに泊まつてゐたが、その間は一度も外へ出なかつたので、大分気分が鬱《うつ》して来た。それにホテルの食べ物は窮屈で、食堂のあてがひ扶持《ぶち》ばかり食つてもゐられないから、毎日昼か晩の内少くとも一回、時によると二度とも駅の乗車口の精養軒食堂へ降りて行つて、いろんなものを拾ひ食ひをした。

夕飯の時は、鮨《すし》やお弁当を肴《さかな》にして、独酌で一盞《いつさん》傾ける。いつも大変な混雑なので、傍の食卓の人が起《た》つたり坐つたり、出がけにコップをひつくり返す人もあるし、泣いてゐる赤ん坊を背中におぶつた儘《まま》で坐り込むお神さんもあつて、初めの間は少しも落ちつかなかつたが、仕方がないと我慢して盃を重ねてゐる内に、次第に辺りの騒ぎが遠のいて来る様で、目の前をちらちらしてゐる人影も目ざはりでなくなつた。

さう云ふ時に、食堂の中のどの辺りからと云ふ事は解らないけれど、毎日きまつた同じ調子の話し声が私の耳に聞こえて来出した。最初にその声を聞いた時、だれか私の知つた人が近くにゐるのかと思つて、辺りを見廻したが、大勢の人の顔が、あつちに向いたりこつちに向いたりして、だれがその声を出してゐるのか見分けがつかなかつた。

二度三度来る内に、必ずその声を聞くので、もう人の顔を探す様な事はしなかつたが、仕舞には、お午《ひる》に一寸《ちよつと》ライスカレーを一皿食ひに降りて来ても、その間に矢つ張りいつもの話し声が聞こえる様になつた。

その声柄は少し嗄《しわが》れてゐて、重みがあり、相当の年輩の男の声と思はれるけれど、話してゐる事柄は一言も解つたためしがない。又その話しの相手になつてゐる方の声は、まはりの騒音に混ざつて、聞き別ける事は出来なかつた。

いつも同じ声を聞き馴《な》れたので、その食堂に降りて行く時は、いくらかこちらで待ち受ける様な気持になつたが、そのつもりで食事をしてゐて、一度も失望した事はない。

仕事に疲れ過ぎて、少しお酒を余計に飲んだりする時は、話し相手もなく重ねて行く盃の間に、随分酔ひが廻つたと自分で解る事もある。そんな時には、どこからともなく聞こえて来る話し声が非常にはつきりして、ほんのもう少しで何を云つてゐるかと云ふ内容も解りさうな気がする。

一週間か十日も過ぎた或る晩、いつもの通り人混みの中で独酌をしてゐると、その聞き馴れた声が咳《せき》をした。風邪《かぜ》でも引いたのかとぼんやり考へかけて、急にはつとする様な気がした。その咳払ひはもう三十年も昔に死んだ私の父の声にそつくりであつたので、それで一度は、父の声であつたのかと思つたが、又考へて見ると、父の死んだのは今の私より年下の時であり、今聞こえて来る声は私などよりずつと年上の人の響きがある。死んだ後で年を取ると云ふ事がない限り、父の声がもし聞こえるとすれば、もつと若い張りがあるに違ひない。それでいつも聞き馴れてゐる声はさうではないときめて、又そんなに迫つた気持でなく聞く様になつたが、間もなく咳も止《や》み、もとの通りの重みのある語調で話す様になつた。


（昭和一三年一月「改造」）

サラサーテの盤

一

宵の口は閉め切つた雨戸を外から叩《たた》く様にがたがた云はしてゐた風がいつの間にか止《や》んで、気がついて見ると家のまはりに何の物音もしない。しんしんと静まり返つた儘《まま》、もつと静かな所へ次第に沈み込んで行く様な気配である。机に肱《ひじ》を突いて何を考へてゐると云ふ事もない。纏《まと》まりのない事に頭の中が段段鋭くなつて気持が澄んで来る様で、しかし目蓋《まぶた》は重たい。坐つてゐる頭の上の屋根の棟《むね》の天辺《てつぺん》で小さな固い音がした。瓦《かわら》の上を小石が転がつてゐると思つた。ころころと云ふ音が次第に速くなつて廂《ひさし》に近づいた瞬間、はつとして身ぶるひがした。廂を辷《すべ》つて庭の土に落ちたと思つたら、落ちた音を聞くか聞かないかに総身《そうみ》の毛が一本立ちになる様な気がした。気を落ちつけてゐたが、座のまはりが引き締まる様でぢつとしてゐられないから起《た》つて茶の間へ行かうとした。物音を聞いて向うから襖《ふすま》を開けた家内が、あつと云つた。「まつさをな顔をして、どうしたのです」

二

来訪の客は昔の学生である。暫《しば》らく振りだから引き止めて夕方から一献《いつこん》を始めたが、相手が賑《にぎ》やかなたちなので、まだ廻らない内からお膳《ぜん》の辺りが陽気になつた。電気も華やかに輝いてゐる。

「もう外は暗くなりましたか」

「どうだかな」

「奥さん、外はもう暮れましたか」

御馳走《ごちそう》の後の順を用意してゐる家内が、台所から顔を出して聞き返した。

「何か御用。水の音でちつとも聞こえません」

「いえね、一寸《ちよつと》聞いて見たのです。外は暗いですか」

「ええ、もう真暗よ」

客はにこにこと笑つて、又私の杯に酒を注《つ》いだ。

「何だ。暗くなつたら帰ると云ふのかい」

「いやいや。まだまだ。あ、風が吹いてゐる。さうでせうあの音は」

「さうだよ。暗い所を風が吹いてゐるんだよ」

砂のにほひがして来た。

玄関の硝子《ガラス》戸をそろそろと開ける音がした様だつた。

杯のはずみで気にしなかつたが、暫《しば》らくたつてから微《かす》かな人声がした。台所にゐた家内が聞きつけて、あわてた様に出て行つたと思ふとすぐに引返して、中砂の細君《さいくん》だと云つた。客が私の顔を見て杯を措《お》きもぢもぢする様子なので、「いいんだよ」と云つたが、狭い家なのでさう云つた声がその儘《まま》玄関へ聞こえたと思つた。

「一寸《ちよつと》失敬」と云つて起《た》ち上がつた。

玄関に出て見ると中砂のおふささんが薄明かりの土間に起《た》つてゐる。中砂が死んでからまだ一月余りしか経《た》つてゐない。その間に既に二度いつも同じ時刻にやつて来た。上がれと云つても上がらない。初めの時はお宅に中砂の本が来てゐる筈だと云つて、生前に借りた儘になつてゐる字引を持つて行つた。主人の死後、蔵書を売るのだらうと思つた。二度目に来た時も矢つ張り貸してある本を返してくれと云ふのであつたが、今度のは語学の参考書で、どうしてそんな本の来てゐる事がわかるのか、第一その本の名前をはつきり覚えてゐるのが不思議であつた。中砂は人に貸した本の覚えを作る様な几帳面《きちようめん》な男ではなかつたし、又私との間ではお互の本があつちへ行つたり、こつちへ来たりしてゐるから遺族にはつきり解る筈もない。亡友の遺品を返すのは当り前だが、おふささんは取り立てる様な事をする。

なぜそんな時間にばかり来るかと云ふ事も気になつたが仕方がない。

「お淋《さび》しいでせう。きみちやんはどうしてゐます。元気ですか」と尋ねた。中砂の遺児は六つになる女の子で、しかしおふさの子ではない。

「お蔭様で」

「今日は置いて来たのですか」

「いいえ、外に居ります」

玄関の戸の這入《はい》つた後が少し開いた儘《まま》になつてゐる。その外の暗闇に女の子が起《た》つてゐるらしい。

「中へ入れておやんなさい。寒いでせう」

「いやなんださうで御座いますよ」

家内も出て来て、おふさに上がれと云ひかけたが、きみ子が外にゐると聞いて、下駄《げた》を突つ掛けて往来へ出た。

「まあきみちやん、そんな所に一人で」

しかし子供は中に這入りたがらないらしい。

何の用件かと思つたら、今日は蓄音器のレコードが一枚こちらへ来てゐる筈だから戴《いただ》きに来たと云ふのであつた。さう云へば余程前にギクターの十吋《インチ》の黒盤を借りて来た事がある。よく解つたものだと感心しながら、しかし何故《なぜ》かうして何もかも取り立てるのか怪訝《けげん》な気持がする。探し出して渡すと早早に帰つて行つたが、静かな往来に小さな女の子の足音が絡みついて遠ざかつて行く淋《さび》しい音が残つた。

明かるい電気のお膳《ぜん》に帰つて坐つたけれど、飲みかけた酒の後味が咽喉《のど》の奥でにがくなつてゐる。客は興醒《きようざ》めた顔をしてもぢもぢしながら、

「中砂先生の奥さんですか。悪かつたですね」と云つて杯を取らうともしない。

「いいんだよ。ああやつて時時来るんだ」

「僕がお邪魔してゐるので上がらずに帰られたんでせう」

三

それでも又飲みなほしてゐる内に、お膳の上がいくらか陽気になつた。仕舞頃は客も酔つて面白さうに帰つて行つたが、時間はまださう遅くないけれど片附けた後の手持無沙汰《ぶさた》な気持で早寝しようと思ふ。外は風がひどくなつたらしい。家のまはりがたがた鳴つてゐる中に、閉め切つた玄関でことことと云ふ違つた音がした。寝巻の儘《まま》起つて行つて見ると低い女の声で何か云つてゐる。聞き返したら中砂の細君である。驚いて私が格子《こうし》戸《ど》を開けた。

「どうしたのです」

「済みません、また伺つて」

さつき来た時から大分時間はたつてゐるけれども、まだ中砂の家まで帰り著《つ》いて出なほしたとは思はれない。

「どうかしたのですか」

「お休みのところを本当に済みません。気になるものですから」と云つてさつき持つて行つた黒盤の外《ほか》に、もう一枚来てゐる筈だから貰《もら》つて行きたいと云ふのである。そんな事なら何も暗い道を引返して来なくても、明日でいいではないかと云ひたいが、先方があらかじめさう云はれる事に備へてゐる様なむつとした様子なので云ひ出すのをよした。

しかしレコードを探して見たけれど、おふささんの云ふのは見当たらない。さつき持つて行つたのと同じ様な黒の十吋《インチ》で、サラサーテ自奏のチゴイネルヴイゼンだと云ふのだが、それは私にも覚えがある。吹込みの時の手違ひか何かで演奏の中途に話し声が這入《はい》つてゐる。それはサラサーテの声に違ひないと思はれるので、レコードとしては出来そこなひかも知れないが、さう云ふ意味で却《かへ》つて貴重なものと云はれる。探して見当たらないと云つても私の所にそんなに沢山《たくさん》所蔵があるわけではないから、或はおふささんの思ひ違ひかも知れない。

玄関に引返してさう云ふと、

「そんな筈はないと思ふんで御座いますけれど」と籠《こ》もつた調子で云つて、にこりともしない。

また子供を外に起《た》たしてゐるのではないかと思つて聞くと、「いいえ」と答へたきりで取り合はない様な風である。

「どこかに置いて来たのですか。あれからまだ家まで帰る時間はなかつたでせう」

「よろしいんで御座いますよ」

さう云へばさつきのレコードをくるんで行つた包みも持つてゐない。

「さつきのお客様はもうお帰りになつたので御座いますか」

「ええ帰りましたよ」

何だかこちらを見返してゐる。

「レコードはその内また気をかへて探して見ませう。今の咄嗟《とつさ》には僕も見当がつかないから」

「左様《さよう》で御座いますか」

少しもぢもぢして、何か云ひたげな様子でその儘《まま》帰つて行つた。春先の時候の変る時分で玄関の硝子《ガラス》戸の開けたてに吹き込む風が、さつきよりは温かくなつてゐるのが、はつきり解つた。

襖《ふすま》の陰から顔を出さなかつた家内が襟《えり》を掻《か》き合はせる様な恰好をしてゐる。

「外は暖かくなつたらしいよ」と云つても「さうか知ら」と云つて頸《くび》を縮めた。

四

中砂は学校を出るとすぐに東北の官立学校の教授に任官して行つたが、当時は初秋の九月が新学年だつたので、それから秋の一学期を済まし、冬休みには上京して来て暮れからお正月の松が取れるまでの半月許《ばか》りを私の家で過ごした。

毎日家で酒ばかり飲み、或は出かけて寒い町をほつつきながらビヤホールを飲み廻つたりした。この次の夏休みには上京しないで向うで待つてゐるから出かけて来いと中砂が云つた。

夏になつて行つて見ると、お寺の様ながらんとした大きな家に間借りしてゐた。私が著《つ》いた翌《あ》くる日の真昼中に、ゆさりゆさりと揺れる緩慢な大きな地震があつて、軒の深い縁側に端居《はしい》してゐた目の先が食ひ違つた様な気がした。青い顔をしてゐたと見えて、そんなにこはいのかと中砂が云つたが、地震がこはくて顔色を変へたとは思はない。屛際《へいぎわ》の木の葉の所為《せい》だらう。しかし何故《なぜ》だか気分は良くなかつた。

当初からの計画で、それから又汽車に乗つて太平洋岸に出て見ようと云ふ事になり、幹線を何時間か行つた後、岐線《しせん》の小さな汽車に乗り換へた。空が遠く、森や丘の起伏の工合《ぐあい》が間が抜けた様で、荒涼とした景色が展《ひら》けた。その中を小さな汽車がごとごとと走り続ける内に、どこからともなく夕方の影がかぶさつて来た。

いつの間にか線路の左側に沿つて、汽車の走つて行く先の先まで続いた大きな土手が見え出した。線路と土手の間は遠くなつたり狭くなつたりしたが、狭くなる時は土手の陰に小さな汽車が這入《はい》つて走り、車窓の中の膝《ひざ》の上まで暗くなつた。段段に濃くなる夕闇は大きな長い土手が辺りに散らかしてゐる様であつた。

汽車が土手から離れて走る時、土手の向うの暮れかけた空に水明かりが射《さ》してゐる様であつた。水を一ぱいに湛《たた》へた大きな川が流れてゐるのであらうと思はれた。船は見えないけれど、びつくりする程大きな帆柱の先が薄明かりの中をゆつくり動いて行くのが見えた。

何の用があるわけでもない、ただ遊びに来た旅なのだが、知らない景色の中で日が暮れて行くのは淋《さび》しかつた。中砂も狭い車室に私と向き合つて、つまらなさうな、心細い顔をしてゐた。

線路が暗い土手と一緒に大きく曲がつた様だと思ふと、反対の側の窓の遠くの果てに、きらきらと列になつて光る小さな燈火が目に入つた。土手の側にはまだいくらか明かりが残つてゐるが、燈火の見える辺り一帯は已《すで》に真暗である。小さな汽車が暗闇の中に散らかつたその明かりの方へ走つてゐるのが、はつきりわかつた。

五

岐線《しせん》の終点の小さな駅に降りて、中砂と二人、だだつ広い道をぶらぶらと歩いた。道の両側の灯《あか》りで足許《あしもと》は暗くはないが、握り拳《こぶし》ぐらゐの小石が往来一面にごろごろしてゐて歩きにくい。線路に沿つた土手の向うの川は、この町に這入《はい》つてゐるに違ひない。その川縁《かわべり》に出て見ようと思つた。まだ暮れたばかりの夏の晩だから人通りは多い。その中の一人をつかまへて、どこか近くに橋があるかと尋ねた。

こちらの云つてゐる事はわかるらしいのだが、向うの返事は初めの二言三言は丸つきり通じなかつた。馴染《なじ》みのない地方で、ふだん聞き馴れない所為《せい》もあるが、しかし随分の僻遠《へきえん》まで来たものだと云ふ気がする。やつと見当だけは解つて、その方へ歩いたらすぐに長い橋の袂《たもと》へ出た。

丁度《ちょうど》そこに川沿ひの大きな料理屋があつたから、先《ま》づ一献《いっこん》しようと云ふので上がつた。障子《しょうじ》の外はすぐに川である。一ぱいに湛へた川水が暗い河心から盛り上がつて来る様であつた。

二三本空ける内に半日の疲れを忘れて好い心持になつたが、中砂は一層廻りがいい様であつた。兎《と》も角《かく》一人呼んでくれと云つておいた芸妓《げいぎ》が来て、矢つ張りそこいらが陽気になつた。

這入つて来た時からこんな所でと意外に思ふ程美しかつたが、言葉の調子も綺麗で、この辺りの音ではない様に思はれた。取りとめもない話しの中で、中砂がその女の生国《しょうごく》を尋ね、君の言葉の音や調子が気になるから是非《ぜひ》聞きたいと云ふと、一寸《ちょつと》云ひ淀《よど》んで、東京から反対に何百里も先の中砂の郷里の町の名を云つた。

「さうだらうと思つた。さうなのか」と云つた中砂の様子は感慨に堪へぬものの様で、「君は綺麗な言葉を遣《つか》つてゐるけれど、その中に微《かす》かな訛《なま》りがある。その訛りは同じ郷里の者でなければ解りつこないのだ。何しろ僕達も用もないのにこんな所までやつて来て、実に不思議な因縁だね。ねえ君、さうだらう」と今度は私の方に向いて杯をあげた。

お膳《ぜん》に出た蒲焼《かばやき》の大串は気味が悪い程大きな切れであつて、この川でとれるのださうだが、胴体のまはりを想像すると、生きてゐるのを見たら食べる気がしないだらうと思はれた。女は器用な手つきで串を抜いて薦《すす》める。中砂は、いつでもさうなのだが、酒が廻るとお膳の上の物には見向きもしない。頻《しき》りに杯を重ねて御機嫌になつたが、しかし酔つた大袈裟《おおげさ》な気持の底に郷愁に似た感傷を起こしてゐる様であつた。

私も酔つてゐるので何も彼《か》も解るわけではないが、その内に芸妓《げいぎ》は帰り、料理屋の紹介で同じ川べりの宿屋へ行つて落ちついた後も、中砂は先に帰つて行つた女の俤《おもかげ》を払ひ退《の》ける事が出来ないと云ふ風であつた。座敷の下を暗い川が流れて、岸を嚙《か》む川波の音が枕に通ふ趣きがあつた。同じ蚊帳《かや》の中に寝た中砂は輾転反側《てんてんはんそく》して寝つかれないらしく、夜中に一二度、溜め息だか寝言だか知らないが、大きな声をして私の目をさました。

六

朝になつてから、その日の予定と云ふものはなかつたが、丁度《ちょうど》いい遊び相手が出来たではないかと云つて、中砂は私を誘ひ昨夜の芸妓の家へ出かけた。お酒の間に家の名前や道順を教はつておいたと見えて、その時の事は私は知らなかつたが、丸で通ひ馴《な》れた道を行く様に私を案内した。どぶ板の向う側に芸妓の家があつて、表で待つてゐる内に、ぢきに支度をして出て来た。

三人連れ立つてだらだら坂になつた径《みち》を登つた。道の両側に藤の花が咲き残つてゐるのが不思議であつた。この辺りの時候は遅れてさうなのかとも思ひ、しかしそんな筈はないと云ふ気もした。

登り切つて小さな丘の頂に出たら、いきなり目の前に見果てもない大きな海が展《ひら》けた。明かるい風が吹いて来て、足許《あしもと》へ光が散らかる様であつた。

丘の上は小さな公園であつて、茶店もある。そこへ上がつて鮨《すし》を食ひ麦酒《ビール》を飲んだ。向うの大きな海が光つてゐるので、坐つた座のまはりが明かるく、一寸《ちょっと》手を挙げてもその影が動く様であつた。

中砂は頻《しき》りに麦酒を飲んだが、中途半端な気持でゐる様子で、片づかぬ顔色であつた。私は海の波打ち際が見たいと思つて一人で座を起《た》ち、丘の外れの崖縁に出て見た。眼下にひらけた砂浜の上を、夢に見た事もない大きな浪がころがつてゐた。打ち寄せて来た浪が渚《なぎさ》に崩れてから、波頭の先が砂の上に消える迄の間が、見てゐる目を疑ふ程に長かつた。座に残つた二人も後から出て来て同じ様に崖縁に竝《なら》んで起《た》ち、それから丘を下りて私共はその足で停車場に出た。女は駅まで見送ると云ふでもなく、自分の家に近い横町の曲がり角で別れの挨拶《あいさつ》をして帰つて行つた。

小さい汽車の中で中砂は時時遠くの方を眺めてゐる様であつたが、私も昨日から今日半日の清遊はいい思ひ出になると思つた。

その時のその芸妓《げいぎ》が中砂の後妻であり、中砂の死後頻りに私の所へ物を取りに来るおふささんである。

七

中砂はその時から何年か後に東北の学校を辞して東京に帰り、まだ開けてゐなかつた近郊に家を構へて、遅い結婚をした。細君は中砂の年来の恋女房で、間もなく赤ん坊が出来て、家庭の態を調へた。

私もしよつちゆう遊びに行つて、又よく晩飯の御馳走《ごちそう》になつた。細君のお勝手の手間をいたはるつもりだつたか、餉台《ちやぶだい》の上はいつも豚鍋《ぶたなべ》であつた。鍋に入れるちぎり蒟蒻《こんにやく》の切れの大きさが、同じ人の手でちぎられる為にいつのお膳《ぜん》でも同じなのが、細君の心尽しを目に見る様であつた。

その頃はやつた西班牙風《スペインかぜ》が幸福な中砂の家庭を襲ひ、細君はまだ乳離れのしない女の子を遺して死んでしまつた。高熱が続いたのはほんの幾日かに過ぎない。譫言《うわごと》を云ふ様になつてから、私が来たら戸棚の中にちぎり蒟蒻が入れてあると云つたと云ふのを中砂から聞いた。

中砂は何よりも先に赤ん坊の乳母《うば》を探さなければならなかつた。幸ひにぢき見つかつて子供の心配はなくなつたけれど、その後の家の中の折り合ひはよくなかつた様である。中砂が滅茶苦茶《めちやくちや》な生活をし出して、狭い家の中に外から連れて来た女を幾晩も泊らせたりした挙げ句に、乳母とも面倒な話になつてゐたところへ、おふささが出て来たのである。

中砂が私の所へやつて来て、君実に不思議な事もあるものだよ。死んだあいつの里にゐた女中が、ふさの世話になつた家とつながりがあるんだよ。ふさはそこで子供が出来たのだが育たなかつたのだね。それからその旦那とも不縁になつて、だから丁度《ちようど》お誂《あつら》へ向きなのさ、と云つて、その晩は私の家でうまさうに酒を飲んだが、しかしいつもの様にお膳の上がだらだらと長くならない内に切り上げて、さつさと帰つて行つた。

八

赤ん坊の乳母もおふささんに代り、中砂の乱行《らんぎよう》もをさまつて、更《あら》ためておふささんと出直したと云ふ風であつた。私もまた度度出かけて一緒に酒を飲む事も多かつたが、家の中が必ずしも明かるくはない。中砂が無口のたちであつて、用事がなければ一日でも黙つてゐるところへ、おふさも初めの内はいそいそと立ち働いてゐた様であつたが、馴《な》れるに従つて段段に陰気になり、用がなければ赤ん坊を抱いて茶の間に引込んだ儘《まま》、いつ迄《まで》たつてもこそりとも云はなかつた。しんとした家の中で時時赤ん坊の声がして、しかしあやすのか乳を含ませるのか知らないが、ぢきにだまつてしまふ。流石《さすが》に起《た》ち居《い》はしとやかだと思つてゐたけれど、日がたつにつれて、さう云ふ所が妙に素つ気ない様にも感じられた。

中砂の家庭に、変に静かな月日が過ぎて、お互に多少の不満はありながらも、結局さうした生活の土台は固まつて来た様であつた。さうして二人の間で喧嘩《けんか》をする様になつたが、よその家の様にどなつたり、投げつけたりするのではなく、中砂が一言二言気に入らぬ事を口に出して、後はだまつてしまふ。するとおふささんがそれに反応して同じくだまり込み、茶の間に引込んで静まり返るのである。一旦《いつたん》さうなると後が何日でもその儘《まま》の情態で続いて果てしがつかない。そんな時にこちらから出かけて行くと、見かけはふだんと大して変りはないが、中砂が苦笑ひをする。

「またあれなんだよ。自分の殻に閉ぢ籠《こ》もると云ふのだね。決して出て来ないんだ。用事などは普通の通りにするけれど、何と云ふのかね、気持は殻の中に残してゐるんだ」

それで、おいおいと呼べば素直に出て来る。私にもふだんの通りの受け答へをする。中砂が幾日もくさくさした挙げ句の晩の相手に私を引き止めても、おふささんはいやな顔一つしない。何にするかと云ふ相談をして、せつせとその用意をし、初めの一二杯のお酌もしてくれる。

翌《あ》くる日になつてふらりと中砂が来る。その後どうだと聞けば、矢つ張りおんなじさ。まだまだ中中殻から出て来ないだらうと云ふのである。

その何年かが過ぎる間、中砂は身体の奥に病をかくしてゐる事に気がつかなかつた。表に現はれた時は已《すで》に重態で、ぢきに死んでしまつた。

九

所用があつて、ふだん余り馴染《なじ》みのない郊外の駅で降りたが、紙片に書いた道しるべの地図が確かでない様で、尋ねる家が中中見当たらなかつた。探しあぐねてだだつ広い道を歩いてゐると、向うが登り坂になつて、登り切つた所から先の道は見えないから、その向うの空を流れて行く白い雲がこの道の先に降りて行く様に思はれる。屋根の低い両側の家並《いえなみ》に風が渡つて、どこと云ふ事なしにがさがさと騒騒しい音がしてゐる。

雲が走つてゐる坂の上から子供を連れた人影が降りて来た。まだ離れてゐるし、後ろ明かりになつてゐるから、はつきりしないけれど、よく似てゐるなと思つたら、矢つ張りおふさときみ子であつた。

こちらの道の勝手がわからないので、うろうろしてゐたところだから驚いたが、先方はさうでもないらしい。御無沙汰《ごぶさた》をしてゐます、お変りはないかなどと普通の挨拶《あいさつ》をして、少し前にこちらへ引越して来た。まだお知らせしてゐないが、筆を持つのが大変なので、その内お伺ひして申上げようと思つてゐたと云つた。知つた人の紹介で小さな家が見つかつたから移つたと云ふ話なので、それは尤《もつと》もな事だと思つた。

すぐこの先だから寄つて行けと云つたけれど、それはこの次と云ふ事にして、私の尋ねる先を聞いて見たが、まだ土地に馴染みがないからと云ふので、それはわからない。私も今歩いてゐる方に当てがあるわけではないから、引き返して、おふさの行く方へ一緒に歩いた。私との間にゐたきみ子は、くるりと擦《す》り抜けておふさの反対の側に寄り添つて歩いた。

私の用件の家は後でそこいらでもう一度聞きなほすとして、おふささんの家の道順を教はつて置いた。すぐ先の四ツ辻で別かれる時、一寸《ちよつと》立ち停まつた間にこんな事を云つた。

「中砂は、なくなつて見ればもう私の御亭主でないと、この頃それがはつきりしてまゐりました。きつと死んだ奥さんのところへ行つて居ります。そんな人なんで御座いますよ。私は世間の普通の御夫婦の様に、後に取り残されたのではなくて、中砂は残して来たなどとは思つてゐませんでせう。でもこの子が可哀想で御座いますから、きつと私の手で育てます。中砂には渡す事では御座いません」

きつとした目つきで私の顔をまともに見て、それから静かな調子で挨拶《あいさつ》をして向うへ行つた。

十

いつもの通りの時刻におふささんがやつて来て、薄暗い玄関の土間に起《た》つた。何だかぞつとする気持であつた。

奥様はいらつしやいますかと云ふので、今日は用達しに出て、待つてゐるのだがまだ帰らないと云ふと、奥様に伺つて見たい事があつて来たのだが、と云つて口を噤《つぐ》んだ。

兎《と》に角《かく》上がれと云つても、いつもの通り土間に生えた様な姿勢できかなかつた。今日は一人で来たのか、きみ子はお留守居が出来るのかと尋ねても相手にならない。それでは奥様がお帰りになつたら聞いといて下さい。近い内に又伺ふからと云つて、この頃毎晩、夜中のきまつた時刻にきみ子が目をさます。目をさましてゐるのだと思ふと、さうでもない様なところもあつて、こちらの云ふ事には受け答へをしない。一心に中砂と話してゐる様に思はれる。朝になつて考へれば、なくなつたお父様の夢を見るのは無理もないと思つて可哀想になる。しかし余り毎晩続くので気にしないではゐられない。又夢だとも思はれない。その時のきみ子のよく聞き取れない言葉の中に、きまつてお宅様の事を申します。きつとこちらにきみ子が気にする物がお預けしてあるに違ひない。中砂がきみ子にやり度《た》い物なので御座いませう。それは奥様でなければわからない事で、奥様はきつと御存知だと思ふから来た、と云つた。

帰つて行つた後で、茶の間に一人で坐つてゐて頭の髪が一本立ちになる様であつた。

十一

サラサーテの十吋《インチ》盤は私から友人に又貸ししたのを忘れてゐたのであつた。返つて来たからおふさに知らせようかと思つたが、日外《いつぞや》の所用の家にもう一度行かなければならなかつたので、その序《ついで》に届けてやる事にした。

所用を済ました帰りに、この前教はつた道を辿《たど》つておふさの家の前に出た。まはりに庭のある低い小さな家であつた。

庭に廻つて縁側に腰を掛けた。頻《しき》りに上がれ上がれと云つた。板屛《いたべい》の陰に大きな水鉢があつて睡蓮《すいれん》が咲いてゐる。

きれいだなと云つたら、中砂が丹精したのだが、死んでから咲きましたと云つた。

「引越しの時に持つて来たのですか。大変だつたでせう」と云ふと暫《しば》らくだまつてゐたが、「でもねえ、死んだ人の丹精ですから」と云つてまた黙つた。

お茶を入れて来てから、落ちついた調子で、「睡蓮つて、晩になると光りますのね」と云つた。「露《つゆ》が光るのかと思つてゐましたけれど、さうではありませんわ。花びらが光るんですわ。ぎらぎらした様な色で」

それから思ひ出した様に、引越しの時、荷厄介になつたのは、睡蓮の鉢だけでなく、中砂が飲み残した麦酒《ビール》があつた。たつた二本だけれど飲んで行つてくれと云つたかと思ふと、起《た》つて手際よくそこの座敷に小さな餉台《ちゃぶだい》を据ゑ、罎《びん》の肌を綺麗に拭《ふ》いた麦酒を持つて来た。

お海苔《のり》を焼きませうかと云つた。いいと云つたけれど、もう台所障子《しようじ》の向うで海苔のにほひがし出した。

さつさと飲んで帰らうと思ひ、一人で戴《いただ》きますよと声を掛けて勝手にコツプに注《つ》いだ。

飲み終つて一服してゐると、永年の酒敵がゐなくなつてお気の毒様と云ふ様なくつろいだ愛想を云つた。

持つて来てやつたサラサーテの盤の事を思ひ出したらしく、私が包んで来た紙をほどいて盤を出した。それから座敷の隅に風呂敷をかぶせてあつた中砂の遺愛の蓄音器をあけて、その盤を掛けた。古風な弾き方でチゴイネルヴイゼンが進んで行つた。はつとした気配で、サラサーテの声がいつもの調子より強く、小さな丸い物を続け様に潰《つぶ》してゐる様に何か云ひ出したと思ふと、

「いいえ。いいえ」とおふさが云つた。その解らない言葉を拒む様な風に中腰になつた。

「違ひます」と云ひ切つて目の色を散らし、「きみちやん、お出で。早く。ああ、幼稚園に行つて、ゐないんですわ」と口走りながら、顔に前掛けをあてて泣き出した。


（昭和二三年一一月「新潮」）

解　説

内田百閒的幻想の特質

別役実

「盡頭子」というのである。「じんとうし」とでも発音するのであろうか。意味不明だが、「馬のお灸を据ゑる先生」が、その弟子につけた名前である。「（艾を）少し揉んで置から、君も手伝へ、盡頭子」と、このように使う。

　もちろん弟子とは言っても、本人にそのつもりはない。「女を世話してくれる人があつたので」とあるから、恐らく誰かにそそのかされたのだろう、他人の妾のところに入りこみ、御飯を食べていたところ、いきなり旦那が帰ってきて、とっさに女が「この人がまた今日お弟子入りに来ました」とごまかしたのである。

　女をどうにかしようと思ってやってきた男が、そのまま「馬のお灸を据ゑる先生」の弟子にされてしまうのも意表を突くが、事態は厳粛に進行し、「それでは、かう云ふ号をつけて上げるから、そのお積りで」と、何故か赤い紙に書かれた「盡頭子」が出てくるに及んで、それは更に倍加される。「いい号がつきました事、お礼を仰しやい」と、女が傍から言うのだが、私はここでひっくり返った。

　「なるほど」と、私はここへきて気がついたのである。「これは、笑わなければいけないものなのだ」と。そうでなければ、「馬のお灸を据ゑる先生」などという、雄大なイメージが生れるはずがない。「盡頭子」などという、中国の古典からこぼれ落ちたような、珍妙な固有名詞が出てくるはずがない。

　「しかし」と、一度気を許して笑ってから、私は思い直した。どうも、笑いきれないものが残るのである。この家全体が、何となく無気味であるし、先生もその弟も無《む》暗《やみ》に不機嫌であるし、女もまた、かなり得体が知れない。つまり、「馬のお灸を据ゑる先生」であるたたずまいにも、「盡頭子」という語感にも、ただ単に私の意表を突き、「笑わせる」という以外の、何かしら奇妙な存在感が漂っているのだ。言ってみればそれは、幻想を幻想とする「陰気で、薄気味がわるい」闇に、しっかりと根をおろしているのである。

　ところで、くどいようだがもう一度この体験をくり返し、薄気味悪さを充分に感じとった上で読み直すと、また別の笑いがこみあげてくる。もっと手触りの確かな、どうしようもない笑いである。そして、これは私個人の感じなのかもしれないが、こうなると「馬のお灸を据ゑる先生」よりも、その弟子よりも、女の方がおかしく、そして怖く見えてくる。

旦那がいきなり帰ってきた時、女は、白い手を二三度鼻の尖に持って行った後、「皿鉢小鉢てんりしんり、慌ててはいけません。私がいいやうにして上げますから落ちついてゐるといいわ」と言う。男の方は、「さう云つたのだらうと思ふけれども、始めの方に云つたのは、何のことだか解らない」とつぶやいているのだが、私は、前述した三度目の体験で、これがわかった。もちろん、男が「何のことだか解らない」と言っているのを、切り返して「私はわかった」と言っているのではない。むしろ、男が「何のことだか解らない」とつぶやくことで感じとったものを、私もまた感じとったと言うべきであろう。

「ははあ、この女は狐だな」と、私は考えたのであり、そう考えることで何ごとかがわかったのである。もちろん、この何ごとかの内容を説明することは出来ない。「皿鉢小鉢てんりしんり」というのは、この時女の中にひょいと顔を出した狐が言ったのであり、いわば「狐語」であるから、男にとっても、我々にとっても、「何のことだか解らない」のは自明のことであろう。ただ、重要なのは、この場面で女の中にひょいと狐が顔をのぞかせるという、幻想の構造にほかならない。そして、この構図が見えてくると、「皿鉢小鉢てんりしんり」自体は「何のことだか解らない」まま、この場面における真のいきさつが飲みこめてくる、というわけである。

私は当初、どんな奇妙な頭脳が、「馬のお灸を据ゑる先生」のたたずまいや、「盡頭子」の語感をひねり出したのかと、そればかり考えていたが、体験をくり返すうちに、今度は「皿鉢小鉢てんりしんり」の方にひっかかった。「この方がすごい」と思い出したのである。前述したふたつは、もしかしたら何とかなるかもしれないが、こちらの方はどうにもならないと思えてきたからである。

もちろん、「皿鉢小鉢てんりしんり」には、少しばかり「伝統」の匂いがする。幼児体験か、潜在的な記憶の底で、動物学の「狐」ではなく民俗学の「狐」について、或る蓄積があり、それが思いがけず口をついて出てきたらしいふしは、感じられないでもない。しかし、そうだとしてもやはり、見事というほかはないであろう。何気なく読んでいる時には別にどうということもなく、「あ、狐だ」と思って読んでみると、不思議にこれが「狐語」に見えてくるのである。

『盡頭子』というのは、最初期の短篇であるが、内田百閒の幻想の特質というものを確かめようとする場合、最もふさわしい作品ではないかと、私は考えている。その後の氏の幻想を形造ったさまざまな要素が、すべてここに含まれているような気がするからである。

幻想には、それを創りあげた作家に固有の特質がある。手触り、もしくはニュアンス、或いはもっとあいまいに、雰囲気と言ってもいいかもしれない。私は幻想を問題にする場合、それが「どんな内容のものであるか」というより、むしろこの種の特質——手触り、ニュアンス、雰囲気の方を問題にすべきであると考えている。幻想は、その内容ではなく、それがそこに存在する形態を通じて、我々に働きかけてくるものだからである。

と言うことで、『盡頭子』によって内田百閒の幻想の特質を考えてみると、それは第一に、「笑い」の混入ということであろうと、私は考える。これは、かなり特異なことに違いない。かねて幻想と「笑い」は、両立しないものとされてきたからである。

しかもこの作品の場合、この点を特に味わってもらいたいのであるが、幻想の中に「笑い」が含まれているのではない。つまり、構造としての幻想の中に、エピソードとして「笑い」の要素が散りばめられているのではないのだ。幻想と「笑い」は、それぞれに構造としていがみ合い、それぞれに相反するそれを打破しようとしながら、危うく両立しているのである。

もしくは、水と油が溶け合うように、溶け合っているとすら、言ってもいい。男が女を訪ね、旦那が帰ってきたのでとっさに女が、男を弟子と偽るくだりは、前述した通りだが、この場合の「不安」は、「盡頭子」という号をもらい、「いい号がつきました事、お礼を仰しやい」という女の言葉によって、なめらかに「笑い」に連続している。そしてまた、ここで一瞬、顔をのぞかせたかに見えた「笑い」は、「君も手伝へ、盡頭子」と、ひどく当り前のように呼びかけられることによって、新たな「不安」になめらかに連続してしまうのである。

言うまでもなく、これが常に「なめらかな連続過程である」という点が、何よりも重要であろう。もちろん、こうした過程を通して幻想も「笑い」も、それぞれに少しずつ変質してゆくのであり、そうすることで同化してゆくのだが、幻想であり「笑い」であるそれぞれの本質は、維持されている。

右手に幻想を持ち、左手に「笑い」を持ち、それらを双方からゆっくり近づけ、最先端がそれぞれに変質しながら同化する現場を、子細に見届けるのが内田百閒の方法である、と言ってもいいであろう。もちろん、作業には細心の注意深さが要求される。「笑い」というものは、ひとまずは知的な反応であり、ともすれば幻想であることを破産させてしまいかねないし、幻想もまた、その独自の感受性を維持しようとするあまり、「笑い」を圧殺しかねない。

しかし、これが成功した時我々は、幻想と「笑い」の混合空間という、かってあり得なかった奇妙なフォルムに、接することになる。ここでの「笑い」は、もはや我々が通常発する自然な「笑い」ではないが、「笑い」の本質に根ざしたものであることは間違いないのであり、幻想も同様である。

『盡頭子』に顕著に見られる氏のこうした幻想の特質は、他のすべての作品における幻想にも、共通するものと言っていい。『件《くだん》』もそうである。「件」を、「件」の立場から書こうとする考え方も奇想天外であるが、生れて三日で死に、その間に未来の凶福を予言する立場にあるそれが、「何を予言するんだか見当もつかない」とつぶやくに至っては、何をか言わんやという気がするくらいだ。しかし氏は、ここで笑って済まそうとはしていない。「人の散つてしまつた後に又夕暮れが近づき、月が黄色にぼんやり照らし始めた。私はほつとして、前足を伸ばした。さうして三つ四つ続け様に大きな欠伸をした。何だか死にさうもない様な気がしてきた。」

この「何だか死にさうもない様な気がしてきた」という言葉は、「何を予言するんだか見当もつかない」というつぶやきと重ね合わされて、本来なら知的な「笑い」を誘ってしかるべきものだが、もはやここではそんな気になれない。ほっとして、「三つ四つ続け様に大きな欠伸をした」という、論理的なしがらみから解き放たれた存在感が、「笑い」そのものを変質させ、「存在そのものが持つ寂寥《せきりよう》感」とでも言うべきものへ、溶解させてしまっているからである。

そして、内田百閒の幻想の特質の第二のものは、この「存在そのものが持つ寂寥感」とでも言うべきものを、常にその底辺に漂わせている、という点であろう。つまり氏の幻想は、これを原点にして立ち上っているのである。もちろんこの点については、『昇天』や『サラサーテの盤』の方が見届けやすいが、『盡頭子』にも、その片鱗はうかがえる。

「人の一人も通つてゐない変な道を、随分長い間歩いて行つたら、その家の前に来た。二階建の四軒長屋の左から二軒目の家である。左が北だと云ふこと丈は、どう云ふわけだか、ちやんと知れてゐた。」このようにして男は、幻想の中に入りこんでゆくのであるが、事象の描写が、あいまいでぼんやりしたものから、いきなり具体的で細密になってゆく過程に、誰しもが気付かれるであろう。「左が北だと云ふこと丈は、どう云ふわけだか、ちやんと知れてゐた」などというのは、ほとんど過剰と言ってもいい。
恐らくこれは、男にとっての女が、虚空にひとりポツンと存在する、と知覚されているせいであろう。「人の一人も通つてゐない変な道を、随分長い間歩いて行つたら」という時、彼はその虚空を辿っている。「二階建の四軒長屋の左から二軒目の家」という具体的で細密な描写が、我々に「いきなり」と感じとれるのも、背景が広大な虚空だからにほかならない。

この虚空にひとりポツンと存在する女が、巫女のように男を幻想空間に導き、「馬のお灸を据ゑる先生」とその弟を帰宅させ、男を「盡頭子」という名の弟子に仕立てあげ、先生と弟と共に、往診にやるのである。もちろんこの虚空は、近代人が考える物理的に何もない、空っぽの空間のことではない。この虚空の彼方から、狐が女の中にひょいと顔をのぞかせるように、どちらかと言えば前近代の「闇」の気配がある。

しかし、にもかかわらずこの「女が狐であることの寂寥感」と「存在そのものが持つ寂寥感」は、よく似ているのである。そしてこのいきさつは、『昇天』を読むことによって、更にはっきりする。

これは、「私の暫らく同棲してゐた女が、肺病になつて入院してゐると云ふ話を聞いたから、私は見舞に行つた」ということから始まって、女が死ぬまでの経過を記したものである。ほとんど、事実を描写したのではないかと思われるほど、坦々と事象が推移するのであるが、もちろん一読して誰もが、ここに推移しつつある事象の特色に、気付くに違いない。

冒頭の部分から拾っただけでも、「長い間歩いて行く」「段段に家がなくなる」「白らけたやうに明かるくなる」「長い塀が見え」「だだつ広い玄関」「廊下の遥か奥の方」とある。何となく、物と物との間が広がって、何ものかがすけて見えてくるような気がしないだろうか。そしてそこには、「人つ子一人ゐない」のであり、ただ「風の吹く音」がするのである。このことが、ほとんどしつこいと思われるほど、何回もくり返されている。

そしてこうした現場に、「不意に式台の横にある衝立の陰から、小さな看護婦が出て来て」とあるように、登場人物はおおむね、いきなり現れる。「出合ひ頭に変な男に会つた」「いきなり扉があいて、びつくりする程、脊の高い男が這入つて来た」「人の気配がするから振返つたら、頸の曲つた男が、私にお辞儀をしてゐた」といったような具合である。間隔の広くなった事象の割れ目から、突然何ものかが出現するようである。

もちろん、ここから前近代の「闇」を感じとることは難しい。『盡頭子』の現場は、それと未分化に連続している気配があり、従って女の中に狐が顔をのぞかせたりもしたが、ここにはそれがないからである。男の見舞う「おれい」は、『盡頭子』の女と同様巫女の役割を果しているらしく見えるが、彼女が信じようとしているのは「耶蘇《ヤソ》」であり、或る意味では前近代の狐とは切れている。

　しかし、にもかかわらず彼女がこの現場で巫女たり得ているのは、「耶蘇」を通じて前近代の「闇」への方向性を、探ろうとしているからであろう。実際のキリスト教の信者たちが、彼女の信仰にたじろぐのは、そのせいにほかならない。そして、巫女がこのようなものだとすれば、男の観察した事象のすき間も、失われた前近代の「闇」への方向性を、暗示するものと言っていいだろう。

　ここには、その方向性だけが知覚出来、本来ならその淵源である狐と切れてしまった巫女と、同様にその方向性だけが確かめられ、実際にはただ風が吹くだけの、事象のすき間としか見えない現場しかない。その間を、男が彷徨しているのである。

　周囲すべてが近代を装いはじめた事象の中では、前近代の「闇」を背後に負うべき巫女と、「闇」そのもののものがたりは、このようにしか展開され得ないのであろう。そしてその意味で、「女が狐であることの寂寥感」と、「存在そのものが持つ寂寥感」は、よく似ているのである。もう少し正確に言うと、この『昇天』のように、「こちら側の世界」の文体で描写すると、「女が狐であることの寂寥感」が我々には、「存在そのものが持つ寂寥感」に、見えてしまうのだ、ということかもしれない。

　内田百閒は、いくつかの作品で、このような前近代と「切れている巫女」と「切れていない巫女」を書きわけているが、「切れていない巫女」を書く時、特にイロニーの気配が濃くなっているように思われるから、いずれにせよ氏にとって重要だったのは、そのものではなくてその方向性だったに違いない。氏の幻想が欧米で言われるところのファンタジーとは、明らかに異り、我風土に根ざしたものであるのは、そのためであろう。

　内田百閒の幻想の特質における第三のものは、日常過程との連続面に見られる特異性であろう。言うまでもなく幻想というのは、ひとまず日常過程から切り離されたところに立ち上るものとされているのだが、氏のそれは必ずしもそうではない。と言うよりむしろ、日常過程と幻想との連続面を、より綿密に辿ろうとしているかにすら見える。

　前述したように、『盡頭子』の、「人の一人も通つてゐない変な道を、随分長い間歩いて」という、あいまいなぼんやりした描写から、いきなり「二階建の四軒長屋の左から二軒目」という、具体的で細密な描写に入り、

「左が北だと云ふこと丈は、どう云ふわけだか、ちやんと知れてゐた」とまで言ってみせるのは、そのせいだろう。つまり男は、日常過程として、その家に入りこむのである。

もちろん、この点が最も顕著に確かめられるのは、『東京日記』であろう。この作品は、言ってみれば、氏が歩いた東京各地の、スケッチのようなものであるが、当然ただのスケッチではない。日比谷の交叉点に立っていると、いきなり「牛の胴体よりもつと大きな鰻が上がつて来て、ぬるぬると電車線路を数寄屋橋の方へ伝ひ出した」りする。四谷見附では、「私の自動車の片側に、幌を取り去つた緑色のオープンの自動車が停つてゐたが、だれも人が乗つてゐなかつたと思ふのに、信号が青になると同時に、私の車と竝んで走り出した」ということもある。東京駅の前で月を見ていると、「月の懸かつてゐるのは、丸ビルの空なのだが、その丸ビルはなくなつてゐる」のである。

言うまでもなくこれらの怪異は、日常過程の連続上に、ふいに出現し、そしてまたふいに消滅するのである。しかも、こうしたものの出現によって、日常過程を支配しつつある秩序が混乱するのかというと、必ずしもそうではない。丸ビルのなくなった次の日、「私」はもう一度そこへ行ってみる。「自動車を拾つて、丸ビル迄と云つたら、運転手は心得て、いつも通る道を通つて、東京駅の前へ出た。自動車を降りて見ると、矢つ張り丸ビルはなかつたが、運転手は澄まして、向うへ行つてしまつた。」

日常過程は、ほとんどそのまま維持されているかに見えるのである。と言うことは、「私」自身この日常過程を日常的に体験しているということであり、出現した怪異は、そうした日常感覚が知覚したものと言わざるを得ないであろう。もちろん、奇妙な話には違いない。幻想は、極く常識的には、日常過程からの逸脱によって開始されると、考えられているからである。しかし氏は、日常過程を逸脱することなく、そのまま幻想に連絡してしまう。

これらスケッチの中に散りばめられた幻想の断片が、奇妙ながらひどく息苦しく感じられるのは、そのせいであろう。日常過程から逸脱することによって生ずる幻想は、一種の救いともなるものであるが、その連続過程にあるそれは、むしろ我々を圧迫するものだからである。

ともかく、内田百閒の幻想の特質は、他と比較してみるとこのようなものであると、私は考えるのであるが、結局のところそれは何なのかと問われると、私には何も言えない。ただ私は、幻想が幻想として成立している限り、我々が手に取り、批評し、鑑賞するに足るものと考えているのであり、それが「何なのか」を問うより、工芸品のようにその手触りを確かめるべきだと考えるのである。もちろん、こうした幻想を創り出した作者の、心の内を探ろうなどという試みは、ほとんど空巣狙いのすることと言ってもいいであろう。

豊島与志雄

堀切直人 編

幽　幻

白　蛾——近代説話

住居《すまい》から谷一つ距てた高台の向ふ裾《すそ》を走る省線電車まで、徒歩で約二十分ばかりの距離を、三十分ほどもかけてゆつくりと、岸本省平は毎日歩きました。それは通勤の往復といふよりは、散歩に似てゐました。道筋も気分によつて変りました。

会社の方には殆《ほと》んど仕事らしいものもなく、出勤時間も謂《い》はゞ自由でした。戦時中仏印《ふついん》に新らしく設けられた商事会社の、本社とは名ばかりの東京の事務所でありまして、終戦の翌年の四月の末、彼が仏印から帰つて来ました時には、もう大体の残務整理もついてゐて、たゞつまらない些末《さまつ》な仕事と、何年先に出来るか分らぬ貿易事業への構想とのうちに、数名の社員が煙草《たばこ》をふかしてゐるのでした。そこへ彼は、毎日だが時間は自由に、顔を出しました。住居は知人の家で、家族が郷里の田舎《いなか》に移り住んでゐますので、たゞ一人、六畳と四畳半との二室《へや》にのんびりしてゐました。

さういふ閑暇な生活は、四十歳を越した彼には全く新奇なものでした。その上、新帰国者の彼にとつては、環境もすべて新奇に感ぜられました。敗戦後の政治や思潮や風俗の変転などは言ふまでもなく、空襲による東京の変貌《へんぼう》は想像以上のものがありました。

彼が落着いた本郷の一隅《いちぐう》は、もう町ではなくて完全に村落でした。四方とも広々とした焼け跡で、処々《ところどころ》に小さな家が建つてはゐるものゝ、大体は小さく区切られて耕作され、麦の葉が風にそよぎ、豆類の花が咲き、雑草が伸びてゐました。その青野の彼方《かなた》に、走る電車の窓や道行く人の姿が見えました。朝早く湯屋に行く時など、近道をすれば、路傍の葉露に足が濡《ぬ》れました。

この村落風景が、初めは異様に感ぜられましたが、馴《な》れるにつれて、それはもう都会の廃墟とは思へず、田園そのものとして楽しまれました。彼の生れ故郷が東京市でありましたならば、そしてもろもろの市街情趣が彼の幼時の生活に刻みこまれてゐましたならば、彼は容易《たやす》くは惨害を忘れ得なかつたでありませう。だが、彼は群馬県の農村で幼時を育ちました。その幼時の思ひ出が、焼け跡の野原を楽しませてくれるのでした。

崖《がけ》の下の池は、大きな蓄水池とも見做《みな》されました。そこには、鯉《こい》や鮒《ふな》や鮠《はや》などがたくさん泳いでゐる筈《はず》でした。たとひ下水のそれであらうとも、小さな水の流れは小川とも見做されて、鯰《なまず》や泥鰌《どじよう》が水草の間にひそんでゐる筈でした。雑草の茂みは、灌木《かんぼく》のそれに同じで、その下蔭には小鳥が巣くつてゐる筈でした。数本の大木は、鎮守の森で、そこには苔生《こけむ》した神社がある筈でした。木立が一列に並んでゐる所には、たいてい深い河があつて、堰《せき》の水音がしてゐる筈でした。そして彼方、藪《やぶ》の向ふに、大きな河の堤防があつて、それを少し下流へ行つたところに、長い橋がかゝつてをり、橋のたもとに、一軒の飲食店がありました。そこに、お千代さんといふ美しいひとがゐて、彼がまだ中学生の頃、町の盆踊りを見に行つた帰りの夜、どうしたわけか、店の二階の小さな室《へや》で、二人きり、酒を飲んで酔つたことがありました……。

そのやうな思ひ出を、彼、岸本省平が、焼け跡のけちな耕作地の中に見出《みいだ》したのは、何故《なぜ》だかよく分りません。実際のところ、彼の思ひ出に最も大切な河川などは、焼け跡には一つもありませんでした。彼が散歩のやうに楽しんで往復する日暮里《にっぽり》駅までの間には、市街電車が走つてゐる谷間に、昔は、田端《たばた》から不忍池《しのばずのいけ》へ流れる小川がありましたが、それはすつかり地下の暗渠《あんきよ》となつてをります。その他には細流の痕跡《こんせき》さへもありません。河の堤防などは似寄りのものもなく、彼方の高台は広い谷中《やなか》の墓地で、田舎《いなか》に見られない五重塔が聳《そび》えてゐます。

然《しか》し、人の感情の動きは、山川草木に関するものではなく、やはり人間に関するものでありませうか。谷間の暗渠の蓋《ふた》を取り去つたならば、そこに昔の小川が出現してくるであらうかと思はれるやうな、妙なことが、実は起つてゐたのです。一言でいひますれば、街衢《がいく》の被覆が取り去られた焼け跡に、あの橋のたもとのお千代さんが出現してゐました。

お千代さんについて、岸本省平は、その人柄の漠然たる感じを記憶してるだけで、顔立などはすつかり忘れてしまつてゐました。そのお千代さんが今、そつくり蘇《よみがえ》つてきたのです。お千代さんはあの頃三十歳あまりだつたでせうか。蘇《よみがえ》つた彼女も同じ年頃でした。普通の瓜実顔《うりざねがお》にすつきり伸びた頸筋《くびすじ》、皮膚は薄くて滑《なめら》かさうで体は中肉中背といつたところでした。たゞ、みごとな丸みを持つた眉《まゆ》とくつきり長く切れた眼との間が、へんにまのびして、瞼《まぶた》のふくらみが大きく目立ちました。少しく受け口の下唇が、へんにたるんで、その右角が垂れさがり気味でした。じつと物を見る時には、左の眼が少しく持ちあがつて細くなりました。それだけの特長ですが、その中に、女性的なやさしさとかふくよかさとか柔かさとか、さういふものを越えて、大袈裟《おおげさ》に言へば白痴美とも言へるやうなものが湛《たた》へられてゐました。この一種の白痴美が、彼女とお千代さんとを繋《つな》ぐ鍵でありまして、お千代さんは彼女のやうな女であつたに違ひないし、また彼女はお千代さんの再現でもあらうかと、なんとなく、岸本省平にはさう思はれるのでした。そしてまた、この焼け残りの人家の聚落《しゆうらく》と焼け跡の貧しい耕作地との中から、静かに立ち現はれてくる女があるとしたら、それは彼女のやうな者であらねばならないし、他の種類の者であつてはならないと、そのやうにも思はれるのでした。つまり、理知的な或《あるい》は現代的な女ではなく、一種の白痴美を持つてゐる彼女こそ、まさにその処《ところ》を得てるのでした。

岸本省平が彼女の方へ眼と心を惹《ひ》かれはじめたのは、いつどこでだつたか定かでありません。彼自ら気がついてみると、彼女を方々で見かけたやうでした。町角や都電停留場や店先や焼け跡の木蔭でなどで、或はその瞼の大きなふくらみを眺め、或はその下唇のたるみを眺め、或はその左の眼が物を見つめて細くなるのを眺め、或はその皮膚の薄い滑かさを眺めました。そしてそれが一つにまとまつて、没理性的な美しさとして心に残りますと、もういつしか、彼の方から彼女の姿を探し求めるやうになつてゐました。

会社へ通勤のための日暮里駅までの彼の往復が、あちこち道筋を変へたり、散歩のやうに楽しかつたりするのも、彼女がその重《おも》な原因だつたかも知れません。

彼女はたいてい、簡単服だつたり、浴衣《ゆかた》がけだつたり、買物袋をぶらさげてゐたり、すりきれた下駄《げた》をはいてゐたりして、みなりは粗末でしたが、粗末なだけで汚れは留《とど》めず、どこか清楚《せいそ》な趣きがありました。そして顔には薄すらと化粧をし、髪はきれいにとかしてゐました。岸本省平に眼をとめて、じつと眺めることがありました。或は、くるりと背を向けることもありました。或は、それとなく頭を傾《かし》げて会釈することもありました。だが一度も彼女は、笑顔を見せず、微笑の影さへ示しませんでした。

嘗《かつ》ての空襲の折、この界隈《かいわい》には、焼夷弾《しょういだん》も落ち爆弾も落ちました。その爆弾にやられた小さな洋風建築が一つ、高い崖《がけ》の上に崩れ残つてゐました。壁は半ば落ち、鉄骨は傾いてゐました。それを、三四人の男が、至極《しごく》のんびりと取り壊してゐました。鉄骨によぢ登つて壁土を槌《つち》で叩《たた》き落したり、あちこちにロープをかけ渡したりしてゐました。遠く崖下から眺めると、少しも危険らしさは感ぜられず、たゞぎらぎらした日の光りの中での遊びに似てゐました。崖下の道路の木蔭に、誰か一人の通行人が立ち止つたのをきつかけに、次第に見物人がふえました。岸本省平もその中にゐました。

彼のそばに、いつやつて来たのか、彼女が立つてゐました。じつと立つたまゝ、崖上の作業を眺めてゐました。作業は白日の中の幻影のやうでした。鉄骨の頂上に登つてる男が槌《つち》を振ふ度に、しばらく間を置いて音響が聞こえてきました。突然、男の姿が消えて、大きな塊《かたま》りが鉄骨からなだれ落ちました。濛々《もうもう》たる土煙があがりました。その土煙が薄らいでゆくと、細い鉄骨だけが残り、そこに男の姿がまた現はれて、鉄骨の上を綱渡りをはじめました……。流れ雲が影を落して過ぎました。

彼女は岸本にぴつたり身を寄せてゐました。

「何をしてゐるのでせう。」

張りのある低い声でした。

「あれを壊すつもりでせうが……あんなことでは……。」

言ひかけて岸本は、今の場合、その答への間抜けさを感じました。

「まるで、奇術の練習みたいですね。」

彼女は返事をせず、ちよつと首を傾《かし》げてから、突然、彼の方にくるりと向き直つて、その顔をじつと眺めました。左の眼が少し持ちあがつて細くなり、垂れぎみの下唇がそのまゝ引きしまり、その全体の表情が、微笑めいて見えました。それから彼女は彼に全く無関心なやうに、何の会釈もなく歩き去つてゆきました。その後ろ姿を見送つて、岸本は、全然見当のつかないものにぶつかつた気がしました。

然《しか》し、さういふことは、彼をますます彼女に惹《ひ》きつけました。

その後、彼は彼女の住居《すまい》をも探り出しました。時間によつて人通りが多かつたりひどく少くなつたりする街路から、ちよつと路次をはいつたところで、平尾正助といふ表札の下に、小さく、小泉美津枝といふ表札が出てゐました。然し、この女名前が果して彼女のであるかどうか、そこまで探索することはさすがに為《な》しかねました。

……………………

七月にはいつて、急激に暑気が増しました。その暑い日の午後、込み合つた省線電車の中に、岸本省平は彼女を見出《みいだ》しました。いつものやうな簡単服に、大きな袋をさげてゐました。

彼女は日暮里駅で降りました。出口の方へ階段を上つてゆく時、その袋が如何《いか》にも大きく重さうに見受けられました。岸本は足早に追ひついて、ちよつとためらつた後、思ひ切つた親しい態度に出ました。

「たいへん重さうですね。持つてあげませう。」

彼女は彼を見て、別に意外な様子もなく、すなほに答へました。

「ほんとに、済みません。たいへん疲れました。」

もう階段を上りきつてしまつたのに、彼女は袋を彼に渡しました。袋はずつしりと重く、彼女は少し香水の匂ひがしてゐました。

駅から出ると、彼女は袋を開けて見せようとしました。

「かぼちや、とうなす、きゆうり、とまと……それから、まだ何かありました。」

その往来で、袋を開きかねない彼女のしぐさに、岸本はちと驚きました。――だが、不思議に、お千代さんのことが頭に閃《ひら》めきました。日暮里駅の裏口の、その田舎《いなか》めいた風情《ふぜい》の故もありましたでせうか。お千代さんなら、中学生の彼岸本に、重い荷物を持たせて伴させたでありませう。袋の中の野菜物を往来にぶちまけて平気でゐたでせう。たゞ、お千代さんはいつも笑つてばかりゐましたが、今、彼女は笑顔ひとつ見せませんでした。

「船橋に行つて買つて来ました。お魚を買ひに行つたんですけれど、もうすつかり無くなつてゐましたから、野菜にしました。けれど、お肉でも添へれば、野菜の方が、おいしい弁当が出来ますでせう。」

「弁当を拵《こしら》へなさるんですか。どこかへ勤めてゐられるのですか。」

彼女は返事をせずに、たゞ怪訝《けげん》さうに彼を見あげました。その視線が、へんに鋭く、彼の胸を刺しました。

彼は眉《まゆ》をひそめました。彼女がその良人《おっと》のためか子供のためかまたは誰か身内の者のために、弁当を拵へることは、甚《はなは》だあり得ることだつたのです。それを、彼女が全く独り暮しだと、どうして彼は初めからきめてしまつてゐたのでせう。お千代さんとの聯想《れんそう》からだつたのでせうか。彼は眉をひそめて、そして、手にさげてる荷物の重みの力をもかりて、突つこんでみました。

「実は、あなたの住所は存じてゐますが……あの、小泉美津枝さんといふのは……。」

ゆつくりした調子で彼が言ひきれないうちに、彼女は立ち止つてしまひました。

「美津枝はわたくしです。わたくしは美津枝です。」

不思議さうに彼女は彼を見つめました。その、持ちあがつて細まる左の眼は、少しく斜視で、それを中心に、顔全体にさつと冷酷とも言へる色が流れました。とたんに、彼女は丁寧なお辞儀をしました。

「申訳ございません。有難うございました。」

彼女は野菜の袋を受け取らうとしました。

彼はそれを拒みました。

「どうなすつたのです。何かお気に障《さわ》つたら許して下さい。お宅の近くまでお伴しませう。決してお宅へ寄りはしませんから……。」

彼女は首垂《うなだ》れて、そして歩きだしました。そのゆつくりした歩度に彼は足を合せました。

暫《しばら》く無言が続きました。その無言のうちに、彼は、彼女のうちにあるもの、表面的な一種の白痴美の底にひそんでゐるものを、推測しかねました。彼は静かに言ひました。

「お目にかゝり初めてから、もう三ケ月にもなります。そして……どうしたのか私は、もつとよく、あなたのことをいろいろ知りたくなりました。私からも、いろいろお話したいことがあります。日本では、男女の交際は、まだ世間的にむつかしいかも知れませんが、お互《たがい》に精神さへしつかりしてをれば、咎《とが》むべきことではありますまい。そのうち、ゆつくりお目にかゝれませんでせうか。外をぶらぶら歩いてもよろしいし、どこかへ行つてもよろしいのですが……。」

言つてるうちに、彼は自分で嫌になりました。お千代さんは彼を勝手に引つ張り廻しました。彼も彼女が勝手に引つ張り廻すべきではなかつたでせうか。

「ねえ、どこかへゆつくり行きませんか。」

暫《しばら》くたつて、彼女は独語《ひとりごと》のやうに答へました。

「連れていつて下さいますの。」

「えゝ、行きませう。」

「ほんとに連れていつて下さいますの。」

「ほんとです。」

「いつにしませう。」

「明日……明後日……さう、その翌日の土曜日はどうでせうか。」

「何時頃にしませう。」

「さうですね、午後三時頃から如何《いかが》ですか。あの、墓地の並木道の、五重塔のところで待ち合せませう。」

「土曜日の三時……。」

「さうです。」

そのやうな約束をしながら、岸本省平はちと変な気がしました。彼は彼女に愛情を懐《いだ》いてはゐましたが、彼女の方のことは更に見当がつきませんでした。それに、対話の調子もをかしく思はれました。然《しか》しいろいろな反省の余裕はなく、もう彼女の住居《すまい》の近くへ来てゐました。彼はその路次の入口に立ち止つて、彼女へ野菜の袋を渡しました。彼女は彼を見もしないで言ひました。

「家まで来て下さいませんの。」

「今日は許して下さい。」

彼女は重い袋をさげて、心に何の思ひもなささうに歩いてゆきました。

……………………

岸本省平はなにか焦躁《しようそう》に似た懸念に囚《とら》へられました。時がたつにつれて、危険とは言へないまでもとんでもない冒険に突進してるのではあるまいかといふ気もしました。或《あるい》はまた、何でもないことを大袈裟《おおげさ》に考へてるのではあるまいかといふ気もしました。そしてそのどちらからともつかない曖昧《あいまい》さが、更に彼を焦《い》ら立たせました。一層《いつそ》のこと、あの日すぐに、せめてその翌日に決行しないで、三日も延《のば》すだけの配慮をしたことが、悔いられるのでした。仏印のハノイにゐた頃、或るお茶の会の席から、某夫人を誘ひ出して、二人で自動車を駆つて山荘に行き、夜半まで遊び暮したことなど、新たに思ひ出されました。

約束の土曜日になりますと、彼は仏印みやげの香水などちよつと体にふりかけて、三時前に、五重塔のところへ行きました。緑青《ろくしよう》色の屋根を重ねた重厚な感じのその高塔に眼を据《す》ゑて、肚《はら》を据ゑてかゝる気持ちを固めました。

ところが、彼より先に美津枝は来てゐました。桜の並木の蔭から立ち現はれて、真直《まつすぐ》に彼の方へやつて来たその姿に、彼は眼を見張りました。いつもより濃く化粧をし、髪のカールを一筋乱れぬまでに梳《と》かしつけ、薄《うす》鼠色《ねずみいろ》の地に水色の井桁《いげた》を散らした薄物をきりつとまとひ、一重《ひとえ》帯《おび》の帯締《おびじめ》の翡翠《ひすい》の彫物を正面から少しくずらし、畳表《たたみおもて》づきの草履《ぞうり》を白足袋《たび》の先につきかけ、銀の太い握りの洋傘を絽刺《ろざし》のハンドバッグに持ち添へてゐました。それだけのことを彼が見て取つたほど、彼女は今時珍らしい粋《いき》ないでたちでした。それでも、彼女はやはり笑顔も見せませんでした。

「お待ちしてをりました。」と彼女は言ひました。

それから、ちよつと歩からうと言つて、彼女は彼を墓地の中へ誘ひました。五重塔と高さをきそつてる大きな銀杏《いちょう》の木のほとりを、たゞ無言のうちにぐるりと一廻りして、そして元の所に出ました。

彼女は尋ねるやうに彼の顔を見上げました。

「とにかく、どこかへ落着きませう。」

彼女は頷《うなず》きました。

何かの場合のため、人の込み合ふ乗物はいらない近くに、彼は場所を物色してゐました。

焼け残りの一角の外縁、こんもりと大木の茂つたひつそりした所に、高級旅館の名を掲げてる洋館がありました。大きな邸宅だつたのをそのまゝ使用してるのでした。門構へからちよつと坂道をのぼつて、玄関のベルを押すと、前日岸本が声をかけておいた時の女中、質朴らしい若い女が出て来ました。そして二人は、六畳の日本室と円形の洋室とがぢかに接してるのへ案内されました。窓の外は木影や植込みで、清涼の気が室内にも漂つてゐました。

岸本は背広の上衣《うわぎ》をぬいでネクタイをゆるめ、美津枝は端坐して扇を使ひ、畳敷の方に卓をはさんで向ひ合ひました。

「わたくし、昨日もあすこでお待ちしてをりました。一昨日もお待ちしてをりました。」と彼女は言ひました。

「しかし、今日、土曜日といふお約束だつたでせう。」

彼女はそれを、耳に入れないのか或《ある》いは気にしないのか、何の返事もせずに、窓の外に眼をやつたきりでした。

「ほんとに静かないゝ家ですこと。」

岸本はちよつと落着かない気持ちでした。貴婦人らしい装ひの彼女は、その白痴美らしい感じ以外、もうお千代さんともすつかり異つて見えました。ハノイの某婦人などゝは全然異つてゐました。岸本はやたらに煙草《たばこ》をふかしました。

あり合せの小料理ものを添へて酒が運ばれてくると、岸本はほつと息をつきました。

「あの、お泊りでございませうか、それとも……。」

その点は、岸本も不用意でした。女中が出て行つたあと、彼は他人事《ひとごと》のやうに美津枝に尋ねました。

「どちらでもおよろしいやうに……。」と彼女は平然と答へました。

その白々しい顔を、岸本は不気味に眺めました。彼女が花柳界などの空気を吸つた女でないことも、また、ひそかに男客を取るやうな女でないことも、極めて明かでした。さうだとすれば、なにか性的欠陥のある中性的な女だつたのでせうか。さういふ様子も見えませんでした。岸本は自分の感情の持ちやうに迷ひました。それでも、一方、彼女のその平然さに、彼は一種の安心をも覚えました。

彼は速度を早めて酒を飲みました。ウイスキーも飲みました。彼女も彼から勧められるまゝ、酒を飲みました。女としては相当の酒量らしいやうでした。

庭には蟬《せみ》が鳴いてゐました。昔、お千代さんの室《へや》でも蟬が鳴きました。夜中なのに、室にとびこんできた一匹のつくつく法師《ぼうし》が、電燈の笠《かさ》の上方のコードに逆様《さかさま》にとまつて、大きな声で鳴きました。お千代さんは冗談話をやめて、その蟬を見上げました。お千代さんがまた話をしだすと、蟬がまた鳴きだしました。彼は今も、お千代さんの話は少しも覚えてゐませんが、蟬の声ははつきり覚えてゐますし、その小柄な体の透き通つた翅《はね》までよく覚えてゐます。あの時彼は、蟬を捕へて外に助けましたが、その機会に、お千代さんから遁《のが》れるやうにして、酔つた勢ひで闇夜を走つて家に帰りました。

その時のことが、事実だつたのか夢だつたのか、分らない気持ちに岸本はなりました。酒の酔ひはまだ浅いのに、気持ちだけはなにか夢幻的に深まつてゆきました。

その深みに、彼はすつかり落着いて、美津枝に対しては幼な馴染《なじ》みのやうな親しみを覚えました。昔のことはとにかく……それから後どうしてゐるかと、ぽつりぽつり、話が進んでゆきました。――彼女は浅草で空襲に逢《あ》ひ、良人《おつと》やその両親を失ひ、自分も危く死ぬところでしたが、不思議に怪我《けが》一つしないで助かり、今は知人の家に間借りして、兵隊として南方に行つたまゝ消息不明な弟を待つてゐると、だいたいそのやうな境涯らしいやうでした。もつとも、それとて、彼女の曖昧《あいまい》な言葉を種に、酔つた岸本が想像したことで、真偽のほどは分りかねます。

「墓地のあの銀杏《いちょう》の木と、ちやうど同じ大きさの木がありました。そのまはりを、火がぐるぐる廻つて追つかけてきました。わたしもぐるぐる廻つて逃げました。鬼ごつこのやうでした。そして物に躓《つまず》いて倒れて、つかまつたかと思ひましたら、火はもう消えてをりました。」

岸本は楽しさうに笑ひました。彼女は笑ひはしませんでしたが、やはり楽しさうでした。

岸本は大陸の話をしました。おもに虫や動物のことを話しました。人間のことは殆《ほと》んど彼女の興味を惹《ひ》かないやうでありました。

酒もあき、僅《わず》かな鮨《すし》をたべ、蚊帳《かや》の中に寝ました。

酔つた岸本が記憶してゐます限りでは、彼女は殆んど性的衝動を示さず、何等の積極的態度にも出ませんでした。それと共に、全く羞恥《しゅうち》の念もないかのやうでした。謂《い》はゞ、娼婦からその閨房《けいぼう》の技巧を全く取り去つたやうな工合《ぐあい》に、真白な体を彼に委《ゆだ》ねました。或《あるい》は彼女は酔ひつぶれてゐたのでせうか。

岸本がふと眼をさますと、彼女は背を向けて寝てゐました。蚊帳越しの淡い光りに、彼はじつと、彼女の頸《くび》から肩のあたりの白い肉体を眺めました。カールを外巻きにした黒髪から、寝間着の襟《えり》のずり落ちてるところまで、その裸の肉体は、骨は軟骨でもあらうかと思はれるまでに、たゞ滑らかな曲線と凹凸《おうとつ》を画《えが》いて、自然の重みに放置されてゐました。薄い細やかな皮膚がその肉附に融《と》けこんで、餅《もち》の表面をでも見る感じでした。それはもう、彼女小泉美津枝のものではなく、まして彼岸本省平のものでもなく、なにか人間から離れた物質でした。それが、彼にとつて何の関係がありませう。先刻彼がかき抱いた彼女と、何の関係がありませう。新奇な遠い物質で、それが白く温く柔かなだけに却《かえ》つて不気味でもありました。

岸本はなにか蠱毒《こどく》された心地で、すつかり眼をさましてしまひました。蚊帳がゆらいで、ばたばた音がしてゐました。白い粉がかすかに散つてゐました。頭をもたげて見ると、真白な大きな蛾《が》、掌《てのひら》よりも大きな白蛾が、蚊帳にとまりかねて羽ばたいてゐました。拇指《おやゆび》ほどもある大きな腹部の重さをかゝへて、しきりに羽ばたいてゐました。その純白な大きな四枚の翅《はね》は、美しいといふよりは奇異でした。

それを岸本はじつと眺めてゐました。すると、眠つてゐた筈《はず》の美津枝が、静かに上半身を起して、寝間着を片方の肩からずり落したまゝ、白い蛾を見つめました。その頬《ほお》は蠟《ろう》のやうで、体には息使ひの動きさへないやうでした。彼女は長い間蛾を見つめて、やがて蚊帳から出ました。そしてもう蛾の方は見向きもせず、ゆつくりと、着物をつけはじめました。

岸本は驚いて、彼女の手を捉《とら》へました。

「どうしたんです。」

彼女はじつと彼を眺めて、頭を振りました。

「もう帰りませう。」

水の中のやうな、然《しか》し抗し難いものを秘めてるやうな、さういふ声音《こわね》と岸本には感ぜられました。

彼の言葉には、彼女はそれきり返事をしませんでした。そして、今晩は帰るとしてもよいが、一週間後にまた逢《あ》つて下さるかと、彼が哀願するやうに言ひましたのに対して、彼女は返事のためか自分自身に言ひきかすのか分らぬしぐさで、二度ほどゆつくり頷《うなず》いてみせました。

時計を見ると、十一時になつてゐました。白い蛾はもうどこかへ行つてゐて見えませんでした。

……………………………………

岸本省平の胸のうちに、彼自身でも意外なほど、美津枝に対する愛情が燃えあがつてきました。彼は彼女に逢ひたくて、会社への往復に、彼女の住所の附近をぶらつきましたが、彼女の姿は更に見つかりませんでした。

そして一週間後の午後三時前に、彼は約束の五重塔のところへ行きました。曇り空の蒸し暑い日でした。然《しか》しそこに彼女は姿を見せませんでした。桜の並木の間や、墓地の銀杏《いちよう》の木のほとりまで、彼は何度もさまよひました。四時になつても、彼女は来ませんでした。

彼は決心して、ほど近い彼女の住居《すまい》を訪れました。表格子《おもてごうし》のところで、ふり仰いでみると、もう小泉美津枝といふ小さな表札は無くなつてゐて、そこだけぼんやりと白ずんでゐました。

彼は格子戸を開けて、案内を乞《こ》ひました。

頭を坊主《ぼうず》刈《が》りにして歯のかけてる老人が出て来ました。小泉美津枝のことを尋ねますと、彼女は突然、四日前に静岡へ移転したとの返事でした。岸本は呆然《ぼうぜん》として佇《たたず》みました。

善良さうな老人は、岸本の様子をじろじろ見調べてから、言ひました。

「まつたく、藪《やぶ》から棒《ぼう》の話で、私共でも驚きましたよ。もつとも、あのひとは、ここが少し……。」

老人は人差指で額《ひたい》を叩《たた》きました。

「少し変でしてね、時々をかしいことがありましたよ。静岡へ行く少し前など、毎日、ひどくおめかしをして出かけましたが、或る晩は、夜更けに戻つてきて、なんだかしくしく泣いてるやうでした。それが、ふだんは正気なもんで、はたからは何のことやらけじめがつきませんでね。元からあんなぢやなかつたんでせうが、いろいろ不幸が続いたもんですから……気の毒でしてね。」

老人はいろいろ話したかつたやうでしたが、岸本は堪へられない思ひで、静岡の住居だけを聞いて、辞し去りました。静岡の家は、彼女の伯母《おば》に当るとかいふ由《よし》でした。

岸本はすべてが明るくなつた思ひをしました。その明るさの中で、たゞひしと彼女がいとほしく、同時に自分自身が醜悪に感ぜられました。その醜悪な自分を嘖《さいな》む気持ちで酒に浸《ひた》り、酔ひがさめてはまた彼女を想ひました。一度は静岡への汽車の切符を買ひましたが、それを裂き棄《す》てゝ、代りに手紙を書きました。

その手紙の一節にかういふ意味の文句がありました。――私は日夜、あの白い大きな蛾《が》を幻のやうに心中に描き出してゐます。その蛾は私の愛情と自責とを燃えたたせます。卒直に申せば、今こそ私は、あなたを真実《ほんとう》に愛してゐますし、あなたの精神の一種の弱みに乗じてあなたを誘惑したことを、血を搾《しぼ》つて自責してゐます。私は人間としてあなたの足下《あしもと》に跪《ひざまず》きます。あなたもどうか人間として、この私を眼にとめて下さい。たとひ葉書一枚でも一行の文字でも宜《よろ》しく、あなたのその眼差《まなざ》しの証しを私に下さい。

さういふ意味を中心として手紙も、先方へ届いたかどうか分りません。小泉美津枝からは何の返事もありませんでした。


（昭和二一年一〇月「群像」）

沼のほとり——近代説話

佐伯八重子は、戦争中、息子の梧郎《ごろう》が動員されましてから、その兵営に、二回ほど、面会に行きました。二回目の時は、面会許可の通知が、さし迫つて前日に届きましたため、充分の用意もなく、一人であわてゝ駆けつけました。そして、長く待たされた後、ゆつくり面会が出来ました。

帰りは夕方になりました。兵営から鉄道の駅まで、一里ばかり、歩きなれない足を運びました。畑中の街道で、トラックが通ると濛々《もうもう》たる埃《ほこり》をまきあげました。西空は薄曇り、陽光が淡くなつてゆきました。面会帰りの人々の姿が、ちらりほらり見えますのが、時にとつての心頼りでした。

小さな店家を交《まじ》へた町筋をぬけると、突き当りが停車場です。その狭い構内に、大勢の人がせきとめられてゐました。

——東京方面への切符は売りきれてしまつた。

さういふ声が、人込みの中に立ち迷つてゐました。

切符売場の窓口に顔をさしつけて、しきりに何か談じこんでゐた人も、諦《あきら》めたやうにそこを立ち去りました。見知らぬ人同士、話しかけて智恵を借り合ふのもありました。——わりに大きな次の駅まで、二里あまり歩いて行けば、東京方面への切符があるかも知れませんでしたし、或《あるい》は、そこで交叉《こうさ》してる他の鉄道線から迂廻《うかい》して、東京方面へ行けるかも知れませんでした。

駅内の人々は、次第に散つてゆきました。けれどまだ、多くの者が、立ち話をしたり、腰掛にもたれたりしてゐました。

上り列車が来ました。超満員の客車は、切符を持つてる少数の人々を更に吸収して、夕闇の中に去つてゆきました。

佐伯八重子は、置きざりにされた人々の中に交《まじ》つて、ぼんやり佇《たたず》んでゐました。慌《あわただ》しく出て来たために、往復切符の手配は出来てゐませんでしたし、今や、帰りの切符は買へず、途方にくれました。和服に草履《ぞうり》の身扮《みなり》で、而《しか》も疲れきつたか弱い足で、次の駅まで歩くことは到底望めませんでした。たとひ歩いて行つたとて、それから先がまたどうなるものやら、それも分りませんでした。

当もなく、八重子は、町筋の方へ行つてみました。急に暮れてきて、どの家にも電燈がついてゐました。薄汚れた暖簾《のれん》のさがつてる蕎麦《そば》屋がありました。黒ずんだ卓子が土間に並んでゐて、やはり兵営での面会帰りと見える人たちが、代用食らしい丼物《どんぶりもの》を食べてゐました。

八重子もそこにはいつてゆき、お茶を飲みました。そしてお上《かみ》さんにいろいろ尋ねてみて、この辺には宿屋もなく、乗り物もなく、泊めてくれる家も恐らくないことを、知りました。

八重子は駅に戻りました。上り列車はまだ八時すぎのが一つありました。けれど本日分の切符は全く売りきれだといふことが、切符売場で確かめられました。

駅内の木の腰掛には、多くの男女が、何を待つのか、ぼんやり坐《すわ》つてゐました。子供連れの者もありました。腰掛の上に寝そべつてる者もありました。その片端に、八重子は腰を下しました。——一枚の乗車券を手に入れるために、徹夜して長い行列をつくる、さういふ時代だつたのであります。

八重子は眼をつぶりました。何よりもまづ梧郎のことが、瞼《まぶた》のなかに浮んできました。軍服がだいぶ身についてきたきりつとした態度、陽《ひ》やけした顔にのぼる男性的な微笑、それでもやはり、お母さまといふ幼な時代通りの甘えた語調……。

食物は禁ぜられてるといふ面会所の隅で、袖屏風《そでびようぶ》をつくつて、重箱の中のおはぎをそつと示すと、梧郎は声を立てて喜びました。そして戦友といふのを二人連れてきました。砂糖壺の底をはたいて拵《こしら》へたおはぎの甘さに、三人が舌つゞみを打つのは、涙ぐましい光景でありました。

その三人の話では、部隊はまもなく何処《どこ》か遠くへ移動するらしいとのことでした。戦線は次第に日本周辺へ押し戻されかゝつてゐましたし、九州地方はもう空襲を受けてゐました。だが、梧郎は母に向つて、戦争のことなどは殆《ほと》んど語りませんでした。笑つたり、眉《まゆ》をしかめたり、甘えたりして、日常事のことだけを話しました。然《しか》し三人の戦友の間では、戦争に関する事柄も少しく話題に上りました。そしてそこでだけ、八重子は、梧郎の、いや彼等の、雄々しい決心らしいものに触れました。その触れた感じは、なにか眩《めま》ひに似たものがありました。

その眩ひに似たものを、また、駅の木の腰掛の上で、八重子は感じました……。

腰掛にゐる人々は、もうまばらで、誰も口を利きませんでした。うとうと居眠つてる者もありました。たゞ眼を宙に見開いてるだけの者もありました。地下足袋《じかたび》の男が、ちよつと駅にはいつて来て、すぐに出て行きました。そのあと一層ひつそりとしました。秋の夜風が軽く然し冷《ひや》やかに、駅内を通りぬけてゆきました。

時間が、一分一秒はひどく緩かに、全体としては思ひのほか速く、過ぎてゆきました。八時すぎの上り列車はもう通過してしまひました。

明朝……といふことが、たいへん遠い夢のやうでありました。

八重子は腰掛の上に身動きもせず、繻子《しゆす》のコートにくるまつて、眼をつぶり、眩ひに似た感じに浸《ひた》りました。下りの列車が通りました。八重子はたゞ薄眼をあけてみただけでした。数名の人が降りていつたやうでした。

八重子はまた眼をつぶりました。

軽く、桐《きり》の吾妻下駄《あずまげた》らしい音が、八重子の前に止りました。

「あの……失礼ではございますが……。」

まつ黒な七分身のコートに、細そりと背高い体をつゝんで、肩から垂らした臙脂《えんじ》色のショールの端にハンドバッグを持ち添へた、丸顔の若い女が、小首を傾《かし》げてゐました。

「部隊から、面会のお帰りではございませんでせうか。」

あたりを憚《はばか》るやうな低い声でした。

八重子は顔を挙げました。ひたと見つめてる大きな眼付《めつき》にぶつかりました。その大きな眼付の、無表情とも言へるぶしつけな平静さが、八重子を夢の中のやうな気持にさせました。八重子も低い声で答へました。

「はあ、左様《さよう》でございますが……。」

「もしも、宿にお困りのやうでございましたら、お粗末なところではありますけれど、どうにかお休みにだけはなれますから、おいで下さいませんか。」

八重子はなんとなしに立ち上つて、お時儀《じぎ》をしました。

「ほんとに、困りぬいてゐたところでございます。帰りの汽車の切符が買へなかつたものですから。」

「いつも、朝のうちに売りきれてしまふんでございますよ。」

七分コートの女は、ゆつくりと駅を出てゆきました。八重子もそれについて行きました。

町筋を通りぬけ、街道から細道へ折れこみました。いつのまに取り出されたのか懐中電燈の光りが、ちらちらと、足許《あしもと》をてらしました。相手の女の足袋《たび》の白さが、八重子には、眼にしみるやうに思はれました。

「道がわるうございますよ。」

ゆるい下り坂になつて、女はふり返りましたが、にこりともしない無表情でした。小石交《まじ》りの道なのに、その吾妻下駄の音も殆《ほと》んどしませんでした。たゞ、冷たい夜風に乗つて漂ふ仄《ほの》かな香水の香りだけが、八重子には、人間らしい頼りでした。

生垣《いけがき》があり、大きな木立《こだち》があり、灌木《かんぼく》の茂みがあり、野原には薄《すすき》の穂が出てゐました。

「あ。」

八重子は思はず声に出して、足をとめました。ゆるい傾斜地のかなた低く、星明りにぼーと、広い水面がありました。

いつしよに足をとめてふり向いた女へ、八重子は言ひました。

「河でせうか、海でせうか……。」

「ご存じありませんの。沼……といふより、湖水でございますよ。」

この沼の広々とした水面が、生き物のやうに息づいてるらしく思へて、八重子は連れの女へ身を寄せました。しぜんに、足が早くなりました。

静まり返つてる大きな家のまはりを、二曲りして、小さな平家の前に出ました。

低い生垣のなかの砂道を、女は小刻みに歩いて、戸を叩《たた》きました。暫《しばら》く待つて、また戸を叩きました。

「みさちやん、あたしよ。」

戸に格子《こうし》、狭い三和土《たたき》、障子《しようじ》、そのとつつきの三畳を通ると、調度の類がきりつと整つてる茶の間でした。

「こんなところで、失礼でございますけれど、どうぞ、御自由になすつて下さいませ。」

女は立膝《たてひざ》で、長火鉢《ながひばち》の中の火をかきたてました。それからコートをぬぎ、小揺ぎもなささうな姿勢に坐《すわ》り、器用な手付きで巻煙草《まきたばこ》に火をつけました。

八重子の夢心地は、深まるばかりでした。それを、ほつとくつろいだ吐息にはきだしますと、眼の前のことだけがまざまざと、恰《あたか》も鏡に映つた像のやうにはつきりと見えました。

長火鉢の磨《みが》きすました銅壺《どうこ》、黒塗りの餉台《ちやぶだい》、茶箪笥《ちやだんす》の桑の木目、鏡懸けの友禅《ゆうぜん》模様、違ひ棚の真中にある大きな振袖《ふりそで》人形、縁起棚の真鍮《しんちゆう》の器具……さうした室《へや》の中に、みさちやんと呼ばれた小女《こおんな》は、行儀よくまめまめしく立働きました。脱ぎ捨てられたコートをたゝみ、茶をいれ、丸い餅《もち》を焼きました。

女主人は、小揺ぎもなくぴたりと坐《すわ》つて、冷淡かと思へるほど表情少く、口数もごく少く、たゞその身ごなしに情味をたゝへてゐました。背の高い細そりした体に、頬《ほお》の豊かな丸顔なのが、人形めいたやさしさを感じさせました。そして彼女は妙に、八重子の方へ真正面に向かず、たゞ大きな眼付きだけをひたと向けました。

金糸《きんし》の通つた縞御召《しまおめし》の肩に、紋付《もんつき》の羽織《はおり》をずらせ、軽くパーマをかけた髪を、真中から分けてふつくらと結へてる、この女主人は、幾歳ぐらゐだらうかと、八重子は迷ひました。三十歳ほどにも思へますし、二十歳ほどにも思へました。

海苔《のり》巻きの丸餅に熱い茶を、つゝましやかに味ひながら、話はとぎれがちに、目前のことは縁遠い事柄へとばかり走りました。沼で取れる魚類のこと、野菜や果物《くだもの》のこと、芝居や映画のこと、菓子のこと、草花のことなど……。そしてこの女主人は、あらゆることを知つてはゐるが、肝腎《かんじん》な何かを知らず、つまりは何にも知つてゐないやうに、八重子には感ぜられました。

「お疲れでございませうから……。」

言はれてみると、もう十時を過ぎてゐました。

室を一つ距てた奥に、寝床がのべてありました。八重子は長襦袢《ながじゆばん》のまゝ、八端《はつたん》の柔い夜具にもぐりこみました。

夜の静寂の音とも細雨の音とも知れないものが、耳について、なかなか眠れませんでした。

――いつたい、こゝはどういふ所なのであらうか。

枕頭の二燭光の雪洞《ぼんぼり》が、へんに異境的な情緒をそゝりました。八重子は幾度も、眼を開けたり閉ぢたりしました。東京の家のこと、兵営の梧郎のこと、夜の停車場のことなどが、すぐそこに宙に浮き出して、背景は遠くぼやけ、そのぼやけた中に彼女自身もありました。

長い間眠られず、そしてうとうとしたと思ふと、また眼がさめました。それを幾度か繰り返したやうでした。なにかはつきりした物音がしました。人声も聞えました。八重子はへんにびつくりして、起き上りました。

茶の間へ出て行くと、女主人はもう起きてゐて、身扮《みなり》もとゝのへてゐました。八時になつてゐました。外は深い霧でありました。たゞ仄白《ほのじろ》いものが濛々《もうもう》と天地を蔽《おお》うて、何の見分けもつきませんでした。

「昨晩は、お眠りになりましたかしら。」

女主人は首を傾《かし》げて、昨夜とちがひ、顔に笑みを漂はせてゐました。

洗面からすべて、気を配つた待遇でした。辞し去る合間もなく、食卓がとゝのへられて、梅干にお茶、味噌《みそ》椀《わん》からワカサギに海苔《のり》と、気持よい朝食でありました。

女主人もいつしよに食卓につきました。

「秋になりましてからの、こんな霧は珍らしうございますよ。」

彼女は箸《はし》を休めて、硝子《ガラス》戸越しに外を見やりました。

ふだん着の、どことなく淋《さび》しげな、彼女の姿を見てゐますうち、八重子は、昨夜からまだ一言も、お互《たがい》の身の上については触れてゐないのを、胸に浮べました。そして、そちらへ話を向けますと、相手は、巧みに外《そ》らしてしまひました。それでも彼女がもとは芸妓《げいぎ》だつたこと、今では歌沢《うたざわ》の師匠をしてゐて、僅《わず》かな弟子があるので、三日に一度は東京に出てゐること、などを八重子は知りました。

たゞ、彼女はしんみりと、こんなことを言ひました。

「あたくし、過去に、いろいろと、人様に御迷惑をかけたこともございます。それから、自分で、胸の晴れないこともございます。さういふことのために……いゝえ、たゞ退屈すぎるのでございませうか、部隊に面会に来られました方で、お困りなさつてゐる方を見受けますと、時たま、泊めてあげたくなりますの。」

そして彼女は暫《しば》く口を噤《つぐ》みましたが、俄《にわか》に、頬《ほお》をちよつと赤らめました。

「ほんとに、こんなところへ御案内しまして、却《かえ》つて、御迷惑でございましたでせう。許して頂けますでせうか。」

彼女は微笑しました。八重子は、感謝の言葉を洩《も》らしかけて、涙ぐみました。

なにか、垣根が取れた気持で、八重子は彼女の名前を尋ねましたが、彼女は笑つて、教へませんでした。八重子は自分の小さな名刺を差出しました。

佐伯八重子……その名前と処《ところ》番地とを、女主人は、ふしぎなほど注意深く眺めてゐました。それからまたふしぎに、前よりは一層言葉少なになりました。

八重子はなにがしかの金を紙に包みかけましたが、さもしい気がしてやめました。そして、小女が朝早く買つてきてくれた切符の代と、小女への謝礼包みだけにとゞめました。

「こんどまた、御礼に伺はせて頂きます。」

お時儀をしながら、なぜともなく八重子はまた涙ぐみました。

女主人は門口《かどぐち》まで見送りました。小川といふ表札だけを八重子は頭に留めました。小女が街道まで見送つてくれました。

霧はまだ深く、沼も見えなければ、あたりの様子もよく分りませんでした。それでも、中空は晴れてゆき、朝日の光が乳色に流れてゐました。

…………………………

佐伯八重子は、沼のほとりの女を訪れるつもりで、進物《しんもつ》などのことも内々考へてゐましたが、主人の亡い身にはいろいろ用事も多く、時局も激しく動いて、なかなかその意を果せませんでした。

梧郎の部隊は果して、まもなく他方へ出動することになりました。内地か外地かも分らず、通信は途絶《とだ》えてしまひました。

やがて、東京も空襲に曝《さら》されるやうになりました。戦災は次第に広い範囲に亙《わた》り、至る所に焼跡が見られました。東京に踏み留まつてるだけでも、容易なことではありませんでした。

だいぶ年下で従弟《いとこ》に当る深見高次が、南方で戦死したとの公報も、空襲中に到着しました。

それからあの八月十五日、日本の降伏に次ぐ新回転の日が来ました。一ケ月して梧郎は復員になり、九州から戻つて来ました。

慌《あわただ》しい月日が過ぎて、七五三の祝ひ日に、今年七歳の末娘を持つてる山田清子のところへ、佐伯八重子は顔を出しました。清子は深見高次の実の姉で、深見高次の戦死のこともありますし、子供も数人あることですし、時勢をも考へまして、七歳の娘に御宮詣《おみやまい》りはさせませんでしたが、家庭内で、さゝやかな祝ひを催してをりました。

その午後の一刻、佐伯八重子は、山田清子の私室で、久しぶりに二人きりで語らふ隙《ひま》を得ました。

室内には、さまざまなものが雑然と取り散らされてゐました。その中に、写真帖《ちょう》が数冊ありました。八重子は機械的にそれをめくつてゐました。話の方に気を取られてゐました。それでも、あるところで、突然、手をとゞめ話をやめて見つめました。

島田髷《まげ》に結つた若い女の半身、洋髪に結つた二人の女の舞台に坐《すわ》つてる姿、二《に》葉《よう》の写真が、そこにありました。それが、紛《まご》ふかたなく、沼のほとりのあの女でした。殊《こと》に、舞台の方、金屏風《きんびょうぶ》をうしろにして、三味《しゃみ》線《せん》をかゝへた年増《としま》の人をそばに総《ふさ》のさがつた見台《けんだい》に向つて、ぴたりと、小揺ぎもなく坐つてゐますのが、あの女でした。

　八重子はその写真を指し示しました。

「これ、誰ですの。」

　清子は、写真の方ではなく、八重子の顔を眺めました。

「あら、御存じありませんの。寅香《とらか》さん……それ、高次さんのあのひと……。」

「これが……。」

　歌沢寅香、本名は小川加代子、かつて親戚や友人間に問題となつた柳橋の芸妓《げいぎ》で、深見高次の愛人でありました。

　彼女と高次との間がどういふものであつたかは、本人たち以外には分りません。表立つた事柄としては、高次が周囲の反対を押し切つて、彼女と結婚すると宣言したことでした。それから、周囲の反対が高まるにつれて、高次の意志もますます強固になり、一時、彼女に御座敷を休ませて、二人で旅に出たりしたこともありました。それから、花柳界の閉鎖や、高次の召集など、戦争の渦中に彼等も巻きこまれました。高次は出発に際して、かねてから二人の間のひそかな同情者たる姉の清子に、二葉の写真を預けましたきりで、彼女の生活や居所については、何にも明かしませんでした。——それらの事件の間中、彼女の名前は、歌沢の方の名取たる寅香とばかり呼ばれる習はしになつてをりました。

　八重子は長く写真を見つめてをりましたが、溜息《ためいき》のやうに言ひました。

「このひとが、あの、沼のほとりのひとですよ。」

「まあ……夢の中のやうなお話の、あのひと……。」

　二人は眼を見合せました。

「高次さんの戦死のこと、知つてますかしら。」と清子は言ひました。

「訪ねてみせませう。」と八重子は言ひました。

そして数日後、二人はひそかに打ち合せて、二人だけの秘密を胸に懐《いだ》いてる思ひに軽く昂奮《こうふん》して、出かけました。

秋晴れのよいお天気で、冷《ひやや》かな微風も却《かえ》つて快く思はれました。

八重子はわざわざ、あの時と同じ服装をしてゐました。清子はなるべく目立たぬ服装をしてゐました。

駅から街道添ひの町筋、そこまではよく分りましたが、その先が、八重子の記憶にはすつかりぼやけてゐました。往きは暗い夜の中をあの女に導かれ、帰りは霧の中を小女に導かれて、まるで夢の中のやうだつたのです。

同じやうな小道が幾つもあり、同じやうな生垣《いけがき》や家が幾つもありました。

傾斜面のつきるところ、びつくりするほどの近くに、広々とした沼があつて、日の光に輝いてゐました。そこから、冷たい風が吹きあげてきました。藪《やぶ》の茂みがそよぎ、中空高い落葉樹の小枝が震へました。薄《すすき》の穂がまばらに突き立つてる野原が、あちこちにありました。

肌寒い思ひで、草履《ぞうり》の足を引きずつて、尋ねあるきましたがそれらしい家は見当りませんでした。

「たしかにこの辺でしたの。」

「さう思ひますけど……。」

心許《こころもと》ない短い問答きりで、二人はあまり口を利きませんでした。

人の住んでゐさうもない、静まり返つた家ばかりで、通りがかりの人影も見えませんでした。

二人は町筋に引き返しました。荒物屋《あらもの》、煙草屋《たばこ》、それから蕎麦屋《そば》と、三軒に尋ねてみました——。小川加代子といふひと、歌沢の師匠をしてゐる寅香といふひと、小女を使つて静かに住んでる若い女のひと……。

それを、どこでも、誰も、一向《いっこう》に知りませんでした。こんな田舎《いなか》では、どんな些細《ささい》なことでも皆に知れ渡つてる筈《はず》なのに、彼女のことについては、何の手懸《てがか》りもありませんでした。

「をかしいわね。」

「ほんとに……。」

二人はまた、ぼんやり沼の方へ行つてみました。そして水際まで降りてゆきました。冷たい風が、間をおいて、水面を渡つてきますきりで、人影も物音もなく、小鳥の声さへ聞えませんでした。

「どうしたんでせうね。」

と八重子は呟《つぶや》きました。

「なんだか寒けがしますわ。」

と清子は呟きました。

じつと見てゐますと、平らな水面が、真中から徐《おもむ》ろに膨らんでくるやうでした。眩《めま》ひに似た感じでありました。

（昭和二一年四月「思索」）

白血球

がらり……………ぴしやりと、玄関の格子戸《こうしど》をいつになく手荒く開け閉めして、慌《あわただ》しく靴をぬぐが早いか、綾子は座敷に飛び込んできた。心持ち上気《じようき》した顔に、喫驚《びつくり》した眼を見開いてゐた。その様子を、母の秋子は針仕事から眼を挙げて、静《しずか》に見やつた。

「どうしたんです、慌《あわ》てきつて。……今日はいつもより遅かつたやうですね。」

「ええ、お当番だつたのよ。」

手の包みを其処《そこ》に置いて、袴《はかま》も取らずに坐《すわ》り込んで、それから、低い強い語気で云ひ出した。

「お母さん！」

「え？」

仕事の手を膝《ひざ》に休めて、秋子は顔を押し進めた。

「お母さん！」とくり返して綾子は一寸《ちよつと》息をついた。「この家《うち》は変な家ですつてね。」

秋子は黙つてゐた。

「今日ね、あなたの家には何か変なことはなくつて、と黒田さんが仰言《おつしや》るのよ。私何のことだか分らなかつたから、よく聞いてみると、この家は前から評判の家ですつて。何だか怪しいことがあるんですつて。それで、どの人もみんな、はいるとどきに引越していつて、空いてる時の方が多かつたさうですよ。そこへ私達がやつて来て落付いてるものだから、知つてる人は不思議がつてるんですつて。……ほんとに何のこともないの、としつこく黒田さんが仰言るから、ありはしないわ、よしあつたつて少し位は平気よ、二十世紀の者はお化なんか信じないから、と云つてやつたわ。だけど……」

「奥さま!」と襖《ふすま》の向ふから声がして、女中の清《きよ》が顔を出したので、秋子は俄《にわか》に恐い眼付《めつき》をして見せた。綾子は何のことだか分らずに、きよとんとした顔で口を噤《つぐ》んだ。

秋子は尋ねられた用事を清に答へておいて、それから暫《しばら》くして、真顔《まがお》で向き直つてきた。

「そんな話を誰にもしてはいけませんよ。…………そして、何か変なことはないかと人に聞かれたら、何にもないと答へるんですよ。」

「なぜ?」

「なぜつて、もしおかしな評判でもたつてごらんなさい……。」

それがどうしていけないかをはつきり云ひ現はせなくて、彼女は中途で言葉を切つた。

「だつて、西洋の御伽噺《おとぎばなし》にあるやうな、面白いお化なら出たつて構はないわ。」

口を尖《とが》らし眼をくるりとさしてる綾子の顔を見て、秋子も自然と笑みを浮べた。

けれど……。さういふ噂《うわさ》があるとすれば、うつかりしても居られなかつた。

二階が二室に階下が三室、便利に出来てる上に、日当りも相当によく、木口《きぐち》は粗末だが新らしく、家賃も案外安いので、近頃のめつけ物だといつてすぐに越して来たのだつた。が、玄関からすぐに階段、右手が八畳の座敷、それと反対に、左手の台所へ通ずる廊下側《わき》の、四畳半の女中部屋だけが、何だか薄暗くて陰気だつた。それだけのことなら、どうせ女中部屋だからとて我慢も出来たが、越して来たその晩に、変に気味が悪いとかで、清は一寸も眠れなかつた。

「空気の流通がよくないからだらう。」

主人の晋作《しんさく》はさう云つて、それでも念のために隅々まで検《しら》べたが、何処《どこ》にも怪しい点は見出《みいだ》せなかつた。

そして夕方、北向の高窓から射す日の光が、薄《うつす》らとぼやけてゆく頃、秋子は何気なくその室《へや》にはいつて、押入の前に佇《たたず》むと、ぞーつと底寒い気がして、ぶるぶると身体が震へた。それが変に不気味だつた。然《しか》し押入を開けてみても、清の夜具や荷物や、不用な道具などがはいつてるきりで、少しも変つたことはなかつた。気のせゐだと思つて、彼女はそれを黙つてゐたが、その晩も清は気味が悪くて眠れないさうだつた。それ以後清は、玄関の三畳に寝ることにしてゐた。

そのことが、綾子の話とぴつたり合つた。

「あなた、どうもをかしいぢやありませんか。」

良人《おつと》と二人きりの時、秋子はさう云つて話の終りを結びながら、良人の顔を見守つた。

額《ひたい》の両側の禿《は》げ込みは可なり深くなつてるが、口髯《くちひげ》はまだ濃く黒々としてゐる、その先をひねりながら、晋作は薄ら笑ひを湛《たた》へて答へた。

「その上本物のお化でも出たら、丁度《ちようど》お誂《あつら》へ向《むき》だね。」

「え?」

彼女には冗談が分らなかつた。

「いやなに、本当の化物屋敷となればね、家賃がずつと下るからいいつて訳さ。」

「まあ何を仰言《おつしや》るのよ、人が本気で話してるのに…………全くあの室《へや》は少し変ですよ。」

「ぢやあ、僕が一晩寝て見るとしようか。」

彼は生来の呑気《のんき》さから、怪力乱神を信じなかつた。そして、妻の話をいい加減に聞き流しながら、女中部屋で一夜を明かすといふ労をも固《もと》より取りはしなかつた。

所が或る日、陰鬱《いんうつ》な雨がじめじめ降り続いてる午後、その女中部屋で、けたたましい叫び声がした。座敷に居た秋子と台所に居た清とが、両方から同時に駆けつけた。見ると、窓の下に、こちらに背を向けて、晋吉《しんきち》が棒のやうにつつ立つて居た。秋子が真先に駆け寄つた。晋吉は真蒼《まつさお》な顔をして、暫《しば》くは口も利けなかつた。漸《ようや》く口を開《ひら》かしても、ただ窓の外を白い物が飛んだといふきりで、詳しいことは更に分らなかつた。彼自身も半ば夢心地だつた。

「それごらんなさい、云はないことではありません。」と秋子は、勝ち誇つた語気で、そしてそれをわざと不気味さうな表情で押つ被《かぶ》せて、良人に云つた。「小学校にも通つてる晋吉が、あんなに喫驚《びつくり》するくらゐですから、普通のことぢやありませんわ。」

晋作もさすがに一寸《ちよつと》気を惹《ひ》かれた。彼は怪力乱神をこそ語らなかつたが、楽天家相当の偶然の機縁――それに多少の思想を交《まじ》ふれば、すぐに霊とか奇蹟《きせき》とかになり得るもの――を否定しはしなかつた。で試みに、女中部屋にはいつて、あちらこちら歩き廻つたり、一寸屈《かが》み込んだりして、腕を組みながら小首を傾《かし》げてみた。

廊下の障子《しようじ》と室《へや》の障子とで二重に漉《こ》された明るみが、北の高窓から射す光りで暈《ぼか》されてゐた。窓の外は隣家との境の亜鉛塀《トタン》で、塀の上に伸び出てる桜の梢《こずえ》が見えてゐた。直接の日光が射さないせゐか、室の空気が底冷たかつた。まではよいが、押入の方から、何だか嫌な気が漂つてくるやうだつた。はつきり捉《とら》へ所のない、変に気持ちが惹《ひ》かされる、馬鹿《ばか》げてるが打消せない、何とはなしに嫌な気だつた。よく見るとその半間《はんげん》の押入の襖《ふすま》と柱との合せ目が、どちらか歪《ゆが》んでるせゐか、上の方が五分ばかりすいてゐた。掌《てのひら》をかざしたが、別に隙間《すきま》風がはいつてる様子もなかつた。襖を開くと、清の荷物や見馴《みな》れた古道具が、中に一杯押込んであつた。なほ試みに、上下左右の張り板を、指先でとんとん叩《たた》いてみたけれども、釘付《くぎづけ》もしつかりしてゐるらしかつた。所が、差伸べた手先と頭とを引込めた途端に、ふつと鼻先を掠《かす》める匂ひのやうな、嫌な気がすつと漂つてくる心地がした。彼はぴしやりと襖を閉め切つた。

何とも云へない変な気持だつた。彼は匆々《そうそう》に廊下へ出て、それから、押入の反対の側を見廻つてみた。其処《そこ》は台所の煤《すす》けた壁だつた。妙だな、と思ふ心が好奇心に変つて、台所の揚板《あげいた》を二三枚めくつて、押入の下に当る方を覗《のぞ》き込んだ。薪束《まきたば》の転《ころが》つてる向ふに、蜘蛛《くも》の古巣が破けかかつてゐて、黴《かび》臭い床下の地面が茫《ぼう》と横たはつてるきりで、何等《なんら》の異常もないし、少しの嫌な気も漂つては来なかつた。

彼はぼんやり座敷へ戻つていつた。

「如何《いかが》でした?」といふ意味を眼付《めつき》に籠《こ》めて、秋子は彼の顔色を窺《うかが》つた。

「何でもないよ。」と彼は自分自身にも云つてきかせるやうな調子で答へた。

がやはり、どうも腑《ふ》に落ちなかつた。薄気味の悪い変な押入だ! といふ気持が、頭の底にからみついてきた。

そこへ清が変梃《へんてこ》なものを齎《もたら》した。

或る夜のこと、電燈の光りが、潮の引くやうにすーつと薄らいでいつて、ぷつりと消えたかと思ふと、またぱつとついた。おやと思ふ途端に、今度は本当に消えてしまつた。座敷に居た秋子は、仏壇の蠟燭《ろうそく》を探し当てた。二階からは晋作が、玄関からは清が、手探りにやつて来た。そして秋子と晋吉とを加へて、ぼーつと赤い蠟燭の光りのまはりに、皆で集つた。かと思ふと、ぢきに電気が来た。なあんだといふ眼付で互《たがい》に見合つた。

お茶でも飲まうといふことになつたが、生憎鉄瓶《あいにくてつびん》の湯がぬるかつた。清はそれを瓦斯《ガス》の火で沸《わか》しに、台所へ立つて行つた。ばたりばたりと、肥《ふと》つた短い足先の上草履《うわぞうり》の音が、廊下に二三歩聞えたかと思ふまに、あれつ！　といふ叫び声と、がたりと鉄瓶を取落した音とが、殆《ほと》んど同時に聞えた。瞬間に、総毛立つた清の顔が、座敷へ飛び込んで来た。――廊下を二足三足歩き出して、何気なくわきを見ると、女中部屋の障子《しょうじ》の向ふに、真黒な大入道が、ぬーつと延び上つた……までは覚えてゐるが、後は一切知らない、と彼女は云つた。

その様子が余り真剣なので、皆はぎくりとした。けれども兎《と》に角《かく》、晋作が先に立ち秋子が続いて、女中部屋を窺ひに行つた。玄関から廊下へ出ると、真黒な大きな奴《やつ》が、障子にぬーつと現はれた。がそれは、玄関の電燈の光りで投げられてる、自分自身の影だつた。

安心すると、可笑《おか》しくなつた。

「おい、皆で来てごらん、大入道が居るから。」

晋作の声の調子に元気づいて、皆は座敷から出て来た。大きな影が幾つも重なつて、眼の前の障子に映つた。

「やあ、大入道が沢山《たくさん》居らあ！」と晋吉が叫んだ。

「お前のは小入道ぢやないか。」

そして皆は、まだ先刻の驚きから醒《さ》めずにゐる清を除いて、障子《しょうじ》に影を映し合つた。けれど、それが次には不気味になつて、立ちつくしたまま黙り込んだ。

晋作は障子をさつと開いた。向ふの高窓が、死人の眼のやうにぼーつと浮出してゐた。ぞつと薄ら寒い気がした。

「あら、どうしてこの室《へや》の電気だけつかないんでせう？」

秋子の言葉に皆初めて気付いた。晋作は中にはいつて、電燈の捻子《ねじ》を捻《ひ》ねつた。ぱつと明るくなつた。が皆は云ひ合したやうに、そのまま座敷へ戻つた。

「馬鹿《ばか》げた入道だね！」

晋作は強《し》ひて笑はうとした。その笑ひが変に硬《こわ》ばつてくる所へ、清は別なことを主張しだした。

「でも初めは、たしかに電気がついてをりましたが……。」

女中部屋の電気は、いつもつけつ放しにしておかれたのだつた。その晩も停電の前までは、たしかについてゐた筈《はず》だつた。

「さうれごらんなさい。をかしいわ！」と口には云はないが目付《めつき》に見せて、綾子は皆の顔を見廻した。

「それも大入道のせゐかな。」

「やあ、此処《ここ》にも大入道が居るよ。」

と晋吉は立ち上つて、背延びをしながら向ふの壁に、自分の影を写してゐた。

笑つていいか恐がつていいか分らない、変な其場《そのば》の気分だつた。

そしてそれが、後まで続いた。

晋吉は夜になると、電燈の位置を変へたりいろんな姿勢をしたりして、壁に写る影法師をしきりに研究しだした。両手を拡げて飛び上つたのが、飛行機の姿だつたし、首を振りながら片足で立つたのが、お化の姿だつた。其他《その》いろんな物が出て来た。

「お止《よ》しなさいよ。そんなことしてると、今に影に呑《の》まれてしまふわ。」と綾子は云つた。

影に呑まれるといふのは、彼女の作り出した言葉だつたが、それが実際、変な響きを皆の心に伝へた。

「なあに呑み込まれるものか、姉さんを呑み込んでやらあ。」

そして晋吉は、獅子舞《ししま》ひの面の恰好《かつこう》をして壁に写した。

その様子には清まで笑ひ出したが、然《しか》し彼女は内心ひどく慴《おび》えきつてゐた。女中部屋の中には晩になると決して足を踏み入れなかつた。

秋子は表面だけで皆に笑つてみせながら、内密で良人《おつと》に断言した。

「あなた、何処《どこ》かへ越しませう。私もうこの家には一日も嫌ですわ。」

「さうだね。」と晋作は曖昧《あいまい》な返辞をした。

気のせゐだと云へば云へないこともなささうだつたが、それにしても、女中部屋の押入はやはり不気味で変だつた。その上、影法師に凝り出した晋吉の様子までが、心の持ちやうで不気味にも思はれた。

「だが、そんな筈《はず》はない。」――「然《しか》し、何だか変でもある。」

その間の去就に迷つた心で晋作は、いい家があつたら越してもよいと考へるやうになつた。気に入つた家をわざわざ引越すにも当るまい、と昼間は思つても、夜になると、女中部屋のあたりが妙に陰々として感ぜられた。五十燭光の電球を買つてきて内密につけてみても、やはりさうだつた。そして何だか押入のあたりが……。

「明日《あした》から家を探すよ。」と彼は秋子に答へた。

然しその明日が、一日々々と延びていつた。でも一方で秋子は、出入の商人に空家探しを頼み初めた。

すると或る日、晋作の家へ突然刑事が訪ねて来た。

日曜日の午後一時頃だつた。空家探しに出かけようと秋子に云はれるのを、晋作はなほ煮えきらない返辞ばかりして、その午前を愚図々々《ぐずぐず》のうちに過してしまつた。その間に一度、人知れずそつと女中部屋へはいつてみたが、やはり何だか気持が変だつた。昼食後彼は、二階の室《へや》にぼんやりして、うち晴れた大空を障子《しようじ》の硝子《ガラス》から眺めてゐた。これまでのことを考へるともなく考へてみると、馬鹿《ばか》げてゐるやうでゐて、そのくせ笑へもしなかつた。自分でも思ひ迷つた心地で、また大空をぼんやり透《すか》し眺めた。

そこへ、清が来訪者の名刺を持つてきた。〇〇署詰刑事中井宇平としてあつた。晋作には何の用件だか更に見当がつかなかつた。彼は暫《しばら》く名刺の表を見つめてゐたが、兎《と》も角《かく》もその刑事を通さした。

絣《かすり》の銘仙の羽織着物に、セルの袴《はかま》をつけた、三十五六の年配で、頭を五分刈にした、朴訥《ぼくとつ》さうに見える男だつた。晋作の頭には、その様子と刑事の肩書とが、別々なものとなつて映じた。中井刑事は、一通りの挨拶《あいさつ》を終つてから、突然の来訪を廻りくどい言葉で詫《わ》びた。語尾に妙な曇りがあつた。晋作はその顔を見ながら、何の用件かと尋ねた。

「実はをかしなことで伺つたのですが…………。」

そして中井刑事は、丁寧な調子とぞんざいな調子とをつきまぜて云ひ出した。――晋作の家に怪しいことがあるといふ噂《うわさ》が拡まつてゐる。固《もと》より前からも、変な噂があつて居つく人がなかつたのだが、晋作一家が暫《しばら》く落付いてるので、近所では不思議に思つてると、果して怪しい噂がまた立つてきた。自分はそれをちらと耳にしたのだが、さういふ事柄から往々古い犯罪の手掛りを得ることがあるので、どういふ怪しいことがあるのか、それを尋ねに来たのである。――「御迷惑になるやうなことは決してありませんから、単に参考のために、仔《し》細《さい》を聞かして頂けますまいか。私一個人として伺ふだけですから。」

晋作は微笑を浮べた。それから一寸躊躇《ちよつとちゆうちよ》した。

「何かお差支へがあれば、強《し》ひてとは申しませんけれど。」と刑事は云つた。

その言葉が妙に晋作の気持に絡みついた。怪異に縁故があると思はれて堪《たま》るものか、と考へたが、その憤慨の念が我ながら可笑《おか》しくなつて、次には凡《すべ》てをぶちまけてやれといふ気になつた。

「怪しいといつても、何もはつきりしたことはありませんが……恐らく気のせゐかも知れませんが、ただ……。」押入が不気味だといふことだけを、彼は細かく語つた。

刑事は注意深く聞いてゐたが、晋作の言葉が途切《とぎ》れて暫《しばら》くしてから、その押入を検《しら》べさしてはくれまいかと云ひ出した。原因を明かにした方が皆のためだと。

云はれて見ればその通りだつた。彼は苦笑しながら承知したが、また思ひ直して、秋子を其処《そこ》へ呼んだ。

秋子は仔細を聞いてから、不思議さうに刑事の顔を見守つてゐたが、やがて俄《にわか》に眉《まゆ》をひそめた。

「だけど、子供達や清が猶更《なおさら》恐がるやうになりはしませんでせうかしら。」

彼女の懸念は道理だつた。

「では何《いず》れまた、」と刑事は云つた、「皆さんのお留守の時に伺つても宜《よろ》しいです。」

然《しか》しさうなると、晋作は却《かえ》つて気乗りがしてきて、一時も早く検べて貰《もら》ひたくなつた。彼は秋子と相談して、皆を外に出すことにした。子供二人に清を伴さして、動物園へ遊びにやつた。綾子はつまらなさうな顔をしたが、晋吉と清とは大喜びだつた。そして三人は出かけていつた。

晋作と秋子とは、中井刑事を女中部屋へ案内した。が不思議に、その時は別に不気味な感じもしなかつた。押入の中の道具を取出しながら、馬鹿々々《ばかばか》しい気持にさへなつた。単に気のせゐだつたらうと、晋作はしきりに云ひ訳らしいことを云つた。

然し、刑事の眼は急に輝き出して来た。注意を凝らしたらしい額《ひたい》をつき出して、犬のやうに鼻をうごめかした。彼は一応押入の中を見廻し、それから女中部屋の内外を見極め、台所の揚板《あげいた》の所から半身を差し込んで、押入の下あたりの地面を、棒切の先でかき廻したりした。しまひに彼はまた押入の前に戻つて、小首を傾《かし》げながら考へ込んだ。

その無言の動作に、こちらも黙つてついて廻つてた晋作と秋子とは、初めから白けた気持と、それでも淡い期待のあつたのを裏切られてゆく失望とで、がつかりしてしまつた。刑事が俄《にわか》に押入の片隅を見つめ初めたのを、彼等は殆《ほと》んど気にも止めなかつた。そして云はれるままに、釘抜《くぎぬき》と金鎚《かなづち》とを取つて来て渡した。

刑事は押入の隅の一枚の張板に、全身でしがみついてゐた。金鎚と釘抜とでそれをはがした。そしてあり合せの板切《いたぎれ》を求めて、其処《そこ》を器用に塞《ふさ》いでしまつた。それから漸《よう》く立ち上つて、廊下に出て着物の塵《ちり》を払ひ、めくり取つた一枚の板をしきりに眺めた。わきから覗《のぞ》くと、その板には端の方に、少し火に焦げた跡が残つてゐて、黴《かび》みたいな小さい白つぽい斑点《はんてん》が沢山《たくさん》ついてゐた。がただそれだけだつた。

「どうもお手数をかけて済みませんでした。」と彼は云つた。「では、この板だけお預りして行きます。」

「もう宜《よろ》しいのですか。」と晋作は尋ねた。

「ええ、別に異状もないやうですから。」

「そんな板が何かになるのですか。」

「さあ……。」と刑事は半信半疑らしかつた。

それでも彼は、お茶を一杯飲むと、新聞紙に包んだ板を大事さうに抱へて、慌《あわただ》しく帰つていつた。

「何かがお分りでしたら、私共へも一寸《ちよつと》お知らせして頂けませんでせうか。」と晋作は頼んで見た。「はつきりした方が気持が安まっていいですから。」

「さうですね。」そして刑事は一寸考へ込んだが、それから元気な声で答へた。「ええ、何《いず》れともお知らせしませう。」


……………………


女中部屋の押入は、中井刑事の臨検を受けて以来、その神秘的な魅力を失つたかのやうだつた。室《へや》の陰気さは前と少しも変りはなかつたが、押入の張板が一枚、あり合せの板切れで、刑事の手によつて置き換へられたことを思ふと、今迄の何とも云へぬ不気味さが、朝の光りのやうに白々しくなつて、何処《どこ》かへ消え失せてしまつた。

「やはり何でもなかつたんぢやないか。」

「さうね、気のせゐだつたのかも知れませんわね。」

晋作と秋子とは押入の前に立つて、そんな風に語り合つた。

けれど……その下からまた、新らしい懸念が湧《わ》いて来た。

「一体刑事は、あの板を何と思つたのかしら?」

怪しい幻が消えた後に、科学と官憲とで捏《こ》ね上げられる、動かすことの出来ない現実的な幻が、恐ろしい顔付で伸びあがつてきた。

「だがそんなことは、俺達の知つたことぢやない。」

さう自ら云ひきかして、晋作は無理に平気を装つた。そして女中部屋の中に坐《すわ》り込んで、子供達と清とを呼んだ。

「何でもなかつたんだよ。押入の中の板が一枚壊れて、床下の風が吹き込んでゐたので、変に気味が悪かつたのさ。この通り繕《つくろ》つたから、もうこれから安心だ。」

そして彼は押入の荷物を少しのけて、中井刑事が打付けた板をさし示した。が、清は腑《ふ》に落ちぬやうな顔付をし、綾子は不審さうに眉根《まゆね》をしかめ、晋吉はふふんと空嘯《そらうそぶ》いてゐるので、そして、秋子は不安げな眼付《めつき》で苦笑してるので、それが——何だか分らないが何かが、やはり変だつた。その室《へや》に落付いて居られなかつた。

夜遅く便所へなんか行く時に、ひつそりとした闇の中から、何かの眼付が覗《のぞ》いてるらしい気配に、ふと慴《おび》えることがあつた。それはもはや、荒唐無稽《こうとうむけい》な変化《へんげ》の類ではなかつたが、あの押入に何かの因縁が……と思ふ、一種の宿命的な惑はしだつた。

新らしい家だけに、それがどうも不思議だつた。

「この家は建つてまだ間もないらしいがね。」

「ええ、三年にきりならないんですつて。」

秋子はさう答へながら、良人《おつと》の眼付のうちに、何か力となるべきものを探し求めた。そしてそれが見出《みいだ》せないと、しまひにはやはり移転を主張しだした。

「だつてあの刑事との約束もあるしね……。」

然《しか》し中井刑事からは、其《その》後何等の音沙汰《おとさた》もなかつた。こちらから聞きにゆくわけにもいかなかつた。

思ひ惑つて、二人で長火鉢の前にぼんやりしてると、晋吉は綾子と清とを相手に、玄関の三畳で影人形の遊びに耽《ふけ》つてゐた。兎《うさぎ》や狐《きつね》は固《もと》より陳腐だつたし、飛行機やお化も倦《あ》きられてゐた。そしてはしきりに、新らしい影人形に苦心してゐた。

「そら、蝦蟇《かえる》が出来た！」

晋作がそつと覗いてみると、晋吉は壁と睥《にら》めつこをして、四つん匐《ば》ひになつてゐた。その恰好《かつこう》が変梃《へんてこ》だつた。

晋作はふと膝《ひざ》を叩《たた》いた。

「おい、僕が面白いものを拵《こしら》へてやるから、ぢつとしてるんだよ。」

彼は其処《そこ》へ進み寄つて、袖《そで》をまくつた両手を重ねてぬつと差出した。然し、晋吉の蝦蟇を呑《の》もうとしてる大蛇の姿は、思ふやうに壁面へ現はれなかつた。

「お父さんは駄目《だめ》だよ。」と晋吉は叫んだ。「お化の手附なら僕の方がうまいや。」

晋吉は両手でいろんな恰好をして、様々の幽霊の手附をしてみせた。

「嫌ですよ、坊ちやまは。そんなことをなさると、今に本物が出ますよ。」

だが、慴《おび》えてるのは清ばかりではなかつた。

或《ある》夜中に、突然の鋭い叫び声のために、晋作と秋子と綾子までが眠りから覚まされた。見ると、晋吉が其処《そこ》につつ立つてゐた。没表情な顔で石のやうに固くなつてゐた。漸《よう》くにまた寝かしたが、物に憑《つ》かれたやうな眼を長く見開いてゐた。――影が無くなつた夢をみたのださうだつた。自分の影がなくなつて、何処《どこ》に写しても出て来ないので、一生懸命にその影を探し廻つてると、急に恐くて堪《たま》らなくなつたのださうだつた。

「影ばかりでなく、今に晋ちやんご自分も呑《の》まれてしまふわ。」

綾子が震へながらそんなことを云ひ出した。

ぞつとするやうな静けさだつた。眠れないでゐるうちに、柱時計が四時を打つた。それから時計の振子の音が耳について、晋作は朝まで眠れなかつた。

「俺まで何だか変だぞ。」

と気がついてみると、晋吉の夢が妙に気にかかつた。女中部屋にいつも明るい電燈をつけ放しなのがいけないのぢやないかしら、とそんな馬鹿《ばか》げた考へまで起つた。然《しか》し明るい電燈をつけておいても、夜になると、清はその室《へや》を恐がつて中にはいれなかつた。秋子までが変に苛《い》ら苛らしてゐた。

「とにかく、このままではいけない。どうにかしなくては……。」

彼は考へあぐんだ。

所へ、思ひがけなく……実は心待ちにしてゐたのだが、中井刑事が訪れて来た。

その日曜の朝をぼんやりしてゐた晋作は、驚喜の余り飛び上つて、自身で玄関まで出迎へた。

刑事の顔も、彼のに劣らず輝いてゐた。左の手先に軽くソフト帽を抱へて、足を心持ちふんばり加減につつ立ち、引緊《ひきし》めた浅黒い顔の皮膚の下には、晴々とした笑みが溢《あふ》れてゐた。

二人は親しい挨拶《あいさつ》を交はした。

然《しか》し、二階の座敷に通されると、俄《にわか》に刑事は厳粛な態度に変つた。半ば吸ひさしの朝日を静《しずか》に火鉢の灰にさして、一度に凡《すべ》てのことを考へめぐらすやうな眼付《めつき》をした。

「実は、あなたへお知らせすべきかどうか、少なからず迷つたのですが、怪しい噂《うわさ》を今迄平気でゐられた所から考へて、申上げても別段騒がれることもないと思つたものですから、それにあの時のお頼みもありますし、定めしお待ちになつてることと思つたものですから、旁々《かたがた》伺つたやうな次第です。然しこの話は秘密にして頂きたいものです。いづれ発表して差支へない時期が来ることと思ひますが。まだ事件が予審中なものですから。」

晋作は意外の感に打たれて、居ずまひを正しながら、他言しないと誓つた。

そして、刑事の話は更に意外だつた。——あの板の、焦げ跡と白つぽい斑点《はんてん》とが不審だつた。警察の方で一応調べてみると、怪しい点が生じてきた。それで更に、法医学の高山博士に鑑定を依頼した。博士の検査に依《よ》つて、白つぽい斑点は蚊《か》の糞《ふん》の跡であり、更に、その糞中には人間の白血球が多く存在し、板には人間の脂肪がしみ込んでることが、明かになつた。それから板の出所を調べると、その板は或《ある》火災の場所から出たもので、晋作がはいつてる家を三年前新築する時、大工が何かの都合でそのまま使つたものだつた。更に不思議なことには、その板は焼けた家でも押入の張板に使はれてたものらしかつた。なほ調査してみると、その焼けた家の主人は、或る重大な犯罪で目下未決監にはいつてゐた。所が、その家が焼けた時老人が焼死して、その生命保険金一万円を主人は受取つたのだつた。そこで、警察の眼には二重の疑問が映じた。火災の折に押入の板がどうして焼け残つたか？　押入の板に人間の白血球を含む蚊の糞と人間の脂肪とがどうしてさう多分に附着してゐるか？　さういふ疑問から、保険金一万円が鍵となつて、或る犯罪事実の情景が浮び出て来た。

…………………………………

三年前の或る初夏の夜——

室《へや》の真中に、六十年配の老人が一人眠つてゐた。あたりはひつそりと静まり返つてゐる。其処《そこ》へ、側の襖《ふすま》がすーつと音もなく開いて、眼のぎよろりとした壮年が、腹匐《はらば》ひになつて覗《のぞ》き込んだ。暫《しばら》くすると、その男はすつくと立上つて、つかつかと而《しか》も爪先《つまさき》で歩み寄つた。蚊帳《かや》をまくつて中にはいると、袂《たもと》から黒メリンスの兵児《へこ》帯《おび》を取出した。老人は口をあんぐり打開き、横向きになつて、酒臭い息を喘《あえ》ぐやうに吐きながら、ぐつすり眠つてゐた。男はその後ろに忍び寄つて、老人の首の下に帯の端を通し初めた。老人は一寸《ちよつと》身動きをした。瞬間に、男は帯を通し終つて、それでぐつと老人の首を締めつけながら、なほ膝頭《ひざがしら》で老人の背中を後ろから押へつけた。首を縮め両肩を高く聳《そびや》かし、両手にある限りの力を籠《こ》めて、そのまま蹲《うずくま》つた。老人はぱつと足先で夜具を半分ばかり蹴飛《けとば》したが、声も立てずにぐつたりとなつた。手足がびくびく震へだした。かと思ふと止《や》んだ。そしてまた震へだした。その震へが次第に弱く痙攣《けいれん》的になり、震への間の時間が長くなり、最後にぴくりと一つ大きく震へて、もう動かなくなつた。三分……五分……そして男は立ち上つた。老人はぐたりと頭を落した。眼を見張り口をあんぐり開いてゐた。男はそれを一目見やつて、顔をそむけた。

男はやがて身形《みなり》を直した。額《ひたい》の脂汗《あぶらあせ》を袖《そで》で拭《ぬぐ》つた。それから蚊帳の外に出て、押入の襖《ふすま》を静《しずか》に開いた。中には四尺《しやく》ばかりの空《あ》いてる場所があつた。男は蚊帳の外から手を差伸べて、老人の足先を捉《とら》へて引きずり出した。それを両手で軽々と持上げ、押入の空いてる場所へ横たへた。それから押入の襖を閉め、蚊帳の中の布団の乱れを直し、兵児帯をまとめ、室《へや》の四方に恐ろしい眼付《めつき》を投げて、慌《あわただ》しく出て行つた。

凡《すべ》ては、前から熟慮されたもののやうに、的確な段取りで速《すみや》かに音もなく為《な》された。ただ、押入の襖だけが二三寸閉め残されてゐた。

あたりは静まり返つた。そのひつそりとした中に、向ふの室から、時々何か低い物音が洩《も》れてくるばかりだつた。そして押入の中には、眼を見開き、口をうち開き、鼻から何とも知れない液体を出してる、老人の絞殺死体が、寝間着の胸をはだけ、手足をにゆつと伸《のば》して、固く冷《つめた》くなつていつた。それに蚊が群《むらが》りついた。

柱時計が午前三時を打つて間もなく、先刻の男がつかつかとはいつて来た。手にマッチとアルコール瓶とを持つてゐた。彼は押入に歩み寄つたが、二三寸閉め残されてるその襖を見て、ぎよつとしたやうに立ち竦《すく》んだ。それからびくりと肩を聳《そびや》かして、押入の襖を開き、老人の死体を確かめた。そしていきなりアルコールを、襖や障子《しょうじ》に振りかけて、そこへ火をつけた。蒼《あお》い焔《ほのお》がめらめらと広がるのを見定めて、彼は向ふへ姿を隠した。

三十分とたたないうちに、火焔は一面に室《へや》を包んだ。それからその家を包んだ。家の棟《むね》が焼け落ちる頃になると、焼け壊れた押入の一枚の板を、火と灰との海の中の小舟のやうにして、老人の死体は静《しずか》に乗つかりながら、ぢりぢりと焼かれていつた。が、半焼のうちに消防夫の手から掘り出された。

…………………………

その幻影は、中井刑事の予想に反して、晋作や秋子にとつては、あらゆる妖怪変化よりも、更に恐ろしく更に不気味だつた。

彼等はその翌日、見当り次第の空家へ、一時の我慢だとして、すぐに引越してしまつた。前の家のことを考へると、ぞつと冷水を浴びるやうな心地がした。そして、移転した汚い家の荷物の散らばつた中に、ほつと腰を落付けながら、遠い幻影をなほ頭に浮べて、何とも云へない表情で互《たがい》に眼を見合つた。その二人の顔付を、綾子と晋吉と清とが三方から、不思議さうに見比べた。

が、少くとも此度《こんど》の家は安心だつた。

（大正一一年三月「良婦之友」）

都会の幽気

都会には、都会特有の一種の幽気がある。暴風雨の時など、何処《いずこ》ともなく吹き払はれ打ち消されて、殆《ほとん》ど姿を見せないけれども、空気が凪《な》いで澱《よど》んでゐる時には、殊《こと》に昼間よりは夜に多く、ぼんやりと物影に立現れたり、ふらふらと小路《こうじ》を彷徨《ほうこう》したりする。

幽気があるのは、必ずしも都会に限つたものではない。田舎《いなか》には田舎の幽気があり、山林田野には山林田野の幽気がある。然《しか》しそれらの幽気はみな、人間離れのした怪異味を有するものであるが、ただ都会の幽気だけは、どこまでも人間的であり、人間の匂ひを持つてゐる。

幽気であつて幽鬼でない以上、それは勿論《もちろん》、形あるが如《ごと》くなきが如く、音も立てず口も利かず、ただそれと感じられるばかりで、朦朧《もうろう》と浮游《ふゆう》してゐるのであるが、一度それに触れると、人は慄然《りつぜん》として、怪しい蠱毒《こどく》が全身に沁《し》み渡るのを覚ゆる。

この幽気はどこから生じたのであらうか？　恐らくは、大都会の無数の人間の息吹きが、心の願望が、肉体の匂ひが、凝り集つて朧《おぼ》ろな命に蘇《よみが》へつたものであらう。実際この都会には、余りに無数の人間が群居してゐる。如何《いか》なる小路の奥にも、人の足に踏まれなかつた一隅の地面もない。如何なる奥まつた壁の面にも、人の眼に見られなかつた一片の亀裂もない。吾々《われわれ》の胸に吸はれ肌に触れる空気は、幾度か人の胸に吸はれ肌に触れたものである。其《その》他この都会の中のあらゆるものが、人間に接触し人間の気を帯びてゐる。そして、劇場や寄席や活動写真館などの中に、むれ臭い濛気《もうき》がこめると同じやうに、都会の中にも、人間の息吹きが凝つて一つの濛気となり、至る所に立罩《たちこ》めてゐる。而《しか》もその濛気の中には、或る時或る瞬間の種々雑多な姿や意欲や匂ひなどが、数限りもなく印刻せられる。或る小路《こうじ》の角には、若い男が恋人を待つて佇《たたず》んだだらう。或る暗がりには、盗人《ぬすつと》が息をこらして潜《ひそ》んだだらう。或る電柱の影には、刑事が非常線を張つただらう。或る軒の下には、病める乞食《こじき》が一夜を明しただらう。或る街路の鋪石《ほせき》の上には、自動車に轢《ひ》き殺された子供の死体が横たはつただらう。或る尖《とが》つた石塊《せっかい》には、帰り後れた泥酔《でいすい》の人が躓《つまず》いただらう。或る静かな裏通りには、若い夫婦が手を取り合つて散歩しただらう。或る垣根には、肺を病む老人が血を吐いただらう。或る門口《かどぐち》には、恵みを受けた放浪者が感謝の涙に咽《むせ》んだだらう。或る木影には、糊口《ここう》に窮した失業者が悲憤の拳《こぶし》を握りしめただらう。或る十字街には、争闘者の短刀が閃《ひらめ》いただらう。或る石塀には、高笑ひをする狂人が唾液を吐きかけただらう。其《その》他数へきれないほどのことを、或る時或る瞬間に或る場所で人は為《な》しただらう。それらのものがみな、この都会の濛気の中に跡を止《とど》める。そしてそれが、渦巻き相寄り相集つて、さまざまな幽気に凝結し、朧《おぼろ》な命を得て浮游《ふゆう》する。暴風雨などに逢《あ》へば、何処《いずこ》ともなく吹き払はれるけれども、静かに空気が淀《よど》んで濛気が凝つてくると、ぼんやりとそこいらに立現れ、ふらふらとそこいらを彷徨《ほうこう》する。明るい真昼の光りに照らさるれば、いつしか解けて無くなるけれども、薄ら寒く日が蔭つたり、夜の闇が落ちてきたりすると、また茫《ぼう》と現れてくる。

その頃私は、晩になると外に出かけて、夜遅くならなければ帰つて来られないやうな習慣……といふより寧《むし》ろ気分に、陥つてしまつてゐた。恋に破れて凡《すべ》てのものの意義を見失ひ、何をしてもつまらなく、昼間はまだよかつたが、夜になると下宿の一室にぢつとしてることが出来ずに、家庭を持つてる友人の家や撞球場《どうきゅう》や碁会《ごかい》所《しょ》や、または怪しげな旗亭など、兎《と》に角何処《かくどこ》かで賑《にぎ》やかな時間を過して、十二時が過ぎなければ、云ひ換《かえ》れば、すぐに眠るより外《ほか》はない時間にならなければ、下宿へ帰つてゆく気になれなかつたのである。時には二時三時頃になることも珍しくなかつた。

所が或る夜、変なものに……いや変な気持に出逢《であ》つたのである。友人の家で遅くまで花合せをやつて、もう一時半頃だつたらう、遠くもない下宿の方へ歩いて帰りかけた。空がぼんやり曇つた静かな夜で、重く澱《よど》んでる涼しい夜気が、まだ勝負のほてりの残つてる頰《ほお》に、心地よく流れていつた。帽子を目深《まぶか》に被《かぶ》り、両手をマントの隠しにつつ込み、ふらふらと足を運びながら、頭の中には、花札のまん円い赤い月や、傘をさした小野道《おののとう》風《ふう》の姿や、『あかよろし』と書いてある短冊などが、ちらちらと映つてゐた。それを一つ一つ心で送迎して、何にも気を留めず眼をやらずに、通り馴《な》れた途筋《みちすじ》を、電車通りから淋《さび》しい横町へ切れ込んでいつた。それからまた右へ曲つて、一方が広い邸宅の石塀になつてる処《ところ》へさしかかり、菊の盃と短冊とを敵にさらはれて手にカスが残つた忌々《いまいま》しさなどを、ぼんやり思ひ起してゐるうちに、ふと、後から誰かついて来るやうな気配を私は感じた。感じたのはその瞬間であるが、実は暫《しば》らく前から私について来たらしい気配だつた。この夜更けに……と思つて何気なく振向くと、其処《そこ》には誰もゐないで、点々と軒燈の光りの浮いてる淋しい通りが、突き当りまで茫《ぼう》とした薄闇を湛《たた》へてゐた。

それから暫らくすると、また誰かが私の後をつけてくるやうな気配がした。振返つて見ると誰もゐない。そんなことを二三度繰返してるうちに、私は変に身内が薄ら寒くなつてきた。そしてすたすたと足を早めたが、やはりすたすたと同じ早さで……といつて足音も声もなく、ただその気配だけが風のやうに、私の後からついてくる。馬鹿馬鹿《ばか》しいと思つたが、思ふほど妙に気にかかつて、もう後ろを振向くこともしかねて、益々《ますます》足を早めていつた。そして下宿の前まで来てほつとすると、その気配も何処《どこ》かへ消え失せてしまつた。私は何だか変な気持で、寝静まつてるひつそりした通りを透《すか》し見て、それから、いつも引寄せたばかりで締りのしてない硝子《ガラス》戸を、少し慌て気味に引開け、身を入れると落付いて静かに閉め、中に垂れてゐる白布をまくつてはいつた。すると真正面に、停車場で見るやうな大きな掛時計が、いつもの通りゆるやかに振子を振つてゐた。それを見て私は、先程からの怪しい気持を払ひ落してしまつた。

然《しか》るに、さういふことが何度も起るやうになつた。明るい電車通りなんかでは、さすがに一度もなかつたが、淋しい裏通りを夜更けに歩いてゐると、何時何処《いつどこ》でともなく、誰かが自分の後からついて来るやうな気配を、ふつと気付くのだつた。振返つてみると誰もゐない。真直《まつすぐ》に歩いてゐると、また誰かが風のやうについて来る。殊《こと》に雨のしとしとと降る晩なぞは、其奴《そいつ》が雨傘の中にはいつて来て、すぐ側に後髪のあたりにくつついて来る。ぞーつとする気持を無理に抑へて、煙草《たばこ》に火でもつけると、もう何処《どこ》かへ消えて無くなつてしまふ。

そのうちに、私は次第にそれに馴《な》れてきて、いろんな理由を推測し初めた。よく考へてみると、私がそれに出逢《であ》ふのは、何か或る一つのことに熱中した後で、さまざまの雑念が消え失せ、思ひが一つの点に集中して、疲れながらもぢつと落付いてゐる、我を忘れた而《しか》も敏感な状態に在る時だつた。それで、空気の静かに淀《よど》んでゐる夜更けの通りを、ふらふらと歩いてゆくと、丁度《ちようど》船の通つた後の海上に船足の波が立つと同じく、私の後に空気の波が立つて、それを私は誰かの気配だと感じたのだらう。……さう思ふと、私はいくらか馬鹿馬鹿しいやうな安堵《あんど》を覚えて、余りそれを気にすまいと努め、また実際大して気にもかからなかつた。またやつて来たな……といふくらゐの気持でゐることが出来た。

所が、その気配の方が段々進歩してきた、と云へば変だが、段々はつきりした形を取つてきた。

或る夜一時頃、私は電車から降りて下宿へ帰つていつた。その時私は可成《かな》り酔つてゐた。四五人の友人と馬《ば》鹿《か》げた遊びをして、その帰りにまた珈琲《コーヒー》店へ立寄つたので、和洋酒混合の雑然とした酔ひ方をして、頭の中が呆《ぼ》けたやうに茫《ぼう》つとなつて、ただ眼だけに意識の力が集つてゐるといふ状態だつた。それと見て飛び乗つた赤電車の中の、粗《まば》らな乗客の総毛立つたやうな顔や、ぢつと考へ込んでゐるらしい冷たい顔や、一方にかたまつて居眠りしてる四五人の車掌の顔や、天井から下つてる宣伝ビラの赤文字や、窓硝子《ガラス》についてゐる灰白《ほのじろ》い汚点など、弱々しい薄赤い電燈の光りに輝《て》らされたさまざまの、深夜にふさはしい事物が、頭の奥に残つてゐて、それでもまだ何か足りない、今に何かやつてくる……といつたやうな気持が、寂然とした裏通りを透《すか》して見てる眼に集つてゐた。それに自ら気付いた時私は、また例のものがついて来るぞと思つた。途端に、何か人の顔らしいものが、横手の暗がりから私の方を覗《のぞ》き込んできた。おや！　と思つて眼をやると、もうそれらしいものは消え失せて、垣根の上から覗き出してゐる樫《かし》の一枝が、黒々とした影を落してるばかりだつた。嚇《おど》かすなよ！　といふ気持で四五歩進むと、此度《こんど》は向ふの軒下に、なにやら茫つとした人影が佇《たたず》んでゐる。でも私は、酔つてはゐたしそんなことに馴《な》れてもゐたので、例の奴《やつ》が先廻りをしたなといふくらゐの考へで、平気で歩いて行つて、ひよいと見ると、其処《そこ》には何にもなくて、六七尺《しやく》ばかりの上の軒下に女中部屋らしい小窓がついてゐて、この夜更けに雨戸も閉めなく、木格子《こうし》の中の煤《すす》けた障子《しようじ》の紙に、淡く電燈の光りがさしてゐた。私は一寸《ちよつと》足を止めて眺めやつた。すると全く思ひがけなく、鬢《びん》の毛を少しほつらした女の頭が、障子にすーつと影を落して、またすーつと消えた。消えた瞬間に私はぞつと身震ひをした。怪しい幻覚が私を囚《とら》へた。薄穢《うすぎたな》い豊満な肉体をしてゐる女中が、そこの障子に姿を写すのを待受けて、一人の色情狂が佇んでゐる。それが私自身の姿に乗り移つてきた。私は堪《たま》らなく忌《いま》はしい怪しい心乱れがして、つと其処《そこ》を離れて歩き出した。暫《しばら》くして或る電柱の影から、何とはなしに振返つてみると、先刻の窓からはただ茫《ぼう》とした淡い明るみがさしてるきりで、其処には何の姿も見えなかつたが、さうして電柱の影から覗いてる自分自身と、同じ場所に同じ姿で、何かを待伏せしてゐる刑事の影が現はれてきて、しきりに私へ乗り移らうとし初めた。私は喫驚《びつくり》してまた歩き出した。すると今度は、私と同じやうに酔つ払つて帰り後れた愚かな男の影が、私の身にぴつたりとくつついてきた。

　私はもう歩くことも立止ることも出来なくなつた。同じ場所を同じ時刻に同じやうな姿をして、嘗《かつ》て歩いたらう人影や嘗て佇《たたず》んだらう人影が、何処《いずこ》からともなく飛び出してきて、私にぴつたりくつつかうとする。ただ茫とした捉《とら》へ難い影で、いづれも、同じやうでありながら全然異つてゐる。

　さうして私は、下宿までの僅《わず》か四五町の裏通りの中に、一々数へきれないほどの人影を、といふより寧《むし》ろ、人の気を見た。石塀の先端、差し出てる植込《うえこみ》の枝下、垣根のほとり、門口《かどぐち》の廂《ひさし》の下、電柱の立つてる三つ辻《つじ》、溝の横の標石の上、往来に面してる窓際、其《その》他凡《およ》そ人の身を置き得るあらゆる場所に、歯をくひしばつた者、何かを見つめてる者、眉根《まゆね》をきつと寄せてる者、白い歯並《はならび》をむき出して笑つてる者、髪を振乱してる者、其《その》他嘗ていろんな人がしたらういろんな姿が、それと定かに表情は分らないが、ただ気配でさういふ風に感ぜられる、茫とした幽気となつて、宙に浮いたやうに佇んでゐて、通りかかる私の方へ、ふらふらと寄つて来て、私の身体へぴつたりくつつかうとした。私は走ることも立止ることも出来ず、重い足を無理やりに運ばせながら、叫ばうとしても声は出ず、殆《ほと》んど息もつけないで、ただ空の方を見あげたが、空は黒ずんで星影一つなく、遥《はるか》の彼方《かなた》に繁華な街路の灯《ひ》が、不気味な薄赤い色を濁つた大気に映してゐた。おう何といふ広々とした都会だらう！　何といふ不気味な混濁した都会だらう！　無数の人がうようよと重なり合つて、種々雑多な行為を繰返して、何と息苦しく大気を濁らしてることだらう！　そして今凡《すべ》ての人が自分自身の巣の中に眠つてるこの夜中に、嘗てそれらの人の為した姿が、形体を離れた影の気となつて、何と無数に迷ひ出してることだらう！

私は漸《やうや》くにして下宿の前まで辿《たど》りつき、硝子《ガラス》戸を引開けて垂布《たれぬの》をくぐつて、慴《おび》え惑つた眼付《めつき》をほつとした気持ちで定めると、例の大きな掛時計が、悠長に長い振子を振つてゐた。それを見ると、もう自分の城廓《じようかく》の中に戻つたといふ気がして、安堵《あんど》の吐息をつくことが出来た。

それまでは、まだよかつたが……。或る日私は、妙に肌寒い薄曇りの午後三時半頃、朝からの球突《たまつき》に疲れて、懐手《ふところで》をしながら帰つて来た。下宿まで二三十間《けん》ばかりの処《ところ》へ来ると、その自分の下宿の門口《かどぐち》に、ぼんやりつつ立つてる若い男の姿が見えた。変な奴《やつ》だな、と私が思ふと同時に、向ふでも私の方に気付いたのか、ふらりと門口を離れて、私の方へ歩いてきた。そして一二分の後に、私はその男と擦《す》れ違つたが……ぞつと身体中が寒くなつた。不思議なことには、その男の顔付も服装も何一つ私の眼には留つてゐず、その足音一つ私の耳にはいつてゐないで、まるで風のやうな男だと、擦れ違ふ瞬間に気付いたので、すぐ振向いて眺めたが、その男の姿は何処《どこ》にもなく、人影一つ見えない静かな通りが、午後の薄明るみを白々と湛《たた》へて、向ふの角まで一目に見渡された。私は吃驚《びつくり》して、その気持がまだ静まらないままに足を早めて、下宿の玄関に飛び込むと、途端に、真正面の大時計が、一つぼーんと半時を打つた。そのままで、女中一人出迎へず、いつものお上《かみ》さんの顔も見えず、家の中は空家のやうにがらんとしてゐた。変だなと思つて佇《たたず》んだ時、先刻の男の姿がいつのまにか、恐らく擦れ違つた時からであらう、私にぴつたりとくつついてるのが感じられた。私はぶるつと身震ひをして、自分の室《へや》に駆け上つた。

そのことが、昼間だけに一層私の気にかかつた。昼間から彼奴《きやつ》が玄関まで飛び込んでくる以上は、夜になつたらどんなことになるか分らないと、私はもうすつかり慴えきつて、それからはなるべく自分の室に閉ぢ籠《こも》ることにした。気のせゐだの空気の流れだのと、そんな理屈では安心がなりかねた。後からついてくる気配だけならまだよいが、いろんな姿が影のやうに四方に浮き出して、私の方へ飛びついてくるのは、どう考へても合《が》点《てん》がゆかなかつた。私自身の気のせゐではなく、さういふ煙のやうな奴等《やつら》が、そこいらにふらふらと存在してるに違ひなかつた。

私は室の中に閉ぢ籠つて、これからどうしたらよいかしらと、夢のやうなことを考へながら、昼間も曇つた日はなるべく外に出ないことにし、夜分はなるべく早く床につくことにし、友人達を電話で呼び寄せては、碁や将棋をやつたり花合せをしたりして、出来るだけ面白く時間をつぶさうとした。所が一人になるとふつと、魔がさすやうに気が滅入つて、何となく電燈の光も淡くなつてゆき、室《へや》の隅々に濛《もう》とした気が立罩《たちこ》めて、馬鹿《ばか》馬鹿しい不安に襲はれることがあつた。

さういふ時私は、一生懸命机にかぢりついて、面白さうな書物を読み耽《ふけ》つた。物語の興味に惹《ひ》かされて、一時間も読み続けてるうちに、一寸《ちよつと》心に疲れた弛《ゆる》みが出来ると、しきりに右手の斜め上の方が気になり出した。其処《そこ》に何やらぼんやりしたものがぶら下つてゐる。宙に浮いてだらりと下つてゐる。ふと顔を挙げて見ると、其処には何にもなくて、障子《しようじ》の上の鴨居《かもい》よりは一尺ばかり高く、床の間《ま》の落掛《おとしがけ》が、白々とした柾目《まさめ》をみせてるばかりだつた。天井板や柱や鴨居など、室の中の他の木口《きぐち》よりは比較的新しく見える、その落掛の木目から眼を滑らして、床の間の呉竹《くれたけ》の軸物を眺め、次にまた書物の文字に見入つたが、暫《しばら》くするとまたしても、右手の上の方が気になり初めた。其処に何やらぼんやり下つてゐる。見ると何にも眼にはつかない。

さういふことを繰返してるうちに、私は妙に自分の室へも落付くことが出来なくなつた。その上怪しい夢をみた。——形態の知れぬ物象が入り乱れた中から、次第に一の姿がはつきり浮び出してきた。頭髪の有様も顔も表情も着物の縞柄《しまがら》も、何一つはつきり見分けられはしなかつたが、明かにそれは一人の若い学生だつた。床の間の上に机を置き、その上に乗り背伸びをして、落掛の上の所の壁に、鉄の火箸《ひばし》でぐりぐりと穴をあけてゐる。変なことをする奴《やつ》だなと思つて見てゐると、彼はやがて指の先くらゐ大きさの穴をあけてしまひ、何処《どこ》から取出してきたか、二尺余りの麻縄を穴に通し、落掛のすぐ下で輪に結び、その中に首を差入れた。危い！　と思ふ途端に、彼はぽんと机を蹴飛《けと》ばして、そこにぶらりと下つてしまつた。びくりとも動かないで、死骸《しがい》になつて吊《つる》されてゐる。それが不思議にも私自身だつた。いや俺ぢやあないと思ひながらも、やはり私自身だつた。しまつた！　と声に出たかどうか知らないが、力限りに叫ぶ拍子に、私はふつと眼を覚した。見廻すと、覆ひをした電燈の薄暗い光に照されてる室は、いつもの室と何の変りもなく、床の間にはやはり呉竹の軸が掛つてをり、上の落掛は白々と柾目を見せてゐた。その平素通りな有様が、却《かえつ》て妙に心をそそつて、私は頭から布団を被《かぶ》つてしまつた。長く寝つかれなくて、布団の中で幾度も寝返りをした。

　翌朝遅く、朝日の光がぱつとさしてる頃に、私は眼を覚して起上つた。夢のことはもう遠くへ置き忘れて、平気で朝食を済《すま》してから、晴々とした日の光がさしてるうちにと思つて、気の向く方へ出歩いてみた。一寸《ちよつと》球を突いて、午後は賑《にぎ》やかな大通を歩き廻り、帰りに友人の家へ寄つて碁を始め、夕食の馳走《ちそう》にまでなつたが、帰り途《みち》のことが気になり出して、まだ暮れて間もない慌《あわただ》しい街路を、怪しい幽気にも出逢《であ》はず、無事に下宿の室《へや》まで帰つてきた。そこでほつとして煙草《たばこ》を吹かしたが、私は飛び上らんばかりに驚いた。

　煙草《たばこ》の煙がふうわりと立昇つて、ゆらゆらと消えてゆくあたりに、あるかなきかの濛気《もうき》が、人の姿となつて、床の間の落掛《おとしがけ》から下つてゐる。びつくりして見上げるはづみに、昨夜の夢をまざまざと思ひ起した。そして気がついてみると、自分の倚《よ》つてる机も火鉢の火箸《ひばし》も、夢の中の机や火鉢とそつくり同じものだつた。ただ麻縄がないだけだつたが、それも窓の外の手摺《てすり》に雨曝《あまざら》しとなつて掛つてるのを、いつか見たやうな気がし初めてきた。わざわざ雨戸を開けて見定めるだけの勇気も、もう私には出なかつた。それどころではなかつた。頭の上の落掛からぶらりと死体が下つてきた。眼をやると消え失せるが、一寸《ちよつと》でも眼を離すとまた下つてくる。私は怪しい気持になつて、比較的新しい落掛をいつまでも見つめてゐた。するといつのまにか自分がふらふらと立上つて、其処《そこ》の壁に穴をあけ、麻縄で輪を拵《こしら》へ、机を踏台にしてぶら下る……と思つただけでぞつとして、それが却《かえつ》て一種の衝動となり、蜘蛛《くも》の糸ででも縛《しば》られるやうに、身動きが出来なくなつた。少しでも身を動かしたら、私はそこにぶら下るかも知れない……と思ふせゐか、もうぼんやりと落掛の所から、人の下つてる無惨な姿が見えてくる。

　私は堪まらなくなつて、いきなり室から飛び出て、階段を駆け下りていつたが、さてどうしようかと思ひ惑つてると、お上《かみ》さんのでつぷりした没表情な顔付が、玄関わきの障子《しようじ》の腰硝子《ガラス》から覗《のぞ》いてゐた。私はその方へ歩み寄つて、前後の考へもなく尋ねかけた。

「あの室は……私の室は……何か変なことがありはしませんか。」

　私の様子が変つてゐたせゐか、お上さんはいつになく顔色を変へた。

「え、何かありましたか。」

「どうもをかしいんです。私の気のせゐかも知れませんが……。」

「気のせゐですよ、屹度《きつと》。あれから一度も変つたことはないんですから。」

調子が何だか落付かないのと、「あれから」といふふと洩《も》れた一語とが、私を其処《そこ》に立悚《たちすく》ましてしまつた。何かあつたんだな、と思ふと我慢しかねて、いきなりぶちまけてやつた。

「実は……若い男の姿が、床の間の上からぶら下るんです。」

「え、本当ですか！」

お上さんは息をのんで堅くなつた。私も同じやうに堅くなつた。そして暫《しばら》く見合つてゐると、お上さんはほつと溜息《ためいき》をついて、私を室《へや》の中に招き入れて、誰にも口外してくれるなと頼みながら、ひそひそと話してきかしたのである。

丁度《ちようど》五年前のやはり今時分、あの室で年若い学生が縊死《いし》を遂げた。大変勉強家のおとなしい静かな男だつたが、高等学校の入学試験に失敗をして、この下宿から一年間予備校に通つてゐたが、翌年また失敗をして少し気が変になり、そこへまた不運なことには、この下宿にゐた年増《としま》な女中からいつしか誘惑され、その女中が妊《にん》娠《しん》したことを知つて、初心《うぶ》な気弱さの余り世を悲観して、遂《つい》に死を決したものらしい。故郷の両親へ宛てた遺書が一通見出《みいだ》されたけれど、ただ先立つ不孝を詫《わび》たばかりで、事情は少しも書いてなかつた。その男が、床の間の上に机を踏台として、壁に火箸《ひばし》で穴をあけ、麻縄でぶら下つて、私が夢に見た通りの死に方をしたのだつた。それから半年ばかりの間、室は釘附《くぎづけ》にして誰も入れないことにしてあつたが、何等《なんら》変つたこともない上に、それでは却《かえつ》て人の注意を惹《ひ》くものだから、落掛《おとしがけ》の木を新しく取り代へ壁を塗り直して、やはり座敷に使ふこととなつた。私がはいる前に、二人ほどその室を借りた者があつたけれど、何の怪しいことも起らなかつたさうである。

話を聞くと、私はもう一刻もその室に戻つてゆくことが出来なかつた。話を聞いてから夢をみるのなら兎《と》に角《かく》、聞かない前に事実そつくりの夢をみたのだし、その幻がまざまざと見えたのだから、気の迷ひとばかりはいへなかつた。私は誰にも口外しないとお上さんに約束して、その代り他の室《へや》へ移して貰《もら》つた。所が生憎《あいにく》、今空いてるただ一つの室は、階下の階段の奥の四畳半きりで、日当りが悪く陰気くさくて薄穢《うすぎた》なかつた。然《しか》しそんなことに躊躇《ちゆうちよ》してはゐられなかつた。明日から大倹約をしなければならないと、冗談のやうに女中達へ云ひながら、心ではびくびくしながら、私はその晩すぐに荷物を運び移して貰つた。そして一通りざつと片付けておいて、それでももう十二時近くなつて、狭苦しい思ひで床にはいつた。眼が冴《さ》えて眠れなかつた。どうしても落付けなかつた。誰も知らないか、また知つてゐても知らない顔をしてるか、あの室にだつてあんな恐ろしいことがあつたとすれば、この室にだつてどんなことがあつたかも知れない……などと考へてくると、益々《ますます》眼が冴えていつた。

　そして私は、またいろんな幻を見た。嘗《かつ》てこの室で起つたらうさまざまなことが、次から次へと現はれてきた。貧しい肺病やみの学生が、血反吐《ちへど》をはいてのたうち廻つてゐた。酒に酔つた不良性の男が、美しい女中を引張り込んで獣慾を遂げてゐた。兇器《きようき》を手にした盗人《ぬすつと》が、窓の戸をこぢあけて覗《のぞ》き込んでゐた。其他《その》さまざまの人の姿が、湿気を帯びた黴《かび》臭い室の空気の中に、茫《ぼう》とした気配に浮出して、四方から私の方を覗き込んでき、私の身体にとつつかうとする。私は首と手足とを縮こめて蒲団《ふとん》の中に円くなり、もう寝返りをするのも恐ろしくて、ぢつと夜明けを待ちながら、自分の呼気で自分を中毒さして眠らうと努めた。

　そして翌日になつたが、いつまでも日の光がさして来なかつた。陰鬱《いんうつ》などんよりとした曇り日らしい明るみが、窓の雨戸の隙間《すきま》から忍び込んでゐたけれど、いつまで待つても同じ茫とした明るみだつた。私は思ひ切つて起き上つてみた。驚いたことにはもう十時を過ぎてゐた。顔を洗つて冷たい食事を済《すま》したが、北に窓がついてるきりの室の中には、隅々に薄暗い影が漂つてゐて、何かぼんやりつつ立つてるやうな気配だつた。私はぢつとしてることが出来ずに、何処《どこ》といふ当もなく、外出しかけた。お上さんが玄関へ出て来て、どうでしたかといふやうな眼付《めつき》を見せたが、私は眼を外《そ》らして答へないで、ぷいと表に飛び出した。

　雲ともいへない靄《もや》みたいなものが、空低く一面に蔽《おお》ひ被《かぶ》さつてゐて、空気が重くどんよりと淀《よど》んでゐた。寂しい裏通りのそこいらの影から、彼奴《きやつ》らがふらふらと浮び出てくるのに、最もふさはしい天気だつた。私は薄ら寒いをののきを身内に感じながら、何処《どこ》へ行かうかと思ひ惑つた。

こんな時には、酒でも飲んで気を紛らすのが一番よかつた。然《しか》しそれには時間も早かつたし、また恐ろしい記憶が頭に蘇《よみがえ》つてきた。彼奴《きやつ》らにつけられ初めてから或る晩、私は虚勢を張るために深酒をのんで、一二度行つたことのある円窓の家へ、ひよつこりはいつていつた。そして見知らぬ女と寝てゐると、嘗《かつ》ていろんな男がこの女を相手にしたらうことが、右や左に影絵のやうに浮き出してきて、私はぞつと震へ上り、いきなり女の喉首《のどくび》をしめつけたい衝動に駆られ、それに気がつくと更に恐ろしくなつて、夜中の二時半頃其処《そこ》を逃げ出したことがあつた。とても再びそんな所へ行く気にはなれなかつた。それかといつて、撞球場や碁会所や友人の家などへ行つたところで、どうせ僅《わずか》な時間を費《ついや》すだけで、夜にでもなつたら、一体何処へ行つて身を休めたらいいのか？……私は何処かへ行くことも家へ戻ることも出来なかつた。

おう、何といふ大きな都会だらう！　何といふ無数の人間だらう！　空は低く垂れ、空気は塵芥《じんかい》に濁り、むつとするほどの人いきれが立罩《たちこ》め、その中を人々は平気な顔をして、あちらこちらに蠢《うご》めいてゐるけれども、この息苦しい濛気《もうき》の中に、昔から今まで至る場所で至る瞬間に為《な》された、何かの一念に凝つた人の姿が、数限りもなく跡を止《とど》め、それが渦巻き相寄り相集まつて、茫《ぼう》とした幽気となり、仄《ほの》かな陰惨な命に蘇《よみがえ》つて、今日のやうにどんよりとした昼や夜には、そこいらにぼんやりと立現れ、ふらふらと彷徨《ほうこう》し始めるのだ。そして一体何をするつもりなのか？　私は知つてゐる。通りかかる生きた人間にぴつたりくつついて、その身体に乗り移らうとするのだ。そして多くの人々が、其奴《そいつ》らの餌食となつて、其奴らの意のままに操られ、其奴らが懐《いだ》いてる一念に凝つて、其奴らが嘗《かつ》てした同じ行ひを知らず識らずに繰返し、自分の自由にならないのだ。おう何といふ魔物のやうな都会だらう！

そして私は、薄曇りの真昼中、往来の真中に、どうすることも出来ないで、惘然《ぼうぜん》として立ちつくした。


（大正一三年一月「サンデー毎日」）

或る女の手記

私はそのお寺が好きだつた。

重々しい御門の中は、すぐに広い庭になつてゐて、植込《うえこみ》の木立に日の光りを遮《さえぎ》られるせゐか、地面は一面に苔生《こけむ》してゐた。その庭の中に、楓《かえで》の木が二列に立ち並んで、御門から真直《まつすぐ》に広い道を拵《こしら》へてゐた。道の真中は石畳になつてゐて、それが奥の築山《つきやま》と大きな何かの石碑とに行き当ると、急に左へ折れて、本堂へ通じてるらしかつた。表からは、本堂のなだらかな屋根の一部しか見えなかつた。この本堂の屋根の一部と、寂然《ひつそり》した広い庭と、苔生した地面と、平らな石畳の道と、楓の並木のしなやかな枝葉と、清らかな空気とを、重々しい御門の向ふに眺めては、その奥ゆかしい寂しい風致に、私は幾度心を打たれたことであらう！　けれども御門の柱に「猥《ミダ》リニ通行ヲ禁ズ」といふ札が掛つてゐたので、私は一度も中にはいつたことはなかつた。たゞ学校の往き帰りに、その前を通るのを楽しみにしてゐたのだつた。

今記憶を辿《たど》つてみると、そのお寺の象《すがた》がはつきり私の頭に刻み込まれたのは、女学校の三年の頃からであるやうに思はれる。そしてまたその年に、あの人の姿を見るやうになつたのである。

初めて見たのは何時《いつ》であるか、私は覚えてゐない。たゞいつとはなしに、白い平素着《ふだんぎ》をつけた若いお坊さんの姿が、そのお寺の庭に、楓の並木の向ふに、ぢつと立つてゐるのを私は見出《みいだ》すやうになつた。けれども、若い淋《さび》しさうなお坊さんだと思つたきりで、別に気にも止めなかつた。気にも止めないくらゐに、知らず識らずのうちに見馴《みな》れてしまつた。

私の見た限りでは、その年若いお坊さんは、いつも白い平素着《ふだんぎ》で、楓《かえで》の茂みの向ふに佇《たたず》んでゐたり、また時には御門から真正面の大きな石碑の前を、ゆるやかに歩いてることもあつた。その姿が、お寺の中の閑寂な庭に、一しほ趣きを添へてゐた。私はお寺の前を通る毎《ごと》に、必ず中をちらりと覗《のぞ》き込んで、其処《そこ》にお坊さんの姿を見出されないと或る淡い不満を覚えたものである。私の心は、お坊さんに対して、何となく親しみを感じてきた。

或る麗《うる》はしい秋晴れの夕方であつた。私はその日お当番で、いつもより遅く学校から帰つてきた。一片の雲もない大空は、高く蒼《あお》く澄み返つて、街路には一面に黄色い陽《ひ》が斜《ななめ》に流れてゐた。妙に空気がしみ〴〵と冴《さ》えて、何処《どこ》までもそのまゝ歩き続けたいやうな夕方だつた。私は晴々とした心地で、お寺の前を通りかゝつた。通りしなにいつもの通り一寸《ちよつと》中を見やると、私は足が自然に引止められる心地がした。御門から二十間《けん》ばかりかなたに、あの若い淋《さび》しいお坊さんが、楓の幹に片手をかけてよりかゝるやうにしながら、ぢつと――長い間そのまゝの姿勢でゐたかのやうにぢつと佇んで、こちらをぼんやり見守つてゐた。楓の枝葉を洩《も》れてくる斜の光りが、お坊さんの真白な着物の上に、ちら〳〵と斑点を落してゐた。私の姿を見たお坊さんの顔は、静かに、恰度《ちようど》風もないのに湖水の面がゆらぐやうに、かすかな襞《ひだ》を刻んでいつたかと思ふと、いつしかにこやかに微笑《ほほえ》んでゐた。私の顔も知らないまに微笑んでゐた。……それに自分で気がつくと、私は急に我に返つたやうに恥しくなつて、顔を伏せたまゝ逃げ出してしまつた。

その晩床にはいつて、昼間のことを考へると、大変やさしい夢を見たやうな気がした。「あの年若なお坊さんの上に祝福がありますやうに」――私はさうした気持ちになつてゐた。（あゝ、何といふことであらう！）

その翌日から、私は学校の往きか帰りかに、大抵日に一度くらゐは、お坊さんと顔を合した。奇体にお坊さんは私がお寺の前を通る時、庭の中に出てゐた。それをお互《たがい》に不思議とも思はないかのやうに、私達はいつも微笑み会つた。

さういふことが、十月十一月と、二月ばかり続いた。お寺の前を通るのが私に嬉《うれ》しいのは、清らかなお寺の庭のせゐであるか、お坊さんの親しい笑顔のせゐであるか、もはや分らないくらゐに私の心はなつてゐた。

けれどもそれは、愛といふやうなものではなかつた。私はまだ十六で、異性に対する本当の感じは少しも知らなかつた。兄さんの若いお友達の方などから、随分と露骨にひやかされても、たゞ極り悪いといふ感じ以外には、何の気持ちも起らなかつた。兄さんのお友達のうちには、私が憧《あこが》れた目を以て眺めた人がないでもなかつたのだけれど、それも私自身の美しい女のお友達に対する気持ちと比べると、非常に淡いものに過ぎなかつた。そしてあのお坊さんに対する私の気持ちは、兄さんのお友達に対する気持ちよりも、更にずつと淡いものであつた。たゞ、なつかしい叔父《おじ》さんといつたやうなものだつた。さうでなければ、最初の恥しい思ひのすぐ翌日から、あんなに心安く微笑《ほほえ》みを返せるわけはない、毎日何の気もなく微笑み合へるわけはない。

楓《かえで》の葉が紅く色づいて、次にはらくくと散る頃になつても、私はお坊さんと大抵毎日のやうに顔を合してゐた。そしてたゞ微笑み会ふだけで、重々しい御門の柱の禁札をも、別に怨《うら》めしいと思ふ心は起らなかつた。たゞ日曜や雨の日は、お坊さんの姿が見られないので、何だかつまらなかつた。

所が十二月の初めから、お坊さんの姿がぱつたり見えなくなつた。私は学校の帰りなどに、わざわざお寺の前を二三度往き来したこともあつた。けれどもお坊さんは姿を見せなかつた。私は妙に物悲しくなつた。そして最後に逢《あ》つた日のことを、後ではつきり思ひ出した。

その日お坊さんは、寒さうに両袖《そで》を胸に組んで、石碑の横にしよんぼり立つてゐた。私が御門を通りかゝると、首垂《うなだ》れてゐた顔を一寸《ちよつと》挙げたきり、いつものやうに微笑みもしないで、またすぐに顔を胸に伏せてしまつた。ぢつと眼をつぶつてるやうだつた。後で考へると、それは涙を落さないためだつたやうに思はれる。けれどその時私は、何となく変だと思つたきりで、別に驚きもしなかつた。

けれど、お坊さんの姿が見えなくなつてから、後でそのことを思ひ浮べてみると、其処《そこ》には何か深い訳があるやうな気がした。或《あるい》は病気ではないかしら……或は何処《どこ》か他のお寺へでも移られるのではないかしら……或は遠い旅へでも行かれるのではないかしら……考へれば考へるほど、もうお坊さんに逢《あ》へないといふことだけが、はつきり事実として残るのであつた。なぜ理由を云つて下さらなかつたのかと、怨《うら》めしい気もした。お坊さんの身分だからと思ひ直してもみた。そして深い淋《さび》しさが、悲しさが、私の心にしみ込んでいつた。お寺の前を通るのが、つらいやうな心地もした。通る時には、御門の中を覗《のぞ》くまいとつとめた。でも覗かないではをられなかつた。そしては猶更《なおさら》悲しくなるのであつた。

そのうちに、私には学期試験がやつてきたし、ついで冬休みとなり、またお正月となつた。そしてお坊さんのことは、忘れるともなく忘れていつた。兄さんは学生のうちから、かねてお約束の義姉《ねえ》さんと結婚なされ、また、大学を出るとすぐ会社に勤めてはゐられたけれど、まだ学生時代とそつくりの気持ちを失はないでゐられたゝめか、大学生のお友達なんかも沢山《たくさん》あつて、お正月には歌留多《かるた》会やなんかで、家の中が非常に賑《にぎ》やかになつた。ずつと年下な私は、いつまでも子供扱ひにされてるのに甘えて、家の中で勝手に騒ぎ廻つた。

松の内が夢のやうに過ぎて、また学校が初まつた時、私はお寺の前を通るのが、一寸《ちよつと》恐いやうな気がした。なぜだかは自分でも分らなかつた。そして御門から中をちらりと見やつたゞけで、足早に通り過ぎた。けれどもお坊さんの姿は、一度も見えなかつた。私は訳の分らない安心を覚えた。初め逢《あ》へないのを悲しんでた私が、僅《わず》か一月の間に、逢ふのを恐がるやうになつたのである。それは、暫《しば》くでも忘れかけたのを済まなく思ふからでもなく、愛が起りはすまいかと気遣つたからでもない。此度《こんど》また毎日逢ふやうになつたら、それは何か新らしい不安な形式――愛ではない――を取りさうに、思へたからである、それが自分の心に、何かの煩《わずら》ひを齎《もたら》しはすまいかを、恐れたからである。

一度もお坊さんの姿を見かけないで、一種の安心を覚ゆると共に、私は本当にお坊さんを忘れていつた。その上、一月二月と過ぎて、時は春になりかゝつてゐた。あゝ十七の春、私はどんなに晴々しい心地であつたか！　それは、うち晴れた大空の下に、広い野原の真中に、一人つゝ立つてゐるやうなものであつた。何のこだはりもなかつた。踊りたかつた、走りたかつた、空高く翔《かけ》りかけた。空想と現実とが一つに絡み合つて、美しい夢の世界を拵《こしら》へ初めてゐた。

それなのに………………………。

桜の花が散つて青い葉にならうとしてる頃、私が四年級になつて間もなくの頃………私はその日をはつきり覚えてゐる……四月二十一日！　その午後、私はまた彼の姿を――もうこれからは彼と呼んだ方が私には自然なのだ――彼の姿を、お寺の中に見出《みいだ》したのである。

私はいそ〳〵とした心持ちで、行手に幸福が待ち構へてるやうな心持ちで、学校から帰つてきて、お寺の前を通りかゝると、何の気もなくふと御門の中を覗《のぞ》いてみた。そしてはつと立ち竦《すく》んだ。向ふの大きな石碑の影から、彼の頭がこちらを見つめてゐたのである。首から下は見えなかつた。首から上だけが、石碑からぬつと差出されて、その顔と頭との全体が、私の方をぢつと見つめてゐた。私は一瞬間、それが彼であることを怪しむと共に、云ひ知れぬ恐怖に固くなつてしまつた。が次の瞬間には、その頭がどくろ首のやうに、すつと石碑から離れると同時に、白い着物の彼の姿にのつかつて、其処《そこ》につゝ立つてゐた。私は心の中で大きな叫び声を立てながら、一生懸命に逃げ出してしまつた。

家に帰つて自分の室《へや》に落付くと、漸《ようや》く私の心も静まつて、先刻の恐怖が馬鹿《ばか》々々しいやうにも思へてきた。けれどもなほよく考へると、彼の素振りの意味が分らなくなるのであつた。なぜ秋の頃のやうに、あの清らかな庭の中に立つて、美しい楓《かえで》の若葉を背景にして――楓の若葉くらゐ美しいものはない――、穏かな笑顔で私に逢《あ》つてはくれなかつたのか？　なぜ石碑の影に隠れて、首から上だけをつき出しながら、恐ろしいほどぢつと私を見つめたのか？　私はその時の彼の顔をどうしても思ひ出せない。たゞ陰鬱《いんうつ》な顔であつたこと、顔と頭と全体で私を見つめてゐたこと、それだけを覚えてゐる。

其後《その》四五日、私は彼の姿を見なかつた。所が或る日、檜葉《ひば》の茂みに隠れて私の方を眺めてる彼を、通りがゝりに見出《みいだ》したのであつた。それから後は、私の方でも注意し初めた。すると、植込《うえこみ》の影や、石碑や築山《つきやま》の影などから、私の方を窺《うかが》つてる彼の姿を、度々《たびたび》見出すやうになつた。それを見出さなくても、何処《どこ》からかぢつと覗かれてるやうな気がした。私はお寺の前を通るのが、非常に気味悪くなつた。

五月の初めだつたと思ふ。私が学校の往きに通りかゝると、彼は箒《ほうき》を手にして、而《しか》も別に庭を掃くやうな様子もなく、御門のすぐ向ふの石畳に、ぼんやり立つてゐた。私は喫驚《びつくり》したが、物影から覗かれるよりはまだよかつた。所がその日学校の帰りにも、やはり同じ姿勢の彼を見出したのであつた。その時、彼の顔が非常に蒼《あお》ざめてること、彼の白い着物が薄黒く汚れてることに、私は気付いた。彼は私をぢつと眺めたきり、かすかな微笑《ほほえ》みも見せなかつた。私はしひて何気ない風を装ひながら、少し足を早めて通りすぎた。

今考へると、私は馬鹿だつたのだ、何にも知らなかつたのだ！

其後《そのご》私がお寺の前を通る毎《ごと》に、箒《ほうき》を手にしてる彼の姿が、いつも御門の中に見えるやうになつた。彼は私の方を髪の毛一筋動かさないで、石のやうに固くなつて見つめるのであつた。その白い平素着《ふだんぎ》は、薄黒く汚れてる上に皺《しわ》くちやになつてゐた。顔は真蒼《まつさお》に艶《つや》を失つて、頬《ほお》がげつそりこけてゐた。髪の毛も五分刈位に伸び乱れて、薄ら寒い髯《ひげ》が生えてることが多かつた。髪を剃《そ》つた時には、頬《ほお》のこけてるのがなほ目立つて、一層悄衰《しょうすい》の様子に思はれた。そして落ち凹《くぼ》んだ眼の中に、黒ずんだ鋭い光りがあつた。

私はその眼の光りに、いつも脅《おびや》かされた。或る時、彼が門の外に出て来てるのを見ると、私はもうその前を通れないやうな気がした。眼をぢつと伏せたまゝ通りかかると、足が自然に小走りになつてしまつた。そして後ろを振り返る勇気もなかつた。

その頃から、私はなるべくお寺の前を通らないやうにした。けれども、さうするには遠い廻り道をしなければならなかつた。朝少し遅くなつた時なんかには、余儀なくお寺の前を通つていつた。するといつも彼が立つてゐた。また学校の帰りにも、少し時間が早かつたり遅かつたりする時には、お寺の前を通つていつた。彼の姿が見えないと、災難を免れたやうな気がした。けれども、それはごく稀《まれ》であつた。

私は近所に、同じ学校へ通ふお友達を持たなかつた。所が或る日、親しいKさんが私の家へ遊びに来るといふので、二人で学校の帰りに、お寺の前を通りかゝつた。その時もまた、彼が箒を持つて立つてゐた。私が足早に通りすぎるのも構はずに、Kさんはゆつくりした足取りで歩きながら、彼の方をぢろ〳〵見返してるらしかつた。そして私に追ひつくと、Kさんはから仰言《おつしや》つた。

「いやなお坊さんね！」

私は何と答へていゝか分らなかつた。けれどもその頃から、彼の様子の変つた原因は皆私にあることを、はつきり感じてきた。そして、その感じがはつきりすればするほど、益々《ますます》私は途方にくれた。私は絶えず脅《おびや》かされ続けた。かうして私の若い生命は、どんなにか毒されたことであらう。

七月の或る朝、私は少し時間を後らして、急ぎ足でお寺の前を通りかゝつた。するとやはり彼が、箒《ほうき》を手に持つたまゝ、御門の柱によりかゝつて立つてゐた。私はそれをちらりと見たゞけで、顔を俯向《うつむ》けて通りすぎた。そして十歩も行かないうちに、彼が私の後をつけてくるのを、はつきり感じた。あの痩《や》せた骨ばかりの手で、今にも両肩を捉《とら》へられさうな気がした。どうすることも出来なかつた。ありつたけの力を出して駈《か》け出してしまつたけれども、五六歩走ると、息がはずんで立ち止つた。もう彼がすぐ後ろに迫つてるやうな気がした。私はしひて反抗するつもりで、急に後ろを向き返つた。すると……其処《そこ》には誰も居なかつた。寂しい通りが朝日を受けてるきりで、お寺の前にも人の気配さへなかつた。私は変に何かゞ――彼ではない――何かゞ恐ろしくなつた。胸が高く動悸《どうき》してゐた。

その日私は、そのまゝ家に帰つて、気分が悪いと義姉《ねえ》さんに云つて、学校を休んでしまつた。終日、悪夢の後のやうにぼんやりしてゐた。

それから私は出来るだけ、お寺の前を通らないことにした。通るのが少くなつただけに、彼の姿を見ることも少くなつた。そしてるうちに忙しい試験期日となつた。

試験がすみ、夏休みになつて、播磨《はりま》の故郷へ帰る前、私は或る日の朝、お寺の前へ行つてみた。何のために行つたのか、私は覚えてゐない。恐らくその時でさへ、何故《なぜ》かといふはつきりした理由は持つてゐなかつたのであらう。

お寺の中はひつそりとしてゐた。まだ露に濡《ぬ》れてるかと思へる苔生《こけむ》した地面に、植込《うえこみ》の木立をもれる日の光りが美しい色を点々と落してゐた。爽《さわや》かな空気が一面に罩《こ》めてゐた。誰の姿も見えなかつた。私は淡い哀愁に似た気持ちを懐《いだ》いて、家に帰つてきた。彼に脅《おびや》かされ続けてゐた私は、彼の姿を取り去つたお寺の庭に対して、何となき懐しみと物足りなさとを覚えたのである。

それきり私は彼に逢《あ》はずに、故郷の家へ帰つた。一番上の兄さんは東京に住んで居り、二番目の兄さんは幼くて死に、姉さんは大阪へ嫁いでゐるので、故郷の家には両親と弟とが居るきりで、わりに淋《さび》しかつたけれど、一年ぶりに父母の膝下《しつか》へ身を置くことは、私にとつてどんなに嬉《うれ》しいことだつたらう。けれども今は、さういふことを書いてるのではない。私は物語りの筆を進めよう。

故郷に帰つてるうち、彼の姿は私の頭から自然に遠のいてゐた。所が夏休みの終る頃、もう四五日でまた東京の兄の家へ戻るといふ時になつて、不思議なことが私に起つた。

私の家は殆《ほと》んど郊外と云つてもいゝ位の、町外れの野の中に在つた。お父さんが重《おも》に所有地の監督をやるやうになつてから、その町外れの閑静な家へ引越したのであつた。

月のいゝ或る晩、私は一人で田舎《いなか》道を散歩した。東京に住むやうになつてから、故郷の田舎の月夜に対して、私は一層深い愛着を覚えてきた。それには、幼い頃の思ひ出と月夜の平原に対する憧《あこが》れとが、入り交《まじ》つてゐるのであつた。その晩は殊《こと》に月が綺麗《きれい》であつた。銀色の光りが、遠くまで野の上に煙つてゐた。真白い道路が稲田の間に浮き出して、稲の葉に置いてる露の香りが空気に籠《こも》り、蛙《かえる》の声が淋しく響いてゐた。私は暫《しばら》く田圃《たんぼ》の中を歩いた後、口の中で唱歌を歌ひながら、家の方へ帰りかけた。すると突然に、全く突然に、私はぞつと水を浴びたやうな戦慄《せんりつ》を感じた。私の後ろに、あの白い着物のお坊さんの姿が立つてるのである。私が一足歩くと彼も一足ついてくる、私が立ち止ると、彼も立ち止る。私はそれを眼に見たのではないが、はつきり心に感じたのだつた。恐ろしさに縮み震へながら、そつと気を配ると、あたりは皎々《こうこう》たる月明の夜で、蛙の声が猶更《なおさら》野の寂寞さを深めてゐた。私はふり返ることも、立ち止ることも、また歩くことも出来なかつた。彼の姿は私の数歩後ろに、ぢつと佇《たたず》んでゐた。私は息をつめ眼を閉ぢて、運命を天に任せるより外に仕方がなかつた。

……長い時間がたつたやうな気がした。気が遠くなるやうな心地がした。そしてふと眼を開くと同時に、私は我に返つた。もう彼の姿は感じられなかつた。ふり返ると、誰の姿もない野の上に、一面に月の光りが落ちてゐた。

幻だつたのだ！　けれども、あゝそれがいつまでも単なる幻であつてくれたなら！

私は八月の末に、また東京の兄の家に身を置いて、学校に通ふことゝなつた。そして幻は、単なる幻のまゝでなくなつてきたのである。

九月の新学期に初めて学校へ通つた日、私は往きも帰りもお寺の前を通つたが、彼の姿は何処《どこ》にも見えなかつた。けれども二三日目から、殆《ほと》んど毎朝のやうに、御門の中に立つてゐる彼を見出《みいだ》すやうになつた。たゞ私がいくらか束の間の安堵《あんど》をしたことには、彼の白い着物が新らしく綺麗《きれい》になつてゐたし、顔色なんかも休暇前よりはずつとよく、髪も短く刈り込まれてゐるし、髯《ひげ》はいつもちやんと剃《そ》られてゐた。頰《ほお》はやはりこけてゐたが、すべ〳〵とした艶《つや》が見えてゐた。箒《ほうき》をいつも手にしながら、私の姿を見ると、楓《かえで》の幹に軽く身を寄せたりして、わざとらしい嬌態《きようたい》をすることがあつた。顔では笑はなかつたが、眼付《めつき》で微笑《ほほえ》んでゐた。時とすると、楓の幹に投げかけた片手に、新らしいハンケチを持つてることなんかもあつた。私はその無骨なお坊さんの様子が、かく俄《にわか》に変つてきたのを見て、軽い笑ひを唆《そそ》られることさへあつた。それからまた彼は、私の学校の帰りには少しも姿を見せなかつた。彼が門内に佇《たたず》んでゐるのは、爽《さわや》かな日の朝に限つてゐた。青々とした楓の葉の下に、まだ朝靄《あさもや》を含んでゐさうに思はれる清らかな空気に包まれて、箒を片手に苔生《こけむ》した地面の上に佇んでる彼の顔を、私は初めて美しいと思つたことさへある。

かくて彼に対する私の警戒は次第にゆるんできた。彼から愛の心を寄せられてるといふことが、はつきり分つてくるに従つて、若い私の心は軽い矜《ほこ》りをさへ感ずることがあつた。頭の奥には一種の慴《おび》えが残つてゐながら、二度まで見た同じやうな幻を、いつとはなしに忘れがちであつた。あゝ、媚《こ》びに脆《もろ》い処女《おとめ》の心よ！　私はうか〳〵とした気持ちで、お寺の前を通つて憚《はばか》らなかつた。

彼と逢《あ》ふのは、晴れた日の朝に限つてゐたが、それでも一週に一度か十日に一度くらゐは、学校の帰りに顔を合はせることがあつた。彼は白い平素着《ふだんぎ》のまゝ、御門の外に出て、通りをぶら〳〵歩いてゐた。其処《そこ》はいつも非常に人通りが少なかつたにも拘《かかわ》らず、私は彼とすれ違つても別に恐れないほどになつてゐた。私のうちには、それほど高慢な心が芽を出してゐたのである。

十月の末、私はお友達から美事な菊の花を貰《もら》つて、いつもより少し遅くお寺の前を通りかゝつた。彼が表に立つてゐた。私は気にも止めなかつた。私を見て少し歩き出した彼の側を、私は平気で通りぬけようとした。すると、右手に持つてゐた菊の花に後ろから何かゞ触つて、花弁が少し散り落ちた。

「あ、済みません。」

さういふ呟《つぶや》くやうな声が響いた。顧みると、彼は妙に慌《あわ》てたやうな様子で、すた〳〵と御門の中にはいつていつた。私は笑ひ出したくなるのをぢつと我慢した。それから次に、俄《にわか》に思ひ当ることがあつて立ち止つた。もしや、もしや手紙でも袂《たもと》に入れられたのではないかしら……と私は思つたのである。

私は両の袂を探つてみた。何もはいつてゐなかつた。身体中検《たし》めてみた。何処《どこ》にも変つた点はなかつた……ではやはり単なる偶然だつたのだらうか？　さう思ふ外《ほか》はなかつたけれど、さうだとはつきり肯定することの出来ないやうなものが、私の心の中に在つた。私の疑懼《ぎく》の念はまた高まつてきた。

私はその頃、眠れないことがよくあつた。夜中にふと眼を覚して、夜明け近くまで夢現《ゆめうつつ》の境に彷徨《ほうこう》することがあつた。さういふ時、よく気味悪い夢を見た。夢の中で彼と追つかけつこをすることもあつた。……然《しか》しそれらのことは夜が明けると共にさつぱり拭《ぬぐ》ひ去られて、私は秋晴れの外光の中に、清々《すがすが》しい自分を見出《みいだ》すのであつた。それなのに意外にも、あゝいふことが俄《にわか》に起つたのである。

十一月十八日、その日私は学校の帰りに、お寺の前でまた彼と出逢《であ》つた。彼は御門の柱によりかゝつて、何かしきりに考へ込んでゐるらしく、私が通りかゝつても、胸に垂れた頭を上げなかつた。私はすた〳〵とその前を通り過ぎた。そして二三十歩行つた時、後ろから彼がついてくるのを感じた。前に見た二度の幻と全く同じだつた。が私はその時、不思議にも別段恐ろしいと思ふ念は起らなかつた。首垂《うなだ》れながら後をつけてくる彼の姿が——私の心に映つてる彼の姿が、一寸《ちよつと》可笑《おか》しくも思はれた。私は素知らぬ風を装つて、心では彼の姿を見守りながら、普通の足取りで家へ帰つていつた。

私の家の門には観音開きの扉がついてゐて、玄関と門との間が砂利《じやり》を敷いた狭い前庭になつてゐた。門の扉は昼間いつも開いたまゝだつた。

私は彼を後ろについて来させながら、家の前まで来ると、つと身を飜《ひるが》へして門の中にはいつた。それから玄関で靴をぬいで上らうとすると、彼もやはり門の中へすうつとはいつて来たのである。本当にすうつとであつた。砂利の上なのに足音もしなかつた。私は急に震へ上つた。そして玄関につつ立つて、初めて後ろをふり返つてみた。すぐ眼の前に、玄関の外に、彼がぢつと立つてゐる。私は余りのことに前後を忘れた。いきなり義《ね》姉《え》さんの所へ駆け込んだ。そして叫び立てた。

「お姉さん、早く、早く……玄関にお坊さんが私を追つかけて来てゐます。行つて下さい。早く行つて……上つて来るかも知れません。」

義姉さんは私の様子に喫驚《びつくり》して、何にも聞き糺《ただ》さないうちに、玄関へ出て行かれた。私は石のやうに堅くなつてぢつと耳を澄した。何にも聞えなかつた。やがて義姉さんは一人で戻つてこられた。

「どうしたんですか。誰も来てはゐませんよ。」と義姉さんは云はれた。

「いゝえ来てゐます。お坊さんが私を追つかけて来てゐます。」と私はなほ云ひ張つた。

女中と婆《ばあ》やも其処《そこ》へ出て来た。私達は四人で、一緒に玄関へ行つてみた。誰も居なかつた。門の外へ出てみた。通りにはお坊さんらしい姿は見えなかつた。

然《しか》し、私は現に彼の姿を玄関で見たのだつた!

私は義姉さんに尋ねられて、初めからのことを、去年からのことを、すつかりうち明けた。話の半ばに兄さんも帰つて来られた。義姉さんはその日のことを手短かに話された。私は初めからのことをまたくり返した。兄さんは黙つて聞いてゐられたが、私が話し終るのを待つて、から仰言《おつしや》つた。

「それはありさうなことだ。……もつと早くうち明ければいゝのに、隠してるからいけないんだ。」

そして結局、兄さんの結論としては、私が神経衰弱になつてるか、向ふが半狂人になるほどのぼせきつてるか、否《いや》恐らくは両方ともさうだらう、といふことだつた。私と義姉さんとは、互《たがい》に顔を見合つて、不気味な予感に震へ上つた。

その晩相談の結果、私は万事兄さんの指図に従ふことゝなつた。第一には、出来る限りお寺の前を通らないこと、もし朝遅くなつた時なんか、廻り途《みち》をする時間がない場合には、お寺の向ふまで女中に送つて来て貰《もら》ふこと、帰りには必ず廻り途をしてくること。次に、もしお坊さんと出逢《であ》つて変なことがあつたら、必ず兄さんにうち明けること、さうすれば此度《こんど》こそは、兄さんが向ふへ行つて、厳重に談じ込んで下さること。——私はそれらを皆承知した。

所が、私はその約束通りに行はなかつた、行へなかつた、私は彼に対して非常な恐怖を感じたのであるけれど、恐怖の合間には、また一種の憐憫《れんびん》の情をも感じた。そして彼に脅《おびや》かされる時には、どんなことがあつてもお寺の前を通らなかつた。けれど彼を憐《あわ》れむ時には、俄《にわか》に姿を見せないのも可哀相《かわいそう》だと思つて、やはりお寺の前を通つた。その二つのことが間歇《かんけつ》的に私に起つてきた。あゝ年若な女の容易《たやす》い慴《おび》えよ、また傲《おご》りよ！　然《しか》し今から考へると、それ以外に或る大きな蠱惑《こわく》が私を囚《とら》へてゐたやうに思はれる。それは蠅《はえ》を招く蜘蛛《くも》の糸の惑《まど》はしだ。私は彼を恐れ或《あるい》は彼を憐れみながらも、心の奥では彼に魅惑されてゐたのであらう。

その上、別に変つたことも起らなかつた。

私は往きに時々お寺の前を通つて、御門の中に立つてる彼と逢《あ》つた。帰りにもたまに、お寺の前で彼と出逢ふことがあつた。

そのうちにまた学期試験となり、冬休みとなつた。然しそのお正月は、私にとつては陰鬱《いんうつ》なものであつた。絶えず頭にぼんやりした霧がかけてゐた。死んだ人を偲《しの》ぶやうにして、彼のことを思ひ出したりした。兄さんから私はすつかり神経衰弱だときめられた。義姉《ねえ》さんからは非常に心配せられた。そして三人で、四日五日六日と二晩泊りで、箱根へ小遊に行つた。けれども、お友達へ絵葉書の文句などを書いてる私の額《ひたい》は、ともすると曇りがちであつた。私は本当に神経衰弱だつたのかも知れない、或は既にその時から……。

学校が初《はじま》つて、暫《しばら》くは何のこともなかつたが、二月の或る寒い日、私はまた彼からつけられてることを感じた。然しその時は、彼――もしくは私の心の幻――は、途中で消えてしまつた。さういふことが三月のはじめにも一度あつた。

私はそれを兄さんに隠した。なぜだか分らないが、どうしても云へなかつたのである。そして遂《つい》に最後の日がやつて来た。

三月の十二日、その日は朝からどんより曇つて、そよとの風もない、妙に頼り無い気のする日であつた。朝は廻り途《みち》をして学校へ行つた。帰りに廻り途をしようと思つたが、兄さんが少し風邪《かぜ》の心地で家にぼんやりしてゐられるのを思ひ出して、早く家に帰りたくなり、何の気もなく真直《まつすぐ》に戻つて来た。

お寺の御門の柱によりかゝつて彼が立つてゐた。私は平気を装ひながら通り過ぎようとした。その時彼は何と思つたか、私に一寸《ちよつと》お辞儀をした。私もそれに引きこまれてお辞儀をしてしまつた。それから、私は俄《にわか》にぞつと全身に慄《ふる》へを覚えた。今迄と違つて、妙に真剣なものが感じられたのである。駆け出さうとしたが出来なかつた。自分の足が非常に重く思はれた。私は歯を喰ひしばつて歩き続けた。彼が私の後から常に七八歩の間隔を保つてついてきた。漸《ようや》く家の前まで来て、私が門の中へはいると、彼も中へはいつて来た。私が玄関に立つた時、此度《こんど》は不思議にも――否《いや》この方が不思議ではないのだけれど――、玄関の方へやつて来る彼の足音が、門内の砂利《じやり》の上にはつきり聞えた。私はもう堪《たま》らなくなつた。後ろをふり返る余裕も、靴をぬぐ隙《ひま》もなかつた。靴のまゝいきなり上に飛び上つて、奥の室《へや》へ駆け込んだ。義姉《ねえ》さんがお仕事をしてゐられる傍に、兄さんは褞袍《どてら》を着て寝転んでゐられた。

「お坊さんが！」と私は一声云つたきり、其処《そこ》につゝ伏してしまつた。

兄さんにはすぐそのことが分つたらしかつた。褞袍をぬぎ捨てると、玄関へ出て行かれた。私は上半身を起して玄関の方へ耳を澄した。暫《しばら》くすると、……あゝやはり本当だつたのだ！　誰かに話しかけてる兄さんの声が聞えた。その声に義姉さんも喫驚《びつくり》して立ち上られたが、すぐにまた坐《すわ》つて私の靴をぬいで下すつた。私はされるまゝに任した。手先が震へて寒気《さむけ》がしてゐた。袴《はかま》も義姉さんに手伝つて貰《もら》つてぬいだ。義姉さんから私は奥の室へ連れて行かれた。

「此処《ここ》にぢつとしていらつしやい、すぐにまた来ますからね。心配なことはありませんよ。」

さう義姉さんから云はれて、私は熱い涙がはら／＼と出てきた。義姉さんは立つて行かれたが、暫くしてまた戻つて来られた。私達は彼のことについては一言も口を利かなかつた。私に寒気がするので、義姉さんは炬《こ》燵《たつ》に火を入れて下すつた。私は炬燵の上に顔を伏せたまゝ、ぢつとしてゐた。訳の分らない涙がしきりに出てきた。何にも考へられなかつた。義姉さんは時々立つて行かれた。兄さんは何時《いつ》までも戻つて来られなかつた。

電燈がともつて、外が薄暗くなりかけた頃、私の心は漸く落付いてきた。御飯の時に私は初めて兄さんの顔を見た。兄さんは非常に興奮してゐられるやうだつた。餉台《ちやぶだい》の上にはいつもより多くの御馳走《ごちそう》が並んでゐた。

「晩飯を御馳走《ごちそう》してやるつもりだつたが、帰つてしまつたので……。」と兄さんは仰言《おつしや》つた。

それを聞いて、私の心は急に晴々しくなつた。そして彼のことを兄さんに尋ねようと思つたが、さすがに言葉が口へ出て来なかつた。

その晩、兄さんと義姉《ねえ》さんと私と三人は、炬燵《こたつ》のまはりに集つて、兄さんから仔細《しさい》のことを聞かされた。

——兄さんが玄関に出て行かれると、其処《そこ》に彼が立つてゐたさうである。兄さんは吃驚《びつくり》されたが、用があるなら云つてほしいと云はれた。それでも彼は黙つて立つてゐた。仕方がないので彼を客間へ通した。彼は案内されるまゝ客間へ通つた。そして其処で、彼は凡《すべ》てをうち明けた。彼は一昨年の秋から私に恋してゐたのだつた。けれども僧侶の身分なので、心のうちでどんなにか煩悶《はんもん》したさうである。或《ある》時は自殺の決心までしたとか。それでもなほ思ひきれないので、遂《つい》に私の父に心のうちを訴へるつもりで、今日私の後をつけて来たのであつた。彼は今日まで、私の住所も名前も知らなかつたさうである（さうすると、以前のことはやはり私の幻覚だつたのだ！　けれど私にはそればかりだとは信じられない。）彼の話を聞いて、兄さんは懇々《こんこん》と説諭を加へられた。そして、「あなたも修業がつみ立派な名僧となられたら、妹を差上げないものでもないが……」と云はれると、彼はわつと声を立てゝ泣き出してしまつた。いつまでもいつまでも泣き止《や》まなかつた。「それには僕も困つてしまつた、」と兄さんは仰言つた。長く泣き伏してゐた彼は、俄《にわか》に顔を上げて、「これから外国へ行つて学問をして来るから、あと二年間お妹さんを結婚させないで置いて下さい、」と頼んだ。兄さんはその向ふ見ずな心をさとして、日本でも勉強は出来ると説き聞かせられた。けれども彼はどうしても聞き入れなかつた。

「来年の暮まで私から便りがなかつたら、お妹さんはどなたと結婚されても宜《よろ》しいが、来年の暮までは是非《ぜひ》待つて下さい。それまでに私は外国で立派な者になつて来ますから、」と彼は涙を流しながら頼んだ。それで兄さんも我を折つて、「それほど固い決心なら、何《いず》れあなたの寺の住職とも相談の上、私も何かの力になつてあげよう、」と云ひ出された。すると彼はまたわつと声高く泣き出して、如何《いか》に引止めようとしても止まらないで、帰つて行つた。兄さんは門の所までついて行つて、「何れ私から和尚さんに万事のことを相談するまで、決して早まつた無分別なことをしないやうに……」とくれぐれも云はれたが、彼はたゞ黙つてお辞儀をして帰つて行つたさうである。

「あれほど一心になれば豪《えら》いものだ、僕まで本当に感激してしまつた。」

兄さんはさう云つて、話の終りを結ばれた。

私は兄さんの話を聞いてるうちに、いつのまにか涙ぐんでゐた。

「でも何だか可笑《おか》しな話ね。」と義姉《ねえ》さんは仰言《おつしや》つた。「あなたまで誑《たぶら》かされたんぢやないでせうか。そんなお約束をして後で……。」

「いや大丈夫だ。とにかく寺の住職に逢《あ》つて話してみれば分る。」と兄さんは答へられた。

私はその晩早く床にはいつた。けれども長く眠れなかつた。非常な幸福が未来に待つてゐるやうな気もし、また真暗な落し穴に陥つたやうな気もした。頭の中がぱつと華《はな》やかになつたり、また急に真暗になつたりした。うと〳〵と眠りかけると、訳の分らない夢に弄《もてあそ》ばれた。

翌日私は学校を休んだ。兄さんは風邪《かぜ》の熱が取れないので、お寺へ行くのを延《の》ばされた。その翌日も私は学校を休んだ。兄さんは朝の十時頃、お寺へ出かけて行かれた。そして意外な話を持つて来られた。

――彼は和尚さんの故郷である駿河《するが》の者であつた。貧しい家の生れで、幼い時に両親を失つてしまひ、他に近しい身寄りもない所から、土地のお寺に引取られた。所が非常に利発らしいので、和尚さんがその寺から貰《もら》ひ受けて東京へ連れて来られ、隙《ひま》な折に一通りの学問を教へ、次に仏教の勉強をさせられた。彼の頭は恐ろしいほど鋭い一面があると共に、何処《どこ》か足りない――といふよりは狂人じみた点もあつた。それで和尚さんは可なり心配されて、人格の修養をするやうに常々説き聞かせられてゐた。所が二十二歳になつた一昨年の秋頃から、彼は深い煩悶《はんもん》に囚《とら》へられたらしかつた（和尚さんは、私のことは少しも知つてゐられないのであつた）。そしてるうちに、昨年の夏以来、彼はちよい〳〵酒を飲むやうになつた。一晩他処《よそ》に泊つて来たこともあつたさうだ。和尚さんは厳重な叱責《しつせき》を加へられた。その時彼は断然行ひを改めると誓つた。そしてこれからは庭の掃除なんかも、寺男の手をかりないで自分でやると云ひ出した。和尚さんは大変喜ばれた。彼の行ひも実際見違へるほどよくなつた。それがずつと続いた。所が一昨日の晩、夜遅く帰つて来て、自分の室《へや》で一人泣いてゐたさうである。和尚さんはよそながら注意してゐられた。すると、その夜から彼の姿が見えなくなつた。白の平素着《ふだんぎ》をぬぎ捨てゝ、普通の着物を着て出て行つたのである。なほ種々《いろいろ》調べてみると、お寺にあつた現金七十何円かゞ無くなつてゐた。他には何等《なんら》の変りもなく、書いた物もないので、屹度《きつと》金を盗んで逃げ出したものだと和尚さんは思はれた。昨日一日待つても帰つて来なかつた。それで和尚さんは、警察に捜索願を出さうかと考へられた。その所へ恰度《ちようど》、私の兄さんが行かれたのださうである。

「住職と種々話し合つてみると、」と兄さんは云はれた、「あの男の性格もほゞ分つたし、前後の事情も推察がつく。然《しか》し何だか……。」

兄さんは中途で言葉を切つて、小首を傾《かし》げられた。

私は大きな鉄槌《てつつい》で打ちのめされたやうな気がした。どう考へていゝか分らなかつた。自分の未来が真黒な色で塗りつぶされたやうな心地がした。否《いや》未来だけではない、心まで真黒に塗りつぶされたのだ。私はもう何物にも興味を失つた。殆《ほと》んど自暴自棄な投げやりの気持ちで、周囲に対し初めた。何をするのも面倒くさく懶《ものう》かつた。而《しか》もなほいけないのは、最初の打撃から遠のくに従つて、彼に対する淡い愛着の情が起つてきたことである。二三ケ月も過ぎて後、当時のことを考へると、彼の一図な気持ちがはつきり分るやうな気がした。私は彼のことを悪くは思へなかつた。それ所か、よく思はうとさへつとめた。そして彼のことを始終なつかしく思ひ出した。もし彼が今眼の前に現はれてきたら、私は震へ上つて逃げ出すだらうといふことを、はつきり知りながらも、彼に逢《あ》ひたいやうな気持ちが、心の底に潜んでゐた。つきつめて考へると、深い真暗な井の中を覗《のぞ》くやうな気がしながらも、彼に対するやさしい情が消えなかつた。その矛盾《むじゆん》が、いつまでも解決のつかない矛盾が、絶えず私を苦しめた。夏の休暇になつても、私の心は少しも晴々としなかつた。

彼の其《その》後の消息は、兄さんの所へも和尚さんの所へも、全く分らなかつた。警察の方へ内々頼まれた捜索さへ、何の結果も齎《もたら》さなかつた。それでも私は、あれから後、出来るだけお寺の前を通らないことにしてゐた。通るのは恐ろしかつた。彼をなつかしみながらも、云ひ知れぬ懸念に脅《おびや》かされた。

そして更に、私の前には、約束の時日が鉄の扉のやうに聳《そび》えてゐたのである。

三月の末に私は女学校を卒業した。そして一先《ひとま》づ故郷に身を置くことゝなつた。出発前に私は兄に連れられて、和尚さんへ暇乞《いとまご》ひに行つた。

その時私は初めて「猥《ミダ》リニ通行ヲ禁ズ」といふ札の掛つてるお寺の門を、兄さんと一緒にくゞつたのである。お寺の庭は思つたより狭かつた。中にはいつてみると、さう綺麗《きれい》な閑寂な庭でもなかつた。大きな石碑はこのお寺の最初の和尚さんの記念碑であつた。その碑につき当つて左に折れると、すぐに本堂があつた。

私達は庫裡《くり》に案内された。和尚さんはあれ以来、月に一度位は兄と往来してゐられたので、私はよく知つてゐたが、その日は何だか妙に距《へだ》てがあるやうな気がした。和尚さんは珠数《じゆず》をつまぐりながら、種々《いろいろ》な話の間に、こんなことを云はれた。

「これから良縁を求めてお嫁入りなさるが宜《よろ》しいですな。余り一人で居られると、またとんだ者に見込まれますよ、はゝゝ。」

然《しか》し私は否々《いやいや》と心の中で答へた。「今年の暮だ！」さういふ思ひが私の心を閉してゐた。それはもはや運命といつたやうな形を取つて、私の未来を塞《ふさ》いでゐた。私は彼がまた私達の前に現はれて来ようとは、少しも信じてはゐなかつた。けれども、「今年の暮」は運命づけられた災厄のやうに私には感じられた。

「坊さんに見込まれたとは却《かえ》つて縁起がいゝ、お前は長生きするよ。」と兄から揶揄《やゆ》されても、私は黙つて唇を噛《か》んだ。

五月の半ばに私は故郷へ帰つた。

学校から解放せられて自由な天地へ出た歓《よろこ》びと一種の愁《うれ》ひ、また父母の膝下《しつか》に長く甘えられる楽しさ、それらを私も感じないではなかつたが、然しともすると、私の心は黒い影に鎖《とざ》されがちであつた。

とは云へ、……あゝ、時《タイム》の欺瞞《ぎまん》者よ！　活花や琴のお稽古《けいこ》に通ひ、幼い思ひ出に満ちた故郷に安らかな日を送つてゐると、私の心も自然と「彼」から遠のいていつた。「今年の暮」といふ脅威をも忘れがちであつた。

十一月になつて、私は肺炎に罹《かか》つた。四十度に近い熱が往来して、三四日は夢現《ゆめうつつ》のうちに過した。その夢心地の中で、私は彼の姿をまざ〳〵と見た。いつもの白い着物を着て、ぼんやりつつ立つてゐた。非常に遠い所のやうでもあれば、すぐ眼の前のやうでもあつた。眼を閉ぢて、安らかに眠つてるやうな顔だつた。私はそれを幾度も見たやうに覚えてゐる。けれど或《あるい》は一度きりだつたかも知れない。私は別に驚きもしなかつた。前から予期してゐたことのやうな気がした。私は、彼が死んだことをはつきり感じたのだ！

死は凡《すべ》てを浄《きよ》めてくれる。私は病床に在つて、遠い昔の人をでも思ひ起すやうな気持ちで、彼のことを考へてゐた。そして、「今年の暮」といふ鉄の扉も、私の前から除《のぞ》かれてしまつた。私は安らかな気持ちで、自分の過去のこと未来のことを思つた。未来は茫《ぼう》として霞《かす》んでゐた。

私の病気は一ケ月足らずのうちに快癒した。予後の保養のためにぶら〳〵してゐるうちに、十二月半ばのある天気のいゝ日に、私はお母さんと二人で、自家の菩提寺《ぼだいじ》へお詣《まい》りにゆくことになつた。家へ帰つてから、私はお盆にお詣りする筈《はず》だつたが、彼のことで気が進まなかつたのである。それで、暮のうちに一度お詣りしておかうかと、お母さんが云ひ出されたのをいゝ機会に、死んだ彼――私はさう信じきつてゐた――の冥福《めいふく》を祈りたい気もあつたので、すぐに行くことにきめた。

お寺まではさう遠くなかつたので、私達は歩いてゆくことにした。うち開けた田圃《たんぼ》道を十町ばかり行つて、なだらかな丘の裾《すそ》を少し上ると、其処《そこ》にお寺があつた。野の香りが病後の私には快かつた。空は珍らしく綺麗《きれい》に晴れてゐた。柔い冬の日脚《ひあし》も楽しかつた。

お寺に着いて、先《ま》づ裏の墓所に詣《もう》で、次に本堂にお詣りをした。私は彼の霊をもしみ〴〵と祈つた。

それから私達は、しひて庫裡《くり》の方へ招じられて、お茶菓子などの接待を受けた。和尚さんは私の姿をつくづく眺めながら、私の子供の折のことなどをお母さんと話された。私は黙つて傍に坐《すわ》つてゐた。

その時、白い平素着《ふだんぎ》をつけた年若なお坊さんが、私達に挨拶《あいさつ》をしに出て来た。私は何気なくその顔を見ると、ぞつと身体が竦《すく》んで、眼の前が暗くなつた。危く叫び声を立てる所だつた。彼だ、彼だ！　そのお坊さんは彼だつたのだ！　私はもう何にも覚えなかつた。たゞ低くお辞儀を返したことだけを覚えてゐる。お坊さんが向ふへはいつてしまつてから、私はたうとう其処につゝ伏してしまつた。

私が漸《ようや》く我に返ると、お母さんは心配さうに私の顔を覗《のぞ》き込んでゐられた。和尚さんも其処《そこ》に坐つてゐられた。私はたゞ急に気分が悪くなつたとだけ答へた。

暫《しばら》くして心が少し静まると、私のうちには、自暴自棄な勇気がむら〳〵と湧《わ》いてきた。自分の運命と取り組んでやれといふやうな気がしてきた。私は俄《にわか》に身を起して、もうすつかり直つたと云つた。そして快活に話しだした。お母さんや和尚さんの驚きなんかには頓着《とんちやく》しなかつた。自分でも喫驚《びつくり》するほど元気に振舞つた。さうしながらも、私は思慮をめぐらして、先刻のお坊さんのことを聞き糺《ただ》した。すると、……私はほんとにどうかしてゐたのだ！　そのお坊さんは、四五年も前からこのお寺に養子に来てる人で、和尚さんの後を継ぐべき人だつたのである。そして非常に立派な人だとか。

私は茫然《ぼうぜん》としてしまつた。けれどもまだすつかりは疑ひがとけなかつた。先刻の失礼をお詫《わ》びしたいと云つて、お坊さんをまた呼んで貰《もら》つた。そして、はいつて来たお坊さんの顔を見ると、それは彼とは似寄りの点もない人だつた。私は自分が自分でないやうな心地をしながら、家へ帰つた。そして、それが初まりだつた、私が彼の幻影にひどく苦しめられたのは！

その晩、私は妙に息苦しい思ひで眼を覚した。室《へや》の中に陰気な煙が立ち罩《こ》めてゐた。襖《ふすま》の彼方《かなた》に、彼が立つてゐた。私の方をぢつと見つめてゐた。私にはそれがはつきり分つた。私は蒲団《ふとん》を頭から被《かぶ》らうとした。けれども手足が鉄の鎖でゞも縛《しば》られたやうに、身動きさへ出来なかつた。……やがて彼はすーつと襖を開けて、室の中にはいつて来た。そして私の方を鋭い眼で見つめながら、頭をこつくりこつくり動かして、私の寝てるまはりをぐる〳〵歩き初めた。私は眼をつぶつても、その姿がはつきり見えた。息がつまつてしまつた。歯を喰ひしばつて身を踠《もが》きながら、飛び起きてやつた。……それがやはり夢だつたのだ。彼の幻は消えて、室の中には五燭の電燈がぼんやりともつてゐた。私はぶる〳〵と震へ上つた。いきなり大きな声を立てゝお母さんを呼んだ。お父さんもお母さんと一緒にやつていらした。私は大きな溜息《ためいき》をついて、蒲団の上に倒れてしまつた。さういふことが三日置き位には起つた。而《しか》も昼間になると妙にぼんやりして、凡《すべ》てを忘れたやうな放心状態になつた。

やはり私にはそれが運命だつたのだ。私はもうどうすることも出来なかつた。昼と夜とが別々の世界になつてしまつた。昼間はまるで白痴のやうな時間を過した。夜になると一人では寝られなかつた。御両親と弟と皆に一つ室《へや》で寝て貰《もら》つた。それでも私は時々、彼の幻を見て飛び起きることがあつた。

御両親の心配はどんなだつたらう！　私はたゞ晩にうなされるとだけで、本当の原因は云ひ得なかつた。うち明けたら猶更《なおさら》御両親の心配は増すだらうと思つたからである。

私は日に〳〵痩《や》せ衰へていつた。そして東京の兄さんに逢《あ》ひたくなつて、簡単に事情を知らした。兄さんはすぐにやつて来られた。それが十二月の二十七日だつた。私はもう二三日のうちに死ぬものだと覚悟してゐた。

兄さんは私から詳しいことを聞いて、非常に驚かれたやうだつた。けれどもわざと平気を装つて、気のせゐだと云はれた。そして兎《と》も角《かく》も、出来るだけ安静にしてゐるやうに私は命ぜられた。晩には催眠剤を飲ませられた。お医者の診察では、私は極度の神経衰弱で、その上心臓が非常に弱つてるとのことだつた。

死を覚悟してゐた私は、そのまゝ年末を通り越して、十九のお正月を迎へた。私はほつと安心した。そのせゐか、彼の幻影に悩まされることは少くなつた。そして少しづゝ元気になつていつた。

けれども、私の運命は永久に彼から解き放されることは出来ない！　さう私は信じた。そして一人諦《あきら》めてゐた。

所が正月の八日に、……あゝ私は感謝の言葉を知らない！　兄さんが初めからの詳しいことを、お寺の和尚さんとあの年若いお坊さんとに話して、お坊さんに私を妻としてくれないかと相談せられたさうだ。するとお坊さんは、心から私を愛すると誓つて下すつたさうだ。それを八日に、私は兄さんから聞かせられた。

私は泣いた。終日泣いた。後から後から涙が出て来た。なぜ泣くかつて兄さんに叱《しか》られたけれど、どうして泣かずに居られよう！

私はすぐ、あのお坊さんに宛てゝ、今や私の愛する人に宛てゝ、この手記を書きかけた。けれどももう書けなくなつた。

（大正九年一二月「婦人倶楽部」）

道連

君は夜道をしたことがあるかね……。なに、都会の夜道なら少しくらゐつて。馬鹿《ばか》なことを云つちやいけない。街燈が至る所に明るくともつてゐて、寝静まつてるとは云へ人間の息吹きが空気に籠《こも》つてゐて、酔つ払ひや泥坊や警官や犬や猫などがうろついてる、都会の街路を夜更けに歩いたからつて、それで夜道をしたと云へるものかね。僕の云ふのはそんななまやさしいんぢやない。見渡す限り山や野や森や畠《はたけ》ばかりで、何里《なんり》といふ間人家もなく、猫の子一匹ゐないといふ、しいんとした淋《さび》しい片田舎《かたいなか》の夜道を、たつた一人でとぼとぼ歩くことなんだ。都会にばかりゐる君なんかには分るまいが、田舎の夜ほどしいんとしたものはない。全く物音一つしないいんだ。その上、闇の夜ときたら、それこそ鼻をつままれても分らないくらゐ真暗だし、月の夜ときたら、眼の届く限り煌々《こうこう》と見渡せるし、また星の夜には、空の星々が無気味にぎらぎら輝いてるんだ。そして何より恐ろしいのは、形あるもの、見馴《みな》れたもの、凡《すべ》て人間に親しみを持つてるものが、すつかり影をひそめてしまつて、形のない見馴れない奇怪なものが、しいんとした中にそこらにうろつき廻つてるといふ、ぞつとするやうな感じなんだ。……がまあそんな説明はどうでもいい、僕が実際に経験したことを少しばかり話してきかせよう。面白かつたら聞くがいいし、面白くなかつたら居眠りでもし給《たま》ひな。どうせ君なんかには本当のところは分るまいから。……がまづ、煙草《たばこ》でも一服吸つてからだ。

一

僕が高等小学校の一年の時だつた。その頃は今のやうに、尋常小学が六年でその上に二ケ年の高等科がついてるといふ、そんな制度ではなくて、尋常小学は四ケ年だけで、その尋常小学を幾つか総括した上に、やはり四ケ年の高等小学があつた。で田舎《いなか》では、尋常小学校は各村にあつたが、高等小学校はごく少く、例へば一町六ケ村に一つといふ風に、中心地の町にあるのだつた。だから僕は、尋常小学を終へて高等小学にはいると、自分の家から一里の道をその町まで通はねばならなかつた。

学校で遠足があつた。町から二里ばかり離れた山に……山と云つても七八百尺《しやく》の山だが、それに登山をして、尾根伝ひにも一つの山まで行つて、それで帰つてくるのだつたが、朝のうち深い霧で晴雨のほども分らなかつたものだから、出発が二時間も遅れたし、山の上でぐづついてたりしたので、学校に帰つて来た時はもう日が暮れてゐた。勿論《もちろん》初めから早く帰れるつもりではなかつたらしい。帰りは遅くなるかも知れないから、近くの人はよろしいが、遠くの人は参加しなくともよい、しひて参加したいといふ者は、若《も》し遅くなつた場合には、町の親戚に泊つてゆくか、または学校に泊つてゆくか、それだけのことを両親と相談しておいでなさい。といふやうなことを前から云ひ渡されてゐた。随分乱暴な話ではあるが、昔の学校はさういふ風なやり方だつたのだ。それで僕は、村の同窓生達がみな休んだのに、一人頑張《がんば》つて出ていつて、帰りが後れたら町の親戚に泊つてゆくつもりで、実際前の晩もその親戚に泊つて、朝早く出かけたのだつた。

所で、果して遠足の帰りには日が暮れてしまつた。教師は生徒達を学校の運動場に整列さして、その疲れきつた顔に一々提灯《ちようちん》の明りをさしつけながら、家の遠い者があると、学校に泊るかそれとも町のどこに泊るかと、裁判官のやうな調子で尋ねていつた。それが僕の番になつた時、どこそこの何といふ親戚に泊つてゆくといふことを、僕は元気よく答へてやつた。

それから解散になつて、僕は真直《まつすぐ》に親戚の家へ行きかけたが、どういふものか、急に家へ帰りたくなつて来た。前晩そこの家で余り好遇されたので多少極りが悪くなつた、といふやうな気持もあつたらしいし、一人でよその家に泊つたために父母から遠く離れて心細くなつた、といふやうな気持もあつたらしいし……其他《その》、僕は今はつきりとは覚えてゐないが、兎《と》に角《かく》無性に父母の所へ帰りたくなつて、たうとうその決心をし実行をしてしまつたのだ。親戚へは無断のままで、町の出外れで提灯《ちょうちん》を一つ買つて、一里の田圃《たんぼ》道を一人で帰つていつた。

親戚の人達は、いくら待つても僕が帰つて来ないものだから、大変心配しだして、わざわざ学校へ聞きに行き、それからその晩のうちに、僕の家まで使の人を寄来《よこ》した。そして僕は後で、父と学校の教師とからひどく叱《しか》られたものだ。

が、そんなことはどうでもいい、僕はたつた一人で、提灯をつけて、一里の道を帰つていつた。もう日はとつぷりと暮れて、月の光が冴《さ》えきつてゐた。月夜に提灯をつけるといふのは、一寸《ちよつと》聞いたら可笑《おか》しいか知らないが、田舎《いなか》の人は夜道をする時には、どんな明るい月夜にも必ず提灯をつけるものだ。森の中にはいつたり月が曇つたりする時の用心のためもあらうが、それよりも、そのぽつりとした蠟燭《ろうそく》の光が、足許《あしもと》二三尺だけを輝《て》らす弱々しい蠟燭の光が、何だかから自分を導いてくれる光明《こうみよう》のやうに思へるからだ。それほど、田舎の広々とした平野は淋《さび》しい不気味なものなんだ。たとひ月の光が千里を照らすといふほど煌々《こうこう》と輝いてゐても、その光は物影とくつきり際立つて見られる都会のと違つて、眼の届く限り一面に降り濺《そそ》いでるせゐか、空の明るいわりに地面は妙にぼーとして、物に漉《こ》されたやうな頼りないものになつてしまつて、足許が変に心もとなく感ぜられる。例へばぢかにさす電燈の光は、どこかはつきりと力強いが、あれに紗《しや》の布でも被《かぶ》せてみ給《たま》へ、どんな高燭の光でも、室《へや》の中が明るいわりに畳の目はぼんやりしてくる。謂《い》はば盲《めし》ひた光なんだ。広々とした田舎の月の光がやはりさうだ。明るいわりに足許が変に覚束《おぼつか》ない。

で僕は提灯の火を頼りに、疲れた足を一生懸命に早めて歩いた。町から半里ばかりの間は、可なりの街道で、ぽつりぽつり人家が見えてゐたが、それから先は別れ道になつて、大きな森をぬけ広い畑地を横ぎつて村に着くまで、昼間でさへも人通りの稀《まれ》な、人里離れた狭い道だつた。

森にさしかかる頃から、僕はもう一心に提灯《ちょうちん》の光を見つめたまま、ぞーっと背後から寄つてくる恐ろしさに身を悚《すく》めて、息をこらして突き進んでいつた。深い木立の影があたりを包んで、梢《こずえ》から洩《も》れ落ちてるらしい点々とした月の光が、いくら眼を足許《あしもと》にばかり据《す》ゑてゐても、真黒なものや仄白《ほのじろ》いものをちらちらと、眼瞼《まぶた》の縁の方へ押し込んで来た。そちらを見ればなほ怖いし、見まいとすればなほ不気味になつて、音を立てずに出来るだけ早めてるつもりの足が、がくりがくりと宙を踏むやうな思ひだつた。

それでも漸《ようや》く森を通りぬけ、ぱつと開けた畑地に明るい月の光を見て、ほつとして馳《か》けるやうな心地で足を早めてる時、僕は蠟燭《ろうそく》の火がぢぢぢ……と燃えつきかけてゐるのに気付いた。町を出る時新らしい一本の蠟燭をつけてゐて、それで大丈夫家に帰れると思つてたのに、そして実際帰れる筈《はず》だつたのに、どうしたわけかもうそれが無くなりかけてゐる。其処《そこ》からは明るい田圃《たんぼ》道ではあるけれど、前にも云つた通り、やはり提灯の火がないと心細いのだ。僕は泣きたいやうな気持になつて、遥か十町ばかり向ふにこんもり茂つてる村の木立を、ちらりと上目がちに見やつておいて、出来るだけ足を早めて歩き出した。

すると、森の大きな真黒い影が……といふほどはつきりしたものではなく、何かから形態の知れない不気味な影が、同じ早さですぐ背後にくつついてくる。風のやうに音もなく、背中にぴつたりくつついてくる。ゆつくり歩けばそいつもゆつくりとなるし、早く歩けばそいつも早くなる。怖くて怖くて、とても後ろを振返る元気などは出ない。命とたのむ提灯の火は、ぢぢぢと燃えつきようとしてゐる。

僕はその時くらゐ恐ろしい思ひをしたことはない。がどうにか歩き続けられたのは、父がその道を夜遅く歩き馴《な》れてるといふ考へからだつた。僕の父は始終出歩いてゐて、自然と町で酒を飲むことなんかも多かつたが、いくら夜が更けても、もう明け方近くなつても、またいくら酔つ払つてゐても、大抵は一人でその一里の道を歩いて帰つて来た。而《しか》も田舎《いなか》の人に似合はず、闇の夜でも提灯もつけずに、白鞘《しらさや》の短刀を懐《ふところ》にして、平気で歩いて来たのである。それを母が心配して、二人でいざこざ云つてるのを、僕は幾度か耳にしてゐた。

で僕は、父が何度も通つた道だ、始終夜更けに通り馴れてる道だ、とさう心の中で繰返しながら、その一事に縋《すが》りついて歩み続けた。それでも用捨なく、恐ろしい影は背後にぴつたりくつついてくる。

さういふことがだいぶ続いた後、もう村まで半分余りも行つた頃、背中の影が拭《ぬぐ》ふやうにふーつと消えた。おやと思つたとたんに、向ふの芋畑《いもばたけ》の畔《くろ》の青草の上に、真白な狐《きつね》が飛んで出た。そしてきよとんとした様子で、僕の方をちらと見やつてから、前足を上げて額《ひたい》のあたりにかざしながら、おいでおいでと招くやうな手附《てつき》を——足附《あしつき》を二三度して、またぴよんと芋畑の中に飛び込んでしまつた。全身真白な艶々《つやつや》した毛並で、芋の葉からはらりとこぼれた露の玉よりも、もつと美しい銀色だつた。

それからしいんとなつた。僕は喫驚《びつくり》してあたりを見廻した。月の光が一面に降り濺《そそ》ぐやうな晴々とした夜だつた。急に四方が明るくなつて、胸の中までも明るくなつた。僕はもう恐ろしくも何ともなかつた。白狐《びやつこ》はお稲荷様の使《つかい》だ、僕の屋敷の中に祭つてあるお稲荷様が、僕を迎ひに白狐を寄来《よこ》されたんだ、さう思つてみると、何だか急に豪《えら》くなつたやうな気がして、もう蠟燭《ろうそく》の燃えつきかけてるのも気にならなくなつた。

後でそのことを話すと、母はそれを白兎《しろうさぎ》だらうと云つた。然《しか》し僕は白狐だつたと云ひ張つた。実際今でも白狐だつたと思つてゐる。

それだけの話なんだが……。なに、そんなお伽噺《とぎばなし》なんか面白くもないつて。そりやさうかも知れないが、然し君、人生は先《ま》づお伽噺から初まるんだ。そこで、此度《こんど》はも少し面白いのを聞かせよう。が一寸《ちよつと》、煙草《たばこ》を一服吸つてからだ。

二

前の話から一年か二年後のことだつた。僕の父が肺病にかかつて寝ついてる時のことなんだ。

僕の父は痩《や》せてこそゐたが、平素は至極《しごく》頑健なたちで、随分不摂生《ふせつせい》な生活をしても身体に障《さわ》らなかつた。それが不意に肺結核にとつつかれて寝ついた。何でも友人に結核の人がゐて、その死際《しにぎわ》から葬式まで一切世話をしてやつたので、その時に感染したのだとの話もあるが、そんなことはどうだか分つたものぢやないし、またこの話とも関係のないことだ。

で、父が肺病で寝ついたので、母の心配は大したものだつた。十里も離れた都会から名医を迎へたり、新聞広告のあらゆる薬を取寄せてみたり、出入の人に頼んで鼈《すつぽん》や鰻《うなぎ》を絶やさなかつたり、山羊《やぎ》を飼つてその乳を搾《しぼ》つたりして、出来るだけの薬や滋養分を与へたが、父の病気は少しもよくなる風はなかつた。そのうち、村から三十里ばかり離れた所に、肺病に対する秘伝の妙薬があるといふことを聞き込んで、それを買ひに自身で出かけたのである。

其処《そこ》へ行く最も近道は、まだ交通の開けない昔のことなので、四里の田舎《いなか》道を歩いていつて、それから汽車に乗つて、その先がまだだいぶあるとのことだつた。何しろ、その妙薬をのんで病気がなほつたといふ村の或る古老が、抽出《ひきだし》の中から探し出してきてくれた古い薬袋の裏の、怪しい処書《ところがき》の文字を頼りに、漠然と見当をつけ出かけてゆくのだから、まるで夢をでも摑《つか》むやうな話なんだ。そしてその妙薬なるものが、実に変梃《へんてこ》なものだつた。それを服用すると、二十四時間のうちに、体内のあらゆる黴菌《ばいきん》が死んでしまつて、その毒気や汚物が、一度に下痢と共に排出され、残つたのは腫物《しゆもつ》となつて吹き出されるといふのだ。今考へると、それは或《あるい》は人間の脳味噌《のうみそ》かなんかで、火葬場の隠坊達からひそかに手に入れて調製されてたものかも知れない。

母はその薬のことを聞いて、溺《おぼ》れる者が藁屑《わらくず》にでも取付くやうな風に、一図《いちず》に信用しきつたものらしい。そして父へは勿論《もちろん》誰にも内密《ないしよ》にして、自分で薬を買ひに出かけて行つた。が僕にだけはひそかに打明けてくれた。其《その》後父がそれをのませられて、夥《おびただ》しく下痢したものを、或る暗い晩に、母は僕に龕燈提灯《がんどうぢようちん》を持たして、屋敷の隅の竹藪《たけやぶ》の影に埋めてしまつた。そして怖い眼付《めつき》で睨《ね》めながら、誰にも云ふんぢやありませんよと念を押した。それで僕は今日まで黙つてゐたが、つい口が滑つてしまつたのだ。が話といふのはその薬のことぢやない。

母はその薬を買ひに一人で行つたのだが、父が病気で寝てるし、誰にも内密なものだから、どうしても日帰りに帰つて来なければならなかつたらしい。それで何かの口実を設けて、夜中の二時か三時頃に出かけていつた。夜中の二時か三時と云へば、丁度《ちようど》丑時参り《うしのときまい》の時刻ぢやないか。実際その時母は、丑時参りでもするやうな甲斐甲斐《かいがい》しい気持だつたに違ひない。

村から鉄道の駅まで行く四里の田舎道は、どんな処《ところ》を通つてゐたのか僕は今覚えてゐない。がただ、村から半里ばかり行つた所に、長い長い堤防があつて、両方から一丈《じよう》余の葦《あし》が生《お》ひ茂つてる中を、どうしても通りぬけなければならなかつたことだけを、僕ははつきり覚えてゐる。なぜかつて、僕はその先まで母について行つたのだから。

母がどうして其処《そこ》まで僕を連れていつてくれたかは、今はつきりしてゐないが、兎《と》に角《かく》僕は馳《か》けるやうにして、母の側にくつついて歩いていつた。夏のことで、もう東が白むのに間もあるまいといふので、提灯《ちようちん》もつけずにゐた。空が綺麗《きれい》に晴れて、星が一杯散らばつてゐて、暗い中にぼーつとした星明りだつた。母は着物の裾《すそ》を端折《はしよ》つて、脚半《きやはん》に草履《ぞうり》ばきのいでたちで、黙つてすたすたと歩いてゆく。そして一度も僕の手を引いてくれない。それでも僕は不平でなかつた。父の薬を買ひに、母と一緒にかうして夜道をする、といふそのことだけで胸が一杯だつた。

「お母さん、もつと早く行かうよ、もつと早く……。」

「さう急がないでもええ。夜中から出て来たから……。」

僕達は長い堤防にさしかかつてゐた。両方に高く生《お》ひ茂つてる葦《あし》の葉が、道の上に垂れかかつて、丁度隧道《ちようどトンネル》のやうになつてゐた。所々に蜘蛛《くも》の糸が引張られてゐて、それが顔にかかつて気味悪かつた。葉末の露が着物の袖《そ》を濡《ぬ》らした。それでも不思議なことには、葦の葉を押し分けて通つてるのに、かさともさらりとも葉擦《はず》れの音がしなかつた。しいんとしたそして爽《さわや》かな夜で、葦の葉の隧道の天井の少し開いてる所から、きらきら輝いてる星が見えてゐた。

「随分長い堤《つつみ》ですね。」

「ああ長いよ。」

それつきり母はまた黙つて歩いてゆく。僕も後れまいと足を早めた。がいくら行つても同じ堤防で、なかなか向ふまで出られさうになかつた。こんな所にぐずぐずしてゐるうちに、夜が明けてしまやすまいかと、僕は気が気でなくなつてきた。昔は追剝《おいはぎ》が出たと聞いたことのあるやうなその堤防に、いつまでも引つかかつてたらどうなるだらう。

「夜が明けやしないかしら。」

「まだなかなかだよ。」

それでも僕には、もう東の空がほんのりと白んできたやうに思へた。そして実際、不意に葦の茂みが無くなつて、その高い堤防の上から、向ふにぽつりぽつりと真白な花の咲いてる蓮田《はすだ》が見渡された時、振返つてみると、東の空の裾がぼーつと薄赤く染つてゐた。

「ほら。」

僕が立止つて眺めたので、母も立止つて眺めた、そして、ここらで一休みしようといふので、僕と母とは露の冷たい草の上に坐《すわ》つた。東の空が色づいてきたといふだけで、まだあたりはぼーつとした星月夜だつた。僕は何にも云ふことがなくて、母の側に黙つて屈《かが》んでゐた。そして、葦の葉の長い隧道《トンネル》をくぐつてきた間、母が一度も僕の手を引いてくれなかつたことを、ぼんやり思ひ出してゐた。

それから僕はどうして母に別れて一人で家に帰つたか、さつぱり覚えてゐない。或《あるい》は其処《そこ》まで母について行つたのも、夢だつたかも知れないやうな気さへする。それでも、夢にしては余りにはつきりしすぎてゐる。その時のことが細かな点まで浮彫《うきぼり》のやうに頭の中に浮んでくる。

果してそれが本当だつたか夢だつたか、僕は母に尋ねてみようと思つてるが、遠くにゐる母にわざわざ手紙で問ひ合せるほどのことでもないので、今もつてそのままになつてゐる。然《しか》し僕の感じから云へば、確かに本当のことだつたのだ。

なに、全く夢のやうな話だつて。まあ待ち給《たま》へ、だんだん面白い話になるから。だがまあ一寸煙草《ちよつとたばこ》を一服してからにしよう。

三

中学の三年級の時だつた。僕は或る春の闇夜に、山裾《やますそ》の道を二里ほど歩いたことがある。

その頃僕等の学校では、昔の蛮風《ばんぷう》が残つてゐて、裏面はともかくも表面だけでは、女のことを口にするのを卑劣だとして、その結果多少男子同士の風儀が乱れてゐた。と云つてもそれは重《おも》に口先だけのことで、実際はさほどでもなく、実行の方面はやはり女性に向つてゐた。たゞ女性の方は誰も皆秘密にしてゐて、仲間での噂《うわさ》話は、誰彼は誰彼に目をつけてると、さういつたことが重だつた。

から云へば君は笑ひ出すかも知れないが、僕だつて上級の或る男から目をつけられたことがある。この顔でね……。だがその頃は僕ももつと見栄《みば》えがしたものだよ。その代り僕の方でも、同級の或る男に目をつけてゐた……と云つちや語弊があるが、まあその男に好感を持つてたものだ。向ふでも僕に好感を持つてることがよく分つてゐた。そして向ふに云はせると、却《かえ》つて僕の方に目をつけてたと云ふかも知れない。二人はよく運動場の隅で話し合つたり、互《たがい》に往復したりしたものだ。二人共どちらかといふと温和な方で、文学が好きで、感傷的だつたのだ。

え、実行はだつて、馬鹿《ばか》なことを云つちやいけない。アクチヴにもパッシヴにも一度だつてあるものか。第一さういふ頃の同性愛といふものは、実に他愛ない馬鹿げたもので、青春期の漠然とした憧憬《しょうけい》の気持の上に立つた空想で出来上つてゐるので、実行なんかへまで進むだけの力もないし、それ自身実行を目指してゐるものでもない。謂《い》はば相手を空想の踏台にするだけのことだ。空想の対象は、ずつと遥かな曖昧模糊《あいまいもこ》とした所にあるのだ。

所で僕には、互に好感を持ち合つてる男が同級のうちに一人ゐた。そして春の休暇に、一緒に四五日の旅行をする約束をした。僕からその男の郷里の家へ誘ひに行つて、そして一緒に登山をするつもりだつた。

するとその日、天気は幸《さいわい》によかつたが、田舎《いなか》の不完全な石油発動汽車が遅着したために、それと連絡してる本当の汽車に乗り後れた。そこの汽車がまた数少くて、二時間半も停車場で待たせられた。その上、向ふの駅で下りると雷雨なんだ。もう日は暮れかかつてくる。僕は不案内な土地に一人ぽつねんとして全く途方にくれてしまつた。

幸にも、客があつて一台の馬車が出るといふので、僕はそののろいがた馬車に五里ばかり揺られていつた。

がそれから先は馬車が行かない。友の家まではまだ二里余りあるといふ。もう日が暮れて二時間の余になる。星の光も見えない曇り空の闇夜なんだ。小さな宿場の見すぼらしい宿屋の燈火が、ちらちら瞬《またた》いて招いてるやうに思はれる。僕はよつぽどその中へはいつてゆかうかと思つた。然《しか》し今か今かと待つてゐてくれる友のことを想像したり、その晴やかな而《しか》も憂《うる》はしい笑顔を思ひ浮べたりすると、たとひ遅くなつてもその日のうちに行きたかつた。早く行つて一晩語り明したかつた。で遂《つい》に宿屋の方を思ひ切つて、小さな提灯《ちようちん》をぶら下げて二里の道を進みだした。

　提灯を売つてる店で詳しく道筋を聞いてはきたが、初めての土地のことだし、闇夜ではあるし、道が次第に山裾《やますそ》の方へ高まつて、路傍の草が繁《しげ》くなるにつれて、僕は堪《たま》らなく心細い気持に沈んでいつた。高い山か低い丘かそれの見当さへもつかず、雑木林《ぞうきばやし》のうち続いてる坂道を、真暗な闇に包まれて提灯の火だけを頼りに、而《しか》も教はつた道を迷はないやうに用心しいしい、とぼとぼと辿《たど》つてゆく心細い気持のなかで、僕は友の姿を恋人かなんぞのやうに胸中に描いて、自ら元気をつけつけ歩いていつた。それでも二里の道が馬鹿《ばか》に遠い。初めての田舎《いなか》道の遠いことは、君なんかには想像もつくまい。

　そのうちに道がこんどは下り坂になつて、だいぶ行くと平らになつた。でも雑草が半ばまで生え込んでゐて、車の轍《わだち》の浅いところを見ると、人通りの少い道らしかつた。いつのまにか山裾を離れて、ゆるやかな河流に沿つて細々と遠くどこまでも続いてゐる。

　ふと気がついてみると、前方に何やら妙な音がしてゐた。不思議に思ひながらそれでも力を得て、足を早めて追つかけてゆくと、空の荷車を一人の男が引いてゆくのだつた。真黒な着物に草鞋《わらじ》ばきの農夫体《てい》の男で、帽子も被《かぶ》らずたゞ手拭《てぬぐい》で鉢巻をして、燈火一つつけないで、真暗な中をがらがら空車を引張つてゐる。全くの空車で、縄一筋のつかつてはゐない。

　僕は変な気がして、少し間を置いてついてゆくと、男は僕の提灯の火に気付いてか、ひよいと振向いた。その顔立は分らなかつたが、ぎくりとしたらしいのが様子に見えた。僕も何だかぎくりとして、咄嗟《とつさ》の間に尋ねかけた。

「あの、一寸《ちよつと》お尋ねしますが……。」そして友人の村を名指した。「そこ迄ゆくのには、この道を行つたらいいでせうか。」

「さうだよ。」

「まだ遠いんでせうか。」

「もうぢきだ。」

素気《そつけ》ない返辞ではあつたが、まさしく人間の声音《こわね》だつたので、僕は安心するとともに元気づいて、すたすたと通り越した。その僕をやり過しながら、ぢろりと見向いた彼の眼が、闇の中に異様に光つたやうだつた。が僕は気にも留めないで、とつとつと歩いてゆくと、後ろから空の車が、小石まぢりの道にがらがらついてくる。早く歩けば歩くほど、同じ早さでがらがらついてくる。それがやがて気になりだして、せめて話でもしようと思つて、僕は足を少しゆるめながら、それでも何だか後を振向けないで、真直《まつすぐ》を向いたまま、友人の姓を名指して知つてるかと尋ねてみた。

「知らねえよ。」

ぶつきら棒に云ひすてて、後はただ空車の音だけが、闇夜のしいんとした中に響いてくる。僕はまた云つてみた。

「よく闇の夜に燈火《あかり》もつけないで車が引けますね。」

「馴《な》れてるから引けるだよ。」

それつきりもう話もなくて、二人は長い間黙つて歩いていつた。空車の音だけが、がらがらがらがら呆《ぼ》けた音を立てゝゐる。聞き馴《な》るれば馴るゝほど気にかゝつてくる音だつた。この男は一体何だらう、とそんなことを僕は考へ初めた。

そのうちに遠くから、ごーつと堰《せき》の水音が聞えてきた。初めは何の音だか分らなかつたが、近づくにつれて愈々《いよいよ》それだとはつきりすると、変に僕はぞーつと寒気《さむけ》を感じた。独りでに足が重くなつて早く歩けなかつた、がらがらがらがら、すぐ後に空車の音がやつてくる。

堰《せき》の近くになつた時、其処《そこ》は田圃《たんぼ》より少し小高い道になつてゐたが、ふいに空車の音が止《や》んだ。はてな、と思つて振向くと、男は片手で車の柄《え》を支へ、片手で着物の前をめくつて、提灯《ちょうちん》のかすかな明りにも白くはつきりと分るほどに、勢《いきおい》よくしやあーと飛《とば》してゐた。僕は一寸呆気《ちょっとあっけ》にとられたが、自分でも何だか用を足したくなつて、道端《みちばた》から側の低い田圃の方へ、同じく勢よくやつつけてやつた。

用を足してしまつて、不思議にもその男へ一寸親しみを持ちかけて、心待ちに足を止めてると、男は頬骨《ほおぼね》の張つた赤黒い顔に――僕はその時初めて彼の顔を見たのであるが――人なつつこい和《やわ》らぎを浮べて、がらがらと足早に追つついてきた。

「見馴《みな》れねえ人だと思つて用心してゐただが、わしの考《かんげ》え違《ちげ》えだつた。」

いきなりさう云ひかけて、わけを話してくれた。――そこの堰で、身を投げるか落ちこむかして死んだ若い旅人があつた。そして時々、その亡霊だか、その臓腑《ぞうふ》を食つた河童《かっぱ》だかが、夜更けに通りかゝる者をなやますのださうだつた。車を引いて通つてゐると、車が次第に重くなつてくることがある。そいつが車に乗つかるからださうだつた。でその夜彼は僕と連れになつて、或《あるい》はそいつの化けたのぢやないかと疑つて、初めは用心して口も碌《ろく》に利《き》かなかつたが、愈々《いよいよ》堰の近くへ来たので、一つためしてやれといふ気で小便をしてみた。化物ならば一緒に小便をすることはない、が人間ならば大抵一緒に小便をするといふのだ。

「お前さんが小便をしてくれたで、わしも安心しただよ。」

そして彼は僕にいろいろ話しかけて、何処《どこ》から来てどうして遅くなつたかなどと聞いて、僕が訪れようとしてゐる友人の家を実はよく知つてるので、その家の前まで送つていつてやらうと云ひ出した。どうせ化物に乗つかられる覚悟だつたからと云つて、その空車に乗つてゆけとも勧めてくれた。

僕は何だか狐《きつね》にでもつまゝれたやうな心地がしたが、それでも気持は落付いてきて、杉の古木が七八本立並んでる物凄《ものすご》い堰のわきをも、大して恐ろしい思ひをせずに通り過ぎた。

それにしても、夜道を連れ立つて歩いてゐると、普通の人間である限りは、一人が小便をすればも一人も大抵小便をするといふのは、一寸面白いぢやないか。君にもその気持が分るかね。

なに、分らないが面白いつて。初めて僕の話に興味を持ち出したね。ぢやあこんどはそんな下卑《げび》たんぢやなくて、もつと上品なのを話してきかせよう。が先《ま》づ、煙草《たばこ》を一服さしてくれ給《たま》へ。

四

これは前の話からずつと後で、僕が大学卒業に近い時のことだつた。

その頃僕は各方面に生長し続けてゐて、謂《い》はば生活機能が最も盛んに活動してゐた。夜遅くまで酒を飲み廻つたり、旨《うま》い物を探し歩いたり、時には女を買ふこともあるし、また真剣に恋文を書きもするし、一方では真面目《まじめ》に勉強もして、あらゆることに好奇心が持てた。身体も至極《しごく》丈夫だつた。

その年の夏の休暇に、卒業論文を書きに、僕は或る山奥の淋《さび》しい温泉へ行つた。所が卒業論文なんてなかなか厄介《やつかい》なもので、初めはなに訳はないと高《たか》をくくつてゐたのが、いざとなると非常に手間取れて、九月になつてもまだ半分も書けてゐなかつた。で僕は八月一杯で帰る予定だつたのを延《のば》して、九月末まで滞在することにした。どうも東京に帰つてもまだ暑いし、学校の講義は十月にはいつてから気が乗り出すのだし、九月一杯はその山奥に落付いてる方が得策だつた。さうきめてしまふとまた呑気《のんき》になつて、少しづつ論文を書き続けながら、ゆつくり構へ込んでゐた。

所が二十日頃、僕は電報で東京へ呼び戻された。——サカモトシススグカヘレ、といふのだ。坂元といふのは僕の親友で且つ畏友《いゆう》だつた。非常に頭の冴《さ》えた男で、その年大学の哲学科を卒業したのだつたが、文芸なんかに対しても、専門の僕以上に深い見解を持つてゐた。平素病身ではあつたが、肋膜炎《ろくまくえん》をやつたといふだけで、どこといつて特別の病気はなささうだつた。それが死んだといふので、僕は少なからず驚かされた。後で分つたことだが、八月末から腸チブスにかかつて、ぽつくり逝《い》つてしまつたのだつた。

僕は坂元のことをいろいろ考へながら、すぐに帰京の仕度にかかつた。電報は午後の四時頃ついたのだから、それから仕度をして出発すれば、夜の最終列車に乗れる筈《はず》だつた。所が間の悪いもので、前日の豪雨のために山道が破損して、漸《やうや》く通つてゐた俥《くるま》までが不通だといふ。それぢや歩いてやれといふ気になつて、草鞋《わらじ》ばきで提灯《ちようちん》の用意をして出かけた。荷物は後で宿屋から送つて貰《もら》ふことにした。

温泉から停車場までは五里の下り道で、六時少し過ぎに出かけたのだが、十時近くの列車までには向ふへ着ける自信があつた。渓流に沿つた物凄《ものすご》い山道ではあつたが、僕はかうして君に夜道の話をしてきかしてるくらゐだから、そんなことには馴《な》れてゐて平気だつたし、それに月もやがて出る筈《はず》だつた。

僕はすたすたと、前日の豪雨に洗はれた山道を下つていつた。途中で真暗になつて、一寸《ちよつと》提灯をつけたが、やがて東の山の端に大きな月が出て来た。渓流の音が深い谷間に響き渡つてゐる。暗い木影から出る毎《ごと》に、薄《うす》靄《もや》の上に蒼白《あおじろ》い月の光の流れてる谷間の景色が、眼の下にすぐ見渡される。そのあたりから冷々《ひえびえ》とした夜気が匐《は》ひ上つてくる。九月の末といへば山奥ではもう秋なんだ。秋の月夜の景色は実に凄《すご》いやうな美しさだつた。

然《しか》し僕はその景色をゆつくり眺める隙《ひま》はなかつた。十時の列車に乗り後るれば、一晩後れることになるのだつた。爪先《つまさき》下りの曲りくねつた道を、出来るだけ足を早めて下りていつた。所々に崖《がけ》崩れがしてゐた。

そして凡《およ》そ半分くらゐ、温泉から二里半ばかり行つた所に、一軒の掛茶屋《かけぢやや》があつた。八時少し前の時刻だつたが、山の中の八時と云へばもう真夜中も同然で、茶屋の婆《ばあ》さんは里へ下りたと見えてしんとしてゐて、閉め切つた表戸に腰掛が一つ片寄せてあつた。僕は一寸一休みするつもりで、その腰掛を拝借して煙草《たばこ》を吸つた。掛茶屋があるくらゐだから見晴らしのいい場所で、横向きに首を差出して眺めると、向ふの山から下手の谷間まで、月の光で一目に見渡された。対岸の崖には夜目《よめ》に仄白《ほのじろ》い滝が懸つてゐる。

僕はその景色に暫《しばら》く見とれてゐた。すると僕の横をすたすた通り過ぎた者がある。はつとして振向くと、若い女が一人で見向きもせずに通つて行つたのだつた。白足袋《しろたび》に草履《ぞうり》を結《ゆ》ひつけたその足先に提灯の火がちらちらとさして、それが間もなく向ふの曲り角に見えなくなつてしまつた。後はひつそりとした静かな夜で、月が照つてをり渓流の音が響いてるばかりだつた。

僕は夢でもみたやうにぼんやりしてゐたが、だいぶたつてから変にぶるぶるつと身震ひがした。恐ろしさとも苛立《いらだ》ちとも分らない気持だつた。……後で気付いたことなんだが、温泉から僕は一人の人にも出逢《であ》はなかつたし、追ひ越した者も追ひ越された者もなかつたのだ。それから推《お》して考へると、彼女は僕より後に温泉を発《た》つて僕を追ひ越してしまつたのか、またはどこか遠くの道からやつて来たかに違ひない。が、何《いず》れにしても変である。

然《しか》しその時、僕はそんなことは考へもしなかつた。秋の夜の山道で若い女から追ひ越された、その一寸《ちよつと》名状し難い感情で一杯になつてゐた。何だかやけくそのやうな気持で立上つて、足早に歩き出した。

五六町も行つたかと思ふ頃、その女が道端《みちばた》の岩角に腰掛けてゐた。ぽーつとした提灯《ちようちん》の火を側にして、月の光を斜め半身に受けて、顔を外向けてゐるその様子が、もうずつと前から其処《そこ》に坐《すわ》り通してるやうな風だつた。僕は何だか息がつけず石のやうに固くなつて、ちらと見やつたまま通り過ぎた。彼女は見向きもしなかつたやうだ。

それから暫《しばら》く行くうちに、全く意外な気持が僕に湧《わ》いて来た。こんどは僕の方で一休みして彼女を待つてゐてやらなければならない……なぜさうだかは分らないが、兎《と》に角《かく》待つてゐてやるのが当然だ、といふ気持だつた。まあ彼女に強く心が惹《ひ》かれたのだ。が誤解しちやいけない。彼女にどうのかうのつて、そんな普通の意味でぢやなくつて、全く字義通りの意味で心を惹かれたのだ。第一僕は彼女の顔だつて一度も見なかつたし、その様子で若い女だと感じただけのことぢやないか。

で、その気持が次第に強くなつてきて、やがて僕は月の光のさしてる岩角に腰掛けて待ち受けた。すると、喫驚《びつくり》するくらゐ早く彼女はやつて来た。それから足をゆるめて、僕が片手に下げてる提灯の方を見い見い、僕の顔は見ないで、少し震へを帯びた声で云ひ出した。

「あの……済みませんが、提灯の火を貸して下さいませんか。躓《つまず》いたはづみに消してしまひましたので。」

そんなことだらうと前から思つてゐた、といふ気が僕はその時した。当り前のことのやうにマッチを取出して火をつけてやつた。そのぱつとした光で僕は初めて彼女の顔を見た。普通の……美しくも醜くもない顔立だつたが、大きな束髪《そくはつ》の下に浮出したその艶《つや》のない真白さが、何だか異様に感ぜられた。

それから僕達は、二人共めいめい提灯を下げて連れ立つて歩き出した。

「何処《どこ》まで行かれるんですか。」

「麓《ふもと》の町まで参ります。」

それだけで二人共黙り込んでしまつて、提灯《ちようちん》の火に足許《あしもと》を用心しながら、すたすた歩き続けた。道は真暗な木影にはいつたり明るい月光の中に出たりした。

そして一里ばかり行つた頃、彼女は先刻躓《つまず》いた足が痛むと云ひ出した。で僕は彼女の手を引いてやらなければならなかつた。しまひには彼女の腕を取つて、抱へるやうにして歩いた。

「私何だか昔、こんな風にして誰かに連れられて、夜道をしたことがあるやうな気が致しますの。」

しみじみした調子で彼女は云つた。さう云はれると僕も何だか、昔さういふ風にして夜道をしたことがあるやうな気がしてきた。然《しか》し腕を抱へられてるのは僕の方で、相手はその女ぢやないし、道もそのあたりではなかつた。誰だつたらう、何処だつたらう、そんなことがしきりに考へられた。

そのうちに、初め温く柔かだつた彼女の腕が、だんだん硬《こわ》ばつて冷《つめた》くなつてきた。

「どうかしたんですか。」

彼女はただ頭を振つただけで何んとも云はない。いろいろ尋ねてみたが、どうしたことか彼女は一言も口を利かないで、頭を打振るばかりである。僕は変に不気味になり出して、それかつて彼女を放《ほう》り出すわけにもゆかないで、とつとつと、足を早めると彼女は足が痛いと云つてるくせに、後れがちにもならないでついてくる。僕もしまひには黙り込んでしまつて、木か石をでも引張つて歩いてるやうな気持になつた。

そのうちに、道が次第に平になつて、彼方《かなた》のなだらかな麓《ふもと》に、停車場やそのまはりの小さな町の燈火が、月光に煙つてぼーつと見え出してきた。もう安心だと思ふと、急に気がゆるんだせいか、足が重くて仕方がなくなつた。

ふと気がついて、彼女の方はと思つて振向くと、不思議なことには、現在自分が腕を抱へて連れて歩いてた筈《はず》の彼女が、影も形も見えなかつた。おや、と思つたとたんに、ぞーつと髪の毛が逆立つた。そして僕はもう夢中になつて駆け出した。

何が仕合せになるか分らないものだ。夢中に駆けたために僕は、危く乗り後れる所だつた列車に間に合つた。それにしても、あの女のことはいくら考へても今以て分らない。まさか狐《きつね》につままれた訳でもないだらうし……。

なに、全く狐につままれたやうな話だつて。それはさうには違ひないが、僕に残つてる印象はそんな他愛もないものではないんだ。がまあそんなことはいいとして、こんどはもつと変梃《へんてこ》なのを聞かしてあげよう。一寸《ちよつと》煙草《たばこ》を一服吸つてから……。

五

これはつい二三年前のことなんだ。僕は変に生活に退屈を覚えだして、毎日こつこつとつまらない仕事をしてるのが、味気ない生き甲斐《がい》のないことのやうに思へて、何かかうぱつとした明るい異常なものがほしくなつてゐた。

僕の二階の窓から、青桐《あおぎり》の茂み越しに、すぐ隣家の座敷が見下せた。縁側に萎《しお》れかけた軒忍《のきしのぶ》の玉を一つ吊《つる》して、狭苦しい薄暗い室《へや》の中で、四十歳ばかりなのと十四五歳ばかりなのとが、多分母と娘とであらうが、夏の暑い中を毎日せつせと縫物をしてゐた。夜になると、口髭《ひげ》を生やした男がそれに加はつて、誰の子か四五歳の男の子供まで出て来て、みんなで物を食つたり話をしたりしてゐた。その光景が電燈の光にぱつと輝《て》らし出されるので、猶更《なおさら》ちつぽけな惨めなものに見えた。

所が、さういふ隣家の生活を二階の窓から見てる感じが、自分自身の生活にもふと映つてきた。妻や子供と一緒に食膳《しよくぜん》に向つてる時、机によりかゝつて仕事をしてる時、縁側に寝転んで新聞を読んでる時、女中達まで皆で集つて子供に花火をあげてやつてる時、其《その》他いろんな時に、ふとした心の持ちやうで、今に屋根の何処《どこ》かに穴があいて、そこから誰かに覗《のぞ》き込まれるとしたら、自分のかうした生活がどんなにちつぽけな憐《あわ》れなものに見えるだらう、……と思ふと、自分がその誰かになつて、自分で自分の生活を高い所から覗いてるやうな気持になり、何んだか惨めで見すぼらしくて嫌になつてしまふのだつた。

そこで僕は考へたのだ。高い所から人の住居《すまい》を覗き込むと、どんな立派な生活でも惨めに見えてくる。所が一歩戸外に踏み出すと、街路にうろついてる乞食《こじき》までが、どこかから晴れやかなのびやかな影を帯びてゐる。いくら高い所から覗いたつて同じことだ。これは一体何故《なぜ》だらうか。

さういふ風に考へてくると、狭い庭の片隅の桃の木の根本から、すいすいと伸び出てる若芽の生長が、非常に羨《うらやま》しくまた驚異に感ぜられた。若芽の伸びてる方向を辿《たど》つて仰ぎ見ると、昼間は無窮の蒼空《あおぞら》が澄みきつてるし、夜には無数の星が閃《ひら》めいてゐた。

空澄む、星光る、……さうだ、さういふ感じこそ常に胸の底に懐《いだ》いてゐたいものだ。所で自分の生活は……。いや外的生活はともかくとして、せめて内的生活だけでも光あるものにしたい。考へて見ると、たとひ高い所から覗《のぞ》かれてもびくともしないくらゐに、常に晴れ晴れと輝いた心境でゐたことが、今迄にいつかあつたかしら、今後いつかあるだらうかしら。一体どうしたらいいのだらう。空澄む、星光る、さういつた感じにしつかり根を下した世界が、どうしたら開拓出来るものかしら。とそんな風に僕は思ひなやんで、毎日毎夜空を仰いでは、はてしない空想に耽《ふけ》つたものだつた。

そしてふと思ひついたのが、何処《どこ》か高い山に登つてみようといふことだつた。齷齪《あくせく》とした人事に濁り汚れた頭を、高山の霊気で洗ひ清めて見たら、或《あるい》は自然と新たな心境が開けるかも知れない、とさう思つて、二三の友人を誘つてみたが、誰も同行しさうにないので、それでは一人でせめて高山の麓《ふもと》へまでなりと行かうと決心して、ただ一人でぶらりと出かけた。

僕は先《ま》づ北アルプスの或る山の麓まで行つてみた。そして、頂《いただき》に雪が白く光つてる雄大な連峯を見上げただけで、もう晴れやかな緊張した気分になつた。然《しか》し勇ましいいでたちをした登山者達の姿を見ると、何の用意もしてゐなかつた僕は気後れがして、案内者と二人きりで登山するのが、心細くなつた。で登山の方は思ひ切つて、そこの宿に二三日滞在して戻つてきた。

その滞在中のことなんだ。ぢつと山ばかり見てるのにも倦《あ》きてきて、僕は毎日その附近を歩き廻つた。何しろ人里遠く離れた山奥の、登山客だけを相手のぽつりとした宿屋なものだから、少し歩いてもすぐに深山幽谷の中に出てしまふのだ。

所がある晩、月の光に浮かされて、だいぶ遠くまで渓流伝ひに出て行つて、帰りは道を少し山手の小道に取つたのが失策で、どこをどう間違つたものか、小高い草原に出てその先が分らなくなつてしまつた。そればかりならまだいゝが、急に霧がかけてきて、方向さへも分らなくなつた。

山道に迷つた者は、よく一つ所ばかりぐるぐる廻りするといふことを、僕は前に聞いたことがある。それで僕は先づ其処《そこ》に屈《かが》み込んで、よく気を落付けてから、大体の見当を定めた。

薄い霧だつたので、月の光が多少洩《も》れ漉《こ》してるせゐか、遠くは見えないが、近い所はぼーつとした明るみだつた。遠くに渓流の音が聞えてゐた。それが右にも左にも聞えてゐるので、どちらへ出てよいかが疑問だつた。それからまた、宿屋のある辺を通り越して下手に出てるのか、まだ上手にうろついてるのかも、さつぱり分らなかつた。

仕方がなかつたから、此処《ここ》で霧の晴れ間を待たうと僕は決心して、いつまでも屈み込んでゐてやつた。然《しか》しいつ晴れるやら分らない霧だつたし、それに僕は襯衣《シャツ》の上に宿屋の浴衣《ゆかた》を引つかけてるばかりなので、その夜霧が肌にしみつくほどに寒い。それでも遠くへ迷ひ込むよりはましだと思つて、ぢつと我慢してゐた。

その間の僕の気持つたらなかつた。聞えるものは左右の渓流の音ばかりで、それが時折高低をなして、僕の捨鉢《すてばち》な瞑想《めいそう》を揺《ゆす》つてくる。僕はそれに凡《すべ》てを任して、途切《とぎ》れ途切れの而《しか》も曽《かつ》て考へたこともないやうな底深い思ひに沈み込んでゐた。

然しその時のことは、とても言葉ではつくされない。自分の全存在をぶち込んだ瞑想と、まあそんな風に思つてくれ給《たま》へ。

そして長い時間がたつた。霧はいつまでも晴れさうにない。細かな仄白《ほのじろ》いやつが一面に流れ動いてゆく。僕はもうたまらなくなつて、立上つて歩き出した。どちらへ行つてみようとか、どの方向がどうだとか、そんな考へがあつてぢやない。丁度《ちようど》夢遊病者のやうに、たゞ本能的にふらふらと歩き出したのだ。五六寸の雑草が所々に背の高い茂みを交《まじ》へて、一面に生《お》ひ茂つてゐるのが、足先にそれと感じられるだけで、足許《あしもと》の地面さへはつきりとは見えず、四方の模様は更に分らなかつた。たゞ時々眼の前に、ぼーとした物の形が浮出して、近寄つてみると、ひよろひよろと伸びてる栂《とが》や落葉松《からまつ》などだつた。

そのうちいつのまにか、僕の横手にぼんやり人間らしい影がつつ立つてゐた。振向いてなほよく見ると、たしかに人間で、縞目《しまめ》の分らぬ黒つぽい着物を一枚着流して、帽子も被《かぶ》らず、髪の毛をもぢやもぢやに長く伸ばしてゐる。それが腰から上だけぬつと出て、足は霧の中に見えなかつた。

不思議なことには、僕は別に驚きもしないで、四五歩その方へ近づいていつた。すると向ふも四五歩遠ざかつてゆく。おや、此奴《こいつ》俺を怖がつてるんだな、と思つてぢつと見てゐると、向ふでもぢつと僕の方を見てゐる。その顔が何だか見覚《みおぼえ》のあるやうだつた。いつ何処《どこ》で見たのか思ひ出せないが、ごく淡い而《しか》もごく親しい記憶があつた。謂《い》はゞ、生れない前から知つてゐて始終見馴《みな》れてはゐるが一度もはつきり見たことがないといふやうな、よく識つてはゐるがさてどんなとはつきりは云へないやうな、余りに身近かな余りに朧《おぼ》ろな記憶だつた。

僕はまた四五歩近づいていつた。すると向ふでも同じやうに四五歩退つてしまふ。僕が立止ると向ふも立止るし、寄つてゆけば退いてゆく。僕は少し苛立《いらだ》たしくなつて尋ねてみた。

「誰だい、君は。」

すると同じやうに尋ねかけてくる。

「誰だい、君は。」

そこで僕は自分の名前を云つて、散歩に出て道に迷つて困つてるのだが、宿へ帰るにはどう行つたらよいかと尋ねてみた。が、それには何とも返辞をしないで悲しさうな顔付で黙つて立つてゐる。

僕は何だか変な気持になつて、一人で歩きだした。いくら行つても同じやうな草原なのだ。初めは漸《ようや》く踏み分けただけの小径《こみち》があつたが、それもいつしか消えてしまつて、それから先は、腰ほどの灌木《かんぼく》が所々にこんもりと茂つてる荒地だつた。それを突きぬけて少し行くと、高い崖《がけ》の上に出てしまつた。木の枝につかまつて覗《のぞ》いてみると、遥か下の方に水音がしてゐて、冷たい霧が吹き上げてくる。底の知れない深さなんだ。山崩れでもした跡らしく、ざらざらの砂が殆《ほと》んど垂直の斜面をなして、下るには飛び込むの外《ほか》はなかつた。

僕はどうしようかと暫《しばら》く佇《たたず》んでゐた。ふと気が付いてみると、右手の方十間《けん》ばかり先に、先刻の男がまたぼんやりつつ立つてゐた。僕がその方へ向き返ると、男も僕の方へ向き返つた。そして僕達は長い間見合つてゐた。

その時僕ははつきりと知つた。僕が崖から飛び下りれば、その男も飛び下りてしまふに違ひないし、僕が其《そ》処《こ》に屈《かが》み込むか後に引返すかすれば、その男も同じやうにするに違ひない。

「飛び込んでしまはうか。」と僕は云つた。

「ああ飛び込まう。」と向ふで答へた。

で僕は崖から飛び込んでしまふつもりで、その縁まで手探りに歩み出た。と僕は非常に淋《さび》しくなつて、彼の方を振向いた。

「飛び込むなら一緒に飛び込まうよ、手をつないで。」

そして僕は二三歩後退《あとずさ》りをして、彼の方へ歩き出してゆくと、彼は僕が進むのと同じだけ退つてゆく。それを僕は是非《ぜひ》ともつかまへてやりたくなつて、どこまでも追つかけていつた。

「なぜ逃げるんだい。一緒に手をつないで崖から飛び込まうよ。もうかうなつたら仕方ないから。」

後から呼びかけても、返辞もしないで逃げてゆく。その後を追つて、僕は崖の上をだいぶ長い間歩いた。すると、彼はふいに立止つて、僕の方を恐ろしい顔で睨《にら》みつけた。僕も喫驚《びつくり》して立止つた。

「何だつて追かけてくるんだ。」

「だつて、一緒に手をつないで崖から飛び込むつもりぢやないか。」

「馬鹿《ばか》だな、君は。」

「なぜ。」

「一人ぢや飛び込めないのか。一人で飛び込めないほどなら、僕を誘はない方がいゝ。」

僕が文句につまつてぼんやりしてると、彼はどう思つたのか、いきなり崖から飛び下りようとした。それを見て僕は気がふらふらとして、無我夢中で崖から飛び下りた。ざらざらした砂の急斜面で、止度《とめど》なく滑り落ちたやうだつたが、不思議に怪我《けが》もしないで、ひよつこりと芝草の上に落ちついた。が僕はもう立上る気力もなくて、ぼんやり其処《そこ》に屈《かが》み込んでゐた。男はどこへ行つたのか影形も見えなかつた。だいぶたつてから気がついてみると、僕は宿屋へ行く本道の側の草原に出てるのだつた。霧が晴れて月が明るく輝《て》つてゐた。顧みると、飛び下りたのはほんの二間ばかりの砂の斜面だつた。

それにしても不思議なのはあの男だ。はつきり口を利いた所を見ると、霧に映つた自分の影でもなささうだつたし、また山男といふ種類のものでもなささうだつた。

なに、訳の分らない話だつて、さうだらうとも、僕自身にだつて訳が分らないから。実際田舎《いなか》の夜道をしてると、訳の分らないことに沢山出逢《たくさんであ》ふものだよ。まだいろいろあるが、君も聞き疲れたらうし、僕も話し疲れたから、もうこれくらゐにしておかう。ゆつくり煙草《たばこ》でも吹かさうぢやないか。

（大正一三年九月「中央公論」）

白塔の歌——近代伝説

方福山といへば北京《ペキン》でも有数な富者でありました。彼が所有してる店舗のなかで、自慢なものが二つありました。一つは毛皮店で、虎《とら》や豹《ひょう》や狐《きつね》や河獺《かわうそ》などをはじめ各種のものが、一階と二階の広間に陳列されてゐまして、北京名物の一つとして見物に来る旅行者もあるとのことでした。他の一つは茶店でありまして、昔は帝室の茶の御用を務めてゐたといふ由緒が伝へられてゐました。

この方福山が、四十日ばかり南方に旅して、そして帰つてきましてから、自邸で、十名ほどの人々を招いて小宴を催しました。

方福山は賑《にぎや》かな交際が好きで、人を招いて宴席を設けることはよくありましたし、またさういふ口実はいつでも見出《みいだ》せるものでありますが、然《しか》し、此度《こんど》の招宴には何か特殊な気配が感ぜられました。方家の執事ともいふべき何源《かげん》が口頭で伝へましたところでは、旅行中御無沙汰《ごぶさた》を致したからといふのでしたが、方福山の帰来後既に一ケ月たつてのことでありましたし、また、呂《ろ》将軍も御出席の筈《はず》ですと何源は云ひ添へたのでした。

呂将軍といふのは北京の警備司令でありましたが、その頃、彼について種々の風説が伝へられてゐました。近いうちに彼は済南《さいなん》方面へ転出するといふ噂《うわさ》もありましたし、また、省政府筋と常に反目しがちで、急激な武断政略を計画してるとの噂もありました。勿論《もちろん》かうした噂は、或る一部の人々の間にひそかに囁《ささや》かれただけでありまして、事の真偽は定かでありませんけれども、それが原因でか、或《あるい》は他に何かあつたのか、一般市民の間に不安動揺の空気が次第に濃くなりつゝありました。

さういふわけで、方福山の招宴は、人々に一種の印象を与へました。

招待を受けた荘太玄《そうたいげん》は、その子の一清《いっせい》に云ひました。

「私は身体不和といふことにして、お断りしようと思ふ。方さんからは時折、南方各地の銘茶の御厚志にあづかつてゐるが、近頃、あの人の行動には私の心に添はないものがあるやうだ。けれども、お前は行つたがよからう。青年にとつては、いろいろなことを見聞するのが精神の養ひになるものだ。」

「それでは、私がお父さんの代理をも兼ねて行きませう。」と一清は気軽に答へました。

「いや、お前個人として行くので、代理を兼ねるといふわけにはいくまい。」と太玄は考へ深さうな眼付《めつき》をして云ひました。

ところで、荘一清にとつては、父のことよりも寧《むし》ろ、友人の汪紹生《おうしょうせい》の方が問題でありました。

荘太玄は今では、あまり世間のことに関係したがらず、家居しがちでありましたが、その見識徳望の高さを以て巍然《ぎぜん》として聳《そび》えてる観がありました。それ故、呂将軍と共に方家へ招かれるのも不思議でなく、また荘一清は青年ながら、太玄の令息として招かれても不思議ではありませんでした。だが汪紹生はちと別でした。汪紹生は家柄も低く貧しく、たゞ荘一清と刎頸《ふんけい》の交《まじわ》りを結んでることだけで、方家からわざわざ招待を受ける理由とはなりませんでした。

彼は怒つたやうな調子で、荘一清に云つたのであります。

「僕は方福山さんとは、君のところで紹介されて、それから二三回逢《あ》つたきりだ。特別な識りあひでもない。極言すれば、方福山が旅行しようと、旅行から無事に帰つて来ようと、旅行中に野たれ死にしようと、そんなことは僕に何等の関係もないんだ。招待される理由が分らん。」

荘一清はなにか曖昧《あいまい》な微笑を浮べて答へました。

「だから、気まぐれな思ひつきの招待だらう。たゞ御馳走《ごちそう》になつてくればいゝんだ。高賓如《こうひんじょ》大佐も招かれてるさうだ。高大佐とは君は暫《しばら》く逢はないだらう。僕の父は行かないさうだから、気兼《きが》ねする者はないし、高大佐と三人で、勝手に飲み食ひし饒舌《しゃべ》りちらしてくればいゝさ。」

「高大佐も来るのかい。」

「さうだよ。」

「をかしいね。」

「をかしいことはないさ。高大佐は呂将軍の参謀で、帷幄《いあく》の知能だから、一緒に来てもよからうぢやないか。」

然《しか》し、汪紹生は他のことを考へてるのでありました。それは、彼等の所謂《いわゆる》新ヒューマニズム運動の小さなグループに関してでありました。数名の青年を中心に、新新文芸といふ小雑誌が発行されてゐまして、そこでは、人類意識のなかに於《お》いてではなく民族意識のなかに於けるヒューマニズムが提唱されてゐました。それが文芸の上では種々の形となつて現はれ、風俗習慣の方面での解放革新が叫ばれると共に、東洋的自然観の探求などもなされてゐまして、例へば詩を見ましても、頤和園《いわえん》の輪奐《りんかん》を醜悪とするもの、天壇《てんだん》の圜丘《えんきゆう》を讃美するもの、中央公園の円桶《まるおけ》に飼育されてる金魚を憐《あわ》れむもの、太廟《たいびよう》の林に自然棲息《せいそく》してる鷺《さぎ》を羨《うらや》むものなどがありました。或る詩には、紫金城の堂宇《どうう》が黄金色の甍《いらか》で人目をくらましながら、その投影で北京全市を蔽《おお》つてゐることを描いて、それを時の政府への痛烈な諷刺《ふうし》としてゐました。そしてこの一派は、青年知識層の一部から共鳴されると共に、政府筋の注意を惹《ひ》き、内々の警告が発せられたこともありました。

　この新新文芸一派のなかでの最も有力なのが、荘一清と汪紹生だつたのであります。荘一清は評論も小説も詩も其他《その》あらゆるものを書き得る自信を持つてゐて、而《しか》もいつも懶《なま》けてばかりゐました。汪紹生は真面目《まじめ》な詩人で、生活のため図書館に勤めながら孜々《しし》として勉強してゐました。そして高賓如大佐は荘家の親しい知人で、新新文芸一派に常々好意ある声援をしてゐました。――それ故、この三人を含めた方福山の招宴には、何か裏面に意図があるかも知れない、と汪紹生は云ふのでした。

　荘一清は笑ひました。

「さういふことは、君の論法を以てすれば、吾々《われわれ》に全く無関係なことぢやないか。方福山にどういふ意図が有らうと無からうと、吾々の知つたことではない。」

　そして暫《しばら》く黙つてゐた後で、荘一清は微笑を浮べて云ひました。

「それほど君が気にするなら、種明しをしてもよいが、実は、意外なところに策源地があるらしい。然《しか》し、そんなことよりは先《ま》づ、方福山の招待に応ずると、それをきめてくれなくては困る。それが大切な問題だ。」

「なぜだい。」

「なぜだか後で分る。とにかく、承知するんだね。」

汪紹生は暫《しばら》く考へてから、はつきり答へました。

「君に一任しよう。」

「ぢやあ、行くんだね。」

「うむ、行くよ。」

「よろしい。……そこで、問題だがね……。」

荘一清は揶揄《やゆ》するやうな眼付《めつき》で相手を眺めました。

「方家の招宴には、陳慧君《ちんえいくん》も出るらしいよ。もつとも、これは君には無関係なことだがね……。」

汪紹生は眼を大きく見開きました。

「なぜ陳慧君が出るらしいかといへば、柳秋雲が出るからだ。」

汪紹生はちらと顔を赤らめ、眼を輝かしましたが、突然云ひました。

「なぜ君はそんな持つて廻つた云ひ方をするんだい。」

「愛情を尊敬するからだ。」

それは、汪紹生の或る詩の中の一句でした。荘一清はその一句を云つてから、楽しさうな笑顔をしましたが、汪紹生は耳まで赤くなりました。

「僕だつて君達の愛情を尊敬することは知つてゐるよ。」と荘一清は快活に云ひました。「現にその余沢も感じてゐる。種明しといふのはこゝのことだが、君と僕とを一緒に方家へ招待さした策源地は、彼女にあると思ふよ。なぜなら、彼女は僕達に逢《あ》ひたがつてゐるんだ。ところで、それはまあいゝとして、厄介《やつかい》な口実がくつついてゐる。例の、新時代の女性の玩具《おもちや》、あれを持つて来てほしいといふ秘密な使者が来た。彼女にとつては、僕達を逃がさない口実だらうが、僕達にとつては、彼女への義務といふことになる。どうだらう、あれが至急手にはいるかね。金はこゝに用意してきてるが……。」

汪紹生はぢつと考へこんでしまひました。

「君から彼女へ手渡すがいゝと思ふんだがね……。」

汪紹生はなほ考へこんでゐました。それから突然立上つて叫びました。

「よろしい、彼女との約束を果さう。」

＊

柳秋雲の所謂《いわゆる》玩具といふのは、実は、一挺《ちょう》の小さな拳銃のことでありました。

柳秋雲については、いろいろな説がありますが、それらのいづれもが不確かなもので、謂《い》はゞ彼女は一種神秘な影をいつも身辺に帯びてゐました。

彼女はその生家も縁者も出生地も不明な全くの孤児で、陳慧君の許《もと》で養女なみに扱はれてをりました。伝へるところに依《よ》りますと、嘗《かつ》て、陳慧君が太沽《たいこ》に行つた折、港の岸壁の上で、果物《くだもの》や煙草《たばこ》の露天店の番をしてゐる六七歳の少女を見かけましたが、ふと、その怜悧《れいり》さうな目差《まなざし》と気品ありげな顔立とに気を惹《ひ》かれて、そこに立止つてしまひました。やがて、露天店の主人らしい爺《じい》さんがやつて来まして、果物や煙草をすゝめますと、陳慧君は頭を振つて、少女のことを尋ねました。

「この子は、売り物ではございません、預り物でございまして……。」と爺さんは答へました。

そしてその預り物の取引の話が初まつたのでありますが、爺さんの語るところでは、少女は一年ほど前、港のほとりをたゞ一人でさ迷つてゐたのを、或る船乗りに拾ひあげられましたが、その船乗りが大きな貨物船に乗りこんで出かけます折、少女を爺さんに預けたのでありました。ところで、船乗りはそれきり戻つて来ませんし、少女はまだ自分の身元を覚えてゐませんし、爺さんは処置に困りましたが、そのうちには誰かが探しに来るかも知れないと夢のやうな考へのうちに、港の露天店に毎日連れ歩いてるとのことでありました。

「ですから、私がこの子を探しに来たのですよ。」と陳慧君は云つたさうであります。けれども、この話とても真偽のほどは分りかねますし、とにかく、陳慧君は相当多額の金を爺《じい》さんに与へて、少女を引取つて来たらしいのであります。その少女が柳秋雲でありまして、秋雲といふのは、爺さんか船乗りかがつけた名前なのか或《あるい》は元来さういふ名前だつたのか不明ですが、柳といふ姓は、爺さんの姓を取つたといふのが本当らしく思はれます。其後《そのご》彼女は陳慧君の養女みたやうになりまして、陳秋雲と呼ばれることの方が多くなりました。陳慧君は秋雲の前身については、誰に対しても語るのを避けてゐました。

陳慧君自身の生活がまた、多くの影に包まれてゐました。彼女は南京《ナンキン》の生れだと云はれてゐましたが、上海《シャンハイ》のことに大層通じてをりました。亡夫は演劇方面に関係のある仕事をしてゐたといふ説もあり、または古着を取扱ふ商売をしてゐたといふ説もあります。其後《そのご》、彼女は相当の資産を所有して、骨董《こっとう》品類の店を経営してゐましたが、その店が実は方福山から委託されたものだとか、或は貰《もら》ひ受けたものだとか、いろいろの陰口が囁《ささや》かれたこともありました。そして方福山との多年の関係は、殆《ほと》んど公然の事実みたいになつてゐました。

彼女は背が高く、体軀が細そりとして、眼の動きが敏活であり、もう四十歳ほどなのに、若々しい肌色をしてゐました。そしてこの市井《しせい》の一未亡人は、各方面につまらない用件を発見することにかけては、稀有《けう》の才能を具《そな》へてゐましたし、実につまらないその用件も、彼女の口に上《のぼ》せられると、なにか心にかゝる趣きを呈するのでした。そのやうにして彼女は、各方面に知人を作つてゐましたし、凡《およ》そ権力のあるところ、富力のあるところ、野心のあるところには、彼女の姿がしばしば見受けられました。ホテルの食堂などにも彼女はよく出かけましたし、ダンスも相当以上に巧みであることが、ボーイ達には知られてゐました。然《しか》し上流の社会にとつては、彼女はたゞ中流婦人に過ぎませんでしたし、少しく清潔でないそして少しくうるさい有閑婦人に過ぎませんでした。

さういふ陳慧君のもとで、柳秋雲は少女時代を過し、学校に通ひ、それから化粧法や料理法も覚えましたし、特に歌曲をも教はりました。また、陳慧君のところにはいろいろな来客が多く、秋雲はいろいろな談話を聞きました。そして十七歳になつた時、彼女は十ケ月ばかり荘家で暮すことになりました。

陳慧君はその店の奥に秘蔵してる書画のことで、また方福山を通じて、荘家とも誼《よし》みを結んでをりました。そして或る時彼女は、荘夫人の前に、恰《あたか》も懺悔《ざんげ》でもするやうな謙虚な調子で、自分の頼りない身の上を歎《なげ》き、これまでの軽薄な行動を悲しみまして、次に柳秋雲のことを持ち出し、由緒ある家柄の憐《あわ》れな孤児だが、彼女を立派に育てるのが衷心《ちゅうしん》の願ひであると云つて、荘家の淳良な家風のなかで暫《しばら》く彼女を教養して頂きたいと頼みました。それから彼女は声を低めて、ひそやかに云ひました。

「こちら様が市公署の方を御引受けになりますれば、いろいろ人手も御入用でありませうし、秋雲を女中同様に使つて頂きたうございます。また私としましても、あの子を御手許《おてもと》に預けておきますれば、安心して当分上海で過すことが出来ます。」

その頃、市長が或る事で引責辞職しまして、後任には、徳望高い荘太玄を引出さうといふ運動が起りかけてゐました。また陳慧君の方は、なにか政治上の秘密な役目を帯びてといふ説もありますし、阿片《アヘン》密輸に関係あることが現はれかけたからといふ説もありますし、両方を一緒に結びつけた説もありますが、当分の間上海に行くことになつてをりました。ところが、荘太玄は市長の役目を冷淡に固辞してしまひましたし、陳慧君の上海行きは延び延びになつていつしか立消えてしまひました。そしてたゞ、柳秋雲が荘家に委託されることだけが実現しました。

それから十ケ月の後、新緑の頃、アメリカから来た老人夫妻の漫遊客を案内して、陳慧君と方福山とは泰山《たいざん》へ出かけました。その一行に、方福山の娘の美貞《びてい》が加はり、ついては柳秋雲も加はることになりました。その旅から帰つて来た時、陳慧君は急に熱を出し、多分の喀血《かつけつ》をしました。彼女は苛立《いらだ》つて、しきりに泣いたり怒つたりしました。その機会に、柳秋雲は荘家から陳慧君の許《もと》へ戻ることになりました。

荘家へ来ました当時、柳秋雲は、その世馴《よな》れた態度と内気らしい寡黙さとがへんに不調和でありまして、目差《まなざし》には冷徹ともいへるやうな光を宿してゐました。然《しか》し間もなく彼女は、荘家の温良な雰囲気になずんできまして、その態度には快活さが加はり、その寡黙さは要領を得た言葉と変り、その目差の光は和らいできました。荘夫人は彼女に興味を持ち、侍女とも娘分ともつかない地位に置きました。美しい彼女の顔立は、横から見れば頤《あご》のとがりが目立つて怜悧《れいり》さうであり、正面から見れば頰《ほお》のふくらみが目立つて柔和さうでありました。

「あんたは時をり、別々な二人のひとに見えますよ。」と荘夫人は微笑して秋雲の顔を眺めることがありました。

その別々な二人のひとが、やがて、一人のひとにまとまつて、新時代の若い女性を形造るやうになりました。荘家の温良な雰囲気はまた新時代の自由性をも許容するものでありまして、荘太玄の高い学徳を山に譬《たと》へれば、その麓《ふもと》には、荘一清を中心にした新新文芸一派の若芽が自由に伸びだしてゐました。汪紹生は殆《ほと》んど日曜毎《ごと》にやつて来ましたし、其他《その》の青年達が、時には女性も交へて、集つてきました。そしてそれらの人々に、柳秋雲も立交るやうになり、遂《つい》には仲間の一人と数へられるやうになりました。

柳秋雲は新新文芸を愛読しながら、自分では一度も文章を書いたことがありませんでした。また、その思想的な論議に加はることもありませんでした。然《しか》し彼女の控へ目な言葉は、いつも強い熱情の裏付けがあり、そして形象的でありましたので、この一派に不足がちな感覚的要素を加へる働きをしました。彼女の言葉から示《し》唆《さ》されたと覚《おぼ》しい文章も、幾つか拾ひ出すことが出来ました。例へば、散るためにのみ美しい蓮《はす》の花を讃美する者は誰《た》ぞ、伸びそして拡がるために美しい蓮の巻葉の香を知る者は誰ぞ、といふ質問が提出されてゐました。槐《えんじゅ》の並木の白い小さな花が、はらはらと街路にまきちらす感傷主義を、土足で踏みにじり得る者は果して誰ぞ、といふ質問もありました。黄塵《こうじん》にまみれた古い洋車に、磨きすまされたランプがつけられてゐる象徴を、理解する者は果して誰ぞ、といふ質問もありました。

それらのことに最も敏感だつたのは、汪紹生でありました。また、彼女が荘家を去つて陳慧君の許《もと》に戻つてゆくことについて、大きな損失を内心に最も感じたのも、汪紹生でありました。彼は一篇の詩を書いて、頰《ほお》をほてらしながら荘一清に見せました。それは、友情と恋情との間の微妙な一線上にある惜別の感情で、「……沈黙は、愛情を尊敬するからだ、」と結んでありました。

彼女が去つてゆく前の日曜日の午後、三人は、広い庭園をゆつくり逍遥《しょうよう》する時間を見出《みいだ》しました。その時、荘一清が汪紹生の詩をふいに披露しましたので、汪紹生も柳秋雲もへんに沈黙がちになりました。それで、荘一清が一人で何かと饒舌《しやべ》らねばならぬ立場に置かれましたが、池の中間の小亭にさしかゝりました時、その小亭の両の柱に、「北冥之《ほくめいの》鯤《こん》、」「南冥之《なんめいの》鵬《ほう》、」といふ句が懸つてゐるのを指して、彼は云ひました。

「昔の人は面白いことを考へたものだ。北冥の鯤だの、南冥の鵬だの、そんな伝説を僕は固《もと》より信用しはしないが、その精神には信頼すべきものがある。長城を築いたのも、大運河を掘つたのも、その精神の仕業だ。吾々《われわれ》は長城や大運河を軽蔑《けいべつ》してもよろしいが、その精神を笑ふ権利は持たない。」

　それに対して、柳秋雲が静《しずか》に云ひました。

「さうしますと、私の夢も、お笑ひになる権利はありませんわ。」

「どんな夢……。」

「駱駝《らくだ》に乗つて、長城の上を歩いてゆきました。」

「をかしい夢だな。」

「ところが、ふと気がついてみて、とても淋《さび》しくなりましたの。拳銃を持つてゐませんでした。私、あの冷《ひや》りと光つてる、小さな拳銃が一つ、ほんとにほしかつたのです。」

「それで、どうするつもりだつたの。」

「どうもしませんわ。たゞ持つてをればよろしいんですの。歌をうたふ時計や、枝から枝へ飛び移る金の鳥が、西太后《せいたいごう》の玩具《おもちや》だつたとしますれば、新時代の女性の玩具は、拳銃であつてもよろしいでせう。」

「新時代の女性の玩具か、それは素敵だ。」

「では、その玩具を下さいますか。」

　荘一清は振向いて、彼女の顔を見ました。彼女の言葉の調子に、あまりにも静かな重みが籠《こも》つてゐましたし、その顔には沈鬱《ちんうつ》な色が浮んでゐました。

　それまで黙つて聞いてゐた汪紹生が、突然云ひました。

「一体それは、夢の話ですか、本当の話ですか。」

「自分でも分りませんわ。」

そして彼女は、汪紹生の眼の中へぢつと視線を向けました。

「私は家へ帰りますと、全く違つた生活のなかにはいります。けれど、いつまでも、あなた方の仲間でありたいと思つてをります。そのやうな時に、大事な玩具《おもちゃ》を一つ持つてゐることは……たゞ持つてゐるだけで、心の支へになるやうな気がしますの。」

それは承諾を強要する調子であり、今にも泣き出しさうな表情でありました。汪紹生は顔を伏せました。

「二人で引受けよう。」と荘一清が叫びました。

それで凡《すべ》てが決定しました。

けれども、その実現は延び延びになつたのであります。記念の意味や将来への誓ひの意味を持つた約束は、当事者達だけで秘密に果さなければなりませんでした。そして、相当な額に上るらしい金をひそかに調達することは、荘一清にとつて容易ではありませんでしたし、その頃取締りの厳しい品物をひそかに買ひ取ることは、汪紹生にとつて危険でありました。

＊

北京の秋は、夏を追ひ立てるやうに急にやつて来て、そして晴朗な日が続きます。南海公園の小島の岸には、まだ釣りの遊びをしてゐる人々が見られました。その側に、少し離れて、汪紹生はぼんやり欄杆《らんかん》にもたれてゐました。

釣りをしてるのは、二三の少年と、中年の夫婦者に連れられてる子供でありました。子供はよく餌を取られてはじれだし、父親からいろいろと教へられてゐました。母親はそれを笑顔で眺めながら、やはり釣竿《つりざお》を手にしてゐましたが、自分の浮子《うき》の方には殆《ほと》んど眼をやりませんでした。少年たちは黙つて熱心に浮子を見つめ、時折、ぱつと挙げられる釣竿の先には、小魚が躍《おど》つてゐました。

汪紹生は欄杆に半身をもたせたまゝ、薄濁りの水面に眼を落して、なにか考へこんでゐました。亭《ちん》の中に並べられてゐる卓子の方へ行つて茶を飲むでもなく、釣竿を借りてきて楽しむでもなく、また釣人たちの方を見てるのでもありませんでした。時間を忘れたやうに長い間ぢつとしてゐました。

南岸との間を往復してる小舟から、少数の客が上つてきて、幾度か彼の後ろを通つてゆきました。それらの人々の間に、やがて、黒い色眼鏡《いろめがね》をかけた痩《や》せた青年が見られました。その青年は、舟から真直《まつすぐ》に汪紹生の方へやつて来て、その肩に軽く手を触れました。汪紹生は振向きましたが、相手がそのまゝ歩いて行きますので、彼もその後についてゆきました。

「少し手間取つちやつた。」と黒眼鏡の青年は不機嫌さうに呟《つぶや》きました。

汪紹生は尋ねました。

「そして、どうだつた。」

「なあに、ちと無理なことをしたが……。」

彼は歩きながら、汪紹生の方をぢつと見ました。

「これからは注意して下さい。あんな所へ僕を尋ねてきて、それも夜遅く……。」

「然《しか》し、秘密な用だつたものだから。」

「それがいけないんです。秘密は白昼公然の場所で為《な》すべきものですよ。この頃、僕達は少し睨《にら》まれてゐるんです。」

「何かあつたの。」

「それは、こちらから聞きたいことですよ。あんなもの、何にするんですか。」

「ちよつと、人から頼まれたので……。」

「然し、こんなちつちやいのは、役には立ちませんよ、玩具《おもちや》にならいゝけれど。」

「勿論《もちろん》玩具だ。玩具だと僕は信じてる。」

その調子が余り真面目《まじめ》だつたせゐか、黒眼鏡の青年はぢつと汪紹生の方を眺めました。そして笑ひました。

「あなたは正直だ。だから僕はあなたが好きなんです。……当てゝみませうか。若い女か老年の紳士か、いづれそんなところへ贈るんでせう。」

汪紹生は黙つてゐました。

「少し云ひすぎましたか。なあに、心配はいりませんよ。」

二人は中海の岸に出てゐました。枯蓮《これん》の池は蕭条《しようじよう》として、午後の陽《ひ》に冷たく光つてゐました。楊柳《ようりゆう》の大木の並木の下には、通行の人もありませんでした。

その楊柳の一本の影に、黒眼鏡の青年は急に立止つて、内隠しから、小布に包んだ物を取出し、汪紹生に差出しました。

「お頼みのものです。古物だが、まだ使はれてはゐません。ちよつと錆《さ》びてたところは、僕が磨いておきました。」

汪紹生はそれを受取りました。小布の中には、ボール箱に、革のサックのついた小型の拳銃がはいつてゐました。

「操縦は簡単だから、分つてゐますね。弾《たま》は十個だけあります。そいつが、実は厄介《やつかい》でしたよ。」

汪紹生はそれをまた小布に包んで、内隠しにしまひました。そして紙幣を二十枚渡しました。

「それから、あとのは、どれほどあげたらいゝかしら。」

「あとの……あゝあれですか。あれは、僕から云ひ出したんだから、いかほどでもいゝんですが、それぢやあ、十枚下さい。」

汪紹生が更に十枚の紙幣を差出すと、相手はそれを無雑作に受取りましたが、黒眼鏡《くろめがね》の奥から視線をぢつと汪紹生に注いで云ひました。

「これで終りです。約束は守つて下さいよ。つまり、後の分ですつかり帳消しです。あなたが僕から一件を受取つたことも、僕があなたに一件を調達したことも、凡《すべ》て無かつたことになるのです。忘れたのでなく、そのやうなことは無かつたのです。宜《よろ》しいですか。」

「宜しい。約束だ。」

「約束などもないんです。」

「なんにもない。」

「さうです、なんにもないんです。」

黒眼鏡の青年は朗かに笑ひました。

そして二人はまた、楊柳《ようりゆう》の並木にそつて湖岸を歩いてゆきました。

「こんどは、用事のない時に来て下さい。御馳走《ごちそう》しますよ。」と黒眼鏡の青年は云ひました。「あの女は少々ぶざまだが、小蘇姫《しようそき》といふ気取つた可愛《かわ》いい奴《やつ》がゐますよ。家はけちでも、洋酒は北京第一で、天津《てんしん》にもないやうなものを備へてゐます。酔つ払ふ覚悟でいらつしやい。なあに、阿片《アヘン》に酔ふよりは、よほど健康的ですよ。だが、用件がある時は、僕の家の方へ来て下さい。あんなところへ来て、あれは誰だと聞かれたら、あなたも困るし、僕も困る場合が、ないとも限らない。隠れ家では、すべて身元を明るくしておく必要があるんです。」

「それでは、隠れ家の意味をなさないね。」

「さうです、あべこべになつちやつた。呂将軍の影響ですね。呂将軍のクーデタの噂《うわさ》が、相当に拡まつてゐませう。そのため、スパイがばらまかれてゐる。あの連中ときたら、秘密は隠れたところにばかり転《ころが》つてるものと思つてますからね。秘密の方で先手をうつて、明るいところへ移動したつてわけですよ。あなた方も、何かやるなら、この戦術を使ふんですね。ところで、あなた方は、どちらと連絡があるんですか。」

「連絡……そんなものは、どこにもない。」

「あなた方になくても、先方からつけてくる。用心しなけりやいけませんよ。本当の吾々《われわれ》の味方は、呂将軍の方にも、省政府の方にもない。」

「ではどこにあるんだい。」

黒眼鏡《くろめがね》の青年は、鋭い視線をちらつと汪紹生に注ぎました。

「なかつたら、拵《こしら》へるんですね。すぐ、手近なところに出来ますよ。いや、もう出来てますよ。面白いことになりさうです。」

丁度《ちようど》、楊柳《ようりゆう》の並木がつきて、橋のところに出ました。黒眼鏡の青年は、突然云ひました。

「では、こゝで失礼します。」

彼がまるで未知の間柄のやうに素気なく立去つてゆくのを、汪紹生はちよつと見送りましたが、ぼんやり、反対の方へ歩いてゆきました。

＊

方福山の招宴には、さすがに吟味された料理が用意されてゐました。豚《ぶた》や家鴨《あひる》や小鳥や野菜類はまあ普通として、江蘇《こうそ》の沼から来たもの、四川《しせん》の山奥から来たもの、日本の近海から来たもの、南洋の小島から来たものなど、相次いで食卓に並びました。たゞ飲物の方は、老酒《ラオチユー》に炭酸水に冷湯だけでありました。何源が適宜に立現はれ、一隅に直立して、万端の指図をしました。

宴席での方福山の活躍は、料理よりも一層見事でした。彼は背が低く、食卓に屈《かが》みこんでゐるので更に低く見えましたが、それが却《かえ》つて、強い眼の光と相俟《あいま》つて、容易ならぬ人物だと思はせるのでした。その顔は細長い方で、頬《ほお》から下へゆくにつれてふくらみ、口の両側に贅肉《ぜいにく》が目立ち、頤《あご》下の皮膚が垂れて、それが半ば襟《えり》に埋まつてゐました。そして彼は極めて素早く飲み食ひし、あたりの人々にたえず話しかけました。一方に呂将軍がをり、他方に方家同族の老人がゐましたが、方福山は始終両方へ顔を向け、少し離れてる高賓如大佐や荘一清などへも呼びかけました。食物のこと、風俗のこと、上海のカニドロームやハイアライのこと、広東《カントン》の黒人風呂のこと、印度《インド》奇術のことなど、ただとりとめもない事柄で、それを彼は旅の土産《みやげ》話として聞かせるのでした。そしてあちこちへ向けられるその眼には、時折、穏かな笑顔を裏切つて、それらの話とは全く別個な、そして六十近い年配とは思へないなにか底強い光が、人の肺腑《はいふ》を貫《つらぬ》くやうにちらと輝きました。

彼のそばで、呂将軍は山のやうに泰然としてゐました。ゆつくり物を食べ、ゆつくり酒を飲み、余り口を利かず、大きな体軀をどつしりと落着かせてゐました。けれども、長い髭《ひげ》は力なく垂れ、顔の色はくすみ、眼はどんよりとしてゐました。彼の阿片嗜好《アヘンしこう》はひどく昂《こう》じてるとの噂《うわさ》がありました。方福山が初め、荘一清と汪紹生とを紹介しました時、彼はたゞ眼を二三度まばたきしただけで、二人の顔はよく見ないで、呟《つぶや》くやうに云つたのでした。

「君達のことは前から聞いてゐた。わしは君達を、いつも洋服を着てるものと思つてゐたよ。」

荘一清が曖昧《あいまい》な微笑を浮べて、鄭重《ていちよう》な調子で答へました。

「私はまた、閣下はいつも軍服を召してゐられることゝ、思つてをりました。」

その言葉のあと暫《しば》し時を置いてから、呂将軍は突然、はつはつはと大きな声で笑ひました。側にゐた高賓如はちらと眉《まゆ》をひそめました。汪紹生はびつくりしたやうに呂将軍の顔を見上げました。呂将軍はなほ得意気にも一度高い笑ひを繰返しました。

平服をつけてることが、呂将軍を、へんに如才《じよさい》ないやうにもまたは愚頓《ぐとん》なやうにも見せるのでした。食卓で、呂将軍はまた同じやうな高い笑ひをしました。食物の話の時、彼は珍らしく言葉を続けて、嘗《かつ》て太原《たいげん》で経験したといふ事柄を披露しました。――饑饉《ききん》の年のことでしたが、数名の僚友と、そこの料理店で飲んでゐますと、豚肉《ぶた》の煮込みの皿の中から、人間の足の爪《つめ》が二つ三つ出て来ました。一同は酔つてゐましたので、その爪を興がつて、酒杯に入れて乾杯したといふのです。

その話のあと、ちよつと言葉がとだえました時、呂将軍ははつはつはと高笑ひをしました。すると、少し離れた席から、陳慧君の声が聞えました。

「まあ、閣下は、作り話もお上手でいらつしやいますこと。」

呂将軍はまたはつはつはと笑ひました。

陳慧君はもう、そばの方夫人に話しかけてゐました。

「鮹《たこ》の足に、あのまるい、吸ひつくものが、沢山《たくさん》ありますでせう。あれだけを取つて、干し固めましたものを、奥地の特別な蕈《きのこ》だといつて、アメリカの水兵さん達に食べさしてゐた家が、上海にありましたよ。大変繁昌《はんじよう》してをりました。」

方夫人はたゞうなづいて聞いてゐました。同席してる娘の方美貞は女学生風の快活さで、柳秋雲になにか囁《ささや》いてゐました。たゞ陳慧君だけが、女のなかでは一人、全席の話題の中心にも言葉を出すのでした。

陳慧君の存在は目立ちました。彼女と方福山との関係は、方夫人にも既に公然と承認されてるやうでしたが、さういふことを別として、社交に馴《な》れてる彼女の挙措応対は、その敏活な眼の動きと、血の気の少い白く澄んだ皮膚と共に、品位は乏しいが人目を惹《ひ》くものがありました。彼女はしばしば高賓如の方へ言葉をかけました。高賓如は簡単な返事だけをしておいて、おもに隣席の荘一清と話をしました。古典や近代文学にも彼は少しばかり知識がありました。

汪紹生は殆《ほと》んど口を利きませんでした。時々柳秋雲の方を眺めました。柳秋雲は無口でつゝましくしてゐましたが、顔を挙げて汪紹生の視線に出逢《であ》ふと、またすぐに眼を伏せました。

そして、四時間余に亘《わた》る酒宴は別に事もなく運ばれましたが、方福山は突然呂将軍に向つて、二人とも何の理解も持つてゐさうにない音楽の話を初め、あらゆる歌曲のうちでもやはり京劇のそれが最も優れてゐるといふ結論を引出しました。そして彼は陳慧君に呼びかけて、如何《いか》にも自然な無雑作な調子で、柳秋雲さんの歌を少し聞かして頂けまいかと頼みました。陳慧君は微笑《ほほえ》んで、柳秋雲に何か囁《ささや》きました。そして不思議にも、柳秋雲はすぐに立上つたのでした。方美貞が喫驚《びつくり》した眼で彼女を眺めました。

柳秋雲は少し蒼《あお》ざめた顔を緊張さして、石のやうにあらゆる表情を押し殺してゐました。そして云ひました。

「私は歌妓《かぎ》ではございませんから、ごくつまらないものきり存じませんけれど……。」

あとは声がつまつたやうで、そして横を向いて、宙に眼を据《す》ゑながら、低めの声で歌ひ初めました。それは普《あま》ねく知られてゐる歌曲でありまして、四郎探母といふ京劇のなかで四郎が母を想つて歌ふ、ゆるやかな悲しい調子のものでした。

宴席にふさはしくないその歌は、故意の皮肉かとも思はれましたが、やがて深い感銘を与へました。彼女の声は次第に高まつて、美しい哀切なものとなりました。髪飾りの宝石が、耳の後ろでこまかく震へました。彼女の横顔に目立つ頤《あご》のとがりは、ひたむきな心情を示すやうで、そしてその頬《ほお》のふくらみは、やさしい愁《うれ》ひを示すやうで、それが一緒になつて、母を思慕する歌調を強めました。

汪紹生が顔を伏せてるだけで、そして陳慧君が一座の空気を窺《うかが》つてるだけで、人々は息をこらして、柳秋雲の上に眼を釘付《くぎづ》けにしてゐました。呂将軍の眼もその時だけは生々とした色を浮べました。

彼女はたゞ歌にだけ身も心も投げこんでるやうでしたが、歌ひ終へると、やはり表情を押し殺した様子でちよつと会釈しましたが、そのまゝ、逃げるやうに足早く次の室《へや》へはいつて行きました。

方美貞がすぐ立上つて、彼女の後を追つてゆきました。

感嘆の吐息と声が洩《も》れました。客の一人の中年の婦人は涙を拭《ふ》きました。そして柳秋雲と方美貞とが戻つて来ないのをきつかけに、よい工合《ぐあい》に食卓は見捨てられることになりました。

次の広間の片隅に、麻雀《マージャン》の一組が出来ました。方夫人と陳慧君と、歌のあとで涙を拭いた中年の婦人とに、方福山の隣席にゐた老人が加はりました。

汪紹生が一人で庭の方へ出て行つたやうでしたから、荘一清と高賓如とは連れ立つてその方へ行つてみました。

晴れやかな秋の夜で、星辰《せいしん》が美しく輝いてゐました。池のない広庭には、植込《うえこみ》や置石《おきいし》が多く、築山《つきやま》の上の小亭にぽつりと電燈が一つともつてゐました。

高賓如は両手を差上げ伸びをしてから、冷《ひや》やかな批判の調子で云ひました。

「今晩の宴会には、欠けたものが一つあつたね。」

「何ですか、それは。」

「君のお父さんが来られなかつたことだ。」

「父は近来、こゝの人達をあまり好《この》まないやうです。」

「それは当然だ。然《しか》し、こゝの人達にしてみれば、君のお父さんは最も大切な客だつた筈《はず》だ。」

「なぜですか。」

高賓如は荘一清の方を振向いて、その真実怪訝《けげん》さうな眼付《めつき》を見て取つてから、云ひました。

「考へてみ給《たま》へ。荘太玄の名望と、方福山一家の財産と、それから君達自身はどう思つてるか知らないが、青年知識層の精鋭と見られてる一方の代表者たる、荘一清と汪紹生、それから自分で云ふのも変だが、呂将軍の知嚢《ちのう》としてのこの高賓如、それになほ、社交界の花形と独りで自惚《うぬぼ》れてる陳慧君、将来特異な才能を示しさうな柳秋雲をも加へて、それだけあれば、北京で大芝居がうてると思ふのも、無理はないさ。」

「そんなことを呂将軍は考へてるんですか。」

「いや、考へてるものか。引きずられてはゐるだらうが……。」

「では、誰が考へてるんです。方福山ですか。」

「方福山はまあ進行係といふところだね。立案の方はどうやら陳慧君にあるらしい。とにかく、あの二人はいゝ組合せだ。」

「そして、あなたも、それに加担してるんですか。」

「僕が加担してたら、もつとうまくやるよ。柳秋雲に歌をうたはしたり、あれは可哀《かわい》さうだつた、あんなへまなことはしない。僕はたゞ傍観者にすぎないんだ。」

「傍観者……それでいゝんですか。僕はあなたを軽蔑《けいべつ》しますよ。」

「なあに、軽蔑は最後になすべきものだ。事の成行を楽しんで観てるといふ時機もあるさ。たゞね、僕は君達に自重して貰《もら》ひたいんだ。自重してくれ給へ。お父さんが今晩来られないのはよかつた。」

「父はそんなことを知つてるんでせうか。」

「御存じではあるまい。然《しか》し、うつかり洩《も》らしてはいけないよ。僕と君との間だけの秘密だ。」

「それは勿論《もちろん》です。だが……僕達、汪紹生と僕とを招かしたのは、柳秋雲だとばかり思つてゐました。」

「どうしてだい。」

「彼女も、僕達の仲間でしたから……。」

「だが、陳慧君のところに戻つてからは、彼女も相当変つたらう。それにまた、たとひ彼女が何か云ひ出しても、それを取上げるかどうかは陳慧君の自由だからね。陳慧君は育て親として、彼女の上に絶対の権力を持つてゐる。」

「それを、あなたは承認しますか。」

「事実の問題だ。第三者の否認なんか、当事者には何の役にも立たない。」

「ひどく冷淡ですね。」

「女の問題について冷淡なのは、僕の立前だ。女はどうも危険だからね。」

そして高賓如は朗かに笑ひました。

その時、二人は庭を一廻りして、室《へや》の方へ戻つてゆくところでしたが、そこの、外廊の柱によりかゝつて、柱にそへた彫像のやうに佇《たたず》んでゐる汪紹生に、出逢《であ》ひました。

汪紹生は潜思的な固い顔を少しも崩さず、荘一清にぶつけるやうに云ひました。

「あれは済んだよ。」

「さうか。」と荘一清は答へました。

高賓如を憚《はばか》つて、二人はそれつきり何とも云ひませんでしたが、拳銃の一件だとはつきり通じたのでありました。

汪紹生はまだすつかり自分を取戻してゐないやうでした。――彼は何か堪《た》へられない気持で、一人で室から逃げ出し、外廊の柱によりかゝつてゐましたが、長い間たつたと思へる頃、柳秋雲が足音をぬすんで駆け寄つてきました。彼女は汪紹生の顔を見つめて、「お約束のものは……、」とぽつりと云ひました。汪紹生は内隠しから拳銃の包みを取出しました。柳秋雲はそれを受取つて、懐《ふところ》にしまひました。そして云ひました。「私の……すべてを、信じて下さいますか。」「信じます、」と汪紹生は答へました。柳秋雲は片手を差出しました。汪紹生はその手を強く握りしめました。そして薄暗がりの中で、柳秋雲の眼が次第に大きくなり、妖《あや》しい光を湛《たた》へて、更に大きく更に深くなるやうに、汪紹生には思へました。彼はその眼の中に溺《おぼ》れかけました。とたんに、柳秋雲は手を離して、風のやうに立去つてゆきました。――その時の、まるで幻覚のやうな印象は、非常に強烈なもので、汪紹生は我を忘れ、そこの柱に身をもたせて、いつまでも凝然《ぎようぜん》としてゐたのでありました。

高賓如はちよつと汪紹生の様子を眺め、荘一清の方をも顧みましたが、何とも云はずに、先に立つて室《へや》の中へはいつてゆきました。

麻雀《マージャン》の一組はゆつくり遊んでゐました。他の片隅では、紫檀《したん》の器具と青磁の置物と朱塗りの聯板《れんばん》と毛皮の敷物とにかこまれて、呂将軍と方福山が酒をのみながら話をしてゐました。柳秋雲と方美貞との姿は見えませんでした。

高賓如は真直《まつすぐ》に呂将軍の方へ行きまして、煙草《たばこ》を一本手に取つて云ひました。

「胃袋の強健な者ほど勇気が多い、といふ閣下の説によりますと、どうも、吾々《われわれ》若い者の方が勇気に乏しいやうです。」

呂将軍は笑ひながら髭《ひげ》をなでました。どこからかいつのまにかそこへ出て来た何源が、高賓如の煙草の方へマッチの火を差出しました。

＊

なか一日おいて、午後、柳秋雲がふいに荘家へ訪れて来ました。――荘大人がお身体がわるい由《よし》だからお見舞に、といふのでしたが、それはたゞ口実にすぎないことは明かでありました。

方福山からの招待には、身体は何ともなかつたが、少し差支へがあつて出られなかつた、とはつきり荘太玄が云ふのを、柳秋雲はそれについては返事もせず、よく解つてゐるといふことを示しました。

荘太玄と夫人とは、やさしい笑顔で彼女に接し、彼女も心安らかな態度でありました。荘一清はちよつと挨《あい》拶《さつ》をしたきり、どこかへ出て行きました。

方福山のところの宴会の話を、荘夫人が尋ねますと、柳秋雲はあの歌のことを自分から云ひ出しました。

「呂将軍が、芝居の歌が大変お好きだから、なにか美しいのを歌ふやうにと、前の日から頼まれてをりました。それで私、恥しい思ひを致しましたが、その仕返しに、美しい歌の代りに悲しい歌をうたつてやりましたわ。」

「何をうたつたんですか。」

「四郎探母の俗謡ですの。」

荘太玄は憐《あわ》れみのこもつた眼で彼女を眺めました。荘夫人はいたはるやうに云ひました。

「でも、よくそんなのを覚えてゐますね。」

「ふだん、教はつてをりますの。」

そして彼女は、歌の先生のことを話しました。——それは戯曲学校の年とつた先生で、一週に一回づつ教へに来るのでした。柳秋雲の声をひどくほめて、女優になれば必ず成功すると保証してくれました。然《しか》し彼女を戯曲学校に入れることは、陳慧君がどうしても承知しませんので、彼も諦めましたが、それからは、歌曲はその芝居を知つてゐなければ本当にうたへるものではないと云つて、稽古《けいこ》の時には必ず、自分でその芝居の所作をやつてみせました。といふのも、陳慧君はどうしたわけか、柳秋雲に芝居の歌を習はせながら、決して芝居を見ることを許さず、一度も戯院へ行かせませんでした。

その歌の先生について、面白いことがありました。或る時、陳慧君と二人の談話のなかで、真珠を粉にしたものをのめば肌が最も綺麗《きれい》になるといふ説が、思ひ起されまして、先生はそれを真実であると主張し、有名な俳優でそれを実行してる者もあると確言しましてから、是非《ぜひ》ためしてみられるやうにと陳慧君に勧めました。陳慧君は心を動かされたらしく、真珠の粉の効果の真否を、いろいろの人に尋ね、それぞれの意見を、柳秋雲にも伝へて相談しました。すると柳秋雲は云ひました。

「歌の先生は、きつと、真珠を沢山《たくさん》持つていらして、売りたがつていらつしやるのでせう。買つてあげませうよ。」

その言葉で、真珠の粉の説は立消えになつてしまつたのでした。

それを聞いて、荘太玄は愉快さうに笑ひ、荘夫人は感心して眼を細めました。

けれども、柳秋雲に云はせますと、彼女のその小さな皮肉も、実は荘太玄を学んだものでありました。

嘗《かつ》て、市長が荘太玄を訪ねて来まして、市長に推挙されかゝつたこともある彼に、北京繁栄策をいろいろ話し、ついでに、名所旧跡や記念建造物への観光客を世界各地から誘致するための、有効な方法をも相談しました。すると、荘太玄は別な答へ方をしました。紫金城や万寿山よりも、五塔寺の古塔や円明園の廃墟の方が、優れた鑑賞者に喜ばれるとすれば、全市廃墟になつた後の壮大な城壁こそ、最も優れた鑑賞者に最も喜ばれることでせう、と云つたのでした。そしてこの全市廃墟の皮肉は、当時、新新文芸の仲間の話題となつてゐました。

そのことを柳秋雲から思ひ出させられて、荘太玄夫妻は顔を見合せて微笑しました。

そして柳秋雲は、なごやかな打解けた空気のなかで、荘太玄夫妻に甘えてるかのやうでしたが、突然、荘夫人に悲しさうな眼を向けました。

「私、家へ戻りましてから、あまり刺繡《ししゆう》をする隙《ひま》がございませんの。それで……。」

それで、お詫《わ》びをしておきたいといふのでした。彼女は荘家にゐた時、荘夫人から刺繡を教はつてゐまして、上達も早かつたのでしたが、家へ戻つてゆく時に、今後いつか花鳥の立派なのを仕上げてお目にかけると、約束したのでありました。その約束がいつ果せるか、また永く果せないか、自分でも分らなくなつたから、許して頂きたいと云ふのでした。

「まあ、そんなこと、どうでもいゝんですよ。つまらないことを気にしてるんですね。」と荘夫人は云ひました。

それでも、柳秋雲は悲しさうな眼色をしてゐました。そして此度《こんど》は、荘夫人がいろいろ話をしてやらなければなりませんでした。

さうしたところへ、荘一清がとびこんで来ました。

「柳秋雲さんは、ちよつと僕達の方へ借りますよ。汪紹生も来てるんです。新新文芸のことで打合せをしたいんです。」

「まあ、なんですか、ぶしつけに……。」と荘夫人はたしなめました。

「はゝ、若い者同士の方が話は面白いかも知れない。」と荘太玄が云ひました。

それで荘一清は、黙つて俯《うつむ》向いてる柳秋雲を促《うなが》して、室《へや》の外へ、そして庭の方へ出てゆきました。

庭の腰掛に、汪紹生は腕を組んで頭を垂れてゐました。彼は荘一清からの至急な迎へを受けて、図書館からやつて来たのでした。柳秋雲の姿を見ると、彼はつゝ立つて会釈をしたきり、言葉は発しませんでした。柳秋雲も黙つてゐました。

「どうだつた、気に入つたの。」と荘一清がふいに云ひました。

「なんですの。」

「あれ……玩具《おもちや》さ。」

「えゝ、素敵ですわ。今日は、そのお礼に参りましたの。」

「でも、よく一人で来られたね。」

柳秋雲は曖昧《あいまい》な表情をしました。

「僕達、心配してゐたんだよ、なんだか気になつてね……。」

荘一清は快活な調子を装つてゐましたが、それきり言葉をとぎらしました。

そして三人は、無言のうちに広庭を歩いてゆきました。暫《しばら》くして、柳秋雲はちらと汪紹生の方を窺《うかが》つて、突然云ひました。

「私、旅に出るかも知れませんわ。」

「え、旅だつて……。」と荘一清が尋ねました。

「えゝ。駱駝《らくだ》に乗つて、長城の上を歩くといふ夢……あれが、ほんとになるかも知れません。でも……もう玩具《おもちや》も頂いたし……淋《さび》しいことも、心配なこともありません……。」

そのゆつくりした調子には、真面目《まじめ》とも戯《たわむ》れとも判じかねるものがありました。

「また、夢の話だらう。本当なら、僕達も一緒に行つてもいゝよ。」

「まだ、夢だか、本当だか、よく分りませんの。」

「だから、夢のやうな話さ。」

それきりまた言葉が絶えました。今迄の言葉もすべてなにかごまかしだつたことが明かになるやうな沈黙が、長く続きまして、二人は池のところまで来ました。

その時、柳秋雲は立止つて、苦悩とも云へるほどの緊張した顔付で、きつぱりと云ひました。

「あの晩、私は歌をうたひました。今日、も一度、歌をうたひたくなりました。」

返事を躊躇《ちゆうちよ》してる二人をそのまゝ、彼女は池の中間の小亭へ上つてゆきました。その、「北冥之鯤、南冥之鵬」といふ聯《れん》がついてる小亭からは、遥かに、北海公園の小山の上の喇嘛《ラマ》の白塔が見えました。荘太玄はその眺めをあまり好まず、樹木を植ゑて展望を遮《さえぎ》らうかと云つたことがありますが、夫人や一清の反対で、そのまゝになつてゐたのであります。その遥かな白塔に、柳秋雲は暫《しばら》く眺め入りました。

朗かな秋の青空に、白塔は今、幻のやうに浮んで見えました。柳秋雲はそれに眼を据《す》ゑながら、静《しずか》にうたひだしました。

その歌の文句は、はつきり伝へられてをりません。それは、柳秋雲が作つたものでありまして、稚拙だが純真で、一派の清烈さを湛《たた》へてゐたといふことです。白塔を心の幻に見立てゝ、それが青にも赤にも黄にも紫にも塗られてゐないことを、淋《さび》しみまた嬉《うれ》しむと共に、いつまでも斯《か》くあれかしと希《ねが》ひ、愛情を尊敬してたゞ黙つて去らう、といふのでありました。――その最後の句は、明かに汪紹生の詩から取つて来られたものでありました。

歌調は単純でしたが、彼女の声は美しく澄んでゐました。その時彼女は、何の髪飾りもなく服も質素でありまして、遥かな白塔に見入つてるその姿は、都塵《とじん》を離れた清楚《せいそ》さを帯びて、歌曲にふさはしいものでありました。

全体に、秋の爽《さわや》かさがありました。

歌がすんでも、彼女は暫《しばら》く動きませんでした。荘一清と汪紹生は、爽かな気に打たれたやうで、無言のまゝ歩み寄りました。そして振向いた彼女と、三人で顔を合した時、三人とも、なにか茫然《ぼうぜん》とした恍惚《こうこつ》さのなかで、微笑を自然に浮べました。

召使の者が紫檀《したん》の茶盆を運んで、大きな太湖石の蔭から出てくるのが、見られました。柳秋雲は急に、その方へ駆け出してゆき、荘家にゐた頃のやうに、女中の茶盆を受取つて運んで来、なにかお菓子を頂いて来ると云ひ置いて立去りました。

荘一清と汪紹生は、彼女が戻つて来るのを、静かな沈思のうちに徒《いたず》らに待ちました。然《しか》し彼女はもう、荘太玄夫妻に挨拶《あいさつ》をして帰つていつたのでありました。

*

その翌日の深夜から、次の朝にかけて、呂将軍の急死が市中に伝はりました。脳溢血《のういつけつ》による頓死《とんし》だとのことでありましたが、何か怪しい影が感ぜられて、不安な不穏な空気が濃くなりました。そのなかで、高賓如大佐によつて、軍隊の方はぴたりと押へられ、市内の動揺の気配も鎮《しず》められまして、それがあまり手際《てぎわ》よくいつたので、変事前から準備が出来てゐたらしいとの風説さへ立つたほどでした。そればかりでなく、高賓如はその激しい時間を一時間ほど割《さ》いて、荘家を訪れ、心痛してゐる荘一清と汪紹生とに、変事の真相を伝へてくれました。而《しか》も彼の荘家訪問は、公然となされましたので、やがてそれが、周囲の人々の心を落着ける結果をも齎《もたら》したのでありました。

変事の夜、柳秋雲は陳慧君に伴はれて、呂将軍の宿舎を訪れたのでした。高賓如大佐が軍服姿で出迎へ、陳慧君はすぐに辞し去り、あとは二人きりになりました。

「よく決心がつきましたね。」と高賓如は云ひました。

「前から決心してをりました。」と柳秋雲は答へました。

高賓如の説明によりますと、この決心といふのは、或る特別の任務につくことを意味するのでした。彼はかう云ひました。「局面が一大転換をして、人心が動揺してゐる時、若い美しい女性の声が如何《いか》に大きな作用をなすかは、想像以上のものがある。社会に働きかける人々はこのことをよく知つてゐるが、軍人はあまり知らないとみえて、これを利用した者は殆《ほと》んどない。然《しか》るに呂将軍は、この方法をも採用してみようとしたらしいのだ。」そして彼は苦笑しました。

　ところで、高賓如と柳秋雲とは差向ひで、暫《しばら》く時間を過しました。

「条件はたゞ、絶対に秘密を守るといふことだけです。分つてゐませうね。」

「承知してをります。」

　それだけの応対で、あとはとりとめもないこと、軽い文学の話や果物《くだもの》の話などをしました。

　彼女は方福山の招宴の時と同じやうに髪を結び、髪飾りをつけ、たゞ着物は同じ淡青色ながら、絹が繻子《しゅす》に変つてるだけでした。そして内心に何か堅い決意を秘めて、それを頼りに表面温和にしてるらしいのが、見て取られました。高賓如はその内心の決意みたやうなものを探りあてた時、同時に、彼女が懐《ふところ》に何かを、恐らくは小さな拳銃でも、忍ばしてゐるのに気付きました。然《しか》し素知らぬ風をしてゐました。

　彼は説明して云ひました。「若い女の胸は、手を触れずにそつとしておいてやるべきだ。少くともそれが僕の立前だ。」

　そして三十分ばかりしますと、呂将軍は急務を片附けて隙《ひま》になりました。高賓如は柳秋雲の先刻からの来着を知らせました。呂将軍はちらと険《けわ》しい眼色をしましたが、すぐに顔色を和らげて長い髭《ひげ》を撫《な》でました。

　呂将軍は平服に着換へ、私室に柳秋雲を迎へました。中央の卓子には夜食の用意がしてあり、片隅の卓子には地図や書類がのつてをり、長椅子《いす》のそばの小卓には阿片《アヘン》喫煙の道具が置いてありました。

　高賓如は他に用務があつて、二時間ばかり外出しました。そして戻つて来て、呂将軍の様子を聞きましたが、その室《へや》の扉は閉されたまゝだといふことでした。それで高賓如は、書類の整理にかゝりました。

　だいぶ時間がたちました。その時、何か柔かな物に包まれたやうな軽い爆音と、叫び声らしいものが、伝はつてきました。耳を澄しますと、再び、此度《こんど》は明かに爆音がしました。

　彼は立上つて、然し落着いた足取りで、呂将軍の私室へ行き、扉を開けようとしましたが、鍵がかゝつてゐました。彼は急に足を早めて、中庭の方へ廻り、窓に手をかけ、それが難なく開きましたので、室内に躍《おど》りこみました。

呂将軍が血に染つて俯向《うつむ》きに倒れてゐました。柳秋雲が手に拳銃を持つて、石のやうに冷《ひやや》かにつゝ立つて、ぢつと高賓如の方を狙《ねら》ひました。

「おやめなさい。当りはしません。却《かえ》つて怪我《けが》をしますよ。」

静かな調子で云つて、高賓如は彼女の方へ進んでゆき、彼女を無理にそこの椅子へ坐《すわ》らせました。彼女は倒れるやうに身を落しました。

「どうしたのですか。」

彼女は高賓如をぢつと見つめてゐましたが、不思議に美しい声で云ひました。

「秘密を打明けた代償として、私の……貞操を要求なさいました。」

「分りました。」と高賓如は答へました。

そして彼は呂将軍の傷所を調べました。

彼は説明して、ちよつと呂将軍を弁護しました。「秘密な計画に参加させる女性には、相手によつては、その肉体までも要求することが、最も安全な途《みち》とされてゐる。たゞ、呂将軍は人物を見分ける明《めい》がなかつたまでのことだ。」

呂将軍は、もう息が絶えてゐました。脇腹に拳銃を押しつけて射撃されたらしく、次には、倒れたところを背後から胸部に一発受けてゐました。どちらが致命傷だかは不明でした。

夜食の料理には全く手がつけてなく、酒は少し飲まれてゐました。地図と其他《そのた》の書類は繰り広げられてゐました。そして阿片《アヘン》が吸はれてゐたらしく、その器具は取乱してありました。

高賓如は柳秋雲に何にも訊問《じんもん》しませんでした。軍装の外套《がいとう》を彼女にまとはせ、拳銃を持たせたまゝで、その身柄を、自動車の運転兵に旨《むね》を含めて、天津の某所に送りました。

迅速《じんそく》な処理を要しました。高賓如は直ちに、呂将軍の脳溢血頓死《のういっけつとんし》と表面を糊塗《こと》し、夜を徹して軍の統率を一手に収めました。そしてその翌日、高賓如将軍擁立の民衆行列が行はれましたが、高賓如は自らそれを直ちに解散させました。不思議に整然とした行列で、その先頭には、先日南海公園で汪紹生と逢《あ》つた黒眼鏡《くろめがね》の青年が立つてゐました。他に何事もなく、全市は高賓如の権力の下に静まりました。変事前からの準備が何かあつたらしいとの風説がたつたのも、無理ないことでありました。

たゞ、遺憾なことが二つありました。一つは柳秋雲の行方でありまして、彼女は天津に送られる途中、闇夜のなかで自動車がちよつと故障を起したすきに、全く姿を消してしまつたのであります。他の一つは、彼女が荘家の庭でうたつた歌の文句で、荘一清と汪紹生とが記憶を辿《たど》りまた知能をしぼつて、如何《いか》ほど拵《こしら》へあげてみても、あの時の印象とは遠いものしか得られませんでした。二人は原歌詞に白塔の歌といふ題をつけて、柳秋雲を長く偲《しの》びましたさうです。彼女の行方は遂《つい》に不明のまゝに終つてをります。

（未詳）

どぶろく幻想

四方八方から線路が寄り集まり、縦横に入り乱れ、そしてまた四方八方に分散してゐる。糸をこんぐらかしたやうだ。あちこちに、鉄の柱の上高く、または地面低く、赤や青の灯《ひ》がともり、線路のレールを無気味に照らしてゐる。ぱつと明るくなり、轟々《ごうごう》と響く。それが右往左往する。電車や汽車が通るのだ。長く連結した、窓々の明るい、汽車、電車。姿も黒く、窓々も暗い、汽車、電車。通る、通る、通る。やたらに通る。網目のやうな架線。電気のスパーク。石炭の黒煙。白い蒸気。高い台地の裾《すそ》に繰り広げられてる線路の輻輳《ふくそう》。駅はどのあたりやら見当もつかない。どうしてかうめちやくちやに線路を寄せ集めたものか。

中ほどに高い土手があり、土手の上が道路だ。下方は幾ヶ所も刳《く》り抜かれて、線路が通つてゐる。土手は二つに分れて、その先が木造の陸橋。どこへ通じてゐるのか、通る人もない。その土手上の道路にふらりと踏み込み、右に落ちても左に落ちても直ちに汽車か電車に轢《ひ》かれることを思ひ、空を仰いで星々の光りの淡いのを眺め、肌寒い気持ちで後に引つ返した。その時から、方向を取り失つてしまつた。

東西南北の方向、固《もと》より厳密なものではなく、だいたいの見当に過ぎないのだが、それが道行く時の指針となる。たゞに人里遠い平野に於《おい》てばかりでなく、都会の街路に於ても、酔つてる時にはさうだ。多くの人は、たとひ酔つても方向など頼りにせず、殆《ほと》んど意識しないらしいが、俺にとつては方向が最上の頼りである。通り馴《な》れた街路でも、深夜、方向の指針を失ふと、どちらへ行つてよいか分らないし、電車に乗つても、車の走る方向に錯覚を起すと、全く不安になつてくる。より多く動物的なのであらうか。

あの線路の輻輳地帯から、引つ返して、歩いて行つたが、もうすつかり、方向の指針を失つてゐた。第一、ひどく酩酊《めいてい》してゐた。立ち止つて深呼吸をやつてみても、酔ひを感ずるだけで、方向の感覚は蘇《よみがえ》つて来ない。

それでも、とにかく歩いて行つた。ずゐぶん歩いた。街路はぎらぎら明るくなつたり、闇に沈んで暗くなつたりし、俺は前に進んだり、後に戻つたりした。どうしても辿《たど》り着きたかつたのだ。酔ひの一徹心で、是非《ぜひ》とも、周伍文のところへ行つて、あのうまい濁酒を飲みたかつた。もう十日間ばかり無沙汰《ぶさた》してゐたのである。ずゐぶん歩いた。

それらしい曲り角が漸《ようや》く分つた。だが、暫《しばら》くして、またも方向が分らなくなつた。その辺、空襲の焼跡で、荒れるがまゝに見捨てられ、名も知れぬ雑草が茫々《ぼうぼう》と生えてゐた。高い煙筒や壊れかけたコンクリート塀などが残つてゐた。もうだいぶ夜更けなのだらう。通行人も見当らなかつた。

雑草の中にわけ入り、腰を下して、煙草《たばこ》を吸ひ、方向を考へ、そして……何をしてゐたやら。

淡い月がいつのまにか出てゐた。

見覚えのある女の顔が、俺の方を覗《のぞ》きこんだ。見覚えはあるが、どこの誰だか分らなかつた。淡緑のスエータを着て、青いズボンをはいてゐる。

「野島さん……。」

秋の夜気が身にしみて、へんにぞつとし、そして初めて分つた。なあんだ、周伍文のおかみさん、千代乃さんぢやないか。

「こんなところで……どうなすつたの。」

立ち上つたが、躓《つまず》きかけた。

「道がすつかり分らなくなつた。」

「いらつしやい。こちらですよ。」

歩きだして、はつきりした。周伍文の店の近くなのだ。

表の戸は半分しまり、半分だけ開いてゐた。つかつかとはいつてゆくと、そこの土間には客はなく、奥の小部屋で、周さんとも一人、差し向ひで飲んでゐた。

周伍文のこの店はありふれた小さな居酒屋で、おでん、焼酎《しようちゆう》、安物のウィスキー、などが並んでゐた。だが、置台の横手の通路をはいると、奥にまた狭い土間があつて、そこでは、懇意なお客が特別なものを味《あじわ》つた。豚《ぶた》肉《にく》や鶏肉《とりにく》や魚類の中華料理、どれもみなうまかつた。それから殊《こと》に、上等の濁酒があつた。粟《あわ》で造つた薄味のものとか、雑菌がはいつてる酸味のものとか、あんなのではない。白米で厳密に製造した、真白なこつてりした最上品だ。

俺は毎晩のやうにこゝに通つたものだ。たゞこの十日間ばかり、心に深い悩みがあり、うらぶれて、馴染《なじ》みの場所を避け、なるべく見知らぬところを彷徨《ほうこう》してゐた。

俺の姿を見ると、周さんは立ち上つて来て、手を執《と》り、はげしく打ち振つた。

「待つてゐましたよ。なぜ来ませんでしたか。どうしてゐましたか。なぜ来ませんでしたか。」

言葉はせつかちだが、へんに俺の顔色を窺《うかが》つてるやうな眼色だつた。

俺の方でも、なんだか、周さんの顔色を窺ふやうな気持ちだつた。

周さんの相手の男は、もう五十年配の同国人で、俺も何度か顔を合せたことがある。その男へ、俺の知らない言葉で周さんはべらべら饒舌《しやべ》りたて、相手はなんども頷《うなず》いた。

そこの、腰掛に落着き、卓子に片肱《ひじ》でもたれかゝり、甘酢《あまず》の鶏肉をさかなに、温い真白な濁酒をあふつてゐると、俺はもう口を利くのも懶《ものう》くなつた。

周さんは、その同国人へは俺の知らない言葉で、俺には俺の知つてる言葉で、こもごも話しかけた。それが却《かえ》つて遠慮ない態度に見えた。

「あんた、いゝところへ来ました。もう、どぶろくも無くなりかけた。今晩、飲んでしまひませうや。」

ばかなことを言つてる。無くなつたら、新たに仕入れすればいゝぢやないか。周さんももう酔つてるやうだつた。それでゐて、濁酒のお燗《かん》なんか自分でしてゐた。

「つねちやんは……。」

つねちやんといふ若い女中がゐた筈《はず》だ。

「暇をだしましたよ。今は、わたし一人きり。」

俺はあたりを見廻した。千代乃さんはどうしたんだらう。

「千代乃さんは、また出かけたの。」

「千代乃……もうわたし、諦めてゐます。死んだ者は仕方ない。」

「死んだ者……。とぼけちやいかんね。さつき僕は、そこで逢《あ》つたんだから。」

周さんは腰を浮かした。じつと俺の顔を眺めた。

「あんた、なにも知らないんですか。」

俺はへんな気持ちで、周さんの顔を窺《うかが》つた。

周さんは突然、すつかり立ち上つて、俺の腕を捉《とら》へた。

「千代乃に逢つた……ほんとに逢ひましたか。」

「逢つたとも。あつちの、焼跡のところで……そして、一緒に、こゝへ来た筈《はず》だが……。」

「たしかに千代乃ですか。」

間違ひはなかつた。言葉まで交はしたのだ。けれども、連れ立つて歩いてきて、それから、後のことは、ぼーつとしてゐた。はぐれた、といふより、彼女は消えてしまつた感じだ。説明のしやうがなかつた。

周さんは俺の腕を離して、こんどは、同国人の腕を捉へ、俺の知らない言葉でしきりと饒舌《しやべ》り、そしてふいに、卓上に顔を伏せて泣きだした。その肩を相手は軽く叩《たた》きながら、低い声でなにか言つた。

やがて、周さんは涙の顔を挙げた。

「千代乃はあんたに好意を持つてをりました。その話、ほんたうに違ひありません。わたしも、あれから、千代乃に逢つたことあります。」

しんみりした空気になつて、俺は事の次第を尋ねかねた。たゞ酒を飲むより外《ほか》はなかつた。

掛時計が十一時を打つと、周さんの同国人は立ち上り、周さんと短い言葉を交はして、帰つていつた。

「さあ、あらためて飲みませう。今晩はつきあつて下さいよ。それより、先《ま》づ、話を聞いて下さい。」

周さんはいろいろな料理を持ち出した。ありつたけの御馳走《ごちそう》と言つてもよかつた。俺はもう食べられなかつた。その代り、濁酒をたくさん飲んだ。周さんはよく食ひよく飲んだ。酔つ払つて、二人とも、話はしどろもどろだつたが……。

千代乃はほんとに死んでゐた。家から逃げ出すとたんに、追つかけられて捕《つかま》つては危いと思ひつめたものか、かねて所持してゐた毒薬を呑《の》み下し、そして駆け出したが、あの焼跡のあたり、俺が彼女に逢《あ》つたあの辺で、もう毒が廻つて苦悶《くもん》し、雑草の中にぶつ倒れて、息が切れたのだ、と想像される。

早朝に発見されたその死体は、やがて解剖されたが、死因は毒薬以外には何もなかつた。

「わたしが千代乃に逢つたのも、あの辺でした。」と周さんは言つた。

「通りかゝると、誰か、影のやうにぼんやり立つてゐる。それが千代乃です。一度は闇の中で、一度は霧の中でした。思ひが残つたに違ひありません。」

千代乃は周伍文によく尽してくれた。中国の戦争、次《つい》で太平洋の戦争、そのために周は東京での生活が次第に窮屈になり、横浜の知人の家に身をひそめたが、千代乃は横浜にまでついて来てくれた。料理屋の女中をしながら、陰に陽に周を庇護《ひご》し、周も彼女を頼りにした。

「言つてみれば、千代乃のスカートの中に、着物の裾《すそ》の中に、わたしは頭を突つ込んで、そしてそんな時、最も安らかに息が出来るのでした。」

戦後、東京の今の家に戻つて来て、飲屋を始めてからも、千代乃は実によく働いてくれた。

たゞ、お互《たがい》に、一つづつ秘密が出来た。

当時の飲屋のことだから、ヤミの品物を扱ふのは止《や》むを得なかつた。それから、第三国人は税金を免れることが出来た。それに眼をつけて、地廻りの男がよく飲みに来た。金を払ふ時よりも、払はない時の方が多かつた。店の景気がよくなつてくると、土地でも有力な尾高一家の者まで、ちよいちよい顔を見せるやうになつた。尾高自身も来た。その尾高の強請《ゆすり》によつて、千代乃は三万円の金を融通してやつた。それが彼女の唯一の秘密だつたのだ。

「女の秘密なんか、どうせばれるにきまつてをります。」と周さんは言つた。「いや、ばれない前に、自分から白状しますよ。千代乃も自分から進んで、その秘密をわたしに明かしました。」

そこで、周は尾高に向つて、元金返済の催促をし、延びるやうならば、月五歩の利子を払つて貰《もら》ひたい、と談判した。

「親兄弟の間だつて、金を貸せば利子を取ります。誰が無利子で金を貸す者がありますか。今時、月五歩《ぶ》の利子といへば、たいへん安いものです。わたしが尾高さんに月五歩の利子を請求するのが、どうして悪いことがありますか。正当な権利ではありませんか。」

尾高もさすがに、千代乃から金を借りてゐないとは言はなかつたが、利子の件はそつぽ向いて取り合はなかつた。そしてそれからは、濁酒の極上品の仕入れ先はどこかと、しつつこく千代乃に尋ねかけた。だが、その仕入れ先こそ、周伍文の唯一の秘密だつたのである。固《もと》より、自家で造つてゐるものではなかつた。

「誰にも言つてくれるな、よろしい、誰にも言はない、さういふ約束です。男と男との約束です。信用の問題です。人間としての信義の問題です。日本のひとは、約束を破つて、秘密をもらすことを、自慢にさへしてゐるやうですが、わたしどもは違ひます。一旦《いったん》誓つた約束ならば、たとひ女房に対しても守ります。わたしは千代乃に、どぶろくの仕入れ先を、決して明かしませんでしたよ。」

その仕入れ先を、尾高がどうしてあゝまで知りたがつたのか、理由ははつきりしない。つまりは、統制経済違反の確証を握つて、周伍文を脅迫する意図だつたとも見える。そして千代乃にしつつこく迫つたが、千代乃自身知らないことゝて、何の手掛りも得られなかつた。それを尾高は千代乃の強情のせゐだと思つたらしく、悪どい手段に出た。詳しいことは分らないが、女中の言葉などを綜合《そうごう》してみると、尾高は周伍文の不在をねらひ、子分を二人も連れてきて、卓子に短刀を突き立て、罵詈《ばり》雑言《ぞうごん》や脅迫の限りをつくしたらしい。千代乃は恐らく逆上の態《てい》で、とつさに毒を呑《の》んで逃げ出し、そして草原で死んだ。

「純情といひますか、判断力が乏しいといひますか、可哀《かわい》さうです。」

周さんは卓子に顔を伏せて、またも泣くのだつた。

だが、俺の頭には、千代乃さんの死がさほど深刻なものとは映らなかつた。人おのおのの立場によるありふれたものとさへ思へた。何かのきつかけに依《よ》るもので、例へば、一足踏み外して階段から転げ落ちるやうなものぢやないか。

実のところ俺は、死といふもの、自殺といふものを、漠然と考へてゐたのだ。漸《ようや》く探りあてた一筋の人の心の誠実さ、真心が、ごく些細《ささい》なことのために壊れかけるのを、見てきた。それが壊れ去つた後は、人は完全に孤独だ。その孤独の中では、自殺も無理なくしぜんに行はれる。場所と方法も自由に選択出来る。ぎりぎりの切羽《せつぱ》つまつた、どうにもならないものではない。

今日見た線路の輻輳《ふくそう》地帯、いつもと違つた道筋を取つたので初めて見たのだが、あすこでも、人はいつでも死ねる。一歩誤れば否応《いやおう》なく轟々《ごうごう》たる車輛《しやりよう》に轢《ひ》かれる。だが、俺はあんなところで死にたくはない。だからぞつとして引つ返した。

俺の頭にはいつとはなく津軽海峡が浮んでゐた。特別の理由はなく、しぜんに浮んできたのである。交通が自由ならば朝鮮海峡でも差支《さしつか》へないが、それはだめ。そこで、津軽海峡の青函《せいかん》連絡船。いつでも誰でも乗られる。敗戦後の日本には思ひがけない立派な船だ。航程約五時間余。食堂で思ひきり食べ思ひきり飲むんだ。それから船の甲板《かんぱん》をぶらつく。勿論《もちろん》夜分のこと。秋の夜の冷《つめた》い潮風に吹かれて船室外をぶらついてる者など、恐らくあるまい。たゞ俺一人。海峡の中ほど、夜気は冴《さ》え、海は暗く、空も暗い。その空に星を仰ぐ、オリオンでもスバルでも何でもよい。いや、赤い北極星がよからう。北極星を仰ぎ見て、そのとたん、舷側《げんそく》の欄干《らんかん》の間から身を躍《おど》らす。体は宙に流れて、意識はもう茫《ぼう》とかすみ、海面との衝撃が最後の火花となり、あとは黒闇々《こくあんあん》の虚無の底。

船は航行を続ける。俺自身の一片だに後に残らない。だが、波浪のまにまに弄《もてあそ》ばれる俺の体の、眼球の底の網膜には、北極星の映像が暫《しば》くは残るだらう。このオプトグラムが俺の最後の存在。

自由意志による方法の選択と、決行後の確実不可避な結果、これこそ真の自殺と言ふべきではないか。

千代乃の場合、或《あるい》は最後に星を仰ぎ見て、それが彼女のオプトグラムとなつたかも知れないけれど、それはたゞ偶然のチャンスで、俺が理解する自殺の決意なんか、毒薬を嚥下《えんか》する際にも果してあつたであらうか。切羽《せつぱ》つまつた羽目なんてものは、人生にはありがちなもので、そして大した意味はない。

周さんが泣くのを、俺はぼんやり見守るきりだつた。

「日本人のうちで、ほんたうに心からわたしを愛してくれたのは、千代乃一人です。」

一人あれば充分ではないか。二人も三人もと、慾張《よくば》つちやいけない。俺だつて、たつた一人を求めてきた。とはいへ、その時俺は、周さんが日本人の俺に向つて訴へてるといふ、微妙な意味合ひが分つてきた。同国人同志なら、違つた言葉遣ひが出て来ただらう。

泣いてる周さんの顔は、窶《やつ》れて肉が落ちたやうに見える。それが次第に大きく脹《ふく》らみ、額《ひたい》や頬《ほお》に肉が盛り上つてき、眼もかつと見開かれると、怒つてるのだ。

「千代乃を殺したのは、わたしではありません。どぶろくの仕入れ先をわたしは千代乃に隠したが、良心に咎《とが》むるところありません。隠すべきを、当然、隠しただけです。貸金の利子を請求したのも、請求すべきを、当然、請求しただけです。たゞそれだけのことで、千代乃は死ぬやうなことになりました。わたしには訳が分らない。あの尾高たち、街のボスたちの根性が、わたしには分らない。慾張りといふだけでなく、卑劣、邪悪です。戦争中わたしがどんなにいぢめられたか、ひとには分りません。そしてこんどは、千代乃を殺しました。あんたたちは、しばしば、日本の軍部だの何だのと言ひますが、ボスは軍部よりひどい。日本の国内で、日本の婦女を自殺させました。もし自殺しなければ、きつと刺し殺したでせう。しかも、罪はどこにありますか。第三国人のわたしを愛したのが罪でせうか。あゝ、千代乃が可哀《かわい》さうです。そしてわたしも、可哀さうです。」

周さんには、憤りと悲しみとが交《こもごも》ゝ起つて来るのだつた。

復讐《ふくしゆう》、といふことも周伍文は考へてみた。暴力を以てではなく、法廷に持ち出しての抗争。だが、それは全く見込みないことが分つた。先刻来てゐた中老の男は、張といふひとで、周から相談を受けて、いろいろ研究してみた結果、全然だめだといふことになつた。こちらに弱みがある上、先方の尻尾《しつぽ》はどこも摑《つか》めなかつた。そして単に自殺なのだ。

張は仲間うちでの有力者で、こんどのことについて、周の一切の面倒をみてやつた。周はもう土地に嫌気がさして、また横浜に立ち退《の》くことになつてゐた。千代乃の葬式は簡単に済まし、横浜に移転してから改めて喪に服するつもりだつた。

「ストック品が無くなつたら、店を閉めて、横浜へ行きます。とにかく、商品は売らなければなりませんからね。千代乃の遺骨は、親戚のひとが持つてゆきました。荷物も持たせてやりました。金もやりました。もうわたし、一人きりです。」

しいんとして、潮の引いた後のやうだつた。さほど寒くもないのに、周さんがやたらにつぐ火鉢の炭火が、徒《いたず》らに赤々としてゐる。眠れない深夜のやうに、意識は茫《ぼう》としてゐるのに、眼だけが冴《さ》えてゐた。酔つたばかりではなかつた。

突然、周さんは頓狂《とんきょう》な声を立てた。

「あ、ありました。一つ残つてゐます。」

鏡台が残つてゐたのである。周さんも一緒に使つてゐたものではあるが、鏡台といへば、やはり千代乃さんに属するのだ。

「鏡は、女の魂とか言はれてゐますね。」

古風な言葉だ。

「あれがある限り、やはり千代乃も残つてゐる。さうではありませんか。」

「まあ、さうかも知れないね。」

周さんの眼を見つめると、周さんも俺の眼を見つめた。互《たがい》に、何かを探り出さうとするのではなく、一緒に感じ合はうとするのだ。

「ほんたうに、千代乃に逢《あ》ひましたね。」

囁《ささや》くやうな静かな言葉だつた。

確かに逢つたやうだ。俺は頷《うなず》いた。

「わたしも逢ひました。二度逢ひました。」

煙草《たばこ》の煙で室内は濛々《もうもう》としてゐた。時間がとぎれとぎれに空白となつた。

「それでは、出かけませうか。」

「さう、出かけてもいゝね。」

なんのことだかはつきりはしないが、それでも、よく分つてはゐたのだ。まだいろいろ饒舌《しゃべ》り、その言葉は空に消え、そして感じだけが残つてゐた。

周さんは立ち上つて、奥の室《へや》にはいり、電燈をつけた。俺もついて行って、上《あが》り框《かまち》から覗《のぞ》いた。横手に、紫檀《したん》の大きな鏡台があつた。その鏡の裏側から、周さんは小さな姫鏡台を取り出した。朱色に塗つた玩具《おもちゃ》みたいなもので、どこかの土産《みやげ》物でもあらうか。それから、大鏡台の抽出《ひきだし》を開けて、いろんな下らないものを取り出した。白粉《おしろい》やクリームの壜《びん》、化粧道具、櫛《くし》やピン、刷毛《はけ》類など、たぶんもう使ひ古されたものばかりらしい。そして、そのうちの小さい物は姫鏡台の抽出《ひきだし》に入れ、はいりきれない物は鏡の前に並べた。

周さんは俺の方を振り向いて、淋《さび》しげに頬笑《ほほえ》んだ。俺は静《しずか》に頷《うなず》いた。

周さんは有り合せの木箱を探して、姫鏡台と其他《その》の品をつめこみ、上から紐《ひも》で結《ゆわ》へた。

それから周さんは、裏口の方へ行つて、鶴嘴《つるはし》と平鍬《ひらぐわ》を持つて来た。

俺は合着《あいぎ》のオーバーを着て、木箱をさげ、周さんはジャケツのまゝで、鶴嘴と鍬を持つた。頷き合つて出かけた。

酔余のいたづら、でもないし、真面目《まじめ》な意図、でもないし、何が何やら分らないながらも、へんに俺は心が暗かつた。滑稽《こっけい》であらうと、道化てゐようと、とにかく、それを遂行しなければならない。

途中で、木箱がぐんぐん重くなつてきた。

もう止《や》めなければいけない。いつも愛人についてのいざこざで頭を悩まし、毎日酒に酔つて彷徨《ほうこう》し、そして心身を消耗《しょうもう》すること、もう止めなければいけない。死を思ひ、自殺を思ふこと、もう止めなければいけない。津軽海峡のことなど、もう止めなければいけない。

木箱はぐんぐん重くなつた。

車除《よ》けの石があつて、俺はそれに腰を下した。

周さんも立ち止つた。

「どうかしましたか。」

「箱がとても重くなつた。」

「では、わたし待ちませう。」

「なあに、いゝよ。」

立ち上つて、歩きだした。

周さんは素直に答へた。

「こんなこと、もうこれからは止めようよ。」

「止めませう。」

暫《しば》らく歩いた。

「もうこれからは、合理的に生きようよ。」

周さんは素直に答へた。

「合理的に生きませう。」

それが、果して周さんとの問答だつたかどうかは、分らない。

焼跡の草原まで来て、月が出てることが分つた。薄曇りの空の中天に、淡い半月があつて、地上には靄《もや》の気が漂つてゐた。

周さんは立ち止つた。俺が千代乃さんを見かけた所だ。高い雑草の中に、周さんは数歩分け入り、そして地面を見つめた。千代乃さんの死体が横たはつてゐた場所だらう。その辺、草は踏み荒されてゐた。

周さんは鶴嘴《つるはし》をふるつた。だがそれには及ばなかつた。地面は案外柔かく、鍬《くわ》だけで充分だつた。二尺《しやく》ばかり下に、小石交《まじ》りの固い層があり、そこを鶴嘴で突破すると、また柔かくなつた。四尺ほど掘つた。

深夜のその作業は神秘じみてゐた。こそこそと侏儒《こびと》どもが、地下の宝物を発《あば》き盗まうとしてるかのやうな、錯覚が起つた。然《しか》し現実に、穴を掘つてるのは周伍文であり、側で見てるのはこの野島だ。なにか滑稽《こつけい》で忌々《いまいま》しく、笑殺したいのだつたが、反対にふつと涙が湧《わ》いた。

「もういゝだらう。」

あたりを憚《はばか》る低い声で言つた。

二人とも穴を覗《のぞ》き込んだ。たゞ黒々としてゐる。

俺は思ひがけない自分の声を聞いた。

「アジアの憂鬱《ゆううつ》を、埋めよう。」

周さんは素直に答へた。

「アジアの憂鬱、埋めませう。」

それも、果して二人の対話だつたかどうか。

俺は木箱を周さんに渡した。周さんは木箱を穴に投げこんで、俺には全然意味も感情も通じない言葉を呟《つぶや》いた。それから鍬《くわ》で穴を埋めた。地均《じなら》しをして、草を分けて道に出た。へんに気がせいて、ゆつくりしてをられない思ひだつた。道に出てほつとした。

黙々として真直《まつすぐ》に歩いた。後を振り向きもしなかつた。

周さんは家の戸を引き開け、俺がはいると、戸締りをしてしまつた。俺を帰らせないつもりかも知れない。

周さんは裏口の方へ行つた。手足を洗ふ水音がして、靴ではなく、下駄《げた》をつつかけて戻つて来た。

「あゝ、これですつかり済んだ。」

独語のやうに言つて、俺に軽く頭を下げた。

炭火を盛んにおこし、濁酒を熱くして飲み、煙草《たばこ》をふかして、二人で顔を見合せたが、なんだか、夢から覚めたやうな白々しさで、そして胸うちに淋《さび》しい空虚があつた。

「張さんも、君の好きなやうにするがいゝと、言ひました。前から考へてゐたことです。」

俺が何も尋ねないのに、周さんはそんなことを言つた。

「そして、どうなの。」

「さつぱり、気が済みました。」

あんながらくたな品物ばかりで……。そしてあんなことで……。

「アジアの憂鬱《ゆううつ》……。」

口の中で言ひかけて、俺はやめた。

不思議なのは、確かに夢ではなかつたが、出かけてからこれまで、千代乃の名前が一度も出なかつたことである。それで、その名前を聞いて俺はぴくりとした。

「もう千代乃は出て来ません。わたしは完全に一人きりです。」

地中に埋めたのは、アジアの憂鬱ではなく、千代乃だつたのか。

周さんはまた饒舌《しやべ》りだした。

横浜に行つて、一稼ぎするつもりである。それから、中国に一度帰りたい。紹興《しようこう》の近在に、伯父《おじ》や伯母《おば》や兄弟が、たくさんゐる。横浜にはまた戻つて来る。その時は、紹興の本場物の老酒《ラオチユー》を、何十年も何百年もたつた豊醇《ほうじゆん》な老酒を、たくさんお土産《みやげ》に持つてこよう。そして酒好きな人たちに、こゝへよく飲みに来た人たちに、贈物にしよう。みんな良い人ばかりだ。然《しか》し、街のボスたちはいけない。自分はもう千代乃についての怨《うら》みは忘れるつもりだが、それでも、ボスはいけない。日本にはもうこれからボスは少くなるかも知れないが、その代り、ほかの嫌な奴《やつ》が出て来るだらう。そんな奴が幅を利かせるだらう。日本は不思議なところだ。善良な人々と、邪悪な人々と、両極端に別れてるやうだ。千代乃の淋《さび》しい葬式に対してだつて、二通りの眼があつた。憎悪や軽蔑《けいべつ》の念で見る眼と、愛情や同情の念で見てくれる眼と、二通りの眼があつた。その両方の眼を、自分ははつきり見て取つた。日本は、どうしてさうなんだらう。中国には、無関心か関心かの二つしかない。日本には、憎悪と、愛情と、両極端がある。どうしてさうなんだらう。自分が異国人である故からであらうか。

そんなことを聞きながら、俺の方では、憎悪と愛情との流転《るてん》変質のことを考へてゐた。憎悪にせよ愛情にせよ、それは恒常的なものではなくて、いつも一方から他方へと移り変り、相対的な人事関係によつて、刻々に変化する。愛すればこそ憎むなどと言ふのは、おめでたい限りで、憎めばこそ愛すると逆に言つたら、どうなるか。

俺には、どぶろくだけが頼りだつた。

「異国人の中にあつての憂愁だね。僕には、同国人の中にあつての憂愁が、いつもあるよ。」

「あんたとは別です。だから、憂愁があるなら、その憂愁を共にしませう。」

「よからう、共にしよう。」

「今夜は、飲み明かしませう。わたしのお別れの宴《うたげ》です。いくらでもある限り、飲んで下さい。」

酔眼ばかりでなく、酔つた意識が、朦朧《もうろう》として、体も支へかねる心地だつた。

ふと、眼を挙げて俺は、表の土間の方を見やつた。そこは電燈も消えてをり、真暗で、その先方は戸締りがしてある筈《はず》だ。

周さんも、俺の様子に気付いてか、表の方を見やつたが、それだけで、ほかには何も感づかなかつた。

だが確かに、表の街路に女の足音がして、二度ほど戸が軽く叩《たた》かれた。周さんの言葉にも拘《かかわ》らず、千代乃さんぢやないか。それとも俺の錯覚か。あとはまたしいんとなつた。

二人は倦《あ》きもせず濁酒をあふり、精神は朦朧《もうろう》となりながら、ぽつりぽつり語つた。

俺はまた表の方を見やつた。それにつれて、周さんも見やつたが、何も感づかなかつた。

だが確かに、表の街路に女の足音がして、二度ほど戸が軽く叩かれた。千代乃さんぢやないか。それとも俺の錯覚か。あとはしいんとなつた。

なんとしたことか、周さんは卓子に顔を伏せて泣いてゐた。

（昭和二七年二月「群像」）

霊　感

第一話

都内某寺の、墓地の一隅に、ちと風変りな碑があります。火山岩の石塊《せつかい》を積みあげて、高い塚を築き、その頂《いただき》に、平たい石碑を立てたものです。碑面に、身禄山とありますが、その昔、身禄といふ行者《ぎようじや》があつて、深山に籠《こも》り、禅の悟道に参入して生を終へた、その人のために建てた碑です。大正十二年再建とありますが、大正十二年といへば関東大地震の年で、恐らく、土台の石畳の一部が壊れるか、碑が傾くかして、それを修理したのでせう。全体の構築はたいへん古く、碑の背後には、樫《かし》の古木が茂つてゐます。

この身禄山を、附近の人々は、ミロクサンと呼んでゐます。文字面の音をそのまゝ取つて、身禄さまではなく、身禄さんと、親しい気持ちをこめたものです。そして朝な夕な、誰がするともなく、白紙に塩や白米を盛つたのが、身禄さんの前に供へられてゐます。

この身禄さんを、三年ほど前までは、殆《ほと》んど誰も顧みる者がありませんでした。塚全体が荒れはて、茅草や灌木《かんぼく》が生え、といつても火山岩を畳みあげたものですから、気味わるい茂みを作るほどではなく、あたりの立木の蔭にひつそりとして、つまり、人目につかない状態のまゝ、うち捨てゝあつたのです。

たゞ、江口未亡人とその娘さんとは、身禄さんのそばを通りかゝる時、いつも、ちよつと頭を下げました。身禄さんを信仰するかどうとかいふのではなく、自然にさういふ習はしになつてゐました。

戦後のことゝて、寺の境内《けいだい》も墓地も、手入が行届いてをらず、板塀や垣根なども壊れたまゝで、通行自由な有様でした。江口さんの家から大通りへ出るのには、墓地をつきぬけるのが一番の近道で、その近道のそばに身禄さんがあるので、そこを通りかゝることが多かつたのです。そして通りかゝると、江口さんも娘さんも、何といふことなしに、軽く頭を下げました。

ところが、その江口さんの家に、いろいろ思ふに任せぬことがあつたり、娘さんの健康がすぐれなかつたりして、春の末頃から、江口さんはなんだか気持ちが沈みがちで、不安な影を胸うちに感ずるやうになりました。そのことを、江口さんは、日頃懇意にしてゐるA女を訪れた際、世間話のついでに、訴へてみました。A女は所謂《いわゆる》戦争未亡人で、普通のひとですが、実は、彼女自身では誰にも口外しませんでしたけれど、神仏二道の行《ぎよう》を深く積んでゐて、特殊な能力を会得してゐました。それを、江口さんは知つてゐました。二人とも四十五歳ばかりの年配で、未亡人同士なものですから、普通の主婦たちよりは、立ち入つた交際が出来たのでせう。

江口さんはA女の顔色を窺《うかが》ひながら、言ひました。

「なんだか気になるから、ちよつと、みて下さいませんか。」

「みるつて、なにをですの。」

「まあ、とぼけなくつても、いゝぢやありませんか。」

「べつに、とぼけるわけではありませんけれど……。でも、たいへんなことになると、わたくしが困りますからねえ。」

「大丈夫、御迷惑はおかけしませんから……。」

A女はじつと宙に目を据《す》ゑました。もともと痩《や》せてる頬《ほお》ですが、その蒼白《あおじろ》い皮膚が引き緊《しま》りました。

「だいたい分りますが……。とにかく、助経して下さい。」

江口さんも一通りは読経《どきよう》が出来るのでした。

A女は数珠《じゆず》を手にして、祭壇の前にぴたりと端座しました。地袋《じぶくろ》の上の棚に、壁の丸窓を背にして、一方に仏壇があり、一方には白木《しらき》の小さな廚子《ずし》に北辰妙見《ほくしんみようけん》と木花開耶姫《このはなのさくやびめ》とが祭つてあります。

静かに読経《どきよう》が始まりました。

　無上甚深微妙法　百千万劫難遭遇

　我今見聞得受持　願解如来第一義

それから声が高くなつて、「開経偈《かいきようげ》」を誦《ず》し終ると、他の経文《きようもん》はぬきにして、いきなり御題目《おだいもく》にはいりました。

繰り返し繰り返し、御題目を唱《とな》へてゐますうちに、やがて、A女は声がつまつてくるのを感じました。肱《ひじ》を張つて合掌《がつしよう》してる両手に、痺《しび》れるほど力をこめ、なほ御題目を唱へ続けましたが、その声は次第に低く細くなり、瞑目《めいもく》してる瞼《まぶた》のうちに顕現したものがあります。

音なき声が聞えます。

――ミロクだぞ。

間を置いて、また聞えます。

――近々に火が出るから、気をつけたがよからう。

間を置いて、また聞えます。

――火伏せの神ゆゑ、出来るだけは守護してやる。

それから、問答とも知れず会得とも知れない、微妙な境地にはいります。

御題目の声が、次第に安らかに出てきました。気が晴れ、A女は目を開き、なほ暫《しば》し御題目を唱へ、それからぴたりと切つて、最後に、「宝塔偈《ほうとうげ》」と「発願《ほつがん》」とを誦し終りました。

A女は江口さんの方へ向き直り、見据《みす》ゑるやうにして言ひました。

「ミロクといふかた、御存じですか。」

江口さんはふしぎさうにA女の顔を見上げました。

「身禄さんなら、知つてゐます。」

「どういふかたですか。」

そこで江口さんは、身禄さんのことを話し、通りがゝりにたゞなんとなくお時儀をしてゐることを打ち明けました。

「それで分りました。そのミロクさんは、御近所の土地の火伏せの神です。近々のうちに火事が起るかも知れませんから、大事にならないやう、お詣《まい》りをなさいませ。お塩とお米をお供へなさるだけで、結構です。なるべく皆さん大勢で、お詣りなさつたが宜《よろ》しいでせう。うち捨てゝおかれては、災難が起ります。わたくしも、近日、お詣りしてあげませう。」

それでほつと息をついた様子で、A女は頬笑《ほほえ》み、姿勢をくづして、ふだんの親しい調子に戻りました。

江口さんはなほ、いろいろ相談しました。A女は助言してやりました。それから他愛ない世間話となりました。

ところで、江口さんが住んでゐる家といふのが、戦争前は下宿屋でもしてゐたらしい大きな家で、室《へや》がたくさんあつて、十近くもの家族が住み、それぞれ自炊《じすい》してゐるのです。

身禄さんのことを江口さんは気にかけて、吹聴《ふいちょう》して廻りました。A女のことは堅く口止めされてゐました故、たゞ漠然とどこからともなく聞いてきたことにして話しました。すると、だいたい三つの説にわかれました。

さういふことならまあお詣《まい》りをしておかう、といふ当り障《さわ》りのないのが一つ。そのやうなことはどうでも宜《よろ》しい、といふ無関心なのが一つ。この科学の世の中にばかなことを言ふものではない、といふ反対なのが一つ。

一向《いっこう》まとまりはつきませんでした。

たゞ、江口さんとほかに二家族だけが、身禄さんに時々お詣りをしました。碑のまはりを掃除したり、草をむしつたりしました。A女もまた、江口さんに案内されて、お詣りをし、読経《どきょう》を捧げました。

そして、二ヶ月ばかりたつた或る夜、不思議なことが起りました。

深夜、A女はふと目を覚しました。へんに息苦しく、異様な気持ちでした。瞳を宙に凝らしてゐますと、音なき声が聞えました。

——水行《みずぎょう》。

しかし、その声を聞いたあとで、A女は我に返つて、これは厄介《やつかい》なことになつたな、と思ひました。夏のことではありましたが、夜中に起き上つて水を浴びるのは、難儀なことに違ひありません。それでも、水行《みずぎよう》といふその無音の声には、どうしても逆らへませんでした。

彼女は起き上つて、風呂場にはいり、浴槽に水道の水を注ぎ、そして素裸となりました。さて水行といつても、バケツで浴びるか、手桶《ておけ》で浴びるか、または洗面器で浴びるかは、その場に至つて自然に決定されることです。幾杯浴びるかも、自然に決定されることです。自分の意志によつてゞはありません。過去の経験で彼女はそれをよく知つてゐました。

その夜、彼女は洗面器を取り上げました。それに水を汲《く》んで肩から浴びました。一杯目はひやりとして、二杯目からはすつきりとして、そして七杯浴びると、ぴたり、手が止りました。

体を拭《ふ》き、寝間着をひつかけて、室《へや》に戻り、衣紋掛《えもんかけ》の衣類に着替へました。その室は彼女にとつて、日常の居室でもあり、寝室でもあり、祈禱所《きとうしよ》でもありました。彼女は布団を片脇に押しやつて、祭壇の前に坐《すわ》りました。

燈明《とうみよう》をあげ、礼拝してちよつと眼をつぶつたとたんに、声を立てました。

「あ。」

はつきり見えたのです。大きな二階家の、二階の中程にある、小さな四角な窓から、煙が濛々《もうもう》と吹き出してゐます……。身禄さん……。「開経偈《かいきようげ》」を誦《ず》しました。次に、「如来寿量品第十六《によらいじゆりようぼん》」を誦しました。

自我得仏来　所経諸劫数
無量百千万　億載阿僧祇
常説法教化　無数億衆生
令入於仏道　…………

この経を二回繰り返し、それから御題目にはいつて、身禄さんを心に念じました。気も軽く、身も軽くなり、自然に、「宝塔偈《げ》」と「発願《ほつがん》」とを誦しました。

燈明《とうみよう》を消し、寝間着に着替へて、彼女は安らかに眠りました。

翌日になつても、彼女はもう昨夜のことなど気にかゝらず、家庭の仕事に取りかゝりました。

その日の、夕陽がまだ高い頃、江口さんがやつて来ました。急いで来たとみえて、額《ひたい》に汗をにじまし、息を切らしてゐます。A女の顔を見ると、いきなり言ひました。

「やつぱり、火が出ましたよ。でも、ボヤでよかつた。」

「わたくしには、もう分つてをりました。まあお上りなさいよ。」

「いえ、さうしてはをられませんの。」

玄関での立ち話しでした。

「どうして、お分りになりましたの。」

A女は昨夜のことを話しました。その落着き払つた様子を、江口さんは呆《あき》れたやうに眺めてゐましたが、こんどはせかせかと、事の次第を話しました。

その日の正午頃、二階の中程に住んでる人の室《へや》から、火が出ました。アイロンをうつかりつけつ放しにして、買ひ物に出たあと、過熱のために畳をこがし、襖《ふすま》にも火がついたらしいとのことでした。発見された時は、もう窓から濛々《もうもう》と黒煙が出てゐました。みんなで寄つてたかつて消し止め、幸《さいわい》に大事に至らないで済みましたが、一時は大騒ぎだつたさうです。

「あなたが仰言《おつしや》つた通りよ。身禄さんて、すごいんですね。それとも、護《まも》つて下すつたのかしら。将来の警告かも知れませんわね。とにかく、よくお祈りしておいて下さいね。」

「えゝ、もう大丈夫でせう。」

「いやに落着いていらつしやるのね。わたくし、大急ぎでお知らせに上つたんですのよ。まだいろいろ用があるし、また伺ひますわ。」

江口さんは急いで帰つてゆきました。

それから、小火の後始末が一段落つきますと、江口さんは、A女の名前だけは秘して、前後のことをやゝ詳しく人々に語りました。それはたゞ偶然の一致に過ぎないと、やはり取り合はない者もありましたが、身禄さんにお詣《まい》りする者はずつと多くなり、寺の住職にたのんで、供養《くよう》の塔婆《とうば》も建てられました。

江口さんはなほ、身禄さんのお祭りをしようとまで考へましたが、余り大袈裟《おおげさ》にしない方がよろしからうとの、A女の助言に、すべて従ふことにしました。

そして其《その》後、身禄山の碑の前には、誰がするともなく、米塩の供物《くもつ》が絶えませんでしたが、それがいつまで続くかは分りかねます。たゞ、身禄山は附近の土地の火伏せの神だと、広く知られるに至りました。

第二話

A女の親しい友だちに、村尾さんといふひとがありました。これも、同じ年配の未亡人です。

秋の或る日、A女はなにか些細《ささい》な用事で、村尾さんを訪れましたが、女同士のこととて、殊《こと》に未亡人同士のことゝて、とりとめもないつまらない話が、それからそれへと枝葉を伸ばしてゆきました。そのうちにふと、村尾さんは言ひました。

「ねえ、家相とか方位とかいふものが、ほんとにあるものでせうか。あなたはどうお思ひになりますの。」

村尾さんは江口さんとちがつて、A女の信仰のことなど、一向《いっこう》に知らないのです。

A女は頰笑《ほほえ》みました。

「そりやあね、世間には、家相をやかましく言つたり、方位にこつたりするひとが、あるにはありますが、あなたがそんなこと言ひだしなさるのは、をかしいわね。」

「いえ、わたくしが信じてるといふのぢやありませんよ。たゞ、ちよつと気になることがあつて、それからだんだん聞いてみると、どうもへんなんですのよ。」

「へんなこと、つまり理外の理といふのでせうか、世の中にはたくさんありますわ。」

「それがねえ……。」

村尾さんはちよつと考へこんで、頭の中を整理するらしく、そして話しました。

村尾さんの娘の嫁入先のことです。

相良《さがら》家の広い屋敷が、戦争中の空襲のため灰燼《かいじん》に帰し、その一部に相良家は自邸を新築し、残りの土地を分譲しまして、そこに六軒のこぢんまりした家が建ちました。そのうちの一軒が、村尾さんの婿の今井さんの家です。

今井さんは、自分の家を建てるに当つて、丹念に設計図を吟味《ぎんみ》しまして、迷信家ではありませんけれど、鬼門とか裏鬼門とか其《その》他の方位についても、よろしくないとされてる世間的通念は避けたのでした。そして家が出来上ると、田舎《いなか》の方にゐた母親を引取りました。その母親が、軽い脳溢血《のういつけつ》で寝込みました。これはやがて快方に向ひましたが、今度は、女の児《こ》が耳の病気で病院にはいりました。これもやがて恢復《かいふく》しましたが、次には、妻が胸を病んで、未だにぶらぶらしてる始末です。

病気とか災難とかゞ重なることは、人生にしばしばあるもので、今井さんの家の事態も、さう簡単に片付けてしまへば、それで一向差支《いつこうさしつか》へないのですけれど、思ひやうではやはり気にかゝります。

それからふと思ひ廻してみますと、そこの分譲地に建つてる六軒の家に、みな、ろくなことはありませんでした。一軒は、夜盗がはいつて、奥さんの衣類をごつそり持つてゆかれました。一軒は、娘さんが虚弱で、学校も休みがちでした。他の三軒には、みな、肺を病んでる女人《によにん》がありまして、今井さんとこと同様なのです。

村尾さんは溜息《ためいき》をつきました。

「ねえ、なんだかへんでせう。」

A女は簡単な合槌《あいづち》をうつて話を聞いてゐましたが、眼尻《めじり》が少しつり上り、瞳が据《すわ》つてくると、いきなり言ひました。

「それは、地所の障《さわ》りですね。」

言つてしまつてから、A女ははつと気づきました。よけいなことを口に出したといふ、軽い後悔の念を覚えました。

「え、地所の障《さわ》りといひますと……。」

村尾さんは真剣に問ひかけてきました。他人さまのことならとにかく、自分の娘の嫁入つてる家がそこにありますし、娘がげんに病人の一人なのです。

A女は当惑しまして、なるべくぼんやりした調子を取ることにしました。

「どんなところか知りませんが、女ざはりの地所ではありませんかしら。」

「女ざはりの地所つて、そんなのがあるものでせうか。」

「世の中には、いろいろなものがありますからねえ。」

「女ざはりの地所……どうしてそんなことが、あなたにお分りになりますの。」

「いえ、たゞふつと、そんな気がしたゞけですのよ。」

「わたくしには信じられませんわ。」

A女は口を噤《つぐ》んで、じつと宙を見つめてゐましたが、ぴくりと眉根《まゆね》を寄せました。

「お嬢さんは、いえ、お娘さんは、だいぶお悪いんですか。」

「さう悪いといふこともありませんが、どうしても微熱がとれないんですの。」

「まあせいぜいお医者さんの言ふことをきいて、充分に養生なさるんですね。それが第一で、それから……さうねえ……。」

A女はしばし黙つてゐましたが、突然、言ひました。

「その、地所内に、なにか祭つたものがある筈《はず》です。それから、大きな木を切り倒してある筈です。御存じありませんか。」

「わたくしは聞いたことありませんけれど……。」

「そんなら、調べてごらんなさいな。」

「それからどうすれば宜《よろ》しいんですの。」

「まあ急ぐことはありますまい。あとでまた申しませう。」

地所の件についての話はそれきりになつて、A女は辞し去りました。

それから中二日おいて、村尾さんは慌《あわただ》しくA女を訪れてきました。

座敷に通ると、村尾さんは、A女がお茶をいれようとするのももどかしさうに、いきなり言ひました。

「ふしぎねえ、あなたが仰言《おつしや》つた通りですよ。」

「いつたい何のことですの。」

「そら、あの相良さんの地所のこと……。」

村尾さんはあれから、今井さんのところへ行つて、A女の告げたことが本当かどうか、問ひたゞしたのでした。

一つはすぐに分りました。相良家の屋敷の隅に、小さな稲荷《いなり》の祠《ほこら》がありました。石を畳んだ土台の上に、木の御堂が立つてをります。戦災当時は樹木の茂みにでも護《まも》られたかして、焼け残つたのでせう。その樹木もあらかた燃料に切られたらしく、今では雨曝《あまざら》しになつてゐました。そしてたゞうち捨てゝありました。

も一つは、今は残つてゐませんでしたが、聞き合せて分りました。分譲地一帯は、ゆるい傾斜面になつてゐまして、今井さんの下手の家を建てる時分、そこに大きな樹の切株があつたさうです。建築をするため、地ならしをする時、切株は取り除かれたのでした。

A女はその話を注意深く聞き終つてから、小首を傾《かし》げました。

「それだけですか。」

「えゝ、二つとも確かにありましたわ。」

「も一つある筈《はず》ですがねえ。」

「どんなものですの。」

「なにか、捨て去られたものゝやうです。」

「それでは、も一度行つて調べてみませう。」

村尾さんはしみじみとA女の顔を見守りました。

「でも、まつたくふしぎねえ、あなたにどうしてそんなことがお分りになりますの。」

A女はさりげなく笑ひました。

「じつは、いくらか信仰の道にはいつたことがありまして、今も修業は続けてをりますが、なかなか思ふやうには参りません。たゞ、申しておきますが、わたくしは、普通の行者《ぎようじや》とか占ひ師とか、この頃はやりの新興宗教の人とか、さういふのとは少しく違ひますからね……。だから、といふわけではありませんが、わたくしのこと、ほかの人には漏《も》らさないで下さいね、お願ひしますよ。」

村尾さんは一挙に言ひ伏せられたやうな風で、もう何も言ひませんでした。

それから三日後、村尾さんの報告によりますと、第三のものも見出《みいだ》されました。相良家の屋敷から、道路を距《へだ》てた、焼跡の草むらの中に、約四尺《しやく》ほどの小さな石の地蔵が、ぽつんと立つてゐました。

さて、三つのものは発見されましたが、それをどうしたらよいか、村尾さんは尋ねました。

A女は最初に念を押しました。

「申しておきますが、御病人たちは、医療を怠《おこた》りなさつてはいけませんよ。それを充分になさらないと、どうにもなりません。わたくしの方のことは、霊界のことで、謂《い》はゞ科学の蔭にかくれたことです。医療を充分になさりながら、これをなさると、宜《よろ》しいんですけれど……さあ、どうですかねえ、なかなかむつかしいかも知れませんね。」

お稲荷《いなり》さんを新たにお祭りすること――これは相良家にして貰《もら》へばよろしい。樹の切株のあつた場所をお祓《はら》ひして浄《きよ》めること――これは神官でも僧侶でも行者でもよいが、然《しか》るべき人に頼んで、皆さんでなさればよろしい。お地蔵さんを新たにお祭りして世に出してあげること――これも然るべき人に頼んで、皆さんでなされればよろしい。以上の三つで、至極《しごく》簡単なことのやうでした。

村尾さんはもうすつかりA女の言ふことを信じてゐましたから、早速、今井さんのところへ行つて、夫婦に事の次第をうち明け、実行に取り掛るやう勧めました。

ところが、いざとなると、A女が言つたやうに、諸人の議がなかなかまとまりませんでした。身禄さんの時と同じでした。

今井さん夫婦は、村尾さんから説かれて賛成しましたし、他に賛成する者もありましたが、全然無関心な者もあり、強硬に反対する者も出て来ました。なにしろ、多少なりと金のかゝることですし、常識的に見て迷信めいた事柄でした。迷信はすべて打破しなければならないといふのが通念なのです。

それに、相良家の方でも、主人が旅行中で、交渉してみても、はつきりした返事が得られませんでした。たゞ徒《いたず》らに日がたつてゆきました。

村尾さんは様子を聞いて、A女に言ひました。

「一向《いっこう》に話がはかどらないさうですよ。先に立つてやらうといふ人がないらしいんですの。」

A女は静かに答へました。

「おほかた、そんなことだらうと、わたくしも思つてをりました。」

村尾さんには、A女自身までが冷淡なやうに見えました。

するうちに、事情が一変しました。相良家の主人が旅から帰つて来て、右の話を聞きますと、稲荷《いなり》さんを祭るのもよからうと言ひました。そんなことに何もこだはる必要はないし、屋敷内に祭つてあつたものなら、新たに祭り直しても構はないし、ついては、どういふ人か知らないが、村尾さんのお友だちとかいふその人にも立ち合つて貰《もら》ひたいが、その代り、樹の切株のことや、地蔵さんのことには、うちでは一切関係しない、とさう言ふのでした。

分譲地の人たちの方でも、反対者を除いて、地所の祓《はら》ひ浄《きよ》めをしてみようといふことになりました。だんだん調べてみると、切株の樹が茂つてゐた昔、その枝で縊《い》死《し》を遂《と》げた女人《にょにん》があつた由《よし》でした。

そして、相良家の稲荷さんは、新たに祭り直されました。A女は無理に頼まれ、名前は匿《かく》して、古い御堂の開扉の役をしましたが、中を調べてみますと、それは珍らしく、女夫《めおと》稲荷だつたのです。

地所の祓ひ浄めは、適当な人に頼んで、簡単になされました。

さて、地蔵さんのことですが、その地所の所有者は遠くに住んでゐましたので、問ひ合せてみますと、地所は売りに出してありますし、地蔵さんは適宜に処置してほしい、との返答でした。なほ、先方の言葉によりますと、あの地蔵さんは、たしか、祖母がどこからか拾ってきたもので、それ以来、うちの事業がたいへん繁《はん》昌《じょう》したと、伝へ聞いてるさうでした。

地蔵といつても、高さ四尺ばかりの自然石の表面を削り、台座を下部に残して、地蔵の姿を浮き彫りにしたものです。そして片わきに、奉○○院○○信女霊位、といふ文字が刻んでありますので、恐らく、墓碑を兼ねたもので、故人の冥福を祈つて地蔵の姿を彫つたのでせう。他の片わきに、壬辰天二月十四日、といふ文字がありますが、これだけではいつの頃のものやら分らず、石はだいぶ欠け損じてゐて、たいへん古いものゝやうです。

この石を、誰も始末しようとする者がありませんでした。そのことを村尾さんから聞いて、A女は自分でやることにしました。そこからさほど遠くない所に、以前から懇意な住職がゐましたので、それへ相談しますと、寺の境内《けいだい》の空地を快く貸し与へてくれました。その寺は格式の高いものでしたが、戦災にあつて、小さく再建されたばかりで境内は広々としてをります。

地蔵さんの供養《くよう》の費用としては、相良家の分譲地の人々から志《こころざし》だけの金を集め、不足の分はA女が負担しました。住職の方でももとより金額などは問題にしてゐない事柄でしたから、少いながらもA女の見計らひによつたのです。石を運ぶのには、分譲地の一軒に住んでる大工職のひとが、リヤカーと労力とを提供してくれました。

寺の石門をはいつて、石畳の道を進みますと、左手に、経塚《きようづか》の碑が大きく建つてをり、新しく植ゑ込まれた檜《ひ》葉《ば》や呉竹《くれたけ》の茂みがあります。その茂みのそばに、地蔵さんは安置され、花が供へられ、無縁仏のための塔婆《とうば》が立てられました。

分譲地から来た数名の人々を後ろにして、老年の住職と、少しさがつてA女とは声をそろへて読経《どきよう》しました。最初の開経偈《げ》と最後の宝塔偈との間に、妙法蓮華経のなかの、「方便品《ほうべんぼん》第二」と「如来寿量品第十六」が誦唱されました。

斯《か》くして、地蔵さんはそこに落着きましたが、もとは無縁の墓碑を兼ねたものであつたとしても、地蔵さんである限り、なにか名前がいります。A女は寺内の座敷で、老住職にお礼を言つて対談してゐますうちに、ふと胸に浮んだものがありました。

「あのお地蔵さま、延命地蔵と申しましては、如何《いかが》でございませうか。」

「延命地蔵……宜《よろ》しいでせう。」

そこで延命地蔵と名づけることになりましたが、その本来の意味は、普通のものと少し違つてゐます。その地蔵さんは、嘗《かつ》てうち捨てられてゐたのを、あの地所の所有者の祖母に拾ひ上げられ、そしてまたうち捨てられてゐたのを、今度はまた拾ひ上げられて世に出たのであつて、地蔵さん自身が延命したといふ意味なのです。

この延命地蔵の前には、其後《そのご》、時折に、花や供物《くもつ》が捧げられました。相良家の分譲地の人々がお詣《まい》りに来るのです。そしてあすこの病気の女人《にょにん》たちも、次第に快方に向ひました。

第三話

A女と同じ年配の未亡人には、なほ、小泉さんといふひとがありまして、これも親しく交際してをりました。世の中にはずゐぶん未亡人が多いやうです。

或るつまらない用事で、A女は小泉さんを訪れて、つい話しこんでしまひました。春さきのことで、炬燵《こたつ》の温《ぬく》みに引き留められた、とも言へませうか。

違ひ棚の上に、見馴《みな》れない新しい硯箱《すずりばこ》が置いてありました。蓋《ふた》には、渋い朱色に銀象眼《ぞうがん》が散らしてあります。

「しやれたものですわね。新しくお求めなすつたの。」

「達吉が拵《こしら》へたんですのよ。気紛れに、つまらないことばかり始めて、仕様がありませんわ。ずゐぶん長い間かゝつて、やうやく出来上りました。」

達吉といふのは、小泉さんの息子で、建築が専門であつて、美術学校出身なのです。

「ほんとに御器用ですね。」

「勝手なことばかりしてゐたいのでせう。少し忙しくなると、不平でしてね。この頃は毎日、松しまへ出かけてをりますの。」

小泉さんは達吉が自慢なのである。表面はけなすやうなことを言ひながら、じつは誉めてる調子でした。

松しまは、少しばかり距《へだ》つたところにある花柳界のそばの、大きな一流の料亭でした。戦災にあひましたが、元のところに数室の家を新築して、繁昌《はんじよう》してをりました。手狭《てぜま》なので、建て増しを始めて、前から出入りしてゐた達吉も、その方の仕事にかゝつてゐたのです。

たゞし、達吉は建築の専門家とはいつても、凝つた普請についての技術者で、大きな設計図を弄《いじ》りまはすことなどは不得意でした。ところが、達吉を贔屓《ひいき》にしてる女将《おかみ》は、なにかと彼に相談しかけました。相当多額の出資をしてもよいと言ふ人があつて、その話がまとまつたら、一挙に、昔のやうな広大な家にしたいと、間取りのことなど、達吉の意見を求めました。達吉はいさゝか困つてるやうでした。

そのやうなことを、普通の世間話の一つとして、小泉さんは話しました。

Ａ女は何気なく聞き流してゐましたが、自分でも気付かぬうちに、ひよいと言つてしまひました。

「その資金の話は、今年中はまとまりませんね。それから、女将さんは手広く商売をしたいと考へなすつてるやうですが、それはだめですね。まあ一室づゝ建て増しでもして、手堅くやることですよ。」

そこで二人とも、へんに黙りこんでしまひました。Ａ女の方では、由《よし》ないことを言つたものだと、後悔の念がきざしたのです。小泉さんの方は、互《たがい》に知り合ひである村尾さんから、Ａ女の隠れてる半面をちらと聞きかじつてゐましたので、Ａ女の今の言葉を胸に味《あじわ》つてみたのです。

やがて、Ａ女はさりげなく笑ひました。

「よけいなことを言つて、御免なさい。ちよつと、そんな気がしたものですから……。」

「なに仰言《おつしや》るのよ。松しまのことなんか、わたくしは何とも思つてはゐませんわ。」

そして、話は他のことにそれました。

ところが、あとで、小泉さんは達吉に、A女の言つたことを伝へましたし、達吉はそれをまた、何かのついでに、松しまの女将の耳に入れました。

それだけならば、なんのこともなかつたのですが、小泉さんは次の機会に、松しまの噂《うわさ》をまたもしました。達吉から聞いたことを伝へるといふ、それ以外に他意はなかつたのでした。とにかく、女といふものはお饒舌《しやべ》りなものです。

「達吉が女将さんから聞いたところによりますと、やつぱり、資金の話は、今年中にはまとまりさうもないらしいんですの。そして、手堅くやつてゆくことに、女将さんも賛成らしいんですよ。」

「さうでせうとも、それがほんたうですわ。」

それはたゞ軽い応対でしたが、A女はそのあとで、忠告するやうに言ひました。

「あのうちには、熱心に信仰したものがある筈《はず》ですよ。それが今はうつちやつてあります。も一度信仰なされば、きつとよいことがありますでせう。どうやら、伏見《ふしみ》稲荷《いなり》のやうに思はれますがね……。」

「そのこと、達吉に聞かせてみませうか。」

A女は夢から覚めたやうにびつくりしました。

「いけません。そんなこといけませんよ。どうか内緒にしといて下さい。わたくし、ちよつと思ひついただけですもの。」

A女はよく念を押しておきました。

けれども、小泉さんにとつては、そんなこと、大したことでもありませんでしたが、また、ちと気にかゝることでもありましたので、達吉に話してしまひました。

すると、達吉はたいへんな頼みごとをもたらしてきました。

松しまでは以前、伏見の稲荷さんを祭つて信仰してゐました。戦災後はそのまゝになつてゐましたが、女将《おかみ》さんとしては、再び祭るつもりではゐたのです。そこへ、達吉からの話となり、女将さんはすつかり驚きました。伏見稲荷といふことまで、どうして分つたのでせうか。この前の、資金のことや、商売のやり方のことなども、そつくり腑《ふ》に落ちるし、こんどの話は、一層胸にこたへました。商売柄、易者とか占ひ者とか、いろんなひとが来たことがありましたが、どこか空々しい感じでした。それが、今回は違ひます。達吉の母の友だちだとかいふことですが、どういふひとなのでせうか。

女将さんは、もとは芸妓《げいぎ》をしてゐたことがあり、もう六十歳を越してゐて、まだ元気で勝気でした。そして一徹な気象で、単純で、性急でした。達吉の母親の友だちといふそのひとに、すつかり惚《ほ》れ込んで、是非《ぜひ》とも連れて来てほしいと達吉に依頼しました。丁度《ちようど》、建て増しのために庭師もはいつてゐるし、稲荷さんを祭るには、早速場所の選定をしなければならないから、それをそのひとにして貰《もら》ふことにし、そして自分は、伏見稲荷の御札を受けに、京都へ出かけて行き、日取りは帰つてきてから打合せようと、言ひ置きました。

達吉の話を聞いて、小泉さんもさすがに慌《あわ》てました。A女のところへ飛んで来て、なんとかしてほしいと頼みました。

A女は眉《まゆ》をひそめました。

「だから、わたくし、初めから言つておいたぢやありませんか。」

「えゝ、それはさうですけれど、まさか、こんなことにならうとは思はなかつたものですから……。」

「わたくしはまだ、自分の信仰の道を、売り物にはしたくありませんの。松しまさんのことだから、謝礼とかなんとか、そんなことを言はれるに違ひありません。なんだか、普通の行者《ぎようじや》や易者などゝ、同じやうに見られてるやうな気がしますわ。」

「それは、わたくしからよく申しておきませう。とにかく、考へなほしておいて下さいよ。頼みますわ。」

小泉さんは遠慮して、しつゝこくは言ひませんでした。

けれども、松しまの女将さんの方は、京都から帰つてくると、やたらに催促しました。達吉に毎度言《こと》づてするばかりか、小泉さんのところへ女中を寄来《よこ》して、先方へ願つてほしいと頼みました。稲荷さんを祭る場所がきまらないので、庭師の仕事にも差支《さしつか》へて困つてゐる、とのことでした。

それを聞いては、A女も無下《むげ》には断りかねました。名前だけはあくまでも秘して、といふ条件で、小泉さんと一緒に出かけて行くことにしました。

約束の日に、A女は自分の身に御経がけをして出かけました。普通の行者なみに見られては忌々《いまいま》しいものですから、入念にお化粧をし、お召の着物に塩瀬《しおぜ》の帯、紋付の羽織をひつかけました。小泉さんはA女より少し背が低く、なんだか附添ひの女中のやうに見えました。

松しまの入口は、手狭い洒落《しやれ》た造りで、そこをはいると、ゆるやかな上り勾配《こうばい》の地面に砂利《じやり》を敷きつめたのが、思ひがけなく広がり、突き当りに寒竹《かんちく》の茂みがあつて、左手が玄関の式台となつてゐます。

A女はちよつと、寒竹の茂みの前に足を止めました。

――こゝだ。

音なき声がしましたが、彼女は素知らぬ顔をして、屋内へ通りました。

女中に案内されて、一室に落着きますと、すぐに女将《おかみ》さんも出て来て、みごとな菓子や果物《くだもの》のもてなしがありました。女将さんは顔の色艶《いろつや》もよく、言葉もてきぱきしてゐまして、髪だけが老年らしく引きつめに結つてあります。いろいろなことを口早に饒舌《しやべ》りました。おもに昔のことで、縁日とか祭礼とか、お酉《とり》様の話まで出ました。それにまた、午前中のことゝて客はありませんでしたが、用が多くて、しばしば席を立ちました。女中頭《がしら》らしい年増《としま》の女が、女将さんの代りをつとめました。

稲荷《いなり》さんのことは、一向《いつこう》に持ち出されませんでした。いつまで待つても駄目《だめ》らしいので、A女がそれとなく合図をしますと、小泉さんがそれを言ひ出してくれました。

用件の話になると、こんどは急速にはかどりました。女将さんと女中頭とが、A女をあちこち案内しました。地所はまだ広く残つてゐますが、そこは将来の増築の場所ですし、庭の方にも思ふやうな場所はなく、最後に、女将さんの居間の横手に連れてゆかれました。

「こゝならどうかと思つてをりますんですが……。」

女将さんは初めからそこを物色してゐたらしいやうでした。

A女の胸にぴんときました。

——不浄の地。

Ａ女自身にもその理由は分りませんでしたが、静《しず》かに言つてみました。

「こゝはなんだか、不浄な場所のやうな気が致します。」

女将さんと女中頭は顔を見合せて、頷《うな》ずきあひました。そして女将さんが言ひますには、居間のそばだから丁《ちよ》度《ど》よいと思つてゐたが、言はれてみれば、なるほど、そこの板塀の外が道路になつてゐて、夜分になると、立小便する人が多い、とのことでした。

そこがだめだとなると、ほかにもう適当な場所はなささうでした。女将さんは溜息《ためいき》をつきました。

「どうしませう。」

Ａ女はためらはず言ひました。

「いえ、もう場所はきまつてをります。」

こんどはＡ女が案内する番になつて、一同は玄関から表へ出ました。

Ａ女は寒竹の茂みのあたりを指し示しました。

「こゝがお宜《よろ》しいかと存じます。」

「女将《おかみ》さん。」女中頭が言ひました。「わたしもさう申してをりましたでせう。」

女将さんは頷《うなず》きました。

事がきまりますと、Ａ女はその足で辞し去ることにしました。お午《ひる》の食事の支度が出来てるからと、女将さんと女中頭はしきりに引き止めましたが、Ａ女は鄭重《ていちよう》に辞退しました。

表の街路に出ると、小泉さんはＡ女を仰ぎ見るやうにしました。

「まつたく、あなたには感心しましたわ。」

Ａ女はかるく含み笑ひをしました。

「あんなの、なんでもないことですよ。」

それよりも、あとにまた別なことが出来てきました。

場所がきまつたとなると、松しまの女将《おかみ》さんは、一日も猶予せず、稲荷《いなり》さんの祠《ほこら》の建設に取りかゝりました。それには先《ま》づ、地ならしをして、地所の浄《きよ》めをしなければなりません。その地所の浄めを、A女にしてほしいと言ひ出しました。A女の住所は内密にしてありましたので、またもわざわざ、小泉さんのところへ女中が使《つかい》に来ました。二度も来ました。小泉さんはA女のところへ、往つたり来たりしました。

A女ももう乗りかゝつた船と諦《あきら》めました。その代り、条件を一つ持ち出しました。稲荷さんの祠が建つたら、伏見稲荷の御札を納める御魂《みたま》入れの儀式を取行つて、献饌《けんせん》の儀をしたり、祝詞《のりと》を上げたりしなければならないのだが、それは自分のやうな素人《しろうと》にはだめだから、必ず正式の神官に頼んで貰《もら》ひたいと、さういふ条件でした。その条件を守つて貰ひさへすれば、素人の我流のやり方ではあるけれど、地所の浄めは引受けませう、と返答しました。

それからいろいろ打合せをして、当日、A女はまた入念に化粧をし衣裳《いしよう》を選んで、小泉さんと一緒に出かけました。

寒竹の茂みを背景に、平らに地ならしが出来てゐて、そこの小地域、四方に竹を立て、注連縄《しめなわ》が張つてあります。中央には、御幣《ごへい》をつけた榊《さかき》の枝が立つてをり、塩も盛つてあります。

A女はその細そりした体を、いさゝか前屈《かが》みにして、小揺ぎもなく突つ立ち、拍手《かしわで》を打つて、「滌《すすぎ》の祓《はらい》」を読み上げました。

　たかまのはらにかむづまります、すめらかむつかむろぎ
かむろみのみこともちて、すめみおやかむいざなぎのみ
こと、つくしのひむかのたちばなのをどのあはぎはらに、
みそぎはらひたまふときに……

八百万《やおよろず》の神たちを念じておいて、それから次に、塩を撒《ま》きながら、「心身清浄の祓」を唱《とな》へました。

　とほかみゑみため、はらひたまひきよめたまふ。
かがみのごとくあきらかに、つるぎのごとくいさぎよく、

たまのごとくうるはしく、せいしこんげんはつようなさしめたまへ……

唱《とな》へ終つて、彼女はふつと眼をつぶりました。青空が余りに高く、陽光が余りに冴《さ》えてる、と感じただけで、わが身も心もなく、なにか次元の異つた境地でした。一瞬、はつと気がつくと、彼女は小泉さんから片脇を支へられてゐました。その小泉さんを突きのけるやうにして、足を踏みしめ、拍手《かしわで》を打ちました。頬《ほお》は蒼白《そうはく》で、殆《ほと》んど血の気を失つてゐました。それでも、彼女はもうしつかりした態度で、女将《おかみ》さんの方に向き直り、後の始末のことなど注意を与へました。

それから座敷に戻つて、お茶を飲んだゞけで、この前と同様、昼食を辞退して、帰つてゆきました。

表の街路に出ると、小泉さんは囁《ささや》くやうに言ひました。

「無理なことお願ひして、ほんとに済みませんでした。」

「いゝえ、おかげでいゝ気持ちでした。」

A女は頬笑《ほほえ》んで、空の遠くへ眼をやりました。

松しまでは、すぐに、稲荷《いなり》の祠《ほこら》の建設に着手しまして、石の土台を築きあげ、その上に、屋根に銅板を張つた白木《しらき》の御堂を定着させました。御魂《みたま》入れの儀式も、神官をたのんで取行はれました。昔のやうに幟《のぼり》を立て幔《まん》幕《まく》を張つて、盛大なお祭りまでしました。女将さんのたゞ一つの心残りは、そのお祭りにA女が来てくれなかつたことだつたさうです。

（昭和二七年一月「中央公論」）

幻の園

祖母はいつも綺麗《きれい》でした。痩《や》せた細そりした身体附《つき》で、色が白く、皮膚が滑《なめら》かでした。殊《こと》に髪の毛が美事でした。多くも少くもないその毛は、しなやかに波うつて、ぼーつと薄暮の色を呈してゐました。際立《きわだ》つた白髪の交らない、全体の黒みがいちどに褪《あ》せたさういふ髪を、私は他に見たことがありません。

祖母は病身のやうでしたが、別に寝つくこともありませんでした。仕事といふ仕事をしたことがなく、手なぐさみに何かいぢくつたり、新聞や絵本をよんだり、またよく縁側の日向《ひなた》で、何にするのか、紙縒《こより》をよつてゐました。

私は兄弟姉妹がなく、たゞ一人ぽつちでした。祖父や両親は用が多かつたので、祖母も一人ぽつちのやうでした。それで私と祖母とは一番仲よく遊びました。夜になると床を並べてねて、祖母からいろんなお話をきくのが、私の何よりの楽しみでした。

そのお話の一つ――

むかし、或るところに、お化屋敷がありました。誰も住む者もない家の裏庭に、菌《きのこ》がいつぱいはへてゐまして、そこにお化が出て、人をとつて食べてしまふのです。どんなお化が出るのか分りませんが、その裏庭にはいつて、無事に戻つて来た者は一人もありませんでした。

強い武士たちが、お化退治にやつて来ました。先《ま》づ家の中にはいつて、夜になるのを待ちうけて、裏庭へ出て行きますが、その菌のはへたところへ行くと、みなお化に食べられてしまひました。どういふお化が出るのか見届けた者さへありませんでした。

こゝに、一人の賢い若い武士がゐました。昼間のうちに、その裏庭へ行つて、よく調べてみましたが、大きな菌《きのこ》がいつぱいはへてるだけで、何の怪しい点も見つかりませんでした。

「この菌があやしい……。」

若い武士はさう考へました。そして夜になると、塩を袋一杯用意して、裏庭へ出ていきました。

ぼーつとした明るみがさしてゐました。彼はつかつかと庭の中にふみこみました。すると、一面にはへてゐる菌が大きくなり、傘よりももつと大きくなつて、彼を包みこまうとしました。その時彼は袋の中の塩をつかんでは、菌にふりかけました。塩がかゝると、大きな菌はしをれしなびて、力がなくなりました。彼は刀をぬいて、それを切りはらひました。

翌朝になると、菌はすつかりなくなつてゐました。それからはもう、お化が出ることもなくなりました。

——それだけのお話です。このお話を、私は一番はつきり覚えてゐます。なぜだか自分にも分りませんが、昨日聞いたもののやうに鮮かな感銘が残つてゐます。

恐らくは、そのお話としつくり感じの合ふやうな私たちの屋敷だつたからでもありませう。

三千坪ほどの土地でした。北の隅に、根本が十抱へほどもある大きな楠《くすのき》が聳《そび》えてゐまして、その傍に榎《えのき》や椋《むく》や椿《つばき》の古木《こぼく》が並んで、それらのからみ合つた根が小高い塚を拵《こしら》へてゐて、石の稲荷《いなり》堂が祭つてありました。楠の枝葉の茂みの下に家がありました。深い井戸には、楠の白根《しらね》が出てゐました。

家の前に、塀をめぐらした内庭、それから外庭。外庭の先は下り坂で、遠くの山まで見渡せました。坂の両側の傾斜面は、深い竹林で、その中に、清冽《せいれつ》な清水《しみず》のわき出る大きな池があつて、黒や赤の鯉《こい》が泳いでゐました。竹林の片隅に、先祖代々の墓地がありました。墓地のまはりには大きな杉が立並んでゐました。そのほかいろんな大木が四方にありました。

かうした古い家敷には、何かしら、一面に菌でも生へさうな感じがありました。どこかの隅には、お化が出る気味悪い場所もありさうでした。

けれども、その中に点綴《てんてい》するいろ〳〵な楽しみもありました。

梅の花が咲き、桜の花が咲き、椿の花が咲きました。梅の実が大小さま〴〵に沢山《たくさん》なりました。梨《なし》の実が一日一日と大きくなつていきました。桃や枇杷《びわ》が熟しました。柿《かき》が房をなして色づきました。蜜柑《みかん》や金柑《きんかん》が至るところに微笑《ほほえ》んでゐました。椋《むく》や榎《えのき》の実を食べに小鳥が群れてきました。

それらのもの〻下で、私は祖母と遊びました。四季折々の草花も育てました。鶏《にわとり》や山羊《やぎ》や鳩《はと》にも餌をやりました。池に玩具《おもちゃ》の舟を浮べました。墓地一面の金色の苔《こけ》の上から、落葉を拾ひました。

墓地の隅に、碑銘も何もない小さな円《まる》い石が一つ立つてゐました。

「あなたの兄さんのお墓ですよ。生れてぢきに亡くなりましたが……。」

祖母はさう何度かくり返して云ひました。その児《こ》が生きてゐたら……といふ思ひが自然と口に出るのだつたでせう。

けれど私は、生れてぢきに亡くなつたその兄のことよりも、もつとほかの同胞のことに気を惹《ひ》かれてゐました。同胞……兄か弟か姉か妹かそんなことは分りませんが、何だか私にはまだ同胞があつて、それがどこかで丈夫に元気に生きてゐる……といふ気がしたのです。いつそんな考へが起つたのか分りませんが、しまひにそれは殆《ほと》んど確信に近いものとなつてゐました。今に私はその同胞を探し出し、名乗りあはなければならない。けれど、どこを探したらい〻か。そのことを、私はどんなにか祖母に尋ねたかつたのです。そしてまた何となく尋ねにくかつたのです。

どこかに自分の同胞がゐる……それはいつか夢にみて、その夢をどうしても忘れかねてる、さういふ気持に似たものでした。本当かどうか、本当にはちがひないがもつと確かめてみたい……。

椿《つばき》の花が落ち散つてるのを拾ひ集めてゐる時、赤い熟柿《じゆくし》を小鳥がつ〻ついてるのを眺めてゐる時、私は祖母の顔色を窺《うかが》ひました。けれどやはり尋ねかねました。そのたつた一つの秘密を祖母に打明けられないことが、私の何よりの悲しみでした。

けれども、その秘密を話し合へる友だちが一人、私にはありました。近所の、みよ子といふ私より一つ年上の子供でした。

私は家の中で、祖母を除いては殆《ほと》んど一人ぽつちでしたが、村でも殆んど一人ぽつちでした。代々の農家ばかりの村では、二三軒の士族は一種の特別待遇を受けてゐましたし、その士族どうしはまた妙に冷《ひや》やかな交際ぶりだつたものですから、士族のうちの一つである私の家は、親しい交渉を村内には持つてゐませんでした。さういふことが子供にも影響してゐました。その上私の家は表が長い坂道になつてゐましたので、それをわざわざ上つてくる子供もなく、私もそれをわざわざ下りてゆくこともせず、いつも家敷の中で一人遊んでゐました。たゞ、みよ子だけが時々坂を上つてきてくれました。

みよ子の家は農家でしたが、何かしら一種の家風を具《そな》へた富有な家で、その父親は私の父と特別の交渉があるらしく、屢々《しばしば》訪れて来てゐました。そして私とみよ子とは、いつから知り合つたともなく、親しくしてゐました。みよ子には生れて間もない弟が一人ありました。

「僕には、どこかに兄弟が一人ゐるやうな気がするよ。」と私はみよ子に云ひました。

「あたしもさうよ。」とみよ子は云ひました。「あの赤ん坊とは、あたし兄弟ぢやないかも知れない。」

そして私たちは、どこかに同胞があるといふ秘密をお互《たがい》に話しあつて、手をとりあつて藪影《やぶかげ》に隠れにいくのでした。藪影には、名も知れない小さな雑草に、白い花が咲いてゐたり、赤い実がなつてゐたりしました。

「お祖母《ばあ》さんに聞いてみたいんだけれど、どう云つて聞いたらいゝかしら……。」

「およしなさいよ。ひよつとすると、あたしたちが兄弟かも知れないんだもの。」

「うん、さうかも知れない。」

そして私たちは眼を見合つて、ずるさうに微笑《ほほえ》みあふのでした。もし私たちが姉弟だつたら、そんなこと、祖母に聞いては猶更《なおさら》悪いやうな気がしました。

私の父とみよ子の父とが一緒に町へ出かけますと、私たちは同じやうにおみやげを買つてきて貰《もら》ひました。硝子《ガラス》玉やメンコやお手玉やコマや絵本など。それをみよ子は私の家に持つて来、私のと一緒にして箱にしまつておき、二人で共同に使ひました。遊びには男と女との区別がありませんでした。一緒にお手玉をしたりコマを廻したりしました。祖母は私たちにお手玉の面白い歌を教へてくれました。御殿で歌はれたのださうでした。

御殿といふのは、旧藩主の小さな分家で、祖母は若い時、奥女中としてそこにあがつてゐたことがありましたのです。

御殿の話を祖母はめつたにしてくれませんでしたが、時には面白いことをきかしてくれました。狸《たぬき》のいたづらが何度も話の中に出て来ました。

狸は人をばかす代りに、人からもだまされるさうでした。人の声や足音をよくまねました。そして月のいゝ晩には、木の上に登つて腹鼓《はらつづみ》をうつてゐます。そこへふいに、大きな声で何か云ふと、云はれた通りになるのです。狸が死んだと叫ぶと、死んだまねをするし、木から落ちたと叫ぶと、本当に落ちてしまふさうです。

私はみよ子と、よく狸ごつこをして遊びました。

住宅のすぐ横手に、土蔵が一つありました。旧藩時代には煙硝蔵《えんしょうぐら》だつたのを、譲り受けて家にもつて来たものだとのことでした。その入口の重い扉が開かれてゐるやうな時、私はみよ子を誘つて、その中で狸ごつこをしました。どんな風の日でも、その土蔵の中はしいんとしてゐて、高い小さな窓からさす明るみが朧《おぼ》ろで、ほんとに狸になつたやうな気がするのでした。

二階には畳が敷いてあつて、いろんな器物の箱が並んでゐました。祖母はそこで器物の手入れなんかをしてることが度々ありました。

梨《なし》の白い花が散りかけた頃のことです。祖母が土蔵の二階に上つて、いつまでも出て来ませんでした。私は何だか気になりました。といふのは、その前日、見知らない男が二人やつて来て、大きな鎧櫃《よろいびつ》一つと、刀を数本と、掛軸を幾つか、車につんで持つていつたのでした。家の中がみんな不機嫌でした。そのことを思ひ出しましたので、祖母のことが気になつて、見に行きました。

祖母はいろんな器具のとりちらかされた中に座つて、大きな杯をぢつと眺めてゐました。ばかに大きな三組の朱塗りの杯で、その真中に、うちのとちがつた美しい紋章が、金ではいつてゐました。私が一緒に眺めてゐると、祖母は独語のやうな調子で云ひました。

「これはお殿様から頂いたものです。」

私はその調子がをかしかつたので、祖母の肩につかまつて笑ひました。祖母は怪訝《けげん》さうに私の方を見ました。そしてやはり同じやうな調子で云ひました。

「大事な品ですから、覚えておくんですよ。」

「どれが一番大事なの。」と私は尋ねました。

祖母は眼をしばたゝきました。

「三つとも大事なの。」

「えゝ。」

その時、私は祖母をからかふつもりでゐましたが、ふと、重大な問題が頭に浮びました。土蔵の中のしいんとした静けさとしつとりとした空気と、高い窓からさす空の反映の薄ら明りが、祖母と私との間の距《へだた》りをなくしてしまひました。

「お祖母《ばあ》さん、」と私は祖母の肩に顔をくつつけて云ひました、「それを一つ分けてやつてもいゝでせう。」

「え、誰にです。」

「僕には、どこかに、兄弟があるんでせう。ね、あるんでせう。僕逢《あ》ひたいんだけれど……。」

祖母はぢつと、でも静《しずか》に、私の顔を見てゐましたが、ふいに、私を膝《ひざ》に抱きよせました。

「あなたは何を考へてゐるんです。そんなことはありません。あなたには、あの亡くなつた兄さんきり、兄弟はないんですよ。」

「うそ、うそ。兄弟があるんでせう。ね、本当のことを聞かして……。」

「いゝえ、兄弟はありません。……けれど、お父さんには、他《ほか》にもたくさん兄弟があります。」

私はびつくりして顔を挙げました。

「僕は知らない兄弟があるの。」

祖母は息をつめたやうに静かでした。眼が宙にすわつて、夢をみてるものゝやうでした。今迄よりもずつと美しい祖母でした。

「話してあげませう。お父さんは、お殿様のお子さんですよ。わたしが御殿につとめてゐました時、お胤《たね》を宿して、そのまゝこちらへお嫁入りしてきたのです。分りますね。だから、あなたもそれを忘れないで、立派な人にならなければいけません。」

何だか知らない熱いものと冷たいものとが、いつしよに私の心の中にはいつてきました。父一人がお殿様の子供だつたのか。よくは分らないが、たゞ漠然としたその事実だけが胸にきて、私は祖母の胸にすがりついて、涙ぐみました。祖母は私を抱きしめて、いつまでもぢつとしてゐました。私は父の顔をはつきり描きだしました。広い温厚な額《ひたい》、高い鼻、美しい長い口鬚《ひげ》、恥しさうな笑顔……ほかの兄弟――伯父さんたちと違つてる顔でした。

「誰にも云つてはいけませんよ。あなた一人にだけお話するんですから……。」

そして祖母はまた長い間私を抱きしめてぢつとしてゐました。

私が鼻をかんで、黙つて離れますと、祖母は三組の杯を丁寧に箱に納めました。そして私たちは土蔵から出て来ました。外の光がまぶしく思はれました。

そのまぶしい光に眼も馴《な》れると、私はひどく力強くなつた気がしました。もう何の秘密もないんだ。私は何もかもみな知つてるのでした。

私は家敷の中を歩き廻りました。青竹を切つて弓矢を拵《こしら》へたりしました。

みよ子が遊びに来ると、私は云ひました。

「お祖母《ばあ》さんに聞いたよ。僕には兄弟はないんだつて……。」

みよ子は眼をくるくるさせました。

「僕は一人つ児《こ》なんだ。君とも兄弟ぢやないよ。」

みよ子の眼が大きくなつて、それから小さくなつて、涙がぽろぽろ落ちました。

「泣かなくてもいゝよ。」そして私は一寸傲慢《ちよつとごうまん》な気持で考へてから云ひました。「その代りやつぱり兄弟にならう。」

私はみよ子を引張つて、奥の十畳の座敷に行きました。そこはいつも綺麗《きれい》に片附いてゐて、床の間には大きな山水の軸がかゝり、青銅の花瓶や刀掛などが置いてありました。

「僕はね……。」

云ひかけて私は、座敷の真中に立悚《たちすく》みました。祖母から聞いたことをうつかり話すつもりだつたのが、誰にも云つてはいけないといふ言葉を思ひ出すと一緒に、本当に誰にも云つてはいけないといふ気がしました。それが私をとても淋《さび》しくしました。私はみよ子を引張つてきて、何をするつもりだつたんでせう。お殿様ごつこ……兄弟の誓ひ……そんなものも頭から消えてしまひました。

私は頭を振りながら室《へや》の中を歩きまはりました。

「何をするの。」

みよ子は私の様子を見て、もう笑つてゐました。

「坐《すわ》り相撲《ずもう》をとらう。」

「いやよ。」

「なぜ。」

「だつて……をかしいわ。」

室の中を見廻すと、屏風《びようぶ》がありました。みよ子に手伝はして、屏風を二枚もちだし、それを座敷の真中にまるく立廻《たてまわ》しました。

「この中なら大丈夫だ。坐り相撲をとらう。」

みよ子は笑ひながら屏風の中にはいつて来ました。天井につきぬけてる十二角の塔の中は、全く別天地でした。私とみよ子とは、その中で取組み合つて笑ひこけました。

「まあ、誰ですか。」

声と一緒に足音がしました。

「屏風の中で何をしてゐるんです。」

私たちは息をつめました。ふと、身体中真赤になりました。どうにも仕様がなくて、私は逃げ出しました。みよ子も後から逃げてきましたが、私は知らん顔をして、藪《やぶ》の中にかけこみました。

その時私たちを叱《しか》つたのは、誰だつたか覚えがありません。けれどそれは確かに祖母ではありませんでした。祖母なら叱りはしなかつたらうと思ひます。

其後《その》みよ子はやはり時々遊びに来ましたが、私たちの間には一脈の距《へだ》てが出来てゐました。そして彼女は小学校にあがるやうになると、だんだん来なくなつて、私はまた一人ぽつちになりました。

みよ子から遠のくにつれて、私の心は益々《ますます》祖母に接近していきました。私をぢつと眺めてる祖母の頭の美しい髪の毛が、かすかに神経質にをのゝくのを、私ははつきり覚えてゐます。

冬になつて雪が積ると、私は竹馬を拵《こしら》へてもらつて、高い塀の上の綺麗《きれい》な雪をとりに行くのが楽しみでした。下げてきた銅《あか》のやかんに一杯雪をつめて戻つてくると、祖母はそれをゆるい火の上にかけて、雪解《ゆきどけ》の水をわかし、それで玉露《ぎよくろ》をいれるのでした。それは祖母にとつて、何かしら一種の贅沢《ぜいたく》なたしなみみたいなものゝやうでした。

夕食後、家の人たちが茶の間でいろいろな用談を初めます時など、私は祖母についてその居間に退《しりぞ》き、炬燵《こたつ》にあたりながらうつらうつらするのでした。祖母は昔噺《むかしばなし》をやめて、ぢつと外の物音に耳をすますやうなことがありました。さういふ時に限つて、屢々《しばしば》、裏の大楠の高い茂みのなかに、異様な鳴声がしたり、激しい物音がしたりしました。

私がぞつとして、眼附《めつき》で尋ねますと、祖母は柔かなたるんだ頰《ほお》にやさしい笑みを浮べて云ひました。

「恐《こわ》がることはありません。狐《きつね》ですよ。お稲荷《いなり》様が祭つてあるでせう。」

*

この物語に、祖父や父母や其他《その》の面影が立現はれぬからといつて、咎《とが》めないで下さい。それらの人々のなまなましい面影が浮ばなかつたことは、筆者にとつてせめてもの慰めです。これは古里の幻の園で、いにしへの心の港です。

（昭和九年六月「児童」）

真夜中から黎明まで

時の区劃《くかく》から云へば、正午が一日と次の日との境界であるけれども、徹夜する者にとつては、この境界は全く感じられない。彼にとつては、午前二時頃までは前夜の連続である。遠い汽笛の音、空気の乱れ、何かしら動いてるものゝどよめき、一日の生活の余喘《よぜん》、……それらのものが大気中に漂つてゐる。試みに戸外へ出てみよ。星の光はまだ人に親しみの色を帯びてをり、街路の空気には人の息が交《まじ》つてゐて、帰り後れた飄々乎《ひょうひょうこ》たる人影が犬と共に散在してゐる。

そして午前二時頃から、深い沈黙と睡眠とが万象の上に重くのしかゝつてくる。凡《すべ》て夜を徹する人々が——遊戯に心奪はれてる者や仕事に縛られてる者などを除いて——何となう起きてるのを堪へ難く感じだすのは、この時である。四五の友人相集《あいつど》つて談笑してゐるうちに、ふと言葉が途切《とぎ》れ心が沈んで、薄暗い影に鎖《とざ》されるのは、この時である。地上のあらゆるものが鳴《なり》をひそめ息を凝《こ》らして、石のやうに冷《つめた》く固く沈黙してしまひ、空気が重々しく淀《よど》んでき、星の光が空の奥深く潜んでゆく。そしてこの死のやうな静寂のうちに、天と地とに跨《またが》る大きな影が垂れ罩《こ》めて、月のある夜は月の光を、月のない夜は夜の闇を、嵐の夜はその雨風を、超自然的な帷《とばり》のうちに抱きすくめる。その帷の襞《ひだ》や裾《すそ》の奥から、無数の神秘な眼がぢつと覗《のぞ》き出す。凡て物影に潜んでゐるもの、人の眼につかないもの、形も色も音もない幽鬼の気、この世のものでないものが、空に地に浮動し彷徨《ほうこう》する。而《しか》もそれはたゞ魂に感ぜらるゝだけで、其処《そこ》から来る魂の慴《おび》えも手伝つて、官能の対象たる沈黙と静寂とは、層々とつみ重《かさな》つた深みを倍加する。地上の生ある物皆は、人も獣も草も木も、さういふ深みの底に沈み溺《おぼ》れて、蠱惑《こわく》的な窒息《ちっそく》に眠り入る。それはまさしく、寂滅の時、逢魔《おうま》の時、呪咀《じゅそ》の時、丑時参《うしのときまい》りの時刻である。露《つゆ》や霜《しも》も降《お》りるを止める、時間も歩みを止める、死と神秘との時間である。たゞ時計の針の止らないのが不思議である。

そして、冬ならば四時頃、夏ならば三時頃、突然或る物音が響く。身震ひに似た木の葉の戦《そよ》ぎ、ぽーと尻切《しりき》れの汽笛の音、無意識的な犬の遠吠《とおぼえ》、または何物とも知れぬ擾音《じょうおん》、それらの一つがふいに何処《いずこ》からともなく起つてくる。それが相図《あいず》である。沈黙と魔眠との底に凝《こ》り固《かたま》つてゐた万象が、一斉にぞつと総毛立つてくる。星の光がぎら〳〵とした凄《すご》みを帯びる、月の面がまざ〳〵と磨《みが》き澄《すま》される、或《あるい》は濃く淀《よど》んだ闇がむく〳〵と動き出す。空気が恐ろしい勢《いきおい》で徐々に流れ出す、或は風の方向が一息に変る。そして地上のあらゆるものが震へながら肩を聳《そび》やかす。無生のものが生の息吹に触れて恐れ戦《おのの》くに似てゐる。斯《か》く天地万象が総毛立つと共に、蠱《こ》惑《わく》的な鬼気は物の深みに姿を潜めてしまふ。それはたゞ物凄い時刻、まだ形を具《そな》へない恐怖と歓喜との渾沌《こんとん》たる時刻である。復活の戦きの時である。

その戦慄が暫《しばら》く続くうちに、ふつと、全く何故《なぜ》ともなく、凡《すべ》てが消え去る空虚の時が来る。眼覚めながら息をひそめた時刻である。万象がむく〳〵と起き上りかけてまたとろりとやる時刻である。もはや其処《そこ》には生も死も何物もない。月や星の光もぼやけ、闇の黒さも艶《つや》を失ひ、大地の上を押し渡る微風も息をつき、あらゆる物音が消え失せる。万象の律動がぴたりと合つたその隙間《すきま》である。徹夜の者が最もひどい打撃を感ずるのは、この時刻に於《おい》てゞある。もはや口を利くことも、仕事を続けることも、起きてることまでが、堪へ難い努力となる。天地がほつと眼覚めの息を吐きつくして、何故ともない躊躇《ちゅうちょ》のうちに再び息を吸ひ込みかねてゐる、全く空虚な合間である。

そして俄《にわか》に、輝かしい而《しか》もまだ仄《ほの》かな交響楽が、何処《いずこ》ともなく起つてくる。空には星の囁《ささや》き、地上には遠く応《こた》へ合ふ反響、そして一際《ひときわ》高く、鶏《とり》の声、車の響、汽笛の音、それらの底に籠《こも》つてる人声。一時のとろりとした仮睡からはつと眼覚めて起き上る、万象の寝間着の衣擦《きぬず》れの音である。仄暗《ほのぐら》い夢と輝かしい幻とが入れ代る気配である。新たに立上《たちのぼ》つてくるその幻は、物の隅々まで訪れて、凡ての閉ぢてる眼を見開かせる。爽《さわや》かな空気が空に地に流れる。草木の葉末には露や霜が繁《しげ》く結ばれる。夜を徹してる者は、ぢつと坐についてをれなくなつて、故《ゆえ》もなく立上《たちあが》つて歩き出す。そして試みに窓を開けば、東の空には薄すらと紫の色が流れてゐて、それが見る〳〵うちに紅色を帯びると共に、遠く聞えてゐた仄《ほの》かな擾音《じようおん》が、いつしか騒然たる反響に高まつてきて、人の足音、小鳥の歌、星の最後の閃《ひら》めき、そして地上の万物が、蒼白《あおじろ》い明るみのうちに形を浮出して、その上を、触れなばさら〳〵と音を立てさうな爽《さわ》やかな空気が、夜の闇と夢とを運んで流れてゆく。立並んだ人家はまだ黙々と眠つてゐるけれど、その中に在るものは、もはや夜の夢ではなくて、新たな一日の幻影である。空には清い日の光が放射し、地上には輝かしい生活が初められてゐる。

（昭和一二年四月「中央公論」）

猫性

誰にも逢《あ》ひたくない、少しも口が利きたくない、そしてたゞ一人でぢつとしてゐたい。さういふ気持の時が屢々《しばしば》ある。これは意気阻喪《そそう》の時ではなく、情意沈潜の時である。

私は純白か漆黒《しつこく》かの尾の長い猫なら、見当り次第幾匹でも飼ひたいと思つてゐる。それも、室内にとぢこめられた単に愛玩具《あいがんぐ》の外国産のものでなく、自由に戸外をもかけ廻る野性的な日本種がいゝ。尾の短いのは人工的でいけなく、尾の長い自然的なのに限る。それから一般に動物は、単毛色のものは雑毛色のものより虚弱で、種々の点で抵抗力が弱いのであるが、それでも純白か漆黒かといふのは何故《なにゆえ》であるかとなると……それは茲《ここ》では云はない。

ところで、何故に猫か。猫は飼養動物のうちで最も人間に近い生活をしてゐる。屋内に人間と同居し、同じ食物をたべ、同じ寝具に眠る。にも拘《かか》らず、犬のやうな奴隷《どれい》根性がない。用があり、気が向けば、喉《のど》をならしてすり寄つてくるが、用がなく、気が向かなければ、呼んでも返事をせず、すましてそつぽを向いてゐる。猫は人の顔色を読むと云はれてゐるが、往々《おうおう》、最もよく人の顔色を無視する。そして庭の隅や、縁側の片端や、机上などに、たゞぢつと蹲《うずくま》つてゐることがある。人に逢《あ》ひたくなく、口を利きたくなく、一人で夢想してゐるのだ。さうした夢想の中に、肉食獣の野性の夢がある。猫のうちには、馴致《じゅんち》されきれない何物かゞ残つてゐる。

それを、私は自分のことゝして感ずる。人に逢ひたくなく、口を利きたくなく、一人でぢつとしてゐる時、沈潜してゐる情意は、道徳的な習慣的な世間的なものであつて、その底に、何かしらむくむくとうごめく野性的なものが存在する。道徳や習慣に馴致されない何物かだ。そしてその野性的な何物かのうちに最も多く芸術の萌芽《ほうが》がある。

芸術が一種の創造であるといふ要素は、この馴致《じゅんち》されない野性的な深い何物かの上に建設されるところにある。この建設のない場合、芸術は創造的要素を失ひ、生命力が稀薄《きはく》になる。

猫の持つ野性の夢は、柔軟温順な外観から離れた、内心的なものである。その内心的なものに対する驚異と恐怖とから、猫に関する怪談が生れる。猫に関する怪談は、道徳美の埒外《らちがい》にあるものが多く、たとひ報恩とか復讐《ふくしゅう》とかいふことから発したものにあつてさへ、たちまち独自の発展をなして、精神的な怪異力を発揮する。

それに似た怪異力が、すぐれた芸術の中に含まれてゐる。場合によつては、怪談を組立てることさへ出来るだらう。然《しか》しその怪談は常に、所謂《いわゆる》美談とは全く縁のないものであるだらう。美談は悉《ことごと》く馴致されたものゝ上に成立つが、猫や芸術の怪談は悉く、馴致されきれないものの上に成立つ。

頃日《けいじつ》、知人の好意と尽力とで、金目銀目の尾の長い純白の猫を一つ手に入れた。今年正月の生れで、初めての夏の暑気に多少弱つてゐるらしいが、人間たちによく馴《な》れよく戯れながらも、時々、人々を無視して、何物をも無視して、馴致されないものから来る夢想に耽《ふけ》つてゐることがある。私も、それをぼんやり眺めながら、馴致されきれないものから来る夢想に耽る。さうした夢想が、如何《いか》に多く猫のうちに残存してゐることか、如何に多く私のうちにも残存してゐることか。そしてそれを私は、猫のためにまた自分のために、力強い喜びとする。この喜びが陰性のものでなく、陽性のものとなる時に、私は創作の筆が執《と》れるだらう。

（昭和九年九月「文芸」）

怪異に嫌はる

坪井君は丹波《たんば》の人である。その丹波の田舎《いなか》に或る時、伯父《おじ》の家を訪れたところ、年老いた伯父は、倉からいろいろな物を持出し、広い座敷に処狭《ところせま》きまで置き並べて、それに風を通してゐた。

——君は田舎の旧家にある土蔵を知つてゐるだらうか。壁の厚み三尺《しやく》以上もあり、鉄鋲《びよう》をうちつけた重い樫《かし》の扉の錠前は、二重にも三重にもなり、二階造りで、一階には窓がなく、段の高い階段を上つてゆくと、二階の正面にただ一つ、二尺四方ぐらゐの小窓があるきりだ。如何《いか》に暴風雨の時でも、その中にはいれば深閑として、まるで洞窟《どうくつ》にでもはいつたやう。家人もめつたにはいらず、掃除なども殆《ほとん》どされず、埃《ほこり》の積るまゝになつてゐる。そして其処《そこ》には、実にさまざまな物が雑然とぶちこまれてゐる。壊れかゝつた家具や道具の類が堆積《たいせき》してゐたり、紋章づきの櫃《ひつ》や長持《ながもち》が並んでゐたりする。鼠《ねずみ》にとつては禁断の場所だが、往々、大蛇《おろち》が住んでゐることもある。この土蔵から、所謂《いわゆる》大切なものを取出す権利は、多くは年老いてる家長の専有するところで、随《したが》つて家長は、隔年ぐらゐに一回、ふと思ひ出したやうに、伝承の古物《こぶつ》を母家《おもや》の座敷に持出して、土用干《どようぼ》しをするのだ。

坪井君は、座敷に並んでるいろいろな物を、好奇の眼で見やつた。その中には、幾本もの刀剣類があつた。それにちよつと心惹《ひ》かれて、一つ一つ引抜いては眺めてゐるうち、奇体にこちらの気を打つてくる一振《ひとふり》がある。だいぶ錆《さび》がきてはゐるが、あやしく肌身に迫る気配がする。坪井君はそれが欲しくなつて、伯父にねだつた。だが、それはやめたがよからう、と伯父は云ふ。幾本もあることだから、欲しければどれでも持つていつて宜《よろ》しいが、その刀だけはやめたがよからう、と云つて承知しない。さうなれば、猶更《なおさら》欲しくなるのが人情で、坪井君は遂《つい》に二日がかりで伯父を口説《くど》き、とにかく暫《しばら》く貸して貰《もら》ふといふことにして、ぬけぬけと分捕つてしまつた。その時、伯父がさりげなく洩《もら》した言葉によれば、その刀はどういふわけか、昔からなるべく佩用《はいよう》しないやうにとの言ひ伝へがあるのだとか。だが、そのやうなこと、坪井君は別に気にも止めなかつた。

——田舎の旧家には、いろいろ曰《いわ》く附きの物があり、またいろいろの言ひ伝へがあるものだ。それらのものが積つて、家の格式とか伝統とかを形造ることが多い。然《しか》しそれらのものも、いつしか忘れられがちになつたり、心にもとまらないほど遠い昔のことになつたりする。殊《こと》に近代の空気に多少ともふれた、そして大まかな人は、それらの曰く附きとか言ひ伝へとかを、表面ではわざと軽蔑《けいべつ》した風を装い、内心では倦《あ》き倦きしてゐるのだ。ところが、それらの無視された昔の息吹きが、時あつて、勢《いきおい》強く立上ることがないものだらうか。立上つて復讐《ふくしゆう》することがないものだらうか。あるとすれば、それが特殊な事件や一家の盛衰興廃などにからまると、風味ある小説になるだらうよ。

坪井君は当時、田舎《いなか》の小さな町に暮してゐた。然《しか》るに、真夜中、丑三《うしみ》つの頃といふのであらうか、顔色を変へ息をつめて、がばとはね起きた。薄紗をかぶせた電燈の朧《おぼ》ろな明るみのなかで、茫然《ぼうぜん》と見開いた眼には、明《めい》瞭《りよう》な幻がまだ映つてゐる。すらりとした白衣の女人《によにん》が、血の気のない真白な顔をして、室《へや》の前の廊下を、滑るやうに、行きつ戻りつしてゐる。その姿が、障子《しようじ》越しに、はつきりと見える。ぢつと眼をつけてゐると、それが障子を越し、すーつと迫つてきて、とたんに、眼が眩《くら》んだのだつた。我に返りはね起きて、その幻が眼底から消えると、冷《つめた》い戦慄《せんりつ》が背筋に流れた。

それに類した幻を、坪井君は、三晩続けて見た。第二夜には、白衣の女人は室の外を、壁や障子の外を、ぐるぐる歩き廻つてゐたが、やがてそれが室の中となり、圏が次第に縮小して、坪井君の身体とすれすれになり、そこで坪井君ははね起きた。第三夜には、白衣の女人は、天井の上にゐたが、やがて天井の下に出て来、坪井君の胸の上までおりて来、そこで坪井君ははね起きた。

——坪井が見た妖性には、一つの特質がある。それは直ちに室内に出現しはしない。いつも、障子の外、壁の外、天井の上、などに出て来るのだ。而《しか》もはつきりと見えるのだ。その時、障子や壁や天井板は、そこだけ硝子《ガラス》のやうに透明になる。いや、それはむしろ硝子の面の映像とでも云はうか。障子や壁や天井の外だと見てゐたのが、いつしかその内側、即《すなわ》ち室内になり、次《つい》ですぐ身辺に迫つてくるのである。——硝子戸などに映つた像が、硝子戸の外から室内へと移り迫つてくるのを、君は見たことはないだらうか。とにかく、坪井の妖性は特徴的だ。

坪井君は三夜続けて幻を見て、はたと思ひ当つた。それは丁度《ちょうど》、伯父《おじ》のところから刀を貰《もら》つて来たその夜からのことである。刀は床の間に置いてある。

幻が果してその刀の故《ゆえ》かどうか、坪井君は友人に試してみた。小学教員をしてゐる一人の友人を呼び、ビールなど振舞ひながら引止めて、その夜、無理に泊めてしまつた。隣室に寝かし、室の片隅に刀をひそかに置き、素知らぬ顔をしてゐた。その深夜、友人は慌《あわただ》しく坪井君の室に飛びこんで来、真蒼《まつさお》な顔をして喘《あえ》いでゐる。訳を聞けば、人間大の真白な蜘蛛《くも》が天井からおりてきて、やがて胸の上にのしかゝり、息がつまつたのだと云ふ。その蜘蛛の幻が、眼底から去らず、怪しく心おのゝいて、一人では寝られぬと云ふ。

——坪井に現はれたのは白衣の女人であり、友人に現はれたのは真白い蜘蛛であつた。この相違は注意に価する。僕の解釈は云ふまい。君自身で考へてみ給《たま》へ。

友人に試したことで、坪井君はいよいよ、幻はその刀の故だと確信を得た。其後《その》、刀を行李《こうり》に納め、押入にしまへば、幻は見ず、刀を取出して床の間に置けば、幻を見るので、ますますその確信は裏付けられた。坪井君は無気味に思ひながらも、その刀を伯父に返すのを惜しがつた。そして或る研師《とぎし》の手にかけたところ、刀は無銘ながら、確かに青江の相当のものだとのことであつた。青江の刀と云へば、福岡貢《みつぎ》の十人切の青江下坂《しもさか》をはじめ、妖刀として定評がある。坪井君はなほ気味悪くなり、布に包み箱に納めて納戸《なんど》に隠してしまつた。

——かういふ話、君は一笑に附してしまふだらう。僕だつて、まさか……と思ふことに変りはない。けれども、坪井を単に迷信家だと云ひきるのも、どうであらうか。人は時あつて、或る思想に捕へられることがあり、或る観念に捕へられることがあり、随《したが》つてまた、或る幻覚に捕へられることもあるだらう。思想や観念が、往々にして人から独立して存在するものであり、それが人を捕へるのだ、といふ見方も成立するとするならば、幻覚についても同じことが云へないだらうか。或《あるい》はまた、前に云つたやうに、昔からの言ひ伝へなどゝいふものが蘇《よみがえ》つて、坪井に復讐《ふくしゅう》したのかも知れないのだ。

坪井君が東京に出て来た時、私は右の話を聞いた。私は心動いて、その青江の刀を是非《ぜひ》見せて貰《もら》ひたいと懇望した。坪井君は承知して、但《ただ》し譲渡するわけにはゆかないと断り、郷里から刀を取寄せることにした。

坪井君が青江の刀を私の宅へ届けたのは、折も折、盂蘭盆《うらぼん》の十三日の、しとしとと細雨の降る夕方だつた。私は快心の笑みを洩《も》らしながら、その刀をうち眺めた。縞目《しまめ》も分らぬ古錦の袋を開けば、年月の埃《ほこり》に黝《くろず》んだ白《しら》鞘《さや》で、それでも研師《とぎし》にかけただけあつて、中身は冷徹に冴《さ》え渡つた大刀《たち》、相当の業物《わざもの》らしい。私は何事を措《お》いても、その夜を楽しみに、少々酒まですごし、白鞘の刀を枕頭に横たへて、早くから床に就《つ》いた。

――僕の下心では、もしそれが本当にお化を出してくれる刀だつたら、坪井が伯父さんを瞞着《まんちゃく》したやうに、何とかかとか云ひ張り、場合によつては如何《いか》に高価でも、借金までしても、それを坪井から巻き上げるか買取るかするつもりだつた。刀には執着はないが、お化にこがれてゐたのだ。と云つて、僕は妖怪変化の存在を信じてるのではない。そんなものはまあ居ないものと思つてはゐるが、然《しか》し、どうかして逢《あ》ひたいのだ。世には、怪異を見たといふ人は随分多い。それがたとひ幻覚であるにせよ、一生に一度ぐらゐは僕も見たい。怪異を見ることによつて、心情が深まりはしないだらうか、少くとも心情の風景が賑《にぎや》かになりはしないだらうか。僕は生来怪異が好きなのだ。

深々たる真夜中、私はふと眼がさめた、と思つたのは誤りで、欄間《らんま》には明るい光がさしてゐる。起き上つてみるともう十一時になりかけてゐた。枕頭には青江の刀が昨夜のまゝで、そして一晩中何のことも起らなかつた。

私はなほ幾夜か、その刀をためしてみた。然《しか》し変化《へんげ》の出現する気配だにない。私は当外れの気持で、その気持のやり場に困つて、此度《こんど》は子供たちに試してみた。

――お化にまで嫌はれたかといふ思ひは、へんに遣瀬《やるせ》ないものだ。坪井に出て、僕に出ないわけはあるまい。電燈も消して真暗な中に夜中起きてゐてやらう。と努めてみたが、眼覚むればすぐ起上る代りに寝ればすぐ眠るのが癖で、早くから寝たために其の数日、充分すぎるほどの睡眠が取れた。怪談も何かの役には立つものだ。本当にお化が居てくれたらいろいろの役に立たう。少くとも子供たちにはお伽噺《とぎばなし》の代りにならう。子供たちにとつて、近代では、もう妖精や怪物は死に失《う》せてしまつたし、魔法使は姿を消してしまつたし、王子様やお姫様なども居なくなつてしまつたし、奇妙な花や虫の美しさも消えてしまつたし、つまりお伽噺がなくなつたのだ。だからこゝに、青江の妖刀のお蔭でお化が復活するとしたならば、どんなに素晴らしい効果を来《きた》すことだらうか。

私の家には十歳から十五歳までの子供たちが三人ゐた。私は彼等が寝静まつた頃を見はらかひ、その寝室にひそかに忍びこみ、彼等が枕を並べて眠つてる頭の方、床の間に、青江の刀を置いてきた。そして翌朝、昨晩なにか夢をみなかつたかと尋ねてみたが、三人ともけろりとして、眼瞼《まぶた》に夢の気配さへない。

私は彼等の前へ刀を持つてきて、刀にまつはる怪談を話してやつた。その話に三人とも熱心に耳を傾け、遂《つい》には自ら進んで試してみると云ひ出した。為《な》すまゝに任しておいたが、彼等は怪異を見るどころか、夢一つみなかつた。

——幻覚は子供たちをも捕へなかつたのだ。彼等は怪談の暗示にもかゝらなかつたのだ。この経験は、子供の精神の健全さと明朗さとを僕に信ぜさした。子供の精神に対するこの信頼を、僕は持ち続けてゆきたいと思ふ。この信頼は、やがて次の時代に対する信頼になるのだ。それにしても、怪異を知らない精神は淋《さび》しい。怪異はあらゆる夢想のうちの最も具象的な且《か》つ最も飛躍的なものである。君はさういふものを知りたいと願ふであらうか。然《しか》しもう、それは求めても得られないであらう。自分の精神力で創造し給《たま》へ。怪異を出さないとすれば、青江の刀は私には不用である。私はそれを坪井君に返した。その時、私も、坪井君もへんに相済まぬやうな微笑を浮べた。

——この話、全くの事実なのである。作為はない。其《その》後幾年か、僕は坪井に逢《あ》はないし、消息にも接しないが、彼の何となく不健康な弱々しい姿、それでもどことなく根が強さうな姿は、今でも僕の眼に残つてゐる。どうしてゐることであらうか。君がもし坪井に逢ふやうなことがあつたら、僕に代つて宜《よろ》しく言つてくれ給へ。

（昭和一四年「日本評論」）

解説

謙譲な闘い

堀切直人

I

豊島与志雄は大正三年、二十歳のとき、第三次「新思潮」創刊号に載せた短篇小説「湖水と彼等」が時評に取り上げられて好評を博し、「新思潮」同人ではトップを切って文壇にデビューした。それ以来、大正期には少なからぬ数量の小説を発表している。そういう事情からすると、彼をいちおう大正作家に仲間入りさせてよさそうである。ところが、そのような文学史的位置づけは、この人の場合、かならずしも妥当とはいえない。

豊島与志雄の文学は大正期に基礎固めが完了しており、内向的でメランコリックで、夢幻や神秘に一貫して拘泥し、非政治的隠遁的性格が強いといった点で、典型的な大正文学ともいえる。彼は学生時代にモーリス・メーテルリンクの神秘主義的な作品に傾倒し、それと通い合うところの多い、幽暗で、静謐で、瞑想的な作風をつくり上げたが、そういう消息もいかにも大正文学的である（メーテルリンクをなかだちにして、豊島与志雄の大正期の小説は同時代の小川未明の童話や、西条八十の詩と共通の文学的雰囲気を醸し出している）。彼の大正期の諸作は「湖水と彼等」「蠱惑《こわく》」「恩人」「掠奪せられたる男」「理想の女」「或る女の手記」「悪夢」「白血球」「都会の幽気」「道連」「野ざらし」「狐火」など、どれをとってもそれぞれ濃厚な夢幻味を湛えていて、ときに不気味な悪夢的ヴィジョンを奔出させる。だが、読み終わると、私たちが睡眠中にみる夢と同じく、細部の記憶がたちまち水泡のように消え失せ、そのあとに雲をつかむような、とらえどころなくもどかしいような感触のみが残る。おしなべて鮮明な印象に欠けるところがあり、物足らなさを否みがたいのである。

豊島与志雄の小説が読者の心に強いインパクトを与え、忘れがたい、なまなましい印象を刻みつけるに至るのは、『白塔の歌』（昭和十六年）に収められた諸作を発表しはじめた昭和十五年以降、年齢で言えば、五十歳以後のことであり、それからは『白蛾』（昭和二十一年）、『秦の憂愁』（昭和二十二年）、『聖女人像』（昭和二十三年）、『山吹の花』（昭和二十九年）という工合に、内容の充実した作品集を、昭和二十年代に次々と刊行している。つまり、豊島与志雄が精神の白熱を示す一連の傑作を制作し得たのは、戦中の昭和十五年から戦後の昭和二十八年にかけての晩年の十三年間ほどであった。この代表作の発表時期に注目するならば、豊島与志雄は大正作家よりも昭和作家の仲間入りをさせたほうが、むしろふさわしいといえるかもしれない。

豊島与志雄は文壇にデビューした大正期には、同じ第三次「新思潮」の同人であった芥川龍之介、久米正雄、菊池寛らと親しくつき合った。とりわけ芥川龍之介とは、横須賀の海軍機関学校で嘱託教官の同僚であったよしみもある。芥川にとって豊島はいつも何となく気になる存在であったらしく、大正七年発表の「人の好い公卿悪」と題する短文で、彼は豊島を「僕より一年前に仏文を出た先輩」と呼び、「始終豊島の作品を注意して読んでゐた所を見ると、やはり僕の興味は豊島の書く物に可成強く動かされてゐたのかも知れない」と述べている。

しかし、この豊島の作品に「可成強く動かされてゐた」稀代の読み巧者は、豊島がようやく会心の作を書き出した昭和十五年には、とうの昔にこの世の人でなくなってしまっている。また、その時期には、久米正雄も菊池寛も大衆作家に転じていて、お互いに住む世界を異にしていた。昭和十五年以降で彼がつき合ったのは、十歳以上も年下で昭和十年代にデビューし、戦後、人気作家となった太宰治、坂口安吾、田中英光といった人たちであった。二十数年間における、この顔ぶれの変化は、ドラマティックな場面転換の印象をともなう。大正文壇に第三次「新思潮」のトップランナーとして逸早く登場しながら、他の同人たちにじきに追い抜かれて傍系の位置に外された豊島与志雄は、大正作家としては時節はずれの遅咲きをして、戦後、思いがけず、当時の花形であったヤンガー・ジェネレーションの作家たちから親しみと畏敬の目差しで眺められるに至ったのだ。

大正の文学者は、大別して二つのタイプに分けられる。一つは大正期に自らの文学的生命を燃焼しつくし、昭和期に入ると行きづまりをおぼえて自ら命を絶つか、大正期につくった夢の繭のなかに閉じこもったまま、ちょっとピンぼけの凡作を延々と書きつづける大家になるかしたタイプである（芥川龍之介、佐藤春夫、宇野浩二、小川未明、西条八十など）。もう一つは昭和初期の不遇の数年をへて、昭和の世智がらい現実と悪戦苦闘するたくましい散文家へとめざましい脱皮をとげたタイプである（内田百閒、稲垣足穂、牧野信一、室生犀星、金子光晴など）。豊島与志雄はまぎれもなく後者のタイプに属する大正作家の一人に数えられよう。関東大震災をあいだに挟んでの大正から昭和への精神史上の急激な暗転は多くの大正作家をパニックにおとしいれたが、豊島与志雄は、その危機をスプリングボードにして、小さく限られ、狭く閉じられた文学世界から飛び出し、真に現代的な認識につらぬかれた新しい作家へと脱皮をとげたのである。

Ⅱ

豊島与志雄は明治二十三年、福岡県の生まれで、父親は黒田家の血を引く士族であった。黒田藩の武家出身の文学者としては、ほかに明治二十二年生まれの夢野久作と、明治四十二年生まれの花田清輝を挙げることができる。三人の共通点は彼らの家がいずれも黒田藩と縁故が深かったこと、および彼らの誰もがヴィジオネール（幻想家）の資質をそなえていたことであろう。文学的トポスとしての福岡は、なかなか重要な問題を秘めているような気がする。もっとも、豊島与志雄と夢野久作、花田清輝とのあいだには大きな相違もみられて、それは後者二人が地元の右翼政治家と関わりが深かったのにたいして、前者が徹底してノンポリティカルであったという違いである。福岡県は明治以降、多くの右翼、左翼、アナキスト、テロリストを生み出した政治的情熱に富んだ土地柄で、県人の気風も夢野久作のローカル小説で知られるように、血の気が多く、荒々しく、ファナティックなところがある。その点では、豊島与志雄の温和で寡黙な人柄と作風は一見、場ちがいのように感じられる。しかし、彼はそうした穏やかな外貌の下に、自分でコントロールしがたい、ある激しいものを秘め隠していて、そういうものの潜在こそが彼の作品に緊張感を与えているともいえよう。また、彼が昭和十年代に李永泰や秦啓源のような朝鮮人、中国人を主人公に選んだ連作を書いたのも、朝鮮半島や中国大陸と玄界灘を隔てて向かい合っていて、彼地との長い文化的交流の伝統を蓄積している福岡県の特殊な地理的歴史的条件とけっして無縁ではなかっただろう。花田清輝は、そのように中国人や朝鮮人を愛情にみちた筆で描き出した豊島与志雄を「わたしたちの周囲では稀にみるインターナショナリストの一人」と顕彰している。そういえば、花田清輝の力説してやまなかったインターナショナリズムも、大陸に向かって開かれていて決して鎖国的であり得なかった北九州人のクレオール的メンタリティの一面に培われた思考のスタイルだったのではあるまいか。

豊島与志雄は福岡県朝倉郡福田村の大地主の旧家に生を享けた。まわりは「畑地と水田が交錯してる平野で、遠い山々の姿、河川の流や野原」を点綴した、典型的な田園地帯であったが、彼は近傍の農民の子供たちのように、田んぼや野原や川っ縁などを遊び場にしていたのではない。その一角に樹齢数百年にもなる楠《くすのき》がそびえ立つ邸内の広い庭や屋敷が小さいころの彼のほとんど全世界であり、ひとりっ子である彼はそこで日がな一日、単独で遊びつづけて飽きなかったという。遊び相手がいなくてもけっして退屈せず、瞑想にひたって何時間でも過ごせるという習性は、幼児より晩年まで一貫して変わらなかったらしい。

数百年もつづいた旧家の邸内ではぐくまれた豊島少年の夢想の世界は当然、伝統の錆をつけ、古色を帯びていたであろう。目にみえない古い血の亡霊が幼い夢想家の周囲を取り巻き、その気配を鋭く感じとった彼は怯《おび》えと憧れとの入り混ざった、筆舌につくせぬ気持を味わったのにちがいない。由来、旧家の裔《すえ》は、たいてい病的に感受性が鋭く、心身に脆弱《ぜいじゃく》なところがあって、しばしば一族中に自殺者や発狂者を輩出したりして、怪談との因縁が切れないものであるが、豊島与志雄もまた、その種の典型的な旧家の末裔の一人であったとおぼしい。彼のエッセイ「幻の園」に紹介されているある昔話（本書五四六頁参照）は、その辺の消息をメルヘン風のヴィジョンをもって私たちに如実に伝えてくれる。

小さいころ、祖母から寝物語に聞いた、このどこかユーモラスなところのある怪談を自分がいまだによく憶えているのは、自分の家がその話の内容と「しつくり感じの合ふやうな」古びた屋敷であったからではなかったか、と「幻の園」の作者は註記している。とすれば、このお話に出てくる、人を取って食うキノコとは、旧家の末孫の心を縛りつけ、彼らがいずれこれと対決しなければならない「家霊」のようなものではないか、という推測が成り立つだろう。この「家霊」は男性的精神をなしくずしに萎《な》え衰えさせようとする女性的な負の力を秘めており、これに立ち向かうには腕力などよりも一種の頓智の才覚がどうしても必要とされる。この怪談が暗にこめているメッセージをそのように解読することができるのではなかろうか。

では豊島家の人々は、キノコのお化けに塩をかけてこれを斃したお侍のように、「家霊」の地の底に引きずりこもうとする暗い力によく抗し得たか。自伝的短篇「楠の話」などを読む限りでは、豊島家の当主はどうやらキノコのお化けを斃《たお》すお侍ではなく、むしろキノコのお化けに呑みこまれてしまうお侍のほうに近かったもののようだ。「余りに寛大なお殿様式な夢想家」であった与志雄の父は、莫大な負債をかかえ、由緒ある豊島家に没落の悲運を招き寄せてしまう。広大だった屋敷の母屋は人手に渡り、豊島家のシンボル的存在である楠の巨木は無残に切り倒される。肺結核を患って寝たり起きたりの父は、憂わしい目をし、終始、押し黙って、この運命をじっと耐えている。その全身に悲しみを漂わせた父の姿が彼の胸にいつまでも残っている。

では、一人息子のほうは「家霊」の強大な力にどう対処したのか。少年期に豊島家の没落の初期に立ち会った彼は、父とちがって、豊島家の存続の責任をもはや任されてはいない。少年の彼は楠の巨木が切り倒されたあとの空っぽの青空をつとに目撃してしまっている。

「楠のあつた跡に大きな穴が出来てゐた。……あたりの様子が全く変つてゐた。そして私が一番驚異の感を懐いたのは、広い青空がすぐ真上に見られたことだつた。地面の様子が変つたことは、前からいくらか想像してゐたが、楠と樫とが無くなつたためにさういふ青空がぢかに見えようとは、全く思ひがけないことだつた。私は驚いて長く空を仰いでゐた。何といふ青い澄みきつた深さだらう。私は未だ嘗てそんな清らかな純な空を見たことがないやうな気がした。そしてそれを見つめてゐると、心が朗らかに澄み返るのを覚えた。私はそれから何度も其処に行つて空を見上げた」(「楠の話」)

これは十代前半ころのエピソードであろう。いくら家産が傾き、母屋をとられ、老樹を伐られたとはいえ、豊島家には息子が福岡中学、第一高等学校、東京帝国大学で学ぶくらいの資力は余っていた。しかし、彼が二十七歳のとき、父が逝去し、遺産を調べてみると、莫大な負債が残されているばかりだった。この父の死とともに、福岡の豊島家は事実上、絶え果てたといってよい。

おそらく父の逝去の少し前の時期に、豊島与志雄は「旅人の言」という短文で、いかにも二十代の若者らしく、自分を育てた父母の家からの精神的な自立の決意を表明している。「自分を根こぎに」し、父母の愛情をあえて拒みとおすのは悲しく淋しいけれど、その拒否の態度は「やがて本当に受けんがため」にはどうしても必要なのだ、と彼は考える。「凡《すべ》てのものをぢつと支へて自らの足で立つ時、私は信ずるのだ、凡てがよくなるであらう！　その信念が私を真直に進ませるのだ。其処に神の意志が働いてゐるのだ」。この若き旅人は希望に燃えつつ、未知の土地に向かって歩を進める。彼の目差しは、父母とともにあった懐かしい過去ではなく、青空のひろがる未来へと注がれている。この前進の意志みなぎる離郷者の前にはもはやキノコのお化けは立ち現われることがないだろう。しかし、果たして本当にそうか。

そのようにいくら意気込んでも、血は争われず、運命というものはいかんともしがたい。大正期の豊島与志雄の小説には、「凡てがよくなるであらう！」という信念をもってまっすぐ進もうとする理想主義的な情熱が宿され、その前進の意志をはばもうとする東京という大都会の分厚く硬い壁に真っ向うからぶつかって苦悶する青年たちの姿が描き出されている。他の大正作家と共通した青年のナイーヴなヒューマニズムや、明るさに向かい生命を肯定しようとする健やかな意欲がそこに発露されている。しかし一方で、同時期の豊島与志雄の作品には、そうした信念、情熱、意欲をあえなく無に帰してしまおうとする無意識の暗い力が猛威をふるってもいる。

たとえば「蠱惑」にせよ、「掠奪せられたる男」にせよ、「或る女の手記」にせよ、「都会の幽気」にせよ、主人公はいずれも、「凡てのものをじつと支へて自らの足で立つ」どころか、得体の知れない、デモーニッシュな力に翻弄されるがまま、発狂寸前のところまで追いつめられる。「狐火」に至っては、主人公の老車夫はデーモンに「掠奪せられ」て、ある月明の晩、行方不明になってしまう。「楠の話」の最後に登場した、心を「朗らかに澄み返」らせるような「清らかな純な空」は、大正期の他の諸作には立ち現われるべくもない。昼は昼で、視界いっぱい仄白い靄が立ちこめ、夜になると、正体不明の物の怪があちこちに出没して、語り手の神経をおびやかさずにおかない。相手の目がぎらぎら輝いて、渦巻をつくり出し、語り手はその渦巻に呑まれ、その魔力に金縛りとなる（目玉や渦巻のモチーフは初期作品の「蠱惑」から絶筆となった「山吹の花」まで一貫して現われている）。不気味な力に呪縛されて、身動きならない状態におちいっていたという点で、大正期の豊島与志雄もまた、父や、あるいは多くの大正作家と同じく、「お殿様式な夢想家」の閉域を脱け出せなかったのではないか。

もっとも、大正期の豊島与志雄は、手も足も出ないまったく無力な状態に釘づけにされて、夢魔の跳梁《ちょうりょう》に唯々諾々《いいだくだく》と身を委ねていただけなのではない。彼は彼なりに夢魔の動きを統御するすべを少しずつ身につけていきもした。

己れの自我を無意識の暗い力に征服されつくした場合、人は狂気におちいるほかない。それにたいして、無意識の力をコントロールするテクニックを、辛苦の末に身につけた者は、狂気への転落の憂き目をまぬがれられるだろう。そのコントロール技術は古代以来、シャーマニズムの形で私たちのあいだで連綿と伝えられてきている。精神にバランスを欠くところのある精神病質者は、この伝統の生きている文化においては、奇人や狂人として蔑視されるかわりに、聖者としてうやまわれる機会を持ち得た。彼は世間から隔離された閉所で孤独で厳しい修行を持続する。そしてその修行に耐え抜けた暁には、精神のダイナミックなバランスを保つ術を心得た権威ある者、つまりシャーマンへと生まれ替わるのである。

豊島与志雄もまた、生来、自らの精神に不安定要素をたぶんにかかえ込んでいる類の人間であったとおぼしい。しかし、明治以降の近代日本にあっては、シャーマニズムの伝統は西欧伝来の啓蒙主義的イデオロギーに圧迫されて非合法化され、衰退の一途をたどっていた。したがって、彼はシャーマンに転身するための修行の場を、共同体から切り離された文学創造の密室に見出すほかなかった。幸いなことに、その密室での修行をつづけるための具体的な拠りどころとなるようなものを、彼はひそかに隠し持っていた。それは「偶像に就ての雑感」というエッセイに回顧されている次のようなエピソードから窺い知れよう。

「私はまだ幼い頃、巫女の祈禱なるものを見たことがある。私の祖母は武家に育つたに似合はず、さういふものに或る信仰を持つてゐた。そして或る時、巫女が私の家に招かれて、座敷でその祈禱が行はれた。……それは髪の毛が白くなつてゐる老婆であつた。がその両眼が異様に輝いてゐたことを私は今だにはつきり覚えてゐる。……白い木綿の着物に黒の袴をつけた巫女は、その〔榊や御幣をのせた机と香炉の〕前に長い間両手を握り合せて坐つてゐた。そして何やら口の中でとなへると、急に彼女の手が急速な運動を初めた。それからはもう全く狂気としか思へなかつた。はてはすつくと立ち上つたり、また倒れるやうに屈んだりして、大声に何やら怒鳴り散らした。眼はつり上り、顔は筋肉の痙攣に歪んでゐた。ただ狂暴で一途な精神が彼女のうちに荒狂つてゐるとしか思へなかつた。……やがて彼女はすつくと立上つて一声大きく何かを叫ぶと、そのままばたりと倒れてしまつた。私は彼女が死んだのではないかとさへ思つた。然し祖母はただぢつと手を合して拝んでゐた。やがて暫くすると、巫女はふと起き上つた。そして長い間厨子の方に礼拝を遂げた。それから私共の方をふり向いた。私はその時の彼女の顔を長く忘るることは出来ないであらう。彼女の顔は真蒼であつたが、それが妙に清く透き通つてゐるやうで、一種の神聖な光りさへ帯びてるやうであつた」

　巫女や御幣かつぎというと、人は目が吊り上がり、顔面のひきつった、狂気の発作の折のようなあさましい外見をとっさに思い浮かべ、顔をしかめるにちがいない。小さい時分の豊島与志雄も、巫女の苦しみ悶《もだ》える姿をまのあたりにして、「狂暴で一途な精神が彼女のうちで荒れ狂つてゐる」と感じ、怖れをなした。だが、そのあとに、彼は目撃したのである、こちらをふり向いた刹那の巫女の顔が「妙に清く透き通つてゐるやうで、一種の神聖な光りさへ帯びてる」さまを。このとき、彼はシャーマニズムの知られざる核心にじかにふれたのではなかったか。巫女はシャーマニズムの真価の分からぬ局外者には、あたかも狂暴な意志の思うがまま動かされる操り人形であるかのように誤解されやすい。しかし、彼女はじつは受身なだけの木偶どころか、狂暴な意志に身を委ねつつそれを逆に操る術を体得した、高度な精神技術者なのであり、その熟練した技術を用いることで、やがて光り輝く神聖な精神の境地へ推参することができるのである。豊島与志雄は幼くして、この巫女の精神技術によって逆転の奇跡の起こる現場に立ち会って、大いに心を揺すぶられた。その情景は、のちに彼がデーモンの襲来に苦しみ悩む際に、つねに希望の光を投げかけてくれたのではあるまいか。

　豊島与志雄が小説を書きはじめた大正初期は、明治の啓蒙主義思潮に排斥されて世間の片隅での逼塞を余儀なくされていたシャーマニズムが、装いを新たにして急速に巻き返してきた時代である。民間の「霊術家」が西洋医学に携わる大学出の医師を圧する勢いで擡頭《たいとう》し、大本教が有力新聞メディアを買いとるまでめざましい成長をとげ、西欧の心霊学や神秘学の翻訳出版も相継いだ。文学界でのメーテルリンクの大流行も、この大規模なオカルティズム・ブーム、スピリチュアリズム熱の一環をなすものとみるべきだろう。こうした大正初期の精神的雰囲気は、シャーマンの資質をそなえた豊島与志雄にとっては、歓迎すべき喜ばしいものであったにちがいない。とはいっても、彼は英文学者の浅野和三郎のように、文学を捨てて特定の教団のスポークスマンの役を買って出たわけではない。久米正雄は大正七年発表の「初めて会つた頃」という短文で、豊島与志雄が「此間は太霊道にいたく興味を持つて、入らうかと思つてゐたのださうだが、其中に太霊道が山師めいた広告を初めたので、すつかり厭気がさして廃めたと自ら話してゐた」と報告している。豊島与志雄のスピリチュアリズムへの傾倒の並々ならぬものであったことがうかがえよう。しかも、この傾倒の念は彼の晩年である昭和二十年代までとだえることなくつづいた。その関心の持続は「秦の出発」（昭和二十年）、「非情の愛」（昭和二十二年）、「霊感」（昭和二十七年）などの、巫女を主人公にしたり、登場人物にしたりする作品によって証し立てられるだろう。

　もっとも、豊島与志雄の大正期の小説は同時代の内田百閒、中勘助の小説、西条八十の詩などと同じく、スピリチュアリズムへの傾斜を顕著に示してはいても、いまだ霊界のとばっ口のあたりをうろついているばかりで、その内奥へ立ち入りかねているようなもどかしさを感じさせる。大正期のスピリチュアリズム流行の現象は、文学界に限って言えば、好奇心やエキゾチシズムの域にとどまっているところがあった。大正の文学者はすでに内界への旅に出立しているにもかかわらず、シャーマニスティックな精神技術をじゅうぶん体得していなかった憾《うら》みがあったのであり、豊島与志雄の小説もその点では例外ではなかったのである。

　豊島与志雄がシャーマンの精神技術に通暁するに至る

のは、遅まきながら、昭和十五、六年に書かれた『白塔の歌』の連作あたりからではあるまいか。大正期に種子を播かれたスピリチュアリズムは、ブームの去った昭和初年代から十年代に入って、稲垣足穂の『弥勒』(昭和十五年)、岡本かの子の『生々流転』(昭和十四年)などの収穫をようやくもたらしたが、『白塔の歌』もその成果の一つに数えられよう。といっても、その十数年を経てからの結実は、神秘主義の本格的な教義体系を形づくったことや、文学者が霊術家に転身したことを意味するわけではない。いわば、例のキノコのお化けに呑み込まれるのではなく、それに立ち向かって正体を明らかにし、それと闘い抜く勇気を手に入れたことこそ、『白塔の歌』のスピリチュアリズムの画期的意義なのである。

Ⅲ

花田清輝は『白塔の歌』の作者に言及して、「内部の世界に閉じこもることによって外部の世界にたいして抵抗し、戦争中、内心の自由をまもり続けてきた」と評したが、この評価はもっと人口に膾炙《かいしや》するようになってしかるべきであろう。中国を舞台にした連作集である『白塔の歌』はまぎれもなく戦時下日本の数少ない抵抗文学の傑作であり、そのような観点から読まれる必要がある。

その連作は上べは西湖の水面のように静謐《せいひつ》さを湛えており、登場人物もあまり多くを語らず、総じて影絵のような趣きがある。しかし、そうした印象はあくまでうわべのみに限られており、一皮めくると、その内側には激しい情動が渦巻いている。その激しい情動とは一言でいえば、「憤り」である。

「三つの悲憤」の主人公の青年・阮東は失恋の苦しみに耐えきれず、奉公先を出奔して浪々の身となる。その失恋の悲しみは時の経過とともに凝《こご》って、やがて「自分自身に対する、世の中に対する、大きな憤り」へと変質する。胸元に嗚咽のようにこみあげてくるこの激しい憤りは長らく内に堰止《せきと》められているが、あるきっかけを得るや、怖しい勢いで表に奔り出て、阮東を決定的行動へと駆り立てる。数年ぶりに帰郷した彼は自分の家が匪賊におびやかされていることを知り、父の永年の鍾愛《しようあい》の的である壺を一撃のもとに打ち壊し、匪賊相手に果敢に銃火を交える。以来、彼は匪賊討伐の英雄へとのし上がっていく。「三つの悲憤」は精神の自由を踏みにじろうとする暴力が横行していた昭和十年代の日本の現実への作者の憤激の思いをストレートに吐露している。だが、ここでは、その表現はあまりに直截すぎて、かえって造形的な緊張感とふくらみを欠くきらいがある。

作者が当時、胸中にかかえ込んでいた「自分自身に対する、世の中に対する、大きな憤り」をそのすさまじい内圧のまま丸ごと表現しつくすのに成功したのは、「画舫」と「白塔の歌」の二作であろう。両作とも、うちに激しいものを秘めた男女の出会いと別れ、あるいは彼らの純潔を蹂躙《じゅうりん》しようとする強権の圧迫からわが身を守ろうとしての捨身の行動を、淡々とした筆で、しかし力強く描き出している。

同時代に書かれたエッセイで、豊島与志雄は、当時の文学的状況にふれて、今日、「何物かが空を蔽ひ日の光を遮つて、大きな影をなげかけ、その影の中で、文学は未来に対する進展力を阻まれ」ており、その「停滞や淀みから、懐古的な気分が生じ、批判の乏しい進展力のない昔話が栄え」ているけれど、その「文学の前方に立ちはだかつて大きな影を投じてるものを、つきぬけるか打ち倒すかするだけの意欲を、文学者自身も持つべきである」と述べている。また、昨今における熱情的な「神話」の流行への批判の気持ちから、「新時代の童話」なるものを提唱している。『神話』と『童話』とをもし並立して考へられるとすれば、『童話』の方を取るべき時代ではないか」と。では、その「新時代の童話」とはいかなるものか。それは「神話」の盲目的なファナティシズムにひそかに対抗する、みかけは小さいけれど、うちに批判精神をみなぎらした表現形式である。この「新時代の童話」は「明晰な眼を必要とし、新鮮な動きを必要とする。そしてこの眼とこの動きとの間に些《いささか》の間隙も許されない。眼と動きとの合致がある場合、如何なる現実の重圧があらうとも、常に人間性の明朗さが確保される。明朗な眼とは知性であり、新鮮な動きとは行動である」。

豊島与志雄が昭和十年代のエッセイで語っている以上のような抱負は、「画舫」と「白塔の歌」の二作にほぼ完璧に実現されているといえよう。両作は「知性」に支えられた「明晰な眼」と「新鮮な動き」としての「行動」とを寸分の隙間なく合致させることで、「現実の重圧」に優に拮抗し得る「人間性の明朗さ」を確保し得ている。それらは、身振りばかりやたらと大仰でその実、内容空疎な当代流行の「神話」を、人眼につかぬささやかなものの真実をつかみとることによって鋭く批判する「新時代の童話」の傑作であり、「空を蔽ひ日の光を遮つて、大きな影をなげかけ」てくるものを「つきぬけるか打ち倒すかするだけの意欲」を内部にみなぎらせている。「画舫」の、船頭の李景雲と未亡人の陳秀梅がお互いの意中を打ち明けるシーンの、さりげない風情のうちに宿る緊迫感。「白塔の歌」の、詩人の汪紹生と麗人の柳秋雲とが詩を介して愛情を確かめ合うやりとりのひめやかな哀切さ。汪紹生が求愛の詩を「沈黙は、愛情を尊敬するからだ」という意味の言葉で結べば、「由緒ある家柄の憐れな孤児」である柳秋雲は自分の心の世界のありようを象徴的に表現して、「白塔を心の幻に見立てて、それが青にも赤にも紫にも塗られてゐないことを、淋しみまた嬉しむと共に、いつまでも斯《か》くあれかしと希ひ」とうたい、そして最後に「愛情を尊敬してただ黙つて去らう」という、汪紹生への返答にあたる一句を添える。
「画舫」と「白塔の歌」のヒーロー、ヒロインはいずれもどんな色にも染まない「白塔」にその人格が見立てられるような、純一無垢な精神の持ち主であり、その純潔な魂同士の邂逅と交感はけっして露わな形をとることなく、「沈黙」のヴェールのもとで隠密裡になしとげられるのである。

　このように「白塔」に自らの心をなぞらえるような人物像をつくり上げた作者その人に、ここで目を転じてみよう。豊島与志雄は「私の信条」という短文で、自分の生来の根深い孤独癖について率直に語っている。他人に気を遣ったりするより、一人でぼんやり夢想するのを好む「私の性癖は、おのづから自分自身を孤独な境地に持つてゆこうとする。そしてこの孤独な境地の中での自由を、私は何より好む。この自由を侵害されることが、私には最大の苦痛となる」。こうした「孤独な境地の中での自由といふ基調」にもとづいて、彼は「各人が各人に対して自主自立である」ような、「何等の権力も存在しない自由な世界」のヴィジョンを思い描く。そして、そのような世界の実現がこの世では困難をきわめるものなら、せめて文学のなかでそれを成就することこそをこいねがう。「つまり、目指すところは、右様な世界に住み得る人間を育成することにある」。

「画舫」や「白塔の歌」の男女は、右に引いた言葉を用いていえば、「孤独な境地の中での自由」を侵害されて、はなはだしい苦痛を味わっていた戦時中の豊島与志雄が切実にその育成を夢みたところの、「何等の権力も存在しない自由な世界」に住み得る人たちであるといえる。けれども、そのような人たちといえども、権力が厳然と実在する現実の世界に身をおいている限りは、いかに自分を目立たせないようにつとめても、権力の干与をこうむらざるをえないだろう。しかし内心の領域を土足で踏みにじられるとき、彼らは権力からけっして身をそらさない。「画舫」の主人公・李景雲は張金田という貪欲な商人に陳秀梅との恋に関して辱しめを受けるや、張金田を刺殺して、行方をくらます。「ただ一途あるのみの最後の関頭へ私を逐ひつめるための宿命であつたとすれば、私はそれを欣《よろこ》んで受け容れよう。それこそ勇気ある者の面子《めんつ》の問題だ。真の面子を重んずる者にとつては、没法子《めいふわーず》といふ言葉は存在しない筈だ」――これこそが辱しめを受けた李青年を決定的行動へ駆り立てた憤激の念の内実である。「白塔の歌」のヒロイン、自分の肉体を要求した呂将軍を拳銃で撃ち殺した柳秋雲の心のうちに渦巻いていたのもこれと同じ「真の面子を重んずる」気概であったろう。前々から駱駝に乗って万里の長城の上をひとりで歩くことを夢みていた柳秋雲は、「画舫」の李景雲と同じように、「最後の関頭」を乗り越えるや、どこか知らないところに、単身、姿をくらましてしまう。

李景雲が怒りをこめて口にした「没法子《めいふわーず》」という中国語はいったいいかなる意味か。それは一言でいえば、「ケセラセラ、なるようになる」といった意味であり、古来、戦乱にさんざん悩まされてきた中国民衆のうちで本性にまでなった、事態を無抵抗のままやりすごそうとする消極的心性をあらわす言葉である。李景雲も柳秋雲も、この「没法子」という言葉の哀調にみちた響きと折り合うことをあくまで拒否する。

「碑文」の登場人物の一人である崔之庚は紅卍字教の道院にこもっての瞑想の行《ぎょう》のさなかに、目玉のヴィジョンを幻視するが、この目玉のヴィジョンも「没法子」の一発現形態ではあるまいか。だだっぴろい空間に剝き出しの眼球が浮んでいる。この目玉は四方八方を向き、何でも残らず映しとらずにおかない。しかし、それはけっして「見通し見抜く鋭い眼」ではなく、ちゃんと見てとるからといって、べつだんそれをどうしようというつもりがあるわけではない。崔之庚はこの「癪にさはるやうな」「底なしの眼」の存在を自分自身の心の奥にも見出し、「吾々のうちには、どうにも出来ない根深いものがいつも残つてゐるからね」と諦めの口調でひとりごちる。だが、李景雲や柳秋雲の同族である息子の崔曹新は、この「どうにも出来ない根深いもの」を父のように従容と受けいれはしない。彼は父に向かって昂然と、そのような「存在に対して、吾々はこれから闘つてゆかねばならないといふ信念が、だんだんはつきりしてきました」と言い放つ。「没法子」と似通ったメンタリティは中国人のみならず、日本人の内面にも深々と根を張っている。昭和十年代の豊島与志雄は、「三つの悲憤」「画舫」「白塔の歌」「碑文」の青春群像と手を組んで、自分の住む精神の自由の領域を侵し、それをなし崩しに無化しようとする、「没法子」という言葉に代表されるような「どうにも出来ない根深いもの」を相手どって、筆によるひそやかな「闘い」を展開していたのである。

この「闘い」は、豊島与志雄の終戦後の小説においても、変わることなくそのまま継続されているといえよう。ここでは作品の舞台は近代中国から現代日本に移されており、語り口も、昔、こんなことがありましたといった伝説調から現在進行形のなまなましいタッチへと転調されている。作者は戦時中のように異国の近過去の物語という間接話法を用いる必要がなくなり、より直截に自らの肉声を響かせている。『白塔の歌』につづいて、戦争末期の昭和十九年、二十年（四月）に書かれた「秦の憂愁」と「秦の出発」の二作で、かつて東京に住んだことがあり、現在は上海に在住している詩人・秦啓源を主人公に選んだ作者は、昭和二十二年発表の「非情の愛」では、秦啓源を戦後、再来日させ、波多野洋介という青年と親しく対面させている。

秦啓源と波多野洋介とは国籍が異なるけれど、どちらも「画舫」や「白塔の歌」のヒーロー、ヒロインと同じように、「非情」ともみまがう激しい純潔さをうちに隠した、寡黙な人物である。言い換えれば、「あらゆる卑俗を忌み、自己を高貴に保とうとする」精神の貴族主義者である。彼らは李景雲や柳秋雲のように他人から辱しめを受けるや、生死にかかわる行動に突っ走るような決定的局面に立たされることはない。しかし、不思慮な人間に自らの精神の自由を侵されそうになると、拒否の意志を明確に表示するのを辞さない。たとえば「波多野邸」では、波多野洋介は彼に肚に一物を持って近づいてくる山口という男に向かって、この部屋から「出ていきたまへ」と叫んで、片手で彼の上衣の襟をつかみ、片手に瀬戸物の重い灰皿を握りしめる。「塩花」では、未亡人の魚住千枝子は同じ山口に「いろいろなことを、お話しして……」と言い寄られると、「わたくし、そのやうなことは一切、お話しできません」といって突っぱね、驚いて退散する山口に追い討ちをかけるように、家の前に勢いよく塩を撒きちらす。波多野洋介や魚住千枝子の、そう易々と「お話しでき」ない心事とはいったい何か。「塩花」には、波多野邸に集まったお客のあいだで、「戦争犯罪」について論議が交わされる場面があるが、作者はそのなかの一人の口を借りて、その心事を打明けているように思われる。

「『貞節なんかよりも、忿怒《ふんぬ》でせう。現在、何物かに忿怒を感じてるかどうかによつて、犯罪人であるか否かが決定されると思ひますね。』そして彼が言ふところによれば、これまでの偽瞞に対して忿怒を感じてる者は無罪で、忿怒を感じない者は有罪だつた。その説には何か痛烈なものがあつた」

むろん、ここで作者は不寛容の精神で「戦争責任」の告発を行なっているのではない。『自由人』と題する戦後の未完の長篇で一登場人物の漏らすセリフを借りて述べるなら、「政治的イデオロギーのことを言ふんぢやないよ。精神の在り方を言ふんだ」ということになるだろう。つまり、「精神の在り方」の次元で、戦時中に「偽瞞に対して忿怒を感じ」たか否かが、これからの自分たちの生き方をあくまで決定する、と作者は言いたかったのにちがいない。この意見に「何か痛烈なものがあった」のはいったいなぜか。それは、その論議の場にたまたま立ち会っていた例の山口を始め、多くの日本人がかならずしも戦時中、「偽瞞に対して忿怒を感じ」ていたとは言いがたいからである。

こういう欺瞞にたいする憤りとともに、豊島与志雄が戦中から戦後へ持ち越したものに、中国人との友情というテーマがある。戦後、ただちに上海在住の秦啓源を来日させて波多野洋介と引き合わせた作者は、『自由人』では、戦時中、上海で新聞記者をしていた菅原洋平を、戦後、帰国させ、上海で親交のあった中国人の在日の仲間のもとに寄寓させている。菅原洋平は上海時代に中国人の恋人を日中間の政争の巻き添えを食って喪っており、そのときの傷手と、郷里広島での家族の全滅とにより、「国内的にも国際的にも無籍者となること」を自ら志願する。悲劇は彼と恋人とがお互いに日本人や中国人という壁の外に出られなかったことから起こったのであるから、これからはそのような壁をつくる国籍を捨て、異邦人と何の分け隔てなく交遊できる「自由人」に生まれかわりたい。「全くの孤独者となり、全くの無籍者となり、やがては、真の世界人へと飛躍」することが彼の最大の望みなのだ。

この国籍を超えての日本人と中国人との交友という作者の理想を、心臓の鼓動のレベルで鮮やかに描ききったのが、名作「どぶろく幻想」であろう。語り手の「俺」と彼の行きつけの居酒屋の主人である在日中国人の周さんとが、ヤクザにからまれて衝動的に自殺を遂げた周さんの日本人妻の遺骨を、深夜、月明かりがさし、薄靄のかかった焼跡の草原に埋葬する場面は、初読以来、私の胸に灼きついて離れない。地面に掘った墓穴を前にして「俺」が「アジアの憂鬱を埋めよう」と言うと、周さんはそれに応えて「アジアの憂鬱、埋めませう」と唱える。「同国人の中にあつての憂愁が、いつもある」「俺」と、「異国人の中にあつての憂愁」をつねに嚙みしめている周さんは、このとき国籍を超えて「その憂愁を共にし」たのである。

Ⅳ

このように豊島与志雄は、戦時中にぶつかり、発見した大きな問題を戦後にそのまま持ち越して、追求を継続した。しかし一方で、彼の戦後の小説には、戦中の小説にはみられない決定的なものがつけ加わっている。それは端的に言えば、「人間的な何かが崩壊したあとの空虚」であり、その空虚のなかから「なにか新たなものに立ち向ふ心構へ」にほかならない。

国民全員を巻き込んだ総力戦は旧来の人間性を解体し、崩壊させた。戦後の豊島与志雄は、そうした解体と崩壊の作用を真っ向うから受けて、深く傷ついた人物を主人公に選んでいる。彼らはたいがい戦後、海外から引き揚げてきた復員帰還者という身の上であり、戦後の日本社会にうまく馴染めぬまま、「胸のうちを大きく抉《えぐ》り取られたやうな哀感」にひたり、思い屈している。彼らを外側から描き出すなら、おおよそ次のようになるだろう。

「彼は事実をあまり語らなかつた。意見を殆んど述べなかつた。曖昧な微笑と摑みどころのない言葉とで、すべてをぼかしてしまつた。故意にさうするのではなく、自然にさうなるかのやうだつた。大体に於いて、所謂大陸ボケかとも思へるところがあつた。あの人は少しぼんやりしてゐる、といふのが一般の印象だつた。すくすくと伸びた体軀、肉付も普通で健康さうだつたが、陽やけした顔の表情に、紙をかぶせたやうな趣きがあつた。然し、注意して眺めると、その重たさうな瞼の奥から、時折、両の眼があらはに露出してきて、表情を覆うてゐる紙にそこだけ穴があくことがあつた」（「波多野邸」）

　波多野洋介以下の戦後、内地に帰還してきた青年たちは、もはや昔ノ彼ラナラズ。懐かしいはずの郷里は「硝子張りの中にでもあるかのやうに、或る距りを置いて眺められ」、よそよそしい異郷のようにしか感じられない。頭脳の調子に狂いを生じてうつけたようになっている彼らがまじまじと目を見開くと、「すべてがふしぎに新らしく」みえてくる。彼らはどうやらいつのまにか別人に生まれ替わってしまったらしいのだ。ところが、郷里の人たちは奇妙なことに、彼らと違って、従来のままに依然としてとどまっている。帰還者たちは郷里の人たちのこの変わらぬ心のありように大きな不満を抱く。内地の連中には、「真の復興を志す気魄などみじんもなく」、真の苦悶も真の明朗さもない。彼らにあるのは、「呆けたやうな憂鬱」と、「ささやかながら露命をつないできたといふ、みみつちく有難がる享楽気分」ばかりである。そうした周囲の人たちの頽廃的ムードに内心で強く反撥しながら、彼らは日に日に無口に、憂鬱になりまさる。善人たちの愛想のいい顔つきや情のこもった目差しが彼らの心を真綿のように「やんわりと締め」つけ、ひどく息苦しくさせる。とりわけ、対面した相手のなかに卑屈な性根や狡猾な下心が見え透くようなときには、発作的に「嘔き気に似た憤り」をおぼえ、感情の爆発を起こしそうになる。そういう不時の暴発を自ら怖れ、憤りの気持ちをなだめつつ、彼らは鬱々として楽しまず、日々を無為に生きている。

　だが、そのように郷里の人々の濁りよどんだ心のあり方にときに眉を曇らせることはあっても、一方では彼らは、新しい生まれ替わった人間として「意力で開拓する方向」をたどることで頭がいっぱいである。自らの心身にいまだまとわりついている過去のみじめでつまらない記憶をことごとく捨て去ろうとする決意と、自分を取り巻くあいまいで生温かいものには「非情で対抗」しつつ、「寂寥《せきりよう》の深淵の孤独圏」をひとりで通り抜けていこうとする意欲とが、彼らを「闘い」へと駆り立てる。そういう熱意や決意や意欲が湧き立つや、無表情であった彼らの顔には「なにか皮が一枚むけたかのやうに鮮かな血の気がさし」、「眼はぎらぎら光」り出し、「眉は昂然と高められ」る。生気を取り戻した彼らはこうひとりごちる。「もつと自由にならなくちやいけない。僕はうすうすそのことに気付いて、それとなく闘つてきたが、これからは公然と闘つてやる」。また、こうもつぶやく。「闘争はこれからだ。然しこれは謙譲な闘争でなければならない」。

「渡舟場」「波多野邸」「水甕」「非情の愛」『自由人』などの戦後の小説で、主人公たちがメランコリーの極みで目を生き生きと光らせつつ行なうこのような決意表明は、むろんそのまま戦後の豊島与志雄自身のものでもある。この夢想家肌、神秘家肌の小説家の内面には、戦時中にもまして激烈なものが渦巻いていたのである。たとえば、「或る日の対話」というエッセイで、この人は彼の生涯のうちで最も激烈な、次のような言葉を吐き出しているのだ。

「全然新たな時代なのである。たとひ夢想され翹望《ぎようぼう》されたことはあつても、実現は遠い将来と思はれてゐた、その自由の世界へ、即刻只今から、新たに発足するのである。ここで吾々は、旧きもの一切を脱ぎ捨てて、新らしき一切のもののなかにはいり込んで行くのである。……新たな世界には……思想や理念はすべて荒々しく露呈され、そこに踏み込む吾々にも謂はば心身の赤裸が要請される。……人間の新世紀を想見する時、そこに於いて、顧みて自己の孤立が感ぜられる。そこには、知人もなく、友人もなく、恋人もない。吾々は単独で途を切り開かねばならない。発足は同時に開拓でもある。足下に、きびしい境界線が引かれてゐるのである。この一線を真に乗り越すには、決意の合間のたゆたひの一瞬、深い寂寥に堪へ得なければならない。斯かる寂寥を、誰が感じたか、また誰が感じなかつたか、私は厳密に設問したく思ふ。返答は応か否かの二つしかない。否の返答者については、新時代の名において、私はその人の言動の誠実さを疑ひたい」

豊島与志雄が戦後、新たに着手したのは、戦争がなし遂げた人間性の解体と崩壊を、強烈な理想主義的情熱によって、あえていっそう推し進めることによって、その廃墟の上に「新たな可能性と驚異の世界」を創造しようとする、大胆な精神の実験である。「先づ、一応、社会が解体してしまつて、個人個人がばらばらになり、それから改めて結合する」――その解体と再結合の実験が生み出そうとするのは、旧来のヒューマニズムの徹底的な否定の上に立つ、新しいヒューマニズムである。「現代のヒューマニズムは、もはや、人間の復活でもなく、人権の回復でもない。それは新たな人間の生誕、新たな人生観の確立である」。この「新たな探求と建設のために己れを捧げてゐる」戦後の文学的精神は既成のいかなるものをもお手本としない。戦前の日本の文学者はジイドやヴァレリーを師表と仰いだものだが、今の私たちはそのような存在をまったく必要としない。「誰と共に吾々はゐるのか。誰と共にもゐない」。現在、これまでみられなかった、その息吹が未来に通う、新たな思考、言葉、行動があちらこちらで生まれつつある。それらは今のところは萌芽の段階にあり、断片的たるを免れられないが、いずれ成長をとげるや、新たな性格を現ずるであろう。

このような産みの苦しみを伴う大胆な精神の実験、「謙譲な闘争」は「人間としての矜持ある逞ましい美しいもの」であるが、と同時に、実験者自身がおのずから狂乱におちいり、精神を破綻させるような悲劇を引き起こす可能性もある。ここに見出される精神の自由はあまりに巨大なエネルギーをはらんでいるがゆえに、人はいずれその自由のうちにおのれを滅ぼすかもしれない。けれども、豊島与志雄は実験の一結果としてのそうした自己破滅の運命をもあえて拒まず、こう断ずる。「自由がこのやうに利用されることは太陽的である」。また、こうも言いきる。「だが、私としては、たとひ生き得られなくとも結構だと思ふのだ」。

こうしたきっぱりした断言は、戦後の昂揚期に乗じての無責任なうわ言ではない。大正文人には稀有なことに、豊島与志雄は自己解体の作業をついに自己破滅にいたるまで押しすすめていった。彼は昭和三十年に六十六歳の生涯を閉じた。年齢の上で言えば、とりたてて早死にというわけではあるまい。けれども、死の前に彼と対面した人たちの証言に耳を傾けてみると、彼の死は緩慢な自殺のようなものであったのではないかと臆測せざるをえなくなる。まず、晩年の彼の主治医であった尼子富士郎の証言。「晩年どうゆう訳か次第に酒量が増し、遂に精神的にも肉体的にも次第に衰弱して了った事は、元来体質的に丈夫な人だった丈けに、如何にも残念です」。次に戦中以来つき合いのあった作家・立野信之の証言。病床を見舞った立野氏に向かって、すでにお酒の回っていた豊島与志雄は自分の着物の裾をまくって、皮下出血ではれ上がった太ももを出してみて、呂律の回らない口調で何かつぶやいたそうだ。「その様を見ながら、わたしはふと、酒で死ぬ気だな、と思った。それから間もなく豊島さんは死んだ」。

もっとも、豊島与志雄が「酒で死ぬ気」であることを見破ったのは、おそらく立野信之ひとりにとどまるまい。自殺の少し前に豊島与志雄に会いにいったという太宰治も田中英光も、彼のうちに死に関わる何かを嗅ぎ当てていたのではなかったか。また、その太宰治や田中英光についての美しい追悼文を書いた花田清輝も、同じことを直観した一人だったのではあるまいか。

花田清輝は「豊島与志雄著作集」第四巻の解説で、「近代説話」以下の諸作を「戦後文学者たちの喧躁から遠く離れた場所でひっそり書き続け」た豊島与志雄こそは、坂口安吾と並んで、「過去と手をきり、現在を起点にして、タブラ・ラサの状態で、未来にむかって再出発する」という真に戦後文学的な企てに「捨て身の姿勢」で当たったまれなる文学者であった、と評する。そして、「みずからの資質に反してまで、過去と断絶して、あくまで現在にてっしようとした」戦後の豊島与志雄の悪戦苦闘ぶりを称揚して、「知己を千年ののちに待たなければ」ならなかった彼の孤独に光をあてている。この花田清輝による「解説」は愛情あふれる豊島与志雄論の白眉であり、じつは私が豊島与志雄の小説を読み出したのも、この評論が直接のきっかけになっている。そういえば、今にして思うに、花田清輝の死に方にも、豊島与志雄のそれと一脈通い合うところがあるような気がする。花田清輝はまったくの下戸であったから、むろん「どぶろく幻想」の主人公のように「俺には、どぶろくだけが頼りだった」などとつぶやいたりはしなかった。しかし彼は彼なりに「タブラ・ラサの状態で、未来にむかって再出発する」戦後文学の初心に終始、忠実に生き、そして緩慢な自殺をとげたのではなかったか。

花田清輝の言うように、戦後の豊島与志雄は「みずからの資質に反してまで」人間性の解体を推し進めて、ついに矢尽き刀折れ、酒びたりになって死んだけれども、その悪戦苦闘の過程で、彼は「みずからの資質」にかなった傑作をも立派に生み出している。それは本書の冒頭に掲げられた「沼のほとり」と「白蛾」の二作である。

この両作において、作者は永く忘れがたい魅力的な女性像をつくり上げたといってよいだろう。二つの女性像の外貌は一見したところ、およそ対蹠的である。「沼のほとり」のヒロインはもと芸妓で、今では歌沢の師匠をしているという玄人筋の女性であり、その感触は彼女の家の近くにある沼の水面のように冷え冷えとしており、その姿かたちは家の調度類とともに「きりつと整つて」

いて、どこか近づきがたい威厳のようなものをそなえている。それと比べると、「白蛾」のヒロインは戦災で夫を失って未亡人となった素人女であり、全体の印象が「へんにまのびした」ようなところのある「白痴美」の持ち主であり、彼女に惚れ込む男に「幼な馴染のやうな親しみ」をおぼえさせる。「沼のほとり」に心身を硬く引き締めさせるような冷気が漂っているとすれば、「白蛾」には懐かしい故郷に戻ったような、ゆったりしたくつろぎの気分があふれている。戦中を扱った「沼のほとり」が能舞台のような幽暗の気をたたえているとするなら、戦後を扱った「白蛾」は焼跡のなまなましい野生の息吹を感じさせずにおかない。

　しかし、そのような対蹠的な外見の違いを超えて、両者には瓜二つのところも認められるだろう。それは、二人の女性がいずれも心の内側ががらんどうに刳《く》り抜かれた、木偶のような存在であるという共通点である。「沼のほとり」のヒロインは、「ひたと見つめる」「大きな眼付の無表情とも言へるぶしつけな平静さ」や、三十歳にも二十歳にも思える年齢不詳の感じが、一夜の宿を提供された中年女性をいぶかしがらせる。彼女は中年女性相手に四方山話をするが、その話には大事な中身が抜き取られていて、この話し手は「あらゆることを知ってはゐるが、肝腎な何かを知らず、つまりは何にも知つていないやうに」しか思えない。「白蛾」のヒロインは彼女に惚れた男を相手に「おもに虫や動物のことを話」すばかりで、「人間のことは殆ど彼女の興味を惹かないやう」であり、閨房では「殆ど性的衝動を示さず」、「全く羞恥の念もない」。またその裸体は「なにか人間から離れた」「新奇な遠い物質」のようで、「それが白く温く柔らかなだけに却つて不気味でも」あって、男を「全然見当のつかないものにぶつかつた気」にさせる。

　二人はつまるところ、戦争の惨害により人間性を解体させられて、人格崩壊を起こし、人間から人形へ転身したような女性たちにほかならない。魂を抜きとられ、中身のがらんどうになった彼女たちは、しかし人間以上の美しさを帯びており、彼女たちを前にした並の人間に自らを醜いと感じさせずにおかないような犯しがたい威厳をそなえている。思うに、その美しさは、「神の花嫁」である巫女の美しさに通い合う。前述のように豊島与志雄は幼いころに、巫女がこちらをふり向いた刹那、その顔が「妙に清く透き通つてゐるやうで、一種神聖な光りさへ帯びてゐる」のをみて胸を突かれるような思いをした。「沼のほとり」と「白蛾」のヒロインたちの美しさは、その幼時記憶にある巫女の美しさの、はるか時を隔てての鮮やかな甦りではなかったか。

　二作のうち、私自身はどちらかというと、「白蛾」のほうが好きだ。私は初読以来、武田泰淳の「もの食う女」や安岡章太郎の「ガラスの靴」のヒロインと一緒に、「白蛾」のヒロインにひそかに惚れ込んできた。とりわけ、彼女の次のような言葉には少なからず心を動かされる。彼女は浅草で空襲に遭って、その際に夫とその両親を失い、自分も危うく死ぬところであったのを、不思議にも怪我一つしないで助かった。以下に引くのは、その空襲による火の海から奇跡的に逃れ出たときの回想である。このとき、彼女の神経は極度の緊張に耐えきれず、いきなりブツリと断ち切られてしまったのにちがいない。自らのアニマの口を借りて、このような美しいセリフが書ける者が、数年のちには「酒で死ぬ気」になったとしてもなんともいたしかたがないというものではなかろうか。

「墓地のあの銀杏の木と、ちやうど同じ大きさの木がありました。そのまはりを、火がぐるぐる廻つて追つかけてきました。わたしもぐるぐる廻つて逃げました。鬼ごつこのやうでした。そして物に躓いて倒れて、つかまつたかと思ひましたら、火はもう消えてをりました」

島尾敏雄

種村季弘 編

孤　島

孤島夢

夢の中では私は一隻《せき》の小型の戦闘艇で広い海原《うなばら》を航海しているのであった。それは魚雷艇のようでもあったが、そのように装甲の脆弱《ぜいじゃく》なものではなかった。もっと頑丈《がんじょう》でもある上に、事物に触発して自在に適応し、外観は変貌《へんぼう》を来《き》たすようでもあった。兎《と》に角《かく》私はその戦闘艇の艇長で、言葉遣いは荒々しく、六、七名の艇員に君臨しているのであった。私が艦橋で潮風に逆らってどなるだみ声によって、その艇は面舵《おもかじ》をとったり取舵《とりかじ》をとったりしたものであった。私は殊更《ことさら》に海に憧《あこが》れていたわけでもないのに、このように西も東も分らない海洋を数少い部下と共に、エンジンの音高く振動はげしく、小さな機械で海を乗り廻していた。そのようにして私は敵を索《もと》めていたのか又は何か特別の任務を持っていたものか、思い出すことが出来ない。その上その海洋が何処《どこ》にあるかさえ分っていない。講習を受けていた時の私は航海術の成績も悪く操艦と行船《こうせん》は殆《ほと》んど勘で処理していたので、その時も相変らずのんきに海図も出さずに突走っていたのであった。小艦艇の航海は格別に塩分の味のするものである。艇の上ではひりひりと日焼けがする。結構楽しくも逞《たくま》しくもあるそんな生活の中で私は奇妙にいつも暗礁《あんしょう》にのしあげるような気がして仕方がないのであった。そんな大洋の中でも私は暗礁に恐怖していた。それはのしあげるという事実よりもその結果生じて来る所の「第何号何々艇坐礁ニ関スル経過概要並ニ所見」の作成と、その事件のためにすっかり部下たちに軽蔑《けいべつ》されてしまうであろうということに病的に恐怖した。然《しか》し内実のところそういう恐怖のために却《かえ》って部下たちはその艇長をうとんずるもので、決してその腕前に対してないがしろの気分を成長させるものではなかったような気がしたのであったが。

つと私は島影を認めた。島嶼《とうしょ》の付近は水路が分っていても充分注意しなければならない。一応はいつも初心者のように細心でなければいけない。私はその島を避ければよかった。そして、おもーかーじ、とか何とかゆったりと大廻りに、そんな島に近よらなければよいと内心思っていたのであったが、つい艇はどんどん島に近づいてしまったのだ。号令をかけ損なうと、そのきっかけを失い、事態は急に眼《め》の前にやって来る、あれであった。島影は急速に大うつしになって来て舵《かじ》をとる間もなく、又突発の危険に対して機関を停止させるか後進をかけるか何かの機敏な処置をとる瞬間を失った。万事休すだ。もう私の耳底には艇の底をがりがりとかむ絶望的な岩か砂の音を当然予期し覚悟した。それなのに之《これ》は又何という島なのだろう。艇は何の抵抗もなく軽く前進して行く。そこで私は咄嗟《とっさ》の間に島の全貌《ぜんぼう》を見てとった。全島が砂浜で出来ている。そして茅《かや》だか何だか分らない草が一面に生えていて砂丘がうねっている。艇は砂の谷間のような所にはいり込んだのであったが、奇妙なことに艇の針路は沼になっていて逃げ水のように進む程に先へ先へと水をたたえているのだ。私は総毛立つ気がした。そうだ。この島こそ、人の噂《うわさ》にきいていたあの島ではないか。

私がまだ海上生活をする以前陸上にいた頃に南海にあるという孤絶の島のことをきいた。この島と我々の列島とに住む人は骨格と言い容貌と言い甚《はなは》だ類似しているのに拘《かかわ》らず相互に言葉を理解し合うことが出来ない、ということを。ただそれ丈《だけ》のことの島に過ぎないのに、それをきいた私は殆《ほと》んど戦慄《せんりつ》した。その理由は知ることが出来ない。その島も吾々《われわれ》の列島も共に共通の象形文字を持っているのであるけれども言葉が通じないのであった。それにどうにも奇妙に感じられることは、吾々は大てい二つの象形文字で以って姓を表し名を示すのがしきたりであったが、その島では姓は一つ丈で表わされることが多かった。そして名前は三つか四つで以って示した。之は支那《しな》のやり方とも違うものであった。こういうことはいつ頃どういう事情や気分でこのような習慣が作られたのであろうか。

その島に私は来ているのであった。私は前々からその島は呪咀《じゅそ》を受けている島のように考えていた。一字苗字《みょうじ》というものは頗《すこぶ》る神秘を感じさせ、それに不均衡《ふきんこう》とも思われる三つも四つもの象形文字の名前は島びとたちの詛《のろ》いとも見えた。その島の近くを航海するならば、私は必ずその島にひきよせられて、私の宿命は固定されてしまうであろうという不安があった。そしてそれがその通りになったようである。

　両舷前進微速！　両舷停止！　後進！　停止！　私は伝声管にそんな風にどなり込んで、さて外舷をのぞき見下した所が、いつの間にか艇は砂浜の上にのめり込んでしまって而《しか》も泰然自若《たいぜんじじゃく》たる様子をしていた。つまり水陸両用といった恰好《かっこう》の陸のタンクのような様相の変貌《へんぼう》を来《きた》していたことだ。そしてそのことに私は大して不思議を感じようともしない。そうだ、もうどんな展開に対しても何らの驚きも不思議も感じない風であった。小さな艇だから外舷から砂浜の上にさくっと飛び降りて私は歩き出した。兵曹長か上等兵曹が私の後について来たが、も早それは誰であるかぼんやりしてしまっていたしその上それ程問題でもない。そして又いつの間にか脱落して私は殆《ほと》んど一人で歩いているようなものだ。

　おお、絶間なき風！　おやみなきそよぎ！　休みなくその島には風が吹いていた。そのひびきは怒濤《どとう》のようでも、また滝のようでもある。颯々《さっさつ》というのでもなく轟々《ごうごう》といったふうでもない。それは風のひびき丈《だけ》ではなくとうとうたる大洋のうめきに似ていた。兎《と》に角《かく》大洋の真只中《まっただなか》にけし粒ほどの砂丘の小島があって、風と潮のしぶきで洗われていたのであった。少しでも濤《なみ》が高くなればこのような砂丘の島はひとたまりもなく濤に洗われてしまうに違いないのであった。

　その島を私は歩いている。私の心の内奥にはかなり驕傲《きょうごう》な分子がないでもない。というのは此《こ》の近海一帯の島嶼《とうしょ》は総《すべ》て私の手中に握られているのだというような一種の気分を払拭《ふっしょく》することが出来なかった。どこの島々でも私は「おお我等の艇長さん」と言われているのだと思うようになっていた。私は島嶼の守護者として現われていた。だからこの島でもその間の事情は恐らくそんなに違ってはいまい。

　そして私は見たのだった。この砂丘の谷間にこけのようにへばりついた小さな屋根の低い茅《かや》小屋を。そういう小屋が四、五軒ずつあちらに一かたまりこちらに一かたまり聚落《しゅうらく》を成しているのを見たのだった。内部は広くてもふた間とないであろう。調度といっては何程のものもない。のきに打ちつけられた白木《しらき》の表札。それには例の一字姓三字名前の奇妙な姓名が仔細《しさい》らしく書かれてその仰々《ぎょうぎょう》しさはいささか茅《かや》小屋には不均合《ふつりあい》に思える。その小屋の前にはおばあさんたちが沢山《たくさん》集って茅編みの仕事をしているのであった。手織りのあらいうちかけのような着物を一枚ひっかけ、帯はなくて、着物に縫《ぬ》いつけた紐《ひも》を右わきの所で結んでいる。みんな年寄りで一人として若い者はいない。そしてそれはどの聚落《しゅうらく》でも同じことであった。之《これ》は非常な或る事情の為に男と若者はどこかに連れて行かれ、若い女は又別な所に集って、或る仕事をしているのであろうと私は思ったことだ。之は私の勘とでも言うべきものであるが、此の辺の島嶼《とうしょ》に関しての私の勘はこわい程に適確なのだ。私はおばあさんたちをよく見た。

　みんなさっぱりしたそのような手織の一枚着物を着て、みんなにこにこ笑っていて、私を見上げる顔には、おや、みんな口ひげがついて居る。口ひげを生やしたおばあさんたち。だがそれは決しておかしくはなかった。却《かえ》って私は女でも口髭《ひげ》のあるのは美しいと思った。顔は白くてみんな小さかった。それにしわだらけの顔にうすい口髭を朗らかにみんなが蓄えて居たのであった。そして彼女達だけで分る喧噪《けんそう》なおしゃべりの会話をやりながら守護者たる私を見たように思った。私は大へん得意で、この珍妙な口髭を生やした女ばかりの島を何とかしてペンとカメラで我々の列島に紹介しなければならない欲望と優越を感じた。だが私はその頃の兵隊言葉で謂《い》う所の「娑婆《しゃば》」とは完全に絶縁された身分と運命にあることを思った。そうすると私は底なしの絶望に襲われたのであった。私はこの島は必ず近い中《うち》に濤《なみ》に洗われて此《こ》の世の中から姿を没してしまう予感がした。そうではないまでもこの島はいつも同じ経度と緯度の上にあるものではないということをはっきり予知した。私はそのことを島びとたちに教えてやろうと思った。然《しか》しそれを実行することは出来なかった。にも拘《かかわ》らず、私はこの島にとってそんなにも重大なことを知った男であるそんなことは全く知らずに、永久にこの島は此処《ここ》(どこだか分らないのに、此処だと思った)にあるのだということを真面目《まじめ》に少しも疑っていない者のような顔付で、砂丘部落を渡り歩いて居たのであった。私は今でもその部落の中の一軒の小屋にかかっていた表札の名前をその字の恰好《かっこう》から墨の色に至るまであざやかに思い出すことが出来る。それはこう書かれてあった。即《すなわ》ち□×××と。

だが、この島の島長は何故《なぜ》私を出迎えることをしないのか。ちらりと習慣の上でそう思ったが、いやむしろその方が私にとっては自由な気持で、良いことなのだと思う事にした。それが私に似つかわしい。私はそういう風に考えるくせを持って居る。四囲の大洋からこの島に吹きつける風の音が、ごうごうと耳を聾《ろう》する。それはいつ休むとも知れない連続した吹き方であった。むしろそれは永劫《えいごう》にやむことのない風であるような絶望的な堪《たま》らない気持であった。

そのうち私はこの島の中枢に来た。中枢と言っても砂の広場なのであった。その広場からはいわば放射状にどの聚落《しゅうらく》にも行けるようなそんな広場なのであった。それにしても私は時を怖れていた。その時がやって来れば、潮が満ちこの島は陥没してしまうであろう。その前に私は例の戦闘艇を発動させて何処《どこ》へか避難しなければならない。私はこの島に限りない愛惜の情を抱き続けるであろう。然《しか》し私の力ではどうすることも出来ないのであった。私はこの島に私の名を以って名づけるだろう。然し「娑婆《しゃば》」と遮断されている私にとって、ニュース・ヴァリュウはこれ程もなかったのであった。私は、門限を気にしながら最後の半端な時間をもてましている兵隊のようにおどおどして広場に立っていた。おやみなき簫籟《しょうらい》。そして私は二つのものを見た。広場の角に、この島にまさかと思われるような洋風の二階屋が建っていた。それは忽然《こつぜん》と私の眼《め》にはいり、当初は甚《はなは》だ怪しく思われたのであったが、すぐに何の不思議もない当然のことのように思うという例の心理状態になることが出来た。歯科医、何となく末流を思わせる看板がさがっていた。その苗字が私をいぶかしく思わせた。東京歯科医学士船木三宝《ふなきさんぽう》、と書いてあった。私は頗《すこぶ》る軽蔑《けいべつ》の心を以ってその階段をかけ上った。丁度《ちょうど》我々の列島の大都会のそれのように階下は入口だけですぐ階段が見え、それを上るとやっとせいぜい二間《けん》位の治療室があった。控えの部屋にはジュラルミン製のセットにニュース・グラフィックの月おくれが二、三冊のっていた。こんなもの迄持って来て装飾している。私は益々《ますます》不愉快になった。私は腰に帯びた短剣をがちゃつかせて、軍人の姿勢で横柄《おうへい》に突立っていた。私は頗る傲慢《ごうまん》で、私の前に恐るべき生き物は何も存在しなかったのである。主人の歯科医学士が現われた。風貌《ふうぼう》はどう見てもインドネシヤの骨相の若い頭髪を油で分けた小さな人物であった。どうしてあなたはそのような名前に変えてしまったのです。私は詰問していた。彼は卑屈ないやな笑いを浮べて、我々に通じる言葉であいまいな返答で語をにごした。私は彼がこの島の島長の息子であって唯一の知識階級であることを覚《さと》らない訳には行かなかった。彼は彼の島に限りない侮蔑《ぶべつ》の眼を向けて、この島に帰って来て歯科医などを開いているのであった。私は絶望して外に出た。と、その眼に、釘を一本も使用していないという巨大な塔門が見えた。それは私がこの平坦《へいたん》な砂丘の島を歩いている時には眼につかなかったのに、まぎれもなく私の眼の前にそびえていたのだ。その構成は、陸の生活をしている時にいつか版画で見たことがあった。確かにその精巧な積木を重ねたような塔門は絵葉書で見たことがあった。それを見上ると私の眼は遠近の感覚を失ってくらくらと眼まいがした。塔門前の広い石段で遊んでいる子供が蟻《あり》のような対比で感じられたのであった。その塔門のどの部分一つをとって見ても細かい細工が施してあった。巨木が風にこうこうと鳴っていた。私はこの複製が欲しいという異常な執着に襲われた。するとその横にだにのようにくっついている土産《みやげ》物屋が眼についた。私はその店の中にはいって行った。店頭にはその塔門を型どった粘土の細工物を売っていた。それは何処《どこ》ででも何人でもが作り得るようなプリミチヴなたあいのないものであった。然《しか》しながらそんなものでも「この島にしかないもの」に違いなかった。私はそれを一つだけ買い求めた。そして外に出てもう一遍その塔門を見上げた。巨木の木の葉のさやぎが私の心をなごやかにしたようでもあった。私は部下が退屈して待ちあぐんでいることに恐怖した。私はこの島を離れよう。潮風を耳のうらにならせ、潮の香を思いきり吸いながら、絶望と、「この瞬間だけ」という気持とを奇妙に交錯させて砂丘を走っていたのであった。やがて私の戦闘艇が見えると、私は習慣になった大声を出してどなっていた。出港用意！　機関発動！

（昭和二一年一〇月「光耀」）

石像歩き出す

　戦争は終ったと思っていた。そして生活のために国民学校風のコの字型の鉄筋建築に囲まれた広場でたくさんの人々にまぎれて力仕事をしていると、突然空気のはじけるような連続した爆発音が起った。それは一つの方向ばかりでなしにいちどきに四方八方手がつけられぬ工合《ぐあい》に空気が割れた。私はその瞬間身体つきを猫のように地にはわせて空を見上げた。その恰好《かっこう》はちょうど兵隊が不慮の徴候に対して状況判断をする時の物なれた恰好に似ていた。それは恐怖とか善悪の実感に先立ってそんな姿勢をとる習慣をつけられていたからだ。私は自分の姿勢にも過去のにおいが強くしみ込んでいることをこげ臭く感じていた。そしてそんな姿勢の私の眼《め》は真赤に焼けただれた空が一面に照り映えているのを見た。

　私はいぶかった。また戦争か。もう戦争は終ったのではないか。そして悲しいことには、畜生《ちくしょう》まただまされたかという気持がふっとかすめて通り過ぎた。だが次の瞬間には、事情が何も分らぬ恐怖に襲われた。戦争ではないだろう。しかしあのような爆発音と天をこがす朱の反映が何でもないというはずはない。再びこの市街は地上から埋没させられる運命にぶつかったのではないか。

　私は海の方に逃げた。なぜ海の方に逃げたのだろう。やがて私は海の上に浮かんでいた。どんなにして海の上にやって来たのか、筋道は立たないが、あるいは海の上からなら市街の滅び行く形相を見尽すことが出来ると思ったのかも知れない。私は吃水《きっすい》の浅い平たいボートに仲間のものとすし詰めに乗り組んで、うろうろ海の上をこいでいた。

ところが市街の上には何事も起きてはいなかった。あのように恐ろし気な赤光も、もう無い。そして一緒に逃げ出したと思えたたくさんな人々がもうどこにも見えないのだ。私の眼にうつる海上にはところせましと戦いに勝った「とつ国」の鉄船がひしめき合って、夕空を、イルミネーションで飾りたてていた。そこで私たちの一隻《せき》のボートがうろうろしていた。

私はあわてていたのだ。私は奇妙な服装だったのだ。海軍の士官の帽子と軍服とを着けていた。それは、すわという時にあわてることなく、そういう服装をして人前に出るという過去の習慣がそうさせたのかも知れなかった。しかしそんなものは今では無くなっている。私はどこからそんなものを引っぱり出して着けて来たのだろう。しかもそれでも完全な軍装ではなかった。私は短剣をわすれていた。それはちょうど上陸外出の時にどうしたのか、うっかり短剣をつりわすれて往生《おうじょう》した時の気持であった。仲間の者に気がつかれないように落着かぬ気持でいた。だが私は何を妄想しているのだろう。戦争はもうすんでしまったのだ。ただえたいの知れぬ無気味な音響が戦争の時の色々な音響に一寸《ちょっと》似ていただけで、私は簡単にあわてた軍服の着方をして出て来ている。その士官の服装に、いまだに何かを頼ろうとしていたのではないか。しかし今の爆発音が何でもなかったとすれば、私はとんでもないかっこうで市街の波止場《はとば》を上って行かなければならなかった。

へんにやけくそな気分で私は波止場の岸壁を上った。そこからは広いアスファルトの往来が市街の盛り場の方に続いていた。

折しも会社のひけ時で、たくさんの人々が波止場の方におりて来るのにぶつかった。日没後の名残りの明るさが今にも失われるほんのわずかの間に一刻も早く家にたどり着こうとするもののように人々は一心に道を急いで来た。今になっては少しこっけいでさえもある士官服を着ていた私は、その姿で人々と正面きってすれ違わなければならないことに、咄嗟《とっさ》のはげしい嫌悪と恐怖に襲われたのだった。

私は自分で自身を気もそぞろにし、際立《きわだ》てて浮き上らせてしまっていた。人々は復員軍人風の、といわれる灰色の服を着ていた。それは一見ただの作業向きのものであるが、その服装で行われた過去の癖のあるかっこうがしみついているようにも見えてふと錯覚を起しがちなのだ。しかしそれよりも重量のある時の急激な重なりで、その服装は新らしい一つの雰囲気になっていた。それは奇妙なユニフォームなのだ。かつて実直にかぶられたつばのある丸帽子は、だてに斜めにかしげてみられた。上衣《うわぎ》のボタンは二つ三つはずれ、ゲタをはいたり、不均合《ふつりあい》に新らしくなまなました革の長靴であったりした。そして皆同じように顴骨《けんこつ》の高い顔つきをしているのだ。

私は、自分もなぜ灰色の服装をして来なかったかを白々した気持でながめた。しかも私は人々が帰って来る逆の方に歩いているのだ。

人々はあの爆発音をきいたのだろうか。そして何の恐ろしさも感ぜずに仕事を続けて、いつもの通り今ひけ時で帰途についているのだろうか。私はあの爆発音をきいた後で、襲って来た恐怖に手放しで逃げ出した。それはもうこらえ切れない発作に似ていた。今、私は身体とは離れた位置に、自分の紺サージの士官服と士官帽をじっと見ている眼《め》を持っていた。灰色の服の波はとうとうたる流れをなし、紺サージの服には見栄《みえ》が憐憫《れんびん》とおかしさを振り分けにしてくっついていた。私は奇妙に足が地につかなくなり、灰色のたくさんの服から何か野次《やじ》られることにびくびくしていた。このすれちがいで私はからかわれずにすむことはないことを予感した。

「わしら、しんどかったのう」「あいつらのかくれる壕《ほり》を掘ってのう」「ええこととしとったでよう、あいつら」もうそんな声が聞こえる。私の身体はふらふらして来た。帽子をもっと素早く脱いでポケットにつっ込んでしまえばよかった。だがそれが出来なかった。ぽかんとして、気持とは反対に、のろのろした歩き方をし肩をさげてすり抜ける努力をしていた。

もし一人この中に無鉄砲な者がいて、私をつかまえたならば、私はその場の勢《いきおい》になぐり倒されてしまう。私は、危険を感じた。そして私の恐怖は的中した。広いアスファルトの道はころ合いの橋を越えると急に傾斜を加えて坂になっていた。道はいくぶんせまくなり、両側の店屋に飲食店が多くなっている。その坂道の方からどんどん勢よく降りて橋を渡ってこちらにやって来る青年が、私の視野にはいった。あれは必ず私をつかまえる。その男の顔つきも服装も見極めがつかないうちに彼の猿臂《えんぴ》が私の肩をつかんだ。

「いつまでそんなもの着とるんかあ」その男は女性的な声を出して、私の服を引張るとあたりの人に見せびらかすようにした。私は強く屈辱を感じた。そして肉体で、その男が平気で残忍なことをしとげる男であることを感知した。私の理解のとどかない種類の人間であるような気がしていた。ところが道行く人々は一人も立ち止らない。ちらと視線を向ける人はいた。しかしそのまま素知らぬ気に自分の往く方に歩いて行った。だれも私らにかかわろうとする者がいない。しかしその男はしつこく私をつかまえて放さない。私はここで殺されてしまうかも知れない。私は大声で叫ぼうとした。一方変にむらむらした、ふていな気分がわいて来るのを感じながら。

その時私は、また新らしい男が一人坂をかけ降りて来るのを見た。私たちはずるずる橋の辺まで来ていた。新らしいその男は私を見て私を知っているような顔付きをした。だが私はその男を思い出せない。どこかで見たことがあるようにも思えた。彼は右手にハンマーを握っていた。そしてどんどんこちらにやって来た。その新らしい男も不思議なくらい、いささかもためらう気配がない。そしてハンマーを振り上げた。私はやられるかと思った。だが、がくんと打ちおろされたのは、私をしつこくつかまえていた男の頭の上にであった。打たれた男はへなへなと崩れた。私はただかかわり合うことだけがやりきれない、という気持がせいぜいであった。足が縛られたように動かないのを無理やりに泳ぐかっこうでその場を脱れようとした。ハンマーの男は自分が打ちすえた男をずるずる橋のすそに引張って行った。しかしハンマーの男の眼《め》は背中にもついていた。私は油を流したばかりのリノリューム廊下を走ろうとするようなまだるっこさに陥《お》ち込んだ。足に入れた力はずるりと抜けてしまって手答えがなく一向に前に進まない。そして恐怖はぞくぞく背中からしみ込んで来た。私はうしろを振り向く勇気はなかった。ただ、殺されかけている男のうめき声がはっきり聞こえて来る。ハンマーの男は全く陽気に猫の子でもなぶる調子でいる様子が想像出来た。手加減などということは知らないふうだ。殺してしまうまで何か残虐なことをやっているらしい。いやなうめき声が規則正しい間隔をおいて、焦燥の地獄にいる私の耳にまつわりついて離れない。相変らず人通りはあるのに事件は何の妨害もされずに行われている。たれかが、何故《なぜ》何とかしてやらないのだろう。だれかが、警察に知らせてやればいいのに。その癖私は逃げ去ろうとしていたのだ。

　私はやっと一軒ののれんをかき分けてその中にはいることが出来た。私は奥の座敷に上った。そこにむやみに、自分を寂しく見下げはてた私がいた。座敷の手すりの下には川が流れていた。白っぽい石がごろごろしていた。

　私は無理に、赤い前垂れをかけた女に食べ物を注文した。女はほどなくあつらえたものを持って来た。ところが、女の後からのっそりとハンマーのその男がはいって来た。

「や、こんなところにおったですか」彼は人なつかし気に私の服装を見廻した。そして続けて何かいおうとした。そのとき、表口がざわついて、白いパッチにかすりの着物をしりからげした恰好《かっこう》の捕り方がピストルを持って二、三人どやどやとはいって来た。

　ハンマーの男は、さっと身をひるがえして、手すりをおどり越え川原の方に逃げ出した。しかしときは既に遅かった。川原には、どうにも逃げ場のない捕物陣が布《し》かれていた。男は川の深みに飛び込んだ。と同時に一人の捕り方のピストルが発射された。それは男に命中した。男の身体が川原に引き揚げられると、それを囲んで捕り方は奇妙な恰好の見栄《みえ》を切った。まるで歌舞伎《かぶき》の幕切れのようであった。ふと私は変な気がして、てすりから乗り出して橋の方を見た。そこには、たくさんの見物人が手をたたいてより集まっていた。それがいかにものん気な観劇者に見える。私はまばたきをして、もう一度その場の事情を了解しようとした。何だこれは野外劇ではないか。すると私はどこから混線したのだろう。私の今まで心のしこりになってずっと尾を引いていたいやなある気持は、尻切れとんぼのすがたにぶら下った。

　私は微熱の状態で、別のある高台のアスファルトの道を歩いていた。熱のために頭は二つに割れて、空気の中から（ここはお前のよく来るところだ）という声がきこえる。頭の一つの方は（何をしているんだお前さんよ何をしているんだ、そうではない、そんなふうにしてはだめだ、しっかりしろ）と耳の奥で私の耳にささやいていた。と同時にもう一つの頭の何やらうごめくけだものじみたものが（ほら見ろ、その通りじゃないか、すべてその通りさ）とはっきりしたささやき声を出した。それは二つとも同時にささやかれ、お互いに相手のささやきを抑えつけるほど断固としていた。私はあやうく口に出して、そのささやきの「反芻《はんすう》」をしかねないほどに熱っぽくなって、前こごみに歩いていた。

そこは高台であったから、あるかどに来れば市街の一部が見おろされるはずであった。そのかどに来そうな少し手前のところで、雲つくばかりの背の高い石像がひややかに歩いて行くのに追いついた。

私はその石像の立っている街角を知っていた。その石像は私にサカノウエタムラマロという「韻律」で耳を通して知られていた。おや、サカノウエタムラマロがどうして歩き出したのだろう。私は小走りに石像の前に出て、年を歴《へ》て雨風にさらされたためにのっぺらぼうに近い石像の顔を見上げた。太い口髭《くちひげ》のへんに特徴があって、ゆったりゆったり歩いていた。

「一体どうしたというのです」

私は問いを発していた。しかしそれは、ちょっと変った仕方で相手に通じた。私はその問いを声に出していったのではない。サカノウエタムラマロの顔を見上げて横歩きしながら、そうちらと心で思うとその思いがはっきりサカノウエタムラマロに通じていた。彼は大儀そうにちょっと首をふり向けて腰の辺に眼差《まなざ》しを落した。私は急いでそこに眼《め》をやると何やら昔の年号が彫ってあった。その年号こそは、たれも知ることの出来なかった重大な秘密の鍵の符号ではないか、私はそう思った。すると、私の眼の前に「つろ」という物質と、「おま」という物質がすっと現われてすっと消えた。「つろ」も「おま」も、どんなものであったかはちょっと説明が出来ないが、私には、その前後して出て来た二つの物質の名前が「つろ」と「おま」であることがすぐ了解できた。私は追いかぶせるように、「もう一字足りまへんで」

と彼の顔を見上げて言った。サカノウエタムラマロは、ちょっとあわてたような身振りをしたが、その返事はすぐに与えられた。私の鼻はぷんとさすようなにおいに襲われた。それは「す」のにおいであった。

私は、彼の意思の表現の仕方を理解すると、はっはっと声を出して笑った。ははは「つろおます」か。だが、彼はちっともつらそうではない。相変らず、のん気に、しかも何か明るそうに歩いて行く。

わが市街の石像や銅像はみんな歩き出した。私はそんなふうな文句を考え出し、口に出してその思いつきに悦《えつ》に入《い》っていると、やがて自分の考え出したその文句にあわてはじめた。これは大変なことになった。私は少し不気味でもあったのだ。どこかに新らしい精神が動き出したのに違いない。それとも天変地異が起ったのか、石像までが、そちらの方に歩き出した。

（昭和二二年八月「光耀」）

摩天楼

それは何処《どこ》の国の何と言う細工か知らないが、そして又そんなものを実際に見たことがあったかさえあやふやなのだが、私は眼《め》をつぶるだけで、というより寧《むし》ろつぶった気持になるだけで、私の眼の前に微細な細工を組立てることが出来る。小さなものでは白く晒《さら》された骸骨《がいこつ》に刻明に刻み込まれた死んだ母の或る時の表情から、大きなものになっては、私の想像の中丈《なかだけ》に確かに存在している冠詞のついた私の市街のようなもの迄を立ち所に建設したり崩したりしてみせることが出来る。骸骨細工のその特定の人の表情はあまりにまざまざしていて、そんなものを空間に刻むすさびを知っているようなことは何か神秘とか運命とかいう言葉をさえ使いたくなる程に神経の疲れた時に、その効果は覿面《てきめん》のようだ。私の市街の方については、その色々の場所の表情があまり馴染《なじ》みになっていて、実際そんな所に私は住んでいたのではないかとあやしくなる。その大かたは、夢の中で学びとったものだと思っている。一回の夢でその市街の全貌《ぜんぼう》を見ることはないのだが、度々の夢で見た市街の部分は、つぎはぎされ重なり合って、そして結局はみんなつなぎ合わせることの出来る、一つの性格を持った市街を構成しているのだ。その市街の中には、崩れ落ちた所もあり、殷賑《いんしん》な地区もあるかと思うと、野原さえ無くもない。又山岳都市のような様相の見える角度もある。市街を流れる川は嘗《かつ》て氾濫《はんらん》したこともあり、ある時は私はその市街の高層建築の立ち並んだビルディングの谷底を、脱獄した凶悪な殺人犯人にしぶとくつけ廻されて足が立ちすくんで歩けなくなった記憶を持っている。その市街にある電気椅子《いす》の死刑台では私は死刑に処せられたこともあった。私の両わきには二人の破廉恥《はれんち》罪人が坐《すわ》っていた。然《しか》し私は脳の中枢にこげ臭い鈍痛を感じた丈で、死ぬことが出来ずに脱走したのだった。又、焼き払われて石垣や土台石がむき出たものだからまるで要塞の廃墟《はいきよ》のように見える山の手の方の市街の坂道を下った所にある格納庫の内部の、生活の一切を機械にしてしまった設備の中で、P・O・Wの仲間入りをした夜もあった。私はあの日の恐怖を忘れることは出来ない。その日市街の海岸は海の水が故《ゆえ》知らずふくれ上り、街は次第に浸蝕《しんしょく》され始めたのだった。私は突堤や岸壁がつきくずされて荒涼たる砂浜になって行くのを見ていた。そして灰色の人気《ひとけ》ない砂浜をかむ波の永劫《えいごう》の繰返しが、私の気持を果てしない絶望の砂漠に陥《おと》し込んだのだ。だが私の市街は健在なのだ。どのような天変地異が起り、どんなに醜悪な悪徳が行われても、次々に映像され重ねられて行く、新しいがそれは既に決定的であるかのような用意された街の姿によって、失敗と古疵《ふるきず》を残したまま次第にその市街の性格を個性的なものにして行った。あの街角で私はロシヤ語をつかい、別の通りでフランス風なジェスチュアをすることも出来た。私自身一個のメキャニカルな機構装置の一部分になってその街の上空や、地下水道の中を飛び廻ったこともある。その市街で私は何とあらゆる人間のやったことを見て来たことだろう。そして私は沢山《たくさん》の人に背信し、そしてそれに意味をつけ、又私の為《な》した沢山のことを人々に見られ、愛され、そして軽蔑《けいべつ》され、うごめき合って、地下鉄への昇降口を流れて行ったことだろう。兎《と》に角《かく》私がその市街の何処《どこ》にでも、降り立って私が逢《あ》い度《た》いと思うひとには奇妙な偶然のつながりで逢うことが出来た。私はそれらの沢山の街角は、みんな一つの私の市街の中にあるのだと信じている。それは、私がその市街に現われると、いつかはきっと通らなければならない場所があるからだ。私がどんなに変った場所に置き去りにされても、ふとした時にそこを通る一つの場所があったのだ。其処《そこ》は丘陵市街で町なかを走って来た電車もそこで行きどまり、螺旋《らせん》のような石だたみの坂道がぎっしりつまった建物を斜面にみせて、港の海ばたを肩越しに後ろを臨《のぞ》みみる恰好《かっこう》に、うねっていた。電車の終点の広場には、場末の賑《にぎわ》いが、此処《ここ》を過ぎて街の外に出る寂しさの萌芽《ほうが》と調和して、いつも夏の終りのような移り行くあわただしさが感じられたのだ。私はいつもその場所に、まぎれ出てしまう。私はきまって其処に戻って来るような気がする。そして、やっぱり例の市街に私はやって来ていたのだということを感ずる。もう一つ、私はその市街をさまよい歩くときはいつでも、何か分らぬものに追われている。それは私が或る抽象的な概念に奉仕している為にそうなのだと自分で思い込んでしまっている。その故にその被害妄想の気分になって歩いている時に、私はやはりその私の市街を歩いていることを知ることが出来た。私はその市街のパノラマ風の地図を作ってみたいものだ。あらゆる通りには名前をつけ、丘には緑をぬり建築物には特長を素描して、事件の起った場所にはその梗概《こうがい》と日付けを記入し、もっと立体的になる色々な細工を加え、私に出会った人々のでくを作って、その市街を歩かせたり、そして「その」市街とか、「私の」市街ではなしに、ひとことでずばりとその市街の個性を言い表わしてしまうような名前をつけたいものだ。

（実は、私は決定したわけではないが、自分丈《だけ》に分る符号の代りに、既にこの市街に名前をつけていた。それは少しおかしく、だが突飛なものでは決してない。ありふれた数多い名前、私はその市街をこっそりNANGASAKUと呼んでいるのだが）

その私のNANGASAKUに或《ある》夜変った建築物を見つけた。それは素晴らしく高い塔であった。そのいただきはどこ迄続いているか分らぬ程の高さである。無数の階層があり、そのてっぺんは雲表《うんぴょう》につきささっている。そして相も変らず神秘の雲につつまれているのだ。然《しか》しその神秘は私と馴《な》れ合っている所が感じられた。その階層を包む何処《どこ》からとなく旺《さか》んに湧出《わきだ》して来る雲霧の状態のものの正体は、私が今直《す》ぐにそれは何だと名づける事は出来ないが、私がそのガス体から暗々のうちに、その正体を見届け冒瀆《ぼうとく》することを許されて居るという、偸安《とうあん》の気持になっていることが出来た。この摩天楼《まてんろう》――そうだ、塔というより楼と言った方が、よりその貌《かたち》に近いようだ。この摩天楼の全貌《ぜんぼう》をもやが常にたち籠《こ》めている様子は、丁度《ちょうど》火山孔の絶壁に立たされたようで、時々方向のない風の為にもやは吹き払われ、そのすき間を縫《ぬ》ってじかに各階層の恰好《かっこう》を見ることが出来た。バベルの塔が私の市街NANGASAKUに出現したのかも知れなかった。然し、私はバベルの塔については、バベルノトオと発音してみて或る感じを私自身が勝手に受ける以上のことは知らない。まして私がNANGASAKUにそんな摩天楼を発見した時には決してバベルの塔という名前も知らなかったしバベルの塔の絵など見たこともない。いつかふいとバベルの塔、と口をついて出て来て如何《いか》にもその摩天楼に似つかわしいことに思った。

その夜私は飛行《ひぎょう》の神通力《じんつうりき》を得ていた。之《これ》は珍らしいことではない。私がNANGASAKUの丘陵地区や、その背山地帯を訪ねる時によくその術を得ていることがあった。それもその時々で水平に走る術に長じていたり、上下に昇降し易《やす》い傾向になっていたりするのだが、その夜は私自身昇降機の錘《おもり》であった。腹部への呼吸のいれ具合や、一寸《ちょっと》した身体の傾斜のさせ方、足の組み方、両腕の位置などで、昇り方降り方を決めることが出来たし、又その速度を調節することも出来た。私はその夜そんなにも便利な状態に置かれたことを此《こ》の上もなく喜んだ。そうだ遂《つい》に時機が来たのだ。此《こ》の素晴らしい能力をひそかに内に蓄えていて、私はいざという時に何物にも比べ難い効果を表わしてやろう。私はそんな風に考えその神通力《じんつうりき》を気易く使うことを恐れて、私は歩いてその摩天楼の中の階段を昇り始めた。各階にはあらゆる雑踏があった。その雑踏の種々相を私ははっきり見て歩いた。私に飛行の術があるという事で何とか落着いていられたけれども、うっかりするとその雑踏の中にまき込まれてしまいそうであった。私は何時《いつ》裏切られ殺されるか分らない気さえした。私はその雑踏の中に何があったかその総《すべ》てを思い出す事は出来ない。新刊雑誌を売る所があった。其処《そこ》に月おくれのものは一冊もない。それも極端に新刊である。私が希望していた雑誌は総て発行されて棚の上に乗っていた。私の出現を記録した批評文の載っている雑誌が既に置かれてあった。私は後でゆっくり楽しみながら読もうとそれら二、三の雑誌を求めてそのままポケットにねじ込んで置く。展覧会のような催しがあった。お化屋敷があった。賭博《とばく》場もある。淫売窟《いんばいくつ》の迷路もある。例えばあいつを殺して呉《く》れと頼みに行けば事もなげに処理して呉れるような所もあった。温泉町、支那《しな》料理屋、駅の構内、然《しか》しあんなに強烈な印象を受けて見て歩いた雑踏の種々相を思い出すのに何故《なぜ》これ程貧弱な回想力しかないのだろう。まだまだ私は沢山《たくさん》のものを見て上へ上へと昇って行った。足なえの逆さ踊りとございい。こういう風に具体的に書き止めることが出来るものの外《ほか》に、具象化されないどろどろした思想の化物も沢山見た。それは実に変なもので、私はその部屋を泳ぐ時は、どうしても神通力を一寸だけ小出しにして逃げ出さなければやりきれなかった。サルヴァルサンの匂《にお》いに満ちた階層では、むき出しの裸電球に大きな蛾《が》がばさりばさりとびついていた。

私はどんどん上に昇る。それは私に或る悲願のようなものがあって、上へ上へと何かを見ながら昇らなければならないと考えているのだった。それは私が NANGASAKU の市街を歩く時につきまとわれる例の抽象概念に奉仕していると思い込んでいる為に起る追跡観念と同じものに違いない。そういう陶酔状態にはいっているので私は又ミニアチュア市街を彷徨《ほうこう》しているのだという事が分っている。この追跡観念に憑《つ》かれると私は自分を限られた少数者に思い込んでしまう。そしてそれが昂《こう》じて来ると今迄各階層に見て来たあらゆる現象が私の願いへことごとく白い歯をむき出していたことを強く思い知った。

所が私はふと自分が無人の階層にやって来てしまった事に気がついた。あんなに沢山《たくさん》の人々が肩をすり合わせていたのに。私はその人の群をいといながらも、その中にまぎれ込んで安心していたのに。もうその階層には誰一人として上って来る者がなかった。山の上の歓楽地帯で、そこ迄はケーブルもあり、歌劇もホテルも涼《すず》み台も木馬も食べ物店も写真屋も何でもあるのに一歩そのさかり場を外れて奥のお寺のある杉木立の参道に足を向けるともう人っ子一人いない無気味な深山の中にふみ込んでしまったというような経験は、時折あるものだ。丁度《ちょうど》それであった。群衆のざわめきは耳底のなごりだけで潮がひいてしまったように、たよりなく別の世界になっていた。あの灰色の匂《にお》いのするもやが一層かきたてられてその階層に満ちて来ると、私は孤独の恐怖に捕われた。私はもう上に昇ることを断念しようと思った。突然にいやな思い出を甦《よみがえ》らせた。昔やはり飛行の術を身につけて私は或る倉庫の中奥深くはいって行った。そこは幾重にも鎧戸《よろいど》を下す仕組になっていて、それを一つ一つ泳いで中にはいって行った。その時も私は何かを見ようとしていた。その倉庫はむやみに奥深い。然《しか》し私は遂《つい》にその一番奥の部屋に到達することが出来た。その部屋の奥に小さな窓がついていた。私はその窓からその窓の向うのものをのぞいてみた。其処《そこ》に何があったのだろう。私はどうしても思い出せない。ただ何かしらなまなましいまざまざしたものがあった。私は全身が総毛立つのを覚えた。咄嗟《とっさ》に私は身を飜《ひるがえ》した。その飛行の術の全回転で私はこの奥深い倉庫から自由な外気に脱出しようとした。所が私がそういう気配を見せるや否やそのまざまざとしたものの執拗《しつよう》な意志で私は後髪をひかれるような恐怖に落込んだ。水を浴びせられたような悪感《おかん》を受けた。私は逃げた。すると百の鎧戸が異常な速力で締まり始めた。私が一つの鎧戸をぞくぞくしながら満身の力でとびぬけると鎧戸は私の背後で物凄《ものすご》い音をたてて落下した。一つ一つ、私は薄氷をふむ思いで飛行し通り抜けた。一つ一つ。もう出口が近い。あと一つ。だがその最後の鎧戸は、私の行手を猛烈な勢《いきおい》でふさいでしまった。あーあー。私は緒《お》を引いて悲しい泣声を出したそのことを思い出した。すると、ぞくぞく寒気がして来た。いけない。私は引き返そう。その上私の飛行の術の効力が薄まって来ていることを感じた。私はまた間に合わないかも知れない。すると、私の呼吸すらがんがんとその階層に反響して、上の階層に果てなくつつ抜けて行くような気がした。私は術を使ってみた。はたしてもうエネルギーが消耗していることを知った。私はあわてて階段を降り出した。すると私は魔物とすれ違った。その魔物は女を横抱きにしていた。その女の気配がひどく私を包んだので、よく見た。するとその女は私が知っている女なのだ。頬《ほお》がゆたかで、そのやわらかい感触は忘れることの出来ないものだ。そしてあの餅《もち》のような四つの肉の丘が強く甦《よみがえ》った。その女は実にたあいなく私に誘惑された女であったのに。私は記憶から消し去ることの出来ない業を考えていた。魔物はその女を連れて何処《どこ》に行くのだろう。私のエネルギーはどんどん下降を始めている。その女を助けてやろうという気持は切なく湧《わ》き上って来たのに、私は自身をすら階層の中途に支える事が不可能になっていたことをはっきりと知った。私はつい先頃この摩天楼でヘゲモニーを握っていたのではないかと錯覚して奇妙な寂寥《せきりょう》に落込んだ。私はずるずると一階の出入口の所まで引きずり落されるように下降していた。

夜が明けると、摩天楼は見えなかった。一しきりもやが湧き上った。そして私は例の広場に出て来た事を知った。あのNANGASAKUの市街の果てに出て来ていることを。その広場には露天市場が出来ていた。露天市場に朝方の活気がつき始めると、露天商人たちはそれぞれの勤勉さで日用品や湯気の出る食物などを売り始めていた。だが私は彼等の一人一人を見て驚いた。それは昨夜あのバベルの塔の各階層に巣喰《すく》っていた者たちではないか。そして今にして思えばみんながそれぞれあらゆる邪悪の思想を各々の階層で設計していたような気がする。あの魔物さえ素知らぬ顔付で莨《たばこ》を売っている。然《しか》し朝の陽《ひ》を受けた彼等の顔付は何という平凡な小市民の風貌《ふうぼう》をしていることだろう。彼等は昨夜の己の摩天楼での姿を知ってはいないのだ。きっと知らないのだ。だが私にはあの摩天楼が決して消えてしまったのではないと思っている。夜が来れば、あらゆる奥深い邪智と設計と夢と大事業が天に向って伸び始める。私にはそれがはっきり分っている。私は港の海ばたの潮騒《しおさい》を感じ、眼《め》を遠くにやると、遠いかなたの山が火を噴いて、真赤に天がただれているのを見ていたようだ。

（昭和二二年一〇月「文芸星座」）

夢の中での日常

私はスラム街にある慈善事業団の建物の中にはいって行った。その建物の屋上で不良少年達が集団生活をしていると言う聞き込みをしたので、私もその仲間に入団しようと考えたからだ。それは何も、私より一廻りも年若い新時代の連中と同じ気分になって生活が出来ると考えた訳ではない。ただ私は最近自分を限定したので、いわばその他の望みがなくなってしまったように錯覚したのだ。つまり自分はノヴェリストであると思い込むことに成功した。所が世間で私がノヴェリストであるとして通用することは出来なかった。私はまだ一つとして作品を完成したことも発表したこともなかったから。ただ長い間私は作品を仕上げようとしていたのだ、と言うことは出来た。私は中学に通う年頃から変節し通しで、はた目には、はがゆい限りであったと見える。というのも私が、はっきり自分がノヴェリストになるのだということを表現するのを恥ずかしがっていたからだ。自分がまだどうにでもなる余地が残っているとたかをくくっていたからだ。所が三十を過ぎても何一つ技術を身につけていないことを知った時に私は慄然《りつぜん》とした気分になった。こんなに色々なものが進歩してしまった世の中で、技術を一つも持っていないということは寧《むし》ろ罪悪であるようにさえ思われた。苦しまぎれに自分にも、とに角三十年近い現世の生活をして来たのだからその内には何か一つ技術らしいものを習得しているだろうという考えに辿《たど》りついた。そしてそれがノヴェルを書こうとしていたことに落ち着いた訳だ。そこで一つの作品を完成することに着手した。すると表現ということが重くのしかかって来て、私は自分の技術を殆《ほと》んど見限った。然《しか》しそのことについて絶望ということを時には口にしながらも食事をとり睡眠し排泄《はいせつ》して、その間にペン字で埋めた原稿紙を重ねて行った。そういうことに一年間がまんした。そして出来上ったものはたった百二十枚しかなかった。自分で読み返してみるとそれはひどく不明瞭《ふめいりよう》なものであった。文字を重ねて行っただけで、神の寵愛《ちようあい》も悪魔の加担も認められない。文字の集積という点にしても貧弱なものだ。所がその百二十枚が買上げられることになった。そんなことがあるものだろうか。私はそれは一種の茶番ではないかと疑った位だ。大したことじゃないのだ。それは君、一杯のカルピスだよと教えて呉《く》れるような人がいた。そして又それを私に取ついで呉れる人もいた。そしてそれを私も段々信じて行った。そのこととどう結びつくのか分らないが、それと同時に私は自分をノヴェリストとして夢想し始めた。原稿料はどの位貰《もら》い、又私の書いたものは華々《はなばな》しく批評されて、私は技術を持ったひとかどの人物として、先ず手近の肉親から信用し始められて追々《おいおい》に世間に及ぼされて行くのだろう。所で私は私の表現の源泉を百二十枚にすっかり安売りしてしまったあとは、書く事が何もないのに気がついた。それでどうしてもその書く事を育てなければならない立場に立至った。然《しか》し私は方々の出版社や雑誌社から、有名な人のように注文が押寄せて来た訳ではない。何やら自分で、そんな風にせかせかし始めていたに過ぎない。あたかもそんな気分の時に私は、へんに私にとっては暗示的な一つの映画を見た。それは第一作が発表されただけのノヴェリストなのだが、その次に書く事がなくなってしまったのだ。そして表現を錬金する白々しさに堪えられず酒精の盃の中にすべり込んでしまうという物語であった。そんなことはあるまいと私は思ったが、怠惰の美味がしのびよって来て、どうしてもそれの誘惑に打勝つことが出来ないような時に酒精は私を誘拐しようと近寄って来た。

そこで私はそれに抗《あらが》うようにして機嫌のよい日にスラム街にやって来たのだった。

私のつもりでは、私も不良少年団の一員となって、すりや強盗なども実際にやってみ、戦争後に一番思い切って悪くなってしまったと言われるはたち前後の少女とも仲よくして、彼女の酢っぱい思春期を無理矢理もぎとってしまおうなどという悪どい趣味も抜目《ぬけめ》なく用意して行った。私自身はノヴェリストという仕掛を施したのだから、どんなになっても傷つきようがないという安心感が持てると思い込んだ。そうやってむき出しの両刃にして置けば、逆にヒューマニズムの実践者にされそうな陥穽《かんせい》も用意してあったのだ。そしてその生活の記録とフィクションは私の第二作となるであろう。私はその生活にはいらないうちに色々な期待やら計画やら素晴らしい思いつきやら、なまなましい細部などで作品の出来上らない前から、既に出来上っているような気分が少しずつ湧《わ》いていた。ただそれを表現するという沙漠《さばく》のような砂をかむ思いに間歇《かんけつ》的に打ちのめされはしたけれども。

屋上は、と言っても実はその建物の三階だが、戦争中の爆撃の為に鉄筋コンクリートの外部丈《だけ》が辛うじて残り、内部は部屋の区劃《くかく》などもすっとんでしまって、大講堂のようながらんどうになっている。むき出した鉄骨が天井からぶら下っていたり、コンクリートの破片がそこら一面ちらかり、ガラスも何もなくなった大きな破れ穴のような窓からは港の海が眺められた。そんな場所に、団長が二十人ばかりの団員を集めて集会していた。それは今後の仕事の打合わせや、度胸のない仲間の批判や、追跡に対する作戦などが問題になるのであろうと思われた。

私はくずれた階段をしめっぽく上って行って、そっと一番うしろに佇《たたず》んだ。団長には新らしく入団する了解は得てあった。私は一種の客分で、又彼等の生活のどんな事をノヴェルというものに仕組んでも差支えないという保証も得ていた。ただ私は彼等に対する説教者ではなく、寧《むし》ろ彼等の側に近い精神状態にあり、彼等と違う点は、かなりの年配であることとかつて正当な学問の教育を受けたことがあるに過ぎないのだという巧妙な位置を当然に要求することが出来ていた。それは彼等を包容している慈善事業団の性質とも関係したことであった。私はその慈善事業団の性格をはっきり把握する事に困難を感ずる。見当はつくような気もしていたが、どうもはっきりしなかった。私の知っているその経営者たちのうちの二、三人は、私とは極《ご》く親しい間柄であったが、腹の底を打ちあけて言えば、お互いにしんから憎みあっていたようなものだ。それで私もその施設を利用しているだけなのだ。

団長は二十歳を出たばかりと思われる美少年であった。彼の態度は出来るだけ不作法に振舞って人をよせつけない所を見せ、口をひらいて自分を批判する時には、ことごとに自分がひ弱く消極的で礼儀作法や習慣をどうしても破ることが出来ない古い形の人間であるということを、はにかんで語った。

その少年団長が丁度《ちょうど》何かしゃべろうとした時であった。私は階下から受付の者が上って来て、今あなたを尋ねて来た人がいるからすぐ階下迄来て下さいという知らせを受けた。私はふと不吉なものを感じた。折角《せっかく》新らしい生活に切り出そうとしている矢先に、私が受付から呼び戻されたのだ。私は階下に下りて行った。

受付の所には私の小学校時代の友達がいた。然《しか》しその友達とはそれ程仲が良かったという訳でもない。それなのに私はすっかり動揺してしまった。何故《なぜ》小学校時代の友達というものは、この様に落着かない気持にさせるものか。おまけに彼は今悪い病気にかかっているという噂《うわさ》をきいていた。彼がその病気にかかっているらしいことをきいた後でも私は彼と二、三回町の中ですれ違ったのを覚えている。その時私はいかにも昔のままの友情を今も変りなく持っているという顔付や態度を殊更《ことさら》に、彼に示して見せていた。その手前、今も彼にそっ気なく応待することが出来そうもなかった。悪い病気というのはレプラであった。

「近頃素晴らしい事業に関係してるそうじゃないか」

私の姿を認めると彼は、おどおどした調子で話しかけて来た。「それに、小説が一流雑誌に出るんだってね」

私はすっかり自分を失っていた。その精神生活については何も知ることのない第三者から自分の仕事に関して何か話題にされるというのは我慢のならないことだった。それに彼が小説という発音をした時に何故か、とてもげすな感じがした。まして小学校の時の級友であったという事実は、私をすっかりどぎまぎさせてしまった訳だ。

「君、いつかこれが欲しいと言っていただろう」

彼はポケットから袋をとり出して見せた。然し彼の右手は如何《いか》にも不自然に、だぶだぶの上衣《うわぎ》の袖口《そで》にかくして、袋だけをぶらぶらさせて見せた。私はそれが何であるかを知った。それはゴム製の器具だ。私はいつ彼にそんなものをたのんだのだろう。然しはっきりたのまなかったと断言することも出来なかった。

「ああそう、わざわざありがとう。それでいくら渡せばいいの」

私は早く彼に帰って貰《もら》いたかった。所が彼はひどくじめじめしたねばっこい様子をしてみせた。つまり彼はもじもじしながら、その袋をあけて、中の器具をつまみ出した。私ははっきりしない混濁した憤《いきどお》りがじわっと胃のふにはびこり出したのを感じた。彼のような病気を持った者がどうして隔離されないのだろうか。而《しか》も何故《なぜ》彼は、じかにそのゴム製品のようなものを彼の病患の手で触ってみるようなことをするのだろうか。然《しか》しそれにも増して私が参ったのは、そういう事態を眼《め》の前にして、私は彼の行為を非難する勇気のなかったことだ。その勇気がないことに私はつまずいて彼を拒否することも出来なかった。

　彼はそのゴムをさすったり引伸したりしながらこう言った。

「この頃すっかり品物が悪くなってね。昔のように丈夫なものじゃないんだ。すぐ破れてしまうかも知れんよ」

　そして、一枚一枚たんねんに検査し始めたのだ。その時の私の状態はどう言ったらよいのだろう。ひどい侮辱の中に浸《ひた》って、時の経過を待っていた。

　やがて彼はしっかり袋の中に納め終って、その袋を私に渡して呉《く》れた。私は彼の指にふれない為に、その紙の袋の端をつまむようにして受取った。そして私は百円紙幣を一枚、矢張《やは》り端をつまむようにして彼の指の傍に持って行った。

「それじゃ、これを取っといて呉れ。又そのうちに上等品があったら持って来て呉れないか」私は口をゆがめてそんなお世辞まで言った。

　彼は無造作に指を押しかぶせるように紙幣を受取ろうとした。私はすっかり彼に悪意のあることを感じとったので、今度は少し露骨に手をひっこめた。

「じゃ、いずれ。今日は一寸《ちょっと》会合があるものだから失敬するよ」

　私は素早く彼の前を脱れた。彼の全身からにじみ出ている湿気のようなものは一体何だろう。私は事務室にはいって、昇汞水《しょうこうすい》を金《かな》だらいにたらしてそれを水で割った。そして私は袋と一緒に両手をその消毒水の中につっ込んだ。それは殆《ほと》んど本能的にそういう動作をした。その時ぎいっと扉があいた。私は手を金だらいにつけたまま、ぎょっとして扉の方を振り返った。其処《そこ》にはレプラ患者の彼が、嫉妬《しっと》に燃え狂った眼付《めつき》をしてつっ立っていた。何というのだろう。さっき迄彼の顔面にはまだ病状は現われていなかったのに、今の彼の眼の廻りには既にどす黒い肉のただれがくまどっているではないか。彼は消毒液の中の私の両手に、いやな凝視をそそいでいたが、やがて甲高《かんだか》い泣出すような声を出して叫んだ。

「あんたも、あんたも、やっぱりそうだったのか」

彼はやにわに近づいて来た。

「畜生《ちくしょう》、みんな贋物《にせもの》だ。俺はうつしてやる。あんたに俺の業病《ごうびょう》をうつしてやるのだ」

私はテーブルを楯《たて》にして逃げた。彼は真っ黒になって追っかけて来た。するとそのさわぎをききつけて、受付の少女が部屋にはいって来た。彼はきっとなってそっちを振向いた。そこには少女がけげんな顔付で立っていた。

「くそっ、誰だって容赦はしないんだ。誰だってかまわないんだ」

彼はそう言うと、その少女の方に近づいて行って、少女をがっしり掴《つか》んでしまった。

私は床を蹴《け》って脱《のが》れた。私は少女を見殺しにして置いて脱れて来た。


その後で彼等はどうなったのだろうか。慈善事業団の建物はどうなったのだろうか。又屋上の不良少年団はどうなったろうか。それ等《ら》を私は知らない。私はそれっきりもうあそこには近寄らなかった。そこに近寄らないということで、私はずっとうずき通しであった。

それでも私は町なかを歩いていた。どこかをいつも歩いていた。それ以来、空にはいつも飛行機が飛んだ。無数に飛行機が飛び、私は不安におののいた。私は金属が空を飛ぶという事も恐ろしかったが、それよりも、その飛ぶものから何かが落ちて来はしないかということに余計恐れた。だから私は飛行機が飛ぶと空を見上げて、何か落ちて来た場合の処置を考えた。飛行機からは時々アルミニューム製のガソリン槽が落ちて来た。地表にぶつかると、がんと奇妙な音響を発して、そのまま動かなくなった。それには安心出来た。然《しか》しやがて何が落ちて来るか分ったものではない。そのうちにも飛行機の数は次第に殖《ふ》えて来た。そして高度も段々低くなって、蝗《いなご》の襲来のように堅い胴腹を陽《ひ》にきらきらさせ乍《なが》ら町の上空を旋回した。私は最後の日のようなものが近づきつつあるのではないかと思うようになって来た。

　或る日、私は焦燥にかられて仕方がなかった。へんに辺りがたよりなくて往生した。それで私は或る高名のノヴェリストを訪問しようと考えた。私の最初の作品の掲載された雑誌は未だ刷り上っていなかった。私は何者かにせかされていた。それに日が経《た》って来ると、レプラ患者に逢《あ》った日の細部がはっきりしなくなっていた。あの日、私は彼の肉体のどこかに触ったのだったろうか。それとも決して触りはしなかったのか。あの時私は完全に消毒したのだったろうか。それとも消毒しようとして、彼に追いかけられたまま、脱れて来てそのままになっていたのではないか。その時の前後の事情から、順々にその時の事を思い浮べて見るのだが、触られたのか、そうでなかったのか、消毒したのかしなかったのか、どうしてもはっきり思い出すことが出来なくなってしまった。それで私の肉体も私は信用が出来なくなっていた。一方飛行機が無数に飛ぶようになっていた。私の作品は未だ発表されていない。私は私の作品に対して何の反響もきくことが出来なかった。そして第二作の計画は挫《ざ》折《せつ》したままになっていた。このまま、ぐらりと一切が転換して、私の作品が多数の複製となって世の中に頒《はん》布《ぷ》されるということは、幻影だったということになってしまうのではないか。それでなくても雑誌の編輯者《へんしゆうしや》から、都合によって次輯廻しになったと言って来るかも分らなかった。又は印刷所の手落ちで、原稿を紛失してしまったと言って来るかも分らなかった。その時私は激怒することが出来るだろうか。私はレプラ患者から脱れたように、その場をただのがれようとするのではないか。私はぐらりと私の重い身体を動かす。すると周囲のものの一切がぐらりとゆれて傾く。

　私はその高名のノヴェリストを訪ねようと思った動機をはっきり示し出すことが出来ない。私はまだ一つも作品を書いていないのと同じだという気分をなくすことが出来なかった。それでその高名のノヴェリストに自分を紹介する時に、私はずい分間の抜けた顔付をするだろうと思った。彼は私を知らず、気持も落着かず不愉快な感じを持つだろう。その私が彼の小説のことなどを言い出したら、彼はどんなにか堪《た》えられない思いをするだろう。そして私はうまく機会を作って言うだろう。「私も私のノヴェルが売れました」「ほう、何に」「あなたもお書きになった事のあるあの雑誌です。でもまだ出ていないのです」

私はそのノヴェリストを何処《どこ》迄おそろしく考えていたのか自分にも分らない。幾分軽蔑《けいべつ》していたのかも分らなかった。それで色々そんなことを考えていると、もうその人の所にのこのこ出掛けて行くのが面倒臭くなった。

愈々《いよいよ》終末の日が近づこうとしている時に、私は一体何をしたいと考えているのだろう。私は何を望んでいるのだ。私はあのゴム製品を使いたいとは思わない。そしてあれは何処に見失ってしまったものか。あのいやな出来事のあった日以来、この町での唯一の私の世間への交際場であったあの慈善事業団の建物にもぷっつりと近づかなかったから、私はこの町で友人という者は一人もいなくなった。私の父や母は何処に居るのだろう。私は父を見失い、母をも見失っていた。それは少し誇張した言い方であったかも知れない。私は、父の居所を知る事は出来なかったが、母の居所は大凡《おおよそ》分っていた。母は戦争中に壊滅してしまったと伝えられる南方の町に住んでいた筈《はず》であった。そして新聞紙などでは全滅してしまったように伝えられたけれ共、実際に行って見なければ分ったものではない。それだから私は母の居所の見当はついていたけれ共生きているのか死んでいるのか分らなかったのだ。そして父は、恐らくは私と母とを探しているのではないかと思われた。

私は突如その南方の町へ行って見ようと思った。それは母に会いたいと言うのでもなかった。母の生死を確かめたいと言うのでもないようだ。私はぐらりとそちらの方へ身体を移した。

其処《そこ》はまぎれもなく、その南方の町のようだ。それは前に見馴《みな》れていた馴染《なじ》みの町の様子とは少し違うようだが、明らかに私はその町にふみ込んでいた。すると町は全滅した訳ではなかったのだ。私は町なかを歩き廻った。母の実家はずっと以前に断絶してしまってはいたが、私の母はこの町で生まれたのだ。それで以前私はしばらく此《こ》の町に住んでいた事があった。然《しか》し今となっては私が身体を休めるような場所は一つとして残っていそうもない。いくらか知っていた家も代がわりをしてしまっていた。それでも私はごく当り前に母の家に行きつく事を信じていた。

私は町の中をうろついた揚句《あげく》に、ひょっこり町のさい果てであり、電車の終点でもあるターミナルに出て来た。夕暮れなのか、既に夜にはいったのか、辺りは馬鹿《ばか》に暗い。私は立止まった。すると一度に色々の事が甦《よみがえ》って来た。私はまるで雲をつかむように構想もなく、デパートや理髪屋の明るい人だかりの中を通って来ていたのだが、その暗いターミナルの背後を囲んだ立体的な丘陵住宅の風景を感じとってある事を思い出したのだった。私は行く場所の見当がついた。私は郊外電車に乗って或る場所に行けばよかったのだ。そしてその場所こそは新聞などで壊滅したと言われていた場所に違いなかった。

そのターミナルからは北の方の闇に向って、鉄道が敷設されているようであった。その軌道が、どこをどう通ってどういう町々を連ねているものかは一向に分らなかったがただそちらの方に行けば、丘陵も建物も灰になってとろけるように崩れ落ちた平面の感じがする或る区域に、その場所があるようであった。そして私はしきりに心配事の種が心臓の辺でうずき出しているのを感じた。私は早く其処《そこ》に行かなければならない。

風が吹き始めた。ターミナルの路傍で私は切符売りの婆《ばあ》さんから切符を買った。高い電柱のてっぺんの方で裸電球がつけ根がゆるんでぶらぶらしながら切符売りの婆さんとその箱のような居場所を明るく区切っていた。私が最後の切符の求め手であったかのように婆さんはそそくさとその箱の店をたたみかけたので、私もあわてて電車に乗込んだ。

電車は混《こ》んでいた。だが私は押分けてはいって行った。真ん中あたりの釣り革にぶら下って魚のように呼吸していると、必ず座席がとれるだろうという気がしたのだ。するとその通りになった。私のすぐ眼《め》の前には、如何《いか》にも娘ざかりの肉付のいい若い女が銘仙《めいせん》の着物を着て坐《すわ》っていた。鼻が平たくて気になったが小ぶとりの身体つきに妙に惹《ひ》かれるものを感じた。近郊の在から出て来てそう日もたっていないような風だ。私は眼でその娘の身体に小料理屋の女のあくどい柄のはでな着物を着せてみた。すると私はがまんのしきれない子供のような慾望を感じ出した。そこで私はその娘の横の座席にしつこい執着を示すと娘は仕方なさそうに横につめた。その大儀そうな仕種《しぐさ》は醜いものだったが私にはひどい挑撥《ちょうはつ》と受取れた。もう手中の小鳥を料理する気分になっていた。

私は自分とは別の人間の柔軟な体温のぬくもりを感じていた。その別の人間である女が少しでも身体を動かすと、私には自分の肉体の曲線がまざまざと伝わり、その女の肉体との境界の線があからさまに知らされた。そうすると私は少し煙草《たばこ》をのみ過ぎた時のように眼がかすんで来た。そして私の肉体がもうあの時から崩れ始めて駄目《だめ》になっているような感じにとらわれた。と同時に私はその娘も充分意識して饗宴《きようえん》に与《あずか》っていることを確信していた。それで先のことは考える余裕もなく、刻々が重なって未知の時間に移って行く刹那《せつな》がそこにあった。私は自分の膝《ひざ》でその娘の膝の辺の括約筋《かつやくきん》の色々な方向を数え始めた。すると娘はついと膝を外した。何ということだろう。私は突然平手打ちを喰《く》わされたように狼狽《ろうばい》した。私は自分の肉体の不随意な神経をひどく残念に思った。その娘は私の性根《しようね》を白々した気持で計算して、つとそのぬくもりを外したに違いないのだ。私は猛然と闘争の心が起った。先ず手はじめに、非常に侮蔑《ぶべつ》された気味合を充分に現わしてぷいと顔をそむけてみせた。すると、半ばそういう期待もあったのだが、娘がおろおろし出したのだ。私はいささか拍子抜けがして娘の方をながし目に見た。私が身体をそらし加減にしてぐいと膝《ひざ》を押しつけていたものだから娘の膝が乱れて不ざまになったのであった。娘はその膝をつくろおうとしたのだった。娘は身体をよせて来て、

「御免なさい。そんなに怒ってはいやです。仕方がなかったの」

と言った。それはまるで他人でないような調子だ。私はこの変な葛藤《かつとう》には負けたような気がした。と同時にその娘の肉声をきいただけでいやな気持になって、正気づいてしまった。そこで私は思いきりぷつりとこの遊戯の糸を切ってしまうことにした。そして甘ったるいだらけきった余韻の中で、私はいつの間にか、或る家の中に居たのだ。


そこは絶滅したかもしれないと思っていた場所の一劃《いつかく》であった。何かのいたずらでその家は残っていた。そこは私の母の家であった。そして私はどこからか、父を無理矢理にこの母の家に引張って来ていることに気がついた。そうだ、私は此処《ここ》に来る途中何処《どこ》か身体に束縛を感じていた。それは私一人でない何者かが私の影となり身体につきまとっていたのだった。それは私の父であったのだ。此《こ》の家にはいって、はっきり私の父であ

ることが決定したようであった。

私はもう其処《そこ》に住み込むつもりで、畳の上を歩き廻って部屋部屋をのぞいてみたり、裏の縁側に立って板塀越しに隣りの家の方をのぞいてみたりした。猫の額《ひたい》のように狭い不潔な庭には枇杷《びわ》の木が一本植わっていた。その黒っぽい色素の枇杷の葉が一枚一枚ゴム細工のようなぼってりした重量でいやにはっきりと眼《め》に写った。畳はぶよぶよふくれ上りほこりっぽく、ねだがゆるんで歩くとみしみししわった。天井板は全部取外してあるので屋根裏の骨組みが蜘蛛《くも》の巣だらけで、電燈のコードが張り渡されて眼ざわりであった。壊滅からは免がれたとはいうものの、やはりあの一瞬の閃光《せんこう》の時にこの家全体に癒《いや》すことの出来ないひびがはいってしまったことが見てとれた。部屋はひどく陰気なのだ。母がよくこんな所に住んでいられたものだと思った。

「畳はずい分きたないね。僕はこんなのは大嫌いさ。僕が来た以上は、うんときれいにする」

私は大きな声で少しあてつけに、うんとと言う所に力を入れてそう言い、言ったあとの自分の言葉でふいと私は母が何か不潔なような思いを抱いた。私が大声でそんな事を言ったのには一寸《ちよつと》したからくりがあった。そんなふうに言うことによって、母の今までのこの家でのふしだらな生活をわざときめつけることになると思った。そうすれば私は父の御気嫌を伺い、併《あわ》せて母としても父に対していくらか肩の張りがとれて気易《きやす》くなることが出来るだろうと思った。その結果は父に対しては上乗であったようだ。然《しか》し母に対してはすこし効き過ぎたような悲しさに襲われた。

私は母はもっと年をとっていると思っていた。然し今見るとまだ仲々瑞々《みずみず》しさが残っているようだ。だらしなく猫じゃらしに結んだ伊達巻《だてまき》の小粋《こいき》にななめになった腰のあたりがどうかするとなまめいてさえ見えた。母は不義の混血児を負ぶっていた。その白っ子のような男の子は、私は前々から母の生れた町でちょいちょい見かけていたことを思い出した。年の割にのろっと大きな感じの子で、そんな大きな子を母が負ぶっている気持が分らなかった。思うに父の黒い眼《め》の前ではどう隠しようもなくて、いっそ身体につけてしまったのかも知れない。私は町の路上で遊んでいたその混血児が、実は自分の母の不しまつの結果であることは、今度此《こ》の家にやって来て始めて知った。でも私はその事に少しもおどろかなかった。一さいがそうだったろうと前から分っていたような気持になっていた。いや寧《むし》ろこんな誠に小説的な環境がこの自分のものであったということに、訳の分らぬ張合いが起って来た。自分の根性を素手《すで》で摑《つか》んだ気持でいた。そうだ。私はノヴェリストとして自分を限定してしまったのではなかったか。

　母は父がやって来た手前いくらかやぶれかぶれでふてくされているみたいに見えた。父が何か言えばそれに答えて伝法《でんぽう》にぽんと言い返しをやりかねない風情《ふぜい》に見えた。然《しか》し私には、そんなのろっとした白っぽい異人の子を負ぶって父に応待しているということに、女の運命に逆らうことの出来ない自然さの中で、母がもうおろおろしきっているように映った。私はそういう自分の甘さにのって、うっかり、

「お母さん大丈夫ですよ。この子は立派に、私の弟です」

と言ってしまった。その瞬間私は自分で自分の言ったことにセンチメンタルになって、胸がつまり、ヒロイックですらあった。母とその混血児は涙ぐむだろう。その時の腹の底では、もし父が反対しても私は自分に自信があるような気がしていた。私は瞬間瞬間の私の感情的な反応を信じない決心をしていたのだ。それはあの日以来そうなっていたのだ。

　父はすべてを黙って見ていた。私のそのへんてこな自信をも含めて見ていて、甚《はなは》だ不愉快そうであった。私には父の肉体は感じられない。私が父をこの母の家に連れて来たのだが、父には殆《ほと》んど位置というものがない。而《しか》も私は明らかに母に対して父をこの場所に位置させていた。厳として、父らしい気配がそこに存在した。そしてその気配が不愉快そうな様子をした。

　父は言った。

「その他に、女の子も又別に二人の子供もいるのだ」

　そうぽつりと言った。それ丈《だけ》言ったのであるが、私にはその出された言葉より、余音となって消えた「お前は知るまい」という出されない言葉が、ぴしりと胸に来た。父が口に出して言わない後の方の言葉が現に出された言葉よりもなまなましく私の胸に焼きついた。私はその父の姿に醜くたじろいだ。然しうちの者は怪我《けが》ひとつしないと言うのが戦争前までの私の現実だったのだ。それが今日此頃《このごろ》はどうだろう。こんなにぎっしり不

幸が矢つぎ早にやって来た。私はもう自分が何であるか分らない。うわあっ、何と素晴らしいことだ。之《これ》がみんな俺《おれ》の現実なのだ。そういう気持が瘡《かさ》のようにはびこり出していた私に、父の今の一言はぴしりと来た。私には父がゆるぎのない世間の鉄の壁に見えた。

「その位のことは前から知っていました」私はか弱い追従の笑いを浮べて、とにかく父に言い返した。拭《ぬぐ》うことの出来ない罪悪のように仮借《かしやく》なくきめつけられた私の甘さを、どんなにしてでも繕《つくろ》いたかった。お父さん、本当は私はレプラにかかっているのですよ。私はどんな現実にも驚かない私だという虚栄を満足させたかった。然《しか》しその結果は、父と母との人間的な不和に対して私風情《ふぜい》が到底どうすることも出来ないことを思い知らされたに過ぎなかった。

「……………」

父は又何か言った。

それは怖ろしい言葉だった。私はその言葉をきいた時は、私の皮膚は母の皮膚の一部ではなかったろうかと思った。その皮膚にはっきり地獄をのぞき見させた言葉だった。

母はそれに何ごとか言おうとした。母が何ごとか言わなければ世界の平衡《へいこう》がとれないで甚《はなは》だ宙ぶらりんになる。早く母は何か言わなければならない。父の口から吐かれた瓦斯《ガス》体のものを母の口からの別の瓦斯体によって中和させるか何かしなければ、此《こ》の廃墟《はいきょ》のただ中に奇妙に取残された或る地点を中心にしてこの国全体が崩壊しそうであった。所が母はお盆のようなものを畳の上に置いた。母が父に向って何か言う時には、その言葉に嘘が少しもないことを示すために、一種の踏絵の儀式を行う約束になっていたと見える。そのお盆には肖像画が画《えが》かれてあったのだろう。丁度《ちょうど》裏返しになっていたので見ることは出来なかったが、その肖像は誰のものだったろうか。私はその肖像の主を異常な執心で見たいと思った。母はつと裾《すそ》をからげてその盆の上を踏んだ。私はそれが私の母であることを疑った程、なまめかしい姿態であった。私はこの極端に尖鋭化してしまった今の瞬間が、和解の絶好の機会だと直感した。私は殆《ほと》んど祈りたいような気持になっていた。

然し、何と言うことだ。母が口走ったのは、母の情人、その西洋の男に対する真実の信頼の言葉であった。

父は激怒した。父の感情の波は、私にそくそくと伝わった。私も又父と共に激怒した。然《しか》し又同時に私は父の精神の破局を甚《はなは》だ小気味よいものに思った。父は鞭《むち》をとりあげて母を打とうとした。すると私には又甘いヒロイックな気持が起った。私は父に母の代りに父のせっかんを受けることを申し出た。父は始めなかなかがえんじなかった。その父の表情は青ざめた真面目《まじめ》なものであった。私はその父の顔を見ると更に執拗《しつよう》に母の身代りを繰返した。私のその真剣なやり方は我ながら真に迫ったものがあった。父は遂《つい》に承知した。だが父は口もとに冷たい微笑をうっすら浮べていた。

私は父の鞭を受けた。

それは物凄《ものすご》いものであった。私は殆んど失神せんばかりであった。父は石の如《ごと》く憎悪の極に立っていた。私は何かを甘く見過ぎていたことを手ひどく思い知ったが、死んでもそのせっかんに悲鳴をあげることはないであろうと思った。鞭が終ると、棍棒《こんぼう》のようなもので私は顔面をしたたかなぐられていた。

やがて私はその家の外にいた。口の中は歯がぼろぼろにかけてしまった。手でいくらつまみ出しても、口の中には歯の粉砕された粉がセメントの様に残った。私は自分の口をまるでばったかきりぎりすの口のように感じた。

私は何処《どこ》を歩いているのだろう。私には一切が分らなくなった。其処《そこ》は崩壊してしまった場所の筈《はず》であった。然し今私が歩いている所は、すっかり家が立ち並んで人々が往来していた。

硫黄《いおう》のにおいがする。そしてその家並は傾斜している。家並に沿って谷川が流れているようだ。だが私に川は見えない。ただそんな気持がしている。道には並木が植わっている。之《これ》は何の木だろう。桜かも知れない。この家季節になると眠たげな雲のように桃色の花々が棚びくのであろう。然し今は花はついていないようだ。この家並は湯気のようなもので覆われている。そして硫黄のにおいがする。私はどうしてこんな道を歩いているのだろう。又一夜の宿りの旅館をあれでもない之でもないと探しているのだろうか。道はだんだん下り坂になっている。石ころが多くなった。人々が往来する。だがみんな影が薄い。あたりがくらい。決して夕方ではないのに。太陽があんなに中天高くかかっている。それなのに暗い。人々はぞろぞろ歩いている。

(かっとまばゆい嘗《かつ》ての日の真夏の昼の、海浜での部厚い重量感を呉《く》れえ)

私はそんな事を思って歩いていた。私は、あの家に行ってやろうと思っているのだろうか。あてがないふりをして歩いていながら、あてがあるのに違いないのだ。

人家の家並は間遠《まどお》になって、やがて細長い三階建の木造家屋の下を通った。それで私の気分は陽《ひ》がかげったように暗さを増した。私は首をうしろにもたげて家屋の上の方を眺めた。すると窓という窓には一ぱい人の顔が見えた。それは学校の生徒の顔のようだ。私は屈辱で全身がほてった。然《しか》し全部の生徒が私を見ている筈《はず》もないのだ。私はもう一度よく見ようとした。というより、そちらの方に顔を向けてみたのだ。よく見極めるというような冷静さはなかった。熱を持った眼《め》にうつったのは、たった二、三人の生徒だけが私を見て笑っていたに過ぎないことを了解した。私はそのまま歩いて行った。

(インチキインチキインチキ)

私の気分がささやいた。

(君はね)

又気分がささやいた。

(当って砕けろではなくて、砕けてから当っているんだ)

(それはどういう意味だ)私は抗議した。(何を言うつもりなんだ)

すると気分が律動に乗って答えて来た。(お前は此《こ》の間、いやにしつこく主張していたぞ。あ、た、つ、て、く、だ、け、ろ)

(そんなくだらない事を主張する訳がない)私はかぶりを振った。私は道を歩いていた。硫黄のにおいがして来る。

(気分を信用するな)

それは又誰のささやきだろう。

（お前の行く所は分っているよ）

私はどうやら目的の家の玄関に立っていた。

「一晩とめてくれえ」

私は女の部屋に通った。

（それ、お前のさわりだ。しっかりやれ、同んなじ調子）

格子窓《こうしまど》につかまって外を見ている子供がいた。

「駄目《だめ》なのよ、その子」

女が私の背中の方で、気配を見せながら言った。

「駄目って、どう？」

「もう見放されたの、お医者さんに」

私はその子供の傍に近寄ってみた。然《しか》し何処《どこ》が悪いのだろう。ちっとも病気らしく見えない。私は声をかけた。

「坊や、何を見てるの」

「向う」

子供は透き徹《とお》る声で答えた。私は格子窓の向うの景色を感じていた。それは一面の田圃《たんぼ》で、今は何も植えられてなかった。土は一度掘起されたまま固く凍りついていた。それが眼《め》の届く限り続いていて、一里も先の方に、ちょろちょろと地平線に浮き上って踊っているようなまばらな松林が見えた。そして海鳴りが聞えていた。じっとその方を眺めていると、松林越しに白い波の穂のくだけるのが見えるようであった。

「坊や、海が見えるねえ。おじちゃんがだっこしてやろう」

私はその子供を抱いた。殆《ほと》んど重みというものがない。私は勇気を失った。すると子供は私に抱かれるのを待ち構えていたようにけいれんを起し始めた。私は子供をそっと下におろした。

「駄目らしいね」

私は女に言った。私は頭がかゆくて仕方がなかった。それで指を髪の中に突っ込んで、ぼりぼりかいた。そして部屋の隅に置いてある鏡台の前に坐《すわ》った。すると其処《そこ》に新刊の雑誌がのっかっていた。女はすすり泣きをしていた。その雑誌は私の最初の作品が載る筈《はず》の雑誌ではないか。私は急いでその雑誌をとりあげて、目次を開いて見た。

おお、確かに載っている。私の名前が活字になっている。然《しか》し何故《なぜ》私には送って来なかったのだろう。何を措《お》いても先ず私がそれを見る権利があるのではないか。頭がかゆい。そして首筋の辺りがひどくかゆくなった。それで、かゆい所をひっかいてむしった。

「此《こ》の雑誌どうしたの?」

「あら、それ」

女が後ろに来た。

「一寸《ちょっと》」

「それに、俺、こんな題名をつけたかしら」

女がびっくりしてつまったような声を出した。「あなた頭どうかしたの。へんなもの、一ぱい」

私は頭に手をやって見た。すると私の頭にはうすいカルシウム煎餅《せんべい》のような大きな瘡《かさ》が一面にはびこっていた。私はぞっとして、頭の血が一ぺんに何処《どこ》か中心の方に冷却して引込んで行くようないやな感触に襲われた。私はその瘡をはがしてみた。すると簡単にはがれた。然しその後で急激に矢もたてもたまらないかゆさに落込んだ。私は我慢がならずにもうでたらめにかきむしった。始めのうちは陶酔したい程気持がよかった。然しすぐ猛烈なかゆさがやって来た。そしてそれは頭だけでなく、全身にぶーっと吹き上って来るようなかゆさであった。それは止めようがなかった。身体は氷の中につかっていて首から上を、理髪の後のあの生ぬるい髪洗いのように、なめくじに首筋を逼《は》い廻られるいやな感触であった。手を休めると、きのこのようにかさが生えて来た。私は人間を放棄するのではないかという変な気持の中で、頭の瘡をかきむしった。すると同時に猛烈な腹痛が起った。それは腹の中に石ころを一ぱいつめ込まれた狼《おおかみ》のように、ごろごろした感じで、まともに歩けそうもない。私は思い切って右手を胃袋の中につっ込んだ。そして左手で頭をぼりぼりひっかきながら、右手でぐいぐい腹の中のものをえぐり出そうとした。私は胃の底に核のようなものが頑強に密着しているのを右手に感じた。それでそれを一所懸命に引っぱった。すると何とした事だ。その核を頂点にして、私の肉体がずるずると引上げられて来たのだ。私はもう、やけくそで引っぱり続けた。そしてその揚句《あげく》に私は足袋《たび》を裏返しにするように、私自身の身体が裏返しになってしまったことを感じた。頭のかゆさも腹痛もなくなっていた。ただ私の外観はいかのようにのっぺり、透き徹《とお》って見えた。そして私は、さらさらと清い流れの中に沈んでいることを知った。その流れは底の浅い小川で、場所はどうも野っ原のようである。私はさらさらした流れに身体をつけたまま、外部を通し見た所に、何の木か知らないが一本の古木があって、葉は一枚もなく朽《く》ちかけた太い枝々の先に、鴉《からす》がくちばしを一ぱい広げて喰《く》いついているのが見えた。それをもっとよく見ようとして目をみはると、それも一羽だけでなしに、どの枝の先にも、そのようにくちばしを一ぱい広げてがっぷり枝先に喰いついた鴉がうようよしていた。それは丁度《ちょうど》貝殻虫のように執拗《しつよう》な感じを与えた。鴉はそのままの姿勢でいつ迄もそうやっているような気がした。ただ生きている証拠に、てっぺんに向けた尻《しり》を時々動かしては、翼をやんわり広げる恰好《かっこう》をした。然《しか》しくちばしで葉のない太い枯枝にがっきり喰いついたままであることに変りはなかった。それで流れの中につかっている私は、その鴉どもを、貝殻虫をむしり取るように、ひっぺがしてやりたいと考えていた。

（昭和二三年五月「綜合文化」）

勾配のあるラビリンス

丘の公園の界隈《かいわい》でのことを語ろう。

それは大都会の街の真中に突き出ていて、その公園の端っこに行けばどこからも、柵越しに街の屋根屋根を見下すことが出来た。そして丘の胴中の辺は大きなアーチ型のトンネルが刳《く》り貫《ぬ》かれ、街の電車が出入りしていた。公園である丘の両側は、地肌が見えない位びっしり家が立ち並びそしてかなりの勾配《こうばい》を持っていたから、道路は傾斜面に立ち並んだ家々の間を九十九《つづら》折れに丘の上の公園に出られるようになっていたわけだ。この界隈一体が石だたみの道とアスファルトの舗装《ほそう》で、下駄《げた》ばきの歩行ではどれだけしんが疲れたことだろう。然《しか》し多くの人が下駄ばきで、あの耳の裏が痛くなるような甲高《かんだか》いいやな音をたてて歩き廻っていた。

私はそれを遠くから見て、丘の傾斜にすきまなく並んだ瓦《かわら》屋根がもくもくと街の真中にもり上って、スカイ・ラインを形造っているのを知っていた。夕陽を受けたその稜線がくっきり街の中に浮かび上る時の景色を見ると、妙に何もしたくなくなる。二階の西陽のさす狭い間借りの部屋の私は、へんに強烈な太陽の光線を受けて白々しく浮き上った、もう間もなく夜の世界に陥《お》ちこんでしまう、そのはかない極《ご》くわずかの時の間の昼間よりも尚《なお》白昼らしいけったいな光線の中に、その一種のアクロポリスの姿を眼底に焼き付けていた。

空中の浮塵《ふじん》の加減で、或いは朝もやや夕方のあいまいな光線のせいで、赤味の勝った紫色にぼっと街なかに聳《そび》えていることがある。それが時によってはいつもと違って、比較しようがなく視覚の中ではひどく高く見えることがある。そんな姿が私の頭のどこかに沈んでいた。私はその丘の公園をいつでも見ていたわけではない。

然《しか》し、街の真中に盛り上ったような傾斜のある家並みは、ふと頭の中で鮮明になる。光線の調子できらりときつく光る硝子《ガラス》窓とか、家並みの底の銭湯の煙突から出た煙の影が、ゆるくななめに傾斜の家並みの上を不吉な鳥の翼がなでるように移動して行く、そのような風景が頭の中に再現される。それは必ずしも私がその公園の実景の上で此《こ》の眼《め》で見たわけでもなかったが。

いつも人々の群れがその公園を往き来していた。都会が発達していつのまにかその中心部への陸橋のようになってしまったこの丘を縦に通行している人々にとっては、この公園を盛り上げている両側の斜面の道路の紛糾の中に下りて行くことは恐らく無いだろう。人々にとって道端《みちばた》は沢山《たくさん》あるのだけれども、そのいちいちの道端について、その一つを殊更《ことさら》に選択することは興味のないことのようだ。だから沢山の道端は無関心の海原《うなばら》の中にまぎれ込んでしまっている。斜面には恐らく又別の生活があるとしても、人々は丘の上をただぞろぞろ通り抜けるだけだ。そこを通れば甍《いらか》の波が眼界に押しよせ、片方を見れば遠くの山かげ、反対に眼を移せば遠くに蜃気楼《しんきろう》のようにぼうっと浮かんだ港のガントリー・クレン。夜になって街に電灯が点《とも》れば、丘の上の公園に佇《たたず》む者にとって、あの甘ったれた郷愁のとりこになることは疑いない。どもどもした街の騒音は耳に快いだろう。麓《ふもと》の家々からの炊煙はのどにむせるだろう。公園の片すみの広告塔。人々の群れの往復は、その広告塔の周りにバラックの商店街を発生させた。わざと狭い通路にして、あらゆる飲食店が低い軒を連ねているに違いない。季節季節にはサーカスがかかったり、メリー・ゴーラウンドの復活、お化け屋敷、そんなものが風景になる。その下にえぐられたアーチ型のトンネルを、音響をわんわん掛け合わせて電車が通り抜ける。トンネルの上は、人々が右から左へ、左から右へ、公園の中を通り抜けて行く。

季節は夏がよさそうだ。夏は窓をみんな開けている。私はこの短い夏が過ぎ去ってしまわない中《うち》に、街のいろんな所を見て歩かなければならない。服装も例えば縞《しま》の羽二重《はぶたえ》のシャツにカーキ色のズボン、下駄《げた》ばきといそんな恰好《かっこう》で街の中を歩き廻ってみることもいいだろう。羽二重のシャツは肌にひやひやとしっとりまとわりつくが、又さらさらした感触もある。汗をかくとべたつくけれども、それも却《かえ》って人なつこいというものだ。

たそがれの頃であった。私は公園の端の所に現われた。所がどうしたものか、その時はぴったりと人のぞろぞろ歩きが止まっていた。丘の公園の上に一人もいないのだ。一日のうちにそんな時刻があるのかも知れない。昔の人が逢魔《おうま》が時《とき》と言ったのはこんな時刻のことではないか。公園の上での生臭いいとなみをぴたりと停止したみたいな、私には信じられそうもない変な気持であった。然《しか》し自分にはどんなに信じられそうもないことでも、或いは私以外の世の中ではあたり前のこととして起っているに違いない。そんな暴力に似た世間に無抵抗の状態の私が、とにかく此《こ》の人っ子一人いない丘の上の公園を向う側まで渡り切ろうと思った。

いやに陽《ひ》の光が暗い。或いは日食のような現象が起っているのではないだろうか。私は毎日の新聞を読まないので、配給掲示板を読み落した為に何か損な具合になっているのではないかというようなけちな考えが頭を過《よぎ》った。そんなことはあるまい。たそがれどきのことだ。どんどん太陽が沈もうとしているのだ。陽の光が暗くなるのは当り前のことだ。そう思いながらやはり、まだ重大な天変地異の予告をきき落して、人々がどこかへ避難し終えてしまったところに私は遅れてこんな所でまごまごしているのではないか。私の妻と私の子供はどの方向だ。ああ、あっちか。天がいやな赤さにそまっている。いらだちと後悔のつき交ったあの自分へのたよりなさを、みぞおちの辺でぎゅうっと充分な手ごたえを以って感じさせられた。

私は反射的に走り出そうとさえした。この人気《ひとけ》のない公園の広さは何という空虚だ。それに人々の群れがぞろぞろしている時にはそんなに思えなかった距離が、また何と絶望的に横たわっていることだろう。そしてふだんは殆《ほと》んど眼《め》にもかけずに道端《みちばた》に見捨てていた半円形の天蓋《てんがい》を持った公会堂の舞台が、向う側までの行手の途中に黒く佇《たたず》んでいるのを、今はひどく意味あり気に感じた。

あの天蓋の裏に何か不吉の正体がひそんでいるのではないか。此《こ》の丘の上の公園のたそがれ時に、私の他は一人も通らなくさせた所の原因が潜んでいるのではないか。私は恐怖の発作に襲われた。私は人影を認めることが出来なかった。一人もいない。私は人影を求めよう。どうしても探さなければならない。

私は片側の方ばかりに気をとられていたので、その反対側に突立っていた人影に気がつかなかった。丁度《ちょうど》、私と公会堂との距離を底辺とした三角形の頂点のあたりにその人影は立っていた。それは前々からそこに立っていて私は眺められていた。

私はそれを認めた瞬間、ほっとすがりつくばかりの気持が湧《わ》き起った。私だけではなかった。人がいるじゃないか。

私はそちらに近付いて行こうとした。然《しか》し、はっと立ち止まった。違う、その人と私は話が通じない。彼はぼろぼろの衣服をまとっている。頭髪も蓬《よもぎ》のように手入れをしていない。そして何も履き物をはいていない。私にはその人がどんな顔付きをしているか見定めることが出来ない。私は頭髪を適当になでつけている。そして羽二重《はぶたえ》のシャツなんかをぞろりと肌にくっつけている。下駄《げた》もはいている。私はどうして彼と気易《きやす》く話を交《かわ》すことが出来よう。見ろ、彼は私をねらっている。私は彼の鰯《いわし》の眼《め》のようにどろんとしたにぶい二つの眼が、しつこく私の羽二重のシャツとすりきれた下駄に注がれているのを感じた。そして彼の白い歯並びと。

私は、彼と公会堂の間を通り抜けて向う側に行く勇気があるだろうか。とてもその勇気が私には無かった。彼は私の過去をすっかり知っているかのようだ。彼のぼろぼろの衣服は、兵卒だった彼が着ていたものの成れの果てに違いない。然し私は私の服装のどこに、あの戦争の時にかつて兵卒ではなかった名残りを止めているだろう。私はそんなものの一切をはぎ取ってしまった筈《はず》なのに、彼は当然私がかつてはそうであったことを知っているような権利者振った自信のある顔付きで私を剝《は》ごうとかかっているのに違いない。

ふだんはそちらの方へ行ってみたことがない道。丘の斜面の家並みの中に下りて行く石段の降り口が、私の眼についた。私はその道に逃げた。すると下駄ばきの私には立ちどころに石をふむがくんとしたひびきが頭のしんにこたえた。

道は折れ曲って下の方に下って行く。その両側の家々。それはどれもがみんな色々の商売を営んでいて、そのなりわいの種類を家の前の看板に書き込んである。そして家の中には人の気配がする。むっとする人いきれのようなものが、道を下って行く私の身体の廻りを取り巻いた。

何のことだ、何でもなかったのだ。街の人は、こうして少しも変らずに住みついているではないか。私は何を感違いして、あのような恐怖に襲われたのだろう。何でもなかったのだ。この斜面の家並みの間を抜け切り広い大通りに出て、其処《そこ》から電車に乗って家に帰ろう。然《しか》し通ったことのない、この九十九《つづら》折れの石だたみの坂道には不案内の心配が少しあった。どこに抜けられるのだろう。まさか袋小路のような所があるわけでもあるまい。

それにしても此《こ》の細い土くれの全く見えない坂道は、何だかよその家の裏庭にはいり込んだようなためらいを感じさせる。それは不規則な道路のくねりと傾斜とで、裏口のまる見えの家があることによるのかも知れない。それと道路より低い家の物干台とか二階の陽《ひ》やけのした畳の狭い部屋の中などが道を歩きながら見下すことが出来るせいかも知れない。道路わきには処々《ところどころ》急な石段を鉄柵につかまって下りられるような所があって、それは家と家との間の人一人やっと通れる程の通り抜けになっていた。

そのうちに私は少しずつ冒険心が湧《わ》き上って来た。この迷路のような丘陵の斜面の家並みの中には、きっと面白い巣があるに違いない。私はその巣にひっかかってみようか。と、その崩れた気持に冷水をぶっかけられるような気持に襲われた。それは、私の行手に又新たな待伏せが仕掛けられていることを感じたからだ。沢山《たくさん》の広告看板、それをいちいち私は思い出せないが、自転車の絵が下げられた家の前に、若い者が三、四人大声でしゃべっているのを私は認めた。すると私の筋肉はこわ張った。下駄《げた》は石だたみにすれていやな音をたて、足がもつれるようでうまく歩けなくなった。

私は彼等を刺戟《しげき》しないで、そっと通り抜けるのが最上であろうと思った。又しても、羽二重《はぶたえ》のシャツを肌着にして来たことをやりきれなく思った。彼等は長い髪にポマードをいっぱいつけて、うしろの方までなでつけている。襟筋《えりすじ》に色模様の刺繡《ししゅう》などをしたチャイナシャツのごわごわしたのをズボンの外に垂らしている。多生児のようにみんな同じ風態《ふうてい》だ。私は何故《なぜ》彼等を避けるような真似《まね》をしようとするのか。彼等は大きな声でしゃべり合って、笑ったり、奇声をあげたり、つかみ合いをしたり、スタンドで固定した自転車に乗って空廻りさせたり、ひどく陽気で、張った網に鴨《かも》のかかる間、爪《つめ》をみがきながらのソフィスティケーションといった御機嫌だ。

私がその鴨になるのはいやだ。私にはどこかくそ真面目《まじめ》な滑稽《こっけい》な所があり、人が二、三人集まるとその二、三人は私のどこかをからかってみたくなるようだ。それは私にとって、たまらなくいやなことだ。だが、私の身体つきか顔面神経のどこかに彼等を誘発させるものがあるらしいことは、自分でも分るようだ。そうだ、こんな時やられるぞ。そういう時に私はやられる。

今もそうだ。彼等はおしゃべりのやりとりをしながらも、もうその眼《め》が私の方に向き直っていることを感じた。私は当惑した。当惑すると自分の足許《あしもと》が浮き上って来るのを止めることが出来ない。彼等の何処《どこ》が怖いのだ。彼等は皆私より恐らくは年下ではないか。けれども彼等は大へんな自信を持っているのではないかという怖れ。私なんかは一たまりもなく批評し葬《ほうむ》られてしまうのではないかという怖れ。多分そういう怖れが自信のかたまりみたいな集団的なものの前を通る時に、私を当惑させるに過ぎなかろう。まさか彼等がよた者染《じ》みているから怖ろしいのでもあるまい。ただ、今は、てもなく調子が悪い。何のわけもなく、二、三人がかたまって、大声をお互いに許し合って会話の状態に陥っているそのことに、やたらに怖気《おじけ》がついてしまっている。そして若《も》し彼等から言いがかりをつけられたら、私はどこまでも譲歩してしまうだろう。それに抵抗するわずかのエネルギーさえも今の私には残っていなかった。

然《しか》し私は後戻りをするわけには行かない。公園の乞食《こじき》のような男がどれだけ私に対して凶悪な人間であるかは、つい分らず仕舞いのままこちらに道をそれて来たのだが、とてももとの所へもう一度帰る勇気は出て来なかった。私は前に進もう。それに一種の物理的な惰性もついてしまったことだ。傾斜の家並みの間の石だたみを歩いているのだ。

彼等は私に気がついていないようにも思える。そんなきわどい所で、私は彼等と反対側の手前の所に交番のあるのを認めた。私は歩いて行く通りがかりにちらっとその内部を見た時には、もうそこを通り越していた。そしてその瞬間に私は赤い軒燈と、中の四角な狭い部屋の真中のデスクに青年が二人、制服のシャツを腕まくりして二人とも期せずして私の方を眺めたのを認めた。然《しか》し私は自分に起る外部からの一切の出来事と交番とを結びつける神経が鈍であった。私は今面倒な事態の中に突込もうとしているのかも知れなかったのに、私は其《そ》の場所を通り過ぎてしまい、そして又引返そうとも思わなかった。

今や私は、よた者みたいな青年たちの前を通り過ぎる。私は彼等のしゃべっている言葉がよくきとれない。ただ女のおしゃべりのように、幕なしにしゃべり合っている一種のエネルギーとしてしか感じられない。そのエネルギーの鋒先《ほこさき》は、幸福なことに今私の方に向いてはいない。その情勢を感じとると、私は体面を損《そこな》うことなく過ぎ去ることが出来そうだという、ほっとした気分になることが出来た。そして自分の意志ではなしに、思わず首が彼等の方に向いた。すると、私を見のがしてやろうとでも思っていたらしいそのエネルギーが、わっと襲いかかって来る気配を示した。

「おっさん、ええシャツ着とるなあ」

「おっさん、わいの顔に何どついてるか」

これはいけない。ついてえへん、ついてえしめへん。私は口の中であわてて彼等の口調の真似《まね》をした独白をして、その上私の過去の素性でもあばきにかかられてはいやなことになりそうなので、駈《か》け出すように道をはやめ、石だたみの道路が折り返したように曲ったその曲り角を、途中から下の道に跳び降りて、然し私は腹の底から突きあげて来る憤怒《ふんぬ》を押えながら、跳び降りた勢《いきおい》でつつつとのめりかけた眼《め》の前にある一軒の家の裏木戸が開いているのを幸いに、その中にはいり込んだ。

そこはむっとした料理場のにおいで一ぱいであった。玉葱《たまねぎ》と肉のあの精力的な食欲への誘惑のにおいがどっとばかり私の方にめがけて襲いかかって来た。私はくたくたとそちらの方に物乞《ものご》い気《げ》な顔付きを持って行きそうになる気持を押えるのに苦労した。そこには一人の若い娘が男のように、白い腹掛け姿にゴム長靴をはき、料理の汚物でずるついている三和土《たたき》の上に突っ立って、フライパンを手にしながら私の方をひどく無関心な様子で眺めていた。それは丁度《ちょうど》、しきりを距《へだ》てた表の店の客と世間話をやっていたのが、私がはいって行ったもの音でふっつりと途切《とぎ》れた瞬間のしぐさだ。そして如何《いか》にも私は第三者であって、彼女は頰《ほお》の筋肉一つ動かすでもない。肉付きのいい顔や身体つき。彼女は私が今どんな体験を以って、少しは上ずって此《こ》の場所に飛び込んで来たかというようなことは何にも知らない。恐らく何かの徴候を察知しようとさえしない。それは世間ではあたり前のことなのだ。公園の上での浮浪人にしても、交番の中の青年にしても、自転車屋の前にいたよた者にしても、そして又此処《ここ》の娘にしても、何か私へのはたらきかけを発動しそうな形勢になりそうでいて、しかもその発熱部は何かの加減でぽろりと剝《は》げ落ちて急速に冷却してしまう。それぞれが各自の世間の中で住み心地よさそうに回転数を烈《はげ》しくして行って、もう私などのはいって行く余地などなさそうに見える。彼等の回転の渦巻きの中は適度な熱も発散しているようであるのに、私との間には透明なガラスようのもので遮断され、それはまるで冷却していて、水槽の中の魚群を眺めているような寂しさに襲われた。秋口の夕陽のようにたよりなく光が弱く、風さえも蕭条《しょうじょう》として、私はひどく灼熱《しゃくねつ》の夏の日の太陽にあこがれる。此処の娘もその通りだ。もう私には全く関心が無く、店の間の客とさっきの話の続きを始めている。ごきかぶりが油ぎった翅《つばさ》をそろえてうようよ歩き廻っているその飲食店の裏口を、私はへんな具合にすり抜けて、又狭い石段の道を降り、更に細い石だたみの道をお稲荷《いなり》さんのほこらがあったりする角を二つ三つ釘なりに曲り折れると、あくどい色彩の路地がでたらめに交叉《こうさ》している場所に、私はひょっこり放り出された。

私は街歩きをしても、どうかするとそんな場所に出てしまう。そして街の中の独り歩きの時につきまとう軽い熱病の状態が急に冷え込んで、寒くもないのに歯の根が合わないほどのふるえがやって来る。けばけばしい色模様ののれんをかかげると、手摺《てすり》のついた雛段《ひなだん》はただありきたりの畳の敷いてある三畳ばかりの狭い部屋で、鏡台がむやみに多く、女たちは半分腐っている。どす黒くくまどった眼《め》のふち。それなのに私は何故粋《なぜいき》ぶって女たちに親しげな顔付きをして見せるのだろう。私の身体ががたがたふるえていても、その発作のうしろ側で弛《ゆる》んでいるのは分り切ったことだ。私には、彼女たちの方からお座なりにでも積極的に私に関心を示してはたらきかけて来ることが刺戟《しげき》であったのだろうか。どうもその刺戟の為に、いやなにおいのするマンネリズムの気分から逃げ出しもしないで、引張り込まれてしまうのかも知れない。自分と彼女たちとはどこか似ていると考えることによって、私はあちらこちらで私の卑小さと未成年さとを指摘されてあのどうにもやり切れなく追いつめられたようになってしまった弱小感に対して、ヒステリックな復讐《ふくしゅう》をした気分になったのかも知れない。そのヒステリックの傾斜の程度に従って、あちらこちらの筋の通った格式に向って反抗とそしてほんの少しばかりの軽蔑《けいべつ》とを送ったつもりでいるのだろう。

然《しか》しその裏側の制度の暗さはやり切れない。女たちはしめっぽく病菌はどす黒くはびこる。それにしても私は女たちをどこかで見たように思うし、彼女たちも私を旧知の間柄のように取扱う。

私は何によりかかって、此《こ》の街をとに角一応は無事で歩くことに支障がなく、又気持の上でも平気で歩けるのだか分らない。いやな下駄《げた》の音を石だたみにきしませて、二、三遍では覚え込めそうにもない同じ調子の路地の迷路を歩き廻ると、いい加減に身体のしんが疲れて来て、幾分かはこの愚かな行動から解放されるとでも言うのだろうか。

私は此の街の背景の動きには全く不案内だから、調子に乗っていつまでも歩き廻っていることは或いはいけないことなのだ。

その時身体が何かの熱でほわっとあぶられたような感じがした。すると辺りが急に暗くなり始めた。それは太陽が没したのだ。私は丘陵公園の斜面の家並みの間にまぎれ込んでしまって、すっかり心を奪われて足もとが浮き上っていたので、陽《ひ》が傾き、世界の色調があの紫の素晴らしい夕焼けで、此《こ》の街の中の甍《いらか》の盛り上りを一際《ひときわ》印象的に色どっているであろうことにすっかり気がつかないでいた。然しそれは、離れて遠くから此《こ》の丘陵公園の斜面の家の屋根屋根を見た時にはじめて何かへんになまなましい印象を受けるので、その中にはいり込んでしまったからといって、その色彩を頭からかぶるというわけにもいかないものなのだろう。

とにかく私はその街での暗黒をおそれて無性に家庭の安易がなつかしくなり、此《こ》の斜面の家並みを抜け切った平地の電車道に出ようとして努力した。私はぐるぐる廻っているような感じの中で、低い方へ低い方へと石だたみの道を下って来て、やっと広い電車道に出て来ることが出来た。

すべてがいつものように動いている。私は完全に安心の中に溶け広がって行った。ただ過ぎて来た所のものが或る立体の中で上ったり下ったりしているような感じが頭に残った。そして石だたみをふむ下駄《げた》のきしりの音が、その立体の中に刻み込まれていた。


もうすっかり陽《ひ》が落ちた。街の中は夜の営み。夏であるから飲食店は涼し気なものが多く、氷西瓜《すいか》だとか、アイスキャンデー、みぞれ、その他果物類《くだもの》が、すだれ、風鈴、噴水、ガラス棒ののれんなどで通行人のそぞろ心を誘った。街なかの道路は日中の暑気の照り返しがあり、それがむっと辻々に淀《よど》んでいて、打ち水を施してさえ一層むしあつく、そして其処《そこ》を人々がぞろぞろ散歩をした。宵の口はとてもじっとして家の中など居られるものではない。人々はうすものを身に着けてぞろぞろ歩く。そして身体の線があらわになる。

私はあの何となく淫蕩《いんとう》な夏の宵の都会の雑踏にまぎれ込むのが好きだ。ふとした横町に、素晴らしく自由で奔放でハイカラな場所があちらこちらに海の底の花々のようにひそかに開花していて、知らないのは私だけだというような焦慮さえ感じられて来る夏の宵の誘い。そして人々の発散する肌のにおいは又何と自分たちが人間であることの確かめになることか。

私は丘の上の公園で、或いは斜面の石だたみの家並みの中で、いくらか必要以上に外からの強迫を誇張して受け取っていたかも分らない。私の精神も肉体もちぢこまっていて、ただ逃げることばかり考えていたようだ。然《しか》し、もう高度も傾斜も殆《ほと》んど無いといってもよい平地の街の中に出て来たのだから、私の心の中には自分の居る所についての少しの恐怖も無くなっていた。すると、そのまま家庭に帰ることがいかにもつまらなく思われて来た。自分をすっかり疲労させるまで街なかをほっつき歩いて見ようか。

そこで私は先ず手始めに、表通りの電車道からは少しそれた横町の喫茶店にはいって、つめたいものを飲もうと思った。

そこは電蓄《でんちく》で馬鹿《ばか》に高声にダンスレコードをかけていた。狭い部屋は区切られ、四つばかりのボックス席になっていた。そして入口に近いボックスに男と女がぼそぼそ話し込んでいた。私は奥の方に席を占めると、その女が立って来て傍に立った。私はズボンのうしろのポケットに文芸雑誌をねじ込んでいたのに気がついた。坐《すわ》ったとたんに、尻の所にかたい挟雑物《きょうざつぶつ》が感じられたからだ。それをポケットから引き抜いてテーブルの上に抛《ほう》り投げたが、私はその品物のために傍に立った女にひけ目を感じた。暑苦しいのにまあ面白くもない雑誌なんか持って歩いて。私は煙草《たばこ》をのまない。それで手持ち無沙汰《ぶさた》と一寸《ちょっと》したそのひけ目とで、うまく言葉が出て来なかった。私はこの喫茶店にはいった刹那《せつな》から、此《こ》の喫茶店の特種な性格を察してしまったといってよかったのだ。そのためにも私はおどおどしていた。先客の一人の男に対しても私の生っ白い風態はいささかの押えにもならないだろう。

「ソーダ水」

そう言ってしまってから、私は自分の打算を納得させるために、しばらくの時間を必要とした。ソーダ水のように何の栄養にもならないものをたった一杯飲んだだけで、特殊サービス料のようなものと一緒に五十円も六十円もとられるのではないか。ミルクを注文すればよかった。然《しか》し一たん口に出したソーダ水を取消すことは、余りにも打算が露骨に出てしまうではないか。それは私の計算では頗《すこぶ》る不利なことだ。私の計算は私一代の間に収支がつぐなわれてしまっては困る。無駄《むだ》なようなことに大っぴらに又人知れず傾斜して行く。プレンソーダで栄養をとるそんな方法叙説のおさらい。ごくわずかの間に私はそのおさらいをした。女はうけがいもしないでそれを奥に取りに行く。然しそれはそうしたやり口が私への好意のようでもあった。そして私の前に黙ってソーダ水を置くと先程からの客の傍に行って黙って顔を見合っている。かけているレコードが終りになればそれを替えに立つ。私はソーダ水の藁《わら》すべに口をつけて、呼吸を吸ったり吐いたりする。そして私の眼《め》の前にある菓子戸棚のガラス戸に写った男と女の動作をじっと見ていた。部屋の隅に小さい鏡台と化粧道具が写っているのを私は見た。

するとス口から若い女が新らしくはいって来るのを感じた。菓子戸棚のガラスで私はその女がパーマネント頭のワンピース娘であることを知った。下駄《げた》をはいている。腰を振って、レコードの音楽に合わせて舌うちをしながら、私の傍にやって来る。私は三白眼《さんぱくがん》をまたたきもしないで女を観察した。江の島の河豚提灯《ふぐちょうちん》。それはこの娘だけではなさそうだ。前からいた女だってそうだ。ぷうっと空気をふき込まれたように太っている。顔の造作がみんなはちきれて、鈍角の愛嬌《あいきょう》が自然にこぼれ、かしこそうではなく、それでも仲間同志のおしゃべりでの批評はお互いに案外辛辣《しんらつ》で、だが不断は眠たげな眼、低い鼻、厚ぼったい唇。それが同僚の女に、「うち、この人見たことがある」

まず、きまりの手法で始まる。私は娘が又傍に来た時に、その眠たそうな眼を見ながら「いくら」。言ったあとで一寸気がさしてソーダ水のコップをあごで指す。「四十円。あんた此処《ここ》始めて?」「うん始めてや」「おかしいな。あんたどっかで見たことがあるよ。うちにつき合ってくれへん?」「何処《どこ》や」「メトロ・アヴェニューで待っとって、うちあとから行く」

私は今度は地下鉄への地下道へ下りて行った。その地下鉄は丘の上の公園の地下の内部から郊外の方に出て行く電車だ。市街地の間は地下に潜《もぐ》っていて郊外になるとすぐ地上に姿を現わすようになっていた。その地下鉄の地下の構内の中に遊歩道が設けてあって、地上のトンネルからでも行ける丘のこちら側からあちら側への交通の用に使われていた。

私はその謂《い》うところのメトロ・アヴェニューのセメントくさい中をのろのろ歩いていた。私が地下へもぐったのは、丘の斜面の傾斜からの平衡《へいこう》を求めていたからかも知れない。然《しか》し私はすぐ地上に出てしまった。私はその娘に連れられて、アヴェニューのこちら側から向う側に抜けてしまった。私は向う側の、丘の上の公園から見える甍《いらか》の波の中のその内部に、一人の未知の娘を案内者にしたててはいって行った。

然し、そこは私の間借り先とどれ程の差異もありはしない。ただ娘がポケットから鍵を出して、昼間は留守番のいないバラックの長屋の一軒の戸をあける。三畳の玄関の間と四畳半。娘たちの合宿部屋のような調度。そして娘は太ってごろごろ芋虫《いもむし》のようにくびれて弾力があって、然しそれだけで、「あんたどっかで見たことがある。あんたこの辺の人やないやろ」少し真面目《まじめ》なので、「うん俺は九州」「九州はどこ?」「長崎にいたこ

とがある」「ははんそれでや、うちも長崎」「お前長崎か」「長崎よ」「それにしちゃお前、関西弁がうまいやな
いか」「こっちにおばさんがいた」「へえ」「なーんや」
私はその女の八月九日の日の傷というのを身体のあちこちに探して、触っていた。ぷっと肉がもり上ってい
る。私はこの娘に向って物を言うと、すらすらと敬語ぬきで口から出まかせでしゃべることの出来る自分を、
他人のように感じた。

「お前こんなに傷があったら、頭の方もやられとるのと違うか」「うん、やられてる」「何でこっちに来たの
や」「逃げて来たってん」「あほやな」「そんでもしゃあ無い」

私は玄関で靴をはいていた。娘はそれをぼんやり見ていた。そしてどこか力のない咳《せき》を二つ三つした。「風《か》
邪《ぜ》をひいたらあかんで」「何やしらんしんどい」「借金してでもうまいものを食うこっちゃ」「ははは。その
本何」「これか。文芸雑誌や、おもろないで」「小説やろ」「読むのやったらやるで」「うん貰《も》ろとこ」

私はその雑誌をぱらぱらっと頁《ページ》を繰ってみた。何かメモのようなものとか、はがきとかはいっていないかと
思った。そしてそれを娘にやった。

私はトンネルを出た所の停留所から、電車に乗った。家まで四つ五つの丁場《ちょうば》であったけれども、疲れきって
いたのだ。

座席はあいていた。私は身体を投げ出すように坐《すわ》った。動き出してしばらくは、私は丘の公園の界隈《かいわい》から次
第に遠去かる蟻《あり》の一匹であるという軽い伴奏のような想念の中で、あの娘に文芸雑誌をやったことの前後のこ
とを思い返しては、色々と思いわずらっていた。そして私はその雑誌の表紙に何気なくはんこを押していたこ
とを思い出した。それはぴしりと鞭《むち》を打たれたようなショックであった。いつもはそんなことをしたことがな
い。あの雑誌に限ってそんなことをしていた。それで私はもう大げさに人々の前で民衆裁判にかけられている
自分を想像した。私の生活への策略は益々《ますます》縁遠く、さらさらと崩れて、逆にエネルギッシュな連続したものに

対する嫌悪が高まって来た。

　ふと、赤ん坊のむずかる声をきいた。向い側を見ると、一人の中年の女が赤ん坊をひざに抱いて、その傍に小学校の五年生位の女の子が立っているのを見た。女の子はしくしく泣いているようであった。私は莫然と何か母親に叱《しか》られたのだろうと思っていた。母親は自分の小さな娘をまるで一人前の女のようにいじめるものだ。そんなふうなことを考えていた。私は何気なく視線をその三人の母子に向けているうちに、何だか少し調子が違うことに気付いた。その女の子は母親に叱られたのではなさそうだ。その女の子だけでなく、実は母親の方も眼《め》を赤く泣きはらしていた。少なくとも二人の子供の母親であるから娘っぽい感じは全く失っていた。束髪《そくはつ》で、やわらかい生地のワンピースを着ていた。それは茶色の地の上に水玉の模様がうすく抜き取ってあった。茶のくすんだ色と下駄《げた》ばきのおかみさん風の恰好《かっこう》で、そのワンピースはアッパッパ染《じ》みて見え、その裾《すそ》の方からスリップか何かがのぞいているのではないかと思わせる所があった。私の眼はそんなふうにその女について殆《ほと》んど何も見ていなかったが、それがふと興味を誘われた。すると私はその中年の女が大へん珍らしい顔付きであることに気がついた。先ず何よりもまぶたの広いことだ。まぶたの面積が充分ゆったり広々としていて、それを指でつまめばしばらくはつまれたままの貌《かたち》をしていそうなほどにしめっていた。柔軟な皺《しわ》の皮、そんな感じで、それが泣きはらしたあとらしく、うす桃色にいろどっていた。まゆはうすく細い個性のきつい線で、そのまぶたの広さをくまどっている。その広いまぶたが小鳥の頭をなでる時のような感触を空気に伝えて来るのを感じていると、その口もとさえ、薄幸そうなうすい胸の辺りさえ、そしてその割に腰が大きく成熟したあとの固さを見せているような所さえ、私には親身に感じられて来た。そしてまだ豊かさが少しも衰えていないひざの上を、二つかやっと三つになったかどうか位の女の子が、むずかって、のけぞったり、足を曲げたり、坐《すわ》り込もうとしたり、立ち上ろうとしたり、少しの間もじっとしていなかった。私はよそ目でもその赤ん坊が小憎らしく思えた。まるで猿《さる》のようだ。のけぞって、顔が私には逆様《さかさま》に見えるような時は、その赤ん坊が一人前の女の意地悪な顔付きをしているので気持が悪くなった程だ。然《しか》しその母親は、まるで腑《ふ》抜《ぬ》けのようになっていて、恐らくは自分のやっている動作に気がついていないだろう。服がまくれるとそれを引っ張り下げて直してやる。然《しか》しそれは又すぐまくれ上った。坐《すわ》り込むと立たせてやる。足を横に出すと引っ込めてやる。小さな足ながら筋張って容赦なく母親のひざを割ろうとする。それをさり気なくつくろう。そんなことを何回も繰り返しているのだ。それでいてその中年の女は決して赤ん坊の方を見てはいない。それはどこかを見ている眼《め》ではない。上の方を向いていたり、伏し眼になったり、ひざの上の赤ん坊につき合っている手のこなしにはまるで無関心のように、気が呆《ほう》けているのに違いない。閉された壁のなかでその母親は何を思い煩《わずら》っているのだろう。私はその女の年齢は三十八歳であろうと思った。そしてその傍に立っている少女は、母親が思い煩っている同じ原因の悲しみで、母親よりももっと露骨にしゃくりあげていたものと思える。その少女はぶん廻しで画《えが》いたような丸い顔に真っ黒なお下げ髪で、時々、母親のひざの上でむずかっている赤ん坊に、泣きじゃくりの後の愛情で日傘の柄《え》を持たせてやったりしている。私は見ていて少し歯がゆい程だ。そんな小憎たらしい赤ん坊を母子してまるで気にも止めていない。少し意地悪くこんなふうにも考えてみた。赤ん坊の醜くさと性《しょう》の悪さは、その中年の女の今の気持の乱れがそのまま反映しているのであろう。それは気味が悪いほどに母親の気持を再現してみせている。それで母親は自分の痛手を余計ぐりぐりえぐって呉《く》れるような赤ん坊の醜くさに倒錯した快感を感じているのに違いないのだ。鼓動を打つ不気味な魂のように、赤ん坊は理由なく不機嫌になる。それは母親の身体の調子と一緒に歩調を合わせているようで、母親は傷ついた自分の魂を取扱うみたいに、赤ん坊を取扱っているのであろう。少女の方は、もう自分のみっともなさと泣きじゃくりの気持よさに少し恥ずかしくなって、やはり周囲にごまかしているのだ。そして殉教者みたいに、この世の中で頼り合うことが出来るのは、お母ちゃんとあたいと、この赤ん坊の三人だけだと思っている。そんなふうなことを私は読みとった。それにしても私は中年のその女の広いまぶたが、まるで潮の満干《みちひ》のように、泣きまぶたの紅潮が、濃くなったりうすくなったりするのを、美しいもののように見とれていた。

（昭和二四年一月「表現」）

亀甲の裂け目

七両の鋼鉄の重いつながった車体が、連結部をぎくしゃくさせて速力をおとしながら駅の構内にはいって来た。

それは一個の生き物のようにあごを四角く張り一つ目をかがやかせて、プラットフォームにおそいかかって来た。

つと、フォームのうす暗さの中から、ヘッドライトの光芒《こうぼう》の中に白いものがすい込まれた。

その近くにいた四、五人が甲高《かんだか》いが圧《お》し殺した叫び声を出した。

電車に急にブレーキがかかった。

車内で立っていた者は、将棋倒しにひっくり返った。

巳《み》一は左手で吊革《つりかわ》にぶら下りながら、右手で文庫本を読んでいた。

先ず衝撃のひと打ちがあった。

うすい断絶の感じの後で、ゆかの上に尻《しり》もちをついて泳ぐような恰好《かっこう》の自分を意識した。

まわりの空気が菱形《ひしがた》にゆがみ、巳一の目の前に、異様な大きさで女の股《また》が広がっていた。それが何であるか咄嗟《とっさ》には分らなかった。車体が崩壊すれば肉体はひしゃげつぶれてしまうにきまっている。機械のすき間で抵抗している肉体のへんてこな形があった。洗ったばかりと思われる白い緊張したパンティが肉体を包み込んで、巳一の眼《め》の前にある広がりを持った。

（どうして血は流れなかったのだろう）

事故という名のもとに、巳一はむごい場面を期待していたのだ。

そこに血みどろの場景が何故《なぜ》起きなかったのか、それは奇態な不満であった。

このまま終ってしまうのでは、ひっくり返った眼の前にぱっとゆがんでひらいた女の体に手をのばすことは出来ない。

血のしたたりの中で女を両腕にかかえ英雄的に立ち上りたいなどという欲望が満たされないですんでしまった。

そうだ、車内では、何も起っていなかった。

眼の前には、あわてて身づくろいしながら立ち上る人々の姿があっただけだ。(何故《なぜ》すぐ立ち上ろうとするのか)そう思いながら、巳一もあわてて立ち上った。そして右手からすっとんでしまった文庫本を身をかがめて忙しげに探した。手から離したものは無意識にこうして探そうとする。

(誰かむざんに横たわっている者はいないか)

だが、うずくまっている者はなく、みんな立ち上っていた。

乗客はフォーム側の窓に寄って、ガラス越しに外を見ようとした。

「やったな」

誰かが言った。

「どうしたのかな」

「早くドアをあければいいのに」

別々の声が言った。

窓越しのプラットフォームには、浮かぬ顔付きの人々が電車の前部の方に首をのばしていた。

かがんで車体の下の方をのぞいている者もいた。

ドアがあいた。

何人かがかたまってどっとフォームに出た。

するとすぐドアがしまった。

又ドアがあいた。何人か又外に出た。車内にはいって来た者もいた。

再びドアがしまった。

車内燈が二度三度点滅すると、ばさっと天井の方で大きな音がした。パンタグラフがたたまれ、三回無気味にスパークした。車内燈は消えた。間遠《まどお》につけられたフォームの電燈はうすぐらくてそこの人や物をたよりなくした。高台になっているフォームの向うには、駅前の商店の屋根のまばらなネオンサインが三つ四つ、曇って海のような夜空に浮んでいた。

「何をしてるんだ。早くしないじゃ間に合わんよ」

誰かが言った。

若い男が窓をあけて首を外につき出し、フォームと車体の狭い暗いすき間をのぞいた。

「バック、バック」

しゃがれ声の叫びが、後尾の方に走って行った。

「白いシャツがすっとすい込まれたんだ」

フォームにいた浴衣《ゆかた》がけの男が言った。

「あんなに酔ってたんじゃ助かりっこないよ」

「ほんとに轢《ひ》いたのかね」

車内のサラリーマンの男が言った。

「べろべろになるまで酔っぱらう奴《やつ》もないもんだね」

ねじり鉢巻の職人風の酔った男が言った。

「早くさがさなくちゃ駄目《だめ》じゃないか」

「おい、この下に、いるのかい」

「もう駄目だよ」

巳一は、出入口のドア近く移って行ったさっきの女を見た。

女はすっぱいような表情をしていた。

彼女は乗って来ると巳一の横の吊革《つりかわ》につかまった。香料のにおいがして来たので横目で見ると周囲に無関心なその女の横顔があった。誰かに似ていると巳一は思った。もみあげが長く、耳のうしろが青白く、肌が冷えているように見えた。香料にだまされてはならないのだと巳一は心を固くした。香料などをふき払えば女はどう違って感じられることなのか。だがそのにおいは巳一に過去の特定の場景を想い出させた。するとすぐ妻のもう感動のうすれたやせた体が重なった。疲れたわ、頂戴《ちょうだい》！　甘ったるい関西なまりで吊革のその女に、記憶のたしかなそんな言葉を想像でしゃべらせてみると、それはその見知らぬ女に似つかわしく、というより類似の調和が空気の中に生じて、われ知らず、巳一はまぶたをぽっと赤らめてしまった。

文庫本の行は重ね読み、少しも意味はとれない。やっと頭のしびれをふき払うようにして意味をとろうと眼《め》をこらした瞬間、後頭部に、神経が焼けたようなこげ臭さを感じ、女も巳一の眼の前でひっくり返ったのだ。

ぱっと車内燈がついた。

と同時にドアがあいた。四、五人の人が乗った。ドアはすぐしまった。

そしてぎこちない振動を起しながら、電車は二、三米《メートル》後退した。

巳一は下腹部がくすぐったく冷え込む感じを持った。ごとっと骨をふみしだく音が、聞こえてきそうであった。

ドアが又あいた。

プラットフォームから、見つかったらしいという声が聞こえた。担架にのせてつれて行った、と夜学の帰りらしい二人連れの女学生の一人が言った。「死んだかい」車内の声がその女学生に向って言った。

「顔がめちゃくちゃだって言ってたわ。だめなんでしょう、きっと」

女学生はちょっと気どって言った。

後尾の車両から、発車の号笛《ごうてき》が鳴った。

そしてドアがしまった。

七両連結の電車は動き出した。

始めはそろそろ線路を手さぐるように進み、そのうち次第に速力を増し、やがていつものような調子をとり戻して闇の中につき入った。

開かれた窓から、つめたい水滴がとび込んで来た。

又雨が降って来たのだ。水滴がガラス窓を斜めにつつと走った。

巳一は空いた座席が眼《め》につき、そちらの方に歩いて行くと、右ももの辺りにつきさすような痛みを覚えた。

座席に坐《すわ》って痛みの個所をさわった。さっきひっくり返った時の打身《うちみ》に違いない。たいしたことはないのだろうが、歩くと右足がひきつる。そして、それは二ヵ月程の間、巳一の気分の障碍《しょうがい》の一つになることに間違いはない。母の死体が自動車で家まで運ばれて狭い玄関口を入れる時に巳一は軽く中指を母の死体にぶっつけた。ただぶっつけたそれだけのことなのにその中指がふた月もみ月もの長い間つき指をした時のように痛んだことがあった。ふとそんな昔の古い記憶が甦《よみがえ》った。

(俺の死体が運び込まれたら) と巳一は思った。(ナスは気がふれるだろう)

それは梅雨《つゆ》時の今日この頃にふさわしくじめじめしたみじめな気分に誘い込んだ。

巳一は頭をふった。

するとさっきの女のからみ合った足がぼやっと意識に広がり、その中で白い限られた部分がまぶたの裏に明瞭《めいりょう》にこびりついて来た。

同時に骨張った妻の体つきが重なって浮んだ。顔は青白く白粉気《おしろいけ》の全くない疲れた面差《おもざ》しで、子之吉《ネ》をはかった体温計の見にくい目もりを、つきさすような眼付《めつ》きをしてすかして見ているその様子。

(早く梅雨があがってくれないと、俺《おれ》が寝込んでしまいそうだ)

電車は次の駅の構内にすべり込んだ。

そして、がっくんと、つんのめるように停車した。

(又、つっかけたか)

巳一は心臓がぴくんとしぼんだ。

がっくんがっくんと、電車はしょうこりもなく、いくつもいくつも人間をひっかけるような感触があった。

部屋の窓をあけて巳一が小説を書いていると藤本がやって来た。

巳一は珍らしく小説を書くなどということに抵抗を感じない気分になっていたので、はためには楽しそうに、書きうずめた原稿紙の枚数を調子付いてふやしていた。そこに藤本がずかずかはいって来た。

「あんた、読んだ?」

藤本がのっけにそう言った。

「何を?」

巳一は見当がつかなくそう答えた。

「ほら、あれさ」

藤本はうかつさを責めるような調子で定期刊行物の名前を挙げたが、巳一には初めて聞く名前だ。

藤本はそういう種類の刊行物をよく読んでいて、又記憶もよく、そしてそれを話題にすることを好んだ。

「今度、××期成同盟(巳一はよく聞きとれなかった)というのが結成されて、その宣言文にたいへんなことが書いてあるよ。何でも戦争後に発表された小説をしらみつぶしにしらべあげ、旧軍隊を誹謗《ひぼう》したもののリストを作って、時期が来たら、それらの作品を探し出し、口をこじあけて機銃弾をぶち込むんだそうだ」

巳一は顔が蒼褪《あおざ》め、体がわななくのを感じた。しかしどうしてかそれを藤本にはかくそうとあせった。

窓から吹き込んで来た風が、机の上の原稿紙を一枚だけ畳の上にとばした。巳一はそれを拾い、机の上の原稿紙の上にくそ丁寧に重ねて手をひくと、又ふっと風がはいって来て、その一枚だけを吹きとばした。

「機銃! って、そんなもの、許されていないだろう」

巳一はやっとそれだけ言いながら、ナスは何をしているのだろう、どうして挨拶《あいさつ》をしに出て来ないかと、気持は妻の方にやつ当りして行くのを抑えられなかった。

（水でも何でもいいんだ。早く持って来さえすればいいんだ）

子之吉がいつのまにか、そばにまつわりついていて、藤本に対する応待の気分を一層沮喪《そそう》させた。

子之吉はふだんは巳一のそばに寄りつかないが、客があると巳一と客のそばにくっついて、いらいらさせた。

巳一のちょっとぐらいの叱《しか》りつけには、おとなびた意地の悪い目付きをして、肯《がえ》んじない。

（子供を放っておいて、どこに行きやがったんだ）

「まあ、そのへんのことは、いやがらせだろうよ。けど、大丈夫？　あんたの小説は」

藤本は感情のない冷たい眼《め》で巳一を見た。

又原稿紙が一枚とんだ。

巳一がそれを拾おうとすると、子之吉が机の上にあがった。

巳一は子之吉を机の上からおろし、原稿紙を畳の上から拾ってゆっくり重ねた。

「それじゃ君、右翼の完全な復活だね」

巳一は話をずらせてそう言った。

「そうなんだ」

藤本はがくんとうなずいた。

子之吉が又机の上にはい上った。

（畜生《ちくしょう》！）

巳一は、正体をつかまえようのない怒りにのぼせ上って、子供の手をぐっとひっ張ってひきずりおろそうとした。しかしその瞬間に陰《いん》にこもった抑制がはたらいた。

（子之吉はただの身体ではない）

幼い子之吉に自分の病気が何であるかが自覚出来るわけはない。殆《ほと》んど本能のままに走り廻っているだけだ。自分の動きを病気と関連させて考えるなどということが出来よう筈《はず》はない。親の巳一やナスだけが、一種の拷《ごう》問《もん》に似た何かを知らされているという蟻《あり》地獄の中におちこんでいるのだ。

巳一は冷淡な、手つきだけをわざとやさしくした態度で、子之吉を抱きかかえ、「そんなことがありうるのかねえ」と藤本に応答しながら、台所の方に連れて行こうとした。

子之吉は、両手の肩のあたりから力を抜いてばんざいの恰好《かっこう》をした。そうすることによって巳一の手の中からするりと抜けようとした。巳一は子之吉の肩のつけ根がふにゃふにゃしてうまくつかまえることが出来ない。

「ナスゥ！」

巳一は妻の名を呼び、子之吉をやっとつかまえ、廊下に出るとあならにべたべた御飯粒がついた。右手でそれを落とそうとすると、子之吉がすり抜けた。

（こんなところに御飯粒を落としたままにして。しっかり掃除もしないで）

巳一の怒りは妻にばかり集まり、じゃけんに子之吉を今度はお尻《しり》からかかえるように抱くと、台所の方に足音を荒くして行きながら、又、「ナスゥ！」と叫んだ。

妻は台所の隅でうずくまっていた。

「ナス、何をしているんだ。子供をほったらかして、いつも言ってあるじゃないか」

巳一はいきをはずませて言った。

ナスは巳一の方にくるっと向き直った。

「おすしをこしらえていたの。あんまり食べたくなったもんだから」

ナスの眼には、巳一のことも子之吉のことも全然考えていないうつろな白さがあった。

巳一は黙ったまま、そっと子之吉を妻に渡して、そのまま藤本のいる部屋にひき返して来た。

廊下をすかしてみると、御飯粒がまだあちこちちらばって居り、ごみが、灰をふりまいたようにうっすらと廊下を覆っていた。

藤本は、廊下をすかし見ている巳一をじっと見つめていた。

ごつごつした熔岩《ようがん》に覆われた山を登っていた。

巳一のあならは、まだ渓谷の流砂の弾力のあると同時に足許《あしもと》がずるずると崩れ滑って行く不安定な反応を感じ残していた。

しかし今はこつこつと一歩一歩確実に手答えがあって、岩の裂け目にはびこっている地衣類が、眼《め》の光と一切の音響を吸い取っていた。

はるか眼の下に、流砂に満ちた不毛の峡谷の白い風景が、たよりない距離感と、比較しようのない大きさで、おそろしく巨大なものがおそろしく微細に、地表にへばりついて見下ろされ、巳一の耳の中では、空気の稀薄《きはく》な高度のために小さな崩壊が重なり起っていた。

頂上近く大きな岩角をゆっくり曲ると、眼前にひたひたとあふれ出るばかりに水をたたえた火口湖が現われた。

形は丸くなく瓢簞《ひょうたん》形にゆがんでいるので、よほど古い時代に出来たものに違いない。

巳一は以前に、山頂の火口というものを見たことがあるが、それはてっぺんから二百米《メートル》ばかり凹《へこ》んで丸い湖水が青い鮮明な炭酸泉をかたち作っていた。だがこの火口湖はそれとはたいへん趣きが変っていた。

水の色は何と言ったらいいだろう。底は見極めがつかぬ程深そうであり、しかし湖の縁をうねっている細い道にあふれるばかりの水の面を見ていると、極く底の浅い池のような気持を起させもした。すき徹《とお》って見えるのに、水の色は黒く思えた。黒い熔岩の砕粉が溶解しているのかも分らない。明らかに鉱物質の硬さが水の表面にまで現われていて、人間が長くそこに佇《たたず》んでいると、一種の中毒の症状を現出しそうな底気味の悪さがただよっていた。

このあたりは、こんな湖を頂上に持った山がいくつか連峰を成していて、尾根伝いに湖の縁の散歩が出来るようであった。

湖辺は方向のないそよ風が乱れ吹いていた。極《ご》く軽い風であったが、突然方向を無視して吹いて来るので、妙に人の気持ちをいら立たせた。

巳一は自分の歯が歯根の所から鉱物性の中毒のために黒く染まって来たような気分になり始めて、此処《ここ》は早く下山してしまわないといけないと思った。

そう思いながら、すぐひき返すことをしないで、巳一は湖辺の小道をもっと奥の方へ歩いていると、いつのまにか、巳一の身辺を前になり後になりしてナスがひどく嬉《うれ》しそうにはしゃいでくっついているのに気がついた。

（おや、子之吉をどこに置いて来たのかな）

巳一はちらとそう思ったが、黙っていた。

（そうだ、実費診療所の医師が言っていたっけ。この夏は海水浴に連れて行ってはいけませんよ。激しい運動も旅行も絶対にいけませんよ）

ナスの嬉しがりようには夢中なところがあり、巳一は人間はそんなに夢中になって喜ぶことなどありはしないと思っていながら、それでも或いはナスの喜び方だけは本当なのかも知れないと思ってもいた。

ナスは何を着ても似合うというのではない。彼女が着て似合うものは数少なく限られている。

ナスが喜んでも悲しんでも、似合う着物を着ても似合わないのを着ても、巳一はナスに対する自分の滞《とどこお》った視線が気にかかって仕方がない。そしてそれをナスは気がつかない。丁度《ちょうど》子之吉が親たちの憐憫《れんびん》に気がつかないのと同じなのではないか。巳一ははしゃいでいるナスをそんな眼《め》で視た。子之吉をおいて来たことでたやすく娘の気分になっているのかも知れないナスは、巳一のその眼に向って、写真をうつして頂戴《ちょうだい》、と言った。

巳一は頷《うなず》いて写真機を取り出してかまえた。

「ねえ、一緒にうつりましょうよ」

とナスが言った。

「なに、先にお前を一枚とろう」

巳一はそう言って、片眼をつぶってレンズをのぞくと、ナスの顔が黒くかげって汚く見える。写真機から顔をはなしてナスを見るとナスはにこにこ笑ってちょっといい表情をしている。

（そのままで、そのままで）

と思いながら、片眼をつぶって写真機をのぞくと、ナスは又黒くかげり、いやな皺《しわ》の多いみにくい顔になっている。

へんだなと思いもう一度写真機をはなしてじかに見ると、ナスはあかるい若々しい表情で髪の毛を風になぶらせている。

写真機をのぞくとナスは暗いかげの多い表情になってしまうのだ。それは何としても正体をとらえることの出来ないからくりの中に落ち込んだ感じであった。

巳一は背筋にぞくっと冷たいものを感じた。

（ここは早く下山しなければいけない。留守《るす》中に子之吉の容態が急変しているかも分らないではないか）

（昭和二七年九月「近代文学」）

大鋏

月の夜であった。

小高い岡の上に丸い小さな池があった。

私は悪魔に導かれてその池の方に連れて行かれた。

私は悪魔に近付くことを恐れていた。

頭ではそんなものを信ずる気持になれなかったことと、とにかくそれは悪の領域の支配者だと思っていたのだから。

世間の人が悪と思うことを私も悪と思いたがり、悪に近付くことは、感覚の上で疲れた。悪魔という物は、悪に対しては無感覚のように思えたのだ。

悪魔を恐れていたとはいうものの、実は悪魔に羨望《せんぼう》を感じていたのかも知れない。

その悪魔に、この夜こんなに近付きになれたということは喜びであった。

彼が月夜を選んで来てくれたセンスを称讃しよう。

月の夜は、私に忘れてしまった何かを思い出させようとする。私もそれを思い出してみようとする。しかし何も思い出せはしない。

私は都会育ちのために、月夜になると、便所の窓からちらっと中天の月を眺めるだけにして、部屋に籠《こも》ってしまう。内心は一晩中でも月の光を浴びて、家の外に立ちつくしていたいと思うが、それは無駄《むだ》なことに思い部屋にとじこもり仕事をしようとする。

結果は仕事は出来ず、月は逃げてしまう。

その夜、部屋の窓を締め、その上カーテンまで引っ張って四畳半にとじこもった私に悪魔がささやきかけて来た。

「フィンランド人の書いた……という小説を読みましたか。日本を主題にした小説ですよ。しかもその手法がまるで日本の私小説そっくりなので、フィンランド人である作者がどうしてあのような私小説の手法を身につけたのかは、一つの驚異ですよ。彼はきっと転生したのだ。もし作者の名前を伏せていたら、誰でもそれを日本人が書いたと思う程なんだ。しかし何ともへんな味わいがある。それは一寸口《ちよつと》では言えないがね。まあ日本国の地図に覆いかぶさってフィンランド国がすかしぼりで写っているようなものでしょうね。言ってみれば沼の気というようなものがあってね。それが根強く東の方に引っ張られているというわけだ。内容はどうだって？　それはつまり私小説的だから読んでみなければ意味がつかみとれないですよ」

そう言って私に渡した一冊の書物は、表紙が馬鹿《ばか》に部厚くて、つやのある左横とじの単行本であった。

表題は私には読めないが、表紙に画《えが》いてある絵はどうにか分る。

その絵がどんな絵か、ここに書くにはあまりあつらえ向き過ぎて少し筆がつかえる。

つまり軍装の人間の影絵が歩いていて、それにいくつもの影がくっつき、重なる影は次第に大きくなり、やがては影の方でもとの人間を圧《お》しつぶしてしまいそうな感じがよく出ている。

ビルの谷間を歩く時に光線の加減で影があとからあとから湧《わ》き上って前に倒れて消えて行く、丁度《ちようど》そのような動きが仕掛けてあって、軍装の人間があてどなく歩調をとって歩いて行く。幾重《いくえ》もの影が先の影を追いかけて、影の源の人間をどんどん追い越して行くやつだ。しかし書物の外に出て行ってしまうようなこともなく、見る者の眼《め》の前でいつまでもその動きを固執している。

見ていると、ちょっとめくらめきがあり、私はうそ寒い思いに襲われた。

書物というより何か一個のからくりのように思え、一層眼を近付けてみると、その表紙絵の人間には鉛《なまり》が流し込まれているのに気がついた。

いくらか語るに落ちたような所があり、白い気持になっていると、悪魔は私の手を強く引っ張って家の外に連れ出した。

彼は事あたらしく説明する必要がないほど、巷間流布《こうかんるふ》の悪魔そっくりであった。

体全体が真黒で、どちらかというとやせて居り、皮膚がなめし革のようにしなしなしているように見かけられる。さわってみればよく分っただろうが、それはしないでしまった。

しかし、多少物に打ちつけたりすりむいたりした位ではかすり傷一つつかないだろうようなエネルギーを外部に発散していた。たとえ叩き斬《たたき》っても刀がはね返りそうだ。と同時に刃ごたえなく脆《もろ》く斬られてしまって而《しか》も斬られたまま各々の部分がそれぞれに生きていそうでもあった。そういう感じが私の皮膚にしみ込んで来た。

とがった耳、高い曲り鼻、手足が他の部分に比較して長く、指は巨大で、しっぽがあった。そしてそのしっぽの先が銛《もり》のように三角にふくれてとがっていた。

悪魔は、はねるように私の体の周囲にまつわりついた。しかし結構私を道案内して有無《うむ》を言わせず岡の上の池に連れて行ったのだ。

悪魔の黒い皮膚の厚さは私の皮膚にもしみ込んで、私は感覚がにぶくなっていたと思う。

私は彼の皮膚の厚さということを感じた他は、そのにおいにも、彼の悪に対する寛容にも無感覚でいることが出来た。

私は悪魔と一緒に歩いていることに誇りを感じた程だ。そうだ誰か友人にそれを見せたかった。俺《おれ》は只今遂《ただいまつい》に悪魔と仲良しになることが出来て、彼の秘法を受けようとしているのだ。今迄こんなに突張って来た悪魔への反撥《はんぱつ》が、実は只今《ただいま》のこの接近のための下準備であったのか。こうして悪魔と歩いている今、以前は悪魔に近付くことをおそれていたのだということを認めることは、深い淵《ふち》をのぞき込んだ程のまざまざしたものであるが、それもこれも観念遊びで、私の唯一の外界への出入口である皮膚の感覚が、悪魔の黒い皮膚に吸収されてしまった後では、残っている実感は、悪魔と共に行動しているという確からしさであった。

池は極《ご》く小さいものであった。

それはあくまでも丸く、そして現実の池の持っているじめじめした場所や、雑草や、ごみや魚や汚水、臭さ、ぬるぬるしたものなどの一切が抜きとられて、ひどく抽象的な形で氷のように冷たく冴《さ》え返っていた。或いはそれを月の影と見れば見てとれぬこともなかったであろう。

私の身内には軽い音楽がわき起り、もとより悪魔が私の心の動きと手足の動きとを知りつくしていることを私もうすうす感付き、むしろそのために私の心には恍惚《こうこつ》の状態が準備され、ただ悪魔の皮膚のしなやかさが私の感覚を麻痺《まひ》させてその尻尾《しっぽ》の合図で私が今からしようとしていることが分って来た。

その上、背後に悪魔を指図する何物かが控えていそうだという考えが私をとらえていたが、その背後のものは一層悪魔を鼓舞《こぶ》しているようであるし、私には破れぬ呪文《じゅもん》となって働いていたようだ。そして私はとろりとした池の面に我とわが身を投げ込んだのだ。

一旦《いったん》は深く深く底の方に沈んだが、私と池のしんとの間に強靱《きょうじん》な膜があって、私はその中に没入することが出来ないまま、私の体の重みのため凹《へこ》んだ池の面が、再びもとの表面を取り戻そうとして、私を空中に噴き上げてしまった。

私はとんぼ返りをして池の縁に立っていた。その瞬間に私は転生したことを確信した。私は自分自身の姿を見ることは出来なかったが、何か全然質の違ったものになっているようであった。

感覚が導き出す差別感の不自由さ、がなくなっていた。私は完全に自在であると思えた。感覚の鋭敏さは残っているようであったが、それは前よりも柔軟になり、「感じ易《やす》さ」というもろいものが剥落《はくらく》していた。私はどんなに感じても、それにより意識にもやをかけられることがなくなったことを直感した。

肩と胃が殊《こと》の外《ほか》軽く、あのかつてはそのために悩んだ「センシティブ」な痛みから解放されたと思った。

私は早く街の中に戻ろうとした。

やはり先ず、私のこの自在さを、友人に見せびらかしてやりたかった。

友人は、既に質の変ってしまった私に対しても、以前の私のつもりで応待するに違いないし、それを私は、自在な柔軟さで計量してやることが出来るわけだ。

そして私はあらゆるものを見て廻るのだ。

願望や期待がそのまま現実となるマジックを私は身につけてしまったのだ。それはあの池の中からとび出た瞬間に、がらりとそうなったのだ。

（しかしそれをやたらに私は使うことをしないだろう）そんな具合に心に捩子《ねじ》をかけて先ずまめに見て廻るのだ。

そしてその自在によって外界の物は地震計風にどんどん記録されそれを一般に分るような言葉に翻訳して、私の小説は次々に出来上る。

悪魔がささやいたフィンランド人の書いたという小説なども、読んでみたくないこともないが、それより私は、もっと進んだどう言っていいかつまりこう立体的な手法で、そして、くだらないありふれた小さなことがらを、次々に作品に結晶させてしまうだろう。

材料は無尽蔵にあり、私の感覚は自在にそして悪魔のように無感覚に、而《しか》も多量に感じ取り、そして陶酔も伴うであろう。

いつのまにか私は街なかに戻って来ていたが、自分の身の廻りに人間がいることを意識すると、何となく自分の体つきが前のようでないことに気がついた。

私はショウウィンドウに自分の姿をうつしてみた。

するとどうだろう。そこに写った私というのは、以前の男であった私でなく、女になってしまっているではないか。

そして始めて、自分の歩き方がいつか内鴨歩きになっていて、内股《うちもも》のすれ合いがやわらか味を含んでいたことに気がつくのだ。

私は女になってしまった。と詠嘆してみるふりをした。

だがそれは悲しみというものではなく、自在な気分の中での変形であることは分っていて、自分が女になってしまったということは、仕事の上で都合のいいことだと思った。

それは女たちの間に立ちまざることが出来るからであった。

と言っても私のしんが男であることは間違いなさそうだ。

澱《おり》のような重みがそこにあり、しかし形はすっかり女になってしまっているに違いないが、そのへんは少し不安も伴い、どこまで自分が男であることがばれないですむかというあぶなっかしさも従ってくっついて廻るから、私はしばらくは退屈しないで熱中出来そうであった。

この時も私は早く友人たちの間に現われて、彼等の間で私というものがどう受け取られるかを確かめてみたかったのだ。

あの池がいくら抽象的なものであったとは言え、その中を一度はくぐって来た私の体に池の沼気《しょうき》とでもいえるかび臭い金気《かなけ》のようなにおいがくっついていた。

どこについているということもなく、体や手足の動きにつれて、ぽっとその沼気が立ちのぼる。それは一種の生臭《なまぐさ》さであり、私はそれを洗い落さなければならないと思った。

私の服装は女性のものだ。

しかし裸身の上にどういう品物をどういう順序で着けているのかは分っていない。それでいくらか心細かったが、とにかく風呂屋に行ってみようと思った。

風呂屋はすぐ見つかった。

風呂屋といっては何となくぴったり来ないが、湯屋でもなくむしろ銭湯というに近い公衆浴場がそこにあった。十二円を払ってはいるその湯屋を銭湯というのがちぐはぐだとすれば、セントウでもいいわけだ。タイル張りの白い明るさと、壁に取りつけられてずらりと並んだ水道の蛇口、といった風景はそこにはない。湯船も小さく、湯と水の大きな溜《た》め桶《おけ》があって、そこから小口にくみ出す仕組みだ。

脱衣場も手狭《てぜま》でうす暗く、板の間も柱も天井も黒ずんで歳月を経ていることが分る。

鏡の縁飾りが馬鹿《ばか》にこっていていくらか泰西臭く、つまり開化風とでもいえる、むしろコロニアルな木造洋館の私室にでもそなえつけた方が似つかわしいようなものだ。

しかし、すべて日本風に低く狭くうす暗く、ただ木目だけが黒光りしているような採光の悪い部屋の中にそれを据えつけると、或る調和を生み出していないこともない。

鏡はそこに目を据えて、その手狭の部屋に繰り広げられる白い裸像の群れを際限なく吸い込んでしまう。その裸身の多様と雑多の下で板の間のすみにはきよせられる塵埃《じんあい》を陽《ひ》の目にさらし又は顕微鏡で拡大して見れば、戦慄《せんりつ》するようなかびやきんやごみの蠢《うごめ》きを発見するだろうが、それは馴《な》れっこになってしまっている多くの浴客たちにとっては何の意味も持たない。

私はそれらの実体よりも、鏡の中で動き静まっている物の気配に魂を奪われ、自分がどう立居していいかに躊躇《ちゅうちょ》している刻々に、興味をつないでいた。

私は女達が私に注目し関心を拡大してみせることを期待していた。それはマジックによってすぐ現実となるべきものだが、転生した私の第一の踏み出しがセントウであったことは宿命だ。

それは遂《つい》に芸術にまで結晶させることは困難な而《しか》もこの国での生活の根底の場所の一つであり、私にしても先ず身を投じた所がそこだということだ。

私はそこでマジックを使用し自在さを活用してあらゆる微細な観察をすべきであった。

私は既に「感じ易さ」を失っているのだから、感覚でとらえたすべてのものは仕事の材料となり、狡猾《こうかつ》に取捨選択して按配《あんばい》しさえすれば、素晴らしい作品が出来上る筈《はず》である。

しかしその場のうるし臭さ、柿の渋のようなもの、だが鼻からのにおいでなく、頭にしみ込むにおい、それをどう表現しようもなく、転生の姿を友人たちの中にではなく、セントウの脱衣場のさまざまな臀部《でんぶ》の群れの中に見出したことは、何かのがれられぬわくを感じ、きおい立った観察修行の出発に一抹《いちまつ》の影を投ずるものであった。

それは池の中の洗礼の時に、何か忘れていたものがあったのかも知れないし、「感じ易《やす》さ」の喪失に計算違いが巣喰《く》っていたのかも分らない。

眼覚めると、私は落着かぬ感じの中で、失ったもの失ったものとつぶやき、その次にたあいもない言葉を口走りそうになり、目から水滴がこぼれていて、やがて乾いて来て、寝床の下に何か固いものがあるような気がした。

しばらくは自分の位置が不明である状態が、次第に霧散すると、私は寝床の上に逆様《さかさま》に寝ていることが分り、そうすると部屋がまるで違った感じになっているのが、あまりまえのことながらへんに思い、素早い身のこなしで敷布団をはぐと、誰が何のためにそうしたものか一挺《ちょう》の大鋏《おおばさみ》が、そこに置かれているのを発見したのだ。

（昭和二八年一月「新日本文学」）

月　暈

ぴりっと空気が引き裂かれ、引き裂かれたすきまから全然別の内容が現われて来るような感じの中で、ぐーっと大地が傾いた。Sはあわてて大地にへばりついて、大地が傾くめくらめきから自分を切り離そうとした。丁度泥酔《ちょうどでいすい》の時にする体の支え方とどこか似て。事態を見極めようと、耳はするどく緊張したが、顔は地べたにくっつけたまま。すりつけた鼻に縁の下でするようなかび臭いしめったにおいがあった。それは胃の中に吸いこまれて胃液の分泌を刺戟《しげき》する。大地はひどく頼りなく、細長い薄いもののように感じられた。それは急激にどんどんそうなる。耳は大空の一角をひっかき廻すエンジンの爆音を絶望して聴いていた。おそらくは、無数のはがねが甲殻《こうかく》の虫けらさながらに飛び廻っているに相違ない。それにしても、大地がどんどん細くなって来る感じはおかしい。細くなっては困ると思うが、どんどん細くなって、小川にかけられた細板の橋のような具合になる。大地が一人の為に板んこ一枚になってしまう筈《はず》はないのにと自分の頭脳の論理的な部分をゆさぶって事態を正しく認識しようと試みるが、大地は益々《ますます》一人の為に細くなって、遂《つい》には釣橋かハンモックのようにゆさゆさゆれ始める。感覚の上で大地はそうなってしまって、Sは板んこ一枚の大地の上にへばりついて振り落とされないように注意する。所が大地は小さなハンモックがすぐひっくりかえろうとするように、はずみをつけてひっくり返ってSをほうり出そうとする。何故《なぜ》Sをほうり出そうとするのか。執拗《しつよう》な意地の悪い意志をそこに感じSは絶望するが、絶望しただけでは、へんなはずみを避けることは出来ない。大地はいよいよ細くなりS一人がへばりついているにさえ狭い程になってしまう。これはどうしたことだ。所でSは自分以外の地上の人間がどうなったかということにその時考えがとどかない。目前の物理的な動反動に体を調節することにかかりっきりで頭脳もそれ以外のことにははたらき広がらない。しかも板んこは次第に弾力を含んで来て、ちょいと刺激されるだけで、その上のものをぴんとはね返してしまいそうな状態になる。そして遂にSはふとしたきっかけで板んこがびーんとはね上って表が裏に回転したはずみに、ぴたっと叩《たた》きつけられた。ぴたっとどこに叩きつけられたというのか。大地が板んこになってそこからほうり出されたのだから、果てしない宇宙のただ中に宙ぶらりんで浮かばなければなるまい。落下することも上昇することも出来ず、極微の塵《ちり》のように、ただ永劫《えいごう》に浮かんでいるようなことになりそうなものであった。においは無いが青の色彩感だけに取巻かれそうな宙ぶらりん、の状態に実はSは置かれない。ぴたりと叩きつけられた所は、馴染《なじ》みの地球の極《ご》く一部分に外《ほか》ならない。感覚のまやかしに落ち込んでいたのだろうか。大地はさっきあれ程一人の為にたよりなく細くなって揚句《あげく》の果てにSをほうり出したのではなかったか。しかし叩きつけられた所はやはり大地そのものに過ぎなかったとは。瞬間、Sは地上の一切のものが崩壊しているのを知った。一種の予感はあった。ぴりっと空気が引き裂かれるという予感もやはり当っていて、巨大なかまいたちが空気に一撃を与え、その一撃のために地上の営みの一切が一瞬に吹っとんでしまった。大地には大きな亀裂が残った。地震と呼ばれている一ゆれがあったのだと説明して自分に納得させることは自由だが、おかしなことには、地震につきものの火事の現象が見当らない。それにうろたえさわぐ群衆を見失った。まさかS一人が地上に生きて残されたわけでもあるまいに、一瞬にして地上のものは崩壊し、そこに突如として廃墟《はいきょ》が出現した。廃墟は既に太古そのままに古さびて、たった今崩壊したばかりとはとても思えないのも変であった。崩壊が静寂のうちに行われた。Sの感覚の余韻の中では、さっきゆさゆさ板んこの大地がゆれていた時に、もう少し何とかずるい智慧《ちえ》をしぼって大地のゆれを押しとどめ、板んこのひっくり返ることを未然に防止したならこんなことにはならなかった。それはSにも出来そうなことであったのに、ゆさゆさゆれ始めると快感が少しあり、ゆれを懸命に止めようとあせりながら、実はその振動に調子を合わせていた自分の部分があった。いっそのこと大地がひっくり返るものならそれもいい。そしてふと強烈にそうなることを願った瞬間があった。ただ平常でない感覚の酔いがあって、それはいやであった。ひっくり返るのはいやだ、いやどうせのことだからひっくり返ってもいい。その矛盾《むじゅん》の中で、おや之《これ》は本当にひっくり返るかも分らないという見通しがつくと、勃然《ぼつぜん》と恐怖が湧《わ》き、ひっくり返らないように体の位置を調節しかけた時にはもうおそくてひっくり返されていた。ひっくり返されたSの眼《め》が見たものは、地上の廃墟《はいきょ》だ。それを具体的に言えば、大地の亀裂と、おびただしい電柱と、ぶった切られてぶら下った電線の残骸《ざんがい》だ。木造の家屋などはどこに吹っとんでしまったか見当もつかない。電線の切り口にはちょっと恐怖がある。生き物や人間はどうしたろう、みんな死に絶えたかと思った時、というより実は、叩《たた》きつけられながらおや俺《おれ》はまだ生きていると自覚した時、Sの頭の中を閃《ひらめ》いて通った考えは、Z夫人の所に駈《か》けつけたいということであった。夫人などという言い方だとその人の感じに遠くなるが、M・Z氏の奥さんで、しかしSはM・Z氏を見たことはない。とにかくそのZ夫人のところに駈けつけたい願望で胸の中が一ぱいになった。家の梁《はり》の下敷きになった夫人が白い脛《はぎ》をあらわにして助けを求めている姿がはっきり見えた。もともと夫人の羞《は》じらいを含んだ悲し気な横顔にSは参っていた。その横顔を見ていると、Sの肉体を構成している分子がばらばらに解体して夫人の横顔の磁場にどんどん吸いつけられて行くのを感じた。しかし正面を向くと、肉付きのいいあごの線や物おじしない眼、そして少しきつい感じを与える輪郭《りんかく》のはっきりした高い鼻などにぶつかり、横顔の悲し気な感じは、ふっと消えてその跡を残さない。やはり年齢相応に世なれた女がそこに居た。Sは夫人の正面の顔に不満を持つ。どうして横顔ばかりで接してくれないのだろう。Sは夫人から正面の顔で翻弄《ほんろう》されながら、時々横顔を見せられることによって、あきらめきれずに通う。すると夫人はつと正面を向いて、何事も分らないようなそぶりをする。何がはばんでいるのだろう。夫人がM・Z氏の妻であり、Sにも妻子がいるということか。夫人はM・Z氏を愛しSは自分の妻と子を愛する。だが、大地はひっくり返って、地上の一切は崩壊した。之《これ》は確かに人間が審《さば》かれる日に違いない。その審きを前にしてSは未知のことを確かめたい性急な欲望にかられた。何はさて置いてもZ夫人の所に駈けつけること。そこに駈けつければ未知が確かめられる気がする。夫人は駈けつけたSの両腕の中に身をまかせるかも分らない。Sは夫人の白い横顔に自分の燃えた頰《ほお》を重ねることが出来るだろう。それがSやZ夫人にとってどれ程の意味があることなのかは分らないのに、Sはそういう瞬間を猛烈に獲得したい渇きにさいなまれる。おそらく夫人は既にM・Z氏に救い出されてその場には居ないことが予想される。その場にまだ居たとしてもM・Z氏の肩の向うで、渇ききって頬をかさかさにしてたどり着いたSを、憐憫《れんびん》のまなざしで見つめるかも分らない。いや或いは殆《ほと》んど表情を現わさないで正面の顔付きをきつくして世間並みの応待でたたみかけて来るかも分らない。それはどうあろうと、無性に夫人の居る方向に考えは奪われそこにとんで行きたい気持になった。だがそこに行くまでの道筋のことを考えると、Sは絶望する。地上の距離を縮める為には、一歩一歩体を移動させて行かなければならない。途中には無数の障《しよう》碍物《がいぶつ》が横たわっている。おそらくは、神の審判の一打ちのために地上は目茶苦茶《めちやくちや》にぶった切られている。しかしそのことはたとえこの恐ろしい破滅が来ない前のとにかく規則的であった急行電車に乗っての訪れであったにしても、いくつかの停留所と乗換えと改札と階段そしてその家までの道のりは、無限大にSの前に横たわっていて、いつまでも余りが出て割り切れない数学式と同じにそこにはとても届きそうにない妄想に襲われる事情にある。しかももうこんなに駄目《だめ》になってしまった世の中でどうしてそこまで辿《たど》って行けようか。その上にこの一撃はほんの序の口で、この次に決定的な阿鼻《あび》の事態の瞬間が準備され、それが刻々近付きつつあるという感じが、次第に明瞭《めいりよう》にSの考えの中をむしばみ始めた。いつからそんな考えにとらわれ出したかはっきりしないが、さっきちらと空間の片隅を視界から去って行った飛翔《ひしよう》する甲殻《こうかく》のようなものが、類を集めて再び引返して来た時に、その決定的な瞬間が現出するような予感がした。その時機はもう近い。早くしなければならない。して置くことをしなければならない。しかし何をすればよいのか。Z夫人。もうおそいのだ。そして、うかつにも、というより妙なことながら、やっと、妻や子が既にさっきの一撃のために、どこかにすっ飛んでしまっていることに気付いた。しかしSはそのことについて無感情である自分をひとごとのように見つめるばかりだ。そうだ。彼等はそれまでSの生活の一切の基準であり、考えの底にしっかり沈んでいてSを規制していた。それがあの瞬間の直後では、SはZ夫人との抱擁《ほうよう》の予想にあつくよろこび、彼等の死に殆《ほと》んど思いが及ばなかった。この不安な事態に於いてさえ、Sが欲情を保っていたのはZ夫人に対してであり、妻や子の脱落に、解放されたと感じたのだろうか。Sは今や身一つで行動出来る状態を獲得した。いやそれは獲得したのではなく、そういう事態に襲われた。しかもSにとってあらゆることが晦冥《かいめい》である時にそれが喜びであったとは。多分地面に叩《たた》きつけられた瞬間にひしがれたと思われる腕と足を、Sはゆっくり動かしてみた。が特別な痛みを伴なわない。そこで恐る恐る仔細《しさい》に自分の五体を点検してみる。右ひじに五円貨幣大の打身《うちみ》が一箇所と、左足首に細い針状の金属が無数につきささっていた。針は束になっていたのですぐ引きぬくことが出来た。あとが少しただれているだけで痛みはない。他に大きな怪我《けが》がないので、むしろうす気味が悪く、どこか一箇所でもざっくりひどい傷口があった方が落着けそうに思えた。表面に傷口が無いということは、却《かえ》って悪い状態で、目に見えない場所で糜爛《びらん》は進行し、やがて一どきに最もひどい状態で外部に現われて来そうにも思えた。とにかく自分の体にどんな悪疫の種がまかれたかは知ることも出来ないし、又まかれないとはっきり否定することも出来ない。現在の所は右ひじの打身と左足首に束になってささっていた針状のものを抜きとったあとのただれがあるだけで、しかも痛みは無い。痛みが無いということが今確かめられるだけだ。そしてSの眼《め》には、青空がまばゆいばかりに広がり、位置を占めている。やがてその青空を覆ってあのへんてこな機械がウンカのようにやって来るかも分らない。しかし今は青空は爽《さわ》やかに陽《ひ》のあたたかさを含んで地上を覆っている。ただし地上は廃墟《はいきょ》だ。かつてそこにあった人間たちのおろかで貧しい幸福な日常の生活が、蜃気楼《しんきろう》となって青空に倒影されるかと思えた。それはSをせつなくしめつけた。それはかつての湿気の多かった風景でもあったが、その喪失はSの思考を狂わせるに充分だ。つまりSは今の生存が一体何であるのかが分らなくなっている。そして今Sは動き出さなければならない衝動を感じているが、殆《ほと》んど無意識ながらその衝動をSに起こさせようとしているところの何かに、それは何であるか分らないが、その何かに強い憎しみを感じている。Sはかたわらに深い地の裂け目を認める。しかしその裂け目はさっきの動転で出来上ったものではない。つまり縦に地の底に続いているようなものではなく、地上と一定の深さの距離を保ちつつ横にそれは伸びているようだ。自然に出来たものではなく、人間の工事によってこしらえられ、もとは適当な舗装《ほそう》で高さと広さを持っていたに違いない。しかし今の天変地異で入口が魚の口のようにひしゃげてしまっている。Sはその入口に近寄った。そこから冷たい生臭い空気が流れ出て来たからだ。地の深い所からのいきがそこから地上にもれて来るのだとSは錯覚する。空気が引き裂かれ大地が揺れた時、Sは地べたにへばりつき思わず地肌に鼻面《づら》を埋めたのだが、その記憶が再び確認され、それが一層深くしめっぽく内部に吸収された。Sは体をかがめて入口から奥の方をのぞいた。暗くて様子は分らないが、ずっと深く続いていそうだ。そこにはいって行こうという思い。外界から遮断されたいとSは思った。完全に防空壕《ぼうくうごう》の役目もしそうに思えた。やがて空からの破壊がやって来ようとしている時にこれは又何という好都合な代物にぶつかったことだ。ずんずん中にはいって行けば、外界の一切の音響から免れて静かに精神を養うことが出来る。そうしてもう少しゆっくり事態を深く考えてみることも出来よう。命は惜しくないともいえ、もし拳銃を持てば、こめかみにあてがって引金を引くことに左程《さほど》困難はない。ちょっとZ夫人の気持を確かめることが出来たらと思い、それも別に何のこともないともいえる。けれどそれが夫人からたとえ無関心という答えが出たとしても、それはそれなりにいいわけだ。まるで子供の執念だが、あらゆることが未決で過ぎゆき、女のこころ一つ得ることさえ、たとえいまわしい関係と見られることであろうとも、こうも不安定であるということは、きつく虚脱感をSに与えるものがあった。但《ただ》しZ夫人当人がそのような決定権を持っているかどうかということはSの知ったことではない。おそらくSのせっかちな身勝手の欲望からしつこくZ夫人に求め過ぎていることになっているので、Sの環境にそれだけの条件が熟していても、Z夫人の側では他人ごとであることは充分考えられる。それだからこの奇妙な崩壊の機をうかがって手っとり早く片付けてしまおうと考えたわけだが、何故《なぜ》か実行させるエネルギーがSから消滅して行った。Sが思考すると同時にSの体をZ夫人のそばに現出させることの出来る自在な次元があれば問題はない。しかし現実は、こんなでたらめの崩壊の後でも空間と時間が越えようもなく立ちはだかっていて、Sを焦慮のるつぼに投げ込み、それは限りなく増大して、とても現実ではZ夫人に近付けそうもないように思えて来る。おまけに次の破滅が迫っているという怯《おび》えがある。Sは破滅をやり過ごし次の世の中に生きていたい。今自信などさらに無いが、身一つの解放感がある。妻や子は死に絶え、恐らくは夫人にしたって実際の所死んでいるに決っている。だがSは生きたいのだ。入口がへちゃげてひどく低いので腹這《はらば》いになって、両腕で匍匐《ほふく》する形で、ずるりずるりと体を穴の内部に押しやった。その時確認したことは、痛みがないので何ともないと思っていた左足は実は全くきかないことだ。やはり足首にささったもののせいかも分らない。一本の腐った丸太のように胴にひきずられてくっついて来る感じは、ちょっとばかり悲壮なものであり、その代り又ちょいと度胸がつく。あれだけのへんてこな現象のあった直後だ。いくらか犠牲がなければ却《かえ》ってあとの報いがおそろしいようなものだ。左足一本呉《く》れてやれば、そこの所の取引きの帳づらが合って、Sの生存を見のがして呉れるかも分らない。Sはずんずん這《は》ってはいり込んで行った。つぶされていたのはほんの入口の近くだけで、内部はもとのままの構造を保っていることが分った。従ってSは体を起こして、先ずそこに腰をおろして休息した。外にいた時の青く高く陽《ひ》の輝きを一面に含んだ青空がここではぷっつり断ち切られていることが、そこにある暗闇をより深くする。しかし廃墟《はいきょ》の様相はない。ふと子供の時にこわごわはいったNの滝下の洞穴を思い出した。今もその時のように半分は恐怖をおさえて好奇心と仲間への強がりで洞穴にはいり込んで来たような錯覚がある。外には、仲間が、ほっとした顔で穴の中から出て来るだろうSを待っている。秋の空は高く、K邸の塀向うに朱色の柿の実が見え、それと港のガントリクレン、K町のガスタンクなどが、かつて安定し今は失われてしまったゆるぎない生活を疑う気配なく、正しく巡り来る季節の中に、背後の景観となって位置を占めているだろう、とそういう気持にさせるような錯覚があった。しかし省みると、Sの現前にかつては知ることが出来なかった不幸のようなものが病患のように立ちはだかっていて、それを回避する智慧《ちえ》がありそうなのに、ずるずるそこに吸いよせられて行くあせりとむなしさがある。その感じはいやに明晰《めいせき》であって而《しか》もその根源を除去することが出来そうにない。Sが今、中途で放棄された大下水道の工事跡じみた地下の横穴に深く這い込んでいることは確かだし、まあずんずん中にはいって行くことしか考えられないわけだ。あと戻りしても、さっきの場所に出るだけであり、既に様相の一変した新しい事態がそこに現出しているかも知れない。しかしあの異様な一打ちの時もまさしく強烈なショックであったのに、Sの感覚に訴えて来たのは、エネルギーの弱い優しさに満ちた頼りなさであった。所詮《しょせん》禁止の林檎《りんご》を食ってはまり込んだ意識の沼にあがいている人間の皮膚の繊細さが、もうどんなショックもその本来の強さが感じられずに、いつまでももの足りぬ弱さとしてしか感じられない。そこに引くに引かれぬ淀《よど》んだこだわりがあり、Sは廃疾《はいしつ》の左足を引きずって穴の奥の方へずるりずるり進んで行こうとする。やがて、太もものあたりに、じーんとしびれが来る。どこかに無理があり、それがしびれの原因となっている。だから、しばらくの休息を必要とするだろうし、時間をやり過ごせばしびれは散るだろう。Sの耳の底にエンジンの響きがかすかに残っているように思えるのは、気の迷いか。或いは実際にそういう音響がしのび込み伝わって来る程にこの穴は浅いのかも知れない。外の青空の下では新しい事態が……。Sは沢山《たくさん》の事を考えそして目の前を横切り出現する事物はすべて見ていたと思えるが、又何一つ考えてもいなかったし、何一つ見ていなかったともいえる。始めて、何かを見る気になって、視線の落ちている所を意識すると、そこにひともとの草が生えている。ひょろりと細長い茎が立っていて、その先に一つの花をつけている。光というものがどんな正体か分らず、この穴の中は闇だと考えられたが、やはりそこには光があって、その中のものが一切はっきり見えることがへんといえばへん。それは丁度《ちようど》夢の中の事象のようでもある。色彩も、あると思えば有り無いと思えば、無い。その花にも色がついていたが、それを言い現わすことは出来ない。そこにひょろっと小さな花が咲いていたことはSの気持をやわらげる。金属的に堅く傾いている気持にほんのり生気を吹き込まれて、Sは思わず闇の中で微笑《ほほえ》んだ。Sは両の掌《てのひら》でその花を囲うようにし、しかしその花びらにも茎にも手をふれずに、頬《ほお》を掌で囲んだ花の方にすりよせるようにした。血の気を失い透き徹《とお》った皮膚の感じのその花びらに淡い匂《にお》いがあり唇を開いて待つようにも見える。かび臭いとも思えたが、又体温にとかされた肌の匂いのようでもある。そうしてしばらくじっとしていると、狂癲《きようてん》の気持が静まって来た。つめたくつめたくと思いながら、いつのまにか狂易《きようえき》に傾いていた。とSは自分の手の甲にはい上って来る虫の気配に気付く。気持をそちらに向けると、そこにダニのような微塵《みじん》の虫を認める。あらゆる場所に棲息《せいそく》しているうごめくもの。その虫の形を正確に認めることはむずかしい。観察するには小さ過ぎ、まるい背中のまんなかがぺこんと凹《へこ》んでいる感じ。そして足がまるい体の周りに無数についていて、それを動かしてぞろぞろ這《は》う。その生態についてSは疑問だらけだし、どこに棲《す》んでいてへいぜい何を食いそして今どこから這い出して来てSの手の甲にくっついたか。今Sの手の甲に居るということには違いないが。そしてSは二番目の虫を見つける。おやと目を見張ると、三番目の虫が、四番目、五番目の虫が、次々にSの眼《め》の中にはいって来る。まるで降って湧《わ》いたように、無数の微塵虫がその辺一ぱいうようよしていることに気がつくのはすぐだ。もう手の甲だけに限らず首すじにも足首の辺にも下腹のあたりにさえ、いやこの穴の中全体にすきまなく、よく見れば花の蘂《しべ》のまわりにもべったり、くっついていることが、Ｓの視覚の中の現実となる。

（昭和二八年一月「近代文学」）

死人の訪れ

「矢板《ヤイタ》康子の遺稿集を出そうと思っているのです」

と僕が言うと、牛来《ゴライ》一は賛成してくれた。

このことは誰にでも言えるというわけには行かず、大方甘っちょろいと受け取られそうであったから、ひとに軽くそれが言えなかった。

しかし彼女の遺稿集を出してやろうと思ったことに気持のいつわりはない。それなら色々思惑はあっても、こしらえるだけこしらえてしまえば、そのことで事実が一つ据え置かれたことになり、そこから又新しい生活面のきっかけが生まれて来るようなことになるだろう。

そうなるだろうとほぼ見当はついても、何となく色んなことを言われそうな気がして、それだけでなく生前の康子に対する僕の態度もあり、気持がかじかまり、伸ばしかけた触手もつい引っ込めてしまうことが多かった。

だが牛来一の顔を見た時に、思わず口をついてその事を言ってしまった。

それは牛来の人柄がそうさせたように思う。全く思わずそう言ってしまって、はっとした位だ。仮に牛来に、そいつは止《や》めた方がいいよと言われたとしても傷手は感じないと思えたから。だから賛成してくれても皮肉な調子は受け取れない。或いはこちらの気持を見通し、甘やかしているふしもないではないが、牛来自身そういうおまつりごとが好きで、余分の考えは少なく、それはいい是非《ぜひ》作って置いてあげなさい、という意見をたちどころに出してくれたから、こころよい思いをした。そのくせ勝手なもので、牛来のことをこの人も案外甘いなと思ったりしている。

二人のこの話のやりとりをきくと、当の康子はすっと寄って来て、どちらへともなく、しかしいくらか僕をさけるふうに、

「私のよく知っている印刷屋があるわ」

と言った。

「じゃ早速そこに行こうじゃないか」

と牛来がすぐ応じた。

僕は康子が、自分の遺稿集の話が持ち出されるとすぐとびついて来て、もう印刷屋のことまで言い出したことに、少しつむじをまげた。

少しは知らん振りをするか、死者は死者をして葬《ほうむ》らせて下さいね位のことは言ってみせてもいいのではないか。

しかしそういう場合に僕はいつも康子から離れたのだったということを、にがく思い起した。

そういう時、康子の顔は目だらけだと思い、その目は外に向いてくっついているのに、外なんか少しも見てはいないで、自分の体の方ばかり眺めてうっとりしているのではないかというかんぐりが先に立って、康子が腐った牡蠣《かき》のように思え、彼女の傍を離れることを繰り返した。それはそれでいい。しかし離れると、何となく割り切れぬしこりが残り、いつかは片を付けなければならない問題がある、という風に思い込んだ。だが片を付ける機会などというものがやって来ないうちに康子は自殺したわけだ。

康子に死なれてみると、僕はべそをかいた。

遺稿集を出そうなどということは滑稽《こっけい》なことだ。冷静に考えてみれば、そんなことをしてやるつながりなど何もない。もしそれをしてやるとすれば、それは康子や康子を取巻く男たちに対する僕の敗北であり計算違いでしかない。

尤《もっと》も僕の言い分として、敗北と計算違いを愚痴っぽく認めてやることで、康子たちへの裏返した復讐《ふくしゅう》になる

だろうということは考えられる。

しかしこのやり方はあまり効果的ではない。

第一、復讐とは何のことだ。

これはついうっかりと本心をもらしてしまったことになった。

僕は康子の自殺のしらせを聞いた時に、頬《ほお》に白い手で平手打ちを食ったと思った。

すぐ相手は誰だと思った。

だから僕としては随分にがい口で遺稿集を出そうということを言い出したのだ。

だが牛来は僕の口のにがさを消してくれた。恐らく牛来は自分がそんな役目を果したことに気がつくまい。

だから、康子がすぐ話に乗って印刷屋のことまで言い出した時に、にがさが又口の中に戻った。

(誰かもっと適当な人に出してお貰《もら》いなさい!)

しかし康子はもう死んでしまった人だ。

そういう神経ごっこは馬鹿《ばか》げているだろうし、恐らく僕が少しばかり恥知らずであっても、そのために彼女が僕をなぶりものにすることは出来ないのに違いない。

この所は一番眼《め》をつぶって、気持にぐっと来たらその瞬間をやり過ごし、もっとずかずか中の方にはいって行ってみることだ。

だから僕は、牛来と康子が歩き出した方向に、ちょっと唇をかんでのこのこくっついて行った。

二人におくれ気味であった僕は、康子が牛来に言っていることが、うしろからひとごとに聞きとれた。

「その印刷屋の主人という人はね、まだ若い人で、ちょっとした文学青年なんよ。それにSさんのファンやからSさんに紹介してくれってうるさく言うんやけど、あたしはこの頃Sさんの所には行かないでしょ。一年に二度しか行かない」

康子は、背の高い牛来に訴えるような風情《ふぜい》でそう言っているのだ。

僕はSという自分の名前が言われて、やはりうれしい気持になった。

一年に二度というのは嘘だが、その言葉で康子の実《ジツ》のある気分が分ったような気がしたので、いそいそと傍に近寄って行って、

「二、三日前に来てくれればよかったのに」

とたあいもなく言った。
二、三日前は康子はまだ自殺していない。
「だって、せんせいもいけないのよ」

康子がせい一杯甘えて言った。

「ごめん、ごめん。ぼくの悪いくせなんだ」

僕は言わずにためていたその言葉をはき出してしまうと、おかしなことに胸がこみ上げて来て涙が一滴不覚にも落ちた。涙をこぼすと、ＲやＱのことも一緒に浮んで来た。ＲやＱに対しても、手をつっ張ってひねくれ意地悪をしていると思い込んでいる。Ｒも僕の所にやって来たはじめは、そんなに歳も違わないのにせんせい呼ばわりをしていたが、僕は彼を例の伝で扱った。それは別に変ったことではなく、ただ好意的な言葉をほんのひとことも言ってやらないと同時に又悪意をも示さないというやり方だ。やって来れば白い顔で、ただしいやな表情は意識して出さずにつき合い、やって来なければ、こちらから誘いかけることは絶対にやらない、という態度をとった。

Ｒにとっては自分からしかけたつき合いで、何かを感じようとすると自縄自縛《じじょうじばく》になるため、ずるずるべったりつき合わなければならないのだが、肝心な点は、二人の間に良いにも悪いにもまるっきり摩擦が起って来ないということだ。その状態はやがてねじ曲って硬化して来る。

Ｑにもそうであった。そして康子にもそうであった。しかし康子の場合は女であったということで、僕のその姿勢はくずれていたようだ。

康子は女であったから僕は彼女との間にやがては片付けなければならないものが残っている感じに傾いて行ったのだろうが、ＲやＱに対しては、気にしながらも頭の中で整理して片付けて置くことも出来たから、情

緒があとまで尾を引かなかったわけだ。

しかし死んだ康子に逢《あ》って、ごめんごめんとあやまってしまうと、RやQにもほんとは君をおれは好きなんだと言ってやらなければいけないと強く思った。

RもQも近頃は僕のやり口を逆手《さかて》に使いはじめている。

今夜はきどりと羞恥《しゅうち》を横に置いて、ゆっくりと康子と話さなければならぬと思い、そう思うと胸はやわらかくほどけ、そして明日にでもRとQの所に行って、おれは君にとても興味を持っているよ好きなんだということをはっきり言ってやろうと思い、するとこれから先の人間関係の変化の期待に頬《ほお》がほてって来たことを感じた。

眼《め》の下の一つまみの所だけがかっとほてり、ひょっとしたら微熱なのかも知れないと思った程だ。

夕暮時だったので印刷屋には留守番《るすばん》の青年がひとり事務室に居ただけで、みんな帰ってしまっていた。

ガラス戸越しに、印刷機械や活字ケース等がつめたくいこじに静まりかえっている仕事場が見えた。

「大将いやはらへんの？　折角《せっかく》Sさんを連れて来たのに」

と康子はその青年に言った。

主人がいないのでは仕方なく、頼みたい仕事があるので又日をあらためてやって来るから伝言してくれるようにと言い置いて三人はそこを出た。

どんな仕事もすっと気軽に事が運んでくれない。こうして二、三日や一週間はたちどころに過ぎてしまう。よっぽどふんぎりをつけて、こまめに動かなければ遺稿集など出来上るものではない。ただ、遺稿集を作ってみようということを、ひとにも言ってみて、そうしてとにかくそのつもりで一応印刷屋にも足を運んだことで、このことはもう責任がすんだんだという気持に僕はなっていた。遺稿集も結局は出来上らないなと考えたりしながら。

出がけに事務室の机の上にある××新聞を僕は一部ぬき取った。一部一円五十銭で御購読願います、と机の上に白墨で書いてあったから、ボール箱の中に一円五十銭を入れた。そしてふと、おやずい分高い新聞だなと思ったが、すぐ又反射的に高いのか安いのかどっちか分らない気持になった。新聞の値段は銭単位であったのか円単位であったのか、ど忘れして、馬鹿《ばか》に安いようにも思えたし、又べら棒に高いような気もした。

時々ちょっとそんな具合に物事が分らなくなることがあるが、大したことではないので、そのままそこを出た。

この新聞には何かいいことが書いてある予感があった。いや、何かではない。そこにはきっと、「新進作家総まくり」という記事があって、その中に僕も取り上げられているに違いない。牛来一もはいっているだろう。矢板康子のことはどうかと思うが、いずれにしろ、どんな風に書かれているか早く読んでみたい。牛来もそうだが、僕は殊《こと》に不遇なのだから、Sの不遇は不当であるということなどが適確な評語で書き込まれてあるに違いない。Sの作品はユニークで先駆的で素晴らしい、というような胸のふくらむ活字の並び。

それはあとでひとりでゆっくり見るのをたのしみに、牛来や康子には何気ないふうに無造作に小さく折りたたんでポケットにねじ込んだ。新聞を買ったのは僕だけだ。

(さあこだわらずに誰にでも意中を表明するのだから)

気分がはずみ、康子と並んでどんどん歩いて停留所に来ると、丁度《ちょうど》電車が来たので、あとさきの考えなく康子を押し込むようにして乗せてから、はっと気がついてうしろを見ると、牛来がずっとおくれたところで、一生懸命こちらにやって来ようとしているのが見えた。

康子と何を話したのか覚えがなく、熱っぽい感じだけ残っている頭で、牛来の方に手を振り、

「早く早く」

と言ったのだが、ギブスをはめている牛来は走って来るわけにも行かず、顔を赤くして、先に行ってくれというような手振りをした。

車掌がしばらく戸惑って、どうするんだという顔付きをしていたが、軽く舌打ちするとスイッチを押してしまい、ドアは閉りかかったので、あわててドアをこじあけて自分の体をおし込んだ。

すぐ電車は動き出し、牛来の歩く姿をぐんぐん引き離した。

これはたくらんだわけでなく、自然にそうなったのだが、結果に於いて、牛来をまいて、僕と康子と二人だけになった。

僕は何かを言い出すことに躊躇《ちゅうちょ》しないだろうし、康子も死んでしまっているのだから、今更《いまさら》思わせぶりをしたり、かけひきをしたりしないことは分っている。

体があつくなって来た。

あのような事件のあったあとの康子だから、遠慮はいらないんだ。ぶっつけに話せばいい。

そこで、なつかしくてほんとにたまらぬという、女にだけする顔付きをして、

「どうして自殺したの」

と康子に押っかぶさるようにしてきいた。

康子は豹《ひょう》のような眼《め》と体つきで、顔は青白く、口もとや耳たぶにやわらかくてうすいうぶ毛をぼやぼや生やしたまま、

「もちろん死ぬつもりじゃなかったわ、適量飲んだの」

思わず、

「誰と」

と気になっていた疑問を口に出した。

「Qと」

僕はぎくっとした。それは当然予期していた返事でもあったが、やはり意外の感じが先に立った。

実は康子の自殺を知らせてくれたのはQであったからだ。

Qはそんなことはおくびにも出さず、康子が死んだことを報告に来た。声がへんにしわがれていたように思える。片方の眼が血走って気味が悪い程赤かった。

「せんせい、矢板康子は死にました。おとついの午後九時三十五分。急行電車に轢《ひ》かれたのです。事故です」

何か気持を先廻りさせたようなQの早口の言葉の調子を僕は思い出した。それで僕はこんぐらかり、康子に

きいた。

「だって、君は電車に飛び込んだんだろ」

「あら、そうやった」

「あらそうやったもないもんや」

康子は用心するような顔付きをした。

康子はよくそういう顔付きを作った。そういう時は、僕が白けた気持になって、伸ばしかけた手を引っ込ませようとするような時だ。うっかり甘えかかり、「せんせ、しっかりして頂戴《ちょうだい》よ」などとつめたい声を出されるのではないかと思うと、顔が急に白けて来た。すると康子は敏感にそれを察して又その顔付きをした。

こちらは無性に腹立たしくなる。

男のようにごつごつした骨の太い体つき。わざと誇張してそう思う。ナイロンの靴下からすけて見える毛深い足。大きないやしい口もと。まがった鼻。何て言ったって可哀《かわい》そうな分泌物の多いごきかぶりじゃないか。押しつぶせばびちゃびちゃにきたなくつぶれてしまう。可哀そうに。

だが、今の康子は、あくがぬけてしまって、その感じを起こさせない。

「実は君の夢を見たのさ」

「あら、どんな夢かしら」

康子はうれしそうにうわずった声を出した。

それで僕も同じようにうわずった声でつけ足した。

「ちょっと言えないね。へんにエロチックな夢でね」

「へえ、えらいこっちゃ」

康子はおどけて太い声を出した。

そのおどけ方にちょっと魅力があった。

夢の内容は康子に話してしまってもよかったのだが、周囲でだまりこくっている乗客が、ふと気になった。

気にしなくてもよかったのに、ちょいと気にすると、きっかけを失った。

それはこんな夢であった。

離れのような狭い部屋で、僕と康子ともう一人新制大学の学生の三人が一つぶとんに寝ていた。康子がまん中であった。その大学生が康子と関係のあることはほぼ見当がついた。その夜康子は彼に興味がないと判断出来た。足をのばすと電気こたつにつかえた。ちぢめると康子の体にさわる。大学生は呼気吸気が荒く何か気負っている気配であった。多分に、康子との何回かの同衾《どうきん》を楯《たて》にとっている様子が察せられた。僕はそういう大学生をせせら笑う気持があった。といって康子に特別関心があるわけでもない。離れていると、割にいいけれども、そばに来ると索莫《さくばく》とした気持が先に立つ。手足が骨太で、あなうらがよごれている感じだ。ただ彼女のつけている香水が官能を刺戟《しげき》して彼女を抽象的に女一般に見たてさせる作用をしていたし、又そこにいた大学生の介入は気持を挑発するものがあった。だが僕は棒のようになっていた。睡眠剤を用意して来なかったことは不覚だと思った。すると急に大学生がいきり出した。僕が康子にけしからぬ振舞いをしたという。康子さんは僕のものです、と彼は言う。わなに引っかかるのを待っていた僕は、はき捨てるように言う。ちぇっ、かんべんしてくれよ。おれはこんな女に全然興味がないんだ。こんな場所にいやだというおれを無理に引っ張って来たのは君じゃないか。おれは君がそういう妄想を起こすだろう位のことは分っていたよ。だからおれはちゃんとこういう風に手と足を紐《ひも》でくくっていたのだ。そう言って僕は紐できっちりしばった足と手を見せてやった。（おやいつのまにこんな手廻しのいいことをしていたのだろう）自分でもいい加減なもんだと思いながら、言葉のいきおいでかさにかかり、大学生をとっちめた。康子は知らん顔をしている。大学生はへんな証明をつきつけられると、てのひらを返すようにしおれて従順になり、疑いをかけたことをあやまり、これはどうしても詫《わび》証文を書いて置く必要がありますと言って隣室に立って行った。「疑いをかけたのなら疑い通せばいいじゃないか。こいつは軽蔑《けいべつ》ものだ。大学生なんてザツなもんだな」すると康子は体を寄せて来てこう言った。「あんただってそうじゃないの」僕は浮気心を見すかされてうろたえ、「おれは違うよ」「え、何だって」女にはかなわぬと思い、「そうだな、おれもそうだな」簡単にかぶとを脱いでしまって、夢の中だから何を言っても責任がないという気持で、「今夜のあんたは、う、つ、く、し、い」と康子の顔を見つめた。抽象的には美人だが、もうひとつ魅力がないなどと思いながらいるのに、康子はうっとりした眼付《めつ》きで、「脱がせて」と言った。そら来た、と思ってもやはり体はあつくなり、宙に浮き上るような気分になって来たので、手を動かし易《やす》いように寝返りをうつと、康子はすかさず、「でもいやよ、さわっちゃ」と言った。隣室に行った大学生の他にも、まだ何人かの大学生が現われて来そうな気配がして来た。ここで袋だたきにあうかな、と思ったまでは覚えているが、あとどうなったか分らない。

その夢の中で康子の印象が馬鹿《ばか》に強烈であった。どうも康子が一番ひとりだちしているようだと、ずっとあとまで思った。

その夢の話をそのまま話してみてもよかった。気を引いてみると言っては何だが、康子は自分のことでそんな夢をまでみてくれたことをひどく喜びそうな気がした。

しかし話しそびれたまま電車を降りて、家に帰って来た。

さてとなると何処《どこ》に行く場所とてない。

結局は狭い自分の家に帰って来る。暗い心組みであそこに行こうここに行こうなどとあらかじめ行く場所を選ぶということは心重荷でもあり、半分は運命のあやめを殺《そ》いでしまうようなものだ。

そういう竿頭《かんとう》に立った時に、その選択の心をはたらかせること程つまらないしわざはないと思ったりしているうちに、自分の家の中に二人の姿を見つけた。

ついに自分の家に康子を引っ張り込んで来た。

康子はくっついて来た。だから避けることが出来ない、と思い込んだ。早く征服して置かなければ、康子は又自殺してしまうに違いない。いや既に自殺してしまったのだから何処《どこ》に行ってしまうか見当がつかない。こうして今眼《め》の前に現われているうちに、言いたいことを告げ、為《な》すべきことをしてしまわなければいけない。もうこれっきり逢《あ》うことが出来ないという考えにおびやかされて、むしろ気持は不自由だ。しかし逢っているという実感は疑う必要もなく、牛来一と一緒の時ふと街角で逢ってから、宿久の誤解はとけたと思い、彼女が生きていた時には何かが阻《はば》んでいたものが、実はそんなものは何もなく、甚《はなは》だ通風よくさばさばして来ていたのだが、ただ骨節がしこって来て、二人の間に残されているのはあのことだけになったと思い込んでいる。

そこで康子との距離をちぢめようと、やおら立って傍に行き、彼女を抱き、どうもしっくりしないので、二、三度腕の具合を直して抱き方を変えてみたが、うまく呼吸が合わない。足の方の恰好《かっこう》が悪いな、と思ったり、こういう努力はいつだって男の方でばかりさせられるなどと不満に思ったり、しかしとにかく女もしっくりしないのを我慢して男のされるままになっている姿態には、不安定の美しさがあって、男はそれに参り、同時に型をきめようと積極的な気持になると、康子は軽く抵抗した。拒絶ではないが、ぎこちない。なじるように少し腕をゆるめて彼女の顔をみると、康子は唇をゆがめて笑った。こう近く顔を寄せ合っていると、彼女の口もとのうぶ毛がはっきり眼《め》につき、気持が引き戻されると、あの口は魚臭いに違いないからそのときには葉緑素剤をのませてからなどといつか思ったことを思い出したりした。

「足がつっかかってうまくならないのよ」

ゆがみ笑いで康子は誰にも聞かれないようにそうささやいた。

ところで僕はあせった。妻がひょっこり帰って来はしないか。彼女は康子をあまり好んでいない。だが僕は康子にいやに微細な親近感を植えつけられてしまっている。それは強烈なものだ。彼女は既に自殺してしまったのだから、永遠に自由な立場を獲得している。僕や妻は康子から見たら、うじ虫みたいにいじけて不自由だ。その康子が今手中にあるのに。

しかしそれ以上どうすることも出来なかった。

康子の足が棒のように突っ張って、お互いに意識するとそれが邪魔になり、どうにもぴったり近寄れなかった。


（昭和二八年四月「新潮」）

子之吉の舌

「あなた、ネノを呼んで頂戴《ちょうだい》」

玄関口の二畳の間に置いたちゃぶ台の上で昼食の用意をしながら、妻のナスが四畳半の夫に声をかけた。

巳《み》一は返事はしないで、すりガラスの戸を広くあけ、隣家の狭い庭の方から家の前の建てこんだ路地のあたりを眺めわたした。

ついさっきまで声がしていた子《ネ》之吉と近所の子供たちの姿は見えない。

子之吉の声が一番うるさい、と巳一は思っている。

近所の子供たちの中で、子之吉の声が際立《きわだ》って甲高《かんだか》く、よくきこえて来るのだが、そのせい一ぱいむきになっている調子が巳一にはやりきれない。

子之吉は仲間の中でからだつきが一番大きいが、Xなりの足のせいで足もとがふらつき、よたよたして自分のからだを重そうにしている。身軽なこなしがなく、仲間からよく泣かされる。

あいつもおれと同じに弱みそに違いない、と巳一は思い始めている。

姿が見えないので巳一は、あいだの六畳の間を通って二畳の方に行き、

「ネノは見えないよ」

とおこったように言うと、ナスがたたみかけて、

「大きな声でどなって下さい。声が小さいときこえないのよ」

と言った。ナスは呼べばすぐ帰って来るように言う。しかし子之吉が返事に答えてすぐとんで帰って来るか

どうかあやふやなのだ。それに軒《のき》を寄せ合った近所の人たちに、自分の声がきかれると思うと、心にひるみが湧《わ》く。（あそこの親子は、そろってむきな声を出す）

ひとに言いつけないで自分で呼べばいい、とちょっと思ったが、朝から晩まで二十日鼠《はつかねずみ》のようにからだを動かしているナス、肩から胸元にかけて肉がそげ落ちて骨の浮いて見えるナス、その姿が眼底に焼きついていて、そうとあらわにも言えず、不満な気持で四畳半に引返し、外をのぞくと、子之吉の姿が見えた。

「ネノ」

わざとへんな名前が近所にきかれてもいいんだといくらか気負って巳一が呼びかけるが、子之吉は振向かない。しかし明らかに巳一の呼ぶ声を意識して、かたくなに背中を見せている。

（あいつ、弱虫のくせに、へんに横着なやつだ。どうせ仲間の中でものけ者にされているんだから、親が呼んだらすぐ帰ってくればいい）

今日はちょっと気持がこじれていると思いながら、一層とげとげしくわきにそれて行くのを自分で持ち扱いかねている。

多分股《もも》のところの湿った痛みが気分をにごらせているのだろう。いつもどこかが軽く痛み、そのわずかな痛みに気を奪われている。

「ネノ、ごはんだから帰っていらっしゃい」

五つの子之吉は背中を向けたまま左肩を少し上げた。それが巳一には子之吉のいこじとうつる。

子之吉が何に癇《かん》をたてているのかは、巳一には分らない。ナスと子之吉に言葉をかける時の巳一の口調が、いつもおこったようにきこえるのはどういうわけか。生涯そんなふうで過ぎてしまうとすれば、へんなものだ。

子之吉は巳一の調子を感づいているのかも分らない。巳一の声が自分を呼ぶと、びくっとする。遊びの手もとは留守《るす》になるが、すぐその言葉に応じようとはしない。がまんして黙って背中を見せていれば、巳一はやがてあきらめて呼ばなくなる。家のそとまで出張って来て叱《しか》るということはない。

「子之吉。返事をしなさい、返事を。子之吉」ちょっと声をたかぶらせたが、思い直したようにやさしい声で、

「もう呼びませんよ。ごはんはしまってしまいますよ。いいですか」

そう言って巳一は引込んだ。

巳一がむつかしい顔で戻ってきて、ちゃぶ台に坐《すわ》ったので、中腰で蝿《はえ》を追っていたナスも、みけんに皺《しわ》をつくった。へんにふけた顔付になった。

「駄目《だめ》だよ、あいつ」

「居なかったの?」

「そこに居るのに返事をしないんだ」

「どうしたんでしょうね。私が呼んできましょうか」

「いい、いい。勝手にさせて置くといい、先に食べてしまおう」

「とうちゃんのように、そう、むきになったって……」

とナスは笑いかけようとした。

巳一もつられて、つい気が楽になり、

「ややこしいもんだね。とにかく、おれは男の子はきらいだよ」

と言いながら、二人で食べはじめると、子之吉がすっと音もなく帰って来て、玄関の敷居の上に下駄《げた》のままあがって、二人の方をうかがった。

巳一は子之吉に横顔を見せたまま、知らん顔をしていた。ナスも夫の真似《まね》をして無関心を装った。

「あああ、疲れちゃった」

子之吉は言った。

そして又、「とうちゃん」と尻上《しりあが》りに呼んだ。

巳一が返事をしないので、

「ごはんを食べてみようかな」

子之吉はそう言い、ちゃぶ台のそばにやって来て、どすんと坐《すわ》った。ちゃぶ台がゆれて、汁がこぼれた。枯葉のむれたような子供の体臭が強く鼻をうった。

巳一もナスも黙っていた。

子之吉は、きうりもみを手でつかみ取ろうとした。

「あああ、きたない、きたない。手を洗って来てからっ」

巳一は顔をしかめて言った。

子之吉は手を引込め、ぶっと口をとがらせて、台所の方に行きながら、坐っている巳一の頭をこつんとげんこで叩いた。

「何をするんだ」

巳一は色をなして、からだをよじらせたとみると、思うざま、子之吉のお尻を叩《たた》いた。

子之吉はがくっと膝《ひざ》を折った。

その眼《め》につとおびえた表情が走った。巳一はその子之吉に愛着を覚えた。ナスがいつか示したそれに似たおびえの表情に、いつまでも心をとらえられたことがあった。子之吉のおびえは一瞬の間であった。殆《ほと》んど反射的に、ちゃぶ台の上のコップをつかんで、巳一の方にふり上げた。

巳一は眼を据えて子之吉を見た。

「ほおるんなら、ほおってごらんよ。いいからほおってごらん」

子之吉は、瞳を上の方につりあげて、巳一をにらんだ。

おれの顔にそっくりだ、と巳一は思った。

「ほおれもしないくせに。やるんならやってごらんよ」

子之吉は犬ころのようにうなった。それは近頃子之吉が覚えた不満の現わし方であった。

「どうして、なんにもしないとうちゃんをいきなりぶつんだい」

「とうちゃん、子供に向って本気になって、やめなさいよ」

ナスが真顔《まがお》になって言った。

「ちぇ、くだらないやつ。振り上げたんなら、ぶつけたらいいじゃないか。だから泣かされてばかりいるんだ」

子之吉は尚《なお》もうなっていたが、やがて、割れないようにコップを畳の上にほおり投げた。

巳一はほっとした。

「とうちゃんの馬鹿《ばか》」

子之吉は言った。

「ああ、馬鹿だよ、とうちゃんは」

「とうちゃんの馬鹿」

「ああ、馬鹿だとも、お前のようにお利口じゃないよ」

「あなた」ナスが口をはさんだ。

すると子之吉は、くるっと向きを変えて、ナスの腰のあたりを不意に蹴《け》った。

「痛い、何だろう此《こ》の子は」

ナスが言った。

子之吉は外に出て行こうとした。

「子之吉」

巳一は立ち上った。えんびを伸ばして、子之吉を次の六畳の畳の上に引据えた。

いったん膝《ひざ》をついた子之吉は、急に顔を真赤にして腕を振り廻し、巳一に手向って来た。

「来るか、この野郎」

巳一は口ぎたなくそう言って、力まかせに子之吉の尻《しり》をたたきあげた。てのひらに痛みを覚えた。

(ふと兵隊を並べてなぐって歩いた過去の感覚を思い出した。このことは決して子之吉にとってよい思い出とはならない、と巳一は頭のどこかで考えた。おれは子供の時父親に叩《たた》かれたことを長年根に持っていて父親を軽蔑《けいべつ》した)

子之吉は畳にはいつくばり、声をしぼって泣きわめいた。巳一の眼《め》は坐《すわ》って来た。子之吉は表わしようのないくやしさでひいひい泣いた。しかし眼には、父親の態度に恐怖を感じ始めている色が現われた。逃げ場のないうろたえたからだのこなしがあった。やわらかい、いつわりのない姿態が小さなからだ一ぱいに出た。眼が血走って、にごりを帯びた。

ナスはいきをひそめて見ていた。

子之吉の眼を見て、巳一はもうこの辺でやめようと思い、もう一度、子之吉のあごに手をかけて、仰《あお》のけざまに引繰り返した。

子之吉は気がふれたように立ち上ると、自分の廻りをわけもなく何かをきょろきょろ探す仕草をし、ころがっているコップを見つけると、つかみ取るなり、やみくもに投げつけた。

コップは巳一のびんをかすめて、たんすにあたって砕け散った。巳一は子之吉の襟首《えり》をつかむと、猫の子のようにつるし、もうよせ、もうよせという何者かの声をききながら、二、三回振廻すと、畳の上に投げ落とした。そっと手加減をしたつもりだったが、子之吉は、ううっと、へんなうめき声を出し、そのままうずくまった。

巳一はしばらくぼやっと、うずくまって静かになった子之吉の小さなからだを見下していた。

それから、はっと気を取り直し、祈るような気持で、子之吉の顔を起してのぞき込んだ。

子之吉は、きょとんとしていた。

巳一は子之吉のあごに手をかけて、口をこじあけてみた。

舌がぶらっとたれ下って来た。

「おい、ナス、いけない。舌をかんでいる」

ナスは蒼褪《あおざ》めてさっと立ち上った。

巳一の頭の中で、時の流れがぶっつり切れた。

「早くしろ、早くしろ」

とあわててしまっている自分をもどかしく、何を早くしろだか分らないが、ナスと自分をせかしながら、巳一は四畳半の自分の部屋にはいって、外出の洋服に着換えようとした。

ワイシャツがうすよごれているな、と思いながら、どうしていいか分らず、ネクタイを首に巻きつけてもうまく結べず、いやこんなことはどうだっていいんだ。今すぐしなければならないことはもっと別のことだ。子之吉、舌を飲み込んじゃいかんぞ。しかし子供は自分のやろうとしていることがどんなことか分らないのだから困ったもんだ。ぶらぶらして気持が悪いものだから飲み込んでしまうかも分らない。そうすると死んでしまうかな。そこの所は一体どうなのか。舌を噛《か》み切ると死ぬというのは俗説ではないか。外傷と同じわけだから手当をすれば何のことはないだろう。そうだ、早く手当をしなければならない。

噛み切ったのは三分の二ばかりだったろう。いや、もっと少なかったかも分らない。色つやの悪い気味の悪い物体がちょっと切れた位で……。血は出ていなかった。血が出なければ死ぬ筈《はず》はない。死ぬのは、のどにまくれ込んで呼吸がつまるからだろうか。

「ナス、早くしないといけない」

子之吉は一声も泣かない。少しは泣き声を出してくれたら助かるのに。

もう自分の役目がすんだかのようにけろりとして、おとなしく、ナスがよそ行きの洋服を着せるままになっていた。

「ナス、恰好《かっこう》なんか、どうだっていいんだ。早くしないと……」巳一はそう言って、あとは口をつぐんで、「間に合わないかも知れない」という言葉を呑《の》み込んだ。そしてなかなか結べないネクタイをいつまでもいじった。腕の力が抜け、指先の感覚がにぶった。

子之吉が可愛《かわい》い、という気持がぐっと来た。どれ程家の中でさわぎ廻ろうと、ごはんの時に帰って来なかろうと、何だと言うのだ。

ひょっとすると、既に死にかかっているのかも分らない。あの時、ほんのちょっと、自分をおさえて、ほおり出す代りに、頬《ほお》ずりしてやればよかった。巳一が酒を飲んでいる時は、いつも頬ずりをしてやって、子之吉ははしゃいで巳一にまつわりついたのだ。「よっぱらい、よっぱらい」おどけた恰好《かっこう》に手を振って、足ぶみしながら部屋の中をとんで廻った。子之吉の二の腕とお尻《しり》の肌ざわりが気持よくて、さすってやると、子之吉は巳一にすりよって来た。

だが、ほおり出さなければ、ここの所はいつまでも分りっこない。やはりこのへんてこな不安の中に巳一は頭をつっ込まなければならなかったのか。

こんな簡単な医者の知識すら、おれにはない。それで、まるでお先まっくらで医者の所にかつぎ込まなければならない。

「とうちゃん、廊下とお台所のかぎをかけて」

ナスはす早く自分も着換えをしながら言った。

(子之吉は別に異常を示さない)

「お部屋のかぎもね。そして子之吉の靴を出して頂戴《ちょうだい》」

ナスに命令されると、巳一は身のこなしがす早くなり、その通りにした。

もう一辺子之吉の口をこじあけて、舌の具合を見ようと思うが、おそろしくてそれが出来ない。額《ひたい》にてのひらをあててみたが、熱はない。

少し大げさに考え過ぎているのかな、と思ったりした。

玄関の戸締りをして外に出ると、子之吉はふだんのように元気よく歩き出した。

「子之吉、舌を飲み込んじゃいけないよ」

巳一は子之吉の顔をのぞき込むようにして言った。

ナスが巳一を少しも責めないのも落着かぬ気持だ。

いつもこういう時にナスは気丈になるんだ。おれは、から意気地がなくなってしまうんだ、と巳一は歩きながら思っていた。

「子之吉、とうちゃんにおぶさるか」

道にこごまって背中を向けた。

「大丈夫、ひとりで歩きなさい」

ナスが強く言った。

「大丈夫かい?」

巳一がナスの顔色を窺《うかが》うように言った。

ひょっとして、ナスは子之吉の気持が、がくっとならないように、わざと強がっているのではないか。だが子之吉は死ぬかも分らないじゃないか。

三人はピクニックにでもでかけるように電車に乗った。乗客が何事もなく坐《すわ》っている。

子之吉が気持悪がって、舌を飲み込んでしまいはしないか。今にも眼《め》の前で、がっくり首を垂れてしまいはしないか。電車の動揺でまだつながっている部分まで噛《か》み切ってしまいはしないか。巳一は気が気でなかった。それにしても、子之吉が舌を噛む前とあとで、こんなに空気の密度が変って感じられることが不満であった。一体どうしたというんだ。それまでまるで気を奪われていた股《もも》の不愉快な痛みが何でもなくなっていることにも不満を感じた。別に世の中は何も変っていないのに、自分はその時その時で、気持を奪われてしまう不安な違和の感じをいつも持っているということから脱け出すことが出来ない。

いっそのこと、何もかも、ざっくりと切り取られてしまえ。子之吉もあの時勝負がついていたらよかったのだ。と思うすぐあとで、自分のからだの一部がごそっと空洞になるような寂しさに襲われた。

子之吉は、自分の運命を悪びれずに受け取っているように見え、言いようなくふびんが加わった。

別に子之吉の様子に今までと変りのないことが、巳一には却《かえ》って、子之吉が親たちのどうにも手の届かぬ場所へ、どんどん歩いて行ってしまうように思えた。きょとんとした顔付で。何故《なぜ》巳一があれこれと思い患い、気持をあがかせているのか、けげんに思いなしているようにも見えた。

巳一とナスは相談したわけでもないのに、大学病院に行くことにきめ込んでいたのは、日頃のナスの考えが影響していたのであろう。

大学病院は設備がよく、立派な専門的な医師が沢山《たくさん》居るとナスは思い込み、巳一はそれはただ事大的な考えに過ぎないなどと言いながら、本当は医師のよしあしなど分るわけがない。まるであてものみたいに殆《ほと》んど偶然で具合のよい医師に出くわせば気持が安まることになろう。いざというと、まるできめられたように大学病院の方に足を向けていたのは、多分そこでは無茶《むちゃ》な医療費は取らないだろうという気持もひそんでいた。

所で巳一はその医療費のことで、はたと戸惑っている。

やっと今月はどうにか暮せるという状態のところであった。巳一には定職というものがなく、その時に応じて雑多の文章を書き、それを売って金を得ている。差し当って今思わぬ事故のための余分の出費の蓄えがなかった。

巳一の心積りでは、昔の仲間のBのことを考えていた。

Bの名前はこの頃、名の売れた雑誌でよく見かけ、文筆の渡世で一種の安定圏にはいり込むことが出来た、と巳一は思っている。自分の気持を振返ってみると、世間でBの名前に安定感がつき出した頃から、巳一はBから遠去かり出した。その頃からBはつまらなくなったからだ、と言いきかせる裏に、自分の心のいやしさもあると思った。とにかく、方向のきまった人には興味を失ってしまうんだ、と自分の心の緒《お》をそれとなくくってしまって、Bにさよならをしたつもりでいた。

しかし、今はBの所に金を借りに行かなければならない。Bの所以外に、あと先の説明をはぶいて、手取早く金を借り出せる所がありそうにもない。

「ああそうだ。ここでちょっと降りよう」

電車がC駅にとまったとき、巳一がそう言って、あたふたと、子之吉の手を引いて車を降りた。ナスは半ば期待していたように、逆らわずにあとについて降りた。何にも言わずに黙ってついて来た。

巳一はナスと子之吉を、街かどに待たして置いて、自分ひとりでBの家の方に歩いて行った。あたりは前によく遊びに来た頃のままで、此処《ここ》には二度とやって来るものかと、熱っぽく考えていたことが、今となっては少しずれて滑稽《こっけい》に思えた。

玄関で案内を乞《こ》うたが返事がないので、前からの習慣のまま巳一は黙ってずかずか中にはいって行き、Bの居間のドアに手をかけようとした。

「だれ?」

Bの声がした。巳一は思わず立ちすくんで、気持が萎《な》えた。

「おれ、おれだよ」

立ちすくんでいるのも業腹《ごうはら》な気がして、思いきってノッブに手をかけてドアを開いた。

昼間だというのに窓に覆いをし、蚊帳《かや》をつって寝ていた。女の気配もあったので、巳一はあわててドアの外に出ようとすると、Bの声が追っかけて来た。

「ああ、君か」

既におれには無関心だと、巳一は思った。

素早く蚊帳の中をたしかめると、巳一の闖入《ちんにゅう》で起き上ってはいたが、その時まで、Bともう一人の男が、Bの細君《さいくん》をまん中にして「とんび」をやっていたに違いないと見た。もう一人の男というのはEであった。

益々《ますます》具合が悪い、と巳一は思った。

Eは巳一がBに紹介した男だが、今では殆《ほと》んどBと同じように調子よく行っている。

今はBに金を借りに来たのだ。

そこにEも居て、而《しか》も「とんび」をしていたということは、巳一だけ取り残されたひとり相撲《ずもう》でひねくれていたのに、さびしくなったものだから又のこのこ頭をたれて出て来たという恰好《かっこう》があまりにぴたりときまったようだ。EがBにこんなに接近していたとは意外だ。「とんび」というのは、仲間の家で泊るときには、その家の細君をまん中にして、ざこねをすることにしようじゃないか、と冗談とも本気ともつかず話が出た時に、誰言うとなく、くっつけられた合言葉だ。

「やあ、あなたでしたか。久し振りです。どうぞ、どうぞ」

Eはそう言った。

巳一は破れかぶれの気持でつっ立っていた。(少くとも彼らは今世間から迎えられている)BにもEにもそれ程悪意があろうとも思えないのに。

すみで身づくろいしているBの妻を、視野の外に艶《つや》っぽく感じた。前は、田舎《いなか》くさいのに自信をぶら下げていて、巳一には少しも興味のない女と写っていたのに。

(おれはBに金を借りに来たのだ)

「B君、B君、あのね、おれ……」

「分ってる。分ってる。ちょっと待ってくれ」

Bは明るい調子で言った。

巳一は、早くしてくれ、子之吉が今死ぬかも分らないんだ……とはどうしてか言えない。死にかかっている子供が歩いて来たということが何か矛盾《むじゅん》していると思う。だが何をしているんだ。金のことなど、どうだっていいんだ。何よりも子之吉を医者の前に出して手当をして貰《もら》うべきだ。その外《ほか》は一切そのあとのことだ。何をぐずぐずしているのだ。子之吉のいのちに関することなのだ。何をつくろったり、とまどったり、擬態をしているのだ。(Bたちをおれのがわにまき込むエネルギーがどうしても出て来ない)巳一はうなだれて、玄関先に腰をおろし、靴をはきにかかった。紐《ひも》が結べない。どうしていいか分らない。どんどん時はたち、子之吉の運命は決定されてしまう。

「あなた、いつまでも何をしているの」

様子を見に来たナスがけわしい顔付でのぞき込んでいる。

「手おくれになってしまうじゃないの。何をしていたの。話はすんだの? あたしは待ちきれないから、そこの小学校の医務室に行ってたのんでみました。すぐ手術をしてくれるそうです。時間の問題だそうですよ。もう大学病院に行っているひまはありません。そこでやって貰いましょう。あなたが来てくれなくちゃ。あたしひとりでは心細い。都合よく先生がいらして、やってくれるそうです。あたしがたのみました。すっかりやってくれるそうです。病室もあるから、当分そこにはいっていてもいいと言ってくれました。早く来て下さい」

ナスが一気にしゃべるのを、巳一は頭を垂れてきいていた。

手おくれになることを一番心配していたのに、おれは何ということだ。またナスがすっかりやって呉《く》れた。いつもそうだ。大事な時におれは何も出来ない。ナスがすっかり処置をする。こんな大事な時におれはBたちに神経をからませる遊びをしていた。

巳一はナスに連れられて、そばの小学校の門をくぐった。

「そうか、よかったよかった。何も大学病院でなくてもいいよ。しかしうまく色んな設備があってよかった」

子之吉が職員室のドアのかげから巳一の方を見つめていた。

部屋が幾つもあるのが珍らしく、ドアをあけたりしめたりして嬉《うれ》しそうに見える。ただ口を固くつぐんでいる。あれが、そのまま放って置けば死んでしまうのか。わが子ながら殊《こと》の外可愛《ほかかわい》げに見え、こいつが舌を嚙《か》み切ったというのは冗談だったのではないか。

「ネノ、舌を飲み込んじゃいけないよ。いいかい、飲み込んじゃいけないよ」

巳一がそう言うと、子之吉は利発そうにうなずいた。額《ひたい》にてのひらを当ててみると、火のようにあつい。

「こいつは、いけない。ナス、早くやって貰《もら》おう」

やはり確実に症状が進行しているらしいことが恐ろしく思えた。

もう、ずっとずっと昔から子之吉のおしゃべりをきいていないように錯覚した。子之吉の声は、近所の子供たちの中では際立《きわだ》って、澄んでいた、と今はそう回想した。何かがこう寂しくさせる。

巳一は子之吉の手を引き、医務室にはいって行った。

ぶっきら棒な態度で、白い上着を引掛けた男が、手術場の準備をしていた。

巳一もただ黙って傍で見ていた。

別に手術台というようなものもないので、散髪用の椅子《いす》を電燈の真下に据え、その周囲を白い布で囲った。

手術する現場を親たちに見せないつもりなのだろうか。

準備は程なく終った。

「坊や、こっちにおいで」

その男は子之吉を呼んだ。

子之吉は悪びれずに、椅子の方に行った。

巳一はほっと肩をおろした。手術椅子に固縛するまでに、ひと苦労して、ふびんな思いをするのではないかと心配したのに、子之吉はすっかり合点《がてん》して、むしろ突進するような具合に手術に身をまかせようとしている。

（少し物分りがよ過ぎる）そんな心配が湧《わ》いた。

もう一人の男と看護婦らしい女が、いつの間にかはいって来た。

「私たちは見ていて構いませんか」

三人の誰にということなく、巳一がきくと、

「ええ構いませんよ。ただちょっと、むごたらしいかも分りません。それでもいいですか」

躊躇《ちゅうちょ》しながら、巳一とナスはそばに居た。

電燈が明るいものと取り換えられ、その場所だけがきつく、あかりに区切られた。

椅子にしっかりくくりつけられた子之吉が、大きな眼《め》を開いて巳一とナスの方を見つめていた。

「口をあけて」

最初の男が言った。

子之吉はつぐんでいた口をあけた。

巳一とナスもずっとからだを近づけて、子之吉の口の中をのぞき込んだ。

舌がすっかりふやけて見えた。何故《なぜ》か白い紙片のようなものが、一ぱい口の中につまっている。これは何だろう。むしょうに気味の悪いものに見えた。子之吉が自分で何かつめたのか。男がピンセットでそれをつまみ出すと、一緒に舌が、ぶらっと口の外に出た。

「ああっ」

思わず、巳一とナスが異様な声を出した。

見てはいけないものの、実体を、まざまざ見てしまった恐ろしさで戦慄《せんりつ》が背筋を走った。自分で出した声に巳一とナスはおびえた。暗いがらんとした部屋の中で悪い眠りから覚めたような思いがした。

手術着の男も、その瞬間、からだをふるわせたのが、巳一に分った。

舌の切れ口の所から白い筋のようなものが幾本も出ていたのだ。（初め、そんなものは出ていなかった。一体何だろう。絶望的な気持が巳一を襲った）

手術者は軽く舌打ちした。

そしてもう一人の男を省みた。

「あんた、やって下さい。あたしには責任が持てない。これは単に舌を噛《か》み切っただけじゃない。……を起している。（そのドイツ語は巳一にききとれない）この……を（それもききとれない。多分白い筋のことらしい）一本一本結接することに失敗したら、先ず絶望だね。あたしは単純な切断だと思っていた。これではあたしは責任が持てない。あんたはここの責任者だからお任せします」

別に顔色を変えるでもなく、その男はそう言った。

巳一はもう一人の男の顔をうかがった。

もう一人の男は当惑した表情を露骨に出していた。

ナスは唇をふるわせていた。

「あ、あなたたち、控室の方に行っていて下さい。手術がすんだら知らせます」

最初の男は、巳一とナスに向って言った。

「ナス」

巳一はナスに眼《め》まぜで合図したが、ナスはうつろな眼付《めつき》で気がつかない。

「おい、ナス」

巳一は少し強い声を出した。

「え?」

ナスは巳一の方を見て、はっと正気づき、

「え、はい」

とふらふら、巳一について、控室の方に引移った。

子之吉が、首だけ、二人の方に動かして、血走って来た熱っぽい眼で、じっと見送った。

やっぱり、来るべきものが来た。

どこか、おれがいけなかったところがあるから、こうなってしまった。どこがいけなかったのだろう。どこで間違ったのだろう。巳一は、濁ってしまった頭の中で、こうなったことの筋道をたぐろうとしたが、どこでどうなったのか分らなくなってしまった。

どこかで、おれは間違ったことをしたに違いない。巳一はそのことを何度もしつこく繰返して考えるだけで、その先に考えは一向進まない。自分のして来たことの順序が、あと先無茶苦茶《むちゃくちゃ》になって、ぐるぐるどうどう巡りをして、ときほぐしようもない。

ナスをたよりなげな可哀《かわい》そうなかたまりとして、皮膚一ぱいに感じながら、巳一は、ちらと、子之吉が死んでしまってからの、奇妙な愛着と責任と煩瑣《はんさ》から解放された、静かな家の中を思い浮べた。(子供がいなければ、あの小さな家でもそんなに狭くはない)ナスも力を落して病気で死んでしまったらおれには別の生活がやって来る。(おや、おれはいつかも、どこか医者の控室でこんなことを考えていた。その時も、そばでナスが泣き伏していた。おれは、どこか自分の小さな痛みに気を奪われていた)

巳一は、はっと気を取り直した。

何を考えようとしていたのだ。

物を言わない子之吉の眼《め》が、巳一にあつくささって来た。

(よっぱらい、よっぱらい、拍子を取りながら子之吉が、部屋の中をはしゃぎ廻る姿、やわらかいお尻《しり》、二の腕のゴムまりのようなはずみ)

控室の戸を看護婦が開けた。

「手術がすみましたよ。坊ちゃんはお元気ですよ」

看護婦は明るい声で言った。

ナスはとび出して行った。

手術椅子《いす》のそばに子之吉が、ぼんやり突っ立っていた。

「ぼうや」

ナスは子之吉をつかみ声をあげて泣き出した。肩も腰も小さく、スカートから出た二本の足が細く、全体がみじめに見えた。

巳一はからだの力がすっかり抜けてしまい、うわのそらで子之吉のそばに歩いて行った。

医師たちは、黙って手術の道具を片づけていた。

巳一はそっと子之吉の口をあけてみた。

とにかく縫い合わされて、もとのようにくっついていた。

気のせいか、まん中あたりが、いくらか食い違ってぞんざいなふうに見えた。

(これでいいのかな。これでいいのだろうか。又あとで障害が起って来るのではないか。医師に言ってみようか。今言えばまずいかな)

「よかった、よかった。ぼうや、よかったね。先生にありがとうを言いましょうね」

ナスはうわ言のように繰返してそう言った。

巳一は子之吉の手術が完全に成功したとは思えない。きっと先々面倒な災厄が子之吉の身の上を覆うに違いないだろう、と思えた。そして自分の股《もも》のあたりも、はっきりしない湿った痛みが、又ずっしり拡がり始めたことに気がつき出した。

が、とにかく、子之吉の当座のいのちは取りとめた。戸外は明るく、太陽が輝いている。


(昭和二八年一〇月「文学界」)

鬼剝げ

これはSからきいたことだが、と言って弟の語った話の要旨は――
崖《がけ》の上に建てられた二階家の八畳の横に、張り出した板の間の小部屋があって、それはSの勉強部屋に当ててあるのだが、そこから南側の崖下にある家の二階が、四畳半と六畳の二つの部屋とも、襖《ふすま》や戸があけてあればまるっきり見通せるという。もっともSはその南側の二枚の雨戸をいつもはしめたままにしている。或る夜何気なく雨戸を少しあけて灯のちらつく町の夜景や又黒ずんだ屋根のいらか越しに遠くの方の海にすさまじく光っている月かげを見るともなく見ていて、ふと視線をすぐ真下のその家に移した時に、へんな場面を見てしまった。奥の六畳に白い肉塊《にっかい》が重なり合って動いていた。電灯はつけっ放しなので、大きな劇場の三階の立見席から舞台を見ているような感じだが、手前の四畳半との間の襖がどういうわけか半分だけしめてあるので下半身だけしか見えない。Sは思わず雨戸をしめ電灯を消してから再び雨戸を細目にあけてすき間をこしらえ、息をひそめて、それを見た。

からだがくがくふるえた。そのうちにSは距離の観念を失ってしまった。つまり距離と物体の大きさの関係があいまいになってしまったのだ。その動くものの大きさがどれだけのものかを言い表わすことが出来ない。眼《め》の底に白い動くものが焼きついているだけだ。

その家はよく人が変った。今度の借家人は朝陽が高くなってから開襟《かいきん》シャツに半ズボン、膝《ひざ》下までの長い靴下にヘルメットといういでたちで折鞄《おりかばん》をぶらぶら前後にふりながら、勤め先か或いは自分の小さな事務所かに出かけて行く。そして、その妻君《さいくん》は美しい人だが気がへんだといううわさが近所に広まっているのだというやがて或る日、弟につれられてそのSの家に石だたみの坂道をのぼって行った。

ぼくは弟に対しては顔をあげていられないという気持がある。父母の商売がうまく行っている時にぼくは生れたが、弟の生れた時は家の内証は苦しかった。母親は弟よりぼくを余計可愛《かわい》がり、ぼくは学生の時分に小豆島《しょうどしま》や四国や北海道、満州にまで旅行させて貰《もら》えたが、弟はせいぜい大島の三原山に行っただけだ。おまけにぼくは大学を出して貰ったのに、弟は専門学校を中途退学した。

しかし弟はぼくより背が高く容貌《ようぼう》も見栄《みば》えがする。子供の時から女とのいざこざが多く、兄貴見てくれ、と言ってその女を何人見せられたことか。弟は口数が少ないので、ぼくは彼の顔色に少しでも不平そうなものを感じると、落着けない思いにかられた。自分の存在があやふやな不安なものに思えて来る。成長するにつれて、夜、床を並べて寝ていることがぼくには次第に息苦しいものに感じられて来た。

ぼくには、寝ている弟がいつかきっと改まって何か言い出すに違いないと思われて仕方がない。それはぼくが弟よりうまいことをしている、ということについてだ。それまで弟が損をしていた割前をよこせと言われた時に、おそらく一言も返す言葉が出ないと思えた。しかし弟は何も言い出しはしない。いやただ一度、夜更けまで話したことがあった。外見は仲のよい兄弟のように二人は子供の時のことなどを話し合ったが、ぼくがおそれていることを弟は一言も口にせず、過去に家に来た殆《ほと》んどすべての女中に手を出していたことを白状した。ぼくは狼狽《ろうばい》した。二人とも中学生の頃以後のことなのだが、ぼくはそんなことは小説の中の出来事で自分に結びつけては全く考えてもみなかったし、弟については想像したこともない。しかし弟はもう世間とじかに対面している、というショックを受けた。

弟はそのうち何かやるに違いない、その時ぼくは血祭にあげられる。ぼくはそれをおそれ、弟の気配をうかがっていた。

だからSの家でのことをきかされた時も、ぼくは弟にはかられていることを感じた。

ふだん弟との会話にぼくは横柄《おうへい》だったわけだが、もし弟が、あらたまったらぼくの声はふるえて来るにきまっている。

Sの家でのそんなふうな話を冗談にし合っている時も、ともするとぼくの頬《ほお》の笑いはこわばり勝ちだ。

坂道の途中で、よく家に遊びに来る女が下りて来るのに出会った。

小さな顔に、着物をひきずるような長い感じに着ている。着つけに皺《しわ》をつくり過ぎる。

ぼくは余り好きではないが、女の方ではぼくに好意を持っているのではないかとも思える。だが彼女と弟とはどうなのかぼくにはよく分らない。二人の会話はなれなれしい。ぼくはその時、弟と二人きりでいる気詰めな雰囲気をのがれるほっとした気持があって、半ばおざなりで女を誘った。

「今から美人の気違いの部屋をのぞきに行くところだが来ませんか」

弟は黙って立っていた。

女は瞬間ぴりっと頬《ほお》を引きつらせたが、「ええ、あたくしもつれて行って」と言った。

Sの家には誰もいなかった。しかし三人ははいって行った。

留守《るす》で無人の家はしんと冷えていた。尿を催したので、弟と女が二階にのぼって行くのをやり過ごして便所に行った。

狭いじめじめした裏庭のはじっこに、壊れたせとものきんかくしが立てかけてあった。よごれがついたままでそこにおそらくは何年も放って置かれたのだろうと思った。

あとから階段をあがって行くと、八畳の間に弟と女が所在なさそうに横坐《よこずわ》りして、弟は煙草《たばこ》を吸っていた。

「駄目《だめ》だ、誰もいないよ。もっともまだ早いから、たいしょうも帰って来ちゃいまい」

と弟が言った。

ぼくは黙って小部屋の南側の雨戸のすき間から、下の家をのぞいた。

四畳半と六畳の間の襖《ふすま》もあけてあった。

そして六畳にはふとんが敷きっ放しになっていた。

それは一日中敷いたままにされていて、つい今しがたまで、そこに気違いの女が寝ていたと思える。枕許《まくらもと》には電気スタンドや、薬瓶《くすりびん》などのはいったお盆や、ちり紙、手箱、書物などが、熱臭い感じで見えた。

派手な赤い大柄な模様のついたかけぶとんがまくられていて、白いシーツのしわがはっきりと見えた。

大きな西洋鋏《ばさみ》と色々な色つきの千代紙《ちよがみ》が、シーツの上に置いてある。女はしたの便所に立ったのでもあろうか。おそらくは紫の帯ようのもので痛む頭に鉢巻をしているだろうなどと考えられた。そのシーツの上にひとりで坐っていて、千代紙を切って一日を過しているその気違いの女がひどく生き生きと感じられた。したの人たちはその気のふれた女を、なれっこになって気がふれているとも感じないで接しているのではないか。

こちらにはのぞき見の観察のショックばかりが強くて、もうひとつ理解は届かないが、狂女の脱け殻の寝床にまきちらされてある数々のものは、意外になまなましくて、生活はそこに確立されているというへんな感じにぼくは打たれた。

現実にぼくをしばるきずなとてはないと、批判するが、それはぼくの手の指の先から放出している不毛のエネルギーが、ぼくの廻りに押しよせて来る現実を凍りつかせてしまうということなのではないか。あらゆる不幸は実らずに枯れてしまい、中間地帯にとり残されたまま老《ふ》けてしまう。

「つまらんや、帰ろう」

と弟は言い、さっさと階段をおりて行くようであった。

ぼくは弟の言葉で、自分もその気になり階段の上のうす暗い廊下で女に追いついた。

女はそこでひっそり立ち止まってぼくを待っていた。

用意されたわな（いや女の意志というのではなく、宇宙のあらゆるエネルギーの総和のぶつかり合いの過程に出来たすきま）だとぼくは思いゆっくり女を抱きよせて唇を合わせた。

きらいではないが、ここから端緒がはじまるのだろうと考え、女はれたような丸っこいまぶたを伏せ、ぼくは眼《め》をあけたままで、しばらくそうしていると、唇の誘い込まれるような感触から、情欲のわいて来るのが分った。

だがここではまずいと考え、より添って階段をおり、弟に追いつくつもりで外に出たが、弟はどこに行ったか見えない。

「あいつどこに行ったろう」

とぼくは口に出したが、このまま女と二人でどこかに場所を探して突きあげて来る暗い情欲のために遍歴しなければならないのだろうと観念している。

しかしどっちつかずの気持で、来る時とは反対の、ごみごみした崖《がけ》下の人家の方に女との情緒のとりこになっておりて行くと、汚れた長屋の前で蓬髪《ほうはつ》のかみさんが、二人の子供の立ち小便をしているのを見守っていた。

ぼろきれを身にまとった子供が弧を描いて放尿しているのが、何かの光線の加減で色どられて輝いて見えたが、道が狭く、よけようがなく、横ばいの感じで通り抜けようとするとぼくと女の頬《ほお》に、飛沫《ひまつ》がしぶきになってふりかかって来た。

母親らしいかみさんは別に言いわけするでもなく見ていて、ぼくは又これは当然だというふうな思いに陥《お》ち込み、もっとびっしょりかぶせられても仕方ないと思った。とたんに実際に、さあっと一陣のなま臭い風と共にからだごと水びたしになった。

突然驟雨《しゅうう》に襲われたのだ。

大粒のびっしりつまった雨で、狭い道がすだれをかけたように見通しがきかなくなった。

ぼくは女の手をひき、のき下を伝って走りながら、こいつは最後の日のさきぶれではないか、と大げさなことを考えた。

川が氾濫《はんらん》すればこの谷間の町は全滅の外《ほか》はない。あの小便をしていた子供も母親も助かるまい。こんな時に弟とはぐれてしまったことも気がかりだ。

二人とも洋服も着物もからだにはりついてしまい、しずくが背筋を伝ってお尻《しり》の方にさがって行く。女はことに髪の毛が頭の地肌にへばりつき、顔が一層小さくかれんに見え、思いきり泣きわめいたあとのように、妙にきっぱりした表情で、時々彼女をふり返るぼくの視線を吸いとるように受けとめる。ずぶ濡《ぬ》れの着物が、水の中のけだものの皮膚のように光り、臀部《でんぶ》のかたちがあらわになっている。裾《すそ》が足にまといついて歩きにくいのを、ぼくがひっぱるから女はよろけてしまう。二人はたかぶり、抱き合ってぴったりからだを合わせたいと思った。

川が先ずあぶないという気がするのに、橋のある方に向っていたことがへんだ。がその途中で具合のいい場所を見つけてとび込んだ。古い手押しの消防ポンプの車の入れてある場所で、今では使っていないそんなものがそこにあったことは今まで気もつかずにいた。家の間にはさまれて間口の狭い小さなうす暗い場所なのだが、どうしたわけか入口の板の扉がはずされて、半開きになっていた。

二人はそこにはいり、その古くさい消防車のかげで、乱暴に相手のからだを求め、唇をすい合った。女の口は塩っぽく、かなけ臭い。

ぼくは自分のからだが女のからだに合わさってしまい、いっそのこと彼女の背中の向う側に突きぬけてしまうことを願望するのに、腰骨にこつんとした感じで突き当ってしまい、思ったほど太っていないので、食べ物を節約しているからだろうなどと考える。そして耳は、ここにはいり込んでいるのは自分たちだけでないことを知っていた。

奥の方に黒い眼《め》がいくつかあって、ぼくたちがその先どんなことをするだろうかとじっと息をこらして見ている。

そう意識すると、ぼくの姿勢や手つきは、ひどく技巧的になり、欲情にてこ入れされたようになった。だが、結局は人の眼には期待に沿わせずにじらしてやろうとする気持が強く、ふみとどまって、「家に帰ってから」というような言葉が頭の中に渦を巻いている。

豪雨は簡単にやんでしまった。

二人が外に出たら、うそのように陽《ひ》がさし出した。

背負いなげをくわされたような気がし、そうすぐに審判の日のことを考えるのはよくないと思った。

Sの家の裏庭のきんかくしはこの雨で汚れが落ちたかも知れない。

橋の上で、誰か担架にのせられて運ばれて来るのに出会った。

何か事故があったな、という蒼褪《あおざ》めた顔になり、のぞき込んで見ると、弟だ。

見失ったらこんななりで戻って来た。頭をがくんとうしろに落とし込んで、まっ青で血のけが全くない。

付き添っている男が、崖《がけ》崩れで土砂の下敷きになったのだと言った。どうも助かりそうにない、とせかせかしてつけ加えた。

だがぼくはこいつは死ぬ時の様子ではない、と自分に頑固に言いきかせた。

ここでぼくが彼の兄だということも、何もあかさなくてもいい。いずれ弟は運ぶところに運ばれて、彼の運命のコースを辿《たど》って行く。

ぼくがここで二言三言言葉をさしはさみ、担架からはみ出してぶらぶらゆれていた右腕を持ちあげてやったところで、彼の運命が歩みを留めるわけでもない。

ここで黙っていれば、ぼくと女はかかり合いにならずに、暗に予期している方に邪魔されずに向えるだろう。

しかし実のところ、ぼくは動転していた。

これはたいへんなことが出来た。こいつは色んな煩瑣《はんさ》なことがやって来るに違いない。しかしぼくはどうしていいか分らない。それで、うつろな頭で担架をやり過してしまった。

そうするともう追っかけて行って、あらためて名乗りをあげるには気おくれが立ちはだかった。

ところが、女がぼくを置いて担架のそばにつき、男たちと色々言葉を交したり、弟の顔をのぞき込んだり、手や足の位置を直したりし出しているのに、ぼくは気づいた。

ぼくはすっかり、担架におくれてしまい、うしろの方からそういう様子を見送っていた。

ぼくはわざとゆっくり家に帰りついた。

道々砂をかむように思い、しかしたとえ弟が死んでしまっても、どういうこともない、ということも動かせない。

表札を何気なく見ると、二行になっている。つまり自分の名前の横にもう一人別の名前が書かれている。

見たような名前だが思い出せない。

何か大切なことを忘れてしまったのではないか、家の中にはいるのがためらわれたが、とにかくはいって行くと、八畳のまん中に弟が寝かせられていて、その周りに沢山《たくさん》の人がつめかけていた。女も居たが、なぜか隅の方にかくれるようにしていた。

弟はすっかり生気をとりもどして、眼《め》をあけていた。

それ見たことか、とぼくは思った。大げさにさわぎ廻ることはないのだ。誤解に満ちた煩瑣《はんさ》な関係がもつれ出すばかりだ。

すると弟が、みんなを見廻して、

「みなさん色々お手数をかけました。もう大丈夫です。ほんとうにありがとうございました。おかげさまで、こうしていのちをとりとめることが出来ました。心からお礼致します」

と言った。

如才《じょさい》なく、そして頼もしげな気配、人々の気持を当惑させない安定の気配が、弟の周囲にただよい、人々はほっと胸をなでおろしたようであった。

弟は続けて言った。

「私はあの瞬間、気を失ったきり、そのあとを覚えていないのですが、誰が一番私につくしてくれたのでしょうか」

ぼくは弟が、ひらき直ったと思った。

しかし人々は、弟のその言葉に毒は感じないで、むしろ弟の行き届いた心遣いを感嘆するふうに、二、三人の人が思わず口をそろえて、

「そりゃ、この女の人だ。この人の献身ぶりにはシャッポをぬぎました」

と言って、すみの女を指さした。

弟は満足そうにうなずいて、「その次は」と言ったのだ。ぼくはいやな感じを起した。「この男ですよ」そう

言って人々は担架に付き添っていた男を指さした。

ぼくは部屋を出て行こうとして立ちあがりかけると、

「兄貴はどうだったです」

と言って弟がすごいような顔付きでぼくをながめて見ながら、人々にきいた。

みんな黙っている。

白けた空気が流れた。

みんな執拗《しつよう》に黙っていた。弟も口をつぐんでぼくをにらむように見つめている。

ぼくは坐《すわ》り直し、背筋をのばして、口をひらいた。何か言わなければならないことを感じたからだ。

「自分がこういう立場だから言うわけじゃないが」と言って、みんなの気持をはかるように間を置いてから、

「いやむしろ自分の立場がそうだったから言って置く必要があると思うのだが、或る人が偶然その場所に居たのでたまたま或る行動をしたというそのことばかりをとりあげて、そのことには無縁の人々がたくさんいる中でそんなふうな論功行賞を行なってはいけない。たとえば、ぼくならぼくが、遭難の現場に居たとしたらきっとどぎまぎしてぶざまだったろうけれども、とにかく何とかして遭難者を元気づけるために気持をよせるだろう。しかし事件の中途に於いて……」

そこまで言うと弟は激昂《げっこう》して、

「兄貴は自分に恥じないか」

と叫んだ。

「恥じない」

反射的にぼくは断言した。

弟は突然にやりと皮肉な笑いをうかべると、こう言った。

「おれがね、遭難する時にね、兄貴はどこに居たんだい。そのぼーっとつっ立っている時の顔ったらなかった。兄貴はいつも、べつのことを考えているんだ」

ぼくはどうしてなのか、かーっとなった。思わず立ちあがり、

「それじゃあ（とひっぱって言うと、途中でへんな声になって来て）おれは何なんだ」

といいたけだかになった。

その声は地の底の洞窟《どうくつ》でわんわんひびくような無気味なひびきを残し、その無気味さに自分でけしかけられ、どうせこうなったら、成るものになってしまえと不逞《ふてい》な気持が起き、ひょっとするとぼくは何か人間でない別のものになってしまうのではないか、それを言っちゃいけない、言ってはおしまいだと気がつきながら、もう押しとどめることが出来ずに、胸もとを突きあげるように言ってしまった。

「オレハ、オニー、カ?」

しまったと思ったがもう言葉をもとに押しもどすことも出来ず、そのあとからまた突きあがって来た弁解の言葉は、口から出るのにしっかりした意味にはならず、わけの分らぬ音になってしまった。ム、ア、ウ、イ、ア、ホキ、メキ、リキ。

しかしぼくは背筋がぞくぞくして、尻《しり》のへんが青っぽくなった感じを持っただけで、鬼になることは出来ず、さっきの無気味な叫び声も、予期した物凄《ものすご》さはなく、へんに軽く力弱く耳の底に余韻を残していることを知っただけだ。


（昭和二九年六月「現代評論」）

むかで

深い川が流れている。場所はT市の西北隅に当るY町だから、深いと言ったのは人里はなれて奥深いというのではない。川床が深いという意味だ。橋はかかっていない。かけるとすれば吊《つ》り橋でもかけるほかはない。その左岸の急な斜面が、にぎやかな温泉地帯になっている。向いの右岸にも人家がないことはないが、それは傾斜の畠《はたけ》をたがやすための百姓家だ。先ずもの静かで明るい。見た眼《め》にむくむくした山肌と樹木の緑と、そのそよぎがそちら側にある。

こちら側はごみごみした歓楽の町。にぎやかと言ってもいいし、わびしいと言ってもいいが、とにかく一個の温泉町が、石だたみで舗装《ほそう》された勾配《こうばい》の強い細い一本道の両側に、すき間なくひしめき合っている。が、ものの十五分も急いでかけ下りれば、アスファルトの広い街路があり、白い西洋建築の建物があり、ロータリーがあり、市街電車が通って、そして自動車が流れるように走っている都会のただ中に出る。見えはしないが都会の気配がただよって来ている。

狭い一本道はまるで迷路のように曲りくねり、遠くまでの見通しはきかない。致る処《ところ》に石段がある。城郭《じょうかく》のように古い堅牢な艶《つや》光りのする木造家屋が、行く手に覆いかぶさる。そしてこの狭くて勾配のきつい石だたみの坂道を、上り下りする人が多い。ほとんど下駄《げた》をはいている。石にきしませる下駄のひびきが頭脳にささり、時に耳に不快に伝わる。いや必ずしも不快ばかりでなく、それはそぞろ心を持つ者に官能への誘いの呪文《じゅもん》のようにもきける。

両側に重なるように並んでいる家々は、すべて宿屋か料理屋と言っていい。でなければ、土産物《みやげ》を売る店、各種の飲食店、酒場のたぐい、遊戯場、理髪店など。

一体この石だたみの坂道をのぼり尽したところには何があるのか。ぼくにははっきりしない。多分霊験《れいげん》あらたかな古いお宮かお寺でもあるのだろうと想像はされる。ここを肩をすり合わせて往き来する人は、その頂上の何かに参詣《さんけい》する善男善女《ぜんなんぜんにょ》たちでもあるのか。それも分らない。

或いは何もないのではないか。のぼりつめたところには何もない、深い暗い森に囲まれた闇だけがあるのではないか、と考えられなくもない。

そこをひとりぼっちでのぼって行く自分をぼくは発見する。気持が弾《はず》んでいることが分る。麓《ふもと》の都会の中のどこかに、自分をしばりつけ押しひしごうとする何かがあるという記憶が尾をひいているが、とにかく現におれはここを歩いているのだという弾みが感じられる。

ぼくはそこのM屋という温泉宿で大事にされたような情緒の名残りがある。父と一緒だったようにも思う。大事にされたのは、ぼくではなく父の方であったかも分らない。

一人の女がぼくを見て、父に言ったものだ。

「へえ、このひと、あんたのぼっちゃん?」

その言葉ははっきり覚えている。不自然な位親しげにぼくの顔を見つめたのだ。今し方、寂しい小さな駅を下りて、その人気《ひとけ》のない待合室を捨てて古ぼけた乗合馬車で暗い田舎道《いなか》をやって来たばかりだ、というような、別にそうしてやって来たわけでもないのに、そんなうすら寒いわびしい気持があった。

鼻筋が通って目元もすずしいのに、笑うとそっ歯でみにくく歯ぐきが出る女だ。

いつか経験したことの調子が、消えやらぬエネルギーのような具合に残っている。

それが何かに触れて甦《よみがえ》ると、記憶が深い沼の底から、しゃぼん玉のように頭をもたげて来る。つかみ害《そこな》うと、ぷすっと破裂して消えてしまい、もう手がかりがつかない。

頭脳やからだの内側にたれ下っている夥《おびただ》しい消えやらぬエネルギーの気根のいくつかが、万華鏡《まんげきょう》みたいに微妙な組合わせで或る型をとるときに、X町を歩いている自分に気づく。

両側の家は、旅館も料理屋もみんな門口《かどぐち》が狭い。しかし奥行きはかなり広い。小さな入口のために、はじめちょっと頼りない気持になるが、玄関の間のつい立てを廻って中にはいって行くと、なかなか複雑なのだ。土台の地勢が平板でないせいか、あちらこちらとやたらに中途半端な階段が多い。二階というのでもなく地下室というのでもないような重なり合った秘密臭い部屋が無数にある。長いうす暗い廊下がどこまでも幾重《いくえ》にも折れ曲って続いている。おそろしく急な長い階段に突き当ることもある。

だが、そこはぼくだけが知っている場所、というのではない。そこの酒場などで文学グループの仲間たちと（彼らより他には人間づきあいを持っていないので、そこからしか世の中を知ることができないのに、ぼくは彼らから逃げよう逃げようとしている）ぶつかることも稀《まれ》ではない。そういうときはいつも宿命的な気持になる。彼らとの関係の外にはみ出ることは既に手遅れになってしまっているのではないか。それでいてお互いに突っ張り合い、しかもぼくは仲間から外されるために彼らからチェックされてしまっていると感じている。

たとえばこんな具合に――

そこの酒場の一軒である「黒猫」にある日出向いて行った。

仲間たちからはがきで会合の通知をもらっていたからだ。自分は役立たないと思うが、やはり役立っているんだということを確かめに行く。勿論《もちろん》（へんな話だが）時間通り始まる筈《はず》はない。自分にしたって遅れて行くのだが、又時刻通りに行ってもみる。

「黒猫」ではどういうわけかテーブルの上に椅子《いす》をみんな上げてしまって、女給たちもまだ来ていない。来ていないのではなく帰ってしまったのかも分らない。そしてSが居て、「ああ今日の会合は延期ですよ」と、ことなげにそっぽを向いて言った。彼はフルスキャップを広げ、赤インクで罫線《けいせん》を引いていた。いつもなら、そうですか、と言って黙ってそのまま帰ってしまうところだ。会合は二時間遅れて始まるか、事務局の都合で延期されるか、そのどちらにしても珍らしいことではないし、ぼくもそのつもりで出掛けて行き（郊外のKに住んでいるから、そこに行くには二重にてまどるが）、それを確かめればむしろほっとして帰るわけだ。

ところがSだったので、つい親身ぶって、「え？　延期だって？　わざわざKから出て来たのに」とうらみがましい言葉を出してしまった。実のところ、そう思ったわけではなく、そう言って彼を気楽にさせてやろうと、自分を偽ったのだ。

「えらく恩きせがましいですね」するところSが言った。「ここは余分の椅子《いす》がありませんから、そのつもりでいて下さい」

テーブルの上で逆さにはなっているが沢山《たくさん》ある椅子を見ていても、それが自分に使えるというふうには理解されない。

どこかで間違って役所か銀行かそういうふうな所に来たのではないかという気持に陥《お》ちいる。

「そう、椅子なんかいいよ、立っているから」と言ったが、どうにも手持無沙汰《ぶさた》で、「じゃあ」と思いきりよくSに背中を向けて外に出た。

しかしほんとはSと、もっとそんなふうにではなく話し合いたい。Sもそうに違いないと思うが、他の仲間の誰かを意識して、こんなふうにぼくを扱ったのだろうか。

思いきりよくと言っても、実のところは少しも思いきりよくはない。入口のところで、思いきり悪く、うじうじして彼が出て来るのを待っていた。もう少し何とか話し合い、別れ際を心残りなく調節し合って、というようなことを考えていたのだが、これはぼくの性質の中でも最も弱い部分だ。入口でSの出て来るのを待っているというてはない。しかし待っていた。

彼が出て来た。もう一人仲間がついていた。（名前を思い出せなかったが）それはどこに居たのだろう。たしかさっきはSだけだった筈《はず》だ。いや居たのかも知れない。それが自分の眼《め》にはいらなかったのか。そのへんの確からしさを失っている。

とにかく仲間をもう一人認めると、ぼくは又固く心のふたをしめた。

Sがにわかに、ひとすじ縄では行かぬ人物に見えてきた。心の底で多少彼を軽んじていたぼくは、胸うちに焼きを入れられた。

もうSとはさよならだ、と思った。しかし彼の背後には幅広く世間が重なり、おれははじき出された、という気分が重苦しくあとに残るのはどうしたことか。

ぼくは自分の本心を、(もしかしたらこうではないかと、古井戸をこわごわのぞく恰好《かっこう》で)のぞいてみた。

ぼくはSから、仲間の中で実はあなたが一番好きだということを、ききたかっただけなのではないか。

彼を失った(とひとりぎめするわけだが)胸の空洞は、しばらくはそのまま、ぽかっと空《くう》になったままで、埋めようがなく、その寂しさをがまんすることについては、からっきし駄目《だめ》だ。

又こんなこともあった――

やはり仲間のひとりTと、石だたみのその狭い坂道を歩いていた。

行き交《か》う人々とは狭い道筋なので時々からだをななめにしなければ具合が悪い。

Tは何かむつかしい言葉で、当面の文学的論争の中心点、というようなことをしゃべっていた。

ぼくはそのことが理解出来ないので、彼の言う所をよくきこうとするが、Tは天にうそぶくような調子があり、断乎《だんこ》と男性的とぼくには受けとれ、自分は頭脳も精神も思想というようなものもかたまらず、からだごと骨抜きの章魚《たこ》の類のように感じ出し、始末におえぬいらつきがあった。肩をななめにしてすりぬけ合う人々の、通りすがりのむっとする押しつけがましいエネルギーが、Tの筋の通った意見と重なり合うと、益々《ますます》自分の姿勢と意見がぬらぬら崩れて来て手に負えなくなる。そのままでは支えられないが、そこには限度があって、からだの崩れをやくざないなせなからだつきで辛うじて受けとめることができると、思い込もうとする。尤《もっと》もそれには放棄した卑下《ひげ》の要素がかなりはいる。同時に、この野郎! 何かに寄っかかってかさにかかりやがる! という構えができ上る。こちらには働きかけるつまさき立った恰好《かっこう》がないから、働きかけてくる彼の啓蒙の言葉を容赦なく叩《たた》き棄《す》てることもできると、ほぞをくくる。

Tは言った。「××(と彼が以前夢中だった或る小説家の名前をあげて)もさよなら、○○もさよなら。そして……」「わかった、わかった、そして木根(とぼくは自分の名前を言い)お前もさよなら、だろう。さよならするもしないも、土台君とぼくとはこんにちはしたことがあるのかい」これは既にうわのそらのいやがらせだ。彼が鋭く現実をむしって斬《き》り捨ててしまう剣幕《けんまく》にぼくは恐怖して、ちょっと眼《め》がくらみそうになる。しかしおれが今斬り捨てられてしまうにしては、どこか省略されたぞ、おれは民衆の前で裁きを要求するのだ、という想像図を頭の隅でこしらえる。そのとき恐らくぼくは敗北に終るだろうということは問題ではない。誤解のつみ重なりの上で、大ぜいに鞭《むち》うたれることが必要に思えると考えているに過ぎない。

彼は人なつこい顔付をして、

「おれはお前のように中和できないんだ」

と言った。それがどういうことかぼくにすっかり分ったわけではない。中和という言葉の彼の真意もよく分ったわけではないが、見下げられたという感情が勃然《ぼつぜん》と起り、つい符号のような返事をする。

「酸化しているのだからいいじゃないか、君の方は！」

「君はシンが強いのだから、長生きしろよ」

するとぼくは逆上したのだ。「ふふん、君たちこそ」

もうどうでもいい気持になり、からだをTやすれ違う誰彼にぶつけても構わぬふうに、よろけてふらふら歩いたりした。

この時は逆に、いつか「黒猫」でぼくがSに感じた人なつこげな気持を、Tが持っていたに違いないことは考えられる。

お前ともさよなら、とたとえ言われたにしてもそんな言葉はどうでもよかったのだ。言葉の表面でではなく、もう少し底に沈んだところで、この仲間はぼくに何かを語りかけてきたのかも知れない。多分そうだ。それがぼくが「黒猫」でSに向っていた時の気持から推《お》しても分る。ぼくはSにあやまってもいい（何をあやまるのかははっきりしなくても）とさえ思っていたのだから。

しかしTに返事をしたぼくの口調は、嚙《か》んで捨てるような苦々しいものを含んでいた。いや益々《ますます》自分がそういう演技にのめって行くのをどうすることもできない。仲間うちで自分ははじき出されているというなやましい考えは、ぼくの心にしつこく巣喰《すく》っている。

ぼくが住んでいるKは、郊外電車に乗ってT市から小一時間ばかり離れた小さな田舎町《いなか》だ。

そのKでぼくは日常に埋没している。そのまま生涯を終ることを或る日決心した、と言ってみたいが、そのごまかしはすぐはがれてしまう。しかしその決心みたいなものを出来るだけ訂正しないでもいいようにと、受身で頑《かたく》なになっているから、つきあいがこわ張ってくる。こわ張るもこわ張らぬも、むず、と手当り次第つかみとればいいのだと、突然たまらなくなり電車に乗ってT市に出て行き、又は更に足をのばしてY町の石だたみの坂道をのぼりはじめる。結局もとの仲間とのつきあいで、自分の硬化した皮膚が突き破られるかと期待するが、いつもあのように成功しない。傷口はやがて癒えてしまって皮膚は一層かたくなる。それを突き破りたいという願いはせつないが、報われるだろうかということは望みがうすい。望みのうすさ加減は、かつての押しつけ戦争のときのほんのちょっとした経験を持ち出してもいい。外目に鉄壁のように見えた軍隊の統制と偉大が、もぐりこんでみると、一個の小さな部隊長の性格のかたよりにすっかりもたれかかっていたのではないかという疑問は覆うことができない。こんな曲りくねった言い方でなしに言おう。ぼくがその指揮官の地位を冒《おか》していたある部隊が、まるで一個の人間のように、ぼくにそっくりな性格を持ちはじめていた。そのことに気づいた日からの、軍隊の機構によりかかったあの徒食の生活は、ぼくをより一層けちな懐疑者に仕立ててしまったではないか。部隊という、つかみ所のないものが、生きもののように生《なま》ぐさい性格を持ちはじめるということは、不気味なことに思えた。しかもそれは指揮官を取り替えなければ、その部隊の持つ淀《よど》んだ皮膚は突き破れない。そしてその指揮官はぼく自身ではないか。ぼくはどの違った部隊に移し替えられても、その替って行った先々の部隊に、自分を包みこんでいる皮膚をかぶせこんでしまうことから脱れられない、と思ったときに、望みを絶たれたという気分に陥ちこんだ。

彼らとのつきあいを通してだけ世間とつながっていると思いたがっているその文学グループの仲間から、ぼくはどうして脱れようとするのかわけが分らない。

しかしほとんど衝動的に、彼らにこっそりかくれて、どこか別な世間にもぐり込みたいと思う。

そして、ある日。Y町のM屋の長い曲りくねったやたらに階段の多い廊下を歩き廻っていたのだが——何かさがし物があるような気がしていた。或いは誰かを見つけようとしていたのかも知れない。

廊下はうす暗く、どの部屋もひっそりとしていた。部屋数にして五十程もあろうかと思われた。随分《ずいぶん》奥深い。玄関のこぢんまりとした狭さにひき比べて、一層訪問者の好奇心をそそるものがあった。恐らく一つ棟《むね》のものではなく、後から次々と建て増してつないで行ったに相違ない。不安定な地形のために、間取りは入り組み、廊下は迷路じみている。及び腰で部屋部屋の気配を伺いながら歩いているぼくの鼻先に、湿ったふとん部屋のにおいがついて離れない。

湯槽《ゆぶね》や便所や手洗場、泉水、そういうものの存在が蒸れぶとんのにおいと重なり合って、ばかになれなれしく、ところ得顔に、頭脳の中に又気分にはいり込んで来て、それを又、温泉宿にずかずかふみ込んで来たその姿勢で、つい許しているということが、そこで犯されていた。

かつて父が幼いぼくを連れて或る川添いの宿屋に泊ったことがあった。それはどこであったか？　父が宿屋のゆかたをその小太りの血色のいいからだの上にぴったり着て、足の太い女中を負ぶって急な階段を下りてくるのにばったりぶつかったことがあった。ついそのことを思い出す。

なぜこう客が少ないのか。たまに客のいる部屋の中は、人のうめき声、意味をなさない怨嗟《えんさ》の声のようなもので満ちている。何も鍋釜《なべかま》食器の類がくり広げてあるわけではないが、世帯の一切合財その小部屋にぶちまけられているという気配が、廊下を通る者に襲いかかる。そして肌臭い田舎《いなか》ことばがもれてくる。

湯槽には女中ばかり、ぶよぶよした白いからだを沈めていて、ぼくを認め、わざとらしい笑顔をつくって、そそくさとあがって着物を着ようとする。

帳場はどこか。おかみはどこに居るのだろう。いやそうではない。帳場やおかみをさがしていたのではなかった。どこか奥まった隅っこの一室に（季節の加減で部屋が満員になったときにしか使わないような部屋に）、長わずらいで寝込んでいる人間が居て、その人を探しているのだ、というふうな考えに囚われている。誰からも引き続いて親切には看病されないその人は、ぼくがこうしてやって来ることを予《あらかじ》め感じていて、途上に疲れ果てたあげくに辿《たど》りついた放心の顔付を受け止めて、「よく来てくれましたねえ」と言うだろう。そんなことを考えて、ぼくはうろうろ宿屋中を歩いていたと言える。

「まあ、木根さんじゃありませんか」

あの笑うと歯ぐきの出る女が、ぼくの顔をじっと見つめて立っていた。

そしてすぐ、

「分っています、分っています」

と言い、一つの部屋に案内しようとした。

彼女のあとをついて行くと、迷路のような廊下も違った顔付を示してくる。狭いうす暗い女中部屋を通りかかるときに、彼女は、

「おハルちゃん」

とひとこえ声をかけた。中から女の弱い声の返事があって、若い女が襖《ふすま》をあけて出て来た。ごつい感じの（きっと木綿だと思うが）黒っぽい地味な着物を着て、頭をくずれた耳かくしに結っている。目鼻立ちはよく見極められぬままに、その顔の肌の白さが先ず印象づけられた。今時ほとんど見かけることのない古臭い感じの着物と髪かたちにはさまれて白い（丸顔と見受けた）顔がある、という貌《かたち》で、ぼくはその若い女が（多分女中だと思えるが）歩みを止めようとしないで、ずんずん歩いて行く先の女の（従ってぼくも歩いたままでいたが）あとにくっついて来るのを意識した。

先々からこの二人の間に何か打ち合わせがしてあるように受け取れたのは、ぼくの六感が当ったとでも言うべきか。

おハルちゃんと呼ばれた女が、一向に意志らしいものを示そうとしない雰囲気がぼくを包みこんできた。

案内された一室は、二階か三階か、或いは四階かも知れぬが、一番上のはしの部屋で、しめ切っていた障子《しょうじ》をあけると、二方が見晴らしよく外界に対している。片方は峡《かい》越しに秀《ほ》のつんつん立った杉の林と向い、他の一方は、不規則な高さで傾斜にへばりついたほかの宿屋などの裏側を、一種城郭《じょうかく》めいた眺めでのぞみ見ること

ができた。

「分っています、分っています」

と女はもう一度確かめるように言い（ぼくは父と関連させてその女を考えていたが）はぎとるようにぼくをはだかにした。といっても、自分で上衣《うわぎ》もカッターシャツもズボンもぬいだのだが、その女が手を添えてぬがしてくれたという感じがとれない。

むしむしした暑さを、改めて感じた。

「暑いから、それもおぬぎになったら」

女は目元を細めてそう言ってくれたが、ステテコをぼくはぬぎたくない。こいつをぬいでしまうと調子ができなくなってしまうように思えて、かたくなに黙ったままはいていた。それだけでなく、白い晒木綿《さらし》を下腹に巻いていたが（胃が下垂気味なので）それもはずさなかった。

「あなたもたいへんですね」

とその女がぼくに言い、そのあとで、そら、というように眼顔《めがお》でハルに合図をすると、ハルと呼ばれた若い女は畳の上にぺたりと坐《すわ》って、ズボンやシャツをたたんだ。ぼくが汚いものでも棄《す》てるように、そのへんにほうり出して置いたものだ。ハルの様子が妙にいそいそとして（と思う反面、無理強《じ》いにあきらめさせられたようなところもある）見える。この人とどうかなるのではないか、ふとそんな気になり、女が「分っています」と何辺《なんべん》も言ったことが意味あり気に思い返された。ぼくが独り身でないこと位、女が知っていない筈《はず》はない。たとえ父と何事か話し合わされていたにしろ、ハルをぼくに付添わせようとひとり合点している女の態度は、のみこみ過ぎて押しつけがましいと言わなければならぬ。しかしそれとてもこちらで拒否する根拠（権利と言うべきかも分らない）はない。やがて彼女の洞察は人生万般に相互《あいわた》っていた、ということになりかねない。ぼくが決意し断定すると、世界がこぢんまりとくぐまってしまうことは既に分り過ぎるほどの始末に立ち至っている。

ハルは膝《ひざ》で横すべりに畳の上を動き廻り、動作には節度があって、これはやはり他人の家に住みこんで、女中というようないやしめられた地位で、真夜中に枕を涙でぐしょぐしょにしないと生まれてこない色っぽさなのだろうと考えていた。手や足のわずかに露出した肌の色あいがどうしても眼《め》にすいついてくる。肌は不思議な色を持つ。勿論《もちろん》それは顔の色めに臆面《おくめん》もなく現われているが、そこはいじくり過ぎて信用できないということもある。所で手足の色あいというものは、まるで不用意なのだ。不用意な状態は悪くない。ハルの態度を人々は従順と見るかも知れないが、ぼくは口もとのへんに不逞《ふてい》をよみとった。そしてそれは又ぼくの心をひっぱりつける。ハルが一体何を考えているか。例えば女がハルをぼくに押しつけようとしていることに対しても(はっきり女がハルに何かを言いふくめたかどうかは知らないが)どういう意見を持っているのか見当はつかない。ぼくという男をこうして眼の前に見たわけだから、何か意見を持っているに違いないが、当のぼくには皆目《かいもく》見当がつかない。ただ鼻っ面でにおいをかぎながら、物体がぶつかるときの摩擦に即時待期しているだけだ。その先の何が分ろう。ここにやって来たことにしてから、まるで胎内くぐりそのままに、手さぐりでからだを周囲にこすりつけぶつけ合い、やっとくぐり抜けて、ほっと一息ついたばかりの塩梅《あんばい》だ。そこに女の先廻った演出が待っていた。待っていたのではなく、そこで偶然ぶつかった。或いはそのとき触発したのかも知れない。

「見えましたよ」

と女が又のみこみ顔に言うと、廊下に足音がして、こちらの部屋にぱあっとした感じではいって来た男があった。

ハルの動きに気を奪われていたぼくに、その女がこちらの気持にかかわりなく、この部屋に居たことに驚嘆した。それは彼女自身が部屋を支配していたのだ。ぼくはいつも訪問者でしかない。彼女が又言葉を出して、事態を次の段階に進めたのだ。

はいって来たその男は、小太りで頭を角刈《かくが》りに似せて短かく刈りこんでいる。血色がよく、光沢のつよいベンベルグ生地のシャツにステテコをはき、腹に毛糸の胴巻をしている。そしてこの男も口もとにぐっと不逞《ふてい》そうな線が浮き上っている。

男のむっとする体臭にぼくはたじたじと部屋からはじき出される思いがあった。彼はこの宿屋の番頭ででもあろうか。或いは息子かも知れない。どこかで会った気もする。それも行きずりでなく、からみ合った関係を持ったことがあるような気持だ。こういう時はこちらものみこみ顔になることを強要される。つと殻にからだをひっこめて、改めてそっとつのを出してうかがうわけだ。しかしこれも露骨にやってはまずい。むしろするりと殻を出て、からだを全部相手の前にのさばらせてしまうがいい。無感動な擬態。そしてどんなことでも相手に賛成して逆らわない会話をする。まるっきりそうではいけないが、反対して賛成してやるのだ。自分のまわりに人が集まると、不思議な分類の方法で、人間を二つの種類に分けてしまう。自分のようなやつ、とそうでもないもの。自分でない他の種類のものは、表面どんなにそれぞれが違った性格を示しているように見えても、どこか本質的なところで相通《あいかよ》うものがあって、そこのところでみんな生活感情を共通にしていて、一緒になるとその共通な所を寄せ合っていきがらくになるようにしているのだ、と思ってしまう。そのときは自分だけが寄せ合う部分を失っていてみんなの敵になってしまう。（しかしみんなはぼくを敵だとは気がつかないで、何となく気詰まりなやつ、張り合いのないやつ、としか思わない）そのことはらくじゃない。（一人で居る方が退屈ではなく、むしろ安らかで楽しみが多いと考えるのはそういうときだが）しかし恐らく人々を避けおおせるということは、そのとき限りの気随気儘《きずいきまま》でない限り希望のないことだ。いや一つの気分で灰色にぬりたくってみることも甘ったれている。結末は先の方に、といつも未決の状態で、偶々《たまたま》出会った事態に、はたらき者のように無口でどっしりとつとめる状態をこい願っているのかも知れない。（おハルを見て、自分もそうだったと思いたがっているのでもないと思うが）

つまりこういうことだ。ぼくはその男に、その男の考え方を以ってしても、こいつはちょっとしたくせ者だ、と思ってもらいたかったというわけだ。

「ところでなかなかかんたんには片づきませんぜ」

と、いきなり問題の核心にふれて来るような調子で、その男はきり出した。

女は、話のあとさきを心得顔で、頃合いの場所で腰を浮かせ二人の男を見守っている。それが何というか実にぴたりと恰好《かっこう》がついている。そわそわしたところがない。おハルはおハルで、急にせわし気にそのへんを動き廻る。ぼくの脱いだものを片づける位、ほんのわずかの時間で足りる。本当は何もすることがない筈《はず》なのに、ぼくには、何かしきりに片づけものをしているようにしか見えない。なるべくそのへんをうろうろしていて何かをきき出そうとしている底意があるのではないかと邪推されるほどだ。

ぼくは擬態をすっぽりとかぶって「ああ暑い暑い、こう暑くちゃ、全くたまったものじゃない」という様子をむきつけに相手に押しつけてそこらへん中にふりまく、という気持で、わざと大儀そうに、体重が十八貫《かん》位あるつもりで（実際は十二貫九百匁《もんめ》しかない）部屋のまん中にじだらくにあぐらをかき、相手をその前に迎え入れる態勢をととのえた。

そしてうちわがほしいと思うと、ハルがすかさず袖《そで》口をおさえた巧妙な手つきで、それをぼくにさし出した。（だがほんとは、女のそれとない指図でそうしたとも思える）ぼくは、もし床《とこ》の間《ま》あたりにうちわが置いてあれば、膝《ひざ》とてのひらを畳について、四つんばいになって、男の眼《め》の前を長くなってのろのろと、うちわを取りにからだを伸ばして行くことを考えていた。そういう虚勢がどうしても必要であった。それを、女たちから見守られてそのように扱われると、おさまりきれない。男の体力からの圧力と重なり二重に浮足立つ。とにかくうちわでからだをあおぎながら、

「そりゃ、そうしたもんですよ。あせっちゃいけません。とにかく私はあなたにすっかりおまかせしたのだから、その結果についちゃ、あなたを信用しています」

男はどっかりあぐらをかいて坐《すわ》り、

「そうおっしゃられると、痛みいるが」と小声で言ったあと、少しも痛み入った気配も見せず（ぼくの言葉をぼく自身まずい合槌《あいづち》だったとすぐ後悔したのをけ取られたのかも分らない）、「一番ひっかかる所はですな、向うさんにかげの男がついていることです。その男が何を思っているか、今の所ちょっと見当がつかないわけだ。なあに、大それたことを考えたり、しでかしたりするほどの男じゃないんだが、とにかく、もう少し出方がはっきりして来ないと、作戦の立てようがないってわけですよ」

女がおせっかいに、ななめうしろからぼくのからだをうちわであおいでいる。これは気になる。やめろ、とも言えず、いらいらして、相手が丁度《ちょうど》たばこの包みをとり出したので、体当りで行け、というような気持で、つと右手をのばし、

「ぼくも一本貰《もら》いますよ、いいですか」（言ってから、ちょっとまずいと思った）「どうぞどうぞ」男はばかにあいそよく、やさしい声を出した。

たばこを口にくわえたが、マッチは男が自分のひざの横に置いている。ぼくがマッチを持っていなくて、口にはくわえたが手持無沙汰《ぶさた》でいることに気がつかないのか。

「ちょっとマッチを貸して下さい。すみません」

男がめんどうくさそうに寄こすのを受けとると、今言った哀願の調子を自分で消すように、ぼくはす早くつけ加えた。

「一体、この問題は、ですな（男の口調がうつって）どうどうめぐりじゃないかな。その影の男、とかいうのもね。そんなことは始めっから分っていたことでしょう。だから、その点に関してはこちらの方で腰のもろいところがあったのだ。そこをあんまり突っつくと、ちょっとこっちも具合の悪いことになっちゃうんですよ。（マッチをすったが、最初の一本は首がぽろりともげてしまい、二番目のはついたと思うとすぐ消えた。こういうことが案外相手から見くびられる原因になるのだと思い、三番目をゆっくりすると、今度はつく。深くいきを吸って、その間言葉をとぎらせると、男は沈んだ眼付《めつき》でこっちを見ている。その眼付にひっかかって、ぼくは一層深々とたばこを吸いつけて）あのね、これはぼくの今思いついたほんの何ですがね。しばらく、あんまりいじらずに、ほうって置いて様子を見た方がいいんじゃないかな」

「あたしの方はどちらでも結構ですよ。あんたがそうした方がいいとおっしゃれば、そのように致しましょうよ。しかしですな。押さえるところは押さえて置かんことにゃ、あとでどじをふみますぜ」

男の眼がきらりと光ったように思えた。どうせ今夜はここで泊ることになるだろう（いや何なら今から坂を下りて町なかに出て電車に乗り長い鉄橋を渡ってKまで帰ったってかまわないんだ）だが、ぐっと、崖《がけ》っぷち

の方に押されると、落ちたっていいんだという気持になることも事実だ。

うかつなことだが、この男が、ぼくに報告するように話しかけてくる事がらの本筋が、ぼくにはよく分ってはいない。まるっきり縁がないというのでもないが、自分にしつこくからみついてくる性質の事件というふうにも思えない。しかし男は言外に妙にぼくにからみついてくるものを持っている。これは父のことで何かあるのだろうか。ぼくがM屋につい来ることじたいの中に、潜在している何か重大な意味が或いは含まれているのではないか。そのことでぼくは復讐《ふくしゅう》されるようなことになるのではないか。

しかしこの男がぼくに示す態度の中には、言い現わせないべたついた近さがある。それは血の反撥《はんぱつ》といったようなものだ。この男は何かぼくの知らないことを知っていることで満足していることがあるのかも知れない。

女のなれなれしい態度とうらおもてのものだ。

こういうやりとりが男たちの間でとり交されている間、女たちは、行儀よく、聞いていた。聞いているといっても、話の大事なところはわたしたち女どもには一向に分りませんから、言葉はただ音響として耳から耳へ通りぬけてしまい、どんなことをおしゃべりになっても大事ありません、という例のひかえめな付添い方だ。男たちは女たちが、そばでゆっくりとうちわであおいで居てくれるので、はずみがついていることは疑えない。

男たちがいわゆる抽象的な言い廻し、何か公事《くじ》争いといった恰好《かっこう》に持って行きたがるのは、そういう理由のためだ。ぼくもその演技のために一所懸命で、二人の女を意識していた。

「何か、あちらさんの要求といったものが、具体的につかめるわけですか」

そうぼくが言った時、ハルが、げっというような声を出し、

「わあっ、むかでえ」

と叫んだ。

五寸程もあろうかと思える大むかでが畳の上をはっていた。

「ほうき、ほうき」

と年とった女は大きな声を出した。

ぼくは肌に粟《あわ》を生じた。

まだ学生の頃のことだ。ちょっと好きな少女が居て、一緒に学校のあった地方の町の郊外の山際《やまぎわ》の方に散歩に行った。秋の陽《ひ》ざしのやわらかな日曜であったが、人目をさけた山かげをさがし歩いた。南向きのなぞえに、山焼きをしたあとがあった。恐らくその跡をたがやして畠《はたけ》にでもするつもりであったろう。その焼け跡の傾斜に腰をおろしてその少女と二人、向う側の山のたたずまいをぼんやり眺めた。少女は何を考えていたのか、ぼくに分る筈《はず》はない。ぼくの方ではこのへんでからだをつかまえてキッスをしなければならないのだという義務感に圧《おさ》えつけられはじめた。しかしどうにも越え難い平常心が二人の間に横たわっていた。だがぼくは決心した。ラシャの洋服がこげるような秋の午後の陽の白々《しらじら》した静けさの中で、仰むけになっていた重いからだを引き起こして、少女の側に近づこうとした。そのとき、ふとぎごちなくついた手の下の焼け残りの木の枝の下で、がさっと、乾いた音が耳についた。何気なくそこを見た。そしてそこに太い大きなむかでを認めた。ぼくは背筋に冷水をあびせられたような気色になった。ささやかな欲情が萎縮《いしゆく》した。あの赤黒く（つや光りさえしている）固い鎧《よろ》われたむかでのからだ。そして沢山《たくさん》の足。いつどこで覚えたのか分らないむかでへの嫌悪が、ぞろぞろ背筋をはい上って来た。

畳の上にむかでを見た瞬間、かつてのその感覚が甦《よみがえ》った。天ぷらにしたら食えるかもしれない、という妙なことも一方に考えられることがむかでの気味悪さを助長する。

或いは単なる観念が、むかでどもに対して偏見を抱かせる始末になっているに過ぎないのかも分らない。人間のうら寂しさ、など今更《いまさら》言うが程のことではない。そして夜中にふと目覚めさせられることも、又うら寂しさの中の尤《ゆう》たるものかも知れない。何か、のために夜半に眼覚《めざ》めることは、人間の智恵の及ぶ所でないのかも分らない。全宇宙が、きつく、しめつけて来て、眼覚めさせられたという思いを強くしたときに、こういうときこそ落着かなければならないと、弱い心を叱咤《しった》して、電気スタンドのスイッチをつけてみると、枕にへばりついている三寸ばかりのむかでを発見した、というようなことも、なかったわけではない。大鋏《おおばさみ》でちょん切ってしまえ。そのときはいかなぼくでも強暴な心になる。

「あんた（あんた、と人を呼ぶのは嫌いだが、その男がそうぼくを呼ぶから対抗しなければならぬ）に言って置きますがね。実のところは、ぼくはどうでもいいんですよ。あらゆることがね。一体この事件というのは、真相は何ですか。はっきりきいて置く必要もあると思うんだが、あんた、おれ（少しぼくは何かに酔って来はじめる）のおやじを知っているの？　あんたとおやじと、どんな間柄か知らないが、そんなことぼくは知りませんよ。おれはおれなんだ。おみかけ通り、ぼくはから意気地のない男だ。ただ言って置きたいことは素手《すで》で人生を摑《つか》みたいだけなんですよ（もうどんな空言葉を吐き出しても、ぴたりと実感を伴っている。それはむかでに酔ったと言えなくもない）」

　ハルがほうきの柄で、むかでを押さえつける。しかし女の弱腕で、しっかり押さえきれるものではない。むかでは、からだをよじらせて、あっけなく脱れてしまう。

「だめ、だめ、おハルちゃん。じりじりっと、押さえつけて、ずたずたにしてしまわなければ」

　調子づいたぼくは、そんなふうに助言さえはいた。

　相手の男が、むかでの出現で、いささかの動揺も示さないのは、もう筋書通りだ。そう来なくちゃならない。或いはここでぼくが、むかでに大げさに恐怖してみせてもいい位だ。

　ハルは言われた通りに、むかでを再びとらえて、ぎしぎし押しつけた。むかでの甲殻《こうかく》がつぶされる。甲殻の中のやわらかい身がつぶれて液汁を出す。それは何ともいやな感じだ。

「ずたずたにしないと、だめ」

　ぼくはそちらを向かずに言う。怖いもの見たさの反対の気持だ。

　怖いものは、こわごわ見たい。それがいわば人情だから、わざと見ないで置く。しかし怖くないかと言えばとても怖い。

「しっかり殺さないと、すぐ生き返るから」

　と、ハルの方に念を押しておいて、

「まあ、そんなわけですな。それで、一体あんたは、この事件に本当に興味があるんですか」と男には言った。物言いにいささか青臭さを露呈したが、むしろ時機は熟したという感じだ。

適度の酔心地は、たまたま袋小路を切り抜けさせる。酔わせられた原因がむかでであろうと、こうなれば騎《き》虎《こ》の勢《いきおい》というものだ。底を割れば、生きていることが先ず矛盾《むじゅん》だと、開き直るまでもない。灰色に塗りたくっていた手つきに、少しあかねがさし込んだにしても、現に、夜の闇も時が移れば、あの爽《さわ》やかな払暁《ふつぎょう》の気配に圧倒されることを拒否するわけにはいかない。

効果はてきめん、とでも言うべきで、相手の男がたばこの煙にむせたような顔つきをした。

ハルが、部屋を出て行った気配にうしろを見ると（恐らく、ちりとりでもとりに行ったと思える）むかでが八つ裂きにされて、それでも、その裂かれた各々の部分が、ぴくぴく動いているのがすさまじい。年をとった女の方は、いつのまに部屋を出て行ったのか、見えない。ぼくは一種肉体の疲労を感じ（ひと仕事はたらいたあとのような）ハルのじこっとしたからだつきに、気持がのめって傾いて行くことにどうしようもない。

そう。案外この調子だ、と考えていたとも言える。案ずるほどのことはない。

「いや、よく分りました。あなた（あんたがあなたになり、それはやはり象徴的だと思えるが）そういうお気持なら、あたしとしてもたいへん、やり易《やす》いわけです。ざっくばらんにあたしの考えをお伝えしましょう。実は、あたしはあなたの親御さんに、ちょっとこだわっている」

男がそう言いはじめた時、ぼくはからだのあちこちが、痛がゆいことに気づいた。何気なく足の方を見ると、八つ裂きにされたむかでの足の一本が、こぶらはぎのあたりにしっかりくっついていて、そこがへんに痛がゆい。そしてその一本の足が、生きているもののようにぴくぴくしているではないか。

あわててはがそうとしたら、根元のところが、だにの口のように肉の中に食い入って、無理にひっぱると、食い入った部分が肉の中に残りそうだ。これは妙だと思い、押しつぶされてばらばらになったむかでのあった所を見ると、それが無い。

しまった（だから完全に殺して置けとあんなに言ったのに）と思うと、からだのあちこちがむずがゆくなり、あわてて、坐《すわ》っていたあたりをよく見廻すと、ばらばらにされたむかでの一本一本の足が、ゆらゆら節足《せっそく》をゆすって、歩いている。その方向が、どうもぼくのからだらしいので、更に眼《め》をこらしてみると、居るわ、居るわ。足から、腕から、腹のあたりにかけて、いつのまにはい上ったのか、むかでの足がいっぱい吸いついている。

からだ中、いぼいぼができるほど、ぼくはまっ青になった。

それが、一本一本、だにのようにしっかり食いついているから、からだをゆすったり、払い落としたりする位ではとれない。腹に巻いた晒木綿《さらし》をひっぱって、へその方をのぞいてみると、繊維に足をとられたりしているのやら、既にへその中に食いついているのもある。

「わあっ」と叫び出したいのを、男がいる手前ぐっとこらえると、青くなった気持が逆流して、毛穴がふくれ上ってきた。

相手の男も気味悪がって、急にそわそわ腰を浮かせ、ひざや腕を払い落とすしぐさをした。男には食いついてはいない。

二人の男の間に、ぴんと張っていた奇妙な緊張がぷつんと切れた。もともと虚妄のものだ。そんなふうに肩を張らなければならないものは何もない。

むかでの足の一本一本が、意志あるもののように（或いはこれでぼくは審《さば》かれているのか）動き出してぼくのからだに這《は》い上って来たことは、むしろ祝福すべきことではないか。ぼくの眠っていた魂をゆり動かしに来た一つの運動のさきぶれかも知れない。このむずがゆい、ちくちくと痛む刺戟《しげき》は、ぼくが生きていることの確かめなのだ。

どういうきっかけからか、ぼくの気持にそんなふうにどんでん返しが来てへんに充実した気持になって来たのか、ぼくには解《げ》せない。

男がとんきょうな声を出して何か叫んだようだ。

ハルがしめった足音で廊下をぱたぱたとんで来て、ぶっつかるようにぼくのからだにさわり、少しもこわがらず、むかでの足を一本一本抜きとりにかかった。（ぼくはふらふら立ち上っていた）ハルの指先がびっくりするほど熱く、そのぬくもりがぼくの皮膚に快く伝わって来るのだ。

思わず、その小太りの小さなからだをだきしめたい気持に襲われたが（シャツもそしてステテコもはずしていたので）はだかのような自分の恰好《かっこう》がはずかしい気がした。いやそうでなく、自分だけはだかでなく、ハルもはだかにしてしまいたかったが、そばに男が居るので飯粒の中に小石を嚙《か》みこんだようで、ためらいがあったのかも知れない。

ぼくはぶらんと両手を下げて、ハルのなすままにまかせ、その指先から伝わるぬくもりに酔いしれていた。

（もう男のことも意識しない）

せめて、ハルの体臭をでもかぎとろうといきをこらすが、どうしたわけか、ハルは一向ににおいがなかった。

（昭和二九年一一月「群像」）

冬の宿り

GはZ山の中腹の谷間に旅館がただ一軒だけある温泉場だ。

しかし三階と二階の大きな木造建物が三棟と、浴場一棟の他に乾燥場、物置、倉庫などの付属建物が、急流の傾斜に沿って組み合わされているので、麓《ふもと》のA町から山道を三時間もあえいでやって来て、山の鼻を一つ廻り、はじめてGの全貌《ぜんぼう》を見ると、ちょっとした小さな城のように思う。同時に又人里離れた奥深い渓谷の底に、しっかりへばりついた執拗《しつよう》な貝殻のかたまりのようにも感ずる。

夫婦《めおと》岩と呼ばれるその山鼻の岩塊《がんかい》の所から、谷底の方に下って来ると、遠目に黒ずんでかたまり合って見えた建物は、意外に場所広く、にぎやかで高層な感じで眼《め》の前に立ちはだかる。

この谷間に、そこ一箇所だけしかないその温泉宿の裏手は雑木《ぞうき》林の山が迫っており、川をへだてた対岸には、百米《メートル》もあろうかと思える岩壁が突兀《とっこつ》とそば立っている。

ある冬の師走《しわす》も押しせまった晴れた日に、私はたった一人でそのGにやって来た。

その年はいつもより雪がおそくて、麓《ふもと》のA町ではまだ積雪を見なかったほどだが、私がGの宿に到着すると(尤《もっと》も峠《とうげ》を一つ越したあたりからさすがに雪が見られたが)待構えて私を呑《の》みこんでしまうかのように、空があやしく灰一色に垂れ下ってきて、吹雪《ふぶき》に覆われてしまった。

それからほぼひと月ばかり、私はその隔絶された温泉宿にとじこめられ、外は来る日も来る日も雪が降り続いた。

私はからだに故障があり、人に教えられてわざわざ出かけて来たのだが、その単調な日々になれない私は窒息しそうであった。

はじめ一日の過ぎて行くのが不思議なほど時刻はのろのろと動き（あるときなど時というものは動くものではないのではないか、時が刻々移って行くということは不可能なのではないか。時計の針を見ていると、一分きざみに長針の動くのが奇蹟に思えたりしたほどだ）、精神に喰い入ってくる退屈の魔が、おそろしい形相となってあらわれて来そうであった。がまんも何もなく、すぐにでも麓にとって返しバスに乗って停車場にかけつけ、そこから急行列車で都会に帰ってしまいたくなった。

しかし何かが私を押しとどめた。私はそこに停った。

そして毎日毎日吹雪《ふぶき》で荒れ狂う谷間をガラス戸越しに眺めていた。私の部屋は旧館の二階で展望がよかった。と言っても外の方が見られたというだけで、外は谷川をはさんで巨大な岩壁が立ちふさがっているような展望だ。

その限られた外界に、荒れ狂う白いものが際限なく天からおりてくる有様を、虚脱したように見ているより仕方がなかった。

ガラス戸は風のために終日がたついた。まきをつっかえにしておさえてはあったが、やはりがたがた鳴りやまなかった。

気温は下り、こたつを片時も離れられなくなった。

私がやって来るまでは珍らしく上天気の日が続いたという。しかし冬という季節は毎日大凡《おおよそ》このように吹雪の日が続くのだということだ。

宿泊人は私と入れ違いに何組かは麓の町に下ってしまった。あとはいよいよここで冬籠《ごも》りを決心した四組ばかりしか残っていない。全部で五十にも余る数多い部屋部屋はがらんと人気《ひとけ》なく、残った湯治客《とうじ》たちは、浴場に近い旧館の階下の部屋にかたまった。

私だけ一人はみ出て二階の部屋を与えられていた。

孤独な生活がはじまった。

したの湯治客はみんな家族連れだ。そして例外なく自炊している。食事時のにおいが、食器類の物音や田舎《いなか》のことばの話し声などと共に、二階の私の部屋の方に流れて来る。

私はたったひとりで、こたつに腰から下をつっこんで横たわっているだけだ。

廊下のガラス戸が休みなくがたつき、外の吹雪《ふぶ》いていることに変りはない。

からだが疲れ果てていたから、何かをすること（書物を読むとか、考えごとを書きつけるとか）はいやであった。

腰の方はあたたかいが、しんしんと冷えこむ六畳の殺風景な宿の部屋で、私は時の面《ツラ》と向き合って、それがじりじり移って行くのを待っていた。

待っていても何もやって来るわけではないが、ただしそうして待っていた。何もそんなにしていないで誰かをやとってでも、そこを下る工夫をすればよかったのに、そのときはそこにそうして居なければならないと思いこんでしまい、別にへんにも思わなかったのだ。


ただ一つのたのしみは、浴場におりて行くことであった。

そうだ、それはまさしくおりて行かなければならない。浴場は谷川の川原近く、建物の中で一番低い場所にあったからだ。

二階の私の部屋からだと、暗い急な十二段の階段をおりて、したの交叉した廊下に出る。

廊下の一方には、四つの部屋のそれぞれの前に七輪《しちりん》や鍋釜《なべかま》の類が出してある。その四組がここで冬越しを決心した湯治客のすべてだ。みんな百姓で、病んだからだを運んで来ている。

更に広いゆるやかな階段を七段おりると、小さな売店の横に出る。そこではちょっとした土産物《みやげ》や、せんべい、あめ、果物《くだもの》、切手、はがきの類が売られているが、いつもガラス戸がたてられ錠前がおりている。

その売店の前から又急な階段を十二段もおりる。ここは雪が吹きこんで来てこびりつき、かたく凍っているので、うっかりするとすべってしまう。両側のガラス戸は湯気が結晶し美しい模様が出来ている。そこを更におりて廊下を折れ、うす暗い所をしばらく歩き、又階段に出る。その最後の九段ばかりをおりるとき、床の下の方で水のかすかに流れる音がきこえる。

そのしたがスキー客のための乾燥場で、そこを通りぬけると、広い木の湯槽《ゆぶね》の浴場にやっと着く。

浴場は古風な建て方だ。

天井が高い。どこの浴場の天井も高いのが普通だが、ここでは殊更《ことさら》にその高いことが気になる。中はうす暗い上に（この浴場だけでなく、このGの建物はどこでも一体にうす暗い。それは雪よけのために、大きな簀子《すのこ》の覆いで建物全体が囲まれているからだ。しかし浴場は殊の外《ほか》暗い）湯気でもうもうとしているから、はっきり見極めることができない。矢羽根形の装飾で二重か三重の屋根になっているが、湯気が外に出て行けるように、すっかりは閉じられていない。だから風が少し強くなると、雪はどんどんはいり込んで来た。

高い位置にガラス窓があるが、外界は簀子《すのこ》のためうす暗いから、光はささない。

湯槽はすべて木造で、ふちは流し場と同じ高さだ。

中は全く暗い。廊下も一体にうす暗いが、それでもその明るさの中から一歩浴室にはいるとまるきりめくらになってしまう。もう何年か改造しないままで放置されているのでふちも流し場も水あかでぬるぬるしている。

湯槽は十分泳ぎ廻れるほどの広さだが、私はそこにおりて行ってもいつもひとりぼっちだ。どうしてだかほかの浴客とぶつからない。湯は天然の温度がかなり高く（しかしその日の天候や又川の水量で温度は猫の眼《め》のように変ったが）ふだんは別に筧《かけい》で引き込んだ水でうめなければ、はいっていられない位だ。

その湯槽には、長い歳月の間にどれほどの浴客が身を浸《ひた》したことだろう。しかしいつもひとりぼっちの私は、湯槽に流れ入りそしてあふれ出る湯の音をききながら、むしょうに寂しくて仕方がなかった。何か分らぬ気配に圧迫されて来て、もののけが暗い高い窓ガラスに髪もおどろにへばりついているような気がしはじめる。私の唯一のたのしみがこの浴槽に冷え切ったからだをつけることなのに、そこにはいったとたんに寂しさと故《ゆえ》ないおそれに身がちぢまって来て、ついあたふたとあがってしまうのだった。

何という寂しい温泉宿であったことか。

私は書き落としたが、私の耳に二六時中ついてはなれない音と言えば、戸を渡る風だけでなく、渓流のとどろきがあった。むしろそれはあらゆる思考を断念させるふうに、ひびき渡って止《や》むことがない。風の音は絶えることがある。断崖《だんがい》のうしろの山の端から、うそのように輝かしい太陽が光の箭《や》を投げかけてよこすこともある。それはすぐ又灰色の雪の乱舞にとって代られてはしまうけれど。しかし谷川のひびきはおそらく消えることがないだろう。鉄分をいくらか含んでいるせいか、褐色に濁った流れが、岩々に歯をむき出してかみつきながら、倦《う》まずに流れている。私はその音におさえつけられている。その渓流の源だというZ山の頂近い雪に埋もれた湖水のことなどおそろしくて考えることもできない。

そのほかにそこでどんな物音を私はきいたろう。

部屋の中でたぎっている鉄瓶《てつびん》の湯のつぶやき。たまに炭火のはねる音、したの廊下を誰か通る足音。障子戸《しょうじど》をあける音。そしてどこかが痛んで低くうなっている誰かの声。

眼《め》をとじると、Gは青い青い水底に沈んでいる一軒の寂しい旅人宿であった。

そこは外界から絶たれ、水底からの長い忍耐のあとで水面に出るのでなければ、にぎやかな世間と交渉を持つことはできない。

その水底の渓谷の建物の奥まった部屋の片隅で、血なまぐさい惨劇が行なわれ、それは発見されぬまま凍りつき、永遠に陽《ひ》の目を見ない。

そんなふうな妄想に襲われるのだ。死霊は青い蛾《が》となって、夜の静寂の、湯の流れる音だけがしみ入るように澄んできこえる浴場のガラス窓に来て、力なくぶつかることを繰返している。

私は次第におそれの心が強くなった。たった一つのたのしみの入浴でさえ、底気味の悪い因縁ごとの中に引きずり込まれるような気がして、間遠《まどお》になりがちであった。

そしてむやみに夢を見た。

相変らずひとりぼっちの二階の私の部屋に続いて、無人の部屋が黙りこくっていくつもあった。私はどうしてもそれらの部屋に何かが居るような気がして仕方がなかった。

無理に作った小さな床の間には、きまって奇怪な風景の描かれた掛軸があった。又どうしても読むことのできない書体で書かれた額もかかっていた。字が読めないために一層奇妙な気分に引き入れられるのだ。それはまるで呪文《じゆもん》のようにも見えた。掛軸の風景の中の人物や、額の篆字《てんじ》が、夢の中に出て来たりした。

ふと、真夜中に眼を覚ました。

私は夢の中で何かから逃げようとして大きな声を出した。その声の余韻が気味悪く部屋にうわーんと残っているように思えた。

隣りの部屋は空っぽの筈《はず》だ。しかし何か魑魅《ちみ》魍魎《もうりよう》のようなものが、ひしひしとつめかけているとしか思えない。したのほかの湯治客《とうじ》たちは一体どうしているのか。ぎっしりした冷気が私をとりひしいだ。

頭も足の先も、肩も腕も、いや胸や胴さえもこごえてしまって、ただ腹のあたりだけ、ほんのわずかのぬくもりが辛《かろ》うじて残っているような気がした。

これではこごえ死んでしまう。私は浴場におりて行こうと思った。浴場の方から、にぎやかな笑い声がきこえて来たように思えたからだ。女中たちが昼間の仕事から解放されてのびのびと湯につかっているのだろうか。

風はぴたりと止んで、鼓膜がへんになるような静けさがあった。（どうしてか渓流のひびきもきこえなかった）

私は気持がはずんだ。浴場におりて行って女中たちに冗談口をきいてやろう。湯桶《ゆおけ》をぶつけ合う音さえきこえて来た。

私は人が恋しかった。

寝床を出ると、寒さでふるえるからだをどてらで包みこみ、廊下のてすりにかけて置いた凍ってかちかちになった手拭《てぬぐい》を下げて、階段をおりはじめた。

丁度《ちょうど》階段のおり口のところに大きな鏡がかけてあった。暗く沈んだその鏡面に、幻のように私の影が写って、むしろ鏡の中の私の方が、たしかな足どりでよみの国から私を迎えにやって来たとでもいったふうだ。思わずにやりと笑いかけたが、もしもその影が応じて笑ってくれないのではないかという気がして来て、ぞっとしたのだ。それです早く鏡に背を向けて階段をおりた。

私はからだが衰弱し切っているので足音高く元気な調子で階段をおりることはできない。ぎしぎし一段ずつおりて行くより仕方がない。階段は苦しげにきしみ、爪先《つまさき》や手の指に容赦なく厳寒がかみついた。

階下の、新館や帳場に通ずる廊下はしんとして奥の方に続き、湯治客たちの部屋は全く寝静まっていた。低燭光の裸電球がすすけた瀬戸物の笠《かさ》の下で赤く光っているだけだ。

私はふいにおびえたが、尚《なお》自分をはげますようにおりて行った。

売店はあかりが消えていて、ガラス窓を通して中の品物が肩をよせ合っているのが見えた。或いは土産《みやげ》物やせんべいなどが真夜中の会合を開いている気配さえ感じられる。品物たちのひそひそしたおしゃべりが、ガラス窓のうち側の狭い会議室に充満している塩梅《あんばい》だ。それで私もいくらか元気づいた。早く湯槽《ゆぶね》に冷え切ったからだを沈めよう。何なら女中たちに注文して田舎《いなか》うたでもうたって貰《もら》おう。売店の下の階段の、両側のガラス戸からは外の闇がのぞいていた。誰かいたずらして、ガラス戸の一箇所に手のひらの形がくっきり押されていた。手をガラスにあてると、凍って結晶模様を描いている表面が、手のぬくもりでみるみるうちにとけて、そこに手のひらなりに跡が残るのだ。それが外の闇と呼応して何事か私に話しかけて来るように思えた。

私はこわがり虫になってしまったのかも知れない。あたりの底抜けの静寂のために、一切のものが、却《かえ》ってぶつぶつ不平をつぶやいたり突然甲高《かんだか》い笑い声をたてたりしているように感じられ出した。

乾燥場まで来ると渓流のひびきが思い出したように耳についてきて、恐怖は荒々しさを加えた。そこに渓流の方に向ってつけられた入口にはどういうわけか戸がはまってなく、一枚の藁《わら》むしろが下げられていた。それがばさっと風にあおられて、生きているもののように、裾《すそ》をひるがえした。その藁むしろの向う側に赤いまざとしたものがとっついていて、すきあらば家の中にはいろうとしているように思えた。むしろは辛《かろ》うじてそれを支えていたが、時折あおりをくらって、しめった重い音をたてた。

私はからだがたちすくみ、歩いているかどうかさえ確かでなく、頭はでかく無感覚にふくれ上ってしまい、その藁むしろを排《お》しわけて、今にも一人の血みどろの人間がころがり込んで来る不吉な想像をした。

このGには過去に何か埋もれた不幸な事件がきっとあったに違いない。こんなふうに私に襲いかかって来る迷った魂どもがうようよしていることはただごとではない。この谷底の一部にとじ込められた生霊や死霊が、はれやらぬ憂悶《ゆうもん》を抱き続けているのではないか。

私は大へんな所にやって来たものだ。

浴場には、誰も居なかった。まるで空洞であった。楽しげに笑い声をあげて一日の疲れを落としていた筈《はず》の女中たちのさざめきなど、言うまでもなく私の空耳であった。

それでも、霊魂たちにあやつられるようにとにかく湯槽《ゆぶね》につかった私は、私を取り巻く空気の圧迫に耐えられなくなった。

しかも深夜は湯の温度もぐっと下ってしまって、生ぬるく、湯気は立たず、闇と静寂が一層あやしげに満ちて来て、蛇《へび》や鰐《わに》などの爬虫《はちゅう》類がぞろぞろはいり込んで来そうな感じにしめつけられ、どうにも我慢ができない。何かに襟《えり》首をつかまえられると思うと気がへんになりそうになって、矢もたてもたまらず、よくふきもしないで着物をひっかぶると、背中を丸め小走りで自分の部屋に逃げ帰ったのだ。うごめく魍魎《もうりょう》たちにうしろをみせるときのおそろしさは又格別だ。からだ中に、私はできもののかさぶたができたのではないかと思った。鏡のところで髪の毛が真白に変ってしまっていないだろうかと、鏡面を見るのを躊躇《ちゅうちょ》したほどだ。

しかし別に何の変化もなく、ただわけのわからぬ恐怖で手放しに泣き出しそうになっている血の気の失せた、なさけない自分の顔の写っているのを確かめただけだ。

而《しか》も時はやはり経《た》った。

当然のことながら私の生活は単調なまま固定した。時のたつのがそれほど苦にならなくなり、朝方、若い頃から三十年も奉公しているという初老の歯っかけの番頭が、種火を持って来てくれる物音で眼《め》を覚まし、起きぬけに湯槽《ゆぶね》におりて行き、朝食のあとこたつでうつらうつらしてから又ひとふろ浴びると、昼食になり、小説など読んで（四時にはもううすぐらくなるが）部屋に点灯されるころ又湯槽におりて行く。夕食をすませて寝る前にその日の最後の入浴をすますと、そのまま次の朝までぐっすり寝入ってしまう。

はじめのころ、退屈の魔に感じた強い抵抗も、雪にとじこめられたしめっぽく暗い、そして広い家の中で妄想したあやしげなすだまや霊魂たちへの恐怖も、却《かえ》って緊張したおどろきであったとなつかしく思われるほど、ずるずると毎日が過ぎ行きはじめた。ここの番頭のように、三十年が経ってしまうのも昨日今日のように造作のないことかも分らない。

温泉の中で知らない場所もなくなった。

そうして昼と夜の区別をはっきりさせて、早くぐっすり寝込むことを覚えてしまうと、何のへんてつもない日々が、やって来てはたちまちに過ぎて行き、やがて日付が気にならなくなり、昼前のことも午後にはもう忘れてしまって（女中たちはたのんだ品物を二日位たってからでないと持って来ない）いつのまにか沢山《たくさん》の日にちが経《た》ってしまっていたということになるのだろう。

ある日、したのくりやの方から杵《きね》で餅《もち》をつく力強い音が伝わってきた。

私は、正月がやって来ることを知った。

その日の午後、したの廊下を乱暴なほど元気よくふみしだいて、湯槽の方におりて行く多くの足音をきいた。足音高く廊下を歩く者など居なかった筈《はず》だ。きっと新らしい浴客がやって来たのに違いない。それにしてもこんな雪を冒《おか》して、どんな人たちがやって来たのだろう。

夕食前の入浴のとき私は、その新らしい浴客たちと一緒になった。それは学生の一団であった。死の洞窟《どうくつ》のような浴場が、まるでうそのようににぎやかになっていた。にぎやかと言っても当らない。あの一種禁欲的な、貪婪《どんらん》に何かを求めているような眼付《めつき》の若者たちの、いくらか無理につくった無遠慮な磊落《らいらく》さで、この浴場の沈黙の秩序が一時にかき乱された。すだまたちは黙ってそっと隅っこに身をひそめたふうであった。湯槽《ゆぶね》の中で野太い声でドイツ語の歌をうたう者も居た。そのあとを継いで合唱しながら、ゆかをふみならして部屋にひきあげて行く者たちも居た。

私もすだまたちにならって隅っこに身を寄せていた。

孤独であんなに人恋しかったのに、私は彼らに声をかけようとは思わなかった。それは何故《なぜ》だったろう。私は衰弱しきっていて、階段を上り下りするのさえ一段一段でないと、いきが続かない。彼らは二段か三段ずつまたいで上り下りしている。そして学生らしい理屈ばった話題を大声で話し合っている。私は彼らに話しかけて彼らの話題の中に自分を割り込ませて行く気持がどうしても起って来なかった。

それでも私は彼らの一人一人を、湯気を通して、どこかで見たなじみのように、なつかしい郷愁の気持で見ていた。

みんなへだてなく快活に仲良さそうに話し合っているのに、どうしてか私にはみんながまるで自分のことばかりしか考えていないように思えて仕方がなかった。

私の入浴には目的があるから、何度も湯槽につかっては流し場にからだを横たえることを繰返し、かなりひまをかけて、はいっている。大方の学生たちがあわただしくあがってしまったあとで、珍しくゆっくり湯槽につかりながら眼をつぶって考えごとをしている二人の学生に気づいた。彼らの一団がスキーによるZ山登山隊であることは、その話のはじで分っていたが、残った二人の一人はそのリーダーらしく、まるで軍人のような顔付でもう一人に明日の先発隊の人選を相談しはじめた。

先輩ぶった口調のリーダーと、それに仔細《しさい》らしく応じている多分副長格の学生の二人だけがあとに残って、今まで騒ぎまわって帰って行った連中の技倆《ぎりよう》や性格を批判しながら、先発隊の人選をうす暗い湯槽《ゆぶね》の中でやるという、そのことに或る感じがあって、私の印象に強く残った。

二人の言葉が作戦会議のようにこわ張っていたのは、私が居たのを意識したからだろうか。

一番あとで浴室を出た私は、ここに来て以来使っていた自分の草履《ぞうり》が、鼻緒も切れかかった古ぼけた宿のものと、すり変えられていることを発見した。

私はふさいだ気持で階段を一つ一つ上って自分の部屋に帰った。どうしてだか、静かにひとりで暮している所にどやどや土足でふみ込まれた感じが残って仕方がなかった。

二日ばかりのうちに、学生たちはみんな居なくなった。

そして又私ひとりだけの（実はしたの百姓の湯治客《とうじ》が相も変らず居たのだが、彼らはそれぞれただ黙々と湯を浴びていた）日々が帰って来た。せいせいした気持と、何か取り逃がした気持が交錯して妙であった。若い学生たちが大ぜい来ていたのに、素直に話し合えばよかったのではないか。自分のかたくなな心が、少しばかりうらめしくもあった。

元旦の前の四、五日は、珍らしく雪の降らない日が続き、青空も時にのぞけたのに、元旦の午後からひどい吹雪《ふぶき》になった。

私はこの弱ったからだでどういうふうにここを下山しようかと心配になりだした。いつまでもここに居ることはできない。ただやみくもにやって来たものの、やはり、そろそろ帰る心積もりをしなければならない。と、その出鼻をくじくように猛吹雪がやって来た。

番頭に相談すると、彼はこの吹雪がおさまったら麓《ふもと》のA町から人夫を呼んでくれることを約束した。そうと決ると私はむしょうにここを去りたくなった。来たときのあのじりじりした気持が再び襲って来たように思えた。

浮足立つと、もう落着いていることは苦痛だ。しかし吹雪はやみそうになかった。やっと親しげに見え出していた一切の風景が、又冷く無縁のもののように遠のいた。

入浴もあきてきて、度数もへった。入浴すると、はき気を催すようにさえなった。

私は自分のことばかり考えていたが、その頃、Z山に出かけて行った学生たちは、山頂で吹雪《ふぶき》にまき込まれ、道を失い、寒気と飢えと疲労のために、死と直面していた。

Gを次々に出発した彼らは、S大学の山小屋を根拠地にして、登高の機会をねらった。

第一陣の五名が山小屋を出発したのは、元旦の早朝であった。

よく晴れた絶好の日和《ひより》で、彼らはI沢の絶壁を左に見て、K岳、N岳を簡単につき切り目的のZ山主峰の上には早くも十時頃には到着した。

頂上で約一時間休憩した。

記念写真をうつしたり、携帯食料を食べたり煙草《たばこ》をすったりした。そしてドイツ語の歌をうたった。

空は相変らず晴れていて、元旦の日而《しか》も冬山には珍らしいこんな天候にめぐまれたことを喜び合った。

この調子だとお昼過ぎにはもう山小屋に帰りついて、残留の者に第一陣の成功を自慢することが出来るだろう。

十時五十分、彼らは再びスキーを点検し、身をかためて下山のコースをとった。

ところがN岳との鞍部《あんぶ》のところで、急に天候が激変した。

猛烈な吹雪が覆って来た。

南東からの風がものすごく、その寒気のためにからだの感覚は完全に喪失し、手足はちぎれるかと思えた。

K岳らしい高みに辿《たど》りついたとき腕時計は既に五時四十五分を示していた。そこからI沢を右に見るように下って行けばよかったのだが、おそろしい夜がついそこまで来ていた上に、吹雪で視界がきかず、地形が全然分らない。

彼らは既に遭難していることを覚《さと》った。

それまで五人は互いにはげまし合い叱咤《しった》し合って離れ離れになることを警戒したが、次第にばらばらになりはじめた。しかし、それをどうかしようという気力がもう無い。ほとんど無意識でスキーを引きずっているに過ぎない。

どうもI沢の凹《くぼ》みの方に落ちこんで行ったらしく、来た時の道の見当がつかない。

そのうちまっくらになっていることにあらためて気づき、どうにか五人がまとまって、長い間かかって雪穴をこしらえ、その中で夜の明けるのを待った。

夜になっても吹雪《ふぶき》はおとろえず、五人はお互いに牽制《けんせい》し合って眠り込もうとするのを防いだ。くらい、おそろしい、そしてつらい、地獄のような夜であった。もうそのまま眠りこけて死んでしまった方がどんなに楽だろうと何べんも思った。

あたりがほの白み出すとすぐ、とにかく歩きはじめることにした。吹雪は少しもおとろえない。みんな意識がもうろうとして来て、意志も何もない。ただ本能だけで歩こうとしていた。

みんなは再び離れ離れになった。

一人はスキーの片方を崖《がけ》下にすべらせてしまい、一人は崩れるように雪の中に坐《すわ》り込んだ。

山小屋の残留者たちの捜索網に、最初の一人がはいってから、あとの三人は次々に救出されたが（スキーの片方を失った者もひどい凍傷を起こしていたが救けられた）最後の一人が仲々見つからず、その日の午後の四時頃になって、遂《つい》に凍死体となって雪に埋もれているのが発見された。

くりやの大囲炉裡《いろり》で番頭と話をしていたときに、そこにはいって来た学生から、右のようないきさつを私は聞いた。

死体はスキーにくくりつけて、学生たちが交替に引っ張り、Gの谷間を通らずに直接A町の方におりて行ったという。

Gに連絡に来たその学生は、眼《め》も鼻も唇も氷漬けの中から出てきたような具合に、凍りついた無感動な調子でそれを話してくれた。番頭にココアを濃くねったものを作って貰《もら》って、もどかしい位ゆっくりなめながら、無表情にそれを語った。

その夜の入浴のとき、私は学生たちの、あの無遠慮なざわめきが耳についてはなれなかった。死んだ学生はどの人であったろう。あのリーダーと人選のことを相談していた学生だったろうか。私の草履《ぞうり》を無頓着《むとんちゃく》にはき代えて行った学生だったろうか。

彼らの中の誰かが、殊《こと》にあのもったいぶった顔付で先発隊のことを相談し合っていた二人が、そっとやって来ていて湯槽《ゆぶね》の片隅にうずくまっているようで困った。

よほど気をつめていなければ、こちらのエネルギーが負けて、彼らの姿がそこに簡単に現前しそうに思えた。

それは恐怖ばかりでもない。自分の影がうすく消えて行ってしまうようなたよりない気持であった。

その夜白皚々《がいがい》の雪原を、友だちに引っ張られて麓《ふもと》の町の方に下って行く、スキーにくくりつけられた学生の死骸《しがい》が、まぶたに焼きついて眠れなかった。明朝夜があけたら、しゃにむにここをおりてしまおう、と冷いとこの中で寝返りを打ちながら、私は気ばかりはやって、益々《ますます》眼が冴《さ》えてしまっていた。

（昭和二九年一一月「ニューエイジ」）

解説

へんなあひるの子

種村季弘

島尾敏雄の作品は、小説をもふくめて、殊更紀行文と銘打たれていない場合にも、おしなべて旅行文学ではなかったかと思われる。初期の『呂宋紀行』、『満州紀行』、中期の東欧紀行『夢のかげを求めて』はもとより、絶筆となった『震洋発進』でさえ、特攻艇震洋の隊員たちの在りし日の面影をもとめて旅した、一種の墓参小説といえようからだ。

その間に「孤島夢」、「摩天楼」、「単独旅行者」、「夢の中での日常」といった、折紙つきの幻想旅行小説があり、長篇小説『贋学生』がある。「帰巣者の憂鬱」あたりにはじまる、一連のヨブ記的な私小説はどうかといえば、これとてもピランデッロ風の家庭悲劇をいわば「上演」しながら、頂点をなす『死の刺』あたりでは家族全体が旅役者の一座と変じ、家庭の日常に居ながらにして足下の不確かな旅の空の下に出てしまった、とでもいった印象をさえ醸《かも》しだすのである。

日常の小散策といったおもむきの、ささやかな町あるき小説もある。異民族との違和というほど大上段に振りかぶった、それだけに分かりやすい、異国の肌の間を縫いあるくのとはまたちがった、どこか隠微な、あるとも知れぬこまやかな差異で皮膚の感触の遠近が測られるような空間移動。とはいえそれらは、どこか佐藤春夫「西班牙犬の家」のような、あわい背徳の翳《かげ》をたたえた大正時代のノンシャランスを基調にしているようでいて、その閑雅な心象風景の背後からかならず呵責《かしやく》のない物理とでもいったようなものがぬっと顔を出さずにはすみそうにもない、そんな薄氷を踏むような小散策である。

私が今いっているのは、さしあたり「石像歩き出す」、「亀甲の裂け目」、「月暈」、「むかで」、「鬼剝げ」といった、夢とも現実ともつかぬ背景のなかをさまよいあるく一連の小品のことである。そこでは心象風景が一幅の絵としてのどかに安定しようとはせずに、世界はあらかじめ壊れているのだとばかりに、たえず虚を衝いて思いがけない逆転が起こる。勝手知ったふだんの散歩道をあるいていたつもりが、いつしか夢の世界との境界を踏み越えて、日常が夢の中に入り込み、とどのつまりはごくありきたりの日常が「夢の中での日常」と化してしまうのだ。

一例が「石像歩き出す」。ここではサカノウエノタムラマロの石像が、「つろ」、「おま」、「す」というえたいの知れない三つの物質に分解し合成されて、文字通りやおら歩き出す。するとたんに、他人事《ひとごと》にそれを見ていたこちらが不動金縛りの石と化し、つまるところ動と不動の交替が起こったことをしたたかに思い知るのである。

この世に確固不動のものなどあり得ない。架空地震小説「月暈」では、ほかのものが変わってもまずそれだけは動くことなどあるまいと頼りにしていた大地でさえもが、ぐらりと傾いてどんどん細くなり、ついには「板んこ一枚になって」しまう。一切のものが価値転換に遭遇した戦後社会の寓意であろうか。そうだとすればこの小説の出だしは、みごとにそのあたりの消息を突いている。

「ぴりっと空気が引き裂かれ、引き裂かれたすきまから全然別の内容が現われて来るような感じの中で、ぐっーと大地が傾いた。」

ついでにいっておくと谷崎潤一郎にも「病蓐の幻想」という架空地震小説がある。ぐらりときて一切が崩壊する。世界の終わり。谷崎ではこの極大の世界崩壊が自分の極小の口腔内の歯痛から共感覚的に類推され、極小の歯痛が極大の世界崩壊を逆入れ子状に包んでいるという構造から「病蓐の幻想」の幻想性が醸しだされた。

島尾敏雄ではしかしのっけに世界は崩壊している。それなのに「地面に叩きつけられた瞬間にひしがれたと思われる腕と足を」ゆっくりと動かしてみると、「特別な痛みを伴なわない。」

一切は崩壊したはずなのに「特別の痛みは伴なわない」というこの痛覚の不在が、かえって始末に終えないのだ。「どこか一箇所でもざっくりひどい傷口があった方が落着けそうに思えた。表面に傷口が無いということは、却って悪い状態で、目に見えない場所で糜爛《びらん》は進行し」、と崩壊がいわば事後的に慢性化している。それを絵に描いたように、あげくはダニのような微塵の虫がはじめは一匹二匹、やがて「降って湧いたように、無数の微塵虫がその辺一ぱいうようよしていることに気がつくのはすぐだ。」

「夢の中での日常」や「むかで」の末尾に大量発生してくる、貝殻虫のように執拗な鴉の群れや本体から独立してうようようごめくむかでの足も、この微塵虫の同類である。まざまざと目に見えていながら痛みを伴なわない、スローモーション・カメラで撮ったような、おそろしく微細な崩壊過程。衝撃も流血もない。あるいはそれがあっても痛みを伴なわないので、麻酔をかけたように感覚から切れて、目にだけははっきり見える光景。すでに崩壊し去ったものが、事後的に緩慢に、ひょっとすると生きている間これから先もずっと崩壊し続けていくのではないか。

「(インチキインチキインチキインチキ)

私の気分がささやいた。

(君はね)

又気分がささやいた。

(当って砕けろではなくて、砕けてから当っているんだ)」(「夢の中での日常」)

砕けるという終わりはもうきてしまったので、「当って砕ける」正念場がない。砕けてからの日常がぼろぼろに崩れたままとりとめもなく起伏している。といったふうに、島尾敏雄の世界崩壊には、谷崎の歯痛のように、終末の予兆としてやってきていずれは抜歯で終わる劇的な結末というものがない。すべては終わってしまったのであり、終わってしまったはずの世界が、にもかかわらず厚顔無恥に芝居の書割りのように持続しているのだから、そこに生存している当事者にはどうしても世界とそぐわない違和感がきざしてくる。自分は場違いの人間ではないのか。それを向う側の回し者めく気分にいわせれば、とりも直さず「インチキインチキインチキ」である。

ところで、終末がはじめにきてしまっているということは、世界が逆さまになったということにほかならない。終末、発端の序列のみならず、ここではものみなの遠近法が混乱している。ズーム・レンズで引き寄せたように、遠景がぐんぐん目の前にせまってくる。応じて近景が遠のく。関係性の遠近も逆転する。たとえば血縁の弟がへんによそよそしくなり、すれ違いに、さほど親しいわけでもなかった近所の女と思いもかけず深い仲になっている(「鬼剝げ」)。「むかで」では時間の遠近も逆転して、自分が一世代前の父の位置に立ち戻り、温泉旅館の女中とのなにか込み入った関係の処理にしどろもどろになっている。

「夢の中での日常」をはじめとする幻想旅行小説では、総じて幼時退行のきざしがいちじるしい。「夢の中での日常」では、母と父のこれまで知らなかった葛藤の場に大人になった子どものふりをして割り込み、父の恐ろしい折檻で口のなかが「ばったかきりぎりす」のようにぼろぼろにされてしまうと、今度は女の部屋にいて、「お医者さんに見放された」というまるで感覚のなさそうな子どもを抱っこしたりしている。それから腹痛が起こったので胃のなかに手を突っ込んで足袋を裏返すように自分の身体を裏返すと、「いかのようにのっぺり、透き徹って見え」る胎児様のものになり、果てはさらに胎内還帰的に退行して、「さらさらした流れ」にどっぷりとつかってしまうのだ。

時間構造や関係性へのこの逆接感覚はしかし、島尾敏雄の場合、青年時代もかなり早い時期からきざしている。同人雑誌「こをろ」掲載の処女作ともいうべき「呂宋紀行」の冒頭近くに、自分を「へんなあひるの子」と規定して同乗の旅行団一行から距離を取るくだりがある。

「おぞましくも自分を『へんなあひるの子』だと思ふ喜劇は、友達の中にゐて、友達の出来ない事に、最初は胚胎してゐた。」

早くいえば、異人性の自認または自覚である。島尾敏雄が呂宋紀行ことフィリッピン旅行に出るのは、長崎高商生として毎日新聞社のフィリッピン派遣学生旅行団に加わった昭和十四年、二十二歳のときのことだ。集団（ここでは学生旅行団）のなかにいて集団に帰属していない、と感じている。これよりやや後、九州帝大文学部時代が時代背景の『贋学生』でも三人旅行の一蓮托生への違和感が語られており、島尾敏雄の「単独旅行者」癖は戦後にはじまるものではなかった。「友達の中にゐて、友達の出来ない事」。表向きは学校なり同人雑誌仲間なりに所属しているようでいて、帰属感がない。それを同人雑誌仲間に見破られてなじられることもある。

「君はゲテ物に楽んでゐる所があり、自分を追求してきりつめて見ることがないのではないか。俗物、常識人、素人《ジレタント》、そんな風な創刊当時のいくつかの言葉の矢。」

（「矢山哲治の死」）

ここで島尾敏雄を批判している相手は、「こをろ」同人の夭折詩人矢山哲治。矢山哲治はどちらかといえば日本浪漫派に近い詩風の詩人といえよう。アイロニカルにもせよ戦中の時局色を濃厚に打ち出していた日本浪漫派的傾向に対して、島尾敏雄がある種の距離を取っていた消息がここから窺える。「俗物、常識人、素人」のディレッタンティズムという言葉の矢は、同時代の文学・思想傾向にずっと深入りしている矢山からしてみれば、島尾敏雄がむしろ一時代前の、大正文学的モダニズムのノンシャランな気分にいまだにひたされて、目下の非常時に真摯に向き合っていないという批判を遠回しに語っている。戦時中というのに「ゲテ物に楽んでゐる所がある」のは、アナクロニズムもはなはだしくはないか。

アナクロニズムといったが、アナクロニズムとは時間的異人性の表象である。時代ともうひとつしっくりいかない。どこか別次元の、今はない時間に所属して、いま現在には所属していない。同時代の青年たちが、なかばは強いられて時局性にどっぷり浸かるか、あるいは浸かるまいとして「自分を追求してきりつめて見る」緊張に耐えているのに、一拍子おくれて彼だけがアナクロニックに韜晦《とうかい》している。そのポーズを「インチキインチキインチキ」と刺す視線がある。

「島尾がさういふ風であるといふことは、小見山さんも、小山も、千々和も川上も、さう見てゐるのではないかな。」

矢山は先の批判に追討ちをかけてそうもいう（「矢山

哲治の死」)。複数の同人雑誌仲間がそう見ていたというのだ。暗黙に、それならいっそ「へんなあひるの子」に徹してしまえ、という居直りが島尾敏雄の側になかったとはいえない。駄洒落めくが、同人のなかでの「異人」ぶり。ときには鬱屈した、ときにはしかし芝居気たっぷりでないこともない異人ぶり。

ついでながら戦後の進歩主義的文化運動に取材した一連の作品における、一途な青年臭をみなぎらせた仲間たちへの違和感の原形もここらにあるだろう。時代は変わり、イデオロギーは変わっても、のぼせやすい体質の人間の総量は変わらぬものであるらしい。

さて、矢山との右のやりとりがあったのは、昭和十八/十九年頃のことである。この頃すでに島尾敏雄の異人性にはかなりの年季が入っている。九州帝大には神戸の実家から国内留学した。その神戸は、戦争中とはいえ、少年時代の詩に描いているような、「青い眼の異人さん/横文字の店/そこは海港の街神戸の/異国情緒の噴水」(TOR ROAD)のエキゾティズムがまだうっすらとたなびいている別天地である。『贋学生』の神戸帰郷の章には、自宅前で宝塚少女歌劇の女優が映画のロケーションをやっているくだりさえ出てくる。

九州留学も、九州帝大の福岡にくる前には長崎高商にいた。「断崖館」や「南山手町」の舞台になったロシア人一家のいる西洋館で、ロシア人少女たちと一つ屋根の下で生活した。先のフィリッピン旅行や満州旅行も長崎から出ていった。高商生時代にすでにいっぱしの国外旅行経験者だったのである。

神戸にくる前にいた横浜では、病気療養中で父の実家の相馬にいて生命こそ難を免れたとはいえ、関東大震災で横浜の生家は全壊全焼した。架空地震小説「月暈」はこの経験しなかった地震の擬似記憶だろう。神戸第一商業学校時代に母死去。足下の大地が逃げていくような、いくつもの崩壊の記憶をふまえて九州に流れ着いたのだった。矢山哲治のような福岡土着の詩人からすれば、空間的にも時間的にも、いかがわしい異人性の濃厚に立ちこめる流れ者と思えたのも無理はない。

早くから足が土から離れた島尾敏雄には土着者の安堵感がない。大地はたえず足下から逃げてゆく。応じて彼はひっきりなしに足を動かす。ということは、どこにいても旅先にいる。ふらりと町にやってきた異人の顔がはがれなくなった仮面のように身につき、それがバレることへの恐怖に人見知りをする。そして友人たちを避けて下宿にたれこめ(『贋学生』)、大地がまだ足下に確固として存在した遠い少年時代、妹や少女たちと無心に戯れていられた、時間のまだ発生していないアルカディアの記憶を呼び戻す。島尾敏雄に『幼年記』をはじめとする一連の幼年物があるゆえんだろう。

しかし、彼一人きり入れない記憶の穴蔵にまんまと逃げ込めなければどうするか。居直って撃って出るしかない。異人性を殊更に強調し、ドサ回りの旅役者のどぎつい隈取をして、エイヤッとばかりに見得を切ってみせるしかない。それかあらぬか島尾敏雄の人物はときおりがらりと相好打って変わって、芝居がかった変身をしかねない。

「『馬鹿野郎、何てことをするんだ』巡査に聞こえるように捨夫は叫んだ、『旦那にお手数をかけやがって』

その言葉を口にすると、捨夫は役者になったように浮いた気分になった。

『まるで大捕物じゃないか』捨夫はぺらぺらしゃべった。」(「挿話」)

一緒に飲んでいた親友の大森創造が酔って、なまじ馬鹿正直に誇りを通したために巡査に捕縛される場面で、とりなし顔がつい浮いて芝居がかってしまう。伊達捨夫と大森創造。芝居がかった伊達者のほうは、捨ててか捨てられてか、中身がすでにがらんどうだからこそ浮いて芝居がかるしかない。対するに大森はみっしりと中身が詰まって、その名の通り創造的なのだ。伊達が仮面しかないみずからの空洞性に自己嫌悪を感じているのは明らかだろう。その手に負えない嫌悪感を増幅してゆくと、長篇小説『贋学生』の嘘で塗り固めたような正体不明の旅役者木乃伊之吉の、主人公の分身めいた和製ウィリアム・ウィルソンに結実する。追い払っても追い払っても執拗につきまとう、地獄めぐりの伴侶メフィストフェレス。

「鬼剝げ」の主人公は、『贋学生』の本体と分身の関係がふたたび逆転して、どちらかといえば「挿話」の伊達捨夫のほうに似ている。どこかに見物がいるらしい気配のなかで女とへんに技巧的な関係を持つ。死にそうな事故に遭った弟に事故現場で兄貴は何をしてくれたかと問い詰められると、みずからの空洞性の自覚がついこれ見よがしの異人ぶりに転じて、「オレハ、オニー、カ?」

地に着いた市民生活が確固として存在している場では、異人性はともすれば田舎芝居の役者ぶりになりかねない。しかし異人性が異人性として自明に罷《まか》り通る空間もまたあって、それが旅の空間である。足が地についていないことの、大地を離れて浮遊していることの、何というたのしさ、自在感。それは夢中遊泳の自在感にも似ていて、善悪のカテゴリーさえ簡単にすり抜けてしまうことができる。「摩天楼」では、「その夜私は飛行《ひぎょう》の術を得ていた。」あるいは身体を傾けるだけで行きたいところに行ける。「私は突如その南方の町へ行って見ようと思った。(略)私はぐらりとそちらの方へ身体を移した。」(「夢の中での日常」）

旅や夢中の自在な浮遊感は地上の価値を超えているので、悪にも不死身である。悪い病気に冒された旧友に少女が襲われるのを見殺しにしたり（「摩天楼」）、女が魔物にさらわれるのも平気でやり過ごせたりする（「夢の中での日常」）。現実の脈絡はあらかじめことごとく壊れてしまっているのだから、何をやっても映画の悪漢のように不死身なのだ。もちろん万有引力のはたらいている地上では、たまさかの高翔《エレヴァシオン》もエネルギーの限界点で下降に転じて、次の瞬間には地に堕ちた信天翁《あほうどり》の嘆きをかこつほかない。たとえば市民生活に定位しなければ成り立たない家庭生活の重力場というものがある。そこに吸い寄せられれば、「単独旅行者」のほとんど麻酔的なまでの自在感はたちまち失効してしまうほかはない。

ところが島尾敏雄にはどこかふてぶてしい楽天性があって、あらゆる浮遊性を呪縛するかに思える強力な家庭生活の重力場をも、あべこべに浮遊させてしまうことがあるのである。「旅は妻子を連れて」という短篇では、家族全体が旅の浮遊空間にまるごと漂いでてしまう。先にもふれたように、すべてを神に奪われたヨブの物語のように悲劇的な『死の刺』でさえもが、すべてを奪われたがゆえにそれだけ身軽になって家族全体が旅役者一座のように浮遊しはじめる、恩寵という名の逆転の契機をはらんでいる。ここではしかし、島尾作品のカトリック文学としての側面には言及しないことにしよう。代わりにヤポネシア論者としての島尾敏雄に若干ふれておきたい。

晩年に近い島尾敏雄は、知られるように「ヤポネシア弧」の構想を打ち出した。それは、父方の郷里である東北の相馬から横浜、神戸、九州を経て、果ては奄美大島、沖縄にまで達し、しかもその列島縦断を振り子のように何度も往復する旅路の総決算として構想された弧状文化圏像であった。ヤポネシア文化圏構想はそれ自体として大きな反響を呼んだが、しかしそれだけにヤポネシアがヤポネシアとして固定したイメージを結んでしまったきらいがないでもない。

島尾敏雄の九州帝大東洋史科の卒業論文は「元代回鶻人の研究一節」だったという。学生時代のエッセイなどには満人トゥリシェンのロシア紀行『異域録』への関心が見えたりもする。中央アジアが彼を呪縛していたのだ。南にあこがれはしたけれども、父方の東北にも関わりがあって南下衝動一途ともかぎらず、自分の究極の関心はどうやら西北の中央アジアにあるらしいという意味のことを、どこかで島尾敏雄は発言している。つまりヤポネシア弧の振り子運動を支える定点として中央アジアが想定されているわけだ。分銅の固定点は中央アジアのどこか埋もれた廃都にあって、そこから振り子を振るとヤポネシアの弧が描かれる。とすれば島尾敏雄のヤポネシアはヤポネシアとして完結せずに、中央アジアのどこか隠された原故郷に向けてメッセージを送り続けているのである。

そういえば「摩天楼」の長崎の廃墟のミニアチュールのような秘密都市Nangasakuも、「夢の中での日常」の変形した戦後神戸らしき町も、『異域録』にひょっこり出現するイルクーツクの古城都市や、反対側から中央アジアを横断してきたマルコ・ポーロが旅路の果てにたどり着いたキンサイ市（杭州）のエキゾティックな町並を思わせる。マルコ・ポーロがこのとき遭遇したキンサイ市も、のみならず南宋の諸都市も、すでに元軍に制圧されて実体をうしなった書割りの町だった。敗戦直後の長崎神戸も空爆に壊滅した廃都である。今にして思えば、私たちは島尾敏雄のあれらの奇怪な都市像から、中央アジアの埋没した廃都へのノスタルジーを喚起し、ヴェールのかげからその秘密をそっとかいま見ていたのである。

そういえば絶筆『震洋発進』も永遠に埋没した特攻艇震洋の発掘旅行である。連作形式の一作一作は、どこか楼蘭や敦煌やロブ・ノールのような中央アジアの廃墟や秘密の地の考古学的発掘物語を思わせる。帰らざる特殊潜水艇も、古代廃都も、現象の振り子運動をそれとしてあらしめる、隠された定点として機能していることに変わりはないからだろう。生の隠された原点を探るこの発掘作業は、いうまでもなくもはや存在しないものに向けて鍬《くわ》をふるう不可能性を前提としていて、終わりがない。蛇足ながら『震洋発進』は未完に終わった。

夏目漱石　年譜

慶応三年（一八六七）〇歳
現在の新宿区牛込に生れる（一月五日・新暦二月九日）。八人きょうだいの末子。本名金之助。父は江戸町奉行所直属の名主。

慶応四・明治元年（一八六八）一歳
塩原家の養子となる。

明治九年（一八七六）九歳
養父母の離婚により、塩原家に在籍のまま養母とともに生家に戻る。

明治一二年（一八七九）一二歳
東京府立第一中学校に入学。

明治一四年（一八八一）一四歳
実母死去。

明治一七年（一八八四）一七歳
大学予備門予科に入学。

明治二一年（一八八八）二一歳
塩原姓から夏目姓に復籍。第一高等中学校の本科英文科に進学。翌年、同級の正岡子規を知る。

明治二三年（一八九〇）二三歳
東京帝国大学英文科に入学。

明治二六年（一八九三）二六歳
東京帝国大学を卒業、同大学大学院に入学。東京高等師範学校英語教授に就任。

明治二八年（一八九五）二八歳
松山中学教諭となる。

明治二九年（一八九六）二九歳
第五高等学校講師となって熊本に赴任。中根鏡子と結婚。

明治三〇年（一八九七）三〇歳
実父死去。

明治三二年（一八九九）三二歳
長女誕生。

明治三三年（一九〇〇）三三歳
文部省の命により英国に留学。

明治三四年（一九〇一）三四歳
次女誕生。学費の不足に苦しみ、英国で神経衰弱になる。

明治三五年（一九〇二）三五歳
強度の神経衰弱にかかり、発狂の噂が日本に伝わる。

明治三六年（一九〇三）三六歳
帰国。第一高等学校講師兼東京帝国大学英文科講師となる。三女誕生。

明治三八年（一九〇五）三八歳
『吾輩は猫である（上篇）』刊。四女誕生。

明治三九年（一九〇六）三九歳
『漾虚集』『吾輩は猫である（中篇）』刊。

明治四〇年（一九〇七）四〇歳
朝日新聞社に入社。長男誕生。『鶉籠』『文学論』『吾輩は猫である（後篇）』刊。

明治四一年（一九〇八）四一歳
『虞美人草』『草枕』刊。次男誕生。

明治四二年（一九〇九）四二歳
『文学評論』『三四郎』刊。

明治四三年（一九一〇）四三歳
五女誕生。伊豆で大量吐血し危篤状態となる。

明治四四年（一九一一）四四歳
『門』刊。五女急死。

明治四五・大正元年（一九一二）四五歳
『彼岸過迄』刊。

大正三年（一九一四）四七歳
『行人』『こゝろ』刊。

大正四年（一九一五）四八歳
『硝子戸の中』『道草』刊。

大正五年（一九一六）
「明暗」を連載。一二月九日死去、享年四九歳。

内田百閒　年譜

明治二二年（一八八九）○歳
岡山市古京町に生れる（五月二九日）。本名栄造。一人息子。生家は造り酒屋。
明治三八年（一九〇五）一六歳
父が死去。生家没落。
明治四〇年（一九〇七）一八歳
岡山第六高等学校に入学。
明治四三年（一九一〇）二一歳
東京帝国大学独文科に入学。
明治四四年（一九一一）二二歳
漱石門下の一人となる。
明治四五・大正元年（一九一二）二三歳
堀野清子と結婚。
大正二年（一九一三）二四歳
長男誕生。
大正三年（一九一四）二五歳
長女誕生。大学を卒業。
大正五年（一九一六）二七歳
陸軍士官学校ドイツ語学教授となる。
大正六年（一九一七）二八歳
「漱石全集」を編纂。次男誕生。
大正九年（一九二〇）三一歳
法政大学ドイツ語教授となる。
大正一〇年（一九二一）三二歳
次女誕生。
大正一一年（一九二二）三三歳
『冥途』刊。
大正一三年（一九二四）三五歳
三女誕生。
大正一四年（一九二五）三六歳
陸軍教授を辞任。家庭生活一切を放棄して下宿に独居。
昭和四年（一九二九）四〇歳
市ヶ谷に佐藤こひと居を構える。
昭和八年（一九三三）四四歳
『百鬼園随筆』刊。
昭和九年（一九三四）四五歳
『旅順入城式』『続百鬼園随筆』『無絃琴』刊。法政大学教授を辞任。
昭和一〇年（一九三五）四六歳
『百鬼園日記帖』『凸凹道』刊。母死去。
昭和一一年（一九三六）四七歳
『続百鬼園日記帖』刊。長男没。
昭和一二年（一九三七）四八歳
『居候匆々』『北溟』刊。
昭和一四年（一九三九）五〇歳
『鬼苑横談』『菊の雨』刊。
昭和一六年（一九四一）五二歳
『船の夢』刊。
昭和一九年（一九四四）五五歳
『戻り道』刊。
昭和二二年（一九四七）五八歳
『新方丈記』刊。
昭和二五年（一九五〇）六一歳
『贋作吾輩は猫である』刊。
昭和二六年（一九五一）六二歳
『随筆億劫帳』『実説艸平記』刊。
昭和二七年（一九五二）六三歳
『阿房列車』刊。
昭和二九年（一九五四）六五歳
『第二阿房列車』『禁客寺』刊。
昭和三二年（一九五七）六八歳
『ノラや』刊。
昭和三八年（一九六三）七四歳
『クルやお前もか』刊。
昭和三九年（一九六四）七五歳
別居の妻清子死去。翌年、佐藤こひとの婚姻届を出す。『波のうねうね』刊。
昭和四二年（一九六七）七八歳
芸術院会員に推薦されるものの、「いやだからいやだ」との理由で辞退。
昭和四六年（一九七一）
『日没閉門』刊。死去（四月二〇日）、享年八一歳。

豊島与志雄　年譜

明治二三年（一八九〇）○歳
福岡県朝倉郡福田村に生れる（一一月二七日）。父は黒田家の血を引く士族。
明治三七年（一九〇四）一四歳
県立福岡中学修猷館に入学。
明治四二年（一九〇九）一九歳
一高文科に入学。
明治四五・大正元年（一九一二）二二歳
東京帝国大学仏文科に入学。
大正三年（一九一四）二四歳
菊池寛、芥川龍之介らと第三次《新思潮》を創刊。
大正四年（一九一五）二五歳
大学を卒業。陸軍幼年学校の仏語教師となる。朝倉芳子と結婚。
大正五年（一九一六）二六歳
長男誕生。父死去。
大正六年（一九一七）二七歳
『生あらば』刊。長男死去。長女誕生。
大正七年（一九一八）二八歳
翻訳『レ・ミゼラブル』刊。海軍機関学校の嘱託教官となる。次女誕生。
大正八年（一九一九）二九歳
『蘇生』『微笑』刊。
大正九年（一九二〇）三〇歳
『二つの途』刊。次男誕生。
大正一〇年（一九二一）三一歳
『未来の天才』『理想の女』刊。東京帝国大学の講師となる。
大正一一年（一九二二）三二歳
『反抗』『月明』刊。
大正一二年（一九二三）三三歳
『野ざらし』刊。法政大学教授となる。
大正一三年（一九二四）三四歳
『人間繁栄』『旅人の言』『或る男の手記』刊。
大正一四年（一九二五）三五歳
『狐火』刊。
昭和二年（一九二七）三七歳
『夢の卵』刊。
昭和五年（一九三〇）四〇歳
妻死去。
昭和七年（一九三二）四二歳
明治大学教授となる。
昭和八年（一九三三）四三歳
『書かれざる作品』『エミリアンの旅』刊。母死去。
昭和一〇年（一九三五）四五歳
『道化役』刊。
昭和一三年（一九三八）四八歳
『猫性語録』『白い朝』刊。
昭和一五年（一九四〇）五〇歳
『死の前後』刊。
昭和一六年（一九四一）五一歳
『白塔の歌』『ハボンスの手品』刊。
昭和一七年（一九四二）五二歳
『文学母胎』刊。
昭和二一年（一九四六）五六歳
『白蛾』刊。
昭和二二年（一九四七）五七歳
『秦の憂愁』『情意の干満』刊。
昭和二三年（一九四八）五八歳
『聖女人像』『豊島与志雄童話全集』（全四巻）刊。次女死去。日本ペンクラブの幹事長となる。
昭和二四年（一九四九）五九歳
芸術院会員となる。法大・明大の教師をやめる。
昭和二六年（一九五一）六一歳
『文学以前』刊。
昭和二九年（一九五四）六四歳
『山吹の花』刊。
昭和三〇年（一九五五）
死去（六月一八日）、享年六四歳。

島尾敏雄　年譜

大正六年（一九一七）〇歳
横浜市戸部町に生れる（四月一八日）。六人きょうだいの長男。
昭和九年（一九三四）一七歳
母死去。
昭和一一年（一九三六）一九歳
長崎高等商業学校に入学。
昭和一五年（一九四〇）二三歳
九州帝国大学法文学部経済科に入学。翌年再入学し、東洋史を専攻。
昭和一八年（一九四三）二六歳
自家版『幼年記』刊。志願して第三期海軍予備学生となる。
昭和一九年（一九四四）二七歳
魚雷艇学生となり、海軍少尉に任命される。第十八震洋隊の指揮官となる。奄美で出撃を待つ。海軍中尉となる。
昭和二〇年（一九四五）二八歳
出撃命令を受けるが、即時待機のまま終戦。
昭和二一年（一九四六）二九歳
大平ミホと結婚。
昭和二二年（一九四七）三〇歳
神戸外事専門学校助教授になる。
昭和二三年（一九四八）三一歳
『単独旅行者』刊。
昭和二五年（一九五〇）三三歳
長女誕生。神戸市立外国語大学助教授になる。『贋学生』刊。
昭和二七年（一九五二）三五歳
都立定時制高校の非常勤講師となる。
昭和三〇年（一九五五）三八歳
『帰巣者の憂鬱』『われ深きふちより』刊。奄美大島名瀬市に転居。
昭和三一年（一九五六）三九歳
鹿児島の高校などの非常勤講師をつとめる。『夢の中での日常』刊。カトリックの洗礼を受ける。
昭和三二年（一九五七）四〇歳
『島の果て』刊。奄美日米文化会館館長に就任。
昭和三三年（一九五八）四一歳
鹿児島県立図書館奄美分館館長になる。
昭和三五年（一九六〇）四三歳
短篇集『死の棘』で芸術選奨を受賞。
昭和三七年（一九六二）四五歳
『島へ』刊。
昭和三九年（一九六四）四七歳
『出発は遂に訪れず』刊。
昭和四〇年（一九六五）四八歳
『日のちぢまり』刊。
昭和四三年（一九六八）五一歳
『日を繫けて』刊。
昭和四四年（一九六九）五二歳
『琉球弧の視点から』刊。父死去。
昭和四七年（一九七二）五五歳
『硝子障子のシルエット』で毎日出版文化賞を受賞。
昭和五〇年（一九七五）五八歳
『夢のかげを求めて――東欧旅行』刊。
昭和五一年（一九七六）五九歳
『日の移ろい』で谷崎潤一郎賞を受賞。
昭和五二年（一九七七）六〇歳
『死の棘』で読売文学賞を受賞。
昭和五三年（一九七八）六一歳
『夢日記』刊。
昭和五六年（一九八一）六四歳
『日記抄』刊。日本芸術院会員となる。
昭和六〇年（一九八五）六八歳
『夢屑』刊。『魚雷艇学生』で野間文芸賞を受賞。
昭和六一年（一九八六）
死去（一一月一二日）、享年六九歳。

［以上四年譜は編集部作成］

◉底本について

本書は「日本幻想文学集成」（一九九一年〜一九九五年）の、第二五巻、第三〇巻、第一八巻、第二四巻を合本したものである。底本には、以下のものを使用した。

*『漱石全集』（岩波書店、一九六五年〜一九六六年）

*『新輯 内田百閒全集』（福武書店、一九八六年〜一九八九年）

*『白蛾』（生活社、一九四六年）、『人間繁栄』（玄文社、一九二四年）、『若き日の話』（春陽堂、一九二一年）、『死の前後』（竹村書房、一九四〇年）、『白塔の歌』（弘文堂書房、一九四一年）、『山吹の花』（筑摩書房、一九五四年）、『心理風景』（砂子屋書房、一九三九年）、『旅人の言』（聚英閣、一九二四年）、『猫性語録』（作品社、一九三八年）、『文学以前』（河出書房、一九五一年）

*『島尾敏雄全集』（晶文社、一九八〇年〜一九八三年）

◉表記について

「新編・日本幻想文学集成」においては、各作品の底本を尊重しながら、次のような本文校訂の方針をとった。

一、仮名づかいは底本のままとする。

一、用字・用語についても底本を尊重し、明らかな誤植等と認められるもののみを改める。

一、「常用漢字表」に掲げられている漢字は原則として新字体とする。

一、読みにくい語、読み誤りやすい語には現代仮名づかいで振り仮名を付す。

一、今日の人権意識に照らして不当・不適切と思われる語句や表現については、作品の時代背景と文学的価値とに鑑み、そのままとした。

［編者略歴］
富士川義之（ふじかわ・よしゆき）
1939年生れ。文芸評論家・英文学者。
主要著書『ある文人学者の肖像』『幻想の風景庭園』他。
別役実（べつやく・みのる）
1937年生れ。劇作家。
主要著書『マッチ売りの少女』『道具づくし』他。
堀切直人（ほりきり・なおと）
1948年生れ。文芸評論家。
主要著書『日本夢文学誌』『迷子論』『浅草』他。
種村季弘（たねむら・すえひろ）
1933年生れ。2004年没。文芸評論家・独文学者。
主要著書『怪物の解剖学』『壺中天奇聞』
『パラケルススの世界』他。

新編・日本幻想文学集成 8

2017年12月18日　初版第1刷印刷
2017年12月22日　初版第1刷発行

著　者　夏目漱石／内田百閒／豊島与志雄／島尾敏雄
編　者　富士川義之／別役実／堀切直人／種村季弘

発行者　佐藤今朝夫
発行所　株式会社国書刊行会
東京都板橋区志村1-13-15
電話 03(5970)7421
http://www.kokusho.co.jp

印刷製本　三松堂株式会社

ISBN978-4-336-06033-4

《 新編・日本幻想文学集成 》
全9巻

［編纂］
池内紀／須永朝彦／種村季弘／橋本治／富士川義之／
別役実／堀切直人／松山俊太郎／矢川澄子∥
安藤礼二／諏訪哲史／高原英理／山尾悠子

【第1巻】
幻戯の時空
安部公房／倉橋由美子／中井英夫／日影丈吉
＊定価：本体5000円＋税

【第2巻】
エッセイの小説
澁澤龍彥／吉田健一／花田清輝／幸田露伴
＊定価：本体5800円＋税

【第3巻】
幻花の物語
谷崎潤一郎／久生十蘭／岡本かの子／円地文子
＊定価：本体5800円＋税

【第4巻】
語りの狂宴
夢野久作／小栗虫太郎／岡本綺堂／泉鏡花
＊定価：本体5800円＋税

【第5巻】
大正夢幻派
江戸川乱歩／佐藤春夫／宇野浩二／稲垣足穂
＊定価：本体5800円＋税

【第6巻】
幻妖メルヘン集
宮沢賢治／小川未明／牧野信一／坂口安吾
＊定価：本体5800円＋税

【第7巻】
三代の文豪
三島由紀夫／川端康成／正宗白鳥／室生犀星
＊定価：本体5800円＋税

【第8巻】
漱石と夢文学
夏目漱石／内田百閒／豊島与志雄／島尾敏雄
＊定価：本体5800円＋税

【第9巻】
鷗外の系譜
森鷗外／芥川龍之介／中島敦／神西清／石川淳
＊